Von Jörg Kastner erschien bei Bastei-Lübbe:

JÖRG KASTNER

DIE RÜCKKEHR DES GERMANEN

ZWEI HISTORISCHE ROMANE

DER ADLER DES GERMANICUS

BASTEI-LÜBBE-TASCHENBUCH
Band 14305

Originalausgabe
© 1996/1997 by Bastei-Verlag Gustav H. Lübbe GmbH & Co.,
Bergisch Gladbach
Erste Ausgabe Februar 2000
Lektorat: Marco Schneiders
Titelbild: Archiv für Kunst und Geschichte, Berlin
Umschlaggestaltung: K. K. K.
Satz: KCS GmbH, Buchholz/Hamburg
Druck und Verarbeitung: Elsnerdruck, Berlin
Printed in Germany
ISBN 3-404-14 305-1

Sie finden uns im Internet unter
http://www.luebbe.de

Der Preis dieses Bandes versteht sich einschließlich
der gesetzlichen Mehrwertsteuer

Für Marian
in der zaghaften Hoffnung,
daß er in einer friedlicheren Welt
aufwachsen möge.

Es ist schwieriger,
Provinzen zu halten
als zu gewinnen;
letzteres geschieht durch Gewalt,
ersteres durch Recht.

Florus

JÖRG KASTNER

DIE RÜCKKEHR DES GERMANEN

Inhalt

Vierter Teil – Die Schlacht   403

Vorbemerkung

Zu Beginn dieser Geschichte schreibt man das Jahr 8 n. Chr., aber das kann keiner der Protagonisten wissen. Augustus beherrscht Rom und damit die Welt, denn für die Römer ist das, was sie beherrschen, die Welt. Neben – natürlich – Italien zählen dazu weite Teile der nordafrikanischen Küste, Ägypten, Syrien, die Türkei, Griechenland, das Illyricum, Spanien und das von Gaius Julius Caesar eroberte Gallien, dessen Ostgrenze der Rhein bildet (kleinere Landstriche nicht aufgezählt). Augustus ist nicht unbedingt gierig auf noch mehr Land, andererseits stört ihn die lange Grenze, die sich am Rhein entlangzieht und einiges an Sold für die Besatzungstruppen kostet. Eine Grenzbegradigung durch einen Vorstoß bis zur Elbe käme ihm recht. Seine Feldherren dringen immer wieder ins Rechtsrheinische vor, das sie seit Caesar Germanien nennen. Stämme werden unterworfen oder als Bündnispartner gewonnen, manchmal auch beides zusammen. Befestigte Lager entstehen. Aber die Römer haben neben einigen Freunden unter den Germanen auch viele unbeugsame Feinde. Und das Leben ist nicht leicht für die Römer, die als Besatzung in Germanien und an der Rheingrenze liegen …

ERSTER TEIL

DIE GERMANEN

Kapitel 1

Das Land der Cherusker

Die Reiter zügelten ihre Pferde zur gleichen Zeit, wie auf ein geheimes Kommando, als sie die Kuppe des bewaldeten Hügels erreichten und sich ihnen der Ausblick auf das dahinter liegende Tal bot. Fünf von ihnen ließen ihre Tiere langsam ein paar Schritte nach vorn gehen, bis ein steiler Abhang die Vierbeiner zurückscheuen ließ. Die beiden anderen Reiter, die sich durch ihre dunklere Hautfarbe, ihre Kleidung und die Form ihrer Gesichtszüge von den übrigen unterschieden, blieben mit den Packpferden ein Stück zurück. Sie teilten die Gefühle der fünf jungen Edelinge beim Anblick des Tals nicht, waren die beiden Dunkelhäutigen doch fremd in diesem Land, das sie erstmals betraten und vielleicht nie mehr verlassen würden.

Die Edelinge schwiegen eine Weile und genossen das Gefühl, nach so vielen Jahren in der Fremde wieder daheim zu sein. Sie atmeten den spätsommerlichen Duft des Waldes ein, dessen sich allmählich gelb und rot färbende Blätter ihnen das Land ihrer Vorfahren – das Cheruskerland – fast noch schöner scheinen ließ, als es ihnen in vielen Träumen fern der Heimat erschienen war. Gewiß bot Rom Annehmlichkeiten, die man diesseits des großen Flusses, den die Römer Rhenus nannten, vergeblich suchte. Aber die steinernen Städte im Süden wirkten tot, verglichen mit dem Leben, das hier überall herrschte. Rings um die kräftigen Eichen und Buchen, die das Land der Menschen mit dem Heim der Götter verbanden, raschelte das Laub. Ein Fuchs stellte vergeblich einem Hasen nach, und eine noch junge Hirschkuh suchte rasch das Weite, als der sanfte Wind ihr die Witterung der Reiter zutrug.

Noch spendete Sunna ihre ganze Kraft. Doch Thorag glaubte schon, ganz von fern den kalten Atem Höders oder Ullers zu spüren. Er kannte den Wechsel der Jahreszeiten und wußte, daß der Winter den Sommer zu verdrängen begann. Die Römer würden sagen, der Herbst stand bevor. Aber das wußte er noch nicht sehr lange. Erst, seitdem er die Römer näher kannte. Die Cherusker und auch die anderen Stämme, die von den Römern einfach als Germanen bezeichnet wurden, teilten den Lauf des Jahres in zwei Zeiten ein: in den Sommer als Zeit des Wachstums und den Winter als Zeit der Ruhe.

Unten im Tal entdeckten die Edelinge ein Gehöft, das an einem Bach in der unbewaldeten Talsohle lag. Als sie die rohrgedeckten Holzhäuser betrachteten, die statt Fenstern mit gläsernen Scheiben nur verschließbare Luken – Windaugen genannt – aufwiesen, verglichen sie den Hof dort unten unwillkürlich mit der großen Stadt am Tiber, die sie vor einigen Wochen verlassen hatten.

»Rom ist es nicht«, sagte Armin, der, wie so oft, die Gedanken der anderen erraten hatte, mit einem heiteren Unterton. »Aber das zöge ich manchen Ecken Roms vor, selbst wenn ich ein Römer wäre.«

»Das bist du doch!« erinnerte Thorag den Sohn des Fürsten Segimar daran, daß diesem aufgrund seiner Kriegserfolge das römische Bürgerrecht und der Rang eines Ritters verliehen worden war. Allerdings gegen die Zahlung von vierhunderttausend Sesterzen, wie es ein neues Gebot des Augustus bestimmte. Armin war die Leistung dieses Betrags nicht schwergefallen. Im Feldzug gegen die Pannonier hatte er ein Vielfaches erbeutet.

Armin lachte so laut, daß sein Schimmel unruhig wurde. »Bei Jupiter, Thorag, du hast recht, ich bin jetzt ein Römer.« Er schlug mit der Faust gegen seine linke Brust. »Aber tief hier drin bin ich ein Cherusker geblieben, bei Wodan!«

Der spitzgesichtige Brokk zeigte hinunter zum Gehöft: »Ein Cherusker, der sich vorstellen kann, dort zu übernachten, Armin? Sunna hat ihre Tagesreise bald beendet.«

Während er mit der Linken die Zügel festhielt, machte Armin mit der Rechten eine gleichgültige Handbewegung. »Weshalb sollte ich dort nicht übernachten wollen? Im Krieg haben wir an weit unwirtlicheren Plätzen geschlafen, wenn wir überhaupt zum Schlafen gekommen sind. Heute nacht werde ich Cherusker sein, nicht Römer.«

»Wohl nicht nur heute nacht«, warf Thorag ein.

Armin seufzte und blickte über das Land, als könnte er dort noch etwas ganz anderes entdecken als die sich ins Unendliche erstreckenden Hügel, Wälder und Moore. »Irgendwann wird es hier auch Häuser aus Stein mit richtigen Glasfenstern geben, und

Thermen.« Er brach wieder in sein gewinnendes Lachen aus. »Aber nicht so rasch. In Rom selbst hat Augustus noch eine Menge zu tun.«

Thorag wußte, worauf Armin anspielte. Octavian, der jetzt von allen Augustus genannt wurde und über das gewaltige Reich der Römer herrschte, hatte begonnen, im eigenen Stall aufzuräumen, wie es in Rom die weniger vornehm Sprechenden ausdrückten. Ganze Viertel primitiver, im Schweinemist versinkender Lehm- und Ziegelhütten hatte Augustus einebnen lassen, um dort marmorne Prunkbauten zu errichten. Auf diese Weise beschaffte er dem einfachen Volk Arbeit und beseitigte gleichzeitig die Schäden, die der Stadt Rom in den Bürgerkriegen beigebracht worden waren. Wie sollte der Erbe Caesars in nicht gerade bescheidener Selbstbeurteilung doch gesagt haben: ›Ich habe eine Stadt aus Backsteinen vorgefunden und hinterlasse eine aus Marmor.‹

Thorag warf einen forschenden Blick in Armins dunkle Augen und entdeckte dort jenes Feuer, daß den jungen Cheruskerfürsten auch im Kampf beherrschte. Trotz der vielen Jahre, die Thorag an seiner Seite marschiert war und gekämpft hatte, vermochte er Armin nicht recht einzuordnen. Manchmal sprach dieser flammend von einer Sache, aber seine Augen blieben kühl wie das Wasser im Frigidarium einer römischen Therme. Ein andermal sprach Armin gelangweilt von einer Sache, aber das Feuer seiner Augen verriet dem, der es zu lesen verstand, ein brennendes Interesse. So war es jetzt, als Armin sich spöttisch gab.

Machte er sich über die Anstrengungen des Augustus lustig? Über seine eigene Vorstellung von einem Cheruskerland voller steinerner Prachtbauten? Oder über beides?

Viel mehr als das beschäftigte Thorag die Frage, was das Feuer in den dunklen Augen zu bedeuten hatte. Träumte Armin von einem zweiten Rom hier in den dichten Wäldern? Eine Vorstellung, die Thorag so unwirklich erschien, wie ihm einst das Römische Reich erschienen war, bevor er mit Armin und den anderen, von denen viele nicht mehr lebten, in römische Kriegsdienste trat. Oder träumte Armin gar von mehr?

Thorag fand keine Antwort auf diese Fragen und dachte auch nicht länger darüber nach. Der steile, gewundene Weg, der hinunter ins Tal führte, beanspruchte seine ganze Aufmerksamkeit. Die Männer waren abgestiegen und führten die Pferde, damit diese nicht über die aus dem Boden ragenden, manchmal bis zu den Hüften reichenden Baumwurzeln stolperten. Thorag ließ sich hinter Armin, Brokk, Klef und Albin zurückfallen, um den beiden Pannoniern mit den Packpferden zu helfen. Immer wieder ermahnte er Pal und Imre zur Vorsicht und legte selbst Hand an, damit das Tier mit der zerbrechlichen Fracht nicht einen unbedachten Tritt machte und das Geschenk für Thorags Mutter in einen wertlosen Scherbenhaufen verwandelte.

Die beiden Sklaven lächelten ein wenig über diese übertriebene Vorsicht. Seitdem sie Armin dienten, hatten Pal und Imre sich als ebenso treu wie verläßlich erwiesen. Armin hatte sie während des Feldzugs in Pannonien gefangengenommen. Die Brüder hatten sich dem Tribun der germanischen Auxiliartruppen ergeben, und Armin hatte seinem Versprechen gemäß Frauen und Kinder ihrer Heimatstadt geschont. Sie hatten dies anerkannt und verhindert, daß ein paar Kriegsgefangene ein Attentat auf Armin ausführten. Seitdem dienten sie ihm als seine persönlichen Leibeigenen und Leibwächter.

Sie erreichten die Talsohle ohne Zwischenfall. Vor ihnen wurde der Wald lichter, was den Beginn des gerodeten Gebiets ankündigte. Thorag wollte schon aufatmen, als plötzlich etwas Schwarzes, Kleines aus dem Unterholz schoß und mit lautem Quieken mitten zwischen die Pferde fuhr. Die Tiere, genauso überrascht wie die Menschen, scheuten wiehernd zurück. Eines der Packpferde machte sich selbständig und stob in Panik davon, während das quiekende Etwas wieder im Unterholz verschwand.

Thorag trieb seinen Rappen mit heftigem Druck seiner Schenkel an, als er erkannte, welches Pferd den Pannoniern entlaufen war: das mit seinen Geschenken. *O Donar*, rief er in Gedanken seinen Schutzgott an, *laß das Tier nicht stolpern!*

Der Rappe schloß schnell zu dem Packpferd auf, das nicht mehr ganz so schnell lief, als es sich keiner unmittelbaren Gefahr ausgesetzt sah. Thorag konnte seine Zügel ergreifen und fühlte sich erleichtert, als das Tier endlich stehenblieb.

Er kehrte mit dem Packpferd zu seinen Gefährten zurück, die aber kaum auf ihn achteten. Sie interessierten sich vielmehr für die laut schreiende Gestalt, die sich in den kräftigen Armen Klefs wand, der inzwischen abgesessen war. Bei näherem Hinsehen erkannte Thorag, daß es ein Kind war, ein Junge von etwa zehn, elf Jahren mit Haaren so pechschwarz wie das Fell von Thorags Rappen. Haaren, wie Thorag sie nur von den südlichen Völkern, wie den Römern und den Pannoniern, kannte.

»Hör endlich mit dem Herumzappeln auf, du kleine Schlange!« fuhr Klef den Gefangenen an, den er fast waagerecht vor seinem gewaltigen Brustkasten in den Armen hielt.

Aber der Junge schien nicht gewillt, so leicht aufzugeben. Er verbiß sich derart fest in Klefs Unterarm, daß der massig gebaute Cherusker seinen Griff lockerte und den Gefangenen entschlüpfen ließ. Der Junge fiel auf alle viere, erhob sich augenblicklich mit katzenartiger Gewandtheit und rannte davon, geradewegs auf Thorag zu, den er in seiner Erregung noch gar nicht bemerkt hatte. Schnell rutschte Thorag aus dem vierknaufigen Römersattel, an dessen Benutzung er sich in den letzten Jahren gewöhnt hatte, und packte den an ihm Vorbeilaufenden am Kragen, so daß dessen Wollkittel ein Stück einriß.

Thorag mußte die gleiche Erfahrung machen wie vor ihm Klef. Schlagartig verwandelte sich der Junge in ein sich windendes, kratzendes und beißendes Tier. Armin, Brokk, Klef und Albin scharten sich um Thorag und das Kind und ließen ihrer Erheiterung freien Lauf. Besonders Klef schien froh darüber zu sein, daß es statt seiner jetzt Thorag erwischt hatte.

Dieser wußte sich schließlich nicht mehr anders zu helfen, als den Jungen zu Boden zu werfen und sich rittlings auf ihn zu setzen, so schwer, daß seinem Gefangenen allmählich die Luft wegblieb.

»Was ist, kleiner Löwe?« fragte Thorag, als der Widerstand des Jungen allmählich nachließ. »Ergibst du dich?«

Schwer atmend, sah ihn der Junge mit weit aufgerissenen Augen an. Seine gleichmäßigen, feinen Züge hätten fast mädchenhaft schön gewirkt, wären sie nicht vor panischer Angst verzerrt gewesen.

»Laß mich in Ruhe, Römer!« keuchte der Junge. »Ich habe euch nichts getan!«

Jetzt war es an Thorag, zu lachen. Er schüttelte sich so sehr vor Lachen, daß sein langes, blondes Haar wie eine im Wind wehende Fahne hin und her flog. Gleichzeitig machte er sich ein wenig leichter, damit er dem Jungen nicht die letzte Luft zum Atmen raubte.

»Was hast du, Thorag?« erkundigte sich der herantretende Armin. »Warum lachst du so?«

»Der Junge hält uns für Römer«, erklärte Thorag, der sich zur Ernsthaftigkeit zwang.

»Kein Wunder«, meinte Armin. »Wir haben schließlich die Sprache der Römer benutzt.«

Thorag nickte, sah wieder den Jungen an und erklärte in der Sprache der Germanen: »Wir sind keine Römer, wir sind Cherusker.«

Der Junge sah ihn ungläubig an. »Ich habe noch nie einen Cherusker gesehen, der ein gesatteltes Pferd reitet. Und warum sprecht ihr die Sprache der Römer?«

»Weil wir daran gewöhnt sind«, antwortete Thorag und machte sich, da der Junge jeglichen Widerstand aufgegeben hatte, noch ein bißchen leichter. »Wir kommen aus Pannonien, wo wir in der römischen Armee gedient haben.«

»Aus Pannonien«, echote der Junge leise und fast ehrfurchtsvoll, als sei das für ihn genauso weit entfernt wie der Göttersitz Asgard oder Alfheim, die Welt der Lichtelfen. Vielleicht wußte er aber mit dieser Bezeichnung auch gar nichts anzufangen, weshalb sie ihm um so beeindruckender erschien. »In der römischen Armee gedient?«

»Ja«, bestätigte Thorag. »Und bevor wir heimkehrten, waren wir noch in Rom und haben Augustus, den Caesar, gesehen.«

»Rom«, wiederholte der Junge langsam und betrachtete die Männer. Die Verwirrung über die vielen fremden Namen zeichnete sich deutlich auf seinem Gesicht ab, als er wieder Thorag ansah. »Du … bist du etwa Armin, der Sohn des Segimar?«

»Wie kommst du darauf?«

»Alle erwarten seit Segimars Tod die Rückkehr Armins. Sie sagen, dann wird alles besser werden.«

»Mein Name ist Thorag. Ich bin nicht der Sohn des Segimar, sondern des Wisar. Der da ist Armin.«

Er zeigte auf den Mann, der neben ihm stand und genauso hünenhaft und breitschultrig wie er selbst war. Man hätte sie für Zwillingsbrüder halten können, hätte Armin nicht etwas dunkle-

20

res – und kürzer geschnittenes – Haar gehabt als Thorag. Der markanteste Unterschied zwischen den beiden Männern aber waren ihre Augen. Thorags leuchtendblaue Augen standen in einem scharfen Kontrast zu dem dunklen Feuer, das in Armins Augen loderte.

Der Blick des Jungen wanderte immer noch von Thorag zu Armin und wieder zurück. Sein Mund stand halb offen.

»Was ist?« fragte Armin den Jungen. »Hast du plötzlich deine Sprache verloren?«

Der Junge schüttelte den Kopf, sagte aber keinen Ton.

»Dann sag uns, wie du heißt!«

»Eiliko«, kam es langsam über die Lippen des Schwarzhaarigen.

»Weshalb, Eiliko«, fuhr Armin fort, »bist du wie ein wilder Eber aus dem Gebüsch gebrochen und hättest uns fast über den Haufen gerannt?«

»Ich habe Uffo gesucht.«

»Wer ist nun wieder Uffo?«

»Ein Schwein.«

Die Cherusker sahen sich stirnrunzelnd an.

Plötzlich dämmerte es Thorag. »Er meint bestimmt das schwarze Etwas, das unsere Tiere scheu gemacht hat.«

»Ich habe Thidriks Schweine in den Wald geführt, damit sie frische Eicheln fressen können. Aber Uffo macht immer Schwierigkeiten. Schon vor einer ganzen Weile ist er mir weggerannt. Ich hatte ihn fast, aber dann ist er mir wieder entwischt. Ich bin ihm nachgerannt und euch in die Arme gelaufen.«

»Und hast uns für Römer gehalten«, meinte Armin.

Eiliko nickte. »Ja, Herr.«

»Weshalb fürchtest du die Römer so sehr?«

»Thidrik konnte seine Steuern nicht bezahlen, als die Römer hier waren. Sie sagten, wenn sie wiederkommen und er kann immer noch nicht zahlen, wollen sie es uns allen heimzahlen.«

»Bist du Thidriks Sohn?«

»Nein, sein Leibeigener.«

»Und warum kann dein Herr seine Steuern nicht bezahlen?«

»Weil sie zu hoch sind.«

»Das sagt jeder«, meinte Armin spöttisch.

Aber Eiliko nahm ihn ernst und nickte bekräftigend. »Ja, Herr, alle sagen das. Sie sagen, Varus saugt uns noch das Blut aus dem Leib, wenn nicht bald etwas geschieht.«

Diesmal war es an Armin, ungläubig dreinzuschauen. »Sprichst du von Publius Quinctilius Varus, dem Legaten des Augustus?«

»Ich kenne nur den einen Varus, Herr.«

»Das kann ich mir nicht vorstellen«, meinte Armin kopfschüttelnd, »daß Quinctilius Varus dem Volk der Cherusker ungerechte Steuern auferlegt. Wir haben schließlich einen Vertrag mit den Römern geschlossen.«

»Fragt diejenigen, die die Steuern bezahlen müssen, Herr«, sagte Eiliko.

»Das werde ich tun«, erwiderte Armin ernst und legte eine Hand auf Thorags Schulter. »Ich denke, du kannst unseren jungen Freund freilassen, Thorag. Er wird jetzt, da er uns als Cherusker erkannt hat, nicht mehr mit dem Schwert auf uns losgehen.«

»Mit was für einem Schwert?« fragte der Junge, als er sich behend vom Boden erhob, und löste mit der Frage bei Armin einen Heiterkeitsausbruch aus.

Der Sohn des Segimar stieg auf seinen Schimmel und sagte: »Führ uns zu Thidriks Hof, Eiliko!«

Der Junge schaute betreten drein. »Ich muß doch noch Uffo suchen, Herr. Aber ihr könnt den Hof nicht verfehlen. Reitet nur immer geradeaus.«

Sie befolgten Eilikos Rat und sahen bald, während sie an dem durch das Tal fließenden Bach entlang durch Gersten- und Roggenfelder ritten, das von einem niedrigen Zaun umschlossene Gehöft vor sich liegen. Das Eingangstor blickte nach Osten, um dort jeden Morgen die Jungfrau Sunna und ihren goldglänzenden Wagen zu begrüßen. Sie umrundeten den Hof und wurden von einer kleinen Menschenschar begrüßt, als sie das Tor erreichten.

Der voranreitende Armin zügelte seinen Schimmel vor dem Tor und fragte laut: »Ist unter euch Thidrik, der Herr dieser Menschen, Tiere und Gebäude?«

»Ich bin Thidrik«, sagte ein mittelgroßer, massiger Mann, der die Blüte seines Lebens bereits hinter sich gelassen hatte. Sein schulterlanges Haar und der große Schnurrbart, beides einstmals dunkel, wurden von zahlreichen grauen Fäden durchzogen. Sein mit Heidelbeersaft blaugefärbter Kittel war besser in Schuß und sauberer als Eilikos einziges Kleidungsstück. Außerdem trug Thidrik eine ebenfalls blaue Kniehose und lederne Schuhe.

»Gewährt Thidrik fünf Cheruskern und ihren beiden Begleitern Gastfreundschaft für die Nacht?« fragte Armin.

»Wer sind die, die meine Gastfreundschaft begehren?«

Armin zeigte auf den kräftigen Klef und seinen gegen ihn fast ein bißchen schmächtig wirkenden Bruder Albin. »Das sind Klef und Albin, die Söhne des Gaufürsten Balder.« Seine Hand wanderte weiter. »Das ist Thorag, Sohn des Gaufürsten Wisar.« Und weiter. »Das ist Brokk, Sohn des Gaufürsten Bror.« Die Augen der Umstehenden wurden immer größer und fielen ihnen fast aus den Gesichtern, als er schloß: »Ich selbst bin Armin, Sohn des Segimar.«

Kaum daß der junge Cheruskerfürst seinen Namen genannt hatte, ließen die Menschen sich auf die Knie fallen. Die kleineren Kinder, die nicht erfaßten, worum es ging, wurden von den Erwachsenen gewaltsam zu Boden gezogen. Schließlich standen nur noch zwei Menschen jenseits des Tores aufrecht: Thidrik und ein jüngerer Mann, der ihm wie aus dem Gesicht geschnitten war, auch wenn er keinen Bart trug. Er war unzweifelhaft Thidriks Sohn.

»Willkommen auf meinem Hof, edler Armin«, stammelte Thidrik überrascht, während er ebenfalls auf die Knie fiel. »Mein Haus sei dein Haus, und meine Speise sei deine Speise.«

Als letzter sank Thidriks Sohn zu Boden. Aber nur sehr widerwillig. Thorag, der von seinem Vater gelernt hatte, immer sehr genau in die Gesichter der Menschen zu sehen, glaubte, in den Augen des jungen Mannes ein ähnliches Lodern wahrzunehmen, wie er es zuweilen bei Armin feststellte. Aber es war nicht Armins Leidenschaft, die Thorag bei Thidriks Sohn sah, sondern eher Verachtung und Haß. Thorag sagte sich, daß er sich täuschen mußte. Sie waren Fremde für die Menschen hier. Jene hatten nicht den geringsten Grund zur Abneigung gegen Armin und seine Begleiter.

Hinter ihnen erhoben sich die Menschen wieder. Knechte und Mägde eilten herbei, um den Neuankömmlingen zu Diensten zu sein und ihre Pferde zu übernehmen.

»Vorsicht bei den Packpferden!« rief Thorag, als er sah, wie ein alter grauhaariger Knecht Pal und Imre recht unbekümmert zur Hand ging. Der Edeling ging zu den Packpferden und gab genaue Anweisungen, wie seine kostbare Fracht zu behandeln sei.

Eine junge Frau, fast noch ein Mädchen, wandte sich an ihn. Obwohl sie keinen Schmuck trug und nur ein einfaches, mit Flicken übersätes und von einer um die schmalen Hüften geschlungenen Kordel zusammengehaltenes Wollkleid, bemerkte Thorag gleich ihre Schönheit. In ihren ebenmäßigen Zügen lag eine Sanftheit, die in ihm zärtliche Erinnerungen weckte.

Ja, wäre ihr Haar nicht pechschwarz gewesen, sondern blond, hätte sie eine gewisse Ähnlichkeit mit Auja gehabt. Mit Auja, die er noch jünger in Erinnerung hatte, als diese Frau war, und die doch schon älter sein mußte. Auja, mit der er so viele schöne Stunden verbracht hatte, die schönsten seines Lebens vielleicht. Er mußte sie endlich wieder in seinen Armen halten, genauso wie er unbedingt seinen Vater, seine Mutter und seine Geschwister wiedersehen mußte.

Aber noch etwas anderes war an der jungen Frau vor ihm, das ihm bekannt vorkam. Natürlich, es war noch gar nicht lange her, daß er ganz ähnliche Züge gesehen hatte. Vor seinem geistigen Auge verwandelte sich das Antlitz der Frau in das Gesicht des Jungen Eiliko.

»Verzeih, Herr«, sagte die junge schwarzhaarige Schönheit mit leiser, aber fester Stimme. »Habt ihr, als ihr durch den Wald gekommen seid, einen Jungen mit einer Schweineherde gesehen?«

»Wie heißt du?« fragte Thorag, statt ihre Frage zu beantworten.

»Astrid.«

»Astrid«, murmelte Thorag. »Die schöne Göttin. Welch passender Name!« Lauter fragte er: »Ist Eiliko dein Bruder, Astrid?«

Sie nickte. »Ja, Herr. Wie kommst du darauf?«

»Ich habe Augen im Kopf. Eiliko ist noch im Wald. Er sucht ein entlaufenes Schwein.«

Astrid lächelte. »Das kann nur Uffo sein.«

»Ja, so hieß es.«

Thidriks Sohn eilte herbei, packte Astrid roh am Arm und zog sie mit solcher Gewalt von Thorag weg, daß sie stolperte und zu

24

Boden stürzte. Die junge Frau verfügte über eine ähnliche katzenartige Gewandtheit wie ihr Bruder und erhob sich rasch wieder auf alle viere. So verharrte sie, um den Sohn ihres Herrn nicht herauszufordern. Ihr langes, hinten durch ein Band zusammengehaltenes Haar hatte sich bei dem Sturz gelöst und umspielte nun in sanften Wellen ihr Gesicht, was sie noch schöner wirken ließ.

»Belästige den Herrn nicht, Astrid!« bellte Thidriks Sohn. »Hast du nichts zu tun? Dann geh hinein und hilf meiner Mutter bei der Zubereitung des Festmahls!«

Stumm erhob sich Astrid und ging, ihr Haar wieder zu einem Pferdeschwanz zusammenbindend, an den beiden Männern vorbei, die ihr nachsahen, Thorag fasziniert und der andere mit jenem bösen Funkeln, das er schon zuvor bemerkt hatte.

Thorag konnte sich nicht helfen, aber er mochte diesen jungen Mann nicht, der sich ihm als Hasko vorstellte. Gewiß, Astrid war die Leibeigene seines Vaters. Thidrik und Hasko konnten mit ihr nach Belieben verfahren. Aber Thorag wäre niemals eingefallen, die Leibeigenen seines Vaters so zu behandeln, wie es Hasko eben getan hatte. Als Kind hatte er mit den Kindern von Wisars Leibeigenen gespielt, später mit ihnen zusammen den Erwachsenen bei der Arbeit geholfen. Von seinem Vater hatte er gelernt, einen Menschen nach seinen Taten zu beurteilen und zu behandeln, nicht nach dem Stand, in den er hineingeboren war.

Von Hasko geleitet, dessen Lächeln ihm so vertrauenswürdig erschien wie das Zähnefletschen eines Wolfes, betrat Thorag das schmale, lange Haus, das sich Mensch und Tier teilten. Der Hauseingang befand sich in der Mitte einer Längsseite, wo Wohnung und Stall zusammentrafen. Da die Dämmerung bereits hereingebrochen war, stand das Vieh in den Boxen.

Der strenge Geruch aus den Jaucherinnen, die sich an den Stallseiten entlangzogen, beleidigte Thorags Nase. Das hatte er früher nie so empfunden und machte ihm bewußt, wie lange er seiner Heimat fern gewesen war. Er war kein Römer geworden in diesen Jahren, doch schien ihm manches, was bei den Untertanen des Augustus üblich war, als eine erstrebenswerte Errungenschaft.

Aber hatten nicht die Sitten jedes Landes ihren Sinn? Im Winter, wenn die Jungfrau Sunna ihren Sonnenwagen mit solcher

Eile über den Himmel jagte, daß die Tage kürzer als die Nächte wurden, wenn der Eiswind aus dem Norden kam und das Land mit Schnee bedeckte, würde die Wärme der Tiere den mit ihnen unter einem Dach lebenden Menschen helfen, die kalte Zeit zu überstehen.

Thorag folgte Hasko über den Estrich, der den Boden im für die Menschen bestimmten Teil des Hauses bedeckte, am heiß ausstrahlenden Herd vorbei zu den Tischen, die von einigen Knechten vor den sich an der Längswand des Wohnhauses entlangziehenden Pritschen aufgestellt wurden. Die Tische bestanden aus hölzernen Böcken und darübergelegten Tafeln. Dann brachten die Knechte Sitzbänke und Hocker herbei, die aus grob bearbeiteten Baumstümpfen bestanden. Die Wurzelenden, mal drei, mal vier, waren zu Füßen zurechtgestutzt, manchmal so ungleichmäßig, daß das Sitzen auf den Hockern eine recht wacklige Angelegenheit war. Schließlich schleppten zwei Männer ein stuhlartiges Gebilde heran, mit einer hohen Rückenlehne, die sich an den Seiten zu Armlehnen niederschwang.

Thidrik, der an Armins Seite stand, zeigte auf den an einen Thron erinnernden Stuhl. »Auf diesem Stuhl sitzt der Herr dieses Hauses, edler Armin. Heute ist es dein Platz, denn kein anderer gebührt dem Sohn des Herzogs Segimar.«

Armin verneigte sich leicht als Dank für diese Ehrung und nahm auf dem Stuhl Platz. Dort rutschte er mehrmals hin und her, aber es fiel ihm nicht leicht, seinen hünenhaften Körper auf dem klobigen, für einen weitaus kleineren Mann geschaffenen Gebilde in eine einigermaßen bequeme Stellung zu bringen.

Als die Mägde das Geschirr auftrugen, sah Thorag Astrid wieder. Ihre Blicke begegneten sich. Kurz nur tauchte der Cherusker in das Leuchten ihrer dunklen Augen ein, aber es schien ihm wie eine kleine Ewigkeit. Obgleich Astrid noch jung war, lag in ihrem Blick der Ausdruck eines Menschen, der schon viel mehr gesehen hatte, als es ihre fünfzehn oder sechzehn Jahre ermöglichten. Schließlich wandte Astrid sich ab, um weiteres Geschirr zu holen.

»Nein, dieses Horn gebührt Armin«, sagte Thidrik zu einem Knecht, der aus Rinderhörnern gefertigte Gefäße auf den Tafeln verteilte. Zur Erklärung für die Gäste fügte Thidrik hinzu: »Dieses Horn ist mit Gold beschlagen und gebührt dem Herrn des Hauses. Das bist heute abend du, edler Armin.«

Der bedankte sich wieder mit einer angedeuteten Verneigung, während der Knecht die Hörner austauschte.

Thidrik tat wirklich alles, um seinen Pflichten als Gastgeber für den Sohn seines verstorbenen Herzogs nachzukommen. Und doch wurde Thorag das Gefühl nicht los, daß seine Freundlichkeit nur aufgesetzt war. Aber vielleicht lag das auch nur an Haskos seltsamem Blick, an den er sich einfach nicht gewöhnen konnte.

Knechte brachten Met zum Begrüßungstrunk. Thidrik erhob sich und ließ es sich nicht nehmen, erst Segimar und dann dessen Sohn Armin zu preisen. Anschließend stand Armin auf und antwortete mit einer Dankesrede auf die Gastfreundschaft Thidriks. Dann nahm der Sohn des Segimar einen Schluck aus seinem Horn, um es an den rechts von ihm sitzenden Thorag weiterzureichen. Dieser nahm ebenfalls einen Schluck und gab das Horn an Brokk weiter. Von dort ging es zu Thidrik, dem mit offensichtlichem Widerwillen trinkenden Hasko, Albin, Klef und zurück zu Armin. Es blieb nicht lange leer; sofort eilte ein Knecht herbei und füllte es wieder mit Met auf. Das kreisende Horn vereinte die Männer, für diese Nacht würden sie eins sein, jeder Schild und Schutz des anderen, denn das kreisende Horn war gegenseitige Ehrung und wechselseitiger Schwur zugleich. Nach diesem zeremoniellen Schluck leerten die Männer ihre eigenen Trinkhörner.

Thorag bemerkte einen genießerischen Ausdruck auf den Gesichtern seiner Gefährten, und Klef sagte: »Bei den Römern habe ich jede Menge edler Weine vorgesetzt bekommen, aber nach diesem Schluck erst weiß ich, wie sehr ich guten Cheruskermet vermißt habe.«

Auch die anderen Edelinge lobten den aus Weizen, Beeren und Honig gegorenen Trank und hielten ohne Ausnahme ihre Rinderhörner hoch, als ein Knecht mit einem Tonkrug erschien, um nachzuschenken.

Mit dem Trinken ließ sich Thidrik ebensowenig lumpen wie mit dem Essen. Es gab gebratenes Huhn, gefüllt mit Beeren, Pilzen und Nüssen; dazu ofenwarme, mit Honig bestrichene Teigfladen.

Bevor die Menschen mit dem Essen begannen, kam eine Magd mit einem leeren, bronzenen Tablett zu Thidrik. Thorag glaubte in dem Tablett eine römische Arbeit zu erkennen. Es war gewiß das wertvollste Stück unter Thidriks Haushaltswaren.

Der Bauer nahm einen kleinen Teil von jeder Speise und legte ihn auf das Tablett. »Donar, Schutzherr der Bauern, der uns den fruchtbaren Regen bringt, erhöre uns! Wir bringen dir unsere Gaben dar und bitten dich, dafür zu sorgen, daß unsere Felder stets reichlich Korn, unsere Weiden stets frisches Gras tragen. Halte deine eiserne Faust schützend über dieses Haus, o Gott des Donners, des Blitzes und des Regens!«

Die Magd wollte mit dem Tablett zum Herd gehen. Aber Thorag winkte sie zu sich und legte einen Teil seines Essens neben Thidriks Gaben. »Auch ich, Thorag, Sohn des Wisar, bitte dich, unser aller Vater Donar, stets gut zu wachen über Haus und Hof, Sippe und Gesinde des Freien Thidrik.«

Jetzt durfte die Magd das Tablett zum Herd tragen und die Opfergaben dem Feuer übergeben.

Thidrik warf Thorag einen fragenden Blick zu. »Du bringst Donar ein besonderes Opfer dar?«

Die Frage war verständlich. Es oblag Thidrik als dem Herrn des Hauses, dem Schutzgott der Bauern zu opfern, nicht einem seiner Gäste.

Thorag nickte. »Ich habe es getan, um Donars besonderen Schutz für dich und die Deinen zu erbitten, Thidrik. Die Väter meines Vaters stammen vom Gott des Donners ab.«

Dabei zeigte der Edeling auf seinen Rundschild, der an seinem in einer Ecke des Hauses verstauten Gepäck lehnte. Das schwere Rund aus dickem Eichenholz, von einem bronzenen Ring eingefaßt, war mit bemaltem Leder überzogen. Die Bemalung stellte einen bronzen schimmernden, reich verzierten Hammer auf dunklem Grund dar und war so geschickt angebracht, daß der Kopf des Hammers mit dem bronzenen Schildbuckel in der Mitte des Kreises verschmolz. Der Schild hatte in vielen Schlachten manchen Schwerthieb und manchen Lanzenstoß abgefangen und sah entsprechend mitgenommen aus. Aber stets war Thorag unbesiegt aus dem Kampf hervorgegangen, mit seinem Schild und damit auch mit seiner Ehre. Denn der Hammer war ein Abbild Miölnirs, der Waffe Donars. Wenn Thorag den Schild bei sich trug, ging die Kraft des Donnergottes auf ihn über. Verlor er den Schild aber, war das eine Beleidigung Donars und ein Ehrverlust Thorags. Wie der Hammer auf dem Schild stellten auch die bronzene Schnalle von Thorags Wehrgehänge und die Bronzefibel, die seinen Umhang über der Schulter zusammenhielt, Abbildungen Miölnirs dar; beides hatte der Schmied Radulf gefertigt.

Der Bauer und sein Sohn blickten Thorag mit großen Augen an, aber jeder auf seine Weise. Aus Thidriks Blick sprach eine Mischung aus Ehrfurcht und Dankbarkeit, aus dem Haskos eine nur noch größere Ablehnung.

Draußen brach vollends die Dunkelheit herein, und ein paar der Knechte und Mägde, die im zum Stall grenzenden Wohnraumteil an einer Tafel saßen, standen auf, um die Windaugen zu schließen. Das einzige Licht kam vom prasselnden Herdfeuer. Jetzt, wo die Windaugen geschlossen waren, spürte Thorag stärker den sich im Haus verteilenden Rauch des Feuers, der durch das kleine Loch im Dachgiebel nur spärlichen Abzug fand.

»Wir hätten zu Ehren eures Besuches gern ein Schwein geschlachtet«, sagte Thidrik. »Aber dieser Herumtreiber von Eiliko, der die Schweine zum Füttern in den Wald geführt hat, ist noch nicht zurückgekehrt.«

»Wir haben ihn unterwegs getroffen«, berichtete Armin. »Er hielt uns anfangs für Römer und schien sehr große Angst vor uns zu haben. Weshalb?«

Thorag bemerkte, wie Thidrik einen Blick mit seinem Sohn wechselte. Der Schnauzbart des Hofherrn zitterte leicht, als er antwortete: »Das weiß ich nicht, Herr. Eiliko ist noch ein Kind und hat viele Flausen im Kopf.«

»Flausen schienen es nicht zu sein, Thidrik. Eiliko erzählte etwas von Steuern, die du nicht bezahlen kannst.«

Thidrik seufzte leise. »Steuern zu bezahlen, ist oft nicht leicht. Bevor die Römer kamen, schuldeten wir niemandem Abgaben, hatten nur Treue und Tapferkeit gegenüber unseren Fürsten zu erbringen. Jetzt plötzlich müssen wir den Römern Vieh, Leder, Wolle, Korn, ja selbst Milch, Käse und Honig geben, häufig so viel, daß uns selbst nicht genug übrigbleibt!« Der Bauer hatte sich in große Erregung hineingesteigert, und das Glühen seiner Augen erinnerte an seinen Sohn. »Was aber geben uns die Römer dafür?«

»Ihren Schutz und ihre Gesetze«, antwortete Armin.

»Früher brauchten wir keinen fremden Schutz und keine fremden Gesetze. Wurden wir bedroht, zogen wir mit unseren Fürsten in den Kampf und schlugen den Feind zurück. Und die Gesetze der Römer? Unsere Fürsten sprechen Recht, und in schweren Fällen entscheidet das Thing der Freien. Genügt das nicht?«

»In Zukunft nicht mehr. Die Welt verändert sich mit jedem Sommer. Wir haben viel von ihr gesehen und von der Macht der Römer. Es kann für uns nur gut sein, uns ihrem Schutz anzuvertrauen.«

Erst wollte Thidrik etwas auf Armins letzte Bemerkung erwidern, aber dann kniff er die Lippen fest zusammen und schluckte hinunter, was ihm auf der Zunge gelegen hatte. Auch gegen seine Erregung kämpfte er an, bis er im gemäßigten Tonfall sagte: »Vielleicht hast du recht, edler Armin. Wie du sagst, du hast viel gesehen von der Welt und den Römern. Ich kenne nur das Land der Cherusker. Was kann ich schon sagen.«

Hasko schien damit gar nicht einverstanden zu sein. Bevor er aber den Mund öffnen konnte, brachte ihn sein Vater mit einer Handbewegung zum Schweigen und rief laut nach einen Knecht, um frischen Met aufzutragen.

Plötzlich drangen von draußen Geräusche, lautes Quieken und Grunzen, herein.

»Die Schweine sind zurück«, stellte Thidrik fest und hob sein frisch gefülltes Trinkhorn in Armins Richtung. »Leider zu spät, um daraus ein Festmahl für den jungen Herzog der Cherusker zu machen.«

»Noch bin ich nicht Herzog«, wehrte Armin ab. »Erst müssen mich die Frilinge auf dem Thing bei den Heiligen Steinen wählen.«

Noch während der Sohn des toten Herzogs sprach, war Hasko aufgesprungen und an der Gesindetafel vorbei zur Tür gegangen.

»Wohin willst du, Sohn?« fragte Thidrik.

»Ich werde mir Eiliko vornehmen, damit er nicht noch einmal so lange mit den Schweinen wegbleibt.«

Astrid, die an der Gesindetafel saß, blickte Hasko ängstlich nach. Er ließ die Tür offenstehen. Kurz darauf hörten sie von draußen seine laute Stimme, klatschende Geräusche und dann das Wimmern einer helleren Stimme.

»Eiliko«, stieß Astrid halblaut hervor. Ihre dunklen Augen richteten sich auf die Türöffnung.

Als erneut Haskos erregte Stimme hörbar wurde, die noch unbeherrschter klang als zuvor, sprang Thorag von seinem Schemel auf und lief nach draußen. Das Licht der Sterne und des fast vollen Mondes war hell genug, um ihn alles sehen zu lassen: Die Schweineherde, die vor dem Haus quiekte; Hasko, der breitbeinig mitten zwischen den Tieren stand, sich nach unten beugte und unter wüsten Beschimpfungen auf jemanden einschlug.

Auf jemanden? Als er näher heranging, erkannte Thorag den Jungen, der auf dem Rücken lag und schützend seine Arme vor seinen Kopf hielt. Aber es half ihm wenig. Immer wieder trafen ihn Haskos harte Schläge am Kopf und am ganzen Körper.

»Aufhören!« rief Thorag.

Hasko hörte nicht auf ihn. Vielleicht nahm er Thorags Aufforderung in seiner Raserei gar nicht wahr. Mit verzerrtem Gesicht stand er über dem Jungen und schlug wieder und wieder zu. Thorag hatte das unbestimmte Gefühl, daß diese Schläge nicht Eiliko galten, sondern in Wahrheit jemand ganz anderem.

Thorag sprang zwischen den Tieren hindurch und über sie hinweg, um Hasko zurückzureißen. Der Bauernsohn hatte gerade zu einem neuen Schlag angesetzt. Sein eigener Schwung riß ihn von den Beinen. Hasko ruderte kurz hilflos mit den Armen und landete zwischen den Schweinen im Dreck.

Er schüttelte den Kopf, um seine Benommenheit loszuwerden. Aus seinen Augen schossen tödliche Flammen zu Thorag herüber, während er langsam aufstand.

»Das wirst du büßen!« knurrte Hasko und hatte auch schon den Dolch aus der Lederscheide an seiner linken Seite gerissen. »Niemand greift ungestraft einen freien Cherusker an, auch nicht ein Edeling!«

»Komm nur«, sagte Thorag ruhig und zog ebenfalls seinen Dolch. Alle übrigen Waffen hatte er im Haus abgelegt. »Es wird eine ganz neue Erfahrung für dich sein, gegen einen Mann zu kämpfen, der sich wehren kann.«

»Halt!« erscholl es da vom Haus.

Thorag erkannte die Stimme sofort. In vielen Schlachten hatte er sie im dichtesten Getümmel vernommen und sich stets nach ihr gerichtet. Die Stimme seines Tribuns Armin.

Der Sohn des Segimar war mit seinen Begleitern und Thidrik, gefolgt von Knechten und Mägden, vor das Haus getreten. Jetzt traten sie langsam näher.

»Was ist hier los?« fragte Armin.

»Dieser Edeling aus deinem Gefolge hat mich angegriffen, Herr«, antwortete Hasko und zeigte auf Thorag.

»Vergiß nicht zu erzählen, daß du Eiliko halbtot geschlagen hast, Hasko«, sagte Thorag, der seinen ruhigen Tonfall bewahrte.

»Das war mein gutes Recht«, verteidigte sich der Bauernsohn. »Eiliko ist Leibeigener meines Vaters. Solange Thidrik nicht dagegenspricht, kann ich mit dem Jungen tun, was mir beliebt.«

»Fragen wir doch Thidrik«, schlug Armin vor und sah den Bauern fragend an.

Dem war die Rolle, die ihm plötzlich zugefallen war, sichtlich unangenehm. Seine Mundwinkel zeigten wie die Enden seines Schnurrbarts nach unten, und seine Stirn lag in tiefen Falten. »Der Edeling Armin und sein Gefolge genießen das Gastrecht in meinem Hause«, sagte er schließlich, als er zu einer Entscheidung gelangt war. »Wohl war es nicht recht, was der Edeling Thorag tat, aber um das Gastrecht zu wahren, werden Hasko und ich darüber hinwegsehen.«

»Eine weise Entscheidung, Thidrik«, lobte Armin. »Eines freien Cheruskers würdig.«

»Was ist mit Eiliko?« fragte Thorag und sah den Jungen an, der, schwer atmend, noch am Boden lag.

»Er ist genug bestraft«, verkündete Thidrik. »Astrid wird sich um ihren Bruder kümmern.«

Das ließ sich die junge Frau nicht zweimal sagen. Kaum hatte ihr Gebieter ausgesprochen, da kauerte sie auch schon neben ihrem Bruder und tupfte mit einem Zipfel ihres Kleides das Blut aus seinem Gesicht.

Thorag steckte als erster seinen Dolch zurück in die Scheide. Hasko tat es ihm nur widerwillig nach. Thorag erkannte deutlich, daß Thidriks Sohn am liebsten gegen ihn gekämpft hätte. Hasko mußte sich sehr viel auf seine kämpferischen Fähigkeiten einbilden. Oder sein Haß war ungeheuer.

Als Thidrik und Hasko mit ihren Gästen wieder an einem Tisch saßen, war die Stimmung mehr als gedrückt.

Die Unterhaltung gelangte über einsilbige Bemerkungen

kaum hinaus. Auch an der Gesindetafel war es stiller geworden. Vielleicht wollten Knechte und Mägde vermeiden, den Sohn ihres Herrn durch eine unbedachte Äußerung noch mehr zu reizen.

So war es kein Wunder, daß man schon bald beschloß, sich zur Ruhe zu begeben. Das Gesinde deckte erst die Tafeln ab und stellte diese dann beiseite. Die Bänke an den Längsseiten des Hauses, die eben noch als Sitzgelegenheiten gedient hatten, wurden mit zusätzlichen Decken und Fellen als Nachtlager hergerichtet.

Thorag verließ das Haus. Er wollte sich an dem Bach saubermachen, der mitten durch das Gehöft floß. Aber er wollte auch nach Astrid und Eiliko Ausschau halten, die er seit dem Streit mit Hasko nicht mehr gesehen hatte.

Thorag hatte Umhang und Kittel auf einen großen Stein gelegt und wusch sich mit dem frischen Wasser, als er ein leises Rufen hörte: »Herr!«

Er drehte sich um und entdeckte Astrid, die zwischen einigen Hütten stand.

Er trocknete seinen Oberkörper mit dem Kittel ab und warf den Umhang aus fein gegerbtem Hirschleder lose um seine Schultern, bevor er sich der jungen Frau näherte und sich nach Eiliko erkundigte.

»Langsam geht es meinem Bruder besser.« Astrid zeigte auf eine der Hütten. »Er liegt hier drin.«

Thorag folgte ihr in die Hütte, in der kein Feuer brannte. Aber das durch die Türöffnung einfallende Himmelslicht beleuchtete den großen Webstuhl, neben dem Eiliko auf dem Boden lag, in Felle und Decken gehüllt und mit einem dicken Verband um die Stirn.

»Leise«, sagte Astrid und legte den Zeigefinger vor den Mund. »Eiliko schläft. Ich möchte mich bei dir bedanken, edler Thorag. Und ich möchte dich warnen.«

»Warnen?« fragte der Cherusker überrascht. »Wovor?«

»Vor dem Schlaf. Ich habe eben ein Gesicht gehabt. Darin sah ich dich, wie du im Schlaf lagst. Als du die Augen aufschlugst, war Blut um dich herum, überall.«

»Ich verstehe dich nicht.«

»Ich habe manchmal diese Gesichte«, erklärte Astrid. »Ich

hoffe, du sagst es niemandem weiter, Thorag. Ich möchte nicht der Zauberei angeklagt werden. Ich tu' es auch nicht absichtlich. Aber manchmal sehe ich einfach Dinge vor mir, die noch nicht geschehen sind.«

»Und die später geschehen?«

Astrid nickte.

»Diesmal hast du mich gesehen, inmitten von Blut?«

Sie nickte erneut.

»Was bedeutet das?«

»Ich weiß es nicht genau«, antwortete Astrid zaghaft. »Jedenfalls nichts Gutes. Das Haus, in dem du geschlafen hast, sah aus wie Thidriks Haus. Ich fürchte, daß dir hier Gefahr droht. Vielleicht auch deinen Begleitern. Flieh dieses Haus, so schnell du kannst!«

Während der letzten Worte verkrallte sie ihre Hände in seinem nackten Oberarm und sah Thorag aus weit aufgerissenen Augen flehend an. Als ihr das bewußt wurde, löste sie schnell ihren Griff und trat einen Schritt zurück. Zu spät hatte sie erkannt, daß sie unerlaubterweise die unsichtbare Grenze überschritten hatte, die zwischen einer Leibeigenen und einem Edeling bestand.

»Wie kann ich das tun?« fragte Thorag, dem Astrids Berührung keineswegs unangenehm gewesen war. »Wo sollen wir übernachten? Mit welcher Begründung sollen wir Thidriks Gastfreundschaft ausschlagen?«

Astrid sah ihn unsicher an. »Ich weiß es nicht, Herr. Aber tut es!«

Ihre Stimme war lauter geworden, und Eiliko wälzte sich stöhnend auf seinem Lager herum. Um ihn nicht zu stören, verließen sie die Hütte.

»Thidriks Haus ist ebensowenig gut für dich, Thorag, wie für Eiliko und mich«, sagte Astrid, während sie auf die das Gehöft beherrschende Behausung ihres Herrn starrte.

»Wie seid ihr hierhergekommen?«

»Unser Vater war ein Freigelassener an der Grenze zum Land der Sugambrer. Aber das Thing verweigerte ihm den Stand als Freier, weil er Schulden bei seinem Gefolgsherrn hatte. Um seine Schulden begleichen zu können, verkaufte Vater uns an einen fahrenden Händler, einen Sugambrer. Der Händler kaufte viel Leder und viele Pelze von Thidrik. Als Bezahlung ließ er uns zurück. Ich glaube, meine Gabe hat dem Händler angst gemacht. Er schärfte mir ein, Thidrik gegenüber nichts von meinen Gesichtern zu erzählen.«

»Und?« fragte Thorag. »Hast du etwas erzählt?«

Sie schüttelte den Kopf und sah dabei ängstlich aus. »Ich will nicht als Zauberin dastehen. Außer dir weiß es nur Eiliko.«

»Ich werde dein Geheimnis bewahren«, versprach Thorag, und Astrid sah ein wenig erleichtert aus. »Aber das heißt auch, daß ich keinen Grund angeben kann, Thidriks Gastfreundschaft auszuschlagen.«

Sofort betrübte sich das schöne Gesicht der jungen Frau wieder, und der flehende Ausdruck kehrte in ihre Augen zurück. »Dann versprich mir, vorsichtig zu sein, Thorag!«

»Das bin ich stets. Heute nacht will ich es ganz besonders sein.«

Menschen traten, sich laut unterhaltend, aus dem Haus. Astrid verabschiedete sich hastig und schlüpfte in die Webhütte zurück. Thorag verstand. Sie wollte Haskos Unmut nicht erneut auf sich und ihren Bruder lenken. Ein weiteres Mal würde Thorag den Geschwistern kaum beistehen können. Er hatte die Grenzen, die ihm das ungeschriebene Recht der Cherusker setzten, schon überschritten, als er Hasko an Eilikos Bestrafung hinderte, mochte diese auch noch so ungerecht gewesen sein. Wandte er sich noch einmal gegen Hasko, konnte Thidrik das ganz zu Recht als einen Mißbrauch der von ihm gewährten Gastfreundschaft auslegen. Und außerdem würde Thorag dadurch seinen Gefolgsherrn Armin in eine mißliche Lage bringen.

Weniger vernünftig erschien ihm allerdings Astrids nebulöse Warnung. Sollte er die Geschichte mit ihren Gesichtern glauben? War sie wirklich eine Zauberin, eine Hexe? Unsinn, sagte er zu sich selbst, als er zurück zum Haus ging. Aber andererseits – auch Thorag wurde zuweilen von Träumen heimgesucht, in denen die Götter zu ihm sprachen. Und weshalb hatte Astrid ihn sonst vor Thidriks Haus gewarnt? Hatte sie ihn angelogen? Auch das konnte er sich nicht vorstellen.

Voller Fragen und Zweifel legte er sich auf einen freien Platz der Pritsche nieder und deckte sich mit einer Wolldecke zu. Vorher hatte er sein zweischneidiges Schwert, das in einer mit bronzenen Zierblechen beschlagenen Holzscheide steckte, neben sich auf die Pritsche gelegt. Und unter der Pritsche lehnte sein runder, bemalter Schild an der Wand.

Die vielen Gedanken, die Thorag durch den Kopf gingen, ließen ihn nur schwer einschlafen. Immer wieder sah er ein Gesicht vor sich. Ein schönes, ebenmäßiges Gesicht, umrahmt von pechschwarzem Haar. Das Gesicht einer jungen Frau. Astrids Gesicht. Er wollte nach den sanften Zügen greifen, seine Hände über sie streichen lassen. Da veränderten sich die Züge und die Farbe der Haare, die plötzlich hellblond waren. Jetzt waren es Aujas Züge.

Als Thorag dann endlich einschlief, träumte er von seiner Kindheit.

Kapitel 2

Die Wolfshäuter

Die Ebene, die der einsame Mann durchschritt, war windstill. Der wolkenlose blaue Himmel eines Sommertags lag über dem Land.

Aber über dem Hügel, auf den er zuschritt, tobte ein Sturm von solcher Gewalt, als hätten ihn die Götter selbst entfacht. Der Himmel über dem Hügel war nachtdunkel, wurde nur hin und wieder von grellen Blitzen zerrissen, die ihn geradezu aufspalteten. Jedem Blitz folgte der unvermeidliche mächtige Donner, so kraftvoll, daß das Land erbebte und der einsame Mann ins Wanken geriet.

Trotzdem hielt er unbeirrbar auf den Hügel zu, verließ die sanften grünen Wiesen in seinem Rücken, um in den Sturm hineinzumarschieren. Was trieb den jungen Cherusker voran? Ja, jetzt erkannte er sich, er war es, Thorag selbst.

Wider Erwarten warf ihn der Sturmwind nicht zu Boden. Ganz im Gegenteil, er bildete einen Sog, der Thorag förmlich auf die Spitze des Hügels zu reißen schien. Jedenfalls erklomm er die felsige, kahle Anhöhe mit einer nie für möglich gehaltenen Schnelligkeit.

Dann stutzte er plötzlich, als er die große dunkle Gestalt erblickte, die oben auf der Hügelkuppe stand. Reglos, den Blick auf Thorag gerichtet, wartend. Das glaubte Thorag zumindest. Denn obwohl er den Blick des anderen zu spüren vermeinte, blieb ihm dessen Gesicht, wie hinter einer schwarzen Wolke, verborgen.

Als Thorag weiterschritt, erkannte er, daß die Gestalt nicht allein war. Rechts und links von ihr stand je ein gehörntes Tier. *Zähneknirscher und Zähneknisterer*, schossen Thorag die Namen der beiden Böcke durch den Kopf. Und dann, als die Gestalt auf der Hügelkuppe einen Arm ausstreckte und ein neuerlicher Blitzstrahl augenblicklich den dunklen Himmel aufriß, erreichte den Cherusker mit dem anrollenden Donner auch das Wissen, mit wem er es zu tun hatte.

Donar, auch Thor genannt, der mächtige Gott des Donners und des Blitzes, der gefürchtete Hammerschleuderer, Feind der Riesen und Schutzgott von Thorags Familie, die ihre Abstammung direkt auf den Donnergott zurückführte.

Mit gestärkter Zuversicht setzte der Cherusker seinen Aufstieg fort und war bald nur noch wenige Schritte von Donar und den beiden großen Böcken entfernt. Der Donnergott, den er weiterhin nur schemenhaft sah, griff unter seinen Umhang, als wolle er etwas hervorholen. Eine Gabe für Thorag?

Es war etwas Langes, Glänzendes. Thorag dachte an den Hammer Miölnir. Aber es war länger und schlanker als Donars von seinen Feinden gefürchteter Hammer. Im Licht des neuen Blitzes erkannte Thorag ein scharfes Schwert, das von der Gestalt durch die Luft geschwungen wurde.

Unwillkürlich wich Thorag zur Seite aus …

… und entging nur knapp einem Schlag, der ihn das Leben gekostet hätte. Dicht neben seinem Kopf zerteilte die scharfe Klinge die Felle, auf denen Thorag gelegen hatte, und schnitt tief in das Holz der Pritsche.

Der Schlag löste in Thorag Panik aus. Er riß die Augen auf und zwang sich, die einlullende Schläfrigkeit und die süße Mattigkeit des reichlich genossenen Mets augenblicklich zu verdrängen. Aber es fiel ihm schwer. Hätte er sich nur Astrids Warnung mehr zu Herzen genommen, hätte er nur weniger von dem berauschenden Honigwasser genossen!

Sein Gegner, in dem durch die offene Tür einfallenden schwachen Licht nur schemenhaft erkennbar, grunzte unwillig und erregt zugleich, während er das große Schwert zum neuen Schlag erhob. Hatte Thorag beim ersten Angriff, aufgeschreckt durch den seltsamen Traum, unwillkürlich reagiert, so wurde nun der an Jahren junge, aber an Erfahrungen reiche Krieger in ihm wach. Er ruckte hoch, stützte seine Hände auf der Pritsche ab, stemmte den Rücken gegen die Wand und ließ beide Füße nach vorn schießen. Sie trafen den Angreifer in dem Augenblick, als er das Schwert zum zweitenmal auf Thorag niederfahren lassen wollte, in den Magen. Mit einem gurgelnden Stöhnen taumelte der Unbekannte rückwärts, während seine Klinge statt Thorag nur die Luft zerteilte.

Jetzt konnte Thorag die Gestalt des Gegners etwas besser erkennen. Aber was er sah, war nicht dazu geeignet, ihn zu beruhigen: Auf dem Körper eines Mannes schien der Kopf eines Wolfes zu sitzen. Die spitzen Ohren stachen deutlich genug gegen das schwache Licht ab. Ein aufrecht gehender Wolf, der mit dem Schwert kämpfte?

Auch die zweite Entdeckung war beunruhigend. Durch die offene Tür drangen weitere jener seltsamen Wolfsmenschen ins Haus ein. Thorag hörte das Klirren ihrer Waffen und dachte erschaudernd an die Wolfshäuter, von denen die Mutter an langen Winterabenden erzählt hatte. Jene gewaltigen, fast unbesiegbaren Krieger, die in der Haut von Wölfen steckten und auch mit dem Blutdurst, der Wildheit und der Kraft dieser Bestien ausgestattet waren.

Thorag stieß laute Warnrufe aus, die seine Gefährten wachrütteln sollten, und sprang von der Pritsche auf. Sein griffbereites Schwert packte er mit beiden Händen; wenigstens insoweit hatte er Astrids Warnung beherzigt. Eine ruckartige Bewegung, und die hölzerne Scheide flog davon, um irgendwo klappernd gegen die Wand und dann auf den Boden zu schlagen. Er hielt das zweischneidige Eisen mit beiden Händen schützend vor sich und bewegte sich auf seinen Gegner zu, während rings um ihn herum Armin und die anderen Edelinge den Kampf gegen die Wolfshäuter aufnahmen.

Der Wolfshäuter, der Thorag angegriffen hatte, hatte sich von der Gegenwehr des Fürstensohns erholt und trat ihm schnaufend und mit funkelnden Augen entgegen. Thorag fing seinen Schlag mit dem Langschwert ab. Nicht nur ihre Klingen stießen funkensprühend aufeinander. Das ganze Haus war erfüllt vom Keuchen der Krieger, vom Klirren der Waffen, vom Geschrei der erschrockenen Frauen und Kinder. Selbst das Vieh spürte, daß etwas nicht in Ordnung war, und das ängstliche Brüllen und Grunzen übertönte fast den Kampflärm.

Thorag spannte seine Muskeln bis zum Zerreißen, um dem Druck des Wolfshäuters standzuhalten. Jeder preßte seine Klinge gegen die des anderen, von dem Willen beseelt, den Gegner zum Nachgeben zu zwingen. Der Edeling hörte sein eigenes heftiges, stoßweises Atmen und spürte den heißen Atem seines Gegenübers im Gesicht.

»Stirb, Römling!« preßte der Wolfshäuter mit einer Stimme hervor, die Thorag bekannt vorkam. Gleichzeitig erhöhte er den Druck gegen den Edeling.

Thorag machte einen gewandten, schnellen Schritt zur Seite und zog seine Klinge weg. Der Druck des Wolfshäuters ging plötzlich ins Leere und riß ihn mit sich. Er war ein starker Mann, aber kein erfahrener Krieger. Er verlor das Gleichgewicht und stürzte vor der Pritsche vornüber. Etwas bohrte sich durch seinen Körper, während er mit einem qualvollen Röcheln sein Leben aushauchte. Beim Sturz hatte er die eigene Schwertklinge durch seinen Leib gerammt. Zusammengekrümmt kauerte er auf dem Boden. Die blutige Eisenspitze lugte aus seinem Rücken.

Die Stimme des Wolfshäuters ging Thorag nicht aus dem Kopf. Und auch nicht der stechende Blick, der ihm selbst in diesem Halbdunkel aufgefallen war. Vorsichtig näherte er sich dem anderen. Der mußte zwar tot sein, aber konnte man das bei einem Wolfshäuter so genau wissen?

Sein Schwert zum Schlag bereit in der Rechten, zog Thorag mit einer raschen Bewegung der Linken das Wolfsfell vom Kopf des anderen. Also hatte er sich nicht getäuscht. Es war Hasko, Thidriks Sohn. Selbst jetzt, wo sie vom Tod gebrochen in unendliche Ferne starrten, vielleicht nach Walhall gerichtet, lag in seinen Augen der unversöhnliche Haß, mit dem er den Edelingen von Anfang an begegnet war. Seine Worte hallten in Thorag wider: *Stirb, Römling!*

Als Thorag sich in dem allgemeinen Kampfgetümmel umschaute, mußte er feststellen, daß seine sämtlichen Gefährten in Auseinandersetzungen verwickelt waren. Die Zahl der Wolfshäuter war derjenigen der Verteidiger, die beiden Pannonier eingeschlossen, mindestens ebenbürtig, vielleicht sogar leicht überlegen. Ja, Armin kämpfte gegen zwei Angreifer zugleich und schien sich doch nicht in Bedrängnis zu befinden.

Gerade hatte Thorag beschlossen, seinem Gefolgsherrn beizuspringen, als er aus der Nähe des Stalls einen langgezogenen Schmerzensschrei vernahm. Er sah den jungen Albin dort auf dem Boden knien. Blut floß aus seiner rechten Schulter, und sein Schwert lag ein Stück neben ihm auf dem Estrich. Mit bloßen Händen versuchte er, einen Wolfshäuter davon abzuhalten, seine Brust mit dem Schwert zu durchbohren.

Thorag hetzte durch den Raum und hatte Albin fast erreicht, als diesen die Kräfte verließen. Die verletzte Schulter raubte dem rechten Arm die Festigkeit. Als seien sämtliche Sehnen durchtrennt, fiel der Arm plötzlich nach unten. Die Linke allein vermochte den Wolfshäuter nicht aufzuhalten. Wie zuvor Haskos Brust wurde jetzt die Albins von scharfem Eisen durchbohrt.

»Neeeiiin!« schrie Thorag, als er den Gefährten vieler Schlachten fallen sah.

Sein Schrei warnte den Wolfshäuter. Mit einem Ruck zog er sein Schwert aus Albins Brust und streckte dem heranstürmenden Edeling die blutüberströmte Klinge entgegen.

»Schrei nicht, Römling!« rief der Wolfshäuter. »Kämpf lieber!«

Schon wieder eine Stimme, die Thorag bekannt vorkam. Zuerst dachte er an Thidrik. Aber er hatte sich getäuscht.

Die Tür war ganz in der Nähe und das Licht hier deshalb etwas stärker als an Thorags Schlafplatz. Er konnte Thidrik sehen, der bei seiner Frau und seinen noch jungen Töchtern stumm und starr am Boden kauerte und das blutige Gemetzel in seinem Haus mit ansah.

So wie der Bauer, der Armin und seinem Gefolge vor Stunden noch Gastrecht und Schutz gewährt hatte, griffen auch seine Knechte nicht in den Kampf ein. Aus Angst oder aus Berechnung?

Als Thorag Albins Mörder fast erreicht hatte, machte dieser einen schnellen Ausweichschritt zur Seite. Ein Manöver, auf das der Edeling normalerweise nicht hereingefallen wäre. Aber Albins Tod hatte seinen Zorn derart entfacht, daß er seine Vorsicht vergaß. Er lief ins Leere, stolperte und spürte schon den Luftzug des fremden Schwertes über seinem Kopf. Im letzten Augenblick ließ er sich fallen, und der Streich ging über ihn hinweg.

Thorag fiel weich. Der harte Estrich war lockerem Lehmboden gewichen, weil er sich bereits im Stallteil des Hauses befand. Im Mittelgang zwischen den Rinderboxen ging er zu Boden und rollte sich, die Gefahr ahnend, augenblicklich ab. Das war seine Rettung. Wo er eben noch gelegen hatte, pflügte das Schwert des Wolfshäuters den Boden.

Sein Schwert in der Rechten, zog sich Thorag mit der Linken an dem hölzernen Gitter einer Rinderbox hoch und hörte die seltsam bekannte Stimme des Feindes rufen: »Weich nicht aus, Thorag! Oder bist du ein Feigling? Ich kriege dich doch!«

Der Wolfshäuter kannte seinen Namen. Und Thorag kannte seine Stimme. Aber er konnte sich nicht erinnern, woher. Nur eins glaubte er zu wissen: Er hatte die Stimme häufig gehört, doch es war schon lange Zeit her.

Zu weiteren Überlegungen ließ ihm das auf ihn herabsausende Schwert keine Zeit. Thorag stieß sich von dem Rinderkasten ab. Die schwere Eisenklinge ließ das Holz zersplittern, und das Gitter schwang auf.

Thorag hatte ein Ausweichen zur Seite vorgetäuscht, war dann aber auf den Wolfshäuter losgestürmt und schlug seine linke Faust gegen dessen Gurgel. Benommen wich der Unbekannte zurück. Thorag packte sein Schwert mit beiden Händen, um dem Gegner den Todesschlag zu versetzen.

Aber er hatte den Wolfshäuter unterschätzt. Der schien nur darauf gewartet zu haben, daß Thorag seine Brust ungeschützt ließ. Er riß sein Schwert mit kaum glaublicher Schnelligkeit hoch und stieß es gegen Thorag, um ihn ebenso zu durchbohren wie zuvor Albin. Durch eine Drehung zur Seite entging der Edeling dem tödlichen Stoß. Die Klinge fuhr an seiner Brust vorbei. Der Schwung des Wolfshäuters ließ den Mann gegen Thorag prallen. Beide verloren ihre Schwerter, stolperten und stürzten in der Rinderbox zu Boden.

Für Sekunden sah Thorag nur Fell über sich. Das Wolfsfell seines Gegners und das Fell der Kuh, in deren Ruheplatz sie eingedrungen waren. Überall an Thorag klebte der stinkende Unrat des Tieres. Aber das war jetzt bedeutungslos. Der Wolfshäuter saß rittlings auf ihm, zog seinen Dolch und führte die Klinge mit einem wütenden Schrei gegen den Edeling.

Mit aller Kraft riß Thorag sein rechtes Knie hoch. Sein Oberschenkel stieß zwischen die Beine des Wolfshäuters, dahin, wo es einen Mann am meisten schmerzt. Der Getroffene jaulte auf wie ein geprügelter Hund, verlor das Gleichgewicht und fiel neben Thorag in den Dreck. Statt Thorags Haut riß der große Dolch nur verkrusteten Unrat auf.

Der Edeling rollte sich auf den Wolfshäuter und saß jetzt in einer ähnlichen Position auf ihm, wie sie zuvor sein Gegner eingenommen hatte. Das Wolfsfell rutschte vom Kopf des Mannes, aber sein Gesicht blieb in der Dunkelheit verborgen, die in der Rinderbox größer war als im Wohnteil. Die Kuh brüllte in einer Mischung aus Angst und Wut und verdrückte sich vor den Eindringlingen in die hinterste Ecke.

Ein Faustschlag traf Thorag ins Gesicht. Sein Gegner riß die andere Hand hoch; sie hielt noch immer den Dolch umklammert. Die schmutzige Klinge fuhr auf Thorags Kopf zu, als der Edeling den Unterarm des Feindes mit beiden Händen umklammerte und in die entgegengesetzte Richtung drehte. Ein Schmerzensschrei, die Hand des Wolfshäuters öffnete sich, und der Dolch landete erneut im Dreck.

Der Wolfshäuter vertrödelte keine Zeit. Beide Hände schlossen sich um Thorags Hals und drückten ihn so fest zu, daß dem Edeling schon nach wenigen Sekunden die Luft wegblieb. Er konnte sich frei machen, indem er sich nach hinten warf. Rücklings fiel er in den Dreck der Rinderbox und fühlte sich auf einmal ausgepumpt. Sein Hals schmerzte wie bei der schlimmen Erkältung, die er sich als kleiner Junge zugezogen hatte. Nein, schlimmer.

Nicht liegenbleiben! hämmerte er sich ein und stand torkelnd auf, mit der Hand Halt an der Einfriedung der Rinderbox suchend.

Es stimmte offenbar, was man sich über die Wolfshäuter erzählte. Sie verfügten tatsächlich über unerschöpfliche Kräfte, gaben sich niemals geschlagen. Thorags Gegner war ebenfalls schon wieder auf den Beinen, hatte seinen Dolch aus dem Dreck gezogen und stürmte auf den Edeling zu. Der konnte gerade so viel vom Gesicht des Angreifers sehen, um zu erkennen, daß es zu einer wütenden, haßerfüllten Fratze verzerrt war.

Thorag wischte alle Gedanken an die angebliche Unbesiegbarkeit der Wolfshäuter beiseite. Auch Hasko war gestorben. Wie der Sohn des Bauern war auch der Angreifer vor ihm kein halbtierisches Ungeheuer, sondern ein Mensch!

Mit einer tausendfach geübten Bewegung zog Thorag seinen eigenen Dolch aus der lederumspannten Scheide an seiner Hüfte und rannte in den anderen hinein. Er wollte der Sache ein Ende machen.

Die Körper der beiden Männer prallten schwer aufeinander. Vergeblich erwartete Thorag den stechenden Schmerz, den er von früher kannte, wenn er in der Schlacht verwundet worden war. Während der Edeling noch wartete, stöhnte der Wolfshäuter gequält auf und sackte an Thorag hinunter zu Boden. Thorags Dolch steckte tief in seiner linken Brustseite.

Der Verwundete hob den Kopf, um etwas zu sagen. Statt Worten kam nur Blut über seine Lippen. Seine Körpersäfte ausspeiend, verendete der Wolfshäuter zu Thorags Füßen.

Der Edeling verspürte kein Mitleid. Nur Stolz über seinen Sieg. Und Erleichterung darüber, daß der Kampf vorüber war.

Der Kampf!

Abrupt wandte er sich um, als ihm bewußt wurde, daß er keinen Kampflärm mehr aus dem Wohnteil hörte. Kein Schreien und Keuchen, kein Schwerterklirren.

Er sah ein paar Männer, die auf ihn zukamen. Einer hielt eine am Herdfeuer entzündete Fackel in der Hand, deren flackerndes Licht auf ein verschrammtes, blutiges Gesicht fiel. Es war Klef. Die anderen waren Armin, Brokk und Pal.

»Wo sind die Wolfshäuter?« fragte Thorag unter Schmerzen. Sein Hals tat weh. Sein Atem rasselte heftig.

»Geflohen«, antwortete Armin, dessen linke Wange von einer blutigen Kerbe verunstaltet wurde. »Oder tot. Einen habe ich erwischt, den anderen du, Thorag.«

»Zwei«, erwiderte Thorag und zeigte auf den Mann zu seinen Füßen. »Ihn und Hasko.«

»Hasko war also einer von ihnen«, brummte Armin. »Das überrascht mich kaum.«

Von draußen erscholl plötzlich Pferdegetrappel, das rasch leiser wurde.

»Die feigen Meuchler fliehen«, sagte Armin mit unverhohlener Verachtung. »Dem Kriegsgott Tiu sei Dank, daß drei von ihnen den Schwertern von Thorag und mir zum Opfer fielen.«

»Bei diesem kam ich leider zu spät«, sagte Thorag. »Bevor ich eingreifen konnte, tötete er Albin.«

»Albin?« echote Klef erschrocken und suchte mit seiner Fackel den Boden ab. »Wo?«

»Dort«, antwortete Thorag und führte Klef zu der Stelle.

Klef ging neben dem Körper seines jüngeren Bruders in die Knie und ließ das Licht der Fackel auf Albin fallen. Der Widerschein der flackernden Flamme war das einzige Leben auf Albins glattem Gesicht, das fast wie das eines Mädchens wirkte und nichts von der Tapferkeit verriet, die diesen jungen Mann ausgezeichnet hatte.

»Albin«, flüsterte Klef und sah seinen toten Bruder an. »Nach so vielen Kämpfen in der Fremde, die wir lebend überstanden, stirbst du so nah der Heimat. Warum?«

Armin trat neben Klef und legte eine Hand auf dessen Schulter. »Albin ist als tapferer Krieger gefallen, wie sich das für einen aufrechten Cherusker geziemt. Besser der Tod durch die Klinge in der Jugend als der Strohtod im Alter. Du kannst stolz auf deinen Bruder sein, Klef. Albin wird sicher seinen Platz in Walhall finden. Und wenn dereinst am Ende der Zeit die Götter zur letzten Schlacht gegen die Unholde rüsten, wird Albin an Wodans Seite stehen.«

Klef erhob sich. »Deine Worte sind gut und richtig, Armin. Mit ihnen werde ich Balder, meinem Vater, von Albins Tod berichten.«

»Nicht nur du hast deinen Bruder verloren, Klef«, sagte Armin und zeigte auf den mit Wunden gespickten Pannonier, der hinter ihm stand. »Auch Pal hat seinen Bruder Imre eingebüßt.«

Aus einer hinteren Ecke des Wohnteils, etwa dort, wo Thorag geschlafen hatte, drangen Klagelaute zu den Edelingen. Sie gingen dorthin, wo sie auf Thidrik und seine Frau Amma trafen. Der Bauer kniete am Boden und hielt seinen toten Sohn in den Armen. Amma hockte daneben und weinte hemmungslos.

Armin warf einen strengen Blick auf Thidrik. »Deine Frau weint um einen Sohn, der es nicht wert ist. Er hat das von seinem

Vater gewährte Gastrecht gebrochen und versucht, die unter deinem Schutz stehenden Gäste zu töten. Er starb durch das Eisen meines Gefährten Thorag, aber sein Tod ist unehrenhafter als ein Strohtod. Walhalls Tore werden Hasko auf ewig verschlossen bleiben. Asgard wird er nicht einmal von fern sehen!«

Die einzige Reaktion auf diese Worte war, daß Amma in ein noch heftigeres Schluchzen ausbrach. Thidrik starrte weiterhin ins Leere.

»Willst du nichts dazu sagen, Thidrik?« fragte Armin. »Hast du von dem Überfall gewußt, ihn gar gebilligt?«

Ganz langsam schüttelte der Bauer sein Haupt, als sei es aus schwerem Stein. »Warum hast du uns dann nicht beigestanden, wie es das Gastrecht verlangt?«

Thidrik sah wieder starr geradeaus, ohne daß sich sein Blick auf einen bestimmten Punkt richtete. »Was sollte ich denn tun?« fragte er mit fast tonloser Stimme. »Plötzlich war der Kampf im vollen Gang. Ich wußte gar nicht, was los war.«

»Wußtest du auch nicht, daß Hasko zu den Angreifern gehörte?«

Thidrik schüttelte stumm den Kopf.

Armin zeigte auf das Fell, das Thorag dem Toten ausgezogen hatte. »Was haben diese Wolfsfelle zu bedeuten?«

»Ich weiß es nicht«, antwortete Thidrik.

»Du wußtest nicht, daß dein Sohn zur Gruppe dieser Männer gehörte?«

»Hasko ritt zuweilen weg, um sich mit anderen Jungmännern zu treffen. Er sagte mir nicht, wer diese Männer sind.«

»Auch nicht, welchen Zwecken diese Treffen dienten?«

»Nur, daß er und seine Gefährten beratschlagen wollten, was gegen die unmäßigen Steuerforderungen des Varus zu unternehmen sei.«

»Beratschlagen nennst du das?« fragte Armin mit bitterem Hohn und zeigte auf die Kerbe in seiner linken Wange. »Ich nenne es Meuchelmord!« Das Feuer, das ständig verhalten in Armins Augen loderte, brach plötzlich aus. Er griff den Bauern mit beiden Händen, zog ihn hoch und schüttelte ihn durch wie einen Obstbaum voll reifer Früchte. »Sag endlich, was du weißt!«

»Mehr weiß ich nicht!« schrie Thidrik in einer Lautstärke, die der von Armins letzten Worten gleichkam.

Mit einem angewiderten Ausdruck auf dem Gesicht ließ Armin den Bauern los. Thidrik taumelte nach hinten, verlor das Gleichgewicht und stürzte gegen Thorags Gepäck.

Das laute Klirren alarmierte den jungen Edeling. Er sprang zu Thidrik, riß ihn von dem Packen weg und griff vorsichtig nach dem großen, dick eingewickelten Paket, das er so sorgsam von der Ubierstadt bis ins Land der Cherusker transportiert hatte. Sobald er es in die Hände nahm, klirrte es erneut.

»Nicht das!« stieß Thorag hervor, für einen Augenblick alles um sich herum vergessend. Mit fliegenden Fingern öffnete er das Paket und zerriß einfach die dünnen Lederschnüre, wo die Knoten zu fest saßen. Die weichen Felle, die das Paket zusammengehalten und gleichzeitig als Schutz für den Inhalt gedient hatten, lösten sich, und tausend kleine Scherben rieselten auf den Estrich. Die vier Fenster, die er bei einem ubischen Glaser in der Siedlung am Rhein erstanden hatte, waren nur noch Bruch, das Geschenk für Thorags Mutter unter Thidriks Aufprall zerstört.

Thorag dachte daran, wie sehr sich seine Mutter schon damals, als er noch ein Kind gewesen war, gewünscht hatte, die Windaugen in ihrem Haus durch richtige Glasfenster nach Römerart zu ersetzen. Auch im Winter Tageslicht zu haben und doch die Kälte auszusperren war ihr Traum gewesen. Thorag hätte ihr diesen Traum nur zu gern erfüllt.

Doch die hölzernen Rahmen waren leer wie offene Windaugen. Wirklich? Nein, das hinterste der vier Fenster war heil geblieben. Ein einziges Fenster für ein ganzes, großes Haus? Vielleicht würde sich Thorags Mutter trotzdem freuen. Vorsichtig wickelte er das verbliebene Fenster wieder ein.

»Das mit den Fenstern tut mir leid, Thorag«, sagte Armin. »Sobald wir wieder einmal in einer Römerstadt sind, werde ich neue für deine Mutter kaufen.«

»Schon gut«, seufzte Thorag und drehte sich zu seinem Gefolgsherrn um. »Wir haben Wichtigeres zu tun. Der Mann, den ich im Stall getötet habe, kannte mich. Und mir kam seine Stimme auch vertraut vor.«

Die Edelinge gingen zurück in den Stall, während Pal, mit Schwert und Schild bewaffnet, am Eingang Wache hielt, um die Cherusker vor einer weiteren unliebsamen Überraschung zu bewahren. Unterwegs hob Thorag sein Schwert auf.

Die Kuh, bei der die Leiche lag, drängte sich noch immer scheu in eine Ecke. Der Tote schien ihr nicht geheuer zu sein. Klef hielt die Fackel über die Leiche, aber das den Kopf bedeckende Wolfsfell und der Stallmist im Gesicht des auf der Seite liegenden Mannes machten ihn unkenntlich.

Thorag bückte sich, zog seinen Dolch aus der Brust des Mannes und wischte ihn an dessen Wolfsfell ab. Darunter war sein Oberkörper nackt – nicht ungewöhnlich für einen Cherusker, der in den Kampf zog. Thorag steckte den Dolch zurück in die Scheide, nahm das Wolfsfell von der Leiche und wischte damit über ihr Gesicht. Jetzt enthüllte der Fackelschein die breiten Züge des Toten.

»Notker!« murmelte Thorag erstaunt, und die Umstehenden fielen in sein Erstaunen ein.

»Der hier ist Notker, Sohn des Gaufürsten Onsaker?« fragte Armin.

»Ja«, bestätigte Thorag. »Es ist sein Gesicht, auch wenn ich es zuletzt vor unserer Abreise nach Rom sah. Und es war seine Stimme, die ich hörte. Die Stimme eines Spielgefährten aus Kindertagen.«

Als Armin mit anderen Söhnen der Cheruskerfürsten nach Rom ging, um den Friedensbund zwischen Cheruskern und Römern zu besiegeln und römische Sitten sowie römisches Kriegshandwerk zu lernen, hatten Onsakers Söhne, Asker und Notker, sie nicht begleitet. Onsaker, dessen Gau neben dem von Thorags Vater Wisar lag, war kein Freund der Römer, und es war ein offenes Geheimnis, daß er jeden Befürworter des Friedenspaktes für einen Verräter hielt, selbst Armins Vater, den Cheruskerherzog Segimar.

»Onsaker scheint seine Einstellung den Römern gegenüber nicht geändert zu haben«, brummte Thorag.

»Wie meinst du das?« fragte Brokk.

»Er nannte mich haßerfüllt einen Römling.«

Armin sah Thorag forschend an. »Glaubst du, Onsaker hat die Wolfshäuter auf uns gehetzt?«

»Ich weiß es nicht«, antwortete Thorag bedächtig. »Aber ich halte es für möglich. Onsaker ist ein Starrkopf. Für ihn sind wir alle, die wir hier stehen, vermutlich immer noch Verräter.«

»Verräter!« schnaubte Armin wutentbrannt und starrte auf

den Toten zu ihren Füßen. »Nicht wir sind die Verräter, sondern
Notker und die anderen, die ihre eigenen Brüder, darunter den
Sohn ihres Herzogs, feige im Schutz der Nacht zu meucheln ver-
suchen.«

Er hob sein Schwert und ließ es auf Notker niederfahren. Es
durchtrennte den Hals des Toten wie weichen Käse. Blut spritzte
nach allen Seiten. Der Schwung des Schwerthiebes schleuderte
den abgetrennten Kopf durch die Rinderbox. Er rollte in die Ecke,
in die sich die Kuh zurückgezogen hatte, und blieb unter dem
Tier liegen.

Notkers Augen waren auf Armin und seine Begleiter gerichtet. Im unsteten Licht der Fackel sah es so aus, als würde ihnen
der Kopf zuzwinkern.

Die erschrockene Kuh schickte ein lautes, protestierendes
Muhen durch den Stall.

Kapitel 3

Zeit zum Trauern

Bald nach dem Überfall wich die Nacht zurück – die schwarz-
verschleierte Riesentochter hatte ihre Fahrt über das Himmels-
zelt mit dem schwarzen Wagen, den ihr einst Wodan schenkte,
beendet. Ihr Sohn, der Tag, zog mit seinem goldenen Wagen von
Osten herauf.

Das Gesinde beseitigte alle Kampfspuren und bereitete das
Frühstück. An Schlaf war nicht mehr zu denken.

Der goldene Wagen des Tages war noch nicht ganz am Himmel erschienen, als sich die Edelinge bereits an den Frühstücks-
tisch setzten. Sie hatten sich den dritten, von Armin getöteten
Wolfshäuter genau angesehen, aber niemand kannte ihn. Auch
Thidrik und die Menschen auf seinem Hof gaben an, ihn nicht zu
kennen.

Thidrik ging hinaus, um nicht mit dem Mann, der seinen Sohn
getötet hatte, an einem Tisch sitzen zu müssen. Wäre er im Haus

geblieben und hätte sich nicht an die Tafel gesetzt, wäre es eine Beleidigung der Gäste gewesen.

Thorag und Klef verspürten keinen rechten Hunger und gaben sich jeder mit einer Schale noch warmer Ziegenmilch zufrieden. Armin und Brokk dagegen ließen sich schmecken, was Thidriks Gesinde reichlich auftrug.

»Du ißt wie ein Spatz, Thorag«, bemerkte Armin und biß ein großes Stück von seinem mit Käse bestrichenen Teigfladen ab. »Daß Klef so schweigsam ist und keinen Hunger verspürt, kann ich verstehen, aber was ist mit dir?«

Thorag erzählte, daß ihn der Traum beschäftigte, den er vor dem Überfall gehabt hatte. »Wieso hat Donar, der Urahn meiner Familie, mit dem Schwert nach mir geschlagen?«

»Um dich zu warnen«, antwortete Brokk, der nicht lange zu überlegen brauchte. »Donars Schwerthieb weckte dich und bewahrte dich davor, von Hasko aufgespießt zu werden. Es war Donars Dank dafür, daß du ihm am Abend geopfert hast.«

»Aber ich brachte das Opfer nicht für mich, sondern für Thidrik. Hat Donar sich dadurch bei Thidrik bedankt, daß er mich seinen Sohn töten ließ?«

»Ja«, sagte diesmal Armin ohne Zögern. »Donar hat dich dafür sorgen lassen, daß Thidrik das Gastrecht nicht noch mehr verletzte, als er es durch sein Nichteingreifen schon tat. Der Donnergott hat dich erwachen und tun lassen, Thorag, was eigentlich Thidrik hätte tun müssen. Vielleicht wären wir sonst alle getötet worden. Der Blutfleck, der dann auf Thidriks Haus gelegen hätte, wäre nie mehr wegzuwischen gewesen.«

Thorag überlegte noch lange und kam schließlich zu dem Schluß, daß Armin wahrscheinlich recht hatte. Jedenfalls fiel ihm keine andere Erklärung seines Traums ein.

Nach dem Frühstück suchten die Edelinge ihre Sachen zusammen, als Brokk plötzlich einen Überraschungslaut ausstieß. Er hatte einen unter die Schlafpritsche gerollten Schild gefunden, auf dessen Außenseite der mit schwarzer Farbe gemalte Kopf eines Ebers prangte.

»Das könnte Notkers Schild sein«, sagte Thorag. »Der Eber ist das Schutztier von Onsakers Sippe.«

»Vielleicht ist es aber auch Onsakers Schild«, meinte Klef düster. »Oder der seines Sohns Asker.«

Armins Blick glitt überlegend von Brokk, der den Eberschild in Händen hielt, zu Klef. »Du meinst, Klef, die gesamte Sippe hat an dem nächtlichen Überfall teilgenommen?«

Klef zuckte mit den Schultern. »Ich weiß es nicht. Ich meine nur, wo einer aus der Ebersippe ist, können gut auch noch mehr von ihnen sein.«

»Vielleicht«, murmelte Armin und wandte seine Aufmerksamkeit wieder Brokk und dem Schild zu. »Packen wir den Schild zu dem Geschenk, das wir für Onsaker haben, und hören wir uns an, was er dazu sagt. Ich würde ihn gern selbst fragen, aber die Zeit drängt mich, wie ihr wißt.« Jetzt glitt sein Blick zu Thorag. »Willst du das für mich übernehmen, Thorag? Der Gau deines Vaters liegt dem Onsakers am nächsten, und durch deine Klinge ist der Meuchler Notker gestorben.«

»Ich werde es tun«, versprach Thorag.

Sie gingen hinaus, um die Pferde zu satteln und zu beladen. Vergeblich hielt Thorag Ausschau nach Astrid und Eiliko, die er seit dem vergangenen Abend nicht mehr gesehen hatte. Ob der Junge noch in der Webhütte lag und von seiner Schwester gepflegt wurde? Thorag konnte es nicht erkennen. Vor dem Hütteneingang hing eine dicke Matte aus Flechtwerk, und die Windaugen waren verschlossen.

Als sie die Tiere aus dem Stall führten, kam ihnen Thidrik mit sorgenvollem Gesicht entgegen und rief laut: »Sie sind weg!«

»Wer?« fragte Armin knapp und schwang sich auf seinen Schimmel.

»Astrid und Eiliko!«

»Und?«

»Sie haben den Hof ohne meine Erlaubnis verlassen. In der Nacht müssen sie sich fortgeschlichen haben. Ihre wenigen Habseligkeiten haben sie mitgenommen. Sie sind meine Leibeigenen. Ihr müßt mir helfen, sie einzufangen. Das verlange ich von euch als Gegenleistung für das gewährte Gastrecht!« Breitbeinig, die Hände in die Hüften gestützt, stand der Bauer in fordernder Pose vor den aufgesessenen Edelingen. Diese Haltung ließ ihn noch wuchtiger erscheinen, als er ohnehin war.

Armin lachte laut, aber nicht freundlich, und sah kopfschüttelnd auf den Mann hinab. »Du solltest der letzte sein, Thidrik, der sich auf das Gesetz des Gastrechtes beruft. Unter deinem

Dach zu schlafen kann einem Mann schneller den Tod bringen als der Kampf in vielen Schlachten. Du solltest froh sein, daß ich dich nicht zur Rechenschaft ziehe für das, was heute nacht geschah. Das ist alles, was du als Gegenleistung für Dach, Feuer, Speise und Trank von uns erwarten darfst. Zu fordern hast du nichts!«

»Ihr habt mir meinen Sohn genommen. Jetzt nehmt ihr mir auch noch meine Leibeigenen?«

»Wir nehmen sie dir nicht. Sie sind von selbst fortgelaufen. Wenn ich bedenke, wie dein Sohn gestern den Jungen behandelte, hatten sie wohl Grund dazu. Sollten wir sie unterwegs treffen, werden wir ihnen sagen, daß du dich nach ihnen sehnst.«

Bei diesen Worten trieb Armin seinen Schimmel an und ritt einfach an dem Bauern vorbei. Thorag, Brokk, Klef und Pal folgten ihm. Klef führte Albins Pferd mit sich, auf dem die Leiche seines Bruders in Felle eingewickelt lag. Thorag und Brokk halfen Pal mit den Packpferden. Auch der Pannonier führte ein Pferd mit einem toten Bruder am Zügel. Er wollte ihn unterwegs an geeigneter Stelle bestatten.

Thidrik blickte ihnen nach, bis sie am Ende des Tals im Wald verschwanden. In seinem Blick lagen jetzt die Ablehnung und der Haß, mit denen am vergangenen Abend sein Sohn den Edelingen begegnet war.

Obwohl sie die Augen offenhielten, stießen sie nirgends auf eine Spur von Astrid und Eiliko, was niemand mehr bedauerte als Thorag. Er hatte beide gemocht. Und Astrid hatte ihm mit ihrer Warnung vielleicht das Leben gerettet.

Konnte die junge Frau wirklich Dinge sehen, die anderen verborgen blieben? Oder hatte sie gewußt, was Hasko im Schilde führte? Vielleicht traf beides in gewisser Weise zu. Thorag hätte sie gern gefragt.

Gegen Mittag verbrannten sie Imres Leiche auf einem Holzstoß, den sie auf der Kuppe eines allein stehenden Hügels errichtet hatten.

»Möge der Wind die Asche und die Seele meines Bruders in die Heimat tragen, die ich niemals wiedersehen werde«, rief Pal.

Das Feuer war noch nicht verglüht, als sie schon weiterritten. Die Zeit drängte, wollten sie ihre Ziele noch bei Tageslicht erreichen. Die Nacht unter freiem Himmel zu verbringen konnte sehr gefährlich werden, falls die Gefährten der drei getöteten Wolfshäuter erneut zuschlugen. Zwar hatten Armin und seine Gefährten keine Verfolger bemerkt, aber in den dichten Wäldern konnten hundert Feinde lauern, ohne daß man auch nur eine Nasenspitze sah.

Armin hielt den Schimmel an, als sie den Hügel hinter sich gelassen hatten, und sah in die Runde. »Hier trennen sich fürs erste unsere Wege. Ich danke euch für die treuen Dienste und hoffe, euch bei den Heiligen Steinen zu sehen, wenn zur Tagundnachtgleiche das Thing beginnt, auf dem Segimars Nachfolger gewählt wird.«

Thorag, Klef und Brokk versprachen, zur Stelle zu sein, um Armin bei der Wahl zu unterstützen.

»Ich weiß nicht, ob es richtig ist, wenn wir uns jetzt trennen«, fügte Thorag an. »Die Wolfshäuter könnten noch in der Nähe sein. Vielleicht haben sie es auf dich abgesehen, Armin.«

»Du meinst, durch den Anschlag sollte verhindert werden, daß ich die Nachfolge meines Vaters antrete?«

»Wäre möglich.« Thorag zeigte auf den Hügel, über dem der dunkle Rauch des Leichenfeuers kräuselnd in den Himmel stieg. »Falls uns die Wolfshäuter verfolgen, dürften sie jetzt genau wissen, wo sie uns zu suchen haben.«

Armin strich durch sein dunkelblondes Haar und nickte. »Da könntest du recht haben, Thorag. Aber ich fürchte mich nicht vor Meuchelmördern. Pal und ich werden ihnen gehörig Eisen zu fressen geben, sollten sie tatsächlich über uns herfallen. Klef muß Albin zu seinem Vater Balder bringen. Auch ihr beide, Thorag und Brokk, habt eure Familien lange Jahre nicht gesehen. Reitet also!«

So geschah es, auch wenn Thorag nicht ganz wohl dabei war. Ihm schien es leichtsinnig, Armin ohne eine große Leibwache in seine Heimat zurückkehren zu lassen. Der junge Cheruskerfürst hatte nicht nur Freunde hier, wie der nächtliche Überfall gezeigt hatte.

Aber Armin hatte es eilig, weil noch andere die Würde des Herzogs anstrebten, vor allem seine Onkel Inguiomar und Segestes. Deshalb hatte Armin das erste schnelle Schiff genommen, das den Rhein hinab in das Land fuhr, das die Römer Germanien nannten. Armin wurde nur von den getreuesten Edelingen seiner Gefolgschaft und von den beiden Pannoniern begleitet. Erst später sollte Armins jüngerer Bruder Isgar, den die Römer seines rotblonden Bartes wegen Flavus nannten, mit dem größeren Gefolge und der Beute aus dem Pannonienfeldzug nachkommen.

Sie waren mit dem Schiff bis zur Ubierstadt gefahren, wo eine große Siedlung nach römischem Muster entstanden war, in der sich der römische Staatsaltar und der Sitz des Statthalters befanden. Armin hatte gehofft, mit Varus zusammenzutreffen, um mit ihm über seine – Armins – und die Zukunft des rechtsrheinischen Landes zu reden. Aber der Legat des Augustus befand sich mit seinen Legionen noch im Sommerlager an der Porta Visurgia oder auf dem Rückmarsch von dort.

Die Edelinge waren den Rhein bis zum Lager Vetera II hinaufgefahren und hatten dort ein Schiff gefunden, das sie ein Stück die Lippe hinaufbrachte. Es war ein Versorgungsschiff für die große Garnison von Aliso. Dort hatten sie sich Pferde gekauft und waren durch das Land der Brukterer in die Heimat geritten, so schnell es ging.

Denn was sie unterwegs erfahren hatten, trieb Armin zu größter Eile an. Segestes oder Inguiomar, vielleicht sogar beide, hatten verkündet, daß auf dem Thing nach der Tagundnachtgleiche Segimars Nachfolger gewählt werden sollte. Der Grund war nur zu offensichtlich: Sie hofften, daß weder Armin noch Isgar rechtzeitig zurückkehren würden, um Anspruch auf die Würde des Herzogs zu erheben.

Während seines einsamen Rittes fragte sich Thorag immer wieder, ob Armins Rivalen zur Erreichung ihres Ziels auch Waffen einsetzen würden.

Die Waffen von Wolfshäutern?

Die dunklen Gedanken verließen Thorag erst, als er, kurz vor Einbruch der Abenddämmerung, das Land seiner Kindheit und Jugend erreichte. Es war ein eigenartiges Gefühl, nach so vielen Jahren wieder durch die vertrauten Wälder zu reiten. In den Baumkronen, zu denen er aufsah, glaubte er die lächelnden Gesichter seines Vaters, seiner Mutter und seiner Geschwister zu erkennen, die sich über seine Rückkehr freuten. Und dann war da Auja, die sanft zu lächeln schien.

Als er schließlich auf den großen Hof seines Vaters zuritt, wunderte er sich, daß niemand auf den umliegenden Feldern arbeitete. Das große Osttor zwischen den Palisaden war seltsamerweise fest verschlossen und mußte erst mühsam aufgezogen werden. Während Thorag darauf wartete, daß es sich für ihn öffnete, rätselte er, weshalb sich die Donarsöhne eingeschlossen hatten. Es war fast wie im Krieg.

Endlich öffnete sich das Tor einen Spaltbreit, und er konnte durch eine Gasse von Menschen reiten. Das Volk war bunt gemischt, da Wisars Haus eine große Siedlung umgab, in der nicht nur Bauern, sondern auch zahlreiche Handwerker lebten, deren Kundschaft weit verstreut war, und die ihre Gewinne mit Wisar teilten, der ihnen dafür seinen Schutz gewährte. Genauso handhabten es auch die Bauern dieser Siedlung und des ganzen Gaus. Von ihren Abgaben, die für den einzelnen nur gering waren, unterhielt Wisar seine Krieger.

Zu Thorags Überraschung zeichnete sich auf den Gesichtern der Schaulustigen Enttäuschung ab, die erst dann wich, als die Älteren unter ihnen den Heimkehrer erkannten und laut seinen Namen riefen. Vergebens suchte Thorag seine Angehörigen.

Ein großer, kräftiger Mann mit grauer Lockenmähne und ebenfalls grauem Vollbart trat zu Thorag. Der junge Edeling benötigte kurze Zeit, um ihn zu erkennen. Als er die Heimat verlassen hatte, war das Haar dieses Mannes noch blond und sein Gesicht glatt gewesen. Aber die lederne Schürze, die er sich um den Leib gebunden hatte, und die Muskelpakete seines schweißbedeckten nackten Oberkörpers ließen keinen Zweifel zu. Es war Radulf, der Schmied, der von jeher zu Wisars Gefolge gehörte. Auch Thorags Schwert war unter Radulfs ebenso starken wie geschickten Händen geformt worden. Radulfs Kunst war so berühmt, daß sogar fremde Fürsten, die über eigene Schmiede verfügten, zu ihm kamen, um sich ihre Waffen von ihm anfertigen zu lassen.

Thorag entbot ihm seinen Gruß und erkundigte sich nach seinem Vater.

»Ihn haben wir eigentlich zurückerwartet. Bald weicht der Tag der Nacht, und die Jagd wird sinnlos.«

»Mein Vater ist auf der Jagd?«

Radulf nickte. »Ja, Thorag, zusammen mit Onsaker, der ihn um Unterstützung bat.«

»Seit wann bittet Onsaker jemanden um Unterstützung?«

»Seit ein wildgewordener Ur die Dörfer und Höfe seines Gaus verwüstet.«

»Was hat das mit meinem Vater zu tun?«

»Der Ur nimmt auf Gaugrenzen keine Rücksicht. Auch ein paar Höfe, die unter Wisars Schutz stehen, wurden von der Bestie heimgesucht. Zuletzt wurde sie ganz in der Nähe gesehen. Deshalb sind Wisar und Onsaker heute morgen von hier aufgebrochen, um den Ur zu erlegen.« Radulf seufzte und legte die rußgeschwärzte Stirn in Falten. »Ich wäre gern mitgeritten.«

»Warum hast du das nicht getan?« fragte Thorag, der jetzt die Furcht der Menschen verstand.

»Weil Wisar, dein Vater, meinte, ich solle auf den Hof achten, für den Fall, daß der Ur uns heimsucht, während die Gaufürsten ihn jagen.«

»Für dich eine schmerzliche Entscheidung meines Vaters, aber auch eine weise.«

»Ja«, seufzte Radulf erneut. »Wie immer.«

Wieder ließ Thorag seinen Blick über die Menge schweifen, die sich um ihn zusammendrängte. »Ich sehe weder meine Mutter noch meine Geschwister.«

»Dein Bruder Gundar begleitet Wisar und Onsaker.«

»Der kleine Gundar?«

»Klein?« lachte Radulf. »Gundar ist längst in den Bund der Krieger aufgenommen.«

»Aber meine Mutter, mein Bruder Thorstan, meine Schwestern Gesa und Thordis, wo stecken sie?«

Radulfs kehliges Lachen erstarb schlagartig, und sein Blick verfinsterte sich. »Sie sind tot«, sagte er leise und fühlte sich sichtlich unwohl in der Rolle des Todesboten.

»Tot? Aber … wieso?«

»Eine seltsame Krankheit hat sie im letzten Winter dahingerafft. Überall am Körper hatten sie Ausschlag, ihre Haut wurde heiß, und die Lebenskräfte verließen sie. Viele Menschen fielen der Krankheit zum Opfer.« Radulfs Stimme wurde noch leiser, war jetzt kaum noch zu hören. »Auch mein Sohn.«

»Landulf?«

»Ja.«

Thorag dachte an Radulfs stets fröhlichen Sohn, der die einzige Freude des Schmieds gewesen war, nachdem Radulfs Frau bei Landulfs Geburt gestorben war. Als wäre es gestern gewesen, sah der Edeling Landulfs Kopf mit der hellen Lockenpracht und dem sommersprossenübersäten Gesicht vor sich. Thorag konnte die Tage nicht zählen, an denen er, Gundar und Landulf durch die Wälder gestreift waren, um mit hölzernen Waffen die Kriegs- und Jagdzüge der Erwachsenen nachzuspielen.

»Woher kam diese Krankheit?« fragte Thorag, nachdem er den Schock überwunden hatte. Er mußte sich zu jedem Wort zwingen. Etwas in ihm weigerte sich, dem Schmied zu glauben.

»Niemand weiß es. Man erzählt sich, die Römer hätten sie eingeschleppt. Aber ob das stimmt?« Radulf hob die breiten, kräftigen Schultern und ließ sie wieder sinken.

Thorag saß lange Zeit starr auf seinem Rappen und dachte an die Menschen, die wiederzusehen er sich vergeblich gefreut hatte. Wie lange er seinen Erinnerungen nachhing, vermochte er nicht zu sagen. Seine Gedanken kehrten erst wieder in die Wirklichkeit zurück, als in die ihn umgebende Menge Bewegung geriet. Das Tor wurde erneut geöffnet, denn die Jäger kehrten heim.

Sie machten einen niedergeschlagenen Eindruck. Der langsame Trott der Pferde und die düsteren Gesichter der Männer verrieten sofort, daß die Jagd nicht erfolgreich gewesen war.

Das scherte Thorag im Augenblick nicht. Er freute sich auf die Begegnung mit seinem Vater Wisar und seinem Bruder Gundar.

Wisar ritt an der Spitze des Jagdtrupps auf einem Fuchs, der die meisten der nachfolgenden Pferde weit überragte.

Er hatte sich kaum verändert. Nur die Falten in seinem Gesicht waren zahlreicher und tiefer geworden. Und ein paar graue Strähnen zogen sich durch sein blondes Haar. Die Ähnlichkeit des hünenhaften Gaufürsten mit seinem Sohn war augenfällig.

Neben Wisar ritten Onsaker und dessen ältester Sohn Asker. Sie waren etwas kleiner von Wuchs, dafür aber breiter und kräftiger. Ihre Gesichtszüge hatten wie die Notkers einen leicht brutalen Einschlag. Der Eber war das passende Schutztier für Onsakers Sippe.

Nach Gundar hielt Thorag ebenso vergeblich Ausschau wie zuvor nach seiner Mutter und seinen anderen Geschwistern. Ein beklemmendes Gefühl erfüllte plötzlich die Brust des Edelings.

Nein, das konnte, das durfte nicht sein! Nicht auch noch Gundar!

Hatte Donar seine schützende Hand von Wisars Familie genommen?

Thorag redete sich ein, daß es eine andere Erklärung für Gundars Fehlen gab. Vielleicht war er noch auf der Jagd nach dem Ur. Ja, so mußte es sein!

Aber so war es nicht. Als die Jäger näher kamen, entdeckte Thorag seinen Bruder. Er lag quer über dem Rücken eines Pferdes. In derselben Haltung, wie Albin und Imre an diesem Morgen Thidriks Hof verlassen hatten.

Das beklemmende Gefühl kehrte mit doppelter Macht zurück. Das frohe Wiedersehen, das sich Thorag in letzter Zeit immer und immer wieder ausgemalt hatte, geriet zu einer Totenfeier. Hatten diejenigen recht, die behaupteten, mit den Römern sei ein Fluch auf das Land der Cherusker gefallen?

Die Jäger erreichten den Hof, und die Spitze des Zuges kam langsam durch das Tor. Jetzt erst schaute Wisar auf und erkannte seinen ältesten Sohn. Seine versteinerten Züge hellten sich auf.

»Thorag! Ist das wahr?«

Auch Thorag zwang sich zu einem Lächeln. »Ich bin kein Trugbild, Vater.«

Wisar richtete seinen Blick in den dunkler werdenden Himmel. »Die Götter haben ein Einsehen. Sie nahmen mir einen Sohn, aber sie gaben mir den anderen zurück.«

»Wie ist das passiert?« fragte Thorag mit einem Blick auf seinen toten Bruder.

Gundars Gesicht war völlig bartlos und wies keine einzige Falte auf. Es war noch das Gesicht eines Kindes, wenn sein sehniger Körper auch schon der eines Kriegers war. Schmerzhaft durchfuhr Thorag die Erkenntnis, daß er nur um einen Tag zu spät gekommen war, um den Bruder in die Arme zu schließen.

»Wir suchten den Ur und ahnten nicht, daß er uns längst aufgespürt hatte«, antwortete Wisar mit dunkler, belegter Stimme. »Er muß von bösen Geistern besessen sein. Anders ist es nicht zu erklären. Gundar ritt an unserer linken Flanke. Plötzlich hörten wir das Schnauben des Untiers, und es brach aus dem Wald hervor. Gundar versuchte noch auszuweichen, aber die Bestie folgte jeder seiner Bewegungen, prallte gegen sein Pferd und rannte es einfach über den Haufen. Danach verschwand der Ur so plötzlich wieder im Wald, wie er erschienen war. Und Gundar war tot.«

»Er ist als Krieger gestorben«, sagte Onsaker. »Die Walküren werden ihn in ihre Arme schließen.«

Unter den Frauen brach Wehklagen aus, als die Nachricht von Gundars Tod die Runde machte. Die Krieger ritten zum Mittelpunkt des Hofes, dem großen Langhaus, saßen ab und traten ein. Auch Gundars Leiche wurde vorsichtig hineingetragen und auf einen Tisch gelegt, um den sich die Krieger versammelten.

Wisar trat an das Kopfende der Tafel, blickte nach oben und rief Wodan an, er möge Gundar einen würdigen Platz in den Reihen der Einherier zuweisen. Dann bat Wisar seinen Schutzgott Donar, sich bei Wodan für den Toten zu verwenden.

Onsaker trat an Wisars Seite. »Deine Trauer ist auch meine Trauer, Wisar. Ich kann dir nachfühlen, was der Tod deines Sohnes für dich bedeutet.«

»Das hoffe ich«, sagte Thorag und trat ebenfalls vor. In der Hand hielt er den Lederbeutel, der Armins Geschenke für Onsaker enthielt.

Aller Augen richteten sich überrascht auf den jungen Edeling. Der griff in den Beutel, zog den Schild mit dem Eberkopf hervor und sah Onsaker an. »Das schickt dir Armin, der Sohn des Segimar.«

»Was ist das?« fragte Onsaker verwirrt.

»Es sollte dir bekannt vorkommen«, erwiderte Thorag und hielt ihm den Schild hin.

Onsaker griff danach und rief erstaunt: »Das ist Notkers Schild! Woher hast du ihn? Warst du auf meinem Hof?«

»Wieso?«

»Weil Notker dort ist, um den Hof gegen den Ur zu schützen.«

»Das glaube ich nicht«, sagte Thorag und schüttelte den zweiten Gegenstand aus dem Sack.

Notkers Kopf kullerte über die Holzbohlen des Fußbodens und schien seine Richtung genau zu kennen. Nur eine Handbreit vor Onsakers in Lederstiefeln steckenden Füßen blieb er liegen.

Ein erschrockenes Raunen ging durch die Reihen der Krieger, die für einen Augenblick ihre von den Vätern erlernte Selbstbeherrschung vergaßen. Asker trat neben seinen Vater und blickte, wie Onsaker und alle anderen, auf den blutigen Schädel hinab.

»Was ... soll das ... bedeuten?« fragte Onsaker schließlich stockend.

»Hier ist Notker und nicht auf deinem Hof«, sagte Thorag. »Armin schickt dir Schild und Kopf und läßt dich fragen, ob du weißt, daß die Brust deiner Frau einen Meuchler genährt hat.«

»Einen Meuchler?«

Thorag nickte und berichtete von dem nächtlichen Überfall.

»Das kann ich nicht glauben!« stieß Onsaker wütend hervor, und seine in tiefen Höhlen liegenden Augen funkelten Thorag an. »Hat Armin meinen Sohn getötet?«

»Nein, ich war es«, antwortete Thorag. »Mein Dolch durchbohrte Notker, bevor mich seiner traf und nachdem er Albin getötet hatte.«

»Balders Sohn?« erkundigte sich Wisar.

Thorag nickte wieder. »Albin wurde das Opfer des heimtückischen Überfalls.« Er blickte Onsaker an. »Was weißt du von der Sache und von diesen Wolfshäutern, Onsaker?«

»Gar nichts«, sagte dieser barsch. »Ich weiß nur, daß du meinen Sohn getötet hast! Befänden wir uns nicht unter dem Dach deines Vaters, würde ich dich auf der Stelle erschlagen!«

»Weil ich deinen Sohn tötete oder weil ich auf seiten der Römer kämpfte?«

»Beides sind gute Gründe, dich zu töten, Thorag!« schrie Asker und zog sein Schwert aus der lederumspannten Scheide am Wehrgehänge. »Und das werde ich jetzt tun! Ohne Rücksicht darauf, unter wessen Dach wir uns befinden!«

Kaum blitzte Askers Klinge im letzten Tageslicht, das durch die Windaugen und die offene Tür einfiel, da hatte auch Thorag schon sein Schwert gezogen. Das war das Zeichen für die anwesenden Krieger, ebenfalls zu ihren Waffen zu greifen. Schnell bildeten sich zwei Gruppen, die sich feindselig anstarrten. Nur Wisar und Onsaker standen noch mit bloßen Händen da.

»Hört auf damit!« rief Thorags Vater mit lauter Stimme. »Wir stehen am Lager eines Toten. Hier ist nicht der Ort zum Streit. Wer es wagt, seine Klinge zu gebrauchen, den strecke ich nieder, ganz gleich, zu wessen Gefolge er gehört! Ich habe einen Sohn verloren und Onsaker auch. Damit sollte es gut sein. Und wenn Onsaker so weise ist, wie ich denke, wird er einsehen, daß mein Sohn Thorag seinen Sohn Notker nicht grundlos getötet hat.«

Jetzt hingen aller Blicke an Onsaker, der als einziger ein blutiges Gemetzel verhindern konnte. Der vierschrötige Gaufürst sah die kampfbereiten Krieger an. Da sie sich auf Wisars Hof befanden, war dessen Gefolge in der eindeutigen Überzahl. Es gab keinen Zweifel, daß Onsakers Leute einen Kampf nur verlieren konnten.

»Wisar spricht wahr«, sagte Onsaker schließlich. »Für heute ist genug Blut geflossen. Jetzt ist die Zeit zum Trauern, nicht zum Kämpfen.«

»Wir wollen heute nacht gemeinsam unserer toten Söhne gedenken«, schlug Wisar vor.

»Nein!« rief Onsaker schroff, und sein ganzer Körper bebte. »Ich werde nicht länger unter deinem Dach verweilen, Wisar. Niemals wieder werde ich unter das Dach des Mannes zurückkehren, dessen Sohn meinen Sohn auf dem Gewissen hat. Und niemals darf einer aus Wisars Sippe Zuflucht unter meinem Dach suchen. Zwischen uns tut sich ein breiter Graben auf, angefüllt mit Notkers Blut. In meinem Gau haben die Menschen von Wisars Sippe nichts zu erwarten als den Tod!«

Onsaker reichte Asker den Schild und hob Notkers Kopf auf. Dann verließ er das Haus.

Widerwillig stieß Asker seine Klinge zurück in die Scheide. »Für heute bist du verschont worden, Thorag. Aber denke daran, daß meine Klinge stets bereit für dich ist!«

»Und meine für dich!« erwiderte Thorag, bevor auch er sein Schwert in der Scheide versenkte.

Asker folgte seinem Vater nach draußen, und Onsakers Krieger schlossen sich an. Erst als der letzte von ihnen das Haus verlassen hatte, ließen Wisars Gefolgsleute ihre Waffen sinken. Onsaker und seine Männer stiegen auf ihre Pferde und ritten davon, obwohl bereits der schwarze Wagen der Nacht am Himmel heraufzog. Es war düster, denn Sunna hatte ihr Haupt hinter einer dichten Wolkenschicht verhüllt.

Kapitel 4

Der Ur

»Der Ur ist größer als jedes Wesen, das ich kenne«, sagte Wisar zu den Männern, die in einem weiten Kreis um ihn standen. »Der Stier ist schon alt und sein Fell schwarz wie die Nacht, aber das Alter hat ihm nichts von seiner Kraft genommen. Seine Hörner sind fast so lang wie die Arme eines Mannes. Sein Blick ist so böse wie der Geist, von dem er besessen ist.«

In der frühen Morgenstunde sprach der Gaufürst zu fast allen männlichen Bewohnern seiner Siedlung, die dem zarten Knabenalter entwachsen waren. Er hatte sie zu dem Waldgebiet geführt, in dem Gundar gestorben war, um den Ur zu erlegen und Rache zu nehmen für den Tod seines Sohnes. Die Krieger und einige Bauern saßen zu Pferde und hielten ihre Framen fest umklammert, um den Ur mit ihnen zu durchbohren, sobald sie ihn sahen. Alle anderen gingen zu Fuß und sollten als Treiber dienen.

Wisar, der auf seinem großen Fuchs saß, richtete den Blick in den noch rötlich schimmernden Himmel und rief mit laut dröhnender Stimme: »Donar, unser Urahn, steh uns bei auf unserer Jagd, damit wir dir die Beute opfern können! Leite unsere Hände, damit sie die Speere ebenso sicher schleudern wie du deinen Hammer Miölnir! Verleih den Framen die Kraft der Blitze, die du aussendest! Leih uns die Stärke deiner eisernen Faust! O Donar, erhöre mich!«

Die Männer raunten Donars Namen, immer und immer wieder, und mit jedem Mal wurden ihre Stimmen lauter, bis aus dem Raunen ein wahres Donnern geworden war. Die Krieger hielten dabei ihre Schilde vor den Mund, was dem Namen des Donnergottes einen unheimlichen Widerhall verlieh. Die Stimmen verstummten schlagartig, als Wisar seine Frame tief in den Boden rammte.

»So, wie diese Frame den Boden durchbohrt, werden wir auch die Bestie durchbohren, wenn du mit uns bist, Donar!« versprach Wisar, ergriff die Zügel und lenkte den Fuchs zu dem Teil des

Kreises, wo Thorag und die Krieger versammelt waren. Die Frame ließ er im Erdreich stecken. Vor seinem Sohn hielt er an. Thorag saß auf dem Rappen, den er in Aliso erstanden hatte. Das Tier war so groß wie der Fuchs seines Vaters, beides waren Römerpferde, die zumeist größer waren als die der Germanen. »Teile die Männer ein, Thorag.«

Wisars Sohn ritt an der Innenseite des Kreises entlang und bestimmte die Treibertrupps, darauf achtend, jeweils junge mit erfahrenen Männern zu mischen. Die einzelnen Trupps rückten ab, nachdem sie Wisar ihren Gruß entboten hatten. Wisar und der Jagdtrupp warteten. Erst mußten die Treiber den Wald umzingelt haben und von allen Seiten zugleich in ihn eindringen, bevor die Jäger aufbrachen.

Während sie warteten, kehrten Thorags Gedanken zur vergangenen Nacht zurück.

Lange hatten Wisar und Thorag an dem Tisch mit Gundars Leichnam gesessen. Im Haus schliefen längst alle anderen, und das Herdfeuer war weit heruntergebrannt. In dem Raum, wo Wisar und Thorag die Totenwache hielten, spendeten an den Wänden verankerte Fackeln Licht. Bis auf das Knistern der Flammen und das Atmen der Menschen war es vollkommen ruhig. Kein nächtliches Schnaufen von Tieren wie auf Thidriks Hof. Wisars Haus war nicht das Heim eines Bauern. Seine Pferde standen in einem eigenen Stall. Um die Rinder kümmerten sich die Bauern von Wisars Siedlung.

»Morgen früh brechen wir mit allen Männern auf, um den Ur zu töten«, sagte Wisar so plötzlich, daß Thorag, dessen Gedanken in seiner und Gundars Kindheit weilten, fast erschrak.

»Wo willst du ihn suchen, Vater?«

»Dort, wo er Gundar getötet hat.«

»Und wenn er nicht mehr dort ist?«

»Dann rufe ich alle Männer meines Gaus zusammen, und wir werden alle Wälder durchkämmen. Jeden Tag. Bis wir die Bestie finden. Sie wird uns nicht wieder entkommen!«

Bei diesen Worten glühten Wisars sonst eher ruhige Augen, wie Stunden zuvor die Augen Onsakers geglüht hatten, als Thorag ihm von Notkers Tod erzählte.

»Was ist, wenn der Ur sich in einem fremden Gau aufhält?«
erkundigte sich Thorag.

»Dann jagen wir ihn dort.«

»Und wenn es Onsakers Gau ist?«

»Dann auch.«

»Es könnte Krieg geben zwischen Onsaker und dir.«

»Den gibt es schon, seit du Notkers Haupt vor Onsakers Füße
hast rollen lassen.«

»Habe ich falsch gehandelt?« fragte Thorag vorsichtig.

»Nein, nicht du, sondern Notker. Wenn er und seine Gefährten wütend auf euch waren, so hätten sie euch zum offenen
Kampf herausfordern sollen. Nächtlicher Meuchelmord ist eines
Cheruskers unwürdig!« Aus Wisars Stimme und seinem Gesichtsausdruck sprachen Abscheu und Verachtung.

Vor Thorags geistigem Augen wurde die vorige Nacht wieder
lebendig, der Kampf mit den Wolfshäutern, der Tod Albins und
Imres. »Weißt du etwas von diesen Wolfshäutern, Vater?«

»Nichts Genaues. Man erzählt sich von einer geheimen Bruderschaft, zu der sich die Feinde der Römer zusammengeschlos-
sen haben sollen. Sie nennen sich die Fenrisbrüder. Wenn sie es
waren, die euch überfielen, ist es ein passender Name. Wie sollten heimtückische Meuchler besser heißen als nach Fenris, dessen Heimtücke Tiu den Arm kostete.«

Wisar spielte auf die Fesselung des riesenhaften Fenriswolfes
durch die Götter an. Immer wieder sprengte das Ungeheuer seine
Fesseln, bis endlich die Schwarzalben und Zwerge eine dünne,
aber unzerreißbare Kette anfertigten. Fenris willigte ein, sich die
Kette anlegen zu lassen, aber nur unter der Bedingung, daß ihm
einer der Götter den Arm in den Rachen steckte. Der mutige Tiu
ging das Wagnis ein, und Fenris biß ihm den rechten Arm ab, als
Preis für seine Fesselung. Seitdem kämpfte Tiu mit der Linken,
und am Stumpf des rechten Arms befestigte er seinen Schild.

»Ob die Wolfshäuter tatsächlich über die Kraft von Tieren verfügen?« überlegte Thorag laut. »Mutter hat es früher in den
Geschichten über die Wolfshäuter erzählt. Und als ich gegen Notker und Hasko kämpfte, hatte ich den Eindruck, sie seien unemp-
findlich gegen Schmerz.«

»Das gibt es«, sagte Wisar zu Thorags Überraschung mit
einem bekräftigenden Nicken. »Aber nicht die Götter oder Gei-

ster müssen dafür verantwortlich sein. Es gibt Kräuterhexen, die einen Trank brauen, der übermenschliche Kräfte verleiht und Schmerzen vergessen macht.«

Auch Thorag nickte zum Zeichen, daß er verstand. Aber tief in ihm meldeten sich immer noch Zweifel. Riefen Wisar und er nicht den Donnergott Donar an, daß er ihnen beistehe und ihnen seine Kräfte verleihe? Konnten da nicht auch die Fenrisbrüder den Fenriswolf um seine Macht bitten? Konnten all die Geschichten nur Erfindung sein, die er gehört hatte über jene Zwischenwesen, halb Mensch, halb Tier, mochten sie nun Wolfshäuter, Mannwölfe oder Nachtwölfe genannt werden?

Etwas anderes beschäftigte ihn, und die Gedanken daran waren weitaus angenehmer. Vielleicht waren die Leichentafel seines Bruders nicht der richtige Ort und die Nacht nach Gundars Tod nicht die richtige Zeit, aber zu quälend lastete die Frage auf Thorag.

»Was ist mit Auja?« sprach er sie schließlich aus.

»Auja?« Wisar sah seinen Sohn verständnislos an.

»Ich meine Araders Tochter. Wie geht es ihr?«

»Gut, nehme ich an«, sagte Wisar gleichgültig und leicht verwundert über die Frage. Er schien nicht zu wissen, wieviel dieses Mädchen seinem Sohn bedeutete.

»Ich mache mir Sorgen um sie«, fuhr Thorag fort.

Wisars Stirn umwölkte sich. »Wieso?«

»Araders Hof liegt ziemlich abgeschieden mitten im Wald, an der Grenze zu Onsakers Gau. Heißt es nicht, der Ur verwüste ganze Höfe? Was ist, wenn er sich Araders Hof aussucht?«

»Das wäre Pech für Arader, aber nicht für Auja.«

Jetzt war es an Thorag, verwundert zu sein. »Wie meinst du das, Vater?«

»Da Auja nicht mehr bei Arader lebt, kann es ihr ziemlich gleichgültig sein, was mit dem Hof ihres Vaters geschieht. Es sei denn, sie macht sich noch viel aus Arader. Aber das glaube ich nicht.«

»Ich verstehe dich nicht«, sagte Thorag, der von einem ähnlichen Gefühl der Beklemmung ergriffen wurde wie bei seiner Heimkehr auf Wisars Hof.

»Du weißt, daß Arader dem Würfelspiel schon immer ebenso leidenschaftlich wie glücklos zugetan war.« Thorag nickte, und sein Vater fuhr fort: »Es war beim Fest der vorletzten Tagundnachtgleiche, als Arader sein unglücklichstes Spiel machte. Zu seinem Pech hinzu kam sein umnebelter Verstand, der ihn immer weiterspielen ließ. Ich an seiner Stelle hätte nicht mehr gespielt, wenn ich soviel Met und Bier in mich hineingeschüttet hätte wie Arader.«

Thorag sah seinen Vater überrascht an. »Hattest du das nicht?«

»Doch«, antwortete Wisar. »Aber ich habe auch nicht gewürfelt, Arader dagegen würfelte immer weiter, setzte immer mehr von seinem Hab und Gut ein in dem Bemühen, das Verlorene zurückzugewinnen. Schließlich besaß er nur noch die Hosen und den Kittel an seinem Leib.«

»Und Auja?« fragte Thorag ungeduldig, Schlimmes erahnend. »Was hat sie damit zu tun?«

»Der Mann, der Araders ganzen Besitz gewonnen hatte, bot ihm einen Tausch an. Arader dürfe alles behalten, wenn er ihm dafür sein einziges Kind zur Frau gebe.«

»Und das hat Arader getan?«

»Natürlich. Er ist zwar ein Saufbold und ein Pechvogel, aber nicht ganz und gar dämlich. Er gab Auja und behielt dafür Haus und Hof. Im nachhinein weiß ich jedoch nicht, ob das für ihn ein gutes Geschäft war. Er ist ziemlich heruntergekommen, denkt nur noch ans Saufen und kaum noch an seinen Hof. Er mußte schon sämtliches Gesinde entlassen. Jetzt, wo er allein ist, schafft er noch weniger. Was ich von ihm an Abgaben erhalte, ist nicht das Eintreiben wert. Ich sehe ihn schon als Schalk, wenn überhaupt jemand für ihn Verwendung hat.«

»Arme Auja«, murmelte Thorag verwirrt.

»Wieso arm? Das Mädchen hat mächtig Glück gehabt. Ihr Mann hätte sie statt als Frau auch als Leibeigene nehmen können. Sein Lager hätte sie trotzdem gewärmt. Jetzt ist sie nicht mehr die Tochter eines armen Bauerntölpels, sondern die Frau eines reichen Mannes.«

»Wer ist ihr Mann?«

Wisar seufzte. »Asker, Onsakers Sohn.«

Als Thorag das hörte, mußte er sich an der Tafel festhalten, auf der Gundars Leichnam lag, um nicht von der Bank zu fallen. Für einen Augenblick drehte sich alles um ihn herum. Es traf ihn fast schlimmer als die Nachricht vom Tod seiner Mutter und seiner

Geschwister, und er schämte sich dafür. Noch mehr, als er Wisars teils fragenden, teils mißbilligenden Blick spürte.

»Was ist mit dir, Thorag?«

»Nichts«, antwortete Thorag schwach und wenig überzeugend.

In Wisars Augen blitzte die Erkenntnis auf. »Bedeutet dir Araders Tochter etwas?«

Thorag zwang sich zu einem Lächeln, aber es geriet ziemlich traurig. »Was spielt das noch für eine Rolle, jetzt, wo sie Askers Frau ist?«

»Keine«, bestätigte Wisar. »Da hast du recht.«

Leise sagte Thorag: »Es war der falsche Sohn Onsakers, den mein Dolch durchbohrte.«

Der Reihe nach gellten kurz hintereinander die Hornsignale der Treibertrupps über den Wald hinweg – das Zeichen, daß sie ihre Stellungen eingenommen hatten und jetzt in den Wald eindrangen. Die Krieger bliesen immer wieder in die bronzenen Hörner, schlugen auf ihre Tontrommeln und schrien, was ihre Kehlen hergaben, um den Ur aus seinem Versteck zu scheuchen. Noch nie hatte Thorag das Kläffen der Jagdhunde so laut vernommen. Als wollten sie auch ihre Angst vor der Bestie hinausbellen.

Einstweilen bestand der Erfolg dieses Unternehmens aber nur in Hunderten von aufgescheuchten Vögeln, die in wilder Panik über dem Wald flatterten und sich kreischend über die Störung beschwerten. Einige Vögel stoben davon und suchten sich einen ruhigeren Ort aus, andere ließen sich wieder in ihren Nestern nieder, als sie erkannten, daß die Menschen unter ihnen zwar jede Menge Lärm veranstalteten, sonst aber ungefährlich waren. Der kleinste Teil blieb über dem Wald in der Luft und beobachtete vorsichtig, was da unten vor sich ging.

Thorag überlegte, wie sich wohl der Ur verhalten würde – falls er sich überhaupt noch in diesem Wald aufhielt. Würde er in wilder Flucht davonlaufen, Wisars Jagd- und Rachetrupp geradewegs in die Arme? Oder würde er kühl und berechnend abwarten, wie es einem erfahrenen Krieger zukam?

Als Wisar die Hand mit der Frame, die er sich von einem der Krieger hatte geben lassen, hob, ritten die Männer an und drangen ebenfalls ins Gehölz ein. Gegen den Wind, damit die Bestie nicht ihre Witterung aufnahm und gewarnt wurde.

Sie waren vierzig Berittene, die Hälfte davon Krieger im engeren Sinn. Die anderen waren die Tapfersten und Vermögendsten aus Wisars Siedlung. Unter ihnen war Radulf, der Schmied, der auf einem kräftigen, zotteligen Braunen saß, einem kleinen Pferd aus dem Cheruskerland, das neben den großen Römerpferden, die Wisar, Thorag und ein Teil der Krieger ritten, wie ein Fohlen wirkte. Viele der Männer, darunter Wisar, Thorag und Radulf, zogen mit nacktem Oberkörper in den Kampf, um beweglicher zu sein.

Es dauerte nicht lange, bis ihnen die ersten der vom Radau der Treiber aufgescheuchten Tiere entgegenstürzten. Hasen, Füchse, Dachse, Auerhühner und Wildschweine, aber kein Ur. Das größte Tier war ein junger Hirsch, der unter anderen Umständen eine mehr als willkommene Jagdbeute für die Cherusker gewesen wäre. Jetzt schenkten sie dem stolzen Wild kaum Beachtung. Sie waren nicht auf der Jagd nach Fleisch, sondern nach Blut.

Nach dem Blut der Bestie.

Als ihn der Wald umfing, dachte Thorag wieder an Auja, die er erstmals im Wald getroffen hatte. Allerdings ein gutes Stück weiter östlich, in der Nähe von Araders Hof.

Damals war Thorag dem Knabenalter fast entwachsen gewesen. Seine langersehnte Erhebung in den Kriegerstand war in greifbare Nähe gerückt. Thorag wollte seinem Vater zeigen, daß er ein guter Jäger war, um Wisar zu bewegen, ihn schon auf dem nächsten Thing in den Kreis der Jungen zu stellen, die ihre Anerkennung als Krieger suchten.

Thorag wollte als Beweis seiner Fähigkeiten einen kapitalen Hirsch erlegen, der an der Gaugrenze gesehen worden war, dem die erfahrenen Jäger bislang aber vergeblich nachgespürt hatten. Den Hirsch bekam der Junge gar nicht zu Gesicht. Sein kleines, struppiges Pferd verfing sich in einem Fuchsloch und warf ihn ab. Mit dem Kopf schlug er gegen den mächtigen Stamm einer alten Eiche, des heiligen Baums Donars. Der Donnergott meinte es an diesem Tag wahrlich nicht gut mit seinem jungen Abkömmling. Das war Thorags letzter Gedanke, bevor ihn Dunkelheit umfing.

Etwas Feuchtes, Kühles auf seinem Gesicht ließ ihn irgendwann erwachen. Als er die Augen aufschlug, glaubte er, in Walhall zu sein, wie es einem im Kampf gegen ein wildes Untier gefallenen Krieger zukam. Doch dann wurde ihm bewußt, daß er den Hirsch gar nicht erlegt hatte, sondern schlicht und ergreifend vom Pferd gestürzt war. Aber vielleicht reichte ein solcher Tod schon aus, um in die Reihen der Einherier aufgenommen zu werden. Denn tot mußte er sein. Wie anders war es zu erklären, daß sich diese wunderschöne, barbusige Walküre um ihn kümmerte?

Sie kniete neben ihm, sah ihn aus ihren rehbraunen Augen besorgt an und tupfte sein Gesicht mit einem feuchten Tuch ab, in dem er ihr Kleid erkannte. Deshalb also war sie, mit Ausnahme der abgeschabten Lederschuhe, vollkommen nackt.

Allerdings hatte er sich die Walküren etwas anders vorgestellt, wenn die Krieger im Haus seines Vaters von ihnen schwärmten. Üppiger in der Gestalt und mit vollen, schweren Brüsten, aus denen die im Kampf gefallenen Tapferen sich an Milch laben konnten, die besser schmeckte als der köstlichste Met.

Die Walküre, die neben Thorag kniete, war keine reife Frau, sondern ein junges Mädchen, jünger noch als er. Ihr Körper war knabenhaft schlank, und ihre Brüste mit den kleinen Nippeln wölbten sich nur ganz sanft vor. Aber vielleicht war es in Walhall so, daß sich junge Walküren um junge Krieger kümmerten. Die Krieger seines Vaters hatten nur nie davon erzählt, weil sie nicht mehr so jung waren wie Thorag.

»Bin ich schon lange tot?« fragte der Junge.

Das Mädchen verengte die Augen, und über seiner Stupsnase bildete sich eine Falte. »Tot? Wie meinst du das?« fragte mit einer Stimme, die zur Sanftheit seiner Erscheinung paßte.

Thorag überlegte. Er war nicht darauf vorbereitet, einer Walküre den Tod erklären zu müssen. Er hätte ihn nicht einmal sich selbst erklären können.

»Ich meine«, stammelte er, »ob ich schon lange in Walhall bin?«

Das Mädchen schaute in die Runde und fragte: »Heißt so dieser Wald? Das war mir nicht bekannt.«

Thorag wußte nicht recht, woran er war. Aber eines war ihm jetzt klar: Hier stimmte etwas nicht.

Er sah sich um, wenn ihm auch das Erheben und Drehen seines Kopfes heftige Schmerzen bereitete. Er lag auf der Lichtung an der Stelle, wo er vom Pferd gestürzt war. Das struppige Tier stand keine fünfzehn Schritte entfernt und graste so friedlich, als sei nichts vorgefallen. Sonst war niemand hier, nur das Mädchen – die Walküre? – und er, Thorag. Ganz in der Nähe stand ein großer Korb, halbvoll mit frisch gepflückten Brombeeren.

»Wer bist du?« versuchte es Thorag mit der einfachsten Frage, die ihm einfiel.

»Ich heiße Auja.«

»Auja«, wiederholte der Junge. »Das heißt Glück.«

Das Mädchen nickte, und ihr langes Blondhaar fiel kitzelnd auf Thorags Gesicht. Es war ein angenehmes Kitzeln.

»Wo wohnst du, Auja?«

»Auf dem Hof meines Vaters.«

»Wer ist dein Vater?«

»Arader.«

»Arader? Sein Hof gehört zum Gau meines Vaters.«

»Wisar ist dein Vater?«

Der Junge nickte und handelte sich ein weiteres Stechen in seinem Kopf ein.

Etwas in Aujas Blick veränderte sich. Zu der anfänglichen Besorgnis und zur Verwunderung über Thorags Fragen trat Respekt hinzu. »Dann – dann bist du Thorag oder Gundar.«

»Gundar ist noch klein«, entgegnete der Junge ein wenig empört. »Ich bin der Krieger Thorag!«

»Krieger?« fragte Auja. Der Respekt in ihrem Blick wich einem ungläubigen Staunen. Ein spöttisches Lächeln umspielte ihre leicht aufgeworfenen Lippen. »Ich wußte gar nicht, daß du schon in den Bund der Krieger aufgenommen bist.«

»So gut wie«, sagte Thorag ausweichend, stützte sich auf den Ellbogen und vergaß die Schmerzen in seinem Kopf. »Bist du schon lange hier?«

Auja schüttelte den Kopf, und wieder strich ihr Haar über sein Gesicht. Dieses Gefühl erregte ihn. Genauso wie der Anblick ihrer schlanken Schenkel. Thorag spürte, wie ihm die Hose zu eng wurde. Zumindest in dieser Beziehung war er kein Knabe mehr.

Araders Tochter war das auch nicht entgangen. Sie betrachtete die Wölbung und strich sanft mit der Hand darüber. Sofort wuchsen der Hügel und der Druck, den Thorag verspürte.

Als Auja das bemerkte, lockerte sie seinen Gürtel und zog seine Hose ein Stück herunter. Thorags nacktes Glied reckte sich in die Höhe, dem Mädchen entgegen.

Sie umfaßte es mit beiden Händen und sagte leise: »Dein ... es ist sehr groß.«

Thorag mußte grinsen. »Ich sagte doch, ich bin ein Krieger.«

Aujas kleine Hände packten fest zu, und Thorags Glied schwoll weiter an. Dann begann er, sie zu streicheln und löste bei ihr ein wohliges Erschauern aus.

Auja legte sich auf ihn und umschloß ihn mit ihren Schenkeln. Sie rieben ihre Körper aneinander, und jeder teilte die Lust des anderen.

Thorag, der eine Begierde von unerhörter Macht spürte, versuchte, sein Glied in das Mädchen einzuführen. Aber es war zu eng. Auja stöhnte leise, und Schmerz verzerrte ihr Gesicht.

Sofort zog er sich zurück und streichelte ihre Wange. »Verzeih, Auja. Ich wollte dir nicht weh tun.«

»Ich habe noch keine Erfahrung ... damit«, sagte das Mädchen und betrachtete das pulsierende Glied.

»Das wird kommen«, sagte Thorag und lächelte. »Hauptsache, du bist bei mir.«

Auja legte sich neben ihn und schmiegte sich an ihn. Sie lagen eine Weile still beieinander, dann erzählten sie einander aus ihrem Leben, bis ihnen irgendwann bewußt wurde, daß Sunna ihren Wagen schon weit nach Westen gelenkt hatte. Sie badeten in einem nahen Weiher und zogen sich an. Auf Thorags Pferd ritten sie zu Araders Hof, wo der Junge übernachten wollte.

Arader hatte nichts dagegen, daß seine Tochter in der Nacht unter Thorags Decke schlüpfte. Was hätte einem einfachen Bauern Besseres widerfahren können als eine Tochter, die das Lager mit dem Erstgeborenen seines Gaufürsten teilte?

Dieser Sommer wurde der glücklichste in Thorags Leben. Fast täglich traf er Auja, und fast täglich genossen sie die Freuden ihrer jungen Körper. Was ihnen an Erfahrung fehlte, machten Jugend und Leidenschaft wett. Schnell lernten sie hinzu, und schon bald war die Öffnung zwischen Aujas Schenkeln nicht mehr zu eng.

Thorag bedauerte es auf einmal, daß er tatsächlich schnell in den Bund der Krieger aufgenommen wurde. Jetzt war seine Zeit

nicht mehr so reichlich bemessen, denn Wisar war ein pflichtbe-
wußter Vater und Gaufürst, der darauf achtete, daß ihn sein ältester Sohn, der einmal sein Erbe antreten sollte, bei allen wichtigen Anlässen begleitete. Doch wann immer es ging, traf sich
Thorag mit Auja.

Bis der Friedenspakt mit den Römern kam, den die Edelsten
der Cherusker durch ihre Söhne besiegelten, die in römische
Dienste traten. Allen voran Armin. Es war für Wisar und für Thorag gar keine Frage gewesen, daß Thorag den Sohn des Cheruskerherzogs begleitete. Wisar stand den Römern aufgeschlossen
und Segimar loyal gegenüber, weil er der Ansicht war, daß Segimar das Richtige tat. Das Land der Cherusker war groß, und die
Römer beanspruchten lediglich winzige Flecken für ihre Kastelle
und Siedlungen. Wieso einen blutigen Krieg führen, wenn man
in friedlicher Eintracht leben und blühenden Handel miteinander treiben konnte?

Der Abschied von seiner Familie und seiner Heimat war Thorag nicht leichtgefallen. Schließlich hatte er, wie alle anderen jungen Edelinge der Cherusker, nichts anderes gekannt als diesen
Landstrich. Am schwersten aber fiel ihm der Abschied von Auja.
Sie versprach, auf Thorag zu warten, wie lange es auch dauern
mochte.

Auja hatte ihr Versprechen nicht gehalten, aber Thorag wußte
nicht, ob er ihr das vorwerfen konnte. Die Schuld lag wohl eher
bei Arader, dem Würfel und Met mehr galten als sein einziges
Kind. Vermutlich hatte Auja gar nichts anderes tun können, als
sich der Entscheidung ihres Vaters zu fügen. Solange sie unverheiratet war, unterstand sie seiner Munt, seiner Herrschafts- und
Schutzmacht, und hatte jeden seiner Befehle zu befolgen, in dieser Hinsicht nicht viel besser gestellt als eine Leibeigene.

Thorag hatte in den Jahren, die er in der Fremde gelebt hatte,
andere Frauen gehabt, aber bei ihnen stets nur die Leidenschaft
gefunden, nicht das Glück, das Auja für ihn verkörperte. Selbst
in den Stunden der Lust, die er in den Armen einer Römerin,
einer Armenierin oder einer Pannonierin verbrachte, hatte er
Auja nie ganz aus dem Sinn verloren. Ihr Bild war nie verblaßt,
anders als das seiner jüngerern Geschwister. Er hatte das Zusammensein mit anderen Frauen deshalb nicht als Verrat empfunden.
Wie es bei den Cheruskern nicht als Verrat galt, wenn ein verhei-

rateter Mann mit einer anderen Frau schlief oder sich Kebsen, Nebenfrauen, hielt.

Je näher er der Heimat gekommen war, desto drängender war sein Verlangen nach Auja geworden. Jetzt sollte es für immer unerfüllt bleiben. Sie war Askers Frau, und nach dem gestrigen Zusammenstoß war der Gau von Onsaker und Asker für Thorag verbotenes Land. Selbst wenn Thorag es hätte betreten können, wäre Auja für ihn doch unerreichbar geblieben. Ein verheirateter Mann durfte eine andere Frau haben, eine verheiratete Frau aber keinen anderen Mann. Ganz abgesehen davon, wäre Thorag niemals bereit gewesen, Auja mit einem anderen Mann zu teilen.

Schon gar nicht mit diesem groben Klotz Asker. Er haßte Onsakers Sohn und hätte ihn am liebsten sofort seinem toten Bruder Notker nachgesandt.

Ein Rascheln im dichten Gebüsch schreckte Thorag auf, und seine Rechte krampfte sich um den hölzernen Schaft der Frame zusammen. Erst jetzt wurde ihm richtig bewußt, daß die berittene Kriegerschar sich in eine weit auseinandergezogene Kette aufgelöst hatte. Thorag konnte nur zwei Männer auf dieser Lichtung erblicken, Radulf und Wisar.

Erneut raschelte es, und trockenes Holz knackte unter den Tritten unsichtbarer Füße. Die drei Reiter zügelten ihre Pferde, hoben die Framen zum Stoß und blickten gebannt auf das dichte Gestrüpp am Ende der Lichtung.

Äußerlich war Thorag vollkommen ruhig, doch seine innere Anspannung drohte ihn zu zerreißen. Er kannte jetzt keinen anderen Gedanken als den, Rache zu nehmen für Gundars Tod. Selbst Auja war in diesem Augenblick vergessen.

Als sich der fast mannshohe Farn teilte, richteten sich die Jäger auf den Pferderücken auf und bereiteten ihre Muskeln darauf vor, die Framen jederzeit nach vorn zu stoßen. Ein schwarzes Tier brach aus dem Grün hervor und lief auf die Lichtung, geradewegs auf die drei Reiter zu.

Radulf war der erste, der seiner Anspannung durch ein befreiendes Lachen Luft verschaffte.

Plötzlich blieb das Tier stehen, wölbte die grüne Brust, die sich glänzend vom schwarzen Gefieder abzeichnete, reckte den bärtigen Kopf mit dem gelben Schnabel vor und musterte die Menschen, die es offenbar hier nicht erwartet hatte. Mit wütendschimpfendem Geschrei drehte sich der Auerhahn um und verschwand wieder im Unterholz.

»Der Hahn hat Glück, daß wir ein ganz bestimmtes Wild jagen«, lachte Radulf. »Sonst steckte er jetzt auf meiner Frame und heute abend am Spieß über meinem Feuer.«

Die Muskeln der Jäger entspannten sich und ließen die Framen nach unten sinken, als es im Unterholz viel lauter als zuvor krachte und ein anderes, noch schwärzeres Tier auf die Lichtung stürmte.

»Die Bestie!« rief Radulf und riß sein Pferd scharf nach links.

Der Ur brach schnaufend aus dem Unterholz hervor und zermalmte alles, was ihm im Weg stand, unter seinen Hufen. Das Tier war noch gewaltiger und bedrohlicher, als Thorag es sich nach Wisars Beschreibung vorgestellt hatte. Selbst für einen Stier war der Ur ungewöhnlich groß. Bis auf den hellen Strich längs des Rückgrats, den fast alle Tiere seiner Rasse aufwiesen, war sein zotteliges Fell schwärzer als das des Rappen, den der junge Edeling ritt.

Die Ure waren so gefürchtet, daß selbst die mächtigen Wisente sie mieden. Aber dieses Tier hier stellte alle anderen in den Schatten. Wahrscheinlich war es ein Einzelgänger, der im Laufe seines langen Lebens so bösartig geworden war, daß er von seiner eigenen Herde ausgestoßen wurde.

Ohne sich zu besinnen, als habe sie die Menschen schon aus dem Unterholz heraus beobachtet und den günstigsten Zeitpunkt für einen Überraschungsangriff abgewartet, rannte die Bestie mit erhobenem Kopf und hin und her peitschendem Schwanz auf Wisar zu.

Wisar hob erneut den rechten Arm, um die Frame in die beste Stoßposition zu bringen. Aber sein Fuchs scheute aus Angst vor der sich rasend schnell nähernden Bestie, unter deren Tritten der Waldboden erzitterte. Das Pferd stieg wiehernd auf die Hinterbeine, als sein Reiter die Zügel straffer zog. Wisar brauchte beide Hände, um sich im Sattel zu halten, und die Frame fiel auf den laubbedeckten Boden.

»Vater!« stieß Thorag hervor, riß, wie zuvor Radulf, sein Pferd herum und galoppierte neben dem Schmied auf Wisar und den Ur zu.

Sie kamen zu spät, um das Unglück zu verhindern. Die Bestie rammte mit ihrem mächtigen Schädel den Bauch des sich aufbäumenden Pferdes. Dessen Wiehern ging in ein Röcheln über, als es zur Seite kippte und schwer auf den Boden schlug, wo es verwundet liegenblieb und hilflos mit den Beinen strampelte. Der Reiter war aus dem Sattel geworfen worden und mit dem Kopf gegen einen hüfthohen, scharfkantigen Felsblock geschlagen. Wie tot lag er in seltsam verrenkter Haltung auf der Lichtung.

Thorag wäre am liebsten aus dem Sattel gesprungen und hätte sofort nach Wisar gesehen. Ihn befiel panische Angst, auch noch den letzten Angehörigen verloren zu haben.

Aber der riesenhafte, schwarze Stier beanspruchte seine ganze Aufmerksamkeit. Mit einer Gewandtheit, die bei seiner gewaltigen Körpermasse erstaunlich war, wendete er am Ende der Lichtung und steigerte schon wieder seine Geschwindigkeit, um schnaubend auf den Gestürzten zuzustürmen.

Anscheinend hatte er es auf Wisar abgesehen. Spürte er etwa, daß ihm der Vater des von ihm getöteten Edelings Rache geschworen hatte? Stand die Bestie im Bunde mit den bösen Geistern und Ungeheuern der Totenwelt?

Warum nicht, dachte Thorag. Wenn Wodan die Krieger in den Kampf schickte, um die Stärksten und Tapfersten unter den Gefallenen in Walhall um sich zu versammeln, als Streitmacht für den großen Endkampf gegen die Riesen und Ungeheuer, warum sollten dann nicht auch die Mächte des Bösen in der diesseitigen Welt ihre Auswahl treffen unter den schrecklichsten Kreaturen, um sie als Kämpfer in der großen Schlacht am Weltenende einzusetzen?

Radulf traf als erster auf die Bestie. Als sie die Stelle erreichten, wo Wisar von seinem Pferd gestürzt war, hatte Thorag kurz gezögert, und Radulf hatte dadurch einen Vorsprung gewonnen. Frontal griff er den Ur an und stieß seine Frame mit der widerhakigen Flügelspitze aus Eisen auf den Kopf des Tieres, um eines seiner Augen zu durchbohren.

Aber der Stier hob plötzlich das Haupt und schleuderte die Frame im hohen Bogen ins Gebüsch. Sein rechtes Horn streifte Radulfs Pferd und riß dessen Flanke auf. Das Pferd knickte unter lautem, schmerzgeborenem Wiehern ein, und Radulf wurde vornübergeschleudert. Zum Glück geriet der Schmied nicht unter die Hufe des Urs.

Die Bestie beachtete Radulf nicht weiter, sondern hielt unverändert auf Wisar zu. Jetzt stand nur noch Thorag zwischen ihr und seinem Vater.

Thorag wußte, daß es ihm vielleicht nicht viel besser ergehen würde als Radulf, wenn er versuchte, den Ur frontal mit seiner Frame anzugreifen. Der schwarze Stier war kräftig, gewandt und durch viele Kämpfe klug geworden. Falls er auch Thorag überrannte, war ihm Wisar schutzlos ausgeliefert. Ein wahnwitziger Plan reifte in Sekundenschnelle in Thorag heran, und er zögerte nicht, ihn augenblicklich auszuführen.

Obwohl die Frame eine Stoßlanze war, verwendete er sie wie die kürzeren Wurfspeere und schleuderte sie gegen den Ur, kurz bevor er ihn erreichte. Zwar prallte die Eisenspitze fruchtlos am harten Schädel der Bestie ab, doch das Manöver verwirrte sie lange genug, daß Thorag den zweiten Teil seines Planes ausführen konnte.

Er hatte seinen Schild weggeworfen und umklammerte mit den Händen die beiden vorderen Sattelknäufe, stützte sich dadurch ab und zog die Beine auf den Sattel. Als sein Rappe an der Bestie vorbeigaloppierte, stieß er sich mit den Füßen ab, flog für eine Sekunde durch die Luft und landete dann auf dem Rücken des Urs wie ein quer hinübergeworfener Packsattel. Der Rappe rannte weiter und stieß ein erleichtertes Schnauben aus, als er sich weit genug von der Bestie entfernt hatte, um nicht mehr in unmittelbarer Gefahr zu sein.

Die Welt drehte sich um Thorag, der mit jedem Schritt des Urs auf dessen Rücken hin- und hergeworfen wurde. Bäume, Büsche, Farne, Felsen, Himmel, Gras – alles wirbelte durcheinander und verursachte eine Übelkeit in dem jungen Edeling, die er kaum noch unterdrücken konnte. Er wäre längst hinuntergefallen, hätten sich seine Hände nicht so fest in dem zotteligen Fell verkrampft.

Sein Plan! Er mußte ihn ausführen, bevor der Ur Wisar erreichte!

Thorag nahm alle Kraft zusammen und schwang sich herum, bis er auf dem Rücken der Bestie saß wie auf einem Pferd. Ein

Sprung brachte ihn weiter nach vorn. Mit der Linken umfaßte er eins der starken, weit ausladenden Hörner. Mit der Rechten zog er den Dolch aus der Scheide und rammte ihn tief in den Nacken des Tieres.

Der Stier brüllte vor Schmerz und versuchte, den lästigen Reiter durch heftiges Hinundherwerfen des Kopfes abzuschütteln. Aber Thorags Schenkel umklammerten fest den Nacken der Bestie, seine Hände das Horn und den leicht gebogenen Griff des Dolches, der jetzt bis zur Parierstange im Fleisch des Urs steckte. Thorag spürte die Nässe des an der Stichwunde austretenden Blutes und roch seinen süßlichen Duft.

Die Bestie kam Wisar immer näher, nur noch wenige Schritte lagen dazwischen. Thorag umklammerte den Dolchgriff mit beiden Händen und zog ihn unter Aufbietung seiner letzten Kräfte nach rechts. Wie erwartet, warf der Stier seinen Kopf in dieselbe Richtung, um den Schmerz zu mildern.

Und das Wunder geschah! Die Bestie wurde zur Seite gelenkt und lief dicht an Wisar vorbei, überrannte statt des Mannes das sich am Boden wälzende Pferd, wobei sie den Fuchs in eine blutige, zerstampfte Masse aus Fleisch und Knochen verwandelte.

Der Stier stolperte und knickte, wie zuvor Radulfs Pferd, nach vorn ein. Und wie Radulf wurde Thorag abgeworfen, rollte über die weiche Laubschicht, bis er mit der Schulter gegen einen Baumstamm stieß.

Er schüttelte die Benommenheit von sich ab. Gerade noch rechtzeitig. Die Bestie hatte sich wieder gefangen, schnaubte wütend und stürmte auf Thorag los, um dem verhaßten Reiter, dessen Dolch noch immer in ihrem Nacken steckte, den Garaus zu machen.

Die Anstrengung des überstandenen Rittes ließ Thorags Muskeln zittern. Kurz legte er die Hände gegen den Stamm des Baumes, an dem er stand. Es war eine Eiche, Donars heiliger Baum, und die Berührung gab ihm neue Kraft. Er zog sein Schwert und hielt die Klinge dem Stier mit beiden Händen entgegen.

Da näherte sich rasch ein dunkler Schatten. Radulf! Der Schmied saß auf Thorags Rappen und hatte eine Frame stoßbereit angelegt. Vielleicht Thorags, vielleicht seine eigene Waffe. Er bohrte die Lanze tief in die Seite des angeschlagenen Stiers, der nun ins Taumeln geriet.

Thorag stieß sich von der Eiche ab, machte einen Satz nach vorn und rammte sein Schwert von unten in den Hals der Bestie. Blut spritzte ihm entgegen und benetzte ihn von Kopf bis Fuß. Je tiefer er die Klinge ins Fleisch des Urs stieß und je mehr er sie dort herumdrehte, desto stärker spritzte das Blut. Es verklebte Thorags Augen, und er sah alles nur noch durch einen roten Schleier.

So sah er auch Radulf rot und verschwommen. Der Schmied lenkte den Rappen erneut an die Seite der auf die Hinterläufe gesunkenen Bestie und rammte sein Schwert direkt neben Thorags Dolch in ihren Nacken.

Der alte Ur brüllte noch einmal auf. Es war sein Todesschrei. Er fiel auf die Seite und verendete.

Thorag ließ den Schwertgriff erst los, als sich die Bestie nicht mehr bewegte. Er wischte mit der Hand das Blut aus seinen Augen und merkte, daß seine Glieder nach der überstandenen Gefahr erneut zitterten.

Radulf war abgestiegen und legte eine Hand auf Thorags blutnasse Schulter. »So einen Kampf habe ich noch nie gesehen, Thorag. Und ich bin sicher, ihn auch nie wieder zu sehen. Noch die Söhne unserer Söhne werden sich abends am Feuer von dem Ritt erzählen, den der Edeling Thorag, Sohn des Cheruskerfürsten Wisar, auf der schwarzen Bestie vollbrachte.«

»Vater«, krächzte ein völlig erschöpfter Thorag, als der Schmied Wisars Namen nannte. Er drehte sich um und schaute nach dem Gestürzten. Er lag noch bewegungslos am Boden.

Wie tot.

Tot?

»Nein!« flüsterte Thorag und wankte auf Wisar zu.

77

Kapitel 5

Auja

Am Tag darauf wurde Gundar im Heiligen Hain, den man auch den Hain der Götter nannte, bestattet.

Dieser uralte Wald, eine halbe Fußstunde von Wisars Hof entfernt in einem unzugänglichen Moorgebiet gelegen, war den Göttern vorbehalten. Die Menschen durften hier nicht jagen. Selbst den schwarzen Ur hätten sie hier nicht töten dürfen – außer als Opfer für die Götter. Das einzige Blut, das in dem Wald von Menschenhand vergossen werden durfte, war das Blut der Wesen, die man den Göttern darbrachte.

Fast alle Freien und Halbfreien aus Wisars Siedlung erschienen in ihren besten Gewändern. Zurück blieben Frauen, Kinder und Leibeigene. Die Teilnehmer der Trauerfeier versammelten sich auf Donars Lichtung, die so genannt wurde, weil ihre Form der eines Hammers ähnelte. Das wurde schon seit Generationen als Zeichen des Donnergottes gedeutet, hier die heiligen Riten durchzuführen.

Obwohl noch geschwächt von seinem Sturz, ließ es sich Wisar nicht nehmen, die Zeremonie zu leiten. Er war nicht nur der Fürst dieses Gaues, sondern zugleich sein oberster Priester. Und – was ihn in diesem besonderen Fall für die Aufgabe empfahl – Gundars Vater.

Als Wisar in der Mitte der Lichtung stand, sah man ihm nichts an. Die gewaltige Beule an seinem Hinterkopf wurde vom langen, vollen Schopf seines hellen, allmählich ins Grau übergehenden Haares verdeckt. Aber als er den auf- und abschwellenden Gesang anstimmte, der die Ohren der Götter für seine Bitten gnädig stimmen sollte, mußte er ihn immer wieder unterbrechen, weil Hustenanfälle seinen Körper schüttelten. Der Husten förderte blutigen Auswurf zutage, der Wisars weißes Priestergewand besudelte.

Thorag, der Wisar gegenüber am anderen Ende des großen Holzgerüstes stand, machte sich Sorgen um seinen Vater. Die ganze Nacht über hatte er ihn husten gehört. Aber Wisar hatte

Thorags Besorgnis mit den Worten zurückgewiesen, so ein Husten höre sich schlimmer an, als er sei. So war Wisar schon sein ganzes Leben lang jeder Verletzung und jeder Krankheit begegnet. Er nahm sie einfach nicht zur Kenntnis. Aber irgend etwas ließ Thorag zweifeln, daß es diesmal auch so leicht sein würde.

Thorag selbst war mit einigen Prellungen und Hautabschürfungen davongekommen. Und seine Muskeln schmerzten so sehr, als hätte der Kampf nicht wenige Minuten, sondern einige Tage gedauert.

Radulf, der jetzt in der vordersten Reihe der Trauernden stand, lahmte etwas mit dem linken Bein. Dies und ebenfalls ein paar Prellungen waren seine Erinnerungen an den Kampf gegen den schwarzen Ur.

Nach jeder von Wisar gesungenen Strophe skandierten die Versammelten den Namen des Gottes, den der Gaufürst gerade angerufen hatte. Thorags Aufgabe war es, den jeweiligen Namen als erster anzustimmen.

Als Wisar seinen Gesang beendet hatte, traten der Reihe nach die Männer vor, die besondere Empfehlungen aussprechen oder etwas Bemerkenswertes über Gundar berichten wollten. Trotz Gundars Jugend waren es nicht wenige. Radulf sprach als erster und erzählte, daß Gundar seinem Sohn Landulf stets ein guter Freund gewesen war. Zuletzt sprach Thorag, und es fiel ihm nicht leicht. Er rühmte das heitere Wesen und die Aufrichtigkeit seines Bruders, den er vor vielen Jahren zuletzt gesehen hatte.

Das braune Römerpferd, auf dem der Tote saß, wurde während Thorags Rede unruhig. Es schien zu spüren, daß die Trauerzeremonie dem Ende zuging. Es zerrte an den starken Lederriemen, mit denen es so an die vier es umgebenden Holzpfeiler gefesselt war, daß es sich kaum bewegen konnte. Gundar wackelte im Sattel, und es sah aus, als sei er plötzlich zum Leben erwacht.

Daß Gundar überhaupt aufrecht saß, lag an dem besonderen Holzsattel, den Holte, der Schreiner, für ihn angefertigt hatte. Am Sattelende erhob sich ein hölzernes Kreuz, an das Gundars Oberkörper gebunden war. Jetzt, wo sich das Pferd so heftig bewegte, sah es tatsächlich als, als reite Gundar in den Kampf. Er trug seinen besten Kittel, die besten Hosen und einen Umhang aus Hirschfell, der über der Schulter durch eine hammerförmige Silberfibel zusammengehalten wurde. Im Wehrgehänge steckte ein Schwert, und am linken Arm hing sein Schild mit den beiden aufgemalten Bocksköpfen, die Zähneknirscher und Zähneknisterer darstellten. Und tatsächlich ritt Gundar in die Schlacht, in den allerletzten Kampf am Ende der Zeit.

Als Thorag geendet hatte, nahm er das abseits des Toten abgelegte Bündel auf und brachte es zu Gundar. Es war das schwarze Fell des Urs, das um seine sämtlichen Knochen gewickelt war. Der Ur würde Gundar auf seiner Reise begleiten, ihm im Kampf seine Kraft leihen und ihm bei Bedarf Speise sein. Wie bei den Böcken Donars würde auch der Ur, so oft er auch geschlachtet wurde, stets neues Fleisch ansetzen, solange nur sein Fell und seine Knochen heil und vollzählig blieben. Thorag legte das Bündel auf einen der Holzstöße unter dem Pferd, und das Tier wurde noch nervöser. Es zerrte so heftig an den Riemen, daß Thorag einen Augenblick befürchtete, es würde sich losreißen und mit seinem toten Bruder in wilder Panik davongaloppieren.

»O Wodan, o Donar, o all ihr mächtigen Götter«, sprach Wisar und breitete seine Arme aus. Die weiten Falten seines Gewandes ließen ihn aussehen wie eine riesenhafte weiße Taube, die sich auf den Flug vorbereitete. »Wir bringen euch den Ur dar, der Gundar tötete. Gundars Bruder Thorag hat ihn erlegt und seinen Bruder gerächt. Nehmt den Ur als Gundars Gabe und seinen Vasallen, so wie ihr Gundar selbst bei euch aufnehmen möget!«

Thorag zog sein Schwert, nahm es in beide Hände, ging zu seinem Vater und reichte es ihm. Wisar ergriff es und trat an das Holzgerüst heran. Das Pferd hatte alle Ausbruchsversuche aufgegeben. Es zitterte vor Angst und war am ganzen Körper schweißbedeckt. Wisar stellte sich seitlich neben das Tier und hob das Schwert. Doch dann zögerte er, sah sich um und winkte Thorag heran.

»Du hast deinen Bruder lange Zeit nicht gesehen, Thorag. Und als du heimkamst, sahst du ihn als Toten. Aber du hast seinen Tod gerächt. Darum sollst du auch der sein, der ihn von unserer Welt in die der Götter geleitet.«

Wie zuvor Thorag hielt jetzt Wisar das schwere Schwert mit beiden Händen waagerecht vor sich. Thorag ergriff es, und Wisar trat ein paar Schritte zurück.

Thorag stellte sich so neben das Pferd wie eben sein Vater. Sie hatten ihre Stellung mit Bedacht gewählt, so, daß Gundar sie nicht sehen konnte. Dem Toten sollte das Verlassen dieser Welt durch den Anblick seiner Angehörigen nicht unnötig erschwert werden. Das sollte verhindern, daß Gundar als unzufriedener Wanderer zwischen den Welten umherirrte, als Wiedergänger, der keine Ruhe fand.

Thorag stieß das Schwert von unten in den Hals des Pferdes und fand schnell die Halsschlagader. Ein Zucken lief durch das Tier, als sein Blut und sein Leben es in einem roten Strom verließen. Thorag zog die rote Klinge wieder heraus und machte ein paar Schritte zurück, damit sein bestes Gewand nicht vom Blut befleckt wurde.

Wisar trat mit der Fackel, die ihm einer der Männer gereicht hatte, an das Gerüst und zündete die Holzscheite an mehreren Stellen an. Das trockene Holz der Eiche, des Baumes Donars, fing rasch Feuer, und die Flammen fraßen sich in knisternder Eile weiter. Wisar mußte zurücktreten, neben Thorag, denn bald brannte das ganze Gerüst mit Gundar und dem Pferd lichterloh. Mit einem letzten, lauten Wiehern verging der ausblutende Braune in den Flammen. Eine sengende Hitzewelle, die ihnen fast den Atem raubte, griff nach Wisar und Thorag und zwang sie, noch weiter zurückzugehen.

Der Gaufürst schleuderte die Fackel in weitem Bogen ins Feuer und krümmte sich plötzlich zusammen. Er würgte, röchelte, hustete, und eine Mischung aus Schleim und Blut rann aus seinem aufgerissenen Mund auf den Boden.

Obwohl das Blut des Pferdes noch an der Klinge klebte, steckte Thorag das Schwert in die Scheide zurück, griff nach seinem Vater und stützte ihn. »Was ist mit dir, Vater? Wie kann ich dir helfen?«

»… geht schon«, krächzte Wisar und schüttelte die Hände des einzigen ihm verbliebenen Sohnes in einer fast ärgerlich wirkenden Bewegung von sich ab. Er unterdrückte den Hustenanfall und richtete sich mühsam auf. »Die Zeremonie … darf nicht gestört werden.«

Thorag verstand und unterließ jede weitere Frage, jede Äußerung oder Geste, die als Ausdruck seiner Besorgnis um Wisars Zustand gedeutet werden konnte. Viele Augen waren in dieser Stunde auf Thorag und Wisar gerichtet. Nicht nur die Augen der

Menschen, auch die der Götter. Wisar wollte nicht, daß die Götter ihn als Schwächling sahen und danach seinen Sohn Gundar beurteilten.

Aber die Besorgnis in Thorags Herz löste sich dadurch nicht auf. Und sie wurde genährt, als Wisar nur mühsam mehreren neuen Hustenanfällen widerstand, die ihn heimsuchten, während das Feuer, das die Körper Gundars und des Pferdes verzehrt hatte, allmählich niederbrannte.

Als die letzten Flammen verloschen waren, traten Vater und Sohn mit einer silbernen Urne, die ihnen Radulf brachte, an den glühenden Schutt und suchten die Knochen heraus, um sie in die Urne zu legen. Die Urne war mit Motiven aus der Götterwelt verziert – Wodans großer Hut, Donars Hammer und Ullers Bogen –, um den Göttern zu zeigen, daß der Tote ihrer würdig war. Sie war Radulfs Abschiedsgabe an Gundar, den Spielgefährten seines Sohnes Landulf. Jetzt waren beide tot.

Die Urne und Gundars Waffen wurden in einer Erdgrube beigesetzt, auf einer kleinen Nebenlichtung unter den höchsten der in diesem Hain wachsenden Eichen. Sie mußten fast so hoch sein wie die immergrüne Weltesche, deren Gezweig die Reiche der Menschen, Götter, Riesen und Zwerge verband. Hier ruhten die Toten aus Wisars Familie, die Abkömmlinge Donars. Die Grube wurde mit Brandschutt aufgefüllt und mit einem gewaltigen Stein verschlossen, der nur durch sechs kräftige Männer bewegt werden konnte. Er sollte dem Toten seine Ruhe sichern und zugleich verhindern, daß er sein Grab wieder verließ. Die Furcht vor Wiedergängern, die aus Hader mit ihrem Schicksal, zwischen den Welten wandern zu müssen, ihren bösen Spuk mit den Lebenden trieben, saß tief. Früher hatte Thorags Mutter den Kindern viele Geschichten erzählt, und die über die Wiedergänger hatten die Kinder stets am stärksten erschauern lassen.

Angeführt von Wisar, kehrten die Männer in die Siedlung zurück. Dort warteten die Frauen mit frischem Bier und Met und mit dem gebratenen Fleisch des erlegten Urs. Die Menschen wollten feiern, um ihre Trauer zu vergessen. Es war nicht gut, zuviel zu trauern und zu viele Tränen um einen Toten zu vergießen. Das erschwerte ihm nur das Verlassen dieser Welt.

Nur einer ging nicht mit zurück zur Siedlung, weil er um so viele Menschen zu trauern hatte: Thorag.

Die Schar der Trauernden war längst zwischen den alten Bäumen des Heiligen Hains verschwunden, ihre Schritte und Stimmen verklungen. Thorag hörte nur noch die Stimmen des von vielerlei Getier bevölkerten Waldes, das Rascheln des leichten Windes in den Baumkronen und sein eigenes Atmen, während er vor den Gräbern seiner Familie stand, um der Toten ein letztes Mal zu gedenken. Es war sein Abschied von Gundar, von seiner Mutter, von Thorstan, von Gesa und von Thordis. Und von dem kleinen Ragnar, den er nur aus der Erzählung seines Vaters kannte.

Ragnar war geboren worden, während sein ältester Bruder Thorag für die Römer kämpfte. Aber die Götter waren nicht mit ihm gewesen. Nur eine Nacht nachdem Wisar seinen jüngsten Sohn in symbolischer Handlung vom Boden und damit in seine Munt aufgenommen hatte, hatten die grauen Schatten des Todes, die nach so vielen Neugeborenen griffen, ihre Hände nach Ragnar ausgestreckt, und am Morgen hatte die Mutter ihn leblos neben sich auf dem Lager gefunden. Auf seinem Grab lag die kleinste Steinplatte.

Alle tot.

Thorag wandte sich um und ging zu jener Stelle am Rand der großen Lichtung, wo er seinen Rappen an den Stamm einer dünnen Birke gebunden hatte. Er führte das Tier zu der kleinen Lichtung mit den Grabstätten und löste die Riemen, mit denen das Päckchen auf den Pferderücken gebunden war. Er öffnete es und nahm die Gaben heraus, die als Begrüßungsgeschenke für die Lebenden gedacht gewesen waren und jetzt Thorags Abschiedsgeschenke an die Toten waren.

Vor das Grab seiner Mutter legte er die letzte heilgebliebene Fensterscheibe und gedachte der Mutter zum letzten Mal. Vor das frische Grab Gundars legte er das Schwert mit dem prachtvoll verzierten Silbergriff, das er bei einem römischen Schmied für teures Geld erstanden hatte; zusammen mit einem Schwert, das Thorags Geschenk für seinen Vater gewesen war. Thorstan bekam einen ähnlich gearbeiteten Dolch von demselben Schmied. Für Gesa und Thordis hatte Thorag mit römischen Münzen verzierte Gürtel mitgebracht, deren schwere Schnallen aus purem Gold waren.

Nur für Ragnar hatte er kein Geschenk. Thorag zog seinen Dolch und schnitt eine Strähne seines langen Blondhaars ab, die er unter die Steinplatte von Ragnars Grab klemmte. Sie sollte Ragnar an seinen großen Bruder erinnern, wo immer Wisars Sohn jetzt sein mochte. Thorag hatte sich nie Gedanken darüber gemacht, wohin Kinder nach ihrem Tod gingen. Die Krieger kamen nach Walhall, die dem unrühmlichen Strohtod Erlegenen ins unterirdische Reich der Hel. Aber Kinder?

Ein seltsames Gefühl, das plötzlich von dem an Ragnars Grab knienden Thorag Besitz ergriff, brachte ihn davon ab, diesen Gedanken weiterzuverfolgen. Dieses Gefühl war ihm nicht unbekannt, seit er ein Krieger geworden war. Es war das durch seine geschärften Sinne gewonnene Wissen, daß er nicht mehr allein auf der kleinen Lichtung stand. Jemand war hinter ihm. Jemand oder etwas.

Thorag dachte an die Toten, an Wiedergänger und Geister. Er widerstand dem drängenden Gefühl, aufzuspringen, herumzuwirbeln und in dieser Bewegung sein Schwert zu ziehen. Gegen Wiedergänger und Geister nutzte ein Schwert nichts.

Außerdem glaubte er nicht, daß er in Gefahr schwebte. Das Sträuben seiner Nackenhaare, das sich in so einem Fall einzustellen pflegte, unterblieb. Das Gefühl, das Thorag empfand, war anders. Er kannte es, auch wenn es lange verschollen gewesen war. Alte Erinnerungen wurden in ihm wach, und eine plötzliche wohlige Wärme überströmte ihn. Noch bevor er sich umdrehte, wußte er, wer hinter ihm war.

»Auja«, flüsterte er, und mit halboffenem Mund starrte er die junge Frau an, die zehn Schritte von ihm entfernt am Rand der Lichtung stand.

Auja hatte sich verändert und doch auch wieder nicht. Sie war erwachsener geworden in den Jahren, reifer. Unter dem grünrot gemusterten Wollkleid, das auf der rechten Schulter von einer silbernen Fibel gerafft und um die Hüften von einem mit Silberplättchen besetzten Ledergürtel gebauscht wurde, zeichneten sich die üppigen Formen einer erwachsenen Frau ab. Aber ihr feines, sinnliches Gesicht war das des jungen Mädchens geblieben, das Thorag bei seiner glücklosen Hirschjagd an der Grenze zu Onsakers Gau kennengelernt hatte. Glücklos? Nein, diese Jagd hatte ihm damals das größte Glück seines Lebens beschert.

Sie trat langsam auf Thorag zu, und der junge Cherusker erkannte, daß sich ihr Gesicht doch verändert hatte. Tiefe Schatten unter ihren rehbraunen Augen zeugten von einem nicht immer glücklichen Leben. Die Sonnenstrahlen, die sich in ihrem hüftlangen Blondhaar verfingen, das bis über die Schultern lose herunterfiel und dann von einer großen Silberspange zu einem Schopf zusammengefaßt wurde, verliehen Aujas Gesicht einen heiteren Glanz, der bei näherem Hinsehen verflog.

Haarspange wie Schulterfibel waren Abbildungen von Eberköpfen, vermutlich Geschenke Askers oder Onsakers. Sie machten Thorag schmerzhaft bewußt, daß es nicht mehr *seine* Auja war, die so dicht vor ihm stand und deren Duft ihn verleiten wollte, seine Arme um sie zu legen und sie ganz fest an sich zu ziehen. Sie war jetzt Askers Frau, und Thorag widerstand der Versuchung.

Zweifel trat in Aujas Blick, der auf Thorags Gesicht ruhte. »Du sagst ja gar nichts, Thorag.«

Thorag hob die Hände bis fast zu den Schultern und ließ sie kraftlos wieder sinken. »Was soll ich sagen, Auja?«

»Nach all den Jahren sollte man meinen, daß wir uns etwas zu sagen hätten.«

»Ja«, meinte Thorag und nickte, bevor er sie wieder ansah. »Ich habe viel an dich gedacht, Auja. Es gab keinen Menschen, an den ich so viel dachte wie an dich. Nicht mal mein Vater Wisar und meine Familie, die hier begraben liegt.« Er sah auf die Gräber, weil er es nicht mehr ertragen konnte, in dieses wunderschöne, so nahe und doch unerreichbare Gesicht zu sehen, das er so sehr liebte. »Jetzt kehre ich heim, und du bist Askers Frau. Und alle, bis auf Wisar, sind tot.«

»Es tut mir leid um Gundar. Auch um die anderen. Ich kam her, dir das zu sagen. Asker und Onsaker dürfen es nicht wissen. Sie hassen dich und Wisar, weil du Notker getötet hast. Am liebsten würden sie euch auf der Stelle umbringen. Ich habe gesagt, ich will meinen Vater besuchen, als ich fortritt. Ich war auch bei ihm. Aber eigentlich wollte ich mit dir reden, Thorag, dir erklären, weshalb ich …« Ihre Stimme versagte ihr den Dienst.

»Du brauchst es mir nicht zu erklären«, entgegnete Thorag eine Spur versöhnlicher. »Mein Vater hat mir erzählt, wie es dazu gekommen ist. Araders verfluchte Trunk- und Spielsucht ist schuld an allem!« Beim letzten Satz hatte sich seine Miene vor Wut verzerrt.

»Mein Vater ist, wie er ist«, versuchte Auja schwach eine Verteidigung. »Wer kann dafür, wie ihn die Götter schufen?«

»Vielleicht schaffen die Götter den Menschen, aber der Mensch formt sich selbst. Es wäre viel zu leicht, alles den Göttern zuzuschieben. Verteidige deinen Vater nicht auch noch, Auja. Er ist die Luft nicht wert, die er atmet. Donars Blitz hätte ihn treffen sollen, als er dich benutzte, um seine Spielschulden zu bezahlen!«

Auja sah Thorag entsetzt an. »Du wünschst meinem Vater den Tod?«

»Ja!«

In diesem Augenblick war es tatsächlich so. Auf Arader schob Thorag die Verantwortung für sämtlichen bei seiner Heimkehr erlittenen Verlust und Schmerz. Der Ur, der Gundar getötet hatte, war tot; ihn konnte er nicht mehr hassen. Ein Verantwortlicher für den Tod seiner Mutter und seiner übrigen Geschwister war nicht greifbar. Aber Arader, den in Thorags Augen die alleinige Schuld daran traf, daß er Auja verloren hatte, lebte. Ihn konnte Thorag hassen, und er tat es, er bekämpfte seinen Schmerz durch dieses Gefühl.

Aujas wunderschöne Lippen zitterten, und sie trat langsam zurück. In ihren Augen glitzerte es feucht. »Vielleicht war es ein Fehler herzukommen. Ich weiß nicht, ob wir uns jemals wiedersehen. Falls es geschieht, dann als Fremde, die ich als Askers Frau für dich sein werde. Mögen Wodan und Donar über deine Wege wachen!«

»Warte!« rief Thorag, als sie sich umdrehen wollte, und er starrte auf das Fellbündel, das zu seinen Füßen lag. Es enthielt noch ein Geschenk, das er unbewußt eingepackt hatte, als er seinen Vater und die Trauernden zum Heiligen Hain begleitete. Vielleicht, weil auch Auja in gewisser Hinsicht für ihn zu den Toten zählte – jedenfalls die Auja, die er gekannt hatte.

Er bückte sich und zog das mit bunten Blumen bemalte Kleid aus dem Bündel, schüttelte es aus und hielt es in das Sonnenlicht, dessen Strahlen den feinen Stoff durchdrangen und ihn so dünn erscheinen ließen wie das Netz einer Spinne. Das Kleid in beiden Händen haltend, trat Thorag auf die junge Frau zu.

»Das habe ich dir mitgebracht, Auja, aus Rom. Ich habe es von einem Händler, der die vornehmsten Familien beliefert, sogar den Caesar.«

Zögernd streckte Auja ihre Hände nach dem Kleid aus, als Thorag vor ihr stehenblieb, und strich ganz sanft, fast ängstlich darüber. Es war ein seltsames Gefühl, als bestände das Kleid zu einem Teil aus Luft. Aujas Finger hatten so etwas noch nie berührt. Es war ganz anders als die Felle, Pelze und Wolle, aus denen ihre Kleidung gefertigt war. Viel leichter. Und dann diese kunstvolle Bemalung. Auch die Cherusker färbten und verzierten ihre Kleidung, aber so etwas wie diese bunte und doch zugleich harmonische Pracht der Blüten, die ineinander übergingen und das ganze Kleid bedeckten, war ihr unbekannt.

»Was ist das für ein Stoff?«

»Seide. Das Kleid kommt aus einem fernen Land am Rand der Welt, China. Nur die vornehmsten und reichsten Römer können es sich leisten, Kleider aus Seide zu tragen.« Unverhohlener Stolz darüber, daß Thorag es sich leisten konnte, aus der im Krieg gemachten Beute so wertvolle Geschenke zu kaufen, schwang in seinen Worten mit. »Im Sommer läßt sie den Körper atmen, und im Winter hält sie ihn warm, obwohl sie so leicht ist.«

Das Leuchten, das beim Berühren des Kleides in Aujas Augen getreten war, erlosch plötzlich, und ruckartig nahm sie ihre Hände herunter.

»Was ist?« fragte Thorag. »Das Kleid gehört dir, Auja. Für dich habe ich es gekauft, und du sollst es tragen. Nimm es!«

»Nein.« Die junge Frau schüttelte traurig den Kopf. »Es steht mir nicht zu, und Asker würde es nicht wollen. Er ist sehr wütend auf dich und würde dann noch wütender sein. Schenk das Kleid einer anderen Frau, Thorag, einer, die deiner würdig ist.«

Um die Tränen zu verbergen, die sie nicht länger zurückhalten konnte, drehte sich Auja abrupt um und strebte schnellen Schrittes auf den Waldrand zu. Das letzte, was Thorag von ihr sah, bevor sie im dunklen Unterholz verschwand, war das goldene Schimmern ihrer Haare im Licht der langsam niedergehenden Sonne.

Enttäuscht und wütend knüllte er das wertvolle, nutzlose Kleid zusammen und warf es zu Boden. Für einen Augenblick war er versucht, mit den Füßen darauf herumzutrampeln. Aber er besann sich, hob es vorsichtig, fast zärtlich auf und schüttelte den Schmutz heraus.

Eilig folgte er Auja und durchquerte den Waldstreifen, der die kleine Lichtung mit den Gräbern von der größeren Lichtung – Donars Lichtung – trennte. Aber er sah Auja nicht mehr, hörte nur noch sich rasch entfernendes Hufgetrappel.

Thorag ging zu seinem Rappen, band ihn los und stieg auf. Das Tier, das ursprünglich nur seine Gaben transportieren sollte, trug keinen Sattel, aber das störte ihn nicht. Bevor er in die Dienste Roms trat, war er – wie die meisten Cherusker – stets ohne Sattel geritten. Und Thorag war ein ebenso guter Reiter, wie er ein Krieger und Jäger war. Auch auf dem großen Römerpferd hatte er keine Mühe, sich festzuhalten. Er legte das Seidenkleid vor sich über den Pferderücken und schlug dem Tier leicht die Fersen in die Seite.

Er verließ den Heiligen Hain in westlicher Richtung, wohin auch Auja verschwunden war. Wo Onsakers Gau lag und Araders Hof. Der Hof des Mannes, den er haßte wie keinen sonst.

Thorag erreichte sein Ziel, als die Sonne ihre letzten Strahlen über die Baumwipfel schickte.

Er erkannte Araders Hof kaum wieder. Die meisten Gebäude waren erst in den Jahren seiner Abwesenheit entstanden, da die Bauten, die Thorag gekannt hatte, ein Opfer der Zeit geworden waren. Das Holz verfaulte mit den Jahren.

Aber das längliche Haupthaus stand noch in der gewohnten Form auf dem alten Platz. Und doch sah es ebenfalls anders aus als in Thorags Erinnerung. Das rohrgedeckte Dach wies ebenso Löcher auf wie die Wände aus lehmverstrichenem Flechtwerk. Nach Westen hin, wo der Stall lag, neigte sich das Gebäude in gefährlich anmutender Weise. Vermutlich war einer der hölzernen Stützpfeiler so morsch geworden, daß er sich unter der Last bog. Das Gebäude hätte längst abgerissen und durch ein neues ersetzt werden müssen.

Der ganze Hof befand sich in einem erbärmlichen, halbverfallenen Zustand. Herr und Gesinde schienen sich um nichts zu kümmern.

Gesinde? Vergeblich sah sich Thorag, der den Rappen zwischen den armseligen Hütten angehalten hatte, nach Menschen um. Die einzigen Lebewesen waren zwei im Erdreich herumwühlende Schweine, eine ihnen gelangweilt zuschauende Ziege und ein paar Hühner, die träge im Schatten eines Hütteneingangs saßen; offenbar hatte das Federvieh das einst für Menschen gedachte Gebäude für sich in Besitz genommen.

»Ist hier niemand?« brüllte der junge Cherusker über den Hof, der ihn fast noch mehr an eine Totenstätte gemahnte als die kleine Grablichtung im Heiligen Hain.

Er hörte ein Geräusch aus dem Haupthaus, und eine Gestalt erschien in der Türöffnung. Wegen des schwächer werdenden Lichtes benötigte Thorag einige Zeit, um die Gestalt zu erkennen. Sie gehörte einem alten, gebeugt gehenden Mann mit struppigen, ergrauenden Haaren und einem schon seit vielen Tagen nicht mehr rasierten Gesicht. Weil er so krumm ging, wirkte der Mann in dem schmutzfleckigen Kittel viel kleiner, als ihn Thorag in Erinnerung hatte. Es fiel Thorag schwer, in ihm den freien Bauern Arader wiederzuerkennen.

»Wer bist du?« lallte Arader mit schwerer Zunge. In der Rechten hielt er ein Trinkhorn, mit der Linken stützte er sich am Türrahmen ab. Trotzdem wankte er. So stark, daß Thorag befürchtete, der Bauer würde das wacklige Haus umreißen, falls er den Halt verlor.

Thorag nannte seinen Namen.

»Thorag?« wiederholte Arader langsam. »Der Sohn Wisars?«

Thorag nickte. »Kennst du noch jemanden, der Thorag heißt?«

Statt zu antworten, kam der Alte mit einer Gegenfrage: »Was willst du hier?«

»Dich sprechen.« Thorag rutschte vom Pferd, band es am letzten aufrecht stehenden Pfahl eines umgestürzten Gatters fest und trat auf den Hauseingang zu. »Ich will von dir wissen, wie sich ein Mann fühlt, der seine einzige Tochter verkauft hat.«

Arader sah Thorag mit seinen geröteten Augen verständnislos an und leerte dann sein Trinkhorn. Thorag roch frisches Bier. Ein Geruch, der seiner Nase willkommener war als der von Arader ausströmende Gestank. Der Bauer schien vergessen zu haben, daß körperliche Reinheit zu den Tugenden eines Cheruskers zählte. Noch schlimmer war allerdings der Gestank, der aus dem Haus kam. Thorag hatte den Eindruck, daß Arader den Stall nicht mehr ausgemistet hatte, seit der junge Edeling zum letztenmal hiergewesen war.

»Verkauft?« echote Arader verständnislos und sah sehnsüchtig in sein leeres Horn.

»Ja, verkauft. Du hast Auja verkauft!«

»Auja«, seufzte der Bauer. »Sie ist eine gute Tochter. Heute war sie bei mir und hat mir frisches Bier gebracht, das auf Onsakers Hof gebraut wurde.« Arader versuchte vergebens, sich gerade aufzurichten und seiner Haltung einen Anstrich von Würde zu geben. »Onsakers Sohn Asker ist nämlich Aujas Mann.«

»Das weiß ich!« zischte Thorag und packte Arader am schmutzigen Kragen. Das Trinkhorn fiel zu Boden. »Auja ist Askers Frau, weil du nichts anderes kannst als spielen und saufen!«

In Araders Blick lagen Angst und Verwirrung. Aber nicht die geringste Spur von Verständnis oder gar Reue.

Thorag wußte auf einmal nicht mehr, weshalb er überhaupt hierhergekommen war. Ursprünglich hatte er Arader zur Verantwortung ziehen wollen, wenn er auch nicht genau wußte, wie. Dann hatte er daran gedacht, Arader das Seidenkleid dazulassen, damit er es Auja geben konnte. Aber er bezweifelte, daß der Alte diese einfache Sache begreifen würde. Das Bier hatte seinen Verstand umnebelt.

Er ließ den Bauern los, der rückwärts ins Haus taumelte, auf den schmutzigen Boden fiel und einen lauten Rülpser ausstieß. Der Geruch von Bier und Fäulnis schlug Thorag ins Gesicht.

Angewidert wandte er sich ab und ging zurück zu seinem Pferd, um Arader der Einsamkeit und dem Bier zu überlassen. Hier hatte Thorag nichts mehr verloren.

Thorag ritt nicht zurück zu seines Vaters Hof, sondern in die entgegengesetzte Richtung, weiter nach Westen, tiefer in Onsakers Land hinein. An die Gefahr, der er sich für den Fall aussetzte, daß er von Onsakers Kriegern gestellt wurde, dachte er nicht.

Er dachte nur an das wunderschöne, von langem golden glänzenden Haar umrahmte Gesicht. An die sanften Augen und die sinnlichen Lippen. Er wollte zu Auja, um ihr zu sagen, daß er sie liebte, daß sie Asker verlassen und mit ihm kommen sollte. Er würde mit ihr fliehen bis ans Ende der Welt, bis in das ferne Land China. Oder er würde Asker töten, wenn Auja es wünschte.

So lenkte er den Rappen durch die Dämmerung, die in den Wäldern schon zur völligen Dunkelheit geworden war, vorbei an einsamen Höfen, ohne darauf zu achten, ob ihn jemand beobachtete. Sein Geist befand sich in einem seltsamen Zustand, war besessen von dem Gedanken an Auja. Alles andere schien bedeutungslos.

Onsakers Siedlung tauchte vor dem einsamen Reiter auf, als die Nacht den Himmel ganz bedeckte. Nur der Mond und die Sterne verbreiteten noch ein fahles Licht. Die Umrisse der Gebäude reckten sich Thorag aus einem zwischen zwei bewaldeten Hügeln eingebetteten, mit Feuer und Beil gerodeten Tal entgegen.

Im Gegensatz zu Wisar hatte Onsaker nicht die ganze Siedlung mit einem Palisadenzaun umgeben, sondern nur sein eigenes Gehöft. Thorag stieg vom Pferd und führte es am Rand der Siedlung entlang in Richtung auf Onsakers Hof. Je näher er den Palisaden kam, desto klarer wurde sein Denken, und er fragte sich, was er eigentlich vorhatte.

Einfach hineingehen und nach Auja fragen? Onsaker und Asker würden Thorag vermutlich auslachen und von ihren Kriegern erschlagen lassen, falls sie sich nicht eine langsamere Todesart für ihn ausdachten.

Versuchen, heimlich an Auja heranzukommen und sie zur Flucht zu überreden? Das würde ihm schwerlich gelingen, inmitten von Onsakers Kriegern.

Thorag zögerte nicht aus Angst vor Onsakers Kriegern. Aber wem nutzte sein Tod? Doch nur Onsaker und Asker. Wie aber würde es für Wisar sein, wenn er auch noch seinen letzten Sohn verlor?

Thorag brauchte erst einmal Zeit zum Nachdenken. Er steuerte einen kleinen buschbewachsenen Hügel an. Im Schutz der Büsche und Sträucher wollte er in Ruhe überlegen, was nun zu tun war. Kaum hatte er sein Pferd in das Gehölz geführt, als ihn ein Rascheln zusammenfahren ließ.

Da war es wieder, das seltsame Gefühl, das er schon am Nachmittag im Heiligen Hain verspürt hatte, als Auja zu ihm gekommen war. Aber diesmal spürte Thorag nichts Beruhigendes. Die unsichtbaren Augen, die ihn beobachteten, taten das nicht in freundlicher Absicht.

Unsichtbar? Nein, die fremden Augen glühten wie zwei winzige Feuer in der Dunkelheit.

Der Fremde, der hinter einem Haselnußstrauch verborgen war, schien kein erfahrener Krieger zu sein. Dann hätte er gewußt, daß ein Mann im Dunkeln die Augen zu Schlitzen verengen mußte, wollte er verhindern, daß ihr Leuchten ihn verriet. Aber auch wenn er kein Krieger war, konnte er trotzdem gefährlich sein.

In einer einzigen Bewegung ließ Thorag die Zügel des Rappen los und schnellte mit einem gewaltigen Satz auf das Gebüsch zu, wobei er seinen Dolch aus der Lederscheide zog. Er landete auf dem Unbekannten und riß ihn um. Thorag hörte einen erstickten Laut, als dem Fremden für Sekunden die Luft wegblieb.

Als der andere wieder atmete, drückte Thorag, der rittlings auf ihm saß, den Dolch an seine Kehle. »Schrei nicht, oder ich schneide dir die Gurgel durch! Sprich leise! Wie heißt du?«

»Thidrik.«

»Thidrik?«

Jetzt sah es Thorag, als sich seine Augen an die zwischen den Büschen herrschende Finsternis gewöhnt hatten. Unter ihm lag der Bauer, auf dessen Hof er und seine Gefährten von den Wolfshäutern überfallen worden waren. Sein großer Schnurrbart und seine Lippen zitterten vor Erregung. Auch er hatte Thorag erkannt.

»Was tust du hier?« fragte der Edeling.

»Ich wollte zu Onsaker.«

»Warum?«

»Er ist mein Gaufürst. Ich wollte ihn um Unterstützung bitten, weil ich die Steuern an die Römer nicht mehr bezahlen kann.«

»Und weshalb versteckst du dich hier?«

Der Bauer zögerte mit seiner Antwort. Statt ihrer erhielt Thorag einen heftigen Schlag in den Rücken, verlor das Gleichgewicht und fiel zur Seite. Er war unachtsam gewesen und hatte es Thidrik erlaubt, daß dieser ein Knie hochriß und ihm in den Rücken stieß.

Mit einer Gewandtheit, die Thorag dem massigen Mann nicht zugetraut hätte und die ihn an den schwarzen Ur erinnerte, sprang Thidrik auf und rannte, laut um Hilfe schreiend, aus dem Gebüsch hinaus auf Onsakers Gehöft zu.

Thorag rappelte sich auf und hielt vergebens nach seinem

Dolch Ausschau. Er hatte ihn bei dem Sturz verloren und keine Zeit, ihn zu suchen. Schon hörte er das Bellen von Hunden und Stimmen, die Thidrik antworteten. Er fand nur ein kleines, struppiges Pferd, wahrscheinlich Thidriks Tier.

Thorag lief zu seinem eigenen Pferd, schwang sich auf dessen Rücken und trieb es mit Zurufen und Fersendrücken an. Im gestreckten Galopp rannte der Rappe davon, ließ Onsakers Gehöft und bald auch die Siedlung hinter sich zurück.

Als sie in den schützenden Wald eintauchten, hielt Thorag das Tier kurz an und schaute zurück. Die Lichter zahlreicher Fackeln wanderten durch die Nacht, auf der Suche nach Thorag.

Sein Vorhaben war gescheitert. Er würde Auja nicht wiedersehen. Traurig und enttäuscht warf Thorag das bunte Kleid ins Gebüsch, bevor er weiterritt.

Das Glück hatte ihn verlassen.

Kapitel 6

Der Überfall

»Vooorsiiicht, Baaauuum fääällt!« brüllte Holte und sprang, die langstielige Axt fest in beiden Händen, mit weiten Sätzen zur Seite.

Ein Blick auf seine beide Söhne zeigte dem Schreiner, daß die Warnung unnötig gewesen war. Der zwölfjährige Tebbe und sein zwei Jahre jüngerer Bruder Eibe hockten hinter dem Felsblock, dessen Deckung sie auf Anweisung ihres Vaters gesucht hatten. Und die hohe Kiefer kippte in die entgegengesetzte Richtung, ganz wie von Holte geplant.

Dennoch behielt er diese Vorsichtsmaßnahmen stets bei. Als junger Mann hatte er mit ansehen müssen, wie ein nachlässig angeschlagener Baum in die falsche Richtung fiel und zwei kräftige Männer so mühelos unter sich zerquetschte, als wären sie lästige Fliegen. Seitdem paßte er gehörig auf, besonders wenn es um seine eigenen Söhne ging.

Sieben Kinder hatte seine Frau Wiete ihm geboren. Tebbe und Eibe waren die einzigen, die das frühe Kindesalter überlebt hatten. Das war nichts Besonderes. Die meisten Kinder starben, und ein Mann, der zwei Söhne hatte, konnte sich glücklich schätzen. Das tat Holte, wie sich auch Wiete glücklich schätzte. Und immer wenn ihr Mann die Kinder mit in den Wald nahm, ermahnte sie ihn, die beiden Jungen bloß heil wieder nach Hause zu bringen. Holte versprach es ihr, auch wenn es ihm überflüssig erschien, denn niemand brauchte ihn darauf zu stoßen, daß er auf Tebbe und Eibe aufpassen mußte.

Es gab einen lauten Krach, Splitter regneten herab, Staub und Schmutz wirbelten auf, und der gefällte Baum schlug auf dem Waldboden auf. Für einen kurzen Augenblick empfand Holte Mitleid für die Kiefer, deren langes, stolzes Leben er beendet hatte. Aber der Wald war groß, und die Geister, die sich den Baum als Stammplatz ausgesucht hatten, würden keine Mühe haben, eine neue Heimat zu finden.

In Gedanken bat Holte die Geister um Vergebung – er war nun einmal ein vorsichtiger Mann –, während er mit dem Arm durch sein Gesicht wischte, weil ihm der Schweiß in die Augen lief. Es war ein heißer Nachmittag, und diese Kiefer war schon der dritte Baum, den er heute gefällt hatte. Eine andere Kiefer und eine Tanne hatten er und seine Söhne bereits geschlagen, vom Astwerk befreit und mit Hilfe der beiden stämmigen, kräftigen Pferde, die jetzt an eine junge Buche angebunden waren, zur Siedlung befördert. Als er den Arm vom Gesicht nahm, konnte er noch schlechter sehen als zuvor, denn er hatte sich den Schmutz, der auf seinen Armen wie auf seinem ganzen nackten Oberkörper klebte, in die Augen gerieben. Er ging zu dem Stein, über den er seinen Kittel gelegt hatte, lehnte die Axt daran, griff nach dem Kleidungsstück und fuhr sich damit über das Gesicht. Schweiß und Schmutz blieben in der grob gewobenen Wolle hängen.

Holtes Blick war wieder frei und traf seine Söhne, die aus ihrer Deckung getreten waren.

»Das ist der größte Baum heute«, staunte Tebbe.

»Nein«, widersprach ihm Eibe fast schon gewohnheitsmäßig und veranlaßte damit den Vater zu einem kaum merklichen Schmunzeln. »Die Tanne war größer.«

»Ist doch gleichgültig, welcher Baum der größte ist«, mischte sich Holte mit gespielter Strenge ein. »Wir müssen ihn jedenfalls in der Mitte zersägen, um ihn ins Dorf bringen zu können. Je früher wir damit anfangen, desto früher sind wir heute mit der Arbeit fertig.«

Tebbe nickte und hob die große Eisensäge vom Boden auf, die der Schmied Radulf nach Holtes Angaben gefertigt hatte. Holte hatte sich dafür mit einer reich verzierten Truhe bedankt, die Radulfs Frau sehr gefallen hatte. Damals, als Radulfs Frau noch lebte. Das machte Holte bewußt, wie lange er die Säge schon benutzte, wie viele Jahre sie ihm schon gute Dienste leistete. Radulf war ein guter Schmied, so wie Holte ein guter Schreiner war. Es hatte seine Vorteile, wenn man in einer großen Siedlung lebte, wo sich jeder Mann in einer bestimmten Fertigkeit vervollkommnen konnte. Nicht so wie die vielen einsam lebenden Bauern, die alles selbst erledigen mußten, ob sie nun etwas davon verstanden oder nicht.

Tebbe und Eibe stellten sich an der einen Seite der gefällten Kiefer auf, ihr Vater an der anderen. Dann begannen sie, abwechselnd ziehend, den Baum in der Mitte zu zersägen. Daß die große Säge zwei Griffe hatte, ging auf Holtes Anregung zurück. Vorher hatte er nur Sägen mit einem Griff gekannt. Aber warum sollte ein Mann die Arbeit allein tun, wenn sie von zwei Männern leichter und schneller erledigt werden konnte? Inzwischen hatte Radulf weitere zweigriffige Sägen hergestellt und jede von ihnen sehr schnell eingetauscht, in letzter Zeit auch gegen Römergeld verkauft.

Während Holte und seine Söhne ihre Muskeln anspannten und lockerten und sich das scharfe Eisenblatt langsam durch den mächtigen Baumstamm fraß, freute sich der Schreiner bereits auf das Abendessen und ein paar Becher des frischen Bieres, das Wiete heute brauen wollte. Sobald der Stamm in zwei Teile gesägt war, würden Holte und seine Söhne den üblichen Wettstreit anfangen, wer von ihnen seine Hälfte eher von den Ästen befreit hatte. Das machte Spaß und war zugleich ein Ansporn zu schneller Arbeit. Dann mußten die beiden Stammhälften nur noch an die Pferde gebunden und zurück ins Dorf geschafft werden, das eine Viertelstunde langsamen Fußmarsches entfernt lag.

Mehrmals mußten der Mann und die beiden Jungen Pausen einlegen, bevor die Kiefer nach einer guten Stunde endlich in zwei Teile zerfiel. Obwohl das scharfgezackte Eisenblatt ruhte und das Sägegeräusch verklungen war, hallte letzteres laut und deutlich in Holtes Ohren nach. Er wunderte sich darüber, denn so hatte er es noch nie empfunden.

»Was ist das für ein Geräusch, Vater?« fragte Tebbe und machte dem Schreiner bewußt, daß es nicht der Nachklang des Sägens war, was er vernahm.

»Psst«, machte Holte und lauschte.

Nein, es war kein Sägegeräusch, sondern ein Trommeln. Das Trommeln vieler Pferdehufe, das schnell lauter wurde. Es kam nicht von der Siedlung, sondern aus der entgegengesetzten Richtung, aus dem Westen. Und das beunruhigte Holte, der zu dem Stein lief, an dem noch immer die langstielige Axt lehnte, nach dem Werkzeug, das zugleich eine gefährliche Waffe war, griff und zu seinen Söhnen sagte: »Lauft zu den Pferden und steigt auf!«

»Was ist denn, Vater?« fragte Tebbe, der Holte genauso verständnislos ansah wie sein jüngerer Bruder Eibe.

»Fragt nicht!« stieß Holte hervor. »Tut, was ich euch sage!«

Er nahm die Axt in die Linke, packte Eibe mit der anderen Hand und lief mit ihm zu den braunen Pferden, gefolgt von Tebbe. Holte band ein Tier los, Tebbe das andere.

»Steig auf, Tebbe!« fuhr der Schreiner seinen zögernden Ältesten an, während er selbst Eibe aufs Pferd half.

Kurz dachte er daran, sich hinter Eibe auf den Braunen zu schwingen. Das Pferd war zwar kräftig, aber von Natur aus nicht besonders schnell. Und die unbekannten Reiter waren schon sehr nah. Mit dem zusätzlichen Gewicht des schweren Mannes hätte Eibe kaum eine Aussicht gehabt, ihnen zu entkommen. Und Holte hatte Wiete doch versprochen, daß die Kinder heil zurückkehrten.

Holte hörte bereits das Schnauben der fremden Pferde und das Brechen des Unterholzes, als er eindringlich sagte: »Reitet so schnell ihr könnt ins Dorf und warnt die Menschen vor einem Überfall!«

Zweifelnd und ängstlich blickte Tebbe seinen Vater an. »Und du?«

»Ich komme nach«, sagte Holte und schlug kräftig mit der flachen Hand auf die Kruppe von Eibes Pferd. Das Tier wieherte und rannte los. Eibe hielt sich angestrengt an den Zügeln und der zottigen Mähne fest, um nicht herunterzurutschen.

»Paß auf deinen Bruder auf, Tebbe!« Holte verpaßte auch dem zweiten Pferd einen Schlag, und es folgte dem anderen.

Entgegen dem Rat seines Vaters schaute sich Tebbe um, und Holte sah die Tränen des Verstehens und der Angst in den Augen seines Ältesten glitzern.

Das laute Krachen des Unterholzes ließ Holte herumwirbeln, und er sah die fremden Reiter auf die kleine Lichtung sprengen. Sie waren schwer bewaffnet. Viele von ihnen hatten die Oberkörper entblößt, andere trugen keine Kittel, sondern nur die Umhänge über den Schultern. In ihre Gesichter waren Zeichen in schwarzer Farbe gemalt. Viele hatten solche Zeichen auch auf dem Brustkorb und den Oberarmen. Mehrmals sah Holte einen schwarzen Eberkopf und wußte, daß es Onsakers Krieger waren. Eine gewaltige Streitmacht. Immer mehr Reiter kamen aus dem Wald.

Der vorderste Reiter, ein Blondschopf auf einem schlanken Schecken, hielt auf den Schreiner zu und legte die Frame an, um Holte mit der Eisenspitze zu durchbohren. Er war ein junger Krieger, kaum älter als Tebbe, der auf dem nächsten Thing in den Kreis der Männer aufgenommen werden sollte.

An Tebbe und Eibe, an das Leben seiner Söhne dachte Holte, als er mit einem Aufschrei nach vorn stürzte, dem Framestoß auswich und die große Schneide der Axt in die Brust des Schecken hieb. Das Pferd schrie vor Schreck und Schmerz auf, knickte ein und warf den Reiter von seinem ungesattelten Rücken.

Da hatte Holte die Axt schon wieder aus dem Fleisch gezogen und ließ die blutige Klinge dem nächsten Reiter entgegensausen, der mit seinem Sax nach dem Schreiner schlug. Holte war schneller und traf mit seiner Axt den Waffenarm des Gegners, den er knapp unterhalb des Ellbogens durchtrennte. Die Hand mit dem Sax fiel zu Boden, und der jetzt ungefährliche Reiter – todesbleich in seinem schmalen Gesicht – sprengte an ihm vorbei.

Holte hielt bereits nach dem nächsten Gegner Ausschau, um seinen Söhnen einen möglichst großen Vorsprung zu verschaffen, als ein stechender Schmerz seine Brust zerriß. Ungläubig starrte er auf die blutige Eisenspitze der Frame, die sich von hinten durch seinen Oberkörper gebohrt hatte.

Langsamer, als er es wollte, drehte er sich um, und seine Arme wurden schwer wie dicke Baumstämme, als er die Axt zum neuen Schlag erhob. Er sah in das junge Gesicht des Reiters, dessen scheckiges Pferd er gefällt hatte. Der schwarzbemalte Krieger mit dem nackten Oberkörper hatte die Frame, mit der er den Schreiner durchbohrt hatte, losgelassen und zog mit einem klirrenden Geräusch das Schwert aus seinem Wehrgehänge.

Doch er brauchte es nicht mehr. Holtes Arme versagten ihm den Dienst, und die Axt entfiel den kraftlos gewordenen Händen. Dann knickten seine Beine ein, und der Schreiner fiel auf die Knie.

Er sah, wie immer mehr Krieger aus dem Wald kamen, jetzt auch jede Menge Fußvolk. Sie stürzten sich auf den knienden Mann.

Der junge, mitleidslos blickende Krieger wollte sich den Ruhm, den ersten Mann aus Wisars Siedlung getötet zu haben, nicht nehmen lassen und bewahrte Holte vor dem Schlimmsten, als die Schwertklinge den Kopf des Schreiners vom Rumpf trennte.

»Der erste Kopf für Notkers Kopf«, kreischte der junge Krieger mit dem auf die Brust gemalten Eberhaupt.

Aber das hörte Holte schon nicht mehr.

»Wo ist Vater?« fragte Eibe, der jetzt, wo er Holte nicht mehr sah, von Angst ergriffen war.

Tebbe hatte zu seinem Bruder aufgeschlossen. Die beiden Pferde galoppierten nebeneinander am Waldrand dahin, auf die Siedlung zu und die Felder, auf denen die Menschen arbeiteten. Der ältere der Jungen blickte sich um, konnte aber weder etwas sehen noch etwas hören. Das Trommeln der Pferdehufe und das Pochen des Blutes in seinen Ohren waren so laut, daß sie alle anderen Geräusche verschluckten.

»Vater kommt gleich«, sagte Tebbe wider besseres Wissen und sah wieder nach vorn, damit das Pferd nicht in ein Fuchsloch trat oder über eine Baumwurzel stolperte.

»Aber er hat doch kein Pferd!« wandte Eibe ein.

»Er hat längere Beine als wir und kann schnell laufen«, entgegnete Tebbe und wandte sein Gesicht von Eibe ab, damit dieser nicht seine Tränen sah. Für Tebbe bestanden wenig Zweifel daran, daß sein Vater bereits tot war. Tot oder ein Gefangener der Fremden. Der Junge wußte nicht, was schlimmer war.

Hinter dem Wald erstreckten sich große Felder. Die beiden Reiter hielten ihre Pferde nicht an, sie verringerten auch nicht die Geschwindigkeit. Sie riefen nur immer wieder: »Überfall! – Überfall! – Überfall!«

Die Männer, Frauen und älteren Kinder, die auf den Feldern arbeiteten, sahen verwundert auf. Anfangs verstanden sie nicht, was Holtes Söhne schrien, und hielten deren wilden Ritt für einen Kinderstreich. Doch plötzlich traten Erkennen und Erschrecken in die Gesichter der Menschen, als die schwarzbemalten Krieger der Ebersippe unter lautem Geschrei aus dem Wald hervorbrachen.

Die Feldarbeiter ließen ihre Werkzeuge einfach fallen und rannten auf die befestigte Siedlung zu, den beiden Jungen nach, die den größten Teil der Felder bereits hinter sich gelassen hatten. Frauen mit langen Kleidern rafften diese hoch, um schneller laufen zu können. Väter schnappten sich die nicht so schnellen Kinder und trugen sie unter den Armen.

Doch die meisten waren nicht schnell genug. Die berittenen Eberkrieger kesselten sie ein und bedrohten sie mit Schwertern und Framen. Nur wenige der Feldarbeiter erreichten, wie Tebbe und Eibe, Wisars Gehöft. Mehr als zwanzig blieben als Gefangene der Angreifer zurück.

»Überfall! Überfall!« schrien die beiden Jungen noch immer, als sie die großen Palisaden umrundet hatten und ihre ausgelaugten Pferde durch das große, nach Osten gerichtete Tor in die Siedlung trieben.

»Du willst zurück nach Rom, Thorag?« fragte Wisar mit gerunzelter Stirn, und die Enttäuschung, die er über die Mitteilung seines Sohnes empfand, schwang deutlich in seiner Stimme mit.

Vater und Sohn saßen in Wisars Haus bei einem Becher Met an einer Tafel und genossen die Kühle der massiven Holzwände, die Sunnas trotz der vorgerückten Jahreszeit noch immer kräftige Strahlen aussperrten. Nur durch die offenen Windaugen fielen etwas Licht und Wärme herein, und Thorag dachte mit einem

Anflug von Schmerz an die gläsernen Fenster, die das Haus hatten schmücken sollen und die nun ebenso zerbrochen waren wie seine Träume von einer frohen Heimkehr.

Trotz des langen, anstrengenden Tages hatte der junge Edeling in der Nacht, als er nach einem harten Ritt von Onsakers Hof heimgekehrt war, nicht geschlafen. Die tausend Gedanken, die in seinem Kopf herumwirbelten wie die Blätter des Waldes im starken Wind des heranziehenden Winters, hatten ihn wach gehalten. Gedanken über die Gegenwart und über die Zukunft, seine Zukunft.

Er hatte davon geträumt, Auja zu heiraten und mit ihr an seiner Seite eines Tages die Nachfolge seines Vaters anzutreten. Aber jetzt, wo Auja für ihn unerreichbar geworden war, wo – bis auf Wisar – seine ganze Familie tot war, hielt ihn nichts mehr im Cheruskerland.

Sicher, es gab die Erinnerungen an eine glückliche Jugend in den Wäldern. Aber konnte man ein Leben damit zubringen, in Erinnerungen zu schwelgen und zerstörten Träumen nachzuhängen? Das lange Nachdenken hatte Thorag zu der Erkenntnis gebracht, daß dies kein Leben für einen freien Mann war.

»Es muß nicht Rom sein, Vater«, lenkte Thorag ein. »Auch anderswo werden Offiziere der römischen Auxilien benötigt. Zu Varus' Truppen gehören viele germanische Einheiten. Ich könnte versuchen, bei ihm in Dienst zu treten.«

»Ja, das könntest du«, sagte Wisar bedächtig und nahm einen kräftigen Schluck aus seinem mit Edelsteinen verzierten Silberbecher, der ein Geschenk der Römer an den Gaufürsten war.

Als das gegorene Honigwasser seine Kehle hinunterrann, begann Wisar zu husten. Erst dachte Thorag, sein Vater hätte sich verschluckt, aber als er nicht nur Met, sondern auch Blut ausspie, wußte der junge Edeling, daß Wisar noch an den Folgen des Kampfes gegen den Ur litt.

Als er sich von dem Anfall erholt hatte, fuhr der Gaufürst mit einem kräftigen Nicken und plötzlicher Entschlossenheit im Gesicht fort: »Vielleicht solltest du das wirklich tun, Thorag! Vielleicht liegt die Zukunft bei den Römern, nicht bei uns. Donar scheint seine schützende Hand von uns genommen zu haben. Wir ...«

Weiter kam er nicht. Von draußen drang plötzlich lautes Stimmengewirr ins Haus, und Garrit, ein junger Krieger, stürzte aufgeregt herein. »Ein Überfall, Wisar! Die Eberkrieger – sie greifen das Dorf an!«

Vater und Sohn sprangen so heftig auf, daß der Tonkrug mit dem Met umstürzte und die kostbare, berauschende Flüssigkeit sich über die halbe Tischplatte ergoß. Sie griffen, wie auch Garrit und die anderen im Haus befindlichen Krieger, nach ihren Waffen und rannten hinaus ins helle Sonnenlicht.

Auf den ersten Blick befand sich die Siedlung in heillosem Aufruhr, aber wer näher hinsah, erkannte bei allem Wirrwarr ein planvolles Vorgehen. Die Männer hatten das große Tor verschlossen und wuchteten jetzt die beiden schweren Eichenholzbalken, die als Riegel dienten, in die eisernen Halterungen. Immer mehr Männer hatten ihre Waffen ergriffen und kletterten auf den Wehrgang, der an der Innenseite der doppelt mannshohen Palisaden entlangführte. Frauen, Alte und Kinder dagegen suchten in den Gebäuden Schutz.

»Die beiden Knaben haben uns gewarnt. Ohne sie hätten uns die Ebermänner überrascht«, sagte Garrit und zeigte auf Tebbe und Eibe, die von den erschöpften Pferden gerutscht waren und irgendwie traurig und einsam wirkten, als sie neben den Tieren standen.

Die pummelige Wiete rannte auf die Kinder zu und schloß sie in ihre Arme, immer wieder Donar dankend, daß er ihre Söhne heil hatte ins Dorf kommen lassen. Doch plötzlich verstummte sie, sah die beiden erschrocken an und flüsterte: »Wo ist Holte? Wo ist euer Vater?«

»Im Wald«, antwortete der ältere der Jungen leise.

»Im Wald?«

Tebbe nickte. »Er … er wollte die Eberkrieger aufhalten.«

»Ist er euch nicht gefolgt?«

Tebbe zuckte hilflos mit den Schultern. »Vater wollte es. Aber wir haben ihn nicht gesehen.«

Mit einem Schluchzen fiel Wiete auf die Knie und preßte ihre Kinder an sich.

»Bring dich und die Kinder in Sicherheit, Wiete«, riet ihr Wisar und lief dann mit seinem Sohn und ein paar Kriegern, darunter Garrit, zu der Leiter neben dem Haupttor, die auf den Wehrgang führte.

Von dort oben sahen sie, daß das Land rund um das Gehöft von schwarzbemalten Kriegern, beritten und zu Fuß, geradezu wimmelte. Weiter entfernt hatten ein paar Ebermänner die gefangenen Feldarbeiter zusammengeführt und banden sie mit Stricken.

»Onsaker scheint sich entschlossen zu haben, Notkers Tod mit allen Mitteln zu rächen«, sagte Wisar und unterdrückte einen neuen Hustenreiz. Er hob sein neues Schwert – Thorags Geschenk –, blickte sich nach seinen Männern um und rief: »Es soll Onsaker nicht gelingen, unsere Siedlung zu nehmen! Zeigt den Eberleuten, daß Donars Söhne die besseren Krieger sind! Heil Donar!«

Sein Schlachtruf pflanzte sich von Krieger zu Krieger, von Handwerker zu Handwerker, von Bauer zu Bauer fort und schallte den Angreifern bald vielstimmig entgegen.

»Da ist Onsaker«, sagte Thorag und zeigte auf den Reiter, der auf halbem Weg zwischen der Siedlung und den Gefangenen auf einem großen Rappen saß, Thorags eigenem Tier ähnlich. Seinen Sohn Asker konnte der junge Edeling nirgendwo entdecken.

Der Fürst des Nachbargaus hatte seinen massigen, muskulösen Oberkörper entblößt, aber man sah gleichwohl kaum ein Stück rosiger Haut, denn er war über und über mit schwarzen Kriegszeichen bemalt, auch im Gesicht. Wie Wisar hob auch Onsaker sein Schwert, rief seinen Männern etwas zu und senkte die Klinge so, daß ihre Spitze auf das Dorf zeigte.

Jetzt stimmten die Eberkrieger ihren Schlachtruf an: »On-sa-ker! On-sa-ker! On-sa-ker!« Und sie rückten von allen Seiten gegen die Palisaden vor.

Furchtlos, aber doch voller Sorge betrachtete Thorag die Reihen der Schwarzbemalten, die, von ihrem Schlachtruf angestachelt, auf das Dorf zufluteten. Innerhalb der Palisaden befanden sich etwa einhundert wehrfähige Männer. Da draußen rückten mindestens fünfmal so viele Kämpfer an.

»Ihre Übermacht ist groß«, bemerkte Thorag.

Wisar nickte. »Onsaker scheint alle in der Eile verfügbaren Waffenfähigen zusammengezogen zu haben. Wir sind eingeschlossen und können nicht auf Hilfe hoffen. Ich glaube nicht, daß es Holte gelungen ist, den Eberkriegern zu entkommen. Wir müssen dem Angriff aus eigener Kraft standhalten.« Er blickte nach oben. »Und mit Donars Hilfe.«

Falls uns der Gott des Donners und des Kampfes nicht wirklich verlassen hat, dachte Thorag und duckte sich, als ein von einem feindlichen Reiter geschleuderter Speer an seinem Kopf vorbeizischte und hinter dem Wehrgang zu Boden fiel.

Immer mehr Speere und Pfeile schlugen in das Holz des Palisadenzauns oder flogen über ihn hinweg. Die Verteidiger wehrten sich mit Speeren und schweren Steinen, die sie auf die anstürmenden Eberkrieger warfen. Auf den Wehrgängen lagerten große Massen dieser Steine, die beim Roden und Pflügen gefunden worden und auf Geheiß des umsichtigen Wisar zu Verteidigungszwecken gesammelt worden waren.

Dennoch drangen die Angreifer immer weiter vor, und bald schlugen die ersten Sturmleitern gegen die Palisaden. Eine Leiter wurde genau an der Stelle angelegt, an der Wisar, Thorag und Garrit standen. Garrit wollte sie zurückstoßen, erstarrte aber, als etwas in seinen Kopf schlug. Ein Pfeil war ihm durch das linke Augen gedrungen. Der junge Krieger schrie auf, wankte und stürzte rücklings vom Wehrgang.

Thorag wollte nach ihm sehen, aber ein neuer Schrei lenkte ihn ab. Wisar hatte ihn ausgestoßen. Ein Pfeil steckte in seinem linken Oberarm. Mit einem wütenden Knurren griff der Gaufürst nach dem Schaft und brach ihn ab. Die Spitze und der vordere Teil des Schaftes steckten weiterhin in seinem Arm. Den Rest schleuderte Wisar mit einer unwilligen Bewegung fort.

Sein Sohn sah dort, wo die Leiter anlag, einen hellblonden Haarschopf über den zugespitzten Enden der Palisadenpfähle auftauchen. Ihm folgte der schwarzbemalte Kopf eines Eberkriegers, dann sein nackter, ebenfalls bemalter Oberkörper. In der rechten Hand hielt er einen Sax, der linke Unterarm steckte im Griff des mit einem angreifenden schwarzen Eber bemalten Rundschildes.

Die Schwertklinge aus der Scheide am Wehrgehänge zu ziehen und sie auf den Kopf des Angreifers fahren zu lassen, war für Thorag eine Bewegung. Aber der Eberkrieger reagierte schnell und riß seinen Schild hoch. Funken sprühten, als Thorags zweischneidige Klinge mit einem lauten Kreischen über den Bronzebuckel in der Mitte des Schildes fuhr. Durch den Aufprall geriet der Angreifer auf seiner wackligen Leiter ins Wanken und konnte seinen Gegenschlag nur ungezielt ausführen. Thorag hatte keine Mühe, den Schlag mit seinem eigenen Schild zu parieren. Dann schlug er wieder zu und zerfetzte das Fleisch des Ebermannes an der Stelle, wo sein Oberkörper in den Hals überging. Das schmerzhafte Aufstöhnen des Getroffenen erstickte in einem matten Gurgeln, und er stürzte von der Leiter, fiel zwischen die Körper seiner unter lautem Geschrei anstürmenden Gefährten.

Ein neuer Eberkrieger, bewaffnet mit einem unbemalten Schild und einer schweren Keule, kletterte bereits an der Leiter hoch. Thorags erster Gedanke war, den an beiden Seiten mit Sprossen versehenen Baumstamm einfach umzustoßen. Aber es wäre den Ebermännern ein leichtes gewesen, die Leiter wieder aufzurichten und erneut einzusetzen.

Thorag legte sein Schwert beiseite, sammelte alle Kraft, packte die Leiter an den obersten Sprossen und zog sie mitsamt dem Ebermann hoch, Sprosse für Sprosse ergreifend. Die Muskeln des hünenhaften Edelings zitterten, aber sie waren so fest wie das Eisen seines Schwertes.

Der Angreifer auf der Leiter wußte nicht, wie ihm geschah, und sah den Verteidiger, dem er so unerwartet schnell näher kam, erschrocken an. In seinem Bemühen, sich an der schwankenden Leiter festzuhalten, entglitt ihm die Keule und fiel einem seiner eigenen Männer auf den Kopf, was diesen vorübergehend außer Gefecht setzte. Thorag drehte die Leiter und schüttelte den Ebermann ab, der seiner Keule nach unten folgte. Der Edeling zog die Leiter mit raschen Griffen vollends nach oben und warf sie hinter sich auf den Boden.

Thorag wirbelte herum, als er eine Berührung an seiner Schulter spürte. Aber es war nur Wisar, der seine Hand auf die Schulter seines Sohnes gelegt hatte. In seinen Augen leuchtete der Stolz. »Gut gemacht, Thorag.«

Der Jüngere zeigte auf den verletzten Arm seines Vaters. Blut floß aus der Wunde und färbte den halblangen Ärmel von Wisars Kittel rot. »Willst du den Arm nicht lieber verbinden lassen?«

Wisar schüttelte energisch den Kopf, und das eben noch stolze Leuchten seiner Augen verwandelte sich in ein entschlossenes Funkeln. »Nicht, wenn meine Männer in der Schlacht stehen. Solange der Kampf andauert, ist mein Platz in ihren Reihen!«

Wisar hatte das kaum ausgesprochen, als er sein Schwert zog und auf eine Stelle zurannte, wo ein weiteres schwarzbemaltes Gesicht über den Palisaden erschien. Der Eberkrieger hatte seinen Kopf gerade über die Holzpfähle gestreckt, als sein Schädel auch schon von Wisars Klinge gespalten wurde.

Wie zuvor sein Sohn wollte auch Wisar die Leiter nach oben ziehen. Aber sein verletzter Arm ließ ihn im Stich. Der Gaufürst mußte sich damit begnügen, die Leiter umzustoßen, bevor ihn ein Hustenanfall in die Knie gehen ließ.

Leuchtbahnen zogen durch den Himmel und verwandelten sich innerhalb der Siedlung rasch in kleine Feuer, sobald sie in Holz, Rohr- und Flechtwerk oder Grasziegel schlugen. Einige der Feuer verloschen, aber die meisten breiteten sich rasend schnell aus.

»Brandpfeile!« schrie Thorag und kletterte auch schon vom Wehrgang, um die nötigen Befehle zu erteilen. Wisar kauerte noch immer hinter der Palisade, Schleim und Blut spuckend.

Thorag kletterte die Leiter nicht ganz hinab, sondern überwand das letzte Stück mit einem Sprung. Er rief die Leibeigenen, die Frauen, die älteren Kinder und die rüstigen Alten aus den Verstecken und teilte sie in Löschkolonnen ein. Die waffenfähigen Männer wurden auf den Wehrgängen gebraucht.

Die Löschkolonnen führten von dem Quell, der in der Dorfmitte sprudelte und der einst Anlaß für die Anlegung der Siedlung an diesem Platz gewesen war, Wasser zu den einzelnen Brandherden. Holzeimer um Holzeimer und Tonkrug um Tonkrug wanderte rasch von einer Hand zur nächsten, und das Wasser spritzte auf die Flammen. Schwarzer Rauch stieg auf, aber allmählich verlöschten die Feuer.

Das bemerkte Thorag am Rande, als er wieder auf den Wehrgang kletterte. Er kam gerade zur rechten Zeit. Sein Vater hatte sich von dem Hustenanfall erholt und kämpfte gleich gegen zwei Gegner, denen es gelungen war, die Palisaden zu überwinden. Wisars verletzter Schildarm wurde immer schwerfälliger. Es war nur eine Frage der Zeit, bis ihn die Spatha des einen oder der Sax des anderen Ebermannes traf.

Thorag stieß den Dolch, den er nach dem nächtlichen Verlust seiner Waffe von Radulf erworben hatte, in den Unterschenkel des Schwarzbemalten mit dem Sax. Der Mann knickte ein, und Thorag stieß den Dolch in seine Brust. Mit einem Aufschrei stürzte der Ebermann vom Wehrgang. Thorags Dolch steckte noch in seinem Fleisch.

Der junge Edeling kletterte vollends auf den Wehrgang, um seinem Vater auch gegen den zweiten Gegner beizustehen. Aber das war nicht mehr nötig. Gerade als Thorag sein Schwert zog, durchbohrte Wisars Klinge den schwarzen Körper, und der Ebermann sackte schlaff zusammen. Sein Blut tropfte vom Wehrgang nach unten. Wisar stieß den Sterbenden mit dem Fuß an und beförderte ihn hinunter. Der Gaufürst blutete aus einer weiteren Wunde an der rechten Schulter, die seine Kampffähigkeit aber nicht zu beeinträchtigen schien. Offenbar hatte die feindliche Klinge das Fleisch nur geritzt.

»Wir haben die Feuer in unserer Gewalt«, keuchte ein leicht außer Atem geratener Thorag.

»Das ändert nichts an unserer Niederlage«, erwiderte sein Vater matt und hustete trocken. »Onsakers Leute sind einfach zu viele. Sobald wir einen getötet haben, dringen zwei neue nach.«

Als Thorag seinen Blick über die Palisaden schweifen ließ, erkannte er, daß Wisar recht hatte. Die Eberleute waren an mehreren Stellen über die Palisaden geklettert und bildeten dort Brückenköpfe für ihre nachrückenden Kameraden. Immer mehr Sturmleitern schlugen gegen das Holz der Befestigung, und immer weniger von ihnen wurden von den Verteidigern umgeworfen oder heraufgezogen.

Plötzlich erzitterte das Haupttor. Die Angreifer benutzten einen Baumstamm als Rammbock und nahmen gerade neuen Anlauf, um ihn zum zweitenmal gegen das schwere Tor krachen zu lassen.

Thorag wußte nicht, daß es ein Teil der von Holte gefällten Kiefer war, als er rief: »Gebt auf das Tor acht, Männer! Tötet die Leute, die den Stamm halten!«

Ein paar Wurfspeere und Steine flogen in die Richtung des Rammbocks, und einige fanden auch ihr Ziel. Aber die den Baumstamm loslassenden Angreifer wurden sofort durch andere ersetzt. Was die Verteidiger auch unternahmen, Onsakers Übermacht ließ es sinnlos werden.

»Ich werde mich ergeben«, murmelte Wisar leise, beschämt über seine Niederlage. »So können wir vielleicht mit Onsaker verhandeln, um Frauen und Kinder zu retten.«

»Nein!« stieß sein Sohn hervor. »Donar darf das nicht zulassen!« Er richtete seine Augen nach oben. »O Gott des Donners und des Blitzes, Bekämpfer der Riesen, Verteidiger der Götter und der Menschen gegen die Mächte der Dunkelheit, steh uns gegen die Schwarzbemalten bei! Laß nicht zu, daß deine Söhne von ihnen überrannt werden!«

Ein lautes Geräusch, das den Kampflärm übertönte, ließ Thorag zuerst an ein Donnergrollen als Donars Antwort denken. Aber es war ein Hornsignal, wie er erkannte, als das Geräusch ein zweites Mal ertönte. Und dann spuckten die Wälder, die Wisars Gehöft umgaben, weitere Krieger aus, die auf den Kampfplatz zustürmten.

»Donar hat unser Flehen nicht erhört«, seufzte Wisar. »Er hilft nicht uns, sondern den Eberkriegern. Die erhalten Verstärkung.«

Doch plötzlich krachte Eisen auf Eisen, wurde Fleisch durchbohrt und Blut vergossen, als die Neuankömmlinge auf die Eberleute trafen. Thorag sah genauer hin und erkannte, daß die frisch eingetroffenen Krieger nicht schwarz angemalt waren. Im Gegenteil, in ihren Gesichtern schimmerten weiße Streifen, und auf ihren Schilden prangte der helle Strahlenkranz, den Thorag nur zu gut kannte. Lange Jahre hatte er neben zwei Männern, die solche Schilde trugen, in der Schlacht gestanden. Einer dieser Männer war jetzt tot, und der andere …

Ja, jetzt entdeckte Thorag ihn an der Spitze seiner Reiterei, mit seiner Spatha wild um sich schlagend und sich allmählich auf das Haupttor der Siedlung zukämpfend. Den Reitern folgte in keilförmiger Formation die Masse der Fußkämpfer. Immer tiefer bohrte sich dieser Keil in Onsakers Truppe.

»Es ist Klef!« schrie Thorag freudig auf. »Donar hat uns erhört und uns Klef mit seinen Kriegern zu Hilfe geschickt!«

»Balders Sohn?« fragte Wisar ungläubig.

»Ja«, sagte Thorag erregt. »Ich erkenne ihn und seine Kriegsfarben. Schau doch selbst, Vater, die neuen Krieger greifen die Eberleute an!«

»Es stimmt«, sagte der Gaufürst hustend und beobachtete gebannt das Schlachtgetümmel.

»Wir müssen einen Ausfall machen!« drängte Thorag mehr, als daß er es vorschlug. »Unsere Reiter müssen Klefs Männern entgegenstürmen. Wenn Onsakers Leute von zwei Seiten angegriffen werden, geraten sie vielleicht in Panik.«

Wisar überlegte nur kurz, bevor er sagte: »Sammle unsere Reiter und führe sie in die Schlacht, mein Sohn. Donar möge dich beschützen!«

Kurz darauf wurde zur Verwunderung der Eberleute das große Osttor geöffnet, und unter der Führung Thorags, der den Römerrappen ritt, stürmten an die zwanzig Reiter heraus, wild um sich schlagend und stechend. Die übrigen Männer benötigte Wisar, um die über die Palisaden gestiegenen Angreifer zurückzudrängen. Hinter den Reitern wurde das Tor schnell wieder geschlossen. Allerdings wurden die schweren Balken nicht vorgelegt, um die eigenen Leute ohne Verzögerung wieder hereinlassen zu können.

Ein Teil von Thorags Reiterei umzingelte den Rammbock und machte die Männer nieder, die ihn hielten. Die übrigen Donarsöhne drangen immer tiefer in die Reihen der Schwarzbemalten ein, die sich bald in heilloser Aufregung und panischer Flucht befanden.

Thorags Rechnung ging auf, und der Angriff der Eberkrieger brach vollends zusammen. Auch die Männer, die über die Palisaden geklettert waren, zogen sich eilig zurück, als sie erkannten, daß die Verstärkung ausblieb. Die Eberleute verschwanden in den Wäldern, ihre Toten und Schwerverwundeten auf dem Kampfplatz zurücklassend.

Thorag zügelte seinen Rappen vor Klefs Braunem, der mit den weißen Streifen von Klefs Kriegsfarbe bemalt war. Auch Balders Sohn hatte diese Streifen in breiten Bahnen über sein Gesicht gezogen. Die Augen in Klefs eckigem Gesicht leuchteten auf, als er den Gefährten gemeinsamer Lehr- und Kriegsjahre erblickte.

»Donar sei Dank, daß er dich und deine Krieger gesandt hat, Klef«, sagte Thorag erleichtert und steckte sein blutiges Schwert zurück in die Scheide. »Ohne euch hätten wir uns gegen Onsaker nicht behaupten können. Um ehrlich zu sein, Wisar dachte bereits ans Aufgeben.«

»Thorag und aufgeben?« fragte Klef und schüttelte seinen Kopf. »Bei allen Göttern, das scheint mir unvorstellbar. Aber es sieht tatsächlich so aus, als sei unsere Hilfe nicht unwillkommen. Auch wenn uns nicht euer Schutzgott gesandt hat, sondern mein Vater Balder.«

Thorag blickte zweifelnd. »Wie konnte dein Vater von diesem Kampf wissen? Wir sind von Onsakers Angriff vollkommen überrascht worden.«

»Wir wußten es nicht. Balder schickte mich mit dieser Streitmacht aus, um Albins Tod zu rächen. Wir waren unterwegs zu Onsaker und wollten euch fragen, ob ihr auf unserer Seite steht und vielleicht auch kämpft.«

Thorag lachte trocken. »Das ist bereits geschehen.«

»Was hat Onsaker zu dem Angriff veranlaßt?« fragte Klef und ließ seinen Blick über das Schlachtfeld schweifen, das mit Gefallenen übersät war.

»Wohl Notkers Tod. Onsaker und Asker waren nicht gerade begeistert, als ich ihnen Armins *Geschenk* zu Füßen legte.« Thorag schaute forschend zum Wald hinüber. »Wir sollten uns ins Dorf zurückziehen. Onsaker ist zwar zurückgeworfen, aber nicht geschlagen. Seine Streitmacht ist stärker als unsere Leute zusammengenommen. Dein Auftauchen hat ihn überrascht, Klef, aber wenn er uns auf offenem Feld überrascht, könnte das übel ausgehen.«

Klef stimmte ihm zu, und unter den begeisterten Rufen der Leute aus Wisars Siedlung zogen Klefs zwei Hundertschaften durch das große Tor.

Das Dorf war wieder fest in Wisars Hand. Die Eberkrieger, die über die Palisaden geklettert waren, waren geflohen, getötet oder gefangen worden. Der Gaufürst hatte die Gefangenen fesseln und in eine Erdgrube sperren lassen, die sonst als Vorratskammer diente. Wisar vergaß auch nicht, den Rammbock hinter die Palisaden holen zu lassen, damit er nicht bei einem erneuten Angriff verwendet werden konnte. Gleichzeitig ließ er die von den Angreifern zurückgelassenen Sturmleitern einsammeln.

Die Frauen kümmerten sich um die Verwundeten. Thorag sah zu seinem Erstaunen, daß auch Garrit unter ihnen war. Sein ganzer Kopf war verbunden. Thorag hatte nicht geglaubt, daß der junge Krieger den Pfeilschuß ins Auge überlebte. Auch Wisar ließ seine Wunden verbinden.

Kaum waren die Männer mit dem Einsammeln der Sturmleitern fertig und kehrten hinter die schützenden Palisaden zurück, als einer der Männer, die auf den Wehrgängen Wache hielten, rief: »Die Eberleute kehren zurück! Sie greifen wieder an!«

»Zu den Waffen!« brüllte Wisar. »Besetzt die Wehrgänge! Verschließt und verriegelt das Tor!«

Seine und Klefs Männer beeilten sich, die Befehle auszuführen. Da sie sich in Wisars Siedlung befanden und da sie auf Wisars Seite kämpften, war es für die Krieger mit den weißen Kriegsfarben selbstverständlich, dem Gaufürsten zu gehorchen. So wollte es das ungeschriebene Gesetz der Cherusker.

»Keine Sorge«, sagte Klef ruhig zu Wisar. »Mit meinen Männern sind wir stark genug, deine Siedlung bis ans Ende der Zeit zu verteidigen, Wisar. Falls du genügend Vorräte angelegt hast.«

»Das habe ich.« Der Gaufürst sah zu der Quelle. »Und frisches Wasser haben wir auch genug. Dennoch ist es Wahnsinn weiterzukämpfen. Viele gute Männer werden sterben und das Land statt mit fruchtbar machendem Wasser mit ihrem Blut tränken. Notkers Tod muß Onsaker den Verstand geraubt haben.«

Wisar, Thorag und Klef folgten ihren Kriegern auf den Wehrgang und schauten über die Palisaden hinüber zu den Eberleuten, die sich neu formierten.

»Wir sollten mit Onsaker verhandeln«, sagte Wisar. »Ich werde ihm einen Boten schicken, falls sich ein Freiwilliger findet. Man kann nicht darauf rechnen, daß dieser wildgewordene Eber das Gesetz befolgt, das einen Verhandlungsboten unter besonderen Schutz stellt.«

»Ich werde gehen«, bot sich Radulf an. Der graubärtige Schmied hatte während der ganzen Schlacht wacker diesen Teil des Wehrgangs verteidigt, wovon mehrere Verbände und kleinere, nicht verbundene Wunden an seinem muskulösen Körper zeugten. »Ich bin der Letzte meiner Familie und habe nichts zu verlieren außer meinem Leben.«

Er ließ sich nicht davon abbringen und ritt kurz darauf durch das Tor auf die Eberleute zu, allein und unbewaffnet. Sein kleiner, struppiger Brauner ging langsam. Der durch viele Kämpfe erfahrene Schmied vermied jede hastige Bewegung, um Onsakers Krieger nicht zu einer übereilten Handlung zu verleiten, die sein Leben vorzeitig beendete.

Auf den Wehrgängen drängten sich die Verteidiger zusammen und verfolgten gespannt das Geschehen auf dem freien Feld. Auch in dem ein kleines Stück geöffneten Tor standen die Krieger und blickten durch den Spalt hinaus. Wisar hatte angeordnet, das Tor nicht zu schließen, damit Radulf im Notfall rasch zurück hinter die schützenden Palisaden flüchten konnte. Ein berittener Trupp hielt sich auf Wisars Befehl bereit, um im Notfall nach draußen zu stürmen und den Schmied herauszuhauen.

Als dieser die vordersten Reihen der Eberleute erreichte, war es innerhalb der Palisaden so still, daß man das sonst kaum wahrnehmbare Sprudeln der Quelle deutlich hören konnte. Die Verteidiger sahen, wie Radulf sein Pferd vor den wild aussehenden Kriegern mit den schwarzen Körper- und Gesichtsbemalungen zügelte und wie einige der Feinde ihre Waffen hoben. Ein Muskelzucken genügte, und eine Schwertklinge oder eine Framenspitze würde Wisars Boten durchbohren.

Aber das geschah nicht. Ein Mann auf einem großen Rappen ritt durch die Reihen der Ebermänner und hielt vor Radulf an: Onsaker. Sie sprachen miteinander, dann wendete der Schmied sein Pferd und lenkte es in gemessenem Schritt zur Siedlung zurück.

Hinter ihm wurde das Tor verschlossen und mit den beiden Eichenholzbalken verriegelt. Der Unterhändler war heil zurückgekehrt, sprang mit einer für sein Alter erstaunlichen Behendigkeit vom Pferd und lief zu der Leiter, an der Wisar, Klef und Thorag vom Wehrgang herunterkletterten.

»Ist Onsaker zu Verhandlungen bereit?« fragte Wisar, kaum daß er festen Boden unter den Füßen hatte.

Radulf nickte. »Du sollst dich mit ihm auf halbem Weg zwischen der Siedlung und seinen Truppen treffen, Wisar.«

»Allein?«

»Nein, jeder darf vier Reiter mitbringen.«

»Das ist ein Hinterhalt!« entfuhr es Klef. »Wenn Onsaker seine Leute plötzlich vorrücken läßt, bist du in seiner Hand, Wisar. Dann nutzen dir auch vier Reiter nichts. Und bis Verstärkung aus der Siedlung da ist, hat dich der Fürst der Ebersippe längst in Fesseln gelegt.«

Wisars fragender Blick wanderte von Klef zu Thorag.

»Mag sein, daß Klef recht hat, Vater. Onsakers Sohn Notker

111

war ein hinterhältiger Meuchler. Aber heißt das, daß sein Vater genauso sein muß?«

»Es gibt nur einen Weg, das herauszufinden«, brummte der Gaufürst.

»Welchen?« fragte neugierig Klef.

»Ich reite hinaus.«

Wisar zögerte nicht, seinen Entschluß in die Tat umzusetzen. Die vier Reiter, die ihn begleiteten, waren Thorag, Klef, Radulf und Hakon, der vierschrötige, kampferfahrene Anführer von Wisars Kriegergefolgschaft. Alle fünf Reiter trugen den vollen Waffenschmuck.

Wie die fünf schwarzbemalten Reiter, die ihnen aus der immer tiefer sinkenden Sonne entgegenritten. Ihr Anführer war Onsaker, der seine Frame senkrecht trug und etwas auf die Spitze gesteckt hatte, das die aus der Siedlung kommenden Reiter im Gegenlicht nicht deutlich erkennen konnten. Sie waren froh, überhaupt die Gesichter der Reiter auszumachen. Aber außer Onsaker erkannten sie niemanden. Asker war nicht unter den fünf Eberkriegern.

Die Trupps trafen sich an der verabredeten Stelle. Als sie sich, nur wenige Schritte voneinander getrennt, auf ihren Pferden gegenübersaßen, sah Thorag endlich, was Onsaker auf seine Lanze gespießt hatte: einen traurig blickenden Kopf mit gebrochenen Augen und blutverschmiertem Blondhaar.

Onsaker senkte langsam die Frame, so daß die Spitze auf Wisar und seine Männer zeigte. Holtes Kopf rutschte herunter, fiel auf den Boden, sprang dort noch einmal hoch und rollte unter die Pferdehufe der Verteidiger. Die Pferde wurden unruhig und mußten gewaltsam zum Stillstehen gebracht werden.

Onsaker beobachtete das und verzog keine Miene. Die schwarze Bemalung ließ seine Augen noch tiefer liegend wirken, als sie es ohnehin schon taten.

»Vor drei Nächten legte mir dein Sohn Thorag den Kopf meines Sohnes Notker zu Füßen, Wisar. Jetzt bringe ich dir im Gegenzug den ersten Kopf von einem deiner Männer. Viele andere werden noch folgen!«

»Ich verstehe deinen Schmerz über Notkers Tod, Onsaker«,

112

erwiderte Wisar ruhig und gemessen. »Aber hast du wirklich bedacht, ob Notker, auch wenn er dein Fleisch und dein Blut war, den Tod so vieler Männer – auch deiner eigenen – wert ist? Wenn Thorags Bericht stimmt, und daran zweifle ich nicht, war Notker ein Meuchelmörder, der Klefs Bruder Albin getötet hat, Thorags Waffenbruder. Mein Sohn hatte jedes Recht, deinen Sohn zu töten, Onsaker.«

Klef nickte zustimmend. »Wisar hat wahr gesprochen. Notker und die anderen Wolfshäuter ermordeten Albin und einen von Armins pannonischen Sklaven. Hätten wir uns nicht gewehrt, wären wir auch ermordet worden. Wenn jemand einen Blutzoll zu entrichten hat, bist du das, Onsaker. Den Zoll für Albins Tod! Ihn einzufordern, bin ich gekommen.«

»Darüber reden wir jetzt nicht!« entgegnete Onsaker barsch, und das Flackern in den Höhlen unter seiner vorgewölbten Stirn verriet, daß dort tatsächlich Augen saßen. »Der Verlust, den ich erlitten habe, ist viel größer als der deinige und der deines Vaters, Klef. Dein Vater hat dich behalten, mir aber blieb niemand!«

Wisar und seine Begleiter sahen den Anführer der Ebersippe verständnislos an.

»Erkläre deine Worte, Onsaker!« forderte Thorags Vater.

Onsaker richtete die blutige Spitze seiner Frame auf Wisar. »Du hast mir Blutzoll zu entrichten, Wisar, für den Tod meiner Söhne und für den Tod des Vaters von meines Sohnes Frau. Weil dein Sohn Thorag alle drei umgebracht hat!« Die Framenspitze schwenkte weiter und zeigte nun auf Thorag.

Der fand als erster die Sprache wieder und fragte: »Sprichst du von Asker und von Arader?«

»Frag nicht so scheinheilig!« herrschte ihn Onsaker an. »Du hast sie schließlich umgebracht, in der vergangenen Nacht!«

Thorag schüttelte verständnislos den Kopf. »Ich habe in der letzten Nacht niemanden umgebracht. Es stimmt, ich war auf Araders Hof. Aber als ich fortritt, lebte Arader noch. Und Asker habe ich gestern nicht einmal gesehen.«

Onsaker fixierte Thorag streng, und auf der Stirn des Gaufürsten bildeten sich Falten. »Du leugnest also, gestern nacht in meiner Siedlung gewesen zu sein?«

»Nein«, sagte Thorag zur Überraschung seines Vaters. »Aber

ich habe Asker nicht gesehen. Und ich habe ihn auch nicht umgebracht!«

»Du warst in Onsakers Siedlung?« fragte Wisar seinen Sohn. »Was hast du dort gewollt?«

»Ich wollte zu Auja«, antwortete Thorag leise. »Ich wollte sie mit mir nehmen. Aber als ich dort war, sah ich ein, daß es zwecklos ist.«

»Und da du Auja nicht haben konntest, sollte auch Asker sie nicht besitzen«, sagte Onsaker hart. »Deshalb hast du meinen Sohn getötet. War es nicht so?«

»Nein, das ist eine Lüge!« schrie Thorag.

Onsaker lächelte böse und zog etwas aus einem der an seinem Gürtel befestigten Lederbeutel. Es war ein Bronzedolch mit blutbefleckter gekrümmter Klinge. »Kennst du diesen Dolch, Thorag?«

Der Angesprochene nickte. »Er gehört mir. Ich habe ihn gestern nacht in deiner Siedlung verloren, als …«

»Verloren?« fiel ihm Onsaker kreischend ins Wort. »So kann man das auch nennen! Wir fanden Asker in einem Gebüsch in der Nähe meines Hofes, tot. Dieser Dolch steckte bis zum Heft in seiner Brust!«

Onsaker hielt die blutverschmierte Waffe hoch und sah Thorag anklagend an. Auch die Blicke Wisars, Klefs, Radulfs und Hakons richteten sich auf den jungen Edeling, nicht anklagend aber fragend. Und zweifelnd?

Der Beschuldigte wußte selbst nicht, was er von der Sache halten sollte. Er kam sich vor wie in einem bösen Traum gefangen. In bösen Träumen gab es nie einen Ausweg. Alles wurde plötzlich, ohne Grund und doch mit scheinbarer Folgerichtigkeit immer schlimmer.

In Thorags Kopf wirbelten die Gedanken durcheinander. Im Geiste befand er sich wieder in dem Gebüsch vor Onsakers Hof, kämpfte mit Thidrik, verlor seinen Dolch und ergriff die Flucht, als die von Thidrik alarmierten Eberkrieger mit Fackeln das Gelände absuchten. Ja, Thorag war davongeritten, zurück zum Hof seines Vaters. Aber Asker hatte er nicht angerührt, nicht einmal gesehen.

Onsaker ergriff wieder das Wort und löste damit wenigstens kurzzeitig den Gedankenwirbel in Thorags Kopf auf: »Nachdem er meinen Sohn getötet hatte – oder zuvor –, ritt Thorag zu Araders Hof und erschlug den hilflosen Alten wie ein Stück Vieh. Für all das fordere ich von dir Blutzoll, Wisar. Das Leben deines Sohnes und zwanzig Leibeigene, die ich mir unter deinen Leuten auswähle.«

»Du stellst Behauptungen auf, Onsaker«, entgegnete Wisar, dessen starke Erregung durch das Beben seiner Stimme verraten wurde. »Aber wo sind die Beweise?«

»Ist dieser Dolch etwa kein Beweis?« fragte Onsaker, steckte die Waffe dann zurück in den Lederbeutel und zog etwas hervor, das bislang hinter ihm auf dem Pferderücken gelegen hatte. Ein zusammengeknülltes Kleidungsstück, das der schwarzbemalte Gaufürst auseinanderschüttelte. Es war das bunte Seidenkleid, das Thorag in Rom für Auja erstanden hatte. »Hier ist ein weiterer Beweis, Wisar. Wir fanden ihn in Araders Haus, neben seiner Leiche.«

»Was ist das?« fragte Wisar.

»Ein Kleid«, antwortete Onsaker. »Ein Kleid, das dein Sohn Thorag mitbrachte, um es Auja zu schenken. Vielleicht verlor er es beim Kampf mit Arader. Vielleicht ließ er es dort zurück, weil er eingesehen hatte, daß Auja für ihn unerreichbar ist.«

Wisar sah zur Seite, zu Thorag. »Stimmt das, was Onsaker sagt, Thorag? Gehört dir dieses seltsame Kleid?«

»Ja, Vater. Aber ich kann mir nicht erklären …«

Der aufgebrachte Onsaker fiel ihm ins Wort: »Das sind meine Beweise, Wisar. Aber ich habe auch Zeugen. Willst du hören, was sie vorzubringen haben?«

»Ja, das will ich«, sagte Wisar und bemühte sich, seiner Erregung Herr zu werden und das Beben seiner Stimme zu unterdrücken.

Der Hustenanfall, der ihn überfiel, machte seine Bemühungen zunichte. Er war so heftig, daß sich der Gaufürst auf seinem Pferd zusammenkrümmte und blutigen Auswurf auf den Boden spuckte.

Onsaker legte das Seidenkleid vor sich aufs Pferd und gab ein Handzeichen, woraufhin sich aus den Reihen seiner Krieger zwei Reiter lösten und auf die Unterhändler zuritten.

Thorag kniff die Augen zusammen, um die Gesichter der angeblichen Zeugen zu erkennen. Als es ihm gelang, traf es ihn wie ein Schock: Es waren Thidrik und Auja.

Der Gedankenwirbel entfaltete sich wieder in Thorags Kopf. Was sollten die beiden bezeugen? Wer hatte Asker und Arader wirklich getötet? Und wie, bei allen Göttern, war das Seidenkleid in Araders Haus gekommen? Thorag hatte es doch in der Nähe von Onsakers Siedlung fortgeworfen!

Als der Bauer und die junge Frau ihre Pferde neben Onsaker zügelten, versuchte Thorag, in ihren Mienen zu lesen. Thidriks Gesicht war ausdruckslos, aber Auja sah den jungen Edeling in einer Weise an wie niemals zuvor. Er las die quälende Frage nach dem Warum in ihren vom Weinen geröteten Augen. Hatte sie um Asker geweint, um ihren Vater Arader – oder wegen Thorag?

Onsaker richtete seinen Blick auf Auja. »Hast du gestern Thorag getroffen?«

»Ja«, sagte sie leise und blickte nach Osten, wo der Heilige Hain lag. »Ich ritt zum Heiligen Hain der Donarsöhne, um mit ihm zu sprechen.«

Onsaker hielt wieder das Kleid hoch. »Kennst du dieses Kleid?«

Auja nickte. »Thorag wollte es mir schenken, aber ich lehnte ab, weil ich Askers Frau bin.«

»Was hat Thorag über Asker gesagt?«

»Nichts. Er war nur sehr enttäuscht, weil ich das Kleid nicht annahm.« Aujas Stimme wurde noch leiser. »Und weil ich Askers Frau bin … war.«

»Und was sagte er über Arader, deinen Vater?«

»Thorag sagte, Donars Blitz hätte ihn treffen sollen, bevor … bevor er mit mir seine Spielschulden bei Asker bezahlte. Ich fragte ihn, ob er Arader den Tod wünscht, und er sagte ja.«

Bei diesen Worten sah Auja Thorag fast entschuldigend an. Aber was sollte er entschuldigen? Daß sie die Wahrheit sagte?

»Da hörst du es, Wisar«, triumphierte Onsaker. »Dein Sohn hatte einen Grund, Arader zu hassen und ihn zu töten. Und wir fanden dieses Kleid bei der Leiche.«

»Was ist mit Asker?« erkundigte sich Wisar.

»Das kann dir Thidrik erzählen«, erwiderte Onsaker und zeigte auf den Bauern, der jetzt die Ruhe verlor.

Die Enden von Thidriks Schnurrbart zitterten in der bekannten Weise, als der massige Bauer erzählte: »Ich war unterwegs zu Onsaker. Ich wollte ihn um Unterstützung bitten, weil ich die

Steuern nicht aufbringen kann, die ich den Römern zahlen soll. Es war schon dunkel, als ich seinen Hof erreichte. Kurz davor scheute mein Pferd, als ich an einem mit Buschwerk bestandenen Hügel vorbeiritt. Ich ritt auf den Hügel, um den Grund zu erforschen, da sprang mich der Edeling Thorag an und riß mich vom Pferd. Er war völlig außer sich und sagte, ich solle ihn nicht dabei stören, sich an Asker dafür zu rächen, daß dieser ihm die Frau gestohlen habe. Ich konnte mich losreißen, lief zum Gehöft und schrie um Hilfe. Einer der ersten, der herausstürmte, um mir beizustehen, war Asker. Er verschwand in dem Gebüsch und fiel Thorag zum Opfer.«

»Lüge!« schrie der Beschuldigte, bevor Thidrik noch ganz ausgesprochen hatte. »Der Bauer lügt!«

»Warum sollte er?« fragte Onsaker ruhig.

»Zum Beispiel, weil Thorag seinen Sohn Hasko getötet hat«, sagte Klef.

Die äußere Ruhe fiel von Onsaker ab. »Und was ist mit der Drohung, die Thorag gegenüber Auja ausgesprochen hat? Lügt Araders Tochter etwa auch?«

»Ich habe Arader nicht bedroht«, verteidigte sich Thorag. »Ich habe Auja lediglich gesagt, was ich von ihrem Vater halte.«

»Und der Dolch?« kreischte Onsaker. »Und das Kleid? Lügen diese Gegenstände auch?«

Wisar wandte sich an seinen Sohn. »Sprich die Wahrheit, Thorag, in mein Angesicht und in das dieser Zeugen. Und bedenke, daß Donar die Falschheit haßt und den Lügner unter seinen Nachfahren mit seinem tödlichen Blitz bestraft. Also antworte: Hast du Asker getötet?«

»Nein«, antwortet der Gefragte ohne Zögern. »Arader nicht und Asker nicht. Thidrik hat die Geschichte verdreht. Er lauerte in Wahrheit in dem Gebüsch. Als ich ihn aufspürte, riß er sich los, und dabei verlor ich meinen Dolch. Als die von ihm alarmierten Männer aus dem Gehöft kamen, ritt ich fort, ohne Asker auch nur gesehen zu haben.«

Wisar wandte sich wieder dem anderen Gaufürsten zu. »Du hast Thorags Antwort gehört, Onsaker. Ich glaube meinem Sohn!«

»Aber ich glaube ihm nicht!« donnerte der Anführer der Ebersippe. »Weshalb hätte sich Thidrik in dem Gebüsch verstecken sollen? Dazu gab es keinen Grund!«

Thorag spürte, daß man von ihm eine Antwort erwartete. Alle Augen richteten sich auf ihn.

»Ich weiß es nicht«, sagte er zögernd. »Ich hatte keine Gelegenheit, Thidrik danach zu fragen.«

»Natürlich hat er Thidrik nicht danach gefragt«, polterte Onsaker. »Weil Thorag es war, der sich in dem Gebüsch versteckt hielt, um meinen Sohn Asker zu meucheln. Und deshalb fordere ich von dir den Blutzoll, Wisar. Wenn du ihn mir nicht freiwillig gewährst, hole ich ihn mir mit Gewalt.« Er sah Klef an. »Und wenn deine Krieger Wisars Hof nicht verlassen, sterbt ihr mit Wisar und seinen Leuten!«

»Thorag ist mein Kampfgefährte und mein Freund«, sagte Klef mit fester Stimme. »Sein Wort ist mir soviel wert wie ein Richtspruch der Götter. Ich glaube ihm und stehe an seiner Seite.«

»Dann werdet ihr alle sterben!« zischte Onsaker und wollte sein Pferd herumreißen, um zu seinen Kriegern zurückzureiten.

»Halt!« rief Thorag, der durch Klefs Worte vom Richtspruch der Götter auf eine Idee gebracht worden war. »Wenn du so fest davon überzeugt bist, daß ich lüge, Onsaker, solltest du auf die Götter vertrauen!«

Der schwarzbemalte Gaufürst sah Thorag skeptisch an und knurrte, ein wenig unsicher: »Was meinst du?«

»Ich meine einen Kampf zwischen dir und mir, zu Pferd und mit allen Waffen, der unseren Leuten das Kämpfen erspart. Siege ich, ziehen die Eberkrieger ab, ohne weiteres Blutvergießen anzurichten. Siegst du, gehört mein Leben dir, und Wisar läßt dich in freier Wahl zwanzig Leibeigene mitnehmen.«

Onsaker überlegte nur kurz, und fragte dann: »Und was ist mit Klef?«

»Wir befinden uns auf Wisars Gebiet«, sagte Balders Sohn. »Ich werde mich dem beugen, was der Gaufürst und sein Sohn beschließen. Meine Ansprüche gegen dich und deine Sippe gebe ich damit aber nicht auf, Onsaker.«

»Was nutzt mir ein Sieg über Thorag, wenn mir Klef anschließend in den Rücken fällt?«

Klef rang mit sich und sagte schließlich: »Also gut, Onsaker. Ich sichere dir freien Abzug für den Fall zu, daß du als Sieger aus dem Zweikampf hervorgehst. Ich werde meine Ansprüche gegen dich erst auf dem Thing der Tagundnachtgleiche geltend machen.«

Onsaker grinste auf eine Weise, die Thorag vergeblich zu deuten versuchte, und meinte: »Dann sei es so, wie Thorag sagte. Wodans Allwissenheit mag zeigen, wer von uns die Wahrheit spricht!«

Die Kunde von dem Zweikampf machte fast schneller die Runde, als Donar seine Blitze schleuderte, nachdem die Unterhändler in ihre Lager zurückgekehrt waren. Krieger, Frauen und Kinder stürmten aus dem umzäunten Hof und stellten sich draußen zu einem Halbkreis zusammen, um das Schauspiel besser verfolgen zu können. Die Eberkrieger bildeten einen weiteren Halbkreis. Nur eine Distanz von etwas mehr als zehn Schritten verhinderte, daß sich der Kreis ganz schloß, in dem der Zweikampf stattfinden sollte. Als sich Thorag im Haus auf den Kampf vorbereitete, trat Wisar an seine Seite und sagte: »Ich schätze deinen Mut, mein Sohn. Aber es wäre meine Aufgabe als Gaufürst gewesen, gegen Onsaker anzutreten.«

Thorag hielt für einen Augenblick darin inne, seinen jetzt nackten Oberkörper mit der aus Brombeersaft gewonnenen roten Kriegsfarbe seiner Sippe zu bemalen. »Ich bin der Beschuldigte, nicht du, Vater. Außerdem wurdest du im Kampf verletzt.«

Er verbiß es sich, Wisars immer wiederkehrende Hustenanfälle zu erwähnen, die ihm große Sorge bereiteten. Er wollte seinen Vater nicht unnötig beunruhigen.

»Ich weiß, daß die Götter mit dir sein werden, mein Sohn. Gib gleichwohl auf dich acht. Onsaker ist ein erfahrener, starker und gefährlicher Kämpfer – und ein tückischer obendrein. Er kennt seine Stärken, sonst hätte er sich nicht so rasch auf den Zweikampf eingelassen.«

»Ich werde versuchen, deiner und Donars würdig zu sein«, versprach Thorag und fuhr mit seiner Arbeit fort.

Als er aus dem Haus trat, zierten gezackte rote Streifen, Donars Blitze, sein Gesicht. und auf seiner muskulösen, kaum beharrten Brust glänzte ein großer, roter Hammer. Ein Abbild Miölnirs, das Donars gewaltigen Kräfte in dem bevorstehenden Kampf auf Thorag übertragen sollte.

119

Großer Jubel empfing ihn von allen Seiten und schwoll noch an, als er auf seinen Rappen kletterte und von Wisar seinen Schild und eine Frame in Empfang nahm. Dies sowie seine Spatha und ein Dolch waren seine Waffen für den Zweikampf. Langsam ritt er durch das offene Tor hinaus, und der Jubel begleitete ihn.

Onsaker erwartete ihn bereits und saß vor den Reihen der Eberkrieger auf dem ungesattelten Rücken seines Rappen. Er hatte sich so aufgestellt, daß Sunna hinter seinem Rücken stand, so tief, daß sich Thorag anstrengen mußte, etwas zu erkennen, wenn er gen Westen blickte. Plötzlich wußte er, daß dies einer der Umstände war, auf die Onsaker seinen Sieg baute. Onsaker hatte die Sonnenjungfrau im Rücken. Thorag aber würde durch ihre blendenden Strahlen stark beeinträchtigt werden.

Immer wieder skandierten die Ebermänner Onsakers Namen und versuchten, den Jubel zu übertönen, den Thorags Erscheinen bei den Seinen ausgelöst hatte. Allmählich verebbten die Sprechchöre, als Wisar in die Mitte des Kampfplatzes ritt und die rechte Hand hob.

»Hört mich an, ihr Götter«, sprach er laut mit zum Himmel erhobenem Haupt. »Zwei Männer treten gleich unter euren Augen zum Kampf an, um herauszufinden, wer von ihnen im Recht ist. Steht auf der Seite des Mannes, der die Wahrheit spricht!« Er blickte erst Onsaker, dann Thorag an. »Der Kampf möge beginnen!«

Wisar trieb sein Pferd an und ritt zur Siedlung zurück, während die beiden Rappen aufeinander zugingen, langsam erst, dann immer schneller, bis sie in einen Galopp verfielen. Der rotbemalte Thorag und der schwarzbemalte Onsaker kamen sich jetzt rasch näher, und jeder senkte die Spitze seiner Frame, um den anderen im vollen Galopp aufzuspießen.

Als sie nur noch fünf Pferdelängen voneinander entfernt waren, erkannte Thorag, daß er sich wegen der schlechten Sicht verrechnet hatte. Er ritt im falschen Winkel an und würde den Feind nicht treffen, dieser vermutlich aber ihn. Nur noch drei Pferdelängen trennten sie, als Thorag hart am Zügel zerrte und die Richtung seines Rappen änderte. Die Gegner ritten aneinander vorbei, ohne daß sie sich mit ihren Waffen berührten, was die Zuschauer mit erregten Ausrufen, teilweise auch mit Mißfallenskundgebungen quittierten.

Beide Reiter rissen ihre Tiere herum, um neuen Anlauf zu nehmen.

Thorag lächelte. Jetzt hatte *er* die Sonne im Rücken. Diesmal ritt er in genau dem richtigen Winkel an.

Das erkannte auch Onsaker, wie Thorag am Zucken in dessen schwarzem Gesicht sah. Mit einer schnellen, geschickten Bewegung änderte der Ebermann die Art, wie er die Frame hielt, und aus der Stoßlanze wurde ein Wurfspeer, den er gegen Thorag schleuderte. Wieder mußte der junge Edeling sein Pferd zur Seite reißen, um der eisernen Spitze zu entgehen.

Die Frame flog über Thorags Schulter hinweg, als der Zusammenprall erfolgte. Onsaker krachte frontal auf ihn, und beide Männer wurden von ihren Pferden geschleudert. Thorag fühlte sich an den Kampf gegen den Ur erinnert, als sich die Welt um ihn drehte. Er rollte sich geschickt ab und sprang wieder auf seine Füße, kaum daß er den Boden berührt hatte. Aber Onsaker war nicht viel langsamer.

Die beiden Kämpfer standen sich abwartend gegenüber, keine zehn Schritte voneinander entfernt. Der Ebermann hatte sein Schwert nicht gezogen und schwang doch eine gefährliche Waffe in seiner Rechten, eine langstielige Streitaxt mit einer Doppelklinge. Damit überraschte er Thorag, der die Axt bisher nicht bemerkt hatte. Geschickt ließ Onsaker die Waffe über seinem Kopf kreisen, und jede Umkreisung begleiteten seine Männer mit lautem Gejohle.

Langsam, die Spatha ruhig in der Rechten haltend, trat Thorag auf den Gegner zu und sagte laut: »Du kannst geschickt mit deiner Axt umgehen, Onsaker. Aber kannst du auch mit ihr kämpfen?«

»Das wirst du gleich sehen!« fauchte der Schwarzbemalte und machte aus dem Stand einen weiten Satz nach vorn, mit dem Thorag nicht gerechnet hatte.

Das Gejohle der Eberkrieger wurde noch lauter, und die breite, scharfe Klinge der Axt sauste auf Thorags Kopf zu. Der junge Cherusker duckte sich tief und spürte den Windzug, als die Axtklinge dicht über seinen Haaren die Luft zerteilte.

Onsaker holte zu einem neuen Schlag aus, als Thorag vorsprang und mit der Spatha nach dem Gegner hieb. Der zeigte sich ebenso geschickt wie zuvor Thorag und parierte den Hieb mit seinem Schild, während er erneut zu einem Schlag mit der Axt ausholte. Auch Thorag riß seinen Schild hoch und fing mit ihm den Schlag ab. Der Aufprall sandte eine Schmerzwelle durch Thorags linken Arm und riß den Rotbemalten von den Beinen.

»Hab' ich dich!« knurrte Onsaker mit haßverzerrtem Gesicht und holte zum dritten – vernichtenden – Schlag mit der Axt aus. Da schlossen sich Thorags Beine um Onsakers Unterschenkel und brachten den Gaufürsten zu Fall. Statt in Thorags Schädel fuhr die Axtklinge ins Erdreich.

Ehe sich der Ebermann noch von seiner Überraschung erholen konnte, war der gewandtere Thorag wieder auf den Beinen, stand über dem Gegner und drückte seine Schwertspitze so dicht an dessen Kehle, daß Blut austrat.

»Stoß doch endlich zu!« keuchte Onsaker.

Thorag zögerte. Er konnte dem Leben des Widersachers ein rasches Ende machen, aber würden sich die Eberkrieger an das Wort ihres Fürsten halten?

Es galt als unehrenhaft für einen Krieger, ohne seinen Gefolgsherrn aus dem Kampf heimzukehren. Ein aufrechter Krieger starb lieber oder ging freiwillig mit seinem Gefolgsherrn in die Gefangenschaft, als ohne ihn – mit Schimpf und Schande beladen – die Walstatt zu verlassen. Eine noch schlimmere Schande als die, seinen Schild im Kampf zu verlieren.

Bei dem Feldzug gegen die Pannonier hatte Thorag selbst erlebt, wie eine germanische Hundertschaft vom Stamm der Chatten gegen eine zehnfache Übermacht in den Tod marschiert war, als ihr Anführer unter dem Speerhagel der Feinde fiel, obwohl der kommandierende Tribun der Einheit den Rückzug befohlen hatte. Der römische Tribun hatte verächtlich den Kopf geschüttelt und gesagt: ›Diese Germanen verwechseln Mut mit Dummheit. Das kommt dabei heraus, wenn die Hilfstruppen von Männern aus dem eigenen Volk geführt werden.‹ Thorag, der selbst im Rang eines Zenturios gestanden und cheruskische Truppen befehligt hatte, hatte lange darüber nachgedacht.

Er wollte nicht dumm sein. Vor allem wollte er nicht verantwortlich dafür sein, daß Wisars Siedlung von den aufgebrachten Eberkriegern dem Erdboden gleichgemacht wurde. Daß die Männer getötet, Frauen und Kinder mißbraucht wurden. Dafür hatte er nicht gegen Onsaker gekämpft.

»Stoß zu!« wiederholte dieser seine Forderung.

Thorag schüttelte den Kopf. »Ich lasse dich am Leben, wenn du versprichst, friedlich mit deinen Kriegern in deinen Gau zurückzukehren und uns nicht mehr anzugreifen.«

Onsaker starrte ihn ungläubig an. »Ist das … dein Ernst, Thorag?«

»Ja.«

Thorag sah dem Mann, der vor ihm am Boden lag an, daß dieser die Entscheidung seines Bezwingers nicht begriff. Und er sah ihm auch an, daß Onsaker nicht so gehandelt hätte.

»Gut«, sagte der Ebermann. »Ich verspreche, daß wir uns zurückziehen.«

»Und ihr laßt sämtliche Gefangenen augenblicklich frei!«

»Auch das.«

»Dann erhebe dich und teile es deinen Männer mit. Aber vergiß nicht, daß mein Schwert noch immer an deiner Kehle liegt! Ich werde es erst wieder in die Scheide stecken, wenn die Gefangenen wohlbehalten zu den Ihrigen zurückgekehrt sind.«

So geschah es, und Thorag ließ zu, daß Onsaker auf sein Pferd stieg. Sobald der Anführer der Eberkrieger sich auf den Rücken des Rappen geschwungen hatte, trat ein verächtlicher Zug in sein Gesicht.

»Ich halte mich an mein Wort und ziehe mich zurück. Aber du wirst noch einmal bereuen, mich nicht getötet zu haben, als du die Gelegenheit hattest, Thorag. Sie wird nicht wiederkehren!«

Onsaker hieb seinem Pferd die Fersen in die Flanken und preschte davon. Gespannt beobachtete Thorag das weitere Geschehen. Onsaker hielt Wort. Die Eberkrieger formierten sich zum Rückzug und verschwanden in mehreren Kolonnen im Wald.

Ein erschöpfter Thorag hob seine Frame auf, zog sich in den Sattel und wollte zur Siedlung reiten. Dann überlegte er es sich anders und ritt zu Onsaker, der mit seinen hervorragendsten Kriegern den Rückzug überwachte. Auch Thidrik und Auja waren bei ihm. Verwundert blickten ihm alle entgegen.

»Was willst du noch?« fragte Onsaker, als Thorag dicht vor ihnen sein Pferd zügelte. »Ich halte mein Wort.«

Thorag sah die blonde Frau an. »Ich möchte Auja fragen, ob sie mit mir kommen will. Nach Askers Tod ist sie wieder frei.«

»Das ist sie nicht!« erwiderte Onsaker mit überraschender Schärfe. »Die Witwe meines Sohnes untersteht meiner Munt!«

»Das mußt du nicht betonen, Onsaker«, sagte Auja und sah Thorag traurig an. »Wie kann ich mit dem Mann gehen, der vielleicht meinen Vater getötet hat?«

»Aber das habe ich nicht! Ich habe im Zweikampf gesiegt, die Götter haben meine Unschuld bewiesen!«

»Wer hat meinen Vater dann getötet?«

Darauf wußte Thorag keine Antwort. Mit gebrochenem Herzen sah er zu, wie Auja mit Onsaker und den anderen zwischen den Bäumen im Dämmerlicht verschwand. Erst als der letzte Schimmer von Aujas Goldhaar sich seinen Blicken entzogen hatte, drehte er um und ritt langsam zur Siedlung, wo die Menschen ihn lautstark als den Sieger des Zweikampfes feierten.

Einige beteiligten sich nicht an dem Jubel. Es waren die Menschen, deren Angehörige im Kampf gefallen waren. Auch Wiete, Tebbe und Eibe befanden sich darunter. Sie hockten stumm vor ihrer Hütte und blickten ins Leere, vielleicht auch in die Vergangenheit, um noch einmal Zwiesprache mit Holte zu halten.

Wisar und Klef sahen ebenfalls nicht begeistert aus.

»Warum hast du Onsaker nicht getötet?« fragte Klef, noch bevor Thorag vom Pferd gestiegen war.

Thorag erklärte ihm den Grund.

Wisar nickte zustimmend. »Jetzt verstehen ich dich. Eine weise Entscheidung, mein Sohn.«

»Weise vielleicht«, brummte Klef. »Aber auch gefährlich. Vielleicht wird Thorag seine Entscheidung eines Tages bereuen.«

»Onsaker hat so etwas schon angedeutet«, sagte Thorag und ahnte nicht, wie bald er sich wünschen sollte, den Fürst der Ebersippe getötet zu haben.

Kapitel 7

Im Schatten der Heiligen Steine

Die drei Felsgruppen reckten sich so gewaltig in den blauen, von einzelnen Wolkengruppen durchzogenen Himmel, daß Thorag die Vorstellung nicht schwerfiel, die Priester, die auf den Felssäulen standen, könnten Zwiesprache mit den Göttern halten. So hatte man es dem jungen Cherusker auf seinem ersten Thing erzählt, damals, als er in die Reihen der wehrhaften Krieger aufgenommen worden war. Die Heiligen Steine waren das bedeutendste Heiligtum der Cherusker, und alle Stammesthinge wurden hier abgehalten.

In langer Kolonne zogen die Donarsippe und ihre Gefolgschaft, allen voran und hoch zu Roß Wisar und Thorag, zu ihrem Lagerplatz an dem Seeufer, das den Steinriesen abgewandt lag. Alle vollfreien Männer aus Wisars Gau gehörten zu dieser Kolonne. Hinzu kamen die Jungmänner, die ihre Anerkennung als Krieger erstrebten, und die Halbfreien, die auf ihre Freisprechung hofften. Sie führten eine große Zahl Packtiere mit sich, die Verpflegung und Holz zur Errichtung der Unterkünfte trugen. Das Thing der Tagundnachtgleiche würde mehrere Nächte dauern.

Auf dem Marsch zu den Heiligen Steinen war die Kolonne noch größer geworden. Klef und seine Krieger hatten sich erst kürzlich von ihr getrennt, um den eigenen Lagerplatz anzusteuern und dort auf Balder und die übrigen Männer aus dessen Gau zu warten.

Der andächtige, den Göttern geweihte Ort war jetzt, wie bei jedem Thing, von Leben erfüllt. Hütten wurden aufgebaut, deren Wände oft nur aus Fellen und Häuten bestanden, Pferche für das Vieh errichtet und Waren mit den Angehörigen anderer Sippen getauscht.

»Ich habe lange an keinem Thing mehr teilgenommen«, bemerkte Thorag zu seinem Vater, als sie die Pferde an ihrem Lagerplatz zügelten. »Aber ich habe den Eindruck, diesmal kommen mehr Männer zusammen als sonst.«

»Du täuscht dich nicht, Thorag. Die Wahl des neuen Herzogs ist wichtig. Jeder Gaufürst hat seine Untergebenen angehalten, in möglichst großer Zahl zu erscheinen. Jede Stimme zählt.«

Thorag stützte sich auf eines der vorderen Sattelhörner und sah seinen Vater forschend an. »Welchen Vorschlag wirst du den Deinen machen, wenn der neue Herzog gewählt wird?«

Wisar blickte ebenfalls forschend zurück. »Meinst du, ich soll für Armin stimmen?«

»Du warst für den Bündnisvertrag, den Armins Vater Segimar mit den Römern geschlossen hat. Armin ist von den Römern in den Ritterstand erhoben worden. Er bürgt für den Fortbestand des Bündnisses. Bei Segestes und Inguiomar bin ich mir da nicht sicher.«

»Ein gutes Wort, das du eben für Armin gesprochen hast«, meinte Wisar mit einem vieldeutigen Lächeln und stieg ab. »Du solltest es wiederholen, wenn die Versammlung über den neuen Herzog berät.«

Auch Thorag wollte aus dem Sattel steigen, aber Wisar machte ein abwehrendes Handzeichen. »Unsere Opfertiere müssen den Priestern übergeben werden. Willst du das übernehmen?«

Thorag nickte und lenkte seinen Rappen zu den Pferden, Rindern und Böcken, die Wisar den Göttern opfern wollte, um sie für sich, seine Sippe und seine Untergebenen gnädig zu stimmen. Mit drei Gehilfen, darunter der junge Tebbe, der auf diesem Thing ein Krieger werden sollte, trieb er die Tiere um den See herum zu dem von Felsen gebildeten, natürlichen Pferch, in dem die Tiere auf die Opferzeremonie warten sollten.

Ein paar weitere Männer brachten die Kranken und Verletzten zu den Heilerinnen, deren Wirken im Schatten der Heiligen Steine sehr geschätzt wurde, weil sie in dem Ruf standen, mit den Göttern im Bunde zu sein. Nach dem Kampf mit den Eberkriegern hatten Wisars Leute besonders viele Verletzte bei sich. Auch der junge Krieger Garrit befand sich unter ihnen. Er hatte sein linkes Auge verloren, aber überlebt. Doch als ihm der Verband abgenommen worden war, hatte er auch mit dem ihm verbliebenen Auge nichts mehr sehen können.

Thorags Trupp kam am Lager der Eberleute vorbei. Sosehr sich Thorag auch anstrengte, er konnte weder Onsaker noch Thidrik entdecken. Die Eberkrieger erkannten Wisars Sohn und warfen ihm feindselige Blicke zu.

In den vergangenen Nächten und Tagen hatte Thorag viel nachgedacht über die beiden rätselhaften Todesfälle. Denn rätselhaft waren sie, weil Thorag wußte, daß er zu Unrecht beschuldigt wurde. Thidrik hatte gelogen, aber warum? Aus eigenem Antrieb, oder hatte ihn ein anderer dazu veranlaßt? Und wie kam das Seidenkleid in Araders Haus? Es war wie immer, wenn Thorag über die Sache nachdachte: Die Fragen fanden keine Antworten, sondern warfen nur noch mehr Fragen auf.

Ein paar Jungmänner nahmen die Opfertiere in Empfang und trieben sie in den Pferch, in dem bereits eine stattliche Anzahl von Tieren graste. Zwei Jungen waren weiter hinten im Pferch damit beschäftigt, die Pferde zu striegeln, damit ihr Fell glänzte, wenn sie den Göttern dargebracht wurden. Das unter pechschwarzen Haaren steckende Gesicht eines dieser Jungen, halb hinter dem Rücken eines stattlichen Fuchses verborgen, kam Thorag seltsam bekannt vor. Er wollte näher heranreiten, um sich zu vergewissern, als er plötzlich von einer Anzahl berittener Krieger umringt wurde.

Thorag sah in abweisende Gesichter und auf die Spitzen von Framen und Schwertern, die ihn bedrohten. Auf den Schildern der fremden Krieger prangten schwarze Eber. Zwei dieser Krieger, beides massige Männer fortgeschrittenen Alters, erkannte er sofort: Onsaker und Thidrik.

»Was soll das, Onsaker?« fragte Thorag barsch.

Das brutale Gesicht des Gaufürsten verzog sich zu einem Grinsen. »Ich habe dir doch gesagt, daß du es bereuen wirst, mich nicht getötet zu haben.«

Thorag entdeckte unter den Reitern einen graubärtigen Mann, der nicht zu Onsakers Kriegern gehörte. Sein weißer, mit den Zeichen der obersten Götter bestickter Kittel wies ihn als Angehörigen der Priester aus. Er erkannte den Mann bei näherem Hinsehen wieder. Auf dem letzten Thing, an dem Thorag teilgenommen hatte, war sein Gesicht noch glattrasiert gewesen. Es war Gandulf, der Führer der Priesterschaft.

»Sag du mir, Gandulf, was das zu bedeuten hat!« forderte der junge Edeling. »Ich bin Thorag, Sohn des Gaufürsten Wisar, und kam in dem Glauben zu den Heiligen Steinen, den Schutz des Thingfriedens zu genießen.«

»Der Thingfrieden ist noch nicht ausgerufen«, wandte Onsaker ein.

Der Priester sprach mit ruhiger, aber deutlicher Stimme: »Auch wenn der Thingfrieden noch nicht ausgerufen wurde, steht unter dem Schutz der Heiligen Steine doch jeder, der sich in ihren Schatten begibt. Deshalb, Thorag, bin ich mit Onsaker geritten, der von den Priestern deine Festsetzung verlangt.«

»Meine Festsetzung? Weshalb?«

»Onsaker klagt dich des Mordes an. Er sagt, seine Söhne Asker und Notker seien deiner Klinge zum Opfer gefallen. Und der Freie Thidrik bezeugt dies. Außerdem sollst du den Freien Arader, Vater von Askers Frau, ermordet haben. Du wirst in Verwahrung genommen, bis auf dem Thing über die Sache entschieden ist.«

»Du hinterhältiger Hund!« funkelte Thorag den Anführer der Ebersippe böse an. »Ein Gottesurteil hat meine Unschuld bewiesen, als ich über dich im Zweikampf siegte, und trotzdem klagst du mich an?«

»Ein Gottesurteil?« wiederholte Gandulf verwundert und sah den Gaufürsten mit umwölkter Stirn an. »Davon hast du mir nichts berichtet, Onsaker!«

»Ich hielt es nicht für wichtig. Dieser Kampf fand nicht bei einem Thing statt, sondern während einer Schlacht zwischen meinen Kriegern und denen Wisars. Deshalb kommt ihm keine rechtliche Bedeutung zu.«

»Du verhöhnst die Götter, Onsaker!« sagte Thorag laut. »Donars Blitz möge dich dafür treffen!«

Onsaker blickte kurz in den Himmel und sah dann wieder Thorag an. »Nun, ich warte, wo bleibt Donars Blitz?«

Diese Bemerkung trug ihm einen strafenden Blick des Priesters ein. »Thorag hat recht, du spottest über die Götter, Onsaker. Und das auch noch an einem Platz, der ihnen geweiht ist.«

»Du irrst, Gandulf«, erwiderte der Gaufürst. »Ich habe nicht über die Götter gespottet, sondern Thorag, als er Donar anrief, obwohl Wisars Sohn weiß, daß er des mehrfachen Mordes schuldig ist. Deshalb verlange ich seine Festsetzung.«

»Die Versammlung wird entscheiden«, sagte der Priester. »Thorag, gib deine Waffen ab und folge mir!«

»Aber das Gottesurteil!« protestierte Thorag.

»Es war gar keins!« schnappte Onsaker.

Der Graubart begleitete die Auseinandersetzung mit einer

betretenen Miene. »Auch darüber wird die Versammlung entscheiden!«

Während Thorag noch überlegte, was er tun sollte, näherte sich ein großer, bewaffneter Reitertrupp und umzingelte den kleineren Haufen der Eberkrieger. Die über dreißig Neuankömmlinge wurden von Wisar angeführt. Thorag erkannte unter ihnen Radulf und Hakon. Ihre Waffen richteten sich gegen Onsakers Männer.

»Vater!« rief Thorag erleichtert aus. »Woher wußtest du …«

»Tebbe hat sich heimlich fortgestohlen und mich benachrichtigt.« Wisar sah streng den Priester an. »Wieso wird mein Sohn im Schatten der Heiligen Steine von Bewaffneten bedroht?«

Gandulf erklärte es ihm.

»Mein Sohn hat recht«, sagte Wisar daraufhin. »Er hat seine Unschuld bei einem Zweikampf, über dessen Ausgang die Götter gewacht haben, entschieden.«

»Ob dieser Zweikampf ausreicht, Thorags Unschuld zu beweisen, ist eine Frage, die auf der Versammlung der Freien entschieden wird«, beharrte der Priester. »Deshalb soll sich dein Sohn so lange in unseren Gewahrsam begeben!«

Wisar überlegte lange. »Die Entscheidung durch die Versammlung erkenne ich an. Aber es ist nicht nötig, Thorag wie einen ehrlosen Mann zu behandeln. Ich verbürge mich für meinen Sohn.«

Gandulf wiegte überlegend seinen ergrauenden Schädel hin und her. »Also gut, Fürst Wisar, dein Wort genügt mir.«

»Aber mir nicht!« entfuhr es dem wütenden Onsaker. »Wenn Thorag schon nicht in Gewahrsam genommen wird, soll er wenigstens seine Waffen abgeben!«

»Was befürchtest du, Onsaker?« fragte der Priester. »Daß du selbst ein Opfer Thorags wirst?«

»Zum Beispiel.« Das Oberhaupt der Ebersippe sah den Reiter zu seiner Linken an. »Oder der Zeuge Thidrik.«

»Also schön«, seufzte Gandulf. »Ich denke, mit dieser Lösung können alle Seiten leben. Thorag gibt seine Waffen an mich ab, bleibt aber bis zu seiner Verhandlung auf freiem Fuß. Und Wisar bürgt dafür, daß sein Sohn die Heiligen Steine nicht verläßt.«

Thorag fügte sich diesem Beschluß und übergab seine Waffen dem Priester, obwohl er das Ganze für töricht und entwürdigend hielt. Wenn er wirklich ein gemeiner Mörder war, konnte er sich jederzeit neue Waffen besorgen. Die Händler, die am Rand der Heiligen Steine ihre Geschäfte geöffnet hatten, boten alles an, von der Frame bis zum Dolch. Das wußte auch Onsaker. Aber als Krieger ohne Waffen würde Thorag die Aufmerksamkeit und den Spott der Allgemeinheit auf sich ziehen. Die Beschuldigung, die Onsaker gegen ihn erhob, würde sich schnell herumsprechen, und zumindest die Schatten des Zweifels würden an Thorag kleben bleiben. Das war es wohl wirklich, was der Fürst der Eberleute beabsichtigte.

Als Gandulf sämtliche Waffen des jungen Edelings und auch seinen Schild entgegengenommen hatte, sagte er: »Die beiden Fürsten mögen mit ihren Männern in ihre Lager zurückkehren und die Waffen ruhen lassen. Im Schatten der Heiligen Steine gilt nicht die Macht der Waffen, sondern die der Götter.«

Obwohl sie Onsakers Plan, Thorag festsetzen zu lassen, vereitelt hatten, herrschte unter Wisars Männern eine gedrückte Stimmung, als sie zu ihrem Lager am See zurückritten. Onsaker hatte den Sohn ihres Fürsten gedemütigt, indem er ihm seine Waffen und seinen Schild nahm. Nach außen hin würde das auf viele Cherusker wie ein Eingeständnis von Thorags Schuld wirken. Denn warum sollte ein Mann Waffen und Schild weggeben, wenn es dazu keinen Grund gab?

Thorag, der diese Überlegungen auch anstellte, war traurig und bedrückt. Jetzt wußte er, weshalb Onsaker nach dem verlorenen Zweikampf so sang- und klanglos abgezogen war. Er hatte von vornherein geplant, den Gottesentscheid nicht anzuerkennen und Thorag auf dem Thing zur Verantwortung für eine Tat zu ziehen, die dieser gar nicht begangen hatte.

In Wisars Lager breitete sich die gedrückte Stimmung schnell aus. Noch mißmutiger wurden die Männer, als zehn Berittene Onsakers auftauchten und sich auf einem kleinen Hügel ganz in der Nähe niederließen.

»Spione dieses Eberfürsten!« zischte Hakon verächtlich zu Wisar. »Soll ich mir ein paar Männer nehmen und ihnen zeigen, daß man den Gaufürsten Wisar nicht ungestraft bespitzelt?«

Wisar schüttelte den Kopf und sagte, einen Hustenreiz unterdrückend: »Niemand soll Wisar und seinen Männern nachsagen, daß sie den Thingfrieden stören, Hakon. Solange die Männer auf dem Hügel friedlich bleiben, kümmern wir uns nicht um sie.«

Auch Thorag bemühte sich, sie gar nicht zu beachten. Er ging zu Tebbe, um sich für Wisars Benachrichtigung zu bedanken. Der Junge freute sich darüber, sah aber gleichwohl traurig aus.

»Was hast du?« fragte Thorag.

»Ich soll auf diesem Thing in den Kreis der Krieger aufgenommen werden.«

Thorag nickte. »Ich weiß.«

»Vater ... er hat mir immer wieder erzählt, wie es sein wird, wenn er neben mich tritt, Fürsprache für mich hält, und mir dann Schild und Frame übergibt. Jetzt kann er es nicht mehr erleben. Und ich habe keinen Fürsprecher.«

»Ich würde gern dein Fürsprecher sein«, sagte Thorag, und in Tebbes Augen leuchtete es stolz und freudig auf. »Aber ich habe versprochen, keine Waffe in die Hand zu nehmen, bevor Onsakers Anklage gegen mich verhandelt wird.«

Das Leuchten in den Augen des Jungen erstarb, und der älteste Sohn des Schreiners Holte sah betreten zu Boden.

»Komm mit«, sagte Thorag und legte seinen Arm um Tebbe. Er führte den Jungen zu Radulf und sagte: »Radulf, du fertigst die besten Waffen im ganzen Cheruskerland. Bist du nicht der richtige Mann, um für Tebbe Fürsprache zu halten, wenn er ein Krieger wird?«

Der grauhaarige Schmied nickte. »Und ob ich das bin!« Er legte beide Hände auf Tebbes Schultern. »Ich werde für dich eine Frame aus gehärtetem Holz und mit der schärfsten Spitze fertigen, die jemals die Waffe eines Cheruskers geschmückt hat. Ich fange gleich damit an.«

Das Leuchten kehrte in Tebbes Augen zurück.

Die Steinriesen warfen schon lange Schatten, als sich Thorag aus dem Lager seines Vaters fortstahl. Er hielt es nicht mehr aus, ständig den mitleidigen bis zweifelnden Blicken der Männer ausgesetzt zu sein. Wenn sogar Wisars Leute an seiner Unschuld zweifelten, wie sollte dann die Entscheidung auf dem Thing zu seinen Gunsten ausfallen?

Thorag wußte es nicht. Er wußte nur, daß er raus mußte aus

dem engen Lager, sich bewegen, Zwiesprache halten mit sich selbst und mit Donar. Und er wollte sich vergewissern, ob ihm seine Augen einen Streich gespielt hatten, ein paar Stunden zuvor, am Felsenpferch der Opfertiere.

Er ging zu Fuß, denn er wollte sein Wort halten und die Heiligen Steine nicht verlassen. Und ein Fußgänger war unauffälliger als ein Reiter. Langsam, Gleichgültigkeit vortäuschen, war er zu dem Teil des Lagers geschlendert, der von dem Hügel mit Onsakers Spionen am weitesten entfernt lag. Im Schutz einer großen, farnbedeckten Hütte aus Flechtwerk hatte er sich davongemacht und kam sich vor wie ein ehrloser Dieb oder wie ein Friedloser, der sich nirgendwo blicken lassen dufte.

Thorag hielt sich im Schatten der Bäume oder tauchte in große Menschengruppen ein. Obwohl es bereits dämmerte, kamen noch immer lange Kolonnen, größere und kleinere Gruppen und auch einzelne Männer zu den Heiligen Steinen. Es wurde zusehends voller. Nach der kommenden Nacht würde die Tagundnachtgleiche sein, und das Thing sollte beginnen.

Als Thorag sicher war, Wisars Lager und den Hügel mit Onsakers Spitzeln weit genug hinter sich gelassen zu haben, steuerte er geradewegs den Felsenpferch an. Das Kribbeln in seinem Nacken, als er sein Ziel fast erreicht hatte, machte ihm plötzlich klar, daß er sich getäuscht hatte.

Er wurde verfolgt!

Hier gab es keine Leute und keine Menschenanhäufungen. Thorag war allein mit den Bäumen, den Felsen und seinen Verfolgern. Er ging weiter und tat so, als hätte er nichts bemerkt, aber er drehte ganz leicht den Kopf und nahm aus den Augenwinkeln zwei Schemen wahr. Ob Freund oder Feind, war für ihn keine große Frage. Ein Freund hätte nichts heimlich zu tun brauchen. Oder war es ein Zufall? Um das herauszufinden, ändert Thorag schlagartig seine Richtung und kletterte den Felsabhang hinauf, hinter dem sich der kleine Kessel mit den Opfertieren befand. Wieder nahm er schemenhaft die beiden Verfolger wahr. Auf dem harten, felsigen Untergrund hörte er deutlich ihre Schritte, die jetzt schneller wurden.

Abrupt drehte sich Thorag um und sah sich zwei Eberkriegern gegenüber; das erkannte er an dem Schild des einen, auf dem ein Eberkopf mit gigantischen Hauern abgebildet war. Vermutlich gehörten sie zu den Spitzeln und hatten irgendwie mitgekommen, wie sich der junge Edeling davonmachte.

Der große, schlanke Krieger mit dem Schild hatte ein glattrasierte Gesicht und eine krumme, in einem Kampf gebrochene Nase, was ihm das Aussehen eines Raubvogels verlieh. Er trug neben dem Schild die volle Bewaffnung eines Kriegers: Frame, Spatha und Dolch. Der andere, ein stämmiger, bärtiger Kerl, war nur mit der Spatha am Wehrgehänge und dem Bronzedolch in seinem Gürtel ausgerüstet.

Als sich der Verfolgte umdrehte, hielten auch die Verfolger an. Aber nur kurz, bis sie ihre Überraschung über die Entdeckung verwunden hatten, dann setzten sie den Aufstieg fort. Ihr Verhalten und ihre Mienen ließen Thorag nicht daran zweifeln, daß sie ihn nicht bloß beschatten wollten. Sie wollten mehr, sein Leben!

Jetzt verwünschte sich Wisars Sohn dafür, auf Gandulfs Vorschlag eingegangen zu sein und auf seine Waffen verzichtet zu haben.

»Schickt euch Onsaker?« fragte er, um Zeit zu schinden und sich eine Taktik für sein weiteres Vorgehen zu überlegen.

Tatsächlich hielten die beiden Eberkrieger, von Thorag jetzt keine zehn Schritte mehr entfernt, erneut an, und der Große mit dem Raubvogelgesicht sagte: »Wer sonst!«

»Mit welchem Auftrag?«

Jetzt grinsten die beiden Krieger nur.

»Mich zu töten?«

Der Große zog seine schmalen Lippen auseinander. »Was fragst du, wenn du schon alles weißt?«

»Der Verdacht wird auf Onsaker fallen.«

»Wir werden sagen, wir haben dich auf der Flucht erwischt.«

»Und ihr mußtet mich töten, einen Unbewaffneten, um mich aufzuhalten?«

»Man wird Waffen bei dir finden.«

Der Große setzte sich wieder in Bewegung, und sein bärtiger Begleiter folgte ihm, die Spatha aus der Scheide ziehend.

»Warum will Onsaker mich töten lassen? Weshalb haßt er mich so?«

»Du bist der Mörder seiner Söhne«, antwortete der Große und hob die Frame zum Wurf.

»Das stimmt nicht!«

Der Große grinste nur, und die Frame flog durch die Luft.

Thorag machte Donar alle Ehre und wich blitzschnell aus, indem er sich zu Boden warf und, als die Frame über ihn hinweggezischt und auf das Felsgestein gefallen war, sofort wieder aufsprang, nach der Waffe griff und die Spitze den Eberkriegern entgegenhielt. Der Mann mit der gebrochenen Nase zog sein Schwert und hob den Schild, als hinter Onsakers Männern zwei weitere Gestalten aus dem immer schwächer werdenden Dämmerlicht traten und eine Thorag wohlbekannte Stimme sagte: »Wenn zwei gegen einen kämpfen, ist das nicht gerade gerecht. Ich frage mich, ob die zwei auch so mutig sind, wenn sie drei Gegnern gegenüberstehen.«

Erschrocken drehten sich die Eberkrieger nach der Stimme in ihrem Rücken um. Thorag hätte in diesem Augenblick mühelos einen von ihnen mit der Frame durchbohren können. Aber er wollte den Thingfrieden nicht stören, wenn es sich vermeiden ließ. Und er, der bis zur Verhandlung über Onsakers Anklage waffenlos zu bleiben versprochen hatte, wollte sein Wort nicht brechen, wenn es nicht unbedingt nötig war.

Dankbar blickte er die beiden Männer an, die ihm zu Hilfe gekommen waren: »Klef und Brokk! Wenn das kein Zufall ist!«

Klef, wie der andere Edeling auch mit Schwert und Schild bewaffnet, erwiderte: »Ist es nicht, Thorag. Ich besuchte Brokk in seinem Lager, als wir dich und deine beiden Schatten vorbeigehen sahen. Wir befürchteten alles, nur nichts Gutes, und sind euch gefolgt.« Seine Stimme wurde härter, als er die Eberkrieger ansah: »Und nun zu euch beiden. Wer möchte zuerst sterben?«

»Niemand wird im Schatten der Heiligen Steine sterben, wenn es die Götter nicht befehlen!«

Es war die Stimme einer jungen Frau. Die in ein langes weißes Gewand gehüllte Gestalt stand über den Männern auf einem Felskegel, wie aus dem Stein gewachsen. Eine Frau, die Thorag auch in dem Zwielicht, das vom Herannahen des schwarzen Nachtwagens kündete, sofort erkannte.

»Astrid!« stieß er überrascht hervor. Dann dachte er an das Gesicht, das er heute im Pferch der Opfertiere zu sehen geglaubt hatte, und wußte, daß er sich nicht geirrt hatte. Das war Astrids Bruder Eiliko gewesen, den Thorag bei seiner Rückkehr ins Cheruskerland auf dem Hof vor Prügel geschützt hatte.

Thidriks entflohene Leibeigene mußte Thorags Ausruf gehört haben, aber sie ging nicht darauf ein. Laut sagte sie, die fünf Männer unter sich anblickend: »Wer den Frieden der Heiligen Steine stört, wird von den Göttern verdammt und von den Menschen ausgestoßen werden. Als Friedloser soll er durch die Lande ziehen und kein Heim finden und keinen Freund. Laßt die Waffen sinken!«

Thorag wunderte sich über das Gebieterische, das in diesen Worten lag. Astrid wirkte jetzt gar nicht mehr wie eine Leibeigene. Aber er gehorchte, hob das rechte Knie und zerbrach darauf den hölzernen Schaft der Frame. Die beiden Hälften der Waffe ließ er achtlos fallen.

Die Eberkrieger schienen nicht gewillt zu sein, Astrids Worten so einfach zu folgen. Der Mann mit dem Raubvogelgesicht blickte herausfordernd zu der Frau hinauf und fragte: »Wer bist du, Frau, daß du es wagst, freien Männern Befehle zu erteilen?«

»Ich bin eine Dienerin der Götter.«

»Eine Priesterin«, zischte der bärtige Eberkrieger und beeilte sich, sein Schwert zurück in die Scheide zu stecken. Sein Gefährte tat es ihm nach, ebenso Klef und Brokk.

Der Mann mit der gebrochenen Nase erhob wieder seine Stimme: »Wenn du eine Priesterin der Heiligen Steine bist, dann sorg dafür, daß dieser Mann« – er zeigte auf Thorag – »seine Strafe erhält!«

»Seine Strafe? Wofür soll er bestraft werden?«

»Dafür, daß er die Waffe gegen uns erhob, obwohl er dem obersten Priester versprochen hat, waffenlos zu sein, bis die Versammlung über die gegen ihn erhobene Anklage entscheidet.«

Die junge Frau blickte Thorag an. »Stimmt das?«

Der Edeling nickte. »Ja, es stimmt.«

»Warum hast du die Waffe gegen diese beiden Männer erhoben?«

»Weil sie zuerst mich bedrohten, obwohl ich waffenlos war. Der Ebermann mit der krummen Nase schleuderte seine Frame nach mir. Ich hob sie auf, um mein Leben zu verteidigen. Ich habe niemandem versprochen, mich wehrlos abschlachten zu lassen.«

Astrids Kopf ruckte wieder herum, und ihre Augen suchten die der Eberkrieger. »Stimmt das?« fragte sie erneut.

Sie erhielt keine Antwort. Onsakers Männer blickten nur betreten zu Boden.

»Also stimmt es«, stellte Astrid fest, und ihre Stimme klang noch strenger, als sie fortfuhr: »Ihr beide habt den Frieden der Heiligen Steine verletzt. Ich will darüber hinwegsehen, wenn ihr in euer Lager zurückkehrt und keinen Ärger mehr macht.«

»Und Thorag?« fragte der Krummnasige.

»Ich werde mich schon um ihn kümmern«, erwiderte Astrid kühl.

Widerwillig und Verwünschungen murmelnd, zogen sich die beiden Eberkrieger zurück. Klef und Brokk hielten so lange ihre Hände in der Nähe ihrer Schwertgriffe, bis die beiden anderen im Dunkel verschwunden waren und das Geräusch ihrer Schritte vom auffrischenden Abendwind nur noch ganz leise zu ihnen getragen wurde.

Astrid kletterte von dem steilen Felsen herab. Thorag half ihr dabei und fragte sich abermals, wie sie – von den Männern unbemerkt – dort hinaufgekommen war. Als die junge, schöne Frau mit dem sanften Gesicht dicht vor ihm stand, konnte er sich kaum noch vorstellen, daß sie eben in einem so strengen Ton gesprochen hatte. »Also ist es wahr«, sagte er leise, mehr zu sich selbst.

»Was?« fragte Astrid.

»Als ich heute hier war, um die Opfertiere in den Pferch zu treiben, glaubte ich, Eiliko gesehen zu haben. Aber ich war mir nicht sicher und kam noch mal zurück, um mich zu vergewissern.

»Es war Eiliko«, bestätigte Astrid. »Die Priester der Heiligen Steine haben seine Gabe, mit Tieren umzugehen, erkannt. So wie sie meine Gabe erkannten, Dinge zu sehen, die noch nicht sind. Seit gestern erst bin ich eine den Göttern geweihte Priesterin.«

»Wie kommt ihr hierher?«

»Ich bin mit Eiliko zu den Heiligen Steinen geflohen, weil mir klar wurde, daß ich meine Gabe nur als Priesterin einsetzen kann, will ich nicht als Hexe verdammt werden.«

»Thidrik ist unter Onsakers Männern. Hat er euch schon gesehen?«

»Nein, ich glaube nicht.«

»Er wird euch während des Things bestimmt entdecken.«

»Das schadet nicht. Eiliko und ich stehen jetzt unter dem Schutz der Götter. Wir sind keine Leibeigenen mehr, jedenfalls nicht die eines Menschen. Hier ist der einzige Ort, an dem Thidrik keine Rechte an uns geltend machen kann. Auch deshalb werden Eiliko und ich hierbleiben.«

»Thorag sollte aber nicht hierbleiben«, meinte Klef, der mit Brokk zu ihnen getreten war. »Wie wir eben gesehen haben, lauert hier nur der Tod auf ihn.«

»Ich weiß«, sagte Astrid mit einem leichten Nicken. »Man hat mir erzählt, wessen Thorag beschuldigt wird.« Sie blickte Thorag in die Augen. »Ich glaube das nicht.«

»Aber das wird Thorag wenig helfen«, fuhr Klef fort. »Onsaker wird alles daransetzen, Thorag um seinen Kopf zu bringen oder ihn im Moor versenken zu lassen.«

»Das steht zu befürchten«, stimmte ihm Astrid zu. »Onsaker hat gute Verbindungen zu den Priestern. Er hat ihnen bei seiner Ankunft große Geschenke gemacht.«

»Lassen sich die Priester vom Willen der Götter leiten oder von den Geschenken der Menschen?« schnaubte Brokk erbost.

»Auch die Priester sind nur Menschen«, erwiderte Astrid.

»Ein Grund mehr für Thorag, den Heiligen Steinen schnellstens den Rücken zuzukehren«, fand Klef.

»Aber dann verzichtet er auch auf ihren Schutz«, gab die junge Frau zu bedenken.

»Nein!« sagte Thorag entschieden. »Ich werde nicht fortschleichen wie ein Friedloser. Onsaker würde es als Eingeständnis meiner Schuld deuten, und viele würden ihm glauben. Und ich kann das Wort nicht brechen, das ich Gandulf gegeben habe. Das würde nicht nur mich in ein schlechtes Licht stellen, sondern auch meinen Vater. Deshalb werde ich bleiben und darauf vertrauen, daß die Versammlung der Freien ein gerechtes Urteil sprechen wird.«

Astrid legte eine Hand auf Thorags Schulter, und bei der Berührung durchströmte ihn ein ähnlich angenehmes Gefühl, wie er es bisher nur von Aujas Berührungen kannte. »Ich werde dir helfen, so gut ich kann, Thorag. Nicht nur, weil Eiliko und ich in deiner Schuld stehen, sondern vor allem, weil ich dir glaube.«

»Weißt du nicht, wie die Versammlung entscheiden wird?« fragte Thorag. »Läßt dein zweites Gesicht dich nichts darüber sehen?«

Astrid stand vor ihm, ließ noch immer eine Hand auf seiner

Schulter ruhen und sah ihn an. Doch ihr Blick schien jetzt durch ihn hindurchzugehen. Plötzlich zitterte sie, ihr Gesicht verzerrte sich, und in einer abrupten Bewegung riß sie die Hand von seiner Schulter, machte einen Schritt zurück, der sie ins Stolpern gebracht hätte, hätte Klef sie nicht aufgefangen.

»Was ist?« fragte Thorag erschrocken. »Was hast du gesehen?«

»N-nichts«, stotterte sie verwirrt und erschrocken, und ihr Blick kehrte nur langsam ins Hier und Jetzt zurück.

»Das glaube ich nicht«, sagte Thorag. »Dann hättest du dich nicht so erschrocken. Ist es so schlimm, daß du es mir verheimlichen willst?«

Astrid schüttelte langsam den Kopf. »Ich weiß nicht, was es war. Ich erinnere mich nur an Schatten.«

»Was für Schatten?« mischte sich Brokk ein.

»Das kann ich nicht sagen. Es gibt die Schatten des Unwissens und die Schatten der bösen Mächte.«

»Und in welche Schatten war Thorag gehüllt?« hakte Brokk nach.

»Ich kann mich wirklich nicht erinnern!«

Zum erstenmal, seit Thorag Astrid kannte, hatte er Zweifel, ob sie ihm die Wahrheit sagte.

»Ihr müßt jetzt gehen«, sagte Astrid. »Geht zurück in eure Lager und meidet Onsakers Männer! Vielleicht bringt mir die Nacht Erleuchtung.«

Thorag ging an ihr vorbei, drehte sich aber noch einmal zu Astrid um und fragte: »Werden wir uns wiedersehen?«

Die junge Priesterin lächelte kaum merklich. »Bestimmt.«

Sie sah den drei jungen Edelingen nach, bis sie von der Nacht verschluckt wurden, und das Lächeln auf ihrem Gesicht erstarb.

Der Traum, den Thorag in dieser Nacht hatte, erinnerte ihn an den Traum in Thidriks Haus, bevor er erwacht war und sich von den Wolfshäutern bedroht gesehen hatte.

Wieder erstieg Thorag einen steilen Hügel, der ihn in seiner Schroffheit an die Heiligen Steine erinnerte. Es herrschte kein Gewitter, aber je höher er kletterte, desto dunkler wurde es, bis er kaum noch die Hand vor Augen sehen konnte. Das einzige, was er sah, war der Umriß der großen Gestalt, die ihn auf der Kuppe erwartete. Nein, auch hier waren es drei Gestalten. Die menschliche oder menschenähnliche Gestalt in der Mitte wurde von zwei gehörnten Vierfüßern flankiert – Zähneknirscher und Zähneknisterer?

Erst als Thorag die Kuppe erreichte, sah er, daß er sich getäuscht hatte. Es waren keine Böcke, sondern Hirsche. Hatte Donar seine Tiere gewechselt? War es überhaupt Donar? Die große Gestalt wandte Thorag den Rücken zu und drehte sich auch nicht um, als Thorag ganz dicht hinter ihr stand. Nur die Hirsche blickten Wisars Sohn an, aber der Ausdruck ihrer Augen war nichtssagend, und ihr Blick schien durch den jungen Cherusker hindurchzugehen wie Astrids Blick, als sie versucht hatte, Thorags Zukunft zu sehen.

Thorag ging langsam um die große Gestalt herum und wollte ihr Gesicht endlich erkennen. Da verschwand die Gestalt mitsamt den Hirschen, und der Träumer erwachte.

Thorag war schweißgebadet. Kittel und Hose klebten an seinem Körper. Er schlug das Hirschfell weg, mit dem er sich zugedeckt hatte, und wischte mit dem Ärmel seines Kittels den Schweiß aus seinem Gesicht. Dabei war es gar nicht warm in der großen Hütte, obwohl so viele Männer, ungefähr hundert, in ihr schliefen. Die Flechtwerkhütte war leicht gebaut, da sie nur wenige Tage halten mußte, und der kühle Wind pfiff durch viele Löcher und Ritzen.

Dafür, daß es so viele Männer waren, war es ziemlich ruhig. Links neben ihm schlief Wisar, der tief und regelmäßig atmete, was seinen Sohn, der sich über Wisars immer wiederkehrendes Husten seit der Urjagd große Sorgen machte, ein wenig beruhigte. Keine Wolfshäuter diesmal, vor denen der Traum ihn warnen wollte.

Aber was hatte der Traum dann zu bedeuten? Eine Bedeutung mußte er haben, das war Thorag klar. Es war ein ähnlich eindringlicher Traum gewesen wie in jener Nacht auf Thidriks Hof.

Wenn es Donar war, den er gesehen hatte, weshalb hatte er nichts zu Thorag gesagt, hatte ihm kein Zeichen gegeben? Weshalb hatte der Gott des Donners und des Blitzes seinem Nachfahren den Rücken zugekehrt?

Oder war dies Donars Botschaft gewesen? Hatte sich sein Schutzgott von Thorag abgewendet?

139

Kapitel 8

Das Thing

In der Mitte des folgenden Tages, als Sunnas goldener Wagen den höchsten Punkt des Himmels erreicht hatte und die Schatten der Heiligen Steine fast nicht mehr wahrnehmbar waren, wurde das Thing der freien Cherusker eröffnet. Angeführt von den Priestern, zogen die einzelnen Sippen mit ihren Fürsten an der Spitze zum Ort der heiligen Handlungen zwischen den riesigen Felsen und dem See.

Vergeblich hielt Thorag nach Astrid Ausschau. Nur männliche Priester führten die Prozession an, wie auch nur Männer an der Versammlung der Freien teilzunehmen berechtigt waren. Dafür sah er Armin wieder, der die Stelle seines Vaters Segimar an der Spitze der Hirschsippe einnahm.

Die freien Männer bildeten einen großen Kreis um den Versammlungsplatz, der von den Priestern und den Gaufürsten eingehegt wurde. Ein Haselnußpfahl nach dem anderen wurde in den Boden gerammt, und alle wurden durch Seile, geflochten aus den Schweifen von geweihten Schimmeln, miteinander verbunden. Der letzte Pfahl bestand aus Eichenholz, Donar zu Ehren, dem neben Tiu der Schutz des Things oblag. Wisar, der Nachfahr des Donnergottes, trieb mit einem goldüberzogenen Hammer, den ihm einer der Priester reichte, den Eichenpfahl in die Erde.

Während er seinem Vater dabei zusah, wurde Thorag an seinen seltsamen Traum erinnert. Die halbe Nacht hatte er wachgelegen und über seine Bedeutung nachgedacht. Ohne Erfolg. Es war wie bei den Morden, derer ihn Onsaker beschuldigte. Je länger Thorag nachdachte, desto verwirrter wurde er. Schließlich war er erschöpft eingeschlafen. Es war ein unruhiger Schlaf voller Unterbrechungen gewesen.

Gandulf, der graubärtige Führer der Priesterschaft, nahm den goldenen Hammer von Wisar in Empfang und trat in die Mitte des Versammlungsplatzes, wo er die Priester und die Gaufürsten um sich scharte. Es waren sieben Priester, ihn eingerechnet, wie

140

es auch sieben Gaufürsten waren: Armin, sein Onkel Inguiomar, Segestes, Balder, Bror, Onsaker und Wisar.

Als Gandulf den Hammer hob und der Goldüberzug in der hellen Sonne blitzte, verstummten alle Gespräche, und alle Augen richteten sich auf den alten Mann mit dem beeindruckenden Bart, der ihm bis auf den Bauch fiel.

»Sind diese Heiligen Steine der rechte Ort für das Thing der freien Cherusker?« stellte er die erste der rituellen Fragen.

Die Priester zu seiner Rechten und die Gaufürsten zu seiner Linken nickten, und die Menge gab ihre Zustimmung durch das Gegeneinanderschlagen ihrer Framen, Schwerter und Schilde kund.

»Ist die Tagundnachtgleiche die rechte Zeit für das Thing der freien Cherusker?«

Wieder fand Gandulf einhellige Zustimmung bei den Priestern, den Gaufürsten und bei der vieltausendköpfigen Menge der Frilinge.

»Dann ist das Thing der freien Cherusker eröffnet«, fuhr der Oberpriester fort. »Alle mögen seine Gesetze beachten, wollen sie nicht dem Zorn und der Strafe der Götter anheimfallen.« Drohend reckte er den goldenen Hammer noch höher. »Niemand verletze den Thingfrieden für die Zeit der Versammlung!«

Ein drittes Mal nickten die Gaufürsten und die Priester, und ein drittes Mal klirrten die Waffen lauter als in mancher Schlacht, die Thorag erlebt hatte. Es war für ihn ein eigenartiges Gefühl, nach so langer Zeit wieder an einem Thing teilzunehmen. Es erweckte etwas in ihm, das die Zeit in der römischen Armee nicht ausgelöscht, aber doch zu Teilen zugeschüttet hatte: das stolze Gefühl, ein Teil dieser Menschen zu sein, ein freier Cherusker, der niemandem Rechenschaft schuldete außer den Göttern.

Gandulf ließ den Hammer sinken und rief: »Bringt die Opfer, um die Götter gnädig zu stimmen, dieser Versammlung ihre Weisheit und ihr Wissen um die zukünftigen Dinge zu leihen!«

Angehörige jeder Sippe brachten die Opfertiere, die mit Hilfe der jeweiligen Sippenführer geschlachtet wurden. Wisar als Nachfahr Donars machte den Anfang und schlachtete eigenhändig die Opferböcke, Donar zu Ehren. Die übrigen Opfertiere aus Wisars Sippe wurden von hervorragenden Männern seiner Gefolgschaft geschlachtet, darunter Hakon und

Radulf. Auch Thorag hätte sich beteiligt, hätten nicht der Mordverdacht und die Entehrung durch die Abgabe seiner Waffen auf ihm gelegen.

Die geopferten Tiere wurden ausgenommen, und ihr Fleisch wurde weggeschafft, um am Abend als Festmahl zu dienen. Das Fell und die darin eingeschlagenen Knochen wurden in einem großen Feuer verbrannt. Das Blut wurde bei den Schlachtungen in einem großen Silberkessel aufgefangen. Die Priester schöpften es mit langen Silberkellen heraus, um damit den Thingplatz und die versammelten Cherusker zu besprengen. Die magischen Kräfte des Opferbluts sollten die Gemeinsamkeit zwischen Göttern und Menschen festigen und das Thing der Menschen auch zu einem Anliegen der Götter machen. Immer wieder streuten die Priester Kräuter ins Feuer, deren schwerer, angenehmer Geruch, der das Wohlgefallen der Götter erregen und den Gestank der getöteten Tiere vertreiben sollte, bald den ganzen Versammlungsplatz erfüllte.

Nach Wisar und seinen Gefolgsleuten schlachtete Armin persönlich sieben prachtvolle Hirsche, die Schutztiere seiner Sippe und des ganzen Cheruskerstammes, der seinen Namen von den Geweihträgern ableitete. Als Thorag sah, wie Armin seinen langen Dolch in die Hälse der Hirsche stieß, um die Schlagadern zu durchtrennen und die Tiere ausbluten zu lassen, kehrte wieder die Erinnerung an seinen verwirrenden Traum zurück.

Nach Armin kamen Inguiomar und Segestes und nach diesen Onsaker an die Reihe. Ein Raunen ging durch die Männer, als fünf große schwarze Eber zum Opferplatz geführt wurden. Je zwei Reiter zerrten einen in ihrer Mitte befindlichen Keiler auf den Versammlungsplatz. Die Hinterhufe der Tiere waren zusammengebunden, da sie sonst nicht zu bändigen gewesen wären. Wenn ein Tier von Onsaker aufgeschlitzt wurde, hielten zwei zusätzliche Eberkrieger den kräftigen schwarzen Körper fest.

Das letzte Tier, dem sich Onsaker zuwandte, war das größte und wildeste von allen. Thorag konnte sich nicht entsinnen, jemals ein so gewaltiges Wildschwein gesehen zu haben. Es war, dachte man es sich auf die Hinterbeine gestellt, größer als Onsaker und schien selbst den hünenhaften Thorag noch zu überragen, soweit er das auf die Entfernung abschätzen konnte. Sein borstiges Fell war so pechschwarz wie das des wilden Urs, der

Gundar getötet hatte, und seine nach oben gekrümmten Hauer waren so lang wie der halbe Arm eines Mannes.

Als sich Onsaker dem Tier mit dem blutbefleckten Dolch in der Rechten näherte, schien es die Todesgefahr zu spüren und zerrte derart an den Stricken, daß es den beiden Reitern entglitt. Obwohl es an den Hinterhufen gefesselt war, schlug es nach hinten aus und schüttelte die beiden unberittenen Krieger ab, die hinzugetreten waren, um das Tier während der Opferung festzuhalten. Als der Keiler auch noch die Fessel an den Hinterhufen sprengte und an Onsaker vorbei auf die versammelte Priesterschaft zustürmte, verwandelte sich die wohlgeordnete Zeremonie auf dem Thingplatz in ein heilloses Durcheinander. Die Priester stoben in alle Richtungen auseinander, und Gandulf entging den mächtigen Hauern nur knapp.

Armin sprang den Priestern bei und erwischte eines der Seile, mit denen die Reiter den Eber gehalten hatten. Doch das wildgewordene Tier rannte einfach weiter, brachte den jungen Cheruskerfürsten zu Fall und schleppte ihn bäuchlings hinter sich her, bis Armin den Strick losließ. Wankend erhob er sich, die Kleidung schmutzig und zerrissen.

Onsakers Männer machten Jagd auf den Eber und versuchten, das Tier einzukreisen, aber es entwischte immer wieder. Die Pferde der Eberkrieger scheuten vor dem wutschnaubenden Wildschwein und wichen trotz entgegengesetzter Befehle ihrer Reiter ängstlich zur Seite, wenn der Keiler heranstürmte.

Doch schließlich gelang es den Berittenen, den Eber an einer Felswand zu stellen und so einzukesseln, daß eine Flucht unmöglich war. Sie hoben ihre Framen, um dem schwarzen Tier den Todesstoß zu versetzen, als Onsaker einen lauten Schrei ausstieß, dessen Bedeutung Thorag nicht verstand. Offenbar hatte der Gaufürst seinen Kriegern untersagt, den Eber zu töten.

Onsaker sprach erregt mit den Priestern, bis Gandulf die Hände hob und damit die Aufmerksamkeit der Versammlung auf sich lenkte. »Der Gaufürst Onsaker ist der Meinung, daß es der Wille der Götter ist, den ihnen geweihten Keiler am Leben zu lassen. Sonst hätten sie ihn nicht ausbrechen lassen. Ist das Thing der freien Cherusker derselben Ansicht wie Onsaker?«

Mehr beeindruckt von der Wildheit, Kraft und Kampfeslust des Keilers als vom möglichen Willen der Götter, schlugen die

Männer Waffen und Schilde aneinander. Das tausendfache Klirren, dessen Echo von den Felsen zurückgeworfen wurde, erregte den Keiler noch mehr, aber der Halbkreis der Reiter, unterstützt von unberittenen Kriegern, die ihre Framen auf den Eber richteten, bot ihm nicht die geringste Möglichkeit zur Flucht.

Das Waffenklirren wollte nicht abreißen, und Gandulf hatte Mühe, wieder zu Wort zu kommen: »So sei es, wie das Thing beschlossen hat. Dem Eber wird das Leben gelassen.« Der oberste Priester wandte sich an Onsakers Krieger: »Fangt ihn ein und bringt ihn zurück in seinen Pferch!«

Das war einfacher gesagt als getan. Es wurden Seile herangeschafft, deren zu Fangschlingen geformte Enden die Krieger über den großen, länglichen Kopf des Ebers zu werfen versuchten. Immer wieder entzog sich der Keiler diesen Versuchen, indem er im letzten Augenblick auswich und mal zur einen, mal zur anderen Seite des kleinen Platzes rannte, der ihm verblieben war.

Endlich gelang es ein paar beherzten Männern, die Enden der Seile zu fassen, an denen das Wildschwein zum Opferplatz gebracht worden war. Sie zogen die Seile straff an und raubten dem Tier seine Bewegungsfreiheit. Jetzt konnten andere Männer die Fangschlingen um den Kopf des Keilers werfen. Sie brachten ihn in ihre Gewalt und schleppten ihn, von zwei dichten Reihen Kriegern umgeben, vom Thingplatz.

Erneut brandete das Klirren der Waffen auf. Es galt nicht Onsakers Männern, die eine so große Überzahl benötigt hatten, den Eber zu fangen, sondern der Tapferkeit des schwarzen Keilers. Als begreife das Tier dies, verabschiedete es sich von der Versammlung mit einem lauten Grunzen und einem letzten, wilden Aufbäumen, das fast ein paar Reiter von ihren Pferden gerissen hätte. Das Waffenklirren schwoll noch mehr an.

Als der Keiler außer Sichtweite gebracht war und sich die Menge beruhigt hatte, wurden die übrigen Opfertiere der Ebermänner den Göttern dargebracht. Dann kamen die beiden letzten Gaufürsten, Balder und Bror, an die Reihe. Gandulf sprach die zeremoniellen Worte zum Abschluß der Tieropfer und bat noch einmal um das Wohlwollen der Götter für dieses Thing. Dann kündigte er das Ereignis an, das den ersten Tag des Things beschließen sollte, die Kriegerweihe der Jungmänner.

Auf einen Wink des Oberpriesters traten sechs Lurenspieler in die Mitte des Versammlungsplatzes und stellten sich paarweise auf. Wieder erfolgte ein Wink Gandulfs, und die Bläser setzten die Mundstücke der langen, schlangenartig gewundenen Bronzehörner an ihre Lippen. Als Gandulfs Hand sich senkte, entlockte das erste Paar seinen Luren einen tiefen, langsam höherkletternden Doppelton. Das zweite Paar fiel zeitlich versetzt mit derselben Tonfolge ein, dann das dritte. Andächtig lauschten die Versammelten den harmonischen Klängen, die den Kehlen der Götter zu entstammen schienen und über das ganze Gebiet der Heiligen Steine hallten.

Andere Töne mischten sich in den reinen Schall der Luren, ein anfangs sehr leiser, allmählich lauter werdender, langsamer Rhythmus; er wurde von Männern geschlagen, die jetzt in einem langen Zug den eingehegten Platz erreichten und Tontrommeln an ihren Bauch geschnallt hatten und Rasseln und Klappern bei sich trugen. Ihnen folgten die Jungmänner auf dem Weg zur Kriegerweihe und deren Fürsprecher, jeweils etwas mehr als zweihundert an der Zahl. Die Jungmänner waren völlig nackt und schienen doch nicht zu frieren. Ihre Körper wiegten sich im Rhythmus der Musik.

Die Fürsprecher lösten sich aus den Gruppen und begaben sich an einen von den Priestern gewiesenen Platz in der Nähe eines Eichenwaldes, der zum eingefriedeten Thingplatz gehörte. Vor diesem Wald rammten sie Speere in die Erde, nicht die langen Framen, sondern kleinere Wurfspieße, und zwar so, daß die Spitzen etwa eine Armlänge nach oben aus dem Erdreich ragten. Dann zogen sie sich an den Rand des nun mit scharfem Eisen gespickten Gebietes zurück.

Die Melodie der Luren verstummte, und die Bläser setzten die schweren Instrumente ab. Die Männer mit den Trommeln, Rasseln und Klappern bauten sich neben ihnen auf und steigerten ihren Rhythmus langsam, aber beständig. Immer schneller wiegten sich die nackten Körper der Jungmänner hin und her und zogen in diesem Tanz zu dem mit Spießen gespickten Feld.

Dort gaben sie sich ganz dem jetzt sehr schnellen Rhythmus hin, tanzten in wilden Verrenkungen zwischen den gefährlichen Spitzen und schnellten in abrupten Sprüngen über sie hinweg. Vergeblich versuchte Thorag, Tebbe in der durcheinanderwirbelnden Flut nackter Leiber auszumachen. Immer wieder riß sich einer der Jungmänner die Haut an Speerspitzen auf, aber niemand kümmerte sich um die Wunden oder unterbrach gar den Tanz, mochte das Blut auch noch so heftig fließen.

Als der Rhythmus so laut und heftig war, daß kaum eine Steigerung möglich schien, hob Gandulf erneut die Hand, und die anpeitschende Musik brach schlagartig ab. Ebenso schlagartig endete der Tanz der Jungmänner, die an dem Ort stehenblieben, an dem sie sich gerade befanden. Ihre erschöpften Körper zitterten, und drei oder vier gaben sich dem übermächtigen Verlangen hin, sich zu Boden sinken zu lassen, um auf der kühlen Erde auszuruhen. Ihre enttäuschten Fürsprecher, Väter oder Brüder, traten zu ihnen, halfen ihnen auf und führten sie vom Thingplatz weg. Sie würden bei diesem Thing nicht in den Kreis der Krieger aufgenommen werden.

Thorag atmete erleichtert auf, als er feststellte, daß sich Tebbe nicht unter denen befand, die schon am Beginn der Prüfung gescheitert waren. Holtes Sohn stand in der Nähe des Eichenwaldes, an sämtlichen Gliedern heftig zitternd, aber unerschütterlich aufrecht stehend. Ob seine Gedanken jetzt bei seinem Vater weilten?

Thorags Gedanken jedenfalls waren bei seinen toten Brüdern, besonders bei Ragnar, den er nicht gekannt hatte. Ragnar würde niemals die Möglichkeit haben, auf einem Thing seine Mannbarkeit unter Beweis zu stellen. Und wieder fragte er sich, welcher Platz in der jenseitigen Welt den toten Kindern offenstand.

Gandulf trat in den Kreis der trotz ihrer Nacktheit schwitzenden Jungmänner, deren schweißbedeckte Körper im Licht der Nachmittagssonne glänzten. Der Oberpriester blickte gen Himmel und breitete die Arme aus. »Wodan, Gott der Ekstase, die Jungmänner danken dir, daß du ihnen die Kraft zum Tanz der Götter gegeben hast.«

»Wodan, Gott der Ekstase, wir danken dir«, kam es aus den über zweihundert Kehlen der Jungmänner, und es klang fast wie ein einziger Ruf.

»Wodan, Gott des Wissens«, hob Gandulf wieder an, »leih uns deine Weisheit, um zu erkennen, ob die Jungmänner reif sind, in den Kreis der Krieger aufgenommen zu werden.«

»Wodan, Gott des Wissens, leih uns deine Weisheit!« riefen die Jungmänner.

146

»Wodan, Gott der Kraft, gib den Jungmännern auch die Stärke, den Schmerz zu überstehen!« bat Gandulf.

»Wodan, Gott der Kraft, gib uns deine Stärke!« baten auch die Jungmänner.

Gandulf senkte sein Haupt, blickte in die Runde und fragte laut: »Seid ihr bereit, euch an Donars Baum zu hängen, so wie sich Wodan ans Holz der Weltesche schlagen ließ, um die unendliche Weisheit zu erlangen?«

»Wir sind bereit«, antworteten die Jungmänner.

»Seid ihr bereit, das tödliche Eisen in euren Körpern zu spüren, so wie ihr es einst spüren werdet auf dem Schlachtfeld, wenn die Stunde eures Todes gekommen ist?«

»Wir sind bereit.«

Gandulf streckte die Rechte in Richtung des Waldes aus. »Dann geht jetzt zu den Bäumen. Wodan sei mit euch!«

»Wodan sei mit uns«, wiederholten die Jungmänner und gingen zügig, aber ohne Hast zu dem Wald, an dessen Rand sie sich verteilten.

Eines jeden Jungmannes Fürsprecher schlang ein Seil über einen hohen Ast an einem der Bäume und knüpfte die Schlinge, von der das Leben des Jungmannes abhing. Das mußte so erfolgen, daß sich die Schlinge nicht ganz zuzog. Denn jeder Jungmann mußte den Kopf durch die Schlinge stecken und an ihr am Baum hängen, ohne daß seine Füße den Boden berührten.

Gandulf sah die gegen ihre Schmerzen ankämpfenden Jungmänner an und breitete die Arme aus, als wolle er sie alle umschließen. »Die ihr am Baum der Weisheit hängt, seid ihr bereit, die Speermerkung zu empfangen?«

»Wir sind es«, lautete die Antwort der Jungmänner.

Gandulf wandte sich an die Fürsprecher. »Fürsprecher, taucht die Framen der neuen Krieger in das Feuer der Götter, um den jungen Kriegern Kraft und Weisheit der Götter zu geben.«

Die Fürsprecher gingen zu der langen Reihe der Framen, die sie bei ihrem Einzug am Rand des Thingplatzes in den Boden gerammt hatten, zogen sie heraus und gingen zu dem großen Feuer, das zuvor Fell und Knochen der Opfertiere verschlungen hatte. Sie hielten die Spitzen der Framen hinein, bis sie glühten, traten dann wieder vor die Jungmänner und schnitten ihnen mit den heißen Spitzen die Brust in der Länge einer Hand auf. Dann traten die Fürsprecher ein paar Schritte zurück. Mancher der Jungmänner stöhnte und wand sich vor Schmerzen, aber keiner schrie laut.

»Junge Krieger der Cherusker«, sagte Gandulf. »Ihr hängt am Baum der Weisheit und habt die Speermerkung empfangen. Jetzt sprecht die Worte der Erkenntnis!«

Die Jungmänner riefen laut: »Ich weiß, ich hing am windigen Baum genau neun Nächte, vom Speer verwundet und Wodan geweiht, ich hing am Baum, von dem niemand weiß, aus welcher Wurzel er wuchs. Sie boten mir nicht Speise noch Met, da neigte ich mich nieder, auf Weisheit und Stärke sinnend. Endlich fiel ich zur Erde herab.«

Als der letzte Satz gesprochen war, traten die Fürsprecher wieder an die Bäume heran, hoben die Framen und durchtrennten die Seile mit den noch heißen Spitzen. Die Jungmänner fielen zur Erde, doch die meisten standen sofort wieder auf, darunter auch Tebbe. Nur eine Handvoll blieb liegen, bewußtlos oder tot, diesmal oder für immer nicht in den Kreis der Krieger aufgenommen; ihre Fürsprecher blickten traurig zu Boden. Die Toten würden später auf dem Opferfeuer verbrannt werden. Ihren Angehörigen blieb nichts als die Hoffnung übrig, daß die Speermerkung von Wodan als Kampfwunde anerkannt wurde und er die Toten in Walhall einließ. Eine sehr unbestimmte Hoffnung, wie Thorag fand.

Die anderen Fürsprecher aber überreichten den neuen Kriegern der Cherusker Framen und Schilde, und die Menge der Versammelten ließ ihre Waffen klirren. Gandulf dankte den Göttern und erklärte den ersten Tag des Things für beendet. Sunna neigte sich dem westlichen Horizont zu, und die Nacht voller Fleisch, Met und Bier begann. Zum erstenmal feierten die jungen Krieger auf einem Thing mit den freien Männern der Cherusker. Unter ihnen war Tebbe.

Am nächsten Tag riefen die Luren die Männer zum Thingplatz. Es war der Tag des Gerichts, bei dem Wisar den Vorsitz führen sollte. Als Nachfahr Donars oblag es ihm, den goldenen Hammer zur Bekräftigung der Urteile zu schwingen.

Gandulf, den blitzenden Hammer in der Hand, trat neben

Wisar und vor die Versammlung und erklärte das Thinggericht für eröffnet. Neben Wisar stellten sich Balder und Bror, denen als ältesten Gaufürsten der Beisitz oblag.

Der Oberpriester blickte in die Runde und fragte: »Ist dieses Thinggericht richtig besetzt?«

Waffen und Schilde klirrten, darunter jetzt auch die der neu aufgenommenen Krieger. Gandulf überreichte dem auf einem Felsthron erhöht sitzenden Wisar den goldenen Hammer und zog sich zurück.

Zunächst erfolgte die Freisprechung der Halbfreien. Sie und ihre Fürsprecher traten vor das Gericht und brachten ihre Gründe vor, weshalb dem jeweiligen Halbfreien die Rechte eines Vollfreien zustehen sollte. Anschließend fragte Wisar die Versammlung, ob jemand etwas gegen die Freisprechung einzuwenden habe. Das war zumeist nicht der Fall, denn die Halbfreien hatten es sich gut überlegt, ihre Freisprechung zu verlangen. Nur in zwei Fällen gab es Einwände, und nur in einem Fall gab Wisar den Einwänden statt, weil sich herausstellte, daß der Halbfreie bei dem Einspruch erhebenden Bauern hoch verschuldet war. Da er seine Schulden nicht begleichen konnte, wurde statt einem freien Cherusker ein Leibeigener aus ihm, und der Bauer war zufrieden.

Dann wurden die schweren Vergehen verhandelt, die ein Urteil des Thinggerichts erforderten. Wisar und seine Beisitzer versuchten stets, eine gütliche Einigung zwischen Ankläger und Angeklagtem zu erreichen, aber in zwei Fällen blieb ihnen nichts anderes übrig, als die Todesstrafe zu verhängen. Einer der Verurteilten hatte das Haus eines Nebenbuhlers um die Geliebte angesteckt und dabei nicht nur diesen verbrannt, sondern fast die gesamte Familie. Der andere hatte seine Nichte, ein kleines, dreijähriges Mädchen, so brutal vergewaltigt, daß es seinen Verletzungen erlegen war.

Je länger das Gerichtsthing dauerte, desto unruhiger wurde Thorag. Er fragte sich, wann endlich Onsaker seine Anklage vorbringen würde. Warum wartete der Anführer der Eberkrieger so lange, obwohl seine Anschuldigung doch so schwer wog?

Aber Onsaker hatte nur den richtigen Zeitpunkt abgepaßt, um die ungeteilte Aufmerksamkeit der Versammlung auf sich zu ziehen. Als alle Urteile gefällt waren und Wisar fragte, ob noch jemand etwas vorzubringen habe, trat Onsaker vor, und ein Raunen ging durch die Menge. Seine Vorwürfe gegen Thorag hatten sich herumgesprochen.

»Ich habe eine schwere Anklage vorzubringen«, sagte der kräftige Gaufürst laut.

»Dann sprich, Onsaker!« forderte ihn Wisar auf.

»Das kann ich nicht.«

»Warum nicht?«

»Weil ich von diesem Gericht keine Gerechtigkeit zu erwarten habe.«

Gandulf trat vor und ergriff das Wort: »Du sprichst dem für rechtmäßig besetzt gefundenen Gericht ab, gerecht zu sein, Onsaker? Erkläre deine Worte!«

»Das ist nicht schwer. Meine Anklage richtet sich gegen Thorag, Wisars Sohn. Wie kann ich da von einem Gericht Gerechtigkeit erwarten, dem Wisar vorsitzt?«

»Wessen beschuldigst du Thorag?« fragte Gandulf, obwohl er die Antwort höchstwahrscheinlich kannte. Aber der Ritus des Thinggerichts verlangte, daß alles öffentlich besprochen wurde.

Onsakers trug seine Beschuldigung, Thorag habe Notker, Asker und Arader ermordet vor, und wieder erfaßte ein Raunen die Cherusker.

»Ich verstehe Onsakers Bedenken«, sagte Wisar. »Deshalb gebe ich für die Verhandlung dieser Anklage den Vorsitz über das Gericht ab.« Er stand von seinem Felsenthron auf, legte den goldenen Hammer auf die Sitzfläche und trat an die Seite.

Gandulf sah betreten drein und fragte: »Und wer soll den Vorsitz übernehmen?«

»Ich habe einen Vorschlag«, sagte Onsaker, und Gandulf blickte ihn fast flehend an. »Wir warten die morgige Wahl des neuen Herzogs ab. Wer für weise genug befunden wird, unser Heer in die Schlacht zu führen, wird auch weise genug sein, ein gerechtes Urteil zu fällen.«

Sein Vorschlag fand allgemeinen Beifall, wie das Waffengeklirr zeigte, und ein dankbarer Gandulf sagte: »So sei es. Die Anklage gegen den Edeling Thorag wird morgen nach der Wahl des neues Herzogs verhandelt!«

Unter der jetzt düsteren Musik der Luren zogen die Cherusker mit den beiden zum Tode Verurteilten zum Moor. Dort mußten sich die Verurteilten mit auf den Rücken gefesselten Händen hinknien. Ihre Ankläger verbanden ihre Augen und stachen ihnen dann die Schwerter ins Herz. Sie zogen die Schwerter wieder heraus und hackten den Sterbenden die Köpfe ab, um zu verhindern, daß sie als Wiedergänger Rache an ihren Anklägern und Richtern übten. Dann wurden die Leichen mitsamt den Köpfen ins Moor geworfen, wo sie langsam, von den Gebeten der Priester begleitet, versanken.

Thorag fragte sich, ob Onsaker morgen sein Herz durchbohren und seinen Kopf abschlagen würde.

Kapitel 9

Der Rat der Götter

Am Tag der mit fieberhafter Spannung erwarteten Herzogswahl drängten sich die Männer schon früh auf dem Thingplatz zusammen. Thorag hatte den Eindruck, die Zahl der Versammelten habe sich erhöht. Das konnte gut sein. Noch immer trafen Cheruskergruppen und vereinzelte Nachzügler bei den Heiligen Steinen ein. Die Reise durch das weite, von felsigen Höhenzügen, dichten Urwäldern und großen Mooren geprägte Cheruskerland war schwer und ein fester Termin deshalb nicht immer einzuhalten. Die Römer nannten dies verächtlich Unpünktlichkeit, die Cherusker gelassen Schicksal.

Wieder sprach Gandulf zur Eröffnung der Zeremonie und machte den Versammelten in eindringlichen Worten die Wichtigkeit des bevorstehenden Ereignisses bewußt. Von der Wahl des Herzogs konnte das Überleben des ganzen Cheruskerstammes abhängen, falls es zum Krieg kam. Denn dann galt das Wort des Herzogs und war allen Kriegern Befehl.

Nachdem er die Verdienste des verstorbenen Herzogs Segimar in lobenden Worten gewürdigt hatte, fragte Gandulf nach Bewerbern um die Nachfolge des Toten. Nur zwei Männer traten, vom Waffenklirren ihrer Gefolgsleute begleitet, in die

Mitte des Thingplatzes: Armin und sein weitläufig entfernter Onkel Segestes.

Noch einmal fragte Gandulf nach Bewerbern und richtete dabei seinen Blick auf Segimars Bruder Inguiomar, der den Gerüchten nach ebenfalls mit dem Gedanken gespielt hatte, neuer Herzog zu werden. Als hätten sie nur auf diese Aufforderung gewartet, skandierten Inguiomars Anhänger den Namen ihres Favoriten, immer lauter und lauter. Der Lärm wurde ohrenbetäubend, als Inguiomar neben Armin und Segestes trat. Erst als er die Arme ausbreitend hob, verstummten die Menschen und lauschten gebannt seinen Worten.

»Ich danke euch für euer Vertrauen und euer Wohlwollen, Cherusker«, begann Inguiomar, fast ebenso beeindruckend hünenhaft in der Statur wie Armin und Segestes. Seine Worte riefen erneutes Waffengeklirr hervor, und wieder mußte er die Arme heben. »Danke, Cherusker. Ihr sprecht mir euer Vertrauen aus, Herzog zu werden. Es ist wahr, ich habe lange überlegt, ob ich an die Stelle meines verstorbenen Bruders treten soll. Aber ich habe mich dagegen entschieden. Ich bin zu der Einsicht gelangt, daß dieser Platz einem jüngeren Mann gebührt, einem, der unseren Stamm noch besser als ich bei den Römern vertreten kann, weil er in ihrem Heer gekämpft hat und in den Stand eines römischen Ritters erhoben wurde. Deshalb bitte ich euch, alle Stimmen, die ihr mir geben wolltet, für meinen Neffen Armin abzugeben!«

Inguiomars Anhänger schwiegen überrascht. Dann aber, als sie ihre Überraschung überwunden hatten, schlugen sie erneut Waffen und Schilde zusammen. Nur skandierten sie jetzt Armins Namen. Armin bedankte sich bei seinem Onkel mit einem Lächeln, und Inguiomar trat zu den Seinen zurück, von Segestes' finsteren Blicken verfolgt.

Ein junger Krieger, der Thorag bekannt vorkam, trat nun in die Mitte des Versammlungsplatzes. Ja, jetzt erinnerte sich Thorag: Der schlanke dunkelblonde Mann hieß Agilo und gehörte zu den Cheruskern, die mit Armin und Thorag den Pannonienfeldzug mitgemacht hatten. Agilo war bei Armins Bruder Isgar zurückgeblieben, um den Transport der Kriegsbeute zu überwachen.

Agilo stellte sich vor und sagte: »Isgar schickt mich, der zweite Sohn Segimars. Er kann an diesem Thing nicht teilnehmen, weil er mit neuen Hilfstruppen für die Römer zurück nach Pannonien gerufen wurde. Ich soll euch in seinem Namen bitten, eure Stimme für seinen Bruder Armin abzugeben, damit der Sohn fortsetze, was der Vater begonnen hat.« Er rühmte Armins Geschick und Glück als Feldherr und kehrte dann auf seinen Platz zurück.

Armin blickte noch zufriedener und Segestes noch finsterer. Wieder erscholl ein lautstarker Armin-Chor.

Thorag schmunzelte und war sich ziemlich sicher, daß Armin etwas mit diesen Wortmeldungen zu tun hatte. Armin hatte schon immer einen Sinn für wirkungsvolle Auftritte gehabt. Daß Isgar zu seinem Bruder hielt, war zu erwarten gewesen. Inguiomars Verzicht auf die Würde des Herzogs überraschte Thorag und viele andere schon mehr. Wahrscheinlich hatte es zwischen Armin und seinem Onkel langwierige Verhandlungen gegeben. Thorag konnte sich gut vorstellen, daß Armin dem Bruder seines Vaters einen Teil seiner Kriegsbeute im Gegenzug für Inguiomars Verzicht zugesagt hatte.

Jetzt meldeten sich Sprecher zu Wort, die für Segestes eintraten und sein höheres Alter und damit auch seine größere Erfahrung lobten. Der Segestes-Chor, der daraufhin anhob, war fast ebenso lautstark wie die Rufe für Armin.

Schließlich rief Gandulf zur Abstimmung auf. Thorag mochte Armin und vertraute ihm, während er von Segestes nicht viel wußte. Also stimmte er für Armin. Schmerzlich wurde ihm bewußt, daß er keine Waffen besaß, um seine Zustimmung kundzutun, nicht einmal einen Schild. Im letzten Augenblick fiel ihm eine Notlösung ein, und er klatschte einfach in die Hände, was ihm ein paar seltsame Blicke seiner Nachbarn eintrug.

Als dann die Befürworter des Segestes ihre Waffen klirren ließen, vermochte Thorag nicht zu sagen, welcher Bewerber um die Herzogswürde die meisten Stimmen auf sich vereinigte. Das ging auch Gandulf so, und er rief zu einer zweiten Abstimmung auf. Wieder unentschieden. Ein dritter Wahlgang brachte auch kein Ergebnis. Dieses ungewöhnliche Ereignis löste unter den Versammelten Unruhe und erregte Wortwechsel aus.

Gandulf verschaffte sich Gehör und rief: »Die Menschen sind nicht fähig, ein Urteil zu fällen. Also sollen die Götter entscheiden.« Das fand allgemeinen Beifall. »Die Versammlung wird aufgehoben, bis sie von den Luren wieder zusammengerufen wird.«

Nach etwa zwei Stunden zog der Klang der Bronzehörner über das Gebiet bei den Heiligen Steinen und lockte die freien Cherusker zurück zum Versammlungsplatz.

Thorag traf unterwegs auf Brokk, und der spitzgesichtige Edeling meinte: »Ein schlauer Fuchs, unser Armin, wie er die Sache mit Inguiomar und Isgar eingefädelt hat. Doch es hat ihm nichts genutzt. Vielleicht hat es ihm eher geschadet, ein römischer Ritter zu sein.«

»Wieso?« fragte Thorag. »Auch Segestes ist dafür bekannt, ein Freund der Römer zu sein.«

»Ein Freund der Römer ja, aber nicht ihr Ritter und ihr Offizier in fremden Ländern. Während Armin mit uns in Pannonien und anderswo Ruhm, Erfahrungen und Gold gesammelt hat, hatte Segstes ausreichend Gelegenheit, sich bei den Cheruskern beliebt zu machen. Wie du vorhin bemerkt hast, nicht ohne Erfolg. Die Cherusker trauen einem Fürsten mehr, der sich im eigenen Land um die eigenen Leute kümmert, als einem, der in der Fremde für ein fremdes Volk Schlachten schlägt.«

»Die Cherusker vielleicht, aber die Götter auch?« wandte Thorag ein.

Brokk zuckte mit den Schultern und gab einen Ausspruch wieder, den er bei den Römern aufgeschnappt hatte: »*Omnia cum deis.* – Alles mit den Göttern.« Dann tippte er Thorag an und zeigte auf eine Stelle in der Nähe des Eichenwaldes, wo vor zwei Tagen die Weihe der jungen Krieger stattgefunden hatte. »Da steht Klef. Gehen wir zu ihm. Es wird Armin nicht schaden, wenn seine Getreuen zusammenstehen.«

»Aber es hilft ihm auch nicht«, sagte Thorag mit einem Seufzer, »wenn die Entscheidung bei den Göttern liegt.«

Als sie sich endlich durch die Menschenmasse zu Klef durchgekämpft hatten, traten auch schon die Priester mit Armin und Segestes in die Mitte des Versammlungsplatzes. Obwohl sich schon aller Augen gebannt auf die Priester und die Bewerber um die Herzogswürde richteten, brachte Thorag eine Frage an, die

154

ihn schon seit gestern beschäftigte: »Klef, wieso haben du und dein Vater auf dem Gerichtsthing nicht den Blutzoll für Albin von Onsaker gefordert?«

»Es war nicht die richtige Zeit«, antwortete Klef ausweichend.

Thorag hätte gern nachgehakt, aber Gandulf begann zu sprechen: »Die Priester haben den Willen der Götter erforscht und die magischen Runenstäbe gelesen. Sie zeigten uns ein weißes Pferd mit vielen Beinen. Wodans achtbeinigen Schimmel Sleipnir.« Er machte eine kleine Pause und fuhr dann noch lauter fort: »Man möge den Schimmel bringen!«

Ein dunkelhaariger Junge führte einen großen Schimmel auf den Versammlungsplatz.

»Der Junge ist Eiliko«, sagte Thorag zu seinen Gefährten.

Astrids Bruder blieb mit dem unruhig schnaubenden Tier vor Gandulf stehen, und der Oberpriester verkündete: »Dieser Hengst ist das stolzeste unter den heiligen Pferden. Noch niemals hat es einen Reiter auf seinem Rücken geduldet. Es ist der Wille der Götter, daß der Mensch, der als erster diesen Hengst reitet, neuer Herzog der Cherusker wird.« Gandulf wollte Eiliko die Zügel abnehmen, aber sofort begann der makellose Schimmel laut zu wiehern. Der erschrockene Graubart gab seine Absicht auf und fuhr fort: »Armin und Segestes, unterzieht euch nun dem Urteil der Götter!«

Er trat mit den anderen Priestern zurück und gab Eiliko einen Wink. Der Junge ließ die Zügel los und verließ ebenfalls die Mitte des Versammlungsplatzes. Der weiße Hengst preschte aus dem Stand los und entfernte sich ein gutes Stück von allen Menschen. Aber ein Blick in die Runde zeigte ihm schnell, daß hier keine Freiheit für ihn zu gewinnen war. Tausende und Abertausende von gespannt blickenden Cheruskern umringten den Thingplatz.

Armin und Segestes näherten sich dem Pferd langsam von zwei verschiedenen Seiten. Sie wirkten nicht wie Rivalen, sondern als wollten sie sich gegenseitig zuarbeiten. Mißtrauisch blickte der Schimmel von einem Mann zum anderen, als überlege er, wen er mehr fürchten mußte. Den jungen, hünenhaften Fürsten Armin mit dem dunkelblonden, lockigen Haar? Oder den älteren Mann, der fast Armins Vater hätte sein können, ebenfalls groß und kräftig gebaut, dessen langes, blondes Haar allerdings schon dünner wurde?

Der Hengst schien keinem von beiden zu trauen und rannte ohne Vorwarnung los, mitten zwischen den Fürsten hindurch. Armin machte einen weiten Satz und bekam die lange, weiße Mähne zu fassen, an der er sich festhielt. Unbeeindruckt stürmte der Schimmel weiter und schüttelte den Cherusker ab, der sich mehrmals überschlug.

Von allen Seiten wurden erregte Ausrufe laut. Der ungewöhnliche Zweikampf, den Armin und Segestes austrugen, ließ die Krieger ihre anerzogene Ruhe und Zurückhaltung ablegen. Auch Thorag wurde von der Erregung gepackt und verfolgte mit weit aufgerissenen Augen das Geschehen, wobei er für kurze Zeit vergaß, daß dieser Tag für ihn selbst schicksalhaft werden sollte.

Während sich Armin ächzend aufrappelte, ging Segestes mit großen, aber noch gemessenen Schritten auf das Pferd zu, das seinen Lauf vor einer Felswand angehalten hatte und dem blonden Mann abwartend entgegensah. Segestes redete beschwichtigend auf das Pferd ein und breitete seine Arme aus, während er sich Schritt für Schritt näherte. Offenbar hoffte er, das Pferd an den Felsen in eine Ecke drängen und dann aufsteigen zu können. Und seine Rechnung schien aufzugehen. Langsam wich der Hengst in eine Felsspalte zurück und war dabei so auf den näher rückenden Mann fixiert, daß er gar nicht bemerkte, wie er sich in der Spalte der Bewegungsfreiheit beraubte.

Segestes sprang plötzlich vor und schnappte sich die herunterhängenden Zügel. Jetzt erkannte der Hengst seinen Fehler und stieg wiehernd mit den Vorderhufen in die Luft. Segestes entging den gefährlichen Tritten, indem er, die Zügel festhaltend, auf einen niedrigen Felsblock sprang und von dort auf den Rücken des Schimmels. Doch dieser stürmte, als der Weg vor ihm frei war, aus der Spalte heraus. Statt auf dem Pferderücken landete Segestes hart auf dem Boden und wälzte sich dort stöhnend hin und her.

In seiner Freude, der Falle entkommen zu sein, achtete der Hengst nicht auf Armin, der am Ende der Spalte auf ihn wartete und – ähnlich wie eben noch sein Rivale – auf einem knapp mannshohen Felsblock kauerte. Als das Tier an ihm vorbeikam, stieß er sich ab, flog durch die Luft und landete auf dem ungesattelten Pferderücken.

Der Hengst erkannte seine erneute Unachtsamkeit und begann wild zu bocken, um den Fehler wiedergutzumachen. Aber Armin klammerte sich mit Beinen und Armen eng an das Tier. Die Arme hatte er um den langen, schlanken Pferdehals geschlungen und nahm sie trotz aller Erschütterungen, denen er aufgrund der abrupten Sprünge ausgesetzt war, nicht von dort weg.

Kreuz und quer rannte der Schimmel in langen Sätzen über den Thingplatz, und mehr als einmal sah es so aus, als würde er seinen Reiter im hohen Bogen abwerfen. Aber es sah nur so aus. Armin hielt sich mit der ihm eigenen Zähigkeit bei der Verfolgung eines Zieles fest.

Thorag hatte diese Zähigkeit im Krieg kennen und manchmal auch fürchten gelernt. Wenn Armin sich etwas in den Kopf gesetzt hatte, war er nicht davon abzubringen, koste es, was es wolle, auch Menschenleben. Mehr als einmal hatte er ganze Einheiten geopfert, um seine taktischen Ziele zu erreichen.

Auch jetzt ging Armin als Sieger hervor. Irgendwann gab der erschöpfte Hengst seine Bemühungen auf und blieb einfach mitten auf dem freien Platz stehen.

Begeistert schlugen die Cherusker Waffen und Schilde aneinander und riefen immer wieder: »Ar-min! Ar-min! Ar-min!«

Ein langer Zug von Männern formierte sich und strömte auf den Versammlungsplatz. Sie hoben Armin vom Pferderücken direkt auf ihre über die Köpfe gehaltenen Schilde, trugen ihn immer wieder im Kreis herum, und skandierten begeistert seinen Namen. Die Götter hatten entschieden: Armin war der neue Herzog der Cherusker.

Brokk zeigte auf Segestes, der am Rand der Szene stand und den Triumph seines Rivalen mit düsteren Blicken verfolgte. »Dieser Sieg wird Armin bei Segestes nicht gerade beliebter machen.«

»Warum sollte Armin darauf aus sein, sich bei Segestes beliebt zu machen?« fragte Thorag.

»Der Liebe wegen«, grinste Brokk. »Man erzählt sich, daß Armin sich in Segestes' junge Tochter Thusnelda verguckt hat. Segestes allerdings hat sie längst einem Semnonen zur Frau versprochen. Auch wenn Armin heute Herzog der Cherusker geworden ist, ich glaube kaum, daß seine Aussichten, Thusneldas Mann zu werden, damit gestiegen sind.«

»Eher im Gegenteil«, meinte auch Klef.

»Da wäre ich mir an eurer Stelle nicht so sicher«, entgegnete Thorag und dachte an Armins Zähigkeit.

Wie es am Vortag beschlossen worden war, wurde am Nachmittag Onsakers Klage gegen Thorag verhandelt. Wisar übergab den Vorsitz über das Thinggericht an den neuen Herzog Armin. Zum großen Erstaunen der Versammlung trat auch Balder von seinem Amt als Beisitzer zurück, und Segestes nahm seine Stelle ein. Als dieser so friedlich neben Armin auf dem in den Stein gehauenen Thron der Richter saß, mochte man kaum glauben, daß sie noch vor wenigen Stunden erbitterte Rivalen gewesen waren.

Onsaker trat vor das Gericht und trug seine Anklage vor. Als Zeugen berief er Thidrik – und Auja. Beide erschienen auf dem Versammlungsplatz und bestätigten Onsakers Worte.

Es versetzte Thorag einen Stich, die Frau, die er liebte, so unerwartet wiederzusehen. Er hatte nicht gewußt, daß sich Auja in Onsakers Lager bei den Heiligen Steinen aufhielt.

Das Erscheinen der jungen Frau löste Unruhe unter den Versammelten aus, denn Frauen hatten keinen Zutritt zum Thing. Bror, der zu Armins Linker auf dem Felsenthron saß, fragte dann auch: »Du stützt deine Anklage auf die Aussage einer Frau, Onsaker?«

»Auja ist die Frau meines Sohnes Asker gewesen. Ich habe keinen Grund, an ihren Worten zu zweifeln. Aber auch ohne ihre Aussage ist die Sache, denke ich, eindeutig.«

»Vielleicht sollten wir erst einmal den Mann hören, den du anklagst«, meinte Armin. »Thorag, Sohn des Gaufürsten Wisar, möge vortreten!«

Thorag befolgte die Aufforderung und fühlte sich seltsam, so dicht bei Auja zu stehen. Nur kurz trafen sich ihre Blicke, dann sah die junge Frau zu Boden, und Thorag wandte sich den Richtern zu.

Er ging zunächst auf den Vorwurf ein, Notker ermordet zu haben, und schloß: »Die hier anwesenden Edelinge Klef und Brokk können bezeugten, daß Notker ein Meuchelmörder war, der Klefs Bruder Albin umbrachte und auch mich ermorden wollte. Es war mein Recht, Notker zu töten. Du selbst, Armin, warst dabei.«

»Das stimmt«, bestätigte Armin und sah Onsaker ernst an. »Deine Anklage wegen Notkers Tod ist unbegründet, Onsaker.«

»Das mag sein«, knurrte Onsaker. »Aber wie steht es mit den Morden an Asker und Arader?«

»Bevor wir darüber sprechen, sollten wir bei dem Geschehen auf Thidriks Hof verweilen«, erscholl es von hinten, und Klef trat in den Kreis. »Onsakers Sohn hat meinen Bruder feige ermordet. Dafür schuldet Onsaker meiner Familie Blutzoll. Onsaker forderte von Wisar zwanzig Leibeigene und Thorags Tod. Mein Vater Balder und ich fordern von Onsaker zwanzig Leibeigene und das Fallenlassen seiner Anklage gegen Thorag. Dann ist für uns Albins Tod wiedergutgemacht.«

Alle sahen Balders Sohn erstaunt an. In Thorags Blick lag nicht nur Erstaunen, sondern auch Dankbarkeit. Jetzt wußte er, wieso Klef und Balder so lange mit ihrer Forderung gegen Onsaker gewartet hatten.

»Eine nicht ganz unberechtigte Forderung«, fand Armin. »Schließlich haben wir eben festgestellt, daß Notker gegen die Gesetze verstieß, als er Albin meuchelte.«

»Was auf Thidriks Hof geschah, hat nichts mit der Ermordung Askers und Araders zu tun!« schnaubte Onsaker wütend. »Deshalb kann Klef von mir nicht verlangen, auf meine Anklage gegen Thorag zu verzichten!«

Armin und seine Beisitzer berieten sich erregt. Besonders Segestes schien anderer Ansicht als Armin zu sein.

Schließlich sagte der frisch gewählte Herzog: »Das Thinggericht spricht Klef und Balder zwanzig Leibeigene zu, die sie sich unter Onsakers Leuten erwählten dürfen. Damit sind ihre Ansprüche abgegolten.«

»Und die Anklage gegen Thorag?« fragte Klef.

»Sie wird weiterverhandelt«, antwortete Armin und sah Wisars Sohn an. »Bring deine Verteidigung vor, Thorag.«

Thorag erzählte, wie es am Abend von Gundars Bestattung wirklich gewesen war, während Klef mißmutig zu seinem Platz zurückstapfte. Onsaker lächelte höhnisch, als der junge Edeling geendet hatte, und sagte: »Wir haben von Thorag nur Worte gehört, aber keine Beweise.«

»Handfeste Beweise hast auch du nicht gebracht, Onsaker«, entgegnete der Angeklagte. »Du hast zwei Zeugen aufmarschieren lassen, aber keiner von ihnen hat bezeugt, daß ich Hand an Asker und Arader gelegt habe. Es gibt auch niemanden, der das bezeugen kann, weil es nicht wahr ist!«

»Da ist etwas dran«, gab Armin zu bedenken, der sich in seiner Rolle als Richter sichtlich unwohl fühlte. Vielleicht deshalb, weil der Angeklagte sein Gefolgsmann und Gefährte in vielen Schlachten war. Vielleicht auch deshalb, weil Armin spürte, daß er sich – wie immer das Gericht auch entschied – unter den Gaufürsten Feinde machen würde. Sein Kopf ruckte hoch, als ihm eine plötzliche Erleuchtung kam. »Das Wort eines Edelings steht gegen das eines anderen. Das Thinggericht kann nicht entscheiden, wer die Wahrheit sagt. Deshalb mögen, wie heute schon einmal, die Götter das Urteil fällen. Sind meine Beisitzer damit einverstanden?«

Er sah Bror und Segestes an, und beide nickten.

»Dann mögen die Priester die Götter befragen. Die Luren rufen uns danach wieder zusammen.«

Armin war froh, sich auf diese Weise aus der Bedrängnis gebracht zu haben. Thorag aber kam sich fast verraten vor, daß sein Kampfgefährte nicht mehr für ihn getan hatte. Wisars Sohn dachte an seinen Traum in der vorletzten Nacht, an den Mann, der ihm den Rücken zugekehrt hatte. Waren die Hirsche an seiner Seite Sinnbilder für die Hirschsippe gewesen? War der Mann dann Armin gewesen, ihr Fürst? Wollte der Traum ihn davor warnen, zu sehr auf Armin zu vertrauen?

Als die Luren erneut ertönten, war es fast schon Abend. Neugierig versammelten sich die Cherusker, um den von Gandulf verkündeten Spruch der Götter zu erfahren: »Wieder haben uns die Runen ein Tier gezeigt, ein schwarzes Tier, einen großen Eber. Und sie zeigten uns einen Mann, nackt und ohne Waffen. Die Götter haben beschlossen, daß ein Zweikampf entscheiden soll, wer die Wahrheit spricht, Onsaker oder Thorag. Deshalb wird der Angeklagte nackt und ohne Waffen gegen Onsakers Schutztier kämpfen, gegen den Eber, den die Götter bei Beginn dieses Things in ihrer weisen Voraussicht als Opfer abgelehnt haben. Der Kampf findet morgen früh statt, wenn Sunnas Licht die Heiligen Steine erhellt.«

Wisar und Thorags Freunde blickten den Angeklagten betroffen an. Waffenlos gegen einen solchen Eber zu kämpfen, das kam einer Verurteilung zum Tod gleich.

»Armin hat dir keinen Gefallen getan, als er das Urteil über diese Sache den Göttern überließ«, sagte Klef bitter zu Thorag.

»Als neuer Herzog muß Armin Rücksichten nehmen«, meinte Brokk spöttisch. »Er muß sich die Gaufürsten gewogen halten. Wie auch immer der Kampf morgen ausgeht, Armin kann die Verantwortung den Göttern zuschieben.« Er lachte trocken und wiederholte den Ausspruch: »*Omnia cum deis.*«

Thorag verabschiedete sich schnell von seinen Freunden und ging zu Wisars Lager. Er dachte über die von Gandulf verkündete Entscheidung der Götter nach und über den befriedigten Ausdruck, der dabei auf Onsakers Gesicht gelegen hatte. Der Fürst der Eberkrieger hatte auch allen Grund zur Zufriedenheit. Thorag hatte schließlich miterlebt, wie der wilde Keiler, gegen den er allein und waffenlos kämpfen sollte, nur von einer ganzen Kriegerschar gebändigt werden konnte.

Thorag hatte kaum das Lager erreicht, als er unerwartet ein bekanntes Gesicht entdeckte. Ein sanftes, ebenmäßiges Gesicht, bedeckt von pechschwarzem Haar.

»Eiliko«, sagte der junge Edeling überrascht und ging auf den Knaben zu. »Was führt dich her?«

»Astrid schickt mich. Du sollst zu ihr kommen, Thorag. Ich führe dich hin.«

Thorag wunderte sich zwar, aber er folgte dem Jungen. Er war sich sicher, daß Astrid ihn nicht ohne triftigen Grund zu sich bestellte. Außerdem freute er sich ganz einfach, die junge Frau wiederzusehen. Er mochte Astrid, die so ganz anders war als Auja und ihn doch in ihrer Sanftheit an sie erinnerte.

Thorag war überrascht, als der Junge ihn nicht zu der Siedlung führte, die von den Priestern dicht bei den Steinriesen errichtet worden war. Nicht nur Priester lebten dort, sondern auch ein paar Bauern und einige Handwerker, die ihre Erzeugnisse bei den Thingen an den Mann brachten. Eiliko steuerte zielstrebig einen dichten, in der Dämmerung dunkel wirkenden Wald an, gar nicht weit von Wisars Lager entfernt.

»Hier wartet Astrid auf mich?«

»Ja«, sagte Eiliko nur.

Thorag wünschte sich, seine Waffen nicht abgegeben zu haben. Das Ganze roch nach einer Falle. Aber andererseits hatte er keinen Anlaß, Eiliko zu mißtrauen.

Auf einem schmalen Pfad gingen sie in den Wald hinein, bis Thorag stehenblieb, weil er auf einer kleinen Lichtung etwas Weißes schimmern sah. Es war Astrids Gewand.

Er trat näher heran und sagte: »Ich freue mich, dich zu sehen. Wenn ich mich auch wundere, an was für einem Ort das geschieht.«

Während er sprach, verglich er Bruder und Schwester miteinander und staunte erneut darüber, wie ähnlich sie sich sahen. Jetzt noch mehr, wo beide in weiße, bestickte Gewänder gehüllt waren. Beider Gewänder wurde durch fast gleiche Fibeln zusammengehalten, die er auch schon an den Kleidern Gandulfs und der übrigen Priester gesehen hatte. Gandulfs Fibel war aus Gold, Eilikos aus Bronze, die Astrids und der anderen Priester aus Silber. Offenbar kennzeichnete diese Fibel die Menschen, die bei den Heiligen Steinen den Göttern dienten. Sie zeigte ein bärtiges, von einer Kappe bedecktes Gesicht mit nur einem Auge. Das Gesicht Wodans, der beim Trunk aus der von Mimir bewachten Quelle ein Auge opferte, um in den Besitz der Weisheit zu gelangen. Auf Eilikos Fibel hatte das Gesicht des mächtigen Gottes eine weitere, vom Bronzeschmied ungewollt verursachte Deformation: Die Nase war verformt und nach links gebogen.

»Ich habe diesen Ort zu unserem Schutz gewählt«, erwiderte Astrid und zog etwas aus einem der an ihrem Gürtel befestigten Beutel. Es war ein winziges Bronzefläschchen, das sie Thorag entgegenhielt. »Ich möchte dir das hier geben, Thorag. Aber hüte dich, niemand darf davon erfahren!«

Zögernd nahm er das Fläschchen in die Hand. »Was ist das?«

»Ein geheimer, aus vielen Kräutern zubereiteter Trank. Nimm ihn morgen zu dir, bevor zu zum Versammlungsplatz gehst, um gegen den Eber zu kämpfen. Der Trank verleiht dir zusätzliche Stärke und läßt dich alle Schmerzen vergessen.«

Thorag starrte die junge Frau ungläubig an. »Du, eine Priesterin, rätest mir, die Götter zu betrügen?«

»Wenn jemand die Götter betrügt, dann Onsaker und die aus der Priesterschaft, die seine Geschenke entgegennehmen.«

»Was soll das heißen?«

»Bevor Gandulf aus den Runen las, um den Willen der Götter zu erforschen, kam Onsaker zu ihm und sprach mit ihm wie auch mit anderen Priestern. Dann erst deutete Gandulf die Runen.«

»Willst du damit sagen, die Runen haben etwas anderes verkündet als Gandulf?«

»So würde ich das nicht ausdrücken. Man muß die Runen erforschen, sie deuten. Wie sie gedeutet werden, hängt davon ab, wer sie deutet und unter welchen Einflüssen er steht.«

»Ich verstehe«, knurrte Thorag. »Gandulf stand unter Onsakers Einfluß, als er den Willen der Götter erforschte.«

»Es gibt einiges, was dafür spricht«, erwiderte Astrid ausweichend, trat näher und berührte Thorags Arm. »Nimm den Trank zu dir, Thorag, aber sprich mit niemandem darüber. Und – die Götter mögen dir beistehen!«

Nach diesem Abschiedsgruß verschwand sie mit Eiliko im Wald. Zurück blieb ein nachdenklicher Thorag, der noch eine Weile auf der Lichtung blieb und dann das Bronzefläschchen in einem der Lederbeutel an seinem Gürtel verstaute.

Kapitel 10

Astrid

Als am nächsten Morgen der große Keiler von vier Berittenen an Seilen auf den Thingplatz geschleift wurde, sah ihm Thorag ohne Furcht entgegen. Nur mit seinen Schuhen und einem ledernen Lendenschurz bekleidet, stand er in der Mitte des Platzes und wartete auf seinen Gegner. Gesicht, Arme und Oberkörper waren mit roter Farbe bemalt: Blitze, Miölnir und Donars eiserne Faust.

Diesmal waren die Vorder- *und* Hinterläufe des Ebers zusammengeschnürt, um ein vorzeitiges Losreißen des wilden Tieres auszuschließen. Gleichwohl hatten die Reiter Mühe, ihren Gefangenen zu bändigen. Es war, als sei der Eber von den Mächten des Bösen besessen. Als sei der Geist des von Thorag getöteten Urs in den Eber gefahren, um sich an seinem Bezwinger zu rächen.

163

Hinter Thorag lag eine unruhige, fast schlaflose Nacht. Immer wieder hatte er die Götter um Rat gebeten, ob er Astrids Trank zu sich nehmen durfte oder nicht. Aber in den kurzen Zeiten, in denen der Schlaf zu ihm kam, waren ihm die Götter nicht erschienen. Schwiegen sie, weil sie nicht guthießen, daß er den Trank angenommen hatte?

Er wußte es nicht. Aber er hatte die Bronzeflasche bis auf den letzten Tropfen geleert. Es hatte sehr bitter geschmeckt, doch bittere Medizin war, wie seine Mutter immer gesagt hatte, die beste. Da Onsaker die Götter für sich benutzte, hatte Thorag seine Bedenken beiseite geschoben. Wenn die Götter ihn dafür strafen wollten, sollten sie es tun. Aber diesen Kampf wollte er überstehen – lebend!

Gandulf, der – bestechliche? – Oberpriester, hob die Hand, forderte damit die Aufmerksamkeit der Versammelten ein und sprach: »Unter den Augen der Götter wird nun ihr Wille vollstreckt. Wenn Thorag als Sieger aus dem Kampf hervorgeht, ist seine Unschuld bewiesen. Siegt aber der Eber, dann wissen wir, daß der Fürst der Ebersippe wahr gesprochen hat. Der Kampf geht auf Leben und Tod und wird ohne Waffen ausgetragen.«

Bei Gandulfs letzten Worten konnte sich Thorag ein abfälliges Grinsen nicht verkneifen. *Ohne Waffen!* Wenn die beiden mächtigen Hauer, die aus dem Maul des Ebers ragten, keine Waffen waren, wollte Thorag nicht länger Wisars Sohn genannt werden.

Wieder hob Gandulf die Rechte, und das Lurensignal kündigte den Beginn des Kampfes an. Ein paar Krieger eilten herbei, um die Stricke zu zerschneiden, welche die Beine des Keilers zusammenbanden. Dann kamen die Stricke an die Reihe, mit denen das Tier an die Reiter gefesselt war. Sobald sie durchschnitten waren, suchten die Krieger eilig das Weite. Gandulf, die anderen Priester und die Lurenspieler hatten sich schon in Sicherheit gebracht. Der Thingplatz gehörte Thorag und dem Eber.

Als er losgeschnitten worden war, hatte der schwarze Keiler, wie vom Wahnsinn befallen, einen wilden Lauf über den halben Platz gemacht. Aber jetzt stand er still und wandte seinen häßlichen Kopf von einer Seite zur anderen, als versuche er herauszufinden, was die Menschen von ihm wollten. Eine Flucht gab es für den Eber nicht. Die den Kampfplatz umgebenden Krieger in der vordersten Reihe hatten ihre Framen gesenkt, deren scharfe Spitzen dem Tier ein Verlassen des Thingplatzes verweigerten.

Thorag fühlte sich an die Spiele erinnert, die von den Römern veranstaltet wurden. Grausame, blutrünstige Spiele, in denen Tiere gegen Tiere, Menschen gegen Menschen und auch Tiere gegen Menschen kämpften. Aus Neugier hatte er sich in Rom die Spiele angesehen. Aber es hatte ihm – im Gegensatz zu der vieltausendköpfigen Zuschauermenge – keine Freude bereitet, mitzuerleben, wie ein griechischer Sklave von einem Nashorn aufgespießt und wie eine schwarzhäutige Afrikanerin von einem Löwen zerfleischt worden war. Als Krieger war Thorag an das Töten und an das Sterben gewohnt, aber die Spiele der Römer widerten ihn an. Sie fanden zur billigen Belustigung überreizter und die Langeweile fürchtender Menschen statt und um die Interessen der Veranstalter zu befriedigen: Händler und Herrscher, die sich beim Volk einschmeicheln wollten.

Thorag entdeckte Onsakers Gesicht in der Menge – der Mann grinste zufrieden und selbstgefällig. Wenn Astrid recht hatte, war der Eberfürst in gewisser Hinsicht der Veranstalter dieses Kampfes. Und bei den ungleichen Aussichten hatte er allen Grund zur Zuversicht.

Immer lauter brüllte die Menge, feuerte Thorag und den Keiler an, endlich den Kampf zu beginnen. Das gewaltige schwarze Tier hob den länglichen Schädel, lauschte dem Gebrüll und kam plötzlich auf Thorag zugelaufen, langsam am Anfang, aber seine Geschwindigkeit sehr schnell steigernd. Die plumpe Massigkeit der Wildschweine täuschte darüber hinweg, daß sie schnelle und gewandte Tiere waren.

Thorag stand abwartend auf seinem Platz und starrte dem Tier entgegen, während er seine Muskeln anspannte. Er wunderte sich, daß er so ruhig war. Vielleicht war das eine Auswirkung von Astrids Trank. Der Keiler hatte ihn fast erreicht, als Thorag die Spannung seiner Muskeln löste und sich vom Boden abstieß. Er flog über das angreifende Tier hinweg, kam hinter ihm wieder auf den Boden, rollte sich ab, sprang auf die Füße und drehte sich um.

Die Zuschauer jubelten Thorag begeistert zu. Der Eber stürmte weiter und schien noch gar nicht gemerkt zu haben, daß sein Gegner einfach aus seiner Angriffsrichtung verschwunden war. Erst die Reihen der Cherusker mit ihren Framen verlangsamten seinen Lauf. Er blieb ganz stehen und drehte sich verwirrt um. Als er Thorag entdeckte, schnaubte er böse und nahm erneuten Anlauf.

Thorag wußte, daß er das Spiel nicht endlos weitertreiben konnte. Irgendwann würde er zu langsam sein oder der Keiler zu schnell – es kam auf dasselbe heraus: Das Tier würde den Mann voll erwischen. Deshalb machte Thorag diesmal nur einen schnellen Schritt zur Seite, als der Eber nahe heran war. Noch bevor das Tier reagieren konnte, sprang Thorag es an und klammerte sich auf seinem Rücken fest, wie er es mit Erfolg auch schon bei dem Ur getan hatte.

Thorag gab sich keinen übertriebenen Hoffnungen hin, während ihn der Eber im wilden, bockenden Lauf abzuschütteln versuchte. So wie den Ur konnte er den Keiler nicht besiegen, nicht ohne Waffen. Aber eine andere Idee war plötzlich in seinem Kopf entstanden, als – eine Eingebung der Götter? – das Bild vor seinem geistigen Auge erschien, das er gestern abend auf den Fibeln von Astrid und Eiliko gesehen hatte: das Bild des einäugigen Wodan.

Während seine nackten Beine das rauhe, borstige Fell umklammerten, beugte sich Thorag weit nach vorn und stieß einen Finger in das rechte Auge des Ebers. Das Tier brüllte laut vor Schmerz und bäumte sich derart auf, daß der Reiter abgeworfen wurde, während das, was einmal sein Auge gewesen war, als glitschige Flüssigkeit aus dem Gesicht des Ebers lief.

Thorag gönnte sich keine Atempause und sprang unter dem begeisterten Johlen und Waffenklirren der Menge gleich wieder auf die Füße. Doch diesmal war der Eber schneller. Kaum hatte sich der Mensch aufgerichtet, traf ihn der harte Aufprall des Tieres, und Thorag spürte ein seltsames Stechen, als sich einer der Stoßzähne in seinen Oberkörper rammte.

Der Cherusker stieß sich mit beiden Händen vom Schädel des Ebers ab, und es gelang ihm, sich zu befreien. Der Hauer, jetzt rot von Thorags Blut, hatte ein große Loch in die rechte Seite des Menschen gerissen. Blut quoll in Strömen heraus, und der Verletzte konnte seine Innereien sehen. Aber seltsamerweise spürte er weder Schmerz noch Schwäche. Er wußte, daß er sich dafür bei Astrid bedanken mußte.

Der Keiler stürmte wieder heran, und sein Gegner ließ es zu, erneut gerammt zu werden. Er achtete aber darauf, daß ihn die Hauer nicht trafen. Und er achtete darauf, seinen Finger in das Auge zu bohren, das dem Eber geblieben war. Thorag wurde in einem weiten Bogen durch die Luft geschleudert. Und der Eber war blind.

Wütend, seinen Schmerz hinausschreiend, drehte sich das Tier im Kreis und suchte vergebens nach seinem Gegner. Thorag spürte noch immer keinen Schmerz, aber die zunehmende Schwäche, die vom Blutverlust rührte. Er wußte, daß er den Eber schnell besiegen mußte, wenn er ihn überhaupt besiegen wollte.

Gegen den Wind schlich er sich an den Keiler und sprang ihn an. Er umschlag mit seinen langen, muskulösen Armen den dicken Hals des Tieres. Der Keiler schrie nicht, war still, aber er zitterte vor Angst am ganzen Körper. Thorag bog den Eberkopf nach hinten, weiter und weiter, bis es knackte.

Das war das letzte, was Thorag wahrnahm, bevor Erde zu Himmel und Himmel zu Erde wurden und der schwarze Wagen der Nacht alles bedeckte.

Die Walküre beugte sich so dicht über Thorag, daß er den zärtlichen Kitzel ihres langen, schwarzen Haares auf seiner Haut spürte, und sah ihn besorgt an. Woher rührte die Besorgnis in ihren Augen, in ihrem wunderschönen, sanften Gesicht? Wenn Thorag in Walhall war, mußte es ihm doch gutgehen. Er war im Kampf gegen den Eber gefallen, und Wodan hatte ihn in seine Heerscharen aufgenommen. Kein Grund zur Bekümmertheit also. Oder weckte ihn die Walküre, um ihm mitzuteilen, daß das Ende der Zeiten und die größte aller Schlachten gekommen war?

Aber war dies Walhall? Viel zu klein war der Raum, in dem er lag. Das Dach, zu dem der auf dem Rücken liegende Mann aufblickte, war rohrgedeckt und nicht mit Schilden, wie es von Walhall hieß. Walhall sollte riesig sein, so riesig, daß durch jede der vielen Pforten achthundert Einherier nebeneinander im vollen Waffenschmuck Einzug halten konnten. Aber er lag in einem kleinen Raum mit drei einfachen hölzernen Wänden. Die vierte Wand wurde von einem schweren, bestickten Vorhang gebildet.

Der Raum bot keinen Platz für Wodans Heerscharen, nicht einmal für die goldenen Hochsitze der Asen und Wodans Thron.

Wenn dies nicht Walhall war, war die junge Frau vielleicht auch keine Walküre. Und Thorag war nicht tot. Er zermarterte sich das Hirn und erinnerte sich wieder an den Kampf gegen den Eber. War der Keiler gestorben und nicht der Mensch? Thorag wollte das die junge Frau fragen, aber ihr schwarzes Haar breitete sich plötzlich über den ganzen Raum aus und verwandelte sich in die Schwärze der Nacht, die ihn abermals gefangennahm.

Die Nacht war angefüllt von wilden Träumen. Thorag hatte schon immer sehr eindringlich geträumt, aber niemals auf eine so heftige, verwirrende Weise wie in dieser langen Nacht. Die Träume führten in eine ganz andere Welt, angefüllt mit seltsamen Wesen und Dingen, die Farbe und Form beständig veränderten, mal unbeschreiblich schön, mal erschreckend häßlich und so bedrohlich waren, daß der Träumer aufzuwachen hoffte. Aber es gab kein Entrinnen, kein Erwachen.

Doch!

Als Thorag das nächstemal erwachte, war er klarer bei Verstand und erkannte die junge Frau mit dem langen schwarzen Haar sofort. Es war Astrid, die ihn erleichtert anlächelte und fragte: »Wie geht es dir, Thorag?«

Als er antworten wollte, kam zunächst nur ein Husten dabei heraus. Dann aber hörte er sich sagen: »Ich nehme an, ich lebe noch.«

»Das tust du«, versicherte Astrid. »Auch wenn es sehr knapp gewesen ist.«

Er sah sich um und stellte fest, daß er noch immer in dem kleinen Raum lag, den er von seinem ersten Erwachen schemenhaft in Erinnerung hatte.

»Wo – wo bin ich?«

»Im Dorf an den Heiligen Steinen.«

»Du hast dich um mich gekümmert?«

Astrid nickte.

»Wie viele Stunden liege ich schon hier?«

»Stunden?« Die junge Frau kicherte erheitert. »Nicht Stunden, Thorag, sondern Nächte!«

»Nächte?« ächzte er ungläubig.

Astrid nickte wieder. »Ich sagte doch, es ist sehr knapp gewesen. Alle meinten, es hätte keinen Sinn, dich von deinem Einzug in Walhall abzuhalten. Aber ich war der Meinung, für Walhall ist immer noch Zeit. Fünf Nächte und fünf Tage habe ich um dein Leben gerungen, und hätten mich die Priesterinnen nicht in das Geheimnis der Heilkräuter eingeweiht, hätte ich diesen Kampf wohl verloren, so wie der Eber den Kampf verloren hat.«

»Ich habe das Tier tatsächlich besiegt?«

Astrid deutete auf eine Ecke des Raumes, wo Thorags Waffen und sein Schild auf einer Pritsche lagen. Zusammen mit einem schwarzen Fell. »Du hast sein Genick gebrochen, bevor du das Bewußtsein verlorst. Gandulf blieb nichts anderes übrig, als dich zum Sieger des Kampfes und dem Willen der Götter nach für unschuldig zu erklären. Die Cherusker waren begeistert – bis auf Onsaker und seine Leute.«

»Das Thing ist also längst vorüber«, murmelte Thorag nachdenklich.

»So ist es. Die Versammlung ist aufgelöst, und die meisten Männer sind zurück in ihre Dörfer und auf ihre Höfe gekehrt. Auch dein Vater Wisar. Aber er hat ein paar Männer hiergelassen, um dich und die anderen Kranken, die noch zur Heilung hier sind, heimzubringen.«

»Dann sollte ich meinen Vater nicht länger warten lassen«, meinte Thorag und schlug das schwere Bärenfell weg, das seinen nackten Körper bedeckte. Er hatte sich kaum ein wenig aufgerichtet, als ein stechender Schmerz durch seinen Oberkörper raste und ihn zurück aufs Lager warf. Ein Schleier legte sich vor seine Augen, durch den er den großen, blutigen Verband sah, der über seinen Hüften um seinen Körper gewickelt war.

Mit einem feuchten Tuch kühlte Astrid seine plötzlich schweißbedeckte Stirn. »Nicht so hastig, Thorag. Du bist noch längst nicht auskuriert. Es wird noch viele Nächte dauern, bis du wieder aufstehen kannst. Mein Trank hat bewirkt, daß du keine Schmerzen spürtest, als du gegen den Eber gekämpft hast. Aber ich kann deine Wunde nicht einfach wegzaubern.«

»Schade«, stöhnte der junge Cherusker. »Wenn es wichtig wird, versagt die Kunst der Götter.«

»Nicht die der Götter, sondern die der Menschen«, sagte

Astrid im tadelnden Tonfall. »Der Trank hat dich gestärkt und dir für eine gewisse Zeit den Schmerz genommen, aber es ist kein Zaubertrank, der dich unbesiegbar und unverwundbar macht.«

»Das habe ich gemerkt«, röchelte Thorag mit einem Blick auf den Verband. »Bei den Römern erzählt man sich allerdings, daß die Gallier einen solchen Zaubertrank besitzen sollen.«

»Die Römer erzählen viel, wenn sie genügend Wein getrunken haben«, erwiderte Astrid und vertauschte das feuchte Tuch mit einer Holzschale und einem Bronzelöffel. »Und die gallischen Druiden versuchen ihre Mängel mit Angeberei wettzumachen.«

Sie fütterte Thorag mit einem lauwarmen Brei. Das Herunterschlucken jedes Löffels Brei bereitete ihm starke Schmerzen, und mehrmals schüttelten ihn Hustenkrämpfe. Aber er aß alles auf. Danach fiel er wieder erschöpft in Schlaf und wurde erneut von jenen wilden Träumen heimgesucht, die, wie ihm Astrid später erklärte, von dem geheimnisvollen Trank herrührten.

Astrid kümmerte sich um Thorag, als sei er ihr Bruder, ihr Sohn – oder ihr Mann. Er empfand ihre Nähe als äußerst angenehm. Manchmal vergaß er darüber sogar die quälenden Gedanken an Auja. Wenn Astrid aufgrund ihrer Pflichten als Priesterin keine Zeit hatte, ihn zu füttern oder zu waschen, nahm Eiliko ihren Platz ein.

Thorag lag in einer kleinen Hütte am Dorfrand, die Astrid mit ihrem Bruder bewohnte. Seit seiner Rückkehr ins Cheruskerland hatte er so viele Abenteuer erlebt, daß er die Ruhe und Abgeschiedenheit richtig genoß.

Fast zwanzig Nächte und Tage lag er schon im Dorf bei den Heiligen Steinen, und draußen wurde es immer kälter, als Astrid mit dem aus kleingehacktem Schweinefleisch und Mohrrüben bestehenden Abendessen und der Mitteilung zu ihm kam, alle Kranken aus seiner Sippe seien soweit geheilt, daß sie die Heiligen Steine am nächsten Tag verlassen könnten. »Garrit ist der letzte gewesen, aber auch ihm konnten wir helfen.«

»Garrit«, murmelte Thorag und dachte an den Kampf um Wisars Gehöft und an den Pfeil, der das Auge des jungen Kriegers durchbohrt hatte. »Wie geht es ihm?«

»Mit dem verbliebenen Auge kann er wieder sehen, fast so gut wie zuvor.«

»Das ist gut«, sagte Thorag und richtete sich auf dem Lager auf, bis sein Rücken gegen die fellbedeckte Wand lehnte. Er nahm die Schüssel mit seinem Essen in Empfang und aß voller Heißhunger, während Astrid die Bärenfelldecke von seinem Körper zog, um nach der Wunde zu sehen. Den Verband hatte sie vor fünf Tagen entfernt, und seitdem verheilte die Wunde noch besser. Außer einer dicken roten Narbe war an seiner rechten Seite kaum noch ein Anzeichen der Verletzung zu sehen.

Dafür war etwas anderes, ein Stück weiter unten, sehr deutlich zu sehen. Das Begehren, das ihn jedesmal überkam, wenn Astrid ihn behandelte. Sie hatte nie etwas dazu gesagt, und auch Thorag hatte immer nur betreten geschwiegen.

Jetzt aber legte sie zu Thorags großer Überraschung ihre Hand um sein langes, kräftiges Glied, und unter der Berührung schwoll es noch stärker an. »Eine Nebenfolge des Tranks, den ich dir vor dem Kampf gegeben habe.«

»Was?« fragte Thorag verdutzt.

»Die starken Begierden, die du in letzter Zeit verspürst, sind eine Auswirkung des Tranks. Er hat deine Kräfte in jeder Beziehung gestärkt.«

»Ich will deine Fähigkeiten als Priesterin nicht schmähen, Astrid, aber mein Glied wurde schon steif, bevor ich das bittere Zeug geschluckt habe. Ich würde das eher auf deine Nähe zurückführen – und auf mein Verlangen nach dir.«

»Wie auch immer, es ist in jedem Fall meine Schuld«, sagte Astrid leise und streichelte Thorags Glied jetzt mit beiden Händen.

»So kann man es sehen.«

»Dann sollte ich auch etwas dagegen tun.«

Ihr Griff wurde fester, und Thorag erschauerte unter der Lust, die von ihm Besitz ergriff. Hastig stellte er die Schale mit dem Essen weg und kümmerte sich nicht darum, daß sie umstürzte und ihren Inhalt auf dem hölzernen Fußboden verteilte. Er zog ihr Gesicht zu sich heran und bedeckte es mit zärtlichen Küssen. Seine Hände spielten in ihrem seidenen, schwarz schimmernden Haar, das bis auf ihre Schultern wallte, und schoben ihr langes, weißes Kleid hoch, bis ihr Unterleib unbedeckt war und er den zarten schwarzen Pflaum zwischen ihren Schenkeln sehen konnte. Er versuchte, Astrid so auf sich zu ziehen, daß ihre Schenkel seine umschlossen, aber sie wehrte sich plötzlich und stieß ihn sanft zurück.

»Nicht so!« keuchte sie.

»Was hast du?«

»Ich bin Jungfrau.«

»Das eben will ich ändern.«

Sie lächelte und schüttelte den Kopf. »Du verstehst mich nicht, Thorag. Nur eine Jungfrau kann Priesterin werden, und nur eine Jungfrau kann es bleiben. Als ich in den Dienst der Heiligen Steine trat, wurde ich genau untersucht. Es war sehr unangenehm.«

Er starrte das halbnackte Mädchen verwirrt an. »Und was jetzt?«

»Es gibt andere Möglichkeiten«, sagte Astrid und griff erneut nach seinem Glied, um es mit beiden Händen rhythmisch zu massieren.

Thorag ließ sich auf sein Lager zurückfallen. Er hatte beschlossen, alles Astrid zu überlassen und einfach zu genießen, was sie mit ihm anstellte. Es war eine Entscheidung, die er nicht zu bereuen brauchte.

Er wurde nicht enttäuscht. Als seine Erregung so stark war, daß er glaubte, sein Glied würde bersten, steckte Astrid ihr Gesicht zwischen seine Lenden und umschloß sein Fleisch mit ihren Lippen. Ihr warmer, weicher, feuchter Mund fuhr vor und zurück. Immer wieder drängte es Thorag, das Verbot einfach zu mißachten, aber er begnügte sich damit, ihre Brüste zu kneten und zu streicheln, so daß Astrid sich lustvoll wand. Es wurde eine lange Nacht, doch für Thorag war sie viel zu kurz. Für ihn hätte es bis zum Ende der Zeiten so weitergehen können.

Am Morgen fühlte Thorag sich völlig erschöpft, aber es war eine wohlige Erschöpfung. Astrid lag neben ihm, als er erwachte, und zärtlich strich er über ihr langes Haar, das ihn in seiner Weichheit an die Seide erinnerte, die er Auja aus Rom mitgebracht hatte. Der Gedanke an Auja war mit keinerlei Schuldgefühlen verbunden. Auja war nicht mehr als eine quälende Erinnerung, aber Astrid war die süße Wirklichkeit.

Als Astrid erwachte, sah sie sehr besorgt aus. Thorag glaubte, daß sie die Nacht bereute, und er fragte sie danach.

»Das ist es nicht«, antwortete sie leise.

»Was dann?«

»Als ich schlief, hatte ich ein Gesicht. Es betraf dich.«

»Deiner Miene und deinem Tonfall nach zu urteilen, hast du nicht gerade etwas Angenehmes gesehen.«

»Ich sah ein Meer von Blut, in dem du gestanden hast. Um dich herum die zusammengesunkenen Leiber vieler Hirsche. Aber ich weiß nicht, ob es nur ihr Blut war oder auch deins. Nur der mächtigste Hirsch von allen stand aufrecht, und als er auf dich zukam, sankst du in das Blut ein, tiefer und tiefer.«

»Und was heißt das?«

»Ein großer Kampf vielleicht«, sagte Astrid leise. »Ein Kampf, bei dem viele Hirschleute – Cherusker – sterben werden.«

»Und der große Hirsch …«

»War vermutlich der Anführer der Cherusker«, beendete Astrid den Satz.

»Also Armin«, schlußfolgerte Thorag.

»So ist es.« Astrid legte die Hände auf Thorags Schultern und sah ihn ernst an. »Meide Armin, Thorag. Meide am besten auch das Land der Cherusker. Es ist besser für dich!«

»Wie kann ich das? Dies ist meine Heimat, und Armin ist mein Herzog!«

»Geh einfach weit fort!«

Der bestickte Vorhang wurde ein Stück beiseite geschoben, und Eiliko steckte seinen Kopf hindurch. »Das Frühstück ist fertig.«

Nach dem Frühstück bereitete sich Thorag auf die Abreise vor. Als Eiliko mit den gepackten Sachen des Edelings vor die Tür trat, um Thorags Pferd zu holen, umarmte der blonde Cherusker Astrid und küßte sie leidenschaftlich. »Komm mit mir!«

»Wohin?« fragte sie mit gerunzelter Stirn.

»Weit fort. Ich werde deinen Rat gern befolgen, wenn du mit mir kommst.«

Sie machte sich von ihm los. »Nein, Thorag, mein Platz ist hier.«

»Aber die letzte Nacht …«

»War nur eine Nacht.« Astrids Arme vollführten eine allumfassende Bewegung. »Dies hier ist jetzt mein Leben, und das Leben Eilikos. Denk immer, wenn du willst, an die vergangene Nacht, aber denk nicht an mehr!«

Er las in ihren Augen, daß ihr Entschluß endgültig war.

Als er von den Heiligen Steinen fortritt, sah sich Thorag nicht um. Astrid war, wie Auja, Vergangenheit.

Er roch, schmeckte fast ganz deutlich den nahen Schneefall, der in der kühlen Luft lag und den Winter ankündigte. Den Winter und das Ende des Jahres.

ZWEITER TEIL

DIE RÖMER

Kapitel 11

Flaminias Reise

Flaminia war müde, aber sie konnte nicht einschlafen. Das eintönige Hufgetrappel der acht römischen Reiter, die ihre Carruca Dormitoria – den luxuriös ausgestatteten Planwagen – eskortierten, ließ ihre mit Antimonpuder geschwärzten Lider immer wieder zufallen. Aber sosehr sich Flaminia auch in die weichen Kissen kuschelte, das heftige Ruckeln der Carruca auf dem unbefestigten Weg, der durch die großen germanischen Wälder von Marcellus' Lager zum Oppidum Ubiorum führte, weckte sie immer wieder.

Da sie nicht schlafen konnte, aß und trank sie viel. Besonders letzteres. Marcellus' einfallsreicher Koch hatte eine Mischung aus germanischem Met und süditalienischem Wein hergestellt, die einfach göttlich schmeckte. Flaminia hatte drei Weinschläuche mit diesem ebenso leckeren wie berauschenden Getränk mitgenommen, einen für sich selbst und zwei als Geschenke für Maximus und Varus. Einen dieser Schläuche hatte sie seit ihrem Aufbruch am frühen Morgen fast geleert. Vielleicht würde Maximus auf sein Geschenk verzichten müssen. Oder Varus.

Da Flaminia viel trank, mußte ihr Saiwa, die rotblonde germanische Sklavin, immer wieder den Bronzetopf reichen, in den die Römerin ihre Notdurft verrichtete. So auch jetzt, und das Gluckern ihres Wassers war für Flaminia wenigstens eine Abwechslung in der Geräuschkulisse, wenn es auch das Hufgetrappel nicht übertönte. Sie war fast fertig, als Gerlef ruckartig den Wagen anhielt. Flaminia reichte den ziemlich vollen Bronzetopf Saiwa, die den Deckel daraufsetzte, und fragte ärgerlich: »Warum hält dein Bruder an? Ich hätte fast etwas verschüttet!«

»Ich weiß nicht, Herrin«, antwortete Saiwa und stellte den Topf zurück in die in einer Ecke des Innenraums angebrachte Bronzehalterung, die ein Umfallen verhinderte.

»Dann frag ihn!«

»Ja, Herrin.« Saiwa streckte ihr sommersprossiges Gesicht

durch die Plane zum Fahrersitz hinaus und gab die Frage ihrer Herrin an ihren älteren Bruder weiter.

»Ein umgestürzter Baum versperrt uns den Weg«, antwortete Gerlef. »Die Soldaten sind schon dabei, ihn aus dem Weg zu räumen.«

»Ich könnte in der Zwischenzeit den Topf leeren«, schlug Saiwa vor.

Flaminia streifte die Tunika und die goldbestickte Stola über ihre schlanken Beine und nickte müde. »Tu das, aber beeil dich. Ich möchte gern heute noch zu Hause sein. Dieser Wagen ist zwar zum Schlafen geschaffen, aber diese Straße mit Sicherheit nicht. Wenn man es überhaupt eine Straße nennen kann.«

Mit geschickten Griffen löste Saiwa den Topf aus der Halterung und kletterte an der rückwärtigen Seite des Wagens nach draußen.

Ihre Herrin änderte ihre Meinung über die Unterbrechung und empfand sie fast als angenehm. Endlich einmal hatte das eintönige Klappern der Hufe und Schaukeln des Wagens aufgehört. Flaminia drehte sich herum, beugte sich vor und spähte durch die auseinandergeschlagene Plane an Gerlefs breitem Rücken vorbei nach draußen, wo die Männer ihrer Eskorte damit beschäftigt waren, mit vereinten Kräften an dem schweren Baum zu ziehen. Der Waldweg war an dieser Stellte besonders eng und wurde von der schweren Buche vollends versperrt.

»Vielleicht solltet ihr die Pferde vor den Baum spannen, Soldaten«, schlug sie vor.

Der Gefreite, der den Trupp anführte, ein dünner Sizilianer namens Effetus, sah sie überrascht an und nickte dann. »Ein guter Vorschlag, edle Flaminia.«

»Dann führt ihn doch aus! Auch wenn ihr Soldaten seid, solltet ihr statt eurer Muskeln auch mal euer Hirn gebrauchen.«

Saiwa hörte die spöttischen Worte ihrer Herrin, während sie an den Waldrand trat, um den üppigen Farn mit dem Inhalt des Bronzetopfes zu begießen. Sie nahm den Deckel ab – und erschrak fast zu Tode, als sich dicht vor ihr der Farn teilte und sich der graubraune Kopf eines Wolfes daraus erhob. Sie ließ den Topf fallen, und der Inhalt spritzte über den Boden, benetzte Saiwas Lederschuhe.

Saiwa öffnet den Mund zu einem Schrei, aber etwas hielt sie

davon ab. Vielleicht die Angst, vielleicht aber auch die Überraschung. Denn was sich vor ihr aus dem Farn erhob, war kein vierbeiniges Raubtier, sondern ein Mensch. Und weitere folgten, wuchsen aus dem Farn oder traten aus der ewigen Dämmerung, die in diesem Urwald herrschte. Es ware große, kräftig gebaute Männer – Germanen, alle schwer bewaffnet. Und alle trugen ein Wolfsfell in der Art um den Oberkörper gebunden, daß der Wolfsschädel ihren eigenen Kopf bedeckte. Sie sahen damit aus wie die Feldzeichenträger der Römer.

»Was …«, brachte Saiwa mit halberstickter Stimme hervor, bevor sie der Mann, der zuerst aus dem Farn aufgetaucht war, mit einem Hieb seines Schwertknaufs an die Stirn zum Schweigen brachte. Die junge Sklavin stürzte mit dem Oberkörper voran in den weichen Farn.

Der Mann, der sie niedergeschlagen hatte, beachtete sie nicht weiter. Er und seine Gefährten stürmten mit erhobenen Waffen aus dem Wald hervor und griffen die römischen Reiter an.

Mit aufgestützten Ellbogen, das Kinn in die Hände gelegt, beobachtete Flaminia den Versuch der Kavalleristen, das Hindernis aus dem Weg zu räumen. Nicht gerade ein aufregendes Schauspiel, gemessen an dem, was der Circus Maximus in Rom zu bieten hatte. Noch nicht einmal mit den relativ bescheidenen Spielen im Oppidum war es zu vergleichen. Aber es war das aufregendste Erlebnis dieses langen Tages, den sie fast ausschließlich in ihrem Reisewagen verbracht hatte.

Effetus befahl seinen Männern gerade, die Pferde vor den umgestürzten Baum zu spannen, als sich Flaminia gezwungen sah, ihre Beurteilung dieses Ereignisses gründlich zu überdenken. Der Speer, der durch die Kehle des Gefreiten fuhr und seinen lauten Befehl in ein kaum wahrnehmbares Röcheln verwandelte, verhieß zwar nichts Gutes, aber auf jeden Fall ein unerwartetes Schauspiel. Effetus griff mit den Händen nach dem Holzschaft, der seinen Hals von schräg hinten durchbohrt hatte, als glaube er tatsächlich, ihn herausziehen und sein Leben retten zu können. Er sah fast aus wie ein Gekreuzigter, als er mit an den Speerschaft gelegten Händen auf die Knie sank. Er verdrehte die Augen und kippte auf die Seite. Flaminia wußte, daß der dürre Sizilianer tot war.

Dann sah sie die seltsamen Männer in den Tierfellen, die von allen Seiten zu kommen schienen. Der Wald spuckte immer neue Wilde aus, die sofort auf die Soldaten zurannten.

Die Männer aus Varus' Garde erholten sich schnell von der Überraschung. Aber die Angreifer – Germanen, wie Flaminia erkannte – waren gleichwohl im Vorteil. Um besser arbeiten zu können, hatten die Soldaten ihre Helme, die Kettenpanzer, die Speere, die Schilde und die Wehrgehänge mit den Schwertern abgelegt. Als sie jetzt zu dem Haufen mit ihrer Ausrüstung rannten, fielen die meisten von ihnen unter den geschleuderten Speeren.

Einem Soldaten gelang es, ein Pilum zu ergreifen und damit einen angreifenden Germanen zu durchbohren. Doch der Römer überlebte seinen Sieg nicht lange. Ein anderer der mit Wolfsfellen bekleideten Germanen spaltete den Kopf des Kavalleristen mit einem Schwerthieb und schlug in ungezügelter Raserei immer wieder auf den zu Boden gehenden Mann ein.

Zwei römische Soldaten blieben übrig und ergaben sich den Angreifern. Sie hatten gegen die Überzahl keine Aussicht auf Erfolg, zumal es ihnen nicht gelungen war, zu ihren Waffen durchzudringen. Mit erhobenen Händen blieben sie vor den Germanen stehen und blickten ungläubig drein, als sie von mehreren Schwert- und Lanzenspitzen durchbohrt wurden. In wilder Wut, wie im Rausch, hackten die Germanen noch auf sie ein, als sie längst tot am Boden lagen.

»Barbaren!« stieß Flaminia verächtlich hervor, als sich die Männer in den Wolfsfellen zu ihr und dem Wagen umdrehten. Dann schoß es ihr durch den Kopf: *Fenrisbrüder!*

Es waren, zählte man den getöteten Germanen mit, neun an der Zahl. Von einer Übermacht konnte also keine Rede sein. Doch die Angreifer hatten den Vorteil der Überraschung so geschickt auszunutzen gewußt, daß den kampferprobten Gardisten keine Möglichkeit zur erfolgreichen Gegenwehr geblieben war. Flaminia zweifelt nicht daran, daß der Baumstamm nicht zufällig den Weg versperrte. Es war eine einfache, aber wirkungsvolle Falle.

Was Maximus wohl dazu sagte, wenn sie ihm erzählte, wie seine Männer in so kurzer Zeit aufgerieben worden waren? *Falls* sie es ihm erzählte! Im Moment sah es nicht so aus, als würde sie ihren Bruder oder das Oppidum jemals wiedersehen. Die Fenrisbrüder genossen nicht den Ruf, bei ihren Überfällen Überlebende zurückzulassen.

Mit gezückten Waffen näherten sich die blutbefleckten Barbaren dem Wagen. Zwischen Flaminia und ihnen stand – vielmehr saß – nur noch Gerlef, der auf dem Fahrersitz hockte, als sei nichts geschehen. Warum hätte er auch in den Kampf eingreifen sollen; als Germane und Sklave der Römer hatte er keinen Grund, für sie zu kämpfen.

»Wo ist Saiwa?« fragte Gerlef in der Sprache der Germanen, als ihn die Männer in den Wolfsfellen umringten.

»Zu welchem Stamm gehörst du?« entgegnete einer der Angreifer, ein selbst für einen Germanen ungemein grobschlächtig wirkender Mann. Sein stoppeliges Gesicht war so breit geschnitten, daß man daraus zwei römische Gesichter hätte machen können.

»Ich bin ein Usipeter«, antwortete Gerlef.

»Warum dienst du den Römern, Usipeter?«

»Weil ich ihr Sklave bin.«

»Jetzt nicht mehr. Die Römer sind tot!«

»Wo ist Saiwa?« wiederholte Gerlef seine Frage.

»Was geht sie dich an?«

»Sie ist meine Schwester.«

»Sie muß dort hinten liegen«, sagte der breitgesichtige Germane. »Geh sie holen, wenn du willst.«

Sofort sprang Gerlef vom Bock und rannte zu den Farnsträuchen.

Der Breitgesichtige, offensichtlich der Anführer der Fenrisbrüder, starrte Flaminia an und fragte in schlechtem, aber verständlichem Latein: »Du bist Flaminia, die Schwester des Präfekten Maximus?«

»Wenn du mich schon kennst, mußt du nicht fragen, Germane. Und wer bist du?«

»Jedenfalls kein *Germane*! Diese Bezeichnung stammt von euch Römern. Ich bin ein freier Sugambrer. Und ich kämpfe dafür, daß alle Menschen, die ihr Germanen oder Barbaren nennt, wieder freie Menschen werden.«

Gerlef kehrte zurück. Seine Schwester lag in seinen Armen und stöhnte. Saiwas Stirn wiese eine blutige Wunde auf.

»Ihr hättet Saiwa fast umgebracht!« sagte Gerlef vorwurfsvoll, als er vor den Fenrisbrüdern stand.

»Kein unverdientes Schicksal für jemanden, der den Römern dient«, erwiderte der Breitgesichtige verächtlich. Er trat näher an Gerlef und Saiwa heran und ließ seine Hand über das Gesicht des Mädchens gleiten. »Obwohl es natürlich schade gewesen wäre. Mit der Römerhure läßt sich noch einiges anfangen.«

»Laßt Saiwa in Ruhe!« schrie Gerlef und trat einen Schritt zurück, bis er mit dem Rücken am Wagen stand.

Der Breitgesichtige drückte seine blutige Schwertspitze gegen Gerlefs Hals. »Setz sie ab!«

Zögernd gehorchte Gerlef und stellte seine Schwester auf ihre noch wackligen Beine. Kaum hatte er den Befehl des Breitgesichtigen ausgeführt, als dieser ihm sein Schwert durch die Kehle rammte. Saiwa stieß einen schrillen Entsetzensschrei aus, und Gerlef fiel vor ihre Füße, versuchte sich noch einmal aufzurichten, sackte dann aber zu Boden. Die Lebenskraft verließ den kräftigen Mann noch schneller als das Blut, das aus der großen Halswunde sprudelte und innerhalb kurzer Zeit eine beachtliche Pfütze auf dem Lehmboden bildete.

Saiwa sank neben ihrem Bruder auf die Knie, aber der Breitgesichtige packte ihren Haarschopf und riß sie brutal wieder hoch. »Dem kannst du nicht mehr helfen, Süße. Kümmer dich lieber um uns!«

Die gewaltsam hochgezogene Frau wollte sich losreißen, aber zwei Fenrisbrüder packten ihre Arme und hielten sie fest. Ihr Anführer setzte sein Schwert so unter Saiwas Kinn, wie er es zuvor bei ihrem Bruder getan hatte.

»Ihr seid wirklich Barbaren!« schnappte Flaminia, die Mitleid mit ihrer Sklavin empfand. »Ihr tötet Wehrlose, nur weil es euch gefällt!«

»Und ihr Römer unterwerft fremde Völker, nur weil es euch gefällt«, erwiderte der Breitgesichtige. »Halt bloß den Mund, Römerin, und sei froh, daß wir dich noch brauchen.«

»Brauchen? Wofür?«

»Wir werden dich eintauschen gegen die Germanen, um bei eurem Begriff zu bleiben, die ihr als Sklaven genommen habt, weil sie ihre Steuern nicht bezahlen konnten. Ich hoffe, das bist du deinem Bruder wert.«

»Nicht mein Bruder hat darüber zu entscheiden, sondern der Legat Varus.«

»Wie ich hörte, hat das Wort deines Bruders großes Gewicht bei Varus.« Der Breitgesichtige grinste. »Und deines auch.«

Er führte sein Schwert an Saiwas Körper entlang und zerfetzte ihre Kleidung. Mit den bloßen Händen besorgte er den Rest und riß Saiwa den groben Wollstoff vom Leib, bis sie nichts mehr trug außer ihren Lederschuhen. Die nackte Frau begann zu zittern, vor Kälte und noch mehr vor Angst.

Die rauhe Hand des Breitgesichtigen strich über ihren fülligen Körper und verharrte, als sie eine der großen, melonenförmigen Brüste gepackt hielt. »An dir ist ordentlich was dran, Süße. Genug für uns alle!«

Saiwa wehrte sich noch stärker, aber die beiden Krieger hielten sie zu fest gepackt.

»Gut festhalten!« knurrte der Breitgesichtige und streifte seine Hose herunter.

»Du willst es ihr im Stehen besorgen?« fragte der Wolfshäuter zu Saiwas Linker ungläubig. »Wie ein Tier?«

Der Breitgesichtige lachte. »Ja, wie ein Tier.« Er sah Flaminia an. »Für die Römer sind wir doch nichts anderes als Tiere. Also wollen wir uns auch so benehmen.« Er hielt sein großes, angeschwollenes Glied in der Hand, und für einen Moment konnte Flaminia so etwas wie Bewunderung nicht verhehlen.

Plötzlich stürzte der halbnackte Mann gegen die nackte Frau, rutschte an ihr herunter und blieb neben Gerlef liegen. Ungläubig starrten seine Gefährten und auch die beiden Frauen ihn an. Zwischen seinen Schulterblättern steckte der Schaft eines Wurfspeers.

Einer der Männer, die Saiwa festhielten, stöhnte leise, als seine Brust von einem weiteren Wurfspeer durchbohrt wurde, der ihn an den hölzernen Wagenkasten nagelte.

Bei den übrigen sechs Fenrisbrüdern brach Panik aus. Hastig griffen sie nach ihren Waffen, während ihre Augen den Wald zu beiden Seiten der Straße absuchten.

»Zum Angriff, Männer!« ertönte ein markerschütternder Schrei. »Schlagt diese Hunde in die Flucht!«

Die Worte waren noch nicht verklungen, da brach ein großer Rapphengst aus dem Unterholz. Ein Römerpferd, aber es trug einen Germanen. Auf den ersten Blick gefiel er Flaminia: hünenhaft, breitschultrig, mit einem harten, aber gutgeschnittenen Gesicht. Es kam bestens zur Geltung, weil er glattrasiert war. Und sein langes Blondhaar wehte hinter ihm her wie eine Fahne.

Er sprengte in der Nähe des Wagens aus dem Wald. Auch der zweite Mann ließ Saiwa jetzt los, zog lieber sein Schwert und sprang dem Reiter entgegen. Das war seine letzte Tat, bevor ihn die scharfe Eisenspitze einer Frame in den Tod beförderte.

Der Reiter zog die Spitze aus dem zu Boden sinkenden Körper des Fenrisbruders heraus und ritt auf einen weiteren Mann zu, den er ebenfalls durchbohrte. Der Sterbende hielt den Schaft der Frame umklammert, und der Reiter mußte sie loslassen, um nicht zuviel Zeit zu verlieren.

Den nächsten Mann tötete er, indem er ihn mit seinem Langschwert einen Kopf kürzer machte. Als ihnen der abgeschlagene Schädel ihres Gefährten vor die Füße sprang, wurden die drei übriggebliebenen Fenrisbrüder von Panik erfaßt. Sie drehten sich um und verschwanden mit langen Sätzen im Wald.

Der hünenhafte Reiter hielt den Rappen an und verharrte für einen Moment still in seinem Römersattel. Er lauschte, ob sich die Männer auch wirklich entfernten. »Denen haben wir es gegeben«, brummte er dann zufrieden und tätschelte den Kopf seines Pferdes.

Er ritt zurück zu dem Wagen, stieg dort ab, reinigte seine Schwertklinge an der Kleidung eines gefallenen Fenrisbruders, steckte das Schwert zurück in die mit bronzenen Zierblechen beschlagene Holzscheide an seinem Wehrgehänge, zog die Frame aus dem Toten und reinigte sie auf dieselbe Weise. Anschließend sammelte er seine beiden Wurfspieße ein, und der Körper des an den Wagen genagelten Fenrisbruders rutschte zu Boden wie ein schwerer Sack. Der blonde Hüne säuberte auch die Spieße vom Blut und steckte sie in die Halterung am Sattel.

Flaminia kletterte vom Wageninnern auf den Kutschbock und sagte streng: »Du solltest dich weniger um deine Waffen als um uns Frauen kümmern, Germane! Diese Barbaren hätten uns fast umgebracht.«

Der blonde Hüne warf einen kurzen Blick auf die schlanke schwarzhaarige Römerin und dann auf die blonde, ihrer Kleider beraubte Germanin, die auf dem Boden hockte und den Kopf ihres toten Bruders weinend in ihrem Schoß hielt, bevor er antwortete: »Meine Waffen haben euch das Leben gerettet. Und falls

184

die Kerle zurückkehren, ist es gut, wenn sie wieder einsatzbereit sind.«

»Ich glaube nicht, daß sie zurückkehren«, meinte Flaminia. »Du hast ihnen einen gehörigen Schreck eingejagt. Fünf von den gefürchteten Fenrisbrüdern hast du in weniger als zwei Minuten getötet. Den Rest werden deine Männer erledigen.«

»Welche Männer?«

»Na, deine Kampfgefährten. Du hast sie doch angefeuert, als du aus dem Wald geritten kamst.«

»Ich habe niemanden angefeuert.«

Flaminia schüttelte mißbilligend den Kopf. » Was erzählst du da? Ich habe doch gehört, wie du nach deinen Männern gerufen hast!«

Der blonde Krieger lachte kurz und trocken. »Ich habe Männer gerufen, die es nicht gibt, um dem Gegner Furcht einzuflößen. Zum Glück ist es mir gelungen.«

Ein anerkennendes Lächeln glitt über Flaminias mit Kreide weißgeschminktes Gesicht, das einen starken Kontrast zu ihren dunklen Haaren und Lidern bot. »Eine Kriegslist also, Germane.«

Der Blonde nickte.

»Meine Anerkennung. Du hast gehandelt wie ein römischer Offizier.«

»Ich bin Offizier der Römer gewesen.«

»Das erklärt deine Klugheit.«

Wieder lachte der Hüne. »Wenn alle Römer so klug wären, wäret ihr nicht in diese plumpe Fallen gegangen.«

Erst wollte ihm Flaminia eine scharfe Rüge zur Antwort geben, dann aber besann sie sich und lachte ebenfalls. »Du sprichst wahr, Germane. Sag mir deinen Namen, damit ich weiß, bei wem ich mich für meine Rettung bedanken muß.«

»Ich heiße Thorag.«

»Du bist im rechten Moment gekommen, Thorag. Was suchst du in dieser Gegend?«

»Ich denke, wir haben dasselbe Ziel. Ich will zur Ubierstadt, um wieder als Offizier in römische Dienste zu treten.«

»Das wirst du mit Sicherheit.« Flaminia zeigte auf die getöteten Fenrisbrüder. »Wenn ich Maximus hiervon erzähle, wird er dich sofort einstellen.«

»Maximus, der Präfekt der Legatengarde?«

»Ja, er ist mein Bruder. Deshalb wollten mich diese Strolche gefangennehmen. Sie wollten mich gegen germanische Sklaven eintauschen.«

Thorag ging zu den Pferden der getöteten Römer und spannte sie vor den umgestürzten Baum.

»Was machst du da?« fragte Flaminia.

»Für eine kluge Römerin eine überflüssige Frage. Ich sehe zu, daß wir so schnell wie möglich weiterfahren können.«

Die Pferde zogen die gefällte Buche ohne große Mühe beiseite. Thorag befreite die Tiere vom Geschirr und scheuchte sie weg. Er konnte sie nicht mitnehmen. Seinen Rappen band er hinten an den Wagen. Dann versuchte er, Saiwa beim Aufstehen zu helfen. Aber sie weigerte sich, ihren Bruder zu verlassen.

»Gerlef ist tot«, sagte Flaminia hart. »Du kannst nichts mehr für ihn tun!«

»Gerlef hat immer auf mich aufgepaßt«, sagte die junge Usipeterin wie geistesabwesend. »Jetzt muß ich auf ihn aufpassen.«

Erschrecken trat in Flaminias Gesichtsausdruck, als Thorag sein Schwert zog. Doch nur der stumpfe Griff trat Saiwas Kopf, und bewußtlos sackte die Sklavin neben der Leiche ihres Bruders zusammen. Thorag verfrachtete sie in den Wagen, kletterte neben Flaminia auf den Bock und trieb die beiden graubraunen Zugpferde an. Der Planwagen rollte weiter und ließ fünfzehn Tote zurück.

Fünf davon waren durch Thorag gestorben. Es war fast, als hätte Wodan nicht nur den Winter vertrieben, sondern auch den Frieden, der mit ihm über das Land der Cherusker und der anderen Stämme hereingebrochen war.

Thorag hatte die Zeit der langen Nächte und kurzen Tage in Wisars Dorf verbracht. Thorag und sein Vater hatten lange geschlafen, gut gegessen und getrunken und viel miteinander gesprochen. Viel mehr konnte man nicht tun, wenn Höder sogar die Tage verdunkelte, wenn Hulda das Land mit einer dicken Schneeschicht bedeckte und wenn Ullers kalter Atem das Wasser gefrieren ließ. Das war die Zeit, in der die Menschen zusammensaßen, sich Geschichten von ihren Vorfahren und den Göttern erzählten und diesen dankten, daß es gelungen war, genug Vorräte für die kalte Jahreszeit anzulegen. In Wisars Siedlung hatte niemand hungern müssen. Vorausschauend wie immer, hatte der Gaufürst für ausreichende Nahrungsvorräte gesorgt.

Aber als Eis und Schnee schmolzen und sich die Wälder mit dem Leben des beginnenden Sommers anzufüllen begannen, hatte auch Thorag dieses Leben in sich gespürt. Es war als innere Unruhe zu ihm gekommen, die ihn immer wieder hinaustrieb zu weiten Ritten. Manchmal endeten diese Ritte im Heiligen Hain, an den Gräbern seiner Familie, aber öfter noch auf der Lichtung, wo er erstmals Auja begegnet war.

Wisar hatte die Unruhe seines Sohnes gespürt und ihm eines Tages vorgeschlagen, für ein paar weitere Jahre in die Dienst der Römer zu treten. Wisar hoffte, Thorag würde die Enttäuschung mit Auja in der Fremde besser verwinden. Daß Astrid in seinen Gedanken Auja verdrängt hatte, ahnte der Vater nicht. Auch hoffte er, die Zwistigkeiten zwischen Onsaker und Thorag würden sich in der Zwischenzeit legen. Da es Wisar wieder besserging – er hustete nur noch ganz selten –, nahm Thorag den Vorschlag dankbar an. Er hatte selbst oft daran gedacht, die Frage aber nicht angeschnitten, weil er sich gut daran erinnerte, wie enttäuscht sein Vater bei seiner Rückkehr gewesen war, als Thorag davon gesprochen hatte, wieder wegzugehen.

»Du bist kein sehr guter Gesellschafter, Thorag«, schreckte ihn Flaminia aus seinen Gedanken. »Du bist nicht beredter als die Bäume hier im Wald.«

»Kein Wunder«, meinte Thorag. »Schließlich bin auch ich ein Kind dieser Wälder.«

Flaminia öffnet ihre mittels Weinhefe geröteten Lippen zu einem Lachen. »Ich muß mein Urteil über dich berichtigen, Thorag. Du bist geistreich, für einen Germanen sogar außergewöhnlich geistreich.«

»Wir *Germanen*, wie ihr *Römer* uns nennt, scheinen in euren Augen dumme Klötze zu sein, die nichts anderes können als Wildschweine zu jagen, Bier zu trinken und einander die Schädel einzuschlagen.«

»Zugegeben, so ungefähr ist das Bild, das ich von deinem Volk habe.«

»Und was ist mit euch Römern? Könnt ihr mehr, als Gladiatoren durch die Arena zu jagen, Wein zu trinken und anderen Völkern die Schädel einzuschlagen?«

Flaminia lachte wieder, diesmal richtig laut.

»Wenn du nicht leiser bist, lockst du die Männer in den Wolfsfellen auf unsere Spur.«

»Ich sagte doch, Thorag, daß du geistreich bist. Wenn ich nicht laut lachen soll, darfst du mich nicht so amüsieren.«

Flaminias Blick ruhte wohlwollend auf dem muskulösen Hünen, der so dicht bei ihr saß, und mit halb geschlossenen Augen atmete sie den Duft seines Körpers ein. Dieser Thorag gefiel ihr, und zwar immer besser, je länger sie ihn kannte. Er war groß und kräftig, sah gut aus mit seinem markanten Gesicht und dem langen Blondhaar und war zudem noch ein amüsanter Unterhalter, auch wenn er das vielleicht selbst gar nicht wußte. Ja, er gefiel ihr wirklich. In diesen Augenblicken beschloß sie, daß er sich im Oppidum nicht um eine Unterkunft bemühen mußte. Das Haus, das Flaminia mit Maximus bewohnte, war groß genug. Und es hatte viele Schlafzimmer.

»Die Männer in den Wolfsfellen«, griff Thorag das Gespräch wieder auf. »Du nanntest sie Fenrisbrüder. Was bedeutet das?«

Natürlich wußte er, wer die Fenrisbrüder waren. Schließlich war er damals, auf Thidriks Hof, selbst mit einigen von ihnen aneinandergeraten. Aber bei den Römern mußte man vorsichtig sein. Ein Mann, der zuviel wußte, geriet bei ihnen leicht in Verdacht, in dunkle Machenschaften verstrickt zu sein. Die Römer waren Ränkeschmiede und gingen deshalb wie selbstverständlich davon aus, daß alle Menschen so waren.

»So nennen sich diese Kerle mit den Wolfsfellen selbst. Es ist eine Art Geheimbund, deren Angehörige einen erbitterten Kleinkrieg gegen uns Römer führen.«

»Warum?«

Flaminia zuckte mit den Schultern. »Ich nehme an, sie mögen uns nicht. Du bist selbst ein Germane. Magst du uns?«

»Es gibt Menschen, die ich mag. Und es gibt Menschen, die ich nicht mag. Aber wie kann ich ein Volk mögen oder hassen, kann ich doch niemals alle Menschen kennen, die ihm angehören.«

Flaminia zog anerkennend eine ihre scharf ausgezupften Brauen hoch. »Du bist nicht nur geistreich, sondern zudem ein Philosoph, Thorag.« Sie seufzte. »Nun, die Fenrisbrüder jedenfalls lieben uns Römer nicht, ganz im Gegenteil. Ihre Anschläge werden dreister und nähern sich immer mehr dem Rhenus.«

Thorag hätte nicht gedacht, daß der Geheimbund so mächtig war. Er hatte die Männer, die ihn und seine Gefährten auf Thidriks Hof überfallen hatten, für ein paar vereinzelte Irregeleitete gehalten.

»Wenn sie so gefährlich sind, weshalb durchquerst du dann mit schwacher Begleitung dieses Gebiet?«

»Ich dachte nicht, daß meine Begleitung schwach wäre. Maximus hat mir Reiter seiner Garde mit auf den Weg gegeben. Ich werde ihm sagen, daß die Kampfkraft seiner Männer sehr zu wünschen übrigläßt. Daß sie nicht vermögen, was ein einzelner Germane vermag.« Anerkennend strahlte sie Thorag an und drückte wie zufällig seinen muskulösen Arm. »Außerdem haben sich die Fenrisbrüder noch nie so weit vorgewagt. Bis jetzt hielten wir das Gebiet zwischen dem Oppidum und den Kastellen, die eine Tagesreise vom Fluß entfernt liegen, für sicher. Deshalb hatte ich keine Bedenken, für einige Tage einen Freund zu besuchen. Er heißt Marcellus und ist Kommandant eines Kastells.«

Flaminia verschwieg Thorag, daß sie Marcellus weniger für einige Tage als für ein paar Nächte besucht hatte. Weshalb hätte sie es ihm auch sagen sollen? Es ging ihn nichts an. Nach dem Überfall durch die Fenrisbrüder schien es Flaminia zu gefährlich, ihre Liebesreisen zu Marcellus zu unternehmen. Aber mit Thorag bot sich, wie es aussah, ein mehr als vollwertiger Ersatz an. Diese Aussicht wollte sie sich nicht zerstören, indem sie die Eifersucht des Germanen schürte.

Es dämmerte bereits, als Leute aus dem Wageninnern verkündeten, daß Saiwa erwacht war. Die Herrin kletterte nach hinten und kümmerte sich um die Sklavin.

Thorag gönnte den Tieren keine Rast und lenkte den Wagen immer weiter der Ubierstadt entgegen. Nicht nur wegen möglicher Verfolger hatte er es eilig, die Stadt zu erreichen. Ursprünglich war er hierhergekommen, um dem zu entfliehen, was er bei seiner Heimkehr ins Cheruskerland erlebt und erfahren hatte. Jetzt aber deutete sich eine andere Möglichkeit an. Wenn er hier auf die Fenrisbrüder stieß, konnte er vielleicht auch mehr über das Geheimnis erfahren, das Auja, Onsaker und Thidrik umgab.

Denn irgendwie hing alles miteinander zusammen. Es war gewiß kein Zufall, daß Notker auf Thidriks Hof gekommen war und daß Thidriks Sohn Hasko zu den Fenrisbrüdern gehört hatte. Wenn er das Geheimnis der Fenrisbrüder lüftete, hatte er dann auch das Geheimnis um die Mordanschuldigungen gelüftet, die Onsaker gegen ihn erhob?

Gewiß, das Gottesurteil auf dem Thing hatte Thorags Unschuld bewiesen. Aber was nutzte das, solange der wahre Mörder nicht überführt war? Solange das nicht geschah, würde der Schatten des Verdachts an Thorag hängen und ihn von Auja trennen. Von Auja? Thorag war selbst überrascht, das er jetzt wieder mehr an Auja als an Astrid, die unerreichbare Priesterin, dachte. War es so, daß die erste Leidenschaft eines Menschen immer unauslöschlich in seinem Herzen blieb?

Eine große Erregung ergriff von Thorag Besitz, als sich die Umrisse des auf dem rechten Rheinufer errichteten Brückenkopfes in der Ferne undeutlich aus dem immer dunkler werdenden Himmel herausschälten.

Etwas schreckte Thorag aus dem Schlaf – das besondere Gefühl für Gefahr, das ihn schon oft gewarnt hatte. Während sich sein Geist fast noch im Schlaf befand, tastete seine Hand nach dem Schwertgriff. Aber er fand die Waffe nicht, wie er sich überhaupt nicht zurechtfand.

Nur langsam wurde er sich bewußt, daß er nicht auf seinem angestammten Lager im Haus seines Vaters lag. Die Erinnerung kehrte in seinen schlaftrunkenen Geist zurück. Die Erinnerung an die schöne Römerin Flaminia, die ihm aus Dankbarkeit für ihre Rettung ein Zimmer in ihrem Haus angeboten hatte. Dort hatte sie ihn reichlich bewirtet. Müde von den Anstrengungen des Tages und von der reichlich genossenen Mixtur aus Met und Wein hatte er sich dann in das zugewiesene Cubiculum begeben, seine Sachen auf den Stuhl gelegt und sich auf der Liege ausgestreckt.

Ja, das Wehrgehänge mit seinem Schwert lag auf dem Stuhl neben der Liege, an dessen glatten Beinen seine Hand entlangstrich. Er mußte nur höher greifen.

Die Erkenntnis kam zu spät, falls der nächtliche Besucher, dessen Eintreten Thorag geweckt hatte, vorhatte, ihn zu töten. Während er endlich das tödliche Eisen aus der Scheide zog, verfestigte sich der Gedanken in Thorag, daß der Mann, dessen Umrisse er in dem schwachen vom Peristylium einfallenden Licht sah, ihm gar nichts Böses wollte. Jedenfalls traf der Besucher, der seinen Umrissen nach zu urteilen von außergewöhnlicher Körpergröße war, keine Anstalten, Thorag anzugreifen.

»Du kannst dein Schwert ruhig wieder zurückstecken, Germane«, sagte eine tiefe Stimme auf lateinisch. »Ich pflege die Gäste meiner Schwester Flaminia nicht zu überfallen. Zumal es auch meine Gäste sind.«

»Maximus?« fragte Thorag.

»So nennt man mich, denn man sagt, ich sei schon bei meiner Geburt außergewöhnlich groß gewesen.«

Fast ein wenig beschämt steckte Thorag das Schwert zurück in die hölzerne Scheide, schlug die dicke Wolldecke beiseite, erhob sich von der Liege und trat auf den anderen Mann zu.

»Wenn ich euch Germanen so ansehe, habe ich allerdings wenig Grund, mir auf meine Größe etwas einzubilden«, fuhr der Römer fort. Die beiden Männer waren fast gleich groß.

Thorags Augen hatten sich an das schwache Licht gewöhnt, das teils von den Gestirnen über dem Peristylium einfiel und teils von den Öllampen kam, die draußen den überdachten Säulengang erhellten. Er sah den Besucher jetzt deutlich vor sich und erkannte sofort die Ähnlichkeit seiner Züge mit denen Flaminias. Auch sein Haar war schwarz, wurde allerdings schon von einigen silbernen Fäden durchzogen. Er hatte ebenmäßige Gesichtszüge und dicke, buschige Augenbrauen. Thorag schätzte den Präfekten in der glänzenden Rüstung etwa zehn Jahre älter ein als die Frau, also auf Anfang Vierzig. Er wirkte mit seinen breiten Schultern und der kerzengeraden Haltung eines langgedienten Soldaten sehr beeindruckend.

»Ich freue mich, dich kennenzulernen, Präfekt Maximus, und ich danke dir für die Gastfreundschaft, die deine Familie mir gewährt. Aber gibt es einen Grund für deinen nächtlichen Besuch?«

»Maximus genügt. Nicht du hast mir zu danken, Thorag, sondern ich dir für die Rettung meiner Schwester. Nicht auszudenken, was diese verfluchten Fenrisbrüder mit ihr angestellt hätten! Ich konnte einfach nicht anders, als sofort zu dir zu eilen, nachdem mir Flaminia alles erzählt hatte. Ich mußte mir den Mann unbedingt ansehen, der fünf Fenrisbrüder auf einen Streich getötet hat.«

»Nicht auf einen Streich, Maximus. Ich benötigte mein Schwert, meine Frame und zwei Wurfspieße dazu.«

»Trotzdem ist es eine beeindruckende Leistung, wenn ein Mann ganz allein eine Horde wilder Barbaren tötet beziehungsweise in die Flucht schlägt, der es zuvor gelungen ist, einen ganzen Trupp meiner Elitesoldaten niederzumetzeln. Einen solch außergewöhnlichen Mann mußte ich auf der Stelle kennenlernen. Hätte Flaminia mir nicht selbst von deinen Taten erzählt, ich hätte es nicht geglaubt.«

Täuschte sich Thorag, oder hörte er zwischen den Worten des römischen Offiziers einen seltsamen Unterton heraus, eine Mischung aus Ironie und Ungläubigkeit? Und musterten ihn Maximus' leicht schrägstehende Augen trotz der Dankbarkeit, die der Präfekt betonte, nicht kühl und abschätzend? Thorag wurde das Gefühl nicht los, daß der wahre Grund für den nächtlichen Besuch etwas anderes war als pure Dankbarkeit. Maximus traute dem Gast seiner Schwester nicht und wollte ihn daher persönlich in Augenschein nehmen.

»Ich kann dich verstehen, Maximus. Ich hätte es wohl auch nicht geglaubt.«

Der Römer seufzte und schlug für einen Moment die Augen nach oben, als wolle er seine Götter um Rat bitten. »Ja, es geschehen viele unglaubliche Dinge in letzter Zeit.«

»Wie meinst du das?« fragte Thorag vorsichtig.

»Ich meine die Fenrisbrüder, die immer vorwitziger werden. Während die Fürsten der Germanen mit uns Bündnisverträge schließen, tun diese Verbrecher einfach so, als ginge sie das alles nichts an. Immer wieder überfallen sie unsere Vorposten, Meldereiter und Nachschubbeförderer. Auch ihre eigenen Leute, verschonen sie nicht, beschimpfen sie als Römlinge und vergießen ihr Blut.«

»Warum werdet ihr Römer der Plage nicht Herr? Varus hat schließlich allein hier im Oppidum zwei Legionen zur Verfügung, die Auxiliartruppen nicht mitgezählt.«

»Auch für einen Löwen ist es schwer, eine Mücke zu fangen.«

»Aber der Löwe muß vor der Mücke keine Angst haben.«

Maximus legte den Kopf schief und musterte Thorag aus

zusammengekniffenen Augen. »Wirklich nicht? Auch nicht, wenn sich die Mücke in seinem Fell einnistest?«

Auch Thorag blickte jetzt skeptisch. »Wie meinst du das?« fragte er, obwohl er die Antwort bereits kannte. Plötzlich wußte er, was der Besuch des Präfekten zu bedeuten hatte.

»Eine Erklärung für die kaum glaubliche Rettung meiner Schwester wäre, daß die Fenrisbrüder die Sache von vornherein so geplant haben.«

»Dann hätten sie ihre eigenen Männer geopfert.«

»Warum nicht? Sie sind Fanatiker, zu allem fähig.«

»Wenn das wahr wäre, wäre ich einer von ihnen. Wäre es nicht sehr kühn von mir, mich ganz allein in die Höhle des mächtigen Löwen zu begeben?«

»Die Mücke könnte hoffen, im Fell des Löwen nicht aufzufallen«, antwortete Maximus, und seine Hand wanderte wie zufällig zum Griff des Schwertes, das an seiner linken Hüfte in einer prunkvoll verzierten Scheide steckte. »*Audentem fortuna iuvat.* – Dem Kühnen hilft das Glück.«

Jetzt bereute Thorag, sein eigenes Schwert weggelegt zu haben. Vielleicht war er zu vertrauensselig gewesen, als er dem Römer dieselbe Gastfreundschaft unterstellte, die ein Cherusker nach dem Gastrecht seines Stammes zu gewähren hatte. Er spannte seine Muskeln an, um Maximus im Notfall durch seine bloße Körperkraft entgegentreten zu können.

Äußerlich blieb er aber ruhig und sagte: »Deine hohe Meinung von meiner Kühnheit ehrt mich, Präfekt. Aber ich muß sie zurückweisen. Ich bin sowenig ein Fenrisbruder wie du. Es war reiner Zufall, daß ich im rechten Moment auftauchte. Und es war der Vorteil der Überraschung, den zuvor die Fenrisbrüder beim Überall auf deine Männer auch nutzten, der es mir ermöglichte, sie in die Flucht zu schlagen.«

Maximus' zusammengezogene Augen und seine ganze angespannte Haltung wirkten plötzlich lockerer. Seine Rechte entfernte sich wieder vom Schwertgriff. Lachend sagte er: »Nimm mir meine Worte von eben nicht übel, Thorag. Aber bei den Fenrisbrüdern darf man nicht vorsichtig genug sein. Flaminias Bericht, ein wahrer Recke von einem Germanen schlafe in unserem Haus, hat mich sofort alarmiert.«

»Ich hätte genauso gehandelt.«

»Alles andere besprechen wir morgen«, sagte Maximus und wünschte ihm einen guten Schlaf.

Als er die Tür hinter sich geschlossen hatte, und Thorag in der Dunkelheit stand, dachte er noch lange über Maximus' Verdacht nach, den er fast erheiternd fand. Wenn die Fenrisbrüder Thorags habhaft werden könnten, würde der Präfekt sehen, wie sehr er sich täuschte. Aber Thorag war sich nicht sicher, den Verdacht des Römers ausgeräumt zu haben. Ein Sprichwort, das er von den Römern gelernt hatte und das auch auf seine Beziehung zu Onsaker und Auja paßte, fiel ihm ein und kam leise über seine Lippen: »*Audacter calumniare, semper aliquid haeret.* – Nur keck verleumden, etwas bleibt immer hängen.«

Kapitel 12

Die Stadt am Rhein

Nach der nächtlichen Begegnung mit Maximus schlief Thorag nur schwer wieder ein. Sein Schlaf war oberflächlich und unruhig, und durch seine Träume zogen römische Soldaten und wolfsfellbedeckte Krieger. Mehrmals schreckte er hoch, aber alles war ruhig.

Ein Traum war besonders intensiv. Fast wie in den Nächten, in denen ihm Donar erschien. Aber diesmal sah er nicht den Donnergott im Traum, sondern sich selbst. Thorag schritt durch eine karge Felslandschaft, langsam und vorsichtig. Er war auf der Hut vor irgend etwas oder jemandem, aber er wußte nicht, wovor. Bis ihn ein ohrenbetäubender Lärm herumfahren ließ. Kurz dachte er an Donars Donnergrollen. Aber nicht der Donnergott hatte das markerschütternde Geräusch losgelassen. Es war ein anderes, seltsames Wesen, das aus einer Nebelwand auf ihn zuschritt. Gebannt und ängstlich zugleich starrte Thorag diesem Wesen entgegen, dessen Umrisse er nur langsam deutlicher sah. Nur zwei Dinge konnte er mit Sicherheit sagen: Es war sehr groß, und es war schwarz wie die eine Hälfte der Totengöttin Hel. Angst schnürte Thorag die Kehle zu. Ein Tier tauchte plötzlich vor dem Auge seiner Erinnerung auf, der schwarze Ur. Er verwandelte sich in den Eber, gegen den Thorag auf dem Thing gekämpft hatte. Auch dieses Bild verschwand wieder. Aber das schwarze Etwas vor ihm blieb, schrie wieder laut und kam näher. Thorag erkannte ein zottiges Fell. Das Tier brüllte zum drittenmal ...

... und Thorag erwachte schweißgebadet. Im Zimmer war es ein wenig heller, als er es in Erinnerung hatte. Blasse Lichtstreifen, die unter der Tür und durch den Spalt des nicht ganz ordentlich zugezogenen Fenstervorhangs einfielen, zeigten Thorag den Beginn der Morgendämmerung an. Er fühlte sich von der unruhigen Nacht zerschlagen und war verschwitzt wie an einem brütendheißen Hochsommertag. Mit einer ruckartigen Bewegung schlug er die Decke weg, erhob sich von seinem Lager und riß die Fensterläden auf. Obwohl es noch schwach war, blendete ihn das Licht des anbrechenden Tages, und für ein paar Sekunden kniff er die Augen zusammen.

Hinter dem grünlichen Fensterglas schimmerten verschwommen die Umrisse der Stadt. Die Scheibe saß in einem Rahmen aus Bronze, den Thorag um zwei in der Mitte angebrachte Zapfen drehte. Er atmete tief durch und genoß die frischen Morgenluft, die seine Schläfrigkeit vertrieb.

Das Haus stand auf einem kleinen Hügel, von dem aus Thorag hinunter zu dem breiten Strom blicken konnte, den die Römer Rhenus getauft hatten. Es war ihre Abwandlung der einheimischen Bezeichnung Rhein, und die bedeutete schlicht und einfach Strom. Ein großer Strom war der Rhein nämlich, und die Römer hatten sich seine Schiffbarkeit zunutze gemacht, indem sie an ihm zahlreichen Siedlungen und Kastelle errichteten. So wie das Oppidum Ubiorum, die Stadt der Ubier, benannt nach dem Stamm, der den Römern schon immer wohlgesonnen war und auf deren Geheiß auf das linke Flußufer übersiedelte, nachdem die hier ansässigen widerspenstigen Eburonen vernichtend geschlagen worden waren. Jetzt bildete der Rhein die Grenze zu jenem Teil des von den Römern Germanien getauften Gebiets, in dem die Stämme noch frei waren, sich aber durch Bündnis- und Freundschaftsverträge mit den vordrängenden Römern arrangiert hatten. Das Oppidum Ubiorum war die heimliche Hauptstadt des nach Osten vordringenden Römerreiches, weil sich der

Legat des Augustus mit einem Teil seiner Legionen hierher ins Winterquartier zurückzog. Die übrigen Truppen standen, neben den kleineren Lagern, in Mogontiacum und im Castra Vetera.

Thorag sah in der Umgebung des Hauses weitere große Privathäuser, in denen wohl andere hohe Offiziere und hochrangige Römer wohnten. Wo das Gelände zum Fluß hin flacher wurde, war die Bebauung enger. Dort lagen die zum Hafen gehörenden Geschäfts- und Lagerhäuser. Undeutlich sah Thorag in der Ferne die großen Wohnviertel der Ubier, über denen der Morgendunst waberte.

Ein Geräusch, ein leises Kratzen aus Richtung der Tür, ließ ihn herumwirbeln. Die Tür war verschlossen. Er sah und hörte nichts Verdächtiges, obwohl er angestrengt lauschte. War er nicht von selbst aufgewacht? Hatte ihn etwas gewarnt, ein Geräusch, das er in seinem leichten Schlaf vernommen hatte und das in seinem letzten Traum zum Gebrüll des schrecklichen, unbekannten Wesens geworden war?

Der Schatten, der plötzlich das Licht der kleinen Ritze zwischen der Tür und dem Fußboden verdunkelte, schien seinen Verdacht zu bestätigten. Mit leisen, kaum hörbaren Schritten entfernte sich der Schatten. Thorag widerstand dem ersten Impuls, zum Schwert zu greifen. Er wollte sich nicht, wie bei Maximus' nächtlichem Besuch, der Gefahr der Lächerlichkeit aussetzen.

Ohne sich zu bewaffnen, huschte er zur Tür und zog sie mit einem Ruck auf. Vor ihm lag das kleine Idyll des Peristyliums. In der Mitte des Säulengangs lag unter freiem Himmel die quadratische Grünfläche mit sorgsam geschnittenem Buschwerk. Mitten in dem Grün stand eine mamorne Wölfin auf einem Sockel und säugte zwei kleine Menschenkinder. Eine Statue zu Ehren der Wölfin, die Romulus und Remus, die Gründer Roms, gesäugt hatte. In der Nähe der Statue gluckerte die bescheidene Fontäne eines kleinen Springbrunnens eintönig vor sich hin.

Thorag wollte sich schon mit der Erklärung zufriedengeben, einer Täuschung seiner noch vom Schlaf getrübten Sinne erlegen zu sein, als einer der Büsche plötzlich heftig raschelte. Ein Windstoß konnte es nicht gewesen sein, denn alle anderen Büsche blieben ruhig.

Mit langen, schnellen Sätzen durchquerte der Cherusker die kleine Grünanlage bis zu dem bewußten Busch, griff hinein und zerrte den Verursacher des Raschelns zwischen den Blättern hervor. Es war ein etwa acht- oder neunjähriger Junge mit schmalem Gesicht, dunklem Haar und leicht schrägstehenden Augen. Er trug eine helle Tunika und lederne Sandalen. Der Blick, mit dem er Thorag musterte, schwankte zwischen Ärger und Angst.

»Wen haben wir denn da?« fragte der Cherusker auf lateinisch, während er den Jungen an der Tunika gepackt hielt. »Einen kleinen Spion?«

»Ich bin kein Spion«, sagte der Junge trotzig. »Und wenn du mich nicht sofort losläßt, laß ich dich auspeitschen, Germane!«

»Mich auspeitschen?« lachte Thorag herzhaft. »Du scheinst dich mit einem Herrn und mich mit einem Sklaven zu verwechseln, Junge.«

»Bist du kein Sklave?« fragte der Junge, jetzt bedeutend leiser.

»Nein, ich bin ein freier Cherusker.«

»Alle Germanen in diesem Haus sind Sklaven. Sie gehorchen meinem Onkel und …«

Weiter kam er nicht, weil ein lauter, langgezogener Ruf dazwischenfuhr: »Priiimuuus!«

Flaminia stand in dem Säulengang und blickte mit gerunzelter Stirn auf die Grünfläche. Sie trug eine gelbe, bis auf den Boden fallende Tunika. Ihr schwarzes Haar war hinten zu einem kunstvollen Gebilde zusammengesteckt. Wie schon am Vortag bewunderte Thorag die Schönheit und natürliche Eleganz der Römerin. Als sie auf einem ins Grüne führenden Kieselsteinweg ein paar Schritte vortrat, zeichneten sich ihre schlanken Beine und ihre kleinen, spitzen Brüste durch das Gewand ab.

»Was tust du hier, Primus?« fragte Flaminia ein wenig säuerlich. »Ich warte mit dem Essen auf dich. Es wird Zeit für die Schule.«

Thorag ließ den Jungen los und sagte: »Ich wollte den Knaben nicht aufhalten, Flaminia.«

»Was hat er wieder angestellt?«

»Eigentlich gar nichts«, meinte der Cherusker ausweichend.

»Was heißt eigentlich?«

»Nun ja, er war ein wenig neugierig.«

Flaminia lachte plötzlich. »Das hat er von mir geerbt.« Ihr Gesicht wurde wieder strenger, als sie den Jungen ansah. »Geh dich waschen, Primus. Du bist ganz grün vom Rasen oder

vom Gebüsch. Mach dich sauber und komm dann früh-
stücken!«

»Ja, Mutter«, sagte der Junge folgsam und lief mit gesenktem
Kopf an Flaminia vorbei in den Säulengang. Dort drehte er sich
noch einmal um und warf Thorag einen wißbegierigen Blick zu,
bevor er im Halbdunkel des Ganges verschwand, der vom Peristylium in den überdachten Hauptteil des Hauses führte.

»Er … er ist dein Sohn?« fragte Thorag ein wenig verwirrt, als
die Frau näher trat und ihn in eine Wolke ihres fremdartigen,
betörenden Duftes tauchte. Wo ein Sohn war, mußte auch ein
Vater sein, und das war für Thorag eine unangenehme Erkenntnis. Er fand die Römerin überaus anziehend. Bisher war er davon
ausgegangen, daß sie unverheiratet war. Er hätte es sich denken
könne, daß er sich täuschte. Sie war ein paar Jahre älter als er und
daher längst in dem Alter, in dem sich eine Frau einen Mann
suchte oder weise so tat, als habe sie sich von einem Mann suchen
lassen.

»Ja, Primus ist mein Sohn«, lächelte ihn Flaminia an. »Weil er
unser Erstgeborener war, haben Appius und ich ihn Primus
genannt. Wir wollten noch viele weitere Kinder haben.« Sie hielt
plötzlich inne, und ihr Blick verschleierte sich. »Aber leider blieb
uns das verwehrt.«

»Wieso?« platzte es aus Thorag heraus, bevor ihm die Erkenntnis den Mund verschließen konnte, daß diese Frage für einen
Fremden vielleicht unangemessen war.

»Ich lernte Appius über Maximus kennen. Er war der Stellvertreter meines Bruders. Als ich ihm nach Germanien folgte, war er
tot, gefallen bei einem Überfall der Fenrisbrüder.«

»Das tut mir leid«, sagte Thorag und meinte es ehrlich. Er
begehrte diese Frau, aber nicht um den Preis, daß er ihr den Tod
ihres Mannes wünschte oder darüber froh war. »Weshalb bist du
nicht nach Rom zurückgekehrt?«

»Ich weiß es nicht. Irgend etwas hält mich hier. Vielleicht der
Gedanke, daß Appius hier gestorben ist.«

Dann schwieg Flaminia und blickte in die aufgehende Sonne.
Auch Thorag schwieg, weil er ihre Gedanken, die seiner Meinung nach bei ihrem verstorbenen Mann weilten, nicht stören
wollte.

Er konnte nicht wissen, daß Flaminia ihm nicht alles erzählt hatte. Daß sie froh war, aus Rom wegzukommen, weil sich Augustus persönlich gegen sie gewandt hatte. Eine ihrer zahlreichen Affären, ohne die sie einfach nicht auskam, war sie mit einem Senator eingegangen, dessen Frau zur entfernten Verwandtschaft des Imperators zählte. Als die betrogene Ehefrau sich beim Herrscher des Römischen Reiches beschwerte, hatte ein Abgesandter des Imperators Flaminia nahegelegt, Rom für einige Jahre zu verlassen, wollte sie nicht auf eine öde Insel verbannt werden.

Flaminia hatte sich in Germanien eingerichtet, so gut es ging. Das Oppidum Ubiorum, in dem sie die Winterzeit verbrachte, war beileibe nicht Rom, und noch weniger war das Sommerlager der Legionen am Fluß Visurgis mit der Tiberstadt zu vergleichen. Aber sie hatte genügend Geld, um sich den ihr notwendigen Luxus zu beschaffen. Und unter den Soldaten genügend Auswahl an Männern, um ihren schon immer großen Bedarf am anderen Geschlecht zu befriedigen. Und sie konnte die Hausherrin spielen, obwohl das luxuriöse Anwesen eigentlich ihrem Bruder gehörte. Aber Maximus, dessen Leben die Armee war, hatte keine Frau und hätte sich aufgrund seiner Neigungen auch niemals eine gesucht. Er überließ seiner Schwester gern die Stellung der Hausherrin.

»Ich bin fertig«, sagte Primus, der die fast andächtige Stille störte. »Aber ich kann Maximus nicht finden. Auch Gerlef ist nicht da.« Der Mann und die Frau drehten sich zu dem Säulengang um, in dem der Junge stand.

»Maximus mußte schon zum Dienst«, erklärte die Mutter ihrem Sohn.

»Und wo ist Gerlef? Er hat versprochen, mich zur Schule zu bringen, wenn er wieder da ist.«

»Gerlef kommt nicht wieder«, sagte Flaminia leise. »Die Barbaren haben ihn getötet. Sie hätten wohl auch Saiwa und mich getötet, wenn Thorag uns nicht gerettet hätte.«

Sie legte bei diesen Worten eine Hand auf Thorags Arm.

»Gerlef ist tot?« fragte der Junge stockend.

Flaminia nickte mit ernster Miene. »Geh jetzt hinein, wir folgen dir.« Ihr Sohn gehorchte, und sie sah Thorag an. »Willst du mit uns essen?«

»Gern. Aber vorher würde ich mich gern noch waschen.«

Wieder nickte die Römerin. »Komm dann ins Triclinium.«

Thorag beeilte sich und kam noch rechtzeitig zum Essen. Flaminia und ihr Sohn kehrten gerade von dem kleinen Schrein im Atrium zurück, wo sie, wie jeden Morgen, eine Auswahl der Speisen den Laren, den Penaten und dem Genius geopfert hatten, die allesamt über Haus und Familie wachten.

Flaminia, Primus und Thorag ließen sich auf den gepolsterten Liegen nieder, die einen großen Tisch umgaben. Zwei germanische Sklavinnen, eine davon war Saiwa, bedienten sie. Wie bei den Römern üblich, war das Essen am Morgen eher karg. Es bestand aus frischem Brot, das mit Honig oder Käse bestrichen war. Dazu gab es zwei große Schüsseln aus prunkvoll verziertem Glas, von denen eine mit Trauben, die andere mit Oliven gefüllt war. Die Sklavinnen reichten in Bechern aus ähnlich verziertem Glas frische Ziegenmilch.

Saiwa tat, als sei gestern nichts vorgefallen, doch die Rötung unter den Augen verriet, daß sie in der Nacht viele Tränen um ihren Bruder Gerlef vergossen hatte. Jetzt hatte sie sich nur so lange in der Gewalt, bis Primus, eher neugierig als bekümmert, nach Gerlefs Schicksal fragte. Als Flaminia ihm ausführlich berichtete, was sich im Wald ereignet hatte, wandte sich Saiwa mehrmals ab und fuhr mit einem Stück ihres einfachen Kleides über ihre Augen.

Primus fragte weiter und weiter und wollte schließlich Näheres über Thorag wissen.

»Schluß jetzt!« sagte seine Mutter streng. »Du mußt jetzt los, sonst kommst du zu spät, und Themistokles gibt dir was auf die Finger.«

»Wer geht denn heute mit mir zu den Tieren, wenn Gerlef nicht mehr da ist?«

»Ist heute öffentliche Fütterung?« fragte Flaminia.

Ihr Sohn nickte heftig. »Darf ich mit Thorag zu den Tieren gehen?«

»Das mußt du Thorag fragen.«

Bittend sah der Junge den Cherusker an.

»Ich weiß dich gar nicht, worum es geht«, meinte Thorag.

»Heute ist die Tierfütterung im Amphitheater öffentlich«, erklärte Flaminia. »Gerlef hat Primus in der Mittagspause oft dahin mitgenommen.« Ihr Blick richtete sich auf den Jungen, und ihre Stimme wurde strenger. »Wenn Primus fleißig war.«

»Das bin ich bestimmt!« versprach der Junge schnell.

»Eigentlich wollte ich mich um einen Posten als Offizier bemühen«, sagte Thorag.

»Das brauchst du nicht«, meinte Flaminia. »Maximus wird das für dich regeln und dich Varus vorstellen. Aber erst am Nachmittag. Vorher kannst du doch nicht zu Varus. Er hält heute Gericht, und dabei läßt er sich ungern stören.«

Thorag sah Primus an. »Dann gehe ich gern mit dir zu den Tieren.«

Und Primus strahlte.

»Vielleicht nehmt ihr mich auch mit«, sagte die Römerin.

Und Thorag strahlte.

Ein krummbeiniger ubischer Sklave namens Egino brachte Primus zu Themistokles. Wie Thorag von seiner schönen Gastgeberin erfuhr, war dieser ein griechischer Freigelassener, der die Kinder wohlhabender Offiziere gegen gute Bezahlung unterrichtete. Er folgte der Truppe sogar ins Sommerlager, damit die Familien zusammenbleiben konnten.

Thorag und Flaminia blieben noch lange im Triclinium und unterhielten sich. Hauptsächlich sprach Thorag, denn die Frau stellte viele Fragen nach seinem Leben. Sie zeigte sich angenehm überrascht, als sie erfuhr, daß ihr Gast ein Edeling und ein Nachfahre des Donnergottes war.

Der Vormittag verging für Thorag fast zu schnell. Sunna strahlte, und es war warm. Der Cherusker und seine Gastgeberin flanierten im Peristylium, als der Ubier mit Primus zum Essen heimkam. Um noch genügend Zeit für den Besuch der Tiere zu haben, aßen Flaminia, Primus und Thorag sehr schnell. Es gab den Rest des am Morgen frisch gebackenen Brotes mit kaltem Geflügelfleisch und Gemüse. Primus war sehr aufgeregt und drängte zum Aufbruch. Es war für ihn etwas Besonderes, mit dem großen, langhaarigen Germanen durch die Straßen des Oppidums zum Amphitheater zu spazieren. Gewiß, die ubischen Einwohner der Stadt waren auch Germanen, aber sie hatten sich in Kleidung und Erscheinung schon sehr den Römern angepaßt. Die meisten Männer, auch der die kleine Gruppe begleitende Sklave Egino, trugen das Haar kurz wie die männlichen Römer.

Auf dem Weg zum Amphitheater durchquerten sie das Viertel der ubischen Handwerker, was in Thorag schmerzliche Erinnerungen wachrief. Hier hatte er die Fenster für seine Mutter gekauft, als er sich seine Heimkehr ins Cheruskerland noch in den rosigsten Farben ausmalte. Sie kamen sogar direkt an dem Haus des Glasmachers Baldwin vorbei, bei dem er die Fenster erstanden hatte; der Eingang war verschlossen, Baldwin offenbar nicht zu Hause. Auf einmal wurden die Toten wieder lebendig und warfen ihre Schatten auf Thorags Gesicht.

»Ist etwas nicht in Ordnung, Thorag?« fragte Flaminia im besorgten Tonfall.

Der Cherusker schüttelte den Kopf. »Nur Erinnerungen.«

»Betrübliche Erinnerungen, wie mir scheint. Gelten sie einer Frau?«

»Mehreren.«

»Oho«, machte die Römerin und sah Thorag mit hochgezogenen Brauen erstaunt an. »Hast du so viele Herzen gebrochen, Cherusker?«

»Ich meinte meine Mutter und meine Schwestern.«

»Was ist mit ihnen?«

»Bei meiner Heimkehr aus Pannonien waren sie tot.«

»Das tut mir leid«, wiederholte Flaminia die Worte, die Thorag am Morgen im Peristylium zu ihr gesprochen hatte. »Du hattest dich sicher sehr gefreut, sie wiederzusehen.«

Thorag nickte nur und schluckte den Kloß hinunter, der sich in seiner Kehle zu bilden begann.

»Ich glaube, ich kann deine Gefühle nachempfinden«, fuhr die Römerin fort. »So ähnlich erging es mir auch, als ich mit Primus hierherkam und vom Tod meines Mannes erfuhr.«

Sie umfaßte seine Hand und hielt sie den ganzen Weg über bis zum Amphitheater fest. Wärme strahlte von Flaminia aus und übertrug sich auf Thorag. Er genoß das wie den Duft, den diese Frau verströmte und den er in vollen Zügen einatmete. Ihre Nähe wirkte wie Balsam, der sich auf die Wunden in seiner Seele legte und die Schmerzen linderte. Die Gedanken an seine tote Familie verblaßten, und sogar die Sehnsucht nach Auja und Astrid, die ihn beständig quälte, verlor etwas von ihrer Kraft.

Der ovale Bau des Amphitheaters wirkte für die Ubierstadt beeindruckend, wäre für Rom selbst aber allenfalls unterer

Durchschnitt gewesen und hätte in den berühmten Circus Maximus mehrfach hineingepaßt. Doch für Germanien, das von den Römern Provinz genannt wurde, aber gerade erst eine solche zu werden begann, war das Bauwerk gewiß eine große Leistung.

»Wo die Römer auch hinkommen, bauen sie ihre Amphitheater, manchmal noch eher als ihre Tempel«, sagte Thorag zu Flaminia. »Das Schauspiel von Angst, Blut und Tod scheint euch sehr viel zu bedeuten.«

»Es ist erregend. Findest du nicht?«

»Ich finde es widerwärtig.«

Flaminia bedachte den Cherusker mit einem erstaunten Blick. »Gestern hast du ohne großes Überlegen eine Handvoll Männer getötet!«

»Weil ich es tun mußte und weil mir keine Zeit zum Überlegen blieb. Ich töte Tiere, wenn ich Hunger habe. Ich töte Menschen, um zu überleben. Aber ich töte nicht, weil mir das Sterben anderer Freude bereitet.«

Erst blickte die Römerin düster drein, aber plötzlich lachte sie. »Wenn du so weiterredest, Thorag, halte ich uns Römer noch für Barbaren und euch Germanen für die wahrhaft Zivilisierten.«

Die Tierfütterung mußte sehr beliebt sein. Vor einem der Eingänge hatte sich eine richtige Menschenschlange gebildet, die sich nur langsam voranschob. Endlich erreichten auch Thorag und seine Begleiter die Bretterbude, in der ein grauhaariger Römer – Thorag hielt ihn seiner trotz des Alters geraden Haltung und seiner knappen Sprechweise wegen für einen ehemaligen Legionär – gegen Bezahlung den Eintritt gewährte: Er verlangte für einen Erwachsenen zwei Asse, für ein Kind die Hälfte. Thorag, der seine Begleiter einladen wollte, holte eine Messing- und drei Kupfermünzen hervor und drückte sie dem Ergrauten in die knotige Hand. Die altersfleckige Klaue schloß sich um die abgegriffenen Münzen, die nach Grünspan und dem Schweiß der vielen Hände, durch die sie gegangen waren, rochen.

Im Gegensatz zu seinen Begleitern war Thorag noch nie im Amphitheater des Oppidums gewesen. Trotzdem hätte er auch ohne sie mühelos den Zwinger gefunden. Vom Eingang schlängelte sich die Menschenreihe direkt dorthin. Über Rampen und Treppen ging es hinunter in den tiefer gelegenen Teil des großen Areals, in dem die Tiere gehalten wurden. Hier waren die zuständigen Wärter und Sklaven in nicht gerader großer Hast mit der Fütterung beschäftigt.

»Die beeilen sich nicht, die Tiere satt zu bekommen«, bemerkte der Cherusker denn auch.

»Das sollen sie auch gar nicht«, erwiderte Flaminia. »Je länger die Fütterung dauert, desto mehr Leute kommen.«

»Und desto größer ist der Verdienst, der mit den Eintrittsgeldern gemacht wird, nehme ich an.«

Flaminia lächelte. »Genau.«

»Wer macht damit seinen Gewinn?«

»Die römische Verwaltung, der das Amphitheater untersteht.«

»Mit anderen Worten, Varus.«

Wieder lächelte die Frau. »Du hast es erfaßt, Thorag.«

Dieser Varus wußte, wie man Geschäfte machte. Das hatte er schon häufiger unter Beweis gestellt. Wie spotteten doch die Römer selbst hinter vorgehaltener Hand über die Rolle, die Varus als Statthalter von Syrien gespielt hatte: ›Arm betrat er ein reiches Land, reich verließ er ein armes Land.‹

Vielleicht war doch etwas dran an den vielen Beschwerden über die unmäßigen Steuern, die die Römer von den rechtsrheinischen Germanen verlangten. Gewiß, durch die Bündnisverträge hatten sich die Einheimischen zu Abgaben an die mächtigen Fremden aus dem Süden verpflichtet. Aber immer wieder war von nicht zu erfüllenden Steuerlasten die Rede und von gewalttätigen Strafaktionen der Römer, die Gehöfte und Dörfer säumiger Zahler brandschatzten und schliffen. Auch Wisar hatte davon gehört. Der Gaufürst hatte seinen Sohn gebeten, mit Varus darüber zu sprechen, sobald er ihn im Oppidum traf. Wie es aussah, würde das heute noch der Fall sein.

Als sie zusahen, wie die Sklaven blutige Fleischstücke in einen großen Käfig voller Wölfe warfen und wie sich die Tiere gierig darüber hermachten, mußte Thorag an die Fenrisbrüder denken. Waren die Männer in den Wolfsfellen, die sich nach dem von Loki und Angurboda gezeugten Untier benannten, gar nicht so sehr im Unrecht, wie es Thorag bisher angenommen hatte? Kämpften sie für eine gerechte Sache? Er konnte es sich nicht vorstellen, waren sie doch Männer, die nächtens heimtückische Überfälle verübten.

Sie verließen die Wölfe. Thorag fühlte sich an seinen Alptraum erinnert, als sie an einem Gehege mit schwarzen Keilern vorbeigingen und dann auch noch an einem, in dem zwei mächtige Auerochsen an dem spärlichen Gras zupften. Die Wärter zeigten sich gnädig und warfen ihnen Heuballen zu. Besonders beliebt waren die Tiere aus fernen Ländern: ein ganzes Rudel Löwen und drei Tiger, von denen einer ein schneeweißes Fell hatte.

Mit leuchtenden, furchtlosen Augen beobachtete Primus, wie die Tiger die großen Fleischbrocken zerrissen.

»Wir müssen jetzt gehen«, sagte Flaminia. »Dein Unterricht geht gleich weiter, Primus.«

Der schmale Kopf ruckte hoch, und der Junge sah seine Mutter enttäuscht an. »Aber wir waren doch noch gar nicht bei Ater!«

»Wir haben zu lange bei den anderen Tieren herumgetrödelt«, blieb Flaminia streng.

Trotz trat in das Gesicht des Kindes, und es ballte seine kleinen Hände zu Fäusten. »Ich gehe nicht hier weg, wenn ich nicht Ater sehen darf!«

Ater! Der Name spukte durch Thorags Kopf. Das römische Wort hatte mehrere Bedeutungen: ›schwarz‹, ›dunkel‹, ›traurig‹, aber auch ›unheilvoll‹ und ›schrecklich‹.

»Wer oder was ist Ater?« fragte der Cherusker .

»Ater ist seit ein paar Wochen der König der Spiele«, antwortete Flaminia. »Egal ob er gegen Menschen kämpft oder gegen andere Tiere, immer geht er als Sieger hervor, meistens ohne eine Schramme abbekommen zu haben.«

»Das hört sich an wie ein schreckliches Ungeheuer«, murmelte Thorag und dachte erneut an das Tier, das schwarze zottelige Etwas aus seinem Traum, aus dem er heute morgen schweißgebadet erwacht war.

»Das ist Ater auch!« rief Primus mit einem Stolz aus, als spreche er von seinem ureigenen Haustier. »Ater ist das mächtigste Tier, das es gibt. Und es ist das tapferste. Es ist so stark wie niemand sonst.«

»Dann braucht es nicht besonders tapfer zu sein«, meinte Thorag und fing sich mit dieser Bemerkung einen fragenden und zugleich mißbilligenden Blick des Jungen ein, in dessen Augen Thorag gerade Ater beleidigt hatte. Um Primus zu versöhnen, ging der große Mann vor ihm in die Hocke und sagte: »Zeig mir dieses starke Ungeheuer, Primus! Wenn wir uns beeilen, wird deine Mutter sicher nichts dagegen haben.«

Thorag blickte aus seiner hockenden Stellung zu der schönen Frau auf.

Ein Lächeln trieb den strengen Ausdruck von ihrem länglichen, oval geschnittenen Gesicht. »Männer!« schnaubte sie und seufzte: »Also schön. Aber wir müssen uns wirklich beeilen!«

Primus strahlte, packte Thorag bei der Hand und zog ihn mit sich, so schnell, daß Flaminia und Egino kaum folgen konnten. Ater zog wirklich alle Aufmerksamkeit auf sich. Die Menschen scharten sich so dich um seinen Käfig, daß Thorag mit sanfter Gewalt einen Weg für sich und seine Begleiter bahnen mußte.

»Das ist Ater!« schrie Primus und zeigte mit ausgestreckter Hand auf das gewaltige Tier im Käfig.

Thorag blieb wie angewurzelt stehen und erblaßte. Das war das Tier aus seinem Traum! Er wußte es seltsamerweise sofort, obwohl er es im Traum nicht deutlich gesehen hatte, weil es sich immer wieder mit dem Bild des Urs, des Ebers und der Totengöttin vermischt hatte. Aber wieder spürte er die unbändige Angst, die ihm die Kehle zuschnürte, wie in dem Traum. Dabei bestand gar kein Grund dazu. Der riesige Bär befand sich hinter fingerdicken Gitterstäben.

Welchen Grund gab es, daß ihm die Götter einen Traum von diesem Wesen gesandt hatten?

War es eine Warnung – wovor?

Ein Hinweis? – worauf?

Primus war so von Aters Anblick eingenommen, daß es Thorags plötzliche Versteinerung gar nicht bemerkte. »Möchtest du gegen Ater kämpfen, Thorag?« fragte er in seiner kindlich unbekümmerten Art.

»Nein!« antwortete der Cherusker entschieden.

»Nein?« Überrascht schaute der Junge zu ihm auf. »Warum nicht? Hast du etwa Angst davor, gegen Ater zu kämpfen?«

»Ja, natürlich.«

»Aber wer Angst hat, ist ein Feigling«, sagte Primus mit unverhohlener Enttäuschung.

Thorag schüttelte mit dem Kopf. »Wer keine Angst hat, ist ein Dummkopf. Und wer ein Dummkopf ist, lebt nicht lange.« Er sah am verwirrten Gesichtsausdruck des Jungen, daß Primus ihn nicht verstand.

Ein germanischer Sklave und ein älterer, fast kahlköpfiger Römer, wohl einer der im Amphitheater beschäftigten Veteranen, schoben einen Karren mit Früchten und Nüssen heran. Gegen klingende Münze durften die Zuschauer Ater selbst füttern. Besonders die Kinder waren darauf erpicht und drängten ihre Eltern oder Begleiter, dem Römer eine Kupfermünze in die Hand zu drücken. Primus machte da keine Ausnahme und warf ein paar Handvoll Nüsse vor Ater in den Käfig, die das riesige Tier aber zu seiner Enttäuschung verschmähte.

Ater spielte mehr mit dem Futter, als daß er es aß. Thorag nahm an, daß er bereits mehr als gesättigt war. Um möglichst viel Geld abzukassieren, rückten die Wärter bei jedem neuen Besucherschwung mit weiterem Futter an.

»Er mag eure labbrigen Früchte nicht«, sagte ein männlicher Besucher zu den Wärtern. »Ater will Fleisch essen.«

»Bei den nächsten Spielen bekommt Ater Fleisch«, grinste der kahlköpfige Römer. »Mehr als ihm lieb ist. Bis dahin muß er sich hiermit begnügen, damit er in der Arena den richtigen Hunger entwickelt.«

Thorag hörte nur mit halbem Ohr hin. Gebannt beobachtete er Ater, unter dessen schwarzglänzendem Fell sich bei jeder Bewegung kräftige Muskeln abzeichneten. Der Cherusker hatte noch nie einen Bären mit so dunklem Fell und von solch gewaltiger Größe gesehen. Hätte sich Ater auf seine Hinterbeine erhoben, so hätte er Thorag wohl um weit mehr als Haupteslänge überragt. Auch wenn sich der Bär in seinem großen Käfig jetzt eher gelangweilt gab, täuschte das den Cherusker nicht über die Gefährlichkeit des Tieres hinweg. Die Kraft, die in dem riesigen Körper steckte, mußte gewaltig sein. Nicht umsonst war Ater der Liebling der Massen. Wieder dachte Thorag an seinen Traum, und ein Schauer rieselte über seinen Rücken. Weniger aus Angst vor dem Tier als aus Ungewißheit, was die Götter ihm hatten mitteilen wollen.

Thorag fühlte sich ein wenig erleichtert, als Flaminia ihren Sohn zum Aufbruch drängte. Kaum ließen sie den Bärenkäfig hinter sich zurück, erscholl auf einmal das markerschütternde Gebrüll, das der Edeling im Traum vernommen hatte. Ater drängte sich an das vordere Gitter, als wolle er seine spitze Schnauze hindurchzwängen. Als wolle er Thorag nachsetzen und den Cherusker zurückhalten!

Nachdem sie das Amphitheater verlassen und sich von Primus und Egino getrennt hatten, die sich beeilen mußten, um das Haus des Lehrers Themistokles noch rechtzeitig zu erreichen, gingen Thorag und Flaminia gemütlich in Richtung Fluß, wo das Quartier des Varus lag, gar nicht so weit entfernt vom Haus des Maximus. Es war noch früh am Nachmittag, und sie hatten Zeit. Sie durchquerten den Hafenbereich, in dem das geschäftige Treiben herrschte, das Thorag schon von seinem letzten Besuch im Oppidum kannte, als er mit Armin, Brokk, Klef und Albin den Rhein hinuntergefahren war.

Große Schiffe konnten hier allerdings nicht anlegen. Das verhinderten zahlreiche Untiefen, gefährlich schnell wechselnde Strömungsverhältnisse und bewaldete Steilufer. Flußauf- und flußabwärts gab es Umladehäfen, wo die Frachten von den großen Schiffen auf die kleinen, flachen Lastkähne verladen wurden, die in großer Zahl im Hafen dümpelten oder vor dem Oppidum im Fluß umherwimmelten wie ein Schwarm fleißiger Bienen.

Mehr als einmal mußten Thorag und Flaminia rasch beiseite treten, so dicht war das Gedränge der lauten, schwitzenden Hafenarbeiter. Schwere Wagen mit ihren Frachten polterten ohne Rücksicht auf die Fußgänger über das grobe Pflaster. Hier galt das Verbot der Hauptstadt Rom nicht, die keine Wagen in ihren Stadtmauern zuließ. Manche Kähne wurden mit solcher Geschwindigkeit ent- und wieder beladen, daß ihre Besatzungen kaum Zeit fanden, einen Fuß an Land zu setzen. Thorag hatte den Eindruck, daß diese Männer ihr ganzes Leben auf dem Wasser verbrachten.

Das Haus des Statthalters war ein kleiner Palast, bescheiden zwar im Vergleich zu den Prachtbauten Roms, die Augustus in den letzten Jahren aus dem Boden hatte stampfen lassen, aber sicher das prächtigste Haus in der Ubierstadt. Im Sonnenlicht schimmerten die reichverzierten Säulen, kühn geschwungenen Bögen und zahlreichen anmutigen Standbilder römischer Gottheiten. Auch die großen Glasfenster waren jedes ein Kunstwerk für sich mit eingearbeiteten Mustern, Figuren und ganzen Szenen. Varus mußte Syrien wirklich als reicher Mann verlassen haben. Wahrscheinlich nicht nur Syrien, sondern auch die Provinz Africa, die er zuvor verwaltet hatte.

»Varus hat sich ein prunkvolles Haus zugelegt«, bemerkte Thorag beim Nähertreten zu seiner Begleiterin. »Alles funkelt und glitzert.«

Flaminia lächelte vieldeutig. »Der Statthalter repräsentiert den Glanz des römischen Imperiums.«

Der Cherusker zeigte auf die Wachposten, die vor dem Haupttor standen. »Sogar die Rüstungen der Soldaten glitzern silbern.« Als sie die Wächter erreicht hatten, bemerkte Thorag die Schweißbäche, die unter den Helmen und Panzern hervorrannen. »Repräsentieren diese Männer auch die Last, die das römische Imperium seinen Untertanen zuweilen aufbürdet?«

Die Römerin sah Thorag streng an, aber in ihren nußbraunen Augen glitzerte es belustigt. »Für einen Germanen bist du ungewöhnlich scharfzüngig, Cherusker.«

»Ich passe mich den Gepflogenheiten der Römer an, wenn ich unter ihnen weile.«

»Dann vergiß die Gepflogenheit der Römer nicht, Männer mit zu scharfer Zunge wegen Hochverrats in die Arena zu schicken.« Thorag blickte sie mit gespieltem Entsetzten an. »Du wirst mich doch nicht verraten?«

Flaminia lächelte verschmitzt und wiegte ihren Kopf hin und her. »Mal sehen. Jedenfalls habe ich dich jetzt in der Hand, starker Krieger, und das ist sicher nicht schlecht.«

Thorag nickte und sagte betont unterwürfig: »Dein ergebener Diener, edle Flaminia.«

»Ich komme darauf zurück«, sagte die Frau und strich mit dem Zeigefinger über Thorags Kinn. Die Berührung ließ ihn erschauern.

Die Wachtposten beäugten den hünenhaften, langhaarigen Cherusker mit dem großen Schwert am Wehrgehänge zwar mißtrauisch, grüßten jedoch höflich und ließen die beiden passieren, ohne Fragen zu stellen. Flaminia, die Schwester ihres Kommandanten, war hier gut bekannt und über jeden Verdacht erhaben. Im gepflasterten Innenhof trafen sie einen Zenturio, den Flaminia nach dem Statthalter fragte.

»Varus ist noch im Garten und hält Gericht«, antwortete der Offizier, der einen roten Mantel und einen von einem Halbkreis roter Federn geschmückten Helm trug. »Aber es kann nicht mehr lange dauern.«

»Komm mit«, sagte Flaminia zu Thorag, faßte ihn an der Hand wie ihren kleinen Sohn und zog ihn mit sich durch einen großen Torbogen. Sie betraten einen trotz des noch sehr jungen Sommers üppig blühenden Garten, gegen den das Peristylium im Haus des Maximus überaus bescheiden wirkte. Breite, mit glänzend weißen Kieseln bestreute Gehwege, die sich – römischem Ordnungssinn folgend – stets im rechten Winkel kreuzten, führten zwischen rot, blau und gelb blühenden, stark duftenden Blumenfeldern hindurch. Aus der Blütenpracht erhoben sich Statuen aus weißem Marmor, so strahlend sauber, als würden die Sklaven des Varus sie jeden Morgen putzen.

Zwei Gruppen von Menschen, ubische Familien offenbar, die bewußt Abstand voneinander hielten, kamen ihnen entgegen. Die erste Gruppe sah hochzufrieden aus, während die Angehörigen der zweiten Gruppe erregt miteinander stritten und der vorangehenden ersten Gruppe böse Blicke zuwarfen.

»Varus scheint gerade einen Streit entschieden zu haben«, meinte Flaminia. »Die Rechtspflege ist seine große Passion. Er liebt es geradezu, auf dem Richterstuhl zu sitzen und Recht zu sprechen. Manche halten ihn für einen größeren Richter als Feldherrn. Maximus sagt, daß Varus glaubt, wenn er ein Volk nicht durch das Schwert besiegen kann, dann auf jeden Fall durch die Juristerei.«

»Die zweite Gruppe fühlt sich offenbar nicht sehr gerecht behandelt.«

Flaminia zuckte gleichgültig mit den Achseln. »*Summum ius, summa iniuria.* – Das größte Recht ist oft das größte Unrecht.«

Kapitel 13

Der Statthalter

Publius Quinctilius Varus, der Legat des Augustus für die Provinz Germanien, residierte unter einem säulengetragenen Vorbau, der sich zum weitverzweigten Garten öffnete. Von Offizieren und Soldaten seiner Wache sowie von den Liktoren mit ihren Rutenbündeln und anderen hohen Beamten umgeben, thronte er auf einem Klappstuhl aus reichverzierter Bronze, und ein dickes seidenbespanntes Kissen schonte sein breites Gesäß. Die Soldaten gehörten, wie Thorag an den silbernen Panzern und den Verzierungen ihrer Uniformen erkannte, zur Garde des Statthalters. Aber vergeblich suchte er Maximus, den Präfekten der Garde, den er hier zu treffen erwartet hatte.

Quinctilius Varus war ein korpulenter Mittfünfziger, dem man auf den ersten Blick ansah, daß er ein Leben im Überfluß führte und den Genüssen mehr zugeneigt war, als es für ihn gut war. Das dünne, sich grau verfärbende Haar zog sich weit von der geraden Stirn zurück, die tiefliegende Augen überschattete. Beherrscht wurde das breite Gesicht mit dem trägen, ein wenig stupide wirkende Zug um den Mund von einer großen, spitzen Nase, die den behäbigen Eindruck, den der ganze Mann vermittelte, wieder zurücknahm und ihm etwas Herrisches verlieh.

Er sprach mit einem zu seiner Rechten stehenden Zenturio, als er Flaminia und Thorag bemerkte. Sofort unterbrach er seine Rede und winkte die beiden Neuankömmlinge in einer huldvoll wirkenden Geste zu sich heran. »Tretet näher, ihr beiden.« Er lächelte die Frau an und entblößte dabei dunkel verfärbte Zähne. »Ich freue mich, dich zu sehen, Flaminia.« Sein Blick wanderte weiter zu Thorag, und er nahm sich ausgiebig Zeit, den Cherusker zu mustern. »Ich nehme an, dein Begleiter ist der famose Germane, der mit der Waffe mehr auszurichten vermag als eine ganze Abteilung meiner Garde.«

Der Edeling verneigte sich leicht. »Ave, Quinctilius Varus, Legat des Augustus. Ich bin Thorag, Sohn des Cheruskerfürsten

Wisar und unter dem Tribun Arminius Zenturio der germanischen Auxilien.«

Varus nickte und lächelte erneut. »Maximus hat mir von deiner Heldentat berichtet, Thorag. Männer wie dich kann ich immer gebrauchen.«

»Das trifft sich gut«, meinte Flaminia. »Thorag möchte nämlich wieder in der Armee dienen.«

»Das bereden wir später beim Essen«, bestimmte Varus. »Wenn ich mit der Sitzung durch bin. Ich denke, es ist nur noch ein Streitfall zu entscheiden. Oder, Lucius?«

Bei dieser Frage sah Varus den Zenturio zu seiner Rechten an, einen kaum mittelgroßen, aber äußerst zäh wirkenden Mann, dessen Gesicht seine Kampferfahrung widerspiegelte. Eine breite, feuerrote Narbe, die wohl von einem Schwerthieb stammte, zerteilte die sonnenverbrannte, lederartig wirkende Haut auf seiner rechten Wange und zog sich vom Ohr bis fast zum Mundwinkel.

Der angesprochene Offizier entfaltete eine Papyrusrolle, indem er mit der Rechten einen der beiden Griffe an der Elfenbeinrolle festhielt und mit der Linken die aneinandergeklebten, aus der Papyruspflanze gewonnenen Blätter nach unten zog. Er las die unterste Eintragung und nickte. »Ja, Varus. Auf der Liste steht nur noch die Klage des Hausbesitzers Witold gegen den Glasmacher Baldwin.«

»Gut, für heute ist es auch genug«, sagte der Statthalter zufrieden und richtete seinen massigen Körper ein wenig auf. »Die Parteien mögen vortreten.«

Lucius gab die Worte des obersten Richters für die Provinz Germanien weiter und rief die Namen der beiden Streitgegner in die Ansammlung aus etwa hundert Personen, in der Mehrzahl Ubier, die den Gerichtsplatz umstanden. Als die beiden Aufgerufenen sich aus der Masse lösten und langsam nach vorn traten, wurde Thorags Vermutung, die er bei der Nennung der Namen gehabt hatte, zur Gewißheit. Der untersetzte Ubier mit dem grauen Haar und dem Bart um Mund und Kinn war jener Glasmacher Baldwin, bei dem er die Fensterscheiben für seine Mutter gekauft hatte. Jetzt wußte er, weshalb sein Geschäft geschlossen gewesen war. Flaminia, die mit Thorag neben die Offiziere trat, bemerkte sein ungewöhnliches Interesse an dem Vorgang und erkundigte sich danach.

»Ich kenne den Glasmacher«, sagte Thorag und erklärte ihr in knappen Worten den Sachverhalt.

Lucius rief die Streitgegner noch einmal mit Namen auf, und sie bestätigten ihre Anwesenheit. Witold war ein noch sehr junger Mann, groß, hager und glattrasiert. Die scharfen Linien in seinem schmalen Gesicht verrieten Härte und Stolz.

»Wir verhandeln vor einem römischen Gericht und in der Sprache Roms«, fuhr der Zenturio fort. »Versteht ihr diese Sprache, oder wünscht ihr, daß ein Dolmetscher hinzugezogen wird?«

Witold und Baldwin gaben an, die Sprache zu verstehen.

Jetzt übernahm Varus das Wort: »Dann ist euer Verfahren hiermit eröffnet. Der Kläger trage seinen Anspruch vor!«

Der hagere Hausbesitzer machte einen weiteren Schritt nach vorn. »Der Glasmacher schuldet mir hundert Silberdenare, weil er mit der Miete für sein Haus im Rückstand ist, erhabener Varus. Das Geld verlange ich von ihm.«

»Ich bin nicht der Erhabene, sondern Augustus ist es«, sagte der Statthalter schroff und wandte sich dem Glasmacher zu. »Das ist eine deutliche Forderung, Glasmacher Baldwin. Willst du sie erfüllen?«

»Nein, Herr.«

»Nein? Warum nicht?«

»Weil mir Witold mindestens dieselbe Summe schuldet. Wenn ich meine Forderung gegen seine aufrechne, hat er keinen Anspruch gegen mich.«

»Lüge!« schrie Witold. Der Zorn verzerrte sein Gesicht und ließ es rot anlaufen. »Baldwin lügt!«

Varus zog seine Stirn in Falten und sah den Glasmacher streng an. »Du lügst, Baldwin?«

Der Angesprochene schüttelte den Kopf. »Es stimmt, daß ich mit der Miete im Rückstand war, weil meine Geschäfte schlechter liefen als erwartet und weil ich teure Ärzte für meine kranke Frau bezahlen mußte. Als ich Witolds Forderung nicht begleichen konnte, wurde er rasend vor Zorn und zerschlug fast die gesamte Ware, die ich bei mir lagerte. Der Wert des zerstörten Glases überstieg den der Mietschuld bei weitem.« Baldwin sah Varus mitleidheischend an. »Wie soll ich meine Schulden bezahlen, wenn ich nichts mehr verkaufen kann, o Varus?«

»Das ist wirklich ein Problem«, gab der Statthalter zu. »Du hast eine schwere Anschuldigung gegen den Mann vorgebracht, der dich anklagt, Baldwin. Hast du Zeugen für die Wahrheit deiner Worte?«

»Die braucht er nicht!« stieß der noch immer aufgebrachte Hausbesitzer hervor. »Was Baldwin sagt, stimmt.«

»Es stimmt?« wiederholte Varus. Sein schriller Tonfall und seine hochgezogenen Brauen verrieten seine Verwunderung. »Aber eben hast du doch behauptet, der Beklagte lügt, Witold!«

»Er lügt, wenn er sagt, daß ich keine Forderung gegen ihn habe. Das meine ich, Varus.«

»Aber du gibst zu, seine Glasarbeiten zerstört zu haben!« polterte der Mann auf dem bronzenen Klappstuhl, nun leicht ungehalten.

»Das war mein gutes Recht, um seine Widerspenstigkeit zu bestrafen. Baldwin wurde frech, als ich auf der Begleichung der Mietschulden bestand. Zur Strafe zerstörte ich sein Glas. Aber damit ging meine Forderung nicht unter. Und jetzt verlange ich, daß du den Glasmacher dazu verurteilst, mir mein Geld zu bezahlen, Varus!«

»So, das *verlangst* du also«, knurrte der Legat, wobei sich seine Lippen in einer Art von den Zähnen zurückzogen, die seinem Gesicht trotz der Breite ein wölfisches Aussehen verlieh. Der raubtierhafte Eindruck verstärkte sich, als sich Varus weit nach vorn beugte, den rechten Ellbogen auf das Knie und das Kinn auf die zusammengerollte Faust stützte. »Willst du es mir vielleicht sogar befehlen, *Ubier?*« Das letzte Wort sprach er höchst verächtlich aus.

Witold zögerte mit einer Antwort. Er sah ein, daß er zu weit gegangen war. Seine heftig arbeitende Gesichtsmuskulatur verriet seine Erregung. »Ich bitte dich nur um ein gerechtes Urteil, Herr«, sagte er schließlich mit bebender Stimme.

»Das sollst du bekommen«, sprach Varus und erhob sich mit einem leichten Ächzen. »Kläger Witold und Beklagter Baldwin, Angehörige der Ubier, Bürger Roms, hört und achtet das Urteil, das ich jetzt im Namen des erhabenen Augustus verkünde! Die Klage des Hausbesitzers Witold ist unbegründet und wird daher zurückgewiesen. Mit der mutwilligen Zerstörung des Glases hat er dem Beklagten Baldwin einen so hohen Schaden zugefügt, daß letzterer seinen Schadensersatzanspruch gegen die Mietforderung des Klägers aufrechnen kann.«

Auf Baldwins Gesicht zeichneten sich Freude und Erleichterung ab, und die Jubelrufe aus der Zuschauermenge verrieten seine Angehörigen. In Witolds Gesicht arbeitete es dagegen noch heftiger. Der Hausbesitzer ballte immer wieder seine Hände zu Fäusten und beherrschte sich nur mit äußerster Mühe.

Varus blieb stehen und fuhr mit lauter Stimme fort: »Weiterhin bestimme ich, daß die Eigenmächtigkeit des Klägers, sich selbst die nur dem Augustus obliegende Strafgewalt über den Beklagten zuzumaßen, mit zehn Peitschenhieben auf den nackten Rücken bestraft werden soll. Die Strafe wird sofort und vor aller Augen vollstreckt!«

»Das ist ungerecht!« brüllte Witold, während seine Angehörigen in lautes Wehklagen verfielen. »Dazu hast du kein Recht, Varus!«

»Und um dem Kläger zu zeigen, daß man dem Prätor des Augustus nicht ungestraft widerspricht, soll er zehn weitere Peitschenhiebe erhalten.«

Der Statthalter gab dem Zenturio Lucius einen Wink, und dieser befahl ein paar Soldaten, Witold zu ergreifen. Sie schleppten den laut lamentierenden und sich heftig sträubenden Mann durch die sich teilende Menge zu einem Holzgerüst, das Thorags Blicken bisher durch die Zuschauer verborgen gewesen war. Dort ketteten sie den Hausbesitzer an und rissen den Wollkittel von seinem Oberkörper, bis sein Rücken frei lag.

»Baldwin«, sagte der vor seinem Stuhl stehende Statthalter. »Du bist zu Unrecht von Witold bestraft worden. Willst du es ihm vergelten, indem du selbst die gerechte Bestrafung übernimmst?«

Der bärtige Ubier schüttelte heftig den Kopf, und sein Gesicht drückte Widerwillen aus. »Ich bin Glasmacher, Varus. Meine Werkzeuge sind die Probezange und der Rollstab, nicht die Peitsche.«

Varus nickte und schien die Abneigung des Glasmachers gegen die Auspeitschung entweder nicht zu bemerken, oder er war gewillt, sie zu übersehen. »Wahr gesprochen, Baldwin. Wir wollen doch alle, daß Witold etwas von seiner Bestrafung hat. Deshalb soll sie ein in solchen Dingen erfahrener Mann ausführen.« Er schaute nach rechts in das narbige Ledergesicht des Zenturios. »Wie wäre es mit dir, Lucius?«

»Gern, Varus«, sagte der Offizier nur, reichte Mantel und Helm einem Soldaten und ließ sich dafür von einem anderen Soldaten eine Peitsche geben. Als Lucius über den Platz zu dem Holzgerüst ging, bemerkte Thorag, daß er das linke Bein nachzog.

Kopfschüttelnd ließ sich der Statthalter wieder auf den Klappstuhl sinken und seufzte: »Diese Germanen sind und bleiben Barbaren. Nur mit Strenge und römischem Recht können wir diesen Halbwilden zumindest einen Hauch von Zivilisation vermitteln. Sonst bleiben sie Menschen, die außer der Stimme und den Gliedern nichts von Menschen an sich haben.« Als er Thorags befremdeten Blick bemerkte, fügte er mit einem gequälten Lächeln hinzu: »Edelinge wie du und Arminius sind natürlich ausgenommen, Thorag.«

Die einzige Antwort des Cheruskers bestand in einem knappen Nicken. Doch eines stand für ihn fest: Auch wenn er für diesen Varus arbeiten würde, schätzen würde er ihn niemals.

Lucius stand mit der Peitsche in der Hand hinter dem Missetäter und sah den Statthalter fragend an. Thorag glaubte eine Art Gier in den kleinen Augen des Zenturios zu lesen.

»Fang an, Lucius«, sagte Varus. »Brenn diesem Barbaren ein, daß eine in einem gerechten Verfahren wohlerwogene Strafe tausendmal besser ist als das Faustrecht, das er sich anmaßt!«

Schon beim ersten Schlag zeigte der Offizier, daß er mit der Peitsche umzugehen verstand. Er holte nicht weit aus, wie das ein ungeübter Mann getan hätte, führte den Hieb aber so geschickt, fast nur aus dem Handgelenk heraus, daß sich die lange, dünne Lederzunge tief in Witolds Fleisch fraß. Der hagere Ubier zuckte zusammen und warf den Kopf in den Nacken, aber kein Laut des Schmerzes oder der Wut kam über die Lippen des stolzen Mannes. Seine Angehörigen dagegen brachen in Protestrufe und mitleidiges Schluchzen aus. Die Offiziere der Wache befahlen ihren Männern erhöhte Wachsamkeit.

Wieder und wieder leckte die Lederzunge über Witolds Rücken, schmeckte gierig seine Haut und hinterließ blutige Striemen auf ihr. Jedesmal zuckte der Hausbesitzer zusammen, bis er kraftlos an den Ketten hing. Aber er hielt die Zähne fest zusammengepreßt und ließ allenfalls ein unterdrücktes Stöhnen hören, das tief aus seinem Innern kam.

Auf Baldwins Gesicht lag keine Befriedigung, als er das Schauspiel verfolgte. Es waren mehr die Römer, die das Geschehen mit der Lust an der Grausamkeit und am Leiden betrachteten, die ihnen in den Amphitheatern anerzogen wurde. Der Mehrzahl der Ubier widerstrebte, was hier geschah. Mit der Prügelstrafe bedachten sie allenfalls ihre Leibeigenen, aber niemals einen freien Mann. Varus schien nicht zu wissen, daß er Witold, indem er ihn wie einen Sklaven behandelte, die größte Kränkung widerfahren ließ. Oder es war dem Statthalter egal.

Wenn die Ubier, wie auch Thorag, die Auspeitschung eher mit Abscheu verfolgten, einem Mann bereitete sie augenscheinlich größte Lust: Lucius' Knopfaugen glänzten bei jedem Schlag. Der Zenturio schien sich an den Zuckungen des geschundenen Körpers zu weiden.

»Varus hätte sich keinen geeigneteren Mann für die Bestrafung aussuchen können«, sagte Thorag leise und voller Abscheu zu Flaminia. »Dieser Zenturio scheint die Peitsche mehr zu lieben als seine Frau.«

»Er liebt nicht die Peitsche, er haßt alle Germanen bis aufs Blut.«

»Warum?«

»Weil er ihretwegen seine Frau nicht mehr lieben kann. Lucius' Frau und seine drei Kinder kamen vor einigen Monaten mit einem Versorgungszug zum Oppidum. Lucius ritt ihnen mit einer Abteilung entgegen, weil die Fenrisbrüder die Gegend unsicher machten. Die Entscheidung war gut, kam aber zu spät. Sie fanden den Versorgungszug ausgeraubt vor. Alle waren tot und schrecklich verstümmelt, auch Lucius' Familie. Er hat die Schuldigen verfolgt und in einem erbitterten Kampf aufgerieben. Wie ein Wahnsinniger soll er unter sie gefahren sein, ohne Rücksicht auf sich selbst. Diesem Kampf verdankt er die Narbe in seinem Gesicht und die Wunde, die sein linkes Bein gelähmt hat.«

Jetzt verstand Thorag die Leidenschaft, mit der Lucius die Bestrafung durchführte, wenn er sie auch nicht billigte. Der Zenturio schien das Leben aus Witold herauspeitschen zu wollen. Nach dem zwanzigsten Schlag hing der Ubier fast wie tot an dem Gerüst. Sein Rücken war nur noch eine zerschundene, blutige

217

Fleischmasse. Das herunterrinnende Blut färbte die Steinplatten auf dem Boden rot.

Mochte der Körper auch erschlafft sein, Witolds zu einer Grimasse des Zorns und des Hasses verzogenes Gesicht zeigte, daß noch Leben in ihm war. Und voller Zorn und Haß blickten seine Augen abwechselnd auf Lucius und auf Varus.

Der Statthalter erhob sich erneut und bat Thorag und Flaminia, ihm ins Haus zu folgen. Die Liktoren mit ihren in den Rutenbündeln steckenden Beilen, die des Legaten Macht über Leben und Tod der ihm unterstellten Menschen symbolisierten, schritten voran. Varus, ein Teil seiner Offiziere und seine beiden Gäste folgten ihnen durch kühle Gänge in einen großen, mit Wandgemälden und Mosaiken verzierten Raum.

Thorag bemerkte, daß der Legat den Namen Varus – der Krummbeinige – zu Recht trug: Je mehr sich die Beine den Knien näherten, desto mehr klafften sie auseinander und kamen erst wieder an den Unterschenkeln zusammen.

Der Raum war ein Speisezimmer, wie mehrere Tische und die um sie aufgestellten Polsterliegen deutlich machten. Der Fußboden bestand ebenfalls aus einem Mosaik, dessen Schöpfer einen besonderen Sinn für Humor gehabt haben mußte. In den hellen Stein waren auf täuschend echte Weise die Bilder verstreuter Speisereste in ihren natürlichen Farben eingearbeitet: Fischgräten verschiedener Größe, teilweise noch mit Kopf und Augen, Knochen und Köpfe von Hühnern, Krebsscheren, Schalen und Kerne von Früchten. Die Künstlerhand hatte sogar eine bräunliche Maus geschaffen, die über den Boden huschte, um sich an den Essensresten schadlos zu halten. Bei näherem Hinsehen fiel Thorag auf, daß die aus winzigen Steinen geborene Maus und die Reste eines üppigen Mahls ihre eigenen Schatten warfen, die allerdings mit den durch die zahlreichen Öllampen hervorgerufenen Schatten der Menschen nicht übereinstimmten. Die Lampen waren die Hauptlichtquelle im Speiseraum. Draußen brach allmählich die Dämmerung herein, und durch die verzierten Glasscheiben fiel aufgrund ihrer teilweise recht dunklen Farbgebung weniger Licht ein, als man es von außen vermutete.

Varus ließ sich am größten Tisch, der in der Mitte des Raumes stand, nieder und lud seine beiden Gäste ein, rechts von ihm Platz zu nehmen. Lucius, dessen Augen noch vor Befriedigung über die eben bewältigte Aufgabe glänzten, legte sich auf einen Wink des Legaten links von ihm an den Tisch. Thorag mochte den Zenturio ebensowenig wie den Statthalter und hätte es lieber gesehen, wenn Lucius sich an einen der anderen Tische begeben hätte.

Die Öllampen aus Silber und Terrakotta schafften durch ihre warmen Flammen und den exotischen Duft des Öls eine behagliche Atmosphäre, die in einem seltsamen, unwirklichen Kontrast zu dem abstoßenden Schauspiel stand, das der Hausherr vor wenigen Minuten veranstaltet hatte. Junge Sklaven und Sklavinnen, in der Mehrzahl Germanen, wie die vielen blondgelockten Köpfe verrieten, strömten in den Raum und bereiteten alles für das Mahl vor. In kleinen, zylindrischen Öfen, die auf drei oder vier zierlichen Beinchen standen, wärmten sie das Wasser, das sie dann in Silberschalen fließen ließen und den Menschen an den Tischen reichten, damit sie sich die Hände waschen konnten.

Varus widmete sich mit Hingabe erst der Reinigung und dann den Vorspeisen: schwarze und weiße Oliven, in Honig eingemachte und mit Mohnsamen bestreute Haselnüsse, Pfaueneier, syrische Pflaumen und Granatapfelkerne. Der Statthalter nahm einen der schweren Silberlöffel zur Hand und klopfte damit ein großes Pfauenei auf, schälte es mit der Hand ab und fragte ganz unvermittelt, seinen Kopf zu Thorag wendend: »Willst du für mich eine Brücke bauen, Cherusker?«

»Eine Brücke?« Der Edeling konnte sein Erstaunen nicht verbergen, und fast wäre ihm eine Haselnuß aus dem Mund gefallen.

Varus nickte bekräftigend und probierte die feisten Feigenschnepfen, die in den stark gepfefferten Eidottern lagen. »Wir brauchen mehr Brücken über den Rhenus, um unsere Truppen schneller über den Fluß bringen zu können. Die Brücke hier in der Ubierstadt genügt bei weitem nicht. Natürlich müssen die Brücken an gut befestigten Orten entstehen, damit die Feinde Roms sie nicht für ihre Zwecke nutzen. Deshalb lasse ich zwei große Brücken bauen, eine am oberen und eine am unteren Umschlaghafen, wo jeweils starke Garnisonen liegen.«

»Eine gute Idee«, befand Thorag, nachdem er die Haselnuß zerkaut und hinuntergeschluckt hatte. »Aber wie soll ich dir dabei behilflich sein, Statthalter? Ich bin kein Baumeister und kein Zimmermann, sondern ein Krieger.«

»Eben darum brauche ich dich. Diese Aufrührer, die sich selbst Fenrisbrüder nennen, werden immer frecher. Fähige Männer, die hart durchzugreifen wissen, müssen die Garnisonen befehligen.«

Lucius knurrte unwillig: »Verzeih, wenn ich mich einmische, Varus, aber Rom hat fähige Männer, die hart durchzugreifen wissen.« Er warf Thorag einen feindseligen Blick zu. »Wir brauchen keine Germanen für diese Aufgabe.«

Der Legat des Augustus lachte schrill. »Du bist wohl eifersüchtig, was, Lucius? Keine Angst, ich schätze deine Fähigkeiten und habe dich als Garnisonskommandant für den oberen Hafen vorgesehen. Thorag wird den unteren Hafen übernehmen. Es wird interessant sein zu verfolgen, wer besser mit diesen dreisten Aufrührern fertig wird, der römische Offizier oder ein Garnisonskommandant germanischer Abstammung.« Varus sah den lederhäutigen Zenturio prüfend an. »Findest du das nicht auch, Lucius?«

Der Offizier nickte schwach und verzog sein Gesicht zu einer säuerlichen Miene, als er antwortete: »So ist es wohl, edler Varus.«

Varus wandte sich wieder dem Cherusker zu. »Was ist, Thorag, nimmst du mein Angebot an?«

»Ja«, sagte dieser und war sehr zufrieden damit. Als Garnisonskommandant konnte er eigenmächtig entscheiden und brauchte sich nicht von einem Römer herumkommandieren zu lassen. Das war viel wert. Und er blieb in der Nähe seiner Heimat. Auch wenn er es sich nicht eingestand, aber der Gedanke, wieder weit von Auja fortgehen zu müssen hätte ihm weh getan, obwohl diese Frau unerreichbar für ihn geworden war.

»Sehr schön«, grunzte Varus, den Rest der Feigenschnepfen verdrückend, klatschte in die Hände und rief laut: »Sklaven, bringt uns den besten Wein aus Italiens Süden, es gibt etwas zu feiern!«

Der Wein wurde aus Silberkaraffen in kunstvoll verzierte Glasbecher gegossen. Thorag fiel auf, daß der Statthalter sich von zwei besonderen Sklaven bedienen ließ, die ganz zu seiner persönlichen Verfügung standen. Ein etwa zwölfjähriger Junge und ein gleichaltriges Mädchen, deren fast gleiche Gesichter das

Zwillingspaar und deren hellblondes Haar die germanische Abstammung verrieten.

»Erheben wir die Becher auf unseren neuen Offizier, den Garnisonskommandanten Thorag«, sagte Varus mit lauter Stimme und hob sein Glas an, dessen dunkelroter Inhalt den Cherusker an Witolds aufgeplatzten Rücken denken ließ. »In etwa zwei Wochen kannst du mit Verstärkung für deine Garnison abrücken, Cherusker. Bis dahin genieß das Leben in der Stadt.« Der Statthalter ließ einen süffisanten Blick über Thorag und Flaminia gleiten, die eng beieinander lagen und deren Hände sich immer wieder berührten, und leerte sein Glas zur Hälfte.

Auch alle Anwesenden tranken, bis sie von einem Zenturio unterbrochen wurden, der eiligen Schrittes in den Raum trat, sich vor Varus aufbaute und mit der zur Faust geballten Rechten gegen seinen Brustpanzer schlug.

Der Legat setzte den Becher ab, leckte über seine weingetränkten Lippen und fragte unwillig: »Was gibt es, Zenturio?«

»Maximus ist zurückgekehrt und hat eine Menge Gefangene mitgebracht. Ich dachte, die Meldung interessiert dich, o Varus.«

Der mißmutige Gesichtsausdruck des Legaten hellte sich auf. »Das tut es tatsächlich, Zenturio. Wir sollten uns die Sache anschauen!«

Damit schwang er sich mit einer Behendigkeit, die für seinen massigen Körper erstaunlich war, von der Liege und schritt mit dem Zenturio aus dem Raum. Den Gästen des Mahls blieb nichts anderes übrig, als Varus zu folgen.

»Wo ist Maximus gewesen?« fragte Thorag die an seiner Hand gehende Flaminia.

»Varus hat ihn ausgesandt, den Überfall auf mich zu rächen und die Fenrisbrüder zu suchen.«

»Deshalb mußte er heute morgen so früh aufbrechen?«

Flaminia nickte.

Auf dem mit Steinplatten gepflasterten Vorplatz von Varus' kleinem Palast erwarteten an die achtzig Gardereiter, angeführt von Maximus, den Statthalter und seine Begleiter. In der Mitte der Soldaten standen ihre aneinandergefesselten Gefangenen, etwa zwanzig Männer und zwanzig Frauen, durchweg noch junge Germanen, deren Kleidung und Aussehen römischen Einfluß verrieten. Thorag hielt sie für Bewohner einer ubischen Siedlung. Sie machten einen erschöpften Eindruck, kein Wunder, wenn sie mit den berittenen Soldaten hatten Schritt halten müssen.

Maximus, der auf einem großen Falben mit fast schwarzer Mähne saß, lenkte sein Tier zu dem Statthalter, zog sein Schwert und drückte seine Stirn in ehrerbietiger Geste gegen die Klinge. »Ave, Varus, ich komme mit Sklaven für dich zurück.«

»Das freut mich, Präfekt. Aber deine Sklaven sehen mir aus wie Bauern. Wo sind die Fenrisbrüder, die zu jagen dein Auftrag war?«

»Gejagt haben wir sie, aber nicht gefunden. Nur das hier, in der Nähe des Dorfes dieser Menschen.« Flaminias Bruder zog etwas aus einer Satteltasche und hielt es hoch. Es war ein Wolfsfell, wie es die Fenrisbrüder trugen, stark mit Blut befleckt. »Es ist klar, daß die Aufrührer in dem Dorf Unterschlupf gefunden haben, obwohl es die Bewohner leugnen. Zur Strafe haben wir das Dorf niedergebrannt und die kräftigsten der jungen Menschen als Sklaven genommen.«

»Sehr gut«, lobte Varus. »Das wird den Barbaren eine Lehre sein. Wir werden Blut mit Blut beantworten, bis sie einsehen, daß sie machtlos sind gegen die Macht Roms. *Si vis pacem, para bellum.* – Wenn du Friede willst, so rüste dich zum Krieg.«

»Was soll mit den neuen Sklaven geschehen, Varus?« fragte Maximus, während er sein Schwert zurück in die Scheide steckte.

Überlegend fuhr der Statthalter mit der Hand über sein breites Kinn. »Mein persönlicher Bedarf an Sklaven ist zur Zeit gedeckt. Du hast gestern durch den Überfall einen Sklaven verloren, nicht wahr, Maximus?«

»Ja, einen kräftigen, guten Mann. Und seine Schwester hätten die Fenrisbrüder geschändet, wäre Thorag nicht noch rechtzeitig gekommen.«

»Dann suche dir als Wiedergutmachung und als Dank für die heute durchgeführte Strafaktion einen Mann und eine Frau für deinen Haushalt unter den Gefangenen aus. Die übrigen werden in unsere Heimat gebracht und dort zugunsten der Staatskasse auf dem Sklavenmarkt verkauft. Wir wollen jetzt weiterspeisen. Gesell dich zu uns, sobald du dich gesäubert hast.«

Varus führte seine Gesellschaft zurück ins Speisezimmer. Thorag hatte ein flaues Gefühl im Magen und rührte kaum noch etwas von den üppigen Speisen an. Zu sehen, wie freie Germanen wegen eines reinen Verdachts in die Sklaverei geführt wurden, hatte ihm den Appetit verdorben. Plötzlich fragte er sich, ob er die richtige Entscheidung getroffen hatte, als er die Stelle als Garnisonskommandant am unteren Hafen annahm. War es gut, einem Mann wie Varus zu dienen, der seinen persönlichen Vorteil über alles stellte? Thorag hielt es für sehr wahrscheinlich, daß die Sklaven nicht zugunsten der Staatskasse verkauft wurden, sondern den persönlichen Gewinn des Statthalters mehren sollten.

Als Maximus erschien, winkte ihn Varus an seinen Tisch. Der Präfekt der Garde rückte in den Mittelpunkt des Geschehens und mußte soviel über seine Expedition berichten, daß er kaum zum Essen kam.

Spät am Abend hob Varus die Tafel auf und verabschiedete die Gäste, bat Maximus aber, noch etwas zu bleiben, da er noch ein paar Fragen über das niedergebrannte Dorf an ihn habe.

»Was willst du mich fragen, Varus?« fragte der hochgewachsene Präfekt mit skeptisch gerunzelter Stirn, als alle Gäste gegangen waren. »Bist du nicht zufrieden mit dem Unternehmen, weil wir die Fenrisbrüder nicht gefaßt haben?«

Varus winkte ab. »Darum geht es nicht. Ich habe nicht ernsthaft damit gerechnet, daß du diese Barbaren fängst. Bisher haben wir sie so gut wie nie erwischt, von Lucius' Strafgericht damals einmal abgesehen. Immerhin hat uns die Sache ein paar wertvolle Sklaven eingebracht.«

Das sind mindestens hunderttausend Sesterzen für mich, dachte der Statthalter zufrieden, *vielleicht auch viel mehr. Hochgewachsene, kräftige und vor allem blonde Germanen erzielen in Rom Höchstpreise.*

Laut fuhr er fort: »Nein, ich möchte etwas anderes mit dir besprechen. Aber das sollten wir nicht hier tun, sondern in meinen Privaträumen.«

Maximus folgte seinem Vorgesetzten in ein geräumiges Gemach, das als Wohn- und Arbeitszimmer diente. Es war mit Wandgemälden und bunten Seidenvorhängen ausgestattet und hatte eine große Nische mit Dutzenden von Schriftrollen und einen Schreibtisch, auf dem sich ein paar weitere Schriftrollen, einzelne Papyrusblätter, verschiedene Tintenfässer und ein Behälter mit Schreibfedern befanden.

Kaum hatte Maximus hinter sich die Tür geschlossen, da drehte Varus sich zu ihm um und fragte: »Traust du Thorag?«

Von der Frage überrascht, zögerte der Präfekt eine Weile mit der Antwort und dachte gut über die Sache nach. »Ich traue ihm so weit, wie man einem Germanen trauen kann. Zwar ist sein Auftauchen gerade im rechten Moment sehr seltsam, aber meine Nachforschungen haben nichts Verdächtiges ergeben. Er gehört zu den Freunden des Arminius, und der wiederum ist als Freund der Römer bekannt.«

»Pah«, machte der Statthalter abschätzig und mit solcher Heftigkeit, daß der große, breitschultrige Offizier zurückzuckte. »Was ergeben unsere Nachforschungen schon, wenn sie die Fenrisbrüder betreffen – nichts!« Er blickte auf die großen Karten Galliens und Germaniens, die an der Wand hingen, und sein Zeigefinger tippte auf einen Punkt am Fluß Rhenus, ein kurzes Stück nördlich des Oppidums. »Ich habe Thorag zum Garnisonskommandanten des unteren Hafens ernannt.«

Die Überraschung zeichnete sich deutlich auf dem Gesicht des Präfekten ab. »Warum?«

»Es ist ein Test. Wenn Thorag wirklich unser Freund ist, haben wir einen sehr guten Mann für den Posten gefunden. Vielleicht endlich einen, der weiß, wie man mit den Fenrisbrüdern umgehen muß.«

Maximus verstand die gegen ihn gerichtete Spitze wohl, hielt es aber für besser, sie stillschweigend zu übergehen. »Und falls er doch ein Verräter ist, ein Spion?«

»Dann wird er sich hoffentlich selbst verraten, indem er in scheinbar sicherer Entfernung vom Oppidum etwas Unbedachtes tut.«

»Aber damit kann er uns großen Schaden zufügen, Varus.«

»Nicht, wenn wir rechtzeitig gewarnt werden. Dann haben wir vielleicht endlich die Möglichkeit, den Fenrisbrüdern eine Falle zu stellen.«

»Jetzt verstehe ich deinen Plan, Varus. Er gefällt mir. Wer aber soll ein Auge auf den Cherusker werfen?«

Der Statthalter lächelte verschmitzt. »Deine Schwester, Maximus. Daß sie einen großen Bedarf an stattlichen Männern hat, ist allgemein bekannt.« Maximus wollte protestieren, aber der Legat des Augustus brachte ihn mit einer Handbewegung zum Schweigen. »Du weißt ganz genau, daß ich recht habe, Maximus. Flaminia war kaum zwei Wochen hier und hatte gerade erst vom Tod ihres Mannes gehört, da hatten viele meiner Offiziere und auch gemeine Soldaten zu ihr schon engere Tuchfühlung als zu den Germanen, die sie bekämpfen sollen. Meine Soldaten nennen Flaminia nicht, wie ihr Name eigentlich bedeutete, die Würdevolle, sondern die würdige Hure. Ich habe Flaminia und Thorag heute abend sehr genau beobachtet. Wenn zwischen den beiden nicht das Feuer der Leidenschaft brennt, will ich nicht länger römischer Ritter sein. Du sorgst dafür, daß Flaminia mit Thorag zum unteren Hafen reist und uns ständig über ihn unterrichtet.«

Maximus breitete in einer hilflosen Geste die Arme aus. »Flaminia kann sehr starrsinnig sein, Varus. Was mache ich, wenn sie nicht will?«

»Dann wirst du ihr verdeutlichen, daß sie und ihr Sohn von deinem Geld leben. Und daß ich bislang ein Auge zugedrückt habe, was ihre erotischen Eskapaden mit meinen Soldaten angeht. Du weißt, daß Augustus es nicht gern sieht, wenn die Sitten verfallen. Der Erhabene hat seine eigene Tochter wegen ihres losen Lebenswandels verbannt. Ich könnte Flaminia für ihr schamloses Verhalten eine empfindliche Strafe aufbrummen. Mach ihr das klar, wenn es unbedingt sein muß!«

Maximus sah ein, daß er sich dem Willen des Statthalters beugen mußte. Wenn in den meistens trägen Mann die Entschlossenheit fuhr, mit der er eben gesprochen hatte, war mit ihm nicht gut handeln. Manchmal fragte sich Maximus, ob alle, die den Legaten für einen in Ehren ergrauten, durch zuviel eingesackte Steuern faul und antriebslos gewordenen Freßsack hielten, ihn nicht gewaltig unterschätzten. Wie auch immer, er würde es nicht wegen Flaminia zum Bruch mit seinem mächtigen Vorgesetzten kommen lassen. Es reichte schon, wenn seine Schwester durch ihre zahlreichen Liebesabenteuer ihn und sein Haus in Verruf brachte. Vielleicht war es ganz gut, wenn sie das Oppidum für eine Weile verließ. Durch diese Gedanken etwas besänftigt, verabschiedete sich der Präfekt von Varus.

Der starrte noch lange auf die Tür aus dickem Eichenholz, die Maximus beim Verlassen des Zimmers hinter sich geschlossen hatte. Er fragte sich, was der Präfekt seiner Garde von ihm dachte. Galten die Ehrenbezeugungen des Offiziers nur pflichtschuldig dem hohen Amt seines Vorgesetzten oder auch seiner Person? Oft schon hatte Varus daran gedacht, ihn ins Vertrauen über seine wahren Pläne zu ziehen. Aber er zögerte. Noch war er nicht soweit, daß aus Varus, dem getreuen Statthalter des Augustus, Varus, der Rivale des Augustus, wurde.

Kapitel 14

Augustus

Augustus!

Jedesmal, wenn Varus an den Herrscher im fernen Rom dachte, stiegen Bitterkeit, Zorn und Haß in ihm auf. Nur zu gut erinnerte er sich an die Szene, die sich in dem kleinen, altmodischen und dem Herrscher Roms unangemessenen Patrizierhaus auf dem Palatin abgespielt hatte, das Octavian, der Augustus, mit seiner Gattin Livia bewohnte. Als ein Liktor zu Varus kam und ihn zum Herrscher befahl – befahl, nicht bat! –, hatte Varus gleich geahnt, daß der Imperator zu einem Entschluß über das Schicksal des Mannes gekommen war, der mit Claudia Pulchra verheiratet war, einer Großnichte des Augustus.

Der Herrscher hatte seinen angeheirateten Verwandten in der Syracusa empfangen, seinem kleinen Studierzimmer im ersten Geschoß, inmitten von Karten und Schriftrollen. Varus grüßte ehrerbietig, aber Augustus beachtete ihn kaum, hieß ihn mit ausgestreckter Hand zu schweigen und ritzte mit einem Silbergriffel irgendwelche blöden Notizen auf eine mit Wachs überzogene Holztafel, wie sie Schüler und Studenten benutzten. Es kam Varus wie eine kleine Ewigkeit vor, als er in dem engen, muffig riechenden Zimmer stand und nichts hörte als das Kratzen des Griffels auf der Tafel und das schwere Atmen des Schreibenden, der zeit seines Lebens ein kranker Mann gewesen war und sich doch beharrlich zu sterben weigerte. Varus mit seinen über fünf-

226

zig Jahren kam sich vor wie ein fauler Schüler oder ein ungehorsamer Sohn, der bestraft werden sollte. So ruhig Varus äußerlich schien, so sehr kochte er innerlich angesichts der Respektlosigkeit, mit der Augustus einen seiner verdientesten Beamten behandelte.

Endlich legte der schmächtige Greis, der das römische Weltreich regierte, den Griffel beiseite, seufzte und sah seinen zu sich befohlenen Gast mit kummervollem Blick aus seinen großen Augen an, die den Bürgern Roms als Zeichen seiner Göttlichkeit erschienen. Varus zählte sich nicht zu den vielen Menschen, die dem Blick des ›Göttlichen‹ nicht standzuhalten wagten. Er war aufgebracht genug, den durchdringenden Blick des Herrschers zu erwidern.

»Deine Augen blicken offen, Publius Quinctilius Varus. Ist dein Herz ebenso offen wie deine Augen?«

»Meinem Herrscher gegenüber immer«, log Varus, ohne mit der Wimper zu zucken. Es war nicht seine erste Lüge in dieser Sache, und er wurde immer besser darin.

»Und was sagt dein Herz zu den schweren Vorwürfen, die gegen dich erhoben werden und die seit geraumer Zeit den römischen Senat beschäftigten?«

»Mein Herz sagt, was meine Zunge schon immer gesagt hat. Diese Vorwürfe sind Lügen, vorgebracht von intriganten Neidern.«

Der kleine Mann hinter dem Schreibtisch zog seine Brauen hoch, wodurch seine Augen noch größer wirkten. »Du hast dich also nicht unrechtmäßig an deinen Untergebenen, an den dir anvertrauten Völkern bereichert? Du hast als mein Legat in Syrien nach dem Tod des Herodes nicht die Hälfte seines Reiches deinem Günstling Archelaos zugesprochen, was uns in Palästina eine lange Kette von Unruhen beschert hat?«

»Alles, was ich tat, tat ich zum Wohl und zum Ruhm Roms und seines Herrschers.«

»Und an dein eigenes Wohl hast du dabei nicht gedacht?« Die Stimme des Augustus klang auf einmal scharf wie eine frisch geschliffene Klinge.

»Natürlich habe ich auch an mein eigenes Wohl gedacht, Augustus. Wie kann dein Legat deine Interessen vertreten, wenn er sich nicht wohl fühlt?«

»Eine gute Antwort, Varus. Du hast viele gute Antworten

gegeben, was auch im Senat nicht ohne Eindruck geblieben ist. Du hast einige Fürsprecher dort.« Wieder nahm die Stimme des Greises einen schneidenden Ton an, als er fortfuhr: »Die Zahl deiner Gegner überwiegt allerdings!«

Trotz aller Vorsätze, vor dem Herrscher nicht ins Wanken zu geraten, lief bei diesen Worten ein Zucken durch Varus' ganzen Körper. Octavians letzter Satz hatte geklungen wie sein Todesurteil, zumindest wie das Urteil über eine Verbannung. Daß Augustus damit nicht kleinlich war, hatte er bewiesen, als er seine Tochter Julia auf die öde Insel Pandateria geschickt hatte, auf halber Höhe zwischen Rom und Neapel abgeschieden von aller Welt. Ein paar Jahre später ereilte ein ähnliches Schicksal Julia die Jüngere, eine Enkelin des Augustus.

»In Anbetracht deiner Verdienste«, fuhr der Mann am Schreibtisch fort, »und der Tatsache, daß du Claudia Pulchras Gatte bist, habe ich gleichwohl beschlossen, dir Gelegenheit zur Bewährung zu geben. Ich behalte dich in meinen Diensten und ernenne dich zum Legaten einer anderen Provinz.«

Als Varus das hörte, wurde er von einem Freudentaumel erfaßt. Er war bereit, dem alten Mann vor ihm die Art und Weise zu vergeben, in der er ihn behandelt hatte. Am liebsten hätte er Augustus umarmt, auf beide Wangen und den Mund geküßt.

»Du sagst ja gar nichts, Varus?«

»Ich bin überwältigt von deinem Großmut, Erhabener. Ich verspreche, mich deiner würdig zu zeigen. Meine Dankbarkeit wird keine Grenzen kennen!«

»Das kannst du auf deinem neues Posten beweisen. Der Umgang mit den Bewohnern der Provinz, die ich dir anvertraue, ist nicht einfach.«

Der Freudentaumel verflog so schnell, wie er gekommen war, und machte skeptischer Wachsamkeit Platz. »Wieso, Erhabener? Um welche Provinz handelt es sich?«

Augustus schlug einen feierlichen Ton an, den Tonfall eines Herrschers, der nicht recht zu dem muffigen Studierzimmer passen wollte: »Ich ernenne dich, Quinctilius Varus, zum Statthalter der Provinz Germanien.«

»Ger-ma-nien«, wiederholte der frischgebackene Statthalter langsam und leise, als handele es sich um den Namen eines bösen Geistes, den man nur zu flüstern wagt.

Also doch eine Verbannung! spukte es durch seinen Kopf. Varus preßte die Lippen aufeinander und unterdrückte das bittere Lachen, das in ihm aufstieg. Eine *Provinz* nannte Augustus dieses nur notdürftig befriedete Land im rauhen, unfruchtbaren Norden der Welt, das sich hartnäckig allen Eroberungsversuchen widersetzte. Gaius Julius Caesar, dessen Adoptivsohn und Erbe Augustus war, war mit seinen Legionen bis zu einem Fluß namens Rhenus vorgestoßen, und viel weiter war seitdem kein römischer Feldherr gekommen.

Vor fünfzehn Jahre war Drusus, der Stiefsohn des Augustus, als Oberbefehlshaber der in Germanien stationierten Truppen gestorben, als er sich bei einem lächerlichen Sturz vom Pferd verletzte. Es hieß, eine germanische Hexe hätte ihn zuvor verflucht. Von seinem Lohn, dem Ehrentitel ›Germanicus‹, hatte der Tote nichts mehr.

Auch der Bruder des Drusus, Tiberius, dem Augustus daraufhin die Befehlsgewalt in Germanien übertrug, kam nicht recht voran. Sein Versagen im Krieg versuchte er mit Bündnisverträgen zu vertuschen, die er gleich reihenweise mit den Germanenfürsten schloß. Erst auf Drängen des Augustus führte er die Eroberung des nördlichen Landes mehr mit dem Schwert als mit der Feder durch.

Schließlich erklärte Augustus Germanien als befriedet und zur römischen Provinz. Doch es war in Rom ein offenes Geheimnis, daß diese Provinz nur auf dem Papier bestand und dazu diente, die augustinische Außenpolitik in einem günstigen Licht erscheinen zu lassen. In Wahrheit war der Rhenus noch immer die Grenze zwischen befriedetem und unbefriedetem Land. Rechts des Flusses hielten die Römer nur einzelne Vorposten und waren ansonsten auf die Bündnistreue der wankelmütigen Germanenfürsten angewiesen.

Daß der Großonkel seiner Frau ihn ausgerechnet nach Germanien versetzte, empfand Varus als eine schwere Kränkung, die er Augustus niemals verzeihen würde. Wenn sich das herumsprach, würde man im Senat und in den einflußreichen Häusern spotten, daß es kein Vertrauensbeweis des Augustus war, sondern eine Strafversetzung.

Trotz seines Grolls konnte Varus nicht umhin, die geschickte Taktik des Herrschers zu bewundern. Er hatte sich dem Druck des Senats gegen ein Mitglied der kaiserlichen Familie nicht gebeugt, was dem Eingeständnis einer Schwäche gleichgekommen wäre. Und doch hatte der Imperator die Mehrheit des Senats, die gegen Varus war, zufriedengestellt, indem er Varus in die Urwälder Germanien, abschob.

»Ja, Germanien«, sagte Augustus fast heiter. »Dort kannst du dich bewähren. Ein Mann mit deinen Erfahrungen ist genau der Richtige für diesen Posten. Wenn es einer schafft, aus den Barbaren treue Untertanen des römischen Reiches zu machen, dann du, Varus!«

Damit hatte der Herrscher vielleicht gar nicht so unrecht. Varus hatte in seiner langen Ämterlaufbahn die Erfahrung gewonnen, daß niemand zu arm war, um noch ärmer gemacht zu werden. Varus hielt sich selbst für einen wahren Künstler im Erfinden und Eintreiben neuer Steuern. Augustus mochte denken, daß für den neuen Statthalter von Germanien in seiner neuen Provinz nichts zu holen war, aber Varus würde schon auf seine Kosten kommen.

»Du siehst zufrieden aus, Varus«, fuhr der Greis fort. »Sicher wirst du noch zufriedener sein, wenn du von meinem Entschluß hörst, dich von einem Teil der Verwaltungsaufgaben in deiner neuen Provinz zu entlasten.«

Wieder gewann die skeptische Wachsamkeit die Oberhand in Varus' Denken, und er fragte vorsichtig: »Wie meinst du das, Erhabener?«

»Das Erheben der Steuern werde ich einem Quästor übertragen, der in meinem Namen mit den Steuerpächtern verhandelt. Du hast also damit nichts zu tun und kannst dich ganz dem Regieren widmen. Außerdem ist es eine gute Methode, deine Gegner im Senat vollends zum Verstummen zu bringen. Niemand kann dir vorwerfen, nach Germanien zu gehen, nur um deinen persönlichen Vorteil zu suchen. Findest du nicht, daß dies eine gute Lösung ist?«

Alter, grausamer Fuchs! dachte Varus. *Du schießt deine Pfeile hübsch langsam ab, nach und nach, damit die Schmerzen sich steigern können. Erst schickst du mich in die unzivilisierte Wildnis, dann nimmst du mir die Möglichkeit, mich für das schwere Schicksal finanziell zu entschädigen.*

Er preßte, trotzig wie ein kleiner Junge, die Lippen aufeinander und beschloß, gleichwohl aus der neuen Provinz herauszuholen, was er nur konnte. Und wenn ihm Octavian die Steuerhoheit nahm, würde er keine ›Steuern‹ erheben, sondern ›Abgaben‹. Gold und Silber fragten nicht danach, wie sie zu ihrem Besitzer kamen.

»Du sagst ja gar nichts«, täuschte der Erhabene Verwunderung vor.

Dieser Scheinheilige!

»Ich bin sprachlos vor Überwältigung«, hatte Varus erwidert und sich zu einem häßlichen Lächeln gezwungen. »Ich danke dir für dein Vertrauen und die Gnade, die du mir erwiesen hast, Erhabener.«

»Wie ich schon sagte, beweise deine Dankbarkeit auf deinem neuen Posten.«

»Das werde ich, Erhabener«, hatte Varus untertänig versprochen und das lächerliche Häuschen des greisen Imperators grollend verlassen.

Dieser Groll hatte sich nicht gelegt, sondern war im Gegenteil immer heftiger geworden, je länger Varus sich auf seinem neuen Posten mit den Barbaren herumschlug.

Gewiß, er hatte Mittel und Wege gefunden, seine Privatkasse trotz der Steuerhoheit des Quästors zu füllen. Nicht nur über die eigenmächtig erhobenen ›Abgaben‹. Auch an den Steuern war er, mittelbar, beteiligt. Die vom Quästor beliehenen Steuerpächter benötigten die Hilfe der Armee, um die Steuern bei den Germanen einzutreiben. Eine Hilfe, die Varus nur gegen Bezahlung gewährte. ›Sonderentgelt für den zivilen Einsatz römischer Truppen‹ hatte er das genannt.

Gleichwohl, sein Haß auf den greisen Schwächling, der durch Intrigen, geschicktes Taktieren und die Gunst Gaius Julius Caesars auf den Thron gekommen war, wuchs ins Unermeßliche.

Dieser Emporkömmling Octavian, jetzt Augustus genannt, war in seinen Augen eine Schande für das römische Imperium. Der Sohn eines Plebejers aus den Albaner Bergen, der das unverschämte Glück gehabt hatte, daß seine Mutter eine Nichte Caesars war, machte das Amt des römischen Herrschers zum Gegenstand des Gespötts.

Der schwächliche Kerl, der es selbst in seinen besten Mannes-jahren nicht geschafft hatte, mehr als einen Becher Wein zu trin-ken! Der Schuhe mit besonders hohen Absätzen trug, um seinen mickrigen Wuchs zu vertuschen. Der vor lauter Aberglauben sei-nen Träumen mehr vertraute als dem, was seine großen Glupsch-augen sahen. Der ein Gewitter mehr fürchtete als alles andere und der als Abwehrzauber stets ein Robbenfell bei sich trug. Der aus lauter Angst vor dieser Welt so unruhig schlief, daß er nachts schreiend erwachte. Man erzählte sich, daß er es dann nicht aus-hielt, allein in seinem Zimmer zu sein, daß in den langen Stun-den des Wachseins stets ein Vorleser oder ein anderer Sklave an seinem Bett weilen mußte. Varus glaubte das; es paßte ganz in sein Bild von Augustus.

Ihm war schleierhaft, wie es Octavian Augustus hatte gelingen können, Caesars Nachfolge anzutreten. Wie er so mächtige Gegenspieler wie Brutus und Cassius – die Mörder Caesars –, den Sohn des Pompejus und Lepidus sowie schließlich Marcus Antonius und dessen Geliebte, diese ägyptische Hurenkönigin Kleopatra, aus dem Weg räumen konnte. Vielleicht lag es daran, daß Augustus die meisten Dinge nicht selber machte, sondern anderen überließ. Agrippa war sein Feldherr, Maecenas sein Diplomat. Während seine Getreuen für ihn kämpften und ver-handelten, übte sich Augustus einfach in Geduld, getreu seinem griechischen Wahlspruch: ›*Speude bradéos.* – Eile mit Weile.‹

Und Ocatavian eilte voran, mit Weile zwar, aber zielsicher. Er ließ sich zum ›Princeps‹ ernennen, zum ersten Bürger Roms, und zum ›Imperator‹, dem alleinigen Oberbefehlshaber des Heeres. Ihm wurde der Ehrenname ›Augustus‹, der Erhabene, ebenso verliehen wie das Amt des ›Volkstribuns auf Lebenszeit‹ und das des ›Pontifex Maximus‹, des geistlichen Oberhaupts Roms. Und als ihm der Senat schließlich den Titel ›Pater Patriae‹ – Vater des Vaterlandes – gab, schämte er sich nicht seiner Tränen. Der alte Heuchler gab vor, seine Verehrung als Gott nur widerstrebend hinzunehmen, und doch nannte er sich selbst ›Sohn des göttli-chen Caesar‹.

Augustus und der Oberbefehlshaber des Heeres! Dieser Gedanke löste bei Varus stets Erheiterung aus. Seit der Eroberung Ägyptens hatte der *Imperator* kein Schwert mehr in die Hand genommen. Seine körperliche Ertüchtigung bestand selbst in jüngeren Jahren nur in kindischen Ballspielen, im Spazierengehen und im Angeln!

Und Augustus als Herrscher Roms? Auch das war ein Witz. Jedermann wußte, daß eigentlich eine Frau auf dem Thron saß. Livia, die Frau des Augustus, seitdem er sie ihrem ersten Mann Tiberius Claudius Nero weggenommen hatte. Rom hatte die Hochzeit zwischen Augustus und Livia anerkannt, aber das hatte ihr nicht die Anrüchigkeit genommen.

Frauen!

Auch seine eigene Frau hatte schon angefangen, Varus dreinzureden. Sie hatte es sogar gewagt, ihm mit ihrem Onkel Augustus zu drohen, wenn es nicht nach ihrem Kopf ging. Er war froh, daß Claudia Pulchra in Rom geblieben war. Er hatte versprochen, sie zu holen, sobald er in Germanien gesicherte Verhältnisse geschaffen hatte. Wenn es danach ging, konnte das Land rechts des Rhenus ewig das ›Barbarenland‹ bleiben, wie es die große Karte an der Wand ausdrückte.

Aber er mußte es erobern, möglichst schnell, bevor der zähe Greis in Rom seinen letzten Atemzug tat und ein Jüngerer seinen Platz einnahm. Denn Varus selbst wollte es sein, der nach Augustus auf den Thron stieg. Er wollte der Erhabene werden, der neue Augustus. Das war das Ziel, das er in Germanien verfolgte.

Er würde Germanien erobern und dann mit seinem Heer, verstärkt durch germanische Hilfstruppen, nach Rom ziehen. Vielleicht würde ihn das Volk mit Jubel empfangen und ihm von selbst den Thron anbieten. Wenn nicht, würde er darum kämpfen. Männer wie dieser Thorag würden ihm helfen, den Thron mit Waffengewalt zu besteigen.

Zum Kämpfen und Sterben waren diese Barbaren gut. Er, Publius Quinctilius Varus, der erfolgreiche Feldherr, der in der ganzen Welt für Roms Ehre gekämpft hatte, würde mit ihrer Unterstützung diesen schwächlichen Augustus vom Thron stoßen.

Varus als Abkömmling einer alter Patrizierfamilie war der richtige Mann, die Welt zu regieren, nicht dieser Plebejersprößling!

Schon lange hatte er die Machtübernahme vorbereitet, hatte seine Schwestern mit Angehörigen der vornehmsten Familien verheiratet und seinen Sohn mit einer Tochter des Germanicus zusammengebracht. Diese Bindungen und der Umstand, daß seine Frau der kaiserlichen Familie angehörte, würden ihm helfen, den Thron zu besteigen und den Lorbeerkranz zu erhalten.

Wie immer, wenn er über diese Dinge nachdachte, fühlte er sich plötzlich angespannt. Er klatschte zweimal laut in die Hände und ließ sich auf die Cathedra sinken, die in einer Ecke stand, einen gepolsterten Stuhl mit gebogener Rückenlehne.

Da eilten die beiden Sklaven auch schon durch die Verbindungstür zu seinem Schlafgemach herein. Es waren die Zwillinge, die ihm bei ersten Anblick gefallen und die er zu seinen Leibsklaven erkoren hatte. Germanen, die ihre Eltern bei einem Überfall römischer Soldaten auf ihr Dorf verloren hatten. Varus kannte nicht einmal ihre richtigen Namen. Er fand es amüsant, sie Pollux und Helena zu nennen, nach den Kindern von Jupiter und Leda.

Als Varus seine Toga beiseite schlug, wußten die beiden blonden Kinder, zu welchem Dienst er sie gerufen hatte. Sie ließen sich zwischen seinen Beinen nieder und schoben die Tunika hoch. Varus atmete heftig, als ihre warmen Lippen und ihre flinken Zungen ihn so bearbeiteten, wie er es sie zum Zweck seiner Entspannung gelehrt hatte.

Seine Augen waren auf die Karte des römischen Weltreiches fixiert, und vor seinem geistigen Auge wurden der Junge und das Mädchen, die vor ihm knieten, zur Bevölkerung dieses Reiches.

Kapitel 15

Die Flamme der Leidenschaft

Thorag stand auf einer Brücke, die ins Nichts führte. Zu beiden Richtungen! Wohin er auch blickte, überall war schwarzes Nichts, selbst unter ihm. Es gab keine Möglichkeit, die Brücke zu verlassen. Aber er mußte sie verlassen, denn das Nichts drang immer weiter vor, fraß die Brücke Stück für Stück auf, drohte auch den Cherusker bald zu verschlingen.

Panik ergriff ihn, als er sich der Ausweglosigkeit seiner Lage bewußt wurde. Hätte er einen Gegner gesehen, hätte er sein Schwert ziehen und kämpfen können. Aber wie sollte man gegen das Nichts kämpfen? Er öffnete den Mund und rief die Götter um Beistand an.

Auf seiner verzweifelten Suche nach einem Ausweg entdeckte Thorag plötzlich ein Licht, das die Schwärze erfüllte, größer wurde und schließlich seinen gesamten Gesichtskreis ausfüllte. Es war warm wie das Leben und verhieß Rettung aus dem gierigen schwarzen Nichts.

Undeutlich nahm Thorag jenseits der Helligkeit die Umrisse einer Gestalt wahr. Einer menschlichen Gestalt – oder einer göttlichen. Jedenfalls war die schlanke schwarzhaarige Frau schön wie eine Göttin. Und er kannte sie.

»Flaminia«, krächzte Thorag und richtete sich in seiner zerwühlten Bettstatt auf.

Die Römerin, die ein schlichtes blaues Gewand trug, stellte das kleine Öllämpchen, das sie mitgebracht hatte und das Thorag in seinem fiebrigen Zustand zwischen Schlaf und Wachheit als rettendes Licht erschienen war, auf den kleinen Bronzetisch neben dem Bett, setzte sich selbst auf die Bettkante und strich sanft mit ihrer kühlen Hand über Thorags feuchte Stirn. Er genoß diese Berührung wie auch den verführerischen Duft, der von Flaminia ausging.

»Geht es dir nicht gut, Cherusker?« fragte Flaminia besorgt. »Ich habe dich schreien gehört und bin gekommen, um nach dir zu sehen.«

Wenn sie wirklich nur nach ihm sehen wollte, weshalb hatte sie dann die Tür fest hinter sich verschlossen? Und weshalb hatte sie noch nicht geschlafen? Was er daran erkannte, daß sie noch nicht abgeschminkt war. Aber Thorag störte es nicht, daß Flaminias Besuch offenbar alles andere als zufällig war, hatte er es doch sehr bedauert, nach der Rückkehr aus dem Prätorium allein in sein Cubiculum gehen zu müssen.

»Es war ein Traum, der mich schreien ließ«, erklärte Thorag und erzählte den Inhalt. »Ich habe oft Träume, die für mich so lebendig sind wie die Wirklichkeit. Schon seit meiner Kindheit. Damals kam immer meine Mutter an mein Lager und tröstete mich. Sie sagte, die Träume seien etwas Besonderes. Die Götter würden sie unserer Familie schicken, weil wir Abkömmlinge des Donnergottes sind. Die Götter geben uns Zeichen, Hinweise, Warnungen.«

»Das mag sein. Auch Augustus soll von seinen Träumen gequält werden, und er ist schließlich auch ein Gott. Wenn die Götter ihresgleichen Träume senden, weshalb nicht auch ihren Nachkommen.« Flaminia sprach mit leiser Stimme, aber unter dem sanften Klang war ein kaum merkliches ungeduldiges Zittern zu hören.

»Wenn ich nur wüßte, was dieser Traum zu bedeuten hat«, rätselte Thorag. »Er scheint irgend etwas mit der Brücke zu tun zu haben, deren Bau ich für Varus überwachen soll.«

»Vielleicht kann ich dich über den quälenden Traum hinwegtrösten, wie es deine Mutter tat«, sagte Flaminia verführerisch und lächelte. Sie legte ihre Hand an den Hinterkopf des großes Mannes und zog sein Gesicht an ihre Brust. Mit aufreizender Langsamkeit kraulte sie sein langes Blondhaar. »Denk nicht mehr an deinen Traum, Thorag. Nicht jetzt.«

Sie rückte näher zu ihm heran, wobei ihre Stola scheinbar wie von selbst über die rechte weiß schimmernde Schulter glitt und ihre Brust freigab. Sie war recht klein, aber fest und glatt und mit einer unvermutet großen Warze versehen. Thorags Lippen umschlossen die Warze, und er begann an ihr zu saugen. Die Frau bewegte ihren Körper sanft hin und her, als wolle sie den in ihren Armen liegenden Mann wie ein kleines Kind zurück in den Schlaf wiegen. Wie ein kleines Kind fühlte er sich und zugleich, auch wenn es widersinnig erschien, wie ein Mann.

Immer stärker saugte er an ihrer Brust, wie ein Verdurstender in der ägyptischen Wüste in der Hoffnung auf einen letzten Rest Flüssigkeit an einem leeren Wasserschlauch saugen mochte. Flaminia stöhnte immer lustvoller und ließ ihre Stola so weit herab, daß auch ihre linke Brust freilag.

Flaminias wiegende Bewegungen wurden heftiger, bis sie sich unter lautem Stöhnen wie eine Schlange wand. Sie ergriff seine Hand und führte sie von oben in ihre heruntergestreifte Stola, bis sie zwischen ihren erhitzten Schenkeln lag. Die Frau preßte ihre Beine fest zusammen und rieb sie an seiner starken Hand, während seine Finger sich durch den kleinen Dschungel einen Weg in ihre feuchte Grotte bahnten.

Als seine Finger in Flaminia eindrangen, wurden ihre Bewegungen ruckartig, und ihre Brust entschlüpfte seinen Lippen. Die Frau warf den Kopf nach hinten und stöhnte immer lauter und fordernder Thorags Namen. Sie beugte sich zu ihm herab, und ihre Lippen fanden in wilder Leidenschaft zueinander, wobei Flaminia ihre Zunge so geschickt spielen ließ, daß Thorag das Gefühl hatte, bald vor Begierde wahnsinnig zu werden. Er stammelte ihren Namen und zeichnete in atemloser Bewunderung mit den Händen die Rundungen ihres Oberkörpers nach.

Endlich raffte Flaminia ihre Stola hoch, bis sie nur noch aus einem um ihre Hüften liegenden Stoffring bestand, spreizte ihre Schenkel, setzte sich rittlings auf Thorag, packte seinen Priapus mit ihren Händen und führte ihn in sich ein.

Sie stöhnte in einer Mischung aus Lust und Schmerz, als sie ihren Unterleib vor und zurück bewegte, während Thorag immer tiefer in sie eindrang und von Wogen der Lust hinweggetragen wurde. Wie lange schon hatte er dieses Gefühl vermißt! Es wurde ein langer, mal wilder, mal sanfter Ritt, dessen Geschwindigkeit von der Römerin bestimmt wurde. Als Flaminia sich wild aufbäumte und mehrere spitze Lustschreie von sich gab, als sei sie von einer ungeheuren Anspannung erlöst, ergoß er sich in ihren Schoß, bevor sie erschöpft nach vorn glitt und seinen Priapus aus ihrer lustvollen Umklammerung entließ.

Ermattet sank Flaminia neben Thorag auf das Lager, und sie schliefen, auf der schmalen Liege dicht aneinandergedrängt, bald ein. Aber der Schlaf war nur von kurzer Dauer. Thorag erwachte durch die Küsse, mit denen Flaminia seinen ganzen Körper bedeckte. Sie brauchte nicht lange, um seine Lust erneut zu entflammen.

So heftig, daß er sie packte, auf den Bauch drehte und wie ein Tier von hinten in sie eindrang.

Es war nicht das letzte Mal in dieser Nacht, daß sie sich liebten. Niemals zuvor hatte Thorag eine Nacht voll solcher Lust erlebt, nicht einmal mit Auja zusammen. Aber das ließ sich nicht vergleichen. Es war eine heftige und doch zugleich zarte Liebe gewesen, die Thorag und Auja verband. Zwischen ihm und der Römerin gab es keine Liebe, sondern nur wilde Leidenschaft. Er spürte, daß er für Flaminia nur einer von vielen begehrenswerten Männern war, die einander zwanglos ablösten. Aber die erfahrene Frau verstand es, das Verlangen des jüngeren Mannes immer wieder von neuem zu wecken.

Erst als der Morgen graute, verließ sie das Cubiculum, die Haare völlig zerzaust, die Schminke gänzlich zerlaufen, die zerknitterte Stola in ihrer Hand.

Die Öllampen an den Wänden waren erloschen, als Flaminia durch den das Peristylium umgebenden Säulengang zurück zum Hauptgebäude ging. Aber das schadete nicht, denn in der Morgendämmerung fand sie sich rasch zurecht. Eine sanfte Brise wehte vom Fluß herüber und strich angenehm kühl über ihr erhitztes Fleisch. Der Schauer, der über ihren Körper lief, kam nicht nur von dem plötzlich auffrischenden Wind, sondern auch von der Erinnerung an die eben erlebten Wonnen.

Bei der Urmutter Venus, dieser Cherusker war wirklich ein ganz besonderes Prachtexemplar von einem Mann! So oft sie ihn zu einem neuen Waffengang gefordert hatte – und sie hatte ihn wahrlich nicht geschont –, er hatte kein einziges Mal versagt. Als sie an die Nacht dachte, glaubte sie den großen Mann erneut in sich zu spüren. Sie verhielt, sich an einer Säule abstützend, und blickte sehnsüchtig zurück zu der Tür, hinter der sie Thorag wußte. Am liebsten wäre sie sofort umgekehrt und hätte seine Manneskraft erneut herausgefordert.

Aber sie mußte ihren Pflichten als Frau des Hauses nachkommen. Mit einem Seufzer riß sie sich zusammen und ging weiter. Sie bedauerte, daß Thorag zum unteren Hafen versetzt werden sollte. Aber die Tage und besonders die Nächte, die er noch in der Ubierstadt verbrachte, wollte sie voll auskosten.

Flaminia verließ den Säulengang und wollte das Haus durch den schmalen, dunklen Gang zwischen dem Tablinum und dem Triclinium betreten, als eine Hand aus der Dunkelheit nach ihr griff und ihren nackten Oberarm fest umklammert hielt. Sie zuckte vor Schreck zusammen und stieß einen spitzen Schrei aus.

»Ganz ruhig, ich bin's nur«, sagte eine vertraute Stimme.

Flaminia erkannte die große Gestalt, die im Schatten einer Mauer stand. »Maximus, was tust du hier?«

Der Präfekt, der nur eine Tunika und Sandalen trug, lächelte auf eine Art, die Flaminia nicht gefiel. So hatte er als Kind gelächelt, wenn er seiner kleinen Schwester einen bösen Streich gespielt hatte. »Ich habe auf dich gewartet, Schwester, um zu erfahren, ob der Germane den Test bestanden hat.«

»Den Test?«

Maximus grinste noch breiter. »Tu nicht so ahnungslos. Du wirst mir doch nicht erzählen wollen, daß du die ganze Nacht am Bett unseres Gastes gesessen und ihm Geschichten erzählt hast.« Seine schrägstehenden Augen musterten Flaminia eingehend. »Man sieht dir deutlich an, daß du ganz andere Dinge getan hast, nicht nur an, sondern *in* seinem Bett.«

»Und wenn schon! Was geht es dich an, wo ich meine Nächte verbringe?«

»Eine ganze Menge. Varus hat mir zu verstehen gegeben, daß er deinen liderlichen Lebenswandel nicht länger hinnehmen wird.«

»Varus?« rief sie und schnappte nach Luft. »Quinctilius Varus will mir verbieten, das Lager mit dem Cherusker zu teilen?«

Maximus setzte ein breites Grinsen auf. »Ganz im Gegenteil«, sagte er und übermittelte ihr den Wunsch des Statthalters, der mehr ein Befehl war.

»Das gibt es doch nicht!« entfuhr es der Frau. »Der Legat des Augustus befiehlt mir, mich als Hure und als Spitzel zu verdingen?«

»Wenn du es so bezeichnen willst. Das mit der Hure scheint jedenfalls kein Opfer für dich zu sein, wie du heute nacht wieder bewiesen hast.«

Flaminia blickte ihren Bruder böse an und sagte im scharfen Tonfall: »Ich mag nun einmal gutgebaute Männer. Du müßtest doch Verständnis dafür haben.«

Schlagartig verschwand das Grinsen von Maximus' Gesicht. »Was soll das heißen?«

»Ich wundere mich nur, daß sich Varus noch keine Gedanken darüber gemacht hat, weshalb sein Präfekt nicht verheiratet ist. Was ist wohl die größere Schande, wenn die Schwester seines Präfekten mit seinen Soldaten ins Bett geht oder wenn es der Präfekt selbst tut? Weiß Varus wirklich nichts von deiner besonderen *Vorliebe* für deine Gardisten?« Flaminia lachte schrill. »Wohl nicht. Sonst hätte er *dich* damit beauftragt, in Thorags Bett den Spitzel zu spielen. Vielleicht bist du gar eifersüchtig auf mich?«

Maximus' Griff verstärkte sich. Flaminia hatte das Gefühl, er wolle ihr den Arm brechen, aber sie verbiß sich jeden Schmerzenslaut.

»Ich warne dich, Flaminia. Wenn du irgendwelche Gerüchte über mich in die Welt setzt, ist es mit dem guten Leben unter meinem Dach vorbei, für dich und für deinen Sohn!«

Nichts war für Flaminia schlimmer als die Vorstellung, in dieser Stadt, fernab von Rom, auch noch allen Luxus entbehren zu müssen, und so lenkte sie rasch ein: »Ist ja schon gut, ich halte meinen Mund.«

Sein Griff lockerte sich wieder. »Und du tust, was Varus von dir verlangt!«

»Ja, ich werde es tun.«

Maximus ließ ihren Arm ganz los, der immer noch schmerzte.

»Gut«, sagte er mit einem Seufzer. »Du wirst den Kurieren regelmäßig Berichte über Thorag und über alle Ereignisse mitgeben, die dir auffällig erscheinen.«

Flaminia nickte, und Maximus ließ sie allein. Sie stand noch eine ganze Weile in dem dunklen Gang und starrte ins Peristylium. Je länger sie über den seltsamen Auftrag nachdachte, den Varus ihr erteilt hatte, desto mehr gefiel er ihr. Es würde vermutlich nicht viel zu berichten geben. Aber sie konnte weiter mit Thorag zusammensein.

Die Verärgerung über den Statthalter und über ihren Bruder war fast ganz verschwunden, als sie ihr Zimmer aufsuchte, um sich zu waschen, anzukleiden und neu zu schminken. Sie lachte leise. Fast mußte sie Varus dafür dankbar sein, daß er ihrer Leidenschaft auf diese Weise Vorschub leistete.

Kapitel 16

Die Brücke

»Du kommst mit deiner Arbeit gut voran, Servius«, lobte Thorag den jungen Baumeister, der neben ihm auf dem schwankenden großen Holzgerüst stand, das vom linken Rheinufer mitten in den Fluß hineinführte und drei Viertel des breiten Stroms überspannte. Unter ihnen standen die zumeist ubischen Arbeiter, Freie wie Sklaven, auf den Pontons und rammten und hämmerten weitere Pfähle in den Grund des Flusses. Nach Servius' eigener Einschätzung würde die Brücke in spätestens drei Tagen vollendet sein.

»Pah«, machte der dünne Baumeister mit dem stark zurückweichenden Lockenhaar. »Diese Holzbrücke zu errichten ist keine große Kunst. Caesar hat uns die Sache vorgemacht, als er den Rhenus überschritt.«

»Ich dachte immer, Caesars Brücke gilt als Meisterleistung«, sagte Thorag verwundert, während er an der Brüstung des Geländers Halt suchte, weil ein gegen das im Bau befindliche Brückenstück gestoßener Ponton das Bauwerk in noch stärkere Schwingungen versetzte.

»So ist es auch«, antwortete Servius, der das starke Schwanken der Brücke allein durch eine Verlagerung seines Körpergewichts auszugleichen wußte. »Aber es ist keine Meisterleistung, etwas nachzubauen. Zu einer Meisterleistung bedarf es eines eigenen Werkes.«

»Das kannst du errichten, sobald die Holzbrücke steht.«

Da die Zeit näher rückte, in der Varus mit seinen Legionen ins Sommerlager an der Weser ziehen wollte, hatte der Statthalter befohlen, zur schnelleren Überquerung des Rheins am oberen und unteren Hafen zunächst behelfsmäßige Holzbrücken zu errichten. Erst wenn das geschehen war, sollte der langwierige Bau der geplanten großen Steinbrücken beginnen.

»Ich freue mich schon drauf«, sagte Servius auf seine freimütige Art.

Thorag mochte den jungen Architekten aus Pompeji, denn er

war rege, zuverlässig und bescheiden. Morgens war er der erste, der die Baustelle betrat, und abends der letzte, der sie verließ. Manchmal hockte er, tief in Gedanken versunken, bis in die Dunkelheit auf dem Gelände. Thorag nahm an, daß er in diesen stillen Stunden die Götter um Rat für den Fortgang seiner Arbeit bat.

»Ich habe schon einige der mächtigen Steinbrücken gesehen, die ihr Römer gebaut habt«, meinte Thorag. »Aber mich wundert immer wieder, daß sie nicht zusammenstürzen. Schon das Gewicht der Steine allein müßte sie zum Einsturz bringen.«

»Das zu verhindern, ist eben die Kunst des Baumeisters«, erwiderte Servius lächelnd und fügte leise hinzu: »Ganz im Vertrauen, Thorag, es sind schon eine ganze Menge Brücken eingestürzt. Viele ihrer Erbauer haben daraufhin den Beruf gewechselt.«

»Wirklich?«

Servius nickte bekräftigend. »Sie wurden Löwenbändiger im Circus Maximus.«

Thorag lachte laut und herzhaft über den Scherz. »Sieh zu, daß du nicht auch bald den Beruf wechseln mußt, Servius!«

»Ich werde mich bemühen. Um das zu verhindern, werde ich beim Bau der Steinbrücke eine bestimmte Bogenbauweise anwenden. Sie sorgt dafür, daß jeder Brückenpfeiler nur ein ganz geringes Gewicht aushalten muß.« Servius zog die Papyrusrolle mit den Konstruktionszeichnungen, die er ständig mit sich herumtrug, aus seiner Umhängetasche und wollte sie auseinanderrollen. »Dieses Ziel erreiche ich durch eine spezielle Torsionsstabaufhängung, indem ich beim Bau der Pfeiler …«

»Halt!« rief Thorag aus und hob abwehrend die Hände. »Ich bin nur ein Krieger. Von diesen Dingen verstehe ich nichts. Du verwirrst mir mit solchen Reden den Kopf.« Er blickte in die langsam versinkende Sonne. »Außerdem muß ich jetzt gehen. Dieser schöne Tag neigt sich seinem Ende entgegen, und ich habe noch etwas vor.«

Thorag schritt dem linken Rheinufer entgegen, während rechts und links von ihm die Arbeiter emsig mit der Vollendung des Geländers beschäftigt waren. Ihre lauten Rufe, ihr ständiges Hämmern und Sägen waren dem Cherusker in den letzten Tagen zu einer vertrauten Geräuschkulisse geworden. Er konnte es sich schon nicht mehr vorstellen, wie es ohne diesen Lärm wäre. In den wenigen Wochen, die er jetzt Garnisonskommandant am unteren Hafen war, hatte er sich längst daran gewöhnt.

Gewiß, es hatte ein paar Probleme mit römischen Offizieren gegeben, die es als persönliche Beleidigung empfanden, das Varus ihnen einen ›Barbaren‹ als Lagerpräfekt vor die Nase gesetzt hatte. Niemand hatte das Thorag gegenüber deutlich ausgesprochen, aber er spürte, was die Römer von ihm dachten. Mit Eigenmächtigkeiten und Nachlässigkeiten hatten sie versucht, seine Autorität zu untergraben. Vermutlicher Anstifter war der bisherige Lagerpräfekt, ein hochnäsiger Römer, dessen Name Foedus gut zu seinem abstoßenden Pferdegesicht paßte; für ihn war es unerträglich, daß Varus einem Germanen mehr zutraute als ihm. Indem Thorag jedes Fehlverhalten sofort verfolgte, ohne übermäßige Strenge walten zu lassen, hatte er die meisten Kritiker zum Verstummen gebracht. Mit Foedus, so hoffte er, würde er auch noch ins reine kommen.

Daß der Cherusker das Leben hier in der kleinen Hafenstadt als angenehm empfand, lag größtenteils an Flaminia, die in jeder freien Stunde an seiner Seite war und ihm zeigte, was es hieß, ein Leben in Leidenschaft zu führen. Er war sehr überrascht gewesen, als sie ihm eröffnete, daß sie ihm in die Garnison folgen werde. Schließlich ließ sie dadurch ihren Sohn allein, der sich jetzt in der Obhut von Maximus, Egino und Themistokles befand.

Flaminia schaffte es, Thorag die undurchsichtige Mordgeschichte, in die er verwickelt worden war, weitgehend vergessen zu lassen. Nur manchmal, meistens in der Nacht, wenn sich sein Geist auf der Stufe zwischen Wachsein und Schlaf befand, quälten ihn die Fragen nach dem wahren Schuldigen und die Erinnerungen an Auja. Wenn er diese Qual mit in seine Träume hinübernahm, wurde er von Flaminia geweckt, die ihm stolz und fordernd ihre wundervollen Brüste entgegen steckte, ihre Lippen aufreizend öffnete und mit immer neuen Spielen seine Begierde weckte.

War es nur Leidenschaft oder auch Liebe, was er für die schöne Römerin empfand? Er hätte es nicht sicher zu sagen vermocht. Aber ein Leben ohne sie schien ihm im Augenblick unvorstellbar.

Die Wachen an der Brücke grüßten ihren Präfekten, als Thorag das Bauwerk verließ. Er erwiderte den Gruß. Sie waren germanische Auxiliarsoldaten aus seinem eigenen Stamm, Cherusker.

Einer der Männer brachte ihm seinen Rappen und hielt das Pferd, während er in den Sattel stieg.

Er hatte erst den halben Weg zum Kastell zurückgelegt, als ihm ein Reiter entgegenkam. Bald sah er, daß es eine Reiterin war: Flaminia, die ihren bevorzugten Grauschimmel ritt. Sie hatte hier in der Garnison ihre Vorliebe für das Reiten und besonders für Ausritte in der Umgebung entdeckt. So konnte sie dem tristen Leben im Kastell und in der kaum mehr Abwechslung bietenden Hafenstadt wenigstens für ein paar Stunden am Tag entfliehen.

»Wo bleibst du denn, Thorag?« rief sie ihm schon entgegen, ehe sie sich trafen. »Du hast doch versprochen, daß wir heute zu einem Picknick an den Wasserfall reiten.«

»Ich habe es nicht vergessen und habe mich eben von Servius verabschiedet, um zu dir zu reiten.«

»Servius!« schnaubte die Römerin ungehalten und zügelte ihr Pferd vor Thorag. »Paß bloß auf, daß du dich nicht so von der Arbeit packen läßt wie dieser dünne Architekt. Für Vergnügungen hat der doch gar keine Zeit mehr.«

»Ich dafür um so mehr«, lachte der Cherusker. »Seit sich die römischen Offiziere damit abgefunden haben, daß ich ihr Präfekt bin, gibt es für mich kaum noch etwas zu tun. Alles läuft wie von selbst.«

»Schön«, erwiderte die Frau und zeigte auf das Bündel, das sie hinter sich an den Sattel geschnallt hatte. »Dann können wir ja gleich aufbrechen. Ich habe uns ein paar Leckereien mitgebracht, deren Zubereitung ich persönlich überwacht habe.«

»Ich habe schon richtig Hunger«, gestand Thorag und rieb über seinen flachen Bauch.

»Dann sei vor mir am Wasserfall!« rief Flaminia und schlug ihrem Pferd die Hacken in die Seiten. »Wer zuerst da ist, darf sich auch als erster die Köstlichkeiten aussuchen!« Die letzten Worte hörte Thorag nur noch leise, denn der Grauschimmel flog mit ihr davon.

Thorag blieb nichts anderes übrig, als den Rappen ebenfalls die Fersen spüren zu lassen. Tief über den Hals des schwarzen Tieres gebeugt, sprengte der junge Edeling der Frau hinterher und holte langsam auf. Als Flaminia das bemerkte, trieb sie ihr Tier zu noch größerer Eile an.

Der Boden war uneben, mit Buschwerk, Steinen und Felsen bedeckt. Aber ohne Rücksicht auf das schwierige Gelände hielt die Römerin den Grauschimmel zu immer größerer Schnelligkeit an. Als Thorag, der Angst um die Frau bekam, ihr zurief, sie möge langsamer reiten, schien sie ihn nicht zu verstehen. Oder sie wollte ihn nicht verstehen. Jedenfalls setzte sie das Rennen fort und näherte sich den Ausläufern des Waldes, wo die Beibehaltung dieser Geschwindigkeit an Selbstmord grenzte.

Der Cherusker holte das Letzte aus dem Rappen heraus und schloß zu Flaminia auf, bevor sie vom Wald verschluckt wurde. Er ritt dicht an sie heran, griff in die Zügel des Grauschimmels und ließ beide Tiere anhalten.

»Was soll das?« keuchte die außer Atem geratene Frau und blickte Thorag verwundert an. »Das Rennen ist noch nicht beendet!«

»Doch, das ist es! Ich will nicht, daß du dir deinen schönen Hals brichst.«

Die Verwunderung verschwand aus ihren Augen und machte einem seltsamen Blick Platz, in dem Thorag Zärtlichkeit zu erkennen glaubte. »Du scheinst wirklich besorgt um mich zu sein, Cherusker. Kann es sein, daß dir etwas an mir liegt?«

»Es scheint fast so«, antwortete der Mann und erwiderte den Blick der Frau. Er beugte seinen Oberkörper zu ihr hinüber, und ihre Lippen trafen sich zu einem Kuß. Als sie ihren Weg fortsetzten, ritten sie langsam nebeneinander und warfen sich immer wieder zärtliche Blicke zu.

Der Wasserfall war einer der beiden verschwiegenen Plätze, die Thorag und Flaminia häufig aufsuchten. Auf einer Lichtung plätscherte ein Wildbach über ein paar steile Felsen, bevor er gemütlich weiterfloß, um sich schließlich im mächtigen Rhein zu verlieren. Der andere Platz war eine Lichtung ganz in der Nähe.

Die beiden Reiter banden die Pferde so lose an einen Strauch, daß sie in Ruhe grasen konnten, und packten die von Flaminia mitgebrachten Leckereien am Rand des Wasserfalls aus. Hin und wieder spritzte ihnen ein wenig Wasser ins Gesicht, was ebenso ein Genuß war wie der vom Flaminia mitgebrachte Obstwein.

Die Dämmerung war bereits weit fortgeschritten, als sie mit ihrer Mahlzeit fertig waren. Dennoch hatte es keiner der beiden eilig, ins Kastell zurückzukehren. Thorag streckte sich mit einem wohligen Seufzer auf dem Boden aus, legte den Kopf in Flaminias Schoß und spielte mit ihren dunklen Locken. Seine Hand wanderte tiefer, zwischen ihren Brüsten hindurch und zog die Schleife des Bandes auf, das die rote Stola unter Flaminias Brust zusammenhielt. Er zog den weichen Stoff der Stola von ihren Schultern und zerrte auch die blaue Tunika so weit herunter, bis ihre rechte Brust frei lag. Er näherte sich mit den Lippen der Warze, als Flaminia ihn plötzlich zurückstieß und aufsprang.

»Das könnte dir so passen«, rief sie lachend. »Einfach eine Köstlichkeit nach der anderen vernaschen, wie?« Wie eine Mutter, die ihr Kind tadelte, stand sie über ihm, die Hände in die Hüften gestemmt, und war mit ihrer entblößten Brust doch eher verführerisch als streng. »Wenn du köstliche Früchte naschen willst, mußt du sie dir erst holen!«

Sie raffte den Saum der Stola hoch und lief lachend ins Unterholz hinein. *Anscheinend hat sie heute eine Vorliebe für Wettrennen,* dachte Thorag und ergab sich seufzend in sein Schicksal. Er sprang ebenfalls auf und folgte ihr, fest entschlossen, sich das zu holen, wonach ihm verlangte.

Als er ins Unterholz eingetaucht war, blieb er einen Augenblick stehen, weil er die Römerin nicht entdecken konnte. Das Knacken der Zweige verriet sie. Flaminia lief in Richtung der Quelle. Auch glaubte er ihr Kichern zu hören, ein heftiges Kichern, das sich fast anhörte wie das Wiehern eines Pferdes.

Thorag rannte ihr nach, so schnell er konnte – und prallte erschrocken zurück, als er die Lichtung mit der Quelle erreichte. Seine Ohren hatten ihn getäuscht. Es war doch Pferdewiehern gewesen, was er gerade gehört hatte, kein Kichern. An die zehn Pferde grasten in der Nähe des Teiches. Was den Cherusker aber erschreckte, waren die beiden Menschen auf der Lichtung: Flaminia kauerte am Boden, hatte die Stola wieder über ihre Schulter hinaufgezogen und sah ängstlich zu einem Mann auf, der ihr Haar mit der Linken gepackt hielt. In der Rechten hielt er ein Sax, dessen scharfe Klinge dicht vor Flaminias Hals schwebte.

Der große, hagere Mann trug das Wolfsfell der Fenrisbrüder, das sein Gesicht beschattete. Aber als er Thorag bemerkte und den Neuankömmling ansah, konnte dieser auch das Gesicht des anderen erkennen. Sofort kamen Thorag die scharfen, verhärteten Züge bekannt vor. Und dann erinnerte er sich an jenen Tag, an dem er Varus kennengelernt hatte. Vor ihm stand der Ubier Witold, der Hausbesitzer, der dem Glaser die Scheiben zerschlagen hatte, wofür Varus ihn auspeitschen ließ.

Thorag wollte nach vorn springen, aber die schneidende Stimme des Ubiers warnte ihn: »Noch einen Schritt weiter, Römling, und das Blut deiner Römerhure wird den Teich rot färben!«

Thorag blieb stehen, und seine Hand schwebte über dem Dolch, seiner einzigen Waffe. Das Wehrgehänge mit dem Schwert hatte er aus Bequemlichkeit am Wasserfall abgelegt.

»Was soll das, Ubier?« fragte er. »Weshalb bedrohst du die Frau?«

Witold lachte trocken. »Damit du mich nicht bedrohst, Verräter!«

»Ich bin kein Verräter!«

»Und ob du das bist! Du hilfst den Römern, eine Brücke zu bauen, damit sie ihre Truppen schneller ins Land der freien Germanen bringen können.«

»Hast du nicht selbst als freier Bürger unter römischer Herrschaft gelebt?«

Wieder lachte der Mann im Wolfsfell, und diesmal klang es noch bitterer. »O ja, das habe ich. Und was hat es mir eingebracht? Entehrung und einen Rücken, der nur noch eine zernarbte Wunde ist!«

»Und aus Rache hast du dich den Fenrisbrüdern angeschlossen?«

»Du hast es erraten, Römling. Meine Brüder sind unterwegs zu deiner Brücke. Vielleicht geht sie jetzt bereits in Flammen auf!«

Jetzt begriff Thorag: Witold machte für die Fenrisbrüder den Pferdehalter.

Thorag sah sich für seinen Leichtsinn bestraft. Er hatte sich allzusehr den Leidenschaften hingegeben und seine Aufpasserpflichten vernachlässigt.

Wenn er ehrlich war, hatte er in den letzten Tagen mehr an Flaminia gedacht als an die Brücke. Ja, er war so sorglos gewesen, daß er noch nicht einmal an die Möglichkeit eines Überfalls gedacht hatte.

Während Thorag noch fieberhaft nach einer erfolgreichen Taktik suchte, blieb Flaminia nicht untätig. Sie nutzte den Umstand, daß der Ubier durch Thorags Erscheinen von ihr abgelenkt war, und biß dem Mann in das Gelenk jener Hand, die den Sax hielt. Als das Blut hervorschoß und Witold vor Schmerz aufschrie, spurtete Thorag auch schon los.

»Das wird dich den Kopf kosten, du Hure!« brüllte Witold und holte mit dem Kurzschwert aus, um seine Drohung zu verwirklichen.

Da rammte ihn Thorag mit gesenktem Kopf. Der Aufprall warf Witold zurück, und der Fenrisbruder stürzte in den Teich. Das Wolfsfell fiel von seinem Körper und schwamm in einer Weise auf dem Wasser, daß es aussah wie ein größtenteils untergetauchter Wolf.

Der Cherusker sprang ebenfalls in den Teich und erreichte den Ubier, als dieser sich aufrichtete. Das Wasser stand den Männern nur etwa bis zur Hüfte. Witold schlug mit dem Schwert nach Thorag. Es war ein unbeholfener Schlag, den der Edeling mühelos mit dem linken Arm abblockte. Gleichzeitig rammte er seinen Dolch tief in Witolds rechten Unterarm. Der Ubier stöhnte und ließ den Sax fallen.

Witolds Linke tastete nach seinem eigenen Dolch. Thorag zog seine Waffe aus dem Arm des Gegners heraus und stieß sie tief in dessen linke Brust. Der Fenrisbruder sackte auf die Knie und fiel dann gänzlich ins Wasser.

»Jetzt färbt *dein* Blut den Teich rot, Ubier«, knurrte Thorag und watete an Land.

»Wie geht es dir, Flaminia?« fragte er die am Boden kauernde Frau.

»Bis auf den Schreck ganz gut. Und dir?«

»Gleichfalls.« Er reichte ihr die Hand und half ihr beim Aufstehen. »Es scheint mein Schicksal zu sein, dich vor den Fenrisbrüdern zu retten.«

»Ich habe mir halt den richtigen Mann ausgesucht«, seufzte die Römerin und sank in Thorags Arme.

Der Cherusker wurde von einem Glücksgefühl überschwemmt, und trotzdem drängte er die Frau weg. »Wir müssen uns beeilen, Flaminia. Die Brücke ist in Gefahr!«

Sie nickte und wollte in den Wald laufen.

Aber er hielt sie am Arm zurück. »Wo willst du hin?«

»Zu unseren Pferden natürlich.«

Thorag zeigte auf die Tiere, die in der Nähe grasten und die den Tod ihres Wächters gar nicht bemerkt zu haben schienen. »Hier sind genug Pferde. Oder schaffst du es nicht, ohne Sattel zu reiten?«

»Es wird schon gehen.«

Und es ging, wenn sich auch Flaminia mehr schlecht als recht auf dem Rücken des Braunen hielt, den sie sich ausgesucht hatte. Als Thorag seinen Schecken zum wiederholten Mal zügelte, damit die Frau aufschließen konnte, rief sie: »Reite voraus! Du mußt die Brücke retten!«

Thorag ließ Flaminia nur ungern allein, da sich hier in der Dunkelheit überall die Fenrisbrüder herumtreiben konnten. Aber ihm blieb keine andere Wahl.

»Gib gut auf dich acht!« rief er Flaminia zu, bevor er den Schecken durch Rufe, Tritte und den Gebrauch der Zügel bis ans Äußerste seiner Leistungsfähigkeit trieb. Er hatte sich bei der hastigen Auswahl des Tieres nicht geirrt; es war sehr schnell. Während er voranpreschte, dachte Thorag, daß er sich bei Flaminia für ihre neckischen Spiele bedanken mußte. Wäre sie nicht zum Spaß aufgesprungen und vom Wasserfall fortgerannt, so hätten sie sich wieder stundenlang den Freuden der Liebe hingegeben, und die Fenrisbrüder hätten in aller Seelenruhe die Brücke niederbrennen können. So hatte er vielleicht noch eine Möglichkeit, das Schlimmste zu verhindern.

Als der Schecke den letzten Hügelkamm vor dem Fluß erklomm, bemerkte Thorag den hellen Schein am schon dunkler werdenden Himmel. Oben auf dem Kamm sah der Cherusker die Flammenzungen, die überall gierig am Holz der Brücke leckten. Er hielt erschrocken inne, dann trieb er das erschöpfte Pferd aufs neue an.

Während er den Hügel hinunterritt, fragte sich Thorag, weshalb niemand das Feuer löschte. Und wo waren die Wachen? Wie hatten die Fenrisbrüder unbemerkt an ihnen vorbeikommen können?

Als er die Ausläufer der Hafensiedlung erreicht hatte, standen die Menschen vor ihren Häusern und blickten zum Fluß. Das Feuer, dessen heller Schein jetzt den ganzen östlichen Himmel ausfüllte und dessen Knistern bis hierher zu hören war, hatte sie aufgeschreckt. Thorag gab sich nicht mit ihnen ab und hielt auch nicht auf das Kastell zu. Rücksichtslos bahnte er sich einen Weg durch die Menge und ritt weiter zum Bauplatz.

Noch ehe er ihn erreichte, spürte er die mörderische Hitze, die von dem gewaltigen Flammenmeer ausstrahlte. Die Brücke brannte lichterloh. Sie war nicht mehr zu retten. Genausowenig wie die Wachen, die an ihrem Ende lagen: Die Fenrisbrüder hatten keine Gnade gezeigt und allen Soldaten, auch den Germanen unter ihnen, die Kehle durchgeschnitten.

Ein Geräusch, welches das laute Knistern des brennenden Holzes übertönte, alarmierte den Reiter. Thorag hörte genauer hin. Es waren Hilferufe. Sie kamen mitten aus dem Feuer. Und er erkannte die Stimme: Servius!

»Vorwärts!« schrie Thorag und stieß dem Schecken erneut die Fersen in die Flanken. Das Tier wieherte laut und weigerte sich, in die Feuersbrunst zu laufen. Sosehr sich Thorag auch bemühte, der angeborene Überlebenswille des Tieres war stärker als der anerzogene Gehorsam gegenüber seinem Reiter.

»Hast ja recht«, murmelte der Cherusker und rutschte vom Pferderücken. »Es ist Wahnsinn, da hineinzulaufen.« Wieder hörte er Servius' verzweifelte Schreie. »Aber ich muß es trotzdem versuchen.« Er versetzte dem Schecken einen Hieb auf die Kruppe, und das Tier galoppierte davon.

Thorag sammelte alle Kräfte, hielt den Atem an und rannte mitten zwischen die riesigen Blumen aus tödlich heißem Feuer. Die Flammen griffen nach ihm, versengten seine Haare und seine Tunika. Aber dann konnte er sogar wieder atmen. Überrascht stellte Thorag fest, daß es auf der Brücke noch flammenfreie Inseln gab. Inseln allerdings, die zusehends schrumpften und bald ganz verschwunden sein würden.

Die Stelle, an der Thorag stand, war eine solche Insel im Flammenmeer gewesen. Jetzt fraß sich ein erster Feuerriegel mitten durch diese Insel und spaltete sie in zwei Teile. Drüben, jenseits des Feuerriegels, sahen Thorags von der Helligkeit geblendete Augen den Architekten. Servius stand dort mit kahlem Schädel, die Haare bereits vollständig vom Feuer versengt, und starrte den Cherusker aus weit aufgerissenen Augen an. Sein Gesicht hatte nicht viel Menschliches mehr an sich. Der Pompejaner schien vor Angst dem Wahnsinn nahe zu sein.

Es war für Thorag unmöglich, zu Servius vorzudringen, so rasch fraßen sich die Flammen durch das Holz und bildeten eine hoch aufragende Mauer zwischen den beiden Männern. Die Hitze ließ die Luft flirren und die vor Panik entstellten Züge des Baumeisters zur Undeutlichkeit verschwimmen.

»Spring ins Wasser, Servius!« schrie Thorag und keuchte dabei heftig, weil ihm die Gluthitze fast die Luft zum Atmen nahm. »Nur so kannst du dich retten!«

Servius rührte sich nicht und antwortete nicht. Die Angst hatte ihn erstarren lassen.

»Spring in den Fluß, Servius!« brüllte der Cherusker noch lauter, aber wieder ohne Erfolg.

Plötzlich stand der Architekt in Flammen, als die unwirkliche Hitze seine Toga in Brand setzte. Und dieser neue Schrecken brachte Servius endlich zur Besinnung. Seine Erstarrung löste sich, und er lief zum Rand der Brücke, starrte ängstlich hinunter und stürzte sich mit einem Schrei in die Tiefe.

»Die Götter mögen dir beistehen«, stieß Thorag hervor. Er drehte sich, nahm einen kurzen Anlauf und setzte zu einem weiten Sprung an, der ihn durch die Feuerwand trug, und lief zurück. Als er die Brücke verlassen hatte, stürzten immer mehr Holzpfähle und Planken ein. Einzelne Holzbohlen und ganze Brückenteile klatschten als riesige Fackeln in den Strom, der zischend die Flammen löschte. Thorag rannte an den Menschen vorbei zum Ufer hinunter, wobei er sich öfter an der Böschung festhalten mußte, um nicht zu fallen. Als er am Wasser stand, suchten seine Augen angestrengt nach Servius.

Thorag hielt vergeblich in den Rauchschwaden Ausschau. Er glaubte nicht, daß der Architekt noch lebte.

Oder doch? Rief da nicht jemand nach Thorag? Er zögerte keinen Augenblick und stürzte sich in den Fluß. Er schwamm mit kräftigen Zügen, wie es sein Vater ihn gelehrt hatte.

Vor sich entdeckte er einen dunklen Fleck auf dem Wasser, der sich gegen den etwas helleren Nachthimmel abzeichnete. Es war einer der Arbeitspontons, die an der Brücke vertäut gewesen waren. Er trieb mit der Strömung flußabwärts, an Bord mehrere Männer.

Der Gegenwind ließ Thorag ein paar Gesprächsfetzen verstehen:

»… nicht besser gebrannt, wenn Donars Blitz die Brücke getroffen …«

»… verfluchten Römer nicht über den Fluß …« Es waren Germanen; vermutlich waren es ihre Stimmen und nicht die des Baumeisters, die er am Ufer gehört hatte.

»… andere Brücke auch in Flammen …«

Die andere Brücke auch in Flammen? Meinten die Männer an Bord des Pontons die Brücke am oberen Hafen, die unter Lucius' Aufsicht entstand? Hatten sie auf diese Brücke ebenfalls einen Anschlag verübt, oder stand das noch bevor?

Thorag holte das Letzte aus sich heraus und schwamm schneller, um näher an den Ponton heranzukommen und die Männer, zweifellos Fenrisbrüder, besser zu verstehen.

Er war ganz dicht am Ponton, als er einen lauten Ruf hörte: »Da ist einer im Wasser!«

Kein Zweifel. Thorag war entdeckt worden. Er sah die mit Wolfsfellen bedeckten Köpfe der Männer, die sich über die Bordwand des Pontons beugten. Es mußten fünf oder sechs Fenrisbrüder sein. Witold hatte aber auf etwa zehn Pferde aufgepaßt. Vermutlich hatten die übrigen Fenrisbrüder ihre zerstörerische Arbeit von Land aus erledigt und waren dann zurück in den Wald gelaufen. Diese Gruppe hier hatte wohl die Stützpfeiler in Brand gesetzt. So schnell, wie die große Brücke abgebrannt war, mußte das Feuer an vielen Stellen gleichzeitig gelegt worden sein.

»Es ist Thorag!« stieß einer der Männer im Ponton, dessen Stimme der Cherusker schon gehört hatte, erregt hervor. »Der Sohn des Gaufürsten Wisar!«

»Ich werde ihn erledigen«, sagte ein anderer Mann.

»Ich helfe dir«, erwiderte der Mann mit der Stimme, die Thorag nicht sonderlich vertraut, aber auch nicht fremd erschien.

Zwei schemenhafte Gestalten sprangen ins Wasser und schwammen von rechts und links auf Thorag zu, während sich der Ponton weiter entfernte. Der Cherusker konnte ihre Gesichter nicht genau erkennen, obwohl sie die Wolfsfelle abgelegt hatten. Sie machten ihre Sache gut und näherten sich ihm von beiden Seiten im gleichen Abstand und in gleicher Geschwindigkeit. Ihre Absicht war ebenso einfach wie tödlich: Wenn Thorag sich einem von ihnen stellte, würde ihm der andere in den Rücken fallen.

Als der Abstand zu den Fenrisbrüdern noch etwa fünfzehn Fuß betrug, tauchte Thorag mit kräftigen Stößen so tief unter Wasser, daß seine Gegner ihn in der Dämmerung unmöglich sehen konnten. Ihre Umrisse aber hoben sich gegen den Abendhimmel ab, der von der Feuersbrunst erhellt wurde. Das sah Thorag, als er sich in einer geschickten Bewegung herumrollte, so daß er wieder nach oben blickte. Ohne länger zu verharren, suchte er sich einen der beiden Gegner aus, zog den Dolch – seine einzige Waffe – aus der Scheide, und schoß, wie Wisar es ihm beigebracht hatte, pfeilartig an die Oberfläche.

Der Fenrisbruder sah Thorag erst im letzten Moment. Er versuchte noch, sich zur Seite zu werfen, aber ganz entging er dem Angriff nicht. Thorag hatte auf sein Herz gezielt. Durch sein Ausweichmanöver entging der Fenrisbruder dem Todesstoß. Die Klinge des Cheruskers bohrte sich nur in seine linke Schulter.

Ein kurzer, lauter Schmerzensschrei gellte in Thorags Ohren. Dicht vor sich sah er das verzerrte Gesicht des anderen: ein junges Gesicht, aber aufgeschwemmt und derb, mit blutunterlaufenen Augen und einer breitgedrückten Nase. Ein abstoßendes Gesicht, das Thorag unbekannt war.

Eine große Hand preßte sich auf Thorags Mund, und kräftige Finger stießen nach seinen Augen, wollten ihn blenden. Thorag zog den Dolch aus der Schulter des Fenrisbruders und machte sich von ihm frei.

»Jetzt kriege ich ich, Römling!« zischte haßerfüllt sein Gegner, aus dessen verletzter Schulter Blutfäden in die Strömung wehten. Auch er zog seinen Dolch und schwamm auf Thorag zu.

Der Cherusker warf sich auf den Rücken und trat dem Angreifer ins Gesicht. Er hörte einen gurgelnden Laut und sah, wie der Fenrisbruder scheinbar hilflos im Wasser trieb. Thorag mußte ihn härter getroffen haben als erwartet.

Der Edeling wollte ihm nachsetzen, als er einen heißen Schmerz an seiner linken Seite spürte. Er verfluchte sich, weil er den zweiten Fenrisbruder ganz außer acht gelassen hatte. Mit heftigen Schwimmstößen bewegte sich Thorag von ihm und der tödlichen Gefahr fort. Blut strömte aus der aufgerissenen Seite des Edelings.

Der zweite Angreifer verfolgte ihn, einen Sax in der Rechten. Er mußte der Mann sein, dessen Stimme Thorag bekannt vorgekommen war. Aber der größte Teil seines Gesichts war vom Wasser verdeckt, so daß sich der Cherusker vergeblich bemühte, ihn zu erkennen.

Thorag drehte seinen Körper und schwamm dem Fenrisbruder zu dessen Überraschung entgegen. Der Mann mit dem Sax verlangsamte seine Geschwindigkeit und hob das Kurzschwert zum Hieb. Aber da war der Cherusker auch schon heran und packte mit der Linken das Handgelenk des Gegners. Mit der Rechten stieß Thorag zu, um den Feind mit dem Dolch in die Brust zu treffen. Da erkannte er das Gesicht des anderen – und hielt seinen Stoß im letzten Moment zurück.

»Thidrik!« stieß Thorag aus, überrascht, den Bauern zu erkennen, auf dessen Hof er und seine Begleiter damals von den Wolfshäutern überfallen worden waren.

Der massige Mann verzog den Mund unter dem großen Schnurrbart und stieß ein wütendes Grunzen aus. Er schlug mit der Linken nach Thorag und strampelte wild, um die Hand mit dem Sax freizubekommen.

Der Edeling, der noch immer den Dolch in der Rechten hielt, stieß die Klinge tief in Thidriks Waffenarm. Der Schmerz zwang den Bauern, die Hand zu öffnen und den Sax ins Wasser fallen zu lassen.

Aber so leicht gab Thidrik nicht auf. Er warf sich auf Thorag und umklammerte dessen Hals mit seinem gesunden linken Arm, so kräftig, daß dem Edeling binnen Sekunden die Luft knapp wurde.

»Ich werde dich töten, Thorag«, knurrte der Bauer. »Ich nehme dein Leben, wie du das Leben meines Sohnes genommen hast!«

Thidrik war ungewöhnlich kräftig, Thorag hingegen war durch die Schwertwunde in seiner linken Seite geschwächt. Trotz aller Bemühungen schaffte es Wisars Sohn nicht, sich aus der tödlichen Umklammerung zu befreien. Vor seinen Augen tanzten bereits bunte Lichter.

Da erinnerte er sich an einen Rat seines Vaters: ›Wenn du einem Gegner in die Falle gegangen bist und er dich töten will, stell dich vorher tot. Einen Toten braucht man nicht zu töten und sein Schwert nicht zu fürchten.‹

Thorag ließ seinen Körper erschlaffen und sogar seinen Dolch ins Wasser fallen. Nach wenigen Sekunden lockerte Thidrik seinen Griff in der Annahme, das Leben des Edlings ausgelöscht zu haben.

Der vermeintliche Tote gab dem Gegner keine Gelegenheit, seinen Irrtum wiedergutzumachen. Mit einem gewaltigen Ruck zog Thorag seinen Kopf aus der Umklammerung und stieß seinen Ellbogen in Thidriks Gesicht. Der Bauer stürzte nach hinten, und der Edeling warf sich sofort auf ihn.

Ungeachtet der rasenden Schmerzen in seiner linken Seite zog er Thidriks Oberkörper mit der Linken aus dem Wasser und stieß mehrmals seine zur Faust geballte Rechte in das schnauzbärtige Gesicht. Thidriks Widerstand erschlaffte, und das war nicht gespielt. Hätte Thorag ihn losgelassen, wäre er wohl jämmerlich ertrunken. Aber das war nicht im Sinn des Edelings. Thidrik sollte ihm eine Menge Fragen beantworten. Deshalb würde er sein Leben schonen.

Thorag umfaßte den Bauern mit einem Arm und schwamm auf das linke Flußufer zu. Von dem anderen Angreifer und auch von dem Ponton mit den übrigen Fenrisbrüdern war nichts mehr zu sehen. Die hereinbrechende Dunkelheit hatte sie verschluckt. Vielleicht war Thidriks Gefährte auch ein Opfer der reißenden Strömung geworden. Thorag konnte sich das gut vorstellen, als er merkte, wie schwer es ihm selbst fiel, sich zum Ufer vorzuarbeiten. Er kam nur sehr langsam voran, weil ihn der schwere Bauer behinderte und weil ihm die noch immer stark blutende Schwertwunde zusehends die Kräfte raubte. Immer wieder rissen ihn Strömungswellen unter Wasser.

War vom Ufer Hilfe zu erwarten? Thorag bezweifelte es. Die brennenden Brückenreste lagen ein großes Stück entfernt, vielleicht ein bis zwei Meilen, so weit hatte ihn die Strömung bereits abgetrieben. Es war dunkel, und die Soldaten der Garnison wußten nicht, wo sie ihn suchen sollten. Und einem Teil der römischen Offiziere wäre es wohl sehr recht gewesen, wenn Thorag nicht mehr zurückkehrte.

Thorag spornte sich selbst an, seine erlahmenden Kräfte noch einmal zu beleben. Seine Muskeln schmerzten, seine linke Seite war fast taub, und immer wieder schluckte er Wasser. Er dachte daran, Thidrik einfach loszulassen, um sein eigenes Leben zu retten. Schließlich hatte der Bauer ihn auch töten wollen. Thorag widerstand der Versuchung. Er brauchte Thidrik, um Antworten auf wichtige Fragen zu erhalten. Denn ganz offensichtlich war Thidrik ein Angehöriger der Fenrisbruderschaft.

Als Thorag in der Dunkelheit vor sich Lichter tanzen sah, glaubte er erst, einer Sinnestäuschung zu erliegen, hervorgerufen durch die Überanstrengung seines Körpers. Doch obwohl er mehrmals die Augen zusammenkniff, verschwanden die Lichter nicht. Sie führten ihren Tanz am Ufer aus, dessen Umrisse sich aus der Nacht hervorschälten.

Es gab nur zwei Möglichkeiten: Freund oder Feind. Er hielt es für unwahrscheinlich, daß sich die Fenrisbrüder in der Nähe der Garnison so offen zeigten. Also rief Thorag laut nach den Menschen am Ufer, rief seinen Namen in die Nacht.

Der erschöpfte Schwimmer hörte die Antwortrufe vom Ufer, ohne sie zu verstehen. In seinen Ohren rauschte es zu laut. Vielleicht war es das Geräusch der Wellen, vielleicht war es das Pochen des Blutes, vielleicht sein rasselnder Atem, vielleicht einiges davon oder alles zusammen. Er wußte nur eines und hämmerte es sich immer wieder ein: *Weiterschwimmen, dem Ufer entgegen, immer weiter!*

Wie hatte Wisar damals noch gesagt, als er seinem Sohn das Schwimmen beibrachte: ›Wenn die Strömung gegen dich ist und du am Ende deiner Kräfte bist, hör auf zu denken, hör auf zu sehen und zu hören, hör meinetwegen auch auf zu hoffen, aber hör niemals auf zu atmen und zu schwimmen!‹

Und Thorag schwamm. Weiter. Weiter. Dem Ufer entgegen. Dorthin, von wo die lauten und doch undeutlichen Stimmen kamen.

Etwas traf seine Stirn, kurz nur, und war dann wieder verschwunden. Wie die flüchtige Berührung einer Mücke an einem heißen Sommertag. Und doch genügte es, um den Cherusker aus seiner Apathie zu reißen.

Mehrere Männer schrien laut durcheinander, meinten aber alle dasselbe:

»Das Seil!«

»Rechts von dir, Präfekt!«

»Ergreif das Seil!«

»Nimm das Seil, Präfekt, wir ziehen dich an Land!«

Das Seil? Jetzt begriff Thorag, was ihn eben am Kopf getroffen hatte. Wieder blickte er um sich und sah ein kleines, unscheinbares Etwas, das auf der Wasseroberfläche schwamm. Leicht zu übersehen und doch die Rettung seines Lebens.

Es kostete ihn einige Anstrengung, seine fast mechanischen Schwimmbewegungen zu unterbrechen, um nach dem Seilende zu greifen. In dem Moment erfaßte eine Welle das Hanfstück und warf es drei, vier Fuß beiseite. Thorag griff ins Leere und sank tief ins Wasser ein, weil er aufgehört hatte zu schwimmen. Panik drohte ihn zu überwältigen. Sollte so kurz vor dem Ufer alles vergebens gewesen sein?

Schwimm, Thorag! hämmerte es in seinem Kopf, und es klang wie die Stimme seines Vaters.

Und Thorag schwamm wieder. Der kleine Junge schwamm zum rettenden Seeufer, wo sein Vater in stoischer Ruhe auf ihn wartete. Und der große Cherusker schwamm dorthin, wohin die Welle das Seilende gespült hatte, packte erneut nach dem so wichtigen Stück Hanf – und hielt es fest in der Rechten!

Der Ruck, der durch Thorags Arm fuhr, kam so überraschend, daß er das Seil fast wieder losgelassen hätte. Aber er hielt es fest, krallte die Rechte um das nasse Hanfstück, wie er den linken Arm um den noch immer bewußtlosen Thidrik schlang, während sie an Land gezogen wurden.

Das Land war die Rettung für sie. Wirklich? Plötzlich schoß ein erschreckender Gedanke durch Thorags Kopf: Was war, wenn Thidrik nicht bewußtlos war, sondern tot? Alle Mühe vergebens? Schlimmer noch: keine Antwort auf seine Fragen!

Irgendwann spürte der Edeling festen Boden unter seinem Körper, dachte schon daran, das Seil loszulassen, wurde aber noch einmal durch eine Tiefe gezogen, bis das Wasser endlich den Kampf um sein Leben verlorengab. Hustend und prustend kletterte Thorag die steile Böschung hinauf, gestützt von zwei cheruskischen Auxiliarsoldaten. Andere Soldaten trugen Thidrik an Land.

Oben bei den Pferden umhüllte ihn ganz unerwartet ein wohliger, exotischer Duft, und zwei weiche Arme hielten ihn. Flaminias Augen blickten ihn mit ehrlicher, tiefer Besorgnis an. Erstaunt röchelte er ihren Namen.

»Überrascht, mich hier zu sehen?«

Thorag nickte. Zu einer Antwort war er noch zu schwach.

»Deine Offiziere hätten dich am liebsten für tot erklärt, statt sich die Mühe zu machen, nach dir zu suchen«, sagte die Römerin wütend. »Foedus meinte, es sei reine Zeitverschwendung. Erst als ich ihnen mit Maximus und Varus drohte, haben sie sämtliche Reiter ausgesandt. Ich selbst habe einen Trupp geführt. Und ich hatte den richtigen Riecher.«

»Donar sei Dank«, krächzte Thorag und sah in ihre schönen Augen. »Du hast mir das Leben gerettet, Flaminia.«

»Du meines zweimal, Thorag. Ich stehe also noch in deiner Schuld.«

»Wie auch immer, ich danke dir. Ich hatte schon gedacht, die Götter hätten mein Schicksal besiegelt.«

Flaminia lächelte und strich sanft über sein nasses Gesicht. »*Ita vita est hominum, quasi, cum ludas tesseris: si illud, quod maxime opus est iactu, non cadit, illud quod cecidit forte, id arte ut corrigas.* – Des Menschen Leben ist wie ein Würfelspiel: Wenn der am dringendsten benötigte Wurf nicht fällt, korrigierst du, was der Zufall brachte, durch einen Kunstgriff.«

Sie sann kurz nach und fügte hinzu: »Außerdem weißt du gar nicht, ob du einen Grund hast, dich zu bedanken. Vielleicht verfluchst du morgen schon die Rettung. Niemand weiß, was der nächste Tag bringt und ob das Weiterleben nicht heißt: *labores exanclare* – den Becher der Leiden bis auf die Neige leeren.«

Thorag sah Flaminia forschend an und fragte: »*Laetitia vana evadit?* – Die Freude geht leer aus?«

Mit einer für sie ungewöhnlichen Nachdenklichkeit antwortete die Frau: »Möglicherweise ja, wenn man am Ende alles überschaut.«

Thorag schüttelte den Kopf, zog ihr Gesicht zu sich heran und drückte ihr einen langen Kuß auf die Lippen. Ohne auf die umstehenden Soldaten zu achten, die teils bewußt in die Luft sahen, teils aber auch auf ihren Präfekten und seine Geliebte starrten, umfingen die beiden sich leidenschaftlich. Wie er Flaminia in den Armen hielt, sie roch, fühlte und schmeckte, kehrte die Lebensfreude in den Cherusker zurück. Der Überlebenskampf im Fluß war ebenso vergessen wie das tödliche Feuer, das ihn fast verschlungen hätte.

Das Vergessen währte nur kurz. Thorags Blick fiel auf Thidrik, der seitlich auf dem Boden lag. Zwei Soldaten bemühten sich um ihn, bewegten seine Arme und schüttelten seinen Oberkörper.

Der Edeling wollte gerade fragen, ob noch Leben in dem Bauern war, als dieser zu husten begann. Der Husten steigerte sich und wollte gar nicht mehr aufhören. Thorag hatte schon einiges an Wasser ausgespien, aber der Bauer übertraf ihn noch.

Thorag machte sich von Flaminia los und ging zu Thidrik.

»Wer ist dieser Mann?« erkundigte sich die Frau.

»Ein Fenrisbruder«, sagte Thorag nur, der sich nicht sicher war, ob er seine Vergangenheit vor der Römerin ausbreiten sollte. Er blieb vor Thidrik stehen und fragte: »Wie geht es dir, Bauer?«

Thidrik sah zu ihm auf, mit jenem haßerfüllten Blick, den Thorag schon bei seinem Sohn Hasko bemerkt hatte. Aber er sagte nichts.

»Du kannst ruhig mit mir sprechen, Thidrik. Ich habe dein Leben gerettet, obwohl du mich töten wolltest. Kennst du keine Dankbarkeit?«

»Nicht gegenüber einem Römling!« zischte Thidrik und spuckte auf Thorags Füße, die ohnehin völlig durchnäßt waren.

Einer der Soldaten versetzte dem Bauern einen schmerzhaften Tritt in die Seite. Als er noch einmal zutreten wollte, hielt sein Präfekt ihn zurück und sah wieder Thidrik an. »Dann willst du mir wohl auch keine Fragen beantworten?«

Thidrik biß die Zähne aufeinander.

»Vielleicht schläfst du mal eine Nacht darüber und denkst über die Dankbarkeit nach«, meinte Thorag und wandte sich an seine Männer: »Fesselt diesen Mann und bewacht ihn gut! Er darf nicht entkommen, aber es darf ihm auch nichts geschehen. Er ist ein wichtiger Zeuge.« Er wandte sich wieder Flaminia zu. »Habt ihr Servius gefunden?«

»Servius? Nein. Wieso?«

Thorag erzählte ihr, wie der Baumeister von den Flammen erfaßt worden war und sich ins Wasser gestürzt hatte.

»Der Arme«, sagte sie bestürzt. »Ich mochte ihn.«

»Ich auch«, sagte Thorag.

Sie saßen auf und ritten zurück zum Kastell. Als sie an der Brücke vorbeikamen, sahen sie, daß von ihr nicht mehr viel übriggeblieben war: nur ein paar verkohlte, teilweise noch glühende Trümmer, die vereinzelt aus dem Wasser ragten. Thorag hätte Servius ein würdigeres Denkmal seines Könnens gewünscht.

Kapitel 17

Die Gefangenen

Das Licht des anbrechenden Tages und der Lärm des Garnison-
lebens weckten Thorag: die Signale der Trompeter und Hornisten; das Klappern des Eßgeschirrs und der Waffen; die Kommandos der Offiziere und Unteroffiziere; der Marschtritt
lederner Sohlen auf den in gewohnter römischer Präzision
schnurgerade, rechtwinklig gebauten Lagerstraßen – durch die
recht dünnen Holzwände des Prätoriums drangen diese Geräusche herein.

Thorag erwachte, was selten genug war, aus einem traum-
losen Schlaf. Sofort spürte er den stechenden Schmerz, der von
seiner linken Seite ausging und auf seinen ganzen Körper ausstrahlte. Mit dem Schmerz kehrte die Erinnerung an das zurück,
was gestern abend geschehen war. Und diese Erinnerung war
weitaus schmerzhafter als die durch Thidriks Sax verursachte
Fleischwunde.

Er hatte versagt, auf der ganzen Linie, und niemand wußte das
besser als Thorag selbst. Er hatte die Brücke nicht vor den Fenrisbrüdern beschützt. Er hatte Servius, den fleißigen und unermüd-
lichen Baumeister, nicht gerettet. Er hatte die Fenrisbrüder nicht
gefangen – mit einer Ausnahme.

»Thidrik«, murmelte Thorag und dachte an diesen halsstarrigen, verbitterten Gefangenen, der ihn hatte töten wollen und dessen Leben er unter Einsatz seines eigenen gerettet hatte.

»Was sagst du, Thorag?« fragte eine helle Stimme. »Wie geht
es dir?«

Der Cherusker, durch den eben erlittenen Schmerz vorsichtig
geworden, drehte nur den Kopf herum und bemerkte erst jetzt,
daß Flaminia, vollständig angekleidet und geschminkt, auf
einem Schemel neben seinem Bett saß und ihn besorgt ansah. Das
kräftige Violett ihrer Stola brachte etwas Farbe in sein kleines,
spartanisch eingerichtetes Cubiculum.

»Flaminia! Wie lange sitzt du schon hier?«

»Seit etwa einer Stunde.«

260

»Im Kastell sind schon alle auf den Beinen. Weshalb hast du mich nicht geweckt?«

»Weil du den Schlaf dringend benötigt hast.«

»Aber der Anschlag auf die Brücke! Die Sache muß untersucht werden. Wir müssen die ganze Gegend absuchen. Auch wenn es unwahrscheinlich ist, vielleicht finden wir doch eine Spur von den Fenrisbrüdern!«

»Foedus hat das bereits in die Wege geleitet. Den Befehlen gemäß, die du ihm gestern abend noch gegeben hast.«

»Foedus, ja«, sagte Thorag gedehnt und erinnerte sich, wie der Rettungstrupp mit Flaminia, Thidrik und ihm ins Lager zurückgekehrt war. Foedus' langes Pferdegesicht hatte ungläubig geschaut und war mit dem vor Staunen heruntergeklappten Unterkiefer noch länger geworden, als er Thorag erkannte. Aus der Ungläubigkeit war Unmut geworden. Dem Cherusker war bald klargeworden, daß es der Unmut darüber war, den germanischen Lagerpräfekten noch am Leben zu sehen. Offenbar hatte er gehofft, daß der Germane in dem reißenden Strom ertrunken war.

Noch bevor der Medicus seinen Kommandanten aufsuchte, um dessen ungefährliche, aber stark schmerzende und heftig blutende Wunde zu versorgen und zu verbinden, ließ Thorag Foedus und die ranghöchsten Offiziere zu sich kommen, um die notwendigen Befehle zu erteilen. Kuriere wurden ausgeschickt, um die Römer im Oppidum Ubiorum und in der Garnison am oberen Hafen vor den Fenrisbrüdern zu warnen; vielleicht war es noch nicht zu spät, den Anschlag auf die Brücke am oberen Hafen zu verhindern. Die Wachen wurden verdoppelt. Bei Sonnenaufgang sollten starke Suchtrupps ausrücken und die ganze Gegend durchkämmen. Noch in der Nacht ritt ein Trupp in den Wald zur Quelle, um Witolds Leiche zu bergen. Außerdem ordnete Thorag an, ebenfalls noch in der Nacht mit Booten nach Servius zu suchen.

»Wurde Servius gefunden?«

Flaminia schüttelte traurig den Kopf. »Erst weit nach Mitternacht haben die Boote ihre Suche abgebrochen.« An ihrer Nasenwurzel bildete sich die kleine Falte, die Skepsis ankündigte. »Du hast eben einen Namen gemurmelt. Thidrik, glaube ich. So nanntest du gestern den Barbaren, den du gefangen hast.«

»Ja, es ist sein Name.«

»Du kennst ihn also?«

»Sein Hof steht an der Grenze zum Gau meines Vaters.«

»Ich hatte gestern abend den Eindruck, daß er voller Haß auf dich war. Auf dich persönlich, meine ich.«

»Das ist er wohl. Ich habe seinen Sohn getötet.«

»Oh!«

Thorag erzählte ihr in knappen Worten, was sich damals auf Thidriks Hof ereignet hatte. Den Doppelmord an Asker und Arader und die zweifelhafte Rolle als Zeuge, die Thidrik dabei gespielt hatte, erwähnte er nicht.

Er fühlte sich nicht in der Stimmung, darauf einzugehen. Außerdem war es eine persönliche Geschichte, die Flaminia nichts anging.

Als sich Thorag ächzend und stöhnend aufrichtete, sah ihn Flaminia entsetzt an. »Was hast du vor?«

»Was schon? Aufstehen, mich waschen, ankleiden, ein wenig essen und meinen Aufgaben nachgehen.«

»Das darfst du nicht. Der Medicus hat dir Bettruhe verordnet, mindestens drei Tage, besser fünf.«

»Er ist der Arzt, aber ich bin der Präfekt. Die Fenrisbrüder haben die Brücke zerstört, die wir bauen sollten. Und da soll ich nicht auf meinem Posten sein?«

»Du kannst die nötigen Befehle auch vom Bett aus geben.«

»Das könnte Foedus so passen!« knurrte Thorag, gab sich einen Ruck und stemmte sich vom Bett hoch.

Er war wohl etwas zu heftig aufgestanden. Kaum daß er auf seinen Füßen stand, begann sich das kleine Zimmer um ihn zu drehen. Übelkeit stieg in ihm hoch. Er suchte nach einem Halt und fand ihn in Flaminias Armen.

»Ich habe es dir doch gesagt«, schimpfte die Römerin, »dein Platz ist im Bett!«

»Nur wenn du neben, auf oder unter mir liegst«, sagte Thorag, als er merkte, daß die Übelkeit abklang und das Zimmer seinen verstörenden Tanz beendete. »Aber dazu ist leider keine Zeit. Ich muß mich um wichtige Dinge kümmern.«

Als er zum Fenster wankte, um die Läden aufzustoßen, hörte er Flaminia seufzen: »*Cuiusvis hominis est errare, nullius nisi insipientis in errore perseverare!* – Jeder Mensch kann irren, doch nur der Dumme wird im Irrtum verharren!«

Thorag versuchte nicht, ihr seine *Dummheit* zu erklären. Wenn er ihr gesagt hätte, daß es dringende Fragen gab, die nur er Thidrik stellen konnte, hätte er ihr auch von den Hintergründen erzählen müssen.

Der Cherusker genoß die frische Morgenluft, die durch das scheibenlose Fenster hereinströmte und blickte aus dem ersten Stock des großen Holzhauses hinaus auf das Lager, das auf einer Anhöhe errichtet war. Unter ihm lag die Kreuzung der von der Porta Praetoria zum Prätorium führenden Via Praetoria und der Via Principalis. Diese beiden Straßen teilten das Lager in vier gleichgroße, fast quadratische Stücke. Zu beiden Seiten des vor ihm liegenden Abschnitts der Via Praetoria lagen die langgestreckten Kasernengebäude, auf deren Längswände sein Blick fiel. An der Via Principalis standen von ihm aus gesehen rechts das Magazin und links das Lazarett. Hinter dem Prätorium, außerhalb seiner Sicht, lagen ein paar weitere Kasernen, die Stallungen und das Gefängnis, in dem Thidrik einsaß.

Das gesamte Lager war aus Holz errichtet, als wollten die Erbauer seinen vorläufigen Charakter betonen. Die Römer wollten die Grenze ins rechtsrheinische Gebiet verschieben. Wenn Varus hier am unteren Hafen eine steinerne Brücke baute, so schien es aber auch möglich, daß an dieser Stelle vielleicht eines Tages ein richtiges Kastell aus festem Stein entstand. Die hier stationierten Soldaten sprachen jedenfalls jetzt schon vom ›Kastell‹, wenn sie das Lager meinten. Vielleicht vermittelte ihnen das ein Gefühl der Geborgenheit und Sicherheit.

Jenseits der mit Wachtürmen versehenen Palisaden, des Knüppeldamms und des Grabens, die das Lager umgaben, erstreckte sich zum Fluß hinunter die kleine Stadt, in der das Leben jetzt ebenso erwacht war wie im Kastell. Menschen eilten geschäftig durch die engen Straßen der vorwiegend aus Holz erbauten Häuser. Die frühmorgendliche Geschäftigkeit war bezeichnend für die römische Lebensweise, die von den hier siedelnden Ubiern weitgehend übernommen worden war. Nur die verwinkelte Straßenführung der Siedlung verriet noch den germanischen Ursprung.

Am Umladehafen war es recht ruhig. Alle Schiffe der vergangenen Tage waren abgefertigt. Die Arbeiter konnten sich eine Rast gönnen und warteten auf neue Schiffe.

Vielleicht war man heute besonders froh über diese Muße, denn ein kleiner Strom von Schaulustigen verließ die Siedlung und machte erst bei den kläglichen Überresten der Brücke halt, die inzwischen erkaltet waren. Aber noch immer hing der penetrante Brandgeruch über dem Fluß, über der Siedlung und sogar über der Anhöhe mit der Garnison.

Bei Tag wirkte der Anblick dessen, was gestern noch eine fast fertiggestellte Brücke über den breiten Fluß gewesen war, noch trostloser als in der Dunkelheit.

Die vereinzelten schwarzverkohlten Überreste der Stützpfeiler, die hier und da aus dem Wasser ragten, schienen nur stehengeblieben zu sein, um die Anmaßung des Menschen zu verspotten.

Es war, als blicke Servius' von Todesangst entstelltes Gesicht Thorag aus dem Wasser zwischen den Überresten der Brücke heraus an, das Lockenhaar vom Feuer versengt, der Kopf von Flammen umzüngelt. Der Cherusker drehte sich um und verbannte das Bild des sterbenden Baumeisters aus seinem Kopf. Er ging zu dem Tisch mit der bronzenen Wasserschüssel, um sich frisch zu machen. Der Schmerz, der ihn beim Bücken durchraste, verzerrte sein Gesicht.

»Ich helfe dir«, sagte Flaminia, tränkte ein Tuch mit Wasser und kniete sich vor dem großen Mann hin, um seinen Unterleib zu waschen. Ihre Berührungen ließen sein Glied anschwellen. Angesichts der Ereignisse der letzten Nacht, des Todes von Servius und der Zerstörung der Brücke, schämte sich der Cherusker seiner erwachten Gelüste.

Flaminia blickte schelmisch zu ihm auf. »Soll ich raten, woran du gerade denkst, Thorag?«

»Besser nicht.«

Sie lachte. »Das glaube ich auch. Wie sagtest du doch eben: Dazu ist keine Zeit.«

»Ich sagte, *leider* keine Zeit.«

»Immerhin ein kleines Kompliment für mich«, seufzte Flaminia und strich zärtlich mit dem Zeigefinger über Thorags Glied, das erbebte und weiter anwuchs. »Dafür will ich mich bei dir bedanken.«

Als ihre Locken seine Haut streiften, fühlte er ein angenehmes Kitzeln, das sich mit dem Stechen in seinen Lenden zu einer fiebrigen Erregung vereinigte. Ihm wurde fast schwindelig vor Lust, und er vergaß alle Vorsätze und beugte sich Flaminia herab, die ihn lockend anschaute. Sie ließ sich langsam auf den Rücken sinken und spreizte aufreizend ihre Schenkel, so daß Thorag alle Hemmungen verlor und sich erneut der Lust hingab.

Flaminias Erfahrung, die ihr erlaubte, einen Mann eine ganze Nacht lang zu erregen, ermöglichte es ihr nun, ihnen beiden auch in kurzer Zeit zur Erfüllung ihrer Begierden zu helfen. Ihre Augen glänzten, als Thorag sich mit einem Seufzer von ihr zurückzog und wieder aufrichtete. Die Schmerzen der Wunde, die er in der Erregung vergessen hatte, meldeten sich nun mit doppelter Heftigkeit zurück.

Als sei nichts weiter geschehen, fuhr Flaminia fort, Thorag zu waschen. Danach half sie ihm beim Rasieren und Anziehen.

Zögernd hielt er das Wehrgehänge mit dem Schwert, das der in der Nacht in den Wald ausgesandte Suchtrupp mitgebracht hatte, in den Händen, legte es dann aber wieder weg. Es hätte zu sehr gegen seine Wunde gedrückt, und im Lager brauchte er es nicht. Da sein Dolch vermutlich auf dem Grund des Rheins lag, verließ er das Zimmer unbewaffnet.

Er aß im Stehen, weil er es eilig hatte und weil das Hinsetzen ihm zusätzliche Schmerzen bereitet hätte. Hastig spülte er ein Stück Brot und etwas Schafskäse mit einem Becher Ziegenmilch hinunter, steckte sich noch zwei der aus Südgallien importierten Weintrauben in den Mund, verabschiedete sich mit einem Kuß auf die Stirn von Flaminia und machte sich auf den Weg zur Kommandantur.

Foedus saß hinter Thorags Schreibtisch und sprach mit ein paar römischen Offizieren, die ihren Rapport erstatteten. Als der Cherusker eintrat, drehten sich die Offiziere zu ihm um, schlugen mit den Händen gegen die Brustpanzer und grüßten ihren Präfekten. Auch Thorags Stellvertreter stand auf und grüßte ihn, traf aber keine Anstalten, seinen Platz zu räumen.

»Wie ist die Lage?« fragte Thorag und verwünschte die Schmerzwelle, die von seiner Wunde ausging und durch seine Brust schwappte. Er bemühte sich, aufrecht und ohne Wanken stehen zu bleiben. »Welche Meldungen bringen die Offiziere der Suchtrupps?«

»Von den Fenrisbrüdern keine Spur«, antwortete Foedus. »Sie

haben sich wohl auf dem Fluß oder zu Fuß abgesetzt, nachdem unsere Reiter ihre Pferde beschlagnahmten.«

»Unsere Männer haben doch wohl auf die zurückkehrenden Attentäter gewartet?«

»Das hattest du nicht ausdrücklich befohlen, Präfekt«, sagte Foedus zögernd. »Wir sollten nur die Pferde beschlagnahmen und die Leiche aus dem Teich bergen.«

Thorag verzog das Gesicht zu einer säuerlichen Miene, die seinen Mißmut über diese enge Auslegung seines Befehls deutlich machte. »Es ist doch klar, daß unsere Soldaten den Fenrisbrüdern im Wald eine Falle stellen sollten. Es war schließlich zu erwarten, daß sie zu ihren Pferden zurückkehrten.«

»Wenn das so klar war, warum hast du es dann nicht ausdrücklich befohlen, Präfekt?« fragte Foedus.

»Eben weil es so klar war, dachte ich, mein Stellvertreter würde selbst darauf kommen!«

»Die Verantwortung für die Klarheit seiner Befehle hat der kommandierende Offizier. Solange du trotz deiner schweren Verwundung nicht das Kommando abgibst, habe ich mir keine Vorwürfe zu machen. Auch habe nicht *ich* die schlechte Bewachung der Brücke zu verantworten, die zu ihrer Zerstörung geführt hat!«

Jetzt verstand Thorag, woher der Wind wehte. Foedus wollte ihn dazu bringen, zugunsten seines Stellvertreters auf das Kommando zu verzichten. Dann würde Thorag als der unfähige Offizier dastehen, der die Zerstörung der Brücke zugelassen hatte. Foedus dagegen würde den klugen Taktiker mimen, der mit den Fenrisbrüdern aufräumte, auch wenn er – wie es meistens der Fall war, wenn die Römer Jagd auf den Geheimbund machten – nur mit ein paar unschuldigen Bauern als Gefangenen heimkehrte. Thorag hielt es für sehr wahrscheinlich, daß Foedus seinen Befehl absichtlich mißverstanden hatte, um die Fenrisbrüder entwischen zu lassen und den ungeliebten Cherusker dadurch in ein noch schlechteres Licht zu setzen.

»Über die Verantwortlichkeit sprechen wir noch«, knurrte Thorag. »Was ist mit Servius?«

»Der wird wohl tot sein.«

»Also habt ihr ihn nicht gefunden?«

»Nein.«

»Aber gesucht habt ihr ihn?«

»Selbstverständlich, Präfekt.« Der Pferdekopf grinste wölfisch. »Dein diesbezüglicher Befehl war ja eindeutig.«

Thorag überging die Spitze. Jetzt war nicht die Zeit für Streitigkeiten, die nur der Befriedigung von eitlen Wünschen dienten. »Ist schon eine Nachricht aus dem Oppidum eingetroffen?«

Foedus verneinte.

»Dann werde ich jetzt mit dem Gefangenen sprechen.«

Zu Thorags Überraschung erhob sich sein Stellvertreter plötzlich und sagte: »Ich bringe dich zu ihm, Präfekt.« In Foedus' immer ein wenig trüb wirkenden Augen flammte Interesse auf. Interesse an Thidrik?

Die beiden Offiziere verließen das Prätorium durch den rückwärtigen Ausgang und gingen zum Gefängnis, das derzeit außer Thidrik nur ein paar Auxiliarsoldaten beherbergte, die sich geringe Dienstvergehen hatten zuschulden kommen lassen. Es war vielleicht der kompakteste Bau des Lagers, ein dunkles Rechteck aus dicken Bohlen mit winzigen, sämtlich hoch oben angebrachten Öffnungen, die man kaum als Fenster bezeichnen konnte. Durch diese Schlitze fiel wenigstens etwas Luft und Licht in den düsteren Karzer. Die beiden Speerträger, die vor dem Gefängniseingang Wache standen, wechselten die Waffe in die Linke und legten grüßend die rechte Hand an den Helmrand, als die ranghöchsten Offiziere des Lagers das Gefängnis betraten.

In der Wachstube neben dem Eingang saß der Optio Carceris an einem grob zusammengehauenen Schreibtisch und starrte mit in den Händen versenktem Kopf auf ein Stück Papyrus. Die Schreibfeder lag neben dem offenen Tintenfaß. Es war nicht ganz deutlich, ob der Gefängniskommandant über einem Bericht brütete oder ob er diesen nur als Vorwand für einen Dienstschlaf nahm. Er bemerkte seine Vorgesetzten erst, als sie bereits mitten im Raum standen, und sprang so heftig auf, daß etwas Tinte aus dem Tongefäß schwappte und den schon vorher nicht gerade sauberen Tisch noch mehr beschmutzte. Der hektische Gruß des dünnhaarigen Mittdreißigers mißriet zu einer Gebärde der Hilflosigkeit.

»Der Präfekt will den Gefangenen sprechen«, verkündete Foedus säuerlich. Vielleicht war er ungehalten über die klägliche

Vorstellung, die der römische Optio vor dem germanischen Präfekten abgab.

»Welchen Gefangenen?« fragte der Optio.

»Den Fenrisbruder natürlich!« zischte Foedus mit einem plötzlichen Ausbruch von Schärfe.

»Ja, gewiß, zu Befehl«, brabbelte der über diesen Tonfall erschrockene Römer, drehte sich um und nahm einen Schlüsselbund vom Wandhaken. Seine Hand zitterte so sehr, daß die Schlüssel klirrten. »Folgt mir, bitte.«

Durch einen im Halbdunkel liegenden Gang ging es an mehreren verriegelten Türen vorbei, bis der Optio schließlich vor einer Tür stehenblieb, den passenden Eisenschlüssel heraussuchte und ihn in die Vertiefung des oberen Riegels steckte. Als er den Schlüssel herumdrehte, klackte es laut, und er konnte den Riegel von der Türschwelle wegziehen. Auf dieselbe Weise verfuhr er mit dem Riegel an der unteren Schwelle. Dann stieß er die schwere Eichenholztür auf, und die in beide Schwellen eingelassenen Bronzezapfen quietschten unangenehm in den Lagern.

Thorags erste Eindrücke waren eine noch stärkere Dunkelheit als auf dem Gang und ein stechender Gestank nach menschlichen Ausscheidungen. Seine Augen gewöhnten sich an das schwache Licht, und er sah den einzigen Mann in der Zelle, der in sich zusammengesunken auf dem rauhen Holzfußboden hockte, den Rücken gegen die der Tür gegenüberliegende Wand gelehnt. Ohne Hast hob er den Kopf; die Verachtung, die er für die Römer empfand, stand deutlich in seine herben Züge geschrieben.

»Danke«, sagte Thorag mit einem leichten Nicken zu seinen Begleitern. »Ihr könnt mich jetzt mit dem Gefangenen allein lassen.«

Während der Optio sich schon zum Gehen umwandte, fragte Foedus ungläubig: »Wie, du willst den Gefangenen allein verhören, Präfekt?«

»So ist es«, antwortete der Cherusker knapp.

»Warum?«

»Er ist ein Cherusker wie ich. Zu mir allein hat er vielleicht mehr Vertrauen als zu römischen Offizieren.«

Auf Foedus' bleichem Gesicht tanzten ein paar rote Zornesflecken. »Soll das heißen, daß wir Römer nicht fähig sind, einen Gefangenen richtig zu vernehmen?«

»Das habe ich nicht gesagt. Aber ich sage jetzt, daß ich von meinen *Untergebenen*« – dieses Wort betonte Thorag besonders – »erwarte, meine Befehle umgehend und ohne Lamentieren zu befolgen. Oder habe ich mich wieder nicht deutlich genug ausgedrückt?«

»Wie du befiehlst, Präfekt«, preßte Foedus hervor, folgte dem Optio ein Stück den Gang entlang, drehte sich dann noch einmal um und sagte: »Du bist verwundet und nicht bewaffnet, Präfekt. Der Gefangene könnte dich angreifen und überwältigen.«

»Davor fürchte ich mich nicht«, erwiderte der Edeling. »Was sollte ihm das bringen? Selbst wenn er mich überwältigt, aus dem Gefängnis kommt er nicht heraus, aus dem Lager schon gar nicht.«

Wortlos drehte sich Foedus um und folgte dem Optio.

Thorag betrat die Zelle und zog die Tür an, damit ihre Stimmen nicht draußen auf dem Gang zu hören waren. Er traute Foedus zu, daß er hinter der nächsten Ecke stehenblieb und ihn belauschte.

»Hast du wirklich keine Angst, daß ich dich angreife, Thorag?« fragte Thidrik, der die Sprache der Römer offenbar verstand, mit rauher Stimme. Er schien sich im Fluß eine Erkältung zugezogen zu haben. Jetzt zeigte er auf den Verband um seinen rechten Arm. »Der Stich deines Dolches hat weh getan, aber es ist nur eine Fleischwunde. Mein Arm ist kaum beeinträchtigt. Ich glaube, die Wunde, die ich dir beigebracht habe, ist schlimmer. Ich traue mir zu, dich zu überwältigen.«

»Vielleicht hast du die Möglichkeit, mich zu töten, aber keinen Grund.«

»Keinen Grund?« rief der Bauer und wollte in ein schrilles Lachen ausbrechen, das von einem Hustenkrampf erstickt wurde. Als Thidrik sich beruhigt hatte, fuhr er fort: »Ich, der ich von den Römern ausgepreßt werde wie ein Weinschlauch, soll keinen Grund haben, einen Cherusker zu hassen, der für die Römer kämpft? Den Mann, der meinen Sohn Hasko getötet hat!«

»Denk an deine Frau und deine Töchter, Thidrik! Wenn du mich umbringst, ist dir der Tod gewiß. Hilfst du mir aber, werde auch ich dir helfen. Was Hasko angeht, hast du dir seinen Tod selbst zuzuschreiben. Du hättest das geheiligte Gastrecht nicht brechen dürfen!«

»Ich habe es nicht gebrochen!«

»Du gewährst Fremden Schutz unter deinem Dach und läßt dann in der Nacht einen Mordanschlag auf sie verüben. Einen schlimmeren Bruch des Gastrechts kann ich mir nicht vorstellen.«

»Ich wußte nichts von dem Anschlag.«

»Das soll ich dir glauben?« fragte Thorag mit gerunzelter Stirn. »Wo du doch selbst ein Fenrisbruder bist?«

»Ich bin es noch nicht lange. Nach Haskos Tod wurde mir angeboten, seinen Platz in der Bruderschaft einzunehmen. Ich nahm an, weil ich immer mehr zu der Überzeugung gelangte, daß wir den Römern nur mit Gewalt begegnen können.«

»Wenn du, so wie ich, ihre riesigen Heere und ihre mächtigen Kriegsmaschinen gesehen hättest, wärst du vielleicht anderer Meinung, Thidrik.« Thorag blickte dem Bauern forschend ins Gesicht. »Wer hat dir angeboten, den Platz deines Sohnes bei den Fenrisbrüdern einzunehmen?«

Der Gefangene schüttelte so heftig den Kopf, daß sein schulterlanges Haar von einer Seite zur anderen flog. »Wenn es das ist, wobei ich dir helfen soll, Römling, kannst du es vergessen. Ich bin kein Verräter. Lieber sterbe ich.«

»Das könnte passieren. Immerhin haben du und deine Freunde ein paar römische Soldaten umgebracht und dazu noch den Baumeister der Brücke.«

»Das freut mich.« Thidriks Augen funkelten haßerfüllt.

»Dann hilf mir bei einer anderen Sache. Sag mir, weshalb du auf dem Thing gelogen hast, als du Onsakers Anklage bezeugt hast.«

Thidrik sah Thorag an, aber seine Lippen blieben verschlossen.

»Hat Onsaker dich dazu angestiftet?«

Keine Antwort.

»Was bezweckt dein Gaufürst damit, mir den Mord an Asker und Arader in die Schuhe zu schieben?«

Thidrik hüllte sich immer noch in Schweigen.

Thorag trat einen Schritt vor und stand jetzt fast über dem Gefangenen. »Weißt du, wer der wirkliche Mörder ist?«

Keine Antwort.

»Als du auf dem Thing ein falsches Zeugnis abgegeben hast,

hast du die Gesetze der Götter gebrochen. Jetzt hast du die Gelegenheit, das wiedergutzumachen!«

Endlich öffnete Thidrik den Mund. Aber was er sagte, war für Thorag eine Enttäuschung: »Ich bin kein Verräter.«

»Kein Verräter an Onsaker?«

Wieder schwieg der Bauer.

»Aber du bist ein Verräter an den Göttern!« sagte Thorag laut. »Donars Blitze mögen dich treffen!«

Thorag bemerkte ein Zucken in Thidriks Gesicht. Das war seine einzige Reaktion.

Eilige Schritte näherten sich der Zelle, die Tür schwang quietschend auf, und der Optio Carceris schaute herein. »Verzeih die Störung, Präfekt, aber Foedus schickt mich, dir zu sagen, daß ein Trupp Reiter aus dem Oppidum eingetroffen ist.«

Thorag nickte und schaute noch einmal den Gefangenen an. »Ich biete dir eine Gelegenheit, deinen Kopf zu retten, Thidrik. Wenn du sie nutzen willst, laß mich rufen.«

Als der Optio die Tür wieder verriegelte, fragte er: »Hat der Barbar etwas ausgesagt?«

»Nein«, sagte Thorag enttäuscht und verließ das Gefängnis. Er glaubte nicht mehr daran, den wahren Schuldigen an den ihm zur Last gelegten Morden zu finden.

Vor dem Prätorium herrschte ein Menschenauflauf, verursacht von sechzig bis achtzig Reitern, die sich die Via Praetoria hinunter stauten. Pferde schnaubten, und ledernes Sattelzeug knarrte. Alle dienstfreien Soldaten des Lagers traten hinzu, um die neuesten Nachrichten aus dem Oppidum zu erfahren. Ein so großes Aufgebot war sicher nicht für einen bloßen Kurierdienst gedacht und mußte etwas Besonderes zu bedeuten haben.

Das dachte auch Thorag, als er um die Ecke des Prätoriums bog und die berittene Streitmacht erblickte. Gerade trat Flaminia aus dem Haus und auf die vordersten Reiter zu. Der Cherusker erkannte den Grund: Die Kavallerie gehörte zu Varus' Garde und wurde von Maximus persönlich angeführt. Die Geschwister sprachen miteinander, aber der Gardepräfekt brach mitten im Satz ab, als er Thorag herankommen sah, und stieg vom Pferd.

Auf seinen Wink folgten ihm acht Soldaten, die mit ihrem Anführer dem Cherusker entgegentraten.

»Salve, Maximus«, sagte Thorag, verwundert über den Aufmarsch. So hatte er sich die Reaktion auf seine Meldereiter nicht vorgestellt. »Schickt Varus dich als Verstärkung für mich?«

Der Gardepräfekt erwiderte den Gruß nicht. Er blickt Thorag ernst an und sagte dann: »Im Namen von Quinctilius Varus, dem Legaten des Augustus, der es nicht gern sieht, wenn man unter den Augen seiner Soldaten seine Brücken verbrennt, verhafte ich dich wegen Hochverrats, Thorag.«

Die abgesessenen Gardisten hoben ihre Speere, und die eisernen Spitzen zielten auf den Hals des unbewaffneten Cheruskers.

In seiner ersten Verwirrung dachte Thorag, daß es ein unverzeihlicher Fehler gewesen war, sein Schwert nicht umzuschnallen. Aber dann wurde ihm bewußt, daß er gegen achtzig römische Elitesoldaten nicht den Hauch einer Siegesaussicht besessen hätte.

»Hochverrat?« fragte Thorag ungläubig. »Das muß ein Irrtum sein.«

»Ein Irrtum war es allenfalls, dich zum Präfekten dieser Garnison zu ernennen, Germane! *O praeclarum ovium custodem lupum!* – Das nenne ich, den Wolf zum Schafhirten machen!«

»Wie meinst du das, Bruder?« fragte laut Flaminia, die ebenso überrascht wirkte, wie es Thorag war. »Thorag hat niemanden verraten!«

Maximus drehte den Kopf zu seiner Schwester herum, und sein Gesicht drückte Unmut aus. »Wie kannst du Rom einen Niemand nennen, Flaminia?«

»Aber Thorag hat Rom nicht verraten!« beharrte die Frau.

»Wie konnte es dann geschehen, daß unter seinen Augen die Brücke abbrannte?«

Darauf wußte Flaminia keine Antwort.

Thorag fragte: »Was ist mit der Brücke am oberen Hafen? Wurde auch auf sie ein Anschlag verübt?«

»Ja«, nickte Maximus. »Aber Lucius war wachsamer als du. Wahrscheinlich, weil er wachsamer sein wollte. Seine Brücke steht noch, und der Bau ist fast fertig. Er hat die Fenrisbrüder in die Falle laufen lassen, was eigentlich auch deine Aufgabe war.«

»Dann hat Lusius die Attentäter gefangen?«

In Maximus' Gesicht arbeitete es, und schließlich knurrte er: »Gewissermaßen.«

»Was heißt das?«

»Drei der Männer konnte er fangen. Die übrigen sind ihm entkommen.«

»Immerhin ein kleiner Erfolg«, gab Thorag neidlos zu. »Haben die Gefangenen etwas Wichtiges ausgesagt?«

»Das konnten sie nicht«, antwortete zögernd Maximus, dem das Thema erkennbar unangenehm war.

»Warum nicht?«

»Sie haben sich in der Gefängniszelle umgebracht.«

»Hatten sie versteckte Waffen bei sich?«

Maximus schüttelte den Kopf und brachte damit den hohen, violetten Federbusch auf seinem goldglänzenden Helm zum Tanzen. »Sie haben sich gegenseitig erdrosselt, so daß zwei von ihnen starben. Der Dritte schlug seinen Kopf so lange gegen die Wand, bis sein Schädel brach. Man fand das kümmerliche Gehirn des Idioten neben ihm.«

»Vielleicht ein Idiot«, sagte Thorag. »Vielleicht aber auch ein tapferer Mann, der lieber starb, als unter der Folter zum Verräter zu werden.«

Maximus' Augen verengten sich zu Schlitzen, und auf seiner Nasenwurzel bildete sich jene Mißtrauen ausdrückende Falte, die Thorag von seiner Schwester kannte.

»Du sprichst mit Bewunderung von diesem Fenrisbruder, Thorag?«

»Ich bewundere nicht seine Taten, nur seine Haltung.«

»Aber du bewunderst ihn?«

»Einen mutigen Mann bewundere ich immer, gleich für wen er kämpft. So wie ich einen Feigling immer verachten werde, ob er im Kampf das Schwert gegen mich erhebt oder ob er auf meiner Seite steht.«

»Wir haben auch einen Gefangenen«, meldete sich eine Stimme in Thorags Rücken. Der Cherusker blickte sich um und erkannte Foedus, der vor Maximus trat und den Gardepräfekten ehrerbietig grüßte.

»Was für einen Gefangenen, Foedus?« erkundigte sich Maximus neugierig.

»Einen der Fenrisbrüder, die das Feuer legten. Er heißt Thidrik. Thorag hat ihn eben verhört. Aber er bestand darauf, mit dem Gefangenen allein zu sein.«

»Was hat dir der Gefangene berichtet, Thorag?« fragte Maximus.

»Nichts von Bedeutung. Er wollte seine Bruderschaft nicht verraten.«

»Vielleicht wollte Thorag die Fenrisbrüder auch nicht verraten«, meinte Fœdus. Seine trüben Augen gewannen ungeahnten Glanz aufgrund der Freude, endlich Oberhand über den verhaßten Cherusker zu gewinnen. »Ich hatte den Eindruck, er und dieser Thidrik kennen sich.«

Die Falte über Maximus' Nase vertiefte sich, als er Thorag fragte: »Stimmt das?«

»Ja, ich kenne ihn. Er wohnt an der Grenze zu meines Vaters Gau. Aber bis gestern abend wußte ich nicht, daß er ein Fenrisbruder ist.«

»Und weshalb hast du ihm das Leben gerettet?« fragte Foedus und blähte seine dicke Nase wie die Nüstern eines Pferdes, was bei seiner Gesichtsform erheiternd gewirkt hätte, wäre die Situation nicht so ernst gewesen. »Ohne dich wäre er im Fluß ertrunken.«

»Ich wollte einen Gefangenen machen. Einen, der lebt und den man verhören kann.«

»Was bei dem Verhör herausgekommen ist, haben wir ja gehört«, spottete Foedus. »Ich denke, du könntest …«

»Schluß jetzt!« befahl Maximus harsch. »Varus' Befehl ist eindeutig. Ich soll Thorag verhaften und zu ihm bringen. Mit sofortiger Wirkung bist du wieder Präfekt dieses Lagers, Foedus!«

Den letzten Satz sprach der Gardepräfekt sehr laut und deutlich, und das mit gutem Grund. Es war derselbe Grund, der ihn veranlaßt hatte, Foedus ins Wort zu fallen und die ganze Sache abzukürzen. Mittlerweile hatten sich immer mehr der von Thorag befehligten Auxiliarsoldaten um die Gardereiter geschart, und viele trugen ihre Waffen. Sie waren Germanen wie Thorag, wenn auch nicht alle zu den Cheruskern gehörten. Aber der cheruskische Lagerpräfekt hatte durch seine gerechte Art und durch seinen unbeugsamen Umgang mit ihren hochnäsigen römischen Offizieren ihre Achtung und teilweise sogar ihre Zuneigung gewonnen. Sie wollten es nicht hinnehmen, daß er von den Römern als Verräter verhaftet wurde.

Schon jetzt waren Maximus' Kavalleristen von der doppelten Anzahl an Auxiliarinfanteristen umgeben, und weitere strömten herbei, weil die Nachricht von Maximus' Mission im Lager wie ein Lauffeuer die Runde machte. Eine Kohorte germanischer Infanterie stand im Lager am unteren Hafen, insgesamt fünfhundert Mann. Hinzu kamen einige Abteilungen Reiterei. Eine für Maximus gefährliche Übermacht, falls es zur Meuterei kam.

Foedus räusperte sich, warf sich in Positur und sagte laut: »Soldaten, als Präfekt dieses Lagers befehle ich euch, in eure Unterkünfte zurückzukehren!«

Nichts geschah. Es war, als hätte Foedus gar nicht gesprochen. Seine Offiziere standen unschlüssig neben dem Prätorium und schienen sich nicht darüber klarwerden zu können, wie sie sich verhalten sollten. War es besser, eine Meuterei im Keim zu ersticken? Oder war es besser, den Unmut der aufgebrachten Soldaten nicht noch mehr zu reizen? Auch wenn die Auxiliarsoldaten im römischen Sold standen und einmal, wenn ihre fünfundzwanzigjährige Dienstzeit abgelaufen war, das römische Bürgerrecht erhalten sollten, sie blieben doch Germanen. In den Augen der Römer machte sie das allesamt zu Barbaren – unberechenbar, wild und grausam.

»Gehorcht mir, Männer!« forderte Feodus vergebens. »Geht in eure Unterkünfte! Dann will ich über euer heutiges Verhalten hinwegsehen.«

Mit Sorge beobachtete Thorag, daß Foedus mit seinen Worten eher das Gegenteil von dem erreichte, was er beabsichtigte. Immer mehr der germanischen Krieger zogen ihre Schwerter oder hoben ihre Speere. Maximus flüsterte mit seinen Offizieren, und die gaben seine Worte leise an die Reiter weiter. Die Römer machten sich zum Kampf bereit, nahmen aber noch keine Kampfposition ein. Auch Maximus wollte einen Waffengang nach Möglichkeit vermeiden.

Thorag empfand Stolz darüber, daß seine Männer so für ihn eintraten. Aber gerade deshalb wollte er es nicht zum Kampf kommen lassen. Auch wenn die Soldaten aus seinem Lager siegten, es würde für beide Seiten ein blutiger, verlustreicher Kampf werden. Die Gardereiter von Flaminius' Eskorte, die damals im Wald überfallen worden waren, konnten nur so leicht von den Fenrisbrüdern niedergemacht werden, weil sie auf den Angriff unvorbereitet gewesen waren. Diese Männer hier aber waren das nicht.

Der Edeling hob seine Hände, und sofort richtete sich aller Aufmerksamkeit auf den großen Mann mit dem lang herunterfallenden Blondhaar. »Hört mich an, Soldaten. Ich danke euch für euren Mut und eure Treue. Aber ihr müßt Varus' Befehle achten. Foedus ist jetzt euer Kommandant. Also folgt ihm und geht zurück in eure Quartiere. Nehmt es als meinen Wunsch und, wenn ihr wollt, auch als meinen Befehl!«

Murren machte sich unter den Männern breit. Sie stritten sich darüber, was von Thorags Worten zu halten sei. Der Cherusker fühlte sich erleichtert, als sie sich langsam verstreuten und ihren Holzbaracken zustrebten.

Auch Maximus war sichtlich erleichtert. Er schob seinen Helm nach hinten und wischte mit dem Handrücken den Schweiß von seiner Stirn. »Das war knapp«, atmete er auf. »Ich werde Varus vorschlagen, künftig immer auch römische Einheiten in den Lagern zu stationieren, mögen diese auch mehr Sold kosten.« Er wandte sich seinen Männern zu. »Bringt Thorag schnell ins Prätorium!«

Es war ein seltsames Gefühl für den Cherusker, als Gefangener in seine eigene Kommandantur gebracht zu werden. Maximus, Flaminia und Foedus begleiteten ihn und die Gardisten. Das Gros von Maximus' Truppe saß vor dem Prätorium ab und postierte sich dort in einer dichten Kette. Der Gardepräfekt befürchtete offenbar, daß sich die aufgeheizte Stimmung der Auxiliarsoldaten doch noch in einer Meuterei entladen könnte.

»Schaff den anderen Gefangenen her, Foedus«, sagte Maximus, »diesen Fenrisbruder. Es ist besser, wenn ich das Lager so schnell wie möglich verlasse. Wenn die barbarische Seele in unseren Hilfstruppen durchbricht und sie das Prätorium stürzen, wird es ein Massaker geben, aber für uns kaum einen Sieg.«

Erschrocken, ängstlich fast, blickte Foedus den hochgewachsenen Offizier an. »Du willst sofort wieder abrücken, Maximus?«

Der Präfekt nickte.

»Mit deinen Reitern?«

»Selbstverständlich.«

»Hältst du es nicht für besser, einen Teil deiner Männer im Lager zu lassen?« Foedus sah mit zusammengekniffenen Augen durch die scheibenlose Öffnung nach draußen. »Ich meine, für den Fall, daß der Zorn in diesen Barbaren überkocht. Mir wäre wohler, dann eine schlagkräftige Truppe verläßlicher Römer zur Hand zu haben.«

Maximus warf einen verächtlichen Blick auf den Mann mit dem Pferdegesicht. »Wenn ich Thorag weggeschafft habe, werden sich die Gemüter deiner Männer schon beruhigen. Außerdem kommandiere ich die Garde des Legaten, nicht die deinige, Foedus. Du mußt selbst dafür sorgen, daß die Disziplin in deiner Truppe aufrechterhalten wird. Oder bist du dazu nicht in der Lage? Dann muß ich Varus mitteilen, daß er besser einen anderen Offizier zum Praefectus Castrorum ernennt.«

»Nicht doch, Maximus«, winkte Foedus eilig ab. »Es war nur so eine Frage. Ich werde bestimmt mit der Situation fertig. Du kannst Varus sagen, daß er sich keine Sorgen zu machen braucht. Ich werde mit dem Wiederaufbau der Brücke beginnen, sobald er mir einen neuen Architekten schickt. Noch einmal wird die Brücke nicht von den verfluchten Barbaren abgefackelt werden!« Den letzten Satz begleitete er mit einem feindseligen Blick auf Thorag. Dann verließ Foedus die Kommandantur, um Thidrik herzuschaffen.

Maximus wandte sich an einen seiner Männer. »Sorg dafür, daß der Gefängniswagen vor das Prätorium gefahren wird. Die Männer sollen sich bereit halten zum Abrücken. Sobald der andere Gefangene hier ist, verlassen wir das Lager.« Der Kavallerist sah seinen Vorgesetzten fragend an. »Ist es nicht besser, Präfekt, wenn ich den Gefängniswagen zu einem rückwärtigen Ausgang des Prätoriums bringen lasse?«

Maximus schüttelte den Kopf. »Auf keinen Fall. Wir dürfen keine Schwäche zeigen. Das würde diesen starrköpfigen Germanen nur das Gefühl geben, daß wir uns im Unrecht befinden.«

»Wie du befiehlst, Präfekt«, sagte der Soldat und verließ das Gebäude.

Kaum war er draußen, da sagte Flaminia laut: »Willst du uns nicht endlich erklären, was das alles zu bedeuten hat, Maximus?«

»Das habe ich doch bereits!« schnarrte der Gefragte unwillig, während er durch die Fensteröffnung unablässig das Geschehen draußen beobachtete. »Thorag steht unter der Anklage des Hochverrats. Meine Aufgabe ist es, ihn ins Oppidum zu bringen, wo ihm der Prozeß gemacht werden soll.«

»Aber das *muß* ein Irrtum sein!« erwiderte seine Schwester heftig. Ihr sonst eher kühler Gesichtsausdruck spiegelte jetzt Verwirrung und Angst wider. »Thorag ist kein Verräter. Ich bin schließlich immer mit Thorag ...«

»Schluß jetzt!« befahl Maximus im Kommandoton. »Hör auf mit dem Lamentieren, und pack lieber deine Sachen zusammen! Du hast hier nichts mehr verloren und kehrst mit uns zurück ins Oppidum.«

Flaminia warf ihrem Bruder wütende Blicke zu, wagte aber keinen weiteren Widerspruch. Mit zu Fäusten geballten Händen verließ sie den Raum, um hinauf zu den Wohnräumen des Lagerpräfekten zu gehen.

Als vor dem Prätorium Unruhe entstand, fühlte Maximus schon leichte Panik in sich aufsteigen. Er beruhigte sich erst wieder, als er feststellte, daß die Unruhe nur von dem Gefängniswagen ausgelöst wurde, einem von zwei kräftigen Grauen gezogenen, vierrädrigen, überdachten Wagen aus massivem Holz. Ein großes Stück jeder Seitenwand war durch senkrechte, mehr als fingerdicke Gitterstäbe ersetzt, die den Wagen wie einen fahrenden Käfig erscheinen ließen.

»Da kommt Foedus schon mit dem Fenrisbruder«, sagte Maximus und zeigte auf Thorag. »Schafft diesen Gefangenen in den Wagen. Haltet euch nicht auf. Seht zu, daß alles schnell und reibungslos abläuft!« Dann rief er laut nach seiner Schwester.

»Ich komme ja schon!« schrie Flaminia zurück. »Sollen Saiwa und ich etwa alles allein tragen? Vielleicht schickst du uns mal ein paar von deinen Soldaten zum Helfen!«

Mit einem unwilligen Gesichtsausdruck gab Maximus zweien seiner Männer einen Wink, und sie eilten zu Flaminia. Die anderen Männer führten Thorag zum Wagen, in den gerade Thidrik einstieg. Der massige Bauer machte große, verwunderte Augen, als ihm der abgesetzte Lagerpräfekt durch die Heckklappe in den Käfig folgte. Ein Soldat schlug krachend die Klappe zu, und ein Optio schob die Riegel vor, die er mit einem großen Schlüssel sicherte.

Flaminia, Saiwa und die beiden Soldaten traten schwerbepackt aus dem Haus. Einer der Männer trug Thorags persönliche Habe. Als die Römerin ihren Geliebten hinter den Gitterstäben erblickte, ließ sie ihr Bündel einfach zu Boden fallen, trat an den Wagen, umklammerte die Stäbe und blickte entsetzt nach innen.

Maximus stellte sich hinter sie und sagte: »Ich habe veranlaßt, daß deine Carruca Dormitoria angespannt wird, Schwester. Sie wartet auf dich.«

Langsam wandte Flaminia ihren Kopf um. Ihre Augenlider flatterten, und ihre Lippen zitterten, als sie erwiderte. »Du wirst doch nicht zulassen, daß Thorag vor den Augen seiner Männer wie ein gefangenes wildes Tier aus dem Lager gebracht wird, Maximus?«

»Er *ist* ein Gefangener«, antwortete der Gardepräfekt kühl. »Und genauso wird er auch behandelt.«

Flaminia schüttelte fassungslos ihren Kopf. »Das hätte ich dir nicht zugetraut. Nicht nach dem, was Thorag für uns getan hat. Schließlich hat er mein Leben gerettet!«

»Eine List, um sich unser Vertrauen zu erschleichen!« schnaubte Maximus und blickte plötzlich anzüglich an seiner Schwester hinunter. »Außerdem hast du ihm seine Tat schon reichlich vergolten, Flaminia, wie ich dich kenne.«

In diesem Augenblick haßte sie ihren Bruder, den sie in ihrer Kindheit einst bewundert hatte, der aber ihre Achtung schon zum großen Teil verloren hatte, als sie merkte, daß er sich aus dem weiblichen Geschlecht nichts machte. »Weshalb bin ich denn hier. Du hast mir doch gesagt …«

Mit einer ruckartigen, an einen Schwerthieb erinnernden Handbewegung beendete Maximus die Auseinandersetzung. »Wir sollten uns beeilen. Der Gefängniswagen hat im Lager einiges Aufsehen ausgelöst.«

Tatsächlich strömten die germanischen Soldaten erneut in Richtung Prätorium zusammen und ließen sich nur mühsam von den lauten Befehlen ihrer römischen Vorgesetzten zurückhalten. Während Flaminia mißmutig zu ihrem Reisewagen ging, sprach Maximus mit seinen Offizieren. Diese riefen laut den Befehl zum Aufsitzen, und die Gardereiter schwangen sich in die Sättel. Schon wurde der Befehl zum Abrücken ausgerufen, und die Kolonne setzte sich, die beiden Wagen in der Mitte, langsam in Bewegung.

Um nicht die ganze lange Via Praetoria, mitten zwischen den Baracken der erregten Auxiliarsoldaten hindurch, entlangreiten zu müssen, führte Maximus seinen Trupp nicht zur Porta Praetoria zurück, sondern auf der Via Principalis in Richtung der kleineren Porta Principalis Sinistra. Der römische Feldwebel befahl den germanischen Soldaten, das Tor zu öffnen, das sie bewachten. Aber die Männer standen nur mit finsterer Miene da und trafen keinerlei Anstalten, den Befehl auszuführen. Offenbar hatte es sich schon zu ihnen herumgesprochen, daß Thorag in dem Gefängniswagen eingesperrt war. Maximus war gezwungen, seine Reiter und die Wagen anhalten zu lassen.

»Was ist?« fragte er den schwitzenden Feldwebel ungehalten. »Soll der Präfekt der Legatengarde das Tor persönlich öffnen, wenn er dieses Lager verlassen will?«

»Nein, Präfekt«, stammelte der Feldwebel und fuhr seine Leute mit einer Stimmgewalt an, wie sie nur einem Unteroffizier zur Verfügung stehen konnte. Als ihn die Soldaten weiterhin geflissentlich überhörten, zuckte seine Rechte zur Hüfte und zog das Schwert aus der Scheide.

»Halt, Optio!« befahl Maximus, der die Gefahr einer weiteren Verschärfung der Lage erkannte. Wenn erst einmal das Schwert eines Römers gegen einen Auxiliarsoldaten erhoben war, konnte niemand mehr für das Ausbleiben einer Meuterei bürgen. Der Gardepräfekt gab daher den vordersten seiner Reiter den Befehl, abzusitzen und den schweren Balken vom Tor zu ziehen.

Mißtrauisch beäugten die Auxiliarsoldaten die römischen Reiter, die das Tor öffneten. Die Germanen machte eine grimmige Miene, griffen aber noch nicht ein. Mit lautem Quietschen sprangen die beiden Torflügel auf, und die Römer stiegen wieder in die Sättel.

Maximus hob die Rechte, sah sich nach seinen Männern um, ließ die Hand in einer langsamen Schwenkbewegung nach vorn sinken und rief laut: »Kooolooonneee weeiiteer!«

Während hinter ihm die Hufe klapperten und das Leder knarrte, ritt er selbst als erster durch das Tor – unangefochten. Die Reiter der ersten Turme folgten in Doppelreihe, dann die Wagen.

Mit haßerfüllten Blicken starrten die germanischen Wachen ihren gefangenen Vorgesetzten an. Sie schienen nur auf ein Signal von Thorag zu warten, sich den Männern der Legatengarde entgegenzustellen. Der Cherusker hegte kaum Zweifel, daß sich alle germanischen Mannschaften dieser Garnison einem Aufstand sofort anschließen würden. Aber er sagte nichts, erwiderte nur stumm und wegen seiner Hilflosigkeit beschämt die Blicke der Auxiliarsoldaten. Er war unschuldig und wollte sich deshalb dem Statthalter stellen. Varus bildete sich auf seine juristische Fähigkeiten viel ein; sollte er sie doch unter Beweis stellen.

Die Wagen rollten durch das Tor, und die Doppelreihe der zweiten Turme folgte. Die Spitze der Kolonne erreichte die Ausläufer der Wälder, als sich hinter ihrem Ende die Flügel der Porta Principalis Sinistra wieder schlossen.

Grüne Wälder. Saftige, von bunten Blumenfeldern verzierte Wiesen. Ab und zu das breite, in der Nachmittagssonne blausilbern glitzernde Band des Flusses, das sich mal in näherer, mal in weiterer Entfernung ihres Weges entlangschlängelte. Das war alles, was Thorag seit Stunden sah. Und natürlich die Pferde und ihre Reiter vor und hinter den Wagen. Das Hufgetrampel und das Husten der Männer aufgrund des aufgewirbelten Staubes vermischten sich mit dem Quietschen schlecht geschmierter Wagenräder.

Thorag hockte in einer Ecke seines Wagens und brütete dumpf vor sich hin, sann darüber nach, wer ihm die Anklage eingebrockt haben mochte.

Lucius, der Lagerpräfekt am oberen Hafen, vielleicht? Er haßte alle Germanen. Also erst recht einen, der denselben Rang einnahm wie er.

Oder Foedus? Nicht auszuschließen, daß der Römer hinter Thorags Rücken bei Varus und Maximus gegen den Cherusker intrigiert hatte.

Thorag hatte viel Zeit zum Nachdenken, denn Thidrik würdigte ihn kaum eines Blickes und keines einzigen Wortes. Der Bauer aus Onsakers Gau saß mit zum Körper gezogenen Beinen, den Kopf in den auf die Knie gestützten Armen vergraben, in einer anderen Ecke des Wagens und hing seit Beginn der Fahrt Thorag unbekannten Gedanken nach. Oder er döste vor sich hin.

Ganz unvermittelt hob Thidrik den Kopf, sah Thorag an und sagte: »Wer über Schweine zu laut lacht, in ihren Pferch ganz plötzlich kracht.«

Thorag verstand auf Anhieb, was der Bauer damit ausdrücken

wollte. Wisars Sohn kannte dieses Sprichwort seit seiner frühesten Kindheit. Damals war Thorag mit seinem Vater über die Felder geritten, auf denen Wisars Leibeigene sich in strömendem Regen abmühten, um die Ernte einzubringen, bevor sie verdarb. Der kleine Thorag, der vor seinem Vater auf dem Pferd saß, hatte sich über die schmutzbesudelten Leibeigenen lustig gemacht. Er lachte laut und zappelte heftig auf dem Pferderücken, bis er plötzlich den Halt verlor und auf den vom Regen aufgeweichten Acker fiel. Als er sich erhob, war er von den blonden Haaren bis zu den Füßen schwarz. Und er hörte aus Wisars Mund zum erstenmal jenes Sprichwort.

Thidrik spielte auf Thorags Besuch im Lagergefängnis an. Jetzt, nur wenige Stunden später, war Thorag nicht besser dran als Thidrik, auch nur ein Gefangener.

»Ich habe dich nicht verspottet, Thidrik«, sagte Thorag ernst. »Ich wollte dir helfen und bat dich im Gegenzug um deine Hilfe.«

»Ich brauche deine Hilfe nicht. Und ich helfe keinem Römling, noch dazu dem Mann, der meinen Sohn getötet hat!«

»Wer das Schwert ergreift, muß damit rechnen, durch das Schwert zu sterben. Du hast deinen Sohn verloren. Aber am Tag nach dieser Nacht verlor auch mein Vater einen Sohn, als mein Bruder Gundar bei der Jagd auf den schwarzen Ur starb.«

»Dann ist Wisar wenigstens nicht so allein in Walhall«, brummte Thidrik grimmig. »Falls er nach seinem Strohtod überhaupt dorthin gelangt.«

Für einen Moment war Thorag wie von Donars Donnergrollen gerührt, bis er den Sinn dieser Worte begriff. Aber wenn das Hirn ihn auch verstand, das Herz wollte ihn nicht begreifen.

»Was ... meinst du ... damit?« fragte er stockend.

In Thidriks Augen blitzte es auf. »Du weißt es also noch nicht?«

»Was?«

»Daß Wisar, dein Vater, tot ist!«

Thidriks Stimmlage und sein Gesichtsausdruck deuteten auf die Genugtuung hin, die er darüber empfand, Thorag diese Botschaft übermitteln zu dürfen. Aber der junge Edeling achtete nicht darauf. Für ihn zählte nur der Inhalt von Thidriks Mitteilung. Und den konnte, wollte er einfach nicht begreifen.

»Mein Vater ist nicht tot«, sagte er kopfschüttelnd.

»Und ob er das ist! Er starb in seinem Haus, auf seinem Lager. Nicht glorreich im Kampf wie mein Sohn Hasko. Keine Walküre wird sich deines Vaters annehmen, und Wodan wird in seinen Reihen keinen Platz für ihn haben!«

Diesmal entging Thorag der Hohn nicht, der in den Worten seines Gegenübers lag.

»Du lügst!« schrie er in dem Wahn, die unfaßbare Botschaft vom Tod seines Vaters ungeschehen machen zu können. Sein Gesicht lief krebsrot an. Er stieß sich aus der Ecke ab und schnellte sich wie ein vom Bogen gelassener Pfeil auf Thidrik. Der Bauer schlug hart mit dem Hinterkopf gegen das Holz des Wagens, als Thorag auf ihn prallte. Der Edeling packte ihn an den Schultern und schüttelte ihn wie einen mit begehrenswerten Früchten behangenen Walnußstrauch. »Du lügst!« schrie er immer wieder. »Gesteh, daß du lügst!«

»Ich lüge nicht«, ächzte Thidrik, und Blut rann aus seinem Mundwinkel. »Warum sollte ich?«

Thidriks Augen verrieten Thorag, daß der Bauer wahr sprach. Er mochte den Edeling verhöhnen, aber er log ihn nicht an. Thorag ließ den anderen los, lehnte sein breites Kreuz gegen die Gitterstäbe und rutschte an ihnen zu Boden.

»Wann ist es geschehen?« fragte er matt. »Und wie?«

»Vor etwa einem halben Mond, kurz bevor ich die Heimat verließ. Ich hörte, daß Wisars Pferd in einen Fuchsbau trat und seinen Reiter abwarf. Danach soll ein starker Husten bei dem Gaufürsten ausgebrochen sein. Er wurde immer schlimmer und fesselte Wisar schließlich ans Lager. Er schickte einen Boten aus, dich zurückzuholen. Er wollte dich noch einmal sehen. Deshalb zögerte er es hinaus, sich von der Klinge eines Freundes durchbohren zu lassen, um in Walhall einziehen zu können. Und dann war es zu spät. Eines Morgens fand man ihn tot auf seinem Lager.«

»Der Husten«, murmelte Thorag gedankenversunken und sagte dann lauter: »Er ist nicht den Strohtod gestorben! Wisar hatte den Husten schon, nachdem er im Kampf gegen den schwarzen Ur vom Pferd stürzte. Also starb er wie ein Krieger, im Kampf gegen die Bestie, die seinen Sohn getötet hat!«

Thidrik zuckte gleichgültig mit den Schultern. »Du magst das so sehen. Die Frage ist nur, ob die Götter das auch so sehen.«

Thorag hob den Kopf und funkelte den Bauern böse an. »Was soll das heißen?«

»Nichts«, murmelte Thidrik. »Ich bin nur ein Bauer. Ich weiß nicht viel von den Göttern und von Walhall. Ich habe den Göttern stets meine Opfer dargebracht. Trotzdem kamen die Römer und nahmen mir mehr, als ich geben konnte. Trotzdem starb mein Sohn, als er sich gegen die Römer und ihre Freunde auflehnte. Trotzdem bin ich jetzt Gefangener der Römer. Was soll ich also von den Göttern wissen?«

Die beiden Männer versanken wieder in ihr Schweigen. Thorags Gedanken waren von Trauer beherrscht. Und er dachte darüber nach, wieso ihn Wisars Bote nicht erreicht hatte. Da gab es viele Möglichkeiten: ein Unfall oder ein Überfall vielleicht.

Aber noch etwas drängte sich seltsamerweise immer wieder in Thorags Gedanken: Thidriks letzte Bemerkung über die Götter und die Römer. Thorag hatte es bisher nicht so empfunden, aber war die Herrschaft der Römer tatsächlich so drückend und ungerecht, daß sie einen einfachen Bauern derart in die Verzweiflung trieb? Daß sie aus Thidriks Sohn Hasko einen Meuchler machte und aus Thidrik selbst einen Mordbrenner?

Thorag dachte lange darüber nach, während die Kolonne nach Süden zog und die Reise des goldenen Tageswagens durch den weißblauen Himmel sich allmählich ihrem Ende näherte.

Kapitel 18

Der Prozeß

Mit der Dunkelheit und dem Schweigen kehrten die quälenden Träume zurück. Es waren schwarze Träume, die Thorag fast jedesmal schweißgebadet aus dem Schlaf fahren ließen. Dann war er froh, daß dieser Traum vorüber war. Aber er wußte auch, daß er zurückkehren würde – dieser Traum oder ein ähnlicher.

Die Träume ähnelten dem Alp, der ihn in der ersten Nacht im Oppidum gequält hatte. Von Traum zu Traum wechselte das schwarze Wesen, das unaufhaltsam näher kam, seine Gestalt. Und auch sein Opfer war ein anderes.

Mal stürmte der schwarze Ur aus den Wäldern, nahm Gundar auf seine mächtigen Hörner oder überrannte Wisar.

Dann wieder stand Thorag dem Eber auf dem Thingplatz gegenüber. Als der Eber heranstürmte und plötzlich das Gesicht eines Menschen annahm – das brutale, schwarzbemalte Gesicht Onsakers –, schreckte der junge Edeling mit einem Aufstöhnen hoch. Die unnatürliche Mischung zwischen Eber und Mensch verblaßte, aber sie verschwand nicht.

Oft war das schwarze Wesen jenes verschwommene Tier, das ihn an Ater erinnerte, den riesenhaften Bären im Zwinger des Amphitheaters. Thorag stand ihm manchmal gegenüber, aber nicht immer. Häufig auch wartete zitternd eine schwarzhaarige Gestalt auf das unaufhaltsame nahende Gesicht. Mal glaubte Thorag, Astrid in dieser Gestalt zu erkennen, dann wieder war es Eiliko.

Wenn der Cherusker aus den Träumen aufschreckte, wußte er erst nicht, ob es Tag oder Nacht war. Die dunkle, fensterlose Zelle des in der Nähe des Prätoriums gelegenen Gefängnisses, in die er und Thidrik geschafft worden waren, ließ solche Unterscheidungen nicht zu. Manchmal, wenn irgendwo in den Gängen eine Tür offenstand, kündete ein schwacher Lichtschimmer, der sich mühsam einen Weg durch die gewundenen Korridore suchte, von Sunnas hellem Glanz.

In den drei Nächten und Tagen, die Thorag seiner Schätzung nach jetzt mit Thidrik in dem dunklen Kerker verbracht hatte, hatten sich die Augen der Gefangenen an das Dunkel gewöhnt. Aber das half nicht viel, denn es gab in dieser Zelle nichts zu sehen.

Und es gab nichts zu hören; nachdem Thidrik dem Edeling vom Tod seines Vaters berichtet hatte, war er wieder in sein dumpfes Schweigen verfallen. Mehrmals hatte Thorag versucht, den Fenrisbruder in ein Gespräch zu verwickeln – ohne Erfolg. Thorag hätte die gemeinsame Haft gern dazu benutzt, mehr über die Fenrisbrüder und über die Hintergründe der von Onsaker gegen ihn erhobenen Mordvorwürfe zu erfahren. Vergebens.

So blieb Thorag nichts anderes übrig, als im Schlaf zu träumen und im Wachsein nachzudenken. Seine Gedanken kreisten mal um Thidrik, mal um Onsaker, um Auja und immer wieder um Wisar. Wenn er an Thidrik und Onsaker dachte, führte das zu keinem Ergebnis. Und wenn er an Auja und Wisar dachte, verspürte er den Schmerz der Trauer, denn beide hatte er verloren.

Der junge Cherusker verstrickte sich immer mehr in dieses finstere Einerlei aus Träumen und Nachbrüten – bis ihn auf einmal Schritte aus der trägen Gleichgültigkeit rissen, denen das schwere Schaben der Riegel an der Tür folgte, die den Zellentrakt versperrte. Thorag war verwirrt, denn seiner Einschätzung nach mußte es Nacht sein. Nicht die Zeit für den Krug Wasser und die Schale Brei, aus denen die ganze Nahrung der Gefangenen bestand.

Thidrik lag zusammengerollt auf dem nackten Stein und schnarchte leise vor sich hin. Tanzendes Licht, das auf eine Fackel hindeutete, fiel durch die vergitterte Öffnung in der Zellentür herein. Endlich wurden die Riegel der Zellentür zurückgeschoben. Die Tür schwang auf, und ein finster blickender Optio sah mißtrauisch in die Zelle. Hinter ihm stand ein Wärter mit einer Fackel in der erhobenen Rechten.

»Der Gefangene Thorag soll heraustreten!« schnarrte der Optio zwischen seinen dünnen, kaum geöffneten Lippen hindurch.

»Weshalb?« fragte der auf dem Boden hockende Edeling.

»Zu einem Verhör«, nuschelte der Optio.

»Jetzt? Mitten in der Nacht?«

»Du hast keine Fragen zu stellen, Germane!« fuhr ihn der Optio an. »Du hast nur zu gehorchen!«

Das viele Sitzen hatte ihn schwerfällig gemacht, er fühlte sich steif und ungelenk. Langsam erhob sich Thorag. Es hatte keinen Sinn, sich dem Befehl zu widersetzen. Außerdem war er neugierig auf das Verhör. Endlich tat sich etwas, nachdem er schon geglaubt hatte, er solle zusammen mit Thidrik im Kerker verschimmeln.

Als Thorag an dem Optio und dem Wärter vorbei aus der Zelle schlurfte, drehte sich Thidrik um und öffnete kurz die Augen. Noch bevor der Bauer ganz mitbekam, was vor sich ging, schloß sich die Zellentür wieder. Der Optio verriegelte die Tür und schloß sie ab.

Thorag begleitete die beiden Römer durch nur sporadisch von Fackeln und einfachen, kaum verzierten Lampen erhellte Gänge in einen unverschlossenen Raum, der durch eine bronzene Wandlampe schwach beleuchtet wurde. Die karge Einrichtung erschöpfte sich in einem groben Holztisch und zwei Schemeln. In der Ecke des Raumes, die jetzt fast vollständig im Schatten lag, stand eine verhüllte Gestalt.

»Wir warten draußen«, sagte der Optio zu ihr. »Und denk daran, daß ihr nicht viel Zeit habt.«

Die Gestalt nickte, und die beiden Römer verließen den Raum, um nach ein paar Schritten auf dem Gang zu verharren und kaum hörbar miteinander zu tuscheln. Thorag trat langsam in den Raum und blieb am Tisch stehen, wo er sich aufstützte und die geheimnisvolle Gestalt musterte. Was war das für ein Verhör, das von dem vermummten, eher zierlich anmutenden Menschen in der Ecke geführt werden sollte?

Als sein Gegenüber aus dem Schatten trat, erkannte der erstaunte Cherusker, daß es sich um eine Frau handelte. Sie schlug die vor Mund und Nase gezogene dunkle Palla beiseite und enthüllte ein längliches, ovales Gesicht mit leicht schrägstehenden nußbraunen Augen.

»Flaminia!« stieß Thorag überrascht hervor.

»Psst, leise!« ermahnte ihn die Römerin mit vor den Mund gehaltenem Zeigefinger. »Die Nacht hört oft mehr als der Tag. Die beiden da draußen wissen, wer ich bin. Sonst braucht es niemand zu erfahren. Maximus hat jeden Besuch verboten, selbst meinen. Ich wollte schon eher zu dir kommen, aber es hat lange gedauert, bis ich Wärter fand, die ihr Pflichtgefühl gegenüber Augustus nicht so hoch einschätzen wie ein paar Goldmünzen mit dem Abbild des Erhabenen.«

Thorag trat vor sie und ließ seine Hände über ihr weiches, glattes Gesicht streichen. »Es ist schön, daß du gekommen bist, Flaminia. Aber du hättest dich nicht dieser Gefahr aussetzen sollen.«

»Ich schwebe nicht in Gefahr, sondern du. Morgen will Varus dir und diesem Fenrisbruder den Prozeß machen.«

»Donar sei Dank«, seufzte der Cherusker. »Dann wird sich endlich alles klären, und ich bin wieder ein freier Mann!«

»Da wäre ich mir nicht so sicher«, sagte Flaminia und ließ sich auf den Schemel sinken. »Nach allem, was ich von Maximus und von dritter Seite gehört habe, hat Varus euch beide schon so gut wie verurteilt.«

Auch Thorag setzte sich und sagte kopfschüttelnd: »Das glaube ich nicht, Flaminia. Welchen Grund sollte der Statthalter haben? Ich bin schließlich unschuldig. Nur deshalb habe ich mich widerstandslos ins Gefängnis bringen lassen. Hast du mit Varus selbst gesprochen?«

»Nein. Seit unserer Rückkehr ins Oppidum schottet er sich vor mir ab. Aber ich bin für die Verhandlung morgen als Zeugin geladen. Und das macht mir angst.«

»Angst? Das verstehe ich nicht.«

Flaminia streckte ihre Hand aus und streichelte zärtlich Thorags stoppelige Wange.

»Das ist wohl nicht gerade ein angenehmes Gefühl«, seufzte Thorag. »Ein Rasiermesser erlauben sie einem hier nicht.« Er rümpfte die Nase. »Leider auch kein Waschwasser. Ich fürchte, ich rieche wie eine ganze Schweineherde.«

»Ich liebe dich, Thorag«, sagte die Römerin ernst. »Erst … da wollte ich nur deinen Körper. Aber inzwischen weiß ich, daß ich dich liebe. Das sollst du wissen, bevor ich dir das sage, weshalb ich eigentlich hier bin. Ich wollte es dir schon im Lager sagen, aber Maximus ließ es nicht zu. Ich muß es dir selbst sagen, bevor du es vielleicht morgen bei der Verhandlung erfährst.«

Der Edeling runzelte die Stirn. Flaminias umständliche Worte verwirrten ihn.

»Du fragst dich, um was es geht«, erkannte die Römerin. »Es geht um uns. Ich habe dich zum unteren Hafen begleitet, weil Varus und mein Bruder es so wollten. Sie trauten dir nicht. Ich sollte in deiner Nähe sein, um dich zu überwachen und alles Auffällige zu melden. Jeder Kurier, der das Lager seit unserer Ankunft verließ, hat eine persönliche Nachricht von mir zum Oppidum gebracht. Eine Nachricht über dich, Thorag.«

Der Cherusker nickte ganz langsam, als er den Sinn ihrer Worte verstand und fragte »Was stand in diesen Nachrichten?« Er wunderte sich selbst, daß er nicht wütend aufsprang und seine Enttäuschung über dieses Geständnis herausschrie, aber vielleicht war er dazu auch nur zu erschöpft.

»Immer dasselbe: Daß du keinerlei Verdacht erregst und daß ich dich nicht für einen Verräter halte.« Sie atmete schwer. »So wie du mich wohl nicht für eine Verräterin gehalten hast. Und doch bin ich eine.«

Thorag starrte sie lange schweigend an, während er immer und immer wieder über das eben Gehörte nachdachte. Dann fragte er: »Weshalb hast du mich zum unteren Hafen begleitet?«

»Ich sagte doch, mein Bruder und Varus verlangten es, und zwar recht eindrücklich.«

»Das war der einzige Grund?«

»Nein«, antwortete Flaminia und sah ihm in die Augen. »Ich selbst wollte es. Ich wollte bei dir sein.«

»Und jetzt? Hältst du mich jetzt für einen Verräter?«

»Nein!« sagte sie entschieden, ohne einen Augenblick zu zögern. »Ich weiß, daß du mit dem Anschlag auf die Brücke nichts zu tun hast.«

Thorag streckte seine Arme aus, ergriff ihre Hände, hielt sie fest und sagte: »Dann bist du keine Verräterin!«

»Du verzeihst mir?«

»Wenn ich dir etwas zu verzeihen hätte, würde ich es tun. Aber es gibt nichts zu verzeihen. Du hast mit diesem Besuch bewiesen, daß du zu mir stehst. Du hast mir gesagt, daß du mich liebst. Ich liebe dich auch. Aber ich habe keine Möglichkeit, es dir zu zeigen.«

Flaminia beugte ihren Kopf nach vorn und küßte Thorags große Hände, die noch immer ihre Hände hielten. »Du hast es mir gerade gezeigt. Ich hoffe, daß ich dir morgen bei der Verhandlung helfen kann. Ich werde darum zu den Göttern beten.«

»Und ich werde zu meinen Göttern beten, daß …«

»Schluß jetzt!« unterbrach ihn die Stimme des Optios, der von Thorag und Flaminia unbemerkt in den Raum getreten war. »Du mußt jetzt gehen, Flaminia. Ich muß mich auf die Wachablösung vorbereiten.«

Der Cherusker und die Römerin standen auf und sahen einander verzweifelt an. Hand in Hand standen sie da, bis der Optio sie erneut zur Eile ermahnte. Widerwillig verließ Flaminia den Raum, drehte sich in der Tür noch einmal um und bedachte ihren Geliebten mit einem gequälten Lächeln. Thorag dachte nur daran, wie sehr sich diese Frau doch gewandelt hatte in der letzten Zeit: Aus der jungen Römerin, die ihm anfangs so kühl und berechnend erschienen war und die ihre Reize gezielt einsetzte, um sich bei den Männern für das eintönige Leben weit weg von Rom schadlos zu halten, war eine Frau voller Wärme und Mitgefühl geworden.

Als Thorag in die Zelle zurückkehrte, war Thidrik wach und starrte ihn neugierig an. Der Edeling sagte nichts und streckte sich auf dem nackten Boden aus, seine Hände als Kissen benutzend. Er wollte dem Bauern nicht die Genugtuung geben und seine Neugier stillen. Thidrik hatte eisern geschwiegen. Das tat Thorag jetzt auch, bis ihn endlich der Schlaf umfing.

Am Morgen darauf hatten die beiden Gefangenen kaum den fast geschmacklosen Speltbrei ausgelöffelt, als sie zur Verhandlung abgeholt wurden. Ihre Hände wurden von einem Schmied in Ketten gelegt, bevor eine Abteilung römischer Gardesoldaten sie vom Gefängnis zum Prätorium brachte. Die Leute am Straßenrand unterbrachen ihren Weg oder ihre Arbeit, um der kleinen Prozession neugierig nachzustarren.

Für Thorag war es eine ungeheure Demütigung, gefesselt und in dreckigen Lumpen durch die Stadt geführt zu werden. Zum wiederholten Mal fragte er sich, ob Varus oder Maximus die strenge Behandlung angeordnet hatten oder ob es ein Versehen war, daß man mit ihm wie mit einem Schwerverbrecher umging.

Die Gefangenen wurden auf den großen Hof des Prätoriums geführt, wo Thorag vor nicht allzulanger Zeit den Rechtsstreit zwischen Baldwin und Witold miterlebt hatte. Hier hatte sich bereits eine große Zuschauermenge eingefunden, bunt gemischt aus Römern und Ubiern. Es erstaunte den Edeling, daß Varus den Prozeß in aller Öffentlichkeit abhielt. Der Vorfall mit der abgebrannten Brücke war sehr ernst und für die Römer nicht gerade angenehm, weshalb Thorag erwartet hatte, daß der Legat des Augustus um die Angelegenheit kein großes Aufsehen machen würde.

Thorag und Thidrik mußten etwa eine halbe Stunde warten, während der sich der Platz noch füllte. Die Gardisten bildeten eine Sperrkette, um zu verhindern, daß die Zuschauer sich bis an den überdachten Vorbau des großen Hauses drängten, wo ein germanischer Sklave einen Klappstuhl aufstellte. Thorag war klar, daß es jetzt nicht mehr lange dauern konnte, bis Varus erschien. Dann würde er zum zweiten Mal in seinem Leben verfolgen müssen, wie andere über sein Schicksal entschieden. Erst waren es die Priester und Armin gewesen, die sich auf dem Thing auf die Zeichen der Götter berufen hatten, nun würde es ein römischer Machthaber sein, der offenbar unsagbar stolz auf die Rechtsprechung seines Volkes war.

Ein paar uniformierte Hornisten traten unter das Vordach und setzten die Mundstücke ihrer Instrumente an. Ihre lauten Signale weckten die Aufmerksamkeit der Schaulustigen, und die zahlreichen Gespräche verstummten.

Ein Liktor mit geschultertem Rutenbündel trat neben die Hornisten, hielt sein Bündel mit dem Beil hoch und sagte laut: »Römer und Ubier, Soldaten und Bewohner dieser Stadt, hiermit wird die Gerichtssitzung des Publius Quinctilius Varus, Legat des Augustus, eröffnet.«

Die übrigen Liktoren erschienen auf dem Vorbau, gefolgt von Varus und Maximus, einigen Beamten, Offizieren und einem Trupp der Garde. Der Statthalter ließ sich auf dem Klappstuhl nieder, und seine Begleiter gruppierten sich um ihn.

»Dies ist eine außerordentliche Gerichtssitzung«, hob der erste Liktor an. »Privatklagen sind nicht zugelassen. Verhandelt werden allein die Vergehen der beiden anwesenden angeklagten Cherusker namens Thidrik und Thorag, die da lauten: mehrfacher Mord an in Roms Diensten stehenden Soldaten sowie an dem Architekten Aulus Servius Lepidus; Zerstörung einer im Staatseigentum stehenden Brücke durch Feuer; Verschwörung gegen Rom, den Augustus und seinen Legaten; und, soweit es den Angeklagten Thorag betrifft, Hochverrat. Da die Angeklagten germanischer Abstammung sind, mögen sie, bevor sie sich zu den Vorwürfen äußern, zunächst dartun, ob sie alles verstanden haben oder ob sie einen Dolmetscher benötigen.« Der Liktor sah Thorag und Thidrik, die zu Füßen des Vorbaus standen, abwartend an.

»Ich spreche eure Sprache so gut wie meine eigene«, sagte Thorag. »Ich brauche keinen Dolmetscher.«

Thidrik schwieg.

»Vielleicht hat er meine Aufforderung nicht verstanden«, bemerkte der Liktor zu Varus. »Ein Dolmetscher sollte sie ihm in der Sprache der Germanen wiederholen.«

Der massige Mann auf dem Klappstuhl nickte in einer Mischung aus Zustimmung und Gleichgültigkeit. Einer der Offiziere, ein Germane, wie Thorag jetzt erkannte, trat vor und wiederholte die Worte des Liktors. Er sprach nicht den Dialekt der Cherusker, sondern hörte sich eher an wie ein Ubier. Aber er sprach deutlich genug, daß jeder Cherusker ihn verstehen konnte.

Doch Thidrik schwieg weiterhin, auch nach mehrmaliger Aufforderung.

Der Liktor sah sich hilfesuchend erneut nach Varus um und erhielt ein ungeduldiges Zeichen fortzufahren.

»Da der Angeklagte Thidrik sich mutwillig nicht zu der Frage äußerte, ob er einen Dolmetscher benötigt, wird fürderhin davon ausgegangen, daß er der in lateinischer Sprache geführten Verhandlung zu folgen vermag. Die Angeklagten mögen sich jetzt äußern, ob sie sich schuldig bekennen.«

»Ich bin unschuldig!« sagte Thorag laut vernehmlich und löste damit ein erregtes Raunen der Menge aus.

»Und du, Angeklagter Thidrik?« fragte der Liktor.

Wider erhielt er keine Antwort.

»In diesem Fall muß das Schweigen des Angeklagten Thidrik als Schuldbekenntnis gewertet werden«, sagte der Liktor. »*Qui tacet consentire videtur.* – Wer schweigt, gibt seine Zustimmung. Dieser Prozeß dient also nur noch der Wahrheitsfindung über Schuld oder Unschuld des Angeklagten Thorag. Der Präfekt Maximus, der die Anklage vertritt, wird diese jetzt vortragen, bevor der Legat Quinctilius Varus als oberster Richter der Provinz Germanien die Beweiserhebung durchführt.« Er sah Thorag an. »Hat der Angeklagte Thorag einen Advokaten, oder wünscht er einen?«

»Ich werde für mich selbst sprechen.«

Der Liktor nickte, sah Maximus an und trat zurück.

Der hochgewachsene Präfekt nickte Varus zu, blickte kurz in die Runde und sagte dann: »Vor fünf Nächten überfielen Gruppen der Verschwörer, die allgemein als Fenrisbrüder bekannt sind, die im Auftrag des Varus erbauten Brücken am oberen und unteren Hafen. Der Überfall am oberen Hafen konnte abgewehrt werden. Die Brücke am unteren Hafen jedoch wurde von den Saboteuren vollständig niedergebrannt, nachdem die Germanen einige Wachposten getötet hatten. Der Architekt Servius Lepidus starb, als er sich in den Fluß stürzte. Einer der Attentäter, der Angeklagte Thidrik, wurde auf frischer Tat erwischt und gefangen. Daß es den Fenrisbrüdern überhaupt gelingen konnte, die Brücke in Brand zu setzen, geht auf die mangelnden Sicherheitsmaßnahmen zurück, die der Angeklagte Thorag, zu der Zeit Praefectus Castrorum am unteren Haften, zu verantworten hat. Er wird beschuldigt, die Brücke absichtlich zu schwach bewacht und seine Mitverschwörer mit Vorschlägen über das bestmögliche Vorgehen versorgt zu haben.« Maximus sah noch einmal in die Runde, in der es wieder zu raunen begann, und trat zurück.

Varus hob die Rechte in einer gebieterischen Geste und brachte das Volk damit zum Schweigen. »Was sagst du zu der Anschuldigung, Angeklagter Thorag?« Seine tiefliegenden Augen blickten kalt auf den Cherusker herab und ließen nichts von der Begeisterung für Thorags Person erkennen, die der Legat bei Thorags Ernennung zum Lagerpräfekten gezeigt hatte.

»Ich wiederhole, daß ich unschuldig bin. Es ist ein Zufall, daß der Anschlag auf die Brücke geglückt ist, während er am oberen Hafen vereitelt werden konnte.«

»Ach ja?« fragte Varus mit zusammengezogenen Augen. »Ich glaube nicht an Zufälle, Cherusker, nur an den Willen der Götter und der Menschen. Letzterer scheint mir bei dem Anschlag auf die Brücke maßgeblich gewesen zu sein.« Der Statthalter holte tief Luft und sagte laut: »Ich rufe den ersten Zeugen auf, den Praefectus Castrorum Lucius Tertius Parvus!«

Der Offizier mit der unscheinbaren Statur und dem entstellten Gesicht humpelte auf den Vorbau, blieb fünf Schritte vor dem Statthalter stehen und entbot ihm seinen Gruß.

»Erzähle uns, Lucius, welche Sicherheitsvorkehrungen du getroffen hast, um die Brücke am oberen Hafen vor Anschlägen zu schützen«, forderte Varus.

»Ich stellte starke Wachen auf und schärfte ihnen ein, besonders aufmerksam zu sein. Aber sonst traf ich keine besonderen Vorkehrungen. Es hat ja auch genügt, wie sich gezeigt hat. Gegen römische Wachsamkeit kann alle barbarische Verschlagenheit und Hinterlist nichts ausrichten.«

Aus den letzten Worten sprach kaum verhohlener Haß, und die feuerrote Narbe tanzte auf der sonnenverbrannten Lederhaut.

»Du meinst also, Lucius, mit den üblichen Sicherheitsvorkehrungen war ein erfolgreicher Anschlag auf die Brücke ausgeschlossen?« hakte der Statthalter und Richter nach.

»Vollkommen ausgeschlossen, o Varus.«

»Wie erklärst du dir, daß die Brücke am unteren Hafen gleichwohl von den Fenrisbrüdern niedergebrannt wurde?«

»Entweder hat der Lagerpräfekt am unteren Hafen seine Pflichten vernachlässigt und die Brücke nur ungenügend bewacht. Oder …« Lucius brach ab und sah Thorag an.

»Oder?« fragte Varus.

»Oder jemand aus dem Lager hat den Fenrisbrüdern mitgeteilt, wie sie den Anschlag am besten ausführen.«

»Wer käme dafür in Frage?«

»Nur ein Offizier hätte die nötigen Kenntnisse.«

»Ein römischer Offizier, der mit den Fenrisbrüdern gemeinsame Sache macht?« erkundigte sich der Legat mit gespieltem Entsetzen.

»Niemals!« sagte Lucius laut und heftig. »Ein Römer würde so etwas niemals tun!«

»Also ein germanischer Offizier?«

Lucius nickte. »Ja, o Varus, so ist es.«

Die Augen des Richters bohrten sich tief in Thorag. »Der einzige ranghohe Germane im Lager am unteren Hafen, der sich zudem noch völlig frei bewegen konnte, war der Praefectus Castrorum, der Angeklagte Thorag!« Diesmal unterbrach Varus die aufgeregten Diskussionen der Menge nicht. Er wartete in Ruhe ab, bis sich die Aufregung etwas gelegt hatte. Dann fuhr er fort: »Ich danke dir, Lucius. Jetzt rufe ich den nächsten Zeugen auf, die edle Flaminia, Schwester des Präfekten Gaius Flaminius Maximus!«

Als die schöne Römerin gemessenen Schrittes und aufrecht nach vorn trat, ohne den zurücktretenden Lucius eines Blickes zu würdigen, verfehlte das seinen Eindruck auf die Zuschauer nicht. Sie trug eine gelbe Stola und eine purpurne Palla, die sie um Kopf, Schultern und Hüften geschlungen hatte. Flaminia grüßte den Mann auf dem Klappstuhl nur mit einem knappen Nicken und hielt seinem forschenden Blick stand.

»Du hast mit dem Angeklagten Thorag zusammen im Lager am unteren Hafen gelebt, nicht wahr, Flaminia?« fragte Varus.

Sie nickte. »Allerdings. Und das nicht nur aus eigenem Antrieb, sondern weil du und mein Bru…«

»Antworte nur auf meine Fragen!« fuhr Varus ungehalten dazwischen. »Sonst muß ich dich mit einer schweren Strafe belegen!«

Flaminia setzte zu einer Erwiderung an, besann sich dann aber nach einem kurzen Blickwechsel mit Thorag und schluckte ihren Ärger stumm hinunter.

»Hat der Angeklagte Thorag das Lager oft ohne Begleitung seiner Soldaten verlassen?« fragte der oberste Richter der Provinz Germanien weiter.

»Einige Male. Allerdings war er dabei selten allein, sondern in meiner ...«

»Schweig!« herrschte Varus sie an. Er beugte sich auf dem Stuhl vor, und sein breites Gesicht zeigte die Zornesröte eines Cholerikers. »Ich ermahne dich zum letzten Mal. Frau, nur auf meine Fragen zu antworten!« Der Statthalter entspannte sich etwas und fuhr ruhiger fort: »Thorag hat also das Lager öfters verlassen, und zwar ohne seine Offiziere und Soldaten. Ist das richtig?«

»Ja.«

»Auch an jenem Abend, als die Fenrisbrüder die Brücke in Brand setzten?«

»Ja.«

»Du warst bei ihm?«

»Ja.«

»Weshalb?«

»Wir wollten gemeinsam etwas essen.«

Varus grinste süffisant. »Etwas essen, soso. Wo fand dieses Essen ... statt?«

»Im Wald.«

»Etwa ganz in der Nähe der Stelle, wo die Fenrisbrüder ihre Pferde versteckt hatten?«

»Ja. Zufällig wurden wir darauf aufmerksam, als ...«

»Danke!« fiel ihr Varus abermals scharf in die Rede. »Das genügt zu dieser Frage. Jetzt verrate mir noch eines, Flaminia: Hat der Angeklagte Thorag dir gegenüber zugegeben, den Angeklagten Thidrik zu kennen?«

Flaminia nickte.

»Das genügt, Flaminia. Du kannst gehen.«

»Halt!« rief Thorag. »Noch nicht. Habe ich als Angeklagter nicht das Recht, den Zeugen Fragen zu stellen?«

Der Cherusker war sich seiner Sache nicht mehr so sicher wie am Beginn der Verhandlung. Er hatte angenommen, unter Varus' Vorsitz würde sich der gegen ihn erhobene Verdacht bald in Wohlgefallen auflösen. Aber dem war nicht so. Das Ganze erinnerte ihn immer mehr an die Anklage, die Onsaker auf dem Thing gegen ihn erhoben hatte. Eine schon vorab entschiedene Sache. Wie hatte Flaminia in der Nacht doch gesagt: ›Nach allem, was ich von Maximus und von dritter Seite gehört habe, hat Varus euch beide schon so gut wie verurteilt.‹

Aber warum? Welchen Grund konnte der Legat des Augustus haben, Thorag für etwas zu bestrafen, das er gar nicht begangen hatte? Lag es nicht auch im Interesse des Statthalters, die wahren Schuldigen zu finden?

»Du darfst Fragen stellen, wenn sie zur Sache gehören«, antwortete Varus unwillig. »Allerdings bin ich der Meinung, alle wichtigen Fragen bereits gestellt zu haben.«

»Ich bin da anderer Meinung!« widersprach Thorag.

»Dann stell deine Fragen!«

Thorag bedankte sich mit einem Nicken und wandte sich an die Römerin, die auf dem Vorbau stand. »Was geschah, Flaminia, als wir die Pferde der Fenrisbrüder entdeckten?«

»Ich fand den Platz zuerst. Der Mann, der die Pferde bewachte, fiel über mich her und bedrohte mein Leben. Du hast mich gerettet und den Fenrisbruder im Kampf getötet.«

»Habe ich dich nicht schon einmal gegen die Fenrisbrüder verteidigt?«

»Ja, als die Fenrisbrüder meinen Wagen auf dem Weg zum Oppidum überfielen. Du hast fünf von ihnen getötet.«

»Das hat nichts mit dieser Anklage zu tun«, befand Varus und sah Thorag streng an. »Hast du noch eine Frage zu stellen, die sich auf die Anklage bezieht?«

»Ja, eine. Flaminia, hattest du während der Zeit, in der wir uns kennen, jemals Grund, an meiner Treue und Zuverlässigkeit als römischer Soldat zu zweifeln?«

»Nein, nicht ein einziges Mal«, antwortete die Römerin laut.

»Diese Einschätzung, die eine Frau von ihrem Geliebten gibt, kann wohl kaum als Beweismittel gelten«, schnaubte der Richter verächtlich und entließ die Zeugin, um den Lagerpräfekten Gnaeus Equus Foedus aufzurufen.

Obwohl Thorag von der Anwesenheit seines ehemaligen Stellvertreters im Oppidum überrascht war, konnte er sich ein Grinsen nicht verkneifen, als er dessen vollen Namen hörte. So ging es vielen der Zuschauer, als der pferdegesichtige Offizier vortrat, und vereinzeltes Gelächter wurde laut. Foedus quittierte es mit einem bösen Blick seiner trüben Augen, der sich schließlich auf Thorag konzentrierte.

Varus sagte: »Erzähle, was sich am Morgen nach dem Anschlag auf die Brücke ereignete, Foedus.«

»Obwohl der Angeklagte Thorag verwundet worden war und ihm der Medicus Bettruhe verordnet hatte, erschien er in den Räumen der Kommandantur und verlangte, den Gefangenen Thidrik zu sprechen.«

»Und was geschah?«

»Ich ging mit Thorag zum Gefängnis, und wir suchten Thidriks Zelle auf.«

»Dort habt ihr dann mit ihm gesprochen?«

»Nein, o Varus.«

»Nein? Weshalb nicht?«

»Nur Thorag sprach mit ihm. Mich aber schickte er hinaus, so daß ich das Gespräch nicht verfolgen konnte.«

»Gab Thorag dafür eine Erklärung?«

»Er sagte, beide seien Cherusker. Zu Thorag allein habe der Gefangene mehr Vertrauen als zu einem römischen Offizier. Auch meinen Einwand, der Gefangene könne den aufgrund der Verwundung arg geschwächten Thorag überwältigen, wischte letzterer mit der Bemerkung beiseite, er hätte keine Angst.«

»Und dann hat Thorag den Gefangenen allein verhört?«

»Ja.«

»Mit welchem Ergebnis?«

»Mit keinem. Thorag sagte mir, der Gefangene hätte nichts Wichtiges von sich gegeben.«

»Hattest du den Eindruck, daß dies stimmt?«

»Nein, o Varus. Dafür dauerte das Gespräch zu lange.«

»Welchen Eindruck hattest du dann von dieser merkwürdigen Angelegenheit?«

»Die einzige Erklärung ist, daß Thorag etwas mit dem Gefangenen besprechen wollte, das geheim bleiben sollte.«

»Was denn bloß?«

»Eine Absprache unter Fenrisbrüdern, vermute ich.«

Wieder ging ein lautes Raunen durch die Zuhörerschaft, der immer deutlicher wurde, wohin die Reise ging.

»Wie Foedus selbst sagt, ist das eine bloße Vermutung!« übertönte Thorag wütend die Menge. »Er hat aber nicht gesagt, daß Thidrik es war, der mich mit dem Schwert verwundet hat. Weshalb hätte er das tun sollen, wenn wir unter einer Decke stecken?«

»Es geschah im reißenden Fluß«, erwiderte Foedus. »Vielleicht hat er dich in der Aufregung und in der Dunkelheit nicht erkannt. Oder er tat es in der Absicht, den Verdacht von dir zu lenken.«

»Eine einleuchtende Erklärung«, befand Varus mit einem zufriedenen Nicken. »Du bist entlassen, Foedus.« Er blickte kurz um sich. »Ich denke, wir können die Beweisaufnahme jetzt schließen. Die Sache scheint mir eindeutig zu sein.«

»Ja!« schrie Thorag, empört über die einseitige und ungerechte Verhandlungsführung des Statthalters. »Eindeutig konstruiert. Und zwar so, daß ich als Schuldiger dastehe. Und das, obwohl ich unschuldig bin!«

Varus, erneut zornesrot, sprang von seinem Stuhl auf, zeigte auf Thorag und erwiderte ebenso laut: »Für diese Beleidigung des Gerichts wirst du mit zehn Peitschenhieben bestraft, Cherusker!«

»Die Peitsche ändert nichts an der Voreingenommenheit des Gerichts und an der Ungerechtigkeit dieses Verfahrens!« rief Thorag bitter.

»Zwanzig Peitschenhiebe!« fauchte der Statthalter. »Um dem Angeklagten beizubringen, wie er sich vor Gericht zu verhalten hat, wird die Strafe sofort vollstreckt. Ergreift ihn!«

Das klärende Gerichtsverfahren, das Thorag sich erhofft hatte, erschien ihm jetzt wie einer seiner Alpträume. Ebenso unbeeinflußbar und erschreckend. Aber statt eines schwarzen Untiers kamen die Gardesoldaten auf den Cherusker zu, um ihn zu dem Holzgerüst zu schleifen, an dem vor einigen Wochen Witold die entehrende Bestrafung hinnehmen mußte. Und nun sollte der freie Cherusker Thorag, ein Edeling und Abkömmling des Donnergottes, Sohn des Gaufürsten Wisar, wie ein widerspenstiger Schalk öffentlich ausgepeitscht werden!

Alles in Thorag lehnte sich dagegen auf. Als der vorderste Gardist ihn am Arm packen wollte, stieß der Cherusker ihm den Ellbogen mitten ins Gesicht. Mit einem dumpfen Knirschen brach die Nase des Römers. Der Soldat stieß einen Schmerzenslaut aus und taumelte zurück, mit einer Hand an seine blutende Nase fassend.

Während die Menge teils entsetzt, teils begeistert über das unerwartete Schauspiel aufschrie, richteten die Gardisten ihre Speere auf Thorag, und der Optio, der sie anführte, zog sein Schwert aus der Scheide.

Thorag bebte vor Wut; obwohl er wußte, daß es ein Fehler war, packte er einen der Speere hinter der Spitze und zog ruckartig an der Waffe. Der Römer verlor das Gleichgewicht, stolperte nach vorn und ließ den Speer los. Der Cherusker hatte wegen seiner gefesselten Hände nur begrenzten Spielraum. Aber er machte aus der Not eine Tugend und schlang die Kette, deren starke Glieder die um seine Handgelenke geschmiedeten Fesseln miteinander verbanden, um den Hals des Soldaten und zog die Schlinge zu. Der Römer röchelte und zappelte, aber seine Gegenwehr erlahmte ebenso rasch wie seine Kräfte. Als sein Gesicht blau anzulaufen begann, ließ Thorag los, und der Soldat sank halb ohnmächtig zu Boden.

Der plötzliche Schmerz, der von seiner linken Seite ausging und seinen ganzen Körper durchfuhr, machte dem Edeling auf fatale Weise klar, daß er sich mit seinem Gegner zu lange aufgehalten hatte. Ein anderer Gardist hatte das ausgenutzt, um das stumpfe Ende seines Speers in Thorags Seite zu rammen. Unglücklicherweise in die Seite mit der Schwertwunde, die jetzt aufbrach. Der unwiderstehliche Schmerz lähmte Thorags ganzen Körper, und er sank auf die Knie.

Erneut wollte der Römer mit dem Speerschaft auf den Germanen einschlagen. Thorag wehrte sich, obwohl er wußte, daß er auf verlorenem Posten kämpfte. Immer mehr Soldaten eilten herbei. Der Cherusker hatte keine Hilfe zu erwarten. Doch er würde sich lieber töten lassen, als sich freiwillig in die Entehrung zu fügen.

Er überwand seinen Schmerz und ergriff das Ende des Speers, um den Hieb abzufangen. Beide Männer zogen an der Waffe. Der kräftige Edeling gewann. Der Schaft glitt durch die Hände des Römers, und die Spitze riß blutige Furchen in das Fleisch.

Dann kam der Optio über Thorag und ließ die flache Breitseite seiner Klinge auf den Kopf des Cheruskers krachen. Ein neuer Schmerz durchraste den Edeling und beraubte ihn für Sekunden seiner Kräfte.

Zeit genug für die Römer, ihn an Armen und Beinen zu ergreifen. Obgleich sie ihn schon sicher hatten, bekam er eine Reihe harter Schläge und Tritte zu spüren.

»Hört auf!« fuhr der Optio seine Männer an. »Sonst spürt er die Peitsche nicht mehr.« Der untersetzte Mann steckte sein Schwert weg und lachte. »Das wäre doch schade, oder?«

Sie trugen Thorag zu dem Holzgerüst, ketteten ihn dort an und rissen die schmutzige, blutige Kleidung von seinem Leib, bis sein Rücken freilag. Es wunderte Thorag nicht, als er sah, wie Lucius mit der Peitsche in der Hand auf ihn zukam. Alles ähnelte der Szene, die Thorag vor ein paar Wochen als Zuschauer erlebt hatte.

Der verunstaltete Offizier legte seinen Mantel ab, reichte ihn einem Soldaten und sagte leise zu dem Delinquenten: »Bereite dich auf die schlimmsten Schmerzen deines Lebens vor, Germane. Du wirst bei jedem Schlag den Schmerz fühlen, die deinesgleichen meiner Familie und mir zugefügt haben!«

»Damit habe ich nichts zu tun!«

»Auch wenn du um Gnade winselst, es wird dir nichts helfen.«

»Ich winsel nicht um Gnade. Niemals. Schon gar nicht bei einem hinkenden Krüppel, der nur dann mutig ist, wenn er die Peitsche gegen einen Wehrlosen schwingt.«

»Du stinkender, verlauster Barbar!« fluchte der Römer und ließ zornig die Lederschnur über Thorags Rücken tanzen.

Es war ein vom Zorn gelenkter, nicht besonders gut plazierter Schlag, der zwar die Haut des Angeklagten aufriß, aber nicht besonders schmerzhaft war. Genau das hatte Thorag mit seiner Beleidigung beabsichtigt. Ein Schlag weniger. Einer von zwanzig. Nicht viel. Aber besser als nichts.

Lucius bezähmte seinen Zorn und besann sich auf seine unmenschliche Kunstfertigkeit mit der Peitsche. Sein zweiter Schlag sah für die Zuschauer weniger eindrucksvoll aus als der wuchtig geführte erste, war für Thorag aber weitaus schmerzhafter. Die Schnur schien nicht aus Leder zu sein, sondern aus tausend winzig kleinen Messern, deren Spitzen über seinen Rücken gezogen wurden. Jeder folgende Schlag bereitete ihm ähnliche Schmerzen, nur noch stärker.

Dann, beim achten oder neunten Schlag, verlegte sich der Offizier auf eine besonders perfide Taktik. Er ließ die Spitze der Lederzunge über die aufgeplatzte Schwertwunde lecken. Jetzt erst begann Thorag, der schon viele Kämpfe und Verwundungen hinter sich hatte, zu ahnen, welche Schmerzen ein Mensch zu erdulden in der Lage war. Er glaubte einen leisen Hauch der Leiden zu spüren, die Wodan auf sich genommen hatte, als er sich neun Nächte lang an die große Weltesche hängte, um in den Besitz der göttlichen Weisheit zu gelangen. Thorag flehte in Gedanken den Gott der Qualen an, ihm in dieser Stunde beizustehen. Und seinen mächtigen Stammvater Donar, ihm etwas von seiner unermeßlichen Stärke zu borgen.

Doch der Schmerz nahm mit jedem Schlag zu und raubte ihm fast das Bewußtsein. Erschöpft hing sein Kopf herunter und blickte auf den Boden, wo sich eine große Pfütze bildete. Erst allmählich begriff Thorag, daß sie aus dem Blut bestand, das aus seiner Wunde floß wie aus einer unerschöpflichen Quelle. Seine Kraft wollte ihn verlassen wie sein Blut. Thorag kämpfte gegen die allesverschlingende Schwärze an. Er wollte den Römern nicht die Genugtuung geben, ihn zur Bewußtlosigkeit gepeitscht zu sehen.

»Nein, das ist unmenschlich!« schrie Flaminia, die mit schreckgeweiteten Augen verfolgte, wie Lucius das Leben aus Thorag herauspeitschte.

Sie konnte es nicht länger ertragen, mußte es irgendwie verhindern. Was sie Thorag in der Nacht gesagt hatte, war die Wahrheit. In den vergangenen Wochen hatte sie den hünenhaften blonden Cherusker lieben gelernt. In einer Weise, wie sie noch nie für einen Mann empfunden hatte, nicht einmal für ihren verstorbenen Gatten. Sie lief auf Varus zu, wurde aber von starken Armen aufgehalten. Die Frau blickte auf und sah in das Gesicht ihres Bruders.

»Laß mich los!« flehte sie. »Laß mich zu Varus. Er muß diese Barbarei sofort beenden!«

»Nein!« sagte Maximus hart und hielt seine Schwester fest

umklammert. »Thorag ist der Barbar, nicht wir. Wir würden unser Gesicht verlieren, wenn wir die Strafe aussetzen.« Er grinste. »Und dein Barbar seines auch.«

Tränen der Wut und der Trauer glitzerten in Flaminias Augen. Durch diesen feuchten Schleier erkannte sie, daß ihr Bruder sie nicht ansah, als er mit ihr sprach. Seine seltsam glänzenden Augen waren starr auf Thorag und Lucius gerichtet, und sein Atem ging schwer. Flaminia begriff, daß er die Szene auf eine widernatürliche Art genoß.

Nur, weil Thorag in seinen Augen ein Barbar war?

Oder weil er ihm die Bestrafung wünschte?

Die Bestrafung dafür, daß Thorag das Lager mit Flaminia geteilt hatte und nicht mit ihrem Bruder?

Jeden Peitschenknall und jede Körperzuckung des Gefangenen, über dessen zusammengepreßte Lippen kein einziger Schmerzenslaut kam, saugte Maximus gierig in sich auf. Die Tunika war vor seinem Unterleib verräterisch ausgebeult.

Der Schmerz beherrschte Thorags Körper so sehr, daß er kaum noch etwas anderes wahrnahm. Erst als er an dem Holzgerüst hinunterrutschte und auf den blutnassen Boden fiel, wurde ihm bewußt, daß die Auspeitschung beendet war. Er hatte die Schläge nicht mehr gezählt und Lucius' Stimme nicht mehr gehört, die jeden Hieb ankündigte. Selbst die Blutpfütze auf dem Boden hatte er nicht mehr gesehen. Sein einziger noch funktionierender Sinn war tückischerweise das Gefühl, das den Schmerz durch seinen Körper trug.

Jetzt, als sich die Lederzunge nicht mehr mit jedem Schlag tiefer in sein Fleisch fraß, kehrten die anderen Sinne zurück. Er roch etwas Süßliches; es war der Geruch seines Blutes, das unter seiner Nase einen kleinen See bildete. Er hörte die Stimmen der Zuschauer, die sich erregt über das Schauspiel unterhielten. Und er sah die Gesichter der Gardesoldaten, die ihn losgekettet hatten; sie blickten mitleidslos auf ihn herab.

Dann packten sie ihn an den Oberarmen, zogen ihn hoch und schleiften ihn, weil er zu schwach zum Gehen war, zurück vor seinen Richter. Neben Thidrik ließen sie ihn zu Boden sinken. Der cheruskische Bauer blickte Thorag ebenso mitleidslos an wie zuvor die römischen Soldaten. Aber noch etwas anderes lag in seinem Blick: eine Mischung aus Verachtung und Genugtuung, die Thorag schon bemerkt hatte, als er zu Thidrik in den Gefängniswagen gesperrt worden war.

Varus erhob sich von seinem Stuhl und sagte laut: »Der Fall scheint mir eindeutig zu sein. Der Angeklagte Thidrik hat durch sein Schweigen seine Schuld eingestanden. Auch der Angeklagte Thorag wurde trotz seines Leugnens überführt. Die Tatumstände und die Aussagen der hier gehörten Zeugen lassen keinen anderen Schluß zu, als daß er mit den Fenrisbrüdern verbündet ist, vielleicht sogar zu ihnen gehört. Nur er konnte es ihnen ermöglichen, den Anschlag auf die Brücke erfolgreich durchzuführen, wie die Aussage des Zeugen Lucius schlüssig dargelegt hat. Von der Zeugin Flaminia wissen wir, daß er das Lager häufig verließ und somit ausreichend Gelegenheit hatte, den Fenrisbrüdern Hinweise für die Durchführung des Anschlags zu geben. Sogar am Abend des Anschlags suchte er sie auf und hat den Verschwörer Witold wohl nur töten müssen, damit Flaminia, die sein Versteck entdeckt hatte, nicht Verdacht gegen ihren Geliebten schöpfte. Von Flaminia und Foedus schließlich wissen wir, daß die beiden Angeklagten sich bereits vor dem Anschlag kannten. Das alles läßt nichts anderes zu, als sie beide in allen Anklagepunkten schuldig zu sprechen!«

Thorag wollte widersprechen, wollte erklären, weshalb und woher er Thidrik kannte. Aber er war unfähig, auch nur ein Wort über seine Lippen zu bringen. Der Schmerz, der in immer neuen Wellen durch seinen Körper jagte, raubte ihm die Kraft. Und die Enttäuschung über die Verhandlungsführung durch den obersten Richter der Provinz Germanien machte ihn mutlos. Was er auch vorbrachte, Varus würde es nicht anerkennen.

»Damit die Untertanen Roms noch etwas von den Verschwörern haben«, fuhr Varus fort, »verurteile ich sie zum Kampf im Amphitheater, wo sie so lange als Gladiatoren dienen werden, bis sie der Tod ereilt!«

Wie ein Orkan toste das Gejohle der Menge über den Hof. Thorag glaubte, aus den weitaus meisten Stimmen Zustimmung zu hören. Es waren nicht nur Römer, die das Urteil des Statthalters begrüßten. Auch die einheimischen Ubier waren vom römischem Denken und von den römischen Sitten schon so weit erfaßt, daß die Aussicht auf einen unterhaltsamen Tag im Amphitheater alles andere verdrängte – auch deren Sinn für Gerechtigkeit. Thorag wurde wieder von den Soldaten ergriffen und zusammen mit Thidrik weggeschafft. Er sah nicht mehr, wie Varus unter dem Applaus der Menge den Gerichtsort verließ.

Publius Quinctilius Varus stand mit auf dem Rücken verschränkten Händen vor der großen Wandkarte Galliens und Germaniens, als Maximus sein geräumiges Gemach betrat. Der Legat des Augustus schien sein Eintreten nicht bemerkt zu haben. Gedankenverloren starrte er auf den rechten Teil der Karte mit der Aufschrift ›GERMANIA‹.

Maximus räusperte sich. »Du wolltest mich sprechen, Varus?«

Langsam drehte der Statthalter sich um. »Wie geht es deiner Schwester, Maximus?«

»Den Umständen entsprechend«, antwortete der Präfekt, der diese Frage nicht erwartet hatte, ein wenig verwirrt. »Als Lucius den Cherusker auspeitschte, konnte ich sie gerade noch zurückhalten. Ich hätte es nicht für möglich gehalten, aber ihr scheint wirklich etwas an dem Barbaren zu liegen. Flaminia hatte schon immer einen etwas seltsamen Geschmack, was die Auswahl ihrer Geliebten betrifft.«

»Sie ahnt nicht, um was es uns wirklich geht?« vergewisserte sich Varus.

»Bestimmt nicht. Wenn sie es erfährt, wird sie versuchen, mir die Augen auszukratzen.«

»Sehr schön. Wenn wir sie überzeugt haben, wird es uns auch bei allen anderen gelingen, insbesondere bei diesem Thidrik. Der gelungene Anschlag auf die Brücke und Thidriks Gefangennahme durch Thorag waren wirklich ein Glücksfall.« Varus drehte sich um und tippte mit dem Finger nacheinander auf die vielen weißen Flecken, die das Land Germanien rechts des Flusses Rhenus bedeckten. »Barbarenland«, wiederholte er leise die Aufschrift dieser Flecken und sagte dann lauter: »Aber nicht mehr lange, Maximus. Wir werden die Verschwörung aufdecken. Wir werden die Schuldigen bestrafen, und ihr Land, das Land der Barbaren, wird bald schon Rom gehören.« Er drehte sich mit glänzenden Augen um. »Ich werde aus dem Barbarenland römisches Land machen, Maximus, und du wirst mir dabei helfen! Es wird nicht dein Schaden sein.«

Der aufrecht vor dem Statthalter stehende Präfekt deutete eine Verbeugung an. »Wie du befiehlst, Varus.«

Einen Moment überlegte der Statthalter, ob er Maximus in seine Pläne einweihen sollte. Vielleicht würde ihm die Aussicht, unter dem neuen Imperator Quinctilius Varus Führer einer ganzen Armee zu werden, ein Anreiz für bedingungslosen Gehorsam sein. Doch die Vorsicht, die so lange Varus' Denken und Planen beherrscht hatte, siegte. Noch war die Zeit nicht reif. Erst dann, wenn Maximus nicht mehr zurückkonnte, würde er ihm die volle Wahrheit sagen.

»Ich danke dir für deine verläßlichen Dienste, Präfekt«, sagte Varus unverbindlich. »Sorge dafür, daß Thorags Wunden gut verarztet werden. Und habe ein Auge auf deine Schwester, damit sie unseren Plan nicht unwissentlich durchkreuzt.«

»Du kannst dich auch weiterhin auf mich verlassen, Prätor.«

Varus entließ seinen Präfekten und starrte noch eine ganze Weile auf den Kartenabschnitt des rechtsrheinischen Germaniens.

Dann wanderte sein Blick zu der anderen Karte mit dem römischen Weltreich, das er in Kürze zu beherrschen hoffte.

Ein Lächeln der Vorfreude huschte über sein fleischiges Gesicht, als er zweimal in die Hände klatschte, zu der Cathedra ging und sich darauf sinken ließ. Kaum hatte er seine Toga zurückgeschlagen und seine Beine gespreizt, als auch schon Pollux und Helena mit diensteifrig fragenden Gesichtern in seinem Gemach erschienen.

»Kommt her, meine Lieben«, sagte ein über den Verlauf der Dinge zufriedener Varus und winkte die beiden Germanenkinder zu sich heran. »Helft mir, mich ein wenig zu entspannen!«

Er bemerkte die seltsamen Blicke nicht, den der Junge und das Mädchen wechselten, als sie sich vor ihm niederknieten. Varus hatte nie daran gedacht, daß sie einen eigenen Willen haben könnten. In seinen Augen waren sie nur Sklaven, Werkzeuge, darauf gedrillt, ihm zu Diensten zu sein und ihm seine tägliche Entspannung zu bereiten. Wohlig seufzte er, als sie ihre Köpfe unter seine Kleider steckten.

Kapitel 19

In der Arena

Ein Armeearzt hatte Thorag nach der Auspeitschung behandelt und neu verbunden, bevor er gemeinsam mit Thidrik in sein neues Gefängnis auf dem Gelände des Amphitheaters gebracht worden war. Hier kümmerte sich ein eigener Arzt um Gladiatoren und Verurteilte, ein alter, graubärtiger Grieche namens Dimitrios. Täglich wechselte er Thorags Verbände, reinigte die Wunden mit einer beißenden Flüssigkeit und strich sie danach mit einer kühlenden, schmerzlindernden Salbe ein.

»Die Römer geben sich wirklich Mühe, damit es ihren zum Tode Verurteilten gutgeht, wenn sie mit dem Sterben an der Reihe sind«, hatte Thorag in einem Anflug von Galgenhumor zu Thidrik bemerkt. Aber der sture Bauer, mit dem der Edeling die enge Zelle teilte, hatte sein eisernes Schweigen bewahrt.

Neun Tage lag die Verhandlung jetzt zurück, und heute waren die beiden Cherusker mit dem Sterben an der Reihe. Denn heute war der Tag des Munus, der großen Kämpfe.

Schon seit Tagen wurde in der Stadt für die Veranstaltung geworben. Die Ankündigung wurde an Häuserwände gepinselt. Werbeschilder wurden durch die belebten Straßen getragen, Handzettel an die Einwohner verteilt. Und für alle, die nicht lesen konnten, zogen Tag für Tag die Ausrufer durchs Oppidum, um Zeitpunkt und Attraktionen der Kämpfe auch in der letzten Hütte bekanntzumachen. Bei den Attraktionen fielen immer wieder zwei Begriffe: ›Ater‹ und ›die zum Tode Verurteilten‹. Was zur Folge hatte, daß Thorag und Thidrik von Wärtern und Mitgefangenen statt mit ihren Namen höhnisch fast nur noch als ›Attraktionen‹ angesprochen wurden.

Varus selbst war der Veranstalter der Spiele und würde dafür sorgen, daß viele Sesterzen in seiner Kasse klingelten. Denn anders als in Rom, wo die Kampfspiele in der Regel keinen Eintritt kosteten, sondern zum Ruhm und zur Popularitätssteigerung des Veranstalters abgehalten wurden, mußte das Publikum im Oppidum mit klingender Münze für das blutige Schauspiel bezahlen.

Einer der Wächter, ein leutseliger Ubier namens Allo, hatte Thorag erzählt, Varus würde zwar die Einnahmen in seine Privatkasse fließen lassen, den Unterhalt des Amphitheaters aber aus öffentlichen Geldern bestreiten. Das bedeutete einen Gewinn von hundert Prozent. Auch an den Wettbüros sollte der Legat des Augustus beteiligt sein. Nach der Erfahrung, die Thorag bei seinem Prozeß mit dem Statthalter gemacht hatte, war er durchaus geneigt, Allo zu glauben.

Varus hatte den Edeling schwer enttäuscht. Thorag glaubte, jetzt vieles zu verstehen, was ihm bei seiner Ankunft im Oppidum noch unverständlich gewesen war. Wenn Varus die Streitigkeiten der Einheimischen schlichtete, ging es ihm gar nicht um die Menschen, sondern nur um die Durchsetzung römischen Rechts und römischer Macht. Deshalb hatte Thorag von ihm auch nur ausweichende Antworten bekommen, als der Cherusker ihn vor seiner Abreise zum unteren Hafen auf die hohen Steuern ansprach, unter denen die Cherusker litten.

Thorag und Thidrik wußten, daß heute der Tag der Spiele war.

Je weiter der Vormittag voranschritt, desto fühlbarer wurde die allgemeine Aufregung im Amphitheater. Wärter, Hilfskräfte und Gladiatoren eilten geschäftig hin und her und schienen die beiden dem Tod geweihten ›Attraktionen‹ ganz vergessen zu haben. Jedenfalls wartete Thorag heute vergeblich auf seine Behandlung durch Dimitrios.

Und dann war es soweit. Die Cherusker hörten in ihrer Zelle das durchdringende Schmettern der Fanfaren, das den Einzug des Veranstalters und der Kämpfer in die Arena verkündete.

Zufrieden registrierte Publius Quinctilius Varus, daß das Amphitheater bis auf den letzten Stehplatz ausverkauft war, als ihn vier kräftige germanische Sklaven, die dem Quartett der Fanfarenbläser folgten, in einer mit Samtkissen gepolsterten Sänfte in das Oval des Kampfplatzes trugen.

Er hatte kaum Zweifel daran gehabt, daß ihn die Kampfspiele des heutigen Tages wieder ein Stück reicher machen würden. In Rom gab es derzeit eine wahre Flut von Spielen und Wagenrennen, für die Zuschauer zumeist umsonst, weil jeder reiche Bürger mit politischen Ambitionen auf diese Art seine Anhängerschar zu vermehren trachtete. Man sprach dort schon von einem gewissen Überdruß der Bevölkerung an diesen Spielen. Hier aber, an der Grenze zum ›Barbarenland‹, waren die von ihm veranstalteten Munera die einzigen Spiele weit und breit.

Schon in der Frühe war dem Statthalter gemeldet worden, daß seit dem letzten Abend lange Menschenschlangen vor den Eingängen des Amphitheaters standen, um einen möglichst guten Platz zu ergattern. Nicht nur Einwohner des Oppidums und hier stationierte Soldaten, sondern auch viele Menschen aus den umliegenden Siedlungen und Garnisonen. Als er dies hörte, hatte er sich auf einen zufriedenstellenden, erfolgreichen Tag gefreut – in doppelter Hinsicht.

Die gut zehntausendköpfige Zuschauerschaft applaudierte und skandierte laut den Namen des Statthalters. Varus lächelte zu den Rängen hinauf und winkte immer wieder in die Masse. Besonders den ganz vorn sitzenden Zuschauern widmete er seine Aufmerksamkeit. Dort saßen die reichsten, angesehensten Männer, die das höchste Eintrittsgeld für die begehrten unteren Plätze entrichtet hatten: hohe Offiziere, Verwaltungsbeamte und reiche Kaufleute. Alle Besucher der Kämpfe waren, wie es die Regeln verlangten, in ihrer besten Kleidung erschienen, doch in den vordersten Reihen schimmerte mehr Gold und Silber, funkelten mehr Edelsteine und feine Geschmeide im Sonnenlicht als auf allen anderen Plätzen zusammen. Die Offiziere hatten ihre prachtvollsten, glänzendsten Rüstungen angelegt und die Frauen ihre buntesten, modischsten Kleider. Varus hielt nichts von der in Rom geltenden Regel, daß Männer und Frauen bei den Spielen getrennt zu sitzen hatten, und hatte sie deshalb außer Kraft gesetzt. Gemischte Reihen belebten das Geschehen und erfreuten die Besucher. Und sie sollten sich freuen, damit sie wiederkamen und mehr Geld in Varus' Kasse zahlten.

Gemessenen Schrittes zog die Prozession an den Absperrungen der Tribünen entlang durch die Arena. Auf Varus' Sänfte folgte eine Abteilung seiner Garde, angeführt von Maximus. Dann kamen die Gladiatoren, die heute ihr Leben einsetzen mußten, um den Zuschauern Freude und Varus auch bei den nächsten Spielen volle Kassen zu bringen: die prächtig ausstaffierten Samniten in ihren reichverzierten Rüstungen und mit den farbenfrohen Federbüschen auf den offenen, im Sonnenlicht glänzenden Helmen; die mit Wurfnetz und Dreizack ausgerüsteten Retiarier und ihre Gegner, die Secutoren mit ihren enganliegenden, glatten Helmen, die ein Verfangen des Wurfnetzes verhindern sollten; die berittenen Equites mit den langen Lanzen und den kleinen Rundschilden; die mit Lanzen und Bögen bewaffneten Essedarii auf den von erfahrenen Lenkern geführten Streitwagen. Immer neue Variationen von Kämpfern marschierten aufrecht in die Arena und grüßten das begeisterte Publikum. Besonders euphorisch wurden die Andabates am Schluß der Prozession empfangen. Noch trugen sie ihre völlig geschlossenen Helme unter den Armen. Aber im Kampf würden ihnen die Helme das Augenlicht nehmen und sie würden sich ganz allein auf ihr Gehör, ihr Gespür, ihre Erfahrung und die Reaktionen des Publikums verlassen müssen.

Nachdem die Prozession die Arena einmal umrundet hatte, hielt sie unter schmetternden Fanfarenklängen an einer Längsseite des Ovals vor der Ehrentribüne des Statthalters an. Der Jubel des Publikums erreichte einen neuen Höhepunkt, als Varus in der Begleitung von Maximus und seinen Gardisten die Tribüne betrat, wo der Legat von seinem engsten Gefolge erwartet wurde, darunter eine verbittert aussehende Flaminia.

Varus konnte ihre Verbitterung verstehen. Schließlich sollte sie heute zusehen, wie ihr Geliebter starb. Flaminia, die sonst die Kämpfe in der Arena überaus schätzte, hatte sich anfangs geweigert, zu diesem Munus zu erscheinen. Aber ihr Fernbleiben hätte Verdacht erregen und den von Varus und Maximus ausgeklügelten Plan durchkreuzen können. Deshalb hatte der Statthalter die Frau durch ihren Bruder massiv unter Druck setzen lassen und ihr sogar damit gedroht, ihr Primus wegzunehmen.

Flaminia hatte sich gefügt, widerstrebend und lustlos, und das sah man ihr deutlich an. Sie, die sonst so viel Wert auf ihr äußeres Erscheinungsbild legte, war heute am Schminktischchen nachlässig gewesen. Da sie zuviel Kreide aufgetragen hatte, wirkte ihr Gesicht unnatürlich weiß. Aber vielleicht war dies auch Absicht und sollte die schlechte Verfassung ihres Geistes nach außen bekunden. Das Rot der Weinhefe auf ihren Lippen war um die Mundwinkel verschmiert. Das Antimonpuder, das ihre Wimpern und Augenpartien schwärzte, war so dick aufgetragen, als wolle Flaminia dadurch ihre Trauer zeigen. Ihre Frisur war in einem desolaten Zustand, in dem sie sich sonst nicht aus dem Haus gewagt hätte.

Varus begrüßte die Frau, wie er es mit allen anderen aus seinem Gefolge tat, mit ein paar höflichen Worten. Flaminia öffnete ihre zusammengekniffenen Lippen nicht, und ihre bittere Miene blieb unbewegt. Zu mehr als einem knappen Nicken konnte sie sich nicht durchringen. Für ihren Bruder, der sich neben sie setzte, hatte sie nicht einmal einen Blick übrig.

Während Varus mit der Begrüßung beschäftigt war, hatten sich die Gladiatoren und auch die Träger mit der Sänfte wieder aus der Arena zurückgezogen. Lediglich die Fanfarenbläser standen noch unter der Ehrentribüne und warteten auf ein Zeichen ihres Herrn. Als er es gab, richtete ein kurzer, lauter Fanfarenstoß die Aufmerksamkeit des Publikums erneut auf den Statthalter.

Varus breitete die Hände aus und sagte laut: »Bürger und Freunde Roms, Soldaten und Einwohner dieser Stadt, ich begrüße euch im Namen des Augustus, Sohn des göttlichen Caesar, zu den heutigen Wettkämpfen. Wie ihr wißt, stehen meine Truppen kurz vor dem Abmarsch ins Sommerlager. Deshalb werden es – leider – auf lange Zeit die letzten Wettkämpfe sein, an denen ich persönlich teilnehmen kann. Aber auch in der Zeit meiner Abwesenheit werden in Augustus' und meinem Namen Spiele abgehalten werden, und ihr werdet sie euch hoffentlich nicht entgehen lassen.«

Die begeisterten Rufe der Menge bestärkten Varus in dem Glauben, daß seine Kasse nach der Rückkehr aus dem Sommerlager beträchtlich an Gewicht und an Wert zugenommen haben würde.

Wieder hob er die Hände, dämpfte dadurch den Lärmpegel und fuhr fort: »Jetzt aber wollen wir uns diesem Munus widmen, der, wie stets, ein paar ganz besondere Attraktionen bereithält. Die beliebten Andabates habt ihr eben schon gesehen. Aber auch der gefürchtete Ater wird heute eine spezielle Beute haben: die beiden Fenrisbrüder, die von mir zum Tod in der Arena verurteilt worden sind. Mögen sich die heutigen Kämpfe zu eurer Freude und Kurzweil gestalten!«

Unter lautem Jubel, Heil- und Hochrufen setzte Varus sich

auf seinen mit Kissen gepolsterten thronartigen Stuhl, der ihn an jenen Thron in Rom denken ließ, auf dem Augustus saß – noch. Flaminias finstere Blicke mißachtete er. Er wandte sich zur anderen Seite, wo einige Offiziere standen, darunter auch Lucius, der gebeten hatte, Thorags Hinrichtung beiwohnen zu dürfen.

»Lucius«, sagte der Statthalter, »auch du wirst mit ins Sommerlager kommen.«

Die kleinen Augen in dem sonnenverbrannten Gesicht des Offiziers blickten erstaunt. »Aber meine Garnison, Prätor!«

»Die Brücke steht, und der Anschlag der Fenrisbrüder ist vereitelt. Deine Aufgabe am oberen Hafen ist erfüllt, Lucius. Männer wie Foedus genügen, um eine Garnison mit ein paar Zenturien Hilfstruppen zu befehligen. Es kann gut sein, daß meine Legionen diesen Sommer mehr zu tun bekommen, als sie jetzt ahnen. Dann brauche ich zuverlässige Soldaten wie dich in meinen Reihen. In der Legion XVII ist der Posten eines Lagerpräfekten frei.«

Der narbengesichtige Offizier bedankte sich mit einer Verbeugung bei Varus, aber dieser richtete seine Aufmerksamkeit schon wieder auf das Geschehen unter sich.

Die Kampfrichter zogen in die Arena ein, gefolgt von Sklaven, die in regelmäßigen Abständen Becken mit glühenden Kohlen am Rand des Kampfplatzes aufstellten. Eisenstäbe lagen in den Kohlen und wurden dort zum Glühen gebracht, damit die Kampfrichter stets in der Lage waren, unwillige Gladiatoren durch die heißen Eisen anzuspornen. Unter den weißgekleideten Kampfrichtern befand sich eine dunkelgewandete Gestalt mit einer schrecklich anzusehenden Fratze. Diesem Mann, der die Maske des Totengottes Charon trug, fiel die Aufgabe zu, schwerverletzte Gladiatoren mit einem gewaltigen Hammer zu töten.

Bis zur Mittagspause würden die Kampfrichter nicht viel zu tun haben, denn traditionell begann der Munus zur langsamen Einstimmung des Publikums mit den eher unblutigen Kämpfen. Die Pägnarier, noch keine voll ausgebildeten Gladiatoren, hieben mit Knüppeln, Peitschen und Eisenhaken aufeinander ein und fügten sich größtenteils nur oberflächliche Verletzungen zu. Gleiches galt für die Lusorier, die nach ihnen in den Sand der Arena traten und zwar die Ausrüstung richtiger Gladiatoren trugen,

aber mit den Holzwaffen kämpften, die bei der Gladiatorenaus-
bildung verwendet wurden.

Der eine oder andere Zuschauer mochte finden, daß der
Munus durch diese wenig attraktiven Kämpfe unnötig in die
Länge gezogen wurde. Vereinzelte Rufe nach mehr Blut und
schärferen Waffen machten das deutlich. Aber so erhielten die
Gladiatoren, die sich noch in der Ausbildung befanden, Gelegenheit, die erregende, aufgeladene Stimmung eines richtigen
Kampfes zu spüren, die trotz der Holzwaffen ganz anders war als
die trügerische Gelassenheit eines Übungskampfes. Außerdem
wurde der Munus so auf den ganzen Tag ausgedehnt. In der
mehr als einstündigen Mittagspause suchten die Zuschauer,
wenn sie sich nicht Verpflegung mitgebracht hatten, einen der
zahlreichen Getränkestände oder Küchen auf, die an diesem Tag
im Amphitheater errichtet waren. Selbstverständlich zahlten alle
Händler eine Standgebühr sowie einen Teil ihrer Einnahmen an
Varus.

Varus und sein Gefolge zogen sich bei jedem Munus in der
Mittagspause in einen kühlen Saal zurück, um dort auf bequemen Liegen ein üppiges Mahl einzunehmen. Diesmal aber setzten sich zwei Männer von der Gesellschaft ab: der Statthalter und
sein Gardepräfekt.

Thorags Anspannung wuchs, während er den Fanfarenstößen
und den sich zu einer dumpfen Brandung vermischenden
Schreien des vieltausendköpfigen Publikums lauschte. An der
Geräuschkulisse erkannte er den Fortgang der Kämpfe, auf deren
Anblick er verzichten konnte. Er wußte aus seiner Zeit in Rom,
wie sie aussahen.

Eines war seltsam: Obwohl Thorag wußte, daß er heute sterben sollte, dachte er kaum an den Tod. Er hatte wieder von dem
schwarzen Untier geträumt, doch es hatte nicht ihn angegriffen,
sondern die schwarzhaarige Gestalt, die ihn jedesmal, wenn er
von ihr träumte, an Astrid und Eiliko erinnerte. Seine innere
Anspannung rührte nicht von dem Gedanken her, bald in Walhall einzuziehen und dort Wisar, Gundar und viele andere tapfere Männer, die er gekannt hatte, wiederzutreffen. Sie hatte
einen anderen Grund: das unbestimmte Gefühl, daß heute etwas

312

ganz Unerwartetes geschehen würde, obwohl das Ende seines Lebens doch besiegelt war. Oder fühlte man sich gerade so, wenn man des Todes gewiß war?

Das Geschrei der Massen draußen brach ab, und kurz darauf vernahm er den melodiösen Klang von Flöten, Sistren und Zimbeln: Die Mittagspause hatte begonnen. Ein anderes Geräusch überlagerte die leisen Melodien. Schritte näherten sich der Zelle und blieben vor ihr stehen. Als die Tür entriegelt wurde, lugte Allos grobporiges, gutmütig wirkendes Gesicht herein.

»Willst du uns bereits holen, Allo?« fragte Thorag verwundert. »Ist der Blutdurst der Zuschauer so groß, daß die Hinrichtungen jetzt schon in der Mittagspause stattfinden?«

»Nur du sollst mitkommen, Thorag«, brummte Allos tiefe, an knarrendes Holz erinnernde Stimme. »Der Arzt wartet auf dich.«

»Na endlich«, seufzte der Edeling und erhob sich von der schmalen Holzpritsche. »Ich glaubte schon, Dimitrios hätte mich heute vergessen und wollte mich ohne frischen Verband sterben lassen. Welch ein Anblick für das Publikum. Es hätte mich glatt für einen Barbaren gehalten!«

Thorag lachte über seinen eigenen Scherz und folgte Allo durch das Gewirr der teilweise unterirdischen Gänge, in denen es trotz regelmäßiger Reinigungen süßlich roch, nach dem Blut unzähliger im Amphitheater verendeter Menschen und Tiere.

Als Allo eine Abzweigung nahm, die Thorag unbekannt war, blieb der Cherusker stehen, deutete mit seinen aneinandergeketteten Händen in die andere Richtung und sagte: »He, Allo, dies ist doch der Weg zu Dimitrios' Behandlungsraum!«

»Nicht heute«, brummte der ubische Aufseher.

»Was heißt das?«

»Heute ist der Tag der Kämpfe. Da ist alles anders. Komm jetzt!«

Das leuchtete Thorag ein. Also folgte er dem Wärter in das unbekannte Gewirr der Gänge. Über eine steile Treppe ging es tief nach unten, wo Tageslicht unbekannt war und durch Fackeln an den Wänden ersetzt wurde. In der Nähe mußte sich der Tierzwinger befinden. Der Geruch von Blut und Verwesung wurde von den scharfen Ausdünstungen der Bestien überlagert. Ein tiefes Grollen, das durch die Katakomben rollte, führte der Cherusker auf das Gebrüll eines Raubtiers zurück.

»Hier rein!« befahl der plötzlich anhaltende Allo und deutete auf eine nur angelehnte Tür.

»Weshalb muß sich Dimitrios in diese unterirdische Höhle verkriechen?« fragte Thorag mit gerunzelter Stirn. »Wird sein Behandlungsraum zum Aufstapeln der Leichen benötigt?«

Allo antwortete nicht. Stumm stand der stiernackige Mann vor Thorag und zeigte auf die Tür.

Als Thorag zögernd den Raum betrat, spürte er auf einmal, daß ihn dort etwas erwartete, das mit seiner inneren Unruhe zusammenhing. Allo blieb draußen und zog hinter Thorag die Tür zu. Die einzige Lichtquelle in dem Raum war eine tönerne Öllampe, die auf einem kleinen Tisch stand und deren Licht nicht ausreichte, den Raum ganz auszuleuchten. Der Lichtfleck riß den Tisch und ein paar grob zusammengezimmerte Schemel aus der Dunkelheit, nicht jedoch die Wände.

Thorags durch die Gefangenschaft an Dunkelheit gewöhnte Augen erfaßten schnell die beiden Gestalten, die an einer Wand standen und ihn ansahen. Vielleicht waren es die beiden Männer, die er am wenigsten hier erwartet hätte. Nur mühsam unterdrückte er das in ihm aufkeimende Verlangen, sie anzuspringen und nacheinander mit seiner Kette zu erdrosseln oder sie einfach zu erschlagen.

»Sei gegrüßt, Cherusker«, sagte der aus dem Schatten tretende Varus mit ölig klingender Stimme und einem aufgesetzt wirkenden Lächeln, das den blöden Eindruck, den sein aufgeworfener Mund hervorrief, noch verstärkte. Maximus folgte ihm schweigend, die Rechte auf den Schwertgriff gelegt.

»Ich sehe, du bist überrascht, uns hier zu treffen«, fuhr Varus fort, als er sich auf einen der Schemel gesetzt hatte. »Ich an deiner Stelle wäre es auch.«

»Seid ihr gekommen, um mich ein letztes Mal zu verhöhnen, bevor ich sterbe?« fragte Thorag unsicher. Die unwirkliche Szene verwirrte ihn.

Varus schüttelte den Kopf. »Wir wollen dich nicht verhöhnen, sondern uns bei dir entschuldigen.«

Thorag lachte rauh. »Wofür? Dafür, daß ich in einem ungerechten Prozeß zum Tode verurteilt wurde, obwohl ich unschuldig bin? Dafür, daß ich, ein Abkömmling Donars, vor aller Augen ausgepeitscht wurde wie ein Sklave?«

Jetzt nickte der Statthalter. »Genau dafür, Thorag. Du mußt uns verzeihen, daß wir dich nicht deinem Stand entsprechend behandelten, sondern wie einen gemeinen Verbrecher.«

Thorag sah sich in dem düsteren, feuchten Raum um. »Ihr betreibt einen reichlich seltsamen Aufwand, bloß um mein Verzeihen zu erflehen.«

»Nicht bloß dein Verzeihen, Thorag«, erwiderte Varus. »Auch deine Hilfe!«

»Meine Hilfe?« Der Cherusker lachte wieder. »Soll ich dem Publikum einen besonders dramatischen Todeskampf liefern? Ich werde sehen, was sich machen läßt!«

»Ich habe deinen Spott wohl verdient«, seufzte Varus betont kleinlaut und sah dann hoffnungsvoll zu dem großen Cherusker auf. »Aber vielleicht verstehst du, daß es notwendig war, dich so zu behandeln, wenn wir dir unseren Plan erklären.«

»Erklärt ihn mir nur. Ich habe nichts Besseres vor.«

Auch Thorag ließ sich auf einem Schemel nieder, stürzte die Ellbogen auf das rauhe Holz der Tischplatte und legte sein Kinn in die Handflächen, als habe er sich zu einer gemütlichen Plauderstunde eingefunden. Maximus, der schräg hinter Varus stand, beäugte den Cherusker skeptisch.

»Maximus und ich haben es übereinstimmend als außerordentlichen Glücksfall angesehen, daß es den Fenrisbrüdern gelungen ist, die Brücke am unteren Hafen zu zerstören«, erklärte Varus zu Thorags Überraschung. »Natürlich wissen wir, daß dich keine Schuld daran trifft, Thorag.«

»Wie tröstlich«, brummte der Cherusker und fing sich einen strafenden Blick des Präfekten ein.

»Ein ebensolcher Glücksfall ist es, daß du es geschafft hast, einen der Verschwörer gefangenzunehmen«, fuhr der Statthalter fort. »Wir überlegten schon lange, wie man diesen Barbaren auf die Schliche kommen kann. Dank dir haben wir endlich eine Möglichkeit gefunden. Aber um das zu erreichen, mußten wir dich als Mitverschwörer verurteilen. Thidrik sollte Vertrauen zu dir gewinnen.«

»Ich möchte bezweifeln, daß er mir vertraut. Die einzigen Worte, die ich von ihm höre, murmelt er im Schlaf.«

»Er wird mit dir sprechen müssen«, sagte Varus mit einer Gewißheit, die Thorag nicht nachvollziehen konnte. »Auf eurer gemeinsamen Flucht.«

»Flucht?«

»Ja doch! Du wirst ihm zur Flucht verhelfen, und dafür schuldet er dir seine Dankbarkeit. Du wirst von ihm verlangen, dich in den Bund der Fenrisbrüder einzuführen, um seine Schuld zu begleichen. Nachdem wir dich mit ihm zusammen eingesperrt, zum Tode verurteilt und dich ausgepeitscht haben, wird er keinen Zweifel an deiner Absicht hegen, an der Seite der Fenrisbrüder gegen uns Römer zu kämpfen.«

Eine ganze Weile war es still in dem unterirdischen Raum, während Thorag sich die Worte des Statthalters durch den Kopf gehen ließ.

»Das also ist euer Plan«, sagte er überlegend, und die Ereignisse der vergangenen Tage bekamen auf einmal einen Sinn. »Er könnte sogar klappen, wenn da nicht ein Hindernis wäre.«

»Was?« fragte Varus und reckte sein dickes Kinn vor. »Nenn es uns, wir räumen es aus dem Weg!«

»Das wird schlecht gehen. Oder liegt es in deiner Macht, Legat des Augustus, Tote wieder zum Leben zu erwecken?«

»Tote?« wiederholte Varus voller Unverständnis. »Wer ist tot?«

»Thidriks Sohn. Er gehörte zu den Fenrisbrüdern und überfiel unsere Gruppe, als ich mit Arminius und weiteren Edelingen in die Heimat zurückkehrte. Meine Klinge durchbohrte ihn.«

»Das ist in der Tat ein Problem«, gab der Statthalter ein wenig betreten zu. Er faßte sich wieder und sagte: »Du mußt dir eben Mühe geben, Thorag. *Non est ad astra mollis e terris via.* – Der Weg, der von der Erde zu den Sternen führt, ist nicht bequem.«

»Der Weg, der ins Reich der Toten führt, auch nicht«, entgegnete Thorag mißtrauisch.

Varus legte seinen aufgedunsenen Kopf schief. »Hast du etwa Angst?«

Der Cherusker lachte wieder. »Ich soll heute in der Arena sterben. Wenn ich Angst hätte, hätte ich deinem Plan zugestimmt, ohne zu zögern. Ich frage mich nur, weshalb ich mich drauf einlassen soll.«

»Um deine Freiheit zu erhalten«, antwortete Maximus in einem Tonfall, der Ungeduld und Verärgerung über Thorags Zögern verriet. »Wenn du die Fenrisbrüder auffliegen läßt, bist du vollständig entlastet. Außerdem erwartet dich eine hübsche

Belohnung.« Die steile Falte hielt auf seiner Nasenwurzel Einzug, und sein Tonfall wurde drohend: »Und schließlich solltest du nicht vergessen, daß du immer noch ein Soldat im Dienste des Imperators und seinem Legaten zum Gehorsam verpflichtet bist!«

»Ich soll einem Imperator dienen, in dessen Namen ich wegen einer unberechtigten Anschuldigung hingerichtet werden soll?«

»Das spielt keine Rolle!« rief Maximus.

»Beruhigt euch, beide!« verlangte Varus und sah dann wieder Thorag an. »Willst du uns nicht helfen, der Fenrisbrüder habhaft zu werden?«

»Doch, ich werde es tun.«

Der Statthalter stieß erleichtert den Atem aus und blickte den Präfekten seiner Garde an. »Siehst du, Maximus, mit Freundlichkeit kommt man viel weiter!«

»Unter einer Bedingung«, fügte Thorag seinen Worten hinzu.

Die Römer sahen ihn überrascht an.

»Was für eine Bedingung?« fragte der Präfekt skeptisch.

»Ich habe von Thidrik erfahren, daß mein Vater gestorben ist. Ich benötige etwas Zeit, mich zu Hause um die Dinge zu kümmern. Das ist die Bedingung.«

»Ich werde sehen, was ich tun kann«, versprach Varus. »Natürlich können nur wenige Männer eingeweiht werden. Bisher wissen nur Maximus und ich von unserem Plan. Für die Masse meiner Soldaten wirst du ein entflohener Verbrecher bleiben. Es muß so sein, damit es überzeugend wirkt. Aber ich werde veranlassen, daß du in deinem Gau unbehelligt bleibst.«

Thorag nickte und fragte: »Wie soll die Flucht ablaufen?«

»Den Wärter draußen haben wir bestochen, sich von dir überwältigen zu lassen, wenn du mit Thidrik in die Arena geführt wirst. Er hofft darauf, schonend von euch behandelt zu werden. Aber wenn es der Glaubwürdigkeit wegen sein muß, ihn – du weißt schon, dann ist es auch nicht schlimm. Er ist nur ein Ubier. Und er könnte dann nichts von unserem Abkommen verraten.«

Varus seufzte und schaute auf. »Hast du dir den Weg hierher gemerkt?«

»Ich denke, ich würde ihn wiederfinden.«

»Das solltest du. Am Ende der steilen Treppe befindet sich ein Einstieg in die unterirdische Kanalisation. Sie wird euch zum

Fluß führen. Dort wiederum ist ganz in der Nähe des Ausflusses ein Boot vertäut. Überquert den Rhenus, am besten ein Stück flußabwärts, und schlagt euch in die Wälder.«

»Klingt einfach«, murmelte Thorag.

»Ist es auch.«

»Wenn es klappt. Wie soll ich euch Botschaften zukommen lassen, wenn es mir gelungen ist, die Verschwörer zu enttarnen?«

»Wir vermuten das Herz der Verschwörung im Cheruskerland. Dort traten die Überfälle der Fenrisbrüder zuerst auf, bevor sie sich hierher verlagerten. Ich werde mit meinen Legionen ins Sommerlager an der Porta Visurgia ziehen, also nicht weit von deiner Heimat entfernt. Wenn du weißt, wer hinter der Verschwörung steckt, wirst du schon einen Weg finden, mir Nachricht zu geben. Ständig in Verbindung zu bleiben wäre zu gefährlich.«

»Das wäre es wohl«, stimmte Thorag zu.

»Dann sind wir uns einig«, befand Varus, setzte wieder sein selbstgefälliges Lächeln auf und erhob sich. »Ich wünsche dir viel Erfolg, Cherusker!«

Auch Thorag erhob sich und sagte: »Eine Frage habe ich noch. Was ist mit Flaminia?«

»Was soll mit ihr sein?« erkundigte sich Maximus.

»Weiß sie von der Sache?«

»Nein«, antwortete der Präfekt. »Das Schweigen gehört nicht zu den Tugenden der Frauen. Jetzt trauert sie um dich. Ihre Trauer wirkt echt, weil sie es ist. So soll es bleiben.«

Thorag nickte und fühlte sich beruhigt, daß Flaminia nicht in den Plan eingeweiht war. Es war ein gutes Gefühl zu wissen, daß sie, im Gegensatz zu ihrem Bruder und Varus, nicht mit seinem Tod spielte.

Vor der Tür trafen die Römer den ubischen Wärter und wiesen ihn an, noch zehn Minuten zu warten, bis er den Gefangenen in seine Zelle zurückbrachte.

»Der Arzt wird noch kommen und ihn neu verbinden«, sagte Maximus und folgte dann dem Statthalter durch die unterirdischen Gänge.

Auf der Treppe bemerkte der Präfekt: »Auch wenn Thorag mitspielt, halte ich es nicht für sicher, daß unser Plan zum Erfolg führt, Varus. Vielleicht sind die Fenrisbrüder mißtrauischer, als wir meinen.«

»Hoffen wir, daß unser hünenhafter Freund die Verschwörung aufdeckt. Diese Fenrisbrüder werden langsam lästig. Aber auch wenn Thorag darin versagt, führt er uns zum Ziel. Dann greifen wir die Cherusker unter dem Vorwand an, einer ihrer Edelinge sei ein entflohener Todgeweihter. Auf jeden Fall haben wir endlich einen Grund, loszuschlagen und den sich frei dünkenden Germanen zu zeigen, wie man als Untertanen Roms lebt.«

Und als meine Untertanen, fügte Quinctilius Varus in Gedanken hinzu.

Stunden waren seit der Unterredung vergangen. Längst hatten die Fanfaren den zweiten Teil der Spiele eingeläutet. Den blutigen Hauptteil, dem die Zuschauermenge bereits entgegenfieberte. Immer neue Gruppen von Gladiatoren zogen in die Arena, verneigten sich vor Varus und entboten ihm ihren Gruß: »*Salve, praetor, morituri te salutant. –* Heil dir, Statthalter, die Todgeweihten grüßen dich.« Dann klirrten die Waffen aufeinander, und es wurde so viel Blut vergossen, daß der Sand in der Arena bald mehr rot als braun war. Nach jedem Durchgang kamen deshalb Sklaven mit großen Eimern und schütteten frischen Sand auf, während andere Sklaven die Gefallenen auf Bahren in die Leichenkammern trugen.

Von all dem bekam Thorag nur die Geräuschkulisse mit, während er in seiner Zelle saß und über das Gespräch mit Varus und Maximus nachdachte. Der Cherusker hatte durch die Zusammenkunft eine wichtige Erkenntnis gewonnen. Etwas, das er immer schon gespürt, das ihm aber nie so deutlich vor Augen gestanden hatte: Für die Römer war er, wie jeder andere Germane auch, nichts anderes als ein Werkzeug, ein Mittel zum Zweck. Maximus, Varus oder auch dem Imperator im fernen Rom lag nichts an den Menschen links und rechts des Rheins, nur an dem Land und dem, was das Land ihnen einbrachte.

Thorag hatte sich nicht aus Angst vor dem Kampf in der Arena auf das Spiel der beiden Römer eingelassen, sondern weil er beschlossen hatte, wie ein Römer zu denken und zu handeln. Jedenfalls in dieser Sache. Auja, Onsaker, Thidrik, die Fenrisbrüder, der von Onsaker gegen Thorag erhobene Mordvorwurf – alles hing irgendwie zusammen. Wenn er mit Thidrik floh und in den Geheimbund eindrang, hatte er eine Gelegenheit, das düstere Geheimnis aufzuklären, das über seiner Heimkehr ins Cheruskerland lag. Thorag wollte den Plan der Römer benutzen, um seine eigenen Ziele zu verfolgen. Varus und Maximus glaubten, Thorag für ihre Zwecke einzuspannen. In Wahrheit spannte er sie für seine Zwecke ein. Nach allem, was sie ihm angetan hatten, hatten sie nichts Besseres verdient.

Erst nach einer Weile bemerkte Thorag, daß er bei diesem Gedanken leise kicherte und dadurch Thidriks fragenden, zweifelnden Blick auf sich zog.

Er sah den Bauern an. »Findest du es nicht komisch, Thidrik, daß wir beide gleich gemeinsam in der Arena sterben werden? Du, der Römerhasser, Seite an Seite mit mir, dem Römling, wie du mich nennst?«

Der Bauer schwieg.

Draußen in der Arena brandete neuer Lärm auf. Teils begeisterte Schreie, teils Entsetzensrufe.

»Das muß eine der Hauptattraktionen sein«, meinte Thorag. »Wahrscheinlich sind wir bald an der Reihe.«

Er hatte kaum ausgesprochen, da wurde die Tür geöffnet. Wieder war es Allo, der sie herauswinkte und einen unverständlichen Brummton von sich gab. Dabei zwinkerte er Thorag verstohlen zu.

»Dann wollen wir mal«, seufzte Thorag, erhob sich von der Pritsche, ging an Allo vorbei auf den Gang hinaus, fuhr dort blitzschnell herum und ließ seine zusammengeballten Hände gegen den runden, nur von spärlichem Haarwuchs bedeckten Schädel des Ubiers krachen.

Allo stöhnte auf und stolperte in die Zelle hinein. Vielleicht war er von Thorags schnellem Angriff wirklich überrascht, oder er war ein unerwartet guter Schauspieler.

Mit ungläubigen Augen verfolgte Thidrik, wie Thorag zurück in die Zelle sprang, seinen Fuß hinter einem Fuß des Wärters verhakte und ihm das Standbein wegriß. Für einen Augenblick hing der stiernackige Ubier in der Luft, bevor er schwer zu Boden krachte.

Thorag sah seinen Zellengenossen auffordernd an. »Komm schon, Kerl! Oder willst du dich in der Arena abschlachten lassen?«

Zum erstenmal seit vielen Tagen sprach Thidrik wieder: »Du willst fliehen?«

»Was sonst? Denkst du etwa, Wisars Sohn läßt sich wie ein Stück Vieh …«

Thorag brach mitten im Satz ab, weil er etwas an Allos Kittel glitzern sah, das ihm bekannt vorkam. Er kniete sich neben den benommenen Wärter und sah, daß es eine Bronzefibel war, die ein bärtiges, einäugiges, von einer Kappe bedecktes Gesicht zeigte – Wodans Gesicht. Vorhin, als Allo ihn zu Varus und Maximus geführt hatte, hatte Thorag die Fibel nicht bemerkt.

Er brauchte nicht lange zu überlegen, bis er sich erinnerte, wo er solche Fibeln schon gesehen hatte. Die Diener der Götter an den Heiligen Steinen trugen sie. Gandulf, der Führer der Priesterschaft, hat eine ähnliche Fibel getragen, die aber aus Gold gewesen war. Auja und die anderen Priester trugen silberne Fibeln. Und die übrigen Diener der Götter solche aus Bronze. Bei Eiliko hatte Thorag sie ganz deutlich gesehen. Die Brosche des Jungen hatte eine Besonderheit gehabt: Wodans Nase war verformt und krümmte sich nach links; ein Fehler, der wohl beim Guß passiert war.

Und genau denselben Fehler wies die Fibel an Allos Kittel auf. Das konnte kein Zufall sein!

»Was hast du?« fragte Thidrik. »Laß uns schnell verschwinden!«

»Ich kenne diese Fibel«, murmelte Thorag und riß sie mit einem Ruck von dem schmutzigen, verschwitzten Kittel des Ubiers, der in diesem Moment die Augen aufschlug. »Woher hast du das?« fragte Thorag und hielt die Brosche vor Allos Gesicht.

Die Lider des Ubiers flatterten, und seine Augen blickten verständnislos. Wahrscheinlich fragte er sich, ob dies noch zu der Abmachung gehörte, die er mit dem Statthalter und dem Präfekten getroffen hatte.

Blut floß aus seiner Nase und lief in seinen Mund, als er die Lippen zu einer Antwort öffnete. »Die Fibel … sie gehört einem Todgeweihten. Ich nahm sie ihm ab, als wir die Sklaven in die Arena führten.«

»Wem hast du sie abgenommen? Wie sah er aus?«

»Es war ein Junge. Ich glaube, er kam aus dem Cheruskerland. Er hatte sehr dunkles Haar … für einen Germanen.«

»Eiliko«, flüsterte Thorag fassungslos.

»Ja, Eiliko«, stöhnte Allo. »Das war sein Name. Er gehört zu einer Gruppe von Kindern, Frauen und Alten, die Ater vorgeworfen wurden.«

»Wann?«

»Eben erst, bevor ich euch holte. Die Hatz ist noch im Gang. Wenn der Schwarze mit den Sklaven fertig ist, sollt ihr zu ihm gebracht werden.« Bei diesen Worten schielte Allo an Thorag vorbei zu Thidrik und fragte sich wohl, ob der zweite Gefangene eingeweiht war.

Thorag steckte die Fibel an seine schmutzige, zerrissene Tunika und zog die Peitsche, die einzige Waffe des Wärters, aus der um die Hüfte gebundenen Schnur, die Allo als Gürtel diente. Als er sich erhob, prallte er fast gegen Thidrik.

»Hauen wir endlich ab?« fragte der Bauer.

»Nein, mein Weg führt nicht in die Freiheit«, erwiderte Thorag und drängte sich an ihm vorbei.

»Wohin willst du?«

»In die Arena«, rief Thorag über seine Schulter und begann zu laufen, so schnell ihn seine Beine durch das Gewirr der Gänge trugen.

Zweimal begegnete er anderen Wärtern. An einem lief er einfach vorbei, ehe dieser auch nur einen einzigen Ton herausbringen konnte. Den anderen rempelte er an und rannte ihn über den Haufen.

Während die Steinmauern der Gänge an ihm vorüberflogen, kreisten seine Gedanken um Eiliko und um die Träume der vergangenen Nächte. Jetzt wußte er, daß der Junge die dunkelhaarige Gestalt gewesen war, die von dem schwarzen Ungeheuer angegriffen wurde. Und das Untier war tatsächlich der riesenhafte Bär gewesen: Ater – der Unheilvolle, der Schreckliche, der Schwarze.

Der Edeling erkannte die Bedeutung des immer wiederkehrenden Traums. Die Götter hatten ihm eine Botschaft gesandt, die er nicht verstanden hatte.

Wie lange mochte Eiliko schon, gemeinsam mit Thorag, Gefangener des Amphitheaters sein, ohne daß einer vom anderen wußte?

Ein anderer, schrecklicher Gedanke tauchte plötzlich auf.

322

Wenn Eiliko hier im Oppidum und jetzt draußen in der Arena war, um ein Opfer des Schwarzen zu werden, war dann auch Astrid bei ihm? Hatte er das Gesicht im Traum so undeutlich gesehen, weil die Götter beide Geschwister gemeint hatten?

Thorag rannte noch schneller und spürte ein Stechen in seiner linken Seite, ausgehend von der noch nicht ganz verheilten Schwertwunde. Vor ihm tauchte ein helles Licht auf. Es war das Ende des tunnelartigen Ganges, der hinaus in die Arena führte.

Zwei Soldaten aus der Garde des Statthalters standen dort und richteten ihre Speere auf Thorag, als sie den heranstürmenden Mann erkannten. Der Cherusker blieb stehen und schwang die Peitsche. Die Lederschnur wickelte sich um einen der Speere und riß ihn aus den Händen des Gardisten. Geschickt fing Thorag den Speer auf und schleuderte ihn gegen den zweiten Soldaten. Die eiserne Spitze bohrte sich in den Oberschenkel des Mannes und brachte ihn zu Fall.

Der von Thorags Peitsche um sein Pilum gebrachte Gardist zog sein Schwert, wurde aber, bevor er es einsetzen konnte, erneut von der Peitsche getroffen. Diesmal hieb das Leder mitten in sein Gesicht. Mit einem Schmerzensschrei wich der Römer zurück und gab Thorag den Weg frei.

Das grelle Licht, an das Thorags Augen nicht mehr gewöhnt waren, blendete den Cherusker, und die Schreie vieler tausend Kehlen gellten fast schmerzhaft in seinen Ohren. Er stolperte über etwas und wäre fast gestürzt. Als er stehenblieb und zu Boden blickte, sah er dort eine alte Frau liegen. Vielmehr das, was von ihr übriggeblieben war. Ihr ganzer Körper war zerfetzt und lag in einer großen Blutlache. Ein Arm fehlte ganz, und der Kopf hing halb abgerissen in einer unnatürlichen Haltung an ein paar letzten Fleischfetzen. Angewidert wandte Thorag sich ab und ging weiter. Seine blutgetränkten Lederstiefel hinterließen rote Spuren im Sand.

Ater hatte den blutgierigen Zuschauern etwas für ihr Geld geboten. Überall in der Arena zerstreut entdeckte Thorag, dessen Augen sich an das Sonnenlicht allmählich gewöhnten, die Leichen seiner Opfer, mehr als ein halbes Dutzend.

Er fragte sich, wie der Bär so boshaft und mörderisch geworden war. Von Natur aus wie der schwarze Ur? Vielleicht hatten die Römer ihn aber auch erst so abgerichtet. Oder sie hatten ihm ein Mittel ins Futter gegeben, das ihn rasend machte. Möglicherweise sogar beides, wie Thorag die in diesen Dingen erfindungsreichen Römer kannte.

Der Bär stand am gegenüberliegenden Ende der Arena, wo er sein letztes Opfer in die Enge getrieben hatte. Ja, ein Mensch lebte noch und stand zitternd zwischen der Tribünenabsperrung und dem Schwarzen.

»Eiliko, neeeiiin!« schrie Thorag, als er den dunkelhaarigen Jungen erkannte.

Der Cherusker spurtete los und sah mit Entsetzen, wie Ater im selben Augenblick zum Angriff überging. Drohend, ein ohrenbetäubendes Gebrüll ausstoßend, stellte sich der zottelige Riese auf seine Hinterbeine und sah auf Eiliko hinab. Seine Liebe zu Tieren nutzte dem Jungen nichts. Mit einem Prankenhieb fegte der Bär ihn etwa zwanzig Fuß durch die Luft. Als Eiliko im Sand aufschlug, vollführte er einen grotesken Purzelbaum und blieb dann reglos liegen.

Fast gemächlich stellte sich Ater wieder auf seine vier Tatzen, brüllte noch einmal leidenschaftlich und trottete dann auf sein Opfer zu. Der Bär schien zu wissen oder zumindest zu spüren, daß ihm der Junge nicht mehr entkommen konnte.

Thorag holte das Letzte aus sich heraus und mißachtete das immer heftiger werdende Stechen in seiner Brust, das von der Schwertwunde herrührte. Erschöpft erreichte er Ater und Eiliko in dem Moment, als sich der Schwarze über den Jungen hermachen wollte.

Thorags Peitsche, deren Lederzunge schmerzhaft über Aters dunkle Augen zuckte, hielt den Schrecklichen zurück. Mit einem wütenden Brüllen wandte Ater sein Gesicht dem Edeling zu und schien den Mann mit der Peitsche jetzt erst wahrzunehmen.

Der große Kopf des Schwarzen pendelte hin und her. Thorag kannte dieses Verhalten von der Bärenjagd. Es war ein Zeichen der Unschlüssigkeit. Das Tier schwankte zwischen Angriff und Flucht. Wahrscheinlich war Ater schon allein von der Tatsache erschreckt worden, daß ihn jemand angriff. Seit er in die Arena gelassen worden war, hatte er es nur mit schreienden, wimmernden, flüchtenden oder sich in ihr Schicksal ergebenden Menschen zu tun bekommen.

Dabei konnte Thorags Peitsche dem gewaltigen Tier nicht

wirklich gefährlich werden. Der Cherusker verfluchte sich, daß er nicht daran gedacht hatte, einen der Speere, mit denen die Gardisten am Eingang ihn bedroht hatten, mit in die Arena zu nehmen. Zudem behinderten ihn die aneinandergeketteten Hände, wenn die etwa eineinhalb Fuß lange Kette ihm auch einen gewissen Spielraum ließ.

Auch Ater schien erkannt zu haben, daß der Mensch, der ihm eben den überraschenden Schmerz zugefügt hatte, keine Bedrohung für ihn darstellte. Er wandte sich von dem noch immer wie tot am Boden liegenden Jungen ab und richtete sich unter erneutem Gebrüll vor Thorag zu seiner vollen Größe auf. Instinktiv machte der Cherusker zwei schnelle Schritte nach hinten und ließ die Peitsche vor dem Schwarzen in der Luft knallen, um den Riesen davon abzuhalten, sich auf Thorag zu stürzen und ihn unter sich zu begraben. Sämtliche Sinne des Mannes konzentrierten sich auf den übermächtigen Gegner. Das zu einem wahren Gewitterdonner anschwellende Geschrei der Menge nahm er nur wie aus weiter Ferne wahr.

Varus' aufgeregte Stimme ging in dem Gebrüll der Massen unter, und nur seine engste Umgebung verstand die Worte: »Das ist Thorag! Was, bei Jupiter, hat der Cherusker in der Arena zu suchen?«

Auch im Publikum machte der Name des Edelings die Runde, als die Zuschauer, die Thorag bei seinem Prozeß oder bei anderer Gelegenheit gesehen hatten, ihn in dem vollbärtigen, verwahrlost wirkenden Gefangenen erkannten.

Flaminia zitterte am ganzen Körper. Mit Tränen in den Augen blickte sie ihren Bruder an und sagte mit sich vor Angst und Zorn überschlagender Stimme: »Ihr wagt es also tatsächlich, einen Unschuldigen zu ermorden. Das hätte ich dir nicht zugetraut, Maximus!«

Sie wollte aufstehen und das Amphitheater schnellstmöglich verlassen. Aber nicht die Drohung des Statthalters und nicht die Lust an dem blutigen Schauspiel, das die übrigen Zuschauer bewegte, etwas anderes hielt sie auf ihrem Platz. Ein letzter Hoffnungsfunke, der starke Mann aus dem Barbarenland könne wider alles Erwarten aus dem ungleichen Kampf als Sieger hervorgehen. Wie gebannt hingen ihre Augen an dem Geliebten, als könne sie seine Kräfte dadurch stärken. Lautlos bat sie alle Götter um Beistand, deren Namen sie im Laufe ihres Lebens gehört und behalten hatte. Und die Römer kannten eine ganze Menge Götter, zu denen fortwährend neue hinzukamen.

Flaminias Angst und ihre Vertiefung in die Gebete hinderten sie daran zu bemerken, daß Varus und Maximus ganz und gar nicht mit dem einverstanden waren, was sich unten in der Arena abspielte und den frenetischen Beifall des Publikums fand.

»Laß den Kampf abbrechen, Maximus!« zischte Varus seinem Gardepräfekten ins Ohr.

»Das geht nicht.«

»Wieso nicht?«

»Weil dann jeder merken würde, daß mit Thorag etwas nicht stimmt. Du hast bei der Eröffnung der Spiele selbst seinen Tod angekündigt. Wie willst du es erklären, wenn du sein Leben auf einmal schonst?«

Die Miene des Statthalters spiegelte Ratlosigkeit wider.

»Vielleicht hilft uns der Soldat«, sagte Maximus und zeigte auf einen seiner Gardisten, der mit zum Stoß angelegtem Pilum aus dem Eingang stürmte, aus dem auch Thorag gekommen war. Er hielt direkt auf den Cherusker und den Bären zu.

Als das Ungetüm nach vorn stürzte, sah sich Thorag schon unter den Massen aus Fleisch, Fett, Muskeln und Knochen begraben. Aber seltsam, die großen Vorderpranken verfehlten ihn, und der Kopf des Schwarzen pendelte erneut unschlüssig hin und her.

Aus den Augenwinkeln nahm der Cherusker den Grund wahr: den Soldaten, dem er das Pilum entrissen hatte. Er hatte seine oder die Waffe seines Kameraden ergriffen und war in die Arena gelaufen, um den Germanen aufzuhalten. Jetzt, nur noch wenige Schritte von Ater entfernt, erstarrte der Römer und erkannte zu seinem Schrecken, daß der Schwarze keinen Unterschied zwischen Todgeweihten und römischen Soldaten machte.

Vielleicht war es die für das heutige Ereignis besonders gründlich polierte, im Sonnenlicht blitzende Rüstung des Römers, die Aters Aufmerksamkeit und Angriffslust auf den Gardisten lenkte. Der Bär ließ Thorag einfach stehen und sprang in schnellen Sätzen, die angesichts der Masse des Tieres verblüfften, auf den neuen Gegner zu.

Erst als der Schreckliche ihn fast erreicht hatte, fiel die Erstarrung von dem Römer ab, und er stieß ihm das Pilum entgegen. Der Stoß war schlecht gezielt. Die Eisenspitze bohrte sich in die linke Schulter des Schwarzen, ohne weiteren Schaden anzurichten. Die Verletzung erhöhte nur die Wut und Raserei des Ungetüms, das den Soldaten überrannte und sich hinter dem rücklings zu Boden Geworfenen mit lautem Gebrüll umwandte. Der Römer stöhnte und zappelte wie ein Fisch im Netz, so schwer verletzt, daß er unfähig war, sich zu erheben.

Thorag erkannte die günstige Gelegenheit, vielleicht die einzige, den Schwarzen zu besiegen, und rannte auf die Absperrungen zu, wo sich die Kampfrichter aufgeregt über das unerwartete Spektakel unterhielten. Sie waren sich nicht sicher, ob dieser Verlauf der Tierhatz, von dem sie nicht unterrichtet worden waren, eine von Varus geplante Überraschung war. Weil sie dem Statthalter nicht in die Quere kommen wollten, wagten sie nicht einzugreifen. Sie starrten den Cherusker nur überrascht und neugierig an, als er das Dreibein mit der Kohlenpfanne ergriff und mit ihm zurück in die Arena rannte.

Dort hatte Ater mit wütenden Bewegungen den mehr lästigen als gefährlichen Speer aus seiner Schulter geschleudert und war unter dem aufgeregten Geschrei des Publikums über den schwerverwundeten Römer hergefallen. Seine Vorderpranken preßten den hilflosen Mann mit solcher Kraft auf den Boden, daß die Knochen durch die Haut stießen. Das große Maul des Schwarzen riß blutige Fleischstücke aus dem Hals des Menschen.

Der Tod brach den Blick des Soldaten, als Thorag heran war und aus Leibeskräften schrie: »He, du Ungeheuer, hier steht dein Gegner!«

Aters Kopf fuhr zu Thorag herum. Der Schwarze öffnete sein Maul zu einer Antwort und entblößte dabei seine breiten, flachen Zähne, die rot waren vom Blut des Römers. Darauf hatte der Edeling nur gewartet. Er erstickte das Gebrüll des Bären mit der ganzen Ladung glühender Kohlen aus der Pfanne, die er dem Unheilvollen in die Augen schleuderte.

Funken sprühten durch die Luft, die sich mit dem Gestank verbrannten Fleisches füllte. Ater brüllte. Aber diesmal war es ein anderes Brüllen, nicht bloß Raserei und Blutgier. Diesmal schrie das Tier Schmerz, Zorn und Furcht hinaus.

Thorag nutzte die offensichtliche Verwirrung des Ungetüms, um an ihm vorbei zu der Stelle zu laufen, wo es das Pilum abgeschüttelt hatte. Er grub den Speer aus dem Sand und verwünschte die Kunstfertigkeit der römischen Waffenschmiede, als er die lange, dünne und jetzt zur Seite gebogene Eisenspitze sah. Die Römer benutzten ein weiches Eisen für ihre Speere, damit sich die Spitzen der auf den Gegner geschleuderten Waffen beim Aufprall verbogen. So konnten die römischen Speere nicht gegen die eigenen Männer gerichtet werden.

Ater hatte sich von dem ersten Schock erholt und tapste suchend hin und her, den vom Feuer entstellten Kopf schnüffelnd erhoben. Der Wind trieb den ekelerregenden Brandgeruch in Thorags Nase. Der Cherusker sah, daß die glühenden Kohlen den Bären wie erhofft geblendet hatten. Der Unheilvolle war blind!

Hastig legte Thorag die Speerspitze auf den Boden, stellte sich mit dem Fuß darauf und bog den Schaft vorsichtig um. Er mußte sich beeilen, denn Ater trottete unsicher in seine Richtung. Wahrscheinlich schlußfolgerte der Schwarze ganz richtig aus dem Umstand der fehlenden Witterung, daß sich sein Gegner in der Richtung befinden mußte, in die der Wind wehte.

Der erste Versuch verlief enttäuschend. Thorags blutgetränkter Schuh rutschte an dem ebenfalls blutigen Eisen ab, und die Speerspitze war fast noch verbogener als zuvor. Der trotz seiner Blindheit noch immer sehr gefährliche Riese kam näher, und Thorag unternahm mit klopfendem Herzen einen zweiten Versuch. Diesmal war die Spitze zwar nicht gerade, zeigte aber schon wieder in die richtige Richtung. Ein dritter Versuch, und das Pilum war wieder einsatzfähig.

Gerade noch rechtzeitig. Tief aus Aters Kehle drang ein haßerfülltes Grollen. Der Schreckliche war nah genug heran, um Thorag zu wittern, und wendete ihm sein mit Brandnarben übersätes Gesicht zu.

»Komm doch!« schrie der Cherusker und richtete das Pilum gegen Ater. »Greif mich endlich an, du Bestie!«

Der Schwarze kam noch einen großen Schritt näher und stellte sich auf die Hinterbeine, um das nachzuholen, was er eben versäumt hatte. Er wollte sich auf Thorag stürzen und ihn allein durch sein Gewicht vernichten.

Der Cherusker hatte damit gerechnet, nur darauf gewartet. Statt einen Fluchtversuch zu unternehmen, sprang er vor, als wolle er sich freiwillig von Aters gewaltigen Pranken umarmen lassen. Thorag hatte Erfahrung mit der Bärenjagd, wenn er auch noch nie einem so riesigen Tier gegenübergestanden hatte. Er hoffte inständig, sich nicht zu verschätzen, als er die Spitze des Pilums in das Fleisch des Bären stieß. Mehr als diesen einen Versuch hatte er nicht.

Das schmerzhafte Zucken, das den riesenhaften Körper durchlief, zeigte dem Edeling, daß er richtig gezielt hatte. Schnell drehte er den Speer in der Wunde herum, während die Schmerzensschreie des Bären sein Gehör zu betäuben drohten. Als sich der zottelige Körper nach vorn neigte, tauchte Thorag zur Seite weg, war aber nicht schnell genug. Eine Pranke erwischte ihn hart und schmerzhaft an der Schulter und schleuderte ihn in den aufgewühlten, blutbefleckten Sand.

Stöhnend kam Thorag auf die Knie und sah, wie sich das Pilum tief in Aters Körper bohrte, als der Bär auf alle viere fiel und dabei das Ende des Speerschaftes auf den Boden drückte. Das Gebrüll des Schwarzen kam nur noch stoßweise und wurde von dem Aufschrei der Zuschauer übertönt, als das Tier auf die Seite kippte und die hilflos zuckenden Beine von sich streckte.

Noch einmal stieß Ater einen markerschütternden Laut aus. Es war der Todesschrei des Bären. Er brach ganz plötzlich ab. Der schwarze Schädel sackte kraftlos zur Seite, und die Beine hörten auf, in der Luft herumzurudern.

Der Schwarze war tot, und die Menge tobte wie rasend vor Begeisterung. Der Liebling zahlreicher Munera war von einer Sekunde auf die andere vergessen. Jetzt hatten die Zuschauer einen neuen Liebling: Thorag. Erst brüllten nur einige seinen Namen, aber die anderen griffen ihn begeistert auf, und bald war das ganze Amphitheater erfüllt von dem Ruf: »Thor-ag! Thor-ag! Thor-ag!«

Thorag sonnte sich nicht in dem Ruhm und verneigte sich nicht vor der ihn feiernden Masse, wie sie es von den Gladiatoren gewohnt war. Er nahm noch nicht einmal richtig wahr, daß die Begeisterung ihm galt. Mit schmerzverzerrtem Gesicht erhob er sich und ging auf die Stelle zu, wo Eilikos schmaler Körper im Sand lag. Die langen Krallen des Bären hatten tiefe Wunden in die Schulter des Edelings gerissen, doch er verbiß sich den Schmerz.

Eiliko lag auf dem Rücken. Der Kopf war zur Seite gefallen, die Augen geschlossen. Der Junge bewegte sich nicht, schien nicht einmal zu atmen. War der Kampf gegen das Ungetüm vergebens gewesen?

Thorag ließ sich neben ihm nieder und beugte sich vorsichtig über ihn. Aters Prankenhieb hatte Eilikos Brust in eine einzige Wunde verwandelt. Die Feuchtigkeit seines Kittels und des Sandes um ihn herum zeugte von dem großen Blutverlust des Jungen.

Fast zärtlich und ganz langsam hielt der Mann seine große Hand unter die Nase des Jungen. Kaum wahrnehmbar war der warme Hauch und erfüllte Thorags Herz trotzdem mit Freude. Eiliko atmete, lebte!

Der Cherusker schob langsam und vorsichtig seine Arme unter den reglosen Körper und hob ihn vom Boden auf. Mit schnellen Schritten trug er den verletzten Jungen zu dem Eingang, aus dem Thorag gekommen war.

Die Kampfrichter ließen den siegreichen Kämpfer gewähren, und die Menge jubelte ihm frenetisch zu.

»Thor-ag! Thor-ag! Thor-ag!« Die Zuschauer schienen nicht müde zu werden, den Namen zu skandieren.

Mit säuerlichem Gesicht sah Varus zu, wie der Cherusker mit dem Jungen auf dem Arm die Arena durchquerte, und wandte sich dann an den Präfekten seiner Garde. »Was hat das alles zu bedeuten, Maximus? Wer ist dieser Junge?«

»Keine Ahnung, Prätor. Aber offensichtlich kennt Thorag ihn.«

»Ja«, preßte Varus mißmutig hervor. »Und offensichtlich bedeutet das Leben des Jungen ihm mehr als sein eigenes. Und mehr als unser Plan, den dieser Cherusker gründlich zunichte gemacht hat.«

»Vielleicht ist noch etwas zu retten«, meinte der Präfekt, ohne seinen Zweifel ganz unterdrücken zu können.

»Was denn?«

»Ich weiß es nicht, Varus. Man müßte es versuchen.«

»Dann versuch es!« funkelte ein zorniger Statthalter Maximus an. »*Dich* hatte ich mit den Vorbereitungen der Flucht beauftragt, Maximus. Jetzt sieh zu, daß du die Sache wieder hinbiegst! Ich kann hier nicht weg. Der Pöbel erwartet, daß ich etwas zu der Sache sage. Ich denke, ich werde die heutigen Kämpfe für beendet erklären. Auch wenn ich Lust hätte, Thorag noch einmal in die Arena zu schicken und sämtliche Raubtiere auf ihn zu hetzen!«

»Ich werde mein möglichstes tun, Prätor«, versprach Maximus und erhob sich von seinem gepolsterten Sitz.

Flaminias schlanke Hand hielt ihn zurück. »Was ist los?« fragte sie. Verwunderung und Glück standen in ihr Gesicht geschrieben. »Weshalb ist Varus so unzufrieden? Weil Thorag noch am Leben ist?«

»Ich habe jetzt keine Zeit«, erwiderte ihr Bruder barsch, machte sich los und verschwand durch den Treppenaufgang in der Nähe von Varus' Platz von der Ehrentribüne. Die begeisterten Thorag-Rufe der Zuschauer verfolgten den Offizier durch die halbdunklen Korridore. Er fragte sich zu Thorag durch, der, umringt von Wärtern und Soldaten, auf dem Boden hockte. Vor ihm lag der Körper des bewußtlosen Jungen.

Maximus schickte die Gaffer weg und fragte Thorag, was sein Verhalten zu bedeuten habe.

»Ich mußte Eiliko retten«, antwortete der Cherusker leise. Angesichts des Todes, der drohend über dem Jungen schwebte, schien ihm der laute Tonfall des Präfekten unangebracht.

»Eiliko«, wiederholte Maximus. »Ist das der Name des Jungen?«

Thorag nickte.

»Ein Freund von dir?«

»Sozusagen.«

»Gut, du hast ihm geholfen. Meine Männer haben mir gesagt, daß sie Thidrik eingefangen haben, als er durch die Gänge irrte. Laß uns nun überlegen, wie wir eure gemeinsame Flucht doch noch glaubwürdig hinbekommen.«

»Erst muß Eiliko geholfen werden!«

Maximus verbiß sich die Bemerkung, daß dem Jungen kaum noch zu helfen war. Statt dessen sagte er: »Ich werde nach dem

331

Arzt schicken. Aber wir müssen jetzt unseren Plan in die Tat umsetzen!«

Der Edeling sah ihn an und schüttelte den Kopf. »Nein, Maximus! Ich gehe nicht hier weg, bevor ich nicht mit Eiliko gesprochen habe.« Jetzt wurde seine Stimme noch lauter: »Holt endlich den Arzt!«

Der Präfekt nickte widerwillig und ging zu den Soldaten und Wärtern.

»Wo ist der Arzt?« fragte er.

»Dimitrios kümmert sich um die verwundeten Gladiatoren«, antwortete ein grauhaariger Exlegionär, der jetzt Aufseher im Amphitheater war.

»Er soll kommen, sofort!«

Der Aufseher zog die Stirn in Falten. »Aber er ist bestimmt noch nicht mit der Versorgung der Gladiatoren fertig.«

Der hünenhafte Offizier packte den ehemaligen Soldaten an der Tunika und warf ihn hart mit dem Rücken gegen die Wand. »Das ist mir scheißegal, Kerl! Hol ihn!«

»J-ja, Herr«, stammelte der erschrockene Mann und lief in das Gewirr der Gänge hinein. Maximus wandte sich ab und ging zu Thorag zurück, während er den Cherusker in Gedanken mit tausend Verwünschungen überschüttete.

Kapitel 20

Der Todesbote

Je länger die beiden Männer vor der geschlossenen Tür warteten, desto unruhiger wurden sie, wenn auch aus sehr unterschiedlichen Gründen. In dem kleinen Raum hinter der massiven Eichenholztür befanden sich drei Menschen: der schwerverletzte Eiliko, der griechische Arzt Dimitrios und sein junger römischer Gehilfe Capito. Schon seit mehr als einer halben Stunde kümmerten sich Dimitrios und Capito um den Jungen, ohne daß mehr zu den beiden Wartenden herausdrang als ab und zu ein schmerzerfülltes

Stöhnen des Kindes und eine knappe Anweisung des Arztes an seinen Gehilfen.

Maximus ging unentwegt den Korridor im halb unterirdisch gelegenen Teil des Amphitheaters auf und ab, nagte an seiner Unterlippe und brütete darüber, wie eine unverfänglich wirkende Flucht der beiden Cherusker doch noch zu bewerkstelligen war.

Er hoffte inständig, daß der Grieche den Germanenjungen schnell wieder hinbekam. Aber er hoffte es nicht für Eiliko, nur für sich selbst und Varus.

Der vom Kampf in der Arena erschöpfte Thorag hatte sich auf den Steinboden niedergelassen, lehnte mit dem Rücken gegen eine Wand und starrte mit nach oben gerichtetem Kopf die Decke an. So sah es jedenfalls für Maximus aus. Doch der Blick des Edelings ging durch das Gestein hindurch, war auf etwas gerichtet, das nur das innere Auge zu sehen vermochte: die Welt der Götter. So sehr war er in diese Welt versunken, daß er kaum mitbekommen hatte, wie Capito seine Wunden säuberte und verband, bevor der Arztgehilfe dem Griechen zu Eiliko folgte. Der Cherusker bat Donar, seinen mächtigen Stammesvater, und Wodan, den weisen und mit dem Wissen der Heilkunst ausgestatteten Herrn der Götter, um Hilfe. Vielleicht konnte der griechische Arzt einiges für Eiliko tun, aber wenn es um Leben und Tod ging, war es nicht verkehrt, die Götter auf seiner Seite zu haben.

Irgendwann wurde die Tür geöffnet, und Capito streckte seinen großen Kopf, der nicht zu seinem schmächtigen Körper paßte, heraus. »Ihr könnt hereinkommen«, sagte der Jüngling, dessen Kleider mit Blutspritzern übersät waren.

Thorags Geist kehrte augenblicklich in die Welt der Menschen zurück. Er sprang auf und ging noch vor Maximus in das Zimmer. Dimitrios stand neben der Liege und sah besorgt auf seinen Patienten hinunter. Auch seine Kleider waren blutbefleckt, und seine Augen wirkten müde. Die Munera beanspruchten den Arzt und seinen Gehilfen jedesmal bis an den Rand ihrer Kräfte.

»Was ist mit Eiliko?« fragte Thorag, der seinen schnellen Schritt unterbrach und eher zögernd an die Liege herantrat, als könne eine zu hastige Bewegung das Lebenslicht des Jungen auslöschen.

»Er ist bei Bewußtsein«, murmelte Dimitrios und begab sich

daran, seine Instrumente an einem schmutzigen Tuch abzuwischen. Capito half ihm und verstaute die Geräte in einer großen, mit vielen Fächern ausgestatteten Ledertasche.

Thorag erreichte die Liege, sah den noch immer reglos daliegenden Jungen an, dann den Arzt und fragte zweifelnd: »Also geht es ihm besser?«

»Besser?« seufzte Dimitrios und schüttelte dann den graubehaarten Kopf. »Nein, ich fürchte nicht. Er wird nicht mehr lange leben. Er hat zuviel Blut verloren und verliert es immer noch.«

Thorag legte eine Hand schwer auf die Schulter des alten Griechen. »Aber du bist Arzt! Du *mußt* ihm helfen! Blutungen kann man stillen.«

»Diese nicht. Der Junge hat schwere innere Verletzungen erlitten.« Dimitrios sah Thorag traurig an. »Es tut mir leid, Germane. Wenn dein junger Freund noch eine Stunde lebt, ist das viel.«

Thorag schluckte den Kloß in seiner Kehle hinunter. »Kann ich mit ihm sprechen?«

»Wie ich sagte, er ist bei Bewußtsein. Er wird dich verstehen. Wenn er noch stark genug ist, kann er auch reden.« Der Arzt klappte seine Tasche zu. »Aber ich würde mich an deiner Stelle beeilen!«

Dimitrios verließ den Raum. Capito nahm die schwere Tasche auf und folgte ihm.

Thorag wandte sich zu Maximus um. »Ich möchte allein mit ihm sprechen.«

»Ich warte draußen«, nickte der Präfekt und zog die Tür hinter sich zu.

Thorag kniete sich neben die Liege und sah den an vielen Stellen verbundenen Eiliko an. Der Junge drehte langsam den Kopf, schlug die Augen auf und flüsterte erstaunt Thorags Namen. »Jetzt … finde ich dich … doch noch …«

»Du hast mich gesucht?« fragte Thorag erstaunt.

»J-ja.«

»Weshalb?«

»Astrid schickte mich … dir berichten … Wisars Tod …«

»Ich habe es bereits von Thidrik gehört. Er ist auch hier.« Thorag war erleichtert, daß Astrid nicht zu den todgeweihten Sklaven gehörte. Er hatte sie in der Arena nicht entdecken können, doch eine ungewisse Furcht war geblieben. »Wieso hat

Astrid dich geschickt? Meine Leute wollten mir einen Boten senden, wie Thidrik erzählte.«

»Der Bote … tot«, stöhnte der Junge, und sein schmales Gesicht verzerrte sich bei jedem Wort. »Astrid hatte … ein Gesicht. Sie hörte sich um … erfuhr … Onsaker Boten abgefangen … getötet …«

»Onsaker? Aber warum nur?«

»Onsaker hofft … wenn du nicht zurückkehrst … Wisars Gau … übernehmen …«

Thorag stieß einen Fluch aus. Onsaker schien vor nichts zurückzuschrecken, wenn es darum ging, seine Macht zu vergrößern. Falls ihm dieser Plan gelang, würde er es an Macht sogar mit Armin aufnehmen können.

»Das Tier!« schrie Eiliko plötzlich und bäumte sich auf.

»Es ist tot.« Thorags von getrocknetem Blut bedeckte Hand strich über die Stirn des Jungen. »Du brauchst keine Angst mehr vor ihm zu haben.«

Eiliko sah ihn fragend an. »Hast du …«

»Ja, ich habe den schwarzen Bären getötet.«

»Das ist gut«, seufzte Eiliko matt und schloß die Augen.

Thorag spürte, daß ihn das Leben verließ. Rasch fragte er: »Geht es Astrid gut? Ist sie noch bei den Heiligen Steinen?«

Die Antwort war ein kaum merkliches Nicken.

»Und du? Wie bist du in die Arena gekommen?«

»Römer … fingen mich … kurz vor der Stadt …« Eiliko atmete plötzlich in schnellen, aber flachen Zügen, wie ein an Land gezogener Fisch. »Sie brachten mich her.«

»Sklavenfänger!« sagte Thorag verächtlich und dachte daran, wie leicht ein freier Mann bei den Römern zum Sklaven werden konnte, wenn er kein Römer war. Auch bei den germanischen Stämmen gab es Leibeigene. Aber wenn es sich nicht um Kriegsgefangene handelte, hatten sie sich dieses Leben entweder selbst ausgesucht, oder sie hatten es selbst verantwortet, indem sie ihre Schulden nicht begleichen konnten.

»Thorag!« rief Eiliko mit geschlossenen Augen und streckte eine Hand suchend aus, die der Edeling ergriff. »Komme ich … nach Walhall?«

Der Cherusker drückte die Hand fest. »Ja, Eiliko. Du wurdest im Kampf verletzt. Deine Wunden sind die eines tapferen Kriegers.«

Der Anflug eines Lächelns zog über Eilikos Gesicht. So ging der Junge in den Tod.

Lange kniete Thorag noch neben ihm, hielt die Hand und dachte über das nach, was Eiliko ihm erzählt hatte.

Irgendwann stand Maximus im Raum und fragte, ob der Junge tot sei.

Thorag nickte nur.

»Dann können wir jetzt über deine Flucht sprechen«, sagte der Präfekt mit nicht zu überhörender Erleichterung. »Ich habe einen neuen Plan.«

Während Thorag von Maximus, zwei Gardisten und dem grauhaarigen römischen Aufseher zu seiner Zelle zurückgebracht wurde, dachte er über den neuen Plan des Präfekten nach, der im wesentlichen der alte war. Mit dem einzigen Unterschied, daß eine Rolle in dem Schauspiel neu besetzt war.

Eilikos Bericht und sein Tod, der nur dazu gedient hatte, die blutgierige Menge zu erfreuen, brachten den Cherusker noch stärker als zuvor zu der Einsicht, daß sein Platz nicht länger auf der Seite der Römer war. Wahrscheinlich war sein Platz dort nie gewesen, bloß hatte er das nicht bemerkt. Trotzdem entschloß er sich, das Spiel mitzumachen. Er mußte zurück ins Cheruskerland, um zu verhindern, daß Onsaker sich zum Beherrscher von Wisars Gau aufschwang.

Sie erreichten die Zelle, und der Aufseher öffnete die Tür. Drinnen saß Thidrik auf der Pritsche und warf böse, wütende Blicke auf Thorag, der ihre Flucht in seinen Augen vereitelt hatte.

»Das war das letzte Mal, daß du uns hereinzulegen versucht hast, Barbar!« sagte Maximus laut. »Die Tür dieser Zelle wird sich erst wieder in der Stunde eures Todes für dich und deinen Komplizen öffnen.«

Der Präfekt streckte die Hand aus, um Thorag in die Zelle zu stoßen. Doch der Cherusker wirbelte herum, ergriff die Hand und zog den Offizier so zu sich heran, daß er mit dem Rücken gegen Thorag prallte. Thorags Arme schlangen sich um Maximus' Oberkörper, und die Kette, mit der die Hände des Edelings gefesselt waren, legte sich um den Hals des Römers.

Die beiden Soldaten und der Aufseher waren in den Fluchtplan nicht eingeweiht und reagierten mit überraschtem Entsetzen, das sich deutlich auf ihren Gesichtern abzeichnete. Die Gardisten erholten sich zuerst von der Überraschung und richteten ihre Speere auf Thorag.

»Laßt die Waffen fallen!« stieß der Edeling hervor. »Wenn nicht, stirbt euer Präfekt!«

Die Speerspitzen weiterhin gegen Thorag erhoben, wechselten die unschlüssigen Soldaten fragende, hilfesuchende Blicke.

»Ich warne euch!« fuhr der blonde Cherusker fort. »Wenn eure Speere nicht sofort auf den Boden fallen, drehe ich Maximus die Luft ab!«

Er zog die Kette fester zusammen, und der Präfekt würgte panisch. Die Panik war nicht gespielt. Thorag hielt ihn wirklich im eisernen Todesgriff. Es bedurfte nur einer Handdrehung des Cheruskers, und er würde dem Offizier den letzten Rest Atemluft nehmen. Maximus schien zu erkennen, daß er sich durch seinen eigenen Plan in Todesgefahr gebracht hatte.

Die Soldaten konnten sich nicht entscheiden und blickten ihren Vorgesetzten an.

»Gehorcht ihm«, keuchte Maximus. »Sonst … tötet er mich …«

Endlich klirrten die Speere der Soldaten auf den Boden.

»Schön«, knurrte Thorag. »Jetzt die Schwerter und Dolche!«

Die Gardisten gehorchten.

Aus den Augenwinkeln bemerkte Thorag, daß der Aufseher sich langsam ins Halbdunkel des Ganges zurückzog.

»Bleib stehen, Römer!« befahl ihm der Edeling. »Wirf deine Peitsche weg und geh in die Zelle!«

Der Aufseher befolgte die Anweisungen wie auch die Soldaten, denen Thorag befahl, ebenfalls in die Zelle zu gehen. Staunend beäugte Thidrik die unerwartete Gesellschaft.

»Was ist mit dir?« fragte ihn Thorag in der Sprache der Cherusker. »Möchtest du hierbleiben?«

»Ich? Nein!«

»Dann nimm dem Aufseher die Schlüssel ab und komm heraus!«

Als Thidrik neben ihm stand, nahm Thorag die Kette von Maximus' Hals und versetzte dem Präfekten einen harten Stoß, der ihn mitten zwischen die drei anderen Römer beförderte.

Einer der Soldaten verlor unter seinem Vorgesetzten das Gleichgewicht und riß ihn mit sich zu Boden.

Thorag schlug die Tür zu, verriegelte sie und sagte zu Thidrik: »Schließ ab!«

Das tat der Bauer und fragte: »Wohin mit den Schlüsseln?«

»Wir nehmen sie mit. Vielleicht brauchen wir sie noch.« Thorag bückte sich und hob die Schwerter der Soldaten auf. »Und das hier können wir vielleicht auch gebrauchen.« Ein Schwert reichte er Thidrik. »Jetzt komm!«

Thorag führte den Bauern unbehelligt zu dem Einstieg in die Kanalisation, durch die sie in die Freiheit kommen sollten. Sie zogen einen Flügel der Doppelklappe aus schwerem Eisen mit vereinten Kräften nach oben und starrte in die übelriechende Finsternis hinab.

»Da unten ist es düsterer als im Totenreich«, stellte Thidrik unbehaglich fest.

»Aber es ist nicht das Totenreich, sondern der Weg in die Freiheit.«

Mißtrauen trat in den Blick des Bauern. »Woher weißt du das?«

»Ich bin nicht dumm. Ich habe Augen und Ohren offengehalten, wenn mich die Wärter zum Arzt brachten.«

Thidrik nickte und starrte wieder nach unten. »Wenn nur die verfluchte Finsternis nicht wäre!«

Thorag lief ein Stück in den Gang hinein und kehrte mit einer der Fackeln zurück, die er aus ihrer Wandhalterung gezogen hatte. »Besänftigt das deine Angst, Thidrik?«

»Ich habe keine Angst!«

»Natürlich nicht«, sagte Thorag mit einem Grinsen und kletterte an der wackligen Eisenleiter in die Kanalisation. Das erbeutete Schwert hatte er durch seinen Gürtel gesteckt, damit er wenigstens eine Hand frei hatte.

Als Thidrik ihm folgte, rief der Edeling nach oben: »Zieh die Klappe wieder zu! Sonst wissen die Römer, welchen Weg wir genommen haben. Die sind nämlich auch nicht blöd.«

»Dumm sind die Römer nicht«, stimmte ihm Thidrik zu, nachdem er die Klappe mit einem lauten Krachen heruntergezogen hatte. »Aber sie spinnen!«

Verdutzt hielt Thorag im Klettern inne und starrte zu seinem Begleiter hoch. »Wieso spinnen die Römer?«

»Weil sie sich die Arbeit machen und unterirdische Kanäle für ihre Abwässer graben, anstatt sie einfach ins Gebüsch zu schütten.«

»Du scheinst wenig Gelegenheit gehabt zu haben, dich im Oppidum umzusehen«, meinte Thorag kopfschüttelnd und kletterte weiter. »Sonst hättest du bemerkt, daß es in den Städten der Römer viel mehr Menschen als Büsche gibt.«

Thidrik erreichte Thorag, der mit den Beinen bereits in den atemberaubend stinkenden Abwässern stand. »Das ist ja das Unglück mit den Römern. Hat man einen erschlagen, stehen zwei neue vor einem.« Thidrik sah den Edeling nicht gerade freundlich an. »Und dann gibt es noch jede Menge Römlinge, die auf der Seite Roms gegen ihre eigenen Leute kämpfen.«

»Das ist endgültig vorbei«, sagte Thorag hart und meinte das so ernst wie kaum etwas sonst, das er zu Thidrik gesagt hatte.

Die beiden Männer wateten durch das Abwasser. Zuweilen gab es Abzweigungen, aber sie verloren ihr Ziel nicht aus den Augen. Sie brauchten nur dem stinkenden, zähflüssigen Strom zu folgen, um zum Fluß zu gelangen. Manchmal reichte ihnen die bräunliche Brühe bis zur Brust und gab ihnen das Gefühl, ein Teil des Unrats zu sein. Die schlechte Luft zwang sie, nur durch den Mund zu atmen, doch selbst das fiel ihnen schwer. Zuweilen zuckten die Männer zusammen, wenn etwas Lebendiges ihre Körper berührte, die Bewohner dieser unterirdischen Welt – große, fette Ratten.

Als die Fackel zu flackern begann, spürte bald auch Thorag den frischen Lufthauch, der ihm ins Gesicht wehte. Mit jedem Schritt schien er stärker zu werden.

Er blieb stehen und stieß den ein paar Schritte hinter ihm stumpfsinnig dahintrottenden Bauern an. »Gleich haben wir es geschafft, Thidrik!«

»Wieso?« fragte der massige Mann ungläubig.

»Weil ich frische Luft spüre. Und wenn mich nicht alles täuscht, sehe ich ganz vorn ein kleines Licht.«

»Ich sehe nichts.«

»Folge mir, und du wirst es sehen!«

Thorag setzte den beschwerlichen Weg mit neuem Antrieb fort. Sie ließen eine Biegung hinter sich, und er sah das Loch, durch das die Abwässer sich in den Fluß ergossen. Es war kleiner als die Röhre, durch die Thidrik aufrecht und Thorag in gebückter Haltung gehen konnten.

Thidrik sah zweifelnd nach vorn. »Wie kommen wir da hindurch?«

»Wir müssen untertauchen und uns hindurchzwängen.«

Angewidert starrte Thidrik auf die Abwässer um sie herum. »Wir sollen ganz darin eintauchen?«

Thorag nickte. »Es ist nicht so schlimm wie der Tod in der Arena.«

»Im Kampf zu sterben ist ehrenhaft.«

»Was wir hier tun, auch«, sagte Thorag. »Wenn nicht, haben die Götter einen falschen Ehrbegriff.«

Er holte noch einmal tief Luft, hielt den Atem an und tauchte unter. Zischend erlosch die Fackel im brackigen Wasser, als der Edeling in den schwimmenden Unrat eintauchte. Sehen konnte er nichts in der bräunlichen Masse, doch er kannte die Richtung und hielt mit kräftigen Stößen auf den Ausfluß zu.

Thorag erreichte ihn bald und versuchte sich hindurchzuzwängen, blieb aber mit seinen breiten Schultern stecken. Die Luft wurde ihm knapp. Da erhielt er von hinten einen kräftigen Stoß und glitt wie ein abgeschossener Pfeil durch die Öffnung.

Nur kurz konnte er Luft schnappen, dann schlugen schon wieder Fluten über ihm zusammen. Aber diesmal war das Wasser klarer, sauberer. Er schwamm im Fluß und stieß zur Oberfläche hoch.

Sie befanden sich an einer unbelebten Stelle am äußeren Stadtrand, bereits außerhalb der Befestigungen. Der Hafen lag eine Meile flußaufwärts. Am Ufer standen ein gutes Stück entfernt ein paar windschiefe, größtenteils aus Holz erbaute Hütten, die in Buschwerk übergingen. Varus und Maximus hatten den Fluchtweg gut gewählt. Und den Zeitpunkt. Selbst wenn sich hier normalerweise Menschen aufhalten sollten, an diesem Tag würden sie sich mit ziemlicher Wahrscheinlichkeit im Amphitheater an den Kämpfen berauschen.

Ein Stück entfernt paddelte Thidrik wild herum. Thorag schwamm zu ihm und zog ihn ans steile, felsige Ufer.

»Kannst du nicht schwimmen?« fragte der Edeling, als beide wieder zu Atem gekommen waren.

»Nicht richtig«, knurrte der Bauer. »Danke für die Hilfe.«

»Gleichfalls. Ohne dich wäre ich im Ausfluß steckengeblieben und im Unrat der Römer erstickt.«

»Was für ein ehrenvoller Tod!« spottete Thidrik und sah dann nachdenklich auf den braunen Strahl, der sich beständig in den Rhein ergoß. »Wenn die Römer und die Ubier so weitermachen, verwandeln sie noch den ganzen Rhein in eine stinkende Kloake.«

Thorag ließ seinen Blick über den breiten Strom schweifen und lachte laut. »Niemals, Thidrik. Das schaffen nicht einmal die Römer. Das schafft kein Mensch!«

Thidrik erwiderte nichts. Er hatte etwas entdeckt, das seine Aufmerksamkeit auf sich zog. Der Bauer richtete sich auf und spähte flußabwärts.

»Wenn mich nicht alles täuscht, liegt dort im Gebüsch ein kleines Boot.«

Thorag tat überrascht. »Ja, bei Donar, tatsächlich!«

»Wer läßt hier bloß ein Boot liegen? Der Hafen ist ein ganzes Stück flußaufwärts.«

»Vielleicht Fischer.«

Thidrik verzog sein Gesicht und starrte wieder den braunen Strahl an. »Die Fische, die hier gefangen werden, möchte ich nicht essen.«

Thorag zuckte mit den Schultern. »Vielleicht wird mit dem Boot der Ausfluß überwacht. Wie auch immer. Hauptsache, das Ding schwimmt und bringt uns über den Fluß.«

»Da hast du recht«, fand Thidrik und folgte dem Edeling, der über die glatten Felsen auf das Gebüsch zuhielt.

Es war ein kleines Ruderboot für zwei Personen, auf Land gezogen und mit einem Strick fest im Gebüsch vertäut. Die Riemen lagen im Innern.

»Die Götter sind mit uns!« jubelte Thidrik.

»So sieht es aus«, pflichtete ihm Thorag bei und hieb den Strick mit seinem Schwert durch. »Lassen wir das Boot zu Wasser. Je eher wir die Stadt der Ubier verlassen, desto besser.«

Bald saßen sie in dem Boot und ruderten im Schatten des Ufers flußabwärts, um außer Sichtweite der Stadt den Strom zu überqueren.

Thorag spürte ein wenig Wehmut im Herzen. Nicht, daß ihm etwas an der Ubierstadt gelegen hätte. Doch er dachte an Eiliko, der dort gestorben war, und an Flaminia, die er zurückließ.

DRITTER TEIL

DIE VERSCHWÖRUNG

Kapitel 21

Der Sumpf

Mit jedem Hieb stoben Funken auf, wenn Eisen hart auf Eisen klirrte. Wie Glühwürmchen tanzten sie hinaus in die Dunkelheit, wo ihr kurzes Leben verlöschte.

»Das Eisen der römischen Schwertklingen scheint genauso weich zu sein wie das ihrer Speerspitzen!« fluchte Thorag, hielt einen Augenblick inne und wischte sich mit dem zerrissenen Ärmel seiner Tunika die Nässe aus den Augen.

Schweiß vermischte sich mit dem Wasser des Platzregens, vor dem auch die dichte, weit ausladende Krone der mächtigen Eiche nur unzureichend Schutz bot. Aber der Felsblock, der sich an den alten, verwitterten Stamm lehnte, war ideal für die Zwecke der beiden Flüchtlinge. Er diente ihnen als natürlicher Amboß bei dem Versuch, die Ketten, die ihre Hände fesselten, zu durchtrennen.

»Es muß gehen!« sagte Thidrik, der vor dem Felsen hockte und seine Hände so auf die glatte Oberfläche des Steins gelegt hatte, daß die Kette fest gespannt war. »Mach schon weiter! Ich will endlich wieder ein freier Mann sein.«

»Das will ich auch«, erwiderte Thorag, der mit seinen beiden gefesselten Händen das Schwert hob und es zum wiederholten Mal auf die Mitte der Kette niederfahren ließ. »Aber ich weiß nicht, ob das möglich ist, solange die Römer in unserem Land sind.«

Klirren und Funken waren die Folge des Schlages, aber die Kette blieb heil.

Thidrik hob den Kopf und sah den über ihm stehenden Edeling erstaunt an. »Das sind seltsame Worte für einen Römerfreund.«

»Ich war ein Freund der Römer, weil ich es für richtig hielt, das Beste aus ihrer Welt mit dem Besten aus unserer zu verbinden. Ich habe bei ihnen vieles gesehen, was den Cheruskern nützlich wäre. Aber auch vieles, das ich am liebsten nie gesehen hätte.« Thorag dachte an die Arena und an Eilikos sinnlosen Tod. »Und ich glaube, letzteres überwiegt.«

Wieder und wieder fuhr das Schwert auf den Stein hinab und schien diesen eher zu spalten als die Kette. Die stumpfsinnige Arbeit ließ Thorags Gedanken freien Lauf, und sie wandten sich der Flucht aus der Ubierstadt zu. Alles war fast zu glatt verlaufen.

Die beiden Cherusker ruderten ein Stück flußabwärts und kamen, durch die Strömung begünstigt, rasch voran. An einer verhältnismäßig schmalen Stelle überquerten sie den Rhein, ohne auch nur einem einzigen Boot zu begegnen. Als sie endlich am rechten Flußufer standen, wollte Thidrik das Boot zurück ins Wasser schieben.

»Warte!« sagte Thorag und hielt es fest.

»Ich halte es für besser, das Boot in den Fluß zurückzustoßen«, erklärte der Bauer. »Wir können es nicht mehr gebrauchen. Wenn wir es hier an Land ziehen, wissen die Römer genau, an welcher Stelle wir den Rhein überquert haben. So dumm sind sie nicht, daß sie nicht beide Ufer genau absuchen werden.«

»Nein, dumm sind sie nicht«, wiederholte der Edeling und sah den anderen grinsend an. »Sie spinnen nur, he?«

Er nahm die Ruder aus dem Boot und schleuderte sie nacheinander weit in den Fluß hinein.

Mit gerunzelter Stirn verfolgte Thidrik, wie die Ruder ins Wasser klatschten. »Was soll das?«

»Hilf mir, das Boot umzudrehen!« verlangte Thorag, aber der andere sah ihn nur zweifelnd an. »Ich bin ganz deiner Meinung, Thidrik, es wäre ein Fehler, das Boot an Land zu ziehen. Aber falls die Römer es irgendwo umgestürzt finden, könnten sie vielleicht glauben, die beiden dummen Barbaren seien im Fluß ertrunken.«

Der Bauer nickte verständig und grinste. »Eine gute Idee!«

Mit vereinten Kräften drehten sie das Boot mit dem Rumpf nach oben und stießen es dann zurück in den Fluß. Das Wasser leckte an den Holzplanken und zog das Boot tiefer in den Fluß hinein, wo die Strömung es flußabwärts trug.

Thidrik wollte ins Ufergebüsch eintauchen, aber Thorag hielt ihn am Arm fest und zeigte auf die tiefen Spuren, die das Boot und ihre Füße auf dem lehmigen Boden hinterlassen hatten. »Wenn wir die Spuren nicht verwischen, war unser ganzes Täuschungsmanöver vergebens.«

Das sah Thidrik ein und half dem Edeling dabei, mit abgeknickten Zweigen die Spuren zu verwischen. Thorag hatte die Zweige aus der Mitte der Büsche genommen, so daß die Bruchstellen den Augen eines Suchtrupps hoffentlich verborgen blieben. Er arbeitete sorgfältig, denn es war nicht nur ein Täuschungsmanöver für Thidrik. Die römischen Suchtrupps wußten vermutlich nichts von Thorags Absprache mit Varus und Maximus; andernfalls hätte der Statthalter zu viele Männer in seine Pläne einweihen müssen. Für sie war er ein entflohener Todgeweihter, den man, wenn man ihn faßte, genauso folgenlos töten durfte wie eine lästige Mücke. Als die beiden mit ihrer Arbeit fertig waren, warfen sie auch die Zweige weit hinaus ins Wasser.

Sie flohen in Richtung des nahen Waldes. Sie waren noch nicht lange im dichten Gehölz untergetaucht, als sie eine berittene Patrouille ganz in der Nähe vorbeireiten hörten. Das mußte der Weg sein, auf dem Thorag damals mit Flaminia zum Oppidum gekommen war. Sie zogen sich tiefer in den Wald zurück und hatten keine weitere Berührung mit den Suchtrupps, von denen zweifellos mehrere beide Flußufer durchkämmten.

Mit der Dämmerung kam auch der Regen. Der Himmel hatte sich zusehends bewölkt und öffnete seine Schleusen so plötzlich und gründlich, daß Thorag und Thidrik innerhalb von Sekunden völlig durchnäßt waren.

»Wir sollten uns einen Unterschlupf suchen«, schlug der Bauer vor.

Der Edeling schüttelte den Kopf. »Wozu? Naß sind wir doch sowieso schon. Außerdem wäre es zu gefährlich. Wir sind noch nicht weit genug von der Stadt entfernt.«

»Du hast wohl recht«, gab Thidrik widerwillig zu, und sie setzten ihren Weg zwischen hohen Bäumen, dichtem Gestrüpp und über einen sich zusehends in schlammigen Morast verwandelnden Boden fort.

Der Regen hörte und hörte nicht auf. Immer wieder blieben sie im Morast stecken. Thidrik hatte bereits seine Schuhe verloren und lief barfuß weiter. Die großen Regentropfen prasselten trotz der schützenden Baumkronen so heftig hernieder, daß die Berührung schmerzte.

Während er immer weiter in den Wald hineinlief, wanderten Thorags Gedanken zurück zur Ubierstadt. Er dachte an Flaminia und fragte sich, ob ihr Bruder sie in den Plan einweihte. Thorag hätte ihr gern eine Nachricht zukommen lassen. Aber das hätte alles gefährden können. Außerdem war weder Zeit noch Gelegenheit dazu gewesen.

Nach den Erfahrungen der letzten Tage bereute Thorag nicht, das Oppidum zu verlassen. Im Gegenteil, der Gedanke, ins Land seiner Väter zurückzukehren, erfüllte ihn mit Kraft und Freude, die allerdings durch den Gedanken an Wisars Tod getrübt wurde.

Thorag bereute nur, Flaminia verlassen zu müssen. Jetzt, wo aus ihrer Leidenschaft Liebe geworden war. Oder war das nur Einbildung gewesen? Und wenn schon, spielte der Grund eine Rolle, wenn man jemanden liebte? Wichtig war das Gefühl.

Thorag wußte nicht, ob er die schöne Römerin, mit der er so ausgiebig von den Wonnen der Lust gekostet hatte, jemals wiedersehen würde. Seit seiner Heimkehr aus dem Pannonienfeldzug schien es zu seinem Leben zu gehören, daß er ständig Menschen verlor, die ihm lieb und teuer waren. Welch grausames Spiel trieben die Götter mit ihm?

Erschöpft und hungrig hatten die Flüchtlinge gegen Mitternacht die große Eiche erreicht, die wenigstens einen geringen Schutz gegen den Regen versprochen hatte. Sie hatten sich an dem Baumstamm niedergelassen, um ein wenig auszuruhen, als Thorag beim Anblick des Felsens die Idee gekommen war, ihre Ketten zu sprengen.

Jetzt, da Thorag wieder und wieder vergeblich auf die Kette einhieb, verfluchte er seine Idee. An der Stelle des Felsgesteins, wo die Schwertklinge auftraf, bildete sich bereits eine Scharte, aber das eiserne Glied der Kette, das der Edeling als Ziel auserwählt hatte, wollte einfach nicht nachgeben.

»Eher spalte ich den Felsen, als daß ich die Kette durchtrenne«, sagte er und keuchte.

»Weiter!« knurrte Thidrik bloß.

Thorag dachte an die römischen Sklavenfänger, die Eiliko gefangen und an das Amphitheater verkauft hatten, und sein Zorn entlud sich in einem gewaltigen Hieb. Die Schwertklinge zerbrach, und die abgebrochene Spitze sprang in die Luft.

348

Thorag fluchte erneut und hielt erst inne, als er überrascht sah, wie Thidrik aufstand und beide Hände weit auseinanderstreckte.

»Du hast es geschafft!« jubelte der Bauer und reckte die Hände hoch. »Ich bin frei!«

»Sagen wir, du hast deine Bewegungsfreiheit wiedererlangt«, dämpfte Thorag seine Begeisterung. »Die Eisenringe liegen noch um die Handgelenke, und das Rasseln der Kettenglieder ist auch nicht gerade das Geräusch, das einen freien Cherusker verrät. Dafür kann es verräterisch sein.«

»Wenigstens sieht man nicht mehr auf den ersten Blick, daß wir entflohene Gefangene sind«, meinte Thidrik und zog sein Schwert aus dem Gürtel. »Hock dich hin, Edeling. Jetzt zeige ich dir, wie man so etwas macht!«

Thorag ging vor dem Felsen auf die Knie, ließ das zerbrochene Römerschwert fallen und streckte seine Hände in der Weise auf dem Stein aus, wie es Thidrik zuvor getan hatte. Der Bauer trat dicht an ihn heran, hob das in beide Hände genommene Schwert, blickte mit funkelndem Blick auf den Edeling herab und ließ die Klinge heruntersausen.

Vielleicht war es das seltsame Funkeln in den Augen gewesen, das Thorag damals auf Thidriks Hof zuerst bei Hasko bemerkt hatte. Vielleicht auch war es die langjährige Erfahrung Thorags als Krieger, die ihn warnte. Jedenfalls wußte er, als die Klinge auf ihn zuraste, daß ihr Ziel nicht die Kette, sondern sein Kopf war.

Er ließ sich zur Seite fallen und entging nur äußerst knapp dem Hieb, der seinen Schädel gespalten hätte. Die Schwertspitze fuhr erst an der Kette entlang und schrammte dann kreischend den Felsen. Thorag rollte sich über den schlammigen Boden ab und sprang auf.

Thidrik fuhr zu ihm herum und starrte ihn haßerfüllt an, das Schwert bereits zum neuen Schlag erhoben.

»Was tust du?« ächzte der Edeling.

»Das siehst du doch. Ich töte dich!«

Thidrik sprang vor und schlug erneut zu. Thorag riß beide Arme hoch und streckte sie aus, so daß die Klinge an der gespannten Kette abprallte.

Als der Bauer einen Schritt zurück machte, setzte der Edeling sofort nach. Thorag war zwar der erfahrenere Krieger, aber das Schwert und die Bewegungsfreiheit der Hände waren zwei nicht zu unterschätzende Vorteile auf Thidriks Seite. Deshalb wollte der Edeling ihn gar nicht erst zu Atem kommen lassen.

Doch Thidrik reagierte schnell und stieß mit der Schwertspitze nach Thorags Brust. Der blonde Hüne sprang zur Seite. Die Klinge zerteilte seine Tunika und strich nur knapp an seiner linken Seite vorbei.

»Warum?« keuchte Thorag, der fünf Schritte von dem anderen entfernt stand und ihn abwartend anstarrte.

»Weil du ein Römling bist! Weil du Hasko getötet hast!«

»Hasko mußte ich töten. Und ich bin nicht länger ein Freund der Römer.«

»Haskos vergossenes Blut schreit nach Vergeltung, nach deinem Blut!«

»Zählt es nichts, daß ich dir im Fluß das Leben gerettet habe, als ihr die Brücke abbranntet? Und daß ich dir zur Flucht aus dem Amphitheater verholfen habe?«

»Bist du ein Feigling, edler Thorag, daß du um Gnade winselst wie ein altersschwacher Hund, der erschlagen werden soll?« fragte Thidrik verächtlich.

»Ich fürchte dich nicht und bitte dich nicht um Gnade. Ich versuche dir nur klarzumachen, daß es Schwachsinn ist, wenn wir uns bekämpfen. Wir stehen auf derselben Seite und sind aufeinander angewiesen!«

»Ich stehe nicht auf der Seite eines verfluchten Römlings!« schrie Thidrik und startete einen neuen Angriff.

Wieder konnte Thorag ausweichen, und der Angreifer wurde von seinem eigenen Schwung zu Boden gerissen. Mit einem Sprung landete Thorag auf ihm, als sich Thidrik gerade erheben wollte. Der Oberkörper des Bauern sackte zurück, und der Edeling saß fest auf seiner Brust. Thorag verkürzte seine Kette, indem er sie mit beiden Händen ergriff, und drückte sie gegen Thidriks Kehle. Ein auf Thidriks rechten Oberarm gepreßtes Knie verhinderte, daß der Bauer sein Schwert einsetzte.

»Wie oft soll ich dir noch sagen, daß ich kein Freund der Römer mehr bin?« sagte Thorag laut. »Hat der Haß deine Ohren verstopft oder dein Gehirn?«

»Man wird nicht ... von einem Tag zum anderen ... vom Römerfreund ... zum Römerfeind ...«, brachte Thidrik, der durch Thorags Kette nur schwer Luft bekam, abgehackt hervor.

»Nein, wohl nicht. Aber irgendwann erkennt man, wo man wirklich steht. Ich habe es vielleicht schon erkannt, als dieser krummbeinige Statthalter mich auspeitschen ließ. Spätestens aber heute, als ich Eiliko sterben sah.«

»Wie soll … ich wissen, ob du … die Wahrheit sprichst?«

»Hat dir das unsere Flucht nicht gezeigt?«

Thidriks Antwort bestand in seinem kräftigen Aufbäumen, mit dem Thorag nicht gerechnet hatte. Der Edeling verlor das Gleichgewicht, fiel von Thidrik hinunter und rollte durch den Schlamm, bis er mit dem Kopf gegen einen Baumstamm prallte. Er schüttelte die Benommenheit, die ihn ergriff, von sich ab und wollte sich an dem Baum hochziehen. Die Klinge, die er auf seine Hände zufliegen sah, veranlaßte ihn, den Baum loszulassen. Während Thidriks Schwert splitternd ins Holz fuhr, fiel Thorag erneut in den Schlamm.

»Ich glaube dir nicht!« sagte Thidrik hart und riß die Klinge aus dem krummen Buchenstamm. »Unsere Flucht verlief mir ein bißchen zu reibungslos.«

Er hatte kaum ausgesprochen, da stürmte er mit erhobenem Schwert auf Thorag los. Statt auszuweichen, warf sich der Angegriffene nach vorn und duckte sich so tief wie möglich. Er krachte gegen Thidriks Beine und brachte den Bauern zu Fall, während das Schwert die Luft zerteilte. Als Thidrik aufschlug, verlor er seine Waffe. Er streckte sich, um nach ihr zu greifen. Aber Thorag hielt den schweren Mann fest. Sie rangen miteinander, rollten über den Boden, durch den Schlamm und bemerkten zu spät, daß sie auf abschüssiges Gelände gerieten.

Plötzlich waren sie bis zur Brust von Morast umgeben. Thorag strampelte mit den Beinen, aber er fand keinen festen Grund. *Ein Sumpf!* schoß es durch seinen Kopf, und er ließ den Gegner los, um beide Arme, soweit es seine Fesseln erlaubten, flach auszustrecken, wie er es von Wisar gelernt hatte.

Jede heftige Bewegung vermeidend, suchte Thorag vorsichtig mit den Füßen nach festem Boden. Ein paarmal stieß er kurz an harten Untergrund. Er konnte nicht stehen, aber es genügte, um ihn voranzubringen, dem festen Land entgegen.

Hinter sich hörte er Thidriks Hilferufe. Der Bauer schien nicht soviel Glück zu haben wie er. Aber er konnte sich jetzt nicht um ihn kümmern. Er konnte nicht zwei Leben zugleich retten.

An einer in den Sumpf ragenden mannsgroßen Baumwurzel konnte sich der über und über mit Morast bedeckte Cherusker aufs feste Land ziehen. Er gönnte sich nur Augenblicke Atempause und hielt dann nach Thidrik Ausschau. Der Bauer war bereits bis zum Kinn versunken und hatte seine Hilferufe eingestellt. Er schien sich mit seinem Tod abgefunden zu haben. Thorag fühlte die Versuchung, den Mann, der ihm bisher für jede Rettungstat nichts als Undank bewiesen hatte, der sich nicht geschämt hatte, ihn anzugreifen, als er völlig wehrlos war, einfach jämmerlich ertrinken zu lassen, doch dann entschied er sich anders.

Er sprang auf und brach einen langen Ast von einer Birke ab. Vorsichtig watete er so weit in den Sumpf, wie er noch festen Grund unter seinen Füßen spürte. Er streckte den Ast in Thidriks Richtung und rief: »Pack zu, Thidrik! Ich zieh' dich raus!«

Es kostete den Bauern einige Anstrengung, wenigstens einen Arm aus dem Sumpf zu ziehen. Der tödliche Morast stand ihm schon bis zum Mund, als seine Hand das äußerste Astende ergriff. Thorag zog zu heftig, und Thidriks Hand rutschte ab.

»Noch mal!« schrie Thorag und streckte den Ast möglichst weit aus.

Wieder packte Thidriks Hand zu.

»Gut festhalten!« brüllte Thorag und zog den Ast ganz langsam zu sich heran.

Thidrik rutschte noch mehrmals ab, und es kostete einige Mühen, aber schließlich konnte Thorag den Bauern mit den Händen greifen und ans feste Land ziehen.

Dort lagen beide Männer einige Minuten reglos und schnappten nach Luft, während der Regen den ärgsten Schmutz von ihren ausgepumpten Körpern spülte. Thorag erhob sich als erster und richtete sich auf, um sich ganz von dem klebrigen, stinkenden Morast befreien zu lassen.

Ein am ganzen Leib zitternder Thidrik tat es ihm nach, blickte Thorag tief in die Augen und sagte: »Danke! Ohne deine Hilfe wäre ich jetzt schon im Totenreich.«

Thorag grinste. »Und ich wäre es *mit* deiner Hilfe fast gewesen, Thidrik.«

»Es tut mir leid«, sagte Thidrik leise. »Mein Haß war noch zu groß, zu frisch.«

Thorag glaubte ihm. Das bösartige Funkeln war aus Thidriks Blick verschwunden.

»Und jetzt?« fragte der Edeling. »Haßt du mich jetzt nicht mehr?«

Thidrik zeigte auf den Sumpf. »Mein Haß steckt da drin.« Er schlug sich auf die linke Brust. »Aber die Trauer über Haskos Tod wird immer hier drin bleiben. Er war der einzige meiner Söhne, der lange genug lebte, um ein Mann zu werden.«

Thidrik nickte und suchte dann den Boden ab. Er fand Thidriks Schwert und gab es dem Bauern.

Dieser starrte ungläubig auf die Klinge und dann auf den Edeling. »Warum gibst du es mir?«

Thorag fragte sich für einen Augenblick, ob sein Leichtsinn nicht schon an Verrücktheit grenzte. Aber wer schon so oft wie er dem Tod im letzten Augenblick entflohen war, folgte um so mehr seinen Ahnungen und Gefühlen. Außerdem brauchte er jetzt einen Menschen, dem er vertrauen konnte. Er hob die gefesselten Hände. »Wolltest du mir nicht zeigen, wie man die Kette durchtrennt?«

Der andere zögerte einen Augenblick, bevor er leise sagte: »Ja.«

Sie gingen zu der Eiche, und Thorag kniete sich abermals vor den Felsblock.

Als Thidrik mit dem Schwert vor ihm stand, fragte der Bauer: »Bist du sicher, daß du mir vertraust?«

»Gleich werde ich es wissen.«

Thidriks Schwert fuhr nieder, immer wieder, und schließlich zerbrach die Kette, aber nicht die Klinge. Thorag fühlte sich unsagbar erleichtert, daß er dem anderen jetzt endlich vertrauen konnte.

Der Edeling stand auf und bedankte sich bei Thidrik.

»Du mußt dich nicht bedanken«, entgegnete dieser. »Ich werde auf ewig in deiner Schuld stehen.«

»Wenn du das glaubst, dann tu etwas, um die Schuld abzutragen.«

Thidrik sah überrascht auf. »Was?«

»Erzähl mir die Wahrheit über die Morde, die Onsaker mir zur Last legt!«

In Thidriks Gesicht trat Erschrecken, und er stammelte: »Das … das kann ich nicht.«

»Warum nicht?«

»Onsaker ist mein Fürst. Ich bin ihm zur Treue verpflichtet.«

»Ich will dich nicht zwingen, mir etwas zu sagen, was du nicht willst«, sagte Thorag und seufzte. »Aber dann rede nie wieder von deiner Schuld mir gegenüber. Ein Mann sollte nichts sagen, was er nicht in Taten umsetzen kann.«

Eine ganze Weile stand Thidrik schweigend da und starrte in die Dunkelheit und in den Regen hinaus.

»Ich weiß nicht viel darüber, wie Asker und Arader gestorben sind«, sagte er schließlich.

»Aber du hast auf dem Thing eine falsche Aussage gemacht.«

Der Bauer nickte beschämt.

»Und was ist die Wahrheit?«

»Onsaker hat mich zu der Aussage gezwungen. Im Gegenzug hat er meine Steuerschulden bei den Römern beglichen. Das war der Grund, weshalb ich ihn aufsuchen wollte. Die Römer hatten gedroht, mein Haus niederzubrennen und meine Kinder zu versklaven. Ich war verzweifelt. Als ich aber Onsakers Hof erreichte, bekam ich es mit der Angst zu tun. Onsaker ist für seinen Jähzorn bekannt, besonders wenn man ihn um etwas bittet. Ich verzog mich in das Gebüsch und überlegte, was ich tun sollte. Darüber wurde es dunkel. Plötzlich warst du da. Dann ergab sich alles wie von selbst. Onsaker half mir, und ich half ihm mit der falschen Aussage.« Thidrik räusperte sich. »Und er hat gedroht, mir die Haut bei lebendigem Leib abzuziehen, wenn ich die Wahrheit verrate.«

Thorag sah ihn fragend an.

»Nachdem ich dir in jener Nacht entkommen war und Onsakers Krieger alarmiert hatte«, fuhr Thidrik fort, »lief ich wieder nach draußen, um den anderen bei der Suche nach dir zu helfen. Ich wollte Onsaker meine Ergebenheit beweisen und seine Dankbarkeit erringen. Es war ein einziges Durcheinander. Überall liefen Ebermänner herum, aber von dir war nichts zu sehen. Vorsichtig ging ich in das Gebüsch, wo auf einmal Onsaker vor mir stand. In der Nähe lag Asker, tot, mit durchbohrter Brust. Onsaker sagte, du hättest seinen Sohn getötet. Und ich sollte das vor Gericht bezeugen.«

»Hast du geglaubt, daß ich Asker tötete?« fragte Thorag.

»Ich weiß nicht.«

»Glaubst du es heute?«

Thidrik sah in Thorags Augen. »Warst du es?«

»Nein!«

»Ich glaube dir«, sagte Thidrik leise.

»Was ist mit Araders Tod?«

»Davon weiß ich nichts. Ich übernachtete in dem Dorf bei Onsakers Gehöft. Am nächsten Morgen kehrte einer der Trupps, die Onsaker auf die Suche nach dir ausgeschickt hatte, mit Araders Leichnam zurück, den die Krieger auf seinem Hof gefunden hatten.«

Thorag legte seine Hände auf Thidriks Schultern. »Ich danke dir für deine Offenheit. Würdest du mir noch zwei Gefallen tun?«

»Welche?«

»Widerrufe deine Aussage auf dem nächsten Thing! Habe keine Angst, ich stelle dich unter meinen Schutz. Und führe mich in den Bund der Fenrisbrüder ein!«

»Du willst mit uns gegen die Römer kämpfen?«

»Ja«, antwortete Thorag.

»Dann haben wir ein Problem.«

»Wieso?« fragte der Edeling.

»Die Fenrisbrüder werden immer mächtiger. Ich weiß nicht, wer ihr oberster Kopf ist. Sie nennen ihn nur den Schwarzwolf, weil er bei den Zusammenkünften stets ein sehr dunkles Wolfsfell trägt. Wie er aussieht, weiß niemand. Sein Gesicht ist unter einer Wolfsmaske verborgen. Ich könnte dich nur dem obersten Führer empfehlen, den ich kenne.«

»Und wer ist das?«

»Onsaker!«

»Das habe ich mir fast gedacht«, seufzte Thorag. »Ich werde mir etwas einfallen lassen, damit …«

Er brach ab, denn weißes Feuer erhellte plötzlich den Nachthimmel. Ein Blitz jagte zur Erde nieder und fuhr mitten in die alte Eiche, unter der die beiden Männer standen. Dem Blitz folgte ein Donner, so laut, daß es nichts anderes sein konnte als der Widerhall von Miölnirs Schlag. Der riesige Baum stand binnen Sekunden lichterloh in Flammen. Brennende Äste regneten auf die beiden Männer herab.

Thorag lief in den Regen hinaus und zerrte den wie erstarrt dastehenden Bauern mit sich. In sicherer Entfernung kauerten sie sich unter ein Gebüsch und sahen zu, wie die Eiche im Feuer verging, während immer neue Blitze den Himmel aufrissen und der Donner das schwere Prasseln des Regens noch übertönte. Das Feuer war mit solcher Macht in den Baum gefahren, daß es der Sturzregen nicht zu löschen vermochte. Die beiden Männer spürten die starke Hitze, obwohl ihr Unterschlupf fünfzig Schritte von der riesigen Fackel entfernt lag.

»Donar vernichtet den heiligen Baum, der ihm geweiht ist«, flüsterte Thorag erschrocken. »Das ist ein böses Vorzeichen!«

»Denkst du dabei an Onsaker?« fragte Thidrik.

Thorag schwieg und blickte suchend hinauf in den Himmel, wo irgendwo der mächtige Donnergott tobte. Aber Donar zeigte sich nicht. Thorag starrte lange zum Himmel hinauf, bis ihn die Erschöpfung übermannte und er in einen tiefen Schlaf fiel, aus dem ihn selbst das Gewitter nicht mehr zu wecken vermochte.

Kapitel 22

Ein ungleicher Kampf

Lange Zeit stand Thorag stumm vor dem Grab seines Vaters auf der kleinen Lichtung im Heiligen Hain. Sie hatten Wisars Leiche in Thorags Abwesenheit verbrannt und die Überreste neben denen seiner Söhne bestattet, als Thorag trotz des ausgesandten Boten nichts von sich hören ließ.

Der Himmel hatte sich mit dunklen Wolken verhüllt, aber auf Thorags Gesicht stand ein leichtes Lächeln. Sein Geist hatte eine Reise durch die Zeit gemacht, zurück zu jenen fernen, glücklichen Tagen, in denen die Römer für ihn nur ein Schreckgespenst winterabendlicher Erzählungen waren, weit weniger greifbar als die Geister, die hier im Heiligen Hain wohnten. Noch einmal war er seinem Vater begegnet, hatte von ihm gelernt, ein Mann zu werden, und hatte sich dafür bedankt. Dann nahm er Abschied für immer, drehte sich um und verließ die kleine Lichtung auf dem schmalen Pfad, der auf die große Lichtung, den Versammlungsplatz, führte.

Thorag schritt durch eine Gasse zwischen den Donarsöhnen hindurch in den freien Kreis in der Mitte der Lichtung. Seinem Aufruf waren so viele Männer gefolgt, daß sie bis weit in den Wald hinein standen. Erwartungsvoll blickten die Frilinge aus Wisars Gau den Sohn ihres toten Fürsten an.

»Der Fürst ist tot«, sagte Thorag laut, während er sich langsam um seine Achse drehte und die Worte in jede Himmelsrichtung sprach. Die versammelte Schar wiederholte jedes Wort in einem tausendstimmigen Raunen, das wie verhaltener Donner klang.

Als er sich einmal um sich selbst gedreht hatte, blickte er die hervorragendsten Untertanen seines Vaters an. Um den vierschrötigen Hakon herum standen die Krieger aus Wisars Gefolgschaft in ihrem vollen Waffenschmuck, darunter der junge Garrit, dessen linke, leere Augenhöhle durch eine Klappe aus dunklem Leder verdeckt wurde. Auch die anderen Männer hatten ihre Waffen bei sich. Ganz vorn sah er die große, muskelbepackte Gestalt Radulfs, dessen graue Lockenmähne im auffrischenden Wind wehte. Der Schmied hatte eine Hand auf Tebbes Schulter gelegt. Seit seiner Teilnahme am großen Thing gehörte der älteste Sohn des toten Holte zu den Männern, und als solcher nahm er an der Versammlung teil. Radulf war für ihn eine Art zweiter Vater geworden.

»Der Fürst ist tot«, wiederholte Hakon laut die Worte, zog sein altes, prächtig verziertes Schwert aus der Scheide, reckte es hoch in die Luft und rief: »Es lebe der Fürst!«

Auch Radulf stieß sein Schwert in den Himmel und rief: »Es lebe der Fürst!«

Der Ruf pflanzte sich durch die Reihen fort und wurde schließlich von allen Kehlen aufgenommen. Ein paar Männer aus der vordersten Reihe, darunter Hakon und Radulf, traten vor Thorag, knieten sich vor ihm hin und legten Hakons Schild zu seinen Füßen. Thorag stieg auf die lederbespannte Oberfläche, deren verblassende Bemalung einen berittenen Krieger und Miölnir zeigte; das Zeichen des Kriegerführers Hakon, der dem Abkömmling des Donnergottes folgte.

Die Männer hoben den Schild auf ihre Schultern, und Thorag richtete sich zu seiner vollen Größe auf. Der jetzt einsetzende Jubel wuchs sich zu einem Donner aus, der Donars würdig war. Immer wieder erscholl: »Es lebe der Fürst!« Und: »Thor-ag! Thor-ag!«

Niemand konnte ahnen, welch unangenehme Erinnerungen dieser Jubel in Wisars Sohn weckte, dessen Gedanken in die Arena des Amphitheaters zurückkehrten. Er sah wieder Ater, den unheimlichen Bären vor sich, dessen Pranke auf ihn niedersauste, er durchlebte noch einmal Eilikos Tod und die gemeinsame Flucht mit Thidrik.

Nachdem Thorag den Bauern aus dem Sumpf gezogen hatte, schien dessen Haß auf den Edeling erloschen zu sein. Thorag war nach der Gewitternacht erst spät aufgewacht, Thidrik hatte neben ihm gehockt, das Schwert in Griffweite. Er hätte sich gar keine günstigere Gelegenheit wünschen können, Thorags Brust zu durchbohren oder seinen Kopf abzuschlagen, sofern er noch auf Rache aus war.

Er hatte es nicht getan und statt dessen über Thorags Schlaf gewacht. Die Schwertklinge war schmutzig. Thidrik hatte die Waffe als Werkzeug benutzt und damit einen kleinen Graben ausgehoben, der das Wasser von ihrem Unterschlupf abhielt.

Es hatte aufgehört zu regnen, und die Sonne brach sich durch die Wolken Bahn und beleuchtete den toten, verkohlten Stamm, der am Abend zuvor noch eine mächtige, alte Eiche gewesen war. Lebendig und von Donars Geist beseelt. Warum hatte ihr der Donnergott den Tod gesandt?

Thorag hatte weder Zeit noch Muße, darüber nachzudenken. Er und Thidrik bahnten sich unter großen Mühen einen Weg über den schlammigen, an vielen Stellen sumpfigen Waldboden. Zudem hatte der Gewittersturm viele Bäume gefällt, die sie immer wieder umgehen mußten. Es war ein anstrengender Marsch, und erst gegen Abend erreichten sie eine kleine Siedlung der Chatten, die, so Thidrik, Freunde der Fenrisbrüder waren, seit die Römer das Dorf geplündert hatten. Jetzt versorgten die Chatten die beiden erschöpften Flüchtlinge mit Nahrung, neuen Kleidern, Waffen und einem trockenen Schlafplatz für die Nacht. Da bereits am Morgen ein Reitertrupp das Dorf durchkämmt hatte, brauchte man nicht damit zu rechnen, daß die Römer plötzlich auftauchten.

Nach einem reichhaltigen Essen am Morgen darauf setzten Thorag und sein Begleiter ihren Marsch ins Cheruskerland fort. Es war ein beschwerlicher Weg, weil sie die unzugänglichsten Wälder, Moore und Gebirgszüge wählten, um vor den Römern sicher zu sein. Schließlich erreichten sie das Tal, in dem sich die Wege zu Thidriks und zu Wisars Gehöft trennten.

Der Edeling versprach dem Bauern, bis auf weiteres nichts von dem zu erzählen, was er von Thidrik über Onsaker erfahren hatte. Es war ohnehin nicht viel und für Thorag nur von Wert, wenn er mehr über den Doppelmord in Erfahrung bringen konnte. Im Augenblick wäre es für Thorag noch aussichtslos gewesen, Onsaker der falschen Anschuldigung und des falschen Eides zu bezichtigen.

Alle Zeichen deuteten darauf, daß es bald zu einer offenen Schlacht zwischen Onsaker und Thorag kommen würde. Mit seiner überraschenden Heimkehr durchkreuzte Thorag den Plan des Eberfürsten, sich Wisars Gau im Handstreich anzueignen. In den sechs Nächten und Tagen, die Thorag wieder daheim war, hatten seine Späher immer wieder Kriegerkolonnen gemeldet, die auf Onsakers Hof zuhielten und in dessen Nähe lagerten. Auch Thorag hatte rasch seine Untertanen benachrichtigt, daß sie zusammenkommen sollten, um Wisars Nachfolge zu regeln und ihr Recht auf einen Gaufürsten aus der Abkommenschaft Donars gegen die Eberkrieger zu verteidigen. So kam es, daß Thorag an die tausend Krieger unter Waffen hatte.

Nach allem, was er in der Ubierstadt mit Varus und Maximus erlebt hatte, war Thorag zu der Erkenntnis gelangt, daß die Römer die wahren Feinde der Cherusker waren. Sie hatten mit ihren maßlosen Abgabenforderungen Zwietracht unter den Germanen gesät, die doch zusammenhalten mußten. Daher hoffte er, eine Schlacht zwischen den Donarsöhnen und den Eberkriegern vermeiden zu können. Dann könnten beide Stämme vereint gegen die Römer kämpfen.

Der Schrei, der sich plötzlich in den Jubel der Menge mischte, machte Thorags Hoffnung zunichte. Ein Reiter, der seinen erhitzten Braunen durch die Reihen der Cherusker zwängte, stieß ihn aus: »Die Eberkrieger kommen! Onsaker greift an!«

Es dauerte eine ganze Weile, bis die Menge begriffen hatte, daß der Reiter nicht gekommen war, um Thorag zu huldigen. Die Jubelrufe verstummten, und die Botschaft des Reiters machte die Runde.

Thorag wurde von den Schildträgern zu Boden gelassen; innerlich verfluchte er Onsaker, der sich für seinen Angriff den günstigsten Augenblick ausgesucht hatte. Thorags gesamte Streitmacht befand sich auf der Lichtung. Nur vereinzelte Späher sicherten das Umland.

Einer von ihnen war der rothaarige Reiter, der sich nun endlich bis zu Thorag durchgekämpft hatte und von dem Pferd absprang. Er wollte vor dem neuen Gaufürsten niederknien, aber Thorag hielt ihn an der Schulter fest und fragte ohne weitere Umschweife nach Einzelheiten.

»Mehrere Kolonnen nähern sich aus dem Ebergau«, berichtete der schnell atmende Kurier. »Schwarzbemalte Krieger in voller Bewaffnung. Eine riesige Streitmacht!«

»Wie stark?«

»Zweitausend Krieger mindestens, vielleicht mehr.«

Also auf jeden Fall eine deutliche Übermacht. Das war nicht anders zu erwarten gewesen, hatte Onsaker sich doch schon seit Wochen auf eine kriegerische Auseinandersetzung um Wisars Nachfolge vorbereiten können. Thorag faßte rasch eine Entscheidung und stieg auf den ungesattelten Rücken des struppigen kleinen Braunen, mit dem der Kurier gekommen war.

»Cherusker, freie Männer aus Wisars Gau, Donarsöhne!« schrie er laut und übertönte die aufgeregte Menge. Als die Männer ihm ihre volle Aufmerksamkeit schenkten, fuhr er fort: »Onsaker rückt mit starken Kräften an, um seine Herrschaft auf diesen Gau auszudehnen. Wollt ihr dem Fürsten der Ebersippe die Treue schwören?«

»Nein!« scholl es ihm entgegen, und tausend Stimmen klangen wie eine.

»Wollt ihr mir die Treue halten?«

»Ja!« brüllten die Cherusker und skandierten dann erneut Thorags Namen.

»Wollt ihr mir in den Kampf gegen die Eberkrieger folgen?«

Wieder war die Antwort ein laut gebrülltes, mehrmals wiederholtes »Ja!«

Thorag nickte zufrieden und rief die Namen seiner Unterführer auf, allen voran Hakon und Radulf, der nicht nur ein erfahrener Schmied, sondern auch ein kampferprobter Krieger war. Schnell gab Thorag seine Anweisungen, wo welche Hundertschaften Aufstellung nehmen und wie sie sich verhalten sollten.

»Bleibt auf jeden Fall auf den Hügeln, bis ihr mein Angriffszeichen erhaltet«, schärfte er ihnen ein. »Wenn Onsaker unbedingt kämpfen will, soll er die Höhen heraufkommen. Das wird unser Vorteil sein.«

In Gedanken fügte er hinzu: *Der den Vorteil von Onsakers zahlenmäßiger Übermacht hoffentlich ausgleicht!*

Die Unterführer sammelten ihre Hundertschaften um sich, und eine nach der anderen rückte in Eilgeschwindigkeit ab. Obwohl die Ankündigung eines Überfalls sie völlig überrascht haben mußte, waren die Männer voller Zuversicht. Es war, als hätten sie den Jubel über ihren neuen Gaufürsten in Kampffreude und Siegesgewißheit umgesetzt. Sie riefen Thorags Namen erneut aus, als sie an ihrem neuen Fürsten vorbeizogen.

Dieser bestieg den kräftigen Grauschimmel, den er seit seiner Rückkehr ritt, und sprengte, gefolgt von Hakon und seinen berittenen Kriegern, auf den höchsten der Hügel zu, die das Gehöft und damit auch das Kernland des Gaues umgaben. Während er der Schlacht entgegenzog, sann er verzweifelt nach, ob er diese Schlacht, über die sich die Römer nur freuen würden, nicht doch noch vermeiden konnte.

Etwa zwei Stunden später standen sich die beiden Kriegerscharen gegenüber. Die Donarsöhne hatten die Höhen rund um das Gehöft besetzt, während die Eberkrieger durch die Wälder und Wiesen im Tal stürmten. Der Kurier hatte nicht übertrieben; ihre Zahl mochte sich wirklich auf zweitausend Mann belaufen. Genau vermochte Thorag das nicht abzuschätzen, weil viele der Feinde in den Wäldern verborgen waren. Onsakers Übermacht war jedenfalls erdrückend.

»Wir sollten endlich angreifen«, knurrte Hakon, der seinen Schecken an die Seite von Thorags Grauschimmel getrieben hatte. »Fast eine Stunde stehen wir uns schon gegenüber. Die

Krieger werden allmählich ungeduldig. Je mehr Zeit wir Onsaker lassen, desto günstiger kann er seine Streitmacht aufstellen.«

»Das gilt für unsere Männer auch.«

»Aber Sunna lenkt ihren Sonnenwagen zu den Eberkriegern hinüber.« Hakon zeigte auf die hoch am Himmel stehende Mittagssonne, die vor einer guten Stunde durch die Wolken gebrochen war und jetzt ihre wärmenden Strahlen auf die beiden Heere niedersandte. »Onsaker ist listig. Er wartet ab, bis Sunna in seinem Rücken steht. Dann wird er angreifen.«

»Das soll er«, erwiderte Thorag gleichmütig. »Unser Vorteil ist die Anhöhe, die seine Leute heraufkommen müssen. Wenn wir aber jetzt hinunterstürmen, geben wir diesen Vorteil auf. Und wir wissen nicht genau, was uns unten erwartet. Wenn die Eberkrieger aus den Wäldern hervorbrechen, kann Onsaker den Vorteil seiner Übermacht ausspielen und uns einkesseln.«

Garrit, der dem Gespräch gefolgt war, ritt näher heran und knurrte haßerfüllt: »Und wenn schon! Auf einen Donarsohn kommen zwei Eberkrieger. Na und? Einer von uns ist soviel wert wie fünf von denen. Wenn unsere Schwerter Ernte halten, wird Onsaker bald keine Übermacht mehr haben.«

»Aus dir spricht der Haß«, meinte Thorag und starrte auf die lederne Augenklappe. »Ich kann dich verstehen. Aber du sprichst zu geringschätzig von den Eberkriegern. Wenn sie so schlechte Kämpfer wären, wäre Onsaker niemals so mächtig geworden. Die Eberleute sind Cherusker wie wir, und sie verstehen es zu kämpfen wie wir.«

»Ich weiß nicht, ob sich die Krieger noch lange zurückhalten können«, brummte der Einäugige und trieb seinen Braunen zurück zu den übrigen Berittenen, die den Stoßkeil von Thorags Gegenangriff bilden sollten.

Thorag blickte dem jungen Krieger nachdenklich nach. Mit seinem Haß auf die Eberleute erinnerte er ihn an den römischen Offizier Lucius. Dessen Narbe und sein hinkendes Bein waren äußerliche Spiegelbilder seines Hasses wie Garrits leere Augenhöhle.

»Kommt der Haß vom Krieg oder der Krieg vom Haß?« sprach der junge Gaufürst aus, was ihn beschäftigte.

Hakon blickte ihn verständnislos an. »Ich kann die Frage nicht beantworten, Thorag. Ich weiß auch nicht, wozu es gut sein sollte.«

»Wenn wir diese Frage beantworten könnten, dann würden wir vielleicht Kämpfe wie diesen vermeiden.«

»Warum sollten wir das tun? Es gib keinen ehrenvolleren Tod als den in der Schlacht.«

»Das stimmt. Aber ein Mann, mag er auch noch so tapfer sein, kann sein Leben nur einmal hingeben. Ist es nicht ehrenvoller, für eine Sache zu sterben, die sich lohnt, als in einem sinnlosen Kampf wie diesem?«

»Darüber habe ich noch nie nachgedacht«, gestand der erfahrene Krieger ein. »Jedenfalls halte ich diesen Kampf nicht für sinnlos. Wir müssen Onsaker zeigen, daß es tödlich für einen Eberkrieger ist, diesen Gau in feindlicher Absicht zu betreten!«

Thorag schüttelte den Kopf. »Ich halte es für sinnlos, wenn ein Cherusker den anderen niedermetzelt, während jenseits des Rheins die Römer immer stärker werden.«

»Wir haben ein Bündnis mit den Römern, aber nicht mit Onsaker.«

»Vielleicht ist das ein Fehler, Hakon.« Thorag sah den Führer seiner Kriegergefolgschaft forschend an. »Versprichst du mir, nach meinem Willen zu handeln und nicht als erster anzugreifen, ganz gleich, was geschieht?«

Hakons graue Augen waren plötzlich voller Mißtrauen. »Was hast du vor, Fürst?«

»Ich werde hinunterreiten und Onsaker fragen, ob er den Kampf zwischen uns nicht auch für sinnlos hält. Vielleicht gelingt es mir, die Schlacht zu vermeiden.«

»Das halte ich für unmöglich. Du hast Onsaker schon einmal im Zweikampf besiegt. Ein zweites Mal wird er sich nicht auf so etwas einlassen. Er wird dich gefangennehmen und dich als Geisel benutzen. Oder er läßt dich töten.«

»Diese Gefahr muß ich eingehen. Für den Fall, daß ich tatsächlich gefangen werden sollte, befehle ich dir, nicht auf Onsakers Forderungen einzugehen. Du hast meinem Vater viele Sommer und Winter treu gedient, Hakon. Willst du auch mir treu sein und meine Befehle beachten, selbst wenn sie deinen Ansichten widersprechen?«

Ohne zu zögern zog Hakon sein Schwert und hielt es vor sich. »Dieses Schwert, das für Wisar viele Schlachten focht, wird genauso für dich kämpfen, Thorag. Mein Schwert, mein Schild, mein Mut und mein Herz sind dein.«

»So sei es«, sagte Thorag und nickte dem Älteren dankbar zu. »Liefere den Eberkriegern eine gute Schlacht, falls ich nicht zurückkehre!«

»Das werde ich«, versprach Hakon, während Thorag seinem Grauschimmel die Fersen in die Seiten drückte und langsam den Hügel hinabritt.

Er hörte die Unruhe in seinem Rücken, die seine Männer beim Anblick ihres dem Feind entgegenreitenden Fürsten erfaßte. Sie wußten nicht, was sie davon halten sollten. Sie wußten nur, daß es kein Angriff war. Dazu ritt Thorag viel zu gemächlich den Hügel hinunter. Er tat es absichtlich, um die Eberkrieger nicht zu einer übereilten Tat zu reizen.

Während oben Hakon die Parole ausgab, in Ruhe abzuwarten, erreichte Thorag den Fuß des Hügels und ritt zwischen manns-hohen Sträuchern dem für ihn jetzt unsichtbaren Gegner entgegen.

Die Eberleute blieben nicht lange unsichtbar. Plötzlich teilte sich das Gebüsch, und ein Dutzend schwarzbemalter Krieger stürzte hervor, kreiste den einsamen Reiter ein und richtete Speere und Schwerter auf ihn. Als sie ihn erkannten, stießen sie überrascht seinen Namen aus.

»Ja, ich bin Thorag, Sohn von Wisar und Fürst dieses Gaues«, sagte der Edeling ruhig. »Ich bin gekommen, um mit Onsaker zu verhandeln.«

Ein rotbärtiger Krieger, ein wahrer Klotz von einem Mann, trat vor. Sein Oberkörper war nackt und mit dem schwarzen Eber-kopf bemalt. Schwarze Kriegsfarben bedeckten auch seine Arme, die Stirn und die Wangen. Er hob seine Frame und hielt die Eisen-spitze dicht vor Thorags Brust. »Wir sind nicht zum Verhandeln gekommen, sondern zum Kämpfen!«

»Bist du Onsaker, der Fürst dieser Männer?« fragte Thorag in einem herablassenden Ton.

»N-nein«, antwortete der Rotbart verwirrt.

»Bist du ein anderer Fürst?«

»Nein.«

»Ein Edeling?«

»Nein, ich bin ein Krieger.«

»Warum wagst du es dann, mit mir zu sprechen? Ich bin ein Sohn Donars und will mit eurem Fürsten reden, nicht mit irgendwelchen Kriegern!«

Der Rotbart zog seine wulstige Stirn in Falten. In seinem Gesicht arbeitete es heftig, als er die Zurechtweisung verdaute. Aber Thorags scharfer Ton verfehlte seine Wirkung nicht. »Folge mir!« brummte er, zog den Speer zurück, drehte sich harsch um und ging mit langen Schritten durch das Unterholz.

Thorag ritt ihm nach. Ein immer größerer Zug von schwarzbemalten Kriegern schloß sich ihnen an.

»Was soll dieser Aufzug?« rief von weitem einer von mehreren berittenen Kriegern, die der kleinen Kolonne entgegen galoppierten. Als der Sprecher, es war Onsaker, Thorag erkannte, zeichnete sich deutlich die Überraschung auf seinem Gesicht ab. Die Reiter zügelten ihre Pferde vor der Kolonne, und Onsaker fragte: »Kommst du, um dich zu ergeben und mir die Herrschaft über deinen Gau anzutragen, Thorag?«

»Nein, Onsaker. Ich komme, um dich zum Rückzug deiner Männer zu bewegen. Sie befinden sich in meinem Gau.«

Onsaker grinste und schüttelte den Kopf. »Du irrst, Thorag. Bei Wodan, jetzt ist es *mein* Gau!«

»Wer hat das entschieden?«

»Ich!«

»Mit welchem Recht?«

»Als Wiedergutmachung für das Unrecht, das du mir angetan hast, als du mir beide Söhne nahmst.«

»Auf dem Thing bei den Heiligen Steinen habe ich meine Unschuld bewiesen.«

»In den Augen der anderen vielleicht, in meinen nicht. Ich werde mir nehmen, was mir zusteht!«

In diesem Moment erkannte Thorag, daß Hakon die Lage besser beurteilt hatte als er. Der durch seine schwarze Bemalung noch brutaler als gewöhnlich wirkende Fürst der Eberkrieger würde nicht mit sich verhandeln lassen. Und er würde Thorag nicht freiwillig wieder fortlassen, jedenfalls nicht lebendig.

In Onsakers Stimme, in seinen Gesichtszügen und vor allem in seinen tiefen Augen lag deutlicher Haß auf Thorag.

Thorag fragte sich vergebens, woher dieser Haß rührte. Die einzige Antwort war, daß Onsaker ihn tatsächlich für schuldig hielt nicht nur an Notkers, sondern auch an Askers Tod. Aber weshalb dann die falsche Aussage, die Onsaker von Thidrik verlangt hatte?

Während Thorag noch darüber nachsann, erscholl ein helles Hornsignal, das mehrmals auf und ab wimmerte. Besorgt blickten die Eberkrieger ihren Fürsten an.

»Unbekannte Reiter nähern sich«, sagte der Rotbart. »Wer kann das sein?«

Neue Hoffnung keimte in Thorag auf. Er dachte an damals, als die Eberkrieger schon einmal das Gehöft der Donarsöhne belagerten und als plötzlich Klef mit seinen Kriegern erschienen war. Sandten die Götter den Retter zum zweitenmal?

Onsaker und seine Männer warteten ab. Aber die Waffen blieben weiterhin auf Thorag gerichtet. Angestrengt lauschte er in die Ferne, in der Hoffnung, vielleicht das Klirren von Waffen zu hören. Vergebens! Wer immer sich der Walstatt näherte, er schien nicht auf einen Kampf aus zu sein. Oder war es gar Verstärkung für Onsakers Streitmacht?

Endlich näherte sich ein dreißig, vierzig Mann starker Reitertrupp auf einer Schneise zwischen den Bäumen, flankiert von Eberkriegern zu Fuß und zu Pferd. Viele Schilde der Neuankömmlinge zierte ein Hirschkopf mit prächtigem Geweih. Als sie den Anführer der Reiter erkannten, waren sowohl Thorag als auch Onsaker überrascht.

Es war Armin, Sohn des Segimar und seit dem letzten Thing bei den Heiligen Steinen oberster Fürst aller Cherusker. Als sich die beiden Gaufürsten von der ersten Überraschung erholt hatten, blickte Thorag seinem Herzog wesentlich gelöster entgegen als Onsaker. Wisars Sohn und Armin waren alte Kampfgefährten, der Eberfürst dagegen hatte bei der Wahl des neuen Herzogs gegen Armin gestimmt, was dieser sicher nicht vergessen hatte.

Dicht vor Thorag und Onsaker hielt Armin seinen Schimmel an und sah sich verdutzt um, bevor er die beiden Fürsten anblickte. »Ich scheine alt zu werden, daß ich mich so verirre«, sagte er mit gespielter Verwunderung. »Ich wollte meinen Freund und Kampfgefährten Thorag besuchen und befinde mich statt dessen in Onsakers Gau.«

»Heil dir, Armin!« grüßte Thorag und verkniff sich ein Grinsen. Er hatte Armins Taktik durchschaut und fuhr fort: »Du hast dich nicht verirrt, Herzog. Dies ist nicht der Gau der Eberleute, sondern der Gau der Donarsöhne.«

»Dann scheinen meine Augen mir einen Streich zu spielen«, seufzte Armin und blickte noch einmal in die Runde. »Wohin ich auch schaue, ich sehe nichts als schwarzbemalte Krieger. Und sogar Onsaker, ihren Anführer, spiegelt mir mein Trugbild vor. Ich sehe ihn dicht neben dir, Thorag.«

Onsaker konnte die in ihm aufsteigende Wut nicht länger im Zaum halten und zischte: »Ich bin kein Trugbild, Armin, und meine Krieger sind es auch nicht. Sie sind ebenso wirklich wie ihre Framen, Schwerter und Schilde. Und sie sind hier, um meinen Anspruch auf diesen Gau durchzusetzen!«

Der Herzog zog die Augenbrauen hoch. »Du hast einen Anspruch auf diesen Gau, Onsaker? Ja, bist du denn ein Abkömmling des Donnergottes?«

»Nein, aber Thorag schuldet mir etwas für den Tod meiner Söhne.«

Armins Miene nahm einen ernsten Ausdruck an. Seine Stimme klang wie das Klirren eines Schwertes: »Diese Fragen wurden bei den Heiligen Steinen geklärt. Notker hat seinen Tod selbst verschuldet. Thorag hat seine Unschuld an Askers Tod durch das Gottesurteil bewiesen. Du hast keinen Anspruch gegen ihn, schon gar nicht auf seinen Gau. Wenn du deshalb hier bist und nicht, um Thorag zu seiner neuen Würde als Gaufürst zu gratulieren, solltest du mit deinen Kriegern schleunigst abziehen!«

Düster sah Onsaker erst Armin und dann dessen Begleitung an. Es waren durchweg kampferprobte Krieger. Das sah man an der Art, wie sie ihre Waffen hielten, und an den vielen Narben, die ihre Gesichter und Arme schmückten. Aber es waren nur etwa vierzig Mann. Onsaker stand die fünfzigfache Zahl an Kriegern zur Verfügung. Das war der Grund, weshalb ein Grinsen sein Gesicht aufhellte.

»Bist du deshalb gekommen, Armin?« fragte er mit einem lauernden Unterton. »Willst du deinen *Freund und Kampfgefährten* davor bewahren, in der Schlacht von mir besiegt zu werden?«

»Sei dir eines Sieges nicht zu sicher!« warnte Armin den Eberfürsten. »Außerdem wird es keinen Kampf geben!«

»Warum nicht?« fragte Onsaker.

»Weil ich ihn untersage.«

»Dazu hast du kein Recht, Armin. Als Herzog darfst du unseren Waffendienst verlangen, und du führst uns in die Schlacht. Aber als Gaufürsten sind wir frei und haben uns deinem Wort nur zu fügen, wenn wir um dein Urteil bitten!«

»Warum willst du Hunderte von deinen und Hunderte von Thorags Kriegern in den Tod schicken?« fragte Armin. »Wäre das Blut nicht besser vergossen im Kampf gegen die Römer?«

Thorag blickte Armin mit aufgerissenen Augen an, überrascht, aus dessen Mund die Gedanken zu hören, die auch ihn bewegten.

»Seit wann sprichst du vom Kampf gegen die Römer, Armin?« fragte Onsaker. »Du, der du römischer Bürger bist und für die Römer in die Schlacht gezogen bist. Hättest du nicht beinahe auch mit den Römern gegen Marbod und die Markomannen gekämpft?«

»Ich habe es nicht getan«, sagte Armin knapp und verschwieg, daß ihn nur der Aufstand in Pannonien davon abgehalten hatte. Die germanischen Hilfstruppen, denen Armin und auch Thorag angehört hatten, waren schon gegen den aufsässigen Herzog der Markomannen in Marsch gesetzt worden, und fast hätten Germanen gegen Germanen gekämpft. Nur die Erhebung in Pannonien, die für das Römische Reich gefährlicher war, hatte das verhindert.

Der Herzog senkte seine Stimme und fuhr fort: »Wir sind Edelinge, Fürsten. Wir sollten diese Dinge unter uns besprechen und nicht inmitten von Männern, die sich vor lauter Kriegsfarbe nicht auseinanderhalten lassen.«

Er schnalzte mit der Zunge, woraufhin sich sein Schimmel in Marsch setzte und Armin zu einem nahen Kiefernwald brachte. Thorag und Onsaker folgten ihm. Der Eberfürst gab seinen Leuten ein Zeichen abzuwarten.

Auf einer kleinen Lichtung stiegen die Edelinge von den Pferden. Armin hockte sich auf den Stamm eines vom Sturm gefällten Baumes, während die beiden anderen stehenblieben und ihn abwartend ansahen.

Armin schaute auf. »Hier, wo nur die Geister der Bäume, des Himmels und der Erde uns hören können, ist ein besserer Ort für eine Besprechung, wie wir sie jetzt zu führen haben. Auch wenn unsere Krieger uns treu ergeben sind, eine von Bier und Met gelöste Zunge kann ungewollt manches verraten, was die Ohren besser nie gehört hätten.« Er richtet seinen Blick auf Onsaker. »Du hast mich gefragt, seit wann ich vom Kampf gegen die Römer spreche. Nun, seit ich ins Land meiner Väter zurückgekehrt bin, habe ich immer wieder mit ansehen müssen, wie unter dem Vorwand römischen Rechts Unrecht an meinem Volk verübt wurde. Ich denke, Thorag wird ähnliches erlebt haben.«

Wortlos legte der Angesprochene sein Wehrgehänge ab, dann seinen Umhang aus fein gegerbtem Hirschleder und schließlich seinen mit Stickereien verzierten Kittel. Er drehte sich um und zeigte den verwunderten Betrachtern seinen zerschundenen Rücken mit den tiefen Narben, die die von Lucius' kundiger Hand geführte Peitsche trotz der Heilkunst des griechischen Arztes hinterlassen hatte.

»Wer hat das getan?« fragte Armin.

Thorag drehte sich mit dem Gesicht zu ihm und Onsaker, streifte den Kittel wieder über und antwortete: »Die Römer, auf Anordnung von Quinctilius Varus.«

In knappen Worten berichtete er über den Vorfall mit der Brücke und über die Gerichtsverhandlung, erzählte aber nichts davon, daß er als Spion der Römer in die Heimat zurückgeschickt worden war. Zwar hatte Thorag nicht vor, für sie zu spionieren, aber bevor er die ganze Wahrheit erzählte, mußte er genau wissen, wer wirklich für und gegen die Römer war. Noch konnte er Armins Sinneswandel nicht nachvollziehen, und Onsaker war ebenso schwer zu durchschauen.

»Da siehst du es«, bemerkte Armin zu Onsaker. Der Eberfürst wischte in einer nachdenklichen Geste mit dem Handrücken über seinen Mund. »Thorag hätte also einen Grund, die Römer zu hassen. Welchen Grund hast du, *Gaius Julius Arminius*?« Ganz bewußt wählte er den Namen, den die Römer dem Cheruskerfürsten gegeben hatten.

»Viele von den römischen Steuereintreibern in die Verzweiflung getriebene Cherusker sind ein Grund«, antwortete der Herzog. »Niedergebrannte Hütten und geplünderte Höfe ein weiterer. Und wohl auch der Tod eines anderen Freundes und Kampfgefährten von mir und Thorag. Ich spreche von Klef, Sohn des Gaufürsten Balder. Von dem Edeling Klef, den die Römer getötet haben.«

»Klef ist … tot?« fragte Thorag fassungslos.

Armin nickte. »Gestern habe ich es erfahren. Ich habe seine Leiche gesehen. Oder das, was von ihr übrig war. Ich sandte es Balder.«

Thorag dachte an den zuverlässigen Waffenbruder, der ihm manches Mal in der Not beigestanden hatte, zuletzt gegen Onsaker. Plötzlich wurde Mißtrauen gegen den Eberfürsten in ihm wach. Aber Armin hatte gesagt, die Römer hätten Klef getötet.

»Wie ist Klef gestorben?« erkundigte Thorag sich.

»Auf die Art, wie viele Cherusker und auch Angehörige anderer germanischer Stämme in letzter Zeit gestorben sind. Weil sich die ausgepreßten Menschen weigerten, noch eine Sondersteuer zu bezahlen, haben die Römer ein ganzes Dorf niedergemacht. Wer sich wehrte, wurde getötet. Wer überlebte und nicht zu alt oder zu schwach war, wurde als Sklave verschleppt.«

Thorag sah Armin ungläubig an. »Balders Dorf?«

»Nein, nicht die Siedlung des Fürsten. So dreist sind die Römer nicht – *noch* nicht. Das Dorf lag in einem entfernten Winkel von Balders Gau.«

»Was tat Klef da?«

»Was wir alle früher oder später tun«, antwortete Armin. »Er warb um ein Mädchen aus diesem Dorf. Vielleicht hat er sich deshalb den Römern entgegengestellt. Ich weiß es nicht.« Der Herzog seufzte leise. »Ich weiß nur, daß es an der Zeit ist, etwas gegen die Römer zu unternehmen. Wenn cheruskische Edelinge von ihnen ausgepeitscht und getötet werden, darf das nicht ungesühnt bleiben!« Seine Worte klangen hart, bitter und wahr.

Doch Onsaker fragte skeptisch: »Und was willst du gegen die Römer unternehmen, Herzog? Willst du mit deinen paar Reitern gegen die Legionen des Krummbeinigen kämpfen?«

»Krummbeinig!« Armin lachte rauh und sah Wisars Sohn an. »Du hast ihn selbst erlebt, Thorag. Trägt der römische Statthalter seinen Namen zu Recht?«

Thorag nickte. »Seine Beine sind so krumm wie seine Gedanken.«

»Dann wird er um so schneller laufen müssen, wenn wir die Römer aus unserem Land jagen«, meinte Armin. »Aber nicht heute und gewiß nicht allein mit meiner Eskorte. Auch nicht allein mit all meinen Kriegern und deinen, Onsaker, und deinen,

Thorag. Auch nicht, wenn alle Cherusker zusammenstehen. Die Macht der Römer ist zu groß.«

»Die Cherusker sollen nicht fähig sein, die Römer zu besiegen?« schnaubte Onsaker verächtlich.

»Wir sind ein mächtiger Stamm, aber die Zahl unserer Krieger ist zu gering, verglichen mit den römischen Legionen, die an der Grenze zu unserem Land stehen«, erwiderte Armin.

»Wie willst du es dann erreichen?«

»Wir müssen einen Pakt mit allen Stämmen schließen!« verkündete der Herzog mit anschwellender Stimme. »Mit den Angrivariern, den Brukterern, den Marsern, den Sugambrern, den Chatten, den Sueben, den Semnonen und allen anderen. Wenn es uns gelingt, auch mit den Hermunduren und den Markomannen.«

»Mit den Markomannen?« fragte Onsaker spöttisch nach. »Nachdem du fast mit den Römern gegen sie ins Feld gezogen wärst? Marbod wird dir was husten!«

»Marbod ist sehr mächtig, und wir könnten seine Unterstützung gut gebrauchen. Wir müssen es versuchen!« Armin klopfte mit der Hand auf den umgeknickten Baumstamm, auf dem er saß. »Die Römer sind mächtig wie ein starker uralter Baum, aber wenn genug Winde blasen, fällt auch der stärkste Baum. Doch dazu müssen wir uns einig sein! Wie sollen wir die anderen Stämme überzeugen, wenn sich schon die Cherusker gegenseitig bekriegen?«

»Du scheinst es ehrlich zu meinen«, brummte Onsaker überlegend und schien stark versucht, sich auf die Seite seines Herzogs zu stellen.

Armin, der ein feines Gespür für solche Dinge hatte, stand auf, zog sein Schwert und reichte es dem verdutzten Eberfürsten. »Wenn du daran zweifelst, durchbohre mich mit meinem eigenen Schwert! Thorag wird vor meinen Kriegern bezeugen, daß ich es dir erlaubte.«

Der schwarzbemalte Gaufürst hielt unschlüssig das Schwert in der Rechten, während Armin abwartend vor ihm stand. Thorags Herz klopfte heftig. Armins Einsatz war gewagt, jedenfalls bei einem so unberechenbaren Mann wie Onsaker.

Aber wieder einmal bewies Segimars Sohn ein untrügliches Gespür für das Erkennen und Ausnutzen von günstigen Gelegenheiten und menschlichen Stimmungen. Ersteres machte ihn zu einem erfolgreichen Feldherrn, letzteres zu einem geschickten Unterhändler.

Onsaker reichte ihm sein Schwert zurück. »Ich gebe dir das Schwert und mein Vertrauen.« Seine Stimme nahm einen warnenden Unterton an. »Enttäusch mich nicht, Armin!«

Lächelnd steckte der Herzog sein Schwert in die außen mit Hirschleder überzogene Scheide. »Keiner von uns darf den anderen enttäuschen, wenn wir die Römer besiegen wollen!«

»Wann wird das sein?«

»Wenn alles so verläuft, wie ich es mir vorstelle, vielleicht noch in diesem Sommer.« Armin warf jedem der beiden anderen einen warnenden Blick zu. »Aber haltet eure Münder noch fest verschlossen! Der beste Plan ist nutzlos, wenn er zu früh verraten wird.«

Die beiden Gaufürsten bekräftigten ihre Verschwiegenheit.

»Gut«, nickte Armin zufrieden und sah Onsaker an. »Wie steht es mit dir, Fürst der Eberkrieger? Bist du nicht doch in diesen Gau gekommen, um Thorag, dem neuen Fürsten, Glück zu wünschen?«

»Ja, so ist es wohl«, knurrte Onsaker unwillig. »Und da ich das jetzt getan habe, werde ich mich mit meinen Kriegern zurückziehen.«

Obwohl er auf den Kampf verzichtete, war der Haß auf Thorag noch nicht aus Onsakers Blicken gewichen.

»Du hast wenig getrunken, Thorag«, sagte Armin und trat, einen mit Met gefüllten Silberbecher in jeder Hand, zu dem neuen Gaufürsten, der vor der großen, lauten Feier auf die Palisaden von Wisars Gehöft, das nun Thorags Gehöft war, geflohen war.

»Bald werden wir alle einen klaren Kopf brauchen, aber diese Nacht ist zum Feiern.«

Thorag lehnte sich auf die Brüstung und starrte hinaus auf die nächtlichen Wälder, während unter ihm das Lärmen und Singen der Männer ertönte und der Geruch gebratenen Fleisches aufstieg. Die Donarsöhne, die an den langen, unter freiem Himmel aufgestellten Tafeln saßen und von Frauen und Knechten bewirtet wurden, hatten allen Grund zum Feiern, mehr vielleicht, als ihnen bewußt war. Nicht ihr neuer Gaufürst hätte der Grund für das Festgelage sein sollen. Hätte sich Onsaker nicht mit seiner Streitmacht zurückgezogen, säßen viele der Männer jetzt nicht hier. Gewiß, jeder von ihnen hätte sich einen Platz an der reichgedeckten Tafel Walhalls gesichert. Aber dorthin konnte man immer noch kommen. Diese Nacht würde nicht wiederkehren.

Als Thorag das erkannte, drehte er sich zu Armin um, nahm einen der Becher, leerte ihn in einem langen Zug und warf ihn über die Brüstung. Armin lachte und tat es ihm nach. »Recht so«, sagte der Herzog, stieß einen lauten Rülpser aus und wischte sich mit der Hand über den Mund. »Wir haben schließlich Grund zum Feiern. Wenn wir einen so mißtrauischen Hund wie Onsaker überzeugen können, gelingt es uns vielleicht auch, Marbod zu unserem Verbündeten zu machen.«

»Ich muß dir für dein Eingreifen noch danken, Armin. Wie kam es, daß du gerade rechtzeitig erschienen bist?«

»Meine Kundschafter meldeten mir Onsakers Kriegszug gegen dich. Ich bin sofort losgezogen. Ich wollte vermeiden, daß kostbares Cheruskerblut für nichts und wieder nichts vergossen wird.«

»Ich stehe in deiner Schuld«, sagte Thorag ernst.

Armin zog die Augen zu Schlitzen, als er Wisars Sohn ansah. »Du scheinst dich des heutigen Tages nicht recht zu freuen, Thorag.«

»Wie sollte ich? Erst nahm ich Abschied für immer von meinem Vater, dann brachtest du die Kunde von Klefs Tod.«

»Ja«, sagte Armin ernst. »Zwei große Verluste für uns.«

Thorag nickte und dachte an die Toten. Der Gedanke an Wisar war mit Trauer und Schmerz verbunden. Aber der Gedanke an den von Römern getötete Klef ließ noch ein anderes Gefühl in dem jungen Gaufürsten aufsteigen: den Haß.

Kapitel 23

Astrids Traum

Die schweren dunklen Wolken hingen so zahlreich und tief am Himmel, daß die hoch aufragenden Felstürme der Heiligen Steine in ihnen zu verschwinden schienen. So sah es jedenfalls von hier unten aus, wo Thorag zwischen den Häusern und Hütten der Dorfbewohner hindurchritt. Männer und Frauen sahen von ihrer Arbeit auf und blickten neugierig den jungen Edeling an, der seinen Grauschimmel gemächlich dahintraben ließ. Thorag hatte es nicht eilig, Astrid den Tod ihres Bruders zu verkünden. Ihm folgte nur ein kleiner Begleittrupp, sechs von Garrit geführte Krieger. Am liebsten wäre Thorag allein zu Astrid geritten. Aber auch Hakon traute dem Eberfürsten nicht und bestand darauf, seinem Herrn eine Leibwache mitzusenden.

Fünf Nächte waren seit seiner Begegnung mit Onsaker und Armin vergangen. Armin war bereits am folgenden Tag aufgebrochen, dem Gaufürsten Balder sein Mitgefühl auszudrücken; er wollte ihn fragen, ob er Klef rächen und im Kampf gegen die Römer an Armins Seite stehen würde. Thorag hätte den Herzog gern begleitet, aber sein Mißtrauen gegen Onsaker war geblieben und so hatte er bei seinen Kriegern verharrt. Erst als die Späher meldeten, daß sich Onsakers Streitmacht zerstreute, schickte Thorag die zusammengeströmten Donarsöhne zu ihren Höfen und Siedlungen zurück.

Thorag konnte die schwere Aufgabe nicht länger aufschieben und brach an diesem Morgen zu den Heiligen Steinen auf. Es war seine Pflicht, die Todesbotschaft persönlich zu überbringen. In gewisser Weise war Eiliko für ihn gestorben. Außerdem *wollte* Thorag es selbst tun. Trotz der traurigen Umstände freute er sich auf ein Wiedersehen mit Astrid.

Als er jetzt zu den Steinriesen hinaufsah, bedrängten ihn viele dunkle Gedanken. Nicht nur die an Eiliko. Die Erinnerung an das Thing der Herzogswahl brachte auch die Erinnerung an Wisar und Klef, die damals noch lebten.

Erst der Anblick der kleinen Hütte, in der er nach dem Kampf gegen den schwarzen Eber von Astrid gepflegt worden war, riß ihn aus seinem Brüten. Vor der Hütte hockte auf einem Schemel eine schmale Gestalt – es war die junge Priesterin. Auf ihren Knien lag ein helles Gewand. Geschickt führte sie die Bronzenadel und versah es mit golden glänzender Stickerei. Das Hufgetrappel ließ die junge Frau aufblicken, aber in ihren Augen lag keine Überraschung. Vor der Hütte stieg Thorag ab und entbot Astrid seinen Gruß.

Ein kaum wahrnehmbares Lächeln trat in ihre ebenmäßigen Züge, als Astrid aufstand und das Gewand sowie das Nähzeug sorgfältig auf den Schemel legte. »Schön, daß du endlich gekommen bist, Thorag. Ich freue mich, dich wiederzusehen.«

»Das klingt, als hättest du mich erwartet«, sagte der Edeling verblüfft.

»Das habe ich. Wollen wir ein Stück gehen, während sich deine Krieger von dem Ritt erholen?«

»Ich habe dir etwas Wichtiges zu sagen, Astrid. Es betrifft …«

»Komm«, unterbrach die zierliche Frau den großen Mann, nahm ihn an der Hand und ging mit ihm von der Hütte fort in Richtung der riesigen Felsbarrieren. »Laß uns allein reden!«

Thorag drehte sich zu seinen verwundert dreinschauenden Kriegern um und sagte: »Ihr habt gehört, was die Priesterin gesagt hat. Stärkt euch mit einer guten Mahlzeit!«

Schweigend führte Astrid ihren Begleiter in das Grün des Unterholzes am Fuß der Felsriesen. Auch Thorag schwieg. Er spürte, daß Astrid es ihm sagen würde, wenn sie zum Gespräch mit ihm bereit war.

Von weitem hatte das Unterholz dicht und undurchdringlich ausgesehen, aber die Priesterin kannte einen Pfad, der zwischen ausladenden Farnen und dornigem Strauchwerk zu einer in den Fels gehauenen Treppe führte, die wie aus dem Nichts vor ihnen auftauchte. Erst jetzt bemerkte Thorag, daß sie am Fuß eines Steinriesen standen.

»So gewaltig müssen die Riesen sein, die der Donnergott bekämpft«, sagte er andächtig, während er den Kopf in den Nacken legte und an dem zerklüfteten graubraunen Gestein emporblickte, das in die Wolken wuchs.

»Die Alten sagen, daß es versteinerte Riesen sind«, erwiderte Astrid. »Die Riesen luden Donar zu einem Festmahl ein, wollten

375

ihn aber schläfrig machen und im Schlaf ermorden. Donar wurde von einer Elster gewarnt, die ihn mit ihrem Gezwitscher aus dem Schlaf riß, als die Riesen sich mit ihren zum Schlag erhobenen Keulen anschlichen. Donars Zorn über diesen Verrat war grenzenlos, und er wütete so schrecklich unter den Riesen, daß sie vor Grauen zu Stein wurden.«

Sie stieg die abgetretene schmale Treppe mit sicherem Schritt hinauf, und Thorag folgte ihr. Die Stufen wurden immer kleiner, so daß aus dem Steigen ein Klettern wurde. Sie ließen das grüne Dach des Unterholzes unter sich zurück.

Irgendwann hielt Astrid an, sicherte sich mit der linken Hand am Felsen und zeigte mit der Rechten auf ein Vogelnest, das auf einem Felsvorsprung lag. »Eine Elster hat dort ihr Nest gebaut. Die Elstern genießen den Schutz der Heiligen Steine. Es heißt, solange sie hier sind, bleiben die Riesen aus Angst, sie könnten den Donnergott zurückrufen, versteinert. Und solange die Riesen Stein bleiben, können sie nicht am Ende der Zeit gegen das Götterheer kämpfen.«

Thorag erinnerte sich, daß seine Mutter früher, wenn sie von den Heiligen Steinen erzählte, manchmal von den Elternsteinen gesprochen hatte. Er überlegte und fragte dann: »Heißt das, unsere Welt hat Bestand, solange die versteinerten Riesen an diesem Platz stehen?«

Astrid lächelte und strich mit der freien Hand Haarsträhnen zurück, die der Wind in ihr Gesicht geweht hatte. »Du bist ein kluger Mann, Thorag. Nur der Kampf kann den Sieg bringen, aber auch den Untergang.«

»Warum erzählst du mir das alles?«

»Weil ich den Haß in deinen Augen sehe. Und das Verlangen nach Blut.«

»Ich habe gute Gründe für meinen Haß.«

»Wer Haß fühlt, denkt das immer.«

Die Priesterin kletterte weiter hinauf und führte Thorag in eine Höhle. Im Innern des Felsens war es heller, als Thorag angenommen hatte. Bald entdeckte er den Grund: eine Treppe, die innerhalb des Felsens nach oben führte. Auf ihr gelangten die beiden Menschen schließlich wieder ins Freie, wo ein scharfer Wind wehte. Kein Wunder, denn sie standen auf der Spitze des Felsens.

Vorsichtig ging Thorag auf den Rand der Felsplatte zu, wo die

Wände steil und glatt nach unten abfielen. Der verhältnismäßig glatte Stein, auf dem er und Astrid standen, war mit verschiedenen Mustern und Symbolen in weißer Farbe übersät, die den Ritualen der Priester dienten. Als Thorag auf die verstreuten, von hier oben winzig wirkenden Hütten hinunterblickte, in denen die Diener der Götter lebten, bekam er ein Gefühl dafür, wie unbedeutend die Menschen im Vergleich zu den Mächten waren, die diese Welt geschaffen hatten und zusammenhielten. Wenn sich einer der versteinerten Riesen auch nur ein bißchen bewegte, würden Thorag und Astrid nicht mehr sein.

»Der Stein, auf dem wir stehen, ist heiliger Boden«, sagte Astrid, die neben ihn getreten war. »Dieser Ort ist nur für Menschen, die im Einklang mit den Göttern sind. Hier ist kein Platz für Haß, der zu Blut und Tod führt.«

»Aber auch die Götter müssen kämpfen!«

»Ein Kampf, der am Ende der Zeiten zu ihrem Untergang führen wird, ausgelöst von Haß, Neid und Mißgunst. Wir Menschen werden kaum besser sein als die, die uns beherrschen. Aber sollten wir uns nicht wenigstens bemühen, aus ihren Fehlern zu lernen?«

Thorag drehte sich zu ihr um. »Vielleicht würdest du anders reden, wenn du wüßtest, weshalb ich gekommen bin.«

»Ich weiß es.«

»Eiliko …«, setzte Thorag an, weil er nicht glaubte, daß Astrid dasselbe meinte wie er.

»Mein Bruder ist tot«, sagte sie zu seiner Überraschung. »Ich weiß es schon länger. Ich hatte ein Gesicht, in dem er von Hel, der Schwarzen, verschlungen wurde.«

Sie setzten sich auf einen Felsblock, und Thorag berichtete von Eilikos Tod. Danach zog er die Bronzefibel des Jungen aus einem der Lederbeutel an seinem Gürtel und wollte sie Astrid geben.

Die junge Frau nahm die Brosche aus seiner Hand und steckte sie an seinen Umhang. »Trage die Fibel und versuche dabei, an Eiliko zu denken, nicht an die Römer. Denke an die Liebe, nicht an den Haß.« Ihr Gesicht verdunkelte sich plötzlich. »Der Haß bringt nichts Gutes.«

»Was hast du?«

»Ich hatte noch ein Gesicht, mehrmals. Ein Gesicht, das dich betrifft. Jetzt, wo du hier bist, spüre ich, daß es mit dem Haß zusammenhängt, der dich erfüllt.«

»Das verstehe ich nicht. Was hast du gesehen?«

»Dich – in einem Meer von Blut! Ähnlich wie damals schon. Um dich herum war es so dunkel wie in Hels Reich. Aus der Dunkelheit löste sich etwas heraus, ein schwarzes Tier, das dich verschlang.« Vergeblich versuchte Astrid, Thorags große Hände zu umfassen, als sie ihm in die Augen sah und eindringlich sagte: »Thorag, hüte dich vor dem schwarzen Tier!«

»Was für ein schwarzes Tier? Sprichst du von Ater, Eilikos Mörder? Von dem schwarzen Eber? Von dem Ur, der meinen Vater und meinen Bruder tötete?«

»Ich weiß nicht, was für ein Tier es war, aber keins von diesen. Du hast sie alle getötet. Aber meine Gesichter zeigen nicht das, was gewesen ist, sondern das, was kommen wird. Und mein Traum sagt deutlich, daß du das schwarze Tier nicht töten wirst. Es wird dich verschlingen. Deshalb mußt du deinen Haß bezähmen!«

Thorag dachte über die Warnung nach, während er und Astrid den Felsen verließen.

Sie gingen in Astrids Hütte, wo sie ein einfaches Mahl zu sich nahmen: Nüsse und frische Waldbeeren in Kuhmilch, mit Honig gesüßt.

Astrid war voller Neugier und stellte viele Fragen über die Ubierstadt und über die Römer. Thorag überlegte erst, ob er Flaminia überhaupt erwähnen sollte, aber schließlich entschied er sich für die Ehrlichkeit; Astrid hatte ihm schon mehrfach geholfen, sie weihte ihn in ihre Träume ein, dann mußte auch er offen sein.

»Liebst du sie?« fragte Astrid.

Thorag sah die schöne Römerin wieder vor sich, die Erinnerung an die Nächte der Lust, aus denen Stunden des Glücks geworden waren, überkam ihn mit fast schmerzhafter Eindringlichkeit. »Ja«, antwortete er zögernd. »Falls man Menschen auf verschiedene Weise lieben kann.«

»Warum nicht? Die Menschen sind sehr verschieden. Weshalb dann nicht auch die Liebe, die man für sie empfindet?«

»Wenn ich mit Flaminia zusammen war, habe ich nicht immer an sie gedacht. Ich dachte auch an dich, Astrid, und an ...« Er verstummte und überlegte, ob es richtig war, an Vergangenem zu rühren.

»An Auja?«

Thorag nickte.

Astrids Hand strich über seinen starken Unterarm. »Ich mag dich sehr, Thorag, aber mein Leben gehört den Göttern. Ob Auja oder Flaminia an deine Seite gehören, mußt du selbst entscheiden. Triff die Wahl mit Liebe im Herzen!«

Thorag lächelte, aber auf seinen Zügen lag Bitterkeit. »Ich habe keine Wahl. Auja habe ich für immer verloren. Es hat keinen Sinn für mich, auch nur an sie zu denken.«

»Dann ist es für dich unwichtig, daß sich ihre Dienerin bei den Heiligen Steinen aufhält?«

»Ihre Dienerin?«

Astrid nickte. »Sie heißt Urte und kommt oft zu den Heiligen Steinen, um Heilkräuter einzutauschen, die nur wir Priester kennen. Sie gilt in ihrer Siedlung als Heilkundige. Mit den Kräutern macht sie dort ein gutes Geschäft.«

Diese Mitteilung stürzte Thorag in große Verwirrung. Er wußte nicht, wie er sich verhalten sollte. Eine Stimme in seinem Kopf riet ihm, die Vergangenheit ruhen zu lassen, alte Schmerzen nicht neu zu beleben. Aber eine andere Stimme riet ihm ebenso überzeugend, das Gespräch mit Aujas Heilerin zu suchen.

Letztlich war Thorag auch zu neugierig, diese Gelegenheit verstreichen zu lassen.

Eine halbe Stunde später stand Thorag vor dem großen Holzhaus, in dem Urte untergekommen war. Astrid hatte ihn hergeführt, wollte bei dem Gespräch aber nicht zugegen sein. »Was zwischen dir und Auja ist, ist ganz allein eure Sache«, hatte sie gesagt.

Zögernd betrat Thorag das längliche Haus durch eine offenstehende Tür an einer der langen Seitenwände. Er wußte gar nicht recht, was er Urte sagen sollte. Aber es war ihm wie eine übernatürliche Fügung erschienen, daß er und Aujas Dienerin zur selben Zeit die Heiligen Steine besuchten. War Auja vielleicht doch nicht verloren?

Rechts vom Eingang, im Stall, war ein stämmiger Mann mit dem Ausmisten beschäftigt. Thorag fragte ihn nach Urte. Ehe der Stämmige noch etwas erwidern konnte, teilte sich ein Vorhang, und eine hagere Frau trat hervor. Sie war klein und etwa doppelt so alt wie Thorag. Ihre Gesichtszüge verrieten große Überraschung.

»Ich bin Urte«, sagte sie. »Was willst du von mir?«

»Ich bin Thorag, Sohn des Wisar.«

»Das weiß ich.«

»Kann ich allein mit dir sprechen, Urte?«

»Worüber?«

»Über Auja.«

»Gehen wir nach draußen«, schlug Urte vor und führte ihn über einen Hühnerhof zu einer einsam stehenden Buche. Die Kräuterfrau hatte eine volltönende, aber auch etwas barsche Stimme. Übertriebene Achtung gegenüber dem neuen jungen Gaufürsten konnte man ihr nicht vorwerfen.

»Auja lebt noch auf Onsakers Hof?« fragte Thorag.

»Natürlich. Sie untersteht seiner Munt.«

»Wann kehrst du dorthin zurück?«

»Morgen.«

»Richtest du Auja etwas von mir aus?«

Urte zog die Augenbrauen hoch und blickte Thorag von der Seite an. »Ich glaube nicht, daß das Onsaker gefällt.«

»Er braucht es nicht zu erfahren.«

»Ich soll also meinen Herrn und Fürsten verraten?« Diese Satz ging der Heilerin etwas zu leicht über die Lippen. Thorag glaubte jetzt in ihrer Stimme einen scheinheiligen Unterton herauszuhören.

»Ich spreche nicht von Verrat, sondern von einem Gefallen.« Thorag öffnete einen Lederbeutel und nahm einen Silberdenar mit dem Bildnis des Augustus heraus. »Du sollst dafür auch entlohnt werden.«

Urte machte erst ein empörtes Gesicht; aber ihr Blick haftete auf geradezu magische Art und Weise auf der Münze. Zögernd nahm sie endlich die Silbermünze aus seiner Hand. »Was soll ich dafür tun?«

»Richte deiner Herrin aus, daß ich sie übermorgen zur Mittagsstunde erwarte.«

»Das ist aber ein großer Gefallen, den ich dir erweisen soll«, sagte Urte und blickte begehrlich auf Thorags Börse.

»Du wirst dafür auch reich entlohnt.« Er gab ihr noch eine Silbermünze. »Sag Auja, ich erwarte sie dort, wo wir uns zum erstenmal begegneten.«

»Und wenn sie den Ort vergessen hat?« fragte Urte.

»Dann sollten wir uns besser nicht treffen.«

Kapitel 24

Verrat

Sunnas leuchtender Wagen hatte den höchsten Himmelspunkt längst überschritten. Thorag, der mit dem Rücken an den Stamm einer alten Eiche gelehnt saß und mit seinem Dolch gedankenverloren an einem vom Sturm gebrochenen Ast herumschnitzte, fragte sich immer wieder, ob es falsch gewesen war, die Begegnung mit Auja zu suchen. Schon zwei Stunden wartete er jetzt, und er wurde immer unruhiger. Weshalb kam Auja nicht? Scheute sie das Treffen mit ihm? Scheute sie den Ort, der so viele Erinnerungen für sie beide bedeutete? Oder fürchtete sie Onsakers Zorn?

Eine andere Möglichkeit kam Thorag in den Sinn, als er an Urte dachte, die er vor zwei Tagen bei den Heiligen Steinen getroffen hatte. Vielleicht hatte die hagere Frau seine Münzen genommen, seine Botschaft aber nicht weitergeleitet. Damit hätte sie den Gewinn eingetrieben und die Gefahr ausgeschlossen, von Onsaker belangt zu werden.

Er war so sehr mit seinen Gedanken beschäftigt, daß er gar nicht merkte, wie sein grasendes Pferd unruhig wurde. Er nahm das Hufgetrappel erst wahr, als es schon recht nah war. Thorag sprang auf, ließ den Ast fallen und vertauschte den Dolch mit seinem Schwert. Er zog sich hinter den mächtigen Stamm der Eiche zurück, als er die Umrisse des fremden Reiters zwischen den Bäumen sah. Auch Thorags Pferd war alarmiert, drehte den Kopf zur Seite und sah dem Neuankömmling entgegen.

Der Cherusker ließ das Schwert sinken und trat hinter Donars heiligem Baum hervor, als er Auja erkannte, die auf einem kleinen Falben saß. In ihrem grünrot gemusterten Wollkleid sah sie fast genauso aus wie damals, als sie sich nach Gundars Beisetzung getroffen hatten.

Auja zügelte ihre Stute und sah Thorag entgegen. »Hast du Angst vor mir, Thorag, daß du dich hinter dem Baum deines Gottes versteckst und das Schwert in der Hand hältst?«

Er steckte die Klinge zurück ins Fellbalg der Scheide. »Für einen Moment glaubte ich Gefahr zu spüren, als ich dich kommen hörte.«

»Welche Gefahr könnte ich für dich sein?« fragte Auja, während sie mit einer geschickten Drehung vom Pferd stieg. Ihre Stute gesellte sich zu Thorags Grauem, und die beiden Tiere beschnupperten sich vorsichtig.

»Vielleicht keine Gefahr für meinen Körper, aber eine für mein Herz. Ich habe viel an dich gedacht, Auja.« Er staunte selbst, wie leicht ihm die Worte über die Lippen kamen. Gewiß, im Oppidum Ubiorum, in den Armen Flaminias, hatte er kaum mehr an sie gedacht; aber seit seiner Rückkehr ins Land seiner Väter, erschien das Bild Aujas immer öfter vor seinem inneren Auge; es war, als sei ihre Gestalt untrennbar mit dieser Landschaft verbunden.

Ihre braunen Augen nahmen einen sehr ernsten Ausdruck an: »Rede nicht von Dingen, die nicht sein dürfen, Thorag!«

»Warum darf es nicht sein, wenn sich zwei Menschen lieben? Du könntest jetzt einfach mit mir reiten, und alles wäre gut.«

Auja schüttelte den Kopf und lächelte angesichts dieser einfachen Vorstellungen. »Nichts wäre gut. Du weißt, daß ich als Askers Witwe unter Onsakers Munt stehe. Ginge ich mit dir, würde er es als Raub auslegen. Das wäre ein Grund für ihn, dich anzugreifen und dir doch noch den Gau deines Vaters zu nehmen. Onsaker bereut es nämlich schon, daß er sich von Armin *beschwatzen* ließ, wie er es ausdrückt.«

Thorag wußte, daß Auja recht hatte, aber er wollte es nicht wahrhaben. Er legte seine Hände auf ihre Schultern und sah tief in ihre Augen. »Liebst du mich noch, Auja?«

»Warum fragst du immer wieder nach Dingen, die nicht sein dürfen? Mach es uns doch nicht so schwer!«

»Wenn du so denkst, warum bist du dann gekommen?«

»Auch ich denke viel an dich, Thorag, aber ...« Sie brach ab.

Thorag spürte auch so, daß noch etwas außer Onsaker zwischen ihnen stand. Und er wußte, daß es der Verdacht war.

»Denkst du, ich habe Arader getötet?« fragte er und nahm die Hände von ihr.

»Ich halte dich nicht für einen Mörder, Thorag. Nicht nur, weil du die Prüfung der Götter auf dem Thing bestanden hast. Ich glaube, ich kenne dich gut genug, um zu wissen, daß du so etwas nicht tun würdest. Aber wenn du es nicht warst, wer dann? Niemand sonst hatte einen Grund, meinen Vater zu töten!«

»Das würde ich so nicht sagen. Arader war kein freundlicher Mann.«

»Man tötet keinen Mann, nur weil er nicht freundlich ist.«

Thorag seufzte und suchte vergebens nach Worten. Er konnte Aujas Zweifel gut verstehen. Er an ihrer Stelle hätte auch diesen Verdacht gehegt. Manchmal fragte er sich, ob er Arader nicht umgebracht hatte, ohne es selbst zu wissen.

Konnte es das geben? Konnte ein Mensch einen anderen töten und es vergessen?

Diese Frage beschäftigte ihn so sehr, daß er das warnende Kribbeln in seinem Nacken zu spät beachtete. Als das Knacken von Zweigen ihn aufschauen ließ, erkannte er, daß ihn sein sonderbares Gefühl bei Aujas Erscheinen nicht getäuscht hatte.

Zu spät! Rings um ihn herum brachen schwarzbemalte Krieger aus dem Unterholz und stürmten die Lichtung.

Mit dem wütenden Gedanken, daß er wie ein unerfahrener Knabe in eine Falle gelaufen war, zog er sein schweres Schwert, riß es mit beiden Händen hoch und ließ es auf den ersten Angreifer niederfahren, während er sich mit einer geschickten Drehung aus der Stoßrichtung von dessen Frame brachte. Der Eberkrieger stolperte an Thorag vorbei, während die schwere Klinge des Edelings seinen Kopf spaltete. Haarbüschel, Knochen, Stücke seines Gehirns und Blut verspritzend, sank der Schwarzbemalte zu Boden.

Thorag rannte zu den beiden Pferden. Sein Schild und seine Frame hingen am Sattel. Nur aufgesessen und mit all seinen Waffen konnte es ihm gelingen, der unberittenen Übermacht zu widerstehen. Als er die Hälfte der Entfernung hinter sich gebracht hatte, traf ihn etwas schwer am Kopf und zwang ihn auf die Knie. Es war ein Wurfspeer, der ihn zum Glück nur streifte.

Glück? Es kostete ihn wertvolle Augenblicke. Als er sich wieder erhob, war er von Eberkriegern umzingelt. Speerspitzen und Schwertklingen zeigten von allen Seiten auf ihn. Schwarze Gesichter, von denen eines dem anderen glich, starrten ihn haßerfüllt an. Dann erkannte er ein Gesicht. Es gehörte dem rotbärtigen Klotz, dem er vor einigen Tagen begegnet war, als er mit Onsaker verhandeln wollte.

Der Rotbart grinste breit und enthüllte Zähne, die nicht viel heller waren als seine Kriegsfarbe. »So schnell sieht man sich wieder, *Edeling*. Wenn du nicht mit einem einfachen Krieger sprichst, kämpfst du vielleicht gegen ihn!«

Der Klotz sprang vor und stieß mit der Frame nach Thorag. Der junge Fürst konnte ausweichen, und der Speer riß nur den Hirschlederumhang von seiner Schulter. Thorags blutige Klinge hieb den Framenschaft entzwei, und der Rotbart starrte verblüfft auf das unbrauchbare Reststück der Waffe in seinen Händen.

Der Eberkrieger mochte stark sein, aber er war zu schwerfällig. Als er sich von seiner Überraschung erholt hatte, war Thorag schon bei ihm und stieß das Schwert tief in seine Brust. Mit einem Aufstöhnen ging der Mann in die Knie und starrte seinen Gegner ungläubig an.

Mehr sah Thorag nicht. Er wurde von den Beinen gerissen. Um ihn herum waren nur noch Hände, Waffen, Leiber und schwarze Gesichter. Die im wahrsten Sinne des Wortes erdrückende Übermacht der Eberkrieger verurteilte ihn zur Wehrlosigkeit. Sie entwanden ihm das Schwert und rissen ihm den Dolch aus dem Gürtel. Unablässig trafen ihn Schläge und Tritte. Als ein Fuß schwer gegen seinen Kopf krachte, verließen ihn fast seine Sinne.

Thorag kämpfte sich durch den dunklen Tunnel, der ihn zu verschlucken drohte, und sah sich an seinem hellen Ende Onsaker gegenüber. Heute trug der Fürst der Eberleute keine Kriegsfarbe im Gesicht. Aber auch bemalt hätte das breite Gesicht nicht häßlicher und gemeiner aussehen können. Das Zähnefletschen sollte vermutlich ein Grinsen sein. Jedenfalls war es ein Zeichen von Onsakers Triumph.

»Sieh an, Thorag«, sagte er selbstzufrieden und stellte sich über den junge Edeling, der von den Eberkriegern gewaltsam am Boden gehalten wurde. »Der Gaufürst der Donarsöhne auf meinem Gebiet!«

»Das hier ist Grenzgebiet!« stöhnte Thorag.

»Wie auch immer.« Onsaker machte eine wegwischende Handbewegung und zeigte dann auf seine Krieger. »Ich habe genug Zeugen dafür, daß wir dich auf *meinem* Gebiet erwischt haben. Dich und Auja, die du aus meiner Munt rauben wolltest. Jedermann wird verstehen, daß ich dich gefangennahm.«

»Aber Armin wird es nicht gutheißen.«

»Armin!« Onsaker spuckte aus, Thorag mitten ins Gesicht. »Armin kann nichts mehr ändern, wenn ich ihn vor vollendete Tatsachen stelle. Schon gar nicht, wenn du tot bist!«

Der Eberfürst zog sein Schwert und drückte die scharfe Klinge gegen Thorags Kehle. Das warme Gefühl, das Thorag dort spürte, mußte von seinem Blut herrühren, das aus der Schnittwunde lief.

Langsam zog Onsaker sein Schwert zurück. »Ich will nichts übereilen. Vielleicht nützt mir ein lebender Thorag mehr als ein toter.« Er sah seine Männer an. »Fesselt ihn!«

Binnen kurzem war Wisars Sohn so fest verschnürt, daß er kaum noch einen Finger bewegen konnte. Die Ebermänner luden ihn bäuchlings auf sein Pferd und zurrten ihn dort fest.

»Wer hat mich verraten?« fragte Thorag.

»Was denkst du?« erwiderte Onsaker und blickte die junge Frau an. »Auja vielleicht?«

»Nein!« schrie Auja mit Tränen in den Augen auf. »Das ist nicht wahr!«

»Auja war es nicht«, sagte Thorag mit fester Stimme und fügte in Gedanken hinzu: *Nicht hier. Nicht auf unserer Lichtung. Niemals!*

»Du hast recht«, grinste Onsaker.

»Also war es Urte.«

»Du hast schon wieder recht. Urte ist eine treu ergebene Dienerin, mir und dem Geld gegenüber. Seit sie erfahren hat, welch schönen, nutzlosen Kram man für die Münzen der Römer kaufen kann, tut sie alles für Asse und Sesterzen. Sie ließ sich von dir bezahlen, um deine Botschaft zu überbringen. Sie ließ sich von Auja bezahlen, damit sie schwieg. Dann ließ sie sich von mir bezahlen, damit sie redete. Ich habe gut gehandelt, als ich sie zu Aujas Dienerin bestimmte.«

Onsaker gab den Befehl zum Aufbruch. Die Eberkrieger hoben die beiden Toten auf und luden sie auf Aujas Falben.

Auja trat zu Thorag und sagte leise: »Es tut mir leid.«

Onsaker sprang herbei und riß sie von Thorag weg. So heftig, daß Auja stolperte und zu Boden fiel. Niemand half ihr beim Aufstehen.

»Du wirst nie wieder mit Auja sprechen, Thorag!« sagte der Eberfürst düster, und in seinen Augen loderte wieder der unbändige Haß.

Kapitel 25

Das Tal der toten Bäume

Onsaker wollte Thorag verhungern lassen. Eher noch verdursten, denn seine Kehle und sein Mund waren so trocken und rauh, daß es ihn fast erstickte. Ja, so mußte es sein! Wie sonst sollte sich Thorag erklären, daß niemand nach ihm sah? Daß er kein Essen bekam, nicht mal einen Becher Wasser? Er war allein mit der Dunkelheit, die ihn umhüllte, und mit den Geräuschen der Außenwelt, die stark gedämpft zu ihm drangen. Stimmen, deren Bedeutung er nicht verstand. Manchmal auch Rindergebrüll oder Schweineraunzen.

Der Eberfürst und seine Krieger hatten Thorag zu Onsakers Gehöft gebracht und ihn hier in eine der Erdgruben gesperrt, die als Vorratskammern dienten. Der Grube, in die Thorag unsanft geworfen worden war, haftete der durchdringende Geruch von Mohrrüben an. Die Eberleute hatten schwere Holzbalken über die Grube gelegt und Thorag das Licht genommen. Es schien eine ständige Wache über ihm zu geben; immer wieder hörte er das Knirschen von Schritten über sich, bis es so zur Gewohnheit geworden war, daß es ihm kaum noch auffiel.

Seine verzweifelten Anstrengungen, sich zu befreien, waren vergebens gewesen. Er war fest eingeschnürt und schaffte es nicht, auch nur einen der Stricke zu lockern. Und das festgestampfte Erdreich, das ihn umgab, bot keine Reibungsfläche, an der er hätte versuchen können, die Fesseln durchzuscheuern. Onsaker hatte an alles gedacht.

An den dumpfen Geräuschen, die zu ihm drangen, versuchte Thorag die Zeit festzumachen. Aber es war eine vergebliche Anstrengung. Müdigkeit und Erschöpfung, die ihm wenigstens für einige Stunden erlösenden Schlaf brachten, machten sie zunichte. Er konnte nur schätzen, daß seit seiner Gefangennahme mindestens zwei Nächte vergangen waren. Und niemand kam, ihm zu helfen.

Wie auch?

Onsaker würde schon ein Auge darauf haben, daß Auja dem Gefangenen nicht beistand. Wahrscheinlich befand sie sich unter Urtes ständiger Aufsicht. Der Eberfürst hatte auf dem Weg zu seinem Hof nicht zugelassen, daß Auja auch nur einmal in Thorags Nähe kam.

Von Thorags Gefolgsleuten war keine Hilfe zu erwarten. Er hatte ihnen nur gesagt, er wolle ein wenig ausreiten, als er zu dem Treffen mit Auja aufbrach. Hätte Thorag verlauten lassen, daß er sich an die Grenze von Onsakers Gau begeben wollte, hätte Hakon darauf bestanden, ihm einige Krieger mitzugeben. Das wäre die richtige Maßnahme gewesen, erkannte Thorag bitter.

Etwas kitzelte Thorags Gesicht. Er dachte an eine Maus oder einen Regenwurm. Aber es waren Erdkrümel, die auf ihn herunterrieselten. Damit sie ihm nicht in Mund, Nase und Augen drangen, drehte er den Kopf weg. Fast die einzige Bewegung, zu der er noch in der Lage war. Er hörte ein lautes Schaben, und Licht fiel in seinen kleinen Kerker. Seine Augen tränten, als er sie krampfhaft aufriß, aber er zwang sich, die blendende Helligkeit zu ertragen. Er wollte wissen, wer sein Gefängnis öffnete.

Schnell zerschlug sich seine aufkeimende Hoffnung auf Rettung. Hätte er vernünftig gedacht, hätte er das von vornherein ausgeschlossen. Er hatte keinerlei Kampflärm gehört. Über ihm standen Onsakers Männer und sahen mitleidslos auf ihn herab.

Zwei von ihnen sprangen in das Erdloch, stellten den Gefangenen auf seine tauben Füße und hoben ihn an. Mehrere Hände griffen nach ihm und zogen ihn nach oben. Als er dort erneut auf die Füße gestellt wurde, schoß ein brennender Schmerz durch seine Beine. Weil durch die Fesseln der Blutfluß abgeschnitten war, waren die Füße völlig taub, boten ihm keinen Halt, und Thorag fiel vor den Ebermännern auf den Boden. Trotzdem war er froh über den Schmerz, der bedeutete, daß seine Beine noch nicht abgestorben waren.

»Bindet ihn auf ein Pferd!« befahl eine barsche Stimme. Es war Onsaker, der bereits auf dem Rücken eines graubraunen Hengstes saß. Er war von etwa zwanzig Kriegern umgeben, von denen einige ihre Pferde am Zügel hielten, andere aufgesessen waren. »Und macht ihn blind!«

Thorag wurde aufgehoben, wieder wie ein Sack bäuchlings über einen Pferderücken geworfen und dort festgezurrt. Ein Mann bracht ein schmutziges, nach Schweiß stinkendes Tuch, das um Thorags Kopf gewickelt und mit einem Strick so festgebunden wurde, daß er nichts mehr sah. Zuvor hatte er noch einen Blick auf Sunna werfen und feststellen können, daß ihr Weg an diesem Tag schon weit nach Westen geführt hatte. Der Ritt, wohin immer er führen sollte, konnte also nicht besonders lange dauern.

Trotzdem schien es Thorag eine kleine Ewigkeit zu sein. Vielleicht lag es daran, daß er gar nichts sah. Seine einzigen Wahrnehmungen waren das Schaukeln auf dem Pferderücken, das Hufgetrappel, das Schnaufen und Wiehern der Tiere, gelegentliche Rufe der Reiter und der ekelerregende Gestank, der von dem Tuch ausging. Solange er Sunnas wärmende Strahlen noch spürte, schloß er aus ihrer Richtung, daß sie nach Norden ritten. Aber als Sunnas Kraft nachließ, verlor er vollends die Orientierung. Laute Rufe kündigten das Ende der ungewissen Reise an. Die Pferde blieben stehen. Eine Klinge zerschnitt die Schnüre, mit denen Thorag auf den Braunen gezurrt war. Kräftige Hände packten den Gefangenen und rissen ihn vom Pferd. Der Edeling prallte mit seiner linken Schulter schmerzhaft hart auf scharfkantiges Gestein, als er auf dem Boden aufschlug.

Wieder hörte er Onsakers Stimme: »Zerschneidet seine Fußfesseln, damit er laufen kann!«

Aber Thorag konnte nicht laufen, nicht allein. Seine Füße und Beine, von den Stricken so lange abgeschnürt, verweigerten ihm den Dienst. Erst als er an jeder Seite von einem Mann gestützt wurde, konnte er mehr schlecht als recht über den unebenen Boden stolpern.

Der Weg wurde ein wenig einfacher, als die Gruppe ihr Ziel erreichte. Ein Ort, an dem sich viele Menschen aufhielten, was ein unablässiges Stimmgewirr verriet. Seine beiden Begleiter ließen Thorag los, und er fiel erneut zu Boden. Seine Füße und Beine brannten derart, daß er sie am liebsten heftig massiert hätte. Aber seine auf den Rücken gefesselten Hände erlaubten das nicht.

Das Stimmgewirr verstummte, als ein harmonischer Doppelklang über die Menschen hinwegzog. Thorag erkannte den Klang der Luren. Als sie endlich verstummten, war es so still, daß er das Prasseln eines großen Feuers hörte. Daher kam also die starke Hitze, die ihn schwitzen ließ.

In der von den Luren vorgegebenen Harmonie setzten viele Kehlen zu einem Singsang an: »Heil dir, Wodan, Vater der Götter, stärke uns mit deiner Weisheit und Kraft! Wir, die den Namen des bösen Wolfes tragen, kamen zusammen, dir zu dienen mit seiner Macht!«

Die den Namen des bösen Wolfes tragen! Plötzlich wußte Thorag, wo er sich befand: auf einer Zusammenkunft der Fenrisbrüder!

»Unser Führer, der Schwarzwolf, rief uns zusammen!« dröhnte eine dunkle Stimme über den für Thorag unsichtbaren Ort. »Du warst es, der uns rief, Schwarzwolf, drum leite dieses Thing!«

Der Mann, der daraufhin sprach, mußte der geheimnisvolle Schwarzwolf sein. Seine Stimme klang unnatürlich dumpf, was wohl an der Maske lag, von der Thidrik gesprochen hatte. Und doch brachte sie etwas in Thorag zum Klingen, eine Erinnerung. Er kannte die Stimme, vermochte sie aber nicht einzuordnen.

»Ich grüße euch, meine Brüder, und heiße euch willkommen im Namen Wodans, der Götter und der wilden Schar, die alle mit uns sein werden im Kampf gegen die römischen Feinde!« Die Worte des Schwarzwolfs lösten zustimmende Rufe aus. Als diese verklungen waren, fuhr der Anführer der Fenrisbrüder fort: »Ja, meine Brüder, die Götter werden uns beistehen. Aber nur, wenn wir uns nicht ihren Zorn zuziehen!«

Wieder pflichteten ihm die Männer bei, und einer fragte laut: »Wir dienen den Göttern treu. Wie könnten wir uns ihren Zorn zuziehen?«

»Indem wir einen Edeling, der ein Abkömmling Donars ist, so behandeln wie einen Römer.«

Thorag spannte Muskeln und Sinne an, als die Rede des Schwarzwolfs auf ihn kam. Vergebens versuchte er sich aufzurichten. Aber es gelang ihm immerhin, auf die Knie zu kommen.

»Wenn du von meinem Gefangenen sprichst, Schwarzwolf«, hörte er ganz in seiner Nähe Onsakers Stimme, »muß ich dir widersprechen. Es kann die Götter nicht erzürnen, wenn wir einen Römling fangen. Denn das ist er!«

Wieder wurden Stimmen laut, die wissen wollten, wer der geheimnisvolle Gefangene sei.

»Enthülle uns sein Gesicht, Onsaker!« befahl daraufhin der Schwarzwolf.

Kurz darauf zogen rauhe Hände das Tuch von Thorags Kopf. Während er sich neugierig umsah, hörte er, wie sein Name durch die Reihen der Männer ging. Er selbst erkannte keinen von ihnen, denn die meisten Gesichter lagen im Schatten der übergestreiften Wolfsfelle. Nur das große Lagerfeuer in der Mitte des Thingplatzes und die Fackeln in den Händen einiger Männer erhellten die bewölkte Nacht.

Ja, er schien sich auf eine Versammlung von zwei- bis dreihundert zweibeinigen Wölfen zu befinden. Am seltsamsten war die Gestalt, die auf einem Felsblock stand und vor der in einer Mulde zusammengetragenes Astwerk verbrannte. Ein großer Mann, hünenhaft wie Thorag, breitschultrig – und nicht zu erkennen. Wie Thidrik gesagt hatte, trug der Anführer der Fenrisbrüder ein dunkles Wolfsfell. So dunkel, daß er fast mit der Nacht verschmolz. Das wild tanzende Licht des Lagerfeuers fiel auf sein Gesicht, das doch im Dunkeln lag, verborgen hinter einer Maske, die ebenfalls schwarz und wie die Schnauze eines Wolfes geformt war.

Plötzlich fielen Thorag die Worte ein, die Astrid ihm auf dem Steinriesen gesagt hatte: *Thorag, hüte dich vor dem schwarzen Tier!*

Hatte sie im Traum den Schwarzwolf gesehen? Thorag konnte es sich nicht recht vorstellen, denn der Maskierte hatte, aus welchem Grund auch immer, für ihn gesprochen.

Während ihn diese Gedanken durchfuhren, sah sich der Edeling auf dem Thingplatz um. Es war eine große Lichtung, eingerahmt von Felsen und Bäumen. Die Bäume boten einen seltsamen Anblick. Sie ragten hoch in den Himmel auf, aber sie trugen keine Blätter. Wie die Riesen am obersten Heiligtum des Cheruskerstammes schienen sie zu Stein erstarrt, leblos.

Thorag wußte jetzt, wo er sich befand. Er war noch nie an diesem Ort gewesen, aber er hatte schon von ihm gehört: das Tal der toten Bäume. Es lag an der Grenze zwischen Onsakers und

Armins Gau. Soweit die Erinnerung der Cherusker zurückreichte, waren die Bäume in diesem Tal schon tot gewesen.

Das Leben im einst blühenden Tal war verbrannt und verdorrt, als der Drache Fafner und die Midgardschlange sich darüber stritten, wessen Zuflucht es sein sollte. So erzählten es die Alten an den Winterabenden. Im Zorn spie Fafner sein allesverbrennendes Feuer und die Midgardschlange ihren giftigen Atem. Beide verließen das Tal, als sie erkannten, wie tot und unfruchtbar es durch ihren Streit geworden war.

Thorag dachte, daß sich die Fenrisbrüder kaum einen passenderen Ort für ihre Zusammenkunft hätten aussuchen können als dieses von düsteren Legenden umwobene Tal.

Die Stimme des Schwarzwolfs erscholl erneut: »Ja, Brüder, es ist Thorag, Sohn des Gaufürsten Wisar und Abkömmling des mächtigen Donnergottes, den Onsaker zusammengeschnürt wie gefangenes Wild herbeischleppt!«

»Du selbst hast mir befohlen, den Gefangenen zur Versammlung zu bringen!« warf der Eberfürst ein.

»Mit gutem Grund. Ich wollte verhindern, daß ihm Schlimmeres zustößt. Oder hast du nicht mit dem Gedanken gespielt, ihn zu töten?«

»Ich habe das Recht dazu!«

Obgleich die Augen des Schwarzwolfs hinter der Maske verborgen waren, wußte Thorag, daß der Maskierte den Eberfürsten fixierte, als er mit seiner dumpfen Stimme fragte: »Warum?«

»Ich habe ihn auf meinem Land gefangen. Er kam, die Witwe meines Sohnes Asker zu rauben und eine Verschwörung anzuzetteln, um mir meinen Gau streitig zu machen.«

»Lüge!« entfuhr es Thorag. »Ich habe mich mit Auja getroffen, aber ich wollte sie nicht rauben. Und ich habe niemals Anspruch auf den Ebergau erhoben. Onsaker lügt, weil er …«

Weiter kam er nicht. Onsaker wirbelte zu ihm herum, riß einen Fuß hoch und trat so heftig gegen seine Schulter, daß Thorag das Gleichgewicht verlor und auf die Seite kippte. Ein weiterer Tritt in den Bauch raubte ihm die Luft zum Atmen.

»Aufhören!« schrie der Schwarzwolf und ließ den wütenden Onsaker, der bereits zum nächsten Tritt ausgeholt hatte, in der Bewegung erstarren. »Niemand krümmt dem Gefangenen ein Haar ohne meine Zustimmung!«

»Thorag ist ein verfluchter Lügner!« schnaubte der Eberfürst. »Er tut das, wessen er mich bezichtigt: Er verbreitet Lügen!«

»Ich bin mir da nicht so sicher«, sagte der Maskierte harsch. »Oder stimmt es etwa nicht, daß du, Onsaker, versucht hast, dir Thorags Gau zu unterwerfen?«

»Ich …«

Der Schwarzwolf ließ den Eberfürsten nicht zu Wort kommen und fuhr fort: »Und stimmt es nicht, daß du deinem Herzog Armin geschworen hast, Frieden mit Thorag zu halten? Wenige Tage nur, bevor du Wisars Sohn gefangennahmst?«

»Woher weißt du das alles?« fragte Onsaker.

Die Antwort des Schwarzwolfs bestand darin, daß er das Fell von seinem Kopf zog und dann seine Maske abnahm. Laute Erstaunensrufe gingen durch die Reihen der Fenrisbrüder, als sie den Herzog der Cherusker erkannten. Immer wieder erscholl der Name des Mannes, den die Angehörigen der Bruderschaft nur als Schwarzwolf gekannt hatten: »Armin!«

Jetzt wußte Thorag, woher er die Stimme kannte, aber das tat seiner Überraschung keinen Abbruch. Armin hätte er am wenigsten hier vermutet, war er doch zusammen mit Thorag auf Thidriks Hof von den Fenrisbrüdern überfallen worden.

»Ich frage dich, Onsaker«, fuhr Armin mit lauter Stimme fort und übertönte die Stimmen der erregten Männer, die hitzig über die Enthüllung ihres Anführers diskutierten. »Hältst du deine Anschuldigungen gegen Thorag aufrecht?«

»Nun, vielleicht habe ich etwas übertrieben«, gab der Eberfürst zähneknirschend zu. »Vielleicht hatte Thorag es nicht auf meinen Gau abgesehen. Aber er hat sich heimlich mit Auja getroffen. Und er hat den Römern als Soldat gedient.«

»Letzteres habe ich auch«, sagte Armin kühl. »Und doch bin ich jetzt euer Anführer, weil ich erkannt habe, daß ich meinem Volk nicht dienen kann, wenn ich den Römern diene.«

»Ich zweifle nicht an *deiner* Aufrichtigkeit«, sagte Onsaker in einem Ton, der seinen Zweifel an Thorags Aufrichtigkeit offenkundig machte.

»Ich stehe für Thorag ein«, entgegnete Armin. »Aber ich will einen Zeugen aufrufen, der dich vielleicht mehr überzeugt, Onsaker. Einen Mann aus deinem Gau. Unser Bruder Thidrik möge vortreten!«

Zögernd trat ein kräftiger Mann an das große Feuer, dessen Flammenschein den unteren Teil seines unter dem Kopf des Wolfsfells steckenden Gesichts beleuchtete. Thorag erkannte Thidriks aufgeworfene, von dem großen Schnauzbart überschattete Lippen.

»Thidrik!« entfuhr es dem überraschten Onsaker. »Ich wußte gar nicht, daß er wieder hier ist!«

»Du hast Thorag in der Stadt der Ubier getroffen, nicht wahr, Thidrik?« fragte Arnim.

»Ja, Herzog.«

»Dann berichte uns über euer Zusammentreffen und über das, was du bei den Römern erlebtest!«

Während der Bauer von dem Anschlag auf die Rheinbrücke, von dem Prozeß, von Thorags Auspeitschung und von der Flucht aus dem Amphitheater berichtete, dachte der Gefangene daran, daß seit seiner Heimkehr ins Cheruskerland am Ende des letzten Sommers nicht nur der Verlust sein ständiger Begleiter war, sondern daß er auch ständig dem Urteil anderer ausgeliefert war. Wegen Onsakers falscher Anschuldigungen hatte er sich bei den Heiligen Steinen auf dem Thing verantworten müssen. Dann der von Quinctilius Varus geführte Scheinprozeß und jetzt die Versammlung der Fenrisbrüder. Thorag fühlte sich wie einer der Spielbälle, mit denen sich die römischen Männer und Jungen auf den Sportplätzen vergnügten. Er fühlte sich hin und her geworfen von den verschiedenen Mächten, die ihn für ihre Zwecke benutzten. Thorag gefiel diese Rolle überhaupt nicht. Vom Willen anderer abhängig zu sein war eines freien Cheruskers unwürdig. Aber war er noch ein freier Cherusker angesichts der Stricke, die ihn banden wie ein wildes Tier?

Thidrik trat, nachdem er seinen Bericht beendet hatte, vom Feuer zurück und verschmolz mit der Masse der wolfsfellbedeckten Männer. Ein unsinniger Gedanke schoß durch Thorags Kopf: Wie viele Wölfe hatten sterben müssen, um die Fenrisbrüder mit Fellen zu versorgen?

Armin ergriff wieder das Wort: »Ihr alle habt Thidrik gehört, auch du, Onsaker. Hegt jetzt noch jemand Zweifel an Thorags Zuverlässigkeit und Treue?«

Die meisten Stimmen verneinten das, aber irgend jemand rief laut: »Fragen wir Thorag doch selbst!«

»Ein guter Vorschlag«, fand Armin und wandte sein Gesicht dem Gefangenen zu. »Nun, Thorag?«

Wisars Sohn kniete sich hin und richtete seinen Oberkörper auf, soweit es ihm möglich war. »Wen fragst du, Armin, den freien Cherusker oder den Gefangenen?«

»Ich frage den Freien Thorag, Gaufürst der Donarsöhne.«

»Und der soll dir in Stricken antworten?«

Armin sah die Eberleute an und zeigte auf Thorag. »Zerschneidet die Stricke!«

»Thorag ist *mein* Gefangener!« begehrte Onsaker noch einmal auf.

»Du irrst dich«, wies ihn Armin zurecht. »Thorag ist gar kein Gefangener mehr!«

Die Blicke der beiden Fürsten trafen sich über das große Feuer hinweg. Während sie sich gegenüberstanden und anstarrten, verstummten alle Stimmen, und der Moment dehnte sich zur Ewigkeit.

Onsaker konnte Armins Blick nicht mehr standhalten. Er drehte sich um und fuhr seine Männer an: »Zerschneidet schon seine Fesseln!«

Zwei Eberkrieger zogen ihre Dolche, und Thorags Handfesseln fielen. Als er allein zu stehen versuchte, fiel er in erniedrigender Weise vor die Füße der anderen.

Armin sandte zwei der in seiner Nähe stehenden Fenrisbrüder, die Thorag aufhalfen und zu einem Felsblock führten, auf den er sich setzen konnte. Seine Glieder, in denen das Blut nach so langer Zeit endlich wieder zirkulieren konnte, brannten und stachen, doch er bemühte sich, seine Schmerzen zu verbergen.

»Ihr fragt mich nach meiner Treue«, sagte Thorag laut. »Wem soll ich treu sein?«

»Uns!« rief einer der Männer.

»Den Fenrisbrüdern«, sagte Armin. »Dem Kampf der Cherusker und der anderen Stämme für ihre Freiheit!«

»Das ist auch mein Wunsch und Ziel«, sagte Thorag.

»Dann willst du zu uns halten, als einer von uns?« fragte Armin.

»Ja, das will ich!«

Der Herzog sah in die Runde. »Ist jemand hier, der etwas gegen unseren neuen Bruder einzuwenden hat?«

Die Antwort war heftiges Murmeln, aber kein laut vorgetragener Einspruch.

Armin nickte zufrieden. »Dann soll Thorag noch in dieser Nacht einer der unsrigen werden, sobald er sich von der sonderbaren Weise erholt hat, in der Onsaker andere Gaufürsten behandelt.«

Vereinzeltes Gelächter erscholl, und der Eberfürst warf dem Herzog finstere Blicke zu.

»Es gibt vieles, was ich nicht verstehe«, sagte Thorag und spülte die getrockneten Beeren, die er aus einem Tierhautbeutel aß, mit einem Schluck Wasser aus einem Lederschlauch hinunter. Er saß auf einem Felsen am Rand des Tals und schaute auf den Versammlungsplatz der Fenrisbrüder hinunter, wo ein paar der Männer Holz zusammentrugen und das Lagerfeuer fast höher als zuvor aufflackern ließen.

Armin, der vor ihm kniete und Thorags schmerzende Beine massierte, hielt einen Moment in seiner Arbeit inne, sah zu Wisars Sohn auf und sagte: »Frag nur, Thorag. Ich werde dir Rede und Antwort stehen.« Dann fuhr er in seiner Tätigkeit fort, als sei er ein Schalk und nicht der Herzog des Cheruskerstammes.

Einmal mehr dachte Thorag, was für ein seltsamer, undurchschaubarer Mann Segimars ältester Sohn doch war. Ein begnadeter Feldherr im Krieg, ein gewiefter und zugleich verbissen seine Ziele verfolgender Unterhändler. Jetzt war er sich nicht zu schade, vor Thorag zu knien und das Leben in seine Beine zurückzumassieren. Er machte seine Sache gut wie alles, was Armin anpackte. Prickelnde Wärme strömte in Thorags Unterschenkel und saugte den Schmerz allmählich in sich auf. Thorag merkte, wie zum erstenmal seit seiner Gefangennahme die Anspannung von ihm abfiel. Armins Nähe vermittelte ihm ein Gefühl von Sicherheit und Geborgenheit.

»Ich wundere mich, daß du der Anführer dieser Bruderschaft bist, Armin. Als wir damals auf Thidriks Hof kamen, wollten die Wolfshäuter dich doch auch töten. Und du schienst ebenso überrascht von ihrem Auftauchen zu sein wie wir anderen.«

»Das war ich auch, denn zu diesem Zeitpunkt gehörte ich den Fenrisbrüdern nicht an. Aber ich habe erkannt, daß sie eine wichtige Waffe sind im Kampf gegen die Römer. Deshalb verwandelte ich mich in den Schwarzwolf und wurde ihr Anführer.«

»Weshalb die Maske?«

»Die Fenrisbrüder geloben einander Verschwiegenheit. Aber wo viele verschwiegen sind, findet sich immer jemand, der redet. Die Römer sollten nicht erfahren, daß ich gegen sie stehe.«

»Jetzt ist es kein Geheimnis mehr.«

»Ich habe zu dem Treffen nur die Hervorragendsten unserer Bruderschaft zusammengerufen. Ich hoffe, es dauert eine Weile, bis Varus erfährt, daß der Bund zwischen Römern und Cheruskern kein einziges As mehr wert ist.«

Thorag blickte hinunter in das verdorrte Tal, wo die Männer in kleinen und größeren Gruppen beisammen hockten und miteinander sprachen. Vermutlich nur über zwei Männer: ihren neuen Anführer und über Thorag.

»Dieses Treffen«, sagte Wisars Sohn undeutlich, während er herzhaft ein paar leicht säuerlich schmeckende Beeren zerkaute. »Welchem Zweck dient es?«

»Nur einem«, antwortete Armin und hörte erneut mit dem Massieren auf, um einen tiefen Blick in Thorags Augen zu werfen. »Ich wollte deinen Kopf retten. Meine Kundschafter berichteten mir von deiner Gefangennahme und …«

»Du hast Spitzel unter Onsakers Leuten?« unterbrach Thorag ihn erstaunt.

»Selbstverständlich. Aber ich würde sie nicht als Spitzel bezeichnen, sondern als treue Diener ihres Herzogs. In Zeiten wie diesen braucht der Führer eines Stammes Männer, auf die er sich verlassen kann. Ich hoffe, du gehörst zu diesen Männern, Thorag.« In Armins Blick lag etwas Fragendes.

Anders als zuvor Onsaker hielt Thorag dem forschenden, durchdringenden Blick des Herzogs stand. »Du hast mir in den vergangenen Tagen zweimal das Leben gerettet, Armin. Nicht gesprochen von den Schlachten, die wir gemeinsam schlugen. Außerdem habe ich dir bereits gesagt, daß ich nicht mehr auf der Seite der Römer stehe. Wenn du dich nicht auf mich verlassen kannst, auf wen dann?«

»Ein wahres Wort«, lachte Armin, wurde dann ernst und zeigte auf Thorags Beine. »Wie geht es dir?«

»Besser, danke. Aber in nächster Zeit werde ich mehr reiten als laufen.«

»Verständlich«, brummte der Herzog und setzte sich neben Thorag auf den Felsblock.

»Weshalb hast du die Zusammenkunft der Fenrisbrüder gewählt, um meinen Kopf zu retten?« erkundigte Thorag sich. »Armin, der Herzog, hätte einfach auf Onsakers Hof reiten und meine Freilassung fordern können.«

»Und Onsaker, der Eberfürst, hätte dann behauptet, du seist längst freigelassen oder bereits tot, letzteres vielleicht sogar mit Recht. Nein, ich traue Onsaker nicht. Deshalb rief der Schwarzwolf dieses Thing der führenden Fenrisbrüder ein und trug Onsaker auf, seinen Gefangenen mitzubringen – lebend!«

»Und da Onsaker nicht wußte, daß du der Schwarzwolf bist, hegte er keinen Argwohn und befolgte den Befehl.«

Armin grinste breit. »So ist es.«

»Ich nehme an, *du* warst es auch, der Thidrik zum Thing geladen hat.«

»Natürlich. Ein Mann aus Onsakers Gau, der für dich bürgt, Thorag. Etwas Besseres hätte uns nicht passieren können.«

»Glaubst du, daß es mit Hilfe der Fenrisbrüder gelingen wird, die Römer zu besiegen?«

»Mit den Fenrisbrüdern?« Armin lachte wieder und schüttelte seinen Kopf so heftig, daß sein dunkelblondes Lockenhaar hin und her wehte. »Ein paar hundert Männer, die sich in Wolfsfelle hüllen, sich nächtens bei Fackelschein treffen und hölzerne Brücken abbrennen, die dann von den Römern innerhalb von wenigen Tagen wieder aufgebaut werden, können den mächtigen Legionen Roms niemals gefährlich werden.«

Verblüfft schaute Thorag den neben ihm sitzenden Mann an. »Aber ... weshalb bist du dann einer von ihnen geworden?«

»Es braucht viele Waffen, die Römer zu besiegen. Die Fenrisbrüder sind eine von ihnen. Wir müssen alle Waffen sammeln und jede auf ihre Art einsetzen, nur dann erreichen wir unser Ziel!«

»Und auf welche Art setzt du die Fenrisbrüder ein?«

»Wenn sie den römischen Nachschub überfallen und Anschläge auf belanglose Brücken verüben, beschäftigen sie Varus und seine Leute. Die Fenrisbrüder mögen ihnen nicht wirklich gefährlich sein, aber sie sind ihnen lästig.« Armin blickte hinunter ins Tal der toten Bäume. »Die Männer da unten halten die Römer davon ab, an die wirkliche Gefahr zu denken, die ihnen droht.«

In der Stimme und im Blick des Herzogs lag jene unerschöpflich wirkende Kraft, die ein Mann benötigte, der Großes vollbringen wollte. Sie verlieh Armin eine unwiderstehliche Ausstrahlung und riß andere Männer wie Thorag mit. Wenn Armin mit jenem besonderen Unterton sprach und das Feuer tief in seinen Augen loderte, hatte Wisars Sohn stets das Gefühl, jedes Wort des Herzogs sei sein eigener, schon immer tief in ihm verborgener Gedanke.

»Ich werde die Cherusker und die Nachbarstämme einen, wenn die Römer mir noch ein paar Monde Zeit geben«, fuhr Armin nach einer kurzen Pause fort und ballte seine Rechte zusammen. »Wenn sich die Stämme zwischen Rhein, Weser, Elbe und Oder einig sind, werden sie die Faust sein, die Roms Legionen zerschmettert. Es wird schwierig sein, sie zu überzeugen, und nicht jeder Fürst wird dem Bündnis beitreten, aber es muß gelingen! Die Römer selbst spielen mir in die Hände mit Überfällen wie dem, bei dem Klef gestorben ist. Ich konnte den sonst so besonnenen Balder nur mit Mühe davon zurückhalten, das nächste Römerkastell dem Erdboden gleichzumachen. Ich habe ihm klargemacht, daß es besser ist, auch für seine Rache, wenn er wartet und derweil seine Klingen wetzt. Wir alle zusammen, du und ich, Balder und Onsaker, sämtliche Fürsten und ihre Gefolgsleute, können die Römer besiegen. Aber nicht nur ein paar Männer, die sich für die Brüder des Fenriswolfes halten.«

»Immerhin sind die Fenrisbrüder Varus lästig genug, daß er mich ausgeschickt hat, den Bund auffliegen zu lassen.«

Jetzt war es an Armin, Verblüffung zu zeigen. »Wie meinst du das, Thorag?«

»Die Flucht von mir und Thidrik ist so reibungslos abgelaufen, weil sie aus den Köpfen von Varus und Maximus stammt. Varus verurteilte mich zum Tod in der Arena, damit die Fenrisbrüder mir den Römerfeind abnehmen. Ich soll die Bruderschaft an die Römer verraten.«

Armins Augen weiteten sich. »Warum hast du das nicht eher gesagt?«

Thorag zeigte auf die Männer im Tal. »Auf der Versammlung? Ich wäre in der Luft zerrissen worden.«

»Das könnte gut sein«, grinste Armin. »Selbst der Schwarzwolf hätte dich vielleicht nicht retten können. Und warum sagst du es mir jetzt?«

»Weil ich dir vertraue und weil du wissen sollst, daß du mir vertrauen kannst.«

»Du willst uns also nicht verraten?«

»Euch verraten, an Varus? Nein!« Thorag spuckte verächtlich aus. »Nur ein Römer kann glauben, daß ein Mann, den er öffentlich auspeitschen läßt, sein treuer Untergebener ist.«

»Weiß Thidrik von der Sache?«

»Nein. Ich habe es nur dir erzählt.«

Armin nickte nachdenklich. »Das ist gut so, Thorag. Behalt es auch weiterhin für dich. Vielleicht wirst du meine schärfste Waffe werden.«

»Deine Waffe?«

»Ja, mein Freund.« Das Feuer loderte in Armins Augen auf. »Du wirst das Schwert sein, das ich in den fetten Wanst des Krummbeinigen ramme!«

Armin und Thorag kehrten auf den Thingplatz zurück, als der Klang der Luren den Fortgang der Versammlung ankündigte.

Die Männer in den Wolfsfellen bildeten eine Gasse für die beiden und blickten sie neugierig an. Thorag gab sich Mühe, keine Schwäche zu zeigen. Das Gehen fiel ihm nicht leicht, jeder Schritt bedeutete einen stechenden Schmerz. Aber er hielt sich aufrecht und lehnte es ab, von Armin gestützt zu werden.

»Was geschieht jetzt?« fragte Thorag leise seinen Begleiter.

»Du wirst in unseren Bund aufgenommen. Dann hat Onsaker keine Möglichkeit mehr, dich anzugreifen. Und du kannst Varus einen ersten Erfolg seines Spions melden.«

Sie traten in den Lichtkreis des reichlich Hitze ausströmenden Feuers, und Schweiß trat auf Thorags Stirn. Vor einem älteren Wolfshäuter, der sie erwartete, hielten sie an. Der Klang der Luren, der sie begleitet und sich immer höher geschraubt hatte, verstummte mit einem kunstvollen Sturz in die Tiefe. Die Fenrisbrüder rückten zusammen und bildeten einen engen, mehrere

Reihen tiefen Kreis um die drei Männer am Feuer. Einer trat vor und reichte Armin das dunkle Wolfsfell, das der Herzog umlegte. Auf die häßliche Maske verzichtete er.

Der ältere Mann machte den Umstehenden ein Zeichen. Zwei von ihnen traten vor, zogen ihre Schwerter, knieten sich hin und begannen, einen handbreiten Streifen des kümmerlichen Bodenbewuchses, den man nur mit viel Phantasie als Gras bezeichnen konnte, auf einer Länge von drei Schritten so zu lösen, daß die Enden fest mit dem Boden verbunden blieben. Als die beiden Männer den Bodenstreifen gelöst hatten, steckten sie die Schwerter weg und traten zurück zwischen die anderen Fenrisbrüder. Thorag wußte jetzt, was geschehen sollte.

Der alte Fenrisbruder sah Thorag an und fragte mit einer unerwartet lauten Stimme, die das Knistern des Lagerfeuers übertönte und die ganze Lichtung erfüllte: »Thorag, Sohn des großen Wisar, du willst ein Mitglied unseres Bundes werden?«

»Ja, das will ich«, antwortete der Gefragte und dachte daran, daß er, wenn er ständig in Onsakers Nähe war, vielleicht doch noch das Geheimnis um den Tod von Asker und Arader lüften konnte.

»Gelobst du bei Wodan und allen Göttern, verschwiegen zu sein über unseren Bund und deine Brüder? Gelobst du, alles einzusetzen, selbst dein Leben, um die Römer aus dem Land der Cherusker und aller freien Stämme zu vertreiben?«

Thorag schwieg und sah die Bilder, die vor dem Auge seines Geistes heraufzogen. Quinctilius Varus und die Steuerpächter, die immer neue Abgaben von den Einheimischen verlangten, zum Wohle Roms, vor allem aber zu ihrem eigenen Wohl. Bilder von Römern, die Höfe und Dörfer der Cherusker und anderer Völker überfielen, plünderten, brandschatzten und die Einwohner, freie Männer und ihre Familien, in die Sklaverei verschleppten. Wie die Bewohner der Siedlung, zu der Maximus nach dem Überfall der Fenrisbrüder auf Flaminia eine Strafexpedition geführt hatte. Zurück blieben Zerstörung, Haß und Tote. Tote wie Klef, der in so mancher Schlacht sein Leben für Rom gewagt hatte. Klef, der gestorben war wie sein Bruder Albin. Letzterer zwar durch die Klinge eines Fenrisbruders. Aber war nicht auch Albin ein Opfer der Römer geworden, mittelbar, durch den Haß, den die Fremden aus dem Süden gesät hatten? Cherusker töteten

Cherusker, Germanen töteten Germanen, der Römer wegen. Er dachte an den Ubier Witold, der durch Thorags Klinge gestorben war und zuvor die Entehrung der öffentlichen Auspeitschung über sich ergehen lassen mußte. Eine Entehrung, die auch Wisars Sohn mehr verletzt hatte als die blutigen Wunden auf seinem Rücken. Und Thorag dachte an Eiliko, der sterben mußte, um den Römern, aber auch den von ihnen beeinflußten Ubiern, Zerstreuung zu bereiten.

Die gerunzelte Stirn des Alten und sein forschender Blick erinnerten Thorag daran, daß er seine Frage noch nicht beantwortet hatte.

»Das gelobe ich«, sagte der junge Gaufürst.

Der alte Wolfshäuter nickte zufrieden. »Um ein Fenrisbruder zu werden, ein Bruder von uns allen, muß dein Blut unseres und unser Blut deines werden.« Der Alte sah in die Runde. »Ist jemand unter uns, der für Thorag bürgen und sein Blut für ihn geben will?«

»Ich!« sagte Armin. »Thorag war mein treuer Kampfgefährte in vielen Schlachten. Von dieser Nacht an soll er mehr, soll er mein Bruder sein.«

»Gut«, murmelte der Alte und zeigte auf den vom Boden gelösten Streifen. »Dann kniet nieder, Armin und Thorag!«

Jeder der beiden Männer ging auf einer Seite des Bodenstreifens in die Knie.

»Reicht mir eure Hände!« verlangte der Alte und zog seinen Dolch aus der Hirschlederscheide.

Armin streckte seine Rechte vor, und Thorag tat es ihm nach. Der Dolch schnitt in jeden der beiden Unterarme, bis Blut herausquoll.

Der Alte sah nach oben in den dunklen Nachthimmel und rief: »O ihr Götter, seht dieses Blut, das vor euren Augen vergossen wird, um den vor euch geschlossenen Bund zu bekräftigen!«

Er steckte den Dolch weg, kniete sich selbst hin, hob den Bodenstreifen an und sagte zu den beiden anderen Männern: »Laßt euer Blut sich vereinigen, auf daß des einen Blut das Blut des anderen werde. Und tränkt die Erde, aus der alles erwächst, mit eurem gemeinsamen Blut, damit auch eure Brüderschaft aus ihr erwachse, als wäret ihr Kinder eines Vaters und einer Mutter!«

Thorag und Armin steckten die blutenden Arme unter den Bodenstreifen und legten sie aufeinander. Aus beider Wunden tropfte Blut auf die Erde.

»So seht, ihr Götter, und auch ihr, meine Brüder!« fuhr der Alte in seinem feierlichen Singsang fort. »Armins und der Fenrisbrüder Blut ist Thorags Blut, und Thorags Blut ist das Armins und der Fenrisbrüder. Man kann es nicht trennen, wie man auch unsere Brüderschaft nicht trennen kann. Wodans Weisheit und die unbesiegbare Kraft des Fenriswolfes mögen fortan Thorag beherrschen.«

Er ließ das Erdstück hinunter, und die beiden Blutsbrüder lösten die Unterarme voneinander.

Als sich die drei Männer erhoben, flüsterte Armin mit leichtem Grinsen zu Thorag: »Du bist jetzt ein Bruder des Herzogs. Ich hoffe, du bist dir der Ehre bewußt.«

»Und du bist jetzt ein Abkömmling des Donnergottes«, erwiderte Thorag, und Armin zog erstaunt die Brauen hoch.

Ein Mann trat vor und brachte ein Wolfsfell, das er vor sich hielt. Der Alte nahm es ihm ab, hängte es Thorag um und verkündete: »Thorag, der Gaufürst, ist jetzt ein Bruder des Fenriswolfes!«

Abwechselnd schrie die Menge Thorags Namen und den des mächtigen Untiers, während Thorag sich fragte, wo Armin so schnell das Wolfsfell aufgetrieben hatte. Dann erst dachte er daran, daß der Herzog nie etwas dem Zufall überließ. Es gehörte zu seinen beeindruckenden Fähigkeiten, sehr weit vorausplanen zu können. Sicher hatte er gewußt, wie dieses Thing enden würde. Schließlich hatte Armin die Versammlung einberufen und ihren Verlauf geschickt gesteuert.

Thorag sah in Armins Gesicht, das vom flackernden Feuerschein beleuchtet wurde. Der Herzog der Cherusker machte einen überaus zufriedenen Eindruck. Das Geschehen dieser Nacht entsprach ganz seinen Erwartungen und war ein Teil seines Plans, um die kommenden Ereignisse zu bestimmen. Man konnte es Armin ansehen, daß sein Geist bereits damit beschäftigt war, neue Pläne auszuhecken und abzuwägen.

Thorag fragte sich, was die kommenden Monde ihm bringen würden. Ihm, dem Fenrisbruder und dem Blutsbruder Armins.

VIERTER TEIL

DIE SCHLACHT

Kapitel 26

Der Plan

Das Hufgetrappel und das Schnauben der Pferde, die Stimmen aus zweitausend Kehlen und das Waffengeklirr der dazugehörigen Männer erfüllten den sanft ansteigenden Hohlweg. Thorag ritt an der Spitze seiner langgezogenen Kriegerschar durch die tiefen Wälder des Cheruskerlandes, deren Blätter sich schon zu verfärben begannen.

Ein Winter und fast ein Sommer waren vergangen, seitdem er mit Armin, Brokk, Klef und Albin in die Heimat zurückgekehrt war. Diese verhältnismäßig kurze Zeit war angefüllt gewesen mit vielen Verlusten und Veränderungen. Und doch hatte Thorag, je weiter sich dieser Sommer seinem Ende zuneigte, daran zu zweifeln begonnen, daß die größte Veränderung, der Kampf gegen die Römer, noch stattfinden würde.

Noch stand Varus mit seinen drei Legionen im Sommerlager an der Porta Visurgia, ganz in der Nähe. Aber wenn er sich erst einmal zur Überwinterung an den Rhein zurückgezogen hatte, würde er unangreifbar sein. Zusätzlich zu den von den Römern erbauten Kastellen bildete der mächtige Strom einen natürlichen Schutzwall. Außerdem würden die drei Legionen des Statthalters dann mit den beiden Legionen seines Stellvertreters und Neffen Lucius Nonius Asprenas vereinigt sein, die den Sommer über das linksrheinische Gebiet im Zaum hielten. Vereinigt war die Römermacht zu groß und unbesiegbar.

Für Armin war der Sommer eine rastlose Zeit gewesen. Seit der Bekundung ihrer Blutsbrüderschaft auf dem Thing der Fenrisbrüder hatte Thorag den Herzog kaum zu Gesicht bekommen. Immer war Armin unterwegs, suchte diesen Gaufürsten und jenen Stammeshäuptling auf, um Unterstützung für den Aufstand gegen die Römer zu gewinnen. Nicht immer waren seine Bemühungen erfolgreich, und manch ein germanischer Edeling war in letzter Zeit auf unerwartete, gewaltsame Weise ums Leben gekommen. Sein Nachfolger war in der Regel ein den Römern weniger freundlich gesonnener Mann, der den Pakt mit Armin einging.

Nun weilte Armin seit geraumer Zeit im Sommerlager des Statthalters, und man erzählte sich, Armin und Varus seien die besten Freunde geworden. Je länger der scheinbare Frieden dauerte, desto mehr Stimmen wurden laut, die Armin für einen Verräter an seinem Stamm, seinem Volk und an seinem eigenen Bündnis hielten. Endlich, vor einigen Tagen erst, waren Armins Boten durch das Land geritten und hatten die Fürsten aufgefordert, ihre Krieger zu sammeln und sie in die Wälder des von den Römern Porta Visurgia genannten Gebiets zu führen, das bei den Cheruskern Donars Pforte hieß.

Schon als kleiner Junge hatte Thorag die Geschichte gehört, wie Donars Pforte zu ihrem Namen gekommen war. Neidisch erbost darüber, daß die meisten Menschen in diesem Gebiet Donar anbeteten, wartete Loki, der Luftige und Listenreiche, eine der vielen Wanderschaften des Donnergottes in den Ostländern ab und verlangte dann von den Menschen, fortan ihn zu verehren. Sie weigerten sich und blieben Donar treu. Loki glaubte, in großer Not würden sie sich ihm zuwenden. Also verstopfte er mit Felsgestein die schmale Stelle des Weserdurchflusses zwischen zwei Gebirgszügen. Der gestaute Fluß trat über seine Ufer, und das Wasser stieg immer höher und höher. Die Menschen flohen auf die Berge, doch das Wasser folgte ihnen. Wieder erschien Loki und erbot sich, die Felsen abzutragen, sollten die Menschen Donar abschwören und sich ihm zuwenden. Aber die Verehrung der Menschen für den Donnergott war fest, und sie baten in einem gemeinsamen Gebet um seine Hilfe. Obwohl weit entfernt, hörte Donar die vereinte Stimme der bedrohten Menschen. In Gestalt eines schweren Unwetters eilte er durch den Himmel heim und schickte einen Blitz zur Erde, der den Damm spaltete. Das aufgestaute Wasser floß ab, und die Menschen kehrten auf ihr Land zurück. Aus Dankbarkeit benannten sie den Weserdurchbruch nach dem Donnergott.

So wie die Menschen damals, vor unzähligen Sommern und Wintern, dem Donnergott vertraut hatten, so vertrauten sie ihm auch jetzt bei ihrem Kriegszug gegen die Römer. Bevor Thorag mit seinen versammelten Truppen losgezogen war, hatte es im Heiligen Hain ein großes Opferfest zu Ehren des Schutzgottes der Donarsöhne gegeben. Drei Nächte lang waren Donar die edelsten Pferde, die fettesten Rinder und Schweine geopfert worden. Natürlich hatten die Cherusker das Fleisch der Opfertiere verzehrt. Es schmeckte nicht nur gut, sondern sollte auch Donars Kraft und Mut auf die Krieger übertragen. Thorag, der als Wisars Nachfolger auch neuer Sippenpriester geworden war, hatte auf mögliche Zeichen des Donnergottes gewartet. Aber Donar sandte weder Blitz noch Donner. Nur die alten Eichen im Hain, Donars heilige Bäume, wiegten ihre ehrwürdigen, weit ausladenden Kronen in einem plötzlich auffrischenden Wind. Thorag hatte dies als gutes Omen Donars gewertet und insgeheim gehofft, es möge nicht nur ein zufälliger Windstoß gewesen sein.

Der Weg wurde steiler, und Thorag drückte seine Beine gegen die Flanken des langsamer werdenden Grauschimmels. Er wollte das beruhigende Gefühl nicht missen, daß es schnell voranging. Im Gegensatz zu Armin hatte Thorag einen enttäuschend langweiligen Sommer hinter sich, der nach dem Thing im Tal der toten Bäume unerwartet ereignislos verlaufen war.

Thorags Hoffnung, durch die Aufnahme in die geheime Bruderschaft Näheres über den Tod von Arader und Asker herauszufinden, hatte sich nicht erfüllt. Nur selten hatten sich die Fenrisbrüder getroffen. Und bei diesen seltenen Zusammenkünften hatten sich Thorags ›Brüder‹ ihm gegenüber sehr zurückhaltend gezeigt, obwohl er jetzt der Blutsbruder ihres Anführers war. Thorag hatte das Gefühl, daß Onsaker immer noch heimlich gegen ihn Ränke schmiedete.

Thorag hatte Auja nicht wiedergesehen, nur viel an sie gedacht. Oft schweiften seine Sehnsüchte auch zu Flaminia oder Astrid, aber er fand Trost bei den Mädchen aus der Siedlung, die nachts mit ihm das Lager teilten.

In letzter Zeit hatte die Ereignislosigkeit Thorag in Gleichgültigkeit versinken lassen. Zwar versah er seine Pflichten als Gaufürst, kümmerte sich um die Nöte seiner Untergebenen und schlichtete ihre Streitigkeiten, aber er ging kaum noch auf die Jagd und blieb häufig den Festgelagen fern. Armins Botschaft, daß die Erhebung gegen die Römer unmittelbar bevorstand, war für ihn wie der erste warme Wind am Ende eines langen Winters gewesen.

Schnelles, sich näherndes Hufgetrappel ließ Thorag aufhorchen. Er zügelte den Grauen und hob die Hand – für die Kolonne hinter ihm das Zeichen anzuhalten.

Hakon und Garrit hielten ihre Pferde rechts und links von ihrem Fürsten an, und der Einäugige sagte: »Wer immer da kommt, wir sollten ein paar Reiter vorausschicken, um auf alles vorbereitet zu sein.«

Der vierschrötige Kriegerführer schüttelte den Kopf: »Das wird kaum nötig sein. Zwar sind meine Ohren um einiges älter als deine, Garrit, aber Donars Blitz soll mich auf der Stelle treffen, wenn uns mehr als ein Reiter entgegenkommt.«

»Hakon hat recht«, meinte Thorag. »Es ist nur ein Reiter. Höchstwahrscheinlich einer unser eigenen Späher.«

Und so war es. Der junge Tebbe hieb abwechselnd rechts und links auf die Kruppe seines fleckigen Pferdes und trieb es in halsbrecherischer Geschwindigkeit über den unebenen Boden des Waldpfades, aus dem immer wieder große Baumwurzeln ragten. Thorag hatte diesen abgeschiedenen, schwer gangbaren Weg bewußt gewählt, weil auf den leichteren Wegen in der Nähe des Flusses die Gefahr zu groß war, einer römischen Patrouille zu begegnen.

Der Sohn des toten Schreiners Holte brachte sein ausgepumptes Tier dicht vor Thorag zum Stehen und keuchte: »Gefahr, mein Fürst. Eine berittene Streife nähert sich auf diesem Pfad!«

Hatten sie den beschwerlichen Weg vergeblich gewählt? Thorag mochte es nicht glauben und fragte deshalb: »Bist du sicher, daß es Römer sind?«

»Keiner Römer, sondern Germanen«, antwortete der heftig atmende Jungkrieger. »Aber welche, die in römischen Diensten stehen.«

»Also Auxiliarreiter«, murmelte Thorag und fragte laut: »Wie stark?«

»Acht oder zehn.«

»Keine Gefahr für uns«, lachte Garrit. »Ich nehme ein paar Krieger und lösche sie aus, ehe sie wissen, was geschieht.«

»Nein!« sagte Thorag zur deutlich sichtbaren Enttäuschung des Einäugigen und wandte sich an Hakon: »Versteck dich mit einigen Kriegern zu beiden Seiten des Weges im Wald. Ich werde die Streife hier erwarten. Sollte sie zu fliehen versuchen, schließt ihr sie ein. Aber denkt daran«, Thorag warf Garrit einen mahnenden Blick zu, »ich will sie lebend!«

Hakon bestimmte zwanzig Krieger, ließ sie absitzen und lief

mit ihnen ein Stück voraus, um die Falle vorzubereiten. Garrit befand sich unter ihnen. Thorag hoffte, daß der Einäugige sich an seine Weisung hielt.

Radulf ritt an die Spitze der Kolonne und fragte: »Was sollen wir tun, Fürst?«

»Einfach abwarten«, lautete Thorags Antwort, und dann sah er Radulf tadelnd an. »Und an das denken, was ich dir schon mehrmals gesagt habe, Radulf!«

»Was denn?« fragte der muskelbepackte Graubart und blickte irritiert.

»Daß du mich einfach Thorag nennen sollst. Als ich mit Landulf in deiner Schmiede gespielt habe, war ich auch nur Thorag für dich.«

»Da warst du ein kleiner Junge und nicht mein Fürst.«

»Darf ein Fürst keine Freunde haben?«

»Das darf er wohl«, antwortete der Schmied. »Aber gerade vor seinen Freunden sollte er sich hüten. Sie sind manchmal die größten Neidlinge.«

»Hört sich an, als würdest du aus Erfahrung sprechen.«

»Nicht aus Erfahrung«, erwiderte Radulf. »Es sind Worte deines Vaters, die ich wiederhole.«

Das war gut möglich. Manchmal, wenn er mit Radulf sprach, schien es Thorag, als rede er mit Wisar. Wie für Tebbe nach Holtes Tod war der Schmied auch für Thorag nach Wisars Tod eine Art Vaterersatz geworden. Ein zweiter Vater war er immer schon für den jungen Edeling gewesen. Deshalb gefiel es ihm nicht, wenn Radulf ihm gegenüber so förmlich war. Seit seiner Heimkehr ins Cheruskerland hatte Thorag sich so einsam gefühlt wie niemals zuvor in seinem Leben. Die enge Kameradschaft, die ihn in römischen Diensten mit anderen cheruskischen Edelingen verbunden hatte, hatte sich stark gelockert. Balders Söhne waren tot, Brokk weit entfernt und Armin damit beschäftigt, Cherusker und andere Stämme für den Aufstand zu einen. Thorags Familie war fast ausgelöscht, Auja war unerreichbar wie Flaminia und Astrid. Radulf war einer der wenigen Menschen, mit denen er regelmäßig offen sprechen konnte.

Hakons Trupp war längst außer Sichtweite und hatte sich ins Unterholz geschlagen, als erneut Hufgetrappel laut wurde. Diesmal waren es mehrere Pferde. Die Reiter hinter Thorag wurden unruhig, und die Unruhe pflanzte sich zur langen Kolonne der Unberittenen fort. Thorag schickte zwei Reiter aus, die zu beiden Seiten zum weit entfernten Ende des Heerwurms reiten und die Parole verbreiten sollten, unbedingt Ruhe zu bewahren.

Die ankommenden Reiter gerieten ins Blickfeld der Donarsöhne und verlangsamten ihre Pferde, als sie die Streitmacht erblickten. Sie hielten ganz an, steckten ihre Köpfe zusammen und beratschlagten, was nun zu tun sei. Tebbe hatte sich nicht getäuscht. Die acht Männer auf den mit bronzenen Anhängern geschmückten Pferden waren eindeutig Kavalleristen der römischen Auxilien. Sie trugen die typischen Helme der römischen Reiterei, die den ganzen Kopf einhüllten und nur Augen, Nase und Mund frei ließen. Dazu Kettenpanzer, rote Kniehosen und Ledersandalen. Jeder von ihnen war mit Speer, Spatha und einem flachen, sechseckigen Schild bewaffnet, dessen mittiger Bronzebuckel an die Pferdeanhänger erinnerte. Wieder sahen die Kavalleristen zu Thorags Streitmacht hinüber und ließen ihre Pferde dann langsam antraben.

»Sind sie verrückt?« fragte einer der Reiter hinter Thorag. »Sie fliehen nicht!«

Die Frage war nicht ganz unberechtigt: Was sollten acht römische Reiter gegen zweitausend Cherusker ausrichten?

Radulfs Antwort lautete: »Sie werden eingesehen haben, daß sie gegen uns keine Aussicht auf Flucht oder Sieg haben. Ich denke, sie werden sich ergeben.«

Doch diesmal täuschte sich der erfahrene Recke. Die fremden Reiter machten keineswegs einen furchtsamen Eindruck, als sie ihre Pferde dicht vor den Donarsöhnen anhielten.

Einer der Reiter war ein Optio, was Thorag an dem Federbusch auf dem Bronzehelm erkannte. Er blickte Thorag an und sagte im Dialekt der Cherusker: »Ich grüße Thorag, den Gaufürsten der Donarsöhne.«

»Kennen wir uns?« fragte Thorag erstaunt und versuchte vergeblich, dem sichtbaren Teil des Gesichts einen Namen zuzuordnen.

»Ich kenne dich aus der Ubierstadt, Thorag. Deshalb hat Armin mich ausgesandt, dir entgegenzureiten und dich zu ihm zu bringen.«

Thorag witterte eine Falle und sagte: »Ich dachte, Armin hält sich im Lager des Varus auf.«

»Für gewöhnlich schon. Aber er hat das Lager verlassen, um auf die Jagd zu gehen, wie er Varus gesagt hat. In Wahrheit trifft er sich mit anderen Fürsten, um letzte Vorbereitungen für den Aufstand zu treffen.«

Thorag ließ seinen Blick an der Rüstung des Optios entlanggleiten. »Und um mich zu ihm zu führen, schickt er mir eine Abteilung römischer Reiter?«

»Mein Name ist Ingwin. Ich bin Cherusker wie du, Thorag. Und meine Männer sind es auch.«

»Aus welcher Sippe?«

»Aus der Hirschsippe.«

»Also Armins Gefolgsleute«, brummte Thorag.

Ingwin nickte. »Deshalb vertraut Armin uns, und ihr könnt es auch tun.«

»Vertrauen kann einen Mann töten«, mischte sich Radulf ein. »Mißtrauen nur den Gegner.«

Der Optio seufzte: »Armin hat gewußt, daß Thorag vorsichtig sein würde. Deshalb hat er mir das mitgegeben.« Er griff in ein kleines Bündel, das er vor den Vierknaufsattel geschnallt hatte, und zog einen Dolch heraus.

Kaum blitzte die eiserne Klinge in dem bescheidenen Licht, das die sich über dem Hohlweg fast vereinigenden Baumkronen durchließen, da hatte Radulf auch schon sein Schwert gezogen und drückte die Spitze gegen Ingwins Kehle. »Vorsichtig, Mann! Mach keine hastige Bewegung, oder ein meinem Alter angemessenes Zittern überfällt meine rechte Hand!«

»Es ist Armins Dolch«, sagte der Optio leicht säuerlich. »Er soll euch davon überzeugen, daß ich es ehrlich meine.«

Thorag streckte seine Hand nach der Waffe aus und betrachtete sorgfältig den Dolch, dessen Griff aus Hirschhorn bestand, auf jeder Seite mit der Schnitzerei eines Hirsches versehen. Die eiserne Klinge trug ebenfalls auf jeder Seite eine mit Gold eingelegte Verzierung, das Abbild eines Hirschgeweihs. Er reichte dem Optio die Waffe zurück und sagte: »Es ist wirklich Armins Waffe. Er trug sie schon, als wir beide in römischen Diensten standen. Ich habe sie oft gesehen.«

»Die Römer können sie ihm gestohlen haben«, wandte Radulf

ein, der nach wie vor mißtrauisch war. »Oder Armin hat den Dolch verloren.«

»Wenn ihr wollt, übergeben wir euch unsere Waffen«, schlug Ingwin vor.

»Was nützt uns das, wenn ihr uns in einen Hinterhalt lockt?« sagte der Schmied und schnaubte ungeduldig.

»Wenig«, seufzte der Mann mit dem gefiederten Bronzehelm.

»Ich vertraue dir, Ingwin«, sagte Thorag, nachdem er lange in das Gesicht des Optios geschaut hatte, ohne dort ein Zeichen von Falschheit zu entdecken. Und zu Radulf bemerkte er: »Armin würde seinen Dolch nicht verlieren.« Im Unterschied zu mir, fügte er in Gedanken an jene Nacht vor Onsakers Hof hinzu. »Und er würde ihn sich auch nicht stehlen lassen. Falls doch, würde er den Hintergrund geahnt und uns gewarnt haben.« Er blickte wieder den Optio an. »Führ uns zu Armin!«

Ingwin und seine Begleiter atmeten in offensichtlicher Erleichterung auf, als sie ihre Pferde umwandten und die sich schwerfällig wieder in Bewegung setzende Marschkolonne durch den düsteren Wald führten.

Radulf blieb skeptisch und raunte Thorag zu: »Sollen wir diesen Männern, die in Roms Diensten stehen, mögen sie auch Cherusker sein, wirklich blind vertrauen?«

»Uns wird nicht viel anderes übrigbleiben, wollen wir nicht hier Wurzeln schlagen. Aber gib den Männern weiter, daß sie besonders wachsam sein sollen.«

Radulf, in der Siedlung Schmied und jetzt einer von Thorags Heerführern, nickte und sandte berittene Boten den Heerwurm entlang, dessen hinter vielen Wegkrümmungen verborgenes, weit zurückliegendes Ende die Männer an der Spitze nicht sehen konnten.

Die Kolonne legte nur ein kurzes Wegstück zurück und wurde dann erneut zum Halten gezwungen, als sich das dichte Buschwerk teilte. Hakon und seine zwanzig Männer sprangen mit erhobenen Waffen auf den Weg.

»Was ist jetzt?« fragte Hakon, abwechselnd Thorag und die voranreitenden Kavalleristen anblickend.

»Die Männer sind Armins Boten«, beruhigte Wisars Sohn den Kriegerführer. »Sie führen uns zu ihm.«

412

Auch Hakon sah äußerst mißtrauisch aus, als er mit seinen Leuten auf die Pferde stieg.

Aber die Zeit verstrich, und Sunna näherte sich bereits den auf den Gebirgskämmen im Westen aufragenden Baumwipfeln, ohne daß es zu einem Zwischenfall kam. Je höher der Weg anstieg, desto lichter wurde der Bewuchs. Einige Male schimmerte rechts im Osten das leuchtendblaue Band der Weser zwischen den Bäumen. Der Marsch seit dem Zusammentreffen mit Ingwins Abteilung dauerte bereits länger als zwei Stunden, als sich vor den Augen der erstaunten Donarsöhne ein Tal ausbreitete, das ein einziges, riesiges Heerlager war. Hütten und Zelte, Tierpferche und Pferdeherden, soweit das Auge reichte. Und Krieger, Krieger, Krieger. Ein größeres Gewimmel als in den riesigen Haufen der Waldameisen, deren Größe die Menschen unten im Tal von Thorags erhöhtem Aussichtspunkt hatten. Wie zum Beweis der dort unten versammelten Macht brachen Sunnas Strahlen in diesem Augenblick durch die Wolken, um Waffen und Schilde vieltausendfach aufblitzen zu lassen. Thorag konnte die Zahl der hier versammelten Kämpfer nur schätzen, aber es waren mindestens zehntausend.

»Armins Armee«, flüsterte Hakon fast andächtig und sagte dann lauter: »Außer auf dem großen Thing der Cherusker habe ich noch nie so viele Krieger auf einem Haufen gesehen. Jetzt weiß ich sicher, daß wir die Römer schlagen werden.«

»Hoffen wir es«, brummte Ingwin.

Hakon lenkte seinen Schecken an Ingwins Seite und fragte den Optio mit umwölkter Stirn: »Wie meinst du das? Glaubst du nicht an unseren Sieg?«

»Du hast erst die eine Streitmacht gesehen, Donarsohn«, antwortete Ingwin ruhig. »Die Armee, die Varus in seinem Sommerlager versammelt hat, ist zahlenmäßig noch stärker, selbst wenn man die germanischen Auxilien abzieht.«

»Stehen diese geschlossen auf unserer Seite?« erkundigte sich Thorag.

»So gut wie. Zumindest alle Truppen der Stämme, die diesseits des Rheins leben, werden sich auf unsere Seite schlagen.«

Berittene Abteilungen preschten heran, von Armin aufgestellte Vorposten. Als sie Ingwin erkannten, waren Armins Krieger beruhigt und gaben den Weg ins Tal für die Donarsöhne frei.

Als die Menschen unten bemerkten, daß sich eine wahre Midgardschlange an Verstärkung auf dem gewundenen Weg zu ihnen herunterschlängelte, strömten sie unter lautem Gejohle zusammen, um die Neuankömmlinge zu empfangen, Neuigkeiten zu erfahren, vielleicht Bekannte zu begrüßen und das eine oder andere Tauschgeschäft zu machen. Fast versperrten sie den Donarsöhnen den Weg, so daß Ingwin mit seinen Reitern einen Stoßkeil bildete und der Marschkolonne mit sanfter Gewalt eine Bresche schlug. Der Optio führte Thorags Streitmacht in ein kleines Seitental, wo noch keine Krieger ihre Unterkünfte aufgebaut hatten. Es war gerade groß genug für die Donarsöhne.

Während sich die Krieger in dem vorwiegend von Tannen bestandenen Tal verteilten, erbot sich Ingwin, Thorag zu Armin zu bringen. »Der Herzog erwartet dich sicher schon.«

Das tat er tatsächlich. Thorag und die acht Auxiliarreiter hatten das Seitental noch nicht ganz verlassen, als ihnen eine kleine Reitergruppe entgegenkam. Allen voran der oberste Cheruskerfürst auf seinem großen Schimmel. Ihm folgten der freudig strahlende Brokk, der wie stets finster dreinblickende Onsaker und ein älterer, kantiger Mann, der Gaufürst Balder.

Armin bedankte sich bei Ingwin und entließ die Reitergruppe mit dem Hinweis: »Haltet euch bereit! Die Jagdpartie ist bald vorüber, jetzt, wo Thorag hier ist. Wir kehren morgen zu Varus zurück.«

Als die Fürsten allein waren, stiegen sie von den Pferden, und Thorag wurde begrüßt. Bei Onsaker erschöpfte sich das in einem knappen Nicken und einem undeutlichen Brummen. Brokk und Thorag fielen sich in die Arme.

»Wo ist Bror, dein Vater?« fragte Thorag.

»Er ist in seinem Gau und führt dort den Aufstand gegen die Römer.«

»Sicher eine wichtige Aufgabe«, meinte Thorag zweifelnd. »Aber ist es nicht die wichtigste Aufgabe für einen Gaufürsten, auf dem Kriegszug an der Spitze seiner Männer zu reiten?«

»In diesem Fall nicht«, antwortete Armin an Brokks Stelle. »Bror ist der Köder, den ich Varus vorwerfe. Wenn das Krummbein zubeißt, wird er an unserer Angel zappeln und verenden. Und ich werde dafür sorgen, daß der Legat des Augustus den Wurm schluckt. Mit der Hilfe von Brokk und dir, Thorag!«

414

Wisars Sohn war noch immer nicht klar, welche Rolle Bror spielen sollte, und bat um nähere Erklärung.

»Brokk ist nur mit einem kleinen Teil seiner Krieger zu Donars Pforte gekommen, wie es von mir geplant war. Zu dieser Stunde überfällt Bror mit der Hauptmacht das Kastell der Römer auf seinem Gebiet. Brokk wird zu Varus eilen, den Römling mimen, von der Abtrünnigkeit seines Vaters berichten und Varus bitten, mit seinen Legionen für Ordnung zu sorgen.«

»Und Varus wird das glauben?« blieb Thorag skeptisch.

Armin nickte. »Aus zwei Gründen. Erstens werde ich dem Legaten stecken, Brokk sei schon lange darauf aus, die Stelle seines Vaters zu übernehmen; darüber hätten sie sich entzweit. Der zweite Grund bist du, Thorag. Bis jetzt hast du Varus mit schwammigen Angaben über die Fenrisbrüder hingehalten, nicht wahr?«

»Ja. So, wie wir es verabredet haben, Armin.«

»Gut. Du wirst kurz nach Brokk zu Varus kommen und seinen Bericht bestätigen. Du enthüllst, Bror sei der geheime Anführer der Fenrisbrüder und deren Mitglieder seien bereits dabei, den Aufstand in die anderen Gaue der Cherusker und zu den benachbarten Stämmen zu tragen. Bror müsse schnellstens zurechtgewiesen werden, sonst sei das rechtsrheinische Gebiet in Gefahr, sich gegen Rom zu erheben. Verlaß dich drauf, Thorag, Varus wird nichts Eiligeres zu tun haben, als seine Legionen in Brors Gau zu führen. Und unterwegs schnappt die Falle zu!« Bei den letzten Worten klatschte der Herzog in die Hände und zerschlug eine fette Fliege zu Matsch.

»Reicht deine Streitmacht aus, die drei Legionen zu vernichten?«

»Worauf du dich verlassen kannst, Thorag«, sagte Armin ohne Zögern und wischte die Überreste der Fliege an seiner dunklen, mit goldener Stickerei verzierten Wollhose ab. Aber sein unsicherer Blick verriet, daß er seine Zweifel überspielte. »In diesem Tal lagern nur die Cherusker. Viele andere Stämme sind bereits zu uns gestoßen und halten sich in der Umgebung bereit: Krieger der Angrivarier, der Usipeter, der Tubanten, der Kalukonen und sogar der Ampsivarier. Außerdem haben Chatten, Brukterer und Marser ihre Hilfe zugesagt. Auf Nachrichten der Hermunduren, der Sueben und Semnonen warte ich noch.«

»Wäre es nicht besser, mit dem Aufstand zu warten, bis sämtliche Stämme auf unserer Seite stehen?«

Armin schüttelte den Kopf. »Viele unserer Verbündeten werden jetzt schon ungeduldig. Sie wollen kämpfen, auch sterben, aber nicht warten. Wenn wir zögern, fallen sie von uns ab. Außerdem ist der Sommer fast vorüber. Sobald Varus wieder hinter dem Rhein steht, ist die Gelegenheit verpaßt.« Der Herzog holte tief Luft und seufzte. »Leider gibt es bei den germanischen Völkern viele Uneinsichtige wie diesen verbohrten Marbod!«

»Der König der Markomannen?« fragte Thorag interessiert. »Was ist mit ihm?«

»Vor wenigen Tagen erst meldete mir eine Gesandtschaft der Markomannen, daß Marbod jedes Bündnis mit uns und jeden Kampf gegen die Römer rundweg ablehnt. Die Markomannen sind ein großes, mächtiges Volk, das uns fehlen wird. Mit ihnen wäre uns der Sieg sicherer gewesen.«

Jetzt hast du dich verraten, Armin! dachte Thorag. *Also sind unserer Aussichten nicht so glänzend, wie du mir weismachen willst.*

»Marbod ist selbstgefällig und überheblich«, schnaubte Balder. »Der Frieden, den die Römer einzig und allein wegen des Pannonieraufstandes mit ihm geschlossen haben, ist ihm zu Kopf gestiegen. Er hält sich für unüberwindlich und denkt, die Römer fürchten ihn so sehr, daß sie niemals mehr wagen werden, ihn anzugreifen.«

»Ja, der Pannonieraufstand«, sagte Armin. »Ein weiterer Grund für uns, *jetzt* zuzuschlagen. Ein Großteil der römischen Legionen ist im Illyricum gebunden. Aber im Lager des Varus melden die vom Rhein kommenden Boten, daß unser alter Freund Tiberius kurz vor dem Sieg steht. Wir müssen die Römer aus unserem Land werfen, bevor im Süden Frieden herrscht und Augustus die Armee des Tiberius gegen uns ins Feld schicken kann.«

»Auch die würden wir besiegen!« knurrte Onsaker.

»Sicher«, stimmte Armin ihm zu. »Aber besser nacheinander als zugleich.«

»Auf Marbod können wir also nicht zählen«, sagte Thorag. »Was ist mit deinem Bruder Inguiomar, Armin? Und mit Segestes? Beide habe ich hier noch nicht gesehen.«

»Das wirst du auch nicht. Mein Bruder Inguiomar hat sich nur schweren Herzens davon überzeugen lassen, daß wir gegen die Römer aufstehen müssen, wollen wir uns nicht alle eines Tages als ihre Sklaven wiederfinden. Aber ich fürchte, ich habe ihn mehr überredet als überzeugt. Deshalb war ich froh über sein eigenes Angebot, im Herzen des Cheruskerlandes zu bleiben und die dort verbliebenen Krieger zu führen. Sollte er nur halbherzig zur Sache gehen, kann er da wenigstens keinen großen Schaden anrichten.«

»Und Segestes?«

»Der ist sowenig zu einem Kampf gegen die Römer bereit wie Marbod!« sagte Armin mit unverhohlener Wut. »Wäre er auf dem großen Thing zum Herzog gewählt worden, ständen wir alle jetzt nicht hier. Er ließ mir ausrichten, solange sein Herz schlägt, wird kein einziger Mann aus seinem Gau das Schwert gegen Rom erheben.«

»Und sein Herz schlägt noch?« vergewisserte sich Thorag.

»Ja, leider. Die Zahl seiner Krieger ist ebenso groß wie sein Mißtrauen.«

»Vielleicht wäre er zugänglicher für unsere Sache, wenn Armin ihm nicht die Herzogswürde genommen hätte«, bemerkte Onsaker und zog die buschigen Brauen so stark über seinen tiefliegenden Augen zusammen, daß letztere kaum noch zu sehen waren. »Nicht die Herzogswürde und nicht die Tochter!«

»Was soll das heißen?« fragte Thorag.

»Die kleine Thusnelda, Segestes' Augapfel, lebt jetzt im Gau der Hirschsippe«, erklärte der Eberfürst, und ein falsches Lächeln glitt über sein grobes Gesicht. »Als Armin beim letzten Besuch, den er Segestes abstattete, nicht seine Zusage zum Kampf gegen die Römer erhielt, nahm er zum Ausgleich seine Tochter mit. Ich denke, Segestes würde zehnmal eher gegen die Hirschsippe in den Krieg ziehen als gegen Rom.«

Armin hatte den Vorwurf, wie alle anderen auch, wohl verstanden. Sein Gesicht wirkte wie versteinert, und ebenso hart klang seine Stimme, als er zu Onsaker sagte: »Ich liebe Thusnelda und werde sie zu meiner Frau machen. Diese Sache und der Kampf gegen die Römer haben nichts miteinander zu tun!«

Wieder setzte der Eberfürst sein falsches Lächeln auf. »Das sieht Segestes wohl anders. Besonders, da er Thusnelda bereits dem Semnonenfürsten Aristan versprochen hatte. Im Gegenzug sollte er einen fruchtbaren Landstrich erhalten, um den Segestes und Aristan schon lange stritten. Jetzt sind beide verprellt. Vielleicht auch ein Grund, weshalb die Semnonen ihre Zusage, unserem Bündnis beizutreten, noch nicht gegeben haben.«

Wieder war der Vorwurf gegen Armin unüberhörbar. Thorag betrachtete Onsaker mit Sorge. Was hatte der undurchschaubare Eberfürst vor? Wollte er das Bündnis, das Armin so mühsam geschmiedet hatte, sprengen, noch ehe es seine Früchte tragen konnte? Oder ließ er bloß seinen angestauten Ärger auf den Herzog heraus? Dann war der Grund vielleicht Thorag, der wiederholt von Armin gegen Onsaker verteidigt worden war.

»Wir sollten uns nicht streiten«, sagte Balder beschwichtigend, bevor der aufgebrachte Herzog etwas erwidern konnte. »Es gibt noch viel zu besprechen, und unsere Zeit ist knapp bemessen.«

»Ein weises Wort«, meinte Armin, der sehr schnell die Fassung zurückgewann. »Setzen wir das Gespräch bei dem Festmahl fort, das ich zu Ehren von Thorags Ankunft heute ausrichte.«

Im ganzen Tal flackerten die Feuer hoch in dieser Nacht, und die Krieger aßen, tranken, sangen und tanzten. Aber es war nicht nur eine Nacht für die Menschen, sondern auch für die Götter. Ein Teil der Priester von den Heiligen Steinen war hier, brachte den Göttern zusammen mit den Fürsten Opfer dar und bat um ihren Segen für den bevorstehenden Kampf.

Thorag sah Astrid unter den Weißgekleideten, aber vergeblich suchte er nach einer Gelegenheit, sie zu sprechen. Er sehnte sich danach, mit einer Frau zu reden, die für ihn mehr bedeutete als warmes Fleisch und die Lust einer Nacht.

Nach den Opferzeremonien nahmen die Cheruskerfürsten und die Fürsten der bereits eingetroffenen Verbündeten, die Armin zu diesem Festmahl geladen hatte, an einer großen Tafel Platz. Die Gespräche waren mal scherzhaft, mal sehr ernst, und Thorag erfuhr mehr über die Lage.

Den ganzen Sommer über war die römische Streitmacht Stück für Stück geschwächt worden, indem immer wieder germanische Fürsten um den Schutz der Römer nachsuchten und Varus baten, in ihren Gauen Garnisonen zu errichten. Die Tage dieser römischen Lager und Kastelle waren gezählt. Sobald die Hauptstreitmacht ihres Feldherrn angegriffen wurde, würden auch sie fallen.

Varus selbst war von den Fürsten mit unzähligen Gerichtsverhandlungen in Atem gehalten worden. Mit immer neuen Streitigkeiten erschienen sie vor ihm und baten ›den weisen Legaten des noch weiseren Augustus‹, ihre Auseinandersetzungen mit Hilfe seiner Weisheit und des erprobten römischen Rechts zu schlichten. Varus mußte sich mehr als geschmeichelt darüber fühlen, wie schnell sich sein Ruf als hervorragender Jurist über das ›Barbarenland‹ ausbreitete.

Natürlich hatte es nicht an Versuchen gefehlt, den Statthalter vor dem zu warnen, was sich über seinem Haupt zusammenbraute. Noch immer gab es viele Römerfreunde in diesem Land. Und viele, die zwar nicht die Freunde der Fremden waren, aber sich von ihnen Schutz, Vorteile und vor allem den Reichtum versprachen, den eine Menge Germanen erst so richtig schätzten, seit die Römer zu ihnen gekommen waren. Aber Armin und den Verbündeten war es gelungen, alle ernsthaften Versuche, die Verschwörung zu verraten, zu unterbinden. Viele der Verräter hatten ihr Leben lassen müssen.

Die Nacht war schon weit fortgeschritten, und das Schnarchen der Schlafenden übertönte fast die Stimmen der noch Feiernden, als Thorag sich müde auf seinen Grauen schwang, um zum Lager seiner Männer zu reiten. Er wollte noch ein wenig schlafen, denn er hatte Armin versprochen, sich frühzeitig bei ihm einzufinden, bevor der Herzog das Tal verließ.

Thorag war noch nicht weit geritten, als von irgendwo aus der Dunkelheit ein leiser Ruf an seine Ohren drang. Erst glaubte er an eine Täuschung, aber als der Ruf erneut ertönte, war er sicher, seinen Namen zu hören. Das Pferd anhalten und das Schwert aus der Scheide ziehen war für den Edeling eine Bewegung.

Eine helle Gestalt löste sich aus dem Dunkel zwischen zwei Kiefern, und eine vertraute Stimme sagte: »Vermutlich wirst du dein Schwert in den nächsten Nächten und Tagen noch brauchen, Thorag. Aber bestimmt nicht gegen mich!«

»Astrid!«

Er stecke die Klinge zurück in die Scheide und rutschte aus dem Römersattel, den er aus alter Gewohnheit benutzte.

Die junge Priesterin trat vor ihn, legte ihre kleinen Hände auf seine Wangen und sagte: »Ich freue mich, dich zu sehen, Thorag. Aber ich bin auch traurig darüber.«

»Die Opferzeremonien sind vorbei, Astrid«, erwiderte der Edeling mit einem unsicheren Lächeln. »Du brauchst nicht mehr in Rätseln zu sprechen.«

»Ich mache keinen Spaß!« Der Ernst, der in ihrem Blick und in ihrer Stimme lag, unterstrich das. »Ich sorge mich um dich, Thorag, weil du meinem Rat nicht gefolgt bist.«

»Deinem Rat?«

»Dich zu hüten vor dem schwarzen Tier! Ich habe dir von meinem Gesicht erzählt. Es kehrte in letzter Zeit mehrmals zurück.«

Thorag erinnerte sich an sein letztes Zusammentreffen mit Astrid bei den Heiligen Steinen. In der Folgezeit hatte er viel über die geheimnisvolle Warnung nachgedacht, aber allmählich hatte er sie verdrängt.

»Wie soll ich mich vor etwas hüten, das ich nicht kenne? Wer ist das schwarze Tier, von dem du immer sprichst?«

»Genau weiß ich es nicht. Aber es ist hier. Hier mitten unter uns! Heute habe ich es genau gespürt, als die Fürsten ihre Opfer darbrachten.«

»Du meinst, einer der Fürsten ist das schwarze Tier?«

»Es gibt keine andere Erklärung.«

»Wohl nicht«, stimmte Thorag ihr zu und dachte an Onsaker, aber auch an Armin. War es der Fürst der im Krieg schwarzbemalten Eberleute? Oder der Anführer des Fenrisbundes, der Schwarzwolf? Oder jemand ganz anderer?

»Sei vorsichtig, Thorag«, sagte Astrid eindringlich und wandte sich zum Gehen.

»Willst du mich schon verlassen?«

Die Frau nickte. »Du mußt ausgeruht sein für das, was kommt. Die Zeit des Kämpfens steht bevor. Und die Zeit des Sterbens!«

Fast wünschte Thorag sich, Astrid nicht getroffen zu haben. Ihre düsteren Worte wühlten seine Träume auf. Immer wieder sah er sich von schwarzen, nicht näher erkennbaren Bestien umgeben, die ihn zerfleischen wollten. Stammten die Bilder von den Göttern oder von seinen verborgenen Ängsten?

Früh am Morgen fand er sich müde und zerschlagen vor der

großen Holzhütte ein, in der Armin übernachtet hatte. Lustlos und vom vergangenen Festmahl noch gesättigt, speiste Thorag mit den anderen Fürsten. Mehr als ein paar Beeren und ein kleines Stück Käse verzehrte er nicht.

Anschließend machten sich die Männer, die Armin aus dem Sommerlager des Varus hierher begleitet hatten, zum Aufbruch bereit. Viele hatten in den umliegenden Wäldern gejagt und banden ihre Beute auf die Packtiere, um die Legende vom Jagdausflug aufrechtzuerhalten.

Begleitet wurden sie von Brokk und einigen seiner Männer, die als Flüchtlinge vor Brors Zorn auftreten sollten. Sie zerrissen ihre Kleidung und brachten sich selbst und den Pferden mit Dolchen Wunden bei.

Brokk selbst stieß den Dolch in seinen linken Oberarm, aber so, daß die Fleischwunde ungefährlich war. Dann jedoch zog er die scharfe Klinge quer über seine linke Wange und fügte sich eine tiefe Wunde zu, die sein spitzes Gesicht für den Rest seines Lebens verunstalten würde. Das Blut quoll auf der ganzen Länge des Schnittes heraus, floß über sein Gesicht, seine Schulter, seinen Arm und seinen Oberkörper. Es wollte und wollte nicht aufhören zu fließen. Eine ältere Priesterin brachte schließlich ein Bündel aus Kräutern und Moosen, das, auf die Wunde gepreßt, die Blutung nach kurzer Zeit zum Stillstand brachte.

Armin trat vor Brokk und seine Männer, und der Blick des Herzogs glitt zufrieden über die abgerissenen, blutverschmierten Gestalten. »Wahrlich, so sehen Cherusker aus, die nur knapp dem Tod entronnen sind. Brokk, woher hast du die schreckliche Narbe auf deiner Wange?«

»Sie stammt vom Schwert meines Vaters Bror, der mich hindern wollte, Varus zu warnen.«

Armin nickte und zog sich in den Römersattel auf dem Rücken seines Schimmels. »Genau das wirst du Varus erzählen, Brokk. Ich schwöre dir, der krummbeinige Römer wird nichts Eiligeres zu tun haben, als dir Brors Gau mit seinen Truppen zu erobern. Natürlich wird er ein paar Zusicherungen von dir verlangen, eine Menge Sklaven, Felle und so weiter.«

»Der Krummbeinige wird bekommen, was er verdient«, erwiderte Brokk.

Armin grinste verschlagen. »Das wird er!«

Kapitel 27

Wiedersehen mit Flaminia

Das Sommerlager des Publius Quinctilius Varus war eine gewaltige, uneinnehmbar erscheinende Festung auf einem Hügel unweit der Weser.

Als Thorag seinen Grauschimmel anhielt und sich die hohen Mauern ansah und die tiefen Gräben, die das Lager in zwei Reihen umliefen, fühlte er sich in seiner beim gestrigen Festmahl vertretenen Ansicht bestätigt, daß es besser sei, die Römer auf dem Marsch durch unwegsames Gelände zu überfallen. Dort, wo sie von ihrer schweren Ausrüstung behindert wurden und ihre für eine offene Feldschlacht ausgerichtete Kampfkraft nicht entfalten konnten.

Einige der Fürsten hatten in ihrem vom reichlich genossenen Met und Bier geförderten Überschwang dafür gestimmt, Varus einfach in einem Lager zu überfallen. Ihr Argument war gewesen, dort hätte man die Römer und vor allem die zu erwartende Beute auf einem Haufen. Im freien Gelände müsse man sich alles erst mühsam zusammensuchen.

Armin hatte sich gegen das Umwerfen seines sorgfältig ausgearbeiteten Plans gewandt, unterstützt von Brokk und Thorag. Alle drei hatten mit den Römern gekämpft und kannten den Wert römischer Festungen. Außerdem lag das Sommerlager auf freiem Feld. Vor den Gräben und auf den Mauern patrouillierten Legionäre und Auxiliarsoldaten, deren Blick vom Hügel weithin reichte, auf der Westseite bis zum Fluß. Ein Überraschungsangriff war unmöglich. Die Römer würden rechtzeitig gewarnt sein und Gelegenheit haben, ihre Truppen zur Schlacht zu formieren. Dann aber war es fraglich, ob die Germanen den Sieg davontrugen.

Jetzt, als Thorag das beeindruckende Befestigungswerk aus ausgehobenen Erdwällen, dicken Baumstämmen und breiten, massiven Steinmauern mit eigenem Auge sah, war er froh, daß Armin sich durchgesetzt hatte.

Gestört wurde das militärische Bild allerdings von zahlreichen Hütten, die das Lager umgaben und richtige Dörfer bildeten.

Römische und germanische Dörfer, in denen all jene wohnten, die der bewaffneten Truppe stets auf dem Fuß folgten und genauso von deren Sold lebten wie die Soldaten selbst: Händler, Schreiber, Barbiere, Gaukler und nicht zuletzt die Huren. Während sich die Huren jedem Soldaten gegen Bezahlung hingaben, hatten die übrigen Frauen einen festen Partner, den sie häufig als ihren Mann bezeichneten, obwohl sie offiziell nicht mit ihnen verheiratet waren. Den Soldaten war die Eheschließung untersagt. Sie sollten für Rom kämpfen und sich nicht um ihre Familien sorgen. Ihre einzigen Bräute hießen Gladius, Pilum und Scutum – Schwert, Speer und Schild. Dennoch duldete jeder Feldherr den bunten Troß der Zivilisten, weil er wußte, daß ein Soldat, der sich nie zerstreuen und durch Ausschweifungen ablenken konnte, schnell unzufrieden sein würde. Meuterei war eines der großen Probleme in der römischen Armee, die auf ihre Disziplin so stolz war.

Thorag wandte sich im Sattel zu den zehn Reitern um, die ihn begleiteten, Hakon und seine Krieger. Garrit befand sich nicht unter ihnen. Er hatte in der vergangenen Nacht im Bierrausch mit seinem Schwert fast eine große Tanne gefällt, als er immer wieder auf sie einschlug und den Baum als ›verfluchten Römer‹ beschimpfte. Thorag hatte Hakon angewiesen, den Einäugigen zurückzulassen, weil er befürchtete, der junge Krieger könne beim Anblick so vieler römischer Soldaten von seinem Haß übermannt werden. Früher war Garrit nicht so gewesen. Mit einem Teil seines Augenlichts schien auch die Helligkeit seines Wesens von ihm gewichen zu sein. Da die Eberkrieger von Garrits Haß noch mehr bedroht waren als die Römer, hatte Thorag Radulf gebeten, gut auf den Einäugigen aufzupassen.

»Sieht nach einer Menge Römer aus«, bemerkte Hakon, dessen Blick wie gebannt an dem riesigen Lager hing.

»Eine ganze Menge«, bestätigte Thorag.

»Schön«, brummte der erfahrene Recke. »Dann habe ich mein Schwert in den letzten Tagen nicht umsonst geschärft. Es ist dabei richtig hungrig geworden. Ich habe ihm versprochen, daß es viele Römer fressen wird.«

»Versprechen soll man halten. Aber bevor es soweit ist, müssen wir das Spiel spielen, das Armin sich ausgedacht hat. Bist du dazu bereit, Hakon?«

Der vierschrötige Kriegerführer nickte. »Du kannst dich auf mich verlassen, mein Fürst. Wie immer!«

»Schön«, lächelte Thorag. »Dann los!«

»Heiah!« stieß Hakon einen schrillen Schrei aus und trieb seinen Schecken auf die Festung zu, die etwa eine halbe römische Meile entfernt lag. Er sollte den Römern melden, daß Thorag mit Varus sprechen wollte. Wäre der junge Gaufürst einfach so in das Lager des Legaten geritten, wäre er vielleicht verhaftet worden. Schließlich war er immer noch ein flüchtiger Todgeweihter.

Während er auf die Reaktion der Römer wartete, betrachtete Thorag den grauen Himmel. Sunna war hinter einer dicken Wolkenschicht verborgen und der Stand des Sonnenwagens tief am westlichen Himmel nur zu erahnen. Es sah so aus, als sollte Armins gestern geäußerter Wunsch um schlechteres Wetter in Erfüllung gehen. »Je schlechter das Wetter, desto schwerer werden es die Römer mit all ihrem Gepäck auf dem Marsch haben, einem Überraschungsangriff standzuhalten«, hatte er gesagt und zwei weiße Hengste Donar geopfert, um den Gott des Wetters um Regen zu bitten.

Donar hatten die beiden Hengste gefallen. Jedenfalls waren schwere Wolken aufgezogen. Sie hingen über dem schon weitgehend ausgedörrten Boden, der dringend Regen brauchte. Schließlich hatte der Monat, den die Römer September – den Siebten – nannten, bereits begonnen, was das baldige Ende des Sommers verhieß.

Wie mit Armin abgesprochen, war Thorags Trupp gegen Mittag losgeritten. Zwischen Brokks und Thorags Erscheinen sollte etwas Zeit liegen. Wenn Armin nicht nur Brokk, sondern auch Thorag ›zufällig getroffen‹ hätte, hätte das den Verdacht der Römer erregen können.

Thorags Begleiter begannen schon unruhig zu werden, als ihnen eine ganze Anzahl Reiter aus dem Lager entgegensprengte. Eine komplette Turme, über vierzig Mann stark. Sie kam schnell näher, und Thorag erkannte das Feldzeichen der Legatengarde. Ihr hünenhafter Anführer mit dem violetten Federbusch auf dem Helm war niemand anderer als Gaius Flaminius Maximus.

»Bleibt ruhig und laßt die Waffen stecken!« ermahnte Thorag seine Krieger, als sie von den römischen Gardereitern eingekreist wurden. Beim Anblick der auf sie gerichteten Speerspitzen fiel es den Cheruskern schwer, sich an den Befehl ihres Fürsten zu halten.

Maximus, der wie immer kerzengerade im Sattel saß, hielt seinen Braunen direkt vor Thorag an. Sein Gesicht verriet große Neugier. »Sieh an, der verschollene Todgeweihte kehrt zurück. Was verschafft uns die Ehre?«

»Eine wichtige Nachricht«, antwortete Thorag. »Die Fenrisbrüder proben den offenen Aufstand. Leider habe ich erst jetzt herausgefunden, wer ihr Anführer, der geheimnisvolle Schwarzwolf, ist.«

»So, wer?«

»Der Gaufürst Bror. Er enthüllte das erst, als er zur Rebellion gegen Rom aufrief. Inzwischen brennt es in seinem ganzen Gau, und das Feuer greift auf die benachbarten Gaue über. Vermutlich steht dort kein einziges Kastell mehr, jedenfalls nicht unter römischer Besatzung.«

Die Falte über der Nasenwurzel in Maximus' Gesicht vertiefte sich. Er riß seinen Braunen herum und sagte: »Komm mit, Thorag! Du bist nicht der erste, der diese Nachricht bringt, aber sie wird Varus deshalb um so mehr interessieren.«

Die Römer nahmen die Cherusker zwischen sich und ritten mit ihnen zurück zum Lager, mitten durch eines der Hüttendörfer. Thorag sah unter den Menschen römische und gallische, vor allem aber germanische Gesichter. Er fragte sich, wie viele von diesen Germanen in wenigen Tagen gegen die Römer kämpfen würden.

Über Holzbrücken, die in Sekundenschnelle eingezogen werden konnten, ritt der Trupp auf die Porta Praetoria zu, deren Torflügel weit offenstanden. Sobald die Reiter in das riesige Lager eingetaucht waren, erkannte Thorag, daß Brokks alarmierende Nachricht ihre Wirkung nicht verfehlt hatte.

Zwischen den langen, in sauberer römischer Ordnung gebildeten Reihen aus hölzernen Kasernengebäuden und Zelten herrschte ein riesiges, nur auf den ersten Blick planlos wirkendes Gewimmel. Wer näher hinsah, bemerkte schnell, daß jeder Schritt und jeder Handgriff der vielen tausend Soldaten seinen Sinn hatte und seinen Zweck erfüllte. Waffen wurden geschärft, Panzer ausgebessert und die Sohlen der Caligae, der ledernen Schnürsandalen, mit frischen Eisennägeln für den Marsch beschlagen. Die Katapulte, Stein- und Pfeilschleudern, wurden in ihre Einzelteile zerlegt und auf großen Wagen verstaut. Hufeisen und Zaumzeug der Pferde wurden untersucht und, falls nötig, ausgebessert oder erneuert. Immer wieder erschollen die Hörner, um Zenturien, Manipel und ganze Kohorten zum Waffenappell zu rufen. Die Offiziere schritten die gerade ausgerichteten Reihen der Legionäre und Auxiliarsoldaten ab und prüften die Ausrüstung jedes Mannes, sprachen eine Anerkennung oder eine Ermahnung aus. Das ganze riesige Heerlager befand sich in Aufbruchsstimmung.

Der Reitertrupp hielt auf das Zentrum des Lagers zu, wo sich die einzigen Steingebäude befanden: Prätorium, Principia, Magazin, Hospital, Gefängnis und einige Nebengebäude, darunter eine Siedlung mit Wohnhäusern der hohen Offiziere. Vor dem Prätorium ließ Maximus anhalten, stieg aus dem Sattel und sah Thorag an. »Folg mir, Cherusker!«

»Und meine Männer?«

»Man wird sie unterdessen versorgen.«

»Tut, was die Römer auch sagen«, sprach Thorag zu Hakon, als er vom Rücken des Grauschimmels stieg und dem Kriegerführer die Zügel reichte.

Er folgte dem Gardepräfekten in das Haus des Statthalters, das bei weitem nicht so imposant wirkte wie das Prätorium in der Ubierstadt, aber vermutlich das bestausgestattete Gebäude war, das man diesseits des Rheins finden konnte. Es mußte eines eigenen kleinen Trosses bedurft haben, die Wandteppiche, Leuchter, Skulpturen und Vasen, die so gar nicht in ein Militärlager passen wollten, hierherzuschaffen.

»Warte hier!« sagte Maximus knapp zu Thorag, als sie im Vestibül standen. »Ich sage Varus, daß du hier bist.«

Der dreistündige Ritt hatte Thorag durstig gemacht. Er ging zu dem kleinen Bronzetisch, auf dem mehrere Karaffen und Becher standen, und mischte in einem der Becher frisches Wasser mit etwas Acetum – Weinessig. Er hatte dieses Mischgetränk als Soldat in Roms Diensten kennengelernt. Viele Legionäre füllten damit ihre Feldflaschen, weil sie seine durstlöschende Wirkung schätzten. Der Cherusker hatte den trichterförmigen Becher aus vermutlich ubischem Glas kaum geleert, als der Präfekt zurückkehrte und ihm winkte.

Er führte Thorag in einen Arbeitsraum, dessen Wände mit verschiedenen Karten geradezu übersät waren. Vor einer dieser Karten, die das Cheruskerland trotz einiger weißer Flecke recht detailgetreu abbildete, stand der Statthalter mit fünf weiteren Männern, vier davon römische Offiziere. Der fünfte war Armin, der bei Thorags Anblick große Überraschung vortäuschte.

Varus begrüßte den Neuankömmling höflich, aber knapp und fragte: »Du willst mir von einem Aufstand im Cheruskerland berichten, Thorag?«

»Ja«, antwortete der Edeling und wiederholte, was er Maximus schon gesagt hatte. »Wie ich sehe«, schloß er, »scheinst du bereits darüber unterrichtet zu sein. Deine Armee befindet sich im Aufbruch.«

Der Statthalter nickte zufrieden und faltete die schwammigen Hände vor dem stark nach vorn gewölbten Bauch. »Du bist schon der zweite, der mir heute diese Nachricht bringt. Deshalb dürfen wir trotz einiger Zweifler wohl davon ausgehen, daß sie wahr ist.«

Beim letzten Satz warf er einem der Offiziere einen düsteren Blick zu. Es war der kleine, zähe Lucius Tertius Parvus, dessen Peitsche Thorags Rücken gepflügt hatte.

Die feuerrote Narbe auf Lucius' rechter Wange tanzte hektisch, als der Offizier sich verteidigte: »Ich habe nicht gezweifelt, Legat, ich habe nur zur Vorsicht geraten. Nur weil ein Germane von einem Aufstand im Süden berichtet, sollten wir nicht kopflos werden!«

»Jetzt sind es schon *zwei* Germanen«, erwiderte Varus und sah dabei Thorag an.

»Ich verstehe dich nicht, Varus«, schnappte Lucius. »Wie kannst du einem Mann vertrauen, den du selbst zum Tod verurteilt hast? Dieser Thorag ist ein Verräter und ein Verschwörer! Und außerdem ein flüchtiger Todgeweihter, auf dessen Ergreifung eine Belohnung von tausend Sesterzen ausgesetzt ist!«

»Die wir jetzt an ihn selbst auszahlen müßten«, grinste der Statthalter. »Denn immerhin ist er freiwillig zu uns gekommen.«

Lucius blickte den Legaten des Augustus verständnislos an.

Mit einer lässigen Handbewegung forderte der Statthalter den Präfekten seiner Garde auf, den Sachverhalt zu erklären. Als Maximus von der Flucht und von Thorags Rolle als Spion der

Römer berichtet hatte, stellte Varus dem Edeling die drei anderen Offiziere vor. Der bronzehäutige, grauhaarige Mittvierziger an seiner Seite war Numonius Vala, der militärische Stellvertreter des Statthalters. Die beiden anderen hießen Ceconia und Lucius Eggius und waren, wie auch Lucius Parvus, Lagerpräfekten der einzelnen Legionen. Varus hatte sie zu sich gerufen, um den Abbruch des Sommerlagers und den Abmarsch am übernächsten Morgen mit ihnen zu besprechen.

»Wie ist deine Einschätzung des Aufstandes, Thorag?« erkundigte sich Numonius Vala.

»Wenn das heftig lodernde Feuer nicht schnell erstickt wird, verwandelt es sich in einen Flächenbrand«, orakelte der Edeling düster. »Ich habe gehört, daß Bror desto mehr Zulauf bekommt, je mehr Kastelle fallen.«

»*Cantilenam eandem canis.* – Es ist immer dieselbe Leier.« Varus seufzte. »Sobald die Barbaren Blut riechen, werden sie wild. Dagegen hilft nur eins.« Er ballte die fleischige Rechte zur Faust. »Das Blut, das sie riechen, muß ihr eigenes sein! Es bleibt dabei, Offiziere, übermorgen marschieren wir!« Die Faust löste sich, und Varus blickte den Herzog der Cherusker an. »Wie sieht es aus, Arminius? Können die Römer auf die Hilfe ihrer cheruskischen Verbündeten rechnen?«

In einer Geste, die einem römischen Theaterstück zu entstammen schien, legte der Gefragte die Hand auf den Griff seines Schwertes. »Mein Schwert ist dein Schwert, Varus, und natürlich auch das Schwert Roms. Ich habe meine Boten bereits ausgesandt, alle treuen Cherusker zu versammeln, um dem aufständischen Bror Seite an Seite mit unseren römischen Freunden eine Lektion zu erteilen. Sei versichert, Varus, daß weit mehr Cherusker hinter mir stehen werden als hinter Bror!«

Das ist noch nicht einmal gelogen, dachte Thorag und fragte laut: »Wer ist der Bote, der euch von dem Aufstand unterrichtet hat?«

»Unser alter Kampfgefährte Brokk«, antwortete Armin und berichtete davon, wie er während des Jagdausflugs angeblich zufällig auf Brors Sohn und seine Begleiter getroffen war. »Brokk ist, als er sich gegen seinen Vater stellte, von ihm ziemlich übel zugerichtet worden. Der Medicus kümmert sich um ihn.«

»Du hast mit Thorag sicher einiges zu besprechen, Armin«, sagte Varus. »Wir sehen uns dann beim Abendessen.« Er blickte die Offiziere an. »Das gilt auch für euch. Seht zu, daß es keine Verzögerungen beim Abbau des Lagers gibt! Solange das gute Wetter noch hält, sollten wir es für den Marsch ausnutzen.«

Nur Thorag bemerkte den Schatten, der sich beim letzten Satz auf Armins Gesicht legte.

Die Offiziere und die beiden Cherusker verließen das Arbeitszimmer. Sie ließen Varus allein mit den Karten und mit seinen Gedanken.

Wie gebannt starrte Publius Quinctilius Varus lange Zeit auf die Karte des Cheruskerlandes, die er mit Hilfe von cheruskischen Edelingen hatte anfertigen lassen. Dieses Land sollte es also sein, von dem sein Siegeszug ausging, der ihn schließlich auf den Palatin führen sollte, auf den Hügel der kaiserlichen Residenz.

So lange hatte er auf eine Gelegenheit gewartet, seinen Kriegszug zu beginnen, den ganzen Sommer über, aber diese verfluchten Germanen wollten ihm einfach keinen Anlaß bieten. Mit fast hündischer Ergebenheit hingen sie an ihm, kamen mit jeder kleinlichen Streiterei zu ihm, um sie nach römischem Recht entscheiden zu lassen, und baten ihn, statt sich gegen Übergriffe anderer Sippen und Stämme selbst zu verteidigen, auch noch um Garnisonen in ihrem Land.

Ein anderer Mann an Varus' Stellte hätte sich über die Willfährigkeit der Barbaren gefreut, aber dem Mann, der Augustus anstelle des Augustus werden wollte, kam sie gar nicht gelegen. Alle Welt sprach von der Wildheit und Kriegslüsternheit der Germanen, dabei waren sie leichter zu besänftigen als eine erschrockene Katze. Und viel zahmer als ein solches Tier.

Varus lachte trocken. Warum gestandene Feldherren wie Drusus und Tiberius mit den Germanen solche Schwierigkeiten gehabt hatten, war ihm vollkommen unverständlich. Es wurde wirklich höchste Zeit, daß die richtigen Männer in Rom das Sagen hatten und nicht solche Schlappschwänze wie Octavian Augustus, sein Stiefsohn Tiberius und dessen unglücklicher Bruder Drusus, der im wahrsten Sinne des Wortes in Germanien *gefallen* war, wie man in den römischen Thermen witzelte, nämlich bei einem Sturz vom Pferd. Und das nicht einmal im Kampf, sondern auf dem Rückmarsch von dem Fluß Albis zum Rhenus.

Welch ein Tölpel! Wenn er, Varus, erst einmal auf dem Kaiserthron saß, würden solche Idioten nicht das Kommando über ganze Provinzen bekommen.

Bei dem Gedanken wurden die Hände des Statthalters feucht. Er wischte sie an seiner Tunika ab und zog sich in seine Privatgemächer zurück. Der Tag war anstrengend gewesen. Es war Zeit für ein wenig Entspannung. Zeit für Pollux und Helena.

Mit gemischten Gefühlen schritt Thorag auf das große Steingebäude der Principia zu, der Kommandantur. Sie war sehr groß, wie es einem Lager zukam, das drei römische Legionen, drei Alen Reiterei, die Legatengarde und sechs Auxiliarkohorten beherbergte, insgesamt etwa fünfundzwanzigtausend Soldaten, das zivile Personal nicht mitgezählt. Man konnte es kaum mit der kleinen Garnison vergleichen, die Thorag in der Nähe der Ubierstadt kommandiert hatte. Das Lager dort war so klein gewesen, daß es noch nicht einmal eine eigene Principia gehabt hatte; die Büros der Kommandantur waren im Prätorium untergebracht gewesen.

Thorag hatte, nachdem er sich von der angemessenen Unterkunft seiner Krieger in zwei geräumigen Zelten überzeugt hatte, mit Armin und Brokk gesprochen. Alles verlief nach Plan. Varus hatte offenbar Brokks Geschichte geglaubt. Nachdem sie von Thorag bestätigt worden war, schien ihre Richtigkeit für den Statthalter so festzustehen wie die Tatsache, daß auf den Sommer der Winter folgte. Oder, wenn man römisch dachte, der Herbst.

Thorags Gefühle waren trotzdem gemischt, weil ihm seine Rolle in diesem Spiel nicht behagte. Obwohl er sich längst für sein eigenes Volk und gegen Rom entschieden hatte, stand er irgendwie zwischen den Fronten. Fast fieberte er dem Augenblick entgegen, in dem er sein Schwert offen gegen die Römer erheben konnte. Der Kampf mit der Waffe behagte ihm mehr als der mit Worten und Täuschungen.

Aber die Römer haben den Kampf mit Hinterlist und Heimtücke begonnen, versuchte er sich zu beruhigen. *Sie haben mich als Verräter verurteilt und mich öffentlich ausgepeitscht, nur um mich als Spion gegen mein eigenes Volk einzusetzen. Sie haben keinen Grund, sich zu beschweren, wenn wir sie mit ihren eigenen Waffen bekämpfen.*

Gleichwohl fühlte er sich unwohl dabei, als Freund der Römer durch ihr Lager zu spazieren, während er insgeheim ihre Vernichtung plante. Er befürchtete ständig, sich durch eine unbewußte Geste oder durch ein unbedachtes Wort zu verraten. Aber er mußte noch einmal mit Maximus sprechen. Er wollte sich nach Flaminia erkundigen, an die er fast pausenlos denken mußte, seitdem er ihren Bruder wiedergetroffen hatte.

In einer Schreibstube der Kommandantur fragte Thorag den diensthabenden Optio nach Maximus.

»Gaius Maximus?« Der Offizier sah überlegend an die Decke und strich mit dem stumpfen Ende des Bronzegriffels, mit dem er gerade eine Notiz auf eine Wachstafel geschrieben hatte, über sein stoppeliges Kinn. »Der Präfekt ist nicht mehr hier.«

»Wo kann ich ihn finden?«

»Keine Ahnung. Vielleicht inspiziert er seine Leute. Oder er ist schon zu seiner Schwester heimgegangen.«

»Seine Schwester?« fragte Thorag überrascht nach. »Flaminia?«

»Ich kenne keine andere«, antwortete der Optio gelangweilt.

»Ist sie hier im Lager?«

»Na, bestimmt nicht in Rom.«

»Wo kann ich sie finden?«

»Im Haus des Präfekten.«

Thorag zwang sich zur Geduld. »Wo ist das?«

Die Geduld zahlte sich aus, denn der Optio beschrieb ihm den Weg.

Der Cherusker brauchte nur ein paar Schritte zu gehen. Die Unterkunft des Gardepräfekten war eines der kleinen, schmucklosen Steinhäuser, die in der Nähe des Prätoriums an der Via Principalis aufgereiht waren. Thorag trat auf den Eingang zu, als die Holztür aufgezogen wurde. Saiwa, Flaminias usipetrische Sklavin, stand mit einem Eimer in den Händen in der Öffnung und starrte Thorag überrascht an.

»Ist deine Herrin zu Hause?« fragte der Edeling ohne Umschweife.

»J-ja«, antwortete die füllige rotblonde Usipeterin, sichtlich verwirrt.

»Dann führt mich zu ihr!«

»Komm herein«, sagte sie zögernd und wich ins Halbdunkel

des Hauses zurück, wobei sie ganz vergaß, den Eimer mit stinkendem Abwasser auszuleeren.

Thorag folgte ihr in das kleine Atrium, wo Primus am Impluvium saß und spielte. Er schaute nur kurz auf, als der Cherusker eintrat, und wandte sich dann wieder seinem Spiel zu. Es schien, als erkenne er Thorag nicht wieder.

»Warte bitte hier«, sage Saiwa. »Ich hole die Herrin.«

Die Sklavin verschwand durch einen schmalen Gang, und Thorag widmete sein Interesse dem spielenden Kind. Primus hatte an einer Seite des nur mit wenig Regenwasser gefüllten Impluviums aus Holzklötzen eine Stadt aufgebaut, die von einer Armee Zinnsoldaten belagert wurde. Der Junge verfrachtete die Armee in drei Holzschiffe und setzte die Schiffe auf das Wasser, wo sie tatsächlich schwammen. Primus stieß sie an, und sie glitten zur anderen Seite es Beckens hinüber. Die kleine Hand des Kindes schob ein auf Rädern stehendes Holzpferd in die Stadt und nahm dabei in Kauf, daß ein Torbogen von dem großen Pferd eingerissen wurde.

Troja! dachte Thorag und erinnerte sich an den Beginn seiner Laufbahn als römischer Offizier. Die Belagerung Trojas gehörte zum ersten Unterrichtsstoff. Kein Wunder, hielten die Römer die beiden sagenhaften Gründer ihrer Stadt, Romulus und Remus, doch für Nachfahren der Trojaner.

Mit seinen kleinen, schlanken Fingern öffnete der Junge geschickt einen winzigen Riegel am Unterleib des Pferdes. Der Bauch klappt auf, und mehrere Zinnfiguren purzelten heraus. Primus stellte sie auf, hob dann den größten der Krieger ein Stück hoch und brüllte laut: »Vorwärts, tapfere Griechen! Laßt uns Troja erobern, zum Ruhm unseres Vaterlandes!«

Thorag kniete sich neben Primus und sagte: »So ist es bestimmt nicht gewesen.«

Der Junge blickte zu ihm auf. »Was meinst du, Thorag?«

Also erkannte der Junge ihn doch.

»Odysseus und seine Krieger haben bestimmt nicht solchen Lärm gemacht, als sie aus dem Pferd stiegen. Sie sind leise vorgegangen und haben heimlich die Tore der Stadt geöffnet, um ihre Kameraden hereinzulassen.«

»Bist du dabeigewesen?« fragte der Junge.

Thorag lachte. »Nein. Aber ich bin auch ein Krieger und würde bestimmt nicht laut herumschreien, wenn ich in einer feindlichen Stadt von einer vielfachen Übermacht umgeben wäre. Odysseus und die Seinen werden sich heimlich an die Wächter herangeschlichen und sie hinterrücks getötet haben, um sich nicht vorzeitig zu verraten.«

Primus sah den Cherusker mit aufgerissenen Augen an, die zugleich Unglauben und Entsetzen ausdrückten. »Aber das ist doch feige! Ein Krieger tut so etwas nicht! Odysseus war der tapferste Krieger überhaupt, den die Griechen hatten. Und tapfere Krieger gehen niemals heimlich vor!«

»Wer sagt das?«

»Decimus Mola.«

»Decimus Mola?« wiederholte Thorag fragend.

»Er dient unter Onkel Maximus. Decimus ist Kommandeur der berittenen Garde.«

»Ach so. Und Decimus Mola sagt, daß ein tapferer Krieger niemals eine Hinterlist anwendet?«

Primus nickte mehrmals kräftig. »Wenn ein Krieger tapfer ist, hat er das nämlich nicht nötig.«

»Auch nicht, wenn er sonst sterben muß?«

»Auch dann nicht!« verkündete Primus mit der unerschütterlichen Gewißheit seines noch jungen, an Erfahrungen armen Lebens.

Thorag fragte sich, ob der Junge und jener Offizier namens Decimus Mola recht hatten. Es wäre ihm lieb gewesen. Aber die Kriegslist war ein wichtiger, unverzichtbarer Bestandteil der Kriegsführung. Das war eine der ersten Lektionen gewesen, die er am Beispiel Trojas im Offiziersunterricht gelernt hatte. Wer im Krieg freiwillig auf die List verzichtet, verzichtete auf den Sieg. So hatte es der alte Präfekt, der Thorag und die anderen unterrichtet hatte, gesagt.

Etwas anderes schoß ihm durch den Kopf. »Erst dachte ich, du hättest mich nicht erkannt, Primus.«

»Ich sollte doch nicht an dich denken, Thorag.«

»Das verstehe ich nicht.«

»Mama hat gesagt, wir sollen dich vergessen.«

»Wieso?«

Die Antwort kam aus dem Rücken des Edelings: »Weil ich nicht geglaubt habe, dich jemals wiederzusehen, Thorag.«

Der Cherusker stand auf und drehte sich um. Fünf Schritte vor ihm stand Flaminia, genauso schön und begehrenswert, wie er sie in Erinnerung hatte. Die brombeerfarbene Stola schmiegte sich so eng an ihren schlanken Körper, daß die Spitzen ihrer Brüste hervorstachen. Ihr schwarzes Haar hatte sie mit goldenen Spangen kunstvoll hochgesteckt; die fein gewölbte Stirn und die ebenmäßigen Gesichtszüge kamen so noch besser zur Geltung; ein paar neue Falten in den Augenpartien verrieten, daß sie in den wenigen Monaten seit ihrer Trennung einiges erlebt hat.

»Komm mit mir, Thorag«, sagte die Römerin.

Er folgte ihr durch den Gang, durch den vorhin Saiwa verschwunden war, und fragte: »Warum hast du nicht geglaubt, daß wir uns wiedersehen?«

»Weil entflohene Todgeweihte nicht zu denen zurückzukehren pflegen, die sie verurteilt haben, nicht freiwillig, meistens nicht einmal lebendig.«

»Hat Maximus dich nicht eingeweiht?«

»Maximus!« schnaubte sie verächtlich. »Er hat es mir erst vor einer Stunde gesagt, als ich von ihm erfuhr, daß du im Lager bist.«

Ihre Stimme klang seltsam kühl, als freue sie sich gar nicht über das Wiedersehen. Auch ihr Gesicht drückte keine besondere Regung aus. Thorag fühlte sich wie in der Gesellschaft einer vollkommen Fremden.

Flaminia führte ihn in ein kleines Zimmer, ihren Schlafraum. Sie kniete sich vor einer Kiste in einer Ecke hin, öffnete sie und sagte: »Hier, das habe ich für dich aufgehoben. Tief in meinem Innern habe ich wohl doch gehofft, daß wir uns wiedersehen.«

Thorag trat neben sie und blickte in die Kiste. In ihr lagen sein Schild, das Wehrgehänge mit seinem Schwert und sein Gürtel mit den Beuteln, die persönliche Sachen enthielten. Thorag hatte die Sachen zurücklassen müssen, als er aus der Ubierstadt floh.

Flaminia erhob sich, und Thorag, der seinen Blick bewundernd über ihre schlanke Gestalt gleiten ließ, wollte sie zu sich heranziehen, aber sie wich ihm aus.

»Was hast du, Flaminia? Empfindest du denn gar nichts mehr für mich?«

»Vieles hat sich geändert«, antwortete die Römerin. Thorag hatte das Gefühl, ihr Blick würde durch ihn hindurchgehen. Ihr

Gesicht blieb nach wie vor ausdruckslos, nur in ihrer Stimme schwang jetzt ein Anflug von Trauer mit.

»*Was* hat sich geändert?« fragte er.

»Wir. Und die Umstände.«

Thorag schwieg und dachte über die rätselhaften Worte nach. Flaminia konnte nicht ahnen, wie recht sie hatte. Ja, es stimmte, sie standen jetzt auf verschiedenen Seiten. Als sie sich kennenlernten, hätte es eine gemeinsame Zukunft für sie geben können. Aber jetzt? Es fiel ihm schwer, das einzusehen. Er hätte sich viel lieber von ihrer Schönheit, von ihrem Duft, ihren langsamen, vollendet sanften Bewegungen verzaubern lassen. Mit Entsetzen dachte er daran, daß sie auch zu den Menschen gehören würde, die in Armins Falle liefen.

»Was tust du hier im Sommerlager, Flaminia?«

»Mein Bruder ist hier. Und Themistokles, der die Offizierskinder unterrichtet, ist hier. Also bin auch ich mit Primus hier.«

»Wirst … werden du und Primus dabei sein, wenn Varus gegen die aufständischen Cherusker im Süden zieht?«

»Natürlich«, nickte Flaminia. »Wenn Varus mit den Aufständischen fertig ist, kehrt er nicht hierher zurück, sondern zieht direkt zum Rhenus weiter.«

»Ist es nicht gefährlich für die Frauen und Kinder, den Feldzug mitzumachen?«

»Wohl nicht, wie ich Maximus vorhin verstanden habe. Varus glaubt, die Aufständischen schon allein durch den Aufmarsch seiner Legionen zur Räson zu bringen.«

»Genauso wird es geschehen«, sagte eine tiefe Stimme. »Die Barbaren werden ihre Waffen wegwerfen, vor uns auf die Knie fallen und uns um Vergebung bitten, wenn sie der geballten Macht des römischen Imperiums gegenüberstehen.«

Der in der offenen Tür stehende Sprecher war ein Zenturio Primipilus in der Uniform der Legatengarde. Ein gutaussehender, aber leicht aufgedunsen wirkender Mann von fünfunddreißig oder vierzig Jahren. Thorag wußte sofort, wen er vor sich hatte.

»Ist dein Dienst schon beendet?« fragte Flaminia verwirrt den Zenturio.

»Nein. Ich hörte in der Principia, daß sich ein Germane nach dir erkundigt hat, Flaminia. Ich dachte mir gleich, daß es Thorag ist.«

»Deshalb bist du gekommen?«

»Ja, deshalb.«

Die Worte und der Blick, mit dem der Zenturio Thorag maß, klärten einiges auf. Der Offizier war von Mißtrauen und Eifersucht hergetrieben worden. Dies war also der Mann, mit dem Flaminia nun das Lager teilte. Seltsamerweise empfand Thorag keine Enttäuschung oder gar Trauer. Er kannte Flaminia und hatte nichts anderes erwartet. Sie war nicht die Frau, die eines Todgeweihten wegen Enthaltsamkeit übte. – Und schließlich hatte Thorag selbst sich in den vergangenen Monaten auch nicht in Verzicht geübt.

Flaminia zeigte auf den Zenturio und sagte zögernd: »Das ist ...«

»Decimus Mola, nehme ich an«, erleichterte Thorag ihr die Vorstellung.

Der Zenturio sah Thorag an und zog verwundert die dünnen Brauen hoch. »Du hast von mir gehört, Cherusker?«

»Primus erzählte mir von dir und deiner Meinung von tapferen Kriegern«, antwortete Thorag und verabschiedete sich von den beiden.

»Ich werde Saiwa rufen«, sagte Flaminia. »Sie wird dich hinausbringen.«

»Ich finde den Weg schon«, erwiderte Thorag, nahm seine Sachen aus der Kiste mit und ließ Decimus und Flaminia allein.

Als er das Atrium passierte, war Primus verschwunden und Troja zerstört. Kaum ein Holzklotz stand noch auf dem anderen. Fast sämtliche Zinnfiguren waren umgeworfen, lagen herum wie tot.

Thorag war froh, daß Primus nicht da war und ihn nicht aufhielt. Der Cherusker verspürte das dringende Bedürfnis, dieses Haus möglichst schnell zu verlassen. Er hätte gar nicht hierherkommen sollen. Flaminia war wie ein anderer Mensch gewesen. Nur äußerlich die Frau, die er gekannt hatte. Zwischen ihnen schien so unendlich viel zu stehen. Nicht nur Decimus Mola und die Verschwörung gegen die Römer, an der Thorag beteiligt war. Er hatte das Gefühl, daß auch Flaminia ihm etwas verschwiegen hatte. Aber er konnte beim besten Willen nicht sagen, was.

Der Edeling atmete tief durch, als er ins Freie trat. Er wollte nicht länger unter einem Dach sein mit dem Zenturio, der ihm einen triumphierenden Blick nachgeschickt hatte. Tatsächlich fühlte Thorag sich so elend wie nach einer verlorenen Schlacht. Als er zu den Zelten ging, die ihm und seinen Kriegern zugewiesen worden waren, schwor er sich, daß dies der letzte Sieg über einen Cherusker sein sollte, dessen sich Decimus Mola rühmen konnte.

Kapitel 28

In vino veritas!

Der nächste Tag schlich für Thorags Empfinden unendlich langsam dahin. Viel zu langsam. Der Germane fühlte sich innerlich angespannt und fieberte der erlösenden Schlacht entgegen. Es erschien ihm fast unerträglich, noch einen ganzen Tag im Heerlager ausharren und beobachten zu müssen, wie die Römer in ihrer unnachahmlichen Disziplin und Erfahrung Handschlag für Handschlag ihre Ausrüstung fein säuberlich für den fünf- bis sechstägigen Marsch vorbereiteten, mit dem sie rechneten.

Früh am Morgen hatten ihn schon die Hornsignale geweckt, die lauten Kommandos der Offiziere und Unteroffiziere, das Klatschen von tausend und abertausend Sandalen auf den festgetretenen Lagerstraßen, das Klirren der Rüstungen und Waffen. Mit einer Emsigkeit und Disziplin, die freien Germanen niemals zu eigen sein würden, waren Legionäre und Auxiliarsoldaten schon mit ihrer Arbeit beschäftigt, ehe Sunnas Wagen noch richtig aus dem Dunst der entschwindenden Nacht tauchte.

Als Thorag vor sein Zelt trat, sich reckte und herzhaft gähnte, sah er die vielen Menschen, kleine Teile einer gigantischen Militärmaschine, die nahtlos zusammengriffen, sei es im Lager, auf dem Marsch oder in der Schlacht, aufeinander eingespielt in vielen Feldzügen und Kriegen. Wenn die Männer Schulter an Schulter in der Schlacht standen, wußte jeder von ihnen genau, was er zu tun hatte und daß er sich auf die Kameraden neben, vor und hinter sich verlassen konnte wie auf sich selbst. Thorag selbst hatte das oft genug erlebt. Für einen erschreckenden Moment erschien es ihm lächerlich sinnlos, diesen übermächtigen Gegner schlagen und zerstören zu wollen.

Der Cherusker wischte mit der Hand über seine schlafverklebten Augen und schob die Zweifel an Armins Plan auf das unangenehme Pochen in seinem Kopf. Der Wein der Römer bekam ihm nicht, jedenfalls nicht in den Mengen, in denen er ihn gestern abend auf dem von Varus ausgerichteten Festmahl für die hohen Offiziere und die germanischen Fürsten in sich hineingeschüttet hatte. Er hatte es gar nicht vorgehabt, aber dann wollte er dieses schmerzliche Gefühl der Niederlage betäuben, das er schon empfunden hatte, als er das Haus von Maximus und Flaminia verließ.

Der Gardepräfekt hatte wie mit einem Schwert in Thorags Wunde gewühlt, als er dem Cherusker von der geplanten Hochzeit erzählte. Sobald die Legionen wieder jenseits des Rheins standen, sollte Flaminia die Frau von Decimus Mola werden. Als Abkömmling einer angesehenen Patrizierfamilie galten für den Obersten der Gardereiter andere Gesetze als für die Masse der römischen Soldaten. Er mußte keine fünfundzwanzig Jahre dienen und unterlag auch nicht dem während der Dienstzeit bestehenden Eheverbot. Wie stets bei den Römern wurden auch beim Militär die Gesetze um so lascher gehandhabt, je angesehener und reicher die betreffende Person war.

Maximus hatte es offensichtlich Vergnügen bereitet, Thorag von der Hochzeit zu erzählen. Der Edeling hatte es gar nicht hören wollen und mehrmals das Thema zu wechseln versucht – vergebens. Er hatte schon immer das Gefühl gehabt, daß Maximus etwas gegen die Verbindung von Thorag und Flaminia hatte. Daß es den Präfekten zutiefst befriedigte, dem Cherusker jede Aussicht auf ein erneutes Zusammenkommen mit seiner Schwester verderben zu können.

Und noch etwas war seltsam gewesen: Maximus hatte einmal davon gesprochen, daß Flaminia den Gardeoffizier heiraten *mußte*. Thorag hatte nicht nach einer Erklärung gefragt. Die berauschende Wirkung des gegorenen Traubensaftes hatte seinen Geist schon umnebelt und seine Zunge schwer gemacht.

Für heute abend hatte Varus ein weiteres Bankett angekündigt, mit dem die heiligen Feiern der Lustration abgeschlossen werden sollten. Thorag nahm sich fest vor, diesmal nicht so viel zu trinken. Morgen auf dem Marsch wollte er einen klaren Kopf haben.

Den ganzen Tag über vermied Thorag es, in die Nähe des Lagerzentrums zu kommen, wo das Prätorium, die Principia und auch das Haus des Maximus standen. Er war nicht erpicht darauf, Decimus Mola, Maximus oder Flaminia zu begegnen. Aber am Nachmittag, als sich die gesammelte Streitmacht des Quinctilius Varus unter schallendem Hörnerklang auf dem freien Feld vor dem Lager zur Lustration versammelte, ließ es sich nicht länger vermeiden. Alle Germanenfürsten, die sich im Lager aufhielten, waren von Varus zur Teilnahme an der traditionellen Feier eingeladen worden, die vor und nach jedem Feldzug stattfand. Vorher, um den Willen der Götter zu erforschen und ihre Gnade zu erbitten. Nachher, um den Göttern zu danken. Ein Verzicht auf die Teilnahme hätte den Verdacht der Römer erregen können.

Die Legionen und Auxilien marschierten nach einem vorher genau festgelegten Plan um ein freibleibendes Quadrat auf, in dessen Mitte die Opferaltäre errichtet waren. Für die Angehörigen der ranghohen Offiziere und die hochstehenden Gäste war eine hölzerne Tribüne errichtet worden, so daß sie über die behelmten Köpfe der Soldaten hinweg das Geschehen bei den Altären verfolgen konnten. So kam es, daß Thorag die heiligen Riten ganz in Flaminias Nähe miterlebte. Doch beide vermieden jeden engeren Kontakt zum anderen. Selbst ihre Blicke streiften sich nur kurz.

Die letzte Einheit, die aufzog, war die Garde des Legaten, an deren Spitze Varus und Maximus ritten. Als die tausend Mann starke Elitetruppe erfahrener römischer Soldaten unter den Kommandos ihren Präfekten die vorherbestimmte Position eingenommen hatte, stieg der Legat des Augustus von seinem glänzenden Rappen, trat vor die bereits versammelte Priesterschaft und zog die Toga über sein Haupt. Damit hatte er kundgetan, daß er jetzt nicht nur das militärische Oberhaupt der versammelten Truppe war, sondern auch ihr religiöser Führer.

»Es hat einiges für sich, wenn der oberste Feldherr zugleich der oberste Priester ist«, raunte der neben Thorag sitzende Armin, während die Bläser sämtlicher Legionen und Auxilien noch das Classicum, die feierliche Fanfare des Truppenführers, über die vielen tausend Köpfe schallen ließen.

Die laute, durchdringende Musik brachte Thorags Kopf erneut zum Dröhnen. Verständnislos blickte er den Herzog an. Sein »Wieso?« war wegen der alles überlagernden Hymne kaum zu verstehen.

Armin grinste. »Der Glaube an die Macht der Götter ist vielleicht die gefährlichste Waffe überhaupt, Thorag. Was der Feldherr von seinen Soldaten will, kann der Priester ihnen eingeben.« Der Herzog zeigte hinunter auf die vor den Altären versammelten Priester. »Es ist die Aufgabe des Oberpriesters, die Zeichen für den Verlauf des Feldzugs zu deuten. Ich habe keinen Zweifel, daß Varus' Deutung sehr günstig ausfallen wird. Ich weiß nicht, warum, aber der Krummbeinige ist geradezu versessen auf den Kampf gegen Bror. Als hätte er nur auf so etwas gewartet.«

»Uns kann es nur recht sein«, krächzte Thorag mit belegter Zunge.

»Ja, allerdings«, bestätigte Armin höchst zufrieden.

Armins Wort gingen nicht aus Thorags Brummschädel. Fast hatte so etwas wie Bewunderung mitgeschwungen, als er über die Einheit von Feldherr und Priester und über die Eignung des Götterglaubens als Waffe gesprochen hatte. Als Thorag seinem Herzog einen verstohlenen Seitenblick zuwarf und in Armins Augen das tieflodernde Feuer sah, wußte er, daß auch Armin diese Waffe bedenkenlos einsetzen würde. Er war ebenso berechnend wie klug. Was seine Einschätzung der Zeichendeutung betraf, sollte Armin recht behalten.

Als das Classicum verklungen war, ertönte ein schmetterndes Hornsignal. Es kündigte das Erscheinen der dem Kriegsgott Mars heiligen Opfertiere an: Eber, Stier und Widder. Es waren besonders ausgesuchte prachtvolle, kräftige Exemplare. Und doch verhielten sich die Tiere aufgrund der ihnen mit dem Futter verabreichten Betäubungsmittel ruhig, bar jedes eigenen Willens. Jedes Tier wurde von zwei Reitern der Legatengarde um die versammelte Armee herumgeführt und dann zwischen den Einheiten hindurch zum Opferplatz gebracht. Dort wurden die Tiere von den Priestern einer eingehenden Untersuchung unterzogen. Schon der kleinste Makel hätte die Opfertiere wertlos gemacht und zur Wiederholung der Zeremonie gezwungen. Aber schließlich konnte Varus verkünden, daß Eber, Stier und Widder einwandfrei und dem Kriegsgott als Opfer höchst willkommen seien.

»Was auch sonst«, knurrte Armin.

Nachdem Varus auf dem Brandaltar Wein, Früchte, Weizenbrei und Weihrauch geopfert hatte, vollzogen die Opferdiener die rituellen Waschungen der drei Tiere, während einer von ihnen seiner Tibia eine feierliche Melodie entlockte, die in ihrer fast leisen Einfachheit im krassen Gegensatz zu dem vorher von den versammelten Bläsern gespielten pompösen Classicum stand. Nach den Waschungen brachte ein Opferdiener eine goldene Schale, aus der Varus Mehl nahm und damit die Tiere bestreute. Danach wurde dem Statthalter ein goldener Dolch gereicht, mit dessen Klingenspitze er jedes Tier berührte.

»Die Römer haben ihren Opferkult so verfeinert, daß sich ihr Oberpriester nicht einmal mehr die Hände schmutzig zu machen braucht, von dem Mehl einmal abgesehen«, grinste Armin hinter vorgehaltener Hand. Er hatte, wie auch Thorag, genügend römische Feldzüge und damit auch Lustrationen miterlebt, um zu wissen, was jetzt folgen würde.

Während Varus zurücktrat, führten die Opferdiener die Tiere auf den großen Altar, wo es Sache der Opfermetzger war, die eigentliche Schlachtung vorzunehmen. Jeder der drei mit großen Lederschürzen bekleideten Opfermetzger trat, eine Axt mit vergoldetem Blatt in den Händen, vor eines der Tiere, die von den Opferdienern festgehalten wurden. Unter den Zuschauern herrschte plötzlich eine gespannte Stille, die an den Höhepunkt eines erregenden Kampfes in der Arena erinnerte, kurz bevor der siegreiche Gladiator die Frage nach Überleben oder Tod des Unterlegenen stellte.

Auf der Tibia erklang jetzt eine aufsteigende Melodie. Gleichzeitig schwangen die Metzger ihre Äxte und schlugen die stumpfen Blattenden vor die Schädel der Tiere. Der Eber und der Widder brachen sofort zusammen, während der Stier vor Entrüstung und voller Schmerz aufbrüllte. Der Hieb hatte den lähmenden Bann der Betäubungsmittel durchbrochen. Rasch schwang der Opfermetzger noch einmal die Axt und ließ sie mit solcher Gewalt gegen das Stierhaupt krachen, daß man das Splittern des Schädelknochens hörte. Blut rann über die Schnauze des großen

Tieres, als es endlich zu Boden fiel. Ein entsetztes Raunen ging durch die Reihen der Soldaten und der Zuschauer auf der Tribüne. Varus warf dem Metzger einen bösen Blick zu.

»Das entspricht nicht den Regeln«, murmelte Armin. »Bevor die Opfermetzger zu den Messern greifen, darf das Blut der Opfertiere nicht vergossen werden.«

»Dann muß Varus die Zeremonie wiederholen lassen«, stellte Thorag fest.

Armin grinste wieder. »Sagen wir lieber, er *müßte*. Aber da das erst morgen geschehen dürfte, wird er es *bestimmt nicht* tun. Es würde Varus' ganzen Feldzug durcheinanderbringen. Das Ende des Sommers ist nah.«

Wieder behielt der junge Herzog recht. Obwohl viele Zuschauer von einem bösen Vorzeichen sprachen, wurde die Zeremonie fortgesetzt, als hätte der Stier nicht vorzeitig geblutet. Die Opfermetzger stachen die Tiere mit vergoldeten Messern ab und zerlegten sie, während das auslaufende Blut trotz der Silberschalen, in denen die Opferdiener es aufzufangen versuchten, den Boden des Altars rot färbte. Die Opferpriester holten die Eingeweide aus den Leibern der abgeschlachteten Tiere und legten sie vor Varus auf eine Erhöhung des Altars, wo sie vom Statthalter sorgsam untersucht wurden, ohne daß der Legat sie ein einziges Mal berührte.

Als Varus sich umwandte, verstummte die Tibia. Der Statthalter, Feldherr und Oberpriester des Heeres hob die Hände und sagte laut: »Römer, Soldaten, der Kriegsgott hat zu mir gesprochen. Mit Dankbarkeit und Wohlwollen nimmt er die Opfer an und verheißt uns großes Kriegsglück. Viele Feinde werden unser Eisen fressen, und groß wird unsere Beute sein!«

Nach dem darauf einsetzenden Jubelgeschrei hatte die Menge das böse Vorzeichen bereits vergessen.

»Geschickt gemacht«, lobte Armin den Mann auf dem Altar.

»Was?« fragte Thorag.

»Er hat nur von den Feinden gesprochen, die das Eisen der Römer fressen, aber nicht von den Römern, die das Eisen der Feinde fressen werden. Und das mit der Beute war auch nicht schlecht.« Er kicherte. »Ob die Tiere wohl wissen, welch frohe Botschaften sie in ihren Bäuchen herumtragen?«

Wieder erklang die Tibia. Eingeweide und Blut wurden auf

dem Brandaltar feierlich dem Feuer übergeben. Als nächstes wurden die Opfertiere zerlegt, damit ihr Fleisch beim anschließenden Festmahl verzehrt werden konnte. Dadurch sollte die Stärke und Tapferkeit des Kriegsgottes auf jeden einzelnen Soldaten übertragen werden.

Aber kaum hatten die Metzger mit der Zerlegung begonnen, als Unruhe unter den versammelten Soldaten entstand. Die Zuschauer auf den erhöhten Plätzen der Tribüne erblickten bald den Grund. Eine größere Reiterschar hatte sich dem Sommerlager der Legionen genähert, und einige der Reiter drängten sich durch die Truppe hindurch auf den Opferplatz zu, die heilige Ungestörtheit der Riten mißachtend. Es waren Germanen, Cherusker, angeführt von einem hünenhaften Mann mit langem Blondhaar, der einen glänzenden Falben ritt und einen Römersattel benutzte.

Armins Augen weiteten sich beim Anblick dieses Mannes. »Segestes!« stieß er laut hervor, gewann angesichts der ganz in der Nähe sitzenden Römer aber gleich wieder die Kontrolle über sich und sprach viel leiser, als er fortfuhr: »Was, bei Wodan, will er hier?«

Thorag blickte erst den Anführer der Neuankömmlinge und dann Armin an. »Nichts, was für uns gut ist, fürchte ich.«

Der Herzog nickte beklommen und nahm seinen Blick nicht von dem, was da unten auf dem Opferplatz geschah. Während die überraschten Metzger in ihrer blutigen Arbeit innehielten, sandte Maximus eine von Decimus Mola geführte Reiterabteilung aus, die den Cheruskern kurz vor Erreichen der Altäre den Weg versperrte und sie mit drohend erhobenen Lanzen einkreiste. Zwischen Segestes und dem hinzueilenden Gardepräfekten entspann sich ein heftiges Wortgefecht, dessen Inhalt den Menschen auf der Tribüne verborgen blieb. Nur ein zorniger Ruf an die störenden Cherusker, der von den Priestern ausging und von den Zuschauern aufgegriffen wurde, war deutlich zu hören: »*Favete linguis!* – Schweigt in Andacht!«

Thorag sah an Armins angespannter Haltung und seinem forschenden Gesichtsausdruck, daß der Herzog seinen Schildarm dafür gegeben hätte, dem Gespräch zwischen Maximus und Segestes folgen zu können. Doch Armin und seine Begleiter waren zur Untätigkeit verdammt. Erhoben sie sich jetzt panikartig von ihren Plätzen, hätten sie sich selbst verraten. Deshalb warteten sie ab, während sie vielleicht gerade vom Gaufürsten und Römerfreund Segestes verraten wurden.

Den heftigen Gesten war zu entnehmen, daß Maximus die Störenfriede des Platzes verweisen wollte, aber Segestes weigerte sich beharrlich. Widerwillig ritt der Gardepräfekt zum Opferaltar und sprach mit Quinctilius Varus, bis dieser Maximus folgte und selbst mit Segestes sprach. Die Unterhaltung war nur kurz. Die Cherusker zogen sich freiwillig zurück, sammelten sich außerhalb des Festplatzes und ritten ins Sommerlager. Varus warf einen langen Blick zur Zuschauertribüne, bevor er auf den Opferaltar zurückkehrte und den Abschluß der Zeremonien leitete.

Armin, Thorag, Brokk und ihre Begleiter hielt es kaum noch auf den Holzbänken, als endlich die Tuben und Hörner erschollen und den feierlichen Rückmarsch der Legionen, Reiteralen und Auxilien ins Lager begleiteten. Aber das Zeremoniell und die Rolle, die sie alle spielten, verlangten von den germanischen Edelingen auszuharren, bis auch der letzte Soldat den Festplatz verlassen hatte und der letzte Ton der Blasinstrumente verklungen war.

Die Führer der aufständischen Germanen in Varus' Sommerlager trafen sich in dem großen, festen Zelt, das Armin als Unterkunft diente. Die Siegesgewißheit, die zu Beginn der Lustration noch auf ihren Gesichtern gestanden hatte, war völlig verschwunden. Zweifel und Zorn beherrschten die Männer. Beider Auslöser war der Cheruskerfürst Segestes.

»Weißt du nicht, was sein Auftauchen zu bedeuten hat, Armin?« fragte ein immer wieder nervös an seinen Fingern nagender Brokk. »Schließlich bist du … ich meine, seine Tochter lebt doch bei dir.«

Armin lachte trocken und gar nicht erfreut. »Gerade deshalb bin ich der letzte, den Segestes über seine Absichten unterrichtet. Aber ich befürchte das Schlimmste. Der ganze Aufzug machte den Eindruck größter Eile. Wahrscheinlich hat Segestes, als er von Brors Aufstand hörte, sofort geahnt, was wirklich dahintersteckte, und jetzt will er Varus warnen.«

444

Hakon zog sein Schwert halb aus der Scheide. »Dann müssen wir ihn sofort zum Schweigen bringen!«

»Dazu dürfte es bereits zu spät sein«, erwiderte Armin. »Außerdem würden wir uns damit verraten.« Er sah auf die im Licht einer Öllampe blitzende Klinge des Kriegers. »Nein, noch darfst du dein Schwert nicht einsetzen, tapferer Donarsohn. Aber halte es bereit, wie es alle anderen auch tun sollen, die zu unseren Verbündeten hier im Lager zählen. Es kann sein, daß Varus uns auf dem Festbankett in Ketten legen läßt, und dann kann uns nur noch blankes Eisen helfen. Bis dahin aber soll das Wort unsere einzige Waffe sein. Vielleicht können wir das größte Unheil noch abwenden.«

Während Armins Boten alle am Aufstand beteiligten Krieger und Auxiliarführer aufsuchten und sie in Alarmbereitschaft versetzten, gingen die germanischen Fürsten mit gemischten Gefühlen zum Prätorium, auf dessen Innenhof das Festmahl der Höherstehenden stattfinden sollte. Auf allen Plätzen des Lagers standen Tische, und die Soldaten feierten mit Wein, Braten und lauten Liedern die günstige Vorhersage für ihren Feldzug.

Im Laufe des Tages hatten sich die über Donars Pforte liegenden Wolken mehr und mehr zusammengezogen, und es war kühl geworden. Jetzt begann es zu regnen, und heftiger Wind kam auf. Über dem Festplatz auf dem Innenhof des Prätoriums waren deshalb große Zeltplanen aufgespannt, die Sturm und Regen abhalten sollten.

»Eine erstklassige Falle«, bemerkte Armin zu seinen Begleitern, als sie den überdachten Durchgang zum Innenhof durchschritten. »Maximus' Gardisten brauchen nur die Ausgänge zu besetzen, und sie haben uns sicher.«

»Dann kämpfen wir uns den Weg frei!« sagte Brokk.

»Und sterben dabei«, fügte Thorag hinzu.

Sein Kampfgefährte mit der frischen Narbe im Gesicht warf Thorag einen überraschten Blick zu. »Ich wußte gar nicht, daß Wisars Sohn Angst hat vor dem Sterben!«

»Ich habe keine Angst vor dem Sterben. Ich bin nur der Meinung, daß wir dazu nicht hergekommen sind.«

»Thorag hat recht«, sagte Armin. »Wenn wir in den kommenden Tagen in der Schlacht sterben, während wir unsere Krieger zum Sieg führen und die Römer vernichten, ist uns ein Platz in

Walhall sicher. Aber wenn wir hier und jetzt sterben, haben wir versagt!«

Varus und seine hohen Offiziere saßen bereits an einer langen Tafel. Zu seiner Rechten hatte Segestes Platz genommen. Der Platz zu seiner Linken war noch frei. Jetzt winkte der Statthalter Armin zu, dort Platz zu nehmen. »Komm her, Herzog der Cherusker. Setz dich zu mir und begrüße Segestes. Wie ich höre, seid ihr miteinander verwandt.«

»Nur sehr entfernt«, erwiderte Armin und setzte sich neben Varus. Die übrigen Edelinge suchten sich freie Plätze an der Tafel.

Das Festgelage erinnerte Thorag an das gestrige Bankett und an das üppige Mahl damals in der Ubierstadt, als der Edeling zum erstenmal Gast des Varus gewesen war. Ein junger Grieche verzauberte das Publikum mit den leichten Melodien, die er einer bronzenen Panflöte entlockte. Was die Zuhörer nicht daran hinderte, sich den Mund mit den verschiedensten Leckereien zu stopfen und immer wieder mit Wein nachzuspülen. Thorag wie auch Armin und ihre sämtlichen Begleiter hielten sich mit dem Wein sehr zurück. Thorag, der Varus, Armin und Segestes schräg gegenübersaß, fiel auf, daß auch der Statthalter und der frisch eingetroffene Gaufürst kaum etwas tranken.

Im Gegensatz zu Segestes, der einen sehr angespannten Eindruck machte, plauderte Varus gelöst über die verheißungsvolle Lustration, über den bevorstehenden, sicher triumphalen Feldzug und darüber, wie er sich nach der Rückkehr in die Ubierstadt die Zeit zu vertreiben gedachte. Ganz unvermutet, noch auf einem Schweinefleischstückchen in Thunfischbeize kauend, lehnte er sich nach links und fragte: »Gaius Julius Arminius, weißt du eigentlich, weshalb dein Verwandter Segestes so eilig zu uns geeilt ist, daß er fast die Lustration gestört hätte?«

Armin gab sich gelassen und zerkaute seelenruhig eines der harten Eier auf Anchovis, das er gerade in den Mund gesteckt hatte. Erst als er den letzten Bissen hinuntergeschluckt hatte, erwiderte er: »Ich habe keine Ahnung, Legat. Ich hatte noch keine Gelegenheit, mit Segestes zu sprechen.«

»Das wundert mich nicht«, lächelte Varus hintergründig. »Dein Verwandter hatte es nämlich sehr eilig, mit mir zu sprechen. Und weißt du, warum?«

Armin zog die Schultern hoch und ließ sie wieder fallen. »Und wenn du mich noch dreimal fragst, Varus, ich weiß es wirklich nicht.«

Der Statthalter beugte sich noch weiter zu Armin hinüber, als wolle er ihm ein Geheimnis anvertrauen, sprach gleichzeitig aber so laut, daß ihn jeder an der Tafel deutlich verstehen konnte: »Dein Verwandter hat mich vor dir gewarnt, Arminius!«

»Ach so, das meinst du«, sagte der Herzog der Cherusker höchst gleichgültig.

Varus legte die gerade Stirn in Falten. »Du weißt also, wovon ich spreche?«

»Natürlich«, antwortete Armin ernst. »Segestes hat dich davor gewarnt, mich zu diesem Festmahl einzuladen.«

»Dich … zu diesem … Festmahl einzuladen?« echote der Legat mit noch stärker gerunzelter Stirn.

»Selbstverständlich.« Armin nickte heftig. »Es ist allgemein bekannt, daß ich vor Kriegszügen einen ungeheuren Appetit entwickle.« Zum Beweis seiner Worte stopfte er sich ein weiteres Ei in den Mund und sprach, während er noch kaute, undeutlich weiter: »Segestes, der ein treuer Freund der Römer ist, befürchtet sicher, daß deine Legionäre auf dem Marsch nicht genug zu essen haben, wenn ich hier fertig bin.« Er spülte das Ei mit dem ganzen Inhalt seines gläsernen Weinbechers hinunter und hielt den Becher einer hübschen dunkelhäutigen Sklavin zum Auffüllen hin.

Varus starrte den Mann zu seiner Linken eine ganze Weile mit offenem Mund an. Dann erzitterten sein breites Gesicht und sein fetter, schwabbeliger Hals unter einem Lachanfall. »Das ist gut!« keuchte er, heftig bemüht, sich wieder unter Kontrolle zu bekommen. »Das ist wirklich gut!« Er trommelte mit der Faust so stark auf den Tisch, daß sein gläserner Weinbecher herunterfiel und auf dem Boden zerbarst. Augenblicklich stellte die dunkelhäutige Schönheit einen neuen Becher vor ihn und füllte ihn mit der dunkelroten Flüssigkeit aus einer Karaffe. Allmählich gewann Varus wieder die Gewalt über sich und kicherte: »Arminius, du bist köstlich!«

Segestes hielt es nicht länger aus und fragte laut: »Was soll dieser Mummenschanz, Quinctilius Varus? Warum berichtest du Armin nicht von den Vorwürfen, die ich gegen ihn erhoben habe?«

»Oho, Vorwürfe«, sagte Armin ernst und blickte Varus an. »Deinen Weinvorrat sollst du vor mir wohl auch in Sicherheit bringen, wie?« Und damit leerte er seinen Becher erneut, und wiederum wurde er sofort nachgefüllt.

Varus wischte sich die Lachtränen aus den weit zurücktretenden Augen und bat: »Hör endlich auf, Arminius, sonst sterbe ich noch vor Lachen!«

»Das wäre wirklich schade«, meinte der Cheruskerherzog in einem seltsamen Tonfall.

»Wieso?« fragte der Statthalter mit schiefgelegtem Kopf.

»Weil ich dich dann nicht mehr mit meinem Schwert durchbohren kann.«

Varus blickte wieder ernst. »Mit deinem Schwert? Was soll das bedeuten, Arminius?«

»Nun, ich habe mir überlegt, was für eine schrecklich wichtige Warnung Segestes dir überbracht haben könnte. Vielleicht hat er dir erzählt, ich will dich auf dem Marsch in Brors Gau überfallen und dich ermorden.«

Jegliche Heiterkeit war aus dem Gesicht des Legaten verschwunden, und er sagte todernst: »Genau das hat Segestes mir berichtet.«

Armin nickte. »So etwas dachte ich mir.«

»Ja?«

»Ja, Varus. Seitdem ich Segestes bei der Erlangung der Herzogswürde ausgestochen habe, ist er nicht gut auf mich zu sprechen. Noch weniger, seitdem seine Tochter unter meinem Dach wohnt.« Armin lächelte verschmitzt, brachte seinen Mund nah an das Ohr des Statthalters und flüsterte, allerdings laut und vernehmlich: »Nicht ganz mit seinem Einverständnis, verstehst du?«

Varus bekam große Augen. »Ist das wahr?«

Armin deutete mit dem Daumen an Varus vorbei auf Segestes. »Frag ihn!«

Varus wandte sein Gesicht Segestes zu und sah ihn fragend an.

»Es stimmt«, brummte der Gaufürst säuerlich. »Armin hat Thusnelda gegen meinen Willen geraubt.«

»Und um sich an ihm zu rächen, verleumdest du ihn bei mir als Verräter und Verschwörer?« fragte Varus.

»Ich habe die Wahrheit gesprochen, Varus! Ich bin ein Freund der Römer – und dein Freund!«

»Ich bin natürlich ein Feind der Römer und auch dein Feind, Varus«, sagte Armin mit gespieltem Ernst. »Deshalb habe ich auch den halben Sommer in deinem Lager verbracht, bin mit dir auf die Jagd gegangen und habe dir Hinweise zur Sicherung des Gebiets rechts des Rhenus gegeben. So handelt ein wahrer Feind!«

Mit Erschrecken sah Thorag, wie Armin den dritten Weinbecher leerte und ihn erneut nachfüllen ließ. Dieses Erschrecken überlagerte seine Bewunderung für Armins Geschick im Reden. Ihm kam ein Verdacht, was Armins Zuneigung zu Thusnelda betraf. Mehr als einmal hatte er sich schon früher gefragt, ob Armin Segestes' Tochter wirklich aus Liebe geraubt hatte.

»Armin kann gut mit Worten umgehen«, sagte Segestes. »Laß dich von ihm nicht einwickeln, Varus! Behalte den scharfen Verstand, für den du gerühmt wirst!«

Armin blickte Segestes ernst an und zeigte dann auf Brokk, der neben Thorag saß. »Sieh dir Brokks Gesicht an, Segestes. Die Narbe stammt von Brors Schwert. Oder willst du behaupten, er habe sich selbst verunstaltet?«

Segestes atmete tief durch. »Ich weiß nicht, woher die Narbe stammt. Ich weiß nur, daß ich die Wahrheit sage.«

»Damit steht dein Wort gegen das von Armin und Brokk«, stellte Varus fest.

»Dann ist Brokk Armins Mitverschwörer«, blieb Segestes hart.

»Natürlich«, nickte der Statthalter und zeigte auf Thorag. »Und was ist mit dem Gaufürsten der Donarsöhne. Er bestätigt nämlich auch, was Armin und Brokk sagen. Hat sich ganz Germanien gegen mich verschworen, Segestes, bloß du nicht?«

»Es sieht so aus.«

Varus lachte und machte eine wegwischende Handbewegung. »Hör doch endlich auf, Segestes! Du hast deine Rache versucht, und ich kann deine Beweggründe sogar verstehen. Aber jetzt gibt Ruhe und feier mit uns. Und wenn du wirklich ein Freund der Römer bist, dann hilf uns beim Feldzug gegen Bror, wie es Armin und die anderen versprochen haben!«

Segestes sprang so heftig auf, daß sein Stuhl umstürzte, und richtete sich zu seiner ganzen hünenhaften Größe auf. Als er sprach, klang es wie Donner. Alle Gespräche verstummten, und auch die sanfte Melodie der Panflöte endete abrupt. »Du mußt mir glauben, Varus! Ich sage die Wahrheit! Wenn du unbedingt gegen Bror ziehen willst, laß uns alle in Ketten legen. Armin und seine Freunde, und auch mich und meine Begleiter. Hier, fang mit mir an!« Er reckte dem Statthalter seine ausgestreckten Fäuste entgegen.

»Ja«, sagte Armin laut und sprach bereits mit schwerer Zunge. »Laß am besten deine ganze Armee in Ketten legen, Varus! Es könnte sich ja ein Verräter unter deinen Männern befinden.« Dann lachte er und leerte seinen Becher erneut. »Binde jeden einzelnen Mann an einen Baum und steck ihm einen Knebel in den Mund!«

»Warum knebeln?« fragte der Statthalter.

Armin lallte: »Damit sie keine Lieder singen und dich nicht verspotten können, Varus, als Feldherrn ohne Heer. Der wirst du nämlich sein, wenn du jede Gefahr vermeiden willst.« Der Cheruskerherzog lachte schrill: »Das wird ein ganz besonderer Feldzug werden!«

Varus schüttelte seinen Kopf und sah Segestes an. »Dir ist wohl nicht zu helfen, Gaufürst. Behaupte also, was du willst, aber stör uns nicht länger beim Feiern! Wir wollen diesen Abend genießen. Ab morgen beginnen harte, entbehrungsreiche Tage.«

Segestes blickte den Statthalter enttäuscht an. »Du glaubst mir also nicht?«

Varus legte eine Hand auf die Schulter des Cheruskerherzogs. »Arminius hat sich in den letzten Wochen als wahrer, treuer Freund erwiesen. Du kommst als sein Feind in mein Lager und schwärzt alle Männer deines Volkes an, die im bevorstehenden Krieg zu mir halten wollen. Da soll ich dir glauben? Wie kannst du das erwarten?«

»Dann trage die Folgen, Varus!« sagte Segestes bitter und verließ das Bankett. Die Edelinge seiner Begleitung folgten ihm.

Varus sah ihm kurz nach, schüttelte dann den Kopf, klatschte in die Hände und rief: »Flötenspieler, was ist mit dir? Bist du im Stehen eingeschlafen?«

Augenblicklich erklang eine helle Melodie und legte wieder einen zauberhaften Bann über die Festgesellschaft.

450

Spät am Abend, als die Panflöte längst verklungen war, fing Maximus den Statthalter im Prätorium auf dem Weg in dessen Privatgemächer ab und fragte leise: »Bist du dir ganz sicher, Varus, daß Arminius die Wahrheit sagt und nicht Segestes?«

»Völlig sicher«, antwortete Varus und gab einen nach Wein und Fisch stinkenden Rülpser von sich.

»Wieso?«

»Hast du nicht auf Segestes und Armin geachtet, als Segestes auf dem Bankett seine Anschuldigungen wiederholte?«

»Ich weiß nicht, was du meinst, Legat.«

»Segestes hat den Wein nicht angerührt. Armin aber hat gesoffen wie ein Loch. Er konnte schließlich kaum noch sprechen. Wer eine Verschwörung gegen das römische Weltreich plant, schüttet nicht Unmengen Wein in sich hinein. Der Alkohol vernebelt die Sinne und läßt die Zunge Dinge sagen, die der Kopf gar nicht aussprechen will.« *Das sollte ich mir merken*, dachte Varus und fuhr fort: »Arminius ist viel zu klug, um sich in die Gefahr zu begeben, eine solche Verschwörung eines Rausches wegen zu verraten.«

»Du glaubst Arminius wegen des von ihm genossenen Weins?« fragte der Gardepräfekt ungläubig.

Varus nickte, faltete die Hände vor seinem beachtlichen Bauch und brachte unter erneutem Rülpsen hervor: »*In vino veritas!* – Im Wein liegt die Wahrheit!«

Eine weitere ernste Unterredung fand etwa zur selben Zeit in Armins Zelt statt, wo sich zwei Gruppen germanischer Edelinge trafen, die sich alles andere als freundschaftlich gegenüberstanden. Beide Gruppen bestanden aus etwa zehn Männern, die ihre Hände auf den Griffen ihrer Schwerter oder zumindest in deren Nähe hielten, als die Besucher – Segestes mit seinem Gefolge – eintraten. Nur wenige Männer blieben ruhig: Armin, Thorag und Brokk. Pal, Armins pannonischer Sklave und Leibwächter, der schräg hinter seinem Herrn stand, machte angesichts der Kampfbereitschaft von Segestes' Gruppe einen schnellen Schritt nach vorn und zog sein großes, zweischneidiges Schwert.

Armin legte seine Hand auf Pals Waffenarm und zwang ihn mit sanfter Gewalt, die Klinge zu senken. »Laßt die Waffen stecken!« ermahnte der Herzog seine eigenen Leute und sah dann die Neuankömmlinge an. »Wir wollen verhandeln, nicht kämpfen!« Er sprach jetzt deutlich und nicht mehr mit der kaum beweglichen Zunge, die während des Festmahls der Klarheit seiner Worte im Weg gelegen hatte.

»Verhandeln oder meucheln?« fragte Segestes und ließ seine Hand auf dem verzierten Schwertgriff. »Die Klingen der Fenrisbrüder haben so manchen Mann nicht mehr aus dem Schlaf erwachen lassen.«

»Diese Zeit ist vorbei«, erwiderte Armin ruhig.

Sein entfernter Verwandter grinste spöttisch. »Da habe ich anderes gehört.«

Armin löschte schnell das in seinen Augen aufflackernde Feuer. Für einen unaufmerksamen Beobachter war es nicht mehr gewesen als ein Widerschein der großen, bronzenen Öllampe, die an einer langen Kette über den Köpfen der Männer hing. »Ich habe dich zu mir gebeten, um mit dir zu sprechen, Segestes.«

»Worüber?«

»Über dich. Über deine Stellung. Varus hat deine Warnung zurückgewiesen. Stehst du weiterhin auf seiner Seite?«

»Auf welcher Seite stehst du, Armin?«

Ein flüchtiges Lächeln huschte über das Gesicht des Cheruskerherzogs. »Das weißt du doch.«

»Und was geschieht, wenn ich auf einer anderen Seite stehe als du?«

»Ich fürchte, du würdest zwischen den Fronten zermalmt werden.« Armins Stimme klang düster. »Niemand liebt Verräter.«

»Verräter? Das sagst ausgerechnet du, Armin, der Varus vorspiegelt, sein treuer Freund zu sein?«

»Ich halte dem Krummbeinigen gegenüber mein Wort. Ich führe ihn direkt zu den Aufständischen.«

»Ja!« stieß Segestes hervor. »Und direkt ins Verderben!«

»Als Herzog der Cherusker ist es meine Pflicht, mein eigenes Volk vor dem Verderben zu bewahren. Alles andere muß sich dem unterordnen.«

»Du kämpfst also für dein Volk, Armin?«

»Für wen sonst?«

»Für dich selbst!«

Armin zog die Brauen zusammen. »Wie meinst du das?«

»Man erzählt sich, daß du nicht zufrieden damit bist, oberster Kriegsherr der Cherusker zu sein. Es heißt, du hegst große Bewunderung für Marbod und sein Reich und würdest gern etwas Ähnliches schaffen.«

»Marbod hat es fertiggebracht, den Römern zu trotzen, weil ein großes Volk und ein großes Heer hinter ihm stehen.«

Segestes nickte. »Ja, ein Volk aus mehreren Stämmen. Und die Fürsten der Stämme mußten ihre Macht an den Kuning Marbod abgeben. Ist das dein Ziel, Armin? Willst du ein Reich schaffen, das die Stämme des Nordens vereint? Ein Reich mit einem allmächtigen Kuning als Führer? Mit dem Kuning Armin?«

In Armins Gesicht arbeitete es so stark, daß das Zucken der Muskeln selbst im flackernden Schein der leicht hin und her schwingenden Öllampe deutlich zu erkennen war. Thorag spürte, wie sich die Stimmung verdüsterte, feindselig wurde. Pal wartete auf ein Zeichen Armins, seine Klinge zu erheben und sich auf die Feinde zu stürzen. Thorag blickte Segestes und sein Gefolge an. Die ganze Zeit über hielten sich auch die gegnerischen Edelinge bereit, ihre Schwerter zu ziehen. Thorag unterdrückte den Drang, seine Hand auf den Schwertgriff zu legen.

»Schau nach Süden, Segestes«, sagte Armin mit mühsamer Selbstbeherrschung. »Schau nach Süden oder auch nach Westen. Blick dich um, und was siehst du? Römer! Überall Römer! Sie sind ein mächtiges Volk aus vielen Stämmen, geführt von einem mächtigen Imperator, dessen Wort für sie Gesetz ist. Und weil sie so mächtig sind, dringen sie immer weiter in unser Land vor, machen ihre Gesetze zu unseren, ihre Lebensweise zu unserer.«

»Und du willst das verhindern, indem du auch ein mächtiges Volk mit einem mächtigen Führer schaffst?«

»Wenn es nicht anders geht, dann ja!«

»Ein Führer, der für sein Volk kämpft und notfalls stirbt?«

Armin nickte.

»Oder ein Volk, das für seinen Führer und für dessen Machtgelüste kämpft und stirbt?«

»Genug!« verlor Armin seine Beherrschung. »Ich habe dich hierhergebeten, um mit mir zu verhandeln. Nicht, um mich von dir beleidigen zu lassen. Sei gewarnt, Segestes! Wenn du dich weiterhin gegen mich stellst, nehme ich keine Rücksicht auf unsere Verwandtschaft! Und auch nicht darauf, daß deine Tochter meine Frau werden wird!«

Bei der Erwähnung seiner Tochter rutschte Segestes' Schwert ein Stück aus der Scheide. Jetzt fuhr auch Thorags Hand zu seiner Waffe, und Pal riß seine Klinge hoch. Aber dann drehte Segestes sich um und verließ das Zelt, wortlos. Seine Begleiter folgten ihm, nicht ohne zuvor finstere Blicke auf die Zurückgebliebenen geworfen zu haben.

Thorag sah in Armins brennende Augen und fragte sich, wieviel Wahrheit in Segestes' Worten gelegen hatte.

Kapitel 29

Der Bluttag

Der Sturm der vergangenen Nacht hatte sich, sehr zu Armins Mißfallen, wieder gelegt. Noch immer bedeckten Wolken weite Teile des Himmels, aber seit dem frühen Morgen war kein einziger Regentropfen gefallen. Ab und an konnte Thorag zwischen den Wolken Sunnas Wagen aufblitzen sehen, der jetzt den höchsten Punkt seiner täglichen Himmelsfahrt erreicht hatte. Das Sommerlager lag bereits weit zurück. Sobald die ersten Lichtschimmer die Nacht zu vertreiben begannen, war Publius Quinctilius Varus mit seiner riesigen Armee aufgebrochen. Immer tiefer drang der unübersehbare Heerwurm nach Süden vor.

Die germanischen Fürsten ritten im Gefolge des römischen Feldherrn. An der Spitze der mehr als zwölf Meilen langen Kolonne marschierten leichte germanische Hilfstruppen, die das Gelände erkunden sollten. Ihnen folgte eine Pionierabteilung mit ihrem schweren Gerät, deren Aufgabe es war, Marschhindernisse zu beseitigen. Dann kamen die Legion XVII und eine Reiterale. Nach ihnen die Arbeitstrupps, Abordnungen aus allen drei Legionen, die in wenigen Stunden das Nachtlager errichten würden. Ihnen schloß sich der Legat mit seiner Garde und seinem Troß an, verstärkt durch die Germanenfürsten und die Angehörigen der hohen Offiziere. Danach zwei weitere Alen Reiterei sowie die Wagen und Maultiere mit den zerlegten Geschützen und Belagerungswaffen. Nach den Legionen XVIII und XIX bildeten die restlichen Auxilien die Nachhut, zu der sich der große Troß von Händlern, Gauklern und Huren gesellte. Alles in allem weit über dreißigtausend Menschen, die sich durch das bergige Gelände wälzten.

Auf Armins Rat hatte Varus diesen Weg, der direkt in die vorbereitete Falle führte, gewählt und cheruskische Truppen nicht nur an die Spitze und ans Ende seiner Marschkolonne gestellt, sondern auch zur Flankensicherung und Geländeerkundung eingeteilt. »Meine Stammesbrüder kennen sich in dieser Gegend am besten aus«, hatte der Cheruskerherzog gesagt, und der runde Kopf des Legaten hatte zustimmend genickt, ohne zu ahnen, daß er damit sein eigenes Verderben vorbereitete. Natürlich wollte Armin durch diese Maßnahme verhindern, daß die germanischen Krieger, die dem Heerzug teils folgten, teils ihm auflauerten, frühzeitig entdeckt wurden. Außerdem sollten die am Aufstand beteiligten Auxilien das römische Heer in der Schlacht an der freien Entfaltung seiner Kampfkraft hindern.

Abgesehen vom Wetter, das viel milder und trockener war, als Armin es sich erhofft hatte, hatte bisher für ihn alles nach Plan geklappt. Dennoch war Thorags Herz nicht von Siegesgewißheit erfüllt. Die römische Streitmacht war gewaltig. Bei den drei Legionen des Varus handelte es sich um kampferprobte Elitetruppen, die Augustus selbst während des römischen Bürgerkriegs aufgestellt hatte. Stolz und siegesgewiß folgten die feldmarschmäßig beladenen Legionäre zum aufpeitschenden Klang der Hörner und Tuben ihren Adlern und Feldzeichen.

Noch etwas anderes bedrückte Thorag: der Gedanke an Flaminia und Primus. Er hätte einiges dafür gegeben, wenn er sie aus der Gefahr hätte heraushalten können. Aber dazu hatte keine Möglichkeit bestanden. Flaminia zu warnen hätte bedeutet, auch Maximus und Varus zu warnen. Denn es bestand kein Grund zu der Annahme, daß die Römerin aus Dankbarkeit für die Warnung auf die Loyalität zu ihren Landsleuten und besonders zu ihrem Bruder verzichten würde. Aber selbst wenn Thorag die Gefährtin einer kurzen, aber aufregenden gemeinsamen Zeit hätte warnen können, wäre sie alles andere als sicher gewesen.

Im Sommerlager zu bleiben war keine Rettung. Sobald der Angriff auf Varus' Heer erfolgte, würden Armins Boten den Befehl zur Erstürmung der römischen Lager und Kastelle geben. Auch das große Lager an der Weser sollte nicht verschont und die spärliche Besatzung, die dort zurückgeblieben war, niedergemacht oder gefangen werden. So blieb Thorag nur eines: Er mußte versuchen, Flaminia und ihren Sohn irgendwie vor dem Schlimmsten zu bewahren.

Ein Unteroffizier der berittenen Garde beugte sich zu dem bequemen Reisewagen hinunter, den Quinctilius Varus schon nach einer Stunde dem Pferderücken vorgezogen hatte. Dann nickte der Reiter, wandte seinen Rappen um und galoppierte zu Armin und seinen Begleitern. Er grüßte und meldete, daß der Legat den Herzog der Cherusker sprechen wolle.

Armin winkte Thorag und Brokk herbei und ritt mit ihnen zu der von zwei Schimmeln gezogenen Carruca Dormitoria, deren hölzerne Wände den Statthalter vor der Witterung schützten. Varus blickte ihnen durch eine große Fensterluke entgegen und machte einen übelgelaunten Eindruck. »Wie lange soll das noch so weitergehen, Arminius?« fragte er, kaum daß die drei Reiter heran waren.

»Was meinst du, Varus?« lautete Armins Gegenfrage.

»Diese Holperei, die du mir als *gut passierbaren Pfad zwischen den Bergen* beschrieben hast! Bis jetzt merke ich noch nichts von einer guten Passierbarkeit. Überall stehen Felsen und Bäume meinen Soldaten im Weg.« Wie zur Bestätigung seiner Worte rumpelte der Reisewagen über einen großen Stein und schüttelte den Legaten kräftig durch. »Da hast du's! Wenn das so weitergeht, werde ich noch seekrank.«

»Das wird sich geben«, antwortete der Cheruskerherzog mehrdeutig. »Spätestens ab morgen wird der Pfad besser werden. Außerdem darfst du zwei Dinge nicht vergessen, Varus. Auf diesem Weg kommst du viel schneller voran als auf der üblichen Straße. Und die Aufständischen erwarten bestimmt nicht, daß deine Legionen durch die Berge kommen.«

Varus' düstere Miene entspannte sich, und der Feldherr seufzte: »Das ist wahr. Vergib mir, Arminius, daß ich quengele wie ein kleines Kind. Aber diese Holperei schüttelt sogar meinen Langmut durcheinander.«

Armin nickte verständnisvoll und sagte: »Es ist an der Zeit, daß wir uns von dir verabschieden, Legat. Während dein Heer bald sein Nachtlager aufschlägt, werden meine Freunde und ich die letzten Tagesstunden nutzen, um zu unseren Gauen aufzubrechen und die Krieger zusammenzurufen. Wenn du Brors Gau erreichst, werden wir bereitstehen, deine Legionen im Kampf zu unterstützen.«

Varus nickte dankbar, und sein Doppelkinn schwabbelte. »Du bist ein wahrer Freund Roms, Arminius.« Der Legat blickte die beiden anderen Edelinge an. »Ihr natürlich auch, Brokk und Thorag. Seid versichert, daß Rom euch eure Treue danken wird.« *Und ich werde eure wilden Krieger gut gebrauchen können, wenn ich gegen Octavianus Augustus ziehe,* dachte der Feldherr.

»Wir stehen nicht der Belohnung wegen, sondern aus Freundschaft an deiner Seite«, versicherte Armin und dachte: *Aber nicht mehr lange!*

Nach wortreicher Veabschiedung kehrten die drei Edelinge zu den Ihren zurück. Als Armin an den eigenen Leuten vorbeipreschte und auf Segestes' etwa hundert Mann starken Trupp zuhielt, folgten Thorag und Brokk ihm.

»Es ist an der Zeit, Segestes«, sagte Armin, nachdem er seinen Schimmel an die Seite von Segestes' Falben gebracht hatte. »Wir verlassen Varus jetzt.«

»*Wir?*« fragte Segestes nur und musterte den Herzog aus zusammengekniffenen Augen.

»Ich kann dich nicht zwingen, mit uns zu reiten«, erwiderte Armin. »Aber wenn du hierbleibst …«

»Werden deine Krieger mich zermalmen?«

Armin lächelte kaum merklich. »Das würde wohl unvermeidbar sein.« *Und für mich kein Grund zur Trauer.*

Segestes blickte über die hundertköpfige Reiterschar seines Gefolges. »Ich habe Varus gewarnt. Wenn er dir mehr glaubt als mir, trifft mich keine Schuld. Die Schwerter und Schilde meiner Männer können seine Legionen nicht retten. Warum sollen wir uns abschlachten lassen, wenn der Legat dumm und starrköpfig ist?«

»Tja«, machte Armin und zuckte mit den Schultern. »Warum?«

»Also gut«, fuhr Segestes fort. »Auch wir werden die Römer

hier verlassen. Wir kämpfen nicht gegen dich, Armin, aber du darfst nicht erwarten, daß wir uns auf deine Seite stellen.«

»Das verlange ich nicht«, sagte Armin zufrieden und unterdrückte nur mühsam ein Grinsen. Die zurückkehrenden Cheruskerspäher, die nicht nur Varus, sondern auch Armin Meldung machten, hatten ihm mitgeteilt, daß Sesithar, Segestes' Neffe, mit einem Trupp Krieger zu den Aufständischen gestoßen war. Mochte Segestes sich auch weigern, sein Schwert gegen die Römer zu erheben, er würde doch mit ansehen müssen, wie seine eigenen Männer mit Armin in die Schlacht zogen.

Kurz darauf trennten sich die Cheruskerfürsten von den Römern und schlugen sich an der linken Flanke des Heerwurms in die Wälder. Varus blickte ihnen durch die Luke seines Wagens nach, als ihm plötzlich ein hünenhafter Reiter die Sicht versperrte. Die leicht schrägstehenden Augen unter dem mit einem violetten Federbusch geschmückten Helm blickten voller Mißtrauen.

»Du mußt dir keine Sorgen machen, Maximus«, sagte Varus im Ton mitfühlender Beruhigung. »Armin hat mir versichert, daß der Weg bald besser wird. Dann wirst du nicht mehr so im Sattel durchgeschüttelt werden.«

»Ich mache mir aber Sorgen!« knurrte der Präfekt. »Und dieser Weg hat damit zu tun.«

»Aber warum denn? Wie ich schon sagte, Armin hat mir versichert …«

»Armin hat dir … uns vieles versichert«, fiel Maximus seinem Feldherrn ungeduldig in die Rede. »Und gestern abend hat uns Segestes gesagt, daß alles erlogen ist. Was ist, wenn er recht hat?« Der Präfekt blickte sich um. »Die Gegend gefällt mir nicht. Wir hätten auf den bekannten Heerstraßen bleiben sollen. Links und rechts von uns könnten Tausende von Barbaren lauern, ohne daß wir sie sehen. Und wenn sie angreifen, sind unsere Truppen zu weit auseinandergezogen, um massiven Widerstand zu leisten. Das hier ist die ideale Falle!«

»Ja«, lachte Varus. »Für Bror. Auf diesem Weg erwartet er uns nicht. Und wir werden schneller bei den Aufständischen sein, als er denkt.«

»Oder sie schneller bei uns, als wir denken!« Maximus' Ton wurde vorwurfsvoll: »Du hast noch nicht einmal veranlaßt, daß die Truppe in Gefechtsbereitschaft marschiert, Varus!«

»Das hätte uns nur aufgehalten. Armin hat mir versichert, daß wir hier keinen Angriff zu erwarten haben.«

»Natürlich Armin, wer sonst! Was ist, wenn er den Wein besser verträgt, als du annimmst?«

»Du vergißt, daß Segestes soeben mit ihm weggeritten ist. Weshalb hätte er das tun sollen, wenn Armin uns in eine Falle locken will?«

»Um der Falle zu entgehen!«

»Du bist wirklich ein Ausbund an Mißtrauen, Gaius Flaminius Maximus.« Varus sagte das im belustigten Tonfall, aber unterschwellig schwang seine Verärgerung über die Schwarzseherei des Präfekten mit. »Wenn du Armin nicht traust, mußt du auch an Brokk zweifeln, der doch von seinem eigenen Vater verunstaltet wurde. Und an Thorag, unserem Spion im Lager der Fenrisbrüder.«

»Brokk hat eine Narbe, das ist richtig. Aber jeder kann ihm die Wunde beigebracht haben. Und was Thorag angeht, so traue ich niemandem, der sein eigenes Volk verrät.«

Varus zeigte mit dem Finger durch die Luke auf Maximus und grinste triumphierend. »Dann dürftest du Segestes ebensowenig trauen!«

»Du hast mich geschlagen, Varus«, seufzte Maximus und wünschte sich, daß er seiner Sache ebenso sicher wäre wie der Legat. Aber die Zweifel nagten weiter an ihm, und immer wieder suchten seine Augen die Hügel und Wälder beiderseits der Marschkolonne nach einem Hinterhalt ab.

Nichts ahnend von den Zweifeln, die Maximus und einige andere höhere Offizier plagten, zogen die römischen Soldaten immer tiefer in die Berge hinein.

Der Wald auf den Hügeln steckte voller schwarzbemalter Eberkrieger. Thorag, gefolgt von einer Handvoll seiner berittenen Krieger, galoppierte mitten durch ihre Reihen, um Onsaker schnell Armins Befehle zu überbringen.

Mehr als zwei Stunden waren vergangen, seit die germanischen Fürsten das römische Heer verlassen hatten. Zu Armins Leidwesen waren längst nicht so viele Krieger zusammengeströmt, wie er gehofft hatte. Viele Fürsten zögerten angesichts der geballten Römermacht, ihre Krieger in die Schlacht zu führen. Armin hatte beschlossen, erst am nächsten Tag anzugreifen, wenn sich hoffentlich mehr Krieger zum Kampf bereit fanden. Der Herzog hatte Thorag und Brokk auf die rechte Flanke des Römerheeres geschickt, um die Fürsten, die hier in den Hügeln und Wäldern warteten, über den Schlachtplan zu unterrichten. Auch Thorags und Brokks Krieger hatten auf dieser Seite des großen Hohlwegs Stellung bezogen. Armins Boten mußten weit vorausreiten und einen Bogen um die Spitze der römischen Marschkolonne schlagen, um zu ihren Männern zu gelangen.

Die Eberkrieger lagerten zur Zeit in Höhe der ersten römischen Legion, der Legion XVII. Onsaker hockte inmitten seiner Unterführer auf einem mit Fellen belegten Felsblock, kaute lustlos an einer Auerhuhnkeule herum und spülte die Bissen mit großen Schlucken aus einem Schlauch hinunter, der, wie Thorag beim Näherreiten roch, Bier enthielt. Der Eberfürst trug um die Schultern ein Bärenfell, das vor der Brust von einer goldenen Eberkopffibel zusammengehalten wurde. Ansonsten war der breite, kräftige Oberkörper nackt und mit einem schwarzen Eberkopf bemalt. Schwarze Farben zierten auch Onsakers Gesicht. Er blickte nur kurz auf, als Thorag mit seinem kleinen Gefolge heranpreschte, und widmete sich dann wieder seinem Mahl.

Wisars Sohn zügelte seinen Grauschimmel erst drei Schritte vor ihm und blieb demonstrativ im Sattel. »Armin schickt mich.«

»Geht es endlich los?«

Thorag schüttelte den Kopf. »Erst wenn der neue Tag seine Mutter, die Nacht, vertrieben hat. Zu viele Krieger zögern noch. Armin braucht Zeit, sie auf den Angriff vorzubereiten.«

»Feiglinge!« schnaubte Onsaker und spuckte ein zähes Fleischstück vor die Hufe von Thorags Pferd. »Falls sie überhaupt jemals in Walhall einziehen, sind sie es nicht wert, daß man ihnen die Knochen vorwirft.« Er stand ruckartig auf und schleuderte den Rest der Keule über seine Schulter. Einer seiner Männer konnte dem unerwarteten Wurfgeschoß im letzten Moment ausweichen. »Aber wir werden nicht zaudern. Die Eberkrieger werden allen anderen Gauen und Stämmen zeigen, was Tapferkeit bedeutet!«

»Nein!« sagte Thorag so scharf, daß sein Grauer zu tänzeln begann. »Du darfst jetzt nicht angreifen, Onsaker. Armin hat es untersagt. Die Römer dürfen nicht gewarnt werden!«

»Was ist, wenn sie während der Nacht Wind von der Falle bekommen? Wenn sich einer der Zaudernden zum Überlaufen entschließt und die Römer warnt? Es kann nicht mehr lange dauern, bis sie ihr Nachtlager bauen.«

Thorag nickte. »Die Pionierabteilung hat den Lagerplatz bereits erreicht. Aber selbst falls sich ein Verräter findet, Varus wird ihm nicht glauben. Er hat nicht einmal Segestes geglaubt.«

»Segestes hat ihn gewarnt?«

»Ja. Gestern abend hat er …«

Thorag wurde durch einen schwarzbemalten Krieger unterbrochen, der auf einem kleinen Pferd mit zotteliger Mähne und unbestimmbarer Farbe im vollen Galopp heranspreschte und immer wieder schrie: »Die Römer kommen! Die Römer kommen!« Vor seinem Gaufürsten hielt er das erschöpfte Tier ruckartig an.

»Was ist los?« fragte Onsaker.

»Die Römer kommen!« keuchte der Eberkrieger.

»Das weiß ich jetzt, Dummkopf! Kannst du dich nicht genauer ausdrücken?«

»Reiter kommen auf unsere Krieger zu. Sie treiben ihre Pferde den Hügel hoch.«

»Vielleicht Auxiliarreiter, die zu uns überlaufen oder uns eine Botschaft bringen«, vermutete Thorag.

»Nein«, widersprach der schwarzbemalte Bote. »Es sind Römer!«

»Ein Angriff?« fragte Onsaker.

»Ich weiß nicht.«

»Wie viele sind es?« wollte Thorag wissen.

Der Bote überlegte kurz. »Etwa ein halbes Hundert.«

»Zuwenig für einen Angriff«, sagte Thorag. »Vielleicht Späher.« Er sah Onsaker an. »Wir sollten uns die Sache selbst ansehen.«

»Einverstanden«, brummte Onsaker und rief: »Auf die Pferde!«

Kurz darauf ritten über hundert Eberkrieger zusammen mit Thorags kleiner Gruppe und geführt von dem Meldereiter den Hügel hinunter. Als sie durch einen Birkenwald kamen, in dem es fast mehr auf den Kampf wartende Eberleute als Bäume gab, verlangsamte der Bote sein Pferd und sagte: »Wir können nicht mehr weit von den Römern entfernt sein.«

Onsaker befahl seinen Männern zu warten. Nur er, Thorag und der Meldereiter trieben ihre Pferde weiter bis zum Waldrand. Unterhalb des Waldes fiel das Gelände verhältnismäßig steil ab. Die römische Kavallerieabteilung, eine gut vierzig Mann starke Turme, war abgesessen. Vorsichtig suchten die Soldaten mit ihren Ledersandalen festen Tritt und führten die Pferde am Zügel den Abhang hinauf.

»Varus' Gardereiter«, flüsterte Thorag, als er die Uniformen erkannte. »Was hat das zu bedeuten?« Dann entdeckte er den Offizier mit dem gutaussehenden, aber leicht aufgedunsenen Gesicht. »Angeführt von Decimus Mola persönlich!«

Onsaker warf ihm einen fragenden Blick zu. »Du kennst den Anführer der Gruppe, Thorag?«

»Flüchtig. Decimus Mola ist der Oberst von Varus' Gardereiterei.«

»Was will er hier?«

»Keine Ahnung. Wir wissen es, wenn wir ihn gefangennehmen. Wir brauchen nur abzuwarten, bis die Männer den Birkenwald erreichen. Dann kreisen wir sie ein. Gegen unsere Übermacht haben sie keine Aussicht. Sie werden sich ergeben müssen.«

»Ein guter Plan«, meinte Onsaker. »Aber es kommt anders!« Er zeigte auf ein entfernt liegendes Waldstück, aus dem ein Haufen schwarzbemalter Krieger herausstürmte und den Namen ihres Gaufürsten schrie. »Meine Männer haben sich für den Kampf entschieden, jetzt!«

Er sprang vom Pferd, wandte sich mit gezogenem Schwert in den Wald hinein und rief laut: »Eberkrieger, zum Angriff!« Und schon stürmte der Eberfürst an der Spitze seiner überall aus dem Wald hervorbrechenden Männer den Abhang hinunter.

Die Schlacht hat begonnen! schoß es durch den Kopf von Wisars Sohn, der für einen Augenblick wie gelähmt am Waldrand verharrte. Dann sprang auch er aus dem Sattel, zog sein Schwert und stürmte hügelabwärts. Was hätte er sonst auch tun sollen?

Die Römer waren von dem Angriff vollkommen überrascht. Decimus Mola sah sich suchend um und zögerte, einen Befehl zu geben. Flucht war sinnlos, der Kampf zu Pferd auch. Das Gelände war zu unwegsam. Schließlich befahl er seinen Leuten, die Zügel loszulassen und eine Verteidigungsstellung aufzubauen. Aber die Turme war so weit auseinandergezogen, daß die laut brüllenden Eberkrieger über den Römern waren, ehe sie den Befehl ihres Kommandeurs ausführen konnten.

Die Masse der leichtbekleideten und leichtbewaffneten Eberkrieger traf unter lautem Waffenklirren auf die gepanzerten Reiter. Für die Römer war der Kampf aussichtslos. Sobald sie sich einem Feind zuwandten, wurden sie von zwei anderen zu Boden gerissen und abgestochen.

Die Speere und Schwerter der Schwarzbemalten durchbohrten die Körper der Römer an Hals, Arm und Bein – an den Stellen, wo sie nicht von Kettenpanzern geschützt waren. Und ein mit voller Wucht aus unmittelbarer Nähe ausgeführter Schwerthieb oder Framenstoß durchschlug auch die Rüstung der sich hilflos am Boden windenden Gardisten, riß ein kleines Loch in die vielen Reihen vernieteter winziger Drahtringe. Selbst wenn die Waffenspitzen aus Eisen, Bronze oder im Feuer gehärtetem Holz beim ersten Stoß nur ein kleines Stück ins Fleisch vordrangen, der zweite Stoß durch den aufgerissenen Panzer war meistens tödlich.

Während er den Abhang hinunterstürmte, war Thorag in eine unüberschaubare Menge schwarzer Leiber eingekeilt und konnte kaum etwas sehen. Wann immer er einen der Römer erblickte, lag dieser im Sterben oder war bereits tot. Von den Eberleuten mitgerissen, rannte er weiter nach unten, bis sich die Reihen der Krieger zu lichten begannen.

Heftig atmend blieb der junge Gaufürst stehen und blickte um sich. Was er sah, bestätigte seine beim unüberlegten Losschlagen der Eberkrieger gehegte Befürchtung. Ein paar der weiter unten befindlichen Römer hatten es geschafft, auf ihre Pferde zu kommen. Jetzt trieben sie die Tiere rücksichtslos den steilen Weg hinunter, den die Pferde, in große Staubwolken gehüllt, mehr schlidderten als liefen. Sie würden zweifellos zur römischen Armee durchkommen und sie vor dem Angriff der Germanen warnen.

Das Wiehern eines Pferdes ließ Thorag herumfahren. Er dachte dabei an ein reiterloses Tier, das dem großen Sterben zu entkommen versuchte. Aber im Sattel des Rappen saß ein Soldat, der seinen Helm verloren hatte und aus einer großen Stirnwunde blutete. Mit seinem Schwert und mit dem gnadenlosen Vorantreiben des Pferdes auf dem abschüssigen Gelände bahnte er sich einen Weg durch die Eberkrieger, der ihn ganz nah an Thorag vorbeiführte.

Ihre Blicke trafen sich – und abrupt riß Decimus Mola sein Tier herum, als er den Cherusker erkannte. Mit einem Aufschrei trieb der Zenturio den Rappen auf Thorag zu. Der Kampflärm übertönte den Schrei des Reiters, aber Thorag glaubte ihn gleichwohl verstanden zu haben: »*Proditor!* – Verräter!«

Die Augen in dem blutverschmierten Gesicht blickten haßerfüllt auf den Edeling. Der fragte sich, ob es nur der Haß des Römers auf den Verräter war oder auch der Haß auf den Nebenbuhler.

Der Rappe war nur noch zwei, drei Schritte von Thorag entfernt, und Decimus Mola beugte sich schon an der rechten Flanke des Tieres herunter, um zum Schwertstreich auszuholen. Der Cherusker ließ sich auf den Boden fallen. Wie erwartet schützte ihn die vom Regenwasser unzähliger Nächte und Tage ausgewaschene Felsrinne, in die er stürzte, vor den Hufen des Pferdes.

Als der dunkle Leib über ihn kam, riß Thorag sein Schwert hoch und hielt es mit beiden Händen fest. Die scharfe Eisenklinge riß den Bauch des Rappen der Länge nach auf. Warmes Blut besudelte Thorags ganzen Körper, und Gedärme quollen auf ihn herab. Dicht hinter dem Edeling stürzte das Tier mit einem schmerzerfüllten Wiehern zu Boden und schleuderte seinen Reiter aus dem Sattel.

Thorag sprang auf und wischte über seine blutverklebten Augen. Durch einen roten Schleier sah er Decimus Mola auf sich zustürmen, das Schwert zum Schlag erhoben. Thorag wollte der tödlichen Waffe seinen Schild entgegenrecken und bemerkte erst jetzt, daß er ihn beim Sturz verloren hatte. Ihm blieb nichts anderes übrig, als den Schlag des Römers mit seinem eigenen Schwert zu parieren.

Schwer stießen die Körper der beiden Männer zusammen, als sie die Klingen kreuzten. Beide verloren das Gleichgewicht und stürzten zu Boden. Dabei schlug Thorags Rechte auf eine scharfe Steinkante, und das Schwert entglitt seinen reflexartig geöffneten Fingern.

Mit einem triumphierenden Blick kam der Zenturio neben dem rücklings liegenden Cherusker auf die Knie und holte zum tödlichen Schwerthieb aus. Aber Thorag war noch eine Waffe geblieben. Mit einer raschen Bewegung zog er seinen Dolch aus der Scheide am Gürtel und stieß ihn dem Römer in den Hals. Decimus Mola ließ sein Schwert fallen, und die Waffe klirrte dicht neben Thorags Kopf auf den steinigen Boden. Mit einem gurgelnden Laut brach der Gardeoffizier zusammen. Als Thorag sich über ihn beugte und die Klinge aus seiner Kehle zog, war der Römer bereits tot.

Ächzend erhob sich Thorag, mißachtete den Schmerz in seinen Gliedern und sammelte die Waffen ein.

Von den fliehenden Reitern war nichts mehr zu sehen. Auch Decimus Mola hätte zu ihnen gehören können, wäre er nicht so rachsüchtig und voller Haß gewesen. Er war gestorben – wie die meisten seiner Männer.

Onsakers Krieger, die kaum Verluste hatten, feierten ihren Sieg, indem sie mit den Leichen der Feinde ihren Spaß trieben. Sie hackten ihnen Köpfe und Glieder ab und warfen die blutigen Körperteile durch die Luft. Ein paar Römerköpfe wurden mit erbeuteten Lanzen und Dolchen zu Ehren der Götter an Baumstämme genagelt.

Der größte Teil der Schwarzbemalten aber, der gar nicht zum Kampf gekommen war, stürmte unter lautem Schlachtgesang weiter die Hügel hinunter, auf die ihren Blicken noch verborgene Legion XVII zu.

Armin stand mit verbissenem Gesichtsausdruck auf einem bewaldeten Hügel und hörte sich die Meldungen der berittenen Boten an, die in kurzen Abständen bei ihm eintrafen. Jeder der Männer erzählte dasselbe: Die römische Marschkolonne wurde auf beiden Flanken von Kriegertrupps überfallen, nicht auf ihrer ganzen Länge, aber an vielen verstreuten Punkten. Die Fürsten konnten ihre kampfdurstigen Krieger angesichts der verlockenden Beute nicht länger zurückhalten, wollten es vielfach auch gar nicht.

»Wodans Weisheit hat die Krieger verlassen!« fluchte Armin leise, mehr zu sich selbst als zu den Edelingen, die ihn umstanden. *Ich hätte es wissen müssen,* dachte er. *Freie Germanen lassen sich nicht befehligen wie ein diszipliniertes Römerheer. Ich hätte es wissen müssen!*

Die anderen Fürsten sahen ihn an, abwartend, fragend und sorgenvoll. Armin hatte sie zur großen Schlacht zusammengerufen. Er hatte den Schlachtplan entworfen. Er hatte die Römer in die Falle gelockt. An Armin war es nun, über das weitere Vorgehen zu entscheiden. An ihm allein hing es, ob der Aufstand gegen die Römer gelang oder in einer Niederlage endete. Eine Niederlage, die – soviel war sicher – ein fürchterliches Strafgericht der Römer zur Folge haben würde.

Der Cheruskerherzog straffte seinen Körper und sagte betont ruhig: »Wir müssen aus der Not eine Tugend machen. Schickt Boten aus. Alle kampfbereiten Krieger, die bis jetzt noch nicht angegriffen haben, sollen in den Kampf eingreifen. Die Römer dürfen nicht zur Ruhe kommen, bis unsere Verstärkung eintrifft. Alle Krieger, die am Ende der Marschkolonne stehen, sollen sich dort versammeln und den Römern, koste es, was es wolle, den Rückweg abschneiden.«

»Aber wir sind noch nicht stark genug zum großen Kampf!« wandte ein Fürst der verbündeten Marser ein. »Wenn wir zu viele Krieger ans Ende der römischen Kolonne schicken, werden die Römer nach vorn durchbrechen!«

»Das eben ist mein Plan«, erwiderte Armin. »Dadurch bleiben die Römer in Bewegung, kommen nicht zur Ruhe. Und sie dringen immer weiter in das unwegsame Gelände ein. Wir dürfen sie nicht zur Besinnung und auf den Gedanken kommen lassen, zum Sommerlager zurückzukehren. Falls sie sich dort verschanzen, können wir sie auch mit einer starken Übermacht nicht besiegen.«

Der Marserfürst nickte verstehend, während Armins Boten auf die Pferde stiegen, um die Befehle ihres Anführers zu übermitteln. Armin blickte ihnen lange nach und sah dann nach oben in den bewölkten Himmel. Warum öffneten sich nicht endlich die Wolken und ließen den Regen herabstürzen, den die Priester vorausgesagt hatten? Ließen ihn alle im Stich, die Verbündeten und der Wettergott?

Die vereinzelten Gardereiter, die den Troß des Legaten erreichten, erschöpft, abgekämpft und häufig aus mehr als einer Wunde blutend, brachten den bisher so geordneten Marsch in Aufruhr.

466

Als Maximus mit den ersten von ihnen gesprochen hatte, ritt er zur goldverzierten Carruca des Feldherrn und blickte besorgt durch die Luke zu Publius Quinctilius Varus.

»Es war gut, daß du mir erlaubt hast, die berittene Garde zur Erkundung auszuschicken, Varus, auch wenn sie jetzt vernichtet ist.«

Maximus dachte daran, daß er geradezu betteln mußte, bis Varus widerwillig dem Mißtrauen seines Gardepräfekten nachgegeben und ihm gestattet hatte, seine Reiter an beiden Flanken auf Spähtrupp zu schicken.

Der Legat des Augustus blickte seinen Gardepräfekten an wie einen Geist. »Vernichtet? Was faselst du da, Maximus? Meine berittene Garde kann doch nicht vernichtet sein! Ich sehe nur ein paar Reiter hier. Wo sind die anderen? Wo steckt Decimus Mola?«

»Decimus Mola ist vermutlich tot. So wie alle anderen Reiter auch, denen die Flucht nicht gelungen ist.«

»Die Flucht? Wovor?«

»Vor den Germanen, Varus!« sagte Maximus so eindringlich, daß es fast ein Schreien war. Er hatte das Gefühl, eine dicke Mauer durchbrechen zu müssen, um zu Varus' gesundem Menschenverstand durchzudringen. Eine Mauer, die niemand anders als dieser verfluchte Arminius errichtet hatte.

»Ach, Germanen. War Bror also doch so klug, ein paar Späher auf diesem Weg zu postieren?«

»Späher?« lachte Maximus, aber das Lachen blieb ihm im Hals stecken. »Die Reiter berichten von riesigen Kriegerhaufen, die überall auf den Höhen aus den Wäldern hervorbrechen und unsere Marschkolonne angreifen. Das sind nicht bloß ein paar Späher!«

»War Bror in seinem Gau so erfolgreich, daß er ein größeres Kontingent hierher entsenden konnte?«

»Ich glaube nicht, daß es Brors Leute sind.«

»Wer dann?«

»Arminius steckt dahinter!«

Jetzt lachte Varus und schüttelte den Kopf. »Du bist mißtrauischer als meine Frau Claudia, Maximus. Was hat Arminius dir nur getan, daß du ihn so verfolgst?«

»Ich habe nichts gegen ihn persönlich, aber ich halte ihn für einen Verräter.«

»Weshalb?«

Maximus drehte sich im Sattel um und winkte einen der Reiter zu sich heran. Der Mann trug keinen Helm mehr, auch Speer und Schild fehlten. Das dunkle Haar hing schweißverklebt in seine Stirn. Die Arme und das Fell seines Pferdes waren mit Blut bedeckt.

»Das ist Grabatus, einer der Männer aus der von Decimus Mola geführten Turme. Berichte dem Feldherrn, was geschehen ist, Grabatus!«

In kurzen, abgehackten Sätzen erstattete der Soldat seinen Bericht über den Angriff der schwarzbemalten Barbaren, die unaufhaltsam wie ein Sturmwind über die hoffnungslos unterlegene Turme gekommen waren.

Varus hörte ungläubig zu, und Maximus fragte: »Wo ist Decimus Mola, dein Zenturio?«

»Ich weiß es nicht.«

»Was heißt das?« bellte Varus.

Grabatus schluckte. »Der Zenturio gehörte zu den Männern, die von den Barbaren überschwemmt wurden. Ich sah noch, wie er sich den Weg durch ihre Reihen frei kämpfte. Aber statt uns zu folgen, lenkte er sein Pferd plötzlich auf einen Germanen zu. Mehr sah ich nicht.«

Die weit zurücktretenden Augen des Legaten verengten sich, und angriffslustig reckte der Mann in der Carruca seine große, spitze Nase durch die Luke. »Und du hast nicht kehrtgemacht, um deinem Zenturio beizustehen, Gardist?«

Grabatus blickte betroffen zu Boden.

»Antworte!«

»Ich … wir konnten nichts tun. Wir waren zu wenige. Nur vier von uns haben den Kampf überlebt. Umzukehren wäre der sichere Tod gewesen.«

»Na und?« fragte Varus mit hochgezogenen Brauen. »Ist es nicht ehrenhaft, für seinen Kommandeur im Kampf zu sterben? Ehrenhafter, als einer von wenigen zu sein, die feige Flucht dem tapferen Kampf vorzogen?« Als er keine Antwort erhielt, fuhr der Legat fort: »Du verdienst es nicht länger, Soldat in meiner Garde zu sein, Grabatus! Du verdienst es nicht länger, am Leben zu sein! Ich werde dich und deine feigen Kameraden als abschreckendes Beispiel hinrichten lassen!«

Während Grabatus leichenblaß wurde, sagte Maximus: »Ich bitte dich, deine Entscheidung noch einmal zu überdenken, Varus. Grabatus und seinen Kameraden haben wir es zu verdanken, daß wir wissen, mit wem wir es zu tun haben. Sie haben nur ihre Aufgabe erfüllt, als sie sich – hm – zurückzogen. Ein Spähtrupp soll schließlich Bericht erstatten und sich nicht abschlachten lassen. Dann nützt er überhaupt nichts mehr.«

»Das ist wahr«, gab Varus nach kurzem Überlegen zu. »Also gut, Grabatus, ich will noch einmal gnädig sein.« Der Legat blickte seinen Gardepräfekten an. »Maximus, wieso wissen wir, mit wem wir es zu tun haben?«

»Sag, wer der Mann war, den Decimus Mola angriff, Grabatus.«

»Es war dieser Cherusker, Thorag.«

»Was?« entfuhr es Varus. »Bist du dir sicher, Mann?«

Grabatus nickte. »Ja, Herr. Ich kenne ihn gut aus der Zeit, als er im Oppidum Ubiorum war. Als er in der Arena gegen Ater, den Bären, kämpfte, habe ich ihn deutlich gesehen. Ich habe ihn wiedererkannt, ganz bestimmt!«

Maximus warf dem Legaten einen Blick zu, der Triumph und Hoffnung vereinigte. »Glaubst du jetzt endlich, daß Arminius ein Verräter ist?«

»Selbst wenn Thorag uns verraten hat, muß das nicht bedeuten, daß auch Arminius treulos ist. Ganz im Gegenteil, ich bin sicher, daß er uns zu Hilfe kommt, wenn er von Thorags Verrat erfährt.«

»Und was willst du jetzt unternehmen, Varus?«

»Was schon? Wir werden weitermarschieren. Vergiß nicht, daß ich die besten Legionen der römischen Armee befehlige. So viele Aufständische kann es gar nicht geben, daß wir uns Sorgen machen müßten.«

»Ja, Varus«, schnarrte der Präfekt knapp und preßte seine Lippen zusammen, um nicht laut zu sagen, daß er den Legaten für den dümmsten Sturkopf unter der Sonne hielt.

»Thorag, Thorag!« skandierte ein Teil der hinter dem Edeling herabbrandenden Krieger. »Donarsöhne, Donarsöhne!« ein anderer.

An der rechten Flanke von Onsakers schwarzbemalten Männern ritt Thorag an der Spitze seiner eigenen Streitmacht in die Schlacht. Jetzt, da die Schlacht entbrannt war, hatte er keine Wahl mehr: Es gab nur noch zwei Möglichkeiten: kämpfen oder untergehen.

Als Thorag den Blick nach rechts wandte, sah er Brokk mit seiner berittenen Hundertschaft. Brors Sohn hatte sich seinem alten Kampfgefährten angeschlossen, weil er selbst keine große Streitmacht befehligte.

Und vor sich sah Thorag die Rüstungen der überraschten Legionäre. Vielleicht hatten sie schon von den Scharmützeln zwischen den Spähtrupps der berittenen Garde und den Cheruskern gehört, aber der massierte Angriff von den Höhenzügen kam für die feldmarschmäßig bepackten Männer völlig überraschend.

Jetzt gingen sie in aller Eile daran, sich unter Hörnerstößen und den bellenden Befehlen ihrer Offiziere für die Schlacht bereit zu machen. Die schwerbeladenen Soldaten ließen die kreuzförmigen Tragestangen fallen, mit deren Hilfe sie ihr Gepäck über der linken Schulter trugen. Dann rammten sie die über der rechten Schulter mit steil aufragenden Spitzen getragenen Pilen mit dem stumpfen Ende in die Erde, um die am Brusthaken der Kettenhemde hängenden Helme aufzusetzen. Sie lösten die Schildtragegurte, an denen die großen, gewölbten Schilde über linke Schulter und Rücken befestigt wurden. Nur ein Teil der Legionäre vergeudete seine Zeit damit, die ledernen Schildhüllen abzustreifen. Angesichts der schnell heranstürmenden feindlichen Reiter nahmen die meisten Männer den Schild mitsamt dem Lederüberzug in die Linke und griffen mit der Rechten nach dem Pilum. Dann hielten sie nach ihren Offizieren und den Feldzeichen Ausschau, um sich über die einzunehmende Kampfordnung zu unterrichten.

Aber es gab keine Kampfordnung. Auch die Zenturionen waren überrascht und warteten auf die Befehle ihrer Vorgesetzten. Doch die waren weit entfernt, oft außer Sichtweite, weil sich die Kolonne der ruhmreichen Legion XVII auf dem engen, unwegsamen und vielfach gewundenen Hohlweg zu weit auseinandergezogen hatte. Immer mehr Zenturionen nahmen das Heft selbst in die Hand und erteilten nach ihrer Sicht der Lage die Befehle. Aber auch das nutzte nichts. Die beengte, unübersichtliche Örtlichkeit erlaubte der Fußtruppe nicht die Einnahme einer ihrer gewohnten Formationen. Und während die Legionäre noch auf Befehle warteten, ging ein Hagel von Wurfspeeren über sie nieder. Tote und verwundete Römer stürzten zu Boden und rissen Lücken in die notdürftigen Verteidigungslinien, die sich gerade gebildet hatten.

Etwa sechshundert Krieger bildeten die Spitze von Thorags zweitausendköpfigem Angriffskeil. Zweihundert Berittene und vierhundert weitere Männer, von denen sich je zwei an einem Pferd festhielten, um sich von ihm mitziehen zu lassen. Sie brauchten keinen Befehl. Kurz bevor die Donarsöhne auf die Römer prallten, lösten sich die Läufer von den Pferden und drangen in die von den Reitern gerissenen Lücken ein, um sie durch Stechen und Hauen zu vergrößern.

Die Raserei des Kampfes hatte auch Thorag selbst erfaßt. Immer weiter drängte er den Grauschimmel in die Reihen der zurückweichenden Legionäre, während er links und rechts mit seinem Schwert um sich hieb. Funken sprühten, wenn seine Klinge auf Kettenhemden und Bronzehelme klirrte. Nur ein Teil der Legionäre setzte sich ernsthaft zur Wehr. Andere gerieten über die fehlende Schlachtordnung und die ausbleibenden Befehle ihrer Offiziere in Panik und rannten einfach davon. Manch einer warf sogar Pilum und Schild weg, um schneller auf einen der Hügel an der linken Flanke klettern zu können. Vielen brachte die Flucht keine Rettung. Cherusker zu Pferd setzten nach, ritten die Römer einfach über den Haufen, spießten sie mit ihren Framen auf oder schlugen ihnen mit den Schwertern die Köpfe ab.

Ein gellendes Hornsignal riß Thorag aus dem Kampfrausch. Ein römisches Signal, mit dem er als ehemaliger römischer Soldat vertraut war. Es war das Angriffssignal der Kavallerie. Er lenkte den mit Römerblut besudelten Grauen auf einen kleinen Hügel und blickte sich um. Weiter hinten schlugen sich die Eberkrieger mit anderen Kohorten der Legion XVII.

Die Hornsignale kamen von vorn, wo sich der Hohlweg verbreiterte. Von dort drängte die Reiterale heran, die zwischen der Legion und der Pionierabteilung marschiert war. Eintausend ausgeruhte Reiter, die jetzt in die Schlacht eingriffen und den Donarsöhnen in den Rücken fielen. Bis auf ein paar leichtere Einheiten numidischer Speerwerfer und syrischer Bogenschützen bestand die Ale zum Großteil aus Galliern. Das war kein Vorteil für die Germanen, denn zwischen ihnen und den Galliern bestanden von alters her Stammesfehden. Als erstes geriet der weit vorgepreschte Brokk mit seiner Hundertschaft zwischen die Fronten. Die Syrer ließen einen Pfeilregen auf seine Männer niedergehen.

Thorag mußte seine Männer neu formieren, um der Bedrohung durch die römische Kavallerie standzuhalten. Aber als er den Hügel verließ, tauchten plötzlich vier Legionäre vor ihm auf und machten Front gegen ihn. Vielleicht waren es die letzten Überlebenden einer acht bis zehn Mann starken Zeltgemeinschaft, die sich für den Tod ihrer Kameraden rächen wollten und wahrscheinlich nicht einmal wußten, daß der Reiter vor ihnen der Fürst der Donarsöhne war.

Hart schlug Thorag seine Fersen in die Flanken des Grauen und galoppierte auf die Legionäre zu. Er mußte sich tief über den Pferdehals beugen, um einem geschleuderten Pilum zu entgehen. Der Mann, der den Speer geworfen hatte, zog sein Gladius aus der mit Bronzeblech verkleideten Scheide an der rechten Hüfte, hatte es aber noch nicht ganz zum Schlag erhoben, als Thorags Klinge seine Waffenhand vom Unterarm trennte. Gleichzeitig überrannte der Graue einen weiteren Legionär.

Aber dann senkte sich die eiserne Spitze eines Pilums tief in den Pferdehals und brachte das Tier zu Fall. Kopfüber stürzte der Reiter aus dem Sattel. Er kam schnell wieder auf die Beine, aber der hölzerne Schaft seiner Frame zerbrach dabei.

Mit der Rechten hielt er das Schwert und mit der Linken den Schild, während er den Angriff der beiden noch kampffähigen Legionäre abwartete. Der von Thorag verwundete Soldat kauerte stöhnend auf der Erde und preßte den blutenden Armstumpf gegen seinen Leib; dabei wiegte er seinen Oberkörper hin und her, wie es seine Mutter mit ihm getan haben mußte, wenn sie ihr kleines Kind beruhigen wollte. Der vierte Legionär lag reglos am Boden; das unter die Pferdehufe geratene Gesicht war nur noch eine breiige, unkenntliche Masse. Thorags Grauer wand sich in der Nähe des von ihm überrannten Römers unter Schmerzen und stieß in kurzen Abständen ein klagendes Wiehern aus.

Angesichts des Schicksals ihrer Kameraden kamen die beiden

noch aufrecht stehenden Legionäre nur zögernd auf Thorag zu, einer mit dem Gladius in der Rechten, der andere das Pilum drohend vorreckend. Sie teilten sich, um den Cherusker in die Zange zu nehmen.

Der rannte plötzlich auf den Mann mit dem Gladius los und schrie den Namen seines Schutzgottes und Stammvaters: »Doonaaar!«

So laut war der Schrei, daß der Römer für ein, zwei Augenblicke erstarrte. Die Zeit genügte Thorag, um seine Deckung zu unterlaufen. Als der Römer seinen Fehler erkannte und zum Stich gegen Thorag ansetzte, rutschte seine Klinge an dessen Schild ab. Thorags Schwerthieb aber traf den Römer voll gegen die Brust. Zwar hielt der Kettenpanzer, aber die Härte des Schlages raubte dem Legionär die Luft, und er stürzte zu Boden. Vielleicht waren sogar ein paar Rippen gebrochen. Ehe er wieder zu sich kam, verlor er durch einen weiteren Schwerthieb des Cheruskers den Kopf. Die Arme des Römers zuckten noch hilflos, als der Schädel längst neben dem Körper lag.

Thorag wirbelte herum und riß unwillkürlich den Schild hoch, als er das Klirren einer römischen Rüstung hinter sich hörte. Diese Reaktion bewahrte ihn davor, vom Pilum des letzten Römers durchbohrt zu werden. Die Spitze stieß hart gegen seinen Schild und verbog sich. Erschrocken starrte der Legionär auf seine unbrauchbar gewordene Waffe und mochte die Kunst der römischen Waffenschmiede ebenso verfluchen, wie Thorag es in der Arena des Amphitheaters getan hatte. Der Soldat würde seine Gedanken niemandem mehr mitteilen können, denn der Edeling löschte sein Leben aus, als sich sein Schwert an der ungeschützten Stelle zwischen Körperpanzer und Kinnschutz des Helms tief in den Hals des Legionärs bohrte.

Thorag erlöste den Grauschimmel von seinen Qualen, indem er mit seinem Schwert die Halsschlagader des Tieres durchtrennte. Die verzweifelten, zornigen, haßerfüllten Blicke des unsägliche Schmerzen erleidenden Legionärs, dessen Hand Thorag abgeschlagen hatte, verfolgten den Cherusker, als er den Hügel hinunterlief und sich suchend umschaute. Thorag konnte endlich einen seiner Reiter auf sich aufmerksam machen und zu sich heranwinken. Der rotbemalte Krieger wußte sofort, was sein Fürst von ihm verlangte. Vor Thorag sprang er vom ungesattelten Rücken seines struppigen Schecken und hielt ihm die Zügel hin. »Nimm mein Pferd, mein Fürst!«

Thorag bedankte sich mit einem Nicken, schwang sich auf den Schecken und lenkte ihn zum Gros seiner Krieger. Er rief ihnen zu, ihm zu folgen, und galoppierte der römischen Reiterei entgegen, um den eingeschlossenen Brokk herauszuhauen.

Ein Großteil der Donarsöhne schloß sich dem Fürsten an, zumal in der Umgegend kaum noch ein Legionär auf den Beinen stand. Die Cherusker bemerkten nicht die Legionäre in ihrem Rücken, die sich von den Eberleuten gelöst hatten und jetzt in der Stärke zweier Kohorten im Schnellschritt heranmarschierten. Der durch ein feuerrotes Mal auf der rechten Wange verunstaltete Präfekt, der sie anführte, ritt immer wieder an ihren Reihen entlang und spornte sie zu noch größerer Eile an. Schließlich gingen sie in den Laufschritt über.

Thorags Stoßkeil, von ihm selbst angeführt, sprengte eine Lücke in die Reihen der gallischen Reiter, die Brokk und sein stark zusammengeschmolzenes Häuflein umkreisten. Es waren höchstens noch dreißig Krieger, die sich hinter den Leibern gefallener Pferde und Kameraden verschanzt hatten und sich gegen die Übermacht verteidigten. Unter ihnen keiner, der nicht verwundet war. Brokk selbst blutete gleich aus drei Wunden, stand aber aufrecht und hieb mit seinem Schwert immer wieder auf den Feind ein. Als die Donarsöhne endlich zu ihm durchgebrochen waren, hatte er keine zwanzig kampffähigen Männer mehr zur Verfügung.

»Danke für die Hilfe«, keuchte der spitzgesichtige Edeling und stützte sich auf den Knauf seines in die Erde gerammten Schwertes, um nicht vor Erschöpfung umzufallen.

»Früher ging es leider nicht«, sagte Thorag und betrachtete mit traurigem Blick die gefallenen Cherusker.

»Besser spät als nie.« Brokk rang sich ein gequältes Lächeln ab. Ganz plötzlich wurde sein Gesicht wieder ernst, und er zeigte nach Norden. »Sieht allerdings so aus, als hättest du dich und deine Leute dadurch ganz schön in Schwierigkeiten gebracht, Thorag!«

Thorag wandte sich auf dem Pferderücken um und sah, was Brokk meinte. An die tausend Legionäre hatten sich, so gut es auf dem unebenen Gelände ging, zu einer tiefreihigen Phalanx formiert und folgten ihren Signifern unter dem Geschmetter der Hornisten im Laufschritt zum Angriff.

»Verfluchter Onsaker!« schimpfte Thorag. »Wo steckt der Eberfürst, wenn man ihn mal braucht?«

»Vielleicht zieht er es vor, uns nicht zu helfen. Grund dazu hat er ja.« Mit einem Seufzer zog Brokk sein Schwert aus dem Boden. Die Klinge war bis zu dem Punkt, an dem sie in der Erde gesteckt hatte, vom Blut der Feinde gereinigt. »Wir müssen wohl mit den Römern allein fertig werden. Eines muß man diesen Söhnen einer verdammten Wölfin lassen: Sie sind zäh wie Leder!«

»Kein Wunder«, entgegnete Thorag und zeigte auf den Offizier, der inmitten der Phalanx auf einem Schimmel ritt. »Der narbengesichtige Lucius führt sie an. Er kennt kein größeres Vergnügen als das Quälen und Töten von freien Germanen.«

»Versuchen wir es mal mit dem Quälen und Töten römischer Legionäre!« spottete Brokk und rief seine Männer zusammen.

Auch Thorag versuchte, Ordnung in seine Streitmacht zu bekommen. Aber der Kampf an zwei Fronten verwirrte die Cherusker. Je länger der Kampf dauerte, desto mehr rieben sie sich zwischen den Legionären auf der einen und den gallischen Reitern auf der anderen Seite auf. Hinzu kam der ständige Beschuß der berittenen Bogenschützen, deren Pfeile einen Donarsohn nach dem anderen niederstreckten.

Als Thorag sah, daß die numidischen und syrischen Reiter die Hänge auf beiden Seiten besetzten, um den eingeschlossenen Donarsöhnen den Fluchtweg zu versperren, sandte er Radulf mit einer kleinen Reiterabteilung aus, um Hilfe zu holen. »Onsaker muß uns einen Fluchtweg freikämpfen!« sagte er zu Radulf. »Er muß den Römern in den Rücken fallen, für kurze Zeit nur! Das wird uns genügen.«

Als sowohl von der Spitze als auch vom Ende des langen Heerwurms immer neue Schreckensnachrichten eintrafen, verlor auch der bis dahin so gefaßte Legat des Augustus allmählich die Ruhe. Als eine berittene Abteilung meldete, daß einige Kohorten der Legion XVII fast vollständig aufgerieben waren, winkte er seinen Gardepräfekten zu sich heran und fragte ihn unsicher, was er tun solle. Alle Überheblichkeit war aus seinem breiten Gesicht verschwunden. Er wirkte jetzt wie ein kleiner Junge, der zu spät erkannte, daß er sich auf einen Streit mit einem viel Stärkeren eingelassen hatte.

Maximus gab die kerzengerade Haltung auf, mit der er im Sattel saß, beugte sich vor und klopfte laut gegen das Holz des Wagens. »Zunächst einmal würde ich an deiner Stelle aus dieser Holzkiste herauskommen, Varus.«

»Warum?«

»Ein Feldherr, der sich hinter dicken Wänden versteckt, macht keinen guten Eindruck auf seine Soldaten. In der Schlacht gehört ein Feldherr auf sein Pferd.«

»Du hast wohl recht«, nickte der Legat. »Und was dann?«

»Alle Kräfte sammeln und nach hinten werfen! Wir sollten versuchen, zum Lager an der Porta Visurgia durchzubrechen, solange es noch geht. Alles andere ist zu gefährlich, solange man die genaue Stärke des Feindes nicht kennt.«

Wieder nickte Varus. »Gut. Gib in meinem Namen die nötigen Befehle!«

Gerade wollte Maximus zum Stab des Legaten reiten, um alles Nötige zu veranlassen, als drei Reiter der Auxiliartruppen von Norden herangaloppiert kamen und direkt auf den Wagen zuhielten, aus dem Varus gerade stieg, um den Rat des Präfekten über die optimale Feldherrnpose zu befolgen. Die Reiter waren schmutzig und blutbefleckt. Also hatte es auch am Ende der Marschkolonne Kämpfe gegeben!

Vor Varus hielten die germanischen Reiter ihre Pferde an und grüßten erschöpft. »Der Tribun Callosus sendet uns mit der Bitte um Entsatz«, keuchte einer der Männer.

»Entsatz?« wiederholte Maximus anstelle des schwerfälligen Legaten. »Für die Auxilien am Schluß der Marschkolonne?«

Der Wortführer der Reiter nickte heftig. »Wir sind starken Angriffen ausgesetzt.«

»Von wem?«

»Von Germanen. Ein Teil der germanischen Truppen macht gemeinsame Sache mit den Angreifern. Man weiß nicht mehr, wer Freund und Feind ist. Es ist ein einziges Durcheinander.«

»Ihr seid doch auch Germanen!« brummte Varus.

Der Reiter nickte.

»Und ihr meutert nicht?«

Der Bote reckte seine Brust vor. »Wir sind Ubier! Die meuternden Einheiten gehören zu den Cheruskern und den mit ihnen befreundeten Stämmen.«

»Also doch Arminius!« stieß Maximus zähneknirschend hervor. »Glaub mir doch endlich, Varus, Segimars Sohn steckt hinter allem!«

»Vielleicht hast du recht.« Der Legat breitete in einer Geste der Hilflosigkeit die Arme aus. »Aber was machen wir jetzt? Vor uns Barbaren, hinter uns Barbaren. Sollen wir trotzdem versuchen, uns den Rückweg zur Porta Visurgia zu erkämpfen?«

»Nein, die Zeit ist zu knapp. Wenn ich Arminius richtig einschätze, wird er einen großen Teil seiner Krieger in unseren Rücken gesandt haben, um uns am Umkehren zu hindern.«

»Und wir beugen uns seinem Diktat?« fragte Varus zweifelnd.

»Genau das! Wir stoßen mit aller Macht in Marschrichtung vor, um noch vor Einbruch der Dunkelheit das Nachtlager zu errichten. Hinter seinen Wällen werden wir vor Angriffen sicher sein. Wir können unsere Truppen sammeln, die Verwundeten versorgen und unseren Soldaten Mut für den morgigen Tag geben.«

»Und morgen?«

»Erkämpfen wir uns den Rückweg. Dann sind wir auf die Schlacht vorbereitet, und Arminius kann uns nicht länger an der Nase herumführen.«

»Das klingt vernünftig«, seufzte Varus und sah den Caesarenthron, den er schon verloren glaubte, wieder in greifbare Nähe rücken. *Ich brauche den Sieg, gleich ob in Brors Gau oder hier in den Schluchten des Teutoburger Waldes. Ich brauche den Sieg!*

Radulf und Tebbe waren die einzigen Überlebenden des fünfköpfigen Trupps, den Thorag ausgesandt hatte, um von Onsaker Hilfe zu erbitten. Die drei anderen waren unter dem Pfeilhagel der syrischen Bogenschützen gefallen.

Jetzt ritten der alte Schmied und der Junge, der so etwas wie sein Ziehsohn geworden war, über schwieriges Gelände, immer im Schutz der Bäume. Weiter unten im Tal war der Boden zwar ebener und gangbarer, aber dort war auch die Gefahr größer, den Römern zu begegnen.

Beide schwiegen. Nicht nur, um sich nicht zu verraten. Radulf wußte aus Erfahrung, daß Tebbe nach seiner ersten Schlacht vieles verarbeiten mußte, wobei ihm kein anderer helfen konnte. Nicht einmal Tebbes Vater Holte hätte das gekonnt.

Und es war eine gewaltige Schlacht, die hinter ihnen noch andauerte. Radulf hatte schon so manchen Kampf erlebt, aber solche Ströme von Blut hatte er noch nie fließen sehen. Die Kleidung der beiden Reiter und auch ihre Pferde waren mit roten Spritzern überzogen. Radulf hatte sich immer in Tebbes Nähe gehalten und versucht, auf den Jungen, den er sehr ins Herz geschlossen hatte, achtzugeben. Dabei hatte er gesehen, wie mutig Tebbe nach dem ersten Schrecken in den Kampf ging. Er hatte kaum weniger Feinde niedergemacht als Radulf. Der Schmied war stolz auf *seinen Sohn*, wie er Tebbe manchmal in Gedanken nannte.

Plötzlich waren sie von Bewaffneten umgeben, die ihre Speere gegen die beiden Reiter erhoben. Radulf und Tebbe zügelten ihre Pferde und blickten in die Gesichter der Eberkrieger, die aufgrund der schwarzen Farbe alle gleich aussahen.

»Was wollt ihr hier?« fragte einer der Männer.

»Der Gaufürst Thorag schickt uns zu Onsaker«, antwortete Radulf.

Der Ebermann nickte und winkte. Ein anderer brachte ein Pferd, auf das sich der Schwarzbemalte schwang. »Ich führe euch zum Gaufürsten Onsaker.«

Die Eberkrieger hatten ihre Schlacht geschlagen, hatten Beute gemacht, die sie für den Augenblick zufriedenstellte, und sich zurückgezogen. So jedenfalls sah es für Radulf und Tebbe aus. Und wie Radulf die Seele eines Cheruskerkriegers kannte, war es kein ungewöhnliches Verhalten. Überall trafen sie auf kleinere und größere Kriegergruppen. Die Männer spielten mit erbeuteten Waffen, stritten um Legionärsmäntel oder Feldflaschen oder waren damit beschäftigt, abgeschlagene Römerköpfe an die Bäume zu nageln. Zwar drang vereinzelter Kampflärm aus dem Tal herauf, doch schien es sich nur um kleine Gruppen von Eberkriegern zu handeln, die noch nicht genug erbeutet hatten.

Onsaker hatte sein Lager auf einer großen Lichtung errichtet. Als Radulf und Tebbe dort eintrafen, sahen sie zunächst nicht viel mehr als die Rücken von etwa zweihundert eng zusammengedrängten Eberkriegern. Sie hörten Schreie, Lachen und ein lautes, schmerzerfülltes Stöhnen.

Beim Näherreiten konnten die Donarsöhne über die Köpfe der Schwarzbemalten blicken und sehen, daß sie sich mit ein paar gefangenen Legionären vergnügten. Sie spielten ›blinder Eber‹ mit ihnen.

Die Gefangenen waren vollkommen nackt, ihre Füße zusammengebunden und die Hände auf den Rücken gefesselt. Ein großer, kräftiger Eberkrieger mit nacktem Oberkörper und einem Tuch vor den Augen stand in ihrer Mitte und schlug immer wieder mit seinem Langschwert nach ihnen. Die Römer konnten sich nur durch groteskes Gehüpfe in Sicherheit bringen und landeten dabei oft genug auf dem Boden, was jedesmal großes Gelächter bei den umstehenden Ebermännern auslöste, die den Ort des Geschehens als lebende Mauer umgaben. Wenn sich die Gefangenen beim Hinfallen den Schmerzens- oder Schreckenslaut nicht verbeißen konnten, stürzte sich der auf seine Ohren angewiesene ›blinde Eber‹ sofort auf sie. Schon mehrmals hatte seine rote Klinge getroffen. Einer der Römer war schwer verwundet, er hockte auf dem Boden und stöhnte jämmerlich.

Der Eberfürst stand in der vordersten Reihe und war einer der am lautesten brüllenden Zuschauer. Er fühlte sich durch das Erscheinen der beiden Boten sichtlich gestört und hörte ihnen nur mit halbem Ohr zu.

»Euer Gaufürst ist dumm, wenn er in die Falle der Römer tappt«, lachte Onsaker, und seine Männer fielen in das Lachen ein. »Warum soll ich das Leben meiner Leute opfern, um so einen Dummkopf zu retten?«

»Es ist deine Pflicht!« erwiderte Radulf laut und hart.

»Meine Pflicht?« Onsakers tiefliegende Augen umwölkten sich. »Ich bin ein freier Cherusker, ein Gaufürst. Ich bin niemandem verpflichtet, schon gar nicht diesem Thorag!« Als er Thorags Namen aussprach, lagen Verachtung und Haß in seiner Stimme.

»Du bist doch jemandem verpflichtet.«

»So?« Onsaker reckte sein breites Kinn vor. »Wem?«

»Armin, unserem Herzog. Ihm hast du Treue und Gefolgschaft geschworen für den Kampf gegen die Römer, wie wir alle es getan haben.«

»Armin«, brummte der Eberfürst. »Gut, ich schulde ihm Treue in diesem Kampf, aber nicht Thorag!«

»Thorag kämpft für Armin, genau wie du. Jeder, der gegen die Römer kämpft, ist verpflichtet, dem anderen zu helfen!«

»Schluß jetzt!« brüllte Onsaker und machte eine wegwischende Handbewegung. »Genug! Ich will davon nichts mehr hören. Ich schicke meine Männer nicht in den Tod, um Thorags Leben zu retten!« Er lachte, und sein Lachen ging in ein Kichern über. »Bestimmt nicht Thorags Leben.« Das hatte er gesagt wie zu sich selbst. Jetzt sah er wieder die beiden Donarsöhne an und sprach laut: »Das ist Onsakers letztes Wort. Jetzt verläßt unser Lager. Hier ist kein Platz für alte Männer und Knaben, die feige um Hilfe betteln!«

Seit Tebbe und Radulf den Eberkriegern begegnet waren, war in dem Jungen das Feuer des Hasses aufgelodert. Sein Geist befand sich wieder im Wald vor Wisars Siedlung, wo Tebbe zusammen mit seinem Vater und seinem Bruder Bäume fällte. Er sah wieder die schwarzbemalten Krieger aus dem Unterholz hervorbrechen, hörte ihre gellenden Schreie und sah seinen Vater sterben, um das Leben seiner Söhne zu retten. Als Onsaker die Beleidigung ausstieß, kochte es in Tebbe über, und die Hand mit der Frame erhob sich, die von Radulf geschmiedete Eisenspitze, rot von Römerblut, zeigte auf Onsakers nackten breiten Brustkasten.

Sofort kreisten die Schwarzbemalten die beiden Donarsöhne ein, und hundert Waffen wurden auf sie gerichtet.

»Nicht!« schrie Radulf und beugte sich auf dem Pferderücken zu Tebbe hinüber, um ihn an weiterem unüberlegten Handeln zu hindern.

Einer der Eberkrieger mißverstand die hastige Bewegung des Schmiedes und schleuderte seine Frame. Die hölzerne, im Feuer gehärtete Spitze drang tief in Radulfs Brust.

»Vater!« schrie Tebbe, als er sah, wie Radulf vom Pferd stürzte. Mit Tränen in den Augen ließ der Junge die Frame fallen, sprang auf den Boden und fiel neben dem Schmied auf die Knie.

»Wir können nicht länger warten«, keuchte Thorag zu dem neben ihm stehenden Brokk, als die Donarsöhne mit letzter Kraft eine Attacke der gallischen Reiter abgeschlagen hatten. »Noch einen Angriff stehen wir nicht durch!«

»Wohl nicht«, sagte der über und über mit seinem eigenen und dem Blut seiner Feinde bedeckte Brokk. Er war erschöpft, und seine Stimme war kaum mehr als ein Flüstern. »Aber Onsaker ist noch nicht da. Können wir ohne Verstärkung ausbrechen?«

»Wir müssen es versuchen. Sonst kommt niemand von uns lebend hier raus!«

Ein Zucken lief durch Brokks Körper, und er stammelte: »Versuch ... es ...«

»Nicht nur ich, Brokk. Wir alle!«

Brokk versuchte ein Lächeln, aber es wurde nur eine Grimasse. Seine Worte waren fast nicht zu verstehen: »Ich ... nicht ... zu ... spät ...«

Er drehte sich halb um sich selbst, bevor er zu Boden stürzte, und jetzt erst sah Thorag den Pfeil, der in Brokks Rücken steckte. Brors Sohn war gestorben – wie so viele an diesem blutigen Tag.

»Verfluchte Syrer!« schrie Thorag laut zu den Männern hinüber, die die Hügel besetzt hielten, von denen die Donarsöhne vor mehr als zwei Stunden heruntergestürmt waren. »Der Krummbeinige hätte euch alle umbringen sollen, als er noch euer Statthalter war!«

Die Bogenschützen waren abgesessen, um besser zielen zu können. Immer wieder ertönte das helle Sirren, wenn einer ihrer Pfeile die Luft durchschnitt. Und dann der kurze, dumpfe Laut des Einschlags. Und manchmal ein Schrei, wenn ein Pfeil sein Ziel gefunden hatte.

Als Thorags Blick über das Schlachtfeld glitt, packte ihn Erschrecken. Überall menschliche Leiber und Blut. Der Boden, auf dem der Edeling stand, war vom Blut aufgeweicht. Die Luft roch förmlich nach Blut, und er schmeckte es in seinem Mund. Von den zweitausend Kriegern, die er in den Kampf geführt hatte, war höchstens noch ein Drittel am Leben. Sicher, sie hatten den Römern schwere Verluste beigebracht. Aber war es das Opfer wert gewesen?

Römische Hornsignale ertönten. Diesmal nicht von den Reitern, sondern von den beiden Kohorten, die Lucius Tertius Parvus befehligte. Die Signifer nahmen Aufstellung, um die Legionäre in einen erneuten Angriff zu führen.

Die Römer hatten sich eine Taktik ausgedacht, die unausweichlich zur gänzlichen Vernichtung von Thorags Streitmacht führen mußte, wenn Donar nicht ein Wunder geschehen ließ. Abwechselnd griffen die Legionäre und die Reiter die Donarsöhne an, ließen sie nicht zur Ruhe kommen. Thorag hatte nicht einmal Zeit, seine Männer zu sammeln, um eine vernünftige Verteidigungslinie aufzubauen oder einen Ausbruch zu wagen. Selbst wenn er einen Ausbruch versucht hätte, mußte immer noch die leichte Reiterei auf den Hügeln überwunden werden.

Hakon sprengte mit dem Rest seiner Kriegerschar auf Thorag zu. Auch der einäugige Garrit befand sich unter den Männern. Sie gehörten zu den wenigen Donarsöhnen, die nicht von den Pferden geschossen worden und auch nicht freiwillig abgestiegen waren. Beritten boten die Cherusker den syrischen Bogenschützen ein gutes Ziel, aber Hakons Krieger kannten keine Furcht.

Der von einem halben Dutzend Wunden übersäte Kriegerführer zügelte seinen Schecken vor Thorag und fragte: »Was sollen wir tun, Fürst? Ich sage es ungern, aber einem weiteren Angriff halten wir nicht stand.«

»Ich weiß«, antwortete Thorag. »Wir müssen ausbrechen!«

»Aussichtslos«, stieß Hakon hervor. »Die Römer werden uns zermalmen.«

Thorags hünenhafte Gestalt straffte sich. Er blickte zu den schwarzen Wolken empor, die sich über dem Schlachtfeld zusammenzogen, und sagte mit fester Stimme: »Wir werden es schaffen. Donar wird uns beistehen. Sag das allen Kriegern!«

Der vierschrötige Recke sah ihn zweifelnd an. »Bist du dir sicher, Thorag?«

Der junge Gaufürst reckte sein Kinn vor. »Bin ich nicht Donars Abkömmling?«

»Doch, natürlich«, erwiderte Hakon unsicher und nickte dann. »Wie du befiehlst, mein Fürst!«

Er ließ seine Reiter ausschwärmen und die Donarsöhne zum Ausfall zusammenrufen.

Thorag legte den Kopf in den Nacken, blickte mit geschlossenen Augen durch die Wolkendecke hindurch und sagte: »Donar,

Vater meiner Väter, Bezwinger der Riesen, mächtigster Recke, stehe deinen Söhnen bei!«

Der Cheruskerfürst stieg auf den kleinen Schecken, der wie unbeteiligt zwischen den Leichenbergen stand, riß Schwert und Schild hoch, blickte in die Runde seiner Krieger und schrie: »Folgt mir, tapfere Donarsöhne! Der Donnergott leiht uns seine Kraft!«

›Donar‹- und ›Thorag‹-Schreie vermischten sich, als die Cherusker hinter dem antrabenden Thorag in ihrer üblichen Keilformation vorpreschten, auf die Anhöhe zu, von der sie gekommen waren.

Während die Syrer eine Pfeilsalve auf die anstürmenden Feinde abschossen, führte Lucius, selbst in vorderster Reihe reitend, seine in den Laufschritt verfallenden Kohorten heran. Er hatte im Kampf seinen Helm verloren, und sein schwarzes Haar wehte wie ein Feldzeichen. Mit erhobenem Schwert feuerte er seine Legionäre an.

Plötzlich riß der Himmel auf, und ein grelles, blendendes Weiß erhellte das Schlachtfeld. Das Licht zuckte zur Erde und fuhr in die Klinge des Präfekten. Von einem Augenblick zum anderen wurde aus Lucius ein alter Mann mit schlohweißen Haaren. Dann stürzten Pferd und Reiter zu Boden, vollführten dort ein paar groteske Verrenkungen und blieben schließlich reglos liegen.

Die vordersten Legionäre blieben schlagartig stehen und starrten entsetzt auf ihren vom Blitz gefällten Präfekten. Notgedrungen mußten auch die nachrückenden Römer anhalten. Das böse Omen lähmte den Kampfgeist der Soldaten.

»Donar ist mit uns!« schrie Thorag über den einsetzenden Donner hinweg seinen Kriegern zu.

Begeistert verfielen die Cherusker in erneute ›Donar‹-Rufe und folgten ihrem Fürsten, der jetzt die Angriffsrichtung änderte und direkt auf die erstarrten Legionäre zuhielt. Während Blitze, Donner und schlagartig einsetzender heftiger Regen die römischen Truppen verwirrte und in Panik versetzte, nahmen die Donarsöhne dies für ein gutes Zeichen ihres Schutzgottes. Als sie auf die Legionäre prallten, wichen letztere fast widerstandslos zurück. Ihre Panik übertrug sich auf die hintersten Reihen, die nicht sehen konnten, was vorn vor sich ging. Man wußte nur, daß die Cherusker von neuem Kampfmut beseelt waren, daß aber die eigenen Götter die Legion XVII verlassen hatten. Immer mehr Legionäre wandten sich um und rannten in wilder Flucht davon.

Und die Donarsöhne entkamen der tödlichen Umklammerung in den Schutz der bewaldeten Hügel.

Der von Donar gesandte Regen wusch das Blut von Thorags Kriegern, die in einem ausgedehnten Eichenwald Zuflucht gesucht hatten. Erschöpft lagen sie auf dem feuchten Boden, ruhten sich aus oder verbanden gegenseitig ihre zahlreichen Wunden.

Thorag, der auf einem Felsvorsprung stand und hinunter ins Tal starrte, hatte nur leichte Prellungen, Schrammen und oberflächliche Schnittwunden davongetragen. Die Wunden schmerzten kaum, wohl aber der Verlust der vielen Krieger, die nie mehr in ihren Gau zurückkehren würden. Tapfere Männer. Er dachte an Brokk, der, wie auch Klef, ein Opfer der Römer geworden war. *Früher kämpften wir für sie, jetzt sterben wir durch sie!*

Wenn Donar die hereinbrechende Dämmerung durch einen besonders grellen Blitz erhellte, sah der Cheruskerfürst die kleinen Gestalten der Römer, die unten durch die Täler zogen. Mit der geballten Macht ihrer drei Legionen und ebenso vieler Reiteralen hatten sie es schließlich geschafft, sich den Weg zu der großen, fast waldfreien Schlucht freizukämpfen, in der sie ihr Lager aufschlugen. So unbeherrscht und kampfeslustig die Germanen erst über die Marschierenden hergefallen waren, nach blutiger Schlacht und ausreichender Beute zogen sie sich lieber wieder auf die Hügel zurück, statt dem Gegner nachzusetzen.

Thorag dachte an Lucius und daran, wie er durch Donars Blitz gestorben war. Er bedauerte es, dem narbengesichtigen Römer nicht mehr im Kampf Mann gegen Mann gegenüberstehen zu können. Der Cherusker hätte sich gern selbst für die durch Lucius' Peitsche erlittene Schmach gerächt. Aber Donar hatte die Rache übernommen. Würde er auch alle anderen Germanen rächen, denen die Römer unrecht getan hatten?

Thorag wandte sich um, als er zwei Reiter bemerkte, die durch den immer finsterer werdenden Wald langsam auf ihn zuritten. Als sie näher kamen, erkannte er, daß es nur ein Reiter war, der ein fleckiges Pferd ritt. Das zweite Pferd, das der Reiter am Zügel hielt, trug eine Last auf seinem Rücken.

Ein weiterer Blitz ließ Thorag das Gesicht des Reiters erkennen: Tebbe. Aber es war nicht mehr das Gesicht eines Jungen. Er war an diesem Tag um viele Jahre gealtert.

Thorag trat ihm entgegen und fragte: »Wo seid ihr so lange gewesen? Wo sind Radulf und die anderen?«

»Tot«, antwortete Tebbe und deutete auf die Last des zweiten Pferdes. »Da ist Radulf.«

Thorag ging zu dem Pferd und sah jetzt das graue Lockenhaar des quer über den Pferderücken liegenden Schmiedes. Vorsichtig hob er Radulfs Kopf hoch und blickte in tote Augen. Der junge Edeling dachte ähnlich wie zuvor Tebbe. Auch Thorag hatte einen zweiten Vater verloren.

Mit versteinertem Gesicht hörte er sich Tebbes Bericht an und sagte dann: »Onsaker wird für alles büßen müssen.« Er sah in den aufgewühlten Himmel. »Wenn Donars Rache ihn nicht trifft, wird es meine Rache sein!«

Etwa zur gleichen Zeit stand ein anderer Cheruskerfürst an der linken Flanke des Römerheeres ebenfalls auf einem Felsvorsprung und starrte in die Tiefe. Armin beobachtete, wie die Römer im Tal ihr Nachtlager aufschlugen, während immer neue Einheiten dort eintrafen.

Die vertrauten Kommandos der Zenturionen, die altgewohnte Arbeit und das ständige Wachsen des Lagers unter ihren Händen schienen den Römern neuen Mut zu geben. Während die Reiterei das Gelände sicherte, baute ein Großteil der Fußtruppen das Lager auf. Mit den Rasenstechern wurden gleichmäßig große Grasstücke aus dem Boden geschnitten, mit Hacken und Schanzspaten das Erdreich gelockert und ausgehoben. Gräben und Wälle sicherten das große Lager. Die Außenwände der Wälle wurden mit den ausgestochenen Rasenziegeln belegt, an denen angreifende Feinde abrutschen sollten. Oben auf den Wällen wurden in dichter Reihenfolge die spitzen Palisadenstangen, von denen jeder Legionär zwei Stück bei sich führte, eingerammt und durch Stricke zu einer dünnen, aber festen Schutzmauer verbunden. Trotz der Erschöpfung durch Marsch und Kampf arbeiteten die Legionäre zuverlässig und ohne Unterlaß. Sie wußten, daß nur das feste Lager sie davor bewahren konnte, in der Nacht das Opfer eines Überfalls zu werden.

Armin bewunderte die Zuverlässigkeit und die Disziplin der römischen Armee. Gewiß, viele Soldaten waren an diesem Tag kopflos geworden und vor dem überraschend auftauchenden Feind davongerannt. Aber die meisten von ihnen hatten sich wieder gefangen, sobald sie das vertraute Hornsignal hörten, einen ihrer Offiziere oder ein römisches Feldzeichen erblickten. Diese Disziplin war es, die den Germanen fehlte und die zu dem überstürzten Beginn der Schlacht geführt hatte.

Der Cheruskerherzog nahm sich vor, selbst ein diszipliniertes Heer aufzubauen, sobald er die Römer hinter den Rhein zurückgeworfen hatte. Überhaupt würde sich vieles ändern im Land der Cherusker und der angrenzenden Stämme, wenn er erst einmal seine Macht gefestigt hatte. Vieles, was die Römer erfunden oder von anderen Völkern übernommen hatten, war unumgängliche Voraussetzung für den Aufbau eines großen Gemeinwesens. Solch ein Gemeinwesen mit ihm selbst an der Spitze schwebte Armin vor, ein Königreich nach dem Muster, das Marbod vorgegeben hatte. Die Germanen, die jetzt für ihre Freiheit kämpften, ahnten nicht, daß Armin ihnen einen Teil ihrer Freiheit nehmen wollte, wenn der Kampf erst einmal gewonnen war.

Trotz des unerwarteten Schlachtverlaufs hoffte Armin auf einen Sieg. Die Zeichen standen günstig.

Endlich hatte der langerhoffte Regen eingesetzt. Er verwandelte das zerklüftete Gelände, in das Varus von Armin gelockt worden war, in ein schwer zugängliches Gebiet voller tückischer Fallen aus Schlamm und Matsch. Die Cherusker und ihre Verbündeten waren daran gewöhnt, unter solchen Bedingungen zu kämpfen. Für die römischen Legionen, deren Taktik auf eine offene Feldschlacht ausgerichtet war, konnte es das Verderben sein.

Außerdem hatten die unüberlegten Angriffe der Germanen zu einem unerwarteten Ergebnis geführt. Durch die reichlich gemachte Beute waren viele noch zögernde Fürsten und Stämme dazu bewogen worden, in die Schlacht einzugreifen. Morgen würde Armin eine um ein Drittel größere Streitmacht zur Verfügung stehen. Und weitere Verstärkung war unterwegs.

Varus mochte sich unten in seinem Feldlager sicher fühlen. Aber er konnte nicht ewig dort ausharren. Er mußte es morgen verlassen, wollte er nicht warten, bis die Belagerer zu stark wurden. Dann aber würde er sehen, daß nicht nur die Römer hart arbeiten konnten. Ringsum auf den Höhenzügen wurden Bäume gefällt und Steine zusammengetragen, um den Römern den Rückweg zu Donars Pforte zu versperren. Nach der Schlacht noch zu arbeiten, das war einer der Vorzüge, die Armins Krieger von den Römern bereits übernommen hatten.

Armin grinste, als ihm einer der Lehrsätze einfiel, die zu seiner Ausbildung als römischer Offizier gehört hatten: ›*Et ab hoste doceri.* – Auch vom Feind soll man lernen.‹

Kapitel 30

Der Regentag

Die Sonnenstrahlen durchbrachen an diesem Morgen nur selten die dicke Wolkenschicht, die über dem Feldlager hing. Immer neue Wolken wurden von einem kalten Wind herangetrieben und ließen unaufhörlichen Regen auf die Walstatt niedergehen.

Die römischen Soldaten waren durchnäßt und froren, und doch hatten sie neuen Mut geschöpft. Sie befanden sich innerhalb der sicheren Umgrenzung ihres Lagers, das ihnen, wie schon in unzähligen Feldzügen zuvor, Schutz bot. Die Arbeit mit ihren Kameraden und die vertrauten Rituale machten ihnen bewußt, daß sie Legionäre waren, Angehörige der besten Armee der Welt. Sie würden sich nicht von ungeordneten Barbarenhaufen schlagen lassen!

Sahen sie nicht elend aus, diese gefangenen Barbaren, die jetzt zu den Opferaltären gebracht wurden? Verdreckte, blutende, verängstigte Wesen, Tieren ähnlicher als Menschen. Es waren etwa fünfzig Männer, die in römische Gefangenschaft geraten waren und dies überlebt hatten – bis jetzt.

Die ungewöhnliche Situation hatte Publius Quinctilius Varus

auf einen ungewöhnlichen Einfall gebracht: Wie zwei Tage zuvor Stier, Widder und Eber sollten jetzt die Gefangenen geopfert werden. Ihr Blut und ihr Leben sollten den Kriegsgott Mars, die Siegesgöttin Victoria und Jupiter, Göttervater und Schutzherr Roms, gnädig stimmen. Und das Opfer sollte den Legionären zeigen, daß die Germanen sterblich waren, keine riesigen, unbesiegbaren Ungeheuer.

Und sie starben, einer nach dem anderen unter den Klingen der Opfermetzger. Das Schauspiel befriedigte die Rachsucht der Legionäre und stärkte ihren Kampfgeist, wie Varus, der als Oberpriester die Zeremonie leitete, befriedigt feststellte.

So erfüllten die Gefangenen einen doppelten Zweck, nachdem sie in der Nacht schon eingehenden Verhören ausgesetzt gewesen waren. Jetzt stand fest, daß Maximus recht hatte und Arminius hinter dem Aufstand steckte.

Varus schalt sich einen Narren, daß er nicht auf Segestes gehört hatte. Wenn seine Dummheit in Rom bekannt wurde, würde man ihn nicht als Caesar verehren, sondern als Trottel verspotten. Aber darüber wollte er sich erst Gedanken machen, wenn er aus der Falle, in die Arminius ihn gelockt hatte, endlich entkommen war.

Nach den Opferungen beriet er sich mit seinen höchsten Offizieren, während die Legionäre in aller Eile das Lager abbauten. Das Morgengrauen war längst hereingebrochen. Der Gardepräfekt Maximus, Varus' Stellvertreter Numonius Vala, die Führer der Legionen, Alen und Auxilien und schließlich die Lagerpräfekten Lucius Eggius und Ceconius, sie alle rieten ihrem Feldherrn, bei dem einmal gefaßten Plan zu bleiben und mit aller Gewalt zur Porta Visurgia zurückzukehren. Nur dort konnte man sich in Ruhe sammeln und zum Gegenschlag gegen die Aufrührer ausholen.

Der dritte Lagerpräfekt, Lucius Tertius Parvus, fehlte bei dieser Zusammenkunft. Varus hatte von seinem schauderhaften Tod gehört. Der vom Haß auf die Germanen erfüllte Offizier war für Varus stets eine hilfreiche Hand gewesen, aber er war, wie alle Menschen, entbehrlich, zumal seine Legion stark dezimiert war.

Über dem Feldlager stiegen dicke Rauchsäulen in den Himmel, weil die Römer auf Maximus' Rat und Varus' Befehl ihre Wagen und alles entbehrliche Gepäck verbrannten, um den

Rückmarsch durch das vom Regen morastig gewordene Gebiet zu erleichtern. Zur selben Zeit verließ die aus sämtlichen Alen und Auxilien zusammengefaßte leichte Reiterei als erste Truppe das Lager, um das Gelände zu erkunden. Der Weg war beschwerlich. Immer wieder blieben Pferde im Morast stecken oder knickten um. Männer wurden abgeworfen. Ganze Turmen stiegen freiwillig aus den Sätteln und stapften, die Pferde an den Zügeln führend, durch Regen und Matsch. Die Truppe wurde immer weiter auseinandergezogen.

Plötzlich mischte sich ein dumpfes Geräusch in das unaufhörliche Prasseln des Regens. Es klang wie Donner, obwohl seit der späten Nacht keine Blitze mehr den Himmel aufrissen. Der Donner wurde lauter, rollte heran – und erschlug mehrere Turmen, als Lawinen von Baumstämmen und Felsbrocken, von den Germanen auf den Hügeln losgelassen, auf die römischen Offiziere sowie auf ihre numidischen, syrischen, spanischen, gallischen und germanischen Reiter niedergingen. Binnen weniger Minuten wurden große Teile der leichten Kavallerie ausgelöscht. Armins Falle hatte zugeschnappt.

Die überlebenden Offiziere sammelten die Reste ihrer Truppe um sich, da erscholl auch schon der markerschütternde Schlachtgesang der von den Höhen herabstürmenden Krieger. Sie brüllten die Namen ihrer Stämme, Gaue, Fürsten oder Schutzgötter.

Die römischen Offiziere befahlen den Gegenangriff, weil alles andere ihre Truppe in völlige Auflösung gebracht hätte. Was die Offiziere selbst kaum glaubten, gelang: Die Germanen wichen zurück, wohl von dem unerwarteten Mut der Feinde überrascht.

Die Reiter wollten den Erfolg ausnutzen und setzten den Fliehenden nach, ohne zu ahnen, daß sie in eine weitere Falle Armins liefen. Die Flucht seiner Krieger war geplant und lockte die Reiter in ein riesiges Sumpfgebiet, in dem ihre Pferde steckenblieben und immer tiefer einsanken, während die zu Fuß fliehenden Germanen auf nur ihnen bekannten Wegen entkamen, umkehrten und mit frischer Verstärkung über die Verfolger herfielen.

So verlor an diesem frühen Morgen des zweiten Schlachttages Quinctilius Varus fast seine gesamte leichte Reiterei. Nur vereinzelten Reitern und Grüppchen gelang es, den Germanen zu entkommen.

Als die Überlebenden auf die leichte Auxiliarinfanterie an der

Spitze des Heerwurms stießen, war die Verwirrung groß. Denn schon stürmten Armins Krieger heran, unten im Tal und oben von den Hängen, und fuhren in mehreren Stoßkeilen unter die Soldaten, die gar keine Gelegenheit zu ernsthafter Gegenwehr hatten. Die meisten der Auxiliartruppen flohen oder ergaben sich in der Hoffnung, verschont zu werden. Für einen Teil erfüllte sich diese Hoffnung sogar; diese Männer würden, die meisten für den Rest ihres Lebens, Sklaven der siegreichen Krieger sein.

Als die Boten mit ihren Schreckensnachrichten den Troß des Legaten am späten Vormittag erreichten, geriet der korpulente Feldherr, der in einem prunkvoll verzierten Sattel auf einem aufwendig geschmückten Rappen saß, in Panik.

»Was habt ihr mir geraten?« fuhr er Maximus und Numonius Vala an. »Ihr habt Arminius direkt in die Hände gespielt! Euretwegen habe ich meine Reiterei und die Auxilien verloren!«

»So schlimm ist es nicht, Varus«, versuchte Maximus den Legaten zu beruhigen, damit sich die Panik des Feldherrn nicht auf die Truppe übertrug.

»Nicht schlimm?« Varus' kreischende Stimme überschlug sich fast. »Den Tod von Tausenden meiner Soldaten erachtest du nicht für schlimm, Maximus?«

»Schlimm schon, aber es ist keine Tragödie. Der Großteil der Reiterei, die schwere Kavallerie, ist noch intakt. Und der Verlust der Auxilien ist zu verschmerzen, solange wir uns auf die Legionen verlassen können. Wir haben noch einige Kohorten der Legion XVII sowie die vollständigen Legionen XVIII und XIX. Wenn wir sie taktisch klug einsetzen, können wir den Germanen standhalten.«

»Das ist wahr«, beruhigte sich der Feldherr bei dem Gedanken an den lebenden Schutzwall Tausender kampferprobter Legionäre. »Aber wie gehen wir jetzt vor?«

»Du hast es gerade gesagt, Varus«, erwiderte der Gardepräfekt zum Erstaunen der Feldherrn. »Arminius hat uns den Rückweg versperrt, also gehen wir *vor*.«

»Du meinst, in unserer ursprünglichen Marschrichtung?« fragte Varus zögernd.

»Das meine ich.«

»Aber dann tun wir doch genau, was Arminius will. Das ist doch verrückt! Sollten wir nicht lieber in unser Feldlager zurückkehren und dort abwarten?«

»Auf was?« fragte Maximus und zeigte auf die Anhöhen zu beiden Seiten. »Dort oben stecken überall Germanen. Mit jeder Stunde, in der sich die Nachricht vom Aufstand verbreitet, werden es mehr werden. Wir dagegen haben keine Verstärkung zu erwarten. Wir müssen etwas tun, besser etwas Verrücktes als gar nichts. Abwarten wäre unser sicherer Tod. Und da Arminius seine Kräfte offenbar im Norden konzentriert hat, sollten wir nach Süden vorrücken. Vielleicht rechnet er nicht damit, und wir können aus der Umklammerung entkommen.«

Varus war noch nicht überzeugt und sah seinen Stellvertreter an.

Der bronzehäutige Numonius Vala nickte. »Maximus hat recht. Im Kampf liegt die Stärke unserer Legionen. Kampf und Sieg spornen sie an. Hier abzuwarten in Kälte und Regen, den dauernden Angriffen der Barbaren ausgesetzt, würde sie zermürben.«

Quinctilius Varus, der längst nur noch dem Namen nach Feldherr seiner Armee war, fügte sich dem Rat der beiden Offiziere und besprach mit ihnen rasch die nötigen Befehle.

Gegen Mittag erreichte die römische Armee in neuer Marschordnung ihr altes Feldlager. Die Spitze bildeten ausgeruhte Truppen: eine Ale schwere Reiter und die Legion XVIII. Ihnen folgte der Feldherr mit seiner Garde und seinem Troß, dem sich die Zivilisten angeschlossen hatten. Dann folgten eine weitere Ale mit den Geschützen, die zusammengeschmolzene Legion XVII, die Legion XIX und am Schluß die letzte Reiterale mit den wenigen intakten Fußtruppen der Auxilien, die Varus geblieben waren. Als sie an den Überresten des Lagers vorbeimarschierten, dachte der Legat kurz an das morgendliche Opfer und daran, daß es vielleicht vergeblich gewesen war. Je weiter der Tag voranschritt, desto größer wurde Varus' Hoffnung, der Vernichtung zu entgehen. Die Spitze der Marschkolonne kam unerwartet gut voran, soweit man bei den schlechten Witterungsverhältnissen überhaupt von ›gut‹ sprechen konnte. Jedenfalls stellten sich ihnen wider Erwarten keine Barbaren entgegen.

Also hat Maximus recht behalten, dachte Varus erleichtert. *Armi-*

nius hat seine Barbaren im Norden zusammengezogen und nicht damit gerechnet, daß wir so schnell südwärts, in der alten Richtung, weitermarschieren.

Aber Armin hatte sehr wohl damit gerechnet. Es entsprach sogar genau seinen taktischen Überlegungen.

Während er die Spitze des römischen Heerwurms unbehelligt ließ, attackierte er immer wieder die Flanken und das Ende der Kolonne. Seine Krieger verhielten sich disziplinierter als am ersten Tag, führten schnelle, kurze Angriffe aus und zogen sich wieder auf die Hügel zurück, bevor sich die Römer noch richtig zum Kampf formieren konnten. Durch diese dauernden Scharmützel wurden die hinteren Einheiten wieder und wieder aufgehalten und fielen immer mehr zurück. Die Kolonne zog sich auseinander, verlor den Zusammenhalt und wurde dadurch nur noch verwundbarer.

Als das Ende des Heerwurms, die Legion XIX sowie die aus Reitern und Auxiliarinfanteristen zusammengewürfelte Nachhut, weit von den übrigen Truppen zurückgefallen war, befahl Armin den Großangriff auf diese Einheiten. Von den Hängen ergossen sich Ströme von Kriegern auf die im tiefen Schlamm stehenden Soldaten: Onsakers gewaltige Streitmacht schwarzbemalter Ebermänner, Thorags am Vortag zusammengehauener Trupp Donarsöhne in ihrer roten Kampfbemalung, die mit weißen Streifen bemalten Krieger des rachsüchtigen Balder, Armins eigene Männer mit den im dunklem Gelb aufgemalten Hirschgeweihen, Usipeter, Sugambrer, Angrivarier und Chatten, deren Jungmänner durch ihren wildwuchernden Bart- und Haarwuchs auffielen; nach Stammessitte durften sie ihr Haar erst scheren, wenn sie den ersten Feind erschlagen hatten. Am Abend dieses Tages gab es nicht mehr viele Chatten, die auf den Gebrauch eines Rasiermessers verzichten mußten.

Von der übrigen Truppe abgeschnitten, immer wieder im Morast versinkend, verloren die Römer bald ihren Mut. Das galt sogar für die Männer der Legion XIX, deren Mitglieder mit ansehen mußten, wie sich die Reiter absetzten und wie sich die Auxiliartruppen ergaben. Immer mehr Legionäre suchten ihr Heil ebenfalls in Flucht oder Kapitulation und fanden allzuhäufig nur den Tod – besonders, wenn sie an einen Trupp junger Chatten gerieten.

Thorag und die Donarsöhne hatten die erste Kohorte der Legion XIX auf einem kleinen, bewaldeten Hügel eingekreist. Versprengte Legionäre anderer Kohorten hatten sich dem Kern der Legion angeschlossen und sich um den goldenen Adler herum zur letzten Schlacht versammelt.

Der grauhaarige Präfekt Lucius Eggius war der ranghöchste lebende Offizier und feuerte seine Leute immer wieder zum Durchhalten an, ›bis Varus Entsatz schickt‹.

Den Glauben daran hatte er selbst schon längst verloren. Doch er wollte, daß er und seine Legionäre im Kampf starben. Das war weit ehrenvoller, als in Gefangenschaft massakriert zu werden.

Die Legionäre glaubten ihrem Präfekten, der seinen federbuschbesetzten Helm im Kampf verloren hatte und dessen vormals glänzender Muskelpanzer vom Blut erschlagener Germanen befleckt war. Doch das Standhalten fiel ihnen zusehends schwerer. Ihre Kräfte erlahmten, und viele brachten kaum noch die schweren Schilde hoch, deren Holzfüllung und Lederverkleidung sich mit Regenwasser vollgesogen hatten. Immer näher kamen die Donarsöhne der Hügelkuppe, auf der Lucius Eggius und der Aquilifer mit dem Legionsadler standen.

Als Thorag, der zu Fuß kämpfte, seit ein Pilumstoß den Schecken zu Fall gebracht hatte, in Rufweite heran war, rammte er das Schwert vor sich in den Boden, legte die Hände trichterförmig vor den Mund und brüllte über den Kampflärm hinweg: »Präfekt, ergib dich! Du und deine Männer haben genug Tapferkeit bewiesen. Nicht alle guten Männer sollen hier sterben.«

Lucius Eggius hatte ihn gehört und sah den große Cherusker stirnrunzelnd an. Schließlich erkannte er in dem Mann mit dem zerzausten langen Blondhaar und der nackten muskulösen Brust, die ein rotes Abbild Miölnirs und rote Blitze zierten, den ehemaligen römischen Offizier und vorgeblichen Agenten des Statthalters.

Der Präfekt erwiderte: »Ich sterbe lieber im Kampf als in Sklavenketten!«

»Ich garantiere dir, daß ihr geschont werdet«, antwortete Thorag und meinte es ehrlich. Der Gedanke an Brokk und an die vielen Donarsöhne, die ihr Leben bereits gelassen hatten, ging ihm nicht aus dem Kopf. Er mußte weiterkämpfen, weil er es Armin geschworen hatte, aber er wollte sowenig Blut wie möglich vergießen.

Lucius Eggius aber schüttelte sein ergrautes Haupt. »Die Legion XIX kämpft und stirbt, aber sie ergibt sich nicht!«

»Dann sei es so«, flüsterte Thorag und empfand es als Ehre, gegen einen so tapferen Mann zu kämpfen. Er zog die Klinge seiner Spatha aus der Erde, stieß sie in Richtung des letzten Römerhäufleins und stürmte den Hügel hinauf.

Die Donarsöhne folgten ihm und fielen über die zahlenmäßig unterlegenen, erschöpften und auch körperlich kleineren Römer her. Ein Legionär nach dem anderen starb unter Hieben und Stichen.

Thorag selbst kämpfte sich bis zum Adlerträger vor, der mit seinem übergehängten Wolfsfell fast wie ein Fenrisbruder aussah. Der für einen Römer ungewöhnlich große Legionär hatte den Adler neben sich in den Boden gerammt und verteidigte das die Seele der Legion verkörpernde Zeichen mit seinem Gladius. Obwohl er geschickt focht, konnte Thorag jeden seiner Schläge mit dem Schild abfangen. Daß der Aquilifer keinen schützenden Schild besaß, wurde sein Verhängnis. Er sah Thorags Stoß kommen, versuchte ihm sogar noch auszuweichen, war aber nicht schnell genug. Die eiserne Klinge fuhr tief in seinen Bauch, und er brach röchelnd zusammen.

Der Edeling steckte sein Schwert in die Scheide, riß den Adler aus dem Boden und hielt ihn hoch in die Luft. Als seine Krieger sahen, daß das Wahrzeichen der Legion XIX in der Hand ihres Fürsten war, brachen sie in lauten Jubel aus.

Thorag bemerkte eine schnelle Bewegung hinter sich und wirbelte herum. Lucius Eggius stürmte mit erhobenem Schwert heran, während sein linker Arm stark blutete und kraftlos herunterhing. Er näherte sich so schnell, daß der Cherusker sein Schwert nicht mehr rechtzeitig ziehen konnte.

Er riß das untere Ende der Adlerstange hoch, das mit einer Eisenspitze versehen war. Der Präfekt lief voll in die Spitze hinein, die sich unterhalb des Panzers in seinen Leib bohrte. Er brach zusammen und ließ das Schwert fallen.

Vom Wahrzeichen seiner Legion aufgespießt, starb Lucius Eggius als letzter seiner Männer.

Ähnlich wie der Legion XIX erging es auch den vor ihr marschierenden Überresten der am Vortag so arg dezimierten Legion XVII.

Als der Angriff auf die neunzehnte Legion begann, kamen die Legionäre der siebzehnten ihren Kameraden nicht zu Hilfe, sondern setzten ihren Marsch fluchtartig fort. Der Gedanke an das Massaker, das die Barbaren gestern unter ihnen angerichtet hatten, trieb sie voran.

Aber sie hatten längst die vor ihnen marschierenden, schneller vorankommenden Reiter aus den Augen verloren. Ganz auf sich allein gestellt, geriet der kärgliche Rest der einst so stolzen, schon fast ein Vierteljahrhundert in Germanien dienenden Einheit in einen Hinterhalt.

Die Brukterer, die ihnen aufgelauert hatten, rannten die Römer über den Haufen, und am Abend des zweiten Schlachttages wurden Armin zwei goldene Adler überreicht.

»Zwei Legionen verloren?« fragte ein käsegesichtiger Varus zum wiederholten Male und konnte es noch immer nicht fassen. Er sah den Präfekten seiner Garde an. »Aber Maximus, hast du nicht gesagt, im Kampf sind unsere Legionen unbesiegbar?« Der Legat sah den Offizier flehend an, als erwarte er von Maximus, daß dieser ihm die verlorenen Truppen zurückgebe.

Der Präfekt zuckte mutlos mit den Schultern. »Die Götter haben uns verlassen, Varus.«

»Das darf nicht sein«, murmelte der Feldherr und starrte nach Norden in die fortschreitende Abenddämmerung. »Vielleicht … vielleicht können sich die Legionen XVII und XIX doch noch durchschlagen. Vielleicht wurden sie durch den morastigen Boden nur aufgehalten.«

»Ja, vielleicht«, sagte Maximus, doch er wußte, daß sie sich nur etwas vormachten. Die Berichte der wenigen Überlebenden, die sich zur Spitze der Marschkolonne hatten durchschlagen können, waren erschreckend und eindeutig gewesen.

Sie alle hatten Arminius unterschätzt, gewaltig unterschätzt. Mit jedem Schritt, ganz gleich in welche Richtung, waren sie tiefer in die Falle hineingetappt, die er ihnen gestellt hatte.

Um den Legaten und seine hohen Offiziere herum bauten die

Soldaten das Nachtlager auf, doch es hielt keinen Vergleich mit dem Lager der letzten Nacht stand.

Es war viel kleiner, da es nur Platz für eine Legion und zwei zusammengeschrumpfte Reiteralen bieten mußte. Hinzu kamen die Geschützbedienungen, der Troß und die Fußtruppen der Legatengarde. Alles in allem etwa zehntausend Mann. Nur ein Drittel der Menschen, die mit Varus das Lager an der Porta Visurgia verlassen hatten.

Und das Lager war längst nicht so gut und sicher ausgebaut. Die Soldaten waren zu erschöpft zum ordentlichen Arbeiten – und zu ängstlich. Viele Männer rührten ihr Schanzwerkzeug nicht an, sondern klammerten sich an Pilum und Schild fest, als könnten sie allein dadurch ihr Leben retten. Alles Zureden, Befehlen, Schimpfen und Drohen der Offiziere half nichts.

Die Soldaten verbrachten die Nacht in voller Rüstung und Bewaffnung. Kaum einer schlief. Sie starrten furchtsam in die Finsternis der germanischen Urwälder, die sich zu beiden Seiten des Tals erstreckten, lauschten auf das unermüdliche Prasseln des Regens, auf verdächtige Geräusche und auf das Rasseln und Klappern, das mit dem Heranrücken der vermißten Truppen einhergehen mußte.

Doch sie hörten nur den Regen.

Kapitel 31

Der Todestag

Schreiend fuhr Publius Quinctilius Varus auf seinem einfachen Feldlager hoch und stellte erleichtert fest, daß der Schrecken, der ihn gequält hatte, nur ein Traum gewesen war.

Ein seltsamer Traum. Er hatte sich selbst gesehen, aber in dreifacher Ausfertigung. Der Varus, der er selbst war, hatte zwei älteren, grauhaarigen Kopien gegenübergestanden. Sie hatten ihn durchdringend angestarrt, waren auf ihn zugetreten und hatten ihre Hände vorgestreckt, in denen plötzlich Schwerter lagen. Er wußte genau, was sie von ihm wollten. Doch sein Versuch, vor ihnen zurückzuweichen, mißlang. Eine unsichtbare Mauer in seinem Rücken hielt ihn auf. Da begann er zu schreien …

Er fühlte sich erleichtert, daß es nur ein Traum gewesen war. Doch als er sich umsah, wurde ihm bewußt, daß wenig Grund zu Freude und Erleichterung bestand. Der Boden rund um sein Lager war schlammig. Eine Schlamperei der Soldaten, die den Abflußgraben um sein Zelt ausgehoben hatten. Die Furcht vor den Germanen nagte an ihrer Disziplin.

Das helle Schimmern, das den dicken Zeltstoff durchdrang, verkündete den Anbruch des Tages. Würde er endlich eine Wende zum Besseren bringen?

Jedenfalls nicht, was das Wetter anging. Es regnete noch immer heftig, wie er an dem ständigen Trommeln auf den Zeltplanen erkannte. Und ein heftiger Sturmwind zerrte an dem großen Zelt des Feldherrn, so heftig, daß die große Öllampe, die von der Decke herunterhing und für ständige Helligkeit sorgte, quietschend an ihrer Bronzekette hin und her schwang.

Aber vielleicht waren seine Truppen jetzt stark genug, den Germanen zu widerstehen. Bestimmt waren die Legionen XVII und XIX im Lauf der Nacht eingetroffen. Es mußte einfach so sein!

Diesmal würde er nicht den Fehler begehen, sein Heer so weit auseinanderzuziehen. Er würde seine Truppen zusammenhalten und diesen verfluchten Verräter Arminius mit geballter Macht schlagen!

Daß er das Anrücken der beiden Legionen nicht gehört hatte, war erklärbar. Die Erschöpfung hatte ihn tief schlafen lassen, nachdem ihm die warmen, weichen kleinen Körper von Pollux und Helena wohlige Entspannung und Ruhe verschafft hatten.

Kaum dachte er an sie, da steckte Pollux, durch den Schrei seines Herrn alarmiert, seinen blonden Lockenkopf durch einen Trennvorhang. Varus lächelte ihm zu und trug ihm auf, Maximus und Numonius Vala zu ihm zu bringen.

Als der Legat des Augustus wieder allein war, beschäftigte sich sein Geist mit den Bildern seines Traums. Lange hatte dieser Traum ihn in Frieden gelassen. Weshalb kehrte er ausgerechnet jetzt zurück?

Er wußte die Antwort, aber er wollte sie nicht wahrhaben.

Damals, als er ein Waisenkind war und die anderen Kinder ihn mit ihrem Spott überzogen, weil Varus' Vater dem Beispiel von Varus' Großvater gefolgt war und seinem Leben selbst ein Ende bereitet hatte, tauchte dieser Traum zum erstenmal auf. Fast war der kleine Publius soweit gewesen, sich mit dem Küchenmesser das Leben zu nehmen. Aber das Messer war stumpf gewesen, und er hatte es nicht fertiggebracht.

Seitdem kehrte der Traum in unregelmäßigen Abständen zurück. Manchmal lagen viele Jahre dazwischen. Er kam stets dann, wenn Quinctilius Varus sich in einer verzweifelten Situation befand. Aber noch nie hatte er ihn mit solcher Heftigkeit geträumt.

Ja, die beiden älteren Versionen seiner selbst waren beides Männer namens Sextus Quinctilius Varus gewesen. Männer von seinem Blut. Männer, die freiwillig ihrem Leben ein Ende bereitet hatten. Sein Großvater, der sich als Proprätor in Spanien aus Gründen das Leben genommen hatte, über die seine Familie stets geschwiegen hatte. Und sein Vater, der sich nach der Schlacht von Philippi von einem Freigelassenen töten ließ. Daß sie im Traum sein Gesicht hatten, war nicht verwunderlich. An keinen der beiden Männer hatte Varus eine persönliche Erinnerung.

Aber weshalb drängten sie ihm das Schwert auf? War es eine Botschaft der Götter? War seine Lage so hoffnungslos, daß es keinen anderen Ausweg mehr gab?

Sollte Octavian Augustus, nachdem er bei Philippi schon über Varus' Vater triumphiert hatte, der auf der Seite von Brutus und Cassius kämpfte, jetzt auch noch über Varus triumphieren?

Hatte der Imperator gewußt, daß er Varus in den Tod schickte, als er ihn zu seinem Legaten in Germanien bestimmte? Zuzutrauen war es diesem ränkeschmiedenden Greis!

Vielleicht hatte der Princeps sogar geahnt, daß Varus seine Hände nach dem Thron ausstrecken wollte?

Das Erscheinen von Maximus erlöste Varus von seinen quälenden Gedanken. Das schneidige Auftreten des hünenhaften, kerzengerade vor ihm stehenden Präfekten, sein zackiger Gruß und seine trotz der widrigen Umstände saubere Uniform mit dem spiegelblanken Muskelpanzer gaben dem Feldherrn neuen Mut. Solange solche Männer für ihn fochten, war nichts verloren. Varus würde die Schlacht gewinnen und den selbstmörderischen Fluch von seiner Familie bannen!

»Ich freue mich, dich zu sehen, Maximus«, sagte Varus jovial. »Warum ist Numonius Vala nicht mitgekommen? Inspiziert er die Verstärkung?«

»Die Verstärkung?« wiederholte Maximus, und auf seiner Stirn bildeten sich tiefe Falten. »Wovon sprichst du, Varus?«

»Von den Legionen XVII und XIX. Nach dem harten Nachtmarsch bedürfen sie sicher einiger Aufmunterung. Sind meine Legionäre denn schon genügend ausgeruht, um es Arminius zu geben?«

Zu den Falten auf der Stirn des Präfekten gesellte sich nun noch die steile Falte an der Nasenwurzel. »Die Legionen XVII und XIX existieren nicht mehr, Prätor. Sie sind aufgerieben worden. Ihre Adler sind gefallen.«

»Aber ... aber sind sie denn nicht in der Nacht zu uns gestoßen?«

»Nur einzelne Versprengte, alles in allem nicht mehr als zweihundert Mann. Und sie haben bestätigt, was wir vorher schon ahnten. Der goldene Adler der Legion XVIII ist der letzte, unter dem noch römische Soldaten marschieren.«

Obwohl sie so weit in den Höhlen lagen, schienen die Augen des Legaten hervorzuquellen. Sein feistes Gesicht verzerrte sich, und er kreischte: »Das ist nicht wahr! Du lügst mich an, Maximus! Warum tust du das?«

»Ich lüge nicht, Varus.« Der Präfekt blieb ruhig. »Ich habe keinen Grund dazu.«

Der Mann auf dem zerwühlten Lager schüttelte seinen Kopf. »Ich glaube dir nicht, Maximus. Ich will sofort meinen Stellvertreter sprechen, Numonius Vala! Wo ist er überhaupt, wenn nicht bei den Legionen XVII und XIX?«

In Maximus' Gesicht arbeitete es, als er betreten nach einer Antwort suchte. »Nicht mehr da«, sagte er schließlich leise.

»Was heißt das nun wieder?«

»Während der Nacht hat sich Numonius Vala mit der gesamten Reiterei abgesetzt.«

»Abgesetzt? Zu welchem Zweck?«

»Ich nehme an, um sein Leben zu retten.«

»Du ... du meinst, Numonius Vala ... ist desertiert?«

Der Präfekt nickte. »So sieht es aus. Viele der Zivilisten sind mit ihm gegangen. Vielleicht haben sie ihm Geld versprochen, wenn er sie lebend aus der Falle bringt.«

Diesmal hatte Maximus tatsächlich gelogen, vielmehr: Er hatte nicht die ganze Wahrheit gesagt. Er selbst hatte den Plan mitgeschmiedet und Flaminia überredet, sich mit Primus der Reiterei anzuschließen.

Nach dem gestrigen Desaster und der Nachricht vom vollständigen Untergang der Legionen XVII und XIX wußte er, daß die römische Armee diese Schlacht nicht mehr gewinnen konnte. Nur ein Narr konnte etwas anderes glauben. Er selbst war geblieben, um Varus zu beruhigen. Und weil er nicht anders konnte. Er war Soldat und fühlte sich an seinen Eid gebunden.

Varus streifte die Decken ab, sprang vom Lager auf und trat auf einen syrischen Teppich, der unter dem Gewicht des Legaten tief im Matsch einsank. »Schick ihnen Truppen nach, Maximus! Nimm deine Garde und bring mir Numonius Vala zurück – lebend! Ich will ihn selbst für das büßen lassen, was er mir angetan hat!«

»Das ist unmöglich. Sein Vorsprung ist zu groß. Seine Reiter sind schneller als unsere Fußtruppen. Außerdem würden wir nur in die Arme der Germanen laufen.«

Maximus seufzte und hoffte, daß Numonius Vala ihnen entging. Sicher war er dessen nicht. Zumindest – und das war beruhigend – hatte er nach dem Abrücken der Kavallerie keinen Kampflärm gehört.

Varus' eben noch durchdringender, flammender Blick brach sich, und das Feuer wurde zu einem kaum erkennbaren Flämmchen. »Dann ist alles … verloren, Maximus? Arminius hat uns besiegt?«

»Solange wir leben, sind wir nicht besiegt, Prätor. Wir werden kämpfen und, wenn nötig, auch sterben!«

Hoffnung keimte in Varus auf. »Hast du einen Plan?«

Maximus nickte. »Ich habe Späher ausgeschickt. Etwa fünf Meilen vor uns ist ein bewaldeter Hügel, ringsum von flachem, offenem Land umgeben. Wir müssen diesen Hügel erreichen, uns dort einigeln, eine Festung bauen. Wir haben noch eine Legion, meine Gardeinfanterie und die Geschütze. Wir müssen dort ausharren, bis dein Neffe Lucius Nonius Asprenas mit Entsatz anrückt.«

»Jaaa, das werden wir tun«, klammerte sich der Legat bereitwillig an den Strohhalm. »Der gute Lucius Asprenas wird uns helfen. Sobald er Kunde von unserem Schicksal erhält, wird er mit seinen beiden Legionen anrücken und diese unwürdigen Barbaren auslöschen. Nicht wahr?«

»Ja«, sagte Maximus und wußte, daß sie sich etwas vormachten. Bis Lucius Asprenas seine Legionen mobilisiert und ins Cheruskerland geführt hatte, würde die Schlacht längst geschlagen sein.

Dann aber gewann der soldatische Geist die Oberhand über den Präfekten. Vielleicht zogen die Barbaren ab, wenn es den Römern tatsächlich gelang, sich zu verschanzen. Die Germanen waren als ebenso wilde wie wankelmütige Kämpfer bekannt. Geduld und Ausdauer zählten nicht zu ihren Stärken.

Sie waren nicht wie der römische Offizier, von dem die Lehrer so gern auf der Militärschule erzählten: Er war Befehlshaber einer Armee, die eine feindliche Stadt belagerte, und als ein Unterhändler ihm sagte, die Eingeschlossenen hätten Lebensmittel für zehn Jahre, blieb dieser römischer Offizier gelassen, bedankte sich für die Nachricht und verkündete, die Stadt im elften Jahr einnehmen zu wollen. Die Belagerten kapitulierten noch am selben Tag.

Wenn die Barbaren starke Gegenwehr spürten, wenn sie sich an einem Gegner die Zähne ausbissen, ohne die ersehnte Beute zu erlangen, verloren sie schnell die Lust am Kämpfen. Leidvolle Erfahrungen mit germanischen Auxilien hatten das gezeigt.

Das Problem war nur, daß Arminius' Taktik bislang voll aufging. Er hetzte die römische Armee derart durch den Teutoburger Wald, daß sie gar nicht dazu kam, ihm vernünftigen Widerstand zu leisten.

Ja, sie mußten sich verschanzen. Dann konnte es gelingen, Arminius vielleicht nicht zu schlagen, aber seinem tödlichen Würgegriff zu entkommen!

Drei Stunden später mußte Gaius Flaminius Maximus einsehen, daß er nicht nur Varus, sondern auch sich selbst etwas vorgemacht hatte.

Der Wind nahm ständig an Stärke zu und schlug den sich weit nach vorn beugenden Legionären die dicken Regentropfen hart ins Gesicht. Jeder Schritt bereitete den Männern Mühe. Immer wieder wurden sie von den Offizieren dabei ertappt, wie sie Teile ihrer Ausrüstung fallen ließen, um sich den Marsch ein wenig zu erleichtern. Manche waren vor Erschöpfung wie von Sinnen und versuchten sogar, sich des Pilums und des Scutums zu entledigen, ihres einzigen Schutzes gegen die Speere und Schwerter der Barbaren.

Und die Barbaren kamen!

Die Sicht war so schlecht, daß sie anfangs nur Schatten waren. Aus den vagen Umrissen wurden Gesichter, häßlich bemalte Fratzen, Mordlust in den Augen. Und das noch stärkere Aufheulen des Sturms entpuppte sich als ihr Schlachtgesang, es war der Barditus, der den römischen Legionären Schauer über den Rücken jagte.

Wie vom Sturm herangewehte Geister fielen sie über die Marschkolonne her und verbreiteten abermals Panik und Verwirrung. Sie verschwanden, bevor die Legionäre sich zum Kampf stellen konnten. Und sie zu verfolgen hätte bedeutet, sich vom Gros des Heeres zu trennen, sich vermutlich im Sturm zu verirren – und von einer Übermacht Germanen abgeschlachtet zu werden. So blieb den Römern nichts anderes übrig, als weiterzumarschieren und es hinzunehmen, daß aus dem Nichts auftauchende Kriegerhorden immer wieder große Lücken in ihre Reihen rissen.

Auch der Troß des Legaten wurde angegriffen, und Maximus' Garde konnte den Überfall nur unter großen Verlusten abwehren. Als der aus einer Armwunde blutende Präfekt zu Varus ging, sah er, daß auch der Feldherr nicht verschont geblieben war. Eine blutige Furche war das Ergebnis eines Schwerthiebs, der seine linke Wange aufgerissen hatte.

»So geht es nicht weiter«, keuchte der zusammengesunken auf seinem Rappen hockende Varus. »Wir kommen kaum noch voran.«

»Du hast recht, Prätor. Wir müssen die Germanen aufhalten, bis wir den bewaldeten Hügel erreichen.«

»Wie?«

»Laß die halbe Legion hier zurück. Die andere Hälfte soll sich mit den Geschützen zum Wald durchschlagen und dort die Verteidigungsstellung aufbauen. Dann stößt die erste Hälfte zu ihr.«

»Das hieße, uns schon wieder aufzuteilen.«

Maximus blickte Varus hilflos an. »Mir fällt nichts Besseres ein.«

Varus steckte sein Schwert zurück in die Scheide und straffte seinen plumpen Körper, was ihn für einen Augenblick wie einen wahren Feldherrn aussehen ließ. »Wir machen es so! Ceconius wird die Stellung hier halten. Wir marschieren weiter und nehmen die besten Truppen mit uns, die erste Kohorte, die Veteranen und deine Garde.«

Ceconius war nicht erfreut, als ihm Maximus die Nachricht überbrachte, aber der Präfekt fügte sich in sein Schicksal. Als Varus mit seiner immer mehr zusammenschrumpfenden Streitmacht weiterzog, hörten die Männer hinter sich den Kampflärm. Die Germanen hatten Ceconius keine lange Atempause gegönnt.

Seit fast zwei Stunden war Ceconius mit fünf Kohorten der Legion XVIII auf sich allein gestellt. Er fühlte sich nicht nur allein, sondern auch verloren. Noch nie hatte er eine Schlacht wie diese geschlagen. Er hatte nicht die geringste Übersicht über seine Truppen. Er sah nur die Männer der Kohorte, die ihn umgab. Alle anderen waren jenseits des Sturmvorhangs verschwunden. Er konnte weder durch Feldzeichen noch durch Hornsignale auf sie Einfluß nehmen und schickte deshalb Boten aus. Aber die Boten kehrten nicht zurück.

Ein Gedanke setzte sich in seinem Kopf fest: *Varus hat mich geopfert, um sein eigenes Leben zu retten. Er hat mich und meine Männer den Barbaren zum Fraß vorgeworfen, wie man es sonst nur mit den Sklaven in der Arena tut.*

Dann warf er sein Schwert fort und forderte laut seine Soldaten auf, es ihm gleichzutun. Ein paar entsetzte Offiziere versuchten, ihm seinen Entschluß auszureden. Aber er blieb standhaft und ging durch die Reihen seiner Männer auf den Feind zu.

Der Tod hier hat keinen Sinn, dachte er. *Vielleicht verschonen sie uns, wenn wir uns ergeben.*

Waffenlos, mit ausgebreiteten Armen ging er durch den tosenden Sturm auf den Gegner zu, als ein großer, fast nackter Krieger vor ihm auftauchte und mit einem Schlag seiner Spatha einen Arm des Präfekten abtrennte. Verblüfft starrte Ceconius auf die

Blut verströmende Wunde. Da traf die Klinge des Germanen seinen Schädel und löschte sein Leben aus.

Ähnlich wie Ceconius starben viele seiner Männer, die nicht wußten, ob sie sich ergeben oder weiterkämpfen sollten. Die übrigen wurden gefangengenommen.

Angewidert ritt Thorag über das Schlachtfeld. Die Schreie der Verwundeten und Sterbenden übertönten sogar noch das Heulen des Sturms.

Er hätte Ceconius eine ehrenvolle Kapitulation gegönnt, die tapfer kämpfenden Römer hätten sie verdient gehabt. Aber in dem Durcheinander war Thorag zu spät gekommen, er konnte seine rasenden Männer nicht mehr aufhalten, und der Präfekt war schon getötet worden.

Wie Thorag die Römer kannte, würden sie dem Präfekten später Feigheit und Unehrenhaftigkeit vorwerfen. So wie Männer sprachen, die nicht teilgenommen hatten am Kampf – an diesem heillosen Durcheinander von Regen, Sturm, Eisen und Blut.

Obwohl man kaum fünfzehn Schritte weit sehen konnte, suchten Thorags Augen unermüdlich das Schlachtfeld ab. Ein wenig beruhigt stellte er fest, daß die meisten der gefallenen Römer Legionäre waren. Hinzu kamen einige Knechte, aber kaum Frauen. Doch jedesmal, wenn er eine Frau sah, tot, verstümmelt oder – sich verzweifelnd wehrend oder in ihr Schicksal ergebend – den Mißhandlungen der siegreichen Krieger ausgesetzt, sah er genau hin, ob es Flaminias schönes ovales Gesicht war. Er wollte sie vor dem Schlimmsten bewahren, wenn es möglich war.

Aber er fand sie nicht. Sie konnte sonstwo sein in den Urwäldern ringsum, vielleicht versteckte sie sich vor den Germanen oder war längst tot. Vielleicht war sie auch mit der Reiterei geflohen, deren Verfolgung Armin Onsaker übertragen hatte. Oder sie befand sich, was wahrscheinlich war, im Gefolge des Statthalters, dessen Rückzug Ceconius gedeckt hatte.

Dieser Gedanke veranlaßte den jungen Gaufürsten, sich den Kriegern anzuschließen, die Varus folgten. Aber dies war nicht der alleinige Grund. Er wollte auch mit Varus abrechnen, der ihn hatte auspeitschen lassen und der Eiliko in die Arena geschickt hatte.

In dem Unwetter konnte Thorag nur einen Teil einer Krieger um sich sammeln. An ihrer Spitze ritt er weiter in den Sturm hinein, der sich irgendwann mit dem Lärm der Schlacht vermischte. Dann sah er Legionäre vor sich, die sich hinter riesigen Baumwurzeln verschanzt hatten und sich mit dem Mut der Verzweiflung gegen die Übermacht der immer neu anstürmenden Cherusker, Marser, Sugambrer, Usipeter, Brukterer und Angrivarier verteidigten.

Thorag zog sein Schwert, rief laut den Namen seines Schutzgottes und drückte die Fersen in die Flanken des kräftigen Braunen. Er sprengte voran, und ihm folgten die rotbemalten Donarsöhne unter lauten ›Donar, Donar‹-Rufen.

Die Legionäre starben. Die Knechte, Zivilisten und Beamten, die sich mit Pilen, Schwertern und Schilden der Gefallenen bewaffneten, starben. Die zähen, in Jahrzehnten des Krieges gestählten Veteranen starben. Maximus' ausgesuchte Gardisten starben.

Fassungslos stand Quinctilius Varus unter einer uralten Eiche, deren weitausladende Krone den Regen ein wenig abhielt, und starrte in den Sturm hinaus. Noch sah er die Männer nicht sterben, hörte nur die Geräusche des Todes: das Waffenklirren und die Schreie, die sogar das Heulen des tosenden Windes übertönten.

Noch hielt der Verteidigungsring. Aber es war nur eine Frage der Zeit, bis die Barbaren, diese Tiere in Menschengestalt, zu ihm durchdrangen. Ihr grauenhafter Barditus war immer deutlicher zu hören.

Einige Offiziere und hohe Beamte harrten hier vor dem hastig aufgestellten Zelt des Feldherrn mit ihm aus. Maximus nicht. Er kämpfte mit seinen Gardisten. Aber es war ein hoffnungsloser Kampf. Jetzt sah Varus ein, daß sie sich etwas vorgemacht hatten.

Gewiß, sie hatten schützenden Wald erreicht, aber es war nicht der natürliche Festungshügel, von dem Maximus gesprochen hatte. So weit waren sie nicht gekommen. Es war sumpfiges Gebiet, in dem sie steckengeblieben und von den Barbaren überfallen worden waren. Sie waren nicht einmal dazu gekommen, ihre Geschütze aufzustellen. Mit der blanken Waffe kämpften sie – nicht einmal mehr ums Überleben, nur noch um Aufschub.

Der unheimliche Schlachtgesang wurde lauter. Varus konnte bereits die Namen einzelner Stämme unterscheiden: »Cherusker, Cherusker!« – »Marser, Marser!« – »Sugambrer, Sugambrer!« Und die der germanischen Götter: »Wodan, Wodan!« – »Tiu, Tiu!« – »Donar, Donar!«

Er hörte noch etwas anderes, ein leises Flüstern, das der Wind zu ihm herantrug, nur zu ihm: *Nimm das Schwert, Quinctilius Varus! Nimm das Schwert!*

Er sah wieder die Gesichter, die seinem glichen und doch die seines Vaters und seines Großvaters waren. Endlich begriff er, daß sie ihm nichts Böses wollten. Im Gegenteil, sie wollten ihn erlösen und ihn davor bewahren, den Barbaren in die Hände zu fallen. Nicht auszudenken, was diese Bestien mit ihm anstellten, erwischten sie ihn lebend.

Nimm das Schwert, Quinctilius Varus! Nimm das Schwert!

»Ja«, sagte der Prätor leise zu sich selbst und war ein wenig traurig, als er an den verlorenen Triumphzug durch Rom und an den Thron dachte, den er nie besteigen würde. »Ich werde es tun.«

Er hob den Kopf, blickte die Offiziere und Beamten an und sagte laut: »Sorgt dafür, daß mich niemand stört!« Dann drehte er sich um und ging ins Zelt hinein.

Die Männer blickten ihm nach und sahen sich verstehend an. Sie wußten, was er vorhatte. Das Schicksal seiner Väter war ihnen bekannt.

Varus scheuchte alle Diener hinaus, legte seinen Purpurmantel ab und löste langsam, bedächtig die Stifte und Riemen, die Vorder- und Rückenteil seines Muskelpanzers aus dünnem, aber besonders gehärtetem Eisen zusammenhielten. Es war das erste Mal, daß der Feldherr diese Arbeit eigenhändig und ohne die Hilfe seiner Diener verrichtete. Es dauerte zwar viel länger so, aber weshalb sollte er sich mit dem Sterben beeilen?

Scheppernd fiel der Panzer neben ihm zu Boden. Es war ein angenehmes Scheppern. Varus empfand jedes Geräusch, das den Barditus überdeckte, als angenehm.

Er zog sein Schwert und betrachtete die Klinge, die ihn töten sollte. Mit beiden Händen umfaßte er den Griff und drückte die Klinge gegen seine Brust. Aber weiter nicht. Es ging nicht. Er konnte es nicht.

Varus sank auf die Knie, stützte den Schwertknauf auf dem Teppich auf und wollte sich in das Eisen stürzen. Aber etwas hielt ihn zurück.

Du bist ein Feigling, Quinctilius Varus, wie deine Väter!

Die Stimme in seinem Kopf wurde von einem Geräusch überlagert. Zwei Gestalten traten aus dem durch einen Vorhang abgetrennten Schlafgemach.

Erst dachte er an die Barbaren, die ihn holen wollten. Dann lächelte er erleichtert, als er Pollux und Helena erkannte. Er war so erleichtert, daß er nicht den harten Ausdruck in ihren Gesichtern bemerkte.

Die Germanenkinder traten vor ihn und nahmen ihm das Schwert aus der Hand.

Als er erkannte, was sie vorhatten, dachte er: *Warum nicht? Es ist doch die Tradition meiner Vorfahren. Auch mein Vater hat sich von fremder Hand töten lassen.*

Als die beiden Kinder die Klinge voller Haß und Abscheu tief in seine Brust stießen, blickte Varus sie dankbar an.

Ich bin meiner Väter würdig, dachte er, bevor er tot zu Boden sank.

Der Junge und das Mädchen standen vor der Leiche des Mannes, der sie so lange gepeinigt und entehrt hatte.

Sie hießen Gueltar und Guda, aber das hatte Varus nicht gewußt; es hatte ihn nicht interessiert. Er hatte auch nicht gewußt, daß sie mit ansehen mußten, wie römische Soldaten ihr Gehöft niederbrannten, wie sie ihren Vater langsam zu Tode folterten und ihre Mutter immer wieder vergewaltigten, während sie der blonden Barbarin, die sie in ihren Augen nur war, genüßlich einen Körperteil nach dem anderen abschnitten, Hände, Füße, Brüste. Er hatte nie gewußt, welchen Ekel, welche Scham und welchen Haß die Kinder, die er Pollux und Helena getauft hatte, empfanden, wenn sie ihm zu Diensten waren.

Gueltar und Guda glaubten, einen Teil dessen, was sie den Römern schuldeten, gerade bezahlt zu haben. Sie verließen das Zelt, indem sie am hinteren Ende zwischen Plane und aufgeweichtem Boden nach draußen schlüpften. Dort liefen sie in den Sturm hinaus, um sich den Aufständischen anzuschließen.

Sie hörten nicht mehr, wie die Männer, die vor dem Zelt gewartet hatten, hereinkamen und sich um die Leiche ihres Prätors versammelten.

Die Uniformen und Feldzeichen der Legatengarde zogen Thorag an. Viele der anderen Krieger, allen voran die Marser, rannten gegen die notdürftige Verschanzung an, hinter der die erste Kohorte und die Veteranen den goldenen Adler der Legion XVIII verteidigten. Jeder Stamm, jeder Gau, jeder Krieger schien von dem Ehrgeiz besessen, Armin den Adler und damit die Nachricht vom Untergang der letzten römischen Legion zu überbringen. Aber Thorag nicht. Er griff mit seinen Kriegern den kleinen Hügel an, auf dem die Garde kämpfte. Wo sie war, mußte auch Maximus sein. Und wo er war, da konnte Thorag vielleicht Flaminia finden.

Thorag trieb den Braunen mitten zwischen die Verteidiger, hieb mit seinem Schwert auf ihre Köpfe ein und fing ihre Hiebe und Stöße mit seinem ramponierten Schild ab. Irgend etwas brachte sein Pferd zu Fall, und der Cherusker stürzte mitten zwischen die Römer. Erkannten sie den Edeling?

Ja!

»Proditor!« schrie einer von ihnen und sprang mit zum Schlag erhobenem Gladius auf Thorag zu.

Der riß seinen Schild hoch. Unnötig. Eine Frame bohrte sich durch den Oberschenkel des Gardisten, und der Verwundete stürzte neben Thorag zu Boden. Der Edeling drehte sich zu ihm um und bohrte seine Klinge in den Hals des Römers.

Dann sah er dankbar zu Hakon auf, der auf dem von den Römern erbeuteten Fuchs saß, den er nach dem Verlust seines Schecken ritt. Hakon grinste und zog die blutige Spitze der Frame aus dem Bein des Römers. Das Grinsen gefror auf dem Gesicht des Kriegerführers, und er fiel auf den von Thorag getöteten Gardisten. In Hakons Rücken steckte ein Pilum. Der vierschrötige Recke war tot.

»In Walhall wirst du einen Ehrenplatz finden«, sagte Thorag zu Hakon und schwang sich auf dessen Fuchs.

Er kämpfte sich weiter vor – und dann sah er Maximus. Der hünenhafte Präfekt stand neben dem in den Boden gerammten

Signum seiner Garde und verteidigte es mit seinem Schwert. Er blutete aus vielen Wunden. Der Helm mit dem violetten Federbusch lag neben ihm im Dreck. Deutlich erkannte Thorag die silbernen Strähnen in seinem Haar.

Als Maximus den Edeling auf sich zureiten sah, löste sich der Präfekt von den anderen Gegnern, nahm das Pilum eines gefallenen Gardisten vom Boden auf und schleuderte es mit haßverzerrten Gesicht auf Thorag. Der Cherusker duckte sich, und die Waffe flog über ihn hinweg.

Er erreichte den Offizier und warf sich in vollem Galopp vom Pferderücken auf ihn. Beide fielen in den Schlamm und rangen miteinander.

Maximus' kräftige Hände würgten Thorags Hals. Auf dem Gesicht des Präfekten zeichnete sich Befriedigung ab, als er das Antlitz des Gegners blau anlaufen sah. Thorag fühlte, wie seine Kräfte schwanden.

Er zog sein rechtes Knie hoch und rammte es zwischen die Beine des anderen. Ein erstickter Schrei zeugte von Maximus' Schmerz, und der eiserne Griff um Thorags Hals lockerte sich. Der Cherusker bekam seinen Dolch zu fassen, zog ihn aus der Scheide am Gürtel und stieß ihn in einen Arm des Präfekten. Maximus stöhnte und ließ ganz von ihm ab. Thorag rollte sich auf ihn und stieß erneut zu, diesmal in die Schulter.

Dann drückte Thorag die scharfe Klinge gegen Maximus' Hals und fragte keuchend: »Wo ist Flaminia?«

»Was?« krächzte der Präfekt ungläubig.

»Sag mir, wo Flaminia ist!«

»Was willst du von ihr?«

»Sie retten!«

»Und das soll ich dir glauben, Thorag«, sagte der Offizier. »Na ja, vermutlich hat sie dir unvergeßliche Freuden geschenkt.«

Thorag verstand die Bemerkung nicht. »Wo ist sie?« schrie er den Römer an.

»Bei Numonius Vala. Er ist mit der Reiterei geflo...«

»Ich weiß«, unterbrach Thorag ihn. »Er wird nicht weit kommen.«

Maximus' Gesicht verdüsterte sich. Plötzlich riß der Präfekt die Augen auf, bevor sich eine Sekunde später eine Frame durch sein linkes Auge bohrte.

»Jetzt sieht der verdammte Römer aus wie ich!« lachte Garrit, der über Thorag und Maximus auf seinem Braunen saß und seine Frame aus dem Gesicht des toten Präfekten zog. Sein Lachen erstarb und er deutete auf seine Augenklappe. »So würde ich es mit dem Ebermann auch machen, dem ich das zu verdanken habe. Falls ich ihn fände. Auge um Auge!«

Thorag riß sich von dem Sterbenden los und stieg wieder auf den Fuchs.

»Wir müssen der Reiterei nach«, sagte er zu Garrit. »Ruf die Donarsöhne zusammen!«

»Wieso? Onsaker verfolgt die Reiter.«

»Eben! Sieht so aus, als könntest du bald deine Rache nehmen, Garrit.«

Der junge Krieger lächelte, fragte dann aber: »Und was ist mit Varus?«

»Es ist vorbei.« Thorag zeigte auf eine von Sesithar angeführte Gruppe von Cheruskern, die einen halbverkohlten Leichnam mit sich trugen und auf Thorag zukamen.

»Seht her, Donarsöhne!« rief der Neffe des Segestes. »Das hier ist übrig vom edlen Varus. Er hatte keinen Mut mehr zum Kämpfen, nur noch zum Sterben.«

»Hat er sich selbst ins Feuer gestürzt?« fragte Garrit.

»Nein!« lachte der siegestrunkene Sesithar. »In sein Schwert. Sein Gefolge wollte ihn verbrennen. Sie gönnen uns nicht, mit Varus den Sieg zu feiern.«

Dabei umfaßte er den schrecklich verunstalteten, nach verkohltem Fleisch stinkenden Körper wie eine Frau und führte mit ihm einen verrückten Tanz auf.

Thorag konnte beim Anblick des toten Statthalters nicht die erhoffte Genugtuung finden. Er dachte daran, wie viele Römer es gab, die nur zu gern auf Kosten der unterdrückten Völker die eigenen Taschen füllten. Andere würden nach Publius Quinctilius Varus kommen, vielleicht Bessere, vielleicht Schlechtere, auf jeden Fall Feinde. Augustus konnte die Schlappe kaum auf sich sitzen lassen. Plötzlich erkannte Thorag, daß der heutige Tag nicht das Ende eines großen Kampfes war, sondern nur der Anfang.

»Bringt den Toten zu Armin!« sagte er. »Auch er wird mit Varus den Sieg feiern wollen.«

»Ja, das wird er«, lachte Sesithar und wirbelte den Leichnam herum.

Während Varus noch tanzte, starben die letzten seiner Soldaten, und die Marser eroberten den goldenen Adler.

Kapitel 32

Späte Enthüllungen

In der Eile hatte Thorag nur eine kleine Schar Donarsöhne zusammentrommeln können. Die meisten seiner Männer, soweit sie noch lebten, waren weit über das Schlachtfeld verstreut, machten Beute und feierten ihren Sieg. Und von den Kriegern, die seinen Ruf hörten, konnte er nur die Berittenen mitnehmen, etwas über zwanzig Mann. Die Zeit drängte.

Thorag schlug den Weg durch die kleine Schlucht ein, der nach Westen führte, dorthin, wo er Numonius Vala und die Flüchtenden vermutete – falls sie nicht längst Onsakers wilder Schar zum Opfer gefallen waren. Unterwegs stießen die Donarsöhne immer wieder auf die ausgeplünderten Überreste römischer Einheiten.

Sie waren schon drei Stunden durch den etwas nachlassenden Sturm geritten, als sie durch einen Wald des Grauens kamen. Überall hingen römische Soldaten und Zivilisten an den Bäumen, Opfer für Wodan, die an sein neun Nächte und Tage dauerndes Hängen erinnern sollten. Manchmal waren auch nur die Köpfe angenagelt oder auf Äste gepflanzt, während die ausgebluteten Körper in grotesken Verrenkungen am Boden lagen. Mit Erschrecken erkannte Thorag, daß die Soldaten die Uniform der Reiterei trugen.

Dann trafen sie auf eine Gruppe betrunkener Eberkrieger, die sich an erbeutetem Wein berauschten. Sie luden die Donarsöhne ein, mit ihnen zu feiern, aber Thorag lehnte ab.

»Wo steckt Onsaker?« fragte er.

Die Schwarzbemalten wußten es nicht.

»Habt ihr alle Römer getötet?«

»Ein paar von uns kämpfen noch«, lallte ein Ebermann und schüttete einen weiteren Becher Wein in sich hinein. Er hickste und lachte: »Aber es kann nicht mehr lange dauern.«

Die Donarsöhne ritten weiter. Jeder Frauenleiche sah Thorag ins Gesicht, und jedesmal war er erleichtert, wenn es nicht Flaminia war.

Er dachte schon ans Aufgeben, als sie auf den Kampfplatz stießen. Auf einer großen Lichtung hatten weit über hundert Ebermänner eine kleine Gruppe Römer eingekreist. Die meisten römischen Soldaten waren schon gefallen. Die anderen hatten sich hinter den Leichen ihrer Kameraden und ihren Pferden verschanzt. Sie verteidigten sich und eine Gruppe Frauen – darunter Flaminia!

Ja, sie war es eindeutig. Sie hockte auf dem Boden, drückte Primus an sich und hatte ihre blaue Palla um seinen Leib geschlungen, als könne der dünne Stoff den Jungen vor dem Tod bewahren. Ihre ganze Haltung und ihr Gesicht drückten Angst und nacktes Entsetzen aus. Wie mußte einer Mutter zumute sein, die ihr Kind verteidigen wollte, aber gar keine Möglichkeit dazu hatte?

Thorag führte seine Reiter auf die Lichtung und rief den wild brüllenden Eberkriegern wieder und wieder zu, daß sie den Kampf einstellen sollten. Tatsächlich hörten sie auf ihn, und ihr massiger Anführer, dessen Aussehen ein wenig an den Eberfürsten Onsaker erinnerte, fragte, was los sei.

»Die Frauen und Kinder stehen unter meinem Schutz!« erwiderte Thorag.

»Wer sagt das?«

»Ich, Thorag, Sohn des Wisar aus dem Geschlecht des Donnergottes.«

Der Schwarze lachte: »Und wenn du Wodans leiblicher Sohn wärst, uns hast du gar nichts zu befehlen, Thorag. Wir hören nur auf Onsaker, unseren Fürsten.«

»Dann holt ihn her und fragt ihn!«

»Und die Römer?« Der Ebermann zeigte auf die Eingeschlossenen. »Sollen wir sie laufenlassen?«

»Sie können nicht entkommen.«

Der Schwarze grinste. »Nein, das können sie nicht. Weil wir sie jetzt töten werden!« Er drehte sich zu seinen Leuten um, hob Schwert und Schild über seinen Kopf und brüllte aus Leibeskräften: »Tod den Römern! Vorwärts, Eberkrieger, Wodan ist mit …«

Weiter kam er nicht, weil Garrits Frame seinen Leib von hinten durchbohrte. »Auge um Auge!« stieß der junge Krieger dabei hervor.

Aber es war bereits zu spät. Die Schwarzen setzten ihren Angriff fort und kämpften an zwei Fronten, gegen die Römer und gegen die Donarsöhne.

Garrit war der erste von Thorags Kriegern, der ihnen zum Opfer fiel. Gleich drei Eberkrieger sprangen ihn an und rissen ihn vom Pferd. Einen tötete der Einäugige noch mit seinem Schwert, bevor die beiden anderen ihn zerstückelten.

Thorag kannte nur ein Ziel: *Flaminia.*

Er verlor den Fuchs und kämpfte sich zu Fuß durch die Reihen der Schwarzbemalten bis zur Verteidigungsstellung der Römer vor, nur um dort von einem Zivilisten mit dem Pilum angegriffen zu werden. Der dickbäuchige Mann, ein Schankwirt oder ein Händler vermutlich, war im Kampf wenig erfahren. Der Cherusker wich dem Stoß mühelos aus und streckte den Gegner mit einem Schwerthieb nieder.

Ungehindert erreichte Thorag das Zentrum der Römerstellung, wo Frauen und Kinder auf das Ende warteten. Entsetzt sah er, daß viele der Frauen es vorgezogen hatten, durch eigene Hand zu sterben, als lebend in die Hände der Barbaren zu fallen. Die Mütter, die den Freitod gewählt hatten, hatten vorher ihre Kinder getötet.

»Flaminia!« schrie Thorag und sah über den ungeordneten Haufen noch lebender, im Todeskampf zuckender oder schon toter Leiber.

Endlich entdeckte er das leuchtende Blau ihrer Palla, die jetzt von einem obszönen Muster großer roter Flecke übersät war. Primus lag in seltsamer Haltung in ihren erschlaffenden Armen und rutschte langsam zu Boden. Auch seine Tunika war auf der Brust ganz rot.

Als Thorag die beiden erreichte, war Primus schon tot. Aus Flaminias Rechter fiel der blutige Dolch zu Boden. Die Frau atmete flach, ihre Augenlider flatterten. Aber die tiefe Wunde über ihrem Herzen zerstörte alle Hoffnung.

»Warum?« fragte Thorag, als er neben ihr auf die Knie fiel. »Warum hast du das getan, Flaminia?«

»Thorag?« Es klang überrascht; sie schien ihn vorher nicht bemerkt zu haben. Wie auch, in diesem Getümmel. Der Kampf dauerte noch an.

»Warum hast du das nur getan?« flüsterte Thorag. »Ich bin gekommen, um dir zu helfen!«

»Maximus ...«, röchelte sie. »Er gab mir ... Dolch ... sagte ... besser tot ... als Sklavin ... Barbaren.«

»Vielleicht hätte ich euch retten können, dich und deinen Sohn!« sagte der Edeling vorwurfsvoll.

Flaminia lächelte schwach, strich über das Gesicht ihres Kindes und schüttelte den Kopf. Dann blickte sie Thorag noch einmal tief in die Augen und versuchte zu lächeln.

»Ich habe dich nie vergessen, mußt du wissen, Thorag. Ich wollte Decimus Mola nicht heiraten. Aber mein Bruder und Varus haben mich gedrängt.« Sie rang nach Atem, wollte noch einmal den Mund öffnen, aber ihre Stimme versagte schon den Dienst.

Flaminias toter Körper sank zur Seite, direkt in Thorags Arme.

Er wußte nicht, wie lange er so dasaß, den noch warmen Leib in den Armen, und daran dachte, daß er vermutlich nur wenige Augenblicke zu spät gekommen war. Jetzt war alles vergebens gewesen.

Natürlich siegte die Übermacht der Eberkrieger. Sie rissen Thorag hoch und schnürten seine Hände auf den Rücken. Das holte ihn in die Wirklichkeit zurück.

Fast alle Römer waren tot. Die Frauen, die nicht den Freitod gewählt hatten, bereuten das jetzt, als die Schwarzbemalten über sie herfielen. Nur eine Handvoll Donarsöhne hatte den Kampf lebend überstanden und war ebenfalls gefesselt worden, darunter der zornig blickende Tebbe.

»Wir sollten die Donarsöhne einfach töten!« rief einer der Eberkrieger.

Ein anderer widersprach: »Nein, Onsaker würde das nicht gefallen. Er möchte bestimmt lieber selbst mit Thorag abrechnen.«

Und so war es. Als der Eberfürst nach einer halben Stunde auf dem Kampfplatz erschien, selbst vom Kampf an einem anderen Ort mit Blut bedeckt, freute er sich über die cheruskischen Toten und Gefangenen fast mehr als über die Niederlage der Römer.

Während seine Männer feierten, ließ er den gefesselten Thorag an eine abseits gelegene Eiche binden, wo ihn niemand hören und sehen konnte. Er setzte sich vor Thorag auf einen Stein und starrte den Gefangenen eine ganze Weile schweigend an.

»Überlegst du, auf welche Weise du mich töten sollst, Onsaker?«

Der Eberfürst nickte. »So ist es.«

»Und deshalb hast du mich herbringen lassen? Du hättest mich eben einfach mit deiner Frame durchbohren oder mit dem Schwert erschlagen können. Nicht einmal Armin hätte es gewagt, dir einen Vorwurf zu machen, nachdem ich deine Krieger angegriffen habe.«

»Ja, das war wirklich unüberlegt von dir. Du bist doch nicht so klug, wie ich dachte. Heg keine falsche Hoffnung, Thorag, ich werde dich töten! Aber vorher will ich mit dir reden.«

»Worüber?«

»Über Asker, über Arader und über Auja. Brennst du nicht darauf, die Wahrheit zu erfahren?«

Die Wahrheit! dachte Thorag. *So lange habe ich nach ihr gesucht, und erst in der Stunde meines Todes soll ich sie erfahren? Die Götter können so grausam sein.*

»Was ist die Wahrheit?«

»Der Mörder von Asker und Arader«, begann Onsaker und grinste Thorag an, »bin ich.«

Thorag blickte ohne große Überraschung in das Gesicht des Schwarzen. »So etwas habe ich mir schon gedacht. Auch wenn ich mir keinen Reim darauf machen kann.«

»Die Suche nach dir in der Dunkelheit, damals vor meinem Hof, war eine gute Gelegenheit, Asker zu beseitigen. Dein Dolch kam mir dabei wie gerufen. Dummerweise hat Arader mich beobachtet.« Onsaker lachte glucksend. »Ja, in jener Nacht kamen wirklich alle zu mir. Arader übrigens aus ähnlichem Grund wie Thidrik. Er wollte Geld von mir, römische Sesterzen, um Bier und Wein zu kaufen und um zu spielen. Als ich mich weigerte, wollte er mich damit erpressen, mich als Mörder meines Sohnes zu verraten. Da habe ich ihn auch getötet.«

»Und anschließend hast du seine Leiche zusammen mit dem Tuch, das du gefunden hast, auf Araders Hof gebracht, um den Verdacht auf mich zu lenken.«

»Arader fand das Tuch. Aber sonst war es so, wie du sagst.«

»Aber warum, Onsaker? *Warum* hast du deinen eigenen Sohn getötet?«

Der Eberfürst grinste wieder unter seiner schwarzen Maske. »Kannst du dir das wirklich nicht denken?«

»Es kann nur einen Grund geben, aber das ist …«

»Woran denkst du, Thorag?«

»Ich denke an Auja. Ich liebe sie. Vielleicht hat Asker sie sogar auch geliebt – auf seine Weise. Und du …«

»Ja, bei Wodan! Ich liebe sie auch! Erst nicht. Da war sie nur die Frau meines Sohnes. Aber eines Tages war es da, das unstillbare Verlangen nach Auja. Sie hat etwas an sich, das ich noch bei keiner Frau gefühlt habe!«

»Das stimmt«, sagte Thorag leise und fühlte sich plötzlich auf seltsame Weise mit Onsaker verbunden.

»Ich mußte mir den Weg einfach frei machen«, fuhr der Eberfürst fort. »Auja ist für mich wichtiger als alles andere. Wenn ich heimkehre, werde ich sie zu meiner Frau machen. Dann wirst auch du nicht mehr zwischen uns stehen!«

Onsaker stand auf und zog sein Schwert. Aufgrund dieser Bewegung traf ihn der Mann nicht richtig, der aus dem Unterholz gesprungen war und mit einer Keule auf seinen Kopf gezielt hatte. Die Waffe streifte nur die Schulter des Eberfürsten, brachte ihn aus dem Gleichgewicht und ließ ihn zu Boden gehen.

Von dort starrte Onsaker wütend zu dem Mann hoch, der ebenfalls die schwarze Bemalung der Eberleute trug.

»Thidrik!« krächzte er überrascht. Der Mann, der Thorag so lange als Römling verachtet und ihm noch auf der gemeinsamen Flucht nach dem Leben getrachtet hatte!

Onsaker hatte es kaum ausgesprochen, als ihn die Keule zum zweitenmal traf, diesmal mitten auf den Kopf. Besinnungslos sackte er zusammen.

Thidrik legte die Keule weg, zog seinen Dolch und befreite Thorag von seinen Fesseln.

Thorag bedankte sich und fragte: »Warum hilfst du mir, Thidrik?«

»Ich schulde dir mein Leben. Du hast es mir damals im Kampf auch geschenkt.«

»Onsaker wird dich bestrafen.«

»Nicht, wenn du mich in deinen Gau aufnimmst. Ich glaube, die Männer sind dort rar geworden nach dieser Schlacht.«

»Ja«, erwiderte Thorag leise. »Von meinen Kriegern sind jetzt mehr in Walhall als im Cheruskerland.« Er stand auf. »Wie lange bist du schon hier?«

»Ich habe fast alles mit angehört«, antwortete Thidrik.

»Dann kannst du meine Unschuld bezeugen?«

Thidrik nickte. »Falls wir lebend hier wegkommen. Um uns herum sind mindestens fünfhundert Eberkrieger.«

»Wir haben ein gutes Pfand.« Thorag zeigte auf Onsaker, der sich stöhnend auf dem schlammigen Boden wälzte.

Sie fesselten seine Hände, und Thorag holte ihn mit ein paar Ohrfeigen aus der Besinnungslosigkeit. Der wütende Eberfürst wollte auffahren, aber die Klinge seines Schwertes, von Thorag gegen seinen Hals gedrückt, hinderte ihn daran.

»Hör jetzt gut zu!« sagte Thorag scharf. »Wenn du am Leben bleiben willst, befiehlst du deinen Leuten, meine Männer freizulassen. Wir alle werden dann in deiner Begleitung das Lager deiner Männer verlassen. Und sie werden uns nicht verfolgen!«

Onsaker stieß erst eine ganze Flut von Flüchen und Verwünschungen aus, schwor grausame Rache, bevor er, als der Druck des Schwertes an seinem Hals stärker wurde, sich kleinlaut einverstanden erklärte. »Du tötest mich dann doch!« brummte er schließlich.

»Du solltest mich nicht mit dir verwechseln. Also gut, ich lasse dich in sicherer Entfernung frei.«

»Wer verbürgt mir das?«

»Mein Wort muß dir genügen.«

»Gut«, sagte Onsaker nach kurzem Überlegen. »Ich vertraue auf das Wort eines Edelings.«

»Solange es kein Edeling der Ebersippe ist«, meinte Thorag grimmig.

Wütend und hilflos mußten die Schwarzbemalten die gefan-

517

genen Cherusker freilassen, ihnen Pferde und Waffen geben und mit ansehen, wie sie in Begleitung des gefesselten Onsaker, Thorags und Thidriks davonritten.

Nach einer Stunde ließ Thorag den kleinen Trupp auf einer Lichtung anhalten, lenkte seinen Rappen an die Seite von Onsakers Braunem und zog seinen Dolch.

In Onsakers tiefliegenden Augen flackerte es. »Ist das deine Rache?«

»Wäre ich wie du, hättest du recht.« Thorag zerschnitt seine Fesseln. »So aber bist du leider frei. Aber freu dich dessen nicht zu früh. Armin wird es nicht gefallen, wenn er die Wahrheit über den Tod von Asker und Arader erfährt.«

»Armin … die Wahrheit?« Onsaker sah Thorag erstaunt an und begann plötzlich zu lachen. »Aber Armin kennt sie doch längst! Der Hund hat seine Spione überall. Vor meinen besten Kriegern konnte ich die Sache nicht geheimhalten. Irgend jemand hat alles an Armin ausgeplaudert.«

»Aber …«, begann Thorag und brach wieder ab. Er hatte jedes Wort verstanden und wollte doch nicht glauben, was er gehört hatte. »Aber warum hat er mir das verschwiegen?«

»Frag ihn doch!« rief Onsaker und galoppierte unter lautem Gelächter davon.

Thidriks Stimme riß Thorag aus seinen Gedanken: »Wir müssen weiter, Fürst! Sonst holen uns Onsakers Männer ein. Du hast dein Wort gehalten. Der Eberfürst wird es nicht tun!«

Thorag nickte und trieb den Rappen an. Sie ritten in die Richtung von Armins Lager, doch Thorag nahm kaum etwas von der Gegend wahr. Er dachte nur an das, was Onsaker ihm eben enthüllt hatte.

Keine halbe Stunde nach der Freilassung des Eberfürsten brach etwas unter lautem Getöse aus dem Unterholz. Ein Mann auf einem Pferd.

Onsaker! Der Eberfürst war ihnen heimlich gefolgt.

Er galoppierte auf den letzten Reiter der kleinen Gruppe zu – auf Tebbe. Er ritt den Jungen einfach um, bückte sich vom Pferderücken und bemächtigte sich des Schwertes und des Schildes des Gestürzten.

Dann hielt er auf Thorag zu und brüllte: »Stirb endlich, verfluchter Donarsohn!«

»Greift nicht ein!« befahl Thorag den anderen Männern, die ihre Waffen hochrissen.

Er ließ die Frame fallen, spornte den Rappen an und zog im Galopp sein Schwert. Pferd traf auf Pferd und Schwert auf Schild. Der Aufprall warf beide Männer aus dem Sattel. Sie rappelten sich auf und standen sich gegenüber.

»Weshalb haßt du mich so?« fragte Thorag, der das Feuer in Onsakers Augen sah. »Ich habe immer gedacht, Notkers Tod sei die Ursache. Aber wenn dir wirklich an deinen Söhnen etwas gelegen hätte, hättest du dich nicht an Asker vergriffen.«

»Du hast recht«, rief Onsaker und griff mit einem Sprung nach vorn an.

Thorag fing den Schwerthieb mit seinem Schild ab, machte eine Drehung und stieß mit seinem Schwert zu. Er traf Onsakers linken Arm, brachte ihm aber nur eine oberflächliche Wunde bei.

»Ich weiß es!« stieß Thorag hervor. »Es ist Auja, nicht wahr? Du haßt mich, weil sie mich liebt!«

An Onsakers Gesichtsausdruck erkannte Thorag, daß er die Wahrheit getroffen hatte.

»Sie wird dich nicht mehr lange lieben können!« zischte Onsaker und startete einen neuen Angriff.

Aber es war eine Finte. Onsaker blieb plötzlich stehen, beobachtete Thorags Ausweichschritt nach links und fiel ihm in die Seite. Schmerzhaft fraß sich die Klinge des Eberfürsten in Thorags Schulter, und der junge Edeling ging in die Knie.

»Jetzt stirbst du!«

Onsaker lächelte in grimmiger Befriedigung und holte zum tödlichen Schlag aus.

Das Schwert löste sich aus seinen Händen und flog an Thorag vorbei. Onsaker starrte seiner Waffe ungläubig nach und brach dann vor Thorag zusammen. In seinem Rücken steckte ein Dolch.

Tebbe, der die Waffe geschleudert hatte, trat langsam näher und blickte auf den Eberfürsten hinab.

»Ich mußte es tun«, sagte er leise. »Für Holte und für Radulf.« Er sah Thorag an. »Und für dich.«

Thorag blickte erst den toten Eberfürsten an, dann den Jungen und nickte verstehend.

Kapitel 33

Die Maske des Siegers

In dieser Nacht loderten die Flammen der Siegesfeuer hoch, und kein Regen löschte sie aus. Donar, der Wettergott, hatte die Wolken verschlossen und feierte den Sieg seines Volkes.

Doch in Thorag, seinem Abkömmling, wollte keine rechte Freude aufkommen. Er hatte genug vom Töten und vom Sterben. Deshalb hielt er sich abseits der Opferungen. Aber er hörte die Schreie der gefangenen Römer, die den Göttern unter großen Qualen dargebracht wurden.

Besonderen Spaß hatten die siegreichen Krieger mit den Steuereintreibern und Juristen. Sie spielten mit ihnen in vertauschten Rollen. Als sich bei den Steuereintreibern nichts eintreiben ließ, mußte jeder von ihnen Stück für Stück die Glieder seines Körpers hergeben, bis nur noch ein Torso und ein wimmernder Kopf übrig waren. Die Juristen mußten sich in Verhandlungen rechtfertigen, deren Ausgang von vornherein feststand, wie in vielen römischen Verfahren. Wenn die Germanen es leid wurden, sich ihr Jammern anzuhören, rissen sie ihnen die Zungen heraus.

Thorag begegnete Astrid, die sich auch abseits des Sterbens hielt. Sie versorgte seine Wunden.

Er deutete auf Eilikos Fibel, die seinen Umhang zusammenhielt und fragte: »Eiliko und all die anderen sind gerächt. Aber noch mehr sind gestorben. Und das war erst der Anfang. Ist es das wert gewesen?«

Astrid sah ihn traurig an. »Ich habe dir gesagt, du sollst nicht auf den Haß hören, Thorag. Und du sollst dich vor dem Schwarzen hüten.«

»Aber wer ist der Schwarze? Onsaker? Armin?«

»Ich weiß es nicht. Vielleicht jeder von uns.«

Thorag traf erst im Morgengrauen auf Armin. Der Herzog verließ den Fest- und Opferplatz mit großem Gefolge, darunter Sesithar, der ein merkwürdiges Gebilde auf dem Kopf trug. Es sah aus wie ein römisches Feldzeichen. Aber beim Näherkommen erkannte Thorag, daß es der Kopf eines Menschen war, auf die Spitze einer Frame gespießt. Der halbverkohlte Kopf des Varus. Dann erinnerte sich der Edeling, daß er Segestes' Neffen in der Nacht tanzen gesehen hatte, mit einer kopflosen Leiche.

Thorag zeigte auf den Kopf und fragte Armin stirnrunzelnd: »Ist das die Beute, die du deiner Thusnelda heimbringen willst?«

»Beute schon«, nickte der Herzog. »Aber nicht als Gabe für Thusnelda, sondern für Marbod. Ihm werde ich den Kopf des Krummbeinigen senden, damit er sieht, daß wir auch ohne ihn siegen können. Vielleicht bringt ihn das zur Vernunft.«

»Damit du künftig mit ihm zusammen siegen kannst?«

»So ist es«, bestätigte Armin und bat seine Begleiter, ihn mit Thorag allein zu lassen.

Der sieges- und weintrunkene Sesithar führte den Zug mit schlingernden Bewegungen an, die mehr ein Taumeln als ein Tanzen waren. Der Kopf des Legaten wackelte auf der Speerspitze hin und her.

Ehe der Donarsohn noch etwas sagen konnte, legte ein strahlender Herzog die Hände auf seine Schultern. Als Armin den Verband um Thorags linke Schulter fühlte und das schmerzhafte Zucken im Gesicht des Edelings sah, ließ er los. »Verzeih, ich wollte dir nicht weh tun. Du hast tapfer gekämpft, Thorag. Ohne dich wäre der Sieg vielleicht nicht unser geworden. Willst du die Streitmacht führen, die ich zur Lippe schicken werde?«

»Zur Lippe?«

»Die Versprengten aus Varus' Heer haben sich zum Kastell Aliso durchgeschlagen. Das einzige Kastell, das noch nicht in unserer Hand ist. Du sollst es für mich erobern.«

»Beantworte mir eine Frage, Armin!«

»Ja?«

»Warum hast du mir nicht gesagt, daß Onsaker der Mörder von Asker und Arader ist?«

Für einen Moment wurde die Maske des stolzen Siegers brüchig, aber dann fing Armin sich wieder. »Auf dem Thing bei den Heiligen Steinen wußte ich es noch nicht, das mußt du mir glauben. Später konnte ich es dir nicht sagen, ohne den Bund gegen die Römer zu gefährden. Ich brauchte Onsaker, und ich brauchte dich. Ich mußte Gaue und Stämme einen, durfte sie nicht entzweien!«

»Lieber hast du deinen Freund verraten, deinen Blutsbruder?«

»Ich mußte es für unsere Sache tun. Hinter ihr mußte alles zurückstehen!«

»Vielleicht ist es so«, murmelte Thorag.

Aber seine Enttäuschung über Armins Verhalten blieb. Er wurde das bedrückende Gefühl nicht los, die ganze Zeit über nur von Armin benutzt worden zu sein, wie es auch Varus mit Thorag versucht hatte. Und er dachte zum wiederholten Male an die vielen Toten: an Hakon, Garrit, Radulf, Brokk, Flaminia und ihren Sohn.

»Bestimmt«, versicherte Armin. »Wir müssen die Römer vertreiben, jetzt! Und dazu brauche ich dich. Während ich den Sieg nutze, noch mehr Stämme zu einen, mußt du Aliso für mich einnehmen, damit unser Sieg vollkommen ist!«

Thorag schüttelte den Kopf. »Ich habe genug vom Blutvergießen. Zu viele meiner Freunde sind gestorben. Dies ist für mich das Ende des Kampfes.«

»Aber du hast mir Treue geschworen. Und du bist mein Blutsbruder!«

»Treue muß von beiden Seiten kommen, damit sie hält. Was das Blut betrifft, das von deinen Adern in meine geflossen ist.« Thorag stockte und zeigte dorthin, wo das Schlachtfeld lag. »Da düngt es den Boden. Möge Besseres daraus erwachsen!«

Armin sah ihn lange an und sagte endlich: »Reite heim und pflege deine Wunden, auch die in deinem Herzen. Wenn sie geheilt sind, wirst du wieder an meiner Seite stehen!«

Thorag erwiderte nichts. Er wandte sich einfach nur um und ging davon, zum Lager seiner Leute.

Noch bevor Sunna ihr volles Licht auf den Ort des Todes werfen konnte, ritt Thorag mit den Seinen davon. Nicht alle Donarsöhne folgten ihm. Der Siegesrausch und die Aussicht auf weitere Beute ließen viele Männer bei Armin ausharren. Thorag war ihnen nicht böse. Er hatte es ihnen freigestellt.

Thidrik und Tebbe ritten an seiner Seite. Das war ihm wichtig. Der Vater ohne Sohn und der Sohn ohne Vater – vielleicht würde das Erlittene zu einer Gemeinsamkeit führen, aus der einmal etwas Besseres entstand als der Haß und das Schwarze im Herzen. Eine Zukunft. Thorag hoffte es.

Mit Hoffnung dachte Thorag auch an seine Zukunft – an Auja. Er würde zu ihr gehen und ihr die Wahrheit sagen. Sie stand nach dem Tod des Eberfürsten nicht länger unter Onsakers Munt. Vielleicht würde sie bald endlich unter seiner stehen. Thorag war fest entschlossen, alles dafür zu tun.

Für sein Glück.

Epilog

Die Versprengten von Varus' vernichteter Armee flohen in das Kastell Aliso und konnten sich erst nach langer Belagerung zum Rhein absetzen.

Armin sandte den Kopf des glücklosen Feldherrn Publius Quinctilius Varus tatsächlich dem Markomannenkönig Marbod. Aber der stellte sich nicht auf die Seite der Aufständischen, sondern sandte den Schädel an Augustus in Rom, wo er feierlich beigesetzt wurde.

Obwohl der Caesar nicht gerade erfreut über das Geschehen im Teutoburger Wald war. Monatelang soll er in Furcht vor einem Ansturm der Germanen auf Rom gelebt, Rasur und Haarschnitt verweigert, immer wieder seinen Kopf gegen Wände und Säulen seines Palastes gerammt und geschrien haben: »Varus, Varus, gib mir meine Legionen wieder!«

Das rechtsrheinische Germanien war de facto keine römische Provinz mehr. Dieses Ziel hatte Armin erreicht. Doch andere Feldherren und neue Legionen kamen über den Rhein, und die Kämpfe gingen weiter.

Aber das ist eine andere Geschichte …

JÖRG KASTNER

DER ADLER
DES GERMANICUS

BASTEI
LÜBBE

Für meine Schwiegereltern,
Ursula und Horst,
die mich glücklicherweise
nicht zur Raubehe zwangen.

Zu jener Zeit war nur noch der Krieg gegen die Germanen zu führen, eher um die Schande zu tilgen, die der Verlust des Heeres unter Quinctilius Varus gebracht hatte, als aus dem Verlangen nach einer Vorschiebung der Reichsgrenze oder in der Aussicht auf einen würdigen Lohn.

Tacitus

Inhalt

Der Sterbende von Nola

›*Er* liegt im Sterben. Komm zurück mein Sohn, rasch!‹

Diese Worte trieben den Reitertrupp an, Soldaten, Diener und den großen, kräftigen Mann an der Spitze, der längst jenseits seiner besten Jahre stand. Trotzdem zeigte er am wenigsten Erschöpfung von allen. Leicht nach vorn gebeugt saß er auf dem makellosen Schimmel und achtete nicht auf die Schaumflocken, die der Wind vom Maul des Tieres riß und gegen die Begleiter des Anführers wirbelte. Die großen, tiefen Augen unter seiner breiten Stirn blickten in die Ferne, jenseits des aus einer Hügelkette bestehenden Horizonts, als könnten sie erkennen, ob noch Leben in dem Mann war, der dort in Nola in dem Haus seiner Geburt auf dem Sterbebett lag. Es war wichtig, daß er bei Eintreffen des Reitertrupps noch lebte, für den Mann auf dem Schimmel und für die ganze Welt. Denn davon konnte es abhängen, wer das Weltreich beherrschte, das die Söhne der Wölfin errichtet hatten.

Der Reiter eines Rappen spornte sein erschöpftes Tier an und drängte es an die Seite des Schimmels. Auch der Rappe spuckte Schaum, kleine, weiße Flecken auf seinem glänzenden schwarzen Fell. Der drahtige Mann in der Uniform eines Dekurios beugte sich zu dem Anführer und rief, den gleichmäßigen Donner des vielfachen Hufschlages übertönend: »Menschen und Tiere sind erschöpft, Herr. Meine Männer sagen mir, nach zwei oder drei Meilen stoßen wir auf einen kleinen Ort, an dem wir rasten können.«

Der markante Kopf des Anführers ruckte herum. Der Blick, den die Augen in dem von Ausschlag entstellten Gesicht dem anderen zuwarfen, erschreckte den Dekurio mehr, als es das unerwartete Auftauchen einer feindlichen Übermacht im Schlachtgetümmel getan hätte. Es war ein düsterer, störrischer, rechthaberischer Blick, der ganz dem Wesen des Mannes entsprach.

Man sagte Tiberius nach, er könne sehr empfindlich auf Beleidigungen seiner Person reagieren. Und man sagte auch, er könne sich sehr schnell beleidigt fühlen. Vielleicht lag das an den vielen Enttäuschungen und Rückschlägen, die das Leben dem Stiefsohn des Augustus bereitet hatte.

»Ich sitze ebensolange im Sattel wie alle anderen«, sagte Tiberius nach nur wenige Augenblicke dauerndem, dem Dekurio aber wie eine Ewigkeit erscheinendem Schweigen. »Und ich fühle mich keineswegs erschöpft.«

So ruhig vorgetragen, klang es wie eine fast belanglose Mitteilung. Aber der Dekurio hörte den Vorwurf und vielleicht sogar eine Drohung heraus. Zögernd blickte er sich zu seinen Soldaten und den wenigen Dienern um, die Tiberius zu diesem Eilritt mitgenommen hatte. Fast aller Augen hingen an dem Reiteroffizier, mit einem flehenden Schimmer in den ansonsten vor Anstrengung und Müdigkeit matten Blicken.

Der Dekurio verstand nur zu gut, daß die Männer nicht von demselben Schwung erfüllt waren wie ihr Anführer. Für sie gab es nur wenig zu gewinnen, für Tiberius dagegen alles. Aber würde auch der Mitregent des Augustus das verstehen? Und wenn er es verstand, kümmerte es ihn überhaupt, der als verschlossen und den Menschen wenig zugetan galt?

Der Dekurio suchte noch fieberhaft nach den passenden Worten für eine Erwiderung, als ihm der Zufall in Gestalt eines erschöpften Pferdes zu Hilfe kam. Es war ein massiger Brauner, dessen kräftiges Äußeres eine Ausdauer vortäuschte, die nicht vorhanden war. Fast handgroße Schaumflocken flogen aus seinem Maul als Reaktion auf die heftigen Tritte, mit denen sein Reiter immer wieder die Sporen in den schon blutigen Pferdeleib trieb. Der Braune hatte sein Letztes gegeben, und seine Vorderläufe knickten ein. Der Reiter wurde aus dem Sattel katapultiert und schlug ungelenk auf dem unebenen, harten Boden auf, über den der Trupp galoppierte, seitdem er die Straße zur Abkürzung des Weges verlassen hatte.

Der gestürzte Reiter rollte zweimal um seine Achse. Kaum lag er still, da traf ihn das nächste Verhängnis: Sein stürzendes Pferd fiel mit vollem Gewicht auf ihn und begrub ihn unter sich. Aus dem erschrockenen Aufschrei des Soldaten wurde ein schmerzerfülltes Geheul. Das steigerte die Panik des Pferdes, das sich augenscheinlich an den Vorderläufen verletzt hatte. Es stand nicht auf, sondern wälzte sich unter lautem Schnauben hin und her, auf dem Boden und auf seinem Reiter. Tiberius, der Dekurio und die übrigen, die ihre Pferde angehalten hatten, hörten das Knacken der berstenden Knochen im Leib des Verunglückten.

»Unternehmt endlich etwas!« durchschnitt Tiberius' Stimme in ungewöhnlich scharfer Weise den allgemeinen Lärm. Das blatternarbige Gesicht war dabei auf den eingeknickten Braunen und seinen unglücklichen Reiter gerichtet, aber der Dekurio fühlte sich persönlich angesprochen.

Er trieb seinen Rappen zur Unglücksstelle, beugte sich vor, griff in das Zaumzeug des Braunen und schaffte es unter gewaltiger Anstrengung, das Tier von dem jetzt nur noch leise wimmernden Soldaten wegzuzerren. Fast schien es, als wolle sich das Pferd bei dem Reiter für seine blutigen Flanken rächen, so störrisch stellte es sich an. Als es endlich auf die Beine kam, geschah das nur für die Zeit eines Augenaufschlags. Dann knickten die Vorderläufe wieder ein, der Braune wieherte laut auf und wälzte sich erneut am Boden hin und her.

Doch sein Reiter war frei. Er lag auf der Seite und sah mit starrem Blick auf das panisch schreiende Pferd. Ein beständiges rotes Rinnsal floß aus einem Mundwinkel des Gestürzten und bildete eine kleine Pfütze unter seinem Gesicht. Man hätte ihn für tot halten können, hätte sich der Brustkasten mit dem Schuppenpanzer nicht kaum merklich gehoben und gesenkt. Ein Teil der Kameraden stieg aus den Sätteln und kümmerte sich um den Mann.

»Und?« fragte Tiberius, der das Geschehen mit einer Ungeduld verfolgte, die nicht recht zu einem Mann paßte, der sein ganzes Leben mit Warten verbracht hatte.

»Rufus lebt, edler Tiberius«, antwortete einer der Soldaten. »Aber seine Verletzungen sind sehr schwer.«

»Wie schwer?«

»Das kann ich nicht sagen. Sie sind innerlich. Er braucht einen Arzt.« Der Soldat zögerte und blickte furchtsam in die Runde, bevor er fortfuhr: »Und Rufus benötigt Ruhe.«

»Ruhe?« schnaubte Tiberius verächtlich. »Er hätte besser aufpassen sollen! Es ist seine eigene Schuld, daß sein Pferd …«

Seine Stimme wurde leiser und brach ganz ab, als der versteinerte, ablehnende Ausdruck in den Gesichtern der Soldaten immer deutlicher wurde. Tiberius mochte starrsinnig sein, aber er war nicht dumm. Er sah ein, daß er es übertrieb, wenn er von seinen Männern erst das Letzte verlangte und dann noch darüber spottete, daß sie Opfer ihrer oder ihrer Tiere Erschöpfung wurden. Noch war nicht sicher, wer die Nachfolge des Sterbenden von Nola antrat, noch kam es auf jeden Mann an, der sich im Zweifelsfall hinter den Mitregenten des Augustus stellte.

»Baut eine Trage aus Geäst und Gras!« befahl er nach kurzem Nachdenken, jetzt mit der kühlen Stimme des durch viele Feldzüge erfahrenen Feldherrn. »Darauf bringen wir ihn ins nächste Dorf. Dort werden wir übernachten.«

Erleichterung zeichnete sich auf den Gesichtern ab, als sich die Männer an die Arbeit begaben. Sie waren froh für ihren Kameraden und auch froh für sich selbst, weil die Anstrengungen dieses langen Tages bald ein Ende haben würden. Wie jeden Tag, seit Livias Eilbote ihren Sohn kurz vor Brundisium erreicht hatte, war Tiberius mit seinem Trupp schon bei Sonnenaufgang aufgebrochen. Die Mittagspause war nur kurz gewesen, dann ging es weiter unter den sengenden Strahlen der heißen Augustsonne, die an einem wolkenlosen Himmel über Kampanien leuchtete. Zusätzlich zur Anstrengung des langen Tages saugte die Sonne die Kraft aus den Leibern von Männern und Pferden.

Auch Tiberius spürte das jetzt, als der verletzte Soldat auf die behelfsmäßige Trage gelegt worden war und der Trupp im langsamen Schritt zu dem Dorf zog, das der Dekurio bezeichnet hatte. Das Pferd des Verunglückten blieb tot zurück. Die Soldaten hatten die Halsschlagader aufgeschnitten und das Tier ausbluten lassen.

Tiberius fragte sich, ob sich das Schicksal gegen ihn verschworen hatte. Warum nur war er nach Brundisium aufgebrochen, während Augustus krank daniederlag? Gewiß, die Schiffsreise von Brundisium, die Tiberius ins Illyricum führen sollte, hatte einen guten Grund: die Durchführung des Zensus. Aber es war kein eiliger Anlaß. Und doch hatte Tiberius nicht auf seine Mutter gehört und hatte den kränkelnden Stiefvater verlassen. Die langen Jahre des Wartens hatten die Hoffnung, einmal die Nachfolge des Princeps anzutreten, gering werden lassen. Manchmal erschien Tiberius diese Hoffnung so sinnlos wie seine nie erlöschende Sehnsucht nach der geliebten Vipsania. Augustus kränkelte, seit Tiberius ihn kannte, doch allen Todesvoraussagen zum

536

Trotz hatte sich der alte Imperator so zäh erwiesen wie das Leder, aus denen hohe Offiziere ihre Panzer schneiden ließen. Auch beim Sterben schien er seinen griechischen Wahlspruch zu befolgen: ›*Speude bradeos.*‹*

Daran hatte Tiberius gedacht, als er sich auf den Weg nach Brundisium begab. Warum Zeit mit dem Warten auf einen Tod vertrödeln, der ungewiß war? Zwar war Augustus alt, schon weit über siebzig, aber nichts sprach dagegen, daß er auch noch weit über achtzig wurde. Und so hatten auch die eindringlichen Reden seiner Mutter Tiberius nicht zurückhalten können. Zum Abschied hatte sie ihm zugezischt: »Dann reise wenigstens so langsam wie möglich!«

Er hatte nur kaum merklich genickt und innerlich über Livia gelacht, die ihrem Gatten folgte und auch schon Alterswunderlichkeiten zeigte. Doch ihre Ahnungen schienen nicht getrogen zu haben, und Tiberius' Lachen erstarb, als ihr Kurier ihm die Nachricht brachte: ›*Er* liegt im Sterben. Komm zurück, mein Sohn, rasch!‹

Er.

Augustus, der Erhabene.

Der Princeps. Der Imperator. Der Pontifex maximus. Der Pater patriae.

Der Mann mit den vielen Titeln und den vielen Verehrern. Der Nachfolger des berühmten Julius Cäsar. Der Beherrscher des Römischen Reiches.

Und seine Nachfolge sollte Tiberius antreten? Lange Zeit hatte es nicht so ausgesehen, als hätte der Stiefsohn des Herrschers eine begründete Aussicht auf diese Ehre. Es war offensichtlich, daß Augustus ihn nicht mochte, dafür aber Tiberius' Bruder Drusus um so mehr. Doch Drusus war gestorben wie die meisten anderen, denen Augustus sein Reich übergeben konnte. Deshalb durfte Tiberius vor zwölf Jahren von Rhodos zurückkehren, das offiziell ein selbstgewähltes Refugium, in Wahrheit aber eine milde Art der Verbannung gewesen war. Deshalb adoptierte Augustus den Stiefsohn vor zehn Jahren und erhob ihn zum Mitregenten. Deshalb verstärkte Augustus erst im letzten Jahr die Stellung des Tiberius, indem er dem Adoptivsohn das Prokonsu-

* Eile mit Weile.

lat übertrug und die bereits übertragene tribunizische Gewalt um zehn Jahre verlängerte.

Ja, Tiberius' Stellung als Nachfolger des Augustus schien gefestigt. Aber das konnte sich schnell ändern, wenn der Herrscher starb und Tiberius weit fort von ihm und Rom weilte. Dann würde ein anderer die Gelegenheit ergreifen. Germanicus vielleicht? Zum Glück war Tiberius' Neffe, den er auf Geheiß des Augustus adoptiert hatte, noch viel weiter entfernt und vertrat die Sache Roms in Gallien und Germanien. Doch die Ungewißheit blieb, und sie trieb Tiberius zu diesem Gewaltritt an.

Die Sonne stand niedrig und hatte eine rötliche Farbe angenommen, als die Reiter endlich das kleine Dorf erreichten. Sie waren sehr langsam geritten, um den Verletzten zu schonen, vergeblich. Der gestürzte Reiter war innerlich verblutet, und nur sein Leichnam erreichte das Dorf. Tiberius aß kaum etwas an diesem Abend und versank in dumpfes Schweigen. Für ihn war es ein böses Omen, um so mehr, als ihm in den Träumen des unruhigen Schlafes sein Bruder Drusus, sein leibhaftiger Vater Tiberius und die geliebte Vipsania erschienen – sämtlich Tote. Vipsania, Tiberius' erste Frau, lebte zwar noch, aber für ihn war sie so gut wie tot, seit er sich auf Befehl des Augustus von ihr scheiden lassen mußte, um dessen herumhurende Tochter Julia zu heiraten.

Am Morgen stand Tiberius nicht mit dem ersten zaghaften Rot des Himmels auf. Die Vorzeichen ließen alles sinnlos erscheinen. Er war sich sicher, daß Augustus tot war und ein anderer bereits die Nachfolge an sich gerissen hatte. Was sonst sollten der Tod des Reiters und die seltsamen Träume bedeuten? Wahrscheinlich feierte man schon in ganz Italia den neuen Herrscher, nur bis in dieses abgelegene Dorf war die Kunde noch nicht gedrungen.

Der Dekurio, der gestern noch um Rast für seine Männer gebeten hatte, trat heute in das Zimmer seines Herrn und ermahnte ihn zum Aufstehen. »Bald geht die Sonne über den samnischen Bergen auf, Caesar, wir sollten uns beeilen!«

In Tiberius' Gedanken wurde die Stimme des Offiziers zu der von Livia: ›*Er* liegt im Sterben. Komm zurück, mein Sohn, rasch!‹

Seine Mutter hätte kein Verständnis für sein Zaudern gehabt. Sie hätte alles getan, um die Macht in ihren Händen und denen ihrer Familie zu halten. Was gab es auch zu verlieren für Tiberius, der auf die Sechzig zuging und sein halbes Leben damit verbracht hatte, ein unsicherer Thronfolger zu sein?

Tiberius gab sich einen Ruck und wälzte sich aus dem Bett. Nach einem kurzen, kargen Frühstück saß er wieder im Sattel. Den Toten ließ er im Dorf zurück. Die Mitnahme des Leichnams hätte den Ritt zu sehr verlangsamt. Außerdem wollte er kein schlechtes Omen mit sich führen. Er konnte sich das Spottgeschrei der Menge vorstellen, wenn er mit einem Leichnam in Nola eintraf: ›Seht her, Tiberius will sichergehen. Für den Fall, daß sein Vater noch lebt, bringt er einen eigenen Toten mit!‹

Aber lebte Augustus noch?

Antwort versprachen die Dächer von Nola, die um die siebte Stunde im flirrenden Sonnenlicht auftauchten. Noch einmal trieben die Reiter ihre Tiere an und hielten im verschärften Galopp auf die alte Kolonie zu, auf die zwischen Capua und Nuceria an der Via Popilia gelegene Vaterstadt des Augustus, die dem Herrscher stets eine Stütze seiner Macht gewesen war. Bezeugte der Herrscher der Stadt seine Dankbarkeit, indem er in ihr sein Leben aushauchte?

Waren die Menschen, die in Massen die Straßen verstopften, aus Sorge um das Leben ihres Herrschers erschienen, oder um den toten Imperator zu betrauern?

Das Raunen der Menge lieferte keine Antwort, nur Gerüchte, Vermutungen und Gegenfragen: Augustus ist tot. Augustus geht es schon wieder viel besser, er ist unterwegs nach Rom. Augustus ist erst kürzlich hier und dort gesehen worden oder schon seit Tagen nicht mehr. Kann Augustus überhaupt sterben, ist er denn nicht ein Gott?

Mit lauten Worten und manchmal auch starken Hieben bahnten sich die Reiter einen Weg durch die Menge, bis ihnen die Prätorianer zu Hilfe kamen, die das Landhaus des Augustus bewachten. Ihr Sperriegel schottete das erregte Volk ab und ließ die Reiter aufatmen. Als ein Zenturio vor Tiberius Aufstellung nahm, wartete dieser Gruß und Meldung nicht ab, sondern fragte nach dem Befinden des Augustus.

»Man sagt, der Erhabene sei ganz gut bei Kräften«, antwortete der Prätorianer zu Tiberius' großer Erleichterung. »Die edle Livia Drusilla wird dir sicher genauer Auskunft geben können, Caesar. Sie befahl, dich sogleich zu ihr zu bringen.«

Sie befahl!

Für einen Augenblick stutzte Tiberius, als er diese Wendung vernahm. Das klang fast, als hätte sie die Macht ihres Mannes übernommen, als sei dieser doch gestorben.

Tiberius stieg aus dem Sattel und beruhigte sich mit dem Gedanken, daß seine Mutter ihrem zweiten Mann schon immer mehr gewesen war als eine bloße Bettwärmerin. Sie war die Gefährtin an seiner Seite, die ihm Kraft gab und Rat, die ihn in den Orient und nach Gallien begleitete, die von ihm großen Dank und viele Auszeichnungen erhielt – wie das Alexandrinische Münzrecht, das Bildnisrecht und die Sacrosanctitas – und die ihm später, als ihr Körper verwelkte und sein welker Körper nach straffem, warmem Fleisch verlangte, mit eigener Hand immer jüngere und jüngere Mädchen zuführte. Vielleicht tat Livia das nicht ohne Widerwillen, doch sie überwand sich, alles zu unternehmen, was ihr half, ihren Einfluß auf Augustus zu behalten. Da schien es nur natürlich, daß sie jetzt, da er schwer erkrankt war, den Prätorianern Befehle erteilte.

Um die achte Stunde betrat Tiberius das große, weiß leuchtende Haus. Schon im Vestibulum traf er auf eine Unzahl von Menschen: Dienerschaft, Soldaten, Ärzte, aus Rom herbeigeeilte Freunde des Kranken und solche, die sich dafür ausgaben. Viele stürmten auf den Neuankömmling zu, um ihn ihres Mitgefühls für den Vater und gleichzeitig ihrer unverbrüchlichen Freundschaft zu dem Sohn zu versichern.

Tiberius' erster Gedanke, über eine erfreulich große Zahl von Freunden zu verfügen, verflog schnell und machte der Erkenntnis Platz, daß die meisten von ihnen es sich nur nicht mit dem möglichen neuen Herrscher verderben wollten, daß sie aber kaum bereit wären, für ihn etwas, vielleicht sogar ihr Leben zu wagen.

Seine Antwort war meistens nur ein knappes Nicken. Das genügte, seine Wortkargheit war bekannt. Er kämpfte sich zu einem griechischen Freigelassenen durch, einem engen Vertrauten des Augustus und noch mehr der Livia. »Wo ist mein Vater, Hippias, wo meine Mutter?«

»Livia ist bei dem Erhabenen und sorgt dafür, daß er ordentlich ißt. Er liegt in dem Zimmer, in dem …« Der Grieche brach mitten im Satz ab, und sein sonst bronzefarbenes Gesicht war plötzlich blaß.

»Was ist?« schnarrte Tiberius, ungeduldig und auch ein wenig erschrocken. »In welchem Zimmer sind sie?«

»Ich … ich führe dich hin«, stammelte Hippias in einer unsicheren Art, die gar nicht zu ihm paßte.

Tiberius folgte ihm durch das Peristylium, ohne einen Blick an die Wasserspiele oder den hellblau im Sonnenlicht schimmernden Teich mit den graziösen Schwänen zu verschwenden. Statt dessen fragte er noch einmal: »Hippias, was ist mit dem Zimmer, in dem mein Vater liegt?«

Hippias blieb nicht stehen und sah Tiberius nicht an, als er antwortete: »Es ist das Zimmer, in dem der Vater deines Vaters sein Leben aushauchte.«

Kurz dachte Tiberius an Gaius Octavius, dessen ruhmreiche Taten seinem Sohn einen glanzvollen Weg vorgezeichnet hatten. Der Vater des Augustus hatte die letzten der von Spartacus und Catilina zur Rebellion aufgestachelten Sklaven überwältigt, die Provinz Mazedonien mit sicherer Hand verwaltet und in einer großen Schlacht die Bresser und Thrakier besiegt. Doch als er aus Mazedonien zurückgekehrt war, hatte er kaum Zeit gefunden, seinen Ruhm zu genießen. Der Tod war mit ihm heimgekehrt und hatte ihn in Nola ereilt, hier in diesem Haus, in …

»In diesem Zimmer?« vergewisserte sich Tiberius ungläubig. »Warum?«

»Ich weiß es nicht. Vielleicht …«

Wieder sprach der Freigelassene einen Satz nicht zu Ende. Aber das war auch nicht nötig. In Gedanken beendete Tiberius ihn: *Vielleicht war es eines Vorahnung des Augustus.*

Vor dem besagten Cubiculum, dem Sterbezimmer des Gaius Octavius – und des Augustus? – hielten zwei Prätorianer mit eiserner Miene Wache. Als Tiberius zwischen ihnen hindurchgehen wollte, verschränkten sie die Pilen vor seinem Kopf. Er zuckte zurück und starrte die Soldaten entgeistert an.

Hippias wurde noch blasser und rief: »Seid ihr von allen Göttern verlassen, daß ihr nicht den Sohn des Augustus erkennt?«

»Wir erkennen Tiberius Julius Caesar, Sohn des Erhabenen«, erwiderte einer der Prätorianer, ohne sein Pilum zurückzunehmen.

»Warum verwehrt ihr ihm dann den Eintritt?« wunderte sich der Grieche.

»Die edle Livia hat befohlen, daß niemand ohne ihre Erlaubnis das Zimmer betreten darf. ›Wirklich niemand?‹ wollte der Zenturio wissen. ›Wirklich niemand‹, lautete die Antwort.«

»Aber das gilt doch nicht für den Sohn und Mitregenten des Augustus!« empörte sich der Freigelassene.

»Uns sind keine Ausnahmen bekannt«, blieb der Prätorianer unnachgiebig.

»Dann, zum Jupiter, meldet den Sohn des Erhabenen an!« verlangte Hippias.

In diesem Augenblick wurde die Tür geöffnet, und eine leise, aber deutlich vernehmbare Frauenstimme fragte: »Was ist das für ein Geschrei? Ihr weckt noch meinen Mann, der gerade gegessen und sich zu einem erholsamen Schlaf niedergelegt hat.«

Eine dunkelhäutige Sklavin schlüpfte an der Sprecherin vorbei nach draußen, in den Händen eine Silberschale und einen goldenen Löffel. Der Geruch von Honig und Pfeffer begleitete sie. Die Schale war zu drei Vierteln geleert und enthielt die Reste einer Honigsuppe.

Als Livia Drusilla ihren Sohn erkannte, hellte sich ihre strenge Miene auf, und die steile Falte, die sich in der Mitte der Stirn direkt über der Nase gebildet hatte, glättete sich. »Endlich bist du da, mein Sohn!« Die einstmals schöne, jetzt alte und vom ereignisreichen Leben gezeichnete Frau in der schlichten Stola gab den Eingang frei und bedeutete Tiberius mit einladender Geste, das Cubiculum zu betreten. Als dieser der Aufforderung nachgekommen war, verschloß Livia die Tür wieder, nicht ohne vorher die Prätorianer scharf zu ermahnen: »Sorgt für Ruhe! Und denkt an meinen Befehl, niemanden hereinzulassen!« Ein wenig leiser und weniger streng fügte sie hinzu: »Der Erhabene braucht viel Ruhe.«

Livia begrüßte Tiberius mit einer seltenen mütterlichen Umarmung. Dabei umhüllte sie ihn mit der eindringlichen Süßlichkeit kampanischer Rosen, ein Parfüm, das Augustus sehr schätzte, vielleicht als Erinnerung an die Gefilde seines Vaterhauses.

Während Tiberius in den Armen der Frau lag, die ihn vor fünfeinhalb Jahrzehnten geboren hatte, streiften seine Augen durch das Zimmer, das für die Ruhestatt des Imperators äußerst bescheiden wirkte. Zu dem geringen Luxus zählten die Mosaike an den Wänden und auf dem Fußboden, die Szenen des kampanischen Landlebens zeigten. Tiberius verschwendete daran nur einen flüchtigen Blick und starrte dann auf das stabile Bett, das mit dem Kopfende an einer Wand stand. Er mußte die mit den Jahren schwach gewordenen Augen zusammenkneifen, um den Mann zu erkennen, der dort ruhig auf der linken Seite lag und mit dem angewinkelten Arm aussah wie ein schlafendes Kind. Die schweren Fenstervorhänge aus dunkelblauem Samt waren zugezogen, um dem Augustus den Schlaf zu erleichtern, und nur die bescheidene Flamme einer silbernen Öllampe, die in einer vom Bett weit entfernten Ecke auf einem dünnen, vierfüßigen Ständer saß, erhellte den Raum.

Livia löste sich von ihrem Sohn. Ihre eben noch von mütterlicher Zuneigung erfüllten Züge drückten jetzt Verärgerung aus. »Warum hast du nicht auf mich gehört und bist bei deinem Vater geblieben?«

Das war mehr Vorwurf als Frage und löste bei Tiberius Trotz aus. Leise, damit der Schlafende es nicht hörte, sagte er: »Mein Vater ist tot, schon seit fast fünfzig Jahren!«

Auch das war ein Vorwurf, gerichtet an seine Mutter, die sich von ihrem Gatten Tiberius Claudius Nero getrennt hatte, um sich in die Arme des Augustus zu werfen. Fünf Jahre nach der Hochzeit von Augustus und Livia war ihr erster Mann gestorben, manche sagten, an gebrochenem Herzen. Der nach seinem Vater benannte Sohn Tiberius war damals erst neun Jahre alt gewesen, und die Erinnerung an seinen leiblichen Vater war verblaßt. Nicht aber der Schmerz, den Tiberius bei der Trennung von seinem richtigen Vater verspürt hatte und später bei der Trennung von Vipsania.

Livias faltiges Gesicht verhärtete sich, und die rissigen Lippen öffneten sich zu einer Erwiderung. Aber Tiberius ließ seine Mutter einfach stehen und ging an ihr vorbei auf das Bett zu.

Etwas verunsicherte ihn: Seitdem er das Cubiculum betreten hatte, hatte der Schlafende sich nicht bewegt. Weder hörte Tiberius seinen Atem, noch konnte er ein Heben und Senken der Decke feststellen, unter der Augustus lag. Als er die gesunde Rötung der eingefallenen Wangen feststellte, beruhigte sich Tiberius wieder.

Gleichzeitig wunderte er sich über den strengen süßlichen Duft, der seine Nase kitzelte, obwohl doch Livia nicht mehr neben ihm stand. Der Geruch hatte sich verändert, Rosenduft war das nicht mehr. Sofort waren Unruhe und Angst wieder da, und ein Gedanke beherrschte Tiberius: *War es der Leichengeruch?*

Zögernd streckte der große Mann die kräftige Rechte aus, bis sie dicht vor dem Gesicht des Stiefvaters schwebte, ganz nah an Mund und Nase, aber nicht der leiseste Atemhauch streifte seine Hand. Er berührte die Wange des alten Mannes, doch der Schlafende rührte sich nicht. Als Tiberius die Hand zurückzog, waren die Fingerspitzen gerötet, und die eben noch gesunde Rötung auf der rechten Wange des Augustus wies nun einen verwischten Streifen auf.

Livia trat neben den Sohn und sagte leise: »Du hast keinen Vater mehr, weder den einen noch den anderen.«

Tiberius starrte auf seine geröteten Finger und fragte verwirrt: »Was …?«

»Es ist Fucus.« Livia tippte an eine ihrer runzligen Wangen. »Ich selbst benutze es, um die Welkheit des Alters mit dem Anschein der Jugendlichkeit zu übertünchen. *Omnia vanitas?*«* Sie seufzte und schritt zu einem hölzernen, mit filigranen Schnitzereien verzierten Wandschrein, dem sie ein Bronzekästchen entnahm. Damit kehrte sie zum Bett zurück, wo sie es öffnete und auf den Boden stellte. Der Schminkkasten enthielt mehrere Dosen und Pinsel sowie einen Spiegel, der in die Innenseite des Deckels eingelassen war. Livia wählte eine Bronzedose mit rotem Deckel, nahm sie aus der Halterung und schraubte den Deckel auf. Sie tauchte einen der schlanken Pinsel mit der Spitze vorsichtig in die Dose und strich eine neue Schicht Fucus auf das Gesicht ihres Gatten. Dann verschloß sie den Bronzekasten wieder und brachte ihn zurück in den Schrein. »Falls doch unversehens jemand hereinkommt, soll er nicht das Gesicht eines Toten sehen.«

Allmählich begriff Tiberius, und er sagte stockend zu seiner Mutter: »Du spielst hier eine schauerliche Komödie. Warum?«

»Um Vater und Sohn ein letztes Gespräch zu ermöglichen.« Sie blickte den Toten an. »Er soll dir selbst in der Stunde seines Todes die Nachfolge übertragen. Das wird dich besser legitimieren als alles andere.«

---

* Ist nicht alles eitel?

544

»Aber das Testament ...«

»Das Testament ernennt dich zu seinem Nachfolger, das stimmt.« Livia nickte schwer und verzog ihr Gesicht. »Aber danach kommt auch schon Germanicus und dann erst dein Sohn Drusus.«

»Du scheinst sein Vermächtnis gut zu kennen«, sagte Tiberius verwundert und blickte auf den Toten. »Liegt das Testament des Augustus nicht versiegelt in Rom, im Tempel der Vesta?«

»Da liegt es, und da liegt es gut.« Livia tippte mit dem Zeigefinger gegen ihre Stirn. »Den Inhalt kann ich hier lesen.«

»Wie ...?«

»Wer Jahrzehnte mit dem Pontifex maximus verheiratet ist und nicht weiß, was im Tempel der Vesta vor sich geht, muß dümmer sein als der dümmste Esel.« Livia lächelte. »Ich für meinen Teil zog es vor, eine enge und gute Beziehung zur Vestalis maxima zu pflegen, der ich eine umfassende Kenntnis von Augustus' Vermächtnis verdanke. Außerdem hat er selbst mir das meiste erzählt. Er redete viel in letzter Zeit und wußte nicht immer, was er sagte. Als er in der Nacht starb, waren seine letzten Worte die Frage, ob er die Komödie gut gespielt habe.« Sie machte mit beiden Händen eine Bewegung, die das Cubiculum zu umfassen schien. »Ich denke, unsere kleine Komödie hier ist auch nicht schlecht.«

»So lange ist er schon tot«, murmelte Tiberius und dachte an den toten Reiter und die Traumerscheinungen der vergangenen Nacht. »Aber das Essen, das die Sklavin ihm gebracht hat?«

Livia ging wieder zu dem Schrein, öffnete eine andere Klappe, nahm eine Keramikschale an ihren beiden Henkeln heraus und trug sie zu ihrem Sohn. Der Rosenduft der Mutter wurde von dem anderen Geruch verdrängt. Die weiße Schale enthielt die Honigsuppe, die angeblich den Imperator gestärkt hatte. »Ein Lebender muß essen«, erklärte Livia und brachte die Schale zurück an ihren Platz.

»Und wenn die Sklavin redet?«

»Ich habe noch niemanden reden hören, dem man die Zunge herausgerissen hat. Außerdem ist sie verläßlich. Sie weiß, daß alles andere ihren Tod bedeutet.« Wieder zeichnete sich ein Lächeln auf Livias Gesicht ab. »Wer will es sich schon mit der Augusta verderben?«

»Mit ... der ... Augusta ...?« wiederholte Tiberius und sprach dabei noch viel langsamer als sonst. Was hatte Livias Bemerkung zu bedeuten?

»Es ist ein Teil des Vermächtnisses. Ich werde in die Julische Familie aufgenommen und erhalte den Titel der Julia Augusta. Du weißt, was das bedeutet?« Als der Sohn die Mutter nur stumm anblickte, fuhr sie fort. »Ich werde deine Mitregentin sein, Tiberius. Gemeinsam werden wir die Geschicke des Reiches lenken, wie er es getan hat.« Ihre Augen ruhten auf dem Toten.

Tiberius schwieg noch immer, dafür sprachen seine Gedanken beredt. Auf einmal wußte er, weshalb seiner Mutter soviel daran gelegen war, daß er die Nachfolge des Augustus antrat und nicht ihr Enkel Germanicus. Dieser besaß seinen eigenen Willen und wurde, da er ein Enkel des Marcus Antonius war, immer wieder als der Mann gehandelt, der die Republik wiederherstellen würde. Daran konnte niemandem gelegen sein, der das Reich im Sinne des Augustus regieren wollte. Zweifellos glaubte Livia, mit ihrem Sohn viel leichteres Spiel zu haben als mit Germanicus.

Als hätte sie seine Gedanken erraten, sagte die Mutter: »Wir haben Glück, daß Germanicus in Gallien weilt, um den Zensus durchzuführen. Bis die Kunde vom Tod des Augustus zu ihm dringt, wird Rom schon einen neuen Augustus haben – dich!«

»Und wenn mein Neffe sich damit nicht zufriedengibt?«

»Er hat eine Aufgabe in Gallien. Die Germanen rechts des Rhenus sind noch immer aufsässig, wie du weißt. Seit dieser Arminius vor fünf Jahren die Legionen des Varus vernichtet hat, ist dort keine Ruhe eingekehrt. Und bis es soweit ist, wird es noch einige Zeit dauern. Ich war es übrigens, die Augustus geraten hat, Germanicus nicht nur zum Generalstatthalter in Gallien, sondern auch zum Oberbefehlshaber am Rhein zu machen.«

»Aber was ist, wenn ihm der Titel des Augustus wichtiger ist?«

»Du vergißt deinen Bruder Drusus, seinen Vater. Seit Drusus' Tod in Germanien ist sein Sohn Germanicus geradezu versessen darauf, das Werk des Vaters fortzuführen und das Gebiet rechts des Rhenus zu befrieden. Außerdem können wir ihm das Gefühl geben, daß wir ihn nicht vergessen haben, indem wir ihm das prokonsularische Imperium übertragen.«

»Er soll die Regierungsgewalt in den Provinzen erhalten?«

»Warum nicht? Du hast sie auch erhalten, als Augustus noch

herrschte. Und du weißt doch, die wahre Macht geht von Rom
aus.«

Mutter und Sohn berieten noch lange über ihre Vorgehens-
weise zur Festigung der Macht, bevor es dämmerte und sie das
Cubiculum verließen, um den Tod des Augustus zu verkünden
sowie seinen noch einmal ausdrücklich geäußerten Wunsch, sein
Adoptivsohn Tiberius Claudius Nero, der seit der Adoption Tiberius Julius Caesar genannt wurde, solle seine Nachfolge antreten.
Bis dahin kreiste ihr Gespräch immer wieder um den einzigen
Mann, der ihrer jetzt gemeinsam ausgeübten Macht wirklich
gefährlich werden konnte: Gaius Julius Caesar Germanicus.

ERSTER TEIL

SCHICKSALSFÄDEN

Kapitel 1

Auf der Adlerburg

Die Ansiedlung auf der steilen Bergkuppe machte einen friedlichen Eindruck. Armin, der junge Herzog der Cherusker, und sein Weib Thusnelda schritten zwischen Häusern und Hütten hindurch, wurden immer wieder von Männern und Frauen, die von ihrer Arbeit aufsahen, freundlich gegrüßt und grüßten zurück. Nur selten warf ein Cherusker, der die Sitte der Raubehe weniger billigte als die anderen, ihnen einen düsteren Blick nach.

Die Menschen auf der Adlerburg schienen ganz damit beschäftigt, den Rest des Sommers auszunutzen, um sich auf den Winter vorzubereiten. Wände und Dächer der meist langen Häuser wurden mit Rohr, Stroh, Lehm und Pferdemist ausgebessert, um den kalten Winterstürmen zu trotzen. In den Webhütten standen die Frauen an den Webstühlen und bedienten sie mit dem Geschick langjähriger Erfahrung. Aus den Häusern der Handwerker, die sich im Schutze der Adlerburg zusammengefunden hatten, drangen die alltäglichen Arbeitsgeräusche, das Hämmern der Schmiede, das Sägen der Tischler, das Sirren der Töpferdrehscheiben.

In früheren Zeiten, als Armin noch ein Kind und sein Vater Segimar Herrscher auf der Burg gewesen war, hatte man von hier oben in die Täler blicken können, wo die Menschen auf Feldern arbeiteten, die durch harte Rodung den Wäldern abgetrotzt worden waren. Jetzt behinderten hölzerne Palisaden und Erdwälle, die sich in einem fünffachen Ring um die Burg zogen, diesen Blick. Ganz unten waren Sklaven, zum großen Teil kriegsgefangene Römer und Angehörige ihrer Hilfsvölker, damit beschäftigt, einen sechsten Ring anzulegen. Einen Erdwall, auf dem sie dicke Steinbrocken aufschichteten. Und das geschah nicht zu friedlichen Zwecken.

Es war harte Arbeit, denn die Steine mußten aus weit entfernten Brüchen herangeschafft werden. Fast täglich starben Sklaven unter der Last. Armin empfand kein Mitleid mit ihnen. In seinen Augen waren sie selbst schuld an ihrem Los. Die Römer waren ins Land der Cherusker und der verbündeten Stämme eingedrungen, nicht umgekehrt. Auch wenn Armin vor jetzt fünf Wintern den erfolgreichen Angriff auf Quinctilius Varus und seine Legionen angestiftet und angeführt hatte, so fühlte er sich doch im Recht. Durch ihre Unersättlichkeit, die sich in immer neuen Vormärschen und immer neuen Steuern niederschlug, hatten die Römer den Krieg herausgefordert.

Mit der Vernichtung von Varus' Heer war dieser Krieg nicht zu Ende gewesen. Augustus hatte seinen Adoptivsohn Tiberius an den Rhein geschickt, der die Vorstöße abwehrte, die Armin zusammen mit den Marsern und den Brukterern unternahm. Leider waren die germanischen Stämme uneins, so daß Armin nicht annähernd so viele Krieger zur Verfügung standen, wie er gebraucht hätte, um die Römer vom Rhein zu vertreiben.

Auch die Markomannen unter ihrem halsstarrigen Kuning Marbod hatten sich entgegen seiner Hoffnung nicht dazu bewegen lassen, den Kampf gegen die Römer aufzunehmen. Armin hatte Varus' Kopf zu Marbod geschickt, um dem Markomannenherrscher zu zeigen, wie man mit den Eindringlingen umgehen mußte. Aber Marbod sandte den Kopf weiter nach Rom, um Augustus seine Wohlgesonnenheit zu versichern. Marbod hatte sein Volk so fest in der Hand, daß es auf seinen Kuning hörte und sich aus den Kämpfen heraushielt.

Armin seufzte. Wenn er selbst doch mit ähnlich fester Hand über die Cherusker und die anderen germanischen Stämme gebieten könnte!

Aber er schaffte es ja nicht einmal, innerhalb seines eigenen Stammes Einigkeit herzustellen. Der Mann, zu dem er und Thusnelda jetzt unterwegs waren, war dafür das beste Beispiel. Das Haus der ›Gäste‹, wie Armin die Männer nannte – ›Gefangene‹ oder ›Geiseln‹ wären passendere Ausdrücke gewesen –, lag am Nordhang. Eine Gänseschar, lässig behütet von zwei hellblonden Kindern, schnatterte vor dem Eingang. Als einer der bewaffneten Wächter den Herzog kommen sah, brüllte er die Kinder an, sie sollten endlich die Viecher wegschaffen. Grinsend trieben die beiden Jungen die Gänse ein Stück weiter.

»Ob wir diesmal Erfolg haben?« fragte Thusnelda unsicher und drückte den Arm des hünenhaften Mannes an ihrer Seite. Sie war eine große, stattliche Frau mit einem starken Willen, weshalb ihr Name, der in der Sprache der Nordvölker ›Riesenkampf‹ bedeutet, mehr als passend war. Doch Armin überragte sie fast um Haupteslänge.

»Wenn wir ihn mit dieser Nachricht nicht umstimmen, dann weiß ich auch keinen Weg. Lange genug haben wir darauf gewartet.«

Thusnelda zog die hellen Brauen über ihrer langen, leicht gebogenen Nase zusammen. »Hast du etwa nur darauf gewartet, um ihn umzustimmen?« Sie blickte dabei zum Eingang des Gästehauses.

»Nein, natürlich nicht«, erwiderte Armin schnell. »Hätten wir nicht unseren hochstehenden Gast, meine Freude wäre nicht geringer gewesen.«

»Das hoffe ich doch!«

Armin grinste und trat vor Thusnelda ins Haus. Hier drin roch es nach Menschen und Tieren. Die sogenannten Gäste mußten sich selbst verpflegen und um das Vieh im rückwärtigen Teil des Gebäudes kümmern. Natürlich hatten sie dazu Sklaven mitbringen dürfen und auch ein paar hübsche Sklavinnen, um sich in den kalten Nächten an ihnen zu wärmen. Armin war kein Unmensch.

Durch die schmalen Windaugen und den Eingang drang nur spärliches Licht herein, aber der Cheruskerherzog gewöhnte sich schnell daran. Er entdeckte Segestes und seine Handvoll Vertrauter an einer großen Tafel, wo sie Bier und Met tranken und sich lautstark unterhielten. Als sie den Besucher erblickten, erstarb das Gespräch augenblicklich. Die Augen der Männer, die sich schon seit über einem Jahr zwangsweise hier aufhielten, funkelten ihren ›Gastgeber‹ feindselig an. Armin konnte sie verstehen, aber auch hier gab er ihnen die alleinige Schuld.

Segestes war ein unverbesserlicher Römling, zumindest aber ein Feind Armins. Seitdem Armin ihn bei der Wahl des Herzogs ausgestochen hatte, schien sein weitläufiger Verwandter nur noch Haß auf ihn zu empfinden. Segestes hatte sogar versucht, Varus vor Armin zu warnen. Das war ebenso vergeblich gewesen wie Segestes' Bemühen, seine Tochter Thusnelda von Armin fernzuhalten. Der junge Herzog hatte sich das Mädchen mit Gewalt geholt. Und dann war er ähnlich entschlossen mit ihrem Vater verfahren, als dieser sich mit dem neuen römischen Oberbefehlshaber Julius Caesar Germanicus gegen den unliebsamen Schwiegersohn verbünden wollte.

»Sieh an, ein Höflichkeitsbesuch«, sagte der Fürst Segestes mit einem gekünstelten, meckernden Lachen und strich eine Strähne seines langen, schon sehr dünn gewordenen Blondhaares aus dem scharfgeschnittenen Gesicht. »Der Mann, der mein Sohn werden wollte, und die Frau, die meine Tochter gewesen ist. Was führt euch her? Wollt ihr euren *Gast* einmal mehr verhöhnen?«

Thusneldas Gesicht, dem trotz der Ähnlichkeit mit dem Vater die Schärfe fehlte, verfinsterte sich, als sie die Bitterkeit in Segestes' Worten bemerkte. »Ich habe dich niemals verhöhnt, Vater, das bildest du dir ein.«

»Nenn mich nicht Vater, schon das allein ist blanker Hohn!« Die geballte Faust des gefangenen Fürsten ließ die auf zwei hölzernen Böcken ruhende Tischplatte erbeben. Zwei tönerne Trinkbecher stürzten um. Bier ergoß sich über das Holz und dann auch über den Estrich unter dem Tisch. »Eine Tochter gehorcht ihrem Vater, aber sie hält ihn nicht gefangen!«

Armin trat an den Tisch und sagte laut, doch ohne Erregung: »Wir sind nicht gekommen, um mit dir zu streiten, Segestes. Wir wollen mit dir sprechen.«

»Worüber?«

»Über deine Freilassung.«

»Das haben wir schon oft. Hast du deine Bedingungen geändert, *Herzog*?«

»Nein.«

»Dann halte ich jedes weitere Wort für verschwendet«, beschied Segestes und führte seinen silbernen Metbecher zum Mund.

»Die Bedingungen haben sich nicht verändert, aber die Umstände«, sagte Armin. »Wir sollten uns allein darüber unterhalten, nur du, Thusnelda und ich.«

Segestes blickte die Vertrauten an, die sein Schicksal teilten. »Meine Männer können alles hören.«

»Auch die Schalke?« fragte Armin.

»Meinetwegen auch die.«

Armin sah in die Runde und sagte laut: »Dann sollen alle vernehmen, daß du demnächst Großvater wirst.«

Verdutzt blickte Segestes erst Armin und dann Thusnelda an. Die Augen des gefangenen Fürsten verengten sich zu Schlitzen und saugten sich an dem leuchtend blauen Kleid seiner Tochter fest. Nein, nicht an dem Kleid, sondern an dem Leib darunter. Ausgeprägte weibliche Formen zeichneten sich durch den Stoff ab, aber nicht das, wonach der Gaufürst suchte.

»Ist das eine Falle?« fragte er vorsichtig.

»Nein, Vater.« Thusnelda trat vor und legte eine Hand auf seine Schulter. Er bemerkte es mit finsterem Blick, schüttelte die Hand aber nicht ab. Die junge Frau fuhr fort: »Ich schwöre bei meinem Leben, daß es die Wahrheit ist.«

»Seit wann weißt du es?«

»Erst seit vorgestern.«

»Warum kamst du dann nicht schon vorgestern zu mir?«

Thusnelda holte tief Luft, bevor sie antwortete: »Weil ich mir erst klar darüber werden mußte, ob du mich sehen willst, die du als Tochter verleugnest. Aber würdest du auch deinen Enkelsohn verleugnen?«

Der Mißmut in Segestes' Zügen wich der Überraschung. »Woher willst du wissen, daß es ein Junge wird? Ist es dazu nicht noch ein bißchen früh?«

Thusnelda warf Armin einen kurzen Blick zu. »Wir haben die Runen befragt. Ihre Antwort war eindeutig.«

»Auch die Runen haben sich schon geirrt«, brummte Segestes.

»Ich fühle, daß es ein Sohn wird!«

»Keine Falle?« vergewisserte sich der Fürst des Stiergaues noch einmal.

Thusnelda blickte dem Vater tief in die Augen. »Bei meinem Leben und dem meines Kindes, nein.«

Armin fügte hinzu: »Du hast mein Wort als Edeling, Segestes.«

Der gefangene Fürst brütete eine ganze Weile mit gesenktem Haupt vor sich hin und sagte dann: »Ich komme frei, wenn ich in die Hochzeit einwillige, richtig?«

»Richtig«, bestätigte Armin. »Und wenn du den Römern abschwörst und mir Gefolgschaft gelobst.«

Diese Worte warfen Schatten auf Segestes' Gesicht. Schnell zwang sich der Gefangene zu einem Lächeln und sagte: »Das sind deine Bedingungen, Armin. Nun höre die meinen!«

»Deine?« Armins Stimme klang schrill. »Was willst du für Bedingungen stellen, Segestes. Du bist mein …« Thusneldas mahnender Blick traf den Herzog, und er verschluckte das letzte Wort.

»Dein Gefangener?« meinte Segestes mit lauerndem Blick. »Das wolltest du doch wohl sagen, Armin.«

»Mein Gast«, brachte der Herzog mit rauher Stimme hervor. »Du bist mein Gast, Segestes.«

»Und der Mann, den du um die Hand der Tochter bittest«, sagte Segestes. »Ist es nicht so?«

»Ja, so ist es.« Armin klang jetzt wieder völlig gelassen.

»Dann laß hören, welchen Brautpreis du dem Brautvater übergeben willst«, forderte Segestes. »Und bedenke, daß du keine gewöhnliche Braut begehrst, sondern eine Frau von ebenso edler Abstammung wie du selbst.«

Womit du dich selbst mir gleichstellst, alter Fuchs! dachte Armin, behielt diesen Gedanken aber für sich. Laut sprach er: »Ich biete dir hundert Rosse und hundert Rinder nach deiner Wahl, Segestes.«

»Das ist ein guter Preis.« Segestes nickte zufrieden. »Also gut, ich werde mir zweihundert Rosse und zweihundert Rinder aus deinen Ställen aussuchen.«

»Nicht zweihundert, sondern hundert!«

»Du vergißt das Sühnegeld, Armin«, sagte Segestes mit einem hinterhältigen Lächeln. »Du hast Thusnelda geraubt, sie dadurch meiner Munt entzogen und die Ehre der ganzen Sippe verletzt. Du weißt, daß dies nur durch das Vergießen von Blut oder durch einen Sühnepreis gutzumachen ist. Der Sühnepreis darf nicht geringer ausfallen als der Brautpreis. Alles andere wäre eine Beleidigung der Stiersippe.«

Und ist eine dir willkommene Mehrung deines Reichtums, dachte Armin, behielt aber auch diesen Gedanken für sich und bewahrte seine äußere Ruhe. Segestes schien geneigt, der Verbindung zwischen Armin und Thusnelda und, was noch wichtiger war, der Bündnistreue zu Armin zuzustimmen. Trotz seiner Jugend war Armin klug und beherrscht genug, diesen Erfolg nicht durch eine unbedachte Äußerung zu gefährden. Thusneldas erschrockener Blick, als er ihren Vater einen Gefangenen nennen wollte, war ihm eine Warnung gewesen.

»Einverstanden«, überwand Armin sich, ohne zu zeigen, wie schwer es ihm fiel. »Zweihundert Pferde und zweihundert Rinder, was dich gewiß zum reichsten Fürsten der Cherusker macht.«

Segestes erwiderte Armins Blick, ohne eine Regung zu zeigen. Betont langsam sagte er: »Und dich zum mächtigsten, Armin.«

»So sei es«, sagte der junge Herzog und streckte die rechte Hand aus. Als Segestes sie ergriff, war das Verlöbnis beschlossen.

Alles weitere sollte am Abend bei der Biersitzung besprochen werden. So hieß das große Gelage, bei dem nach altem Brauch die Verlobung bekanntgemacht werden sollte.

Armin sah zufrieden aus, als er mit Thusnelda das Gästehaus verließ.

»Die zweihundert Rosse und die zweihundert Rinder scheinen dich nicht zu schmerzen«, bemerkte seine Braut.

»Die Freude darüber, daß dein Vater endlich eingewilligt hat, überwiegt den Schmerz. Wenn Segestes auf meiner Seite steht, werden auch die anderen Gaufürsten folgen. Und wenn die Cherusker sich einig sind, werden sich noch mehr andere Stämme uns anschließen. Vielleicht sogar das Volk der Markomannen.«

Thusnelda war etwas traurig darüber, daß Armin Segestes' Einwilligung in eine Heirat nur aus dieser Sicht betrachtete. Aber was wollte sie verlangen? Sie liebte einen ehrgeizigen Fürsten, keinen einfachen Bauern. Und sie lebten schon so lange zusammen, daß das Ehebündnis nur nach außen wichtig war, nicht aber für Armin und Thusnelda. Das Kind, das in ihrem Bauch heranwuchs, war dafür das beste Zeugnis.

»Von welchen Gaufürsten sprichst du?« fragte Thusnelda.

»Besonders von meinem Onkel Inguiomar. Er hat zwar damals gegen Varus mitgekämpft, wenn auch nicht bei der Schlacht gegen die drei Legionen, aber ich weiß nicht recht, wo er wirklich steht. In allen Kämpfen hat er sich sehr zurückhaltend gezeigt.«

»Und was ist mit dem Fürsten der Donarsöhne?«

»Thorag?«

Thusnelda nickte.

»Das ist eine gute Frage«, sagte Armin. »Seit dem Sieg über Armin habe ich ihn nicht mehr gesprochen. Wenn wir uns auf den Stammesthingen sahen, ging er mir aus dem Weg. Er will nicht mehr an meiner Seite kämpfen, hindert seine Leute aber nicht daran, es zu tun. Wenn ich ihn umstimmen könnte, wäre das sehr günstig für meine … unsere Pläne.«

»Hast du nicht mit Thorag die Blutsbrüderschaft geschlossen?«

»Das haben wir.«

»Und trotzdem hat er sich von dir abgewandt?«

»Er hat mir nicht verziehen, daß ich ihm die Wahrheit über den Eberfürsten Onsaker verheimlichte. Aber hätte ich Thorag gesagt, daß Onsaker der Mörder seines eigenen Sohnes und des Vaters seiner Schwiegertochter war, so wäre das Bündnis gegen Varus am Zwist zwischen Eberkriegern und Donarsöhnen zerbrochen.«

»Vielleicht ist unsere Hochzeit eine gute Gelegenheit, dich mit Thorag zu versöhnen.«

»Er ist anderen Einladungen nicht gefolgt«, knurrte Armin. »Weshalb sollte er es diesmal tun?«

»Es ist Brauch, das Ehebündnis mit dem Hammer des Donnergottes zu bekräftigen. Thorag ist doch ein Abkömmling Donars. Wenn wir ihn bitten, unseren Bund im Namen des Donnergottes zu segnen, kann er es kaum verwehren.«

Armin blieb unvermittelt stehen und strahlte über das ganze Gesicht. Er umfaßte Thusneldas Schultern und sagte: »Erst mit dir an meiner Seite bin ich ein weiser Fürst. Daß ich nicht darauf gekommen bin! Ich werde sofort eine Gesandtschaft zu Thorag schicken. Natürlich auch zu den übrigen Gaufürsten und zu den Fürsten der Nachbarstämme. Unsere Hochzeit wird vielleicht zum wichtigsten Ereignis seit dem Sieg über Varus!«

Dann ließ Armin seine Gefährtin einfach stehen und eilte davon, um seine Sendboten zusammenzurufen.

Thusnelda blickte ihm lächelnd nach und seufzte: »Männer!«

Kapitel 2

Der Fluch der Seherin

Die Adler flogen zwischen zerklüfteten Bergen und riesigen Wäldern dahin. Einem Unkundigen mochte diese unwirtliche Gegend undurchdringlich erscheinen, und doch wälzte sich der mächtige Heerwurm aus Menschen, Tieren, Wagen und Waffen immer weiter voran, tiefer in das fremde Land hinein, sicher geleitet von den drei goldenen Adlern des Jupiter mit den Nummern XVII, XVIII und XIX. Der Boden erbebte unter den Hufschlägen der Reiterei und den Stiefelschritten der Legionäre. Tausende und Abertausende von römischen Soldaten drangen in das Land namens Germanien ein, um den blonden Barbaren die Macht und Unbesiegbarkeit Roms zu demonstrieren.

Bis sich auf einmal die riesigen Bäume teilten und den Blick auf eine Gestalt freigaben, die kaum weniger groß und mächtig erschien. Weiß war das bis auf den Boden reichende Gewand der Gestalt, und weiß war ihr langes Haar, das im plötzlich aufbrausenden Sturmwind wehte. Der Himmel verdüsterte sich, als sich die Sonne hinter großen, schwarzen Wolken verbarg. Die plötzliche Finsternis, von der die römische Armee umhüllt wurde, riß auf in Zacken greller Helligkeit. Den Blitzen folgte Donner, lauter noch als der Marschtritt der Legionen, die jetzt erschrocken anhielten. Auch die goldenen Adler flogen nicht länger voran, sondern schwebten still über den Soldaten. Tausende von Augen waren auf die seltsame weiße Gestalt gerichtet, die dem Sturmwind trotzte und unbeweglich vor den Römern stand. Auf diese Gestalt und auf die des römischen Feldherrn, der in seiner glänzenden Rüstung an der Spitze der Truppen geritten war und jetzt Mühe hatte, sein erschrockenes Pferd im Zaum zu halten.

Als der Feldherr sah, daß die weiße Gestalt und das unerwartete Unwetter den Mut seiner Soldaten schwächten und ihre Angst stärkten, stieß er dem Pferd die Hacken in die Flanken. Ganz allein ritt er den Hügel hinauf, auf dem das weiße Wesen so unbeweglich stand wie eine Marmorstatue auf dem Forum in Rom. Er wußte nicht zu sagen, ob er sein Pferd zurückriß oder ob es von selbst stehenblieb, als die Gestalt in gebieterischer Geste beide Arme ausbreitete. Eine Geste, die sämtliche drei Legionen mitsamt den Hilfstruppen zu umfassen schien. Gleichzeitig wurde die Dunkelheit von dem gewaltigsten Blitz gespalten, den der Feldherr jemals gesehen hatte. Er beleuchtete das Antlitz der unheimlichen Kreatur.

Es war das Gesicht einer Frau. Ein seltsames Gesicht, das unendlich alt und erfahren aussah und doch keine einzige Falte zeigte. Obwohl die Frau keine bedrohliche Miene machte, wirkte sie auf den Feldherrn furchteinflößend. Hitze trieb Schweiß auf seine Stirn, und Kälte jagte Schauer über seinen Rücken.

Die weiße Frau streckte den rechten Arm in Richtung des Feldherrn aus. Sie zeigte auf ihn, auf seine Soldaten und auf das ferne Land, aus dem sie kamen. Als sie zu sprechen begann, klang ihre Stimme wie der Hall des unablässigen Donners: »Wohin wollt ihr, unersättliche Söhne Roms? Die Götter dulden nicht, daß eure Augen dies schauen. Kehrt um! Das Ende eurer Taten und eures Lebens ist gekommen.«

Der Feldherr wollte nicht weichen, mochte die riesige Frauengestalt auch noch so furchteinflößend sein. Aber er konnte nicht anders. Sein Pferd war nicht mehr zu halten und stürmte in wilder Jagd den Abhang hinunter, den ebenfalls fliehenden Soldaten nach.

Doch das Verhängnis war schneller als die Beine der vom Fluch der Riesin in Panik versetzten Legionäre. In Gestalt einer unübersehbaren Zahl von Wölfen kam es aus dem Unterholz, und das Geheul der blutgierigen Tiere übertönte sogar noch den Donner. Es waren riesige Wölfe, in der Größe den uralten Bäumen und der Frau in Weiß angemessen. Und sie waren von unüberwindlicher Kraft, als sie die Soldaten ansprangen. Ein Legionär nach dem anderen stürzte zu Boden und starb, von den Fängen der Tiere zerfleischt.

Ein ganzes Rudel fiel den Feldherrn an, dessen Schwert immer wieder Fell und Fleisch der Tiere durchbohrte. Ihm fiel auf, daß es sehr dunkle Tiere waren, fast schwarz, wie geschaffen, um mit der Finsternis zu verschmelzen.

Während er sich bemühte, die Wölfe von sich abzuwehren, zerfleischten sie sein Pferd. Es knickte ein, und der Reiter verlor den Halt. Der Feldherr stürzte zu Boden, und das Pferd fiel auf sein Bein. Er hörte das Splittern seiner zerbrechenden Knochen, dann erst folgte der Schmerz.

Die Wölfe nutzten seine Lähmung, um über ihn herzufallen, in so großer Zahl, daß sie ihn ganz unter sich begruben, so wie sie auch die goldenen Adler zu Fall gebracht und begraben hatten. Seltsam, obwohl er nicht mehr sah als das dunkle Fell der Tiere, ihre glühenden Augen und die scharfen Zähne in den aufgerissenen Mäulern, wußte der Feldherr, daß es genau dreißig Tiere waren, gegen die er kämpfte. Obgleich es aussichtslos war, bot er alle ihm verbliebene Kraft auf, um die mordlüsterne Meute von sich, von seiner Kehle fernzuhalten.

Der Feldherr warf sich wild herum und versuchte, die dreißig schweren Körper von sich abzuschütteln. Aber dann bemerkte er, daß er nur gegen einen einzigen Gegner kämpfte. Und es war nicht mal ein Gegner. Im schwachen Licht einer Öllampe erkannte er die besorgten Züge seiner Frau, die sanft über sein schweißnasses Haar strich und beruhigend auf ihn einredete.

»Ist ja schon gut, Gaius«, sagte Agrippina leise. »Es ist alles gut, es war nur ein böser Traum.«

Gaius Julius Caesar Germanicus lag in zerwühlten Laken und benötigte eine Weile, um sich zu vergegenwärtigen, daß er nicht mit seinen Legionen in einer verlorenen Schlacht stand, sondern daß er im Ruhezelt lag. Nacht hatte sich über die Wälder Germaniens gesenkt, einmal noch, bevor Germanicus endlich Caecinas Sommerlager erreichen würde.

Die Nacht hatte, wie so viele Nächte zuvor, den Traum gebracht, der Germanicus nicht in Frieden lassen wollte. Den Traum, der ihn antrieb. Den Traum, der seinen Körper, seine Tunika und die Laken seines Bettes mit Schweiß getränkt hatte. Germanicus haßte diesen Traum, weil er in ihm eine Angst verspürte, die er sich am hellen Tag draußen auf dem Schlachtfeld niemals leisten durfte.

Aber jetzt konnte er beruhigt sein. Er war aus dem schrecklichen Traum erwacht, und Agrippina war bei ihm. Er mußte so laut geschrien haben, daß sie im Nebenraum des großen Zeltes aufgewacht war. Sie beugte sich so dicht über ihn, daß ihr Lavendelduft ihn einhüllte, daß ihre braunen Locken sein Gesicht kitzelten und daß er durch den Stoff ihrer Gewänder den Druck ihrer großen, festen Brüste spürte.

»Agrippina!« In diesem Seufzer schwang seine Erleichterung über das Erwachen aus dem Alptraum ebenso mit wie das Glück, das ihn jedesmal überfiel, wenn er seine schöne, begehrenswerte Frau in den Armen hielt. »Ich bin so froh, dich zu sehen und nicht diese …«

Er brach ab, seine ebenmäßigen Züge verhärteten sich, und sein Blick ging durch Agrippina hindurch. Vor seinem geistigen Auge sah er wieder die furchteinflößende weiße Riesin, deren gebieterische Geste die römischen Legionen zurückwies und gleichzeitig in den Untergang schickte.

Agrippina setzte sich auf den Bettrand und nahm ihren Mann

in die Arme. Sie drückte das Gesicht des mächtigen Feldherrn gegen ihre Brust, wie es eine Mutter mit ihrem kleinen Kind tat. »Hast du wieder von deinem Vater geträumt, Gaius?«

»Ja«, antwortete er mit brüchiger Stimme und dachte an seinen Vater Nero Claudius Drusus, von dem er den Ehrennamen ›Germanicus‹ geerbt hatte. Drusus Maior, wie sein Vater auch zur Unterscheidung von Tiberius' Sohn Drusus Minor genannt wurde, war der jüngere Bruder des Mannes gewesen, den der kürzlich verstorbene Augustus zu seinem Nachfolger bestimmt hatte.

Germanicus hatte den Vater nur noch in schwacher Erinnerung. Er war gestorben, als der Sohn erst sechs Jahre alt war, fern von Rom in den Wäldern Germaniens. Er war von seinem strauchelnden Pferd gefallen, das auf seinen Schenkel stürzte und ihm die Knochen brach. Dreißig Tage später war er an den Folgen der Verletzung in den Armen des zu ihm geeilten Bruders gestorben.

Tiberius hatte den Leichnam nach Rom zurückgebracht, wo der Tote mit Ehrungen überhäuft worden war. Ein Nachklang dieser Ehrungen war der Name ›Germanicus‹, den jetzt sein Sohn trug. Gern hätte er darauf verzichtet, wäre es ihm nur vergönnt gewesen, dem Vater in seinen schwersten Stunden beizustehen. Aber Tiberius hatte damals, vor dreiundzwanzig Jahren, seine Bruderpflicht erfüllt, und das würde Germanicus dem Onkel und Adoptivvater niemals vergessen.

»Denk nicht weiter an den Traum«, sagte Agrippina sanft. »Er hat nichts zu bedeuten, es ist Vergangenheit.«

»Nein, nicht nur! Ich träumte vom Tod meines Vaters und gleichzeitig von der Niederlage des Quinctilius Varus. Es war sein Heer, das der weißen Frau begegnete.«

»Woher willst du das wissen?«

»Die Adler der drei von Arminius und seinen Aufständischen vernichteten Legionen schwebten über den Soldaten. Ich sah die Nummern der Legionen, deren Wiederaufstellung Augustus für alle Zeit verboten hat: XVII, XVIII und XIX.«

»Aber auch das ist Vergangenheit, Gaius. Alles ist lange vorbei. Das Schicksal, das deinem Vater und Quinctilius Varus wiederfuhr, ist nicht dein Schicksal!«

»Vielleicht doch«, erwiderte Germanicus schleppend. »Ich hatte diesen Traum schon oft, doch diesmal war etwas anders.«

Er machte eine Pause, schluckte und preßte die Lippen zusammen, als scheue er sich auszusprechen, was ihn belastete. Agrippina drückte ihn noch fester an sich und bewegte seinen Oberkörper leicht hin und her, wie sie es bei ihren Kindern tat, um sie in den Schlaf zu wiegen.

»Es war das Gesicht«, fuhr Germanicus stockend fort.

»Das Gesicht der riesenhaften Frau?« Während sie das sagte, fragte Agrippina sich, was an der Erzählung dran war, Drusus sei einer übermenschlich großen Frau begegnet, die ihm den Weitermarsch verwehrt und ihm den nahen Tod prophezeit habe. Eigentlich hielt sie es für eine Legende. Aber weshalb träumte Gaius immer wieder von der germanischen Riesin?

»Nein, ihr Gesicht war wie immer, unnahbar, allwissend, unbewegt und doch furchteinflößend. Ich meine das Gesicht des Feldherrn.«

»Das deines Vaters?«

Germanicus schüttelte den Kopf. »Diesmal war es nicht das schemenhafte Antlitz des Drusus.«

»Sondern das des Quinctilius Varus?«

»Nein …« Wieder zögerte er, räusperte sich, um seiner Stimme die Brüchigkeit zu nehmen und sagte endlich: »Es war *mein* Gesicht. Ich war der Anführer der Legionen, die von der Riesin verflucht und in den Tod geschickt wurden!«

Er hob den Kopf und sah seine Frau an, auf ihren Trost wartend. Sie schwieg für eine kleine Weile, um sich darüber klar zu werden, welche Bedeutung Germanicus seinem Traum beimaß.

»Es war kein Hinweis auf deinen Tod, Gaius!« Sie sagte es mit sanfter, beruhigender Stimme und doch mit der ihr eigenen Bestimmtheit, die ihr manchmal den Vorwurf einbrachte, nicht nur leidenschaftlich, sondern auch herrschsüchtig zu sein. »Es war nur der Ausdruck deiner verwirrten Sinne. Erst Augustus' Tod und jetzt die Meuterei deiner Legionen, das hat dich mitgenommen.«

»Wir beide sind von edlem Blut, Agrippina. Ich bin ein Großneffe des Augustus und du seine Enkelin. Du weißt, daß es heißt, die Träume von Menschen, die den Göttern nahestehen, sind nicht ohne Bedeutung, sondern von den Göttern gesandt.«

»Nicht alle Träume sind von den Göttern gesandt«, versuchte Agrippina die Bedenken ihres Mannes zu zerstreuen. »Außerdem, wenn du deine Träume den Göttern zuschreibst, muß das auch für meine Träume gelten. Auch ich habe einen Traum, der immer wiederkehrt. Es ist der Traum, daß ich an der Seite des Mannes sitze, der über Rom herrscht.«

Germanicus stieß seine Frau in einer plötzlichen Gefühlsaufwallung von sich und richtete seinen Oberkörper auf. Seine eben noch trüben Augen blickten zornig. »Hör auf!« fuhr er Agrippina an. »Du weißt, daß ich solche Reden nicht mag. Augustus hat Tiberius zu seinem Nachfolger bestimmt.«

»Aber viele sind der Meinung, du wärst ein besserer Herrscher. Wäre das Glück statt auf der Seite des Augustus auf der von Marcus Antonius gewesen, dann wärst vielleicht du, der Enkel des Antonius, jetzt der Beherrscher der Welt. So denken nicht nur viele in Rom, sondern auch deine Soldaten hier. Glaube mir, Gaius, nicht nur der Unmut über den schlechten Sold und die Länge ihres Dienstes hat sie zur Meuterei veranlaßt, sondern vor allem die Unzufriedenheit mit dem neuen Princeps.«

»Es ist, wie es ist«, entgegnete Germanicus trotzig. »Niemals werde ich dem Bruder meines Vaters in den Rücken fallen, dem Mann, der in der Stunde des Todes an Drusus' Seite stand.«

»Vielleicht bezieht sich mein Traum auf eine fernere Zeit, auf die nach Tiberius.«

Nach seinem Tod, wollte Agrippina erst sagen, besann sich aber eines Besseren. Sie durfte ihren erregten Mann nicht noch mehr erzürnen.

»Ja«, seufzte Germanicus. »Vielleicht bin nicht ich der Mann an deiner Seite, sondern einer unserer Söhne.«

Seltsam, daran hatte Agrippina noch gar nicht gedacht. Sooft der Traum ihr den Schlaf versüßte, das Gesicht des Mannes, der über das Römische Reich herrschte, hatte sie noch nie gesehen. Sie versuchte sich vorzustellen, wie ihre Söhne als erwachsene Männer aussehen würden. Nero Caesar, der jetzt acht, und Drusus Caesar, der sechs Jahre alt war.

Und der kleine Gaius Julius Caesar, der erst vor gut zwei Jahren auf die Welt gekommen war und den seine Eltern mit nach Gallien genommen hatten. Der aufgeweckte kleine Junge war schnell zum Liebling der Legionäre geworden, die ihm ein Paar winziger Soldatenstiefel anfertigten, auf denen er durchs Lager stakste. Caligula, Stiefelchen, nannten sie ihn in ihrer rauhen

Herzlichkeit, und seine Eltern benutzten den Namen auch schon. Sich frühzeitig die Zuneigung der Armee zu sichern war nicht der schlechteste Weg, eines Tages Princeps zu werden. Würde der kleine Caligula eines Tages über Rom herrschen und mit ihm seine Mutter Agrippina, so wie jetzt Livia zusammen mit ihrem Sohn Tiberius regierte?

Bis dahin würde es ein langer Weg werden. Vielleicht konnte Agrippina schon eher ihren Wunsch befriedigen, die mächtigste Frau der Welt zu sein und den Titel ›Augusta‹ zu tragen, den jetzt Livia innehatte. Sie mußte nur ihren störrischen Mann dazu bringen, sich nicht mehr als Neffe und Adoptivsohn des Tiberius zu sehen, sondern als Enkel des noch immer von vielen Römern verehrten Marcus Antonius.

Wie Gaius Julius Caesar Germanicus jetzt vor ihr lag, erschöpft, verschwitzt und mit am Kopf klebenden Haaren, wirkte er allerdings überhaupt nicht wie ein Herrscher.

Die Nächte wurden schon kühl um diese Jahreszeit. In diesem Zustand konnte Gaius sich leicht erkälten. Mit den geübten Handgriffen einer erfahrenen Mutter streifte sie seine Tunika ab und begann damit, ihn vom Kopf abwärts abzutrocknen. Dabei benutzte sie ein Stück der aus dicker Schafswolle bestehenden Tunika, die sie sich zum Schutz gegen die nächtliche Kälte übergezogen hatte. Als Haar, Gesicht und Oberkörper trocken waren, kniete sie sich hin, und die Hand mit dem Wollzipfel fuhr über die Oberschenkel, die im Gegensatz zu Germanicus' sonst eher kräftigem Körperbau ein wenig dünn wirkten.

Plötzlich hielt Agrippina inne und starrte auf das Glied ihres Mannes, das, erregt durch ihre Berührungen, anschwoll und sich ihr entgegenreckte. Sie hob den Kopf und fand Germanicus' Augen im fiebrigen Glanz der erwachenden Begierde.

Die Enkelin des Augustus war schon immer von rascher Auffassungsgabe gewesen und beschloß, den Zustand ihres Mannes auszunutzen, um alle etwaige Verstimmung zu vertreiben, die ihr vorheriges Drängen nach der Macht bei ihm ausgelöst haben mochte. Agrippina ließ ihre Tunika los und umfaßte mit festem Griff die Wurzel des angeschwollenen Priapus, den sie mit ihren Lippen umschloß. Ein Beben ging durch den Unterleib des Mannes und dann durch seinen ganzen Körper. Sein Atem wurde lauter und schneller. Geschickt steigerten Hände, Zunge und Lippen der Frau die Lust des Mannes, der sein Bett unter leisem Stöhnen noch mehr zerwühlte.

Auch Agrippina fühlte ihre Erregung wachsen und dachte gleichzeitig mit einem Anflug von Belustigung an die Wachen vor dem Zelt. Wenn Germanicus noch lauter wurde, würde ihren Ohren nicht entgehen, was in der Unterkunft ihres Imperators vor sich ging. Und wenn schon, es war nicht das erste Mal. Zwar schliefen Germanicus und Agrippina in getrennten Abteilungen des Zeltes, aber nur, weil der Imperator den späten Abend oft nutzte, um im Schein der Öllampen an seinen Dichtungen und wissenschaftlichen Schriften zu arbeiten. Trotz der getrennten Betten verging kaum eine Nacht, in der sie nicht zusammen eines ihrer Lager in Unordnung brachten.

So wie jetzt, als Agrippina ihre Tunika abgestreift hatte und sich zu ihrem Gemahl legte. Ihr einziges Kleidungsstück war nun die Brustbinde, die sie trug, um Form und Festigkeit ihrer von Germanicus so geliebten Brüste zu erhalten. Zwar war Agrippina erst dreißig Jahre alt, aber sie hatte schon sechs Söhnen ihre Milch gegeben, von denen aber nur noch drei lebten.

Germanicus' Hände griffen gierig nach dem Leinentuch und zogen es soweit herunter, bis es unter den Brüsten saß, die dadurch noch fester wirkten. Agrippina hockte sich rittlings auf den Gatten, der ihre großen, warmen Fleischkugeln mit solcher Inbrunst massierte und knetete, daß es schon weh tat.

»Du willst auf mir reiten?« keuchte Germanicus.

»Auf dir und auf deinem spitzen Schwert, o mein Imperator!«

»Das kannst du haben.« Der Mann lächelte und bohrte sein hart gewordenes Fleisch in das warme, feuchte Dreieck zwischen ihren Schenkeln.

Germanicus hörte erst auf, mit Agrippinas Brüsten zu spielen, als sich sein ganzer Körper ruckartig versteifte und er sich in ihren Schoß ergoß. Auch Agrippina genoß den Höhepunkt ihrer Lust, dann sackte ihr erschöpfter Körper auf den des Mannes.

Eine ganze Weile lagen sie so auf dem Bett, und einer genoß die Wärme des anderen. Schließlich bewegte Germanicus sich und zog die Decke über ihre Leiber. »Damit wir beide uns in der unnatürlichen Kälte dieses Landes nicht den Tod holen«, erklärte er.

Agrippina richtete ihren Oberkörper ein wenig auf, hob ihren Kopf, bis sie ihrem Mann in die Augen sah, und sagte: »Wir drei!«

Germanicus grinste. »Glaubst du, unser Ritt eben war so erfolgreich?«

»Nicht dieser Ritt, sondern einer, der schon einige Zeit zurückliegt.«

Das Grinsen verschwand, und Germanicus zog überrascht die Augenbrauen hoch. »Soll … soll das heißen, du erwartest ein Kind?«

Jetzt war es Agrippina, die grinste. »Eine andere Deutung meiner Worte scheint mir schwer möglich, o mein Gebieter.«

Sie hatte eine spöttische Erwiderung ihres Mannes erwartet, aber seine Züge blieben ernst, als er sagte: »Vielleicht war es unser neues Kind, von dem du träumtest, der Princeps, an dessen Seite du dich sahst.«

»Ja, vielleicht«, stimmte sie zu und fragte sich, warum sie noch nicht darauf gekommen war.

»Oder wird es ein Mädchen?« fragte Germanicus.

»Das wissen bis jetzt nur die Götter.«

Sie liebten sich noch zweimal in dieser Nacht, so wild und leidenschaftlich, wie es nach fast zehn Jahren Ehe nicht selbstverständlich war. Die Freude über das neue Kind hatte bei Germanicus die Sorgen über den Alptraum verdrängt.

Das allmorgendliche Opfer für die Penaten und die Laren und für den Genius, das Mann und Frau mit Teilen ihres Frühstücks an einem Altar darbrachten, fiel diesmal besonders reichlich aus, um die Haus- und Familiengötter dem in Agrippinas Leib heranwachsenden Kind gewogen zu stimmen. Aus demselben Grund beteten Germanicus und Agrippina an diesem Morgen auch zur Juno, der Beschützerin der weiblichen Fruchtbarkeit und der Neugeborenen.

Dann trat Germanicus vor das Zelt, um seinen Offizieren die nötigen Anweisungen für den heutigen Tag zu geben. Es würde ein anstrengender und gefährlicher Tag werden. Die Nachrichten von der Meuterei der germanischen Legionen waren höchst besorgniserregend, andernfalls hätte Germanicus kaum die Steuerschätzung in Gallien unterbrochen, um im Eilmarsch an den Rhenus zurückzukehren. Jetzt stand er mit seiner Leibwache dicht vor dem Sommerlager der Legionen I, V, XX und XXI. Ihr

Befehlshaber war Aulus Caecina Severus, ein verdienter Veteran, der als Legat von Moesien die pannonischen Aufständischen bekämpft und einen Einfall der Daker und Sarmaten zurückgeschlagen hatte. Wenn Caecina nicht mit den meuternden Truppen fertig wurde, mußte die Lage wirklich brisant sein.

Kaum war der Imperator ins Freie getreten und hatte die frische, würzige Morgenluft eingeatmet, als er nicht weit von seinem Zelt entfernt Unruhe unter den Soldaten bemerkte. Ein Gedanke traf ihn wie ein Schlag vor den Kopf: Hatte die Meuterei etwa schon seine Leibwache ergriffen? Es waren zwar ausgewählte, gutbezahlte Elitesoldaten, Prätorianer, wie es dem Adoptivenkel des Augustus zustand, aber Zeiten wie diese nagten an jeder Sicherheit.

Wenn es Meuterei war, durfte er jetzt kein Zaudern zeigen. Er unterdrückte den Drang, an die linke Hüfte zu greifen und das Schwert aus der verzierten Scheide zu ziehen. Nur nichts überstürzen, einen kühlen Kopf bewahren! Er ging mit gemessenen Schritten auf den Aufruhr zu und kniff die Augen zusammen, um gegen die noch tief stehende Morgensonne zu erkennen, was sich im Lager abspielte. Schließlich entdeckte er eine zerlumpt aussehende Gestalt zwischen seinen Soldaten, eine Frau offenbar.

»Was ist los?« schnarrte Germanicus im gebieterischen Feldherrnton und sorgte damit augenblicklich für Ruhe.

Die Soldaten hörten mit dem Gerangel auf. Zwischen ihnen stand eine nicht mehr junge Frau, eine Germanin, wie der Imperator an ihrer schlichten Kleidung, ihren Gesichtszügen und ihren hellen, schon ergrauenden Haaren erriet. Obwohl sie vollkommen gerade stand, hielt sie einen langen, knotigen Stock in der Hand.

Ein Zenturio löste sich aus der Gruppe, trat vor Germanicus und schlug zum Gruß mit der Faust gegen seinen im Sonnenlicht blitzenden Brustpanzer. »Salve, Imperator.«

»Was tut sich hier, Zenturio?« fragte Germanicus, anstatt den Gruß zu erwidern. »Was ist das für eine Frau?«

»Eine Einheimische«, antwortete der Zenturio. »Beim Abbrechen der Palisaden muß sie sich irgendwie ins Lager geschlichen haben. Wir haben sie in der Nähe deines Zeltes aufgegriffen, Caesar Germanicus.«

Die Frau reckte das faltige Gesicht vor und sagte mit kreidiger, unangenehm durchdringender Stimme: »Du bist Germanicus, unser römischer Herr. Zu dir wollte ich.«

Für eine gewöhnliche Frau, die sie aufgrund ihres Aussehens nur sein konnte, beherrschte sie die lateinische Sprache sehr gut, wenn auch mit einem starken Akzent. Vergeblich versuchte Germanicus, anhand dieses Akzents den Stamm zu erraten, dem die Frau angehörte. Er fragte sie danach.

»Das habe ich längst vergessen«, antwortete sie zu seiner Überraschung. »Ich streife schon zu lange durch das Land, und nirgends bin ich heimisch.«

»Und weshalb hast du mich gesucht?«

»Du bist als großzügig bekannt, Gebieter, und ich bin nur eine arme Frau.«

»Eine Bettlerin also«, knurrte der Zenturio unwillig. »Immerhin besser als eine Meuchlerin. Oder willst du dich jetzt nur herausreden, Vettel?«

»Ich will niemandem etwas Böses. Ich will nur dem Germanicus meine Dienste anbieten in der Hoffnung, ihn mir gewogen zu machen.«

»Was für Dienste?« fragte Germanicus, der nicht wußte, was er von der Sache halten sollte.

War die zerlumpte, abgerissene Frau wirklich nur eine Bettlerin? Oder hatte der Zenturio recht: Hatten Meuterer die Frau ausgeschickt, ihn umzubringen? Vielleicht sollte sie ausspionieren, welche Pläne der Imperator verfolgte. Dann würde sie wenig Erfolg haben. Er wußte selbst noch nicht, was er tun würde, wenn er den Meuterern gegenüberstand.

»Die Götter sind gnädig zu mir und lassen mich in die Zukunft der Menschen sehen«, sagte die Frau.

»Eine Seherin also«, sagte der Zenturio spöttisch und ließ ein abfälliges Lachen hören. »Bei Jupiter, von dieser Sorte haben wir Römer selbst mehr als genug. Such dir einen anderen Dummen aus, dem du deine Lügengeschichten erzählen kannst, Weib. Uns verschone damit und verschwinde endlich!« Er packte die Frau an den Schultern, um sie zu entfernen.

Eine helle, gebieterische Stimme hielt ihn zurück: »Nein, laß sie los, Zenturio!«

Germanicus wandte den Kopf zur Seite und sah Agrippina, die neben ihn getreten war. Daß Agrippina seinem Zenturio einen Befehl erteilte, erregte weder seine Verwunderung noch seinen Widerspruch. Die Enkelin des Augustus konnte ihr Blut nicht verleugnen und benahm sich nicht nur wie die Frau des Imperators, sondern wie seine Stellvertreterin.

Ihre Dienerinnen hatten sie für den Tag zurechtgemacht, und es konnte kaum einen größeren Unterschied geben als den zwischen der traurigen Gestalt der Germanin und Agrippinas strahlender Schönheit. Ihr anmutiges Gesicht benötigte nur wenig Schminke, hauptsächlich etwas Antimonpuder, das ihre Augen größer erscheinen ließ und ihnen einen geheimnisvollen Glanz verlieh. Ihre Stola war von einfacher Eleganz, eng genug, um die weiblichen Rundungen ihres Körpers nicht zu verbergen. Das feingoldene Haarnetz fing die Strahlen der Sonne auf und ließ Agrippinas Haupt bei jeder Bewegung funkeln wie das einer Göttin. Eine breite Goldkette, netzartig mit Knoten versehen, wiederholte das Muster des Haarnetzes. Mit kostbaren Steinen besetzte Ringe schmückten die schlanken Finger.

»Was willst du mit dieser Frau, Agrippina?« fragte der Imperator verwirrt.

»Vielleicht ist es kein Zufall, daß sie ausgerechnet an diesem Morgen aufgetaucht ist.« Als Agrippina den noch immer fragenden Blick ihres Gemahls bemerkte, fügte sie hinzu: »Nach dieser Nacht mit deinem Traum und nach dem besonderen Opfer heute morgen wollen die Götter uns vielleicht mehr über unser Schicksal eröffnen.«

»Ausgerechnet durch eine schäbige Germanin?« fragte Germanicus mißtrauisch.

»Können wir uns anmaßen, die Ratschlüsse der Götter nachzuvollziehen? Ich jedenfalls finde es sonderbar, daß die Frau gerade heute zu uns kommt.«

Germanicus seufzte ergeben. Er wußte, daß er Agrippina schlecht eine Idee ausreden konnte, die sich einmal in ihrem Kopf festgesetzt hatte. Und außerdem regte sich Neugier in ihm.

»Zenturio, durchsucht die Frau nach Waffen!« befahl er.

Das geschah und brachte als Ergebnis eine rostige Sichel mit einem durch Schnitzereien verzierten Griff zum Vorschein.

»Also doch eine Meuchelmörderin!« sagte der Zenturio.

»Ich brauche die Sichel zum Schneiden der heiligen Kräuter«, verteidigte sich die Frau.

»Mag sein«, sagte Germanicus und befahl dem Zenturio, ihr die Sichel zurückzugeben. »Es wäre jedenfalls eine kümmerliche Waffe für einen Mord. Und diese Frau sieht auch nicht so aus, als könne sie es mit meiner Garde aufnehmen.« Er wandte sich an die Seherin. »Dann zeig uns deine Künste!«

Die Frau drehte sich in alle Richtungen und besah sich in Ruhe das bereits halb abgebrochene Lager. Überall arbeiteten die Soldaten, rissen die spitzen Holzpflöcke aus den Verteidigungswällen, bauten Zelte ab und legten die Planen zusammen, trieben Ochsen und Pferde zu den Wagen und nahmen sie ins Joch. Es war eine große Lichtung, ringsum von dichtem Wald umgeben. Die wenigen Bäume, die gestern noch auf der Lichtung gestanden hatten, waren den Äxten der Soldaten zum Opfer gefallen. Ihr Holz war zum Befestigen des Lagers oder zum Verfeuern benutzt worden. Nur am Südrand der Lichtung war ein Baum stehengeblieben, der eigentlich keiner mehr war. Von der einst mächtigen Esche war nur der hohle Stamm übrig, der Rest war vermutlich einem Sturm oder Blitzschlag zum Opfer gefallen.

»Die alte Esche wird uns Auskunft geben«, sagte die Germanin und deutete mit der Sichel auf den verwitterten Stamm. »Wodan, der mächtige Gott, hing neun Nächte und neun Tage an der Weltesche, um die Weisheit zu erlangen. Er wird uns helfen, ein wenig Weisheit zu erheischen.«

»Gut«, sagte Germanicus ungeduldig. »Fangen wir an!«

Die Seherin hob ihre Sichel. »Erst muß ich die heiligen Kräuter schneiden.«

»Beeil dich!« verlangte der Imperator. »Wenn das Lager abgebrochen ist, verlassen wir diesen Ort. Wir haben heute noch Wichtiges vor.«

»Ist das Schicksal nicht wichtig?« keifte die Frau und ging zum Rand des Lagers, um im Wald ihre Kräuter zu schneiden.

Germanicus wollte zu Agrippina eine abfällige Bemerkung über die Seherin machen. Das Ganze war seiner Meinung nach nur Zeitverschwendung. Aber er kam nicht dazu, weil das Gelächter seiner Soldaten ihn ablenkte.

Der kleine Caligula stapfte in seinen winzigen und für ihn dennoch etwas zu großen Stiefelchen auf die Eltern zu, gefolgt von der zeternden Amme, der er ausgerissen war. Als die Amme, eine dickliche griechische Sklavin, ihn packen wollte, ließ der kleine Junge sich auf alle viere fallen und krabbelte zwischen ihren Beinen hindurch. Mit lauten Rufen äußerten die Soldaten ihren Beifall und ihre Sympathie für den jüngsten Sohn ihres Imperators. Bei dem Versuch, den Jungen doch noch an den Stiefeln zu fassen, verlor die Amme das Gleichgewicht und fiel in den Schmutz. Das Gelächter der Soldaten schwoll an und wollte nicht mehr aufhören.

»Schon gut, Eurykleia, ich kümmere mich um den kleinen Gaius«, sagte Agrippina und schnappte sich ihren Sohn mit einem geschickten Griff.

Als habe er nur darauf gewartet, in den Armen der Mutter zu liegen, machte Caligula ein seliges Gesicht und zeigte sich vom lauten Schimpfen der Amme unberührt.

Die Soldaten drängten sich um Vater, Mutter und Sohn und beglückwünschten die Eltern zu ihrem Sprößling. »Ganz der Vater«, sagte ein knorriger Optio. »So wie er seine Amme an der Nase herumführt, wird er es später mit den Feinden Roms machen.«

Hoffentlich! dachte Agrippina. *Wenn er sich weiterhin so geschickt anstellt, könnte es ihm gelingen, nicht nur seine Amme, sondern alle – auch die Römer – an der Nase herumzuführen und sich zu ihrem Herrscher aufzuschwingen.*

Die Beschäftigung mit dem kleinen Gaius ließ die Zeit schnell vergehen. Als die Seherin mit dem Arm voller Kräuter zurückkehrte und auf die abgestorbene Esche zuhielt, mußte Caligula wohl oder übel zurück zur Amme. Jetzt verlor sein kleines Gesicht den seligen Ausdruck. Er schrie und heulte und stieß Verwünschungen aus, die für sein Alter erstaunlich waren und erkennen ließen, daß das Lagerleben unter lauter rauhen Soldaten nicht folgenlos blieb.

Germanicus winkte den Zenturio heran, der die Germanin gefaßt hatte. »Wie heißt du?«

»Ventidius«, antwortete der breitschultrige Prätorianer.

»Du warst vorhin sehr aufmerksam, Ventidius, das werde ich dir nicht vergessen. Wäre die Frau wirklich gefährlich gewesen, hätte ich dir und deinen Männern wohl das Leben zu verdanken. Und vor uns liegen noch einige Gefahren. Du wirst in Zukunft in meiner Nähe bleiben. Paß jetzt auf, daß wir nicht gestört werden!«

»Zu Befehl, Imperator.«

Germanicus und Agrippina folgten der Seherin, die vor der alten Esche kniete und die von ihr gesammelten Kräuter in eine Aushöhlung des dreifach mannsbreiten Stammes stopfte. Als die Römer näher kamen, erhob sie sich und hielt ihnen zwei Holzstöcke entgegen. »Nimm das, Imperator, und entzünde damit die heiligen Kräuter!«

»Wie?« fragte Germanicus, ohne ihr die ausgestreckten Stöcke aus der Hand zu nehmen.

»Wie schon! Du mußt die Hölzer aneinander reiben, bis sie sich entzünden und ihre Flammen auf die Kräuter übergreifen.«

»Das ist überflüssig«, sagte Germanicus. »Wir brauchen nur eine Fackel aus dem Lager kommen zu lassen.«

»Nein, keine Fackel! Wer die Wahrheit über sein Schicksal wissen will, muß die heiligen Kräuter mit wildem Feuer entzünden.«

»Mit … wildem Feuer?« wiederholte Germanicus ungläubig.

Die Seherin nickte und streckte die Hand mit den Stöcken so weit aus, bis sich die Hölzer dicht vor dem Gesicht des Feldherrn befanden.

»Nimm sie schon, Gaius!« drängte Agrippina.

Also nahm er die Hölzer, kniete sich mit einem unwilligen Knurren vor den Baum und begann damit, die zwischen die Kräuter gesteckten Hölzer aneinander zu reiben.

»Ich werde Wodan, den Hüter der Weisheit anrufen«, erklärte die Germanin. »Und die drei Nornen, die am Fuß der Weltesche hocken und die Schicksalsfäden spinnen.« Sie verfiel in einen leiernden Singsang, den Germanicus und Agrippina schon deshalb nicht verstanden, weil die Seherin jetzt germanisch sprach.

Zwar herrschten die Römer über das germanische Gebiet links des Rhenus und versuchten auch, die Region rechts des Flusses bis zur Albis unter ihre Kontrolle zu bringen, aber es fiel ihnen nicht ein, die Landessprache zu lernen. Wer von den Germanen höherer Abstammung mit den Römern verhandelte und mit ihnen Bündnisse schloß oder wer mit ihnen Geschäfte machte, hatte ihre Sprache zu lernen, wie es die Seherin getan hatte. So war es nicht nur in Germanien, sondern fast überall dort, wo die Römer hinkamen. Eine Ausnahme hatten sie nur mit den Griechen gemacht, die eine Kultur besaßen, die von den Römern bewundert wurde.

Während Germanicus noch darüber nachsann, was die Worte der Seherin bedeuten mochten, schlugen plötzlich Flammen auf und leckten heiß nach seinen Händen. Erschrocken ließ er die Feuerstöcke los und riß, als er die Hände rasch aus der Höhlung zog, einen Handrücken am zersplitterten Holz der Esche auf. Er hatte nicht mit einem so schnellen Erfolg seiner Bemühungen gerechnet.

»Wodan hat uns erhört«, verkündete die Seherin auf lateinisch. »Sein Auge ruht auf den Schicksalsfäden. Was begehrt ihr zu wissen, Römer?«

»Ich erwarte ein Kind«, sagte Agrippina schnell. Ihre Augen hingen gebannt an dem auflodernden Feuer im Stamm der Esche, und auf ihren Wangen tanzten rote Flecken, Zeichen ihrer Erregung. »Wird es … wird es eines Tages über Rom herrschen?«

Die Seherin zeigte auf das Feuer. »Um die Antwort zu erfahren, blase kräftig in die Flammen.«

Agrippina ging in die Knie und befolgte die Anweisung. Kurz danach drang dunkelgrauer Rauch aus der obersten Öffnung des hohlen Baumstammes.

Die Seherin legte den Kopf in den Nacken und beobachtete den Rauch, während ihre dünnen Lippen kaum hörbar murmelten. Dann wurde ihre Stimme lauter, und sie sagte auf lateinisch: »Die Schicksalsgöttinnen beantworten deine Frage mit Ja, Gemahlin des Imperators. Deine Tochter wird dereinst die mächtigste Frau der Welt sein.«

Beim ersten Satz der Seherin überschwemmte eine Welle des Glücks Agrippina. Doch beim zweiten Satz wurde der Mund der Römerin plötzlich trocken. Mehrmals setzte die völlig verwirrte Frau zum Sprechen an, bis sie schließlich mit rauher Stimme krächzte: »Meine Tochter? Bist du sicher, daß es eine Tochter wird?«

»Ich kann nur sagen, was ich sehe. Und was ich sah, habe ich gesagt.«

Vergebens versuchte Agrippina, einen Sinn in die Worte der Seherin zu bringen. Wie konnte eine Frau Rom beherrschen? Sollte Agrippina die Mutter einer neuen, einer römischen Kleopatra werden? Der Gedanke erschien ihr bei näherem Nachdenken nicht ganz so fernliegend, war der Vater des Kindes doch ein Enkel des Marcus Antonius.

»Die heiligen Kräuter verbrennen, das Feuer verlöscht, der Rauch wird dünner.« Die Stimme der Germanin durchdrang die sich überstürzenden Gedanken der Römerin. »Wenn ihr noch eine Frage an das Schicksal habt, dann stellt sie rasch!«

Agrippina blickte auf und sah den grauen Rauch, der eben noch als dicke Säule in den Morgenhimmel gestiegen war und jetzt nur noch wie ein dünnes Band wirkte.

»Ja, ich habe noch eine Frage«, sagte die Römerin. »Welches Los hat das Schicksal meinem Gatten zugedacht?«

Sie wollte wieder in die Flammen blasen, aber die Seherin sagte: »Nicht du, sondern dein Gemahl muß das Schicksal befragen.«

Also blies Germanicus ins Feuer und fragte sich zum wiederholten Mal, ob er und Agrippina sich hier lächerlich machten. Gewiß, ein Römer lebte mit dem Spruch der Orakel. Als oberster Feldherr der Truppen am Rhenus befragte Germanicus selbst die Götter vor jedem Feldzug, ob sie ihm und seinen Soldaten ihren Segen gaben. Doch er befragte nicht die germanischen Gottheiten.

Der Rauch wurde wieder etwas dicker, und der Römer glaubte, die Form eines Vogels mit nach oben ausgestreckten Flügeln zu erkennen.

»Alle Schwierigkeiten, die jetzt vor dem Imperator liegen, wird er überwinden, wenn der Adler sich über seinem Haupt erhebt«, verkündete die Seherin.

Plötzlich, obwohl kein Windhauch zu spüren war, loderten die Flammen noch einmal hoch, und aus dem oberen Baumende quoll eine dicke, schwarze Rauchwolke, die das vogelartige Gebilde umschloß und verschluckte. Die Rauchwolke schwebte über der Esche und schien gar nicht daran zu denken, sich aufzulösen.

Das bisher unbewegte Gesicht der Seherin verriet Überraschung und dann Erschrecken. Ihre Lippen zitterten, und wieder murmelte sie etwas Unverständliches. Speichel troff aus einem ihrer Mundwinkel.

»Was ist?« fragte Agrippina, ebenfalls erschrocken. »Was siehst du, Weib?«

»Der Adler hilft dem Imperator, aber er weist ihm auch den Weg ins Verderben«, murmelte die Seherin mit fast tonloser Stimme, die Augen unverwandt auf die Wolke gerichtet.

Die löste sich allmählich auf, in eine winzig kleine und zwei große Stücke. Das kleine Stück war fast augenblicklich nicht mehr zu sehen. Die beiden großen schwebten gemeinsam über dem Wald, trennten sich dann und wurden von einem plötzlichen Windstoß erfaßt, der sie bis zur Unkenntlichkeit zerfetzte. Gleichzeitig erlosch das Feuer.

»Was hat das jetzt zu bedeuten?« unterbrach Agrippina das unverständliche Gemurmel der Germanin. »Sprich doch schon!«

»Wodan hat mir das Schicksal dreier Männer gezeigt, das die Nornen miteinander verwoben haben. Der Imperator ist einer von ihnen, aber ich weiß nicht, welcher. Drei Männer, die fast zur selben Zeit Väter werden, doch einer davon wird es nicht. Den anderen beiden ist ein gleicher Tod bestimmt, und sie sterben zur gleichen Zeit.«

»Wer stirbt?« schrie Germanicus, stürzte auf die Germanin zu, packte sie an den knochigen Schultern und schüttelte sie, bis sie zu Boden stürzte.

Alle nach außen zur Schau gestellte Gelassenheit war von ihm abgefallen, als er an den Traum der letzten Nacht dachte. An die Adler des Varus und den Tod der Soldaten durch die riesigen Wölfe. An den Tod des Feldherrn mit dem Gesicht des Germanicus. An den Fluch der geheimnisvollen Germanin. War es diese Seherin, die er im Traum geschaut hatte? War es dieselbe Frau, die schon den Fluch über seinen Vater gesprochen hatte?

In den Augen der Germanin, bisher trüb und bar jeder Regung, war kurzzeitig ein unheimliches Glitzern zu sehen, das ihre wahren Gefühle für die Römer zu verraten schien. Aber schnell senkte sich wieder der Schleier der Gleichgültigkeit über Augen und Gesicht, und die neben den dicken Baumwurzeln liegende Frau sprach: »Ich kann nicht mehr sagen. Wodan hat das heilige Feuer verlöschen lassen, und die Nornen halten das Schicksal der Menschen wieder geheim.«

»Aber ich will wissen, wer stirbt!« brüllte der Imperator. »Bin ich unter den Toten?«

»Ich konnte nicht viel erkennen, aber es ist gut möglich, Herr. Der Adler, dem du folgst, führt dich ins Verderben.«

Germanicus ballte die Hände zu Fäusten, bis die Nägel schmerzhaft ins Fleisch schnitten. »Du hast doch gesagt, wenn ich dem Adler folge, werde ich alle Schwierigkeiten überwinden! Wie kann das gleichzeitig mein Untergang sein?«

»Die Fäden des Schicksals sind auf vielfältige Weise miteinander verknüpft«, orakelte die Seherin. Sie stützte sich auf ihren langen Stab, stand ächzend auf und streckte eine knochige Hand aus. »Mehr kann ich nicht für Euch tun. Gebt mir meinen Lohn!«

»Deinen Lohn?« schnaubte Germanicus. »Ich werde dich auspeitschen lassen für deine frechen Lügen, das wird dein Lohn sein!«

»Ich bestimme nicht das Schicksal, ich schaue es nur.«

Von der lauten Stimme ihres Feldherrn angelockt, näherten sich Ventidius und seine Männer der alten Esche. Schnell trat Agrippina zu der Seherin, drückte ihr etwas in die Hand und sagte: »Geh jetzt, es ist besser!«

Kurz blickte die Germanin auf den Gegenstand in ihrer Hand, bevor sie sich wortlos umdrehte und auf den Waldrand zustapfte. Bald verschmolz ihre Gestalt mit den Bäumen.

Als die Soldaten die hohle Esche erreichten, fragte Ventidius: »Was ist geschehen? Sollen wir die Vettel zurückholen?«

Nach kurzem Überlegen schüttelte Germanicus den Kopf: »Nein, laßt sie laufen. Sie ist eine arme Irre, die in den Wäldern umkommen wird, wenn sie nicht auf sich achtgibt. Sorg dafür, daß wir bald aufbrechen können, Zenturio! An diesem Ort hält mich nichts mehr.«

Lieber würde Germanicus endlich den Meuterern gegenüberstehen, als sich noch einmal mit einer schrulligen Seherin einzulassen. Er gestand es sich nicht ein, aber ihre Worte hatten ihm Furcht eingeflößt.

Als die Soldaten sich entfernt hatten, wandte er sich an seine Frau: »Was hast du ihr gegeben?«

»Einen Saphirring aus Elektron.« Sie blickte auf ihre ringgeschmückten Hände mit den kostbaren Steinen. Smaragdgrün, saphirblau und granitrot funkelte es im Sonnenlicht. »Ich habe noch genug davon.«

»Trotzdem war es bei weitem zuviel! Diese Kräuterhexe hat uns ausgenommen. Ich hätte sie wirklich auspeitschen lassen sollen.«

»Ich bin froh, daß sie verschwunden ist.«

»Warum?« fragte Germanicus. »Schenkst du ihren Worten etwa Glauben?«

»Ich weiß nicht recht«, erwiderte Agrippina und strich dabei sanft über ihren Leib.

»Ach, du denkst an die Herrscherin, die angeblich in dir heranwächst?« Germanicus brach in ein schepperndes, etwas zu lautes Lachen aus. »Ich weiß nicht, was das Schicksal Rom nach Tiberius bestimmt hat. Aber eins weiß ich ganz sicher: Bis eine Frau Rom regiert, wird noch mehr Wasser den Tiber hinunterfließen, als es in allen Meeren der Welt gibt.«

»Meinst du?« erwiderte Agrippina schnippisch. »Und was ist mit Livia, die jetzt als Julia Augusta verehrt wird? Als Augustus noch lebte, hatte sie schon ein gehöriges Wort mitzureden. Von deinem verschrobenen Onkel Tiberius wird sie sich kaum mundtot machen lassen. Da muß erst ein richtiger Mann Princeps werden!«

Germanicus wollte nicht schon wieder mit Agrippina über seinen Herrschaftsanspruch diskutieren und knurrte unwirsch: »Lassen wir das! Wir müssen uns auf den Abmarsch vorbereiten. Ich habe jetzt keine Zeit, mir um die wirren Reden der Germanin Gedanken zu machen. Vier meuternde Legionen erwarten mich.«

Und doch dachte er bei dem Marsch durch die fremden Wälder fast unentwegt an die Prophezeiung der Seherin, die erst wie eine glückliche Offenbarung geklungen hatte, dann aber wie ein Fluch.

Kapitel 3

Im Dunklen Tal

Im Dunklen Tal wurde es niemals richtig hell, mochte Dagr, der Sohn der Nacht, seinen goldenen Wagen auch mit Inbrunst über den Himmel ziehen, mochte die Jungfrau Sunna auch noch so sehr leuchten. Daher rührte der Name der langgestreckten, in mehreren Windungen dem Verlauf eines kleinen Flusses folgenden Schlucht. Die hochaufragenden, schroffen Felswände standen so eng beieinander, daß der größte Teil von Sunnas Strahlen abgefangen wurde. Und was doch durchdrang, blieb im dichten Blattwerk der Bäume hängen, die das Dunkle Tal auf seiner ganzen Länge durchzogen. Es gab nur wenige Lichtungen am Fluß.

Trotz des klaren Wassers, das einer nahen Quelle entsprang, hatte sich niemand bereitgefunden, hier zu siedeln. Auch wenn der Wald gerodet wurde, würde es aufgrund der hohen Felswände wohl an Licht mangeln. Aber es gab noch einen anderen Grund: Die Cherusker erzählten sich Schauergeschichten über dieses abgelegene Tal, das am Rande des Donargaues lag. Wiedergänger, deren Seelen weder Eingang nach Walhall noch ins Reich der Hel gefunden hatten, sollten sich hier umtreiben. Aus diesem Grund vermieden die meisten Menschen, selbst erfahrene Krieger, das Betreten des Dunklen Tals. Und wer es doch wagte, der schwor danach häufig, das Wehklagen der Wiedergänger mit eigenen Ohren gehört zu haben.

Auch jetzt hörten die Reiter, die am nördlichen Eingang zur Schlucht innehielten, ein leises, jammerndes Raunen. Sie waren Krieger des Donargaues, die als besonders tapfer galten. Daher waren sie bemüht, sich ihre Furcht nicht anmerken zu lassen. Doch die versteinerten Gesichter und die Zurückhaltung, die sie ihren Pferden auferlegten, sprachen für sich. Plötzlich schwoll das Raunen zu einem lauten Heulen an, und die Reiter zügelten ihre Pferde.

Ihr hünenhafter Anführer, der einen großen Rappen ritt, drehte sich zu den anderen um und fragte: »Was ist, Donarsöhne? Wolltet ihr nicht den Roten zur Strecke bringen, der unsere Höfe schon seit vielen Wochen heimsucht, der unser Vieh reißt und jetzt auch Odomars Weib getötet hat?«

»Ja!« rief der Bauer Odomar, ein grobschlächtiger Mann mit verwittertem Gesicht. »Worauf warten wir? Jedes Zögern vergrößert den Vorsprung des Roten. Machen wir, daß wir ihm das Fell abziehen. Es soll dem gehören, dessen Frame sich zuerst in das Fleisch des Untiers bohrt!«

Er reckte die Lanze in die Luft, trieb den bauchigen Schimmel an und schloß zu seinem Fürsten auf, gefolgt von seinen Söhnen Raimar und Komar. Ihre verbissenen Gesichter verrieten die Entschlossenheit und den Haß, der sie jede Furcht vor dem Dunklen Tal vergessen ließ. Sie hatten einen guten Grund für ihren Haß auf den Roten: Er hatte Odomars Weib Esta und seine Tochter Guda ermordet.

Erst hatte der Rote sich nur an die Tiere auf den einsamen Gehöften gehalten, hatte Rinder, Schafe, Ziegen, Schweine und Gänse gerissen und einem Imker fast sämtliche Bienenstöcke zerstört. Heute hatte die Bestie ihre schlimmste Tat begangen, als sie Esta und Guda, die am Bach nahe ihres Hofes die Kleider wuschen, überfiel. Die auf den Feldern arbeitenden Männer hörten die Schreie der Frauen, waren aber zu weit entfernt, um ihnen beizustehen. Als Odomar, sein älterer Sohn Raimar und sein jüngerer Sohn Komar den Ort des Überfalls erreichten, fanden sie die Frauen sterbend vor, entsetzlich zugerichtet von dem bösartigen Bären, von dem man noch nicht mehr gesehen hatte als einmal kurz das Fell des flüchtenden Räubers. Es sollte rötlich schimmern, und so nannten die Donarsöhne das Tier den Roten.

Odomar und seine Söhne ritten zu ihrem Gaufürsten, um sich Verstärkung bei der Verfolgung des Mörders zu sichern. Die Cherusker hielten sich nicht damit auf, eine große Treibjagd zusammenzustellen, sondern folgten dem Mörder mit einem kleinen Trupp berittener Krieger, um dem flüchtenden Bären keinen zu großen Vorsprung zu gönnen. Der Rote war als gerissen bekannt, tauchte aus dem Nichts auf und verschwand ebenso rasch wieder. Vermutlich war er ein erfahrener, alter Einzelgänger. Doch der junge Fürst der Donarsöhne hatte beim Donnergott geschworen, daß Esta und Guda die letzten Opfer des Untiers sein sollten.

Als Odomar und seine Söhne sich um den Fürsten scharten, ließ Thorag einen auffordernden Blick über die anderen Männer gleiten. Drei weitere Reiter, ein schon älterer und zwei noch sehr junge, lösten sich aus der Gruppe, um zu ihrem Fürsten aufzuschließen.

Der ältere Mann, ein massiger Bauer mit ergrautem Haar und Schnauzbart, war Thidrik, der früher im Ebergau gelebt und jetzt bei den Donarsöhnen eine neue Heimat gefunden hatte. Die beiden Jungmänner, Tebbe und Eibe, waren die Söhne des Schreiners Holte, der in der Ansiedlung des Gaufürsten gewohnt hatte und bei einem Überfall der Eberkrieger getötet worden war, damals, vor der großen Schlacht gegen die Legionen des Varus.

Tebbe und Eibe führten das Handwerk des Vaters fort. In allen anderen Dingen, die ein junger Mann lernen mußte, hatten sie gleich zwei Lehrmeister gefunden, Thidrik und Thorag. Seit vor drei Jahren Wiete, Holtes Witwe, gestorben war, war die Bindung der beiden Jungen an Thorag und Thidrik noch stärker geworden. Es war fast, als hätten Holtes Söhne zwei neue Väter bekommen.

Thorag sah dies gern. Thidrik half es vielleicht, über den Tod seines Sohnes Hasko hinwegzukommen, den Thorag bei der Verteidigung des eigenen Lebens hatte töten müssen. Und Thorag selbst lernte durch die Ersatzvaterschaft viel, was er bei der Erziehung seines leiblichen Sohnes gebrauchen konnte. Noch war Ragnar, der seinen Namen nach Thorags jung gestorbenem Bruder erhalten hatte, so klein, daß seine Erziehung Sache der Mutter war. Doch Thorag fieberte schon dem Tag entgegen, an dem er beginnen würde, aus Ragnar einen Krieger und zukünftigen Gaufürsten zu machen.

Alle anderen Krieger folgten dem Beispiel von Odomar, Raimar, Komar, Thidrik, Tebbe und Eibe. Die neunzehnköpfige Schar ritt im scharfen Galopp in die enge Schlucht ein. Hier gab es nur einen Weg, sie konnten die Spur des Roten nicht verfehlen. Die hoch über den Cheruskern aufragenden Steilwände warfen das Hufgetrommel laut und mehrfach zurück. Würde der Rote es hören und gewarnt sein?

Das Dunkle Tal verbreiterte sich ein wenig, rechts und links des Flusses erstreckte sich dichter Wald. Die Spur des Bären, die bisher am rechten Flußufer entlanggeführt hatte, verlor sich plötzlich, als habe sich der Rote in Luft aufgelöst. Die Verfolger hielten an und blickten sich verwundert um.

»Vielleicht ist er in den Wald gelaufen«, überlegte der junge Eibe laut.

»Dann müßte seine Fährte in den Wald führen, dürfte aber nicht einfach aufhören«, belehrte Tebbe seinen Bruder.

Thorag war abgestiegen und hatte sich neben die letzten Spuren des Räubers gekniet. Es war eine große Fährte. Selbst die Abdrücke der vorderen Tatzen, die stets etwas kleiner als die der hinteren ausfielen, waren größer als bei den meisten Bären die Hintertatzen.

»Der Rote muß sehr groß und stark sein«, stellte der Gaufürst fest.

»Und sehr gerissen«, fügte Thidrik an. »Er hat uns ganz schön vorgeführt, indem er spurlos verschwunden ist.«

»Nicht ganz spurlos.« Thorag kauerte noch über dem Ende

der Fährte. »Hier sind die Tatzenabdrücke ein wenig dem Fluß zugewandt. Und wenn man genau hinsieht, entdeckt man auf den Steinen ein paar dunkle Flecke. Wasserspritzer, die noch nicht ganz getrocknet sind, da Sunnas Kraft nicht bis hierher reicht.«

»Du meinst …«

»Ja, Thidrik«, sagte Thorag, als er sich erhob und wieder auf den Rappen stieg. »Der Rote hat hier zum Sprung in den Fluß angesetzt, um seine Fährte zu verwischen.«

»Der klügste Bär, den ich kenne«, brummte Thidrik. »Und damit der gefährlichste.«

Du hast nicht gegen Ater, den Schwarzen, gekämpft! dachte Thorag und erinnerte sich an den wütenden Bären, dem er vor vielen Wintern in der Ubierstadt gegenübergestanden hatte. Aber Thidrik hatte wohl recht: Der Rote schien kaum weniger gefährlich als der riesenhafte, schwarze Bär in der Arena.

»Der Rote kann den Fluß auf jedem der beiden Ufer verlassen haben«, verkündete Thorag. »Nur den Uferbereich, den wir abgeritten haben, können wir ausschließen. Wir teilen uns deshalb in drei Gruppen.« Er sandte zwei Trupps weiter ins Dunkle Tal hinein, jeweils sechs Mann auf einer Seite des Ufers. »Ich selbst reite mit Odomar und seinen Söhnen sowie mit Thidrik, Tebbe und Eibe wieder zurück, allerdings auf dem anderen Ufer.«

Argast, Thorags Kriegerführer, blickte den Gaufürsten ungläubig an. »Meinst du etwa, der Rote ist den Fluß wieder hinaufgegangen und hat sich heimlich in unseren Rücken geschlichen?«

»Wäre ich er, ich hätte so gehandelt«, antwortete Thorag. »Also los, ehe sein Vorsprung zu groß wird!«

Die Männer trieben ihre Pferde an, der Gaufürst und seine Gefährten durch das hochspritzende Wasser des schmalen Flusses. Thorag hatte seine Begleiter mit Bedacht gewählt. Odomar und seine Söhne waren so aufgewühlt, daß sie sich leicht zu unüberlegten, gefährlichen Taten hinreißen ließen. Er wollte sie deshalb im Blick behalten. Thidrik und die beiden Schreinersöhne bildeten ein gutes Gegengewicht: Männer, auf die der Abkömmling des Donnergottes sich verlassen konnte.

Als sie am anderen Ufer aus dem Wasser kamen, ritten sie

langsam und suchten, weit nach vorn gebeugt, nach der Fährte des Bären. Bald verschwanden die übrigen Männer, sämtlich Angehörige von Thorags kleiner Kriegergefolgschaft, aus ihrem Blickfeld, und der Hufschlag ihrer Pferde war nur noch ein unscharfes Echo.

Leise bemerkte Eibe zu seinem Bruder: »Vielleicht hätten wir doch mehr Männer mitnehmen sollen. Wenn der Rote tatsächlich so stark ist, sind wir nur wenige.«

Tebbe zog die Brauen zusammen und legte seine jugendlich glatte Stirn in Falten. »Hast du etwa Angst? Thorag allein hat in der Ubierstadt einen riesigen Bären getötet, der noch dazu von den Römern zur Raserei aufgestachelt war.«

»Ich habe keine Angst!« erwiderte Eibe trotzig und spähte wieder nach der Fährte des Roten.

Sie ritten noch langsamer, als sie steinigen, von einigen Moosflächen gesäumten Boden erreichten, der Spuren nur schwer erkennen ließ.

Plötzlich hielt Thorag den Rappen an und deutete nach unten: »Hier sind wieder Flecke wie von nicht ganz getrocknetem Wasser. Vielleicht hat der Rote hier den Fluß verlassen. Die Bäume stehen nah am Ufer, und er konnte schnell zwischen ihnen verschwinden.«

»Es kann genausogut ein anderes Tier gewesen sein«, meinte Thidrik.

»Vergewissern wir uns«, erwiderte Thorag und rutschte vom Pferderücken. »Sucht nach weiteren Spuren!«

Auch seine Begleiter stiegen ab, um den Boden zu untersuchen. Eibe wurde auf einer großen Moosfläche fündig. Hier hatte sich ein Abdruck eingegraben, der auf den ersten Blick fast menschlich wirkte, ein Mittelding zwischen einer Hand und einem Fuß. Aber der von Eibe entdeckte Abdruck war viel zu groß für einen Menschen, und beim genaueren Hinsehen erkannte man die Spuren von fünf langen Krallen.

»Der Rote!« stieß Odomar erregt hervor, und sein fleischiges Gesicht verwandelte sich in eine haßerfüllte Maske. »Er ist es, ich erkenne die Spur. Holen wir uns den verwünschten Mörder!«

Er saß als erster auf dem Pferd und trieb es in Richtung des Waldes, der Bärenfährte folgend. Dort tauchte er ins Halbdunkel zwischen Eichen, Birken, Kiefern und Tannen. Die anderen hatten noch nicht zu ihm aufgeschlossen, als er den Schimmel unter einer großen Eiche anhielt. Eigentlich waren es zwei Eichen, die so eng beieinander standen, daß ihre Stämme im Laufe der Zeit zusammengewachsen waren. Und weil nach oben hin nicht genügend Platz für das Astwerk zweier so mächtiger Bäume war, breitete es sich nach allen Seiten aus. Das dichte Dach aus Geäst und Laub sorgte für fast völlige Dunkelheit. Thorag konnte den Bauern nur undeutlich sehen.

»Was ist, Odomar?« rief der Gaufürst. »Was hast du entdeckt?«

»Nichts, leider. Ganz im Gegenteil, die Fährte des Roten verschwindet hier erneut, und diesmal ist kein Fluß in der Nähe.«

Thorag hielt seinen Rappen zu noch größerer Eile an und gewann einen Vorsprung vor den anderen. Die Fährte konnte hier nicht einfach aufhören! Der Gaufürst witterte eine Falle des verschlagenen Raubtieres.

Als er die Doppeleiche fast erreicht hatte, bemerkte er kürzlich gefallenes Laub. Ein Opfer des Windes? Dann sah Thorag frische Kratzer am Stamm der Eiche, jeweils fünf in nebeneinander verlaufenden Linien. Die Spuren scharfer Krallen!

Sein warnender Ruf kam zu spät. Äste brachen, Zweige knackten, Laub rieselte herab – und ein riesiger, rötlicher Körper stürzte aus dem Geäst, genau auf Odomar zu, riß Reiter und Pferd zu Boden. Der Bauer schrie auf, und der Schimmel wieherte, beides wohl mehr vor Schreck als vor Schmerz. Mit einer Gewandtheit, die man ihm angesichts seiner gewaltigen Körpermasse nicht zugetraut hätte, kam der Rote auf die Beine und erwischte den am Boden liegenden Odomar mit einem Prankenhieb.

Dann war Thorag endlich heran und hob die Frame. In diesem Augenblick sprang Odomars gestürzter Schimmel hoch und stellte sich dem Rappen des Gaufürsten in den Weg. Thorags Pferd scheute und erhob sich mit protestierendem Schnauben auf die Hinterläufe. Der Cherusker konnte seinen Framenstoß nicht anbringen. Der Versuch, sein Pferd zu beruhigen, nahm ihn ganz in Anspruch.

Der Rote erwischte Odomar mit einem weiteren Prankenhieb und wandte sich mit ohrenbetäubendem Heulen dem Gaufürsten zu. Das versetzte den Rappen vollends in Panik. Wieder stieg er mit den Vorderläufen hoch und drehte sich dabei, so daß er seinen Reiter gegen das tiefhängende Astwerk der Eiche drückte. Der Cherusker wurde von starken Ästen aus dem Sattel gefegt und fiel zu Boden. Im Fallen sah er noch, wie beide Pferde die Flucht ergriffen.

Thorag stürzte hart auf die dicken Wurzeln der Eiche, die aus dem Erdreich traten. Er mißachtete den aufwallenden Schmerz und sprang auf. Zum Glück hatte er bei seinem Sturz die Frame festgehalten. Der Bär überragte den hünenhaften Cherusker um mehr als zwei Kopflängen. Auf seinen Hinterbeinen kam das Untier auf den Mann zu, die krallenbewehrten Vorderpranken drohend erhoben, das Maul mit den starken Zähnen zu einem erneuten, wütenden Heulen aufgerissen.

Der Rote mußte damit rechnen, daß der Mensch angesichts dieser riesenhaften Bestie zurückwich, wie es wohl alle Wesen taten, die von ihr bedroht wurden. So dachte Thorag und stürmte vor. Wie erwartet, war der Rote darüber verwirrt und wußte kurze Zeit nicht, was er tun sollte. Diese Zeit genügte dem Cheruskerfürsten, um die schlanke Eisenspitze der Frame in das aufgerissene Maul des Bären zu stoßen. Der Rote ließ sich auf alle viere fallen und riß dabei Thorag die Frame aus den Händen. Der Lanzenschaft zerbrach, aber die Spitze mit den Widerhaken blieb im Gaumen des Raubtieres stecken, das sein Maul nicht mehr schließen konnte.

Als der Bär sich fallen ließ, mußte auch der Cherusker dieses Manöver vollziehen, wollte er nicht von der schweren Masse aus Fleisch, Knochen und Muskeln erdrückt werden. Trotz des Schwertes an seiner Hüfte und des Schildes an seinem linken Arm rollte sich der erfahrene Krieger geschickt ab und sprang ein Stück vom Roten entfernt wieder auf die Füße.

Der Bär rieb seine Schnauze an der Eiche, um die störende, schmerzende Eisenspitze irgendwie abzustreifen. Als sich kein Erfolg einstellte, stürmte er auf den Gegner zu und schrie ihm dabei Wut und Pein entgegen.

Flucht hatte keinen Sinn. Kein Mensch besaß die Schnelligkeit eines ausgewachsenen Bären. Aber Thorag wollte auch gar nicht fliehen. Die beiden toten Frauen und der reglose, zumindest schwer verwundete Odomar waren genug Menschenopfer, die der Donargau dem Roten erbracht hatte.

Thorag schleuderte dem Roten den runden Schild entgegen und traf die Schnauze des Untieres. Den Augenblick der Verwirrung nutzte der Cherusker aus, um an die Seite des Bären zu springen und sein zweischneidiges Schwert tief in die fellbedeckte Brust zu bohren, dort, wo Thorag das Herz vermutete.

Bevor der Donarsohn die Klinge wieder herausziehen konnte, entriß der sich heftig drehende Bär ihm den hölzernen Schwertgriff. Der Rote ließ seine Pranken fliegen, und nur ein schneller Sprung zurück rettete den Cherusker vor den Krallen. Der Gaufürst zog den Dolch aus der Scheide, die einzige Waffe, die ihm geblieben war. Langsam kam der Rote im schwankenden Gang der Bären auf den Gegner zu. Das Tier schien zu spüren, daß der Mensch ihm nicht mehr viel entgegenzusetzen hatte. Thorag umfaßte fest den Dolchgriff und überlegte krampfhaft, wie er sich mit dieser bescheidenen Waffe am besten verteidigen konnte.

Doch soweit kam es nicht. Lautes Hufgetrappel erscholl, dann die Schreie von Männern, das Wiehern von Pferden. Thidrik, die jungen Schreiner und Odomars Söhne galoppierten heran, umkreisten den Roten und verwandelten seine Angriffslust in Verwirrung. Während der mächtige Kopf des Bären unschlüssig hin und her pendelte und versuchte, einen der Reiter zu erfassen, stießen diese bereits mit ihren Framen zu. Immer wieder bohrten sich die eisernen Spitzen in den Roten.

Erst steigerte der Schmerz noch seine Raserei, aber schnell erlahmten seine Kräfte, und sein immer reichlicher strömendes Blut tränkte den Waldboden. Die Bewegungen des Bären wurden langsamer und seine Prankenhiebe ungenauer. Nur einmal streiften die Krallen Komars Braunen und rissen ein Stück Fleisch aus der Flanke. Aber der Rote hatte schon nicht mehr die Kraft, um nachzusetzen und den Reiter zu Fall zu bringen.

Der erfahrene Thidrik trieb mit angelegter Frame seinen kräftigen Rappschecken auf das Untier zu. Die Lanze fuhr tief in das Fleisch des Bären, dicht neben der Stelle, wo Thorags Schwert sich in den Roten gefressen hatte. Das brachte die Bestie zu Fall. Ein paar weitere Framenstöße, und der Rote hauchte sein Leben aus.

Thorag streifte das Tier nur mit kurzem Blick, als er zu Odomar trat. Der Bauer rührte sich noch immer nicht, sondern lag in seltsam verrenkter Haltung reglos dort, wo er erst vom Pferd gefallen und dann von den Prankenhieben des Roten getroffen worden war. Als Thorag sich über ihn beugte, sprengten auch schon die Söhne des Bauern herbei und stiegen von den Pferden.

»Wie geht es Vater?« fragte der dünne, aufgeschossene Raimar. »Wie schwer ist er verwundet?«

Vorsichtig, ganz sacht bewegte Thorag den kantigen Kopf des reglosen Bauern. Er ließ sich zu leicht bewegen, in alle Richtungen. Dann beantwortete der Gaufürst Raimars Frage: »Odomar ist nicht verwundet, sondern schon auf dem Weg nach Walhall. Er ist einen wahrhaft ehrenvollen Tod gestorben. Der Prankenhieb des Roten hat sein Genick gebrochen. Du, Raimar, als der ältere Sohn, bist jetzt Herr auf Odomars Hof. Sieh zu, daß du dir ein Weib nimmst, und Komar auch, damit wieder Leben einzieht unter eurem Dach.«

Raimar nickte nur knapp. Sein Gesicht war bleich, aber bar jeder Regung. In Komars Augen glitzerten Tränen über den dreifachen Tod, der seine Familie heute heimgesucht hatte.

Thorag fühlte sich auf einmal müde und erschöpft, seine Glieder schmerzten. Er sammelte seine Waffen ein und blickte Tebbe entgegen, der den Rappen des Gaufürsten brachte.

Der junge Schreiner hielt seinen Fuchs vor Thorag an und reichte dem Fürsten die Zügel des Rappen. »Die Römerpferde sind zwar größer als unsere, Thorag, aber nicht unbedingt mutiger.«

Thorag hörte den übermütigen Spott der Jugend aus diesen Worten. Seit er vor vielen Jahren an Armins Seite für Rom gefochten hatte, war er an die großen Pferde und auch an die vierknaufigen Sättel der Römer gewöhnt. Für einen Mann mit seiner gewaltigen Körpergröße waren die kleinen einheimischen Reittiere denkbar ungeeignet.

Der Fürst nahm die Zügel entgegen und sagte mit leichtem Lächeln: »Halt keine klugen Reden, junger Schreiner. Sorg lieber dafür, daß Argast und die anderen nicht länger nach einem Feind suchen, der schon tot ist!«

Tebbe wollte das Signalhorn zur Hand nehmen, das an seinem Gürtel hing, hielt dann aber inne und lauschte. Auch Thorag hörte jetzt das rasch näher kommende Hufgetrappel.

»Scheint so, als hätte Argast selbst bemerkt, daß er in die falsche Richtung geritten ist«, meinte Tebbe.

»Nein«, widersprach Thorag. »Die Reiter kommen von Norden.«

Da preschten sie auch schon heran, sieben Reiter, Fremde.

»Aufsitzen!« rief Thorag seinen Männern zu und schwang sich auf den Rappen. »Haltet euch zurück, aber die Waffen bereit!«

Die Fremden waren keine Donarsöhne, jedoch Cherusker, wie die Hirschverzierungen ihrer Kleidung und Waffen zeigten. Und sie schienen nicht von niederer Stellung zu sein. Die bunten Umhänge, die feingearbeiteten Goldfibeln, die glänzenden Lederstiefel und die edlen Pferde verrieten das.

Auf einigen Schilden war der Schmuck gleich: ein Hirschkopf mit prächtigem Geweih. Die Hirschsippe – Armins Sippe! Alte Erinnerungen an den Waffenbruder wurden in Thorag wach.

Die Fremden hielten ihre Pferde wenige Schritte vor den Donarsöhnen an. Ihr Anführer, ein nur mittelgroßer, aber dafür sehr kräftig gebauter Mann mit knochigem Gesicht und einer Stirn, die sich wulstartig über die Augen wölbte, ritt ein kleines Stück vor und hob grüßend die Hand.

»Sei gegrüßt, Thorag, Gaufürst der Donarsöhne. Auf deinem Hof habe ich erfahren, daß du zur Bärenjagd geritten bist, und bin dir gefolgt. Die Götter sind mit dir, wie ich sehe. Der Donnergott hat seinem Abkömmling eine gute Jagd geschenkt.«

Thorag wies auf Raimar und Komar. »Diese jungen Männer aus meinem Gau werden die Jagd kaum für gut halten. Sie haben ihren Vater an den Bären verloren, der zuvor ihre Mutter und ihre Schwester zerfleischte.«

Der Fremde machte ein betrübtes Gesicht und sagte: »Ich heiße Guntram und überbringe dir eine Einladung unseres Herzogs Armin. Er bittet dich, Gast zu sein bei seiner Hochzeit mit Thusnelda, der Tochter des Fürsten Segestes.«

Erst war Thorag überrascht, dann lächelte er. »Ist es Armin also doch gelungen, Segestes herumzukriegen?«

Obwohl Thorag Seite an Seite mit Armin erst für und dann gegen die Römer gekämpft hatte und obwohl die beiden Fürsten Blutsbrüderschaft geschlossen hatten, hielt der Donarsohn seit dem Sieg über Varus keinen Kontakt mehr zum Herzog der Cherusker. Er konnte Armin nicht vergeben, daß er Thorag für seine Zwecke benutzt und ihm die Wahrheit über Onsaker, den Fürsten der Ebersippe, verschwiegen hatte. Außerdem mißfiel Thorag Armins Machthunger. Auf den Thingen gingen unter den Edelingen der Cherusker immer wieder Gerüchte um, Armin wolle sich nach Marbods Vorbild zum Kuning aufschwingen. Thorag wußte nicht, ob Armins Ehrgeiz so weit reichte. Er ging dem Herzog auf den Thingen aus dem Weg und wies alle Einladungen Armins zurück. Jetzt auch.

Thorags Ablehnung warf einen Schatten auf Guntrams Gesicht. Armins Bote zog die Augen derart zu Schlitzen, daß sie unter der vorspringenden Stirn kaum noch zu sehen waren. »Du mußt kommen, Fürst! Armin hat es befohlen!«

»Befohlen?« fragte Thorag spitz und legte den Kopf schief.

»Nicht dir, Fürst, sondern mir«, sagte Guntram schnell. »Der Herzog sagt, der Abkömmling des Donnergottes muß die Vermählung unbedingt mit Miölnir segnen.«

»So ist das also.« Thorag grinste. »Armin lädt nicht den Freund und Waffenbruder ein, sondern den Abkömmling Donars.«

»Beide!« stieß Guntram hervor und holte etwas aus einem Lederbeutel an seinem Gürtel. »Armin schickt dir das, um dir zu zeigen, wie wichtig deine Anwesenheit für ihn ist.«

Es war ein Dolch mit Hirschhorngriff und Eisenklinge, den Thorag gut kannte. Der Griff war auf jeder Seite mit der Schnitzerei eines Hirsches verziert und die Klinge durch ein mit Gold eingelegtes Hirschgeweih. Es war Armins Dolch.

»Armin schickt dir seinen Dolch als Beweis seiner Zuneigung. Er hat ihn noch nie aus der Hand gegeben, was dir die Dringlichkeit der Einladung verdeutlichen mag, Fürst Thorag.«

»Läßt Armin mir das ausrichten?«

»Das waren genau seine Worte.« Guntram nickte heftig und hielt Thorag den Dolch hin. »Hier, Thorag, nimm Armins Pfand seiner Zuneigung entgegen.«

Thorag beugte sich weit zu dem Boten hinüber, nahm den Dolch des Herzogs und zog die scharfe Klinge mit einer schnellen Bewegung durch Guntrams Kehle. Blut spritzte. Guntrams entsetzter Aufschrei erstarb in einem gurgelnden Laut. Er wollte noch nach dem Schwert greifen, rutschte aber vom Pferd und blieb auf dem Boden liegen.

»Donarsöhne, macht sie nieder!« brüllte Thorag, ritt auf den nächsten Fremden zu und durchbohrte ihm mit der schnell gezogenen Spatha die Brust.

Noch fünf Feinde gegen sechs Donarsöhne. Das Verhältnis gefiel Thorag schon besser als sieben gegen sechs.

Und schon kreuzte der Fürst, während um ihn herum der Kampf Reiter gegen Reiter entbrannte, die Klinge mit einem triefäugigen Mann. Der Fremde fing jeden von Thorags Schlägen ab und wehrte sich, bis der Donarsohn seinen Rappen dazu brachte, das kleinere Pferd des Triefäugigen umzuwerfen. Thorags Gegner purzelte zu Boden und wurde, als er wieder auf die Beine kam, ein Opfer von Thorags Spatha.

Soviel zum Verhältnis von unseren Pferden zu denen der Römer! dachte Thorag und blickte sich um.

Thidrik durchbohrte gerade einen Mann mit seiner Frame. Holtes Söhne griffen einen Gegner von zwei Seiten an und schlugen ihn zu Boden. Nur Raimar und Komar hatten einen schweren Stand gegen ihre Widersacher. Thorag ritt zu Raimar und hieb dessen Gegner vom Pferd. In den Schrei des Getroffenen mischte sich ein anderer Schrei. Der langgezogene und plötzlich ersterbende Todesschrei eines Menschen.

»Komar!« rief Odomars ältester Sohn und sah fassungslos, wie sein Bruder mit durchbohrter Brust niedersank.

Der Mann, der ihn getötet hatte, der letzte noch auf dem Pferd sitzende Feind, wollte fliehen, aber Thidrik schnitt ihm den Weg ab. Der Fremde riß sein Pferd herum, war aber nicht schnell genug. Schon war Thorag neben ihm und traf seinen Schädel mit stumpfer Klinge. Der Getroffene sackte auf seinem Falben zusammen und rutschte betäubt zu Boden.

Raimar sprengte zu ihm und schrie: »Jetzt wirst du büßen für Komars Tod!«

Der Jungmann, der heute seine ganze Familie verloren hatte, richtete noch im Galopp die Spitze seiner Frame auf den Gestürzten.

»Nein!« rief Thorag. »Ich will ihn lebend!«

Raimar hörte nicht auf seinen Fürsten, ritt einfach weiter. Thorag lenkte seinen Rappen zwischen den Fremden und Raimar. Aber noch bevor der Gaufürst das Manöver vollendet hatte, wurde Raimar im vollen Galopp vom Pferd geworfen. Eine geschleuderte Streitaxt hatte seinen Schädel gespalten.

An diesem einen Tag war Odomars ganze Familie ausgelöscht worden.

Rings um Thorags zusammengeschmolzenen Trupp tauchten fremde Reiter zwischen den Bäumen auf, bis an die Zähne bewaffnet und den Donarsöhnen augenscheinlich nicht freundlich gesonnen. Der Kampflärm hatte den Fremden ermöglicht, sich unbemerkt zu nähern. Schon war jeder der vier überlebenden Donarsöhne von sieben, acht Reitern umringt.

Gegenwehr war zwecklos. Das erkannte Thorag sofort und untersagte Thidrik, Tebbe und Eibe den Widerstand. Die vier Männer ließen sich entwaffnen.

Ein hagerer Mann lenkte seinen Braunen zu Thorag und bedachte den Donarsohn mit einem wölfischen Grinsen, das sein häßliches, von Pockennarben entstelltes Gesicht noch widerwärtiger machte. »Nicht nur deine Jagd war erfolgreich, Donarsohn, auch meine. Endlich ist der Tag der Abrechnung gekommen.« Und Germar spuckte Thorag mitten ins Gesicht.

Im Kopf des Donarsohnes überschlugen sich die Gedanken. Er war in eine Falle der Eberkrieger geraten! Schon vor Jahren hatten sie ihm Rache angedroht, sich dann aber zurückgehalten.

Nach Onsakers Tod war sein Vetter Gerolf, dessen jüngerer Bruder Germar war, neuer Gaufürst der Eberleute geworden. Die Brüder haßten Thorag für das, was er ihrem Verwandten angetan hatte. Als Thorag seine große Liebe Auja, die Witwe von Onsakers totem Sohn Asker, zu seinem Weib genommen hatte, hatte Thorag den Brüdern sogar eine Entschädigung dafür gezahlt, daß er Auja aus der Munt des Eberfürsten entführt hatte: dreißig Pferde und vierzig Rinder. Er hatte sich nicht dazu verpflichtet gefühlt und hätte auf dem Thing vielleicht eine Entscheidung gegen die Ebersippe herbeigeführt, aber er wollte endlich Frieden haben zwischen den Nachbarsippen, zwischen Donarsöhnen und Eberleuten.

Und nun dies! Die Eberkrieger stellten Thorag eine Falle und benutzten dazu sogar Armins Dolch. Wie paßte das alles zusammen?

Germar hielt den reichverzierten Dolch des Herzogs in der Rechten, betrachtete ihn wohlwollend und sagte grinsend zu Thorag: »Unsere Falle war gut vorbereitet, nicht wahr? Eigentlich sollte Guntram dich zum Ausgang der Schlucht locken. Dort wollten wir dich mit unserer Übermacht einkesseln. Aber eine innere Stimme riet mir, Guntram besser zu folgen. Ich wußte, daß du gerissen bist, Donarsohn. Wie hast du die Falle gerochen?«

»Der Dolch hat euch verraten.«

»Wieso? Es ist wirklich Armins Waffe!«

»Ich weiß. Armin sandte sie mir schon einmal als Erkennungs-zeichen, damals, als wir uns zum Kampf gegen Varus sammelten. Deshalb konnte es nicht sein, was Guntram mir erzählte, daß Armin nämlich den Dolch noch nie aus der Hand gegeben habe.«

»Guntram hatte schon immer einen Hang zu Übertreibungen. Diesmal hat es ihn den Kopf gekostet.« Germar warf nur einen kurzen Blick auf die Leiche des Waffengefährten. »Macht nichts. Wichtig ist nur, daß wir dich haben, Thorag!«

»Warum? Was soll das alles? Wie kommt ihr an Armins Dolch?«

»Du sollst alles erfahren, wenn wir bei Gerolf sind – bevor du stirbst.«

Germar wandte sich von Thorag ab und gab seinen Männern den Befehl, die Gefangenen zu fesseln. Dann ritten sie zum Nord-ausgang der Schlucht und nahmen die Leichen der gefallenen Eberkrieger mit. Ebenso den toten Bären, der eine gute Mahlzeit für die Siegesfeier versprach. Die drei toten Feinde aber, Odomar und seine Söhne, ließen sie einfach in ihrem Blut liegen.

Als die engen Steilwände am Ausgang des Dunklen Tals vor ihnen auftauchten, sagte der neben Thorag reitende Thidrik grimmig: »Ich hätte nicht im Traum daran gedacht, daß unsere Jagd auf den Roten so endet. Jetzt können uns nur noch die Göt-ter helfen!«

»Ja«, seufzte Thorag und senkte seine Stimme. »Die Götter – und Argast!«

Kapitel 4

Die Meuterer kommen!

Die Nächte waren schon kalt in den germanischen Wäldern, aber die Sonne besaß noch Kraft genug, tagsüber vergessen zu lassen, daß sich der Sommer seinem Ende zuneigte. Da der Himmel fast wolkenlos war und sich wie ein blaues Tuch über die hohen Wip-fel der Bäume spannte, brachten die Sonnenstrahlen die träge

Marschkolonne des Gaius Julius Caesar Germanicus ins Schwitzen.

Hin und wieder stolperten Prätorianer und stürzten zu Boden. Ihre Kameraden streckten helfende Hände aus, wenn sie nicht so erschöpft waren, daß sie einfach mit stieren Blicken an den Gestürzten vorbeimarschierten.

Immer öfter hörte man die Flüche darüber, daß der Imperator untersagt hatte, die Schilde auf die Karren zu laden. Die schweren Gebilde aus Holz, Leinen und Leder, die mittels zweier über die linke Schulter und die Brust gezogener Gurte an den Rücken der Männer hingen, drohten die Krieger bei jedem Schritt mit Macht zu Boden zu ziehen.

Marscherleichterung gab es nur bei der Durchquerung sicheren Gebietes. Aufgrund der Meuterei und der unmittelbaren Nähe des Sommerlagers der zum unteren Kommando gehörenden Legionen sah Germanicus diese Wälder nicht als sicher an. Jedenfalls nicht sicher für den Imperator, der unterwegs war, um die Meuterei niederzuschlagen.

Und dies war sein fester Entschluß, trotz aller Überredungsversuche Agrippinas, er solle die Stimmung der germanischen Legionen ausnutzen, sich selbst zum Herrscher küren zu lassen. Aber das hieße, Tiberius zu stürzen. Nein, der Sohn des Drusus Germanicus würde sich nicht gegen des Vaters Bruder stellen!

Um die Mittagszeit, als die Sonne am höchsten stand und ihre Kraft am stärksten war, hatte die Eintönigkeit des Marsches die Männer in Teilnahmslosigkeit verfallen lassen. Mit halb und manchmal sogar ganz geschlossenen Augenlidern trotteten sie dahin. Einige beherrschten die alte Soldatenfertigkeit, beim Marschieren zu schlafen, und vertrauten darauf, von ihren Kameraden am Ausscheren aus der Kolonne gehindert zu werden. Die Garde des Imperators wirkte wie ein ermatteter Tausendfüßler, der sich mit seltsamer Geräuschentfaltung vorwärtsbewegte, einem Gemisch aus dem Keuchen der Soldaten, dem Scheppern der Waffen und des Marschgepäcks und den schweren Schritten der eisennägelbeschlagenen Stiefel. Hinzu kam das Knarren der Wagen, das Brüllen der Zugochsen und -pferde, die Flüche der Wagenlenker und Gespannführer sowie das gleichmäßige Hufgeklapper der Reiterei.

Die Männer zuckten zusammen, als plötzlich Schreie aus

unsichtbaren Kehlen ertönten: »Die Meuterer! Gebt acht! Die Meuterer kommen!«

Noch ehe die Marschierenden reagieren konnten, brach auch schon ein Reitertrupp aus dem Unterholz. Germanicus hatte sein Schwert gezogen und sich im Sattel umgewandt, um seine Männer zum Kampf zu rufen, da stellte er erleichtert fest, daß es sich bei dem kleinen Trupp um seine eigenen Späher handelte.

»Was ist los?« rief der Imperator ihnen entgegen. »Wo sind die Meuterer?«

Ein Optio zügelte seinen Grauen vor Germanicus, ersparte sich die Umständlichkeit eines Grußes und antwortete: »Sie haben das Sommerlager verlassen und die Hügel erklommen, auf die wir zumarschieren. Es sieht aus wie eine Falle. Wir haben den Hinterhalt bemerkt, Fortuna sei Dank. Aber die Meuterer haben uns auch gesehen. Sie liefen mit lautem Geschrei die Hügel herunter.«

»Wie viele sind es?«

»Die genaue Zahl kann ich nicht sagen, Imperator. Uns blieb nicht genügend Zeit, sie festzustellen. Aber es sind sicher Tausende.« Der Optio blickte sich zu seinen Männern um, und sie nickten. »Viele Tausende!«

Germanicus wußte sofort, daß er einen Kampf unter allen Umständen vermeiden mußte. Ihm standen zwar zwei Prätorianerkohorten zur Verfügung, womit er unter Einbeziehung der Troß- und Reitknechte auf mehr als zweieinhalbtausend Mann kam, aber es war eine lächerlich geringe Zahl angesichts vier meuternder Legionen, selbst wenn sich in diesem Augenblick nur ein Teil der Meuterer auf den Imperator und sein Gefolge zubewegte.

Während er noch überlegte, brach erneut Unruhe aus. Verantwortlich dafür war ein einzelner Reiter, der aus einem Wald galoppierte und geradewegs zu dem sich an der Spitze seiner Männer aufhaltenden Imperator ritt. Er trug die Uniform eines Präfekten, sah für einen solchen Rang aber ziemlich abgerissen aus. Umhang und Helm fehlten, und das Haar hing wirr in die Stirn des pferdegesichtigen Mannes. Als er näher kam, bemerkte Germanicus zahlreiche Tannennadeln und kleine Zweige, die sich in Haar und Kleidung des Mannes wie auch im Fell des Pferdes verfangen hatten. Offenbar war der Lagerpräfekt der Legion I in großer Hast geritten.

Ja, es war Gnaeus Equus Foedus, den Germanicus nicht besonders schätzte. Er war eigentlich zu jung, zu unerfahren und wohl auch geistig zu unbeweglich für das Amt des Lagerpräfekten. Aber nach der Varus-Katastrophe hatte am Rhenus ein Mangel an Offizieren geherrscht, dem Foedus seinen schnellen Aufstieg verdankte.

Schaum stand vor dem Maul des Braunen, den der Präfekt vor dem Imperator zügelte. Foedus wollte seinen Befehlshaber grüßen, war aber so außer Atem, daß er nur ein hilfloses Gestammel herausbrachte.

»Spar dir die Formalitäten, Foedus«, sagte Germanicus, dem klar war, daß es sich nicht um einen Höflichkeitsbesuch handelte. »Sag mir lieber, was dich in diesen Zustand versetzt hat.«

»Die Meuterer …«, keuchte der Präfekt. »Ich … bin ihnen entkommen!«

Anscheinend hatte Germanicus den Lagerpräfekten unterschätzt. Aber die Antwort genügte dem Imperator nicht, und er fragte: »Entkommen, was heißt das?«

»Die Meuterer haben alle hohen Offiziere und Zenturionen entweder festgesetzt oder verjagt. Einige wurden schwer mißhandelt.«

»Und Aulus Caecina Severus, mein Legat?«

»Er steht unter besonderer Bewachung, Imperator. Es war ihm unmöglich, aus dem Lager zu entweichen. Ich selbst habe es nur unter größter Lebensgefahr geschafft und komme, um dich zu warnen.«

»Wovor?«

»Vor den Meuterern natürlich, Caesar. Sie sind schon unterwegs, dich ebenfalls festzunehmen. Sie wollen dich zwingen, ihre Forderungen anzuerkennen.«

»Was fordern sie?«

»So ziemlich alles«, schnaubte Foedus abfällig und blähte dabei seine ohnehin schon dicke Nase auf. »Höheren Sold und kürzere Dienstzeiten natürlich. Sie wollen neue Zenturionen, weil sie mit den alten nicht zufrieden sind. Stell dir das einmal vor, Imperator: Soldaten, die sich die Männer selbst auswählen, von denen sie ihre Befehle erhalten! Wenn wir dem nachgeben, können wir …«

»Was noch, Foedus?« unterbrach Germanicus den anderen.

Der Präfekt zuckte mit den Schultern. »Alles mögliche, Imperator. Einen neuen Herrscher, eine neue Ordnung, ein neues Gemeinwesen.« Er drehte den Kopf zu den Bäumen, zwischen denen er vorhin aufgetaucht war, suchte nach den Meuterern und atmete auf, als er keine entdeckte. »Es kann nicht mehr lange dauern, bis sie hier sind. Kehr schnell um, Caesar!«

»Deswegen bin ich nicht gekommen«, sagte Germanicus mit fester Stimme.

Foedus blickte auf die zum Stillstand gekommene Marschkolonne und fragte ungläubig: »Du ... willst dich zum Kampf stellen?«

»Auch das nicht. Ich werde den Männern entgegenreiten und mit ihnen reden. Soldaten sind schnell im Kämpfen und Töten, aber langsam im Denken. Das muß ich ausnutzen und ihnen zu sagen versuchen, was sie denken sollen.«

Besorgt blickte Germanicus zu dem großen Reisewagen, in dem er Agrippina und Caligula wußte. Kurz dachte er daran, wenigstens sie beide zurückzusenden. Aber nein, auch das wäre ein Zeichen von Angst gewesen.

»Wir sollten zumindest eine Verteidigungsstellung aufbauen«, schlug Foedus vor. »Für den Notfall.«

»Ein Imperator versteckt sich und die Seinen nicht vor den eigenen Legionen«, erwiderte Germanicus trotzig. »Die Männer sollen die Helme aufsetzen, die Schilde aus den Hüllen und die Waffen zur Hand nehmen. Ansonsten bleiben sie in Marschformation. Gib den Befehl weiter, Foedus!«

Germanicus ignorierte den Blick aus den trüben Augen des Lagerpräfekten, in dem sich Erschrecken und Unverständnis mischten. Der Imperator trieb seinen Fliegenschimmel an und ritt zu der großen Carruca Dormitoria in der Mitte des Zuges. Agrippina war neben den Fahrer auf den Bock geklettert und blickte ihrem Mann neugierig entgegen.

Germanicus unterrichtete sie kurz über die Lage und sagte: »Ich reite mit Foedus und einem kleinen Trupp den Meuterern entgegen. Mit Waffen können wir sie nicht besiegen, nur mit Worten.«

Angst zeigte sich auf dem ebenmäßigen Gesicht der Frau. »Und was ist, wenn sie nicht auf Worte hören?«

»Bete zu allen Göttern, die du kennst, daß sie es tun!«

»Ich werde mitkommen«, entschied Agrippina und wollte vom Bock steigen.

Germanicus beugte sich zu ihr hinüber und hielt sie zurück. »Bleib! Ich weiß nicht, wie die Legionäre reagieren, wenn sie meine Frau an meiner Seite sehen. Vergiß nicht, ihnen ist die Ehe während der Zeit ihres Dienstes untersagt.«

Mitgefühl stieg in Agrippina auf, als sie an die armen Burschen dachte, die fünfundzwanzig Jahre lang auf eine Frau verzichten mußten. Jedenfalls auf eine Ehefrau. Geliebte in den Dörfern und Städten rings um die Lager hatten wohl so gut wie alle Legionäre. Bei diesem Gedanken nahm ihr Mitgefühl ab. Es verschwand ganz, als ihr wieder bewußt wurde, daß *die armen Burschen* ihr, Germanicus und Caligula vielleicht bald den Garaus machen würden.

»Caligula!« entfuhr es ihr, und rasch verschwand sie im geschlossenen Innenraum des Reisewagens.

Verwundert wartete Germanicus, bis sie wieder zum Vorschein kam, den kleinen Gaius mit seinen Soldatenstiefelchen in ihren Armen.

»Nimm Gaius mit!« sagte Agrippina und streckte ihrem Mann den Sohn entgegen.

»Warum?« Germanicus starrte seine Frau an wie eine Irre.

»Weil deine Soldaten rein vernarrt in den kleinen Gaius sind, ihren Caligula!«

Jetzt verstand der Imperator. Trotzdem zögerte er, den Jungen aus den Händen der Mutter zu nehmen. »Weißt du, welcher Gefahr wir unseren Sohn damit aussetzen, Agrippina?«

»Ist die Gefahr bei dir so viel größer als bei mir, Gaius? Werden die Meuterer mich verschonen, wenn sie es bei dir nicht tun?«

»Du bist zu gescheit für mich.« Germanicus lächelte und nahm den kleinen Sohn vorsichtig mit beiden Händen an. Er setzte ihn vor sich zwischen die beiden vorderen Sattelknäufe, damit er einen festen Halt hatte. »Ich hoffe, wir sehen uns bald wieder!«

Agrippina nickte nur und sah ihrem davonreitenden Mann nach.

Germanicus nahm eine kleine Bedeckung von elf Reitern mit. Zusammen mit Foedus waren es dreizehn Männer, die sich den Meuterern im langsamen Galopp näherten. Dreizehn Männer und ein kleines Kind.

Als die düstere Phalanx von riesigen Tannen sie verschluckte, fragte Germanicus den neben ihm reitenden Lagerpräfekten: »Wie ist es überhaupt zu dieser Meuterei gekommen?«

Foedus bedachte seinen Imperator mit einem langen, Unsicherheit verratenden Blick. »Wenn ich offen sprechen soll ...«

»Natürlich sollst du das!«

»Ich denke, der Tod unseres geliebten Augustus, Sohn des göttlichen Caesar, ist schuld daran. Die Staatstrauer und die damit verbundenen Tage der Untätigkeit haben den Legionären Gelegenheit gegeben, sich allerlei dumme und überflüssige Gedanken zu machen. Soldaten müssen ackern, bis der Schweiß fließt. Aber unsere Männer hatten zuviel Gelegenheit, sich bei den Händlern, Gauklern und Huren vor den Lagern herumzutreiben. Jetzt halten sie sich selbst für eine Art Handwerker oder gar für Edelleute, die nur dann zur Waffe greifen und sich dem Krieg stellen, wenn es ihnen paßt. Keiner denkt daran, daß es nicht die Bestimmung eines Kriegers ist, sein Leben mit Freß- und Saufgelagen zu verbringen.«

Germanicus nickte und seufzte: »Zu starke Verbindungen mit Zivilisten versauen den besten Soldaten, das ist wahr. Aber warum haben Caecina, du und die anderen hohen Offiziere zugelassen, daß es so weit kam? Und was ist mit den Zenturionen? Haben sie nicht bemerkt, was in ihren Männern vorging?«

»Erst waren es nur die üblichen Raufereien unter den jungen Rekruten, zwielichtiges Gesindel aus den Vorstädten Roms, das erst noch zurechtgestutzt werden muß. So dachten wir und die anderen Offiziere jedenfalls. Aber dann griff der Aufruhr um sich wie ein Steppenbrand, und plötzlich standen wir Offiziere ganz allein da, bedroht und gefangen von unseren eigenen Soldaten. Viele Zenturionen wurden unter Schimpf und Schande davongejagt.«

»Wahrscheinlich besonders die, die ihren Stock zu oft auf den Rücken ihrer Männer tanzen ließen.«

»Ohne Zucht keine Ordnung, Imperator.«

Germanicus machte ein säuerliches Gesicht und dachte daran, daß viele Zenturionen ihr Züchtigungsrecht mißbrauchten, um ihre Streitlust auszuleben. Einige hatten es jetzt heimbezahlt bekommen. Das sagte er dem Präfekten.

»Du würdest anders reden, hättest du gesehen, wie sich die

Meuterer aufgeführt haben, Caesar Germanicus. Wie die wilden Bestien in der Arena! Mit gezückten Schwertern stürzten sie sich auf die Zenturionen, warfen sie zu Boden und prügelten wie von Sinnen auf sie ein. Doch sie zählten ihre Hiebe genau, immer sechzig für einen Zenturio, ebenso viele wie es Zenturionen in einer Legion gibt.«

»Eine grausame Rechnung«, befand Germanicus.

»Ja, aber es kam noch schlimmer. Die Meuterer schleiften ihre zerschundenen, blutenden Opfer durchs Lager, bis sie bewußtlos waren, warfen sie dann einfach vor die Tore oder sogar in den Rhenus.«

Germanicus schüttelte energisch den Kopf. Seine Miene verriet Erschrecken und Wut. »Wie konnte mein Legat all dies nur zulassen? Er, der seit fast vierzig Jahren im Dienste Roms steht!«

»Caecina …« Foedus räusperte sich. »Nun, ich muß sagen, wie es war, Imperator. Caecina Severus hatte der Mut verlassen angesichts der tobenden Menge. Ein Zenturio namens Septimius floh zu ihm und bat ihn um seinen Schutz. Doch als die Meuterer Septimius herausforderten, gab Caecina nach und …«

Foedus brach erneut ab und starrte betreten an seinem Imperator vorbei auf die Bäume.

Germanicus war sich nicht sicher, was in dem Lagerpräfekten vorging. Hatten ihn die Ereignisse wirklich mitgenommen und vielleicht sogar mit Scham erfüllt, Scham über die Rolle der Offiziere und besonders die von Aulus Caecina Severus? Oder wollte er die Gunst der Stunde nutzen und den Legaten in ein möglichst schlechtes Licht rücken, um an seine Stelle zu treten?

»Warum redest du nicht weiter?« fragte Germanicus. »Was geschah mit Septimius?«

»Die Meuterer ermordeten ihn.«

Das war in der Tat ein schwerer Vorwurf gegen Caecina. Germanicus kannte den erfahrenen Offizier als wackeren, niemals wankenden Recken. Konnte solch ein Mann die Nerven verlieren? Oder waren ihm die Hände gebunden gewesen, weil er keine Unterstützung fand, nicht einmal bei seinen Offizieren? Der Imperator wollte kein Urteil fällen, ehe er sich nicht mit eigenen Augen ein Bild von der Lage gemacht und selbst mit seinem Legaten gesprochen hatte. Deshalb beschloß er, dieses Thema nicht weiter mit Foedus zu erörtern.

»Ich entnehme deinem Bericht, Foedus, daß keine hohen Offiziere zu den Meuterern übergelaufen sind.«

»Weder hohe Offiziere noch Zenturionen, Caesar.«

»Das ist gut. Vier meuternde Legionen sind eine Vielzahl unberechenbarer Männer. Gefährliche Männer. Doch brandgefährlich wären sie, würden sie von jemandem befehligt, der etwas davon versteht.«

»Du meinst jemanden, der die Stimmung der Truppe ausnutzt, um die Männer für seine Pläne einzuspannen, vielleicht einen potentiellen Herrscher?«

»Zum Beispiel«, antwortete Germanicus ausweichend, während er an seine Frau Agrippina und an seinen Onkel Tiberius dachte. »Sind die Rädelsführer bekannt?«

»Die Meuterei brach bei den Legionen XXI und V aus, griff dann erst auf die Legionen I und XX über und später auf die des oberen Kommandos. Auch die Veteranen verstoßen eifrig gegen alle Disziplin, weil ihnen ihre weitere Verpflichtung nach Ablauf der Regeldienstzeit nicht gefällt. Aber einzelne Personen, die sich besonders hervorgetan haben, sind mir nicht bekannt.«

»Wölfe fühlen sich am stärksten, wenn sie im Rudel heulen. Und diese Wölfe auf zwei Beinen besonders …«

Mit offenem Mund hielt Germanicus inne und starrte auf das beeindruckende, beängstigende Schauspiel vor ihm. Der kleine Reitertrupp hatte offenes Gelände erreicht und jetzt freien Blick auf die Hügelkette – und auf die Meuterer. Sie strömten von allen Seiten heran.

Sie waren Legionäre, und sie waren bewaffnet, und doch erinnerte ihr Vormarsch in nichts an die geordneten Schlachtformationen römischer Legionen. Ohne erkennbare Führung hatten sie sich in große und kleine Gruppen aufgeteilt, ganz nach Belieben. Die meisten waren zu Fuß, aber es gab auch Reitertrupps. Niemand trug die korrekte Uniform. Fast alle hatten auf den Helm verzichtet, ebenso auf den Schild und viele auch auf den Körperpanzer, trugen einfach nur ihre Tunika. Aber Pilen, Schwerter und Dolche zählte Germanicus reichlich. Trotz der lockeren Ordnung und Kleidung hatten die Meuterer das Sommerlager nicht mit friedlichen Gedanken verlassen. Späher hatten ihnen vermutlich das Nahen ihres Imperators gemeldet, und die Aufsässigen kamen, ihn auf ihre Art zu begrüßen.

Germanicus und seine Begleiter hatten unwillkürlich ihre Pferde angehalten, um sich einen besseren Überblick zu verschaffen. Foedus lenkte seinen Braunen dicht an die Seite des Feldherrn und sagte: »Da siehst du das Unheil, Caesar. Noch ist es Zeit umzukehren. Wenn die Meuterer uns erreichen, kann niemand für dein Leben bürgen.« Der Lagerpräfekt warf einen bedeutsamen Blick auf den kleinen Caligula, der unruhig im Sattel vor seinem Vater hin und her rutschte, und fügte hinzu: »Und auch nicht für das Leben deines Sohnes!«

»Nur die Götter können dafür bürgen«, erwiderte Germanicus und hieb seinem Fliegenschimmel die Fersen in die Flanken.

Ohne auf seine Bedeckung zu warten, galoppierte der Imperator auf die Reihen der Meuterer zu. Foedus und die anderen trieben ihre Tiere ebenfalls zum Galopp an, nachdem sie ihre Überraschung überwunden hatten, schafften es aber nicht, den Vorsprung des Schimmels aufzuholen.

Germanicus drückte seinen Sohn mit einer Hand fest an sich, damit er bei dem scharfen Galopp nicht vom Pferd fiel, und sagte: »Bete, daß die Götter tatsächlich für unser Leben bürgen, kleiner Gaius! Wenn nicht, behält die Seherin recht, und zwei Männer werden sterben.« Er sah das Kind vor sich zärtlich an. »Ein großer und einer, der es dann nie werden wird.«

Die Meuterergruppen in der Nähe hielten überrascht an und starrten dem heranfliegenden Pferd entgegen. Einige der berittenen Meuterer sprengten auf den Imperator zu. Hatten sie ihn erkannt? Germanicus kümmerte sich nicht darum, ritt einfach weiter, immer weiter, den nächsten Hügel hinauf. Die Reiter, die ihn einkreisen wollten, kamen zu spät. Ihnen blieb nur die Rolle einer unfreiwilligen Eskorte.

Erst als der Fliegenschimmel die Hügelkuppe fast erreicht hatte, mußte der Imperator das Tier zügeln. Er war jetzt von Soldaten umringt, und mit jedem Augenblick wurden es mehr. Bald richteten sich Hunderte von Augenpaaren auf ihn und den kleinen Jungen. Verwunderte Blicke und feindselige, aber nicht nur. Germanicus fand auch Reue und die Zuneigung, die der Enkel des Marcus Antonius und in besonders eigenartiger Weise der kleine Gaius bei den Legionären genossen. Darauf baute der Imperator. Diese Zuneigung war in der jetzigen Lage sein einziges Pfand, er mußte sorgsam damit umgehen. Er mußte den

Männern zeigen, daß er ihr Herr war, nicht ihr Feind und auch kein Bittsteller.

»Soldaten Roms«, erhob er seine Stimme laut über das Gemurmel der Umstehenden, das Klirren der unentschlossen gehaltenen Waffen, das Schnauben der Rösser und das Knarren des Sattelleders. »Legionäre, Veteranen, Krieger der Auxilien. Ich bin froh, wieder bei euch zu sein. Ich hörte von eurer Unzufriedenheit und wußte sofort, daß mein Platz bei meinen tapferen Legionen ist. Deshalb kehrte ich eiligst aus Gallien zurück, und deshalb ritt ich mit meinem Sohn Gaius, den ihr Caligula nennt, voraus, euch zu begrüßen.«

Caligula!

Der Name pflanzte sich durch die Reihen fort. Die weiter hinten stehenden Meuterer hatten den kleinen Jungen noch nicht gesehen und waren überrascht über seine Anwesenheit. Freudig überrascht, daß das Stiefelchen, der Liebling der Soldaten, unter ihnen war. Das konnte nur ein gutes Zeichen sein.

Germanicus spürte die freundliche Stimmung und fuhr rasch fort: »Aber hier ist ein unwirtlicher Ort für eine Begrüßung. Folgt mir darum in das Lager!«

Er ließ den Schimmel langsam voranschreiten und bahnte sich einen Weg durch die aufklaffende Menschenmauer. Ein Druck mit den Schenkeln, und das Pferd begann zu traben. Einige Soldaten murrten noch, warfen Germanicus wütende Blicke zu, wurden jedoch von den anderen beschwichtigt. Das Wunder geschah, die Männer schlossen sich ihm an. Die dem Imperator entgegengeströmt waren, um ihn abzufangen, ihm ihre Bedingungen zu diktieren, ihn vielleicht gar festzunehmen oder Schlimmeres mit ihm anzustellen, ließen sich von ihm willig zurück ins Lager führen.

Die Männer, die ihm jetzt in großen Scharen nachströmten, mochten Meuterer sein, aber das waren sie erst seit kurzer Zeit. Seit vielen Jahren jedoch waren sie daran gewöhnt, ihrem Imperator zu gehorchen und ihm zu folgen. Diese Gewohnheit legte man nicht so schnell ab, darauf hatte Germanicus gesetzt.

Er atmete erleichtert durch, als er auf der anderen Seite der Hügelkuppe hinabritt. Er hatte seine Autorität erhalten, sein Leben und das des Sohnes. Aber er wußte auch, daß der weitaus schwierigste Teil noch vor ihm lag. Die Angehörigen dieser vier

Legionen hatten den süßen Wein des Nichtstuns und der Ungebundenheit genossen. Sie würden nicht ohne Widerstand tagein, tagaus wieder das brackige Wasser des Kriegsdienstes trinken.

Germanicus wagte nicht, sich nach seiner Bedeckung und Foedus umzublicken. Man hätte es ihm als Unsicherheit oder gar Angst auslegen können. Also blickte er starr nach vorn und versuchte, stolz und gleichmütig auszusehen.

Als Caligula, dem die ganze Aktion offenbar langweilig wurde, leise zu plärren begann, strich der Vater ihm beruhigend über das Köpfchen, bis der Kleine zufrieden gluckste.

»So ist es gut, kleiner Gaius«, sagte Germanicus im beruhigenden Tonfall und blickte lächelnd seinen Sohn an. »Du mußt fröhlich sein und lachen, wenn wir gleich in das Lager reiten. Du freust dich doch auf das Lager und die vielen Soldaten dort, nicht wahr?«

Caligula kicherte, brachte ein »Ja« heraus und grinste über das ganze kleine Gesicht, als wolle er auf diese Art seine Antwort bekräftigen.

»Fein.« Der Vater lächelte. »Dann zeig es den Soldaten, wenn wir im Lager sind. Sei fröhlich und lächle die Männer an. Sie sind unsere Freunde.«

Hoffentlich! fügte er in Gedanken hinzu, als er das riesige, sich scheinbar über die ganze Ebene erstreckende Sommerlager erblickte.

Gräben, Erdwälle und hölzerne Palisaden, dahinter in langen, geraden Reihen die Zelte, hin und wieder durch große hölzerne Gebäude und Stallungen abgelöst. Aber innerhalb der Verschanzungen konnte Germanicus nicht die kleinste Spur eines geordneten Lagerlebens entdecken. Keine Soldaten beim Appell oder Exerzieren, keine Waffen- und Reitübungen der Rekruten. Niemand, der seine Zeit zum Reinigen und Ausbessern der Ausrüstung verwendete. Was scherte es die Meuterer, wenn sich die Eisenringe ihrer Kettenhemden lösten oder die vom Marschieren krummgetretenen Nägel aus ihren Stiefeln brachen!

Vergeblich suchten die Augen des Imperators nach Offizieren, die Ordnung in das würdelose Chaos brachten. Er hörte ausgelassene Musik statt militärischer Signale, dazu Gelächter und Gesang. Er hörte es aus dem Lager und aus den Ansiedlungen vor den Wällen und Gräben, die aus zerschlissenen Zelten und windschiefen Hütten bestanden. Hier hausten die Händler und Gaukler, die Huren und die Geliebten der Soldaten mitsamt ihren Kindern.

Diese mit einfachsten Mitteln errichteten beweglichen Städte folgten den Legionen wie im Sommer die Stechmücken den Menschen mit süßem Blut. Sie wurden geduldet, weil sie den Soldaten die nötige Zerstreuung verschafften. Oft waren sie aber auch lästig wie die besagten Mücken, wenn die Zerstreuung wichtiger wurde als der Dienst. Und in Zeiten wie diesen, da der Gehorsam dem Geist der Meuterei gewichen war, waren sie ebenso gefährlich wie die Mücken, deren Stiche Krankheiten übertrugen. An diesen Städten der Ausschweifungen infizierten sich die Soldaten mit Faulheit, Disziplinlosigkeit, Aufsässigkeit und Ungehorsam.

Germanicus ließ sich seinen Widerwillen nicht anmerken und ritt mit unbewegter Miene durch eine dieser Ansiedlungen auf die Porta Prätoria zu, das große Haupttor des Lagers. Ein anderer Weg kam für den Adoptivsohn des neuen Herrschers nicht in Betracht.

Die Ankunft des Imperators rief Soldaten, Sklaven und andere Schaulustige herbei. Sie bildeten ein Spalier, das kaum der Ehrbezeugung entsprach, um so mehr der Neugier. Viele Männer hielten Weinbecher oder ganze Weinschläuche in den Händen, und einige taumelten trunken, hielten sich nur noch mühsam aufrecht, gestützt auf Kameraden oder Huren. Letztere schienen jedes Schamgefühl verloren zu haben, sogar angesichts ihres Imperators und seines Sohnes. Mit teilweise oder gänzlich entblößten Leibern standen sie da, begehrenswerte junge wie vertrocknete alte, bemitleidenswert dürre und unnatürlich fette Weiber. Einige, vielleicht mit vom Wein gelösten Zungen, schämten sich nicht, dem Feldherrn eindeutige Angebote zu machen.

»Hast du deine Frau nicht mitgebracht, Caesar?« rief eine fast zahnlose Vettel mit nacktem Oberkörper, deren ausgezehrte Brüste wie leere Weinschläuche aussahen und mit nach unten zeigenden Warzen traurig über dem sich vorwölbenden Bauch lagen. »Dann komm zu mir, Süßer. Ich zeige dir mal, wie es das einfache Volk macht!« Sie brach in ein kreischendes Lachen aus und steckte die umstehenden Frauen und Männer an.

Eine fette, faßförmige Hure mit wahren Melonenbrüsten, die

aus dem Stoff ihrer schlampig angelegten Stola quollen, faßte unter die beiden Fleischberge und hielt sie dem Reiter entgegen. »Hier, Imperator, hast du so etwas bei den feinen Damen Roms schon mal gesehen? Bedien dich nur und bring deinen Sohn mit. An mir ist genug für euch beide dran!«

Neues Gelächter brandete auf. Germanicus war froh, als es hinter ihm verklang und er durch die Porta Prätoria ritt. Beiläufig registrierte er das Fehlen der Torwache, angesichts der Umstände hatte er nichts anderes erwartet. Dann richtete er seine ganze Aufmerksamkeit auf die Konfrontation mit den Meuterern. Sein forsches Auftreten draußen bei den Hügeln hatte eine solche verhindert, hier, innerhalb der Wälle, war sie unvermeidlich.

Schon scharten sich die Männer um ihn, unrasiert, verlottert, mit weingetränktem Atem und den Augen von Menschen, die, bar jeder leitenden und strafenden Hand, zu allem bereit waren.

Germanicus ließ sein Pferd scheinbar gewähren und im Kreis tänzeln. In Wahrheit wollte er sich einen Überblick verschaffen.

Hinter ihm waren die Meuterer und Menschen aus den Ansiedlungen ins Lager gekommen. Von Foedus und der Bedeckung war nichts zu sehen.

Dafür entdeckte er in den hinteren Reihen der ihn umgebenden Menschen die Uniformen von ein paar Zenturionen. Also waren nicht alle vertrieben worden. Das war einleuchtend, waren doch auch nicht alle bei der Mannschaft verhaßt, einige, wenn auch nicht viele, sogar recht beliebt. Und es waren wirklich nicht viele Zenturionen, die Germanicus jetzt erblickte, nur eine Handvoll. Lächerlich wenige im Vergleich zu den Meuterern. Die Führer der Zenturien konnten ihrem Feldherrn kaum helfen – falls sie es überhaupt wollten. Vielleicht machten sie sogar gemeinsame Sache mit den Meuterern, aus Überzeugung oder Zwang.

Die Zenturionen standen auf der Principia, dem großen Hauptplatz des Lagers, wo sich das Feldherrnzelt sowie die Unterkünfte der Legaten und Tribunen befanden. Dorthin versuchte sich Germanicus durchzuschlagen. Es war ein mühsames Unterfangen, sein Pferd durch die dichten Menschenreihen zu zwängen. Immer wieder riefen die meuternden Soldaten ihrem Feldherrn etwas zu, doch im allgemeinen Stimmengewirr hörte der Reiter nicht mehr als Bruchstücke verworrener Klagen.

Ein älterer Mann ergriff plötzlich die Hand des Imperators wie zum Kuß und sagte: »Steh uns bei, Caesar Germanicus, unser Imperator! Sorg dafür, daß es uns endlich besser geht. Ich bin ein alter Veteran und möchte mich endlich zur Ruhe setzen. Hier, fühle, wie wenig Zähne mir in den dreißig Jahren geblieben sind, in denen ich für Roms Größe im Felde stehe.« Dann steckte er die Hand des Feldherrn in seinen Mund, und Germanicus konnte nicht anders, als in der faulig riechenden Höhle mehr Lücken als Zähne zu fühlen. Als er den Veteran endlich hinter sich gelassen hatte, widerstand er der drängenden Versuchung, seine klebrig-feuchte, fäulnisstinkende Hand an seinem Umhang abzuwischen. Es wäre kein gutes Zeichen für die Soldaten gewesen.

Jäh mußte Germanicus den Schimmel zurückreißen, als sich ein anderer, ebenfalls älterer Soldat ihm in den Weg stellte. Wie die meisten, trug er keinen Panzer, nur seine Tunika. Selbst die streifte er jetzt ab und entblößte einen von Narben übersäten Leib und einen verwachsenen, buckligen Rücken. »Schau, Imperator, was die Legion aus mir gemacht hat!« geiferte der Veteran mit solcher Inbrunst, daß ihm Speichel aus dem Mund lief und am Kinn entlang zu Boden tropfte. »Sieh die Narben der Schwerthiebe und Speerwunden, aber zähle sie nicht, es sind zu viele. Betrachte meine Gestalt, die einst gerade war wie die jedes guten Jünglings, aber zu viele Lasten habe ich getragen auf endlosen Märschen. Ich habe Rom gedient, ohne mich zu schonen, und dies ist der Dank des Vaterlandes!« Dabei zeigte er auf seinen Höcker.

Germanicus murmelte ein paar mitleidige Worte, lenkte sein Pferd vorsichtig an dem Mann vorbei und erreichte endlich die Principia. Sein forschender Blick richtete sich auf das große Zelt seines Legaten. Es wurde von einer Schar bewaffneter Meuterer bewacht, die den wuchtigen, grauhaarigen Offizier aber nicht am Heraustreten hinderten.

Auch so war es angesichts der dichtgedrängten Menge für Aulus Caecina Severus unmöglich, zu seinem Imperator durchzukommen. Caecina preßte die fleischigen Lippen zusammen, und seine von zahlreichen Fältchen umsäumten Augen blickten Germanicus in einer Mischung aus Hoffnung und Betrübnis an. Und diese Betrübnis speiste sich gleichermaßen aus Wut und Scham.

Germanicus hob seinen Sohn aus dem Sattel und stellte ihn auf das Tribunal, die aus aufgeschütteter Erde und Holz errichtete Plattform für die Ansprachen des Feldherrn. Als der kleine Gaius für Augenblicke über den Köpfen der Menge schwebte, rief diese mehrmals den Kosenamen des Stiefelchens, und mit jedem Ruf wurden die Stimmen mehr und lauter.

Der Imperator stieg ebenfalls aus dem Sattel und erklomm die Bühne, nahm aber nicht auf dem ledergepolsterten Sitz Platz, von dem aus er üblicherweise die großen Appelle verfolgte. Aufrecht zu stehen angesichts dieser vieltausendköpfigen Masse aufgebrachter Soldaten erschien ihm als das einzig Richtige.

»*Milites* – Soldaten!« rief er über die Köpfe hinweg, nachdem er kurz überlegt hatte, ob er sie mit dem verbrüdernden, schmeichlerischen *Commilitones* – Kameraden oder, wie einst im Bürgerkrieg Julius Caesar, mit dem für Soldaten verächtlich klingenden *Quirites* – Bürger anreden sollte; aber ersteres hätten die Meuterer als ein Zeichen der Schwäche und letzteres als eine ihren Zorn noch mehr anheizende Beleidigung auffassen können. »Ihr seid in großer Schar gekommen, euren Imperator zu sehen, und das freut mich. Aber ihr steht so dicht zusammen, daß ich euch nicht unterscheiden kann. Formiert euch und tretet in Manipeln an!«

Gespannt beobachtete er die Soldaten. Wenn sie seinem Befehl folgten, war das ein großer, wichtiger Schritt bei dem Versuch, die Kontrolle über die Meuterer zu erlangen. Soldaten, die in militärischen Formationen vor ihrem Feldherrn standen, waren leichter zu beeinflussen als wilde, grölende Haufen. Aber es kam keine Bewegung in die Masse. Statt dessen wurden Rufe laut, daß man nicht zum Appell gekommen sei, sondern um Beschwerden vorzubringen und Forderungen zu stellen.

»Wie soll ich wissen, wer welche Beschwerden und Forderungen hat, wenn ich euch nicht unterscheiden kann?« erwiderte Germanicus. »Schließt euch wenigstens zu Kohorten zusammen und bringt eure Feldzeichen vor, damit ich weiß, mit wem ich es zu tun habe!«

Unter den Meuterern entstand eine Diskussion über diese Forderung. Als einige der Männer in Bewegung gerieten, rief der Imperator: »*Venite!*«

Der altgewohnte, tausendfach gehörte Befehl zum Antreten

brachte den Umschwung. Die meisten der Männer schlossen sich tatsächlich zu ihren Kohorten zusammen, viele hinter den Feldzeichen ihrer Manipel, womit der Imperator seine erste Forderung doch erreicht hatte. Und dann erhoben sich sogar drei der vier Legionsadler über der Menge. Ein warmes Gefühl durchströmte Germanicus bei diesem Anblick, und er dachte an den ersten Teil der Prophezeiung der germanischen Seherin: ›Alle Schwierigkeiten, die jetzt vor dem Imperator liegen, wird er überwinden, sobald der Adler sich über seinem Haupt erhebt.‹

Hatte die Seherin dies gemeint? Germanicus kamen Zweifel, standen die Träger der Legionsadler doch weit vom Tribunal entfernt, und die Adler erhoben sich keineswegs direkt über dem Feldherrn.

»Jetzt erkenne ich euch, Männer, sehe die Adler eurer Legionen und die Zeichen eurer Manipel«, begann Germanicus seine Ansprache, von der so viel abhing. »Ein Anblick, der mich so stolz macht, wie er es auch den vergöttlichten Augustus gemacht hätte, hätte er ihn vor seinem Dahinscheiden noch einmal sehen dürfen. Unter seiner Regentschaft hat Rom die Macht bewahrt und sogar noch ausgeweitet, deren Begründer Gaius Julius Caesar mir, wie ich mit Stolz und Glück sage, den Namen gab. Caesar und Augustus haben ihre Anstrengungen nicht umsonst unternommen. Andere werden sie fortsetzen, wie meines Vaters Bruder und mein jetziger Vater Tiberius Julius Caesar. Tiberius, Sohn der Livia und des Augustus, der als tapferer und begnadeter Feldherr den Aufstand im Illyricum niedergeschlagen und den ganzen Landstrich befriedet hat, der dafür mit Ehrungen überhäuft und mit dem Triumph bedacht wurde, der nach dem schmählichen Überfall auf die Legionen des Quinctilius Varus nach Germanien kam, um euch anzuführen, um mit euch auf dem nackten Rasen zu sitzen und ohne Zeltdach über dem Kopf zu schlafen, der euch ruhmreich gegen die aufsässigen Germanen führte – er wird euch ein ebenso guter, umsichtiger und wohlmeinender Herrscher sein wie sein Vater Augustus.«

Erst hatten die Soldaten schweigend und gespannt zugehört. Sogar Zustimmung wurde laut, als Germanicus den ruhmreichen Julius Caesar und den großen Augustus lobte. Aber als die Rede auf Tiberius kam, mischten sich Ablehnung und Spott in die Rufe. Die Meuterer nannten ihn wegen seiner Jahre auf Rhodos einen Einsiedler und wegen Livias erster Ehe ein Kind zweier Väter. Auch die scharfe Handhabung der Kriegszucht hatten sie Tiberius nicht vergessen. Sie warfen ihm vor, die alten Züchtigungen und Ehrenstrafen wiedereingeführt zu haben. Ein Meuterer erzählte lauthals die alte Geschichte, wonach Tiberius sogar einen Legionslegaten schimpflich bestraft habe, nur weil der Legat einige Soldaten und einen Freigelassenen entgegen der Befehle auf die Jagd geschickt hatte.

Germanicus spürte den drohenden Umschwung der ihm eben noch freundlich erscheinenden Stimmung und wollte ihn aufhalten, indem er die Einmütigkeit Italias und die Treue Galliens zu Rom beschwor. »Nirgends im Reich findet man Zwietracht oder Unruhe – mit Ausnahme Germaniens. Hier ist nicht mehr viel zu spüren von dem unbedingten Gehorsam und der eisernen Disziplin, für die Roms Legionen überall gerühmt werden.« Er ließ seinen Blick ruhig und fest über die Versammlung gleiten und fuhr fort: »Statt dessen verjagt ihr eure Tribunen und Zenturionen, bringt Schande über sie und euch. Ist das die Art, wie römische Soldaten die Staatstrauer bezeugen, wie sie das Andenken des verstorbenen Princeps bewahren?«

Rufe wurden laut, Widerspruch, Ärger, Zorn. Tausende Stimmen schrien durcheinander und vereinigten sich zu einem Sturmwind, wie um den Imperator vom Tribunal zu wehen. War er zu weit gegangen in seinen Vorwürfen?

Ein stämmiger Mann mit einer schiefen, wohl mehrfach gebrochenen Nase trat vor und schrie: »Wir brauchen keine Tribunen und Zenturionen, die selbst die feinen Herren spielen und uns schikanieren! Uns lassen sie nur den vergossenen Schweiß, den Staub und dergleichen, während sie sich auf Gelagen amüsieren. Jetzt machen wir es umgekehrt!«

»Ja!« stimmte ihm ein anderer zu. »Ich kann auf einen Zenturio verzichten, dessen größtes Vergnügen es ist, seinen Rebstock auf meinem Rücken tanzen zu lassen.« Er entblößte seinen Oberkörper und zeigte seinen von Blutergüssen und roten Striemen bedeckten Rücken. »Schaut, drei Stöcke sind hier schon zerschlagen worden. Wurde ich als freier Bürger Roms dazu geboren?«

Auch andere entblößten sich, um Züchtigungsnarben und Kriegsverwundungen vorzuzeigen. Sie schrien ihre Anklagen hinaus, beschwerten sich über die Prügelwut der Zenturionen, über deren Schikanen und ihre mangelnde Muße, über zu harte Arbeit beim Schanzen und beim Beschaffen von Futter und Holz, über zu geringen Sold und zu hohe Zahlungen an die Zenturionen, um von den härtesten Strapazen verschont zu werden. Dann fingen die Veteranen an, sich über die viel zu lange Dienstzeit auszulassen. Sie wandten sich gegen das Gesetz, daß Legionäre auch nach ihrer Dienstzeit als Veteranen noch Jahre für den Kriegsdienst zur Verfügung stehen mußten. Und noch mehr dagegen, daß die Veteranenzeit über Gebühr ausgedehnt wurde.

»Das sind viele Forderungen«, verschaffte sich Germanicus unter Mühen erneut Gehör. »Manche mögen berechtigt sein, einige nicht im ganzen Umfang. Es braucht Zeit, das zu prüfen.«

»Germanicus, unser Feldherr, wird sich für uns einsetzen!« jubelte laut eine Stimme aus den hinteren Reihen. »Der Segen der Götter und das Glück des vergöttlichten Augustus seien mit ihm!«

Andere Stimmen schlossen sich dem an. Erst nahm Germanicus die Äußerungen zu seinen Gunsten mit Erleichterung und Freude auf, aber dann mehrten sich die Stimmen, die ihn mit Augustus gleichsetzten und forderten, er solle anstelle des Tiberius der neue Princeps werden. Schon stimmten die Massen Hochrufe auf den neuen Herrscher Germanicus an.

Dieser dachte daran, daß hier vier kampferfahrene und schlagkräftige Legionen standen. Vier weitere bildeten das obere Heer mit Hauptquartier in Mogontiacum. Außerdem lag je eine Legion bei Vindonissa, in Argentoratum und bei Noviomagus. Hinzu kamen die Flotte auf dem Rhenus und die verbündeten Stämme der Gallier und der Germanen. Eine überaus große Streitmacht, der Tiberius wohl kaum etwas entgegenzusetzen hatte, wenn sie geschlossen gegen Rom zog.

Wäre Agrippina an der Seite ihres Mannes gewesen, hätte sie ihm mit Sicherheit geraten, genau dies zu tun. Es war in zweifacher Hinsicht der einfachste Weg: Germanicus würde Herr über die Meuterer werden, indem er sich zu ihrem Anführer machte, und dadurch würde er wie von selbst zum Herrscher aufsteigen. Die germanischen Legionen würden gar nichts anderes zulassen.

Germanicus war froh, daß Agrippina jetzt nicht neben ihm stand und ihm ihren machthungrigen Rat ins Ohr flüsterte. Er wollte nicht Herrscher werden, nicht auf diese Art, nicht auf

Kosten seines Adoptivvaters. Zwar hatte Tiberius ihn nicht aus Zuneigung adoptiert, sondern nur auf Anordnung des Augustus, doch gleichwohl band das Germanicus an den neuen Princeps. Wie ihn seine Pflicht als Soldat, seine Treue, an Tiberius band. Und wäre all das nicht gewesen, so hätte sich Germanicus niemals gegen den Mann versündigen können, der seinem Vater Drusus in der Todesstunde beistand.

Nein, eine Meuterei war nicht der richtige Weg. ›Der Adler, dem du folgst, führt dich ins Verderben‹, hatte die Seherin gesagt. Vielleicht hatte sie die Legionsadler der Meuterer gemeint.

Germanicus nahm Caligula auf und sprang mit einem Satz vom Tribunal, mitten in die Menge.

»Wohin willst du, Princeps?« fragte ein Meuterer.

»Ich bin nicht euer Princeps und werde es bestimmt nicht auf die Weise, die ihr mir vorschlagt. Damit will ich nichts zu tun haben, und deshalb gehe ich jetzt!«

Die Männer murrten, stellten sich ihm in den Weg und richteten blanke Waffen gegen den Mann, den sie eben noch zu ihrem Herrscher erwählt hatten.

»Kehr um, Germanicus!« forderte eine rauhe Stimme. »Ersteige wieder das Tribunal und verkünde, daß du unser Princeps sein willst!«

»Niemals!« erwiderte Germanicus und zog sein Schwert. »Lieber sterbe ich, als meine Treue preiszugeben!«

Er setzte seinen Sohn, der das Geschehen mit großen Augen verfolgte, auf die Erde und hob das Schwert, als wolle er damit seine eigene Brust durchbohren. Sofort fielen ihn die Meuterer an, hielten seinen Waffenarm fest und beschworen ihn, seine Meinung zu ändern.

»Laßt ihn doch«, erscholl die Stimme des Mannes mit der schiefen Nase. »Wie können wir einfache Männer es wagen, den Enkel des Marcus Antonius von seinem Entschluß abzubringen!« Der Mann trat mit gezogenem Schwert vor Germanicus. »Hier, Imperator, nimm lieber mein Schwert zu deiner kühnen Tat. Es hat in vielen Schlachten das Blut der Feinde Roms getrunken und ist gewiß schärfer als dein Zierstück.« Der Meuterer hielt die Waffe so dicht vor das Gesicht des Feldherrn, daß die Klinge fast seine Nase berührte.

Ein älterer Mann sagte zu dem anderen Meuterer: »Nein,

Calusidius, du versündigst dich. Wir wollen einen neuen Princeps feiern und nicht einen toten Imperator betrauern!«

Dies fand allgemeine Zustimmung. Zögernd ließ Calusidius sein Schwert sinken. Der Mund unter der schiefen Nase war verzerrt, und die Augen flackerten unstet. Plötzlich hellte sich die finstere Miene auf, und der wuchtige Mann ergriff mit der Linken den kleinen Gaius, riß ihn hoch und drückte den heftig strampelnden Jungen an sich.

»Unser Imperator soll noch einmal in sich gehen«, verkündete Calusidius. »Und das Stiefelchen soll unser Pfand sein. Es bleibt bei uns, bis Germanicus eine Entscheidung getroffen hat. Und zwar eine, die uns gefällt!«

Eine heftige Diskussion setzte ein. Ein Teil der Meuterer befand Calusidius' Plan für gut, andere sahen es als Frevel an, den Sohn des Imperators als Geisel zu nehmen.

Unruhe entstand, als sich ein Mann zum Tribunal vorkämpfte. Ein großer, breitschultriger Zenturio, noch jung an Jahren. Er richtete sein Schwert gegen Calusidius und sagte: »Bevor Caligula auch nur ein Haar gekrümmt wird, werde ich sterben. Und dich nehme ich auf jeden Fall mit, Calusidius!« Der Blick des jungen Zenturios wanderte über die Gesichter der Umstehenden. »Was ist in euch gefahren, daß ihr euch an Caligula vergreift? War er nicht immer gern gesehen unter den Soldaten? Trägt er nicht Soldatenstiefel wie wir? Ist nicht das Schlachtenglück mit uns, seitdem er bei uns ist? Wollt ihr euch an den Göttern und an eurer Soldatenehre versündigen, indem ihr ihn als Geisel nehmt? Ich, Cassius Chaerea von der Legion XXI, werde nicht dulden, daß Caligula von fremder Hand getötet wird, niemals! Ich werde mit meinem Leben dafür einstehen und zumindest die XXI. Legion vor der Schande bewahren!«

Seine Entschlossenheit machte Eindruck auf die Meuterer. Niemand wollte, daß auf ihn und seine Einheit die Schande fiel, sich am Stiefelchen vergriffen zu haben. Die Männer zwangen Calusidius, seine Geisel auf den Boden zu setzen. Kaum stand der kleine Gaius wieder auf eigenen Füßen, blickte er zu dem Meuterer und verdrehte seine Nase, bis sie so schief wirkte wie die des Soldaten. Gelächter brandete auf und löste die Spannung.

Cassius Chaerea nutzte die Gelegenheit und sagte laut: »Der Tag ist heiß, und die Reise unseres Imperators war lang. Gönnt ihm und unserem Stiefelchen ein wenig Ruhe. Germanicus wird sich gründlich überlegen, was zu tun ist, und euch noch heute seine Entscheidung wissen lassen.«

Die Mehrheit der Meuterer stimmte dieser Lösung zu. Die Menschen bildeten eine Gasse für ihren Imperator.

»Wir stecken besser die Schwerter ein, Caesar«, raunte der Zenturio Germanicus zu und schob seine Klinge in die Scheide.

Der Feldherr tat es ihm nach, hob Caligula auf den Arm und schritt an der Seite des Zenturios durch die Gasse zu dem Zelt, vor dem Caecina stand. Das Gesicht des Legaten wirkte trotz tiefer Sonnenbräune seltsam wächsern und drückte die Befürchtung aus, die auch Germanicus hegte: Die Lage war noch nicht entspannt, die Bedrohung durch die Meuterer noch längst nicht abgewehrt.

Kapitel 5

Das Geheimnis der Wolfsschlucht

Wer den Cheruskerfürsten Thorag ansah, konnte leicht denken, er habe sich in sein Schicksal ergeben. Mit gefesselten Händen saß der große, breitschultrige Krieger auf seinem gemächlich dahintrottenden Rappen, umgeben von den waffenstarrenden Eberkriegern. Das lange Blondhaar fiel dem Gaufürsten unordentlich ins Gesicht, während seine blauen, sonst so klaren Augen trübe ins Nichts zu blicken schienen.

Hinter ihm ritten Thidrik, Tebbe und Eibe, ebenfalls gefesselt. Fast einen halben Tag war Germar schon mit seinen Gefangenen unterwegs, die Schatten wurden lang, und bald würde Sunna hinter den baumbestandenen Hügeln im Westen versinken, auf die der vierzig Mann starke Trupp zuhielt.

Thidrik, der die Haltung seines Fürsten mißverstand, brachte sein Tier Schritt für Schritt an die Seite von Thorags Rappen und sagte leise: »Wir dürfen nicht aufgeben. Argast muß längst entdeckt haben, was uns zugestoßen ist. Aber sein Trupp ist zu schwach, um es mit den Eberkriegern aufzunehmen. Vermutlich sammelt Argast erst eine größere Streitmacht.«

»Mag sein«, erwiderte Thorag. Er sprach ebenso leise wie Thidrik und sah den Bauern dabei nicht an, weil er die Eberkrieger nicht auf ihr Gespräch aufmerksam machen wollte. »Argast ist ein guter Krieger und wird das Richtige tun. Du irrst, Thidrik, wenn du mich für entmutigt hältst. Ich überlege nur die ganze Zeit, was Germar mit uns vorhat. Erst dachte ich, er bringt uns zu Gerolfs Hof. Aber dafür halten wir uns zu weit westlich, und bald wird es dunkel. Ich kenne dieses Gebiet nicht so gut, es gehört schon zum Ebergau. Hast du eine Vorstellung, wohin sie uns bringen?«

Thidrik hob den Kopf und ließ seinen Blick über das vorausliegende Gelände schweifen. »Ganz in der Nähe befindet sich die Wolfsschlucht. Sie hat von dieser Seite einen ähnlich schmalen Eingang wie die Felsenge, durch die wir heute ins Dunkle Tal geritten sind. Ein guter Lagerplatz, mit wenigen Männern leicht zu verteidigen.«

Thorag nickte. »Das könnte wirklich Germars Plan sein. Wenn es auch nicht erklärt, weshalb er uns nicht zu Gerolfs Hof bringt.«

»Vielleicht lagert Gerolf mit seiner Hauptstreitmacht in der Wolfsschlucht. Damit wäre er nah am Donargau, ein guter Ausgangspunkt für einen Überfall. Ich denke …«

Weiter kam Thidrik nicht. Der an der Spitze des Trupps reitende Germar hatte seinen Braunen gewendet und sprengte auf die Gefangenen zu. Er riß sein Pferd erst im letzten Augenblick zurück und rammte gleichzeitig eine Faust in Thidriks Gesicht. Der Bauer flog vom Pferd.

Germar zog sein Schwert und bedrohte damit den am Boden liegenden Mann. »Was gibt es hier zu quatschen, Verräter? Meinst du, ich habe dich nicht erkannt? Du bist Thidrik aus dem Ebergau, der seinen Fürsten, meinen Vetter Onsaker, an die Donarsöhne verriet. Am liebsten würde ich meinem Bruder Gerolf deinen Kopf überreichen. Aber ich glaube, er möchte deinen Tod selbst erleben. Und es wird ein langsamer Tod sein!«

Als Thidrik mit blutender Nase wieder auf seinen Schecken gestiegen war, setzte der Trupp seinen Weg fort. Die Gefangenen schwiegen jetzt.

Bald zeigte sich, daß Thidrik richtig vermutet hatte. Nachdem die Reiter einen Tannenwald durchquert hatten, erhob sich vor ihnen eine seltsame Felsformation, der Eingang zur Wolfsschlucht. Unten klafften die Felsen ein gutes Stück auf, aber oben neigten sie sich so eng gegeneinander, daß es wie ein aufgerissenes Wolfsmaul aussah. Verstärkt wurde dieser Eindruck noch durch zwei spitze Felskegel, die sich wie Ohren in den dämmrigen Himmel erhoben.

Eine Handvoll bewaffneter Eberkrieger begrüßte die Ankommenden. Einige trugen Wurfspieße, die anderen Pfeil und Bogen. Thidrik hatte recht, dachte Thorag mißmutig: Zur Verteidigung des Schluchteingangs brauchte es nur wenige Männer. Falls Argast mit Verstärkung anrückte und einen offenen Angriff auf die Eberkrieger wagte, würde es ein Gemetzel geben.

Nach etwa zehn Pferdelängen verbreiterte sich der Eingang zu einer von schroffen Felswänden gesäumten Schlucht. Am Südrand hatte das Wasser, das von den Felsen herablief, einen kleinen See gebildet. Rund um ihn herum erhellten flackernde Lagerfeuer das Dämmerlicht. Es waren weniger Feuer, als Thorag erwartet hatte. In der Wolfsschlucht befand sich keinesfalls die Hauptmacht der Eberkrieger, sondern allenfalls hundert Mann.

Das machte die ganze Angelegenheit in Thorags Augen nur noch rätselhafter. Was hatte Germar und seine Mannen hierher verschlagen? Hätten sie einen anderen Weg genommen, hätten sie jetzt schon fast Gerolfs Gehöft erreicht. Welches Geheimnis umgab die Wolfsschlucht?

Der Gaufürst der Donarsöhne sollte es schon bald erfahren. Als die Reiter sich dem feuergesäumten See näherten, stellte Thorag fest, daß er und seine Begleiter nicht die einzigen Gefangenen der Eberkrieger waren. Etwa zehn Menschen lagen gefesselt im Schatten einiger Kiefern. Thorag konnte nicht erkennen, wer sie waren, aber ihre Anwesenheit erklärte einiges: Germar sammelte hier seine Gefangenen, dann erst wollte er sie zu seinem Bruder bringen.

Thorag und seine drei Gefährten wurden abseits der Lagerfeuer und der anderen Gefangenen zu einer kleinen Felsgruppe am Ostufer des Sees gebracht. Die Ebermänner stießen sie reichlich unsanft zu Boden und fesselten ihre Füße. Zwei Bewaffnete blieben als Wachen zurück. Die Pferde, auch die der Gefangenen, wurden in eine Koppel am Nordhang getrieben, wo man starke

Seile zwischen ein paar einzeln stehenden Buchen gespannt hatte.

Bei den Feuern wurde angesichts des toten Bären begeisterte Rufe laut, und bald briet das zerlegte Tier über den Flammen. Thorag und seinen Freunden wurde bewußt, daß sie schon lange nichts mehr gegessen hatten, doch man gab ihnen weder Fleisch noch Wasser. Als das Bärenfleisch gar war, kamen ein paar Eberkrieger vorbei, um den Wachen ihr Essen zu bringen. Dabei verspotteten sie die Gefangenen, spuckten sie an und hielten ihnen das duftende Fleisch unter die Nasen.

Als die Ebermänner unter lautem Spottgelächter wieder abgezogen waren, raunte Thidrik in einer Mischung aus Wut und Verachtung: »Ist das der langsame Tod, von dem Germar gesprochen hat? Will er uns verhungern und verdursten lassen?«

»Darüber mache ich mir keine Gedanken«, erwiderte Thorag. »Ich würde viel lieber wissen, wer die Gefangenen im Kiefernhain sind.«

»Vielleicht die wahren Boten Armins. Ich nehme an, die Eberkrieger haben sie überfallen und ihnen die Ausrüstung und das Messer des Herzogs abgenommen, um uns zu täuschen.«

»So könnte es sich abgespielt haben«, stimmte Thorag dem Freund zu. »Aber ich bin mir nicht sicher, ob die anderen Gefangenen wirklich Armins Boten sind. Ich glaube, ich habe auch Frauen im Kiefernhain gesehen.«

Thidrik brummte etwas, das so ähnlich klang wie: »Deine Augen sind jünger und besser als meine.«

Aus der Dämmerung wurde Finsternis, als Nott, die mit dunklen Schleiern umhüllte Riesentochter, mit ihrem schwarzen Wagen über den Himmel zog. Notts Gewänder lagen so dicht auf dem Land der Cherusker, daß der von Mani gezogene Mondwagen und Surturs von den Göttern eingefangener Feueratem, die Sterne, kaum Licht in die Wolfsschlucht warfen. Die Lagerfeuer am See brannten nieder, und Bäume und Felsen verschmolzen ebenso zu undeutlichen Umrissen wie die beiden Wächter, die Thorag und den Seinen den Rücken zuwandten und müde an einem großen Felsblock lehnten. Ihre Unterhaltung verstummte, und auch die Stimmen an den Lagerfeuern wurden leiser. Die meisten Eberkrieger schliefen mit gut gefüllten Bäuchen, zufrieden über das Mahl und die gelungene Menschenjagd.

Die gefangenen Donarsöhne aber bekamen kein Auge zu, wollten es auch gar nicht. Es stand zu erwarten, daß sie morgen auf Gerolfs Hof gebracht wurden. Dort, im Herzen des Ebergaues, war es noch viel schwieriger, den Feinden zu entkommen. Deshalb begann Thorag, sobald Dunkelheit und Ruhe eingekehrt waren, seine Handfesseln an einer Felskante zu scheuern. Thidrik, Tebbe und Eibe taten es ihm nach. Es war eine mühevolle Arbeit, da die Fesseln sehr stark waren und die Donarsöhne leise sein mußten, um nicht die Aufmerksamkeit der Wachtposten zu erregen. Sobald diese sich bewegten, hielten die Gefangenen inne und stellten sich schlafend. So verging die Zeit, aber keine Fessel fiel.

Als Schritte sich der Felsgruppe näherten, alarmierte das nicht nur die Gefangenen, sondern auch die Wächter. Die beiden Eberkrieger traten vor und hoben ihre Framen.

»Wer ist da?« rief einer von ihnen in die Nacht.

»Eure Ablösung«, lautete die Antwort. »Oder wollt ihr hier ausharren, bis Nott ihrem Sohn Dagr weicht?«

»Bei Wodan, nein!« meinte der Wächter. »Wir haben schon sehnsüchtig auf euch gewartet. Steht ihr euch jetzt die Beine in den Bauch, während mein Bruder und ich ...«

Die Stimme des Ebermannes erstarb in einem gurgelnden Laut. Die beiden Männer der Ablösung sprangen, als sie die Wächter erreichten, plötzlich vor und fielen über die Wachtposten her. Für Thorag und seine Schicksalsgefährten sah es aus wie das Ringen seltsamer Schattenwesen, Waldgeister oder Wiedergänger aus dem Reich zwischen der Welt der Lebenden und der Toten.

Es war ein kurzer Kampf. Zwei Schatten fielen, zwei andere traten auf die Gefangenen zu, beugten sich über sie und senkten ihre blanken Klingen auf Thorag und Thidrik hinab. Mit schnellen Schnitten durchtrennten sie die Fesseln, und der Fürst der Donarsöhne sah dankbar in Argasts schmales Gesicht. Argast und sein Begleiter, der breitschultrige Ayko, wandten sich den beiden Brüdern zu und befreiten auch sie von den Fesseln.

»Endlich«, seufzte Thidrik, als er seine schmerzenden Glieder rieb. »Ich hatte mich schon mit dem Gedanken vertraut gemacht, von Germar und Gerolf langsam zu Tode gemartert zu werden.«

»Wir folgten eurer Spur bis zur Wolfsschlucht und erreichten sie noch, bevor es ganz finster wurde«, sagte Argast. »Aber wir waren zu wenige, um sofort anzugreifen. Deshalb warteten wir den Schlaf der Ebermänner ab, bis wir die Wachen am Eingang der Schlucht überwältigten. Und dann warteten wir erneut, bis die Ablösung der Wächter sich aufmachte. Wir überfielen erst sie und dann eure Bewacher.«

»Das haben wir gesehen.« Thorag stand auf und legte eine Hand auf Argasts Schulter. »Es war gute Arbeit, Argast, und ich danke dir. Du bist listiger als ein Fuchs.«

»Aber auch der Fuchs ist verloren, wenn zu viele Hunde ihn jagen – oder zu viele Eber in diesem Fall.« Argast blickte über die Felsen hinweg zum See, wo zwischen den nur noch spärlich glimmenden Feuern die Ebermänner lagen. »Wir sollten schnell verschwinden, bevor man auf uns aufmerksam wird!«

»Nein«, widersprach Thorag und zeigte nach Nordwesten. »Dort im Kiefernhain liegen noch andere Gefangene. Wir werden sie befreien!«

»Warum?« fragte der Kriegerführer. »Kennen wir sie?«

»Nein.«

»Dann gehen sie uns auch nichts an.«

»Das ist zu einfach gedacht«, meinte Thorag. »Wenn sie die Feinde der Eberleute sind, liegt es nahe, daß sie unsere Freunde werden könnten. Außerdem erhoffe ich mir von ihnen Aufklärung über das Verhalten der Ebermänner.«

»Trotzdem ist es angesichts unserer geringen Zahl ein gefährliches Unterfangen«, beharrte Argast auf seiner Meinung.

»Ich weiß. Darum hört genau zu, was ihr tun sollt!« Und der junge Gaufürst erklärte seinen Männern den Schlachtplan.

Sie waren insgesamt acht Donarsöhne. Zu Argast und Ayko gesellten sich noch zwei weitere Krieger, die mit ihnen ins Tal gekommen waren. Die übrigen warteten am Eingang zur Wolfsschlucht. Thorag schlich mit Thidrik, Tebbe und Eibe zu den abgebrannten Feuern am See, wo die Ebermänner schliefen. Argast und seine Krieger hielten in ebenfalls geduckter Haltung auf den Kiefernhain zu und wurden bald von Notts Schleiern verdeckt.

Thorags kleiner Trupp war mit den Waffen der beiden überwältigten Wächter und ihrer Ablösung ausgestattet. Thorag hoffte, daß die von ihm eingeschlagene Richtung stimmte. Er hatte sich zwar gemerkt, zu welchem der Feuer Germar gegangen war, aber im Verlauf des Abends konnte der junge Eberfürst den Lagerplatz gewechselt haben. Dann allerdings wäre Thorags Vorhaben zum Scheitern verurteilt gewesen.

Doch Donar war mit seinem Abkömmling. Fast wäre Thorag über Germar gestolpert. Selbst im Schlaf sah das narbige Gesicht des hageren Ebermannes noch häßlich und boshaft aus. Germar lag auf gegerbten Fellen, hatte sich in eine dicke Wolldecke gewickelt und schnarchte unregelmäßig vor sich hin. Während Thorag sich über ihn beugte, sicherten seine Gefährten das Umfeld. Zum Glück schliefen alle Eberleute in der Nähe.

Nur Germar schreckte auf, weil er keine Luft mehr bekam. Schwer lag Thorags Linke auf seinem Gesicht und bedeckte Mund und Nase. Die Rechte hielt das Schwert und drückte die Spitze gegen Germars linke Brust.

»Nur einen Laut, Ebermann, und du bist so tot wie dein Vetter Onsaker! Und sei gewiß, daß ich nicht scherze. Wenn du verstanden hast, heb langsam die linke Hand.«

Nach kurzem Zögern hielt Germar die Linke zitternd hoch.

»Schön, aber vergiß es nicht«, knurrte Thorag und lockerte den Druck seiner Linken etwas, um Germar das Atmen zu erleichtern. »Du magst deine Männer durch einen Ruf warnen, aber bevor sie bei dir sind, bist du schon unterwegs nach Walhall!«

Germars weit aufgerissene Augen wanderten über Thorag, Thidrik, Tebbe und Eibe. Als er keine weiteren Donarsöhne entdeckte, zeigte sein Gesicht zugleich Erleichterung und Verwunderung.

»Was willst du erreichen, Thorag?« fragte er im Flüsterton. »Ihr vier könnt nicht gegen meine Krieger bestehen!«

»Wir suchen nicht den Kampf, sondern unsere Freiheit.«

»Ich schenke sie euch! Ihr könnt gehen, ohne daß euch ein Haar gekrümmt wird.«

»Das hoffe ich sehr.« Thorag grinste hintergründig. »Doch müssen wir damit noch etwas warten. Und jetzt schweig!«

Er drückte die Schwertspitze etwas stärker gegen Germars Brust, um seinem Befehl Nachdruck zu verleihen. Der Ebermann stöhnte leise, mehr vor Schreck als vor Schmerz.

Alle warteten, nur Germar wußte nicht, worauf. Als Hufgetrappel und Schreie ertönten, erkannte er, daß das Warten ein Ende hatte. Die Eberkrieger erwachten, sprangen auf und griffen nach ihren Waffen. Diejenigen, die in der Nähe ihres Anführers geschlafen hatten, wollten gegen Thorag und seine drei Gefährten vorgehen.

»Laßt die Waffen fallen!« schrie der Donarfürst. »Wenn nicht, ist Germar des Todes!«

Ein paar Eberkrieger gehorchten, andere zögerten. Thorag drückte noch fester mit dem Schwert zu.

»Tut, was Thorag sagt!« kreischte Germar, und auch die anderen Waffen fielen zu Boden.

Ein paar Pferde stürmten vorbei, reiterlose Tiere. Dann kamen die Reiter: Argast, seine Krieger und die befreiten Gefangenen. Thorag war verblüfft, als er das bärtige Gesicht von Mallovend erkannte, dem Herzog der Marser, eines Nachbarstamms der Cherusker. Dann erblickte er auch Mallovends Söhne Vendar und Vendhard. Argast und Ayko, die vor Thorag anhielten, führten ein paar leere Pferde an den Zügeln mit sich, darunter den Rapphengst ihres Gaufürsten.

»Steh auf!« befal Thorag dem Anführer der Eberkrieger. »Du kommst mit uns, als unser Pfand!«

Zornig sahen die Eberleute zu, wie ihr Anführer auf eins der Pferde stieg. Vorher nahm Thorag ihm die Waffen ab, auch Armins Dolch.

Die Donarsöhne stiegen ebenfalls auf die Pferde, und Thorag schrie: »Bleibt im Lager, Ebermänner! Wenn ihr uns folgt, ist das Germars Todesurteil!«

Und schon ritten Donarsöhne und Marser davon. Thorag hatte sich nicht getäuscht, auch drei Frauen waren dabei, zudem zwei Kinder.

Was machten die Marser im Land der Cherusker? Und wie waren sie in Germars Hände geraten? Die Fragen beschäftigten Thorag, aber ihre Beantwortung mußte warten, bis die Wolfsschlucht hinter ihnen lag.

An der wolfsköpfigen Felsformation trafen sie auf Argasts übrige Krieger, die durch den Lärm und die herangaloppierenden Pferde schon alarmiert waren. In knappen Worten klärte Argast sie über das Vorgefallene auf.

»Treibt so viele Pferde wie möglich aus der Schlucht!« befal Thorag. »Ich bin mir nicht sicher, ob Germars Leben den Eberkriegern über alles geht.«

So geschah es. Aber es blieben genügend Pferde für einen starken Verfolgertrupp in der Wolfsschlucht zurück. Die reiterlosen Pferde liefen im Wald hinter dem Felsdurchlaß auseinander.

»Laßt sie!« rief Thorag. »Wir müssen sehen, daß wir hier wegkommen. Die Eberleute werden einige Zeit mit dem Einfangen der Pferde beschäftigt sein.«

»Wohin reiten wir?« fragte Mallovend.

»Zum Gau der Donarsöhne«, antwortete Thorag und trieb den Rappen an.

Donarsöhne und Marser ritten durch die Nacht, den gefangenen Germar in ihrer Mitte. Wodans wilde Schar hätte es nicht eiliger haben können.

Kapitel 6

Die Ruhe vor dem Sturm

Die Ruhe des zu Ende gehenden Tages, die über dem Sommerlager der vier Legionen vom unteren Rhenus lag, war nur eine scheinbare. Der laue Wind, der sanft an den Zelten zupfte, konnte sich nur zu schnell in einen Sturm verwandeln, der alles hinwegriß, besonders Menschenleben.

Das wußten die Männer und die Frau, die im Dienstzelt des Legaten Aulus Caecina Severus um den großen Tisch versammelt waren, und gerade deshalb zog sich ihre Beratung so lange hin. Jedes Argument warf mindestens zwei Gegenargumente auf. Alles wurde genauestens abgewogen, denn eine Fehlentscheidung konnte die Raserei der Meuterer erneut entfachen.

Einerseits war Germanicus froh, daß seine Leibgarde mit Agrippina im Lager eingetroffen war. Die Meuterer waren auf den Reisetrupp gestoßen. Agrippina war den Meuterern entgegengegangen und hatte sie aufgefordert – nicht gebeten! –, sie zu ihrem Gemahl zu bringen. Ihr Eintreffen im Lager hatte erst zu neuer Aufregung geführt. Dann aber ließen die Meuterer zu, daß Agrippina Germanicus aufsuchte und daß die Garde einen schützenden Wall um die Principia zog. Vielleicht waren die meuternden Legionäre und Veteranen von der Hitze des Tages ermattet. Vielleicht griffen sie aber auch nur deshalb nicht ein, weil sie wußten, daß die zweitausend Prätorianer den dreißigtausend Meuterern nicht länger als einen Augenblick standhalten konnten.

Andererseits mußte der Imperator sich jetzt nicht nur um sein Leben und das des kleinen Gaius sorgen, sondern auch noch um das seiner Frau und des Kindes, das in ihrem Leib heranreifte. Agrippina saß wie selbstverständlich am Beratungstisch und scheute sich nicht, den altgedienten Soldaten ihre Meinung zu sagen. Und die ging ganz eindeutig dahin, daß Germanicus sich an die Spitze der meuternden Legionen stellen und mit ihnen gegen Rom marschieren sollte.

»Nur so können wir das Unheil abwenden«, sagte die schöne Enkelin des Augustus zum wiederholten Mal. »Ich glaube, der Ausbruch der Meuterei gerade zu dieser Zeit ist ein Zeichen der Götter.« Sie blickte Germanicus eindringlich an. »Es ist ein Fingerzeig für dich, Gaius. Die Götter wollen, daß du der neue Princeps wirst!«

»Wenn sie das wollten, hätten sie Augustus dazu bringen können, mich als seinen Nachfolger einzusetzen.«

Die Worte, mit denen ihr Mann sie zum Gespött der Runde machte, trafen Agrippina hart. Ihre Lippen bebten, und nur mühsam enthielt sie sich einer geharnischten Erwiderung. Zumindest lachte keiner der Offiziere über die Bemerkung des Imperators. Die Lage war zu ernst.

Erbittert über Germanicus' ablehnende Haltung, wandte Agrippina den Blick ab und sah zu der Ecke, in der Caligula mit seiner Amme spielte. Der Sohn des Imperators übte sich gerade als Reiter, hockte auf dem breiten Rücken der Griechin und schlug der schwer atmenden Frau immer wieder die Hacken in die Seiten, damit sie noch schneller auf Händen und Knien kroch. Agrippina hatte Eurykleia angewiesen, alles zu tun, um den kleinen Gaius bei Laune zu halten. Es konnte leicht so kommen, daß der Liebling der Soldaten das einzige Mittel sein würde, die Meuterer vom Äußersten abzuhalten.

Die Zeltplane am Eingang teilte sich, und Cassius Chaerea trat ein. Er hatte das Zelt vor einer Stunde verlassen, um sich unter den Männern umzuhören. Er war einer der wenigen Zenturionen, die bei seinen Untergebenen mehr Freunde als Feinde besaß. Deshalb konnte er es wagen, sich unter die Meuterer zu mischen.

Stramm nahm er Aufstellung vor dem Klappstuhl, auf dem Germanicus saß, und erhob die rechte Faust, um sie grüßend gegen seinen Brustpanzer zu schlagen.

Der Imperator winkte müde ab. »Keine Umstände, Cassius. Die da draußen benehmen sich auch nicht so förmlich. Sag mir lieber, was es Neues gibt. Nichts Gutes, wie ich deiner ernsten Miene entnehme.«

»Leider hast du recht, Caesar. Viele der Meuterer sehen dich weniger als ihren Imperator denn als ihre Geisel an. Überall brodelt es, und neue Pläne werden geschmiedet.«

»Was für Pläne?«

»Man will eine Abordnung zum oberen Heer schicken, um die Legionen II, XIII, XIV und XVI zu veranlassen, sich mit unseren Truppen zu vereinen.«

Caecina reckte seinen kantigen Graukopf vor. »Zu welchem Zweck?«

»Die Legionen sollen gemeinsam gegen die Ubierstadt ziehen und sie plündern. Dann soll es weiter nach Westen gehen, und auch Gallien soll ausgeplündert werden.«

Diese Mitteilung des Zenturios brachte die Versammlung für kurze Zeit zum Schweigen.

Caecina schlug mit der Faust auf den Tisch und sprach aus, was alle dachten: »Das ist ungeheuerlich. Das ... das hat mit Ungehorsam schon nichts mehr zu tun, das ist ein offener Aufstand. Die römischen Legionen wenden sich gegen das eigene Land!«

Germanicus blieb ruhig, weil alles andere keinen Sinn hatte. Fast emotionslos sagte er: »Wir müssen es verhindern.« Dann brachte er sogar ein Lächeln zustande. »Setz dich zu uns, Zenturio, und stärke dich. Du siehst erschöpft aus.«

Cassius Chaerea ging zu einem freien Stuhl. Bevor er sich setzte, nahm er den glänzenden Eisenhelm mit dem roten Federbusch ab und stellte ihn vor sich auf den Tisch. Er langte nach einer Karaffe und füllte einen Silberbecher mit Acetum, dem Weinessig, den viele Legionäre für das beste Mittel gegen Durst hielten. Ein Offizier trank normalerweise besseren Wein, aber Cassius wollte sich nicht berauschen, sondern erfrischen. Nachdem er einen ordentlichen Schluck getrunken hatte, nahm er eine Hühnerkeule von einer Platte mit kaltem Fleisch und kaute lustlos darauf herum. Für seinen Geschmack war das Huhn zu salzig, der Koch hatte es zu lange im Liquamen gebadet. Vielleicht lag es auch nur daran, daß sein Magen zwar leer war, Cassius in der gegenwärtigen Lage aber nicht den geringsten Appetit verspürte. Trotzdem rissen seine Zähne immer neue Fleischstücke ab und zermalmten sie.

Er wirkte nicht wie ein hungriger Mann, sondern wie ein Soldat, der nur aß, um seine Kräfte zu erhalten. Wie ein Mann, der sich auch in gefährlicher Lage den Gegebenheiten anpaßte und das Erforderliche tat. Das ging Germanicus durch den Kopf, und er nahm sich vor, den Zenturio im Auge zu behalten – falls es dazu noch Gelegenheit gab.

»Verhindern!« schnaubte Caecina, der über die Worte des Imperators nachgedacht hatte. »Bis jetzt ist es uns nicht gelungen, die Meuterer an irgend etwas zu hindern!«

Germanicus bedachte seinen Legaten mit einem ernsten Blick. »Ich selbst hatte noch nicht viel Gelegenheit dazu.«

Die Offiziere am Tisch erstarrten. Caecina schluckte, und sein Gesicht rötete sich, als er den versteckten Vorwurf in diesen Worten erkannte. Seine Lippen bewegten sich, doch sein Protest blieb stumm. Offenbar fand er nicht die richtigen Worte, sein Versagen zu erklären. Der Lagerpräfekt Gnaeus Equus Foedus grinste und glaubte sich einen Schritt weiter auf dem Weg, Caecinas Platz einzunehmen.

Germanicus bereute die Bemerkung, die ihm in seiner Verärgerung über den Legaten herausgerutscht war. Der Imperator hatte wenig genug Offiziere zur Verfügung und war auf jeden angewiesen. Er konnte es sich nicht leisten, sie vor den Kopf zu stoßen.

Deshalb wechselte er das Thema und sagte: »Wir haben schon zu lange diskutiert. Die Soldaten da draußen könnten es uns als Schwäche auslegen. Macht also eure Vorschläge, was zu unternehmen ist!«

Caecina hatte sich etwas beruhigt und war erleichtert darüber, daß sein Versagen nicht weiter Gegenstand der Unterhaltung war. Er sagte: »Wenn die Meuterer tatsächlich nach Gallien ziehen, stehen wir zwischen zwei Fronten. Armin und seine aufständischen Germanen werden sich die Gelegenheit nicht entgehen lassen. Sie brennen schon lange darauf, unsere Städte und Festungen am Rhenus zu schleifen. Alle Anstrengungen, die du, Imperator, und dein Vater Tiberius in den letzten Jahren unternommen haben, wären vergebens gewesen.«

»Dann stimmst du also dafür, hart gegen die Meuterer vorzugehen?« erkundigte sich Germanicus.

Caecina nickte und antwortete mit rauher Stimme: »Was ich versäumte, kann nur deine Autorität wiedergutmachen, Caesar.«

»Ich bin anderer Meinung«, sagte Cassius Chaerea und zog damit alle Blicke auf sich. Ein einfacher Zenturio, der dem Legaten des Imperators widersprach, das gab es selten. »Gegen einzelne ist die Strenge des Feldherrn ein gutes Zeichen, um zu verhindern, daß die Unruhe sich ausbreitet. Befindet sich aber das ganze Heer im Aufruhr, ist Verzeihung notwendig.«

»Damit würde der Imperator sich mit den Aufsässigen auf eine Stufe stellen!« bellte Caecina.

»Ihr beide habt recht und auch unrecht. Strenge ist gefährlich, und Zugeständnisse sind schändlich. Ob man den Männern da draußen alles oder nichts bewilligt, in beiden Fällen kann es übel ausgehen.« Germanicus seufzte schwer, er klang erschöpft. »In der gegenwärtigen Lage scheint es mir allerdings besser, dem jungen Zenturio Cassius zu folgen. Eine harte Hand wäre früher angebracht gewesen. Jetzt aber sind es zu viele Soldaten, die sich daran gewöhnt haben, nur noch sich selbst zu gehorchen. Wir müssen auf sie eingehen und sie dadurch auf unsere Seite bringen. Erst wenn ein großer Teil der Legionäre wieder treu zu Rom und zum Princeps steht, kann die Schande durch strenges Durchgreifen getilgt werden.«

Germanicus erklärte, was er zu tun gedachte, und ließ einen Schreiber holen. Der Imperator diktierte in schnellen, knappen Worten. Der Schreiber kam kaum nach und tauchte die zugespitzte Vogelfeder immer hastiger in das tönerne Tintenfaß, um sie dann wieder in geübten Bewegungen über das Pergament zu führen. Als er mit seiner Arbeit fertig war, las er das Geschriebene laut vor. Germanicus nickte einverständig, wenn auch nicht gerade zufrieden. Nicht alle waren seiner Meinung. Besonders die Gesichter von Caecina und Agrippina wirkten düster und mißmutig.

»Bringen wir es hinter uns!« Der Imperator stand auf, zupfte den Purpurmantel zurecht und nahm das Pergament aus den Händen des Schreibers.

Caecinas Stirn umwölkte sich. »Willst du die Erklärung etwa selbst verlesen, Caesar?«

»Die Männer erwarten es von mir.« Germanicus blickte in die Runde der Offiziere. »Folgt mir!« Als Cassius Chaerea aufstand und nach seinem Helm griff, sagte der Imperator: »Nein, du nicht, Cassius. Dir vertraue ich das Leben meiner Frau und meines Kindes an, für den Fall …«

Germanicus brauchte nicht weiterzusprechen. Allen war klar, was er meinte.

»Ich verspreche, daß ich mit meinem Leben für das von Agrippina und für das von Caligula einstehen werde!«

»Ich habe nichts anderes von dir erwartet, Zenturio.«

Cassius blieb mit Agrippina, Caligula, Eurykleia und den anderen Dienern im Feldherrnzelt zurück, während Germanicus mit seinen Offizieren nach draußen trat. Gegen die stickige Luft im Zelt war die sanfte Brise, die ihnen auf der Principia entgegenschlug, richtig wohltuend. Sie milderte die Kraft der allmählich dem Horizont entgegensinkenden Sonne.

Die Meuterer hockten rund um den großen Platz in Gruppen zusammen, redeten und stritten, tranken Wein, warfen die Würfel oder befühlten die körperlichen Vorzüge der Lagerhuren. Ihr Verhalten wirkte auf Germanicus wie eine Entweihung all dessen, wofür Rom und seine Legionen standen. Er schluckte seinen Unmut hinunter. Was sich vor und in den Zelten abspielte, war jetzt das geringste Problem. Solange die Hände der Meuterer den Weinschlauch, den Würfelbecher oder die Brüste der Huren hielten, führten sie wenigstens nicht Gladius und Pilum gegen ihre Befehlshaber.

Caecina winkte den Trompetern der Garde, und ihr volltönendes Signal rief die Mannschaften auf dem Hauptplatz zusammen. Germanicus erstieg das Tribunal, die Offiziere blieben unten stehen. Der Imperator beobachtete, wie die Meuterer zusammenströmten und wie die Hände seiner das Tribunal schützenden Gardisten sich um die Pilen verkrampften. Er hoffte, daß kein Prätorianer in einer Überreaktion die Waffe gegen einen Meuterer führte. War erst einmal Blut geflossen, konnten alle guten Worte und Versprechungen das Unglück nicht mehr aufhalten.

Plötzlich war Germanicus heiß, und auch der schwache Wind konnte daran nichts ändern. Schweiß perlte auf seiner Stirn und klebte die Tunika unter dem Brustpanzer an seine Haut. Er war froh, daß er keinen Helm trug.

Die Trompetensignale verklangen, und unter den Meuterern kehrte einigermaßen Ruhe ein. Zwar erscholl immer mal wieder ein rauhes Lachen, ein spöttischer Ausruf oder ein weinseliger Vers, aber die meisten der Männer wollten die Worte ihres Imperators hören und ermahnten ihre Kameraden zur Ruhe.

Germanicus nutzte einen seltenen Augenblick fast vollkommener Stille und begann: »Soldaten, ich habe reiflich über eure Forderungen nachgedacht und bin zu der Überzeugung gelangt, daß sie berechtigt sind.«

Der Imperator verstummte, da jedes weitere Wort in dem aufbrandenden Jubel untergegangen wäre. Die Meuterer feierten den einen Satz wie einen Sieg und brachen in Hochrufe auf Germanicus aus.

»Zum größten Teil muß ich euch recht geben«, dämpfte der Mann auf dem Tribunal die große Freude etwas, als er endlich fortfahren konnte. »Deshalb verkünde ich folgendes im Namen von Tiberius Julius Caesar, unserem neuen Princeps.«

Viele Meuterer machten lange Gesichter, als sie begriffen, daß Germanicus mit dieser Wortwahl ausgeschlossen hatte, sich als neuer Princeps an ihre Spitze zu stellen.

Der Imperator hob den Papyrus und las laut vor: »Für die tapferen Soldaten und Veteranen der Legionen I, V, XX und XXI soll mit dem heutigen Tage folgendes gelten: Wer sechzehn Jahre Rom treu gedient hat, wird in den Stand des Veteranen überführt. Er wird von jeglichem Dienst befreit, ausgenommen den Kampf gegen die Feinde Roms. Mit dem Ablauf des zwanzigsten Dienstjahres endet seine Verpflichtung endgültig. Die zum Andenken an den vergöttlichten Augustus vermachten Gelder werden in doppelter Höhe ausbezahlt.«

Der letzte Teil der Erklärung sollte ein Signal guten Willens an die Meuterer sein, eine Art Wiedergutmachung für die harte Behandlung im alltäglichen Dienst, über die sie sich nicht ganz zu Unrecht beklagten.

Gespannt beobachtete Germanicus die Gesichter der Legionäre. In vielen zeichnete sich Zustimmung ab, aber dann trat ein stämmiger Mann mit schiefer Nase vor.

Calusidius!

Er blieb dicht vor den Prätorianern stehen, legte den Kopf in den Nacken und blickte seinem Imperator frech ins Gesicht. »Das sind schöne Worte, die wir eben gehört haben. Aber ich zweifle an ihnen. Wie kannst du, Imperator, etwas im Namen des Tiberius erklären, ohne mit ihm gesprochen zu haben?«

»Tiberius hat mich als seinen Sohn angenommen, er hat mich zum Generalstatthalter Galliens und zum Oberbefehlshaber der Truppen am Rhenus ernannt. Alles, was ich sage und tue, geschieht in seinem Namen!«

Germanicus kreuzte seinen Blick mit dem des Meuterers. Calusidius hatte tiefliegende, dunkle Augen, die Verschlagenheit und Boshaftigkeit auszudrücken schienen. Aber vielleicht rührte dieser Eindruck auch nur von der gebrochenen Nase, die das Gesicht des Legionärs kennzeichnete. Jedenfalls besaß der Meuterer Charakter genug, dem Blick seines Imperators standzuhalten.

Als er diesem Mann von Angesicht zu Angesicht gegenüberstand, wurde dem Feldherrn das Groteske seiner Situation voll bewußt. Er, Gaius Julius Caesar Germanicus, Enkel des Marcus Antonius und seit dem Tode des Augustus als Nachfolger des Tiberius der zweite Mann Roms, mußte sich hier mit einem einfachen Soldaten messen, mit einem Meuterer noch dazu, mußte sich vor ihm rechtfertigen wie ein Schüler vor dem Lehrer! Hätte Germanicus nicht auf der Erhöhung des Tribunals gestanden, wäre er sich vorgekommen wie ein gemeiner Mann, der mit diesem Calusidius auf einer Stufe stand. Und genauso wurde er von Calusidius behandelt. Nur mühsam unterdrückte der Imperator seinen Zorn.

Ein Grinsen huschte über Calusidius' Züge. »Wenn das stimmt, was du sagst, Imperator, dann ist dein Wort Gesetz.«

»Natürlich ist es das«, versetzte Germanicus, ohne zu verstehen, worauf der andere hinauswollte.

»Dann beweis es uns!«

»Wie?«

»Rede nicht nur, sondern handle, Imperator. Setze deine Erklärung sofort in die Tat um. Die Veteranen mit mehr als zwanzig Jahren Dienstzeit sollen auf der Stelle entlassen werden! Zahle uns das versprochene Geld hier und jetzt aus!«

Germanicus schluckte. Damit hatte er nicht gerechnet. Dieser einfache Soldat dort unten hatte ihn in die Falle gelockt wie einen unerfahrenen Schuljungen, der noch nie etwas von der Kunst der Rhetorik gehört hatte. Und jetzt, wo Calusidius' Forderungen vom vieltausendstimmigen Chor der Meuterer unterstützt wurden, blieb ihm nichts anders übrig, als auf sie einzugehen. Das rief noch größeren Jubel hervor.

Unter den lautesten Hochrufen, die Germanicus jemals vernommen hatte, ging er mit mühsam gewahrter Fassung zum Feldherrenzelt zurück. Am liebsten hätte er seinen Prätorianern befohlen, diesen Calusidius in Stücke zu hacken.

Im Zelt bestürmten die Offiziere ihn mit Fragen, Hinweisen und sogar Vorwürfen.

»Wie sollen wir in so kurzer Zeit die Veteranen entlassen, wie sie ersetzen?« fragte ein fast kahlköpfiger Tribun.

»Indem ihr die Nacht durcharbeitet!« fuhr Germanicus seine Offiziere an.

»Und wie sollen wir das versprochene Geld ausbezahlen? Die Kriegskasse hier im Sommerlager ist nicht gut genug gefüllt!«

Germanicus' Gesicht war hart wie Stein, als er die Umstehenden musterte. »Dann nehmt euer eigenes Geld! Ihr erhaltet hohen Sold und macht sicher auch sonst viel Beute auf den Feldzügen. Auch ich werde meine Privatkasse in die Kriegskasse entleeren.« Als er die entsetzten Blicke bemerkte, befürchtete Germanicus, er wäre zu weit gegangen. Er wollte es sich nicht mit den Offizieren verderben und fügte schnell hinzu: »Natürlich bekommt ihr alles von mir ersetzt.«

Ermattet ließ er sich auf einen Stuhl sinken. Agrippina trat zu ihm und trug ihren Sohn auf dem Arm. Caligula wollte auf den Schoß des Vaters.

Agrippina legte eine Hand auf den Unterarm ihres Mannes und streichelte ihn ganz sanft. Sie schien ihm nicht mehr gram zu sein. »Du hast deine Sache gut gemacht, Gaius. Die Soldaten werden dich dafür lieben, noch mehr als zuvor. Wann immer du sie benötigst, sie werden hinter dir stehen.«

Germanicus verstand, was sie meinte. Er lächelte nur, fühlte sich zu erschöpft zum Widerspruch. Er mußte neue Kräfte sammeln. Einstweilen hatte sich der Sturm zwar gelegt, aber die Ruhe war bestimmt nicht von Dauer. Da waren noch die vier Legionen des oberen Heeres, die ebenfalls aufbegehrten.

Caligula richtete sich auf dem Schoß des Vaters auf, hielt sich dabei an dessen Muskelpanzer fest und sah dem Vater ins Gesicht. »Sind die Soldaten böse auf dich?«

»Eher auf Onkel Tiberius«, antwortete Germanicus. »Aber ich hoffe, ich habe sie beruhigt. Ich habe ihnen einen besseren Dienst und Geld versprochen. Eine weise Entscheidung, findest du nicht, kleiner Gaius?«

Caligulas grimmiges Gesichtchen drückte Ablehnung aus. Der kleine Junge stampfte so fest mit dem stiefelbekleideten Fuß auf, daß es dem Vater zwischen den Beinen schmerzte. »Wenn die Soldaten böse sind, hätte ich ihnen bestimmt nichts versprochen.«

Interessiert blickte Germanicus den Sohn an. »Was hättest du getan?«

Ohne zu überlegen, antwortete Caligula: »Ich hätte sie getötet!«

Kapitel 7

Am Abgrund

Erst als Sunnas Strahlen den Himmel erhellten und Notts Schleier allmählich durchsichtig werden ließen, gönnten sich die Reiter eine Rast. Pferde und Reiter waren erschöpft, besonders die Frauen. Verfolger schienen nicht in der Nähe zu sein. Außerdem befanden sich die Flüchtenden bereits seit einiger Zeit auf dem Gebiet der Donarsöhne. Deshalb hielt Thorag es für vertretbar, auf einer kleinen Lichtung anzuhalten. Das Wasser eines Wildbaches versprach Erfrischung für Mensch und Tier. Aber der junge Gaufürst war vorsichtig und entsandte vier Reiter, die als Kundschafter die Gegend durchstreifen sollten.

Als die anderen abgestiegen waren, trat Mallovend auf Thorag zu. Der Herzog der Marser war einen Kopf kleiner als der hochgewachsene Cherusker, wirkte dafür aber kräftiger, obwohl Thorag auch sehr breite Schultern hatte. Mallovend hatte braunes, bis auf die Schultern fallendes Haar und einen etwas dunkleren Bart, der bis zur Brust reichte. Eine Hakennase krümmte sich über einem breiten Mund, dessen Lippen fast unter dem dichten Bartgestrüpp verschwanden. Der Marser machte den Eindruck eines wachen, zielstrebigen Mannes, und genauso hatte Thorag ihn auf den Thingen und damals beim Zug gegen Quinctilius Varus kennengelernt.

»Ich danke dir, Sohn des Donnergottes«, sagte der Herzog mit einem Lächeln, das der Bart nur erahnen ließ. »Ohne dein Eingreifen wären wir noch immer Germars Gefangene und nicht er der unsere.« Mallovend warf einen finsteren Blick zu dem Ebermann, der von zwei Kriegern bewacht wurde. »Viele gute Männer meiner Kriegerschar wurden getötet, als Germar uns heimtückisch angriff.«

»Wie konnte das geschehen?« fragte Thorag.

»Germar, dieser verschlagene Hund, gab sich als Freund aus, der mit seinen Kriegern auf der Jagd ist. Wir hatten keinen Grund, seinen Worten zu mißtrauen, sind Cherusker und Marser doch Verbündete im Kampf gegen die Römer. Aber die Eberkrieger nutzten unsere Gutgläubigkeit aus und metzelten meine Krieger ohne Vorwarnung nieder. Nur meine Familie und mich verschonten sie.«

Mallovend stellte seine Familie vor. Seine Söhne Vendar und Vendhard kannte Thorag von den Stammesthingen. Vendhard hatte erst auf dem vorletzten Thing die Kriegerprobe abgelegt, Vendar dagegen sich bereits in der Schlacht gegen Varus bewährt. Er wurde von seiner Frau Wihadis und seinen beiden halbwüchsigen Kindern, einem Jungen und einem Mädchen, begleitet. Die drei anderen waren Mallovends Frau Menia, seine Tochter Amala sowie sein Vetter und Kriegerführer Eilard.

Thorag fiel auf, daß Amala, ein hübsches, schlankes Mädchen von etwa fünfzehn oder sechzehn Jahren, vollkommen teilnahmslos in der Nähe der Pferde hockte. Sie hatte den Rücken gegen den Stamm einer großen Birke gelehnt, und ihr von kastanienfarbenen Locken umspieltes Gesicht blickte starr geradeaus. Aber dort war nichts, nur Wald.

»Das wird Germar und seinem Bruder noch einigen Ärger einbringen«, sagte Thorag, nachdem er von dem Überfall auf seine Jagdgruppe berichtet hatte. »Aber eines muß man ihnen lassen, ihr Plan war gut.« Er zückte Armins Dolch. »Ich kenne diesen Dolch, er gehört Armin wirklich. Germars Männer haben sich als Boten ausgegeben, die mich zur Hochzeit von Armin und Thusnelda einladen sollten.« Der Donarsohn lachte rauh. »Ich hätte mir denken können, daß das nicht stimmt. Jetzt, wo Segestes sogar Armins Gefangener ist, würde er niemals in eine solche Hochzeit einwilligen.«

»Du irrst, Thorag, Segestes hat zugestimmt. Die Hochzeit findet statt. Was meinst du, weshalb ich mit meiner Familie durchs Cheruskerland reise? Armin hat uns zur Vermählung eingeladen!«

»So ist das also.« Thorag nickte. »Dann waren die Männer, denen Germar den Dolch und die Waffen der Hirschsippe abgenommen hat, wirklich Armins Hochzeitsboten.«

Mallovend strich über seinen Kinnbart und fragte ein wenig zögerlich: »Wirst du denn kommen, nach allem, was zwischen dir und Armin gewesen ist? Ich will nicht wissen, was ihr miteinander habt. Aber jeder weiß, daß du seit dem Sieg über Varus nicht mehr an Armins Seite geritten bist.«

Eilard, ein untersetzter Mann mit einer Feuernarbe auf der rechten Wange, war neben Mallovend getreten und sagte: »Manche sagen sogar über Thorag, er sei …«

Ein strenger Blick und eine knappe Handbewegung des Herzogs brachten den Kriegerführer zum Schweigen.

»Was sagt man?« erkundigte sich Thorag.

»Nichts.« Mallovend winkte ab. »Es ist nur Gerede.«

»Was für Gerede?« Der Cheruskerfürst richtete seinen Blick erst auf den Herzog der Marser, dann auf dessen Vetter.

Eilard öffnete endlich die spröden Lippen. In seinem rechten Oberkiefer fehlten die meisten Zähne, weshalb sein Gesicht schief und seine Aussprache undeutlich war. »Man wundert sich über deine Zurückhaltung, Thorag. Und man fragt sich, ob dir die große Schlacht gegen Varus den Mut genommen hat.«

»Wer fragt sich das?«

Mallovend trat einen Schritt vor und verzog sein Gesicht zu einem bemühten Lächeln. »Ich sagte doch, es ist nur Gerede. Wir sollten nichts darauf geben. Thorag, du hast heute nacht bewiesen, daß du ein ebenso mutiger wie listiger Krieger bist. Ich werde ewig in deiner Schuld stehen.«

Lärm lenkte die drei Männer ab: schneller Hufschlag und aufgeregtes Geschrei. Ein Pferd, ein kleiner Grauschimmel, setzte in weiten Sprüngen über die Lichtung und verschwand im Unterholz. Thorag sah den Reiter nur von hinten. Er hatte langes, braunes Lockenhaar und trug ein weites Gewand. Als er den leeren Platz unter der Birke bemerkte, ging ihm auf, daß es sich um eine Reiterin handelte.

»Amala!« rief Mallovend da auch schon den Namen seiner Tochter. »Wir müssen ihr nach!«

Er rannte zu den Pferden, gefolgt von Eilard und dann auch von Thorag.

»Was ist denn los?« fragte der Cherusker. »Wohin will deine Tochter, Mallovend?«

»Irgendwohin, wo sie ungestört ist, um ihr Leben der Tamfana zu opfern.«

Tamfana war eine Fruchtbarkeitsgöttin, die besonders von den Marsern verehrt wurde. Wenn der Sommer dem Winter wich, veranstalteten die Marser zum Dank für die Ernte ein großes Fest für Tamfana. Das wußte Thorag, doch sah er keinen Zusammenhang mit Amalas Flucht und sagte dies dem Herzog.

»Amala hat beim letzten Erntefest ihr Leben Tamfana geweiht. Beim Fest zum Ende dieses Sommers sollte sie in den Kreis der Priesterinnen aufgenommen werden. Die Priesterinnen der Tamfana müssen unberührt sein ...« Mallovends Stimme wurde brüchig, und sein Blick verdüsterte sich.

»Und?« fragte Thorag.

Eilard antwortete anstelle seines Vetters: »Als die Eberkrieger über uns herfielen, nahmen einige von ihnen die jungen Frauen in unserer Begleitung mit Gewalt, auch Vendars Weib Wihadis und Amala. Sie sind die einzigen beiden, die es überlebt haben.«

Sie stiegen auf die Pferde. Thorags Männer eilten herbei und wollten wissen, was die Aufregung zu bedeuten hatte.

»Wir müssen Amala finden!« antwortete der Gaufürst. »Sie will sich töten. Laßt drei Mann bei Germar. Der Rest kommt mit!«

Anfangs ritten die Männer im dichten Pulk und folgten Amalas Fährte. Doch dann, als die Bäume spärlicher wurden, verloren sich die Hufabdrücke auf ansteigendem, felsigem Gelände.

»Schwärmt aus und sucht Amalas Spur!« befahl Thorag, und die Reiter verteilten sich.

Tebbe ritt Seite an Seite mit seinem Bruder Eibe zwischen spitzen Felsen hindurch, die so dicht beieinanderstanden, daß es wirkte wie eine schmale Gasse zwischen einem steinernen Spalier. Doch dann teilte sich der Weg. Eibe ritt nach links und Tebbe nach rechts.

Der Pfad war jetzt steil und glatt, und Tebbe ließ den Fuchs langsamer gehen. Er mochte das Tier, das er schon lange ritt und Fauho genannt hatte, und war froh, es in dem aufregenden Geschehen in der Wolfsschlucht wiedergefunden zu haben. Jetzt wollte er es nicht erneut verlieren. Was brachte eine raschere Gangart, wenn Fauho sich das Bein brach und Tebbe sich das Genick! Außerdem war es wenig wahrscheinlich, daß Amala ausgerechnet diesen Weg genommen hatte.

Da, fast wäre es passiert!

An einer besonders glatten Stelle rutschte Fauhos rechter Vorderhuf ab. Das Tier strauchelte und wieherte erschrocken. Tebbe schwankte auf dem Fuchs hin und her, schlang seine Beine noch enger um den Leib des Tieres und konnte den Sturz auf das harte Felsgestein gerade noch verhindern.

Fauho stand still, scheinbar, doch Tebbe spürte das Zittern des kräften Leibes zwischen seinen Schenkeln. Der junge Cherusker gönnte seinem Pferd die Ruhepause und streichelte sanft den schmalen Kopf. Fauho wieherte erneut, diesmal aber vor Freude.

»Siehst du, mein Freund, nichts ist geschehen«, sagte Tebbe. »Wir haben noch einmal Glück gehabt.«

Die Bewegung von Fauhos Kopf wirkte wie das verständige Nicken eines Menschen und das abermalige Wiehern wie zustimmende Worte.

Plötzlich horchte Tebbe auf. Er hatte noch ein leises Wiehern gehört, als hätten Fauhos Laute ein Echo geworfen. Der Cherusker blickte sich um. Gewiß, manche der Felsen um ihn herum waren recht hoch, aber nicht so, daß hier ein Echo zu erwarten war. Dann hörte er das leise Wiehern wieder, und diesmal war Fauho ganz still gewesen.

»Es sieht so aus, als hätten wir Amala gefunden«, meinte Tebbe und stieg ab. »Komm, mein Freund!«

Er führte Fauho am Zügel, um den glatten Steilweg ungeschoren hinter sich zu bringen. Das war die richtige Entscheidung. Obwohl Tebbe vorgewarnt war, rutschte er zweimal aus. Als der Weg gangbarer wurde, stieg er wieder auf Fauhos Rücken und hielt das Pferd zu einem leichten Trab an. Eine schnellere Gangart war in dem unwegsamen Gelände nicht möglich.

Endlich erweiterte sich der tückische, mal zum Ausrutschen glatte, dann wieder von Steinen und Löchern zur Stolperfalle gemachte Weg zu einer Hochebene, auf der spärliches Gras und ein paar verkrüppelte Kiefern wuchsen. Tebbe entdeckte das Pferd, dessen Wiehern er gehört hatte. Amalas Grauschimmel stand zwischen zwei Kiefern und fraß eher lustlos das kümmerliche Gras.

Mallovends Tochter befand sich ein Stück entfernt und drehte Tebbe den Rücken zu. Ihr schönes Lockenhaar wehte im Wind. Was tat das Mädchen dort?

Tebbe legte eine Hand flach über die zusammengekniffenen Augen, da er direkt in die Strahlen des aufsteigenden Sonnenwagens sah. Jetzt erst bemerkte er, daß die Hochebene dort, wo die Marserin stand, aufzuhören schien, um sich erst ein Stück entfernt fortzusetzen. Ja, es war eine Felsspalte.

Und plötzlich wußte der Cherusker, was Amala dort wollte. Wie hatte Thorag doch gesagt: ›Wir müssen Amala finden! Sie will sich töten.‹

»Vorwärts, Fauho!« rief Tebbe, schlug dem Pferd die Hacken ins Fleisch und flog augenblicklich auf das Mädchen zu.

Der Lärm machte Amala auf den Reiter aufmerksam. Sie wandte den Kopf, und Tebbe blickte in große, schöne, unendlich traurige Augen. Selbst auf die Entfernung von etwa fünfzehn Pferdelängen glaubte er, einen goldenen Glanz in ihnen zu erkennen.

Amala drehte den Kopf wieder nach vorn und breitete die Arme aus, als wolle sie Sunna umschließen. Ein Windstoß bauschte das rote Wollkleid mit den halblangen Ärmeln auf. Es sah aus wie ein großer Vogel, der sich zum Flug bereitmachte. Langsam neigte sich Amala nach vorn, der Felsspalte entgegen.

»Neeeiiin!« schrie Tebbe, den keine fünf Pferdelängen mehr von dem Mädchen trennten. »Tu das nicht!«

Er hätte Fauho zurückreißen müssen, so nah war der Abgrund bereits. Aber der Gedanke an das, was Amala vorhatte, ließ Tebbe weitergaloppieren.

Sein Ruf hatte die Marserin kurz zögern lassen. Aber jetzt kippte ihr schlanker Körper nach vorn.

Auch der junge Cherusker beugte sich vor, so weit es ging. Mit der linken Hand hielt er sich am Zaumzeug fest, die rechte streckte er nach Amala aus.

Und er bekam den Wollstoff ihres Kleides zu fassen, einen der vom Wind aufgebauschten Ärmel. Daran zog er mit aller Kraft, bevor sich alles um ihn drehte.

Tebbe hatte plötzlich keinen festen Halt mehr. Seine Linke war vom Zaumzeug gerutscht, der Reiter selbst vom Pferderücken.

Dann kam der Aufschlag, hart auf felsigem Boden. Etwas drückte gegen ihn, weich und warm. Und ein weiches Tuch lag über seinem Gesicht.

Nein, kein Tuch, es war Amalas Haar. Tebbe hatte das Mädchen gerettet, hatte es zurückgerissen, als es schon fast in den Abgrund gestürzt war.

Doch um welchen Preis! Statt Amala hatte Fauho das tödliche Schicksal ereilt. Das Pferd hatte nicht mehr anhalten können, und als es den Halt unter den Füßen verlor, war Tebbe gestürzt – zum Glück auf den Boden und nicht in die Felsspalte.

Oder hatte Fauho angesichts des drohenden Verhängnisses seinen Reiter sogar abgeworfen? Zuzutrauen war es dem treuen Tier. Tebbe würde die Wahrheit niemals erfahren, selbst wenn er Fauhos Sprache verstanden hätte. Der Fuchs lag zerschmettert unten zwischen den Felsen.

Tebbe sah nur kurz zu ihm hinab und wandte sich dann wieder um, Tränen in den Augen.

Amala kauerte auf dem Boden und blickte zu ihrem Retter auf. Ihre Augen strahlten tatsächlich eine Art goldenen Schimmer aus, waren wie Bernstein, der Sunnas Strahlen widerspiegelte. Trotz der Trauer um Fauho hatte Tebbe das Gefühl, daß es nichts Schöneres geben konnte, als in diese Augen zu blicken. Ja, obwohl die junge Marserin für ihn eine Fremde war, wog das Glück über Amalas Rettung die Trauer auf!

»Es tut mir leid um dein Pferd«, sagte Amala. »Du scheinst es sehr gern gehabt zu haben.«

»Ja.«

Mehr brachte Tebbe nicht heraus, ein dicker Kloß hinderte ihn am Sprechen. Der Cherusker schluckte mehrmals.

Ein Schatten legte sich auf Amalas ovales, ebenmäßiges Gesicht. »Ich habe dich nicht gebeten, mir beizustehen, Cherusker. Ich habe es nicht einmal gewollt.«

»Aber ich habe es gewollt!«

»Warum?« fragte Amala erstaunt.

»Weil … weil ein Mensch sein Leben nicht wegwerfen darf!«

»Gehört mein Leben nicht mir selbst?«

Tebbe hockte sich vor das Mädchen. »Hast du dir dein Leben selbst geschenkt? Hast du dich unter Schmerzen zur Welt gebracht? Hast du dich unter Sorgen gepflegt, wenn die grauen Geister der Krankheit dich heimsuchten? Hast du dir die Dinge beigebracht, die ein Mensch wissen muß? Bist du allein auf der Welt, macht sich niemand Gedanken um dich?«

Amala schwieg und blickte beschämt zu Boden. Tebbe hätte gern noch mehr gesagt, etwas, das ihren Kummer linderte und ihr neuen Mut gab. Aber ihm fehlten die Worte.

Der Cherusker ging zu den beiden verwachsenen Kiefern, zwischen denen der Grauschimmel noch immer unbeteiligt graste. Tebbe packte die Zügel und führte das Tier zu Amala. »Steig auf, Marserin! Wir müssen zurück. Deine und meine Leute suchen nach dir und sorgen sich.«

Als Amala auf das Pferd stieg, wirkten ihre Bewegungen langsam, entmutigt, wie die eines Menschen, dem jegliche Lebenskraft fehlte. Sie vermied es, Tebbe in die Augen zu sehen. Der Cherusker führte das Pferd den Weg zurück, den er gekommen war, schweigsam wie das Mädchen.

Irgendwann fragte Amala: »Warum tust du das alles für mich, Cherusker? Was liegt dir an meinem Leben?«

»Ich heiße Tebbe und bin der Sohn des Schreiners Holte.«

Als er nicht weitersprach, meinte das Mädchen: »Ist das die Antwort auf meine Frage?«

»Ja.«

Er schwieg erneut, begann dann aber zu erzählen. Von jenem Tag vor vielen Wintern, als er noch kein Krieger gewesen war, sondern ein Junge. Der Tag, an dem er mit seinem Vater und seinem Bruder in den Wald ging, um Bäume zu fällen, Holz für Holtes Arbeit zu beschaffen. Unvermittelt verwandelte sich der ruhige Wald in eine Hölle aus Hufgetrommel und Kriegsgeschrei, als schwarzbemalte Reiter heranstürmten. Holte schickte seine Söhne mit dem einzigen Pferd zurück zur Siedlung. Er selbst starb, um Tebbe und Eibe die Flucht zu ermöglichen.

Und Tebbe erzählte von Radulf, dem Schmied, der Tebbe ein zweiter Vater und sein Fürsprecher bei der Kriegerweihe gewesen war, und der auch von den Ebermännern getötet wurde. Und zwar in jener dreitägigen Schlacht gegen die Legionen des Varus, in der Tebbe das Töten lernte, als er erst römischen Soldaten und dann dem Eberfürsten Onsaker das Leben nahm.

Als Tebbe seine Erzählung beendet hatte, herrschte wieder Schweigen, bis Amala schließlich sagte: »Du sprichst vom Wert des Lebens und gleichzeitig davon, daß du andere Menschen getötet hast, sogar den Fürsten der Ebermänner, einen Cherusker!«

»Die Männer, die ich getötet habe, waren meine Feinde. Hätte ich sie nicht getötet, hätten sie mich oder meine Freunde umgebracht. Ihr Tod hatte einen Sinn für die Lebenden. Der Tod eines Menschen von eigener Hand dagegen ist sinnlos.«

Tebbe hätte gern gewußt, warum Amala sich hatte umbringen wollen. Aber er wagte nicht, diese Frage zu stellen, aus Angst, die Wunde in ihrer Seele noch zu vergrößern.

»Ich werde über deine Worte nachdenken, Tebbe.«

Das klang ernst und ehrlich, nicht bloß dahingesagt, und der Cherusker fühlte sich ein wenig erleichtert. Es war seltsam, obwohl er Amala kaum kannte, fühlte er mehr für sie, als er jemals für eine andere Frau gefühlt hatte, seine Mutter ausgenommen. Hing es damit zusammen, daß er ihr Leben gerettet hatte und daß sie beide dadurch verbunden waren? Oder damit, daß Amalas Anblick und ihre Stimme ein Glücksgefühl in ihm auslösten? Ihre Nähe erfüllte ihn mit Wärme und ließ ihn jene Geborgenheit empfinden, die er sonst nur als kleines Kind in den Armen der Mutter gekannt hatte.

Auf dem Weg zum Fuß des Hügels trafen sie Eibe, der in eine Sackgasse geritten und deshalb umgekehrt war. Tebbes jüngerer Bruder ritt los, um die Suchtrupps zurückzuholen.

Thorag traf als einer der letzten im Lager ein, obwohl er seinen Trupp zu höchster Eile angespornt hatte, nachdem Eibe ihm von Amalas Rettung durch Tebbe berichtet hatte. Die Suche nach der Tochter des Marserfürsten hatte viel Zeit in Anspruch genommen. Sunna stand schon über den Wipfeln der höchsten Bäume. Falls die Eberkrieger die Donarsöhne und Marser verfolgten, und davon ging Thorag aus, war der Vorsprung der Fliehenden arg zusammengeschrumpft.

Amala saß im Schatten einer Tanne, umsorgt von ihren Angehörigen. Mallovend, seine Söhne und sein Vetter traten dem jungen Gaufürsten entgegen, als er von seinem Rappen stieg.

»Du hast verläßliche Gefolgsleute, Thorag«, sagte Mallovend zufrieden und zeigte dabei auf Tebbe. »Der junge Cherusker hat sein Leben eingesetzt und das Leben seines Pferdes verloren, um Amala zu retten.«

»Ja, Fauho.« Thorag nickte, er wußte es von Eibe. »Es war ein gutes Tier, für Tebbe fast wie ein Freund.«

»Einen Freund kann man nicht ersetzen, das weiß ich«, meinte Mallovend. »Aber ich bin dem jungen Cherusker sehr dankbar. Er wird für die Rettung meiner Tochter fünf meiner besten Pferde erhalten. Er hat sich als wahrer Freund erwiesen, eine Ehre für deinen Stamm. Nicht so ein dreckiger Verräter wie dieser Ebermann, dessen Name es nicht wert ist, erwähnt zu werden!« Der Marser sah Germar an, und Mallovends Blick war wie Feuer, sein Gesicht und seine zitternde Stimme Ausdruck des Hasses und der Verachtung. »Er hätte meine Tochter fast in den Tod getrieben. Sein Anblick erinnert sie an ihre Schande. Ich werde sie davon befreien!«

Er trat auf Germar zu und zog sein Schwert, eine der Waffen, die sie den überwältigten Ebermännern abgenommen hatten. Der Edeling aus dem Ebergau hockte mit dem Rücken gegen einen Felsen gelehnt am Boden, seine Hände waren mit einem Lederriemen zusammengebunden. Als er Mallovends Absicht erkannte, trat Angst in seine kleinen Augen.

»Thorag!« schrie der Ebermann. »Du kannst nicht zulassen, daß der Marser mich tötet! Ich bin ein Cherusker wie du!«

Mallovend hob die Spatha, und die Klinge funkelte im Sonnenlicht über dem Gefangenen. »Du wirst jetzt schweigen, Feigling, für immer!«

Bevor der Marser zuschlagen konnte, sprang Thorag zu ihm und packte den Schwertarm. »Nicht, Mallovend!«

Der feurige Blick des Herzogs traf den Cherusker. »Mit welchem Recht hinderst du mich an der Rache für das, was dieser Hund meiner Tochter angetan hat?«

»Ich habe Germar überwältigt, Herzog. Er ist mein Gefangener, nicht deiner.«

Während Thorag sprach, bemerkte er, daß Vendar, Vendhard und Eilard näher traten. Ihre Mienen waren düster, und der Kriegerführer zog sogar sein Schwert. Als daraufhin die Cherusker einschreiten wollten, gab ihr Fürst ihnen einen Wink, sich zurückzuhalten. Thorag wollte eine Auseinandersetzung zwischen beiden Gruppen vermeiden.

»Wir sollten uns nicht streiten, Mallovend«, sagte er ruhig und blickte auf Germar nieder. »Dieser da ist es nicht wert. Außerdem haben wir nicht die Zeit dazu. Wir müssen sofort weiterreiten. Die Eberkrieger holen uns sonst ein.«

Mallovend schüttelte leicht den Kopf. »Ich verstehe dich nicht, Cherusker. Dieser Hund hat auch dich überfallen, ist auch dein Feind. Weshalb, bei Wodan, willst du sein Leben schonen?«

»Tote können nichts erzählen, ich möchte aber mehr über die Hintergründe des Überfalls erfahren. Außerdem besteht die Gefahr, daß Gerolf gegen meinen Gau vorrückt. Germar ist eine gute Geisel – solange er lebt!«

»Das sehe ich ein.« Mallovends Züge entspannten sich, und er steckte die Spatha zurück in die hölzerne Scheide. »Also gut, Germar gehört dir. Aber wenn du ihn nicht mehr brauchst, gebe ich dir gern zwanzig gute Pferde für ihn!«

»Wenn ich ihn nicht mehr benötige, sollst du ihn bekommen, Mallovend – umsonst. Auch nur ein Pferd für diesen da zu geben, wäre ein Beleidigung für jedes Tier.« Die Spitze von Thorags Lederstiefel fuhr hart in Germars Seite. »Steh auf, Ebermann, wir reiten!«

Sie nahmen nicht den direkten Weg zu Thorags Siedlung. Der Gaufürst führte die Gruppe auf verschlungenen Pfaden, die er schon seit Kindertagen kannte, durch das Land der Donarsöhne und hoffte, daß Germars Männer sich auf dem Gebiet des Nachbargaues nicht so gut auskannten. Drei von Argasts erfahrensten

Kriegern bildeten die Nachhut, deren Aufgabe es war, die Spuren zu verwischen.

Tebbe ritt wieder ein eigenes Pferd, Amalas Grauen. Mallovends Tochter saß zusammen mit ihrer Schwägerin Wihadis auf einem kräftigen Falben.

Sie trabten am Rande eines dichten Waldes durch einen Bach, um keine Spuren zu hinterlassen, als Tebbe, der sich schon eine ganze Weile in Thorags Nähe aufgehalten hatte, zu dem Gaufürsten aufschloß. Schweigend ritten die beiden Cherusker nebeneinander. Tebbe sah Thorag immer wieder an, wandte den Blick aber ab, sobald der Fürst ihn erwiderte.

»Habe ich ein Eitergeschwür im Gesicht?« erkundigte sich Thorag schließlich.

»Nein … ich …« Mehr als dieses Stammeln brachte Tebbe nicht heraus.

Thorag konnte ein Grinsen nicht mehr unterdrücken. »Geht es um Mallovends Tochter?«

Tebbe nickte und schien froh, daß der Edeling von selbst darauf zu sprechen kam. »Es geht mich vielleicht nichts an, Thorag, aber ich hätte gern gewußt, weshalb Amala das … das eben getan hat.«

»Ich finde, daß es dich sehr wohl etwas angeht. Aber ich finde auch, Amala sollte es dir selbst sagen. Vielleicht findet sie den Mut dazu, gib ihr etwas Zeit.«

»Ja«, sagte Tebbe nur und ließ den Grauen wieder etwas zurückfallen.

Thidrik nutzte die Gelegenheit, um Tebbes Platz an Thorags Seite einzunehmen. »Wollte der Junge etwas Wichtiges, Thorag?«

»Das Wichtigste überhaupt für einen jungen Mann.«

Die Hand des Älteren fuhr über das stoppelige Kinn. »Du meinst doch nicht … Tebbe und Amala?«

»Warum nicht?«

»Das kann ich dir sagen«, polterte Thidrik los. »Amala ist die Tochter des Marserherzogs, und Tebbe ist bloß ein einfacher Schreiner!«

»Ist er nicht für dich wie ein Sohn und auch für mich?«

»Ja, natürlich«, sagte Thidrik zögernd, ohne zu verstehen, worauf Thorag hinauswollte.

»Dann ist er der Sohn eines Gaufürsten, zumindest der Ziehsohn«, sagte Thorag.

»Aber vielleicht hat Mallovend andere Pläne mit seiner Tochter.«

»Arader hatte auch andere Pläne mit seiner Tochter, aber jetzt
ist Auja mein Weib. Allerdings hoffe ich, daß Tebbe es einfacher
haben wird als ich.«

Entweder hatten die Eberkrieger die Verfolgung freiwillig aufgegeben, oder sie hatten die Spur verloren. Jedenfalls wurde
Thorags Trupp nicht behelligt.

Als Sunnas Wagen den höchsten Punkt seiner Himmelsreise
lange hinter sich gelassen hatte, tauchte endlich die große Lichtung mit der palisadenumzäunten Siedlung auf. Alles war friedlich. Das große Osttor stand offen, und rings um die Siedlung
arbeiteten die Menschen auf den Feldern. Erleichtert atmete
Thorag auf. Insgeheim hatte er gefürchtet, das Dorf niedergebrannt vorzufinden, überfallen von Gerolf und den Ebermännern.

Vereinzelt liefen Männer und Frauen von den Feldern den Reitern entgegen, andere kamen aus der Siedlung. Sie waren begierig auf das Ergebnis der Jagd und staunten nicht wenig, dem Herzog der Marser und dem gefesselten Germar zu begegnen.
Thorag gab sich nicht damit ab, Fragen zu beantworten, stellte
vielmehr selbst welche, wollte wissen, ob Männer aus dem Ebergau gesichtet worden waren. Niemand hatte etwas Verdächtiges
bemerkt. Thorag wußte nicht, ob dies ein gutes oder ein schlechtes Zeichen war.

Als sie in die Siedlung ritten, erblickte er Auja und Ragnar.
Seine Gemahlin trat ihm mit dem kleinen Sohn an der Hand entgegen. Die Erleichterung über die gesunde Heimkehr ihres Mannes stand ihr im Gesicht geschrieben. Kurz erklärte Thorag ihr,
was vorgefallen war. Die Frau des Gaufürsten eilte davon, um die
Unterkunft und ein stärkendes Mahl für die Marser vorzubereiten.

Thorag ließ alle wehrfähigen Männer zusammenrufen und
teilte sie zum Kriegsdienst ein. Er entstandte Boten zu den verstreuten Gehöften der Donarsöhne und Kundschafter, um den
eigenen Gau zu sichern und den der Eberleute auszuspähen.
Weitere Reiter brachten Botschaften Mallovends in die Gaue der

Marser, um den Nachbarstamm vor den Eberleuten zu warnen. Die übrigen Männer bereiteten die Verteidigung der Siedlung gegen einen Angriff der Eberleute vor.

Seit vielen Wintern hatte Frieden im Donargau geherrscht. Nur die Donarsöhne, die nach der Vernichtung der drei Legionen im Teutoburger Wald weiterhin mit Armin gegen die Römer zogen, hatten den Hauch des Krieges über das Land wehen lassen. Ihre Heimat, ihre Höfe, ihre Frauen und Kinder aber lebten in Sicherheit. Doch jetzt schien es so, als würden bald wieder die Feuer brennender Gehöfte, das klirrende Eisen der Waffen und Ströme vergossenen Blutes die Wälder und Hügel erfüllen.

Thorag sorgte dafür, daß alle Männer sich ausruhen konnten, die den Jagdzug mitgemacht hatten, aus dem unerwartet ein Kriegszug geworden war. Der junge Gaufürst selbst gönnte sich allerdings ebensowenig Ruhe wie sein Kriegerführer Argast oder Mallovend mit seinen Söhnen und seinem Vetter.

So blieb auch Tebbe in der Siedlung, aber er fand keine Muße, schon gar keinen Schlaf. Immer wieder sah er Amala vor sich, wie sie am Abgrund stand, vogelartig die Arme ausbreitete und sich dann vornüber neigte. Mit diesem Bild vor Augen ging er durch die aufgeregte Siedlung.

Immer neue Gruppen trafen ein. Manchmal nur bewaffnete Männer, die von den Höfen kamen, die weit von der Grenze des Ebergaues entfernt lagen. Befanden sich die Anwesen in der Nähe des Ebergaues, kamen die Menschen mit Sack und Pack. Männer, Frauen und Kinder. Frilinge, Halbfreie und Schalke. Viele brachten kleine Viehherden mit oder waren mit Vorratssäcken bepackt. Thorags Boten hatten allen, die in der Siedlung Schutz suchen wollten, eingeschärft, für ihre Verpflegung zu sorgen. Auch ein weniger vorausschauender Fürst als Thorag hätte mit einer Belagerung gerechnet.

Tebbe sah all diese Menschen, doch er beachtete sie kaum. Seine Augen suchten ein einziges Gesicht, oval und ebenmäßig, mit bernsteinfarbenen Augen. Sie fanden es in der Nähe der Palisaden. Amala hockte unter einer weitausladenden Eiche, die Arme um die Knie geschlungen und den Blick zum großen Tor gerichtet, durch das die Schutzsuchenden hereinströmten. Nach

Osten, wo Nott darauf wartete, ihre dunklen Schleier über das Land zu werfen. Sehnte sich Amala nach der Nacht, nach Dunkelheit und Vergessen?

Das fragte Tebbe sich, während er ein Stück entfernt stand und die junge Marserin beobachtete. Er hatte jetzt eine ungefähre Vorstellung von dem, was ihr widerfahren war. Solche Dinge sprachen sich herum, wenn auch nur als Gerüchte. Eine ganze Weile stand er da, während Sunnas Strahlen erloschen. Er wagte nicht, Amala anzusprechen und sie zu stören – bei was auch immer.

Als habe sie Augen im Hinterkopf, drehte Amala plötzlich ihr Gesicht zu Tebbe und rief: »Stehst du gern dort, Tebbe, ist das dein Lieblingsplatz? Ich finde es hier unter der Eiche viel gemütlicher. Willst du nicht zu mir kommen?«

Zögernd trat Tebbe näher und setzte sich neben Amala, als sie ihn dazu aufforderte.

»Du siehst sehr nachdenklich aus, bedrückt«, stellte die Marserin fest. »Trauerst du noch um Fauho?«

»Ich sollte es tun, muß aber gestehen, daß ich wenig an Fauho gedacht habe, dafür um so mehr an dich.«

»An mich?« Erstaunen lag in Amalas großen Augen. »Warum an mich?«

»Weil ich mich frage, ob du über das nachgedacht hast, was ich dir sagte.«

»Das habe ich. Aber eine Entscheidung zu finden ist sehr schwer. Bis vor kurzem wußte ich, daß ich mein Leben als Priesterin der Tamfana verbringen würde. Jetzt geht das nicht mehr, nachdem …«

Als ihre Stimme stockte, sagte Tebbe: »Du brauchst darüber nicht zu reden. Ich weiß, was vorgefallen ist.«

»Du weißt es also.« Amala seufzte. »Kannst du mir auch sagen, was ich jetzt tun soll?«

»Was tun andere Frauen? Sie treten an die Seite eines Mannes, bereiten seine Mahlzeiten, sorgen für Haus und Hof und ziehen seine Kinder groß.«

»Ich glaube nicht, daß ein Mann mich will.«

»Warum nicht? Du bist … wunderschön.« Als Tebbe das sagte, errötete er, aber da waren die Worte schon heraus.

»Danke, aber das meinte ich nicht. Ich denke, jeder freie Cherusker und jeder freie Marser will der einzige Mann seines Weibes sein ... und der erste. Ich dagegen ...«

»Du wurdest gezwungen!« Tebbe sprach heftig, voller Haß auf die Männer, die Amala das angetan hatten. Dann wurde er wieder ruhiger. »Du kannst nichts dafür, Amala. Wäre ich der Mann an deiner Seite, ich würde dir niemals einen Vorwurf daraus machen.«

Amalas Blick ruhte lange auf dem schlanken Jüngling, auf seinem schmalen, offenen Gesicht, das von rötlichblondem Haar umgeben war. »Du bist ein bemerkenswerter Mann, Tebbe.«

Er lächelte und schüttelte den Kopf. »Ich bin nur ein Schreiner.«

Sie saßen noch lange beisammen, und ihre Münder sprachen wenig, aber ihre Blicke, die kaum etwas als den anderen wahrnahmen, dafür um so mehr.

Thorag legte sich erst sehr spät schlafen, nachdem er sich vergewissert hatte, daß die Siedlung in bestmöglicher Weise auf einen nächtlichen Überfall vorbereitet war. Er war so aufgewühlt, daß er sich trotz aller Anstrengungen kein bißchen müde fühlte. Deshalb war er froh, als auch Auja noch wach war. In ihren weichen Armen würde er vielleicht Ruhe finden.

Sie drückten ihre Körper gegeneinander. Statt Beruhigung spürte Thorag plötzlich Erregung. Seine Hände wanderten tiefer und schoben Aujas Gewand hoch. Als der Mann sich auf die Frau legte, stießen ihre Hände ihn unerwartet zurück.

»Nicht so grob!« ermahnte Auja ihren Mann mit spielerischer Strenge. »In nächster Zeit solltest du ein wenig sanfter mit mir umgehen.«

»Weshalb?« fragte er ahnungslos.

»Aus dem Grund, aus dem du es auch tatest, bevor Ragnar zur Welt kam.«

Jetzt begriff Thorag. Auja sah im schwachen Licht des verlöschenden Herdfeuers die Freude auf seinem Gesicht.

»Wir bekommen noch einen Sohn!« jubelte der Gaufürst.

»Nein, eine Tochter.«

»Was? Woher weißt du das?«

»Eine Frau spürt das. Ein Junge verhält sich meistens ruhig, bevor er auf die Welt kommt, als sammle er seine Kräfte für später, für den Krieg.« Bei den letzten Worten klang Aujas Stimme düster. Heiterer fuhr sie fort: »Ich dagegen spüre viel von unserem Kind. Manchmal tut es schon sehr weh. Es wird bestimmt eine Tochter. Ist dir das nicht recht?«

»Doch! Wenn sie nach der Mutter gerät, beneide ich jetzt schon ihren späteren Gemahl.«

Jetzt war an Schlaf gar nicht mehr zu denken. Thorag und Auja sprachen über ihr zweites Kind, malten sich dessen späteres Leben aus und dachten über einen Namen nach. Sie einigten sich auf Gesa, um dadurch einer verstorbenen Schwester des Cheruskers zu gedenken.

»Nur der Zeitpunkt gefällt mir nicht«, sagte Thorag irgendwann. »Ich hätte mir gewünscht, Gesa lernte die Welt friedlich kennen und nicht gerade jetzt, wo die Eberkrieger wieder die Waffen gegen die Donarsöhne erheben.«

»Glaubst du wirklich, es gibt Krieg?« fragte Auja besorgt.

»Morgen, wenn die Kundschafter zurück sind, wissen wir mehr. Davon hängt ab, ob wir uns zum Krieg rüsten oder ob wir Armins Einladung folgen.«

Auja war überrascht. »Du willst Armins Einladung annehmen? Bis jetzt hast du immer abgelehnt, dich mit ihm zu treffen.«

»Als Fürst der Donarsöhne kann ich dem Herzog der Cherusker schlecht verweigern, seine Hochzeit mit Miölnir zu besiegeln. Außerdem hat Mallovend mich gebeten, ihn zu Armin zu geleiten. Falls wir zur Hochzeit gehen, heißt das noch nicht, daß ich wieder Armins Waffenbruder werde!«

»Armin schafft es immer wieder, die Fürsten und Krieger auf seine Seite zu ziehen.«

»Das muß er wohl, sonst wäre er ein schlechter Herzog. Aber deine Worte klangen mißmutig. Magst du Armin nicht?«

»Was du mir über ihn erzählt hast, klang nicht sehr vorteilhaft. Andererseits …«

»Was?« fragte Thorag, als seine Frau nicht weitersprach.

»Ich habe immer damit gerechnet, daß du irgendwann wieder an Armins Seite stehst. Ihr habt zusammen für die Römer und dann gegen sie gekämpft. Sogar euer Blut habt ihr getauscht. Ich habe das Gefühl, die Nornen haben eure Schicksalsfäden enger miteinander verknüpft, als es uns recht sein kann.«

Thorag grübelte über Aujas Worte nach und fragte sich, wieviel Wahrheit in ihnen lag. Er hatte es lange Zeit vor sich selbst nicht zugegeben, doch wenn er ehrlich zu sich war, dachte er ähnlich.

Erst kurz vor Morgengrauen fand er ein wenig Schlaf. Es war ein Schlaf voller unruhiger Träume. Durch diese Träume zogen bewaffnete Horden schwarzbemalter Eberkrieger, wilde Bären und römische Legionen unter ihren glänzenden Adlern. Und immer wieder tauchte ein hünenhafter Krieger auf, der sich alldem in den Weg stellte. Mal hatte dieser Krieger die Züge von Thorag, mal die von Armin.

ERSTES ZWISCHENSPIEL

Der Zauderer von Rhodos

Wie stets, seit er das Erbe des Augustus angetreten hatte, betrat Tiberius Gaius Nero, den sie jetzt Tiberius Julius Caesar nannten, die Curia allein. Seine Sänftenträger und die kleine Leibwache blieben auf dem allmählich zum Leben erwachenden Forum zurück. Die Sonne ging gerade erst über Rom auf, was nach altem Brauch der Zeitpunkt war, an dem die Senatssitzung begann.

Tiberius hielt ebensoviel auf alte Bräuche wie auf Bescheidenheit, weniger aus Überzeugung als aufgrund der Überlegung, daß dies sein Ansehen bei Senat und Volk nur mehren konnte. Und solange Tiberius mehr der Nachfolger des Augustus war als der von allen anerkannte Herrscher, sah er sich auf die Mehrung seines Ansehens angewiesen.

Deshalb folgte er der überraschenden Einladung zu dieser außerordentlichen Senatssitzung, als sei er nicht der Princeps Senatus, sondern nur ein junges Senatsmitglied niederen Ranges. Und deshalb ließ er sein kleines Gefolge auf dem Vorplatz zurück, wo sich bald Menschen um es scharten, um im Gespräch mit den Männern des Herrschers vielleicht Neuigkeiten vom Palatin zu erfahren.

Tiberius kam zur rechten Zeit, aber nicht besonders früh. Die meisten Senatoren hatten sich schon in der Tagungshalle der Curia versammelt, standen oder saßen in diskutierenden Gruppen beisammen. Sie blickten zwar auf, als ihr neuer Herrscher zwischen den langen Reihen von steinernen Bänken hindurchtrat, aber kaum einer unterbrach sein Gespräch. Die Bescheidenheit und die ausgesuchte Höflichkeit, mit der Tiberius sich gegenüber den Senatsmitgliedern wie ein Gleichgestellter benahm, weckten Zuneigung. Tiberius grüßte im Vorübergehen den einen oder den anderen, blieb hier kurz stehen und verlor dort ein persönliches Wort, bis er sich am schmalen Ende der Halle auf den Sessel des Princeps Senatus setzte.

Nach ihm traten nur noch wenige Senatoren ein. Schließlich erhob sich Gnaeus Calpurnius Piso von seinem Platz ganz in der

Nähe des Herrschers. Neidisch bemerkte Tiberius, daß die Senatoren dem Mann, der nach dem Princeps Senatus das Haupt des Hauses war, mehr Aufmerksamkeit zollten als dem Princeps selbst. Die Gespräche verstummten, und sechshundert Augenpaare richteten sich gespannt auf Calpurnius Piso. Nicht nur ein Ausschuß, sondern der gesamte Senat war erschienen, was die Wichtigkeit dieser Sitzung verdeutlichte.

Calpurnius wandte sich dem Princeps zu, das Gesicht unbewegt, und deutete eine Verbeugung nur an. Nun drehte er sich erst der einen und dann der anderen Seite der langen Halle zu. Dabei breitete er die Arme aus, und das Licht der aufgehenden Sonne fing sich blitzend auf seinen Fingerringen, von denen der goldene Ring des Senators längst nicht der prächtigste war.

»Geschätzter Princeps, ehrenwerte Mitglieder des Hauses«, begann er in feierlichem Tonfall. »Ihr vergebt mir hoffentlich, daß ich anstelle unseres Princeps diese Sitzung eröffne. Aber es ist eine Zusammenkunft mit außerordentlichem Grund, und ich habe sie einberufen.«

Mit Calpurnius blickten nun auch die meisten anderen Senatsmitglieder Tiberius an. Calpurnius stand aufrecht vor seinem Herrscher und hielt Tiberius' Blick stand, ganz der stolze Abkömmling des alten Pisonischen Geschlechtes, dessen vornehmster Zweig die Calpurnier waren. Sie führten ihre Herkunft auf Calpus zurück, den Sohn des legendären Königs Numa.

Tiberius nickte und sagte leutselig: »Fahre fort, Calpurnius, wir alle sind schon gespannt, worum es geht.«

Das stimmte nicht ganz. Gerüchte machten in Rom schnell die Runde. Und Tiberius selbst besaß eine ganz klare Vorstellung von dem, was ihn hier erwartete.

»Du selbst, Princeps, bist der Anlaß der heutigen Zusammenkunft«, eröffnete Calpurnius und löste damit einige erstaunte Rufe unter den Versammelten aus; Tiberius blieb ruhig und saß wie versteinert in seinem Sessel. »Deine ruhige, abwägende Art, die Geschicke Roms zu lenken, ist allgemein bekannt. Nur unter starkem Drängen des Senats und des ganzen römischen Volkes hast du die Bürde auf dich genommen, die Nachfolge des Augustus anzutreten. Während andere solches leichtfertig versprochen und nur zögernd gehalten hätten, zögerst du mit dem Versprechen von Dingen, die du doch bereits leistest. Diese bescheidene Art ehrt dich und den Entschluß des Augustus, dich als seinen Erben und Nachfolger einzusetzen.«

Zustimmendes Germurmel erfüllte die Halle. Es kam von den Anhängern des Tiberius und von denen, die stets dem Herrschenden applaudierten.

Calpurnius Piso war ein erfahrener Redner, der mit dem ganzen Körper sprach. So unterstrich er auch jetzt durch ein paar Schritte und weitausholende Armbewegungen, die seine Toga in Falten warfen, die Bedeutung seiner Worte. Tiberius bewunderte diese sorgsam einstudierte Gestik, die vollkommen natürlich wirkte. Etwas, das dem steifen und verschlossenen Herrscher völlig abging.

»Jetzt aber ist ein Punkt erreicht, an dem Zögern und Zaudern die falsche Art ist«, fuhr Calpurnius Piso im düsteren Tonfall fort. »Die Kunde von Meutereien gelangte nach Rom. Im Germanien und im Illyricum nahmen die sonst treuen Legionäre den Tod des Augustus zum Anlaß, sich gegen ihre Offiziere und damit gegen Rom zu erhoben.« Wieder eine kleine Drehung, und Calpurnius' Rechte schoß pfeilartig vor, der Zeigefinger deutete auf Tiberius. »Ja, auch gegen dich sind die Meutereien gerichtet, Princeps. Es heißt, die Meuterer würden keinen Herrscher anerkennen, der nicht von ihnen eingesetzt ist. Besonders die Legionen am Rhenus scheinen eine eigene Vorstellung davon zu haben, wem sie Treue schulden.«

Die Senatoren nutzten die Kunstpause des Redners, um sich untereinander auszutauschen. Jeder wußte, daß Calpurnius auf Germanicus anspielte, den viele – auch in Rom – lieber als neuen Herrscher gesehen hätten.

»Princeps, der Senat und das Volk von Rom fragen sich, weshalb du nicht längst zu den Meuterern aufgebrochen bist, um sie gefügig zu machen und sich ihrer Treue zu versichern. Nimm mir folgendes nicht übel, denn es sind nicht meine eigenen Worte, aber teils hinter vorgehaltener Hand und teils in offener Rede nennt man dich schon den Zauderer von Rhodos!«

Viele der Senatoren hielten den Atem an. Dieser Begriff kam einer offenen Beleidigung des Princeps gleich, ob Calpurnius ihn nun als Zitat ausgab oder nicht. Die Blicke flogen zwischen dem Redner und dem noch immer unbewegt sitzenden Princeps hin und her. Nur wer ganz nah bei Tiberius saß, konnte erkennen, wie dessen Lider erregt zuckten und die um die Sessellehnen gekrallten Hände zitterten.

Rhodos!

Schon die Erwähnung dieser Insel in Gegenwart des Princeps klang in manchen Ohren wie eine Beleidigung. Gewiß, Tiberius hatte sich freiwillig von seinen Ämtern zurückgezogen, um in der Einsamkeit von Rhodos in sich zu gehen und seine Redegewandtheit in der berühmten Rhetoren-Schule zu verbessern, die einst Apollonios von Alabanda und Apollonios Molon begründet hatten. Aber es war kein Geheimnis, daß Tiberius diesen Schritt aus Scham vollzogen hatte, weil seine Gattin Julia ihn schamlos betrog. Jede andere verheiratete Frau, die sich so an ihrem Gemahl verging, wäre nach den strengen Sittengesetzen des Augustus sofort bestraft worden. Aber des Augustus eigene Tochter? So war einige Zeit verstrichen, bis der Herrscher seine Tochter verbannt hatte, erst nach Pandateria, dann nach Rhegium. Dort fristete Julia noch immer ein karges Dasein, trotz der Bittgesuche um Erleichterung ihres Schicksals, die sie an Tiberius gesandt hatte. Sie sollte sehr krank sein, dem Tode nah. Aber Tiberius empfand kein Mitleid. Für ihn war sie schon in dem Augenblick gestorben, als er den Scheidungsbrief unterschrieben hatte.

Doch die Schande ihres Verhaltens lastete weiter auf ihm und war in der Öffentlichkeit mit dem Namen Rhodos verbunden. Als Tiberius sich, von Julia geschieden, wieder gefangen hatte und nach Rom zurückkehren wollte, um seine Angehörigen wiederzusehen, hatte Augustus ihm die Rückkehr verweigert. Der Herrscher verspottete den Sohn seiner Frau auch noch, indem er ihm mitteilen ließ, Tiberius möge sich über die Seinen, die er gar nicht schnell genug hätte verlassen können, nur keine Sorgen machen. So wurde aus der freiwilligen Flucht eine unfreiwillige Verbannung. Wenigstens ließ Augustus sich dazu herab, Tiberius nach außen hin die Schande des Verbannten zu ersparen, indem er dem Stiefsohn Titel und Rang eines Legaten verlieh, ohne ihm freilich die Befugnisse eines solchen einzuräumen.

Acht Jahre lebte Tiberius auf der Insel vor der Südwestküste Kleinasiens, bis seine Mutter Livia ihren Mann Augustus endlich erweichen konnte. Und Rhodos, vor dem Weggang aus Rom das Synonym für Ruhe und Frieden, wurde für Tiberius der Inbegriff der Demütigung.

Deshalb erwarteten die Senatoren, daß über Gnaeus Calpurnius Piso ein Strafgericht hereinbrechen würde, als Tiberius sich von seinem Sessel erhob. Einige, die Calpurnius nahestanden, scharrten unruhig mit den roten Senatorenschuhen, als bereiteten sie sich bereits auf die Flucht vor. Hatten Langmut und Bescheidenheit des Princeps jetzt ein Ende? Würde er sich hart und vielleicht sogar blutig an Calpurnius und all seinen Freunden rächen? Diese bangen Fragen standen deutlich in den sonst so würdevollen Gesichtern.

Um so überraschender traf alle der freundlich vorgetragene Beginn von Tiberius' Rede: »Du hast vollkommen recht, verehrter, weiser Gnaeus Calpurnius Piso, die Lage in den illyrischen und germanischen Gebieten ist höchst bedenklich. Um so dankbarer bin ich für die Gelegenheit, diese Frage hier im Senat erörtern zu dürfen, wo bekanntlich und nach alter Tradition die klügsten Köpfe Roms zu finden sind.«

Der laute Beifall entsprang nicht nur der Freude über diese Schmeichelei, sondern auch der Erleichterung darüber, daß Tiberius sich durch die Worte seines Vorredners offenbar nicht verletzt fühlte. Schon tuschelten die Senatoren über ein neues Thema: War der Langmut des Princeps so groß, oder war seine Stellung so schwach, daß Calpurnius Piso derart mit ihm umspringen konnte?

Calpurnius selbst saß scheinbar völlig ruhig auf seinem Platz und lauschte den Worten des Herrschers.

Tiberius fuhr fort: »Um dieser gefährlichen Lage zu begegnen, habe ich zwei vertrauenswürdige Männer zu meinen Vertretern im Illyricum und am Rhenus gemacht. Meinen leiblichen Sohn Drusus, den ich ins Illyricum entsandte, und meines Bruders Sohn Germanicus, der jetzt kraft Adoption mein Sohn ist, in Gallien und Germanien. Auf sie verlasse ich mich. Und auch euch gilt mein Vertrauen. Schließlich haben viele von euch Drusus das Geleit gegeben. Und eine Abordnung dieses Hauses unter der Führung von Munatius Plancus ist unterwegs zu Germanicus, um ihm die prokonsularische Gewalt zu übertragen.« Forschend wanderte sein Blick über die Bankreihen mit den weißgewandeten Gestalten. »Oder ist jemand unter euch, der dieses Vertrauen nicht teilt?«

Calpurnius erhob sich wieder und sagte: »Gestatte mir, Princeps, daß ich mich zum Anwalt derer mache, die dir gewiß nicht mißtrauen, vielleicht aber den einen oder anderen Einwand vorzubringen haben.«

»Rede!« forderte Tiberius den anderen auf.

»Niemand zweifelt am Mut und am Willen deiner Söhne, doch sind sie noch jung und gewiß nicht mit der Erfahrung ausgestattet, über die du verfügst, Tiberius Julius Caesar, und die du dir als Legat und Feldherr in Kantabrien, Armenien, Pannonien, Gallien und Germanien erworben hast. Würdest du dich selbst den Meuterern entgegenstellen, ein Mann mit deiner Erfahrung, schon allein deine Anwesenheit würde jeden Gedanken ans Aufbegehren verstummen lassen. Deine Autorität als oberste Instanz sowohl für Bestrafung als auch für Belohnung könnte alles regeln, was die Unerfahrenheit deiner Söhne vielleicht ungeklärt läßt.« Die Falten der weißen Toga weiteten sich, als Calpurnius die Arme zu den anderen Senatoren ausbreitete, während sich der erfahrene Redner um die eigene Achse drehte. »Sind nicht die meisten von euch der Meinung, die ich vertrete?«

Durch Calpurnius' offene Worte angestachelt, fanden sich plötzlich viele, die Einwände gegen das Verhalten ihre Princeps erhoben. Wenn sogar der altersschwache Augustus ins ferne Germanien gereist sei, könne man das von Tiberius, der in der Blüte seiner Jahre stehe, erst recht verlangen, lautete der Tenor all dieser Reden.

Schließlich ergriff Tiberius wieder das Wort: »Ich hatte recht, als ich die Klugheit eurer Köpfe lobte. Viel Weises hörte ich in den vergangenen Stunden. Darum seid weiterhin weise und ratet mir in ein paar schwierigen Fragen, die ich euch stellen will. Ihr sagt, ich soll zu den Meuterern gehen und den Aufstand ersticken, ehe er auf Rom übergreift. Aber kann es nicht sein, daß gerade meine Anwesenheit in Rom ein solches Übergreifen bisher verhindert hat und weiterhin verhindert? Und wenn ich die meuternden Legionen aufsuche, wohin soll ich mich wenden? Das Heer in Germanien ist stärker, das in Pannonien näher. Die Meuterer in Germanien könnten über Gallien herfallen und diese ganze Provinz mitreißen, die im Illyricum aber bedrohen unsere italische Heimat. Was ist die drängendere Gefahr? Und wenn ich mich zu einem Heer begebe, wie kann ich verhindern, daß das andere sich zurückgesetzt fühlt und noch stärker gegen mich und damit gegen Rom aufbegehrt? Die Entsendung meiner Söhne dagegen bevorzugt und benachteiligt niemanden. Wo ihre Jugend und Unerfahrenheit sie verstummen läßt, werden Drusus und Germanicus meinen Rat einholen. Ist das für sie oder für mich eine Schande? Oder ist das nicht eher ein Beweis meiner Autorität? Wenn meine Söhne auf Widerstand stoßen, kann ich ihnen beitreten, die Gefahr schwächen oder brechen. Wer aber sollte mir beitreten, wenn die Legionen dem Princeps die Achtung versagen? Diese Fragen beschäftigen mich, und ich finde keine Lösung. Vielleicht, so hoffe ich, gibt eure Klugheit mir die ersehnten Antworten.«

Tiberius' Rede machte großen Eindruck und ließ die Senatoren ganz vergessen, daß nach altem Brauch stets nur einer sprach und dieser zu allen. Sie plapperten so munter durcheinander wie die Menschen draußen auf dem Forum. Doch niemand fand eine befriedigende Lösung für die von Tiberius aufgezeigten Probleme.

Endlich erhob sich Calpurnius wieder, und allein sein Anblick ließ das Geplapper verstummen. »Großer Tiberius, du hast uns mit deinen Worten beschämt. Wir haben uns angemaßt, über dein Verhalten zu urteilen. Jetzt müssen wir erkennen, daß du weitergedacht hast als wir alle. Was wir dir als Zaudern und Zögern anlasteten, war in Wahrheit die beste Taktik, wie du uns verdeutlicht hast. Ich verneige mich vor dir.« Und Calpurnius beugte seine schlanke Gestalt vor Tiberius.

Nachdem der größte Kritiker des Princeps zum Fürsprecher des Herrschers geworden war, verstummten auch alle anderen tadelnden Stimmen. Ganz im Gegenteil, man war sich einig, daß Tiberius weise entschieden hatte, als er in Rom blieb. Und als schriftlichen Beschluß dieser Senatssitzung hielt man fest, daß der Senat dem Princeps die größte Achtung für sein Verhalten im Fall der meuternden Legionen aussprach und ihn auch fürderhin in seiner Haltung zu unterstützen gedachte.

Als die Sonne, die den Beginn der Senatssitzung eingeleitet hatte, längst versunken und Rom ein Mosaik aus Schatten und künstlichen Lichtern war, betrat eine verhüllte Gestalt ein Haus auf dem Palatin. Es war das Haus des Herrschers, eher bescheiden als prunkvoll. Auch hierin folgte Tiberius dem Beispiel des Augustus.

Die Diener führten den Besucher in ein kleines, verschwiegenes Zimmer, das auch bei Tag keine Fenster kannte. Ein Kandelaber mit mehreren silbernen Öllampen sorgte für Licht. Im Schein der Lampen streifte der Besucher die Falten der Toga ab, die er wie eine Kapuze über seinen Kopf gezogen hatte.

»Endlich, Calpurnius, alter Freund«, sagte Tiberius erfreut, verließ seinen Platz hinter dem kleinen Schreibtisch, wo er einige Briefe gelesen hatte, und umarmte den Senator herzlich. »Den halben Tag lang warte ich auf die Gelegenheit, dir für dein Verhalten in der heutigen Sitzung zu danken.«

Gnaeus Calpurnius Piso zog die Stirn in Falten und wirkte sehr ernst. »Der Princeps zürnt mir nicht, daß ich ihn zum Rechenschaftsbericht vor den versammelten Senat bestellte?«

Auch Tiberius machte jetzt ein ernstes Gesicht. »Fürwahr, ein Frevel! Besonders der *Zauderer von Rhodos* wäre Grund genug, dich in die Verbannung zu schicken, Piso!«

Für kurze Zeit starrten sich die beiden Männer ernst und fast feindselig an, dann begannen beide wie auf Kommando zu lachen, laut und schallend.

Tiberius, der selten so aus sich herausging, mußte sich Tränen aus den Augen wischen, als er sagte: »Besser als wir zwei hätte niemand die Komödie spielen können, Calpurnius. Schade nur, daß du niemals öffentlich die Anerkennung beanspruchen kannst, der Schöpfer dieses Stückes zu sein!«

»Das ist nicht wichtig, Tiberius.« Calpurnius' Worte klangen jetzt nicht mehr ehrerbietig, wie im Senat, sondern sehr vertraulich. »Wichtig ist nur, daß du in Rom bleiben kannst, sogar mit offizieller Billigung des Senats.«

Tiberius nickte zufrieden. Der Tod des Augustus hatte die Anhänger der alten Republik wachgerüttelt. Sie wollten die Gunst der Stunde nutzen, um die Herrschaft des Princeps abzuschaffen. Und wenn Tiberius zu diesem Zeitpunkt, noch ungefestigt in Machtanspruch und Machtausübung, ins ferne Pannonien oder ins noch fernere Germanien reiste, hatten die Republikaner leichtes Spiel. Zwar war Livia, seine Mutter und Mitregentin, noch in Rom, doch ihr traute er ebensowenig wie seinem Adoptivsohn Germanicus, obwohl er vor dem Senat anders gesprochen hatte. Überhaupt gab es nur sehr wenige Menschen, denen Tiberius vertraute. Einer von ihnen war Calpurnius Piso.

Sein genialer Einfall war es gewesen, sich im Senat als Gegenspieler des Tiberius zu präsentieren, der vom Princeps Rechenschaft verlangte und ihn sogar beleidigte. Als Calpurnius dann plötzlich, wie geplant, umfiel und auf die Linie des Herrschers einschwenkte, folgten ihm alle anderen, wie er es vorausgesagt hatte.

Tiberius wies auf einen runden Silbertisch, der zwischen zwei dick gepolsterten Liegen stand und reichlich mit Karaffen und Schalen bedeckt war. In den Karaffen befanden sich Wein und Wasser, in den Schalen ausgesuchte Leckereien.

»Ich habe ein kleines Mahl auftragen lassen. So sind wir ungestört.«

Sie nahmen auf den bequemen Liegen Platz, und Tiberius goß aus einer Karaffe roten Wein in zwei nachenförmige Schalen, deren poliertes Silber glänzte. Er vertauschte die Karaffe mit einer anderen und fragte: »Möchtest du Wasser in den Wein?«

Calpurnius blickte in seine Trinkschale. »Nicht, wenn es guter Wein ist, Falerner gar.«

»Natürlich ist es ein ausgereifter Falerner«, erwiderte Tiberius, fast ein bißchen erbost, lächelte dann aber. »Für meine wahren Freunde, deren es leider nicht viele gibt, nur das wahrhaft Beste.« Er stellte die Karaffe wieder auf den Tisch. »Du hast recht, Calpurnius, den guten Falerner sollte man nicht verwässern. Gerade in der Stärke liegt sein Geschmack.«

»Ein guter Spruch.« Calpurnius grinste. »Als Weinhändler wärst du ebenso erfolgreich wie als Redner.« Er hob seine Weinschale und blickte den Herrscher an. »*Bene te!*«*

Auch Tiberius hob seine Schale und erwiderte: »*Bene tibi se vita!* – Das Leben meine es gut mit dir!« Beide nahmen einen kräftigen Schluck, und dann fuhr der Herrscher fort: »Dir hat meine Rede also gefallen? Kein Wunder, schließlich hast du sie geschrieben und dir die Mühe gemacht, sie mit mir einzuüben.«

»Wir haben sie an der Nase herumgeführt, alle sechshundert.« Calpurnius rülpste zufrieden und griff nach der Schale mit den

* Auf dein Wohl

Datteln, die mit Nüssen gefüllt und in Honig gebraten waren. Von herzhaftem Schmatzen unterbrochen, fuhr er fort: »In nächster Zeit wird es niemand wagen, den Princeps einen Zauderer zu nennen und ihn aufzufordern, nach Pannonien oder Germanien zu gehen.«

»In nächster Zeit?« wiederholte Tiberius, nachdem er einen mit Schweinefleisch umwickelten Trüffel zerkaut und hinuntergeschluckt hatte. »Ich denke, wir haben meinen Widersachern in dieser Beziehung auch für die Zukunft das Maul gestopft!« Seine Lippen öffneten sich, und die gelben Zähne zogen einen weiteren Trüffel von dem dünnen Holzspieß in seiner Rechten.

»Nein«, widersprach Calpurnius ernst. »Du siehst die Dinge zu rosig. Für einige Zeit herrscht Ruhe, aber dann werden wir uns etwas anderes einfallen lassen müssen.«

»Schade«, seufzte Tiberius, während er noch kaute. »Ich hatte gehofft, mein Auftritt heute habe bleibende Wirkung.«

»*Fallitur augurio spes bona saepe suo.*«*

Tiberius stach mit dem Trüffelspieß in die Luft, als führe er ein Schwert. »Vielleicht sollten wir die republikanischen Maulhelden auf andere Art mundtot machen – für immer, meine ich.«

Calpurnius schüttelte den Kopf. »So etwas solltest du dir erst erlauben, wenn du sicher im Sattel sitzt. Jetzt bist du noch von zu vielen abhängig, und mancher könnte Freunde unter denen haben, gegen die du vorgehen willst.«

»Dann alle auf einmal!« sagte Tiberius, von seiner Idee begeistert, und wieder durchbohrte die Holzspitze des Trüffelspießes einen imaginären Gegner.

Calpurnius erhob sich mit der Miene eines nachsichtigen Lehrers, der mehrere Anläufe unternehmen mußte, um seinem Schüler eine Lektion zu erteilen. Er ging zu dem silbernen Kandelaber, der mannshoch war und auf vier Füßen stand. Die Füße hatten die Form von Wolfspfoten, und die Henkel, mit denen die Lampen an den Kandelaber gehängt waren, liefen in kleinen, silbernen Wölfen aus. Die Hand des Senators schwebte vor einem dieser winzigen Wölfe und senkte sich plötzlich auf die Flamme der entsprechenden Lampe. Sie erlosch. Es roch nach verbranntem Fleisch, doch der schlanke Mann verzog keine Miene.

---

* Eine gute Hoffnung zerbricht oft an ihrer eigenen Erwartung.

»Einen einzelnen Gegner kann man schnell und meistens auch recht einfach zum Schweigen bringen – oder zum Erlöschen.« Bei der letzten Bemerkung lächelte der Senator verschlagen. Dann wies er mit der Hand auf den ganzen Kandelaber und rüttelte daran. Der Ständer wackelte, blieb aber auf den Wolfspfoten stehen. »Um alle Lichter auf einmal zu löschen, müßte ich den Kandelaber mit Gewalt umstürzen. Dann aber würde das Öl auslaufen und vielleicht Feuer fangen. Es könnte auch mich verbrennen.«

»Ich verstehe«, sagte Tiberius. »Dein Rat ist gut, mein Freund. Sorgen macht mir nur Germanicus.«

»Hältst du ihn nicht für loyal?«

»Ihn mehr als seine Frau. Sie ist so machtsüchtig, wie ihre Mutter lüstern und verworfen ist.« Tiberius sprach von seiner geschiedenen Frau Julia. Agrippina entstammte der Ehe Julias mit dem Feldherrn Agrippa. »Was ist, wenn mein Adoptivsohn sich von seiner Frau und den Meuterern überreden läßt, sich gegen mich zu stellen?«

»Wenn du das wirklich glauben würdest, so hättest du doch Germanicus schon längst abberufen, oder?«

»Wohl wahr«, gab Tiberius dem Freund recht. »Er rechnet mir die Treue zu Drusus, seinem Vater, hoch an. Aber auch wenn er die Meuterei niederwirft, kann er gefährlich für uns werden. Ein solcher Erfolg würde seine Macht und sein Ansehen steigern, und noch mehr Römer werden in ihm einen geeigneten Herrscher sehen.«

»*Du* hast Germanicus mit der Niederschlagung der Meuterei betraut, Tiberius, vergiß das nicht. Wenn dein Adoptivsohn Erfolg hat, werden wir es als *deinen* Erfolg hinstellen. Doch wenn er versagt, ist es *seine* Niederlage. Und wenn der Senat sich dagegen wehrt, muß er sich vorhalten lassen, daß die Senatsabordnung unter Munatius Plancus den Germanicus in seinem Amt bestätigt hat.«

»Ein guter Plan. Ich bin froh, daß du an meiner Seite stehst, Calpurnius.« Tiberius fühlte sich beruhigt und lächelte den Senator an. »*Sine amicitia vitam esse nullam!*«*

* Ohne Freundschaft hat das Leben keinen Wert!

ZWEITER TEIL

SCHICKSALSGEFÄHRTEN

Kapitel 8

Verräter und Lügner

Der Hügel mit der Adlerburg, der sich hoch über die umliegenden Wälder erhob, wirkte durchaus angemessen für den Sitz des Cheruskerherzogs. Das dachte auch Mallovend, der sein Pferd zügelte, um den Ort in Ruhe zu betrachten. Als Thorag seinen Rappen neben Mallovends Tier zum Stehen brachte, nahm die ganze Reisegesellschaft dies als Zeichen zum Halt. Es waren über hundert Menschen, die den Hohlweg weiter nach hinten ausfüllten, als man von der Spitze aus sehen konnte. Thorag hatte einen starken Kriegertrupp mitgenommen, um nicht noch einmal in eine Falle der Eberkrieger zu geraten.

Hätten seine Kundschafter nicht günstige Nachrichten gebracht, hätte Thorag sich gar nicht auf den Weg gemacht, Armins Hochzeit hin oder her. Aber die Späher meldeten, daß Gerolf den Ebergau längst in Richtung Hirschgau verlassen hätte, um der Vermählung beizuwohnen.

Argast machte Thorag darauf aufmerksam, daß dies eine günstige Gelegenheit für einen Gegenschlag sei. Ohne ihre Anführer Gerolf und Germar würden sich die Eberleute bei einem Angriff auf ihr Gebiet wohl nur unzureichend wehren. Thorag lehnte dies aus mehreren Gründen ab. Erstens wollte er nicht gerade in der Zeit von Armins Hochzeit das Cheruskerland mit einem Gaukrieg überziehen. Zweitens bestand noch immer die Möglichkeit, daß Germar die Abwesenheit seines Bruders ausgenutzt und eigenmächtig gehandelt hatte. Er hatte zwar davon gesprochen, die Gefangenen zu Gerolf zu bringen, doch dies bedeutete nicht notwendig das Einverständnis des Eberfürsten. Germar schwieg sich darüber beharrlich aus. Sie hatten ihn mitgenommen, um Gerolf auf der Adlerburg mit seinem Bruder und dessen Verhalten zu konfrontieren. Darauf war Thorag schon sehr gespannt.

Argast auch. Er hatte bedauert, nicht mitkommen zu können, aber eingesehen, daß sein Platz während Thorags Abwesenheit im Gau der Donarsöhne war. Sollten sich die Eberleute zu einem

Überfall entschließen, würde Argast die Verteidigung leiten. Und nur die. Thorag hatte seinem Kriegerführer jeden Vergeltungsschlag auf das Gebiet der Eberleute untersagt.

»Die Adlerburg«, murmelte Mallovend fast andächtig. »Es sieht tatsächlich aus wie der Horst eines Adlers, der stolz über allem anderen thront. Hat die Siedlung daher ihren Namen?«

Thorag nickte und kniff die Augen zusammen. »Jetzt ähnelt sie tatsächlich eher einer Burg als einer Siedlung. Als ich vor vielen Wintern hier war, damals lebten Armins Vater Segimar und mein Vater Wisar noch, gab es längst nicht so viele und so starke Wälle.«

»Der Herzog der Cherusker ist ein umsichtiger Mann«, sagte Mallovend. »Er rechnet damit, daß die Römer eines Tages kommen, um sich für die Niederlage des Varus zu rächen.« Ein Grinsen verzog die bartüberwucherten Lippen des Marserherzogs. »Vielleicht rechnet Armin auch mit einem Überfall der eigenen Leute. Schließlich war Segestes sein Gefangener, mag er auch eingewilligt haben, sein Schwiegervater zu werden. Und wie Germars Verhalten zeigt, herrscht noch mehr Zwietracht unter den Cheruskern.«

Thorag gefielen Mallovends abfällige Worte nicht. Aber der Donarsohn konnte nichts dagegen sagen, die Wahrheit war auf der Seite des Marsers. Mürrisch trieb der Cherusker den Rappen an. Mallovend blieb an seiner Seite, und der ganze Zug setzte sich wieder in Bewegung.

Es wurde Zeit, daß sie die Adlerburg erreichten. Auja ging es nicht gut. Das Ungeborene in ihrem Leib machte ihr zu schaffen. Mit jedem Tag der Reise fühlte Auja sich unwohler, und Thorag bereute fast, sie mitgenommen zu haben. An den letzten beiden Tagen war schon das Reiten zuviel für Auja, weshalb sie mit dem kleinen Ragnar auf einem der Ochsenkarren saß, auf denen sich die Hochzeitsgaben befanden.

Die Gruppe der Donarsöhne mit ihren Gästen aus dem Marserland zog auf grünen Wiesen dahin, die zwischen einem sich sanft windenden Flüßchen und einem hauptsächlich aus Eichen und Buchen bestehenden Wald lagen. Das Gelände stieg kaum merklich an. Es waren die Ausläufer der Erhebung, auf der Armins Vorfahren, die Fürsten der Hirschsippe, ihre Burg gesetzt hatten.

Mallovend ließ sich erneut über die günstige Lage der Adlerburg aus, die leicht zu verteidigen und schwer zu erobern war. Beim Näherreiten sahen sie, daß unten an einer großen Steinmauer gebaut wurde.

»Da sind die Römer, die wir in der Schlacht gegen Varus gefangen haben, wenigstens zu etwas nütze!« lachte der Marserfürst.

Thorag hörte ihm nur mit halbem Ohr zu. Etwas anderes nahm seine Aufmerksamkeit in Anspruch. Etwas, das er nicht mehr hörte, seit kurzer Zeit. Die Geräusche des nahen Waldes waren auf einmal verstummt. Keine Wildkatze fauchte mehr, kein Hirsch röhrte, kein Ur brüllte und keine Krähe schrie. Selbst das heisere Knarren der Eichelhäher, das die Reisenden während der letzten Tage immer wieder gehört hatten, war vollkommen verstummt. Es war, als halte der Wald den Atem an.

Aber dann hörte der junge Gaufürst doch etwas: das Rascheln von Laub und das Knacken zerbrechender Zweige. Der Cherusker zog sein Schwert, drehte sich nach seinen Männern um und schrie: »Donarsöhne, macht euch fertig zum Kampf! Nehmt die Frauen und die Wagen in die Mitte!«

Während er das schrie, blickte Thorag unentwegt in Richtung Wald und verwünschte sich für seinen Leichtsinn. Während der ganzen Reise hatte er Späher ausgeschickt, um das vorausliegende Gelände zu erkunden. Normalerweise war das für Cherusker, die sich mitten im Cheruskerland aufhielten, eine überflüssige Maßnahme, aber der Überfall durch Germar hatte Thorag vorsichtig werden lassen. Heute hatte er diese Vorsicht erstmals außer acht gelassen. Die Nähe der Adlerburg wog ihn in Sicherheit. In trügerischer Sicherheit?

Thorags Männer packten Schwerter, Schilde und Framen. Die Ochsenkarren wurden am Flußufer zusammengefahren. Alles geschah in Windeseile.

Die allgemeine Aufregung ließ Mallovends Schimmel unruhig werden. Mühsam hielt er das Tier auf dem Platz und fragte: »Was ist los, Thorag? Was soll dieser Aufruhr?«

»Da!« sagte der Cherusker nur und zeigte zum Waldrand.

Überall tauchten bewaffnete Reiter auf und ritten langsam in einer Linie auf die Reisegruppe zu. Viele ihrer Schilde waren mit Hirschgeweihen verziert, dem Zeichen der Hirschsippe.

»Das sind doch Armins Männer!« meinte Mallovend.

»Das habe ich schon einmal geglaubt«, erwiderte Thorag. »Aber ein aufgemaltes Hirschgeweih macht noch keinen Hirschkrieger, wie mir Germars Männer gezeigt haben.«

»Bei Wodan, ich verstehe!« rief Mallovend und zog seine Spatha aus der Scheide.

Die fremden Reiter hielten an. Ein einzelner löste sich aus der Gruppe und ritt den Donarsöhnen entgegen.

»Wartet hier!« sagte Thorag zu Mallovend und den anderen, bevor er den Rappen ansporte und mit gezogenem Schwert auf den einzelnen Reiter zuhielt.

Der hatte keine Waffe zur Hand genommen. Der runde Schild, dessen Schmuck ein aufgemalter Hirschkopf mit prächtigem Geweih war, hing lässig an seiner linken Seite.

Als Thorag den Mann erkannte, steckte er das Schwert zurück in die Scheide. Dann hielt er den Rappen vor dem Braunen des anderen an.

»Ich grüße dich, Thorag, Fürst der Donarsöhne«, sagte Ingwin lächelnd. »Schön, daß du dich entschlossen hast, dein Schwert nicht gegen mich zu führen.«

Thorag kannte Ingwin vom Zug gegen Varus. Damals war der Hirschkrieger noch Optio der cheruskischen Auxiliarreiterei gewesen, die zwar in römischen Diensten stand, aber in der Schlacht gegen die Römer focht.

Der Gaufürst zeigte auf die lange Reihe der berittenen Hirschkrieger. »Wer mit solcher Streitmacht plötzlich aus dem Wald hervorbricht, muß mit blanken Waffen rechnen, Ingwin.«

»Es ist unser Auftrag, die Adlerburg auf dieser Seite zu sichern. Das kannst du den Hirschleuten nicht verwehren, Thorag.«

»Das will ich auch nicht, wenn es nur richtige Hirschkrieger sind.«

Ingwin legte den Kopf schief. »Du sprichst in Rätseln, Fürst.«

Thorag nahm Armins Dolch aus einem Beutel an seinem Gürtel. »Erkennst du die Waffe?«

Der Hirschkrieger lächelte erneut. »Natürlich. Ich brachte sie dir damals, als du die Donarsöhne zum großen Kampf gegen die Römer geführt hast. Armins Dolch war sein Erkennungszeichen für dich. Nun hat er ihn dir gesandt, um dich als Ehrengast zu seiner Vermählung einzuladen.«

»Leider ist der Dolch in falsche Hände geraten«, sagte Thorag und erklärte dem Hirschmann in wenigen Worten, was sich ereignet hat.

Ingwins eben noch heiteres, Freude über das Wiedersehen ausdrückendes Gesicht verfinsterte sich. »Das wirft einen bösen Schatten auf die Hochzeit.«

»Wir werden sehen.« Der Fürst der Donarsöhne steckte den Dolch wieder zurück in den Fellbeutel. »Ich werde mit Armin darüber sprechen und Gerolf zur Rede stellen. So lange solltest du über die Sache schweigen.«

»Das werde ich.«

»Ist der Weg zur Adlerburg sicher?«

Ingwin nickte. »Mehr Krieger, als Armin hier zur Bewachung seiner Hochzeitsgäste zusammengezogen hat, findest du nirgends, nicht einmal in Walhall.«

Als die Donarsöhne weiterzogen, fand Thorag diese Aussage bestätigt. Ingwin und seine Männer zogen sich wieder in den Schutz des Waldes zurück. Die Donarsöhne kamen an anderen Kriegertrupps vorbei, die das Gelände rund um die Adlerburg sicherten.

Die Burg selbst trug ihre Bezeichnung zu Recht, waren ihre Schutzwälle doch so stark ausgebaut worden, daß sie mehr einer Festung glich als einer Siedlung. Entgegen Thorags Erinnerung führte kein gerader Weg mehr zur Hügelkuppe hinauf. Die Donarsöhne mußten mehrere Tore und Fallbrücken hinter sich bringen und immer wieder an Wällen entlangreiten, von denen aus die Verteidiger möglichen Angreifern entgegentreten konnten. Zudem bildeten die Räume zwischen den Toren sackartige Verengungen, die nur wenige Angreifer zur gleichen Zeit hindurchließen, aber vielen Verteidigern die Möglichkeit gaben, einen Feind zu bekämpfen. Und als wäre das alles noch nicht genug, wurde rund um die Adlerburg fieberhaft an einer Verstärkung und Ausweitung der Verteidigungsanlage gearbeitet.

»So etwas habe ich noch nie gesehen«, staunte auch Thidrik, der in Thorags Nähe ritt. »Dagegen ist unsere Siedlung so leicht zu erobern wie eine einsame Waldhütte.«

»Unser Herzog hat eine Menge Feinde«, erwiderte Thorag.

»Viel Feind, viel Ehr«, meinte Mallovend und grinste. »Demnach ist Armin der ehrenwerteste Mann, den ich kenne.«

Das Eintreffen der großen Gesellschaft löste einige Aufregung auf der Adlerburg aus. Menschen strömten den Neuankömmlingen entgegen, Männer und Frauen aller Stände. Neue Gäste bedeuteten stets auch Neuigkeiten, und schnell waren die Donarsöhne von einem dichten Menschenring umgeben.

Nur mühsam teilte sich dieser Ring, um ein paar Männern Durchlaß zu gewähren. Selbst die Edelsten des Cheruskerstammes hatten einen schweren Stand gegen die menschliche Neugierde. Aber dann traten endlich einige Fürsten benachbarter Stämme sowie die Gaufürsten der Cherusker vor die Ankömmlinge. Letztere waren Armin, sein Onkel Inguiomar, der Brautvater Segestes, Balder, Bror und Gerolf.

Thorags Blick verharrte beim Fürsten der Ebersippe. Er war, wie sein Bruder Germar, von hagerer Gestalt, dafür aber sehnig und zäh. Dem Eberfürsten fehlte die schon beim ersten Anblick hervorstechende Häßlichkeit von Germars Gesicht. Gerolf konnte sogar richtig einnehmend wirken, wenn er lächelte. Doch Thorag hatte immer schon gefunden, daß es nicht das offene Lächeln eines freundlichen Menschen, sondern das verschlagene Grinsen eines listigen Fuchses war.

Vergeblich suchte Thorag jetzt in dem Fuchsgesicht nach einer überraschten Miene. Falls Gerolf nicht damit gerechnet hatte, Thorag und Mallovend auf der Adlerburg zu sehen, verbarg er das gut. Vielleicht hatten ihm aber auch schon Boten berichtet, daß Germars Überfall fehlgeschlagen war.

Armin trat vor und faßte Thorags Rechte mit beiden Händen. Der junge Herzog der Cherusker strahlte über sein ganzes Gesicht, ein Bild unschuldiger Freude, das für einen Augenblick Armins widersprüchlichen Charakter vergessen ließ. Thorag konnte sich einfach nicht vorstellen, daß die Freude über das Wiedersehen der einzige Grund für Armins Zufriedenheit war. Der Donarsohn wußte nur zu gut, daß hinter der Stirn des Hirschfürsten ständig die Gedanken arbeiteten, daß Armin Vor- und Nachteile seiner Handlungen abwog und Entscheidungen fällte. Ein Mann in seiner Stellung konnte sich gar nicht anders verhalten.

Seit dem Aufstand gegen Varus war Armins Leben ein ständiger Kampf, nicht nur gegen die Römer, sondern auch gegen Cherusker und Männer benachbarter Stämme, die sich gegen ihn stellten. Das hatte seine Spuren in Form tiefer Falten in dem bartlosen Gesicht des jungen Herzogs hinterlassen.

»Thorag, dein Kommen bereitet mir eine ganz besondere Freude!« sagte Armin laut und begrüßte dann Mallovend. Anschließend meinte der Hirschfürst mit gerunzelter Stirn: »Mallovends Gefolge ist sehr klein. Du, Thorag, kommst dagegen mit einer richtigen Streitmacht zu meiner Hochzeit. Gibt es dafür eine Erklärung?«

»Ja«, antwortete Thorag nur und gab Thidrik einen Wink.

Thidrik und der breitschultrige Ayko gingen zu einem der Ochsenkarren und holten unter der über den Wagen gespannten Tierhaut einen hageren Mann hervor, dessen Hände gefesselt waren. Ein Raunen ging durch die Menge, als sie in dem Gefangenen den Edeling Germar erkannte.

»Was soll das?« schnappte Gerolf mit verwirrtem Gesicht. »Was macht mein Bruder hier? Weshalb ist er gefangen?«

Thorag streifte den Gaufürst der Eberleute nur mit einem kurzen Blick, dann wandte er sich wieder Armin zu. »Die Fragen, die Gerolf stellt, will ich gern beantworten. Aber ich halte es für besser, das in einem kleinen Kreis zu tun.«

»Sieht ganz so aus«, sagte der Cheruskerherzog. »Meine Leute werden den Donarsöhnen ihre Unterkünfte zuweisen. Die Gaufürsten der Cherusker und die Führer der anderen Stämme mögen mir in mein Haus folgen.«

Das Gelände hier oben auf dem Hügel war groß, doch angesichts der vielen Gäste, die schon zur Hochzeit des Cheruskerherzogs eingetroffen waren, wurde es allmählich eng. Die Donarsöhne gehörten zu den letzten Gästen und mußten sich deshalb mit Unterkünften am entfernten Nordrand der Hochebene zufriedengeben. Obwohl mittels eilig errichteter Hütten und Schutzdächer viele zusätzliche Schlafgelegenheiten geschaffen worden waren, mußten einige Knechte und Mägde unter freiem Himmel nächtigen.

Tebbe kümmerte sich darum, daß die Marserfrauen ihrem Stand entsprechend untergebracht wurden. Daß er sich dabei in Amalas Nähe aufhalten konnte, störte weder sie noch ihn.

Armins großes Haus aus Stein und massivem Holz stand in der Mitte der Hochebene. Hier warteten Bedienstete schon mit dem Willkommenstrunk auf die neu eingetroffenen Gäste. Der

Cheruskerherzog schickte sie zurück in den Gesindetrakt. Jetzt gab es wichtigere Dinge zu erledigen. Nur ein bewaffneter Mann mit bronzener Hautfarbe und schwarzem Haar blieb im Raum und hielt sich in Armins Nähe auf. Thorag erkannte Armins pannonischen Sklaven und Leibwächter Pal.

Außer den cheruskischen Gaufürsten waren in dem großen Raum noch Thidrik und Ayko mit dem Gefangenen, Mallovend mit seinen Söhnen und seinem Kriegerführer, der Chattenherzog Arpo mit einigen Edelingen seines Stammes und hohe Fürsten der Sueben, Angrivarier und Brukterer. Alles Stämme, die an der Seite der Cherusker gegen die Legionen des Varus gekämpft hatten.

»Wenn niemand meinem Bruder die Fesseln abnimmt, werde ich es tun«, knurrte Gerolf, trat auf den Gefangenen zu und zückte seinen Dolch.

Ayko stellte sich ihm in den Weg, mit bloßen Händen, aber die Rechte befand sich nicht weit vom Schwertgriff entfernt.

Der Fürst des Ebergaues blieb stehen und blickte vorwurfsvoll den Donarfürsten an. »Pfeif deinen Wachhund zurück, Thorag! Oder soll ich meine Klinge erst an ihm versuchen?«

Thorag erwiderte ungerührt: »Dann müßte ich meine an dir versuchen, Gerolf.«

»Warum soll Germar gefesselt bleiben?« fragte Gerolf.

Thorag lächelte dünn. »Weil er mein Gefangener ist.«

»Mit welchem Recht? Wer hat ihn verurteilt?«

»Seine eigenen Taten!« Mallovend antwortete an Thorags Stelle. Er sprach mit tiefer, lauter Stimme. »Wenn wir schon von Klingen reden, laß dir eines gesagt sein, Eberfürst. Marserklingen wären längst rot vom Blut deines Bruders, hätte Thorag die Meinen und mich nicht mit dem Hinweis darauf zurückgehalten, daß Germar *sein* Gefangener ist.«

»Steck deinen Dolch wieder ein, Gerolf«, sagte Armin in einem ruhigen Tonfall. Es klang nicht wie ein Befehl, und doch lag eine Bestimmtheit in diesen Worten, die Gerolf fast augenblicklich gehorchen ließ. Armin sah den Fürst der Donarsöhne an. »Und du, Thorag, erkläre uns, weshalb du das Recht beanspruchst, Germar als deinen Gefangenen zu behandeln!«

»Dazu müßte ich einen Dolch hervorholen«, erwiderte Thorag mit gespielter Verlegenheit und sah dabei Gerolf an, als wolle er den Eberfürst um Erlaubnis bitten.

»Meinetwegen«, sagte Gerolf nur, ohne erkennen zu lassen, ob er wußte, von welchem Dolch der Donarsohn sprach.

Thorag holte Armins Dolch hervor, hielt ihn hoch und sagte: »Diesen Dolch sandte mir Germar.«

Armin schüttelte den Kopf so heftig, daß sein langes Haar wehte. »Nein, ich sandte ihn dir, um dich zu meiner Hochzeit einzuladen. Es ist mein Dolch!«

»Die Männer, die ihn mir brachten, gaben sich zwar als deine Boten aus, aber sie waren es nicht. Ich erkannte es, als ihr Anführer mir sagte, du hättest diesen Dolch noch nie aus der Hand gegeben.«

Armin verstand und nickte. »Erzähl weiter.«

Thorag folgte der Aufforderung und wurde hin und wieder von Mallovends ergänzenden Ausführungen unterbrochen. Armin und die anderen nicht eingeweihten Fürsten, darunter auch Gerolf, hörten mit ernsten Gesichtern zu. Als der Bericht beendet war, gab Thorag dem Cheruskerherzog seinen kostbaren Dolch zurück.

Gerolf baute sich mit wütendem Gesicht vor seinem Bruder auf und sagte erbost: »Ich bereue es, daß du Thorags Gefangener bist und nicht meiner, Germar. Am liebsten würde ich meine Klinge wieder ziehen – um sie dir ins Herz zu stoßen! Du hast große Schande über mich und die ganze Ebersippe gebracht. Wie konntest du bloß so etwas tun?«

»Das möchte ich auch gern erfahren«, knurrte Armin düster. »Ich habe nicht damit gerechnet, unter den Fürsten des Ebergaues einen Verräter vorzufinden.«

»Ich bin kein Verräter!« verteidigte sich Germar.

Armin trat auf ihn zu und fragte: »Wie erklärst du dann deinen heimtückischen Überfall auf Thorag und Mallovend?«

»Es war alles ganz anders. Thorag und Mallovend sind Lügner. Sie haben Gerolfs Abwesenheit ausgenutzt, um den Ebergau zu überfallen!«

»Willst du uns verspotten?« rief Mallovend und zog das Schwert aus der Scheide. »Deine Männer morden und schänden meine Leute, und jetzt muß ich mir noch deinen verlogenen Hohn anhören?«

Thorag legte beschwichtigend eine Hand auf Mallovends Waffenarm und sagte: »Wenn du so unschuldig bist, wie du behauptest, Germar, wie kam dann Armins Dolch in die Hände deiner Leute? Und wo sind die Boten der Hirschsippe, die Armin zu mir gesandt hat?«

»Davon weiß ich nichts. Ich habe diesen Dolch, der Armin gehören soll, zum erstenmal in deiner Hand gesehen, Donarsohn.«

»Hier gibt es nur einen Lügner, und das bist du, Germar!« fauchte Mallovend.

Als auch Vendar, Vendhard und Eilard ihre Schwerter ziehen wollten, sagte Armin schnell: »Waffengewalt ist nicht nötig. Ich denke, daß niemand hier an den Worten Thorags und Mallovends zweifelt, zumal sie viele Zeugen für die Richtigkeit ihrer Behauptungen beibringen können.«

»Zeugen, die zu ihren Leuten gehören«, wandte Gerolf ein. »Daß die zugunsten ihrer Fürsten aussagen, glaube ich gern. Germar könnte sicher ebenso viele Zeugen beibringen, die zu seinen Gunsten sprechen.«

Armin blickte den Eberfürst ungläubig an. »Soll das etwa heißen, du glaubst Germar?«

»Er ist mein Bruder! Warum sollte ich ihm weniger glauben als Fremden?«

»Welchen Grund zur Lüge sollten Thorag und Mallovend haben?« wollte Armin wissen.

»Welchen Grund zum Verrat sollte mein Bruder haben?«

»Was willst du, Gerolf?« Das Zittern der Stimme verriet Armins Zorn. »Daß wir Germar einfach freilassen?«

»Ich glaube nicht, daß Thorag und Mallovend damit einverstanden wären«, meinte Gerolf.

»Bestimmt nicht!« polterte der Marserherzog.

Thorag sagte nichts, aber sein verkniffenes Gesicht drückte Übereinstimmung mit Mallovend aus. Der Donarsohn überlegte, worauf Gerolf abzielte. Daß der Eberfürst einen bestimmten Plan verfolgte, hielt Thorag für sicher. Die Entrüstung, die Gerolf vorhin über Germars Verhalten an den Tag gelegt hatte, war nur vorgetäuscht gewesen, allerdings sehr gut; ein griechischer Schauspieler hätte es nicht besser machen können.

»Wodan, der weiseste unter den Göttern, soll entscheiden«, schlug Gerolf vor. »Er hing neun Nächte an der immergrünen Weltesche, vom Speer verwundet, um seine Weisheit zu erlangen. Auch Germar und Thorag mögen hängen wie er und die Wunden des Speers erhalten, bis einer sein Leben aushaucht. Wodans Weisheit wird uns erkennen lassen, wer die Wahrheit spricht und zur Belohnung weiterleben darf.«

Für Augenblicke, die zu einer kleinen Ewigkeit wurden, herrschte Schweigen in dem großen Raum. Einige der Männer hielten den Atem an und warteten gespannt, wie Thorag auf den Vorschlag reagieren würde.

Aber Armin war der erste, der sprach: »Eine Wodansprobe also.«

»Ja«, erwiderte der Fürst des Ebergaues. »Zwei Aussagen widersprechen sich, die Wodansprobe wird für Klarheit sorgen.«

»Aber Thorag ist ein Gaufürst und Mallovend der Herzog der Marser«, wandte Armin ein und blickte Gerolf ernst an. »Willst du ihr Wort nicht höher schätzen als das Germars?«

»Auch Germar ist ein Edeling, der Bruder eines Gaufürsten!« blieb Gerolf stur.

»Wodan wird erweisen, daß er vor allem ein Verräter und Lügner ist«, sagte Mallovend. »Soll die Wodansprobe doch stattfinden. Aber nicht Thorag wird sich ihr stellen, sondern ich, denn meine Leute wurden von Germars Kriegern gemordet!«

»Auch Donarsöhne wurden ihre Opfer«, sagte Thorag und dachte an Raimar und Komar, die Söhne des Bauern Odomar. »Außerdem vergißt Mallovend schon wieder, daß Germar *mein* Gefangener ist. Wenn ich meine Zustimmung zur Wodansprobe gebe, dann nur unter der Voraussetzung, daß ich neben Germar an der Esche hänge.«

»Und?« fragte Gerolf lauernd. »Gibst du deine Zustimmung, Thorag?«

»Ja.«

»Fein.« Gerolf lächelte. »Wann soll die Wodansprobe stattfinden?«

»Nach der Hochzeit«, entschied Thorag. »Ich will nicht, daß der Bund zwischen Armin und Thusnelda mit Blut beschmutzt wird.«

»Eine weise Entscheidung«, fand der alte Gaufürst Bror, der seinen Sohn Brokk im Kampf gegen Varus verloren hatte. Brokk war an Thorags Seite gefallen.

»Die Hochzeit findet morgen statt«, erklärte Armin. »Die Wodansprobe also am Tag darauf.«

»Einverstanden«, sagte Gerolf mit zufriedenem Lächeln. »Ich ersuche euch jetzt, Germar von seinen Fesseln zu befreien und ihn meiner Obhut zu unterstellen.«

»Seine Fesseln sollen meinetwegen fallen«, sagte Thorag. »Niemand soll behaupten, Germar sei bei der Wodansprobe nur unterlegen, weil er durch die lange Fesselung nicht mehr daran gewöhnt war, sich richtig zu bewegen. Aber er bleibt mein Gefangener!«

»Wird er gut behandelt?« fragte Gerolf. »Werden die Donarsöhne ihm ausreichend Wasser und Nahrung geben? Oder werden sie vielleicht dafür sorgen, daß er bei der Wodansprobe in schlechter Verfassung ist?«

»Ich werde Germar solange in meine Obhut nehmen«, erklärte Armin, und Thorag war einverstanden.

Endlich rief Armin die Bediensteten wieder herein, um den Met zum Begrüßungstrunk zu reichen. Das vergoldete Trinkhorn machte die Runde, und jeder der Fürsten ehrte die Götter und die anderen Fürsten, bevor er einen großen Schluck des mit Gewürzen versetzten Honigweins trank. Obwohl der Met gut war, schmeckte er den meisten schal. Die Auseinandersetzung um Germar hatte einen Schatten auf die Hochzeit geworfen.

Als Armins Gäste zu ihren Unterkünften gingen, sagte Thidrik: »Ich habe nicht das Recht, deine Entscheidungen anzuzweifeln, Thorag, aber ich an deiner Stelle hätte Germar bis zur Wodansprobe in meiner Obhut behalten.«

»Ich vertraue darauf, daß Armin gut auf ihn achtgibt«, erwiderte Thorag. »Teile trotzdem ein paar Wachen ein.«

»Wachen? Wen sollen wir bewachen?«

»Germars Bewacher.« Thorag grinste. »Vertrauen ist gut, aber offene Augen sind noch besser.«

Thorag und Auja wohnten in einem kleinen, aber sauberen Haus. Auja hatte sich von der anstrengenden Reise noch nicht erholt. Während der kleine Ragnar vor der Tür ein paar Ziegen herumscheuchte, lag seine Mutter drinnen. Sie öffnete die Augen, als ihr Gemahl eintrat. Thorag überlegte noch, ob er ihr sagen sollte, was sich ereignet hatte. Er wollte Auja nicht mehr zumuten als nötig.

Doch sie kannte ihn gut genug, spürte sofort, daß etwas

Unheilvolles geschehen war. »Was ist, Thorag? Worauf hast du dich eingelassen?«

Er setzte sich neben sie, strich sanft über ihr langes Blondhaar und erzählte von der Wodansprobe.

»Mußte das sein?« Auja seufzte. »Du weißt, daß du im Recht bist. Warum mußt du es noch beweisen – auf diese gefährliche Art?«

»Daß ich die Wahrheit kenne, genügt nicht. Alle hier auf der Adlerburg müssen davon überzeugt sein, daß Germar der Lügner ist.«

»Vielleicht war es ein Fehler, daß wir hergekommen sind. Du hast schon gewußt, warum du dich von Armin ferngehalten hast, Thorag.«

»Ich verstehe dich nicht, Auja. Armin kann doch nichts dafür!«

»Wirklich nicht?« Aujas rehbraune Augen blickten den Gemahl forschend an. »Dreht sich nicht stets alles um Armin, wenn er in der Nähe ist?«

Darüber dachte Thorag noch am Abend nach, als die ganze Hochebene von großen Lagerfeuern erhellt wurde. Über den Feuern briet das Fleisch, das Armin für das Festmahl gestiftet hatte. Wie der Herzog sagte, freute er sich so über Thorags Kommen, daß er diesen Abend dem Donnergott weihen wollte. Thorag konnte sich nicht richtig freuen. Aujas schlechter Zustand – sie lag noch immer danieder – und ihre düsteren Worte über Armin beschäftigten ihn.

Der Fürst der Donarsöhne war so tief in diese Gedanken versunken, daß er den großen Mann nicht bemerkte, der von hinten an ihn herantrat. Erst als sich die Hand auf Thorags Schulter legte, sprang er von der langen Tafel auf, die mit anderen unter freiem Himmel aufgestellt war, und fuhr herum, eine Spur zu schnell, so daß der Met über den Rand seines Trinkhorns schwappte.

»Was ist mit dir, Thorag?« fragte Armin. »Ich gebe dir zu Ehren ein Fest, und du machst ein Gesicht, als befändest du dich auf deiner eigenen Leichenfeier.«

Thorag zwang sich zu einem Lächeln. »Dazu ist es zwei Nächte zu früh.«

Jetzt wurde Armin plötzlich ernst. »Ja, die Sache mit der Wodansprobe gefällt mir auch nicht.«

»Heißt das etwa, du glaubst ...«

»Unsinn!« fuhr Armin ihm in die Rede. »Natürlich glaube ich dir und Mallovend. Leider kommt es bei der Wodansprobe nicht nur auf die Wahrheit an, sondern auch auf die Geschicklichkeit der beiden Männer, die an der Esche hängen. Ich habe mich umgehört und erfahren, daß die Edelinge von der Ebersippe in diesem Spiel schon erfahren sind. Jeder von ihnen soll schon mehr als einmal an der Esche gehangen haben. Und beide leben noch!«

»Vielleicht nicht mehr lange«, wandte Thorag ein. »Ich bin um einiges kräftiger als Germar.«

»Und auch schwerer, Thorag. Deshalb hat Gerolf die Wodansprobe vorgeschlagen. Wenn du an der Esche hängst, brauchst du mehr Geschicklichkeit als Kraft. Und das Gewicht deiner Muskeln kann dir schnell zum Verhängnis werden.«

Thorag leerte sein Horn und legte es achtlos auf das Holz der Tafel. »Du machst mir Mut, Armin.«

»Ich will dich nur zur Vorsicht mahnen. Jetzt, wo wir wieder beisammen sind, will ich dich nicht durch die Wodansprobe verlieren.«

»Ich bin gekommen, um deiner Hochzeit den Segen des Donnergottes zu spenden, nicht um an deiner Seite gegen die Römer zu kämpfen.«

»Schade«, sagte Armin traurig. »Nachdem ich Segestes endlich umgestimmt habe, hatte ich gehofft, auch dich auf meine Seite zu bringen, Thorag. Sämtliche Cheruskersippen vereint, das wäre ein gutes Beispiel für alle anderen Stämme, sich uns anzuschließen!«

Äußerlich blieb Thorag ruhig, doch in Gedanken lächelte er. Das war bezeichnend für Armin. Eben war er noch der besorgte Freund und jetzt, nur einen Atemzug später, schon wieder der taktierende Fürst. Bei ihm ging eins ins andere über. Fürst und Freund waren nicht zu trennen – falls er nicht sogar so sehr Fürst war, daß für Freundschaft kein Platz mehr blieb.

»Du hattest schon einmal viele Stämme hinter dir, Armin. Aber nach dem Sieg über Varus zerstreuten sie sich in alle Winde.«

»Sie waren trunken vom Sieg und satt von der Beute. So sind

unsere Landsleute. Es wird seine Zeit dauern, bis sie so diszipli-
nierte Soldaten sind wie die Römer.«

»Und darauf arbeitest du hin?«

»Natürlich.«

»Du kämpfst gegen die Römer, willst aber, daß wir Cherusker
so werden wie sie? Wozu dann der ganze Kampf, Armin? Warum
unterwerfen wir uns ihnen nicht gleich? Das ist einfacher!«

»Du redest schon wie Segestes«, meinte Armin kopfschüttelnd.

»Willst du ein Vasall Roms werden? Ich bestimmt nicht. Ich
kämpfe für meine Freiheit!«

»Für *deine* Freiheit? Oder für die unseres Volkes?«

»Eines bedeutet das andere. Ich verkörpere den Freiheitswil-
len der rechtsrheinischen Stämme. Auch Segestes hat das eingesehen.«

»Womit ich nicht gerechnet hatte«, gestand Thorag ein. »Hat
die Gefangenschaft ihn mürbe gemacht?«

»Vielleicht das auch.« Armin sah plötzlich sehr zufrieden aus.
»Außerdem möchte er seinem Enkelkind, sobald es auf der Welt
ist, wohl lieber als freier Fürst gegenüberstehen, nicht als Gefangener seines Schwiegersohns.«

»So ist das also. Die Fruchtbarkeitsgötter hatten ein gutes Jahr.
Auch Auja erwartet ein Mädchen.«

»Ein Mädchen?« Armin warf sich stolz in die Brust. »Ich kriege
einen Sohn!«

»Du – oder Thusnelda?«

Die beiden Fürsten sahen sich an und lachten.

»Da wir gerade bei der Familie sind«, sagte Thorag. »Wo steckt
eigentlich dein Bruder Isgar? Ich habe ihn noch nicht auf der
Adlerburg gesehen.«

Thorag dachte nach und stellte fest, daß er Armins jüngerem
Bruder seit der Rückkehr aus Pannonien, wo die Cherusker unter
Tiberius für die Römer gekämpft hatten, nicht mehr begegnet
war. Armin war nach dem Tod des Herzogs Segimar so schnell
wie möglich ins Cheruskerland zurückgeeilt, begleitet von Thorag und anderen Edelingen. Isgar sollte mit der Kriegsbeute
nachkommen, wurde dann aber an die Front zurückgerufen, als
die Kämpfe in Pannonien wieder aufflackerten.

Armins Lachen erstarb von einem Augenblick auf den anderen. »Isgar ist nicht hier und wird auch nicht kommen. Es gibt keinen Isgar mehr!«

»Ist er tot?«

»Für mich ist er das. Er selbst nennt sich jetzt nur noch Flavus, wie ihn die Römer wegen seines roten Haares getauft haben. Und wie die Römer will er sein. Er ist zufrieden damit, für sie in den Krieg zu ziehen.« Armins Züge verzerrten sich. »Dieser Frechling hat mich sogar wissen lassen, daß er mich – seinen Bruder – als Feind betrachtet, solange ich den Aufstand gegen Rom nicht aufgebe!«

»Was hast du geantwortet?«

»Daß ich bis ans Weltende sein Feind bleiben werde.« Armins Züge hellten sich wieder auf. »Laß uns nicht mehr von Is… von Flavus sprechen, sondern von uns. Wir haben uns viel zu erzählen. Ich habe dich vermißt, Thorag. Du warst mir immer ein guter, treuer Kamerad. Ich bin sicher, das Schicksal hat uns zu Gefährten bestimmt.«

Wenn das stimmt, dachte Thorag, *halten die Schicksalsgöttinnen allerhand Aufregungen für mich bereit.*

Noch zwei andere Fürsten trafen sich während der Feier zu einem vertrauten Gespräch, jedoch weitab des Trubels im Schatten einer großen Pferdekoppel. Sie achteten darauf, daß niemand sie sah und daß der Wind ihre Worte verschluckte, bevor sie an fremde Ohren dringen konnten.

»Germar hat versagt«, sagte Segestes vorwurfsvoll. »Thorag ist gekommen, um der Hochzeit den Segen Donars zu spenden. Und wahrscheinlich wird er sich mit Armin aussöhnen. Das macht den Hirschfürsten mächtiger als zuvor. Außerdem ist es uns nicht gelungen, einen Keil zwischen Armin und Mallovend zu treiben.«

»Meinst du, ich bedaure das nicht?« fragte Gerolf. »Niemand hätte Thorag lieber tot gesehen als ich. Ich habe nicht vergessen, was er meinem Vetter Onsaker angetan hat. Aber noch ist nicht alles verloren. Ich habe schon ein paar Wodansprüfungen überlebt, und Germar noch mehr.«

»Und was ist mit Mallovend?«

»Da fällt mir auch noch etwas ein«, sagte Gerolf und blickte sein Gegenüber fragend an. »Du hältst doch dein Wort, Sege-stes?«

»Was meinst du?«

»Daß du dich bei den Römern für mich verwendest!«

»Natürlich, das dürfte nicht schwer werden. Wer sich gegen Armin stellt, wird schon allein dadurch ein Freund der Römer.«

»Du wirst ihnen trotzdem einiges erklären müssen.« Gerolf grinste. »Zum Beispiel den Umstand, daß du deine Tochter Thus-nelda dem Hirschfürsten zur Frau gibst.«

»Du weißt genau, daß ich anders nicht von dieser Festung komme!«

»Ich weiß das, aber wissen es auch die Römer? Morgen ist Hochzeit, und davon werden sie bestimmt erfahren, mag der Rhein auch weit sein.«

»Verfluchter Armin!« Segestes spuckte aus. »Hätte ich damals die Wahl zum Herzog gewonnen, oder hätte dieser Schwachkopf von Varus auf mich gehört statt auf ihn, wäre alles anders gekom-men.«

»Hätte Tiu seinen rechten Arm nicht in den Rachen des Fen-riswolfes gesteckt, hätte er fortan nicht das Schwert mit der Lin-ken führen müssen«, meinte Gerolf schulterzuckend. »Du kannst nicht mehr ändern, was geschehen ist.«

»Doch«, sagte Segestes hart. »Mit deiner Hilfe und mit der Roms werde ich es ändern!«

Kapitel 9

Ein trügerischer Frieden

Allmählich begann Germanicus, das Leben wieder zu genießen. Die noch wärmenden Strahlen der sinkenden Sonne und die leichte, angenehme Brise, die das Wasser im Hafenbecken kaum merkbar kräuselte, wirkten entspannend und friedlich. Genau das, was er nach den Aufregungen der letzten Tage brauchte. Er beugte sich lässig über den reich gedeckten Tisch, griff nach einem mit kleinen Zwiebeln gefüllten Ei und begann herzhaft zu kauen, während die Ereignisse der jüngsten Zeit wie die Erinnerung an einen Alptraum an ihm vorüberzogen.

Fast wäre der Aufruhr in Caecinas Sommerlager erneut entflammt, als sich herausstellte, daß auch unter Einbeziehung des Privatvermögens der hohen Offiziere nicht genug Geld vorhanden war, um das von Germanicus verdoppelte Vermächtnis des Augustus an Ort und Stelle auszuzahlen. Sechshundert Sesterzen für jeden Legionär waren eine ordentliche Summe. Augustus hatte zwar sparsam gewirtschaftet, und das Geld, das er vererbte, lag in seiner Kasse, doch die befand sich in Rom. Die Legionen I und XX ließen sich auf das Winterquartier vertrösten und von Caecina zur Ubierstadt zurückführen. Aber die Legionen V und XXI rückten nicht eher nach Vetera ab, bevor ihnen jeder versprochene Sesterz ausgezahlt worden war. Germanicus hatte mit verkniffenem Gesicht zugesehen, wie sie abzogen, die Geldkassen zwischen den Fahnen und den Legionsadlern. Soldaten, die ihren Imperator erpreßt hatten. Es war entwürdigend für den Enkel des Marcus Antonius!

Nachdem das untere Heer besänftigt war, reiste Germanicus zum oberen, um auch dort für Ordnung zu sorgen. Hier wäre seine Mission fast am Starrsinn der Legion XIV gescheitert, während sich die drei anderen Einheiten ohne größere Schwierigkeiten dazu bringen ließen, den Eid auf den neuen Herrscher Tiberius zu schwören. Aber auch die Soldaten der XIV. Legion hatten sich schließlich gefügt, nachdem Germanicus ihnen die baldige Auszahlung des verdoppelten Vermächtnisses und die zeitige Entlassung der langgedienten Veteranen zugesichert hatte.

Jetzt hielt er sich in der Ubierstadt am Rhenus auf, dem Oppidum Ubiorum, für das sich wegen des vor wenigen Jahren eingerichteten Staatsaltares immer mehr die Bezeichnung Ara Ubiorum durchsetzte. Trotz der Ruhe, die bei den Meuterern scheinbar eingekehrt war, traute er dem Frieden nicht. Die große Empörung, die sogar einigen Zenturionen das Leben gekostet hatte, war eine auf den Legionen lastende Schande, die nur mit Blut abgewaschen werden konnte. Aber Germanicus befürchtete, daß ein hartes Durchgreifen zu neuem Aufruhr führte, daß Männer wie dieser Calusidius nur auf die Gelegenheit warteten, die anderen erneut aufzuhetzen. Und es war schwer bis unmöglich, alle Rädelsführer auf einmal zu beseitigen. Nein, solch ein reinigender Akt mußte von den Soldaten selbst ausgehen, um von ihnen akzeptiert zu werden.

»Was ist mit dir, Gaius? Warum guckst du so seltsam? Schmeckt das Ei nicht? Ist die Füllung verdorben? Soll ich mir den Koch einmal vornehmen?«

Dem Imperator wurde bewußt, daß er das Ei nur zur Hälfte gegessen hatte und die andere Hälfte noch in der Hand hielt. »Das ist es nicht, das Essen ist gut.« Er steckte den Rest in seinen Mund und zerkaute ihn mit Genuß.

»Was ist es dann?« Agrippina richtete sich so weit auf der Liege auf, daß sie mit dem rechten Arm über den Tisch reichen konnte. Sanft strich sie über sein lockiges Haar. »Was läßt dir den Kopf schwer werden, Gaius?«

Der Imperator genoß das Kribbeln auf seiner Kopfhaut, das ihre Berührung auslöste. Der Duft von Lavendel, der Agrippinas parfümierter Haut entströmte, weckte Erinnerungen an schöne, lustvolle Stunden. Die Seide ihres Kleides war so fein, daß sie die fraulichen Formen mehr freigab als verhüllte. Die begehrenswerten Rundungen von Agrippinas großen Brüsten drückten gegen den Stoff. Sie hatte ihre Brustbinde nicht angelegt, um besonders verführerisch zu wirken. Seit der Beilegung der Meuterei bemühte sie sich, Germanicus die Mißstimmigkeiten vergessen zu lassen, die zwischen ihnen aufgetreten waren.

»Ich habe an die letzten Tage gedacht«, antwortete Germanicus. »An das, was sich seit unserer Rückkehr aus Gallien ereignet hat.«

»Es ist vorbei, wir haben es überstanden. Die Legionen hören auf ihren Imperator. Die Seherin hat recht behalten.«

»Die Seherin?« Germanicus' Miene verdüsterte sich bei der Erinnerung an die Germanin, die unerwartet im Lager aufgetaucht war. »Wie meinst du das, Agrippina?«

»Die Frau hat vorausgesagt, daß du alle Schwierigkeiten überwindest, wenn der Adler sich über deinem Haupt erhebt. Nun, die Legionen folgten ihren Adlern zurück in die Winterquartiere.«

»Aber die Seherin hat auch gesagt, daß der Adler mich ins Verderben führt!«

»Der Adler, dem du folgst«, korrigierte Agrippina ihren Mann.

»Aber nicht du bist dem Adler gefolgt, sondern deine Soldaten. Damit hast du das Unglück von dir abgewendet.«

»Die Götter mögen es auch so sehen wie du!« wünschte Germanicus, klang dabei aber wenig überzeugt. Er griff nach dem rubinbesetzten Silberbecher und trank von dem Honigwein, einer köstlichen Mischung aus römischem Wein und germanischem Met.

»Du hast keinen Grund zur Besorgnis, Gaius. Schau dich nur um, die Götter schenken uns Ruhe und Frieden.«

Agrippina wies mit der Hand, die eben noch den Kopf des Gatten gestreichelt hatte, über die Terrasse hinaus, wo unterhalb des Prätoriums der Rhenus im rötlichen Licht der Abendsonne unwirklich schimmerte, in einer dunklen Mischung aus Blau und Rot.

Im Hafen wurde fieberhaft gearbeitet. Vor Sonnenuntergang sollten noch alle heute eingelaufenen Kähne entladen und die Ladung entweder in den am Fluß stehenden Lagerhäusern verstaut oder mittels Trägern und Karren zu ihren Empfängern, ubischen Händlern, gebracht werden. Ein paar Kähne liefen sogar noch aus der Ubierstadt aus. Sie würden allerdings nicht bei Nacht fahren. Ihr Ziel waren die Umladehäfen ober- und unterhalb der Stadt. Die flachen Kähne dienten nur dazu, den in Stadtnähe liegenden Flußabschnitt mit seinen vielen Untiefen und rasch wechselnden Strömungsverhältnissen zu durchqueren. In den Umladehäfen wurde die abgehende Fracht auf größere Schiffe verladen, und von dort kamen die Kähne mit der Fracht ankommender Schiffe zurück.

Seitdem der Feldherr Agrippa die Ubier auf dem linken Ufer des Rhenus angesiedelt hatte, hatten sie ihr Geschick als Kaufleute bewiesen und ihre Stadt zum führenden Handelsplatz dieser Region gemacht. Da auch der römische Statthalter, zur Zeit Germanicus, hier residierte, nahm die Ubierstadt unbestreitbar eine Vorrangstellung unter den römischen Siedlungen am unteren Rhenus ein.

Der Blick des Imperators wanderte weiter über die weißen Villen mit den sauberen Gärten, in denen hohe Offiziere, römische Beamte und durch Handel zu Wohlstand gelangte Ubier lebten. In den Straßen, die nach römischem Vorbild gerade verliefen und sich rechtwinklig schnitten, herrschte die allabendliche Umtriebigkeit. Die Handwerker und Verkäufer schlossen ihre Läden und brachten die Waren ins Innere der Häuser. Arbeiter kehrten zu ihren Familien heim. Ubische Kaufleute flanierten und plauderten unter Laubengängen, unterwegs zum ausgiebigen Abendmahl bei einem Freund oder Handelspartner, eine von Rom übernommene Sitte.

Auch Germanicus tafelte abends für gewöhnlich in großer Gesellschaft, mit hohen Offizieren und Beamten oder auch mit den Vornehmsten der Stadt. Es gab immer etwas zu besprechen, und es war stets gut, sich umzuhören.

Nur heute nicht. Agrippina hatte darauf gedrängt, diesen Abend in trauter Zweisamkeit zu verbringen. Da das Wetter gut war, deckten die Diener auf der großen Terrasse an der Flußseite des Prätoriums und zogen sich zurück, als ihre Herrin verkündete, man wolle sich selbst bedienen. Jetzt lagen Mann und Frau am Tisch, waren unter sich, scherzten und lachten wie in alten Zeiten. Und dennoch, so recht vermochte Germanicus sich nicht zu entspannen.

»Du hast recht, Agrippina, alles ist friedlich«, sagte er schließlich. »Aber ich kann mich nicht gegen das Gefühl wehren, daß es ein trügerischer Frieden ist. Auch Quinctilius Varus fühlte sich damals sicher, als er von Armins Horden überfallen wurde.«

»*Cum ratione insanire!*«* lachte Agrippina abfällig. »Das war Varus. Er wurde gewarnt, von diesem Segestes, glaube ich. Aber er hörte nicht auf den Cheruskerfürsten. Deshalb fielen ihm die untreuen Germanen in den Rücken.«

»Damals waren es nur untreue Germanen. Ich aber bin umgeben von treulosen römischen Legionären. Ist das kein Grund, beunruhigt zu sein?«

Wie zur Bestätigung seiner Worte, drang in diesem Augenblick Lärm vom Hafen herauf. Nicht die Rufe und Flüche der Schiffer und Stauleute, sondern aufgeregt neugierige Fragen und Jubelrufe.

»Was ist da unten los?« fragte Agrippina, die von der Furcht ihres Gemahls angesteckt worden war und jetzt auch unruhig wurde.

Germanicus erhob sich und trat an den Rand der Terrasse.

* Bei vollem Verstand närrisch!

»Ein Menschenauflauf, immer mehr Ubier strömen am Hafen zusammen«, berichtete er. »Aber ich kann nicht erkennen, worum es geht. Sieht ganz so aus, als sei jemand Wichtiges oder Interessantes mit einem der Kähne angekommen.«

Er drehte sich um und rief nach der Wache. Der breitschultrige Zenturio Ventidius hatte Ordonnanzdienst und trat auf den Balkon.

»Im Hafen strömen die Menschen zusammen«, sagte Germanicus. »Finde heraus, was da los ist und erstatte mir rasch Bericht.«

»Wie du befiehlst, Imperator.«

Ventidius hatte sich schon umgedreht, da sagte Germanicus: »Und alarmiere die Garde. Sie soll sich für alles bereithalten!«

Als Ventidius gegangen war, erhob sich auch Agrippina und trat neben ihren Mann. Besorgt fragte sie: »Weshalb läßt du die Garde alarmieren? Dort unten am Fluß sind bestimmt nur ein paar Reisende eingetroffen.«

»Das eben will ich mit Sicherheit herausfinden.«

»Du solltest nicht überall Feinde sehen, Gaius. Du bist der Statthalter hier, du hast die Macht über alle.« Aus Agrippinas Worten sprach tiefe Befriedigung über diese Tatsache.

Germanicus warf einen zweifelnden Blick zum Hafen, konnte aber noch immer nichts Genaues erkennen. »*Multos timere debet, quem multi timent.*«*

Schneller als erwartet, kehrte Ventidius zurück und meldete: »Die Garde versammelt sich zum Appell im Hof, Imperator.«

»Zum Appell?« Germanicus starrte den Soldaten entgeistert an. »Was faselst du da, Zenturio? Die Garde soll sich bereithalten, einen möglichen Aufruhr niederzuschlagen!«

»Verzeih, Herr, aber ein Aufruhr ist wohl nicht zu befürchten. Ich vergaß zu melden, daß die Ankömmlinge, die im Hafen so laut begrüßt wurden, Senatoren aus Rom sind. Der ehrenwerte Munatius Plancus führt die Abordnung an, die Tiberius Julius Caesar und der Senat zu dir entsandt haben, Imperator.«

»Eine Gesandtschaft des Senats?« fragte Germanicus, noch immer ungläubig. »Unter dem ehemaligen Konsul Munatius Plancus? Bist du dir da sicher, Ventidius?«

---

* Wen viele fürchten, der muß viele fürchten.

»Ja. Munatius Plancus hat einen Diener als Boten vorausgeschickt, um sich anzukündigen.«

»Der kann gelogen haben«, wandte Germanicus ein.

»Das hat er nicht, Imperator. Ich selbst habe Kundschafter zum Hafen geschickt, die den Bericht des Boten bestätigt haben.«

Germanicus nickte fahrig. »Danke, Ventidius. Bereite alles für den Empfang der hohen Herren vor!« Als der Zenturio gegangen war, blickte Germanicus seine Frau an. »Munatius Plancus ist ein angesehener, einflußreicher Mann. Seine Stimme hat im Senat fast ebensoviel Gewicht wie die des Princeps oder die des Gnaeus Calpurnius Piso. Eine Abordnung des Senats unter seiner Führung, was kann das bedeuten?«

»Vielleicht etwas ganz Besonderes!« seufzte Agrippina verheißungsvoll und blickte mit leuchtenden Augen zum Hafen hinunter. Doch die Gesandtschaft war bereits außerhalb des Sichtfeldes, das die Terrasse bot. Im Hafen herrschte wieder die übliche Geschäftigkeit.

»Was meinst du?« fragte Germanicus skeptisch. Agrippinas Gesichtsausdruck gefiel ihm nicht. Er las wieder die unstillbare Gier darin – die Gier nach Macht.

»Ein so wichtiger Mann wie Munatius Plancus macht die weite Reise von Rom hierher nur aus einem schwerwiegenden Grund. Vielleicht ist man im Senat endlich zu der Ansicht gelangt, daß Augustus den Falschen zu seinem Nachfolger bestimmt hat.«

»Du meinst …« Germanicus blickte sich um und vergewisserte sich, daß niemand außer Agrippina ihn hören konnte. »Du meinst, der Senat will mir die Herrschaft über Rom antragen?«

Agrippina nickte und lächelte.

»Das glaube ich nicht!« sagte Germanicus kopfschüttelnd. »Ventidius hat gesagt, die Gesandtschaft kommt auch im Auftrag von Tiberius. Mein Onkel wird mir kaum freiwillig seine Nachfolge antragen, wo er erst wenige Wochen im Amt ist.«

»Die Abordnung kommt vielleicht gar nicht im Auftrag von Tiberius«, meinte Agrippina. »Es könnte eine Finte sein, damit der wahre Grund der Reise nicht offenbar wird.«

»*Pia desideria!* – Fromme Wünsche! Das sind die Väter deiner Gedanken, Agrippina.« Germanicus schüttelte erneut den Kopf. »Bei Licht betrachtet, dürften die Senatoren eher aus dem entgegengesetzten Anlaß gekommen sein.«

»Dich abzuberufen?« fragte Agrippina erschrocken, und ihr Gemahl nickte bitter. »Aber warum?«

»Da gibt es viele Gründe«, sagte Germanicus bedrückt. »Ich führe meine Truppen zwar gegen die aufständischen Germanen, aber einen vorzeigbaren Sieg habe ich nicht errungen. Armin entzieht sich meinem Zugriff immer wieder, obwohl er Schwierigkeiten im eigenen Stamm hat, wie uns die Kundschafter berichten. Der Sommer ist vorbei, und noch immer ist das Land auf der anderen Seite des Rhenus für einen Römer unsicheres Gebiet. Und dann die Meuterei ...«

»Du hast die Meuterer besänftigt, Gaius!«

»Aber zu welchem Preis? Tiberius ist bestimmt nicht erbaut davon, daß ich das Vermächtnis des Augustus an die Soldaten eigenmächtig verdoppelt habe. Dann ist da noch die Sache mit Manius Ennius. Von Rechts wegen hätte ich ihn bestrafen müssen. Aber das wäre angesichts der augenblicklichen Stimmung in der Truppe das falsche Zeichen gewesen. Ennius ist einer der wenigen Offiziere, denen es gelungen ist, die Meuterei durch hartes Durchgreifen im Zaum zu halten.«

Manius Ennius, der Lagerpräfekt der im Land der Chauker liegenden Vexillariertruppe, hatte die ausbrechende Meuterei durch die Hinrichtung zweier Rädelsführer im Keim erstickt. Zwar mußte er dann vor den aufgebrachten Truppen fliehen, doch in einem tollkühnen Streich riß er das Vexillum an sich, setzte sich selbst an die Spitze der Männer und führte sie ins Winterquartier zurück. Seine Drohung, jeden als Fahnenflüchtigen zu behandeln, der aus Reih und Glied trat, hatte angesichts der beiden Hinrichtungen gewirkt. Eigentlich hatte Ennius sich in dieser angespannten Lage bewunderungswürdig verhalten. Dumm war nur, daß ihm als Lagerpräfekt gar nicht das Recht zustand, die beiden Rädelsführer zum Tode zu verurteilen. Germanicus als Oberbefehlshaber oder einer seiner Legaten hätte dieses Urteil fällen müssen. Aber Ennius hatte nicht darauf warten können, er mußte sofort ein Zeichen setzen. Germanicus verstand und billigte die Handlungsweise des Präfekten, weshalb er von einer Untersuchung des Vorfalles abgesehen hatte.

»Von diesen Dingen kann Tiberius noch keine Kunde erhalten haben«, sagte Agrippina, doch das Leuchten war aus ihren Augen verschwunden.

»Täusch dich nicht. Die Ohren des Herrschers sind überall, und seine Boten reisen schnell.« Germanicus straffte seine Gestalt. »Was auch immer Munatius Plancus von mir will, gleich werde ich es wissen. Ziehen wir uns um.« Er wies auf Agrippinas Brüste unter der dünnen Seide. »Sonst klagt er uns noch der öffentlichen Unsittlichkeit an.«

Der Scherz prallte an Agrippina ab. Mit zusammengepreßten Lippen fragte sie: »Was wirst du tun, wenn die Gesandtschaft tatsächlich kommt, um dich deines Amtes zu entheben? Das wirst du dir doch nicht bieten lassen – oder? Was immer du Tiberius zu schulden glaubst, dieser Preis wäre zu hoch!«

»Soll ich die Abordnung des Senats und des Princeps etwa verhaften lassen?«

Agrippina äußerte sich nicht dazu. Doch ihr finsterer Blick, als sie an Germanicus vorbei ins Haus ging, war Antwort genug.

»*Oculos ad dextram!*«* ertönte das Kommando auf der einen Seite des großen Vorhofes und gleichzeitig auf der anderen: »*Oculos vostros ad sinistram!*«** Die zweitausend Köpfe der beiden Prätorianerkohorten ruckten wie einer dem Oberbefehlshaber zu, der unter dem säulengetragenen Vorbau des Prätoriums erschien.

Nur die Reiter mußten ihre Köpfe nicht bewegen. Sie saßen auf ihren Pferden der Säulenhalle genau gegenüber. Ihr Kommando zur Ehrenbezeugung lautete: »*Pila sursum!*«*** Und die blitzenden Lanzenspitzen zeigten nach oben.

Die gesondert angetretenen Bläser ließen das Classicum ertönen, die feierliche Hymne, die nur dem Feldherrn zustand.

Die zwölf Liktoren, die dem Statthalter und Oberbefehlshaber nach alter Tradition mit über der linken Schulter gelegten Rutenbündeln vorausgeschritten waren, traten zur Seite, so daß Germanicus in die Augen der Soldaten blicken konnte. Seine Gardisten waren darauf eingeschworen, sein Leben und das seiner Familie zu schützen. Würden sie schon bald die Wächter seines Gefängnisses sein?

* Augen rechts!
** Die Augen links!
*** Die Speere hoch!

Germanicus ließ sich seine Zweifel nicht anmerken. Unbeweglich und mit straffem Körper stand er vor den Prätorianern und tat so, als lausche er andächtig dem anschwellenden Bläserklang. Er trug die golddurchwirkte Tunika des hohen Offiziers, darüber den silbernen, mit goldenem Zierat versehen Muskelpanzer und den Purpurumhang mit goldener Borte. Nach kurzem Zögern hatte er sich gegen die zivile Toga entschieden. Er wollte Eintracht mit seinen Soldaten demonstrieren, vor ihnen und auch vor den Senatoren. Falls letztere gekommen waren, ihm wegen der Meuterei Vorwürfe zu machen, sollten sie sofort sehen, daß Germanicus noch immer der Oberbefehlshaber war. Auf das Wehrgehänge mit dem Schwert hatte er allerdings verzichtet, sollte es doch ein friedlicher Empfang werden – hoffentlich!

Agrippina bewahrte ebenso Haltung wie ihr Gemahl. Stolz stand sie an seiner Seite und lächelte ein wenig maskenhaft. Das goldene Haarnetz schien nahtlos in die Goldfäden überzugehen, die ihre grüne, mit einem Purpurband gesäumte Stola durchzogen.

Kaum war der letzte Ton des Classicums verhallt, betrat die Gesandtschaft den großen Hof. Die vorangehenden Liktoren machten deutlich, daß die Senatoren im offiziellen Auftrag unterwegs waren. Germanicus glaubte immer weniger an Agrippinas Theorie, daß Munatius Plancus kam, um dem Enkel des Marcus Antonius das Principat anzutragen.

Hinter den sechs Liktoren betraten ebenso viele Senatoren den Hof, angeführt von Munatius Plancus. Sofort erkannte Germanicus die große, hagere Gestalt, die stets ein wenig nach vorn geneigt war. Der Senator sah aus wie eine sprungbereite Raubkatze. Oder wie ein Adler, der sich jeden Augenblick in die Lüfte schwingen würde, um sich auf seine Beute zu stürzen. Ja, das traf es besser. Die scharfen Züge, wie in Marmor gemeißelt, wirkten tatsächlich wie die eines Raubvogels. Zu einem guten Teil lag das wohl an der vorspringenden, gekrümmten Nase.

Vergeblich versuchte Germanicus, in dem Adlergesicht zu lesen. Durch keine Regung verriet Munatius Plancus den Grund seiner Mission. Kurz streifte sein kühler Blick den Statthalter und seine Gattin. Plancus wirkte zurückhaltend und förmlich. Er trug, wie die anderen Angehörigen der Gesandtschaft, keine bequeme Reisetracht, sondern die offizielle Kleidung der Senatoren: die weiße Toga, darunter die weiße Tunika mit dem breiten Purpurstreifen und die roten Schuhe, die mit schwarzen Riemen bis zur Hälfte den Schienbeines gebunden waren.

Germanicus gab Marcus Valerius, dem grauhaarigen Tribun seiner Prätorianer, einen kaum merklichen Wink, nur die kurze Bewegung des Zeigefingers. Wieder ertönten die Kommandos, und die in Reih und Glied angetretenen Gardisten wandten ihre Köpfe nun den Gesandten zu. Gleichzeitig hoben die Bläser zu einem Willkommensgruß an. Ein paar der Senatoren nickten leicht als Zeichen ihrer Zufriedenheit mit der Begrüßung. Munatius Plancus aber wirkte wie unter einem der plötzlichen germanischen Kälteeinbrüche zu Eis erstarrt.

Germanicus wollte sich von ihm nicht das Heft aus der Hand reißen lassen. Daher sprach er, kaum daß die Bläser ihre Instrumente abgesetzt, mit fester, über den ganzen Hof hallender Stimme: »*Patres Conscripti*, ich begrüße euch im Oppidum Ubiorum und freue mich ganz besonders, daß ich mit eurer geschätzten Gegenwart auch Nachricht von meinem Vater Tiberius Julius Caesar erhalte.«

Das fand allgemein Beifall bei den Senatoren. Sowohl die mit dem Ende der Ständekämpfe in Gebrauch gekommene Senatorenanrede ›Patres Conscripti‹, die verdeutlichte, das neben den Patriziern nun auch Plebejer ins Senatorenalbum geschrieben wurden, als auch die ehrfürchtige Nennung des Tiberius als Caesar und Vater des Germanicus zeigten den Gesandten den Respekt, den Germanicus vor dem Senat, vor dem Princeps und damit vor Rom empfand. Genau das hatte der Imperator beabsichtigt. Nur Munatius Plancus bewahrte seine steife Ausdruckslosigkeit.

Doch plötzlich stürzte sich der Adler auf sein Opfer. Dieses Gefühl hatte zumindest Germanicus, als die hagere Gestalt aus ihrer scheinbaren Totenstarre erwachte und zwei Schritte nach vorn trat, ihren stechenden Blick auf den Statthalter gerichtet. Der alte Adler streckte eine Klaue aus. Ein Sekretär löste sich aus dem Gefolge und nestelte dabei an einer Lederkapsel herum, die an seinem Gürtel hing. Endlich klappte der Deckel auf, und der Sekretär zog eine Papyrusrolle heraus, die er Plancus mit einem entschuldigenden Lächeln in die Hand drückte. In unterwürfiger Haltung kehrte der Sekretär in die hinteren Reihen zurück.

689

Als er den Papyrus sah, fühlte Germanicus eine Beklemmung in seiner Brust. Ein unsichtbarer Dämon schlang seine Arme um den Imperator und drückte immer fester zu. Das Gefühl verstärkte sich noch, als Plancus die Rolle über sich hielt und mit der seltsam knarrenden Stimme, an die Germanicus sich gut erinnerte, verkündete: »Seht her, dieses Siegel, das ich nun breche, ist unversehrt.«

Das war es. Auf dem getrockneten Ton prangte das Kürzel des Senats: SPQR. Als Plancus das Siegel zerbrach, war Germanicus, als schnüre der Dämon an seiner Seite ihm die Kehle zu. Der Imperator hatte das Gefühl, erst wieder atmen zu können, wenn er den Inhalt der Botschaft kannte.

Er spürte eine sanfte, warme Berührung an seiner Hand. Agrippina streichelte ihn beruhigend und flüsterte kaum hörbar: »Nur ruhig, Gaius, die Garde steht hinter dir!«

Er hoffte, daß er das nicht erproben mußte. Denn er war sich nicht sicher, ob er es fertigbrachte, sich gegen seinen Onkel und Adoptivvater zu stellen.

Plancus hatte den Papyrus entrollt und begann, laut den Inhalt zu verlesen: »Der Senat und das Volk von Rom entbieten Gaius Julius Caesar Germanicus, Generalstatthalter von Gallien und Imperator der gallischen und germanischen Legionen, ihren Gruß, wie auch Tiberius Julius Caesar seinen geschätzten Sohn grüßt.«

Geschätzt ja, dachte Germanicus bitter, aber nicht geliebt! Er konzentrierte sich wieder auf die knarrende Stimme des Senators. Aber es folgten nur Allgemeinplätze zum Tode des Augustus, die üblichen Formeln der Beileidsbekundung, die man Germanicus zum Dahinscheiden seines Großonkels aussprach – oder Großvaters, wenn man die Adoptionen des Tiberius durch Augustus und des Germanicus durch Tiberius berücksichtigte. Äußerlich ungerührt, ließ der Imperator den Sermon über sich ergehen, innerlich fühlte er sich wie ein kurz vor dem Ausbruch stehender Vulkan.

Und dann kam der Senator mit dem Adlergesicht endlich auf den Punkt: »Anläßlich des Todes des Augustus und seiner Nachfolge hat der Senat von Rom folgenden Beschluß gefaßt und zum Zeichen seiner Gültigkeit schriftlich niedergelegt: Mit dem Tage der Beschlußfassung erhält Gaius Julius Caesar Germanicus, durch Gesetz Sohn des Tiberius Julius Caesar, das prokonsularische Imperium übertragen.« Die Augen des Senators lösten sich von dem Papyrus und wanderten in die Runde, um zu sehen, wie die Nachricht aufgenommen wurde. Sein Blick wirkte jetzt gar nicht mehr stechend. Aber vielleicht verdankte Germanicus diesen Eindruck nur der Erleichterung, die den Dämon vertrieb. Im feierlichen Ton schloß Plancus mit der althergebrachten Formel: »*Senatus Populusque Romanus* – Senat und Volk von Rom.«

Agrippina drückte die Hand ihres Gemahls. Sie wirkte ebenfalls erleichtert und flüsterte: »*Amat victoria curam.*«*

Offenbar war sie nicht betrübt darüber, daß sich ihre Hoffnung, die Gesandtschaft würde Germanicus die Würde des Princeps antragen, nicht erfüllt hatte. Das prokonsularische Imperium war auch mehr als eine Entschädigung. Es bedeutete die Regierungsgewalt in allen Provinzen, und damit kam Germanicus gleich hinter dem Princeps.

Germanicus wälzte noch diese Gedanken, da spürte er den leichten Druck von Agrippinas Ellbogen in seiner Seite. Er verstand sofort und setzte zu einer Dankesrede an, die in der Einladung zu einem Festmahl mündete.

In feierlicher Prozession, angeführt von den Liktoren, gingen Germanicus, Agrippina und die Senatoren in den großen Speiseraum, der von kostbaren Mosaiken und Wandgemälden verziert wurde. Auch der Fußboden bestand aus einem riesigen Mosaik, das passenderweise ein Festmahl zeigte. Die Sonne war inzwischen untergegangen, und nur das Licht der zahlreichen Lampen aus Silber und Terrakotta beleuchtete den Saal. Germanicus steuerte den großen Tisch in der Mitte des Raumes an und bat Munatius Plancus sowie die beiden nach ihm höchsten Senatoren der Gesandtschaft, neben dem Imperator auf den Polsterliegen Platz zu nehmen. Agrippina spielte an einem Nebentisch die Gastgeberin für die drei übrigen Senatoren.

Die Sklaven, in der Mehrzahl hellhaarige Germanen, hatten kaum das Wasser aus den zierlichen Öfen in die Silberschalen gelassen und zum Reinigen der Hände gereicht, da platzte es schon aus Agrippina heraus: »Sagt, hohe Herren, ist sonst niemandem das prokonsularische Imperium verliehen worden?«

* Der Sieg liebt die Sorge.

Sie sprach so laut, daß es auch am Tisch des Germanicus zu vernehmen war.

Munatius Plancus, der gerade seine Hände mit einem weißen Tuch trocknete, zog die dichten Brauen hoch und wandte sich zum Nebentisch um. »Tiberius Gaius Caesar hat davon abgesehen, seinem Sohn Drusus ebenfalls das prokonsularische Imperium zu verleihen. Drusus weilte als designierter Konsul in Rom und hätte somit als einer der ersten über seine eigene Erhöhung abstimmen müssen. Diese Peinlichkeit hat der weise Princeps allen erspart, edle Agrippina.«

»Ja, sehr weise«, meinte Agrippina fröhlich und wandte sich in munterem Geplauder wieder den Senatoren an ihrem Tisch zu.

Sie tat, als hätte sie den Vorwurf überhört, der in Plancus' Worten gelegen hatte. Tiberius hatte eine Peinlichkeit vermieden, nicht so Agrippina, als sie kurz nach der Ernennung ihres Gatten zum prokonsularischen Imperator in offenkundiger Weise danach fragte, ob Tiberius ihm jemand an Rang gleichgestellt hatte.

Germanicus versuchte die Sache zu überspielen, indem er sich nach den Verhältnissen in Rom erkundigte, während der Wein und die Vorspeisen aufgetragen wurden.

»Die Lage in Rom ist sicher stabiler als die in einigen Provinzen«, erwiderte Plancus. »Was man aus Pannonien und aus Germanien hört, ist beunruhigend, auch für das Volk in Rom. Das Feuer des Aufruhrs kann schnell zum Flächenbrand werden. Tiberius hat Drusus nach Pannonien entsandt, den Brand zu löschen. Hier in Germanien sollst du derjenige sein, der den Flammen Einhalt gebietet, Imperator.«

»Das habe ich bereits getan«, sagte Germanicus und trank in betonter Lässigkeit einen Schluck Wein. »Als ich aus Gallien zurückkehrte, haben sich die meuternden Legionen zurück in ihre Winterquartiere führen lassen.«

»Zu einem hohen Preis, wie ich gehört habe.«

»Leider mußten ein paar Menschen, auch Offiziere, ihr Leben lassen.«

»Ich meine nicht nur das, Germanicus. Ich rede auch von der Entlassung der Veteranen und von der Verdoppelung des Geldes, das Augustus seinen Soldaten vermacht hat. Es stimmt doch wohl, was ich unterwegs gehört habe?« Als Germanicus nickte, sagte Plancus ernst: »Dazu warst du nicht berechtigt!«

»Zu der Entlassung der Veteranen schon. Ich habe sie nur den Männern versprochen, die schon zu lange, über das Ende ihrer Dienstzeit hinaus, bei der Fahne gehalten werden. Und was das versprochene Geld angeht, so werde ich selbst für mein Versprechen einstehen, falls Rom der Preis für die Ruhe unter seinen Soldaten zu hoch ist.«

Plancus wiegte den Raubvogelkopf hin und her, während er eine in Honig und Wein gekochte und mit Pfeffer bestreute Aprikose aß. »Ich werde die Zeit meines Aufenthalts hier nutzen, um mir ein Bild über den Zustand der Truppenmoral zu machen. Sollte ich statt Aufruhr und Gesetzlosigkeit unter den Soldaten Treue und Disziplin vorfinden, wird mein günstiger Bericht den Princeps und den Senat sicher geneigt stimmen, deine finanziellen Versprechungen an die Legionäre zu unterstützen.«

Sieh an, Tiberius schickt mir einen Spitzel! dachte Germanicus, lächelte den Senator dabei freundlich an und sagte: »Ich bin sicher, du wirst alles zu deiner Zufriedenheit vorfinden, edler Munatius Plancus.«

Der Abend verging mit ungezwungener Plauderei, mit musikalischen und akrobatischen Darbietungen, mit immer neuen Amphoren voller gutem Wein und immer neuen Platten, die sich unter köstlichen Speisen bogen. Den Senatoren schien es zu gefallen. Obwohl sie eine lange, anstrengende Reise hinter sich hatten, verabschiedeten sie sich spät. Germanicus starrte ihnen lange nach, als sie hinter ihren Liktoren zum nahe gelegenen Gästehaus gingen. Trotz der fröhlichen Stimmung, die den Abend beherrscht hatte, wurde er ein ungutes Gefühl nicht los.

Agrippina sprach ihn darauf an, nachdem sie ihm in sein Cubiculum gefolgt war. »Warum so düster, Gaius? Gewiß, sie haben dich nicht zum Princeps erhoben, aber als prokonsularischer Imperator bist du so dicht dran wie niemand sonst.«

»Ja, bis Tiberius bei nächster Gelegenheit Drusus ebenfalls diesen Titel verleiht.«

»Wer weiß, ob Drusus aus Pannonien zurückkehrt. Vielleicht hat er nicht so eine gute Hand mit den Meuterern wie du.«

Germanicus blickte Agrippina mit vor Entsetzen aufgerissenen Augen an. »Wünschst du Drusus den Tod? Er ist der Sohn meines Onkels und Adoptivvaters, durch Gesetz also mein Bruder!«

Agrippina sah ein, daß sie sich einen Schritt zu weit vorgewagt hatte. Ihrem Gemahl bedeuteten die Familie und die Treue zum Herrscher noch immer mehr als die Macht. Schnell sagte sie: »So habe ich es nicht gemeint, verzeih. Es ist spät, und wir alle sind müde.«

»Ja, wir sollten in unsere Betten gehen.«

Agrippina blickte ihn mit unendlicher Sanftheit an. »Ich möchte hierbleiben und mich nicht von meinen Dienerinnen, sondern von dir entkleiden lassen.«

Germanicus erfüllte ihr den Wunsch. Je mehr er sie aus ihren Gewändern wickelte und ihren prachtvollen Körper enthüllte, desto mehr wurde es auch sein Wunsch. Als sie fast nackt vor ihm stand und nur noch die Brüste von der stützenden Binde verhüllt wurden, konnte er nicht mehr an sich halten und warf Agrippina mit sanfter Gewalt aufs Bett. Schon vor dem Essen hatte er Muskelpanzer und Umhang abgelegt, so daß er jetzt nur noch aus der Tunika zu schlüpfen brauchte.

Dann versank er in Agrippinas Armen, in ihrem warmen, duftenden Fleisch. Die ganze Anspannung des Abends schien sich zu entladen, als er in seine Frau eindrang. Daß sie es genoß, bezeugten ihre lustvollen Schreie, die mit jedem seiner Stöße lauter wurden. Die Welt bestand für Germanicus nur noch in diesen Schreien, seinem eigenen Keuchen und der gemeinsamen Lust.

Deshalb bemerkte er die Männer zu spät, die ins Cubiculum eindrangen. Sie waren bewaffnet und ihre Gesichter entschlossen. An einigen Schwertern klebte Blut. Es waren nicht seine Prätorianer, sondern Veteranen und Legionäre. Ihr Anführer war ein stämmiger Mann, dessen grobes, abstoßendes Gesicht von einer schiefen Nase beherrscht wurde. Als Calusidius mit erhobenem Schwert ans Bett trat, drang ein gefährliches Glitzern aus der Tiefe seiner dunklen Augen.

»Noch einmal wirst du uns nicht betrügen, Imperator!« sagte Calusidius laut. »Du und deine Brut, ihr werdet keinen Tag mehr sehen, der euch dazu Gelegenheit gibt!«

Blut tropfte von der Schwertklinge aufs Bett. Es benetzte Kissen und Laken und auch die nackte Haut der beiden überraschten Liebenden.

Kapitel 10

Bräute und ihre Väter

»Wie sehe ich aus?« fragte Armin und drehte sich langsam im Kreis, wobei er seine Freunde mit freudigem Gesicht anblickte.

»Könntest du dich sehen, du würdest dich in dich selbst verlieben«, spottete Thorag.

»Das wäre mal etwas Neues«, meinte Armin. »Eine Braut, die auf ihren eigenen Bräutigam eifersüchtig ist. Geht doch mal zu der großen Bronzetruhe dort. Darin liegt ein großer Spiegel.«

Zwei von Armins Schalken befolgten die Aufforderung und holten einen Spiegel, der mit seinem silbernen Rahmen und dem darin eingefaßten Glas sehr prächtig wirkte. Noch prächtiger wäre die Wirkung ohne den Riß gewesen, der das Glas von oben nach unten durchzog.

Thorag erinnerte sich an den Spiegel, der einem pannonischen Fürsten gehört hatte, damals, als Armin und Thorag unter Tiberius gegen die aufständischen Pannonier kämpften. Die cheruskischen Auxiliartruppen hatten den Fürsten besiegt und sich an seinen Habseligkeiten schadlos gehalten. Armin hatte sich auf Anhieb in den Spiegel verliebt, trotz des Risses im Glas, der entstanden war, weil das Schmuckstück im Kampf heruntergefallen war. Aber Spiegel mit einer Glasbeschichtung waren so selten, daß selbst mancher römische Edelmann dafür tief in seine Börse gegriffen hätte. Die beiden Schalke hielten den Spiegel in verschiedenen Stellungen, so daß ihr Herr möglichst viel von seiner beeindruckenden Gestalt bewundern konnte. Hier und da zupfte er noch etwas an seiner Kleidung, obwohl da eigentlich nichts mehr zu verbessern war. Er gab einen prächtigen Bräutigam ab.

Sein Haar, sonst ein wenig dunkler als das Thorags, leuchtete heute noch heller als das des Donarfürsten, weil es mit einer Mixtur aus Hammeltalg, Holzaschenlauge und Kalk gebeizt war. Ein Schalk hatte durch ausgiebiges Bürsten dafür gesorgt, daß es in gleichmäßigen, glänzenden Wellen bis über die Schultern fiel. Das Haar lang und offen zu tragen war Erkennungszeichen und Stolz eines freien Cheruskers.

Armins kostbarer Umhang aus Hermelinpelz, den er nur bei ganz besonderen Anlässen trug, wurde über der rechten Schulter von einer Goldfibel in Gestalt eines Hirsches zusammengehalten. Kittel und Hose waren aus leuchtendem Stoff, der Kittel blau, die in fast kniehohen Rindslederstiefeln auslaufende Hose rot. Um den Kittel war ein breiter Gürtel geschlungen, dessen Leder rundum mit goldenen Einlegearbeiten, ebenfalls in Hirschform, verziert war. Die große Gürtelschließe war ein vergoldeter Hirschkopf mit ausladendem Geweih.

Am Gürtel hing das Wehrgehänge mit dem großen Schwert. Die lederbespannte Scheide war mit ineinander verschlungenen Goldfäden verziert, die sich erst bei näherem Hinsehen als Verästelungen eines Hirschgeweihes entpuppten. Und ein vergoldetes Hirschgeweih bildete auch den Schwertgriff. Vielleicht etwas unhandlich, dachte Thorag, aber Armin trug dieses Schwert nicht, wenn er in den Kampf zog, sondern nur bei zeremoniellen Anlässen.

Als Armin umständlich am Wehrgehänge zupfte, packte Thorag mit einem schnellen Griff die Hand des Herzogs. »Genug gezaudert«, schalt der Donarsohn mit breitem Grinsen. »Wie lange willst du deine Braut noch warten lassen? Wenn man dich beobachtet, sollte man nicht glauben, daß Thusnelda schon dein Kind im Leib trägt. Du benimmst dich, als hättest du Frauen bisher nur aus der Ferne gesehen.«

»Du hast gut reden, Thorag, du mußt ja nicht heiraten. Es ist ein Unterschied, ob man mit einer Frau zusammen ist oder ob man mit ihr den Bund für das ganze Leben schließt.«

»Da erzählst du mir etwas völlig Neues«, erwiderte Thorag, und alles brach in Gelächter aus, selbst die Schalke. »Ich bin nämlich erst seit ein paar Wintern verheiratet.«

Er dachte an die Hochzeit mit Auja, die im Vergleich zu der großen Feier heute sehr bescheiden gewesen war. Die Donarsöhne waren weitgehend unter sich geblieben. Auch seinen alten Waffengefährten Armin hatte Thorag nicht eingeladen. Damals war der Schmerz über das, was Thorag dem Herzog als Verrat anlastete, noch zu groß gewesen. Außerdem wollte Thorag nicht unnötig Zwietracht im Cheruskerland säen. Schließlich hatte der Donarfürst lange Zeit unter dem falschen Verdacht gestanden, Aujas Vater und ihren Gemahl ermordet zu haben.

Auch Armin grinste und sagte: »Du hast recht, Donarsohn. Als wir gegen Varus zogen, habe ich nicht so lange gezögert.« Er sah seine Schalke an. »Reicht mir den Schild!«

Die Schalke stellten sorgsam den Spiegel weg und reichten Armin den großen Rundschild, der eine an seine Gürtelschließe erinnernde Verzierung aufwies. Als Armin ihn mit der linken Hand ergriff, war er der prächtigste Cherusker, den Thorag jemals gesehen hatte. Zwar hatte auch der Donarsohn seine edelste Tracht angelegt, aber mit dem Herzog konnte und wollte er nicht wetteifern. Niemandem stand es zu, den Bräutigam an seinem Hochzeitstag zu übertreffen.

Als Armin vor die Tür seines Hauses trat, gefolgt von den Freunden, die ihm nach alter Sitte beim Ankleiden geholfen hatten, brach die draußen wartende Menge in Jubel aus. Er wurde übertönt vom Klang der paarweise geblasenen Luren, die das Nahen des Bräutigams ankündigten. Die Musikanten setzten sich an die Spitze des Zuges. Als die Luren verklungen waren, kamen die Goldhörner mit den eingravierten Runen an die Reihe. Ihr Klang sollte die Götter günstig stimmen. Die Hörner wurden immer wieder von Klappern und Rasseln unterbrochen, deren Aufgabe es war, böse Geister von der Hochzeit und dem Brautpaar fernzuhalten. Hinter den Musikanten gingen Armin und seine Freunde, dann die anderen Männer und Frauen edler Herkunft.

Auch Auja und Ragnar waren darunter. Obwohl ihre Schmerzen kaum nachgelassen hatten, bestand Auja darauf, an der Hochzeitsfeier teilzunehmen. »Ich habe die weite Reise doch nicht gemacht, um hier im Bett zu liegen«, hatte sie mit tapferem Lächeln gesagt und sich den Schmerz verbissen. Mit Sorge beobachtete Thorag jetzt, wie sie Ragnar, der keine Lust zum Laufen hatte, auf den Arm hob. Der fast vier Jahre alte Junge war viel zu schwer für Auja, jedenfalls in ihrem jetzigen Zustand. Am liebsten wäre der Donarfürst eingeschritten, aber damit hätte er den ganzen Festzug in Unordnung gebracht.

Der Zug endete vor dem Gästehaus, in dem Segestes mit seinem Gefolge untergebracht war. An diesem Tag war es auch das Heim Thusneldas, die hier ihr Brautkleid angelegt hatte. Wieder bliesen die Lurenspieler in ihre großen, geschwungenen Instrumente. Dann traten sie beiseite und machten Armin Platz, der mehrmals kräftig an die geschlossene Tür des Gästehauses klopfte. Ein Mann aus dem Gefolge des Segestes öffnete endlich und fragte förmlich nach Armins Begehr.

»Ich möchte Segestes sprechen, Fürst der Stiersippe und Vater von Thusnelda, meiner Braut.«

»So warte hier«, sagte der andere gemäß dem vorgeschriebenen Ritus und verschwand im Innern des Hauses. Nach der angemessenen Wartezeit kehrte er zurück mit der Mitteilung: »Tritt ein, Hirschfürst! Der Stierfürst ist bereit, dich zu empfangen.«

Allein betrat Armin das Gästehaus. Der Gedanke, daß der Herzog dort von Segestes und seinen Männern umgeben war, ließ einen plötzlichen Schauer über Thorags Rücken laufen.

»Was hast du, Donarsohn?« fragte der neben ihm stehende Mallovend.

»Gerade dachte ich daran, daß Segestes vor kurzem noch Armins Feind war.«

Der Marserherzog verstand rasch und schüttelte den Kopf. »Segestes würde es nicht wagen, Armin etwas anzutun. Nicht hier, nicht mitten in Armins Burg und vor den versammelten Fürsten.«

»Gäbe es eine bessere Gelegenheit, um öffentlich zu beweisen, daß der Stierfürst dem Hirschfürsten überlegen ist?«

Mallovend riß seine Augen auf, starrte in die Dunkelheit des Hauseingangs und dann wieder auf den Donarsohn. »Was du da sagst, Thorag, klingt so unglaublich, daß es schon wieder wahr sein könnte! Es würde Segestes' plötzlichen Meinungsumschwung erklären.«

»Ja«, knurrte Thorag und legte die Hand auf seinen Schwertgriff. »Und es erklärt auch, weshalb du, Armins wichtigster Verbündeter, und ich, sein Blutsbruder, gehindert werden sollten, an der Hochzeit teilzunehmen.«

Unter normalen Umständen hätte Thorag nicht gezögert, mit gezogenem Schwert ins Haus zu stürmen. Aber wenn seine Überlegung falsch war, machte er sich nicht nur lächerlich, sondern er machte das feierliche Hochzeitsritual zunichte. Armin würde ihm das kaum verzeihen.

Als mehrere Gestalten in der Tür auftauchten, ließ Thorag das Schwert wieder in die Scheide rutschen. Als erster trat der hünenhafte Stierfürst ans Licht des sich dem Ende zuneigenden Tages. Sein Gesicht war unbewegt wie das seiner Begleiter: sein Sohn Segimund, sein Bruder Segimer und dessen Sohn Sesithar. Thorag atmete erst auf, als er hinter den führenden Männern der Stiersippe das strahlende Brautpaar erblickte. Jetzt war der Donarsohn froh, daß er nicht eingegriffen hatte. Obwohl er sich weiterhin fragte, was die Überfälle auf Mallovend und ihn zu bedeuten hatten.

Auch Segestes hielt sich an den Ritus. Er verkündete, den Brautpreis empfangen zu haben, und entließ seine Tochter aus seiner Munt, um sie in Armins Munt zu übergeben. Sein Gesicht wirkte dabei verbissen, als müsse er sich zu jedem Wort zwingen. Für Segestes bedeutete es eine Schmach, hier vor den versammelten Edelingen zu stehen. Es war nicht nur das Eingeständnis seiner Unterlegenheit gegenüber Armin, dessen Gefangener der Stierfürst bis vor kurzem noch gewesen war, sondern es war auch schändlich, seine Tochter der Munt eines Mannes zu übergeben, der sie geraubt hatte und dessen Kind sie bereits in sich trug. Auch Segimund, Segimer und Sesithar zeigten ernste Mienen. Segestes schloß seine Ansprache mit der Aufforderung an das Brautpaar, die Ringe zu tauschen.

Bräutigam und Braut traten vor und ebenso Thorag. Denn er hatte das Ehrenamt übernommen, Armin den Ring für die Braut zu reichen, die den für Armin bestimmten Ring aus der Hand ihres Vaters empfing. Was für einen anderen Brautvater eine freudige, heilige Handlung gewesen wären, schien Segestes als weitere Erniedrigung zu empfinden, wie das Zucken seiner heruntergezogenen Mundwinkel verriet. Er sah aus, als hätte er sich am liebsten zwischen Braut und Bräutigam gestellt und sie für immer voneinander getrennt.

Nach dem Ringtausch führte Armin seine Braut unter dem erneuten Geschmetter von Hörnern und Luren zu seinem Haus. Gleich hinter dem Brautpaar gingen die vornehmsten Gäste, darunter Thorag, Mallovend, Segestes und Gerolf. Und Thorag fragte sich zum wiederholten Mal, ob die beiden letzteren mehr verband als die cheruskische Fürstenwürde.

Aus Armins Haus traten seine Mutter Adina und ihr Schwager Inguiomar, der Armins toten Vater Segimar vertrat. Adina hielt einen Brotfladen in der rechten und eine Bronzeschale mit kostbarem Salz in der linken Hand. Inguiomar als Stellvertreter des Bräutigamvaters trug das goldene Trinkhorn mit Met. Er begrüßte das Paar in dem Haus, das von nun an ihr gemeinsames sein würde, und wünschte ihnen für alle Tage ausreichend Brot und Wein. Das Brautpaar brach das Brot, bestreute es mit Salz, aß es und trank den Met.

Während dieser Zeremonie suchten Thorags Augen nach seiner Frau. Erleichtert stellte der Donarsohn fest, daß es Auja besserzugehen schien. Ragnar stand neben der Mutter, die gebannt das Geschehen verfolgte. Vielleicht erinnerte sie sich an ihre eigene Hochzeit mit Thorag, vielleicht bewunderte sie das festlich gekleidete Brautpaar.

Thusnelda war ebenso prachtvoll gekleidet wie Armin. Sie trug ein leuchtendblaues Kleid, das an der rechten Schulter durch eine Goldfibel in Stiergestalt gerafft und durch einen kostbaren Gürtel um die Hüfte gebauscht wurde. Dieser Gürtel bestand aus verzahnten Goldplättchen und stellte damit einen größeren Wert dar als das Vermögen manches freien Cheruskers. Wahrscheinlich konnte man das schon allein von den beiden größten Goldplättchen behaupten, den Gürtelschließen: der Kopf eines Stieres und der eines Hirsches, beide so eng beieinander wie jetzt Segestes und Armin. Goldene Armreifen und ein goldenes Diadem über dem glänzend gekämmten Haar vervollständigten den Schmuck. Letzteres, ein für die Cherusker und die angrenzenden Stämme sehr ungewöhnliches Schmuckstück, hielt Thorag für ein Beutestück Armins aus den Zügen gegen die Römer.

Das Brautpaar betrat das Haus, wo die Festtafel reichlich gedeckt war. Überall auf der Adlerburg, vornehmlich unter freiem Himmel, standen die Tafeln für Edelinge und andere Freie, für die Halbfreien und sogar für die Schalke, sofern die Angehörigen der beiden letzten Gruppen nicht zur Bewirtung der Gäste benötigt wurden.

Thorag wartete auf Auja, um mit mir zusammen hineinzugehen.

Aber sie schüttelte den Kopf, und ihr Lächeln sah gequält aus. »Geh nur allein, Thorag. Ich bringe Ragnar zu Bett und lege mich selbst ein wenig hin.«

»Ein wenig?« Thorag maß seine Frau mit prüfendem Blick und erkannte, daß er sich eben getäuscht hatte, als er glaubte, ihr ginge es besser. Es war sein Wunsch gewesen, aber nicht die Wirklichkeit. »Sei ehrlich, Auja, wie fühlst du dich?«

»Nicht so gut, wie ich es mir wünschte. Deshalb werde ich mich hinlegen. Aber versprich mir, daß du mich weckst, wenn auch du zu Bett gehst.«

»Warum?«

»Weil ich dich in der Nacht vor der Wodansprobe in meinen Armen halten will!«

Bevor Thorag noch etwas erwidern konnte, hatte sich Auja bereits mit Ragnar entfernt. Dann zog Mallovend den Donarsohn auch schon mit sich ins Haus. Dort stießen die Fürsten mit dem goldenen Horn, das von Hand zu Hand und von Mund zu Mund kreiste, auf das Wohl des Brautpaares und auf Wara, die Göttin der Wahrhaftigkeit, an. Wara, der kein Eidbruch verborgen blieb, sollte über die Einhaltung der zwischen Armin und Segestes getroffenen Ehevereinbarungen wachen.

Anschließend hatte Gerolf als Fürst der Ebersippe seinen großen Auftritt, und alle folgten ihm wieder vor das Haus, wo aus Steinplatten ein Opferaltar errichtet worden war. Gerolfs Männer schleppten einen prächtigen Eber als Verkörperung der Fruchtbarkeit herbei, der nicht so ruhig gewesen wäre, hätte man ihm nicht schon seit dem Vortag den betäubenden Haselwurzsaft ins Futter gemischt. Gleichwohl brauchte es fünf kräftige Männer, um das mit Stricken gebundene Tier auf dem Steinaltar zu halten. Gerolf rief Ing an, den Gott der Fruchtbarkeit, und bat ihn um Segnung der Ehe. Inguiomar, der Nachfahre Ings, trat zum Altar und sagte den Segensspruch auf. Dann zog Gerolf sein Schwert und stach den Eber ab. Andere Edelinge aus seiner Sippe besorgten den Rest, indem sie den Kopf des Ebers abschlugen und das Tier häuteten. Kopf und Fell wurden in einem großen Feuer verbrannt. Der Rauch sollte das Gebet des Eberfürsten zu Ing tragen. Was von dem Eber übrigblieb, wurde zerteilt und über den zahlreichen Feuern gebraten.

Das Brautpaar und die Fürsten gingen wieder ins Haus, wo alle unter Thorags Anleitung Donar als Herdgott und Schutzgott des Hauses anriefen. Dreimal umwandelten Armin und Thusnelda den Herd, auf dem ein frisches Feuer angezündet worden war. Sie luden Donar zu ihrem Hochzeitsmahl ein und übergaben den Brauthahn, der Donars Eigenschaft als Wettergott symbolisierte, dem Herdfeuer. Dann wurden Speiseopfer für viele andere Götter dargebracht, besonders für die Nornen, die um ein günstiges Schicksal angerufen wurden.

Nachdem die Götter gesättigt waren, setzten sich die Menschen an die Tafel, tranken, aßen, sangen und lachten. Die Fürsten überreichten dem Brautpaar und den anderen Fürsten Geschenke. Musik, Tänze und Spiele begleiteten die Feier, bis Armin dem Fürsten der Donarsöhne durch Andeutungen zu verstehen gab, daß es Zeit für das Brautbett sei.

Thorag erhob sich und mußte mehrmals mit seiner Rede anfangen, bis das Gelächter und Gegröle verstummte. »Wir wollen den Bund zwischen Armin und Thusnelda nun unter Miölnirs Segen stellen. Danach kann Donar sich endlich zur Ruhe begeben – und das Brautpaar auch.«

Mit lautem Lachen zogen die Fürsten wieder vor das Haus zum Opferaltar. Thorags Männer brachten unter Thidriks Anleitung einen großen, weißen Bock, Donars heiliges Tier, das von Thorag geschlachtet wurde. Er fing das auslaufende Blut in einer Silberschale auf und besprengte damit die ausgestreckten Hände der Brautleute, während er laut sagte: »Donars Gunst sei immer mit euch, so wie sein Blut jetzt mit euch ist!«

Er wandte sich zu seinen Männern und fuhr fort: »Bringt mir den Hammer, die Braut zu weihen!« Thidrik überreichte ihm den großen, vergoldeten Hammer, den schon Thorags Vater für Weihehandlungen benutzt hatte. Thorag legte ihn in Thusneldas Schoß. »Den Miölnir lege ich der Braut in den Schoß und weihe in Donars Namen diesen Bund.«

Die Umstehenden skandierten den Namen des Donnergottes, damit er sich als Gott des Rechtes für den Bund zwischen Armin und Thusnelda verbürgte.

Thorag führte das Brautpaar und die Fürsten zurück ins Haus. Alle, die draußen blieben, wünschten dem Hochzeitspaar mit lauten Rufen viel Freude und Erfolg für das Brautbett.

»Erfolg, pah!« ertönte eine halblaute Stimme hinter Thorag. »Der hat sich doch längst eingestellt. Das Ganze ist nur eine Posse, eine Verhöhnung der Götter!«

Thorag wandte den Kopf nach hinten und blickte in die Gesichter von Segestes, Segimund, Segimer und Sesithar. Einer von ihnen mußte der Sprecher sein.

Auch Armin erstarrte und drehte sich um. In seinen Augen loderte es, als wolle er mit dem Feuer den unbekannten Sprecher verbrennen. War es Segestes? Jedenfalls blieb Armins zornerfüllter Blick auf dem Schwiegervater haften. Für einen langen Augenblick glaubte Thorag, daß Donar beschlossen hatte, den Ehebund keine Nacht lang halten zu lassen. Dann aber brachte Armin in seiner unnachahmlichen Art, die stets an die größeren Ziele dachte, das Feuer in seinen Augen zum Erlöschen, drehte sich wieder um und ging mit Thusnelda weiter, als sei nichts gewesen.

Vor dem Brautbett wurden die beiden noch einmal mit allen guten Wünschen überschüttet und dann allein gelassen. Die Fürsten verließen Armins Haus und feierten unter freiem Himmel weiter.

Thorag hatte gerade das beklemmende Gefühl verdrängt, das ihn bei dem Zwischenfall überfallen hatte, und wollte sich mit einem Horn voller Met in bessere Stimmung bringen, da traten Thidrik und Tebbe auf ihn zu. An ihren ernsten Gesichtern erkannte er, daß die beiden nicht gekommen waren, um mit ihrem Fürsten ausgelassen zu feiern.

»Tebbe möchte dich sprechen, Thorag«, sagte Thidrik.

»Warum tut er es dann nicht?« fragte Thorag und trank von dem Met, um sein Grinsen zu verbergen. Als Thidrik den Mund aufmachte, ahnte der Gaufürst schon, worum es sich handelte. Der heutige Abend hatte seine Wirkung auf Holtes ältesten Sohn nicht verfehlt.

»Weil es eine schwierige Angelegenheit ist«, antwortete Thidrik. »Deshalb suchen wir auch deinen Rat, Fürst.«

Thorag richtete seinen Blick erst auf den älteren Mann und dann auf den schlanken Jüngling neben ihm. »Heiraten ist immer eine schwierige Angelegenheit.« Er zeigte auf den nahen, blutbesudelten Opferaltar. »Man erkennt es schon daran, daß eine Menge Götter in die Sache verwickelt ist.«

Thidrik war überrascht. »Woher weißt du, worum es geht?«

»Weil ich Augen im Kopf habe«, lachte Thorag. »Und die haben gesehen, daß Tebbe nur noch Augen für Amala hat. Und jetzt braucht ihr jemanden, der mit Mallovend spricht, richtig?«

Tebbe nickte und schluckte schwer. »Amala ist einverstanden. Aber … ihr Vater ist der Herzog der Marser, und ich bin nur ein einfacher Schreiner.«

Thorag erhob sich von der Holzbank und gab Thidrik das Methorn. »Ich werde mit Mallovend reden, von Fürst zu Fürst. Auch wenn das kaum andere Worte sind, als wären sie von Bauer zu Bauer oder von Schreiner zu Schreiner gesprochen.«

Von Tebbes dankbaren und hoffnungsvollen Blicken begleitet, suchte Thorag die Marser auf, die sich ganz in der Nähe um eine lange Tafel versammelt hatten. Auch die Frauen saßen hier, allerdings ein Stück entfernt. An Amalas Blicken, die an Thorag hingen, erkannte der Cherusker, daß die junge Marserin wußte oder ahnte, in welcher Mission er unterwegs war.

»Setz dich zu uns, Thorag«, rief der vom Met angeheiterte Mallovend leutselig. »Laß uns feiern. So eine Hochzeit ist doch eine schöne Sache.«

»Freut mich, daß du es so siehst«, meinte Thorag, als er sich neben den Marserherzog setzte. »Dann wirst du dich bestimmt freuen, bald wieder bei einer mitzumachen, und zwar als eine der Hauptpersonen.«

»Ich bin schon verheiratet«, lachte Mallovend und zeigte auf seine Frau.

»Du ja, aber deine Tochter nicht.«

»Amala? Aber wer ...« Plötzlich verschwand die Heiterkeit aus dem Gesicht des Herzogs. »Du willst dir doch nicht eine Zweitfrau zulegen? Nur weil Amala das Opfer dieser verfluchten Eberleute geworden ist, mußt du nicht glauben, sie sei zu verschenken!«

»Ich weiß, daß sie kostbar ist und sicher eine gute Frau. Sonst würde ich mich nicht dafür einsetzen, daß Tebbe sie heiratet.«

»Tebbe? Der Junge, der sie gerettet hat?« Mallovend schüttelte unwillig den Kopf. »Das ist doch nur ein einfacher Bauer, kein Edeling!«

»Kein Bauer, sondern ein Schreiner, und zwar ein sehr guter«, verbesserte Thorag. »Und da ich seines Vaters Stelle eingenommen habe, ist er durchaus ein Edeling. Der Brautpreis, den Tebbe entrichtet, wird entsprechend ausfallen, dafür verbürge ich mich.«

»Das geht alles ziemlich schnell«, murrte Mallovend. »Ich rechne diesem Tebbe hoch an, was er für Amala getan hat. Aber deshalb sollte er sich nicht anmaßen, alles zu verlangen. Überhaupt, er ist doch noch ein Junge, noch gar kein Mann und erfahrener Krieger.«

»Er hat mehr als einen Römer getötet, als er an meiner Seite gegen Varus kämpfte. Und er ist der Krieger, der Onsaker getötet hat.«

»Er … Onsaker?« Mallovend nickte anerkennend. »Das wiederum spricht für den Jungen.«

»Du bist also einverstanden, Mallovend?«

Der Herzog stützte den Kopf in die Hände und überlegte. Als er wieder aufsah, sagte er: »Nein. Ich habe nichts gegen den Jungen, aber er ist einfach kein Mann für meine Amala.«

Alle Versuche Thorags, Mallovend umzustimmen, halfen nichts. Amala hatte die Entscheidung ihres Vaters mitbekommen und sah sehr betrübt aus, als Thorag die Marser verließ. Nachdem er Mallovends Worte Tebbe mitgeteilt hatte, war auch der Jüngling von Kummer erfüllt. Thorag verstand ihn nur zu gut. Er wußte noch, wie er sich gefühlt hatte, als er erfuhr, daß die geliebte Auja einen anderen geheiratet hatte.

»Mallovends Kopf war schwer vom Met«, sagte er zu Tebbe. »Ich werde es morgen noch einmal versuchen, wenn seine Gedanken klar sind. Bräute und ihre Väter haben eins gemeinsam: Beide muß man manchmal durch harte Arbeit überzeugen.«

»Und wenn das nicht hilft?« fragte Tebbe kleinlaut.

»Wenn man sie nicht überzeugen kann, muß man sie überreden.«

Mit diesem schwachen Trost ließ Thorag den verliebten Jungen zurück, um sich zur Ruhe zu begeben. Auja schlief fest, Ragnar in ihren Armen. Entgegen ihrem Wunsch weckte er seine Frau nicht. Bei den durchlittenen Schmerzen konnte möglichst viel Schlaf nur gut für sie sein.

Vorsichtig, um sie nicht doch aufzuwecken, legte sich Thorag neben sie. Sanft streichelte er über ihr Haar und ihren Körper, dann über den Kopf seines Sohnes. Lange lag er wach und dachte an die vergangenen Jahre, die Jahre mit Auja und Ragnar, die voller Glück gewesen waren.

Wenn Wodan morgen bei der Speerprobe aus irgendeinem nur den Göttern einleuchtenden Grund gegen Thorag entschied, obwohl die Wahrheit auf der Seite des Donarsohnes lag, war dieses Glück beendet. Germar oder Thorag, nur einer würde die Wodansprobe lebend überstehen.

Kapitel 11

Der Kopf des Senators

Ein weiterer roter Tropfen löste sich von Calusidius' Klinge, fiel auf Germanicus' Stirn und rann in sein Auge. Der nackte Mann im Bett kniff in einer unwillkürlichen Reaktion das Auge zu und verschmierte damit das Blut erst recht. Als er das Auge wieder öffnete, sah er den stämmigen Anführer der Meuterer durch einen blutroten Schleier.

Wie die meisten seiner Begleiter, etwa zehn waren ins Cubiculum des Imperators eingedrungen, trug Calusidius nur Teile seiner Uniform. Manche hatten den Panzer nicht angelegt, kaum einer den Helm aufgesetzt. Auch der Kopf des Anführers war unbedeckt, aber er trug seinen Kettenpanzer.

Tausend Überlegungen wollten Germanicus gleichzeitig durch den Kopf gehen und blockierten sich gegenseitig. Wieso die erneute Meuterei, nachdem er sich doch mit den Soldaten geeinigt und bedeutende Zugeständnisse gemacht hatte? Wo steckten die Prätorianer? Warum kamen sie ihrem Imperator nicht zu Hilfe? War das Blut an den Waffen der Meuterer die Antwort?

Die Fragen, die auf ihn einstürmten, beschäftigten ihn so stark, daß sie ihn an der wichtigsten Antwort hinderten: die Antwort auf die Frage, was er nun unternehmen sollte. Konnte er überhaupt etwas gegen die bewaffneten Eindringlinge tun, allein, nackt und waffenlos?

Wie erstarrt lag er in den zerwühlten Laken und blickte in das Gesicht dicht vor seinem, das haßverzerrte Antlitz des Calusidius. Das Licht der silbernen Öllampen verwandelte es in die Fratze eines Dämons.

Zwei Ereignisse rissen Germanicus aus seiner Erstarrung. Agrippinas Hände verkrampften sich ängstlich um den Arm ihres Mannes, so fest, daß die Nägel in sein Fleisch schnitten. Gleichzeitig warnte ihn das Aufblitzen in Calusidius' Augen. Germanicus kannte dieses plötzliche Aufflackern, hatte es in vielen Feldzügen in den Augen seiner Soldaten und denen der feindlichen Krieger gesehen. Es verriet den Entschluß zu töten.

Germanicus stieß Agrippina mit der linken Hand von sich weg, um sie vor dem niederfahrenden Schwert des Meuterers zu schützen. Sie rollte über das gesamte Bett und fiel auf der anderen Seite zu Boden.

Da schnellte Germanicus schon nach vorn, setzte seinen Oberkörper auf und riß mit der rechten Hand eins der dicken, weichen Kopfkissen hoch, das er dem Meuterer entgegenschleuderte. Dessen kurzzeitige Verwirrung genügte Germanicus, um ganz aus dem Bett zu springen.

Die Schwertklinge zerteilte das Kissen. Von einem Augenblick zum anderen war dieser Teil des Cubiculums von Hunderten winziger Federn erfüllt, die Germanicus die Sicht versperrten wie einer der gefürchteten germanischen Schneestürme.

Blitzschnell begriff der Imperator, daß Calusidius noch weniger sehen konnte als er selbst. Aber Germanicus wußte immerhin, wo der Meuterer stand; er sah dessen Umrisse. Der Imperator sprang vor, rammte den anderen und warf ihn gegen die Wand. Die beiden Männer rutschten zu Boden, und ein kleiner, dreibeiniger Holztisch ging unter ihrem Gewicht zu Bruch.

Germanicus löste sich von dem Gegner und rollte sich zur Seite. Seine linke Schulter schmerzte, die Folge einer Prellung. Er betastete die schmerzende Stelle und löste damit ein noch heftigeres Stechen aus.

Der Federsturm legte sich allmählich. Deutlich schälte sich die Gestalt des Meuterers heraus, der sich mit einem wütenden Grunzen erhob. Germanicus verwünschte sich, weil er sich so lange mit seiner schmerzenden Schulter aufgehalten hatte.

»Für einen Mann, der mehr ans Befehlen als ans Kämpfen gewöhnt ist, gar nicht schlecht«, grunzte Calusidius. »Jetzt kannst du zeigen, Imperator, ob du auch so gut sterben kannst, wie du kämpfst!«

Der Meuterer kam langsam auf den noch immer am Boden liegenden Imperator zu. Ein siegesgewisses Grinsen verzog den Mund unter der krummen Nase.

Fieberhaft tastete Germanicus den Boden nach einer Waffe ab – und fand etwas. Es war ein Bein des zerbrochenen Holztisches, kunstvoll geschnitzt und im oberen Bereich mit einem Pferdekopf versehen. Es schien schwer genug, um als Waffe zu dienen.

Germanicus tat, als wolle er rückwärts über den Boden rutschen, um vor dem Angreifer zu fliehen. Unter den umstehenden Männern, die das Geschehen gebannt verfolgten, brach Gelächter über diesen offensichtlich sinnlosen Fluchtversuch aus. Das Gelächter erstarb, als sie die Finte des Imperators erkannten. Dessen nackte Beine schlossen sich scherenartig um die Unterschenkel des nacheilenden Rädelsführers, was Calusidius aus dem Gleichgewicht und zu Fall brachte. Sein vom Kettenpanzer geschützter Oberkörper schlug mit einem Scheppern auf den weißen Mamorplatten auf.

In diesem Moment sprang Germanicus schon auf die Füße. Sein Blick streifte Agrippina, die sich hinter dem Bett aufgerichtet hatte und den Kampf mit ebenso starrem Blick verfolgte wie die Meuterer. Ihr letztes Kleidungsstück, die Brustbinde, war nach unten gerutscht. Sie schien sich nichts daraus zu machen, daß sie sich den Soldaten nackt darbot, oder sie hatte es einfach vergessen.

Der Imperator und seine Gemahlin vollkommen nackt vor den Augen gemeiner Soldaten, die gegen ihren Feldherrn meuterten! Germanicus und Agrippina von den Meuterern aus dem Bett gerissen wie ein junges Liebespaar, das sich zum heimlichen Vergnügen in einem finsteren Stall traf!

Die Scham darüber stachelte den Zorn des Imperators an. Mit einem wütenden Aufschrei stürzte er sich auf Calusidus und hieb mit dem Tischbein auf ihn ein. Der Meuterer schüttelte die Benommenheit über den unerwarteten Sturz schnell von sich ab und riß in einer Abwehrbewegung den Schwertarm hoch. Als das zweischneidige Eisen auf das geschnitzte Holz traf, zerbrach das Tischbein in der Mitte, die Waffe war wertlos geworden.

Germanicus schleuderte den nicht mehr zu gebrauchenden Rest gegen den Gegner und wich zurück. Das Holzstück prallte am Kettenpanzer des Meuterers ab. Calusidius sprang auf und hob erneut den Gladius, zum tödlichen Hieb, wie es schien. Denn Germanicus stand mit dem Rücken an der Wand, waffenlos, eingekreist von den anderen Meuterern.

Ein schriller Aufschrei fror die Szene ein, selbst der aufgebrachte Calusidius hielt mitten im Schlag inne. Die Eisenklinge schwebte über dem Haupt des Imperators. So wie Germanicus mußte Damokles sich gefühlt haben, als Dionysius das berühmte

Schwert an einem einzigen Pferdehaar über den Kopf seines Höflings hängen ließ. Germanicus' Mutter Antonia hatte ihrem Sohn die Geschichte öfter erzählt, immer dann, wenn der kleine Gaius Julius ihre mütterliche Strenge durch gezielte Schmeichelei zu unterlaufen versuchte. Kaum eine Geschichte hatte er als Kind besser gekannt, aber jetzt, wo ein Schwert über seinem eigenen Kopf hing, wußte er nicht einmal mehr, ob sich das Ereignis am Hofe des älteren oder des jüngeren Dionysius zugetragen hatte.

Agrippina hatte geschrien, aber nicht um ihren Mann. Ein paar weitere Meuterer hatten zwei Menschen ins Cubiculum geführt: Eurykleia mit dem kleinen Gaius, den sie in den Armen hielt. Die Kleider der Griechin waren zerfetzt, ihre Haut war an mehreren Stellen zerschunden, ihr Gesicht naß von Tränen. Caligula weinte nicht. Man konnte die weit aufgerissenen Augen in dem Kindergesicht als Ausdruck der Angst deuten, aber auch als bloßes Interesse an dem ungewöhnlichen Geschehen.

Einem der Meuterer hatte das offenbar nicht genügt, und er fuchtelte mit dem Schwert vor dem Sohn des Imperators herum. Als Agrippina das sah, schrie sie. Vielleicht hatte sie ihrem Sohn dadurch das Leben gerettet, mit Sicherheit aber ihrem Gemahl, wenn es auch nur ein Aufschub war.

Agrippina lief um das Bett herum, stolperte, raffte sich wieder auf und stieß den Meuterer beiseite, der mit erhobenem Schwert vor Eurykleia und Caligula stand. Die Mutter nahm ihren kleinen Sohn auf den Arm und drückte ihn eng, beschützend an ihre Brust.

»Was seid ihr für Bestien, daß ihr euch an einem wehrlosen Kind vergreift?« schrie Agrippina in die Runde. »Was hat Caligula euch getan, was Germanicus und ich?«

»Das wagst du zu fragen?« entgegnete Calusidius und musterte die nackte Frau mit dem abschätzigen Blick, mit dem ein Mann eine Hure bedachte, wenn er ihre Dienste nicht mehr benötigte.

Wieder wallte der Zorn auf die Meuterer allgemein und ganz besonders auf Calusidius in Germanicus auf. Doch das erhobene Schwert des Rädelsführers hielt ihn von einer unbedachten Handlung ab.

»Du und dein Mann Germanicus, ihr habt doch die hohen Herren aus Rom bewirtet«, fuhr Calusidius vorwurfsvoll fort.

»Ihr steckt mit ihnen unter einer Decke. Also seid nicht feige und verstellt euch nicht!«

Agrippina blickte Calusidius verwirrt an. Aber Germanicus begann zu verstehen, weshalb die Meuterer ins Prätorium eingedrungen waren.

»Was glaubt ihr denn, weshalb die Senatoren gekommen sind?« fragte er.

»Das ist doch wohl klar!« schnaubte Calusidius. »Dafür kann es nur einen Grund geben. Der Senat hat seine Gesandten geschickt, um uns für unsere Auflehnung zu bestrafen und die Zusagen zu widerrufen, die du uns gemacht hast, Imperator.«

»Wie kommst du darauf?«

»Man … man hört es überall in den Lagern.« Calusidius stammelte, wurde zum erstenmal unsicher. Dann straffte er sich und fuhr lauter fort: »Daß Munatius Plancus die Gesandtschaft anführt, sagt doch alles. Plancus ist für seine Strenge und Unnachgiebigkeit bekannt.«

Das war verrückt! Bloße Latrinenparolen hatten die Meuterei erneut ausbrechen lassen und brachten den Imperator mitsamt seiner Familie in Todesgefahr. Hatten die Götter sich vom Enkel des Marcus Antonius abgewendet, daß sie so etwas zuließen?

»Du irrst dich, Calusidius, ihr alle irrt euch!« versuchte Germanicus die Meuterer zur Vernunft zu bringen. »Die Gesandtschaft hat mir das Beileid zum Tode des Augustus ausgesprochen, und sie hat mir das prokonsularische Imperium übertragen. Damit ist mein Wort wie das des Herrschers, und meine Zusagen sind, als hätte Tiberius Julius Caesar selbst sie gegeben. Ihr habt nichts zu befürchten, ich stehe zu meinem Wort!«

Calusidius schüttelte mißmutig seinen Kopf und blies, als er sprach, Germanicus zum wiederholten Mal den Geruch billigen Weines ins Gesicht. »Dein Gerede macht mich ganz wirr. Ich höre nicht mehr auf die Worte von euch hohen Herren. Ich glaube lieber, was ich mit eigenen Augen sehe. Ihr Patrizier steckt doch alle unter einer Decke. Ich werde jetzt deinen Schädel spalten, Germanicus, als Zeichen der Macht, die wir Soldaten haben. Deine Frau und dein Sohn werden unsere Geiseln sein. Dann wird Rom bestimmt nicht wagen, unsere Forderungen abzuschlagen!«

Und wieder sah der Imperator in den nahen Augen des Meuterers den Entschluß zu töten.

Sein Kopf war schwer vom reichlich genossenen Saft der süßen Trauben, und nur ganz langsam drangen die Geräusche des Aufruhrs durch die verworrenen Träume des weinseligen Schlafes. Schreie, schnelle Schritte und Waffengeklirr hielt Munatius Plancus lange Zeit für Bestandteile seiner Traumwelt.

Bis ihm zwei Dinge auffielen. Erstens lag er mit offenen Augen im Bett, sah die Umrisse des Cubiculums und hörte den Lärm noch immer.

Zweitens konnte er kaum noch träumen, wenn er sich ernsthaft über das Träumen Gedanken machte.

Der Senator streifte die purpurne Decke ab, stand auf und trat ans Fenster. Er zog die Läden zurück und sah durch das dicke Glas hinaus auf den Innenhof. Er lag friedlich im Licht der Gestirne, das auf Marmorstatuen und einen Springbrunnen fiel, der jetzt, mitten in der Nacht, nicht in Betrieb war. Also mußte der Lärm von der Vorderseite des Gästehauses kommen.

Er wollte nach seinem Kammerdiener rufen, da stürmte Herondas, sein griechischer Lieblingssklave, auch schon herein. Das schmale Gesicht des Griechen war von Panik gezeichnet. »Herr, wir müssen fliehen, schnell!«

»Fliehen?« Munatius Plancus konnte sich keinen Grund für ein solches Verhalten vorstellen. »Weshalb, Herondas? Was bedeuten deine Worte und was dieser schreckliche Lärm?«

»Männer stürmen das Prätorium und machen alle Prätorianer nieder, die sich ihnen in den Weg stellen.«

»Etwa Germanen?«

»Nein, Römer. Sie sehen aus wie Legionäre, auch wenn ihre Kleidung zu wünschen übrig läßt.«

»Und warum müssen wir deiner Meinung nach fliehen?«

»Weil sie etwas gerufen haben, das mir gar nicht gefällt.«

»Was?« fragte der ungeduldige Senator scharf, als sein Diener zögerte weiterzusprechen.

Herondas schluckte und sagte: »Tod den Senatoren, Tod dem Munatius Plancus!«

Der ehemalige Konsul hatte schon zuviel erlebt, um darüber die Fassung zu verlieren. Ruhig sagte er: »Das ist tatsächlich ein Grund, sich Sorgen zu machen. Bring mir Tunika, Toga und Schuhe, damit ich mich ankleiden kann.«

Der Grieche starrte den Römer entgeistert an. »Aber dazu ist keine Zeit, Herr. Jeder Augenblick ist kostbar. Die Eindringlinge dürfen dich nicht zu fassen kriegen!«

»Vor allen Dingen dürfen sie mich nicht so sehen«, erwiderte Plancus und zupfte dabei an seiner ungegürteten, zerknitterten Tunika. Einfache Plebejer, Freigelassene oder Sklaven mochten in derselben Tunika schlafen und arbeiten, für einen alten Patrizier vom Stande eines Munatius Plancus schickte sich das nicht. »Im Schlafkleid beeindrucke ich die Meuterer bestimmt nicht so sehr, daß sie mein Leben schonen.«

»Meuterer?« echote Herondas.

»Eine andere Erklärung gibt es nicht«, sagte Plancus und dachte mit Bitterkeit an das, was Germanicus ihm über die Niederschlagung der Meuterei erzählt hatte. Der Imperator würde dem Gesandtschaftsführer einiges erklären müssen – falls dazu noch Gelegenheit war.

»Meuterer sind grausam«, meinte Herondas in einem Ton, als spreche er aus persönlicher Erfahrung. »Wenn sie dich finden, töten sie dich bestimmt, Herr!«

»Wenn sie mich töten, dann nicht im Bett. Also bring endlich meine Kleider!« rief Plancus ungehalten. »*Vita vigilia est!*«*

»*O tempora, o mores!*«** zitierte der belesene Grieche mit zerknirschtem Gesichtsausdruck Cicero und brachte seinem Herrn die verlangte Kleidung.

Als Plancus endlich angekleidet war, fragte Herondas scheinheilig: »Möchtest du, daß ich dir auch noch das Haar bürste, Herr?«

»Angesichts der außergewöhnlichen Lage, in der wir uns befinden, können wir wohl darauf verzichten.« Der Senator strich über seinen Schädel, auf dem das helle Haar nur noch sehr spärlich sproß. »Angesichts meiner schwindenden Haartracht auch. Sehen wir nach, was draußen los ist! Wo stecken mein Liktor, mein Sekretär und die übrigen Diener?«

Herondas machte ein säuerliches Gesicht. »Sie waren nicht mutiger als die anderen Senatoren, Herr.«

»Soll das heißen …«

Der Sklave nickte und sprach, ehe sein Herr fertig war. »Ja, alle

* Leben heißt Wachsein!
** O Zeiten, o Sitten!

sind aus dem Bett gesprungen und geflohen. Wir beide dürften die einzigen sein, die noch im Gästehaus sind.«

»Du hättest auch fliehen können, Herondas. Warum bist du statt dessen zu mir gekommen?«

Herondas lächelte ein wenig gezwungen. »*In fide salus.*«*

»Gehen wir also«, entschied Plancus und verließ die Zimmerflucht, die man dem Gesandtschaftsführer zugeteilt hatte.

Herondas hielt ihn an der Schulter fest. »Verzeih, Herr, aber in dieser Richtung geht es auf den Innenhof.«

»Ich habe nicht vor, das Haus durch die Hintertür zu verlassen.«

»Aber das haben alle anderen auch getan. Vorn sind die Meuterer. Hörst du es nicht?«

Natürlich hörte Plancus den Kampfeslärm und die erregten Schreie. Aber der ehemalige Konsul war nicht bereit, sich treulosen Legionären zu beugen.

»Ich werde den Meuterern gegenübertreten, um herauszufinden, was mehr wiegt: der Ungeist des Aufruhrs oder die Treue zu Rom. Aber ich bin dir nicht böse, wenn du den anderen Weg wählst.«

»Da in der Treue das Heil liegt, komme ich mit dir«, brummte Herondas und klang wie ein Gladiator, der zum Kampf auf Leben und Tod in die Arena marschierte.

Als sie auf die Straße traten, die vom Eingang des Gästehauses zu dem des Prätoriums führte, bereute der Grieche seinen Entschluß. Überall wurde wild gekämpft, doch die Meuterer schienen in der Überzahl zu sein. Soweit man es im fahlen Licht der Gestirne erkennen konnte, waren sie sogar schon ins Prätorium eingedrungen.

Ein paar Prätorianer verteidigten mit mehr Mut als Erfolg das Gästehaus. Ihr Anführer war der breitschultrige Zenturio Ventidius. Er war im Schlaf überrascht worden und trug weder Helm noch Umhang oder Panzer, auch keinen Schild. Nur mit Tunika und Stiefeln bekleidet, führte er wie ein Besessener den Gladius und spornte seine zurückweichenden Männer immer wieder zum Durchhalten an.

Als er den Senator erblickte, der mit der purpurgestreiften

---

* In der Treue liegt das Heil.

Tunika, der weißen Toga und den roten Schuhen wie für einen offiziellen Auftritt hergerichtet war, lief der Offizier mit bestürztem Gesicht auf Plancus und Herondas zu. »Was tust du hier, edler Plancus? Flieh, solange noch Zeit dazu ist! Lange können wir die Meuterer nicht mehr aufhalten!«

»Ich werde nicht fliehen, Zenturio. Rom beugt sich nicht der Gesetzlosigkeit. Wenn ich zu den Soldaten spreche, werden sie es erkennen!«

Plancus trat vor und hob zu einer Ansprache an, doch seine Worte gingen im Kampflärm unter.

Ventidius starrte erst den Senator an und dann dessen Kammerdiener. »Ist dein Herr verrückt?«

»Nein, ein vornehmer Patrizier.«

In diesem Augenblick erkannten die Meuterer den Mann in der weißen Toga. Sie schrien seinen Namen und dann: »Tod den Senatoren! Tod dem Munatius Plancus!«

»Ich habe es ja gesagt«, seufzte Herondas.

Ventidius hörte es nicht mehr. Er war nach vorn gesprungen und konnte den Senator gerade noch zurückreißen, bevor dieser vom Pilum eines heranstürmenden Meuterers durchbohrt wurde. Der Stoß ging ins Leere. Der Meuterer geriet aus dem Gleichgewicht und fiel auf die Knie. Das Schwert des Zenturios traf seinen Hals und trennte den Kopf vom Rumpf.

Der Kopf rollte vor die Füße des Griechen, der die Fassung verlor und davonlaufen wollte. Aber er rannte mitten zwischen einen Trupp berittener Meuterer, der gerade zur Unterstützung der Gefährten heransprengte. Ein Schwerthieb brachte den Sklaven zu Fall, und die Hufe der Pferde stampften das Leben aus seinem Leib.

»Herondas!« schrie Plancus entsetzt, aber es war schon zu spät. Leise sagte der Senator: »Deine Treue, Sklave, war stärker als die der Männer hier, die sich Soldaten Roms nennen.«

Ein Prätorianer durchbohrte einen der berittenen Meuterer mit seinem Pilum. Als der Getroffene vom Pferd stürzte, schnappte Ventidius sich die Zügel und schwang sich in den Sattel. Er beugte sich zu dem Mann in der weißen Toga und hielt ihm die ausgestreckte Hand hin. »Schnell, Plancus, steig hinter mir auf! Es ist die letzte Gelegenheit, dem Tod zu entkommen.«

Plancus blickte den Zenturio traurig an. »Ist der Tod nicht besser als die Schande?« Trotzig fügte er hinzu: »*Aut vincere aut mori!*«*

»Wer einmal flieht, kann wieder siegen«, zitierte Ventidius einen Spruch, den er als junger Soldat von Kameraden gelernt hatte. »Wer tot ist, der bleibt ewig liegen!«

Plancus zeigte mit einer schwachen, matt wirkenden Bewegung zu den Meuterern. »Wie willst du über diesen Pöbelhaufen siegen, Zenturio?«

Ventidius antwortete mit verbissenem Gesicht: »Mit Feuer und Schwert!«

Langsam, fast so, als sei es ihm gleichgültig, ergriff Plancus die ausgestreckte Hand. Kaum saß er hinter dem Offizier auf dem Pferd, spornte Ventidius den Braunen auch schon an und galoppierte mitten zwischen den anderen Reitern hindurch. Als diese erkannten, was vor sich ging, hatten Ventidius und Plancus sie schon hinter sich gelassen.

Ventidius lenkte den Braunen durch dunkle Gassen, nicht durch die Hauptstraßen. Wenn er seine Männer und den Imperator schon im Stich ließ, um Munatius Plancus zu retten, sollte das Unternehmen von Erfolg gekrönt sein.

Aber der Hufschlag der Verfolger, der plötzlich in der Dunkelheit hinter den beiden Flüchtenden ertönte, verhieß das Gegenteil.

»Meint ihr, Rom beugt sich den Forderungen gemeiner Mörder?« Wieder war es Agrippina, deren Ruf den Gemahl vor dem Tod bewahrte. »Tiberius kann es sich niemals leisten, den Forderungen derjenigen nachzugeben, die seinen Sohn getötet haben!«

Zustimmendes Gemurmel machte sich unter den Meuterern im Cubiculum des Imperators breit. Ein grauhaariger Veteran nickte und brummte: »Die Frau hat recht. Tiberius wird uns eher alle umbringen, als daß er uns auch nur einen einzigen Sesterz zahlt, wenn wir Germanicus töten.«

»So ist es«, bestätigte Agrippina rasch und fragte: »Wie ist dein Name, Veteran?«

Die Augen des altgedienten Soldaten blickten skeptisch.

* Entweder siegen oder sterben!

»Warum willst du das wissen? Soll ich ganz oben auf der Liste derjenigen stehen, die vom strafenden Schwert der Vergeltung durchbohrt werden?«

»Nein, auf der Liste derjenigen, denen dafür zu danken ist, daß sie in diesem Aufruhr ihre Vernunft bewahrt haben.«

Der Veteran nagte überlegend an seiner Unterlippe, spie schließlich verächtlich aus und meinte: »Was soll's? Alle Menschen müssen sterben.« Er richtete sich auf und klopfte an seine gepanzerte Brust. »Jeder kann wissen, daß ich nicht zu Unrecht aufbegehre, habe ich doch Rom stets so gedient, wie es die Gesetze verlangen. Quintus Paelignus ist mein Name!«

Agrippina nickte ihm dankend zu und versenkte dabei ihren Blick in seinen. Zwar war er nur einer von vielen Meuterern. Aber einer, der nicht den Tod des Imperators wollte, war immerhin ein Anfang!

Calusidius durchschaute Agrippinas Spiel und geiferte: »Laß dich nicht von der Hexe einwickeln, Veteran! Merkst du nicht, daß sie uns zu entzweien versucht? Was ist das für ein Imperator, der sich hinter Frau und Kind versteckt, statt wie ein Mann zu kämpfen?«

»Wie soll Germanicus kämpfen, allein gegen viele und ohne Schwert?« entgegnete Agrippina spitz.

»Sie hat recht«, polterte Quintus Paelignus. »Du reißt den Mund weit auf, Calusidius, wenn dein Gegner wehrlos ist!«

»Soll ich's lieber bei dir versuchen, Alter?«

»Ich habe keine Angst«, erwiderte der Veteran kühl. »Aber ich habe auch nichts gegen dich.«

»Dann haben wir ein Problem«, der Rädelsführer grinste. »Der Mann, der das Schwert hält, hat nichts gegen mich. Und der Mann, der etwas gegen mich hat, hält kein Schwert!« Er lachte rauh, und ein Teil der Meuterer fiel darin ein.

»Das können wir ändern«, rief Paelignus in das Gelächter, trat neben Calusidius und hielt sein Schwert dem Imperator hin. »Nimm meinen Gladius, Caesar, er hat mir in vielen Schlachten gedient. Wenn du die Wahrheit gesagt hast, was den Beweggrund für das Erscheinen der Senatoren betrifft, werden die Götter dir beistehen. Falls nicht, wird auch mein Schwert dir nichts nützen.«

»Ja, so soll es sein!« rief ein Mann aus den hinteren Reihen.

»Ein Kampf Mann gegen Mann, und die Götter sollen entscheiden!«

Fast alle Meuterer im Cubiculum stimmten dem Rufer zu. Calusidius las in ihren Gesichtern, daß sie es ernst meinten. Der Schatten des Selbstzweifels, der sich kurzzeitig über sein Gesicht legte, verschwand schnell wieder.

»Meinetwegen«, brummte er und grinste breit. »Nimm das Schwert, Caesar, und stirb wie ein Mann!«

Zögernd streckte Germanicus die Rechte aus und packte, als Calusidius nicht einschritt, rasch zu. Der hölzerne Schwertgriff war warm von der Hand des Veteranen und feucht von seinem Schweiß. Offenbar war dieser Paelignus nicht so ruhig, wie er vorgab. Wegen der möglichen Ermordung des Imperators? Oder hatte er sich um das eigene Leben gesorgt, als der Zorn des Rädelsführers sich gegen ihn zu richten drohte? Selbst einem kampferfahrenen Veteranen mußte es unbehaglich sein, gegen einen Wüterich wie Calusidius zu fechten.

Der Kreis, den die Männer um die beiden Kontrahenten bildeten, weitete sich. Auch Paelignus zog sich zurück und sorgte dafür, daß Eurykleia und Agrippina mit Caligula sich aus dem Gefahrenbereich entfernten.

Calusidius nutzte den kurzen Blick, den Germanicus seiner Gemahlin zuwarf, für seinen Angriff aus. Der Imperator tauchte unter ihm weg, und das Schwert des Angreifers fuhr kreischend an der Wand entlang.

Der Vorteil des Calusidius, sein Panzerhemd, war in diesem Zweikampf auf Leben und Tod zugleich sein größter Nachteil. Der nackte Imperator konnte sich viel behender bewegen als der von dreißigtausend kleinen Eisenringen zwar geschützte, aber durch das Gewicht auch behinderte Meuterer. So sprang Germanicus von der Wand weg und stand hinter dem Gegner, als dieser sich erst mit einem unwilligen Grunzen umdrehte.

Germanicus schlug zu und wollte den ungeschützten Kopf treffen. Calusidius erkannte das und sprang zur Seite. Funkensprühend schrammte die Klinge des Imperators am Panzerhemd entlang.

Calusidius merkte, daß er Germanicus nicht unterschätzen durfte. Der Legionär begann seinen neuen Angriff, ganz der geübte Krieger, noch aus der Ausweichbewegung. Germanicus wollte nach hinten springen, stolperte aber über sein Bett und fiel darauf. Dicht neben ihm schlug das gegnerische Schwert ein und fuhr so tief in die Matratze, daß der weiche Schwanenflaum umherwirbelte wie zuvor die Federn der Kissenfüllung.

Der Meuterer stieß einen Fluch aus, als er den Gladius nicht so schnell aus der Matratze ziehen konnte, wie er es geglaubt hatte. Der Handschutz hatte sich in dem Stoff verfangen. Während Calusidius noch an seiner Waffe zerrte, warf Germanicus sich auf dem Bett herum und schlug mit aller Kraft zu.

Calusidius stieß einen gellenden Schrei aus und taumelte zurück. Mit aufgerissenen Augen sah er erst auf das Blut, das aus seinem rechten Arm schoß, und dann auf das Bett, wo seine abgeschlagene Hand den Schwertgriff noch umklammerte.

Nur kurz dachte Germanicus, der Kampf sei beendet. Aber auch Calusidius war ein Mann, der nicht unterschätzt werden durfte. Deshalb stieß sich der Imperator vom Bett ab, als die linke Hand des Meuterers an die linke Hüfte fuhr, um den Dolch aus der reich verzierten Eisenblechscheide zu ziehen.

Kaum hielt der unter dem Schock des eben Erlebten und des Blutverlustes wankende Rädelsführer die kurze Stichwaffe in der Hand, traf das Schwert des Imperators auch schon erneut sein Ziel. Die Hand mit dem Dolch fiel auf den Boden, und ein neuer Blutstrahl schoß aus Calusidius' linkem Armstumpf.

Germanicus durchfuhr in diesem Augenblick die Erkenntnis, daß sein Gegner noch immer nicht waffenlos war. Gewiß, niemals mehr würde der heftig taumelnde Mann ein Pilum, einen Gladius oder einen Pugio führen, aber die gefährlichste Waffe des Rädelsführers war seine Stimme. Mit ihrer Hilfe hatte er die anderen aufgewiegelt, hatte sie ins Prätorium geführt und fast dazu gebracht, die Ermordung des Imperators zu dulden.

Von dieser Erkenntnis getrieben, machte Germanicus dem unaufhörlichen Geschrei des sich wie betrunken um seine eigene Achse drehenden Meuterers ein Ende. Die zweischneidige Schwertklinge durchbohrte den Hals des Mannes. Der Imperator zog das blutige Eisen erst heraus, als Calusidius kraftlos zu Boden fiel. Binnen weniger Augenblicke schwamm sein Körper in einem kleinen, roten Meer.

»Germanicus hat gesiegt!« riefen immer wieder vereinzelte Stimmen, und viele davon schienen diesen Ausgang des Kampfes zu begrüßen. Der Tod des Rädelsführers hatte die Last von ihnen genommen, ihm folgen und sich selbst mit noch mehr Schuld beflecken zu müssen.

Germanicus suchte seine Frau. Agrippina stand zwischen den schreienden Männern und hielt den Sohn noch in den Armen. Unendlich erleichtert, lächelte sie ihrem Gemahl zu.

Caligula aber starrte wie verzaubert auf den Toten. Nicht Erschrecken stand in seinen Augen, sondern jenes Leuchten, das Germanicus im Blick des Gegners gesehen hatte und das auch in seinem eigenen Blick gelegen haben mußte, als er den Entschluß zu töten faßte. Seltsam nur, bei Caligula schien es kein kurzes Aufblitzen zu sein, sondern es hatte sich in seinem Antlitz verewigt. Germanicus zwang sich, nicht länger den Sohn anzublicken. Es war sicher nur eine Täuschung, zurückzuführen auf die überreizten Sinne des Imperators.

Der Sieger zeigte mit dem blutigen Schwert auf die Leiche des Besiegten und fragte laut: »Soldaten und Veteranen, glaubt ihr eurem Imperator jetzt?«

Quintus Paelignus trat vor. »Wir glauben dir, Imperator und werden uns in unsere Lager zurückziehen, sobald du den Veteranen ihr Vexillum ausgehändigt hast.«

»Das Vexillum?« Das Feldzeichen der Veteranen wurde im Prätorium aufbewahrt, solange die Truppe hier in der Ubierstadt im Winterquartier lag. »Was wollt ihr damit?«

»Calusidius hat versprochen, den Veteranen ihr Feldzeichen zu bringen, zum Zeichen, daß sie selbst über sich entscheiden. Dadurch hat er sie bewogen, sich den meuternden Legionären anzuschließen.«

»Ich verstehe. Ich werde dir das Vexillum übergeben, Quintus Paelignus. Du sollst es mir erst dann wieder überreichen, wenn alle Veteranen von meiner Aufrichtigkeit überzeugt sind.«

Paelignus nickte. »Ja, Caesar, so soll es geschehen.«

Das Hufgetrappel der Verfolger wurde lauter. Obwohl Ventidius den Braunen kreuz und quer durchs Handwerkerviertel scheuchte, gelang es ihm nicht, die Meuterer abzuhängen. Einmal glaubte er sogar einen heiseren Schrei zu hören: »Tod dem Munatius Plancus!«

An einer Weggabelung hielt der Zenturio das Tier an, drehte sich zu dem Senator um und sagte: »Gib mir deine Toga, Senator!«

»Warum?«

»Wir haben keine Zeit für lange Erklärungen. Tu es einfach!« Fast hätte der Zenturio ›Gehorche mir!‹ gesagt, doch im letzten Moment wurde er sich bewußt, daß er so zwar zu seinen Untergebenen, aber nicht zu einem mächtigen Patrizier sprechen konnte.

Umständlich wickelte Plancus sich, unterstützt von Ventidius, aus der weißen Toga. Der Zenturio packte das Gewand und warf es in die Gasse zur Rechten. Dann stieß er die Fersen in die Flanken des Braunen und lenkte das Tier nach links.

»Ich verstehe«, sagte Plancus anerkennend. »Ein Ablenkungsmanöver.«

Aber es nutzte den beiden Flüchtenden nichts. Bald klapperten hinter ihnen wieder die Hufe der Verfolger auf dem unebenen Pflaster. Entweder hatten sie den Betrug durchschaut, oder sie hatten sich einfach zur Sicherheit aufgeteilt.

Ventidius erkannte die verwinkelte Färbergasse. Ein alter, gebeugter Mann schloß gerade ein großes Hoftor. Wenn er so spät noch eine Lieferung angenommen oder hinausgeschickt hatte, mußte es wirklich ein wichtiger Auftrag sein. Aber unwichtig für die beiden Römer. Für sie zählte nur das halboffene Tor.

Ventidius hielt den Braunen davor an und sagte, ohne den Alten zu grüßen: »Laß uns in den Hof, es soll nicht dein Schaden sein!«

»Kann ich euch trauen?« fragte der graubärtige Ubier.

»Ich bin Zenturio in der Garde des Imperators«, sagte Ventidius und wies auf den Mann hinter sich. »Und das ist ein Mitglied des römischen Senats.«

Der Alte legte den Kopf schief und lauschte den näher kommenden Pferden. »Auf der Flucht, wie? Ich will nicht gegen die Gesetze verstoßen, indem ich euch helfe.«

»Denk nicht darüber nach, laß uns einfach hinein!« forderte Ventidius und drückte seine Schwertspitze gegen den runzligen Ubierhals.

»Ist ja schon gut«, krähte der Bärtige und stieß das Tor ein Stück weiter auf. »Kommt rein!«

Ventidius ritt in den Hof und sagte leise: »Jetzt verschließ das Tor und halt dich vollkommen still!«

Er selbst sprang vom Pferd und strich dem Tier beruhigend über die Nüstern. Auch der Senator stieg auf sein Verlangen hin ab.

Die Doppelbelastung durch zwei Reiter hatte das Pferd erschöpft. Es atmete mit einem heftigen Rasseln, der erhitzte Körper zitterte leicht.

»Ja, brav, erhol dich nur«, sagte Ventidius kaum hörbar und dachte: *Hauptsache, du schnaubst und wieherst nicht!* Für diesen Fall hielt er sein Schwert bereit.

Dann war das Hufgetrappel der Verfolger ganz nahe. Alle drei Männer starrten gebannt zu dem geschlossenen Tor. Stimmfetzen wehten auf den Hof und wurden dann ebenso schnell leiser wie die Hufgeräusche.

»Wir haben es geschafft!« stieß Ventidius erleichtert hervor. »Wir warten, bis die anderen außer Hörweite sind, dann reiten wir weiter.«

»Und meine Belohnung?« fragte der Alte.

Ventidius grinste. »Du bleibst am Leben!«

»So also halten ein Zenturio der Prätorianergarde und ein römischer Senator ihr Wort!« Es hätte nicht viel gefehlt, und der Ubier hätte vor den Römern ausgespuckt.

»Ich hatte in der Aufregung wirklich Wichtigeres zu tun, als meine Börse einzustecken«, entschuldigte sich der ehrenwerte Senator bei dem einfachen Handwerker.

»Ich auch«, sagte Ventidius und hielt das Schwert hoch, so daß der Ubier das an der Klinge klebende Blut sehen konnte.

Aber das interessierte den Alten weniger als der goldene Ring, den Munatius Plancus als Zeichen seiner Senatorenwürde trug.

»Das wäre eine gute Bezahlung!« meinte der Ubier, erfreut über seine Entdeckung.

Der Patrizier wirkte gar nicht erfreut. »Den Ring darf ich nicht weggeben!«

»Ist er dir wichtiger als dein Leben?« fragte der Graubart.

»Der Mann hat recht«, meinte Ventidius. »Hättest du den Ring nicht gegeben, um das Leben deines Dieners zu retten?«

Plancus dachte nur kurz nach und sagte dann: »Doch, das hätte ich getan.«

»Ist das Leben zweier römischer Bürger nicht wertvoller als das eines Sklaven?« fragte der Zenturio weiter.

Der Senator nickte und seufzte: »So ist es wohl, jedenfalls aus unserer Sicht.«

Er drehte den goldenen Ring vom Finger und hielt ihn dem Ubier hin, dessen bunte Färberklaue schnell zugriff. Mit leuchtenden Augen betrachtete der Alte das Schmuckstück und rechnete wohl nach, wie viele Tage er dafür hätte arbeiten müssen.

»Erst die Toga, jetzt der Ring«, meinte Plancus, als er wieder hinter Ventidius aufs Pferd stieg. »*Sic transit gloria mundi!*«*

Ventidius lenkte den Braunen durch das von dem Färber geöffnete Tor auf die Straße und sagte: »Sei froh, wenn du nur deinen Glanz verlierst, edler Plancus, und nicht deinen Kopf!«

Nur kurzzeitig sah es so aus, als hätte das Untertauchen auf dem Hof des Färbers den Kopf des Senators gerettet. Ventidius und Plancus hatte das Handwerkerviertel noch nicht verlassen, als die Hufgeräusche der Verfolger wieder hinter ihnen erklangen.

»Wir hätten bei dem Ubier bleiben sollen«, bemerkte der Patrizier vorwurfsvoll. »Dort waren wir sicher.«

»Nur solange, bis dem Mann eingefallen wäre, daß er nicht nur von den Verfolgten eine reiche Belohnung verlangen kann, sondern auch von den Verfolgern«, widersprach der Gardeoffizier. »Wir hätten den Mistkerl nicht mit dem Gold deines Ringes, sondern mit dem Eisen meines Gladius belohnen sollen!«

»Du glaubst, der Färber hat uns verraten?«

»Das erklärt zumindest, wie uns die Meuterer so rasch aufgespürt haben. Ihnen scheint wirklich sehr viel an dir zu liegen, Senator.«

»An mir sicher mehr als an dir, Zenturio«, erwiderte Plancus leise und sagte dann lauter: »Halt das Pferd an, ich steige ab! Nach der Mühe, die unsere Verfolger damit hatten, mich zu erwischen, werden sie sich mit meinem Tod Zeit lassen. Zeit genug für dich zu entkommen.«

»Wie sollte ich dem Imperator erklären, daß du dich für mich geopfert hast, hätte die Pflicht es doch umgekehrt verlangt?« Ventidius schüttelte den Kopf. »Nein, Senator, ich möchte mein

---

* So vergeht der Glanz der Welt!

Leben zwar retten, aber nicht um diesen Preis. Entweder wir beide schaffen es oder keiner!«

Es sah immer mehr so aus, als würde letzteres eintreten. Die Verfolger mußten andere Meuterertrupps davon unterrichtet haben, daß sie den Gesandtschaftsführer jagten. Weitere Gruppen von Häschern kamen aus Nebenstraßen und schnitten den Flüchtenden den Weg ab. Wären die meisten Meuterer nicht zu Fuß gewesen, hätte die Jagd ein schnelles Ende gefunden.

»Diese Hunde!« zischte Ventidius, als er und Plancus einem lärmenden Haufen gerade noch einmal entkommen waren. »Jetzt erkenne ich ihren Plan. Sie lassen uns nur einen Fluchtweg, und der führt direkt ins Lager der Legionen.«

»Ins Nest der Meuterer?« fragte Ventidius erschrocken und offenbarte, daß nicht nur sein Glanz, sondern auch seine Tapferkeit ihn verließ.

»Ja.«

»Und was tun wir dagegen?«

»Gar nichts«, antwortete Ventidius mit rauher Stimme. »Wir haben keine Wahl!«

Das mußte auch Plancus erkennen, spätestens, als die Feuer des großen Heerlagers der Legionen I und XX vor ihnen auftauchten. Die Tore standen offen. Schon vor den Wällen lungerten Soldaten herum, die ausgelassen das Ende der Disziplin feierten. Sie tranken, sangen, lachten und liebten die Soldatenbräute und Lagerhuren. Munatius Plancus beobachtete das wilde Treiben mit mißbilligender Miene. Ventidius sah es aus den Augenwinkeln und glaubte sogar, das Zähneknirschen des Patriziers zu hören.

Der Zenturio lenkte den Braunen in das nähere Lager, das der I. Legion, und jagte das Tier zwischen geraden Reihen von Zelten und festen Gebäuden hindurch zur Principia. Hier schien noch Ordnung zu herrschen, bewacht von einer dünnen Kette eidestreuer Legionäre, die den Zenturio der Prätorianer erkannten und durchließen.

Vor dem Prätorium stieg Ventidius ab und half dem Senator vom Pferd. Anfangs schwankte Plancus, wohl weniger durch den scharfen Ritt erschöpft, als über den krassen Verfall von Disziplin und Sitten verzweifelt.

»Wird es gehen?« erkundigte sich der Zenturio.

»Es muß!« Plancus biß die Zähne aufeinander und zwang sich, ruhig zu stehen. Das Zittern, das seine Glieder befallen hatte, klang dank seiner starken Selbstbeherrschung ab.

Ein paar Offiziere kamen aus dem Prätorium gelaufen, angeführt von dem Legionslegaten Gaius Caetronius und dem Lagerpräfekten Gnaeus Equus Foedus. Entsetzt blickten sie den Senator an, und Foedus sprach aus, was die beiden hohen Offiziere dachten: »Du kommst ins Legionslager, edler Munatius Plancus? Weißt du nicht, daß die Meuterer ausgezogen sind, deinen Kopf zu fordern?«

Der adlergesichtige Patrizier hatte sich wieder gefaßt und schnarrte: »Willst du damit sagen, Präfekt, du kannst nicht für meine Sicherheit garantieren?«

»Wie denn?« Foedus blickte zu der Kette der Wachtposten. »Sieh doch, wie gering die Zahl der Getreuen ist, wie gewaltig aber die der Meuternden!«

»Anständige Truppenführer hätten es gar nicht soweit kommen lassen!«

Diese Bemerkung des Senators ließ den Lagerpräfekten erröten. Krampfhaft suchte er nach einer Antwort. Als er endlich die passenden Worte gefunden hatte, wurden sie von dem allgemeinen Aufruhr verschluckt, der plötzlich einsetzte. Die Verfolger des Senators stürmten unter Führung der berittenen Meuterer die Via Prätoria entlang auf den Hauptplatz zu. Die Posten wichen zur Seite, ohne es auf einen Kampf ankommen zu lassen.

»Diese Feiglinge!« zischte Plancus.

Ventidius sah es realistisch und sagte: »Warum sollen sie sich gegen ihre Kameraden stellen, nur um uns hohe Tiere zu schützen?« Der Zenturio blickte sich suchend um und packte die Tunika des ehemaligen Konsuls. »Komm mit, Plancus!«

»Wohin? Die Meuterer sind überall!«

»Vielleicht haben sie noch Respekt vor den Feldzeichen.«

Sie liefen ins Sacellum zu den aufgepflanzten Feldzeichen, die den Legionsadler umgaben. Caetronius, Foedus und ein paar andere Offiziere folgten ihnen. Die Männer ergriffen die Feldzeichen, als könnten diese den Verfolgten Halt und Schutz gewähren. Plancus umklammerte die Stange des vergoldeten Adlers, der seine Flügel über die anderen Zeichen erhob.

Da waren die Reiter auch schon heran, umkreisten den Senator und die wenigen Offiziere unter lautem Gebrüll, als wären sie Barbaren aus den tiefen Wäldern Germaniens, und beleuchteten die Szene mit Fackelschein. Wie böse Nachtgeister tanzten die flackernden Lichter in den Händen der um die Feldzeichen reitenden Meuterer durch die Finsternis.

»Da ist Plancus!« rief einer der Berittenen. »Ich bringe euch seinen Kopf!«

Der Meuterer drängte seinen Rappen durch die Feldzeichen und stieß achtlos einige Zeichen um, was die Gefährten des Mannes mit Schreckensrufen quittierten. Das Umstürzen eines Feldzeichens galt als schlechtes Omen für die betreffende Einheit.

Der vorpreschende Reiter ließ sich davon nicht stören. Er hielt geradewegs auf den Senator zu, dessen purpurgestreifte Tunika vom Licht einer Fackel hervorgehoben wurde. Plancus stand aufrecht neben dem Adler und blickte dem anderen in Erwartung seines Todes entgegen.

Ventidius wollte dem Senator beispringen, aber ein anderer Meuterer ritt den Zenturio nieder. Der Gardeoffizier überschlug sich und konnte den wirbelnden Hufen im letzten Augenblick entgehen. Fast – ein Huf streifte seine Stirn! Es war ein Gefühl, als hätte ein Schwerthieb seinen Kopf getroffen. Die Feldzeichen, die Offiziere, die Meuterer und ihre Pferde, alles drehte sich um Ventidius.

Dann sah er eine hagere Gestalt, die zum Legionsadler sprang, ihn aus dem Boden riß und die Eisenspitze am unteren Ende dem herangaloppierenden Rappen in die Brust stieß. Das Pferd schrie und stürzte. Der Meuterer flog aus dem Sattel und verlor sein Schwert. Das Pferd wälzte sich unter unablässigem Schmerzgeschrei am Boden und riß noch mehr Feldzeichen um. Der Mann mit dem Legionsadler erlöste es mit einem weiteren Stoß von seinen Qualen. Dann hielt er die blutige Eisenspitze über den am Boden liegenden Reiter. Ventidius erkannte an der verzierten Tunika, daß der Adler von seinem Träger, dem Aquilifer der I. Legion, gehalten wurde.

»Verschwinde, Soldat!« bellte der Adlerträger den gestürzten Reiter an. »Entweihe nicht weiter die Zeichen der Legion I Germanica, du erzürnst dadurch die Götter!«

Wie gebannt blickte der Meuterer auf die eiserne Spitze. Erst als sich ein Blutstropfen löste und auf seine Wange fiel, stand der

Mann mühsam auf und humpelte zu den Seinen zurück. Er wirkte wie ein geprügelter Hund.

Der Aquilifer reckte den Adler hoch in die Luft und rief den Meuterern zu: »Verlaßt das Sacellum, Soldaten der Legion I Germanica! Nur so könnt ihr die Schande tilgen und die Götter besänftigen!«

Tatsächlich zogen sich die Meuterer zurück, stellten aber an den Eingängen zum Fahnenheiligtum Wachtposten auf.

Munatius Plancus bedankte sich bei dem Aquilifer mit Worten, die für einen würdevollen Senator geradezu überschwenglich klangen, und fragte; »Wie heißt du, tapferer Legionär?«

»Calpurnius«, antwortete der hagere Mann und rammte den Adlerschaft wieder in den Boden. »Ich bin der Aquilifer der Legion I Germanica und bürge mit meinem Leben für deines, edler Munatius Plancus.«

»Calpurnius«, wiederholte der ehemalige Konsul andächtig und dachte an den hohen Senator Gnaeus Calpurnius Piso. Die Namensgleichheit konnte kein Zufall sein. »Das ist ein gutes Omen«, murmelte Plancus und sah den Aquilifer mit leuchtenden Augen an. »Die Götter haben dich gesandt, Calpurnius!«

Vor dem Sacellum ertönten laut die Stimmen der diskutierenden Meuterer. Ein Teil war dafür, das Fahnenheiligtum zu stürmen, ein anderer Teil wies auf den Zorn der Götter hin, den man sich dadurch zuziehen würde, und hielt die weniger gottesfürchtigen Meuterer zurück.

So vergingen die restlichen Stunden der Nacht, ohne daß einer der Männer im Sacellum es wagte, den Platz zu verlassen. Erschöpfung und Müdigkeit waren nicht so groß wie der Drang, am Leben zu bleiben.

Erst als der dämmernde Morgen das Legionslager schon mit blaßroter Helligkeit überzog, pflanzte sich ein erlösender Aufschrei durch die Reihen der Soldaten bis zu den Männern im Sacellum fort: »Germanicus! Der Imperator kommt!«

Germanicus blickte wie gleichgültig in die Gesichter der Soldaten, während er langsam die Via Prätoria entlangritt. Der Imperator wußte, daß er sich auf ein gewagtes Spiel eingelassen hatte, das er verlieren würde, erkannten die Meuterer bei ihm auch nur das geringste Anzeichen von Angst. Sie würden es als Schwäche auslegen und als Eingeständnis des Betruges, den sie ihm anlasteten.

Die Lage war besonders angespannt, da Germanicus die fünf Senatoren mit sich führte, die sich in der Nacht ins Prätorium geflüchtet hatten. Außerdem gehörten dreißig Gardereiter zu seinem Trupp. Die übrigen Prätorianer sicherten das Prätorium und damit Agrippina und Caligula vor einem neuen Überfall durch die Meuterer.

Rufe wurden laut, Flüche, Verwünschungen und Drohungen. Zum Teil mit geballten Fäusten und erhobenen Schwertern ausgestoßen, galten sie dem Imperator, besonders aber den Senatoren. Germanicus ritt einfach weiter. Vier Gardisten bildeten die Spitze des kleinen Zuges und sorgten mit sanfter Gewalt für einen freien Weg. Germanicus hatte ihnen eingeschärft, unbedingt ein Blutvergießen zu vermeiden.

Noch in der Nacht war ihm gemeldet worden, daß Munatius Plancus sich in das Lager der I. Legion, die den Namen Germanica trug, gerettet hatte. Es hatte bis zum Tagesanbruch gedauert, bis Germanicus sich in der Lage fühlte, ihm zu Hilfe zu kommen. Er mußte erst im Prätorium für Ordnung sorgen, mußte die Garde zusammenziehen und sich ein Bild von der allgemeinen Lage machen. Und die war nicht rosig. Meuterertrupps zogen randalierend durch die Stadt, hielten die Ausfallstraßen und den Hafen besetzt.

Germanicus hatte eine Kriegsregel stets besonders treu befolgt: Ein Feldherr darf erst losschlagen, wenn er über den Feind im Bilde ist und alle Vorkehrungen getroffen hat. Auch jetzt hielt er sich daran, selbst auf die Gefahr, daß die Stunden des Wartens den Tod für Munatius Plancus bedeuteten.

Als der Reitertrupp die Principia erreichte, hielt Germanicus vergeblich Ausschau nach Plancus und den höchsten Offizieren der I. Legion. Ein Zenturio mit verbundenem, blutrotem Arm eilte aus dem Schatten der Kommandantur herbei und sagte: »Der Legat und der Lagerpräfekt haben sich mit dem Senator ins Sacellum zurückgezogen, Imperator.«

Nur zögernd befolgten die Senatoren Germanicus' Anweisung, auf dem großen Hauptplatz zu warten, während er mit einer Handvoll Gardisten zum Sacellum ritt, begleitet von immer lauter werdenden Germanicus-Rufen. Die Rufe klangen nicht mehr nur drohend. Manch einer unter den Legionären schien das Erscheinen des Imperators und die damit erhoffte Wiederherstellung von Disziplin und Ordnung zu begrüßen.

Die Männer, die sich im Schutze der Feldzeichen versammelt hatten, wirkten auf Germanicus wie die letzten Überlebenden einer großen Schlacht: abgekämpft, dem Tode nah, zum Umfallen müde und dennoch viel zu angespannt, um auch nur ein Auge zu schließen oder für einen Moment das Schwert aus der Hand zu legen. Hatte es so ähnlich im Saltus Teutoburgiensis ausgesehen, als die Letzten von Varus' Legionen den tödlichen Ansturm der Germanen erwarteten?

Ein Schatten fiel auf den Imperator, nur für ihn sichtbar. Es war das Gespenst der Niederlage, die Rom, verkörpert durch Publius Quinctilius Varus, in den germanischen Wäldern erlebt hatte. Germanicus hatte den Oberbefehl am Rhenus übernommen, um endlich das zu vollenden, was keinem seiner Vorgänger gelungen war, weder fähigen Feldherren wie Drusus und Tiberius, noch diesem krummbeinigen Narren Varus. Der Sohn des Drusus und Adoptivsohn des Tiberius wollte die Schmach der drei vernichteten Legionen tilgen, indem er Arminius schlug und die römische Reichsgrenze vom Rhenus an die Albis ausdehnte. Aber statt gegen die aufständischen Germanen zu Felde zu ziehen, war er dauernd damit beschäftigt, die Meutereien seiner eigenen Soldaten niederzuschlagen. Wenn das Glück sich nicht bald auf seine Seite stellte, würde sein Name in Rom ebenso verächtlich ausgesprochen werden wie der des Quinctilius Varus.

Wo war der Adler, von dem die Seherin gesprochen hatte – der Adler, der die Schwierigkeiten vertreiben sollte? War es jener dort, das Zeichen der Legion Germanica, unter dem sich Munatius Plancus und die Offiziere versammelt hatten?

Als Germanicus sein Pferd vor ihnen zügelte, empfing der Senator ihn mit vorwurfsvollen Blicken. »Du kommst spät, Imperator. Brauchte dein Mut das Tageslicht, um sich zu entfalten?«

Germanicus sah den Mann mit dem Raubvogelgesicht erbost an. »Jedem anderen als dir, Plancus, hätte ich diese Frage mit dem Schwert beantwortet!«

Nach kurzem Überlegen erwiderte der Senator: »Du hast recht, ich sollte meine Zunge hüten. Jetzt ist nicht die Zeit für Vorwürfe. Sag mir lieber, ob du die Lage unter Kontrolle hast!«

»Mit deiner Hilfe wird es mir gelingen, Plancus.«

»Was kann ich tun?« Der Patrizier in der verschmutzten Senatorentunika breitete hilflos die Arme aus. »Die Soldaten hören nicht auf mich. Im Gegenteil, mein Anblick reizt sie bis aufs Blut. Sie wollen meinen Kopf!«

In knappen Worten erklärte Germanicus das Mißverständnis, das zum erneuten Ausbrechen der Meuterei geführt hatte. »Dein Erscheinen, Plancus, hat die Männer Disziplin und Recht vergessen lassen. Nur in deinem Angesicht können sie zu beiden zurückfinden.«

»Ein gefährlicher Vorschlag«, befand Ventidius, der daran dachte, mit welcher Zähigkeit die Meuterer den Senator in der vergangenen Nacht gejagt hatten. »Plancus' Anblick könnte auch das Gegenteil auslösen, den vollständigen Abfall der Legionäre von jeder Ordnung.«

Germanicus erwiderte: »Die Entscheidung liegt bei Plancus.«

»In der Treue liegt das Heil«, murmelte der Senator und dachte daran, wie Herondas gestorben war. Lauter fuhr er fort: »Wenn ich schon zu den Vätern gehen soll, möchte ich von ihnen nicht als Feigling begrüßt werden!«

Germanicus unterhielt sich kurz mit den Offizieren und besonders eingehend mit dem Aquilifer Calpurnius. Dann stieg er vom Pferd und verließ an der Seite von Munatius Plancus das Fahnenheiligtum. Die beiden Männer mißachteten das Gejohle, das ihr Erscheinen auf dem Hauptplatz des Lagers auslöste, und erstiegen das Tribunal. Im Sommerlager hatte Germanicus von solch einem Ort aus schon einmal für Ruhe unter den Meuterern gesorgt. Im stillen Gebet bat er die Götter, auch heute mit ihm zu sein.

Dann begann er mit einer Rede, die gewagt erscheinen mochte, weil er das Verhalten der Meuterer in der vergangenen Nacht scharf tadelte und schließlich in die zusammengeströmte Menge rief: »Was im Dunkel der Nacht beinah geschehen wäre, ist selbst unter Roms Feinden eine Schande. Überall ist es Brauch, einen Gesandten, zumal einen des Senates und Volkes von Rom, ehrenvoll zu behandeln und sein Leben zu schützen. Ihr aber hättet ihn fast in einem römischen Lager gemeuchelt und mit seinem Blut die Altäre der römischen Götter befleckt!«

Unter den Zuhörern wurden reuevolle Rufe laut, aber auch die trotzige Verteidigung des frevlerischen Verhaltens. Einer rief: »Plancus und die anderen Senatoren wollten uns um die Zusagen bringen, die du uns gegeben hast, Imperator!«

»Das ist nicht wahr«, entgegnete Germanicus und legte den ungläubig blickenden Legionären die Wahrheit offen. Dann kam er wieder auf die Schande zu sprechen, die durch die Verletzung des Gesandtenrechts auf die Soldaten gefallen war. »Nur durch völlige Treue zu Rom kann diese Schande ausgelöscht werden!«

Wieder entbrannte unter den Soldaten eine heftige Diskussion. Da erschien ein Truppenaufmarsch auf der Via Prätoria. Veteranen zogen ins Legionslager, an ihrer Spitze Quintus Paelignus. Bei dem Anblick dankte Germanicus den Göttern dafür, daß Paelignus sich an die Absprache hielt, die Germanicus mit ihm getroffen hatte, bevor der Imperator zu seinen Legionen aufgebrochen war. Immerhin hatte er den Veteranen dafür eine hübsche Belohnung versprochen: hundertfünfzig Sesterzen pro Mann und das Doppelte für Paelignus.

Die Veteranen hielten vor dem Tribunal an, wo Paelignus verkündete, was sich in der letzten Nacht im Haus des Imperators ereignet hatte. »Gaius Julius Caesar Germanicus selbst überreichte uns das Vexillum und wollte es erst dann zurück haben, wenn alle Veteranen von seiner Aufrichtigkeit überzeugt sind.« Der grauhaarige Veteran betrat die Stufen, die auf die Bühne führten, und hielt die Fahne dem Imperator hin. »Hier hast du das Vexillum, Caesar. Nimm es an und mit ihm die Versicherung unserer Treue!«

In einer feierlichen Geste übernahm Germanicus die Fahne der Veteranen. Kaum war das geschehen, betrat, wie verabredet, der Aquilifer Calpurnius den Platz, den Adler der Legion Germanica hoch erhoben.

»Nimm auch diesen Adler an, Germanicus!« sagte er mit lauter Stimme. »Du hast stets treu zu Rom gehalten und bist darum würdig, im Schatten seiner Schwingen zu stehen.« Der Blick des Adlerträgers glitt über die Versammlung. »Wer sonst noch zur Ehre der Legion Germanica steht, soll dem Aufruhr abschwören und ohne Murren zurück in sein Quartier gehen!«

Während Germanicus auch den Adler entgegennahm, beobachtete er, wie sich die Versammlung allmählich auflöste. Er hatte das Spiel gewonnen!

Aber dann wurde ihm bewußt, daß das Spiel noch nicht vorüber war. Es war nur eine Runde gewesen, wenn auch eine wichtige. Noch hatte er nicht alle Meuterer bekehrt und hatte die Schande nicht von seinen Legionen gewaschen. Die sich friedlich zurückziehenden Männer waren durch das Auftreten von Paelignus und Calpurnius eher verblüfft als beruhigt worden.

Mit zweifelndem Blick betrachtete er den goldenen Adler mit den ausgebreiteten Schwingen und dachte an die mysteriöse Voraussage der Seherin.

Kapitel 12

Die Wodansprobe

Thorag schreckte aus unruhigem Schlaf hoch, als etwas schwer auf seinen Körper fiel. Sein erster Gedanke war, das Schwert gegen den Feind zu ziehen, der ihn angesprungen hatte.

Dann erst wurde er sich bewußt, daß er im Bett lag, unbewaffnet. Und die kleine Gestalt, die auf seiner Brust kauerte, war kein Feind, wie er mit blinzelnden Augen erkannte, sondern sein Sohn Ragnar.

Sunnas Strahlen fielen durch die nicht ganz dicht schließenden Windaugen herein und hatten den Jungen geweckt. Unwirkliches Licht erfüllte die Hütte, ein rötliches Leuchten, das Notts Schwärze in ein ständig heller werdendes Blau verwandelte, während das Rot an Kraft verlor. Die starken Holzpfeiler, die das Dach stützten, wirkten in diesem Licht wie lebende Wesen, Riesen auf Besuch in der Menschenwelt. Die schweren Fellvorhänge, die Dienerschaft und Vieh von dem Donarfürsten und seiner Familie trennten, wurden durch den rötlichen Schimmer lebendig, schienen zu atmen wie die Haut eines überlebensgroßen Tieres, das zu den Riesen gehörte.

Ragnar machte ein ernstes Gesicht, hieb mit der Linken auf den Vater ein und schrie: »Vorwärts, mein starkes Pferd! Wir greifen an und folgen Armin in die Schlacht. Ich, Thorag, Fürst der

Donarsöhne, werde viele Römer töten!« Dabei fuchtelte Ragnars Rechte mit einem Stock über Thorags Kopf herum. Quer zu dem langen Stock war an einem Ende ein kurzer mit Schilfgras gebunden; das Ganze sollte ein Schwert darstellen.

Thorags Hand schoß vor und hielt den rechten Arm des Jungen fest, bevor er mit dem Holzschwert Unheil anrichten konnte. »Paß auf, daß du dein Pferd nicht abstichst«, ermahnte der Donarfürst schmunzelnd seinen Sohn. »Sonst ist der Angriff schneller vorüber, als dir lieb ist. Wer sind denn die Römer, die du töten willst?«

»Die Legionen des Varus. Armin und Thorag werden sie besiegen!«

Thorags Schmunzeln erstarb. »Wie kommst du darauf, die Schlacht gegen Varus nachzuspielen?«

»Gestern habe ich es mit den anderen Kindern gespielt. Sie erzählen alle davon, wie du mit Armin gegen die Römer gezogen bist.« Ein Schatten verfinsterte das von ein paar winzigen Sommersprossen gesprenkelte Kindergesicht. »Und dann haben sie mich gefragt, weshalb du jetzt nicht mehr an Armins Seite kämpfst. Ein Junge aus der Stiersippe sagte, du hättest Angst – da habe ich ihn verprügelt. Ich habe ihnen gesagt, Thorag weiß gar nicht, was Angst ist.« Ragnar legte den Kopf schief, und seine Augen, blau und klar wie die des Vaters, musterten Thorag forschend. »Das stimmt doch, oder?«

»Nein«, antwortete Thorag zu Ragnars Erstaunen. Der Krieger versuchte, dem Sohn den Unterschied zwischen Mut und Dummheit, zwischen Angstüberwindung und Arglosigkeit beizubringen. Doch Ragnar sah den Vater sehr zweifelnd an. Das Ganze erinnerte Thorag an ein Gespräch, das er im Sommerlager des Varus mit dem Römerjungen Primus, dem Sohn der schönen Flaminia, geführt hatte. Auch Primus hatte diesen Unterschied nicht verstanden. »Du wirst es noch lernen, Ragnar«, seufzte Thorag. »Nur wer weiß, was Angst bedeutet, kann ein tapferer Krieger werden.«

Ragnar blickte den Vater eine Weile überlegend an, so daß Thorag schon Hoffnung schöpfte, fragte aber schließlich: »Warum kämpft Armin jetzt gegen die Römer und du nicht?«

»Weil du und ich deinem Vater wichtiger sind als die Römer«, antwortete Auja, von dem Gespräch geweckt.

Sie stützte sich auf einen Ellbogen und blickte ihre beiden Männer an. Thorag erwiderte den Blick lächelnd, glücklich über die Nähe der geliebten Frau. Auja war eine Schönheit, aber an diesem Morgen wirkte sie noch schöner als sonst, wie eine Göttin. Das unwirkliche Licht verlieh dem blonden Haar, das in sanften Wellen auf die Kissen fiel, einen bronzenen Schimmer. Auch die braunen Augen wirkten jetzt leicht rötlich. Auja gähnte und streckte sich, wobei sich ihre üppigen Formen deutlich durch den blauen Wollkittel abzeichneten. Wie begehrenswert Auja doch war! Angesichts seines Sohnes unterdrückte Thorag das in ihm aufsteigende Verlangen.

»Die Römer sind doch unsere schlimmsten Feinde«, ließ Ragnar nicht locker. »Ist es nicht das wichtigste, gegen sie zu kämpfen?«

Thorag machte ein mißmutiges Gesicht. »Ich habe geahnt, daß die Reise zu Armin uns Schwierigkeiten einbringt. Kaum sind wir hier, höre ich nichts anderes mehr als Gerede über den Kampf gegen die Römer!«

Auja sagte mit gespielter Strenge zu Ragnar: »Wie kann man so früh am Morgen schon so viele schwere Fragen stellen? Wenn du schon munter bist, geh hinaus an die frische Luft!«

Ragnar kratzte unschlüssig die Kopfhaut unter dem hellen Haar. »Was soll ich da?«

»Gegen die Römer kämpfen«, antwortete Auja und unterdrückte die Belustigung, die in ihrer Stimme mitschwang. »Dort findest du eher welche als hier.«

Ragnar nickte einsichtig, krabbelte von seinem Vater, stieg aus dem Bett und lief barfüßig zur Tür. Seine kleinen Hände mußten mehrmals ansetzen, um den Eisenriegel zu lösen. Auf die Ermahnung seiner Mutter zog er die Tür hinter sich wieder zu. Ein kleiner Spalt klaffte noch offen und sorgte für mehr Helligkeit.

Thorag bemerkte, daß der Ernst auf Aujas Zügen jetzt echt war, nicht mehr nur die aufgesetzte Strenge einer in Wahrheit erheiterten Mutter.

»Warum hast du mich nicht geweckt, als du ins Bett gekommen bist, Thorag? Ich hatte dich doch darum gebeten!«

Er beugte sich zu ihr und strich sanft über ihren Leib, der noch nichts von dem in ihm heranwachsenden Kind verriet. Die Wärme, die er spürte, empfand er als wohltuend. Sie war so beruhigend wie der natürliche Duft, den Auja verströmte und der für ihn immer Glück und Geborgenheit bedeutet hatte.

»Unsere Tochter Gesa! Wenn du recht hast, hat dich das alles sehr angestrengt«, erklärte er. »Ich wollte deinen erholsamen Schlaf nicht stören. Hast du dich ein wenig erholt?«

»Im Augenblick spüre ich keine Schmerzen.« Aujas Hand strich sanft über seine kratzige Wange. »Du bist wichtiger als der Schlaf, Thorag. Ich wollte dich in dieser Nacht so gern bei mir spüren.«

Er lächelte. »Wir haben noch viele Nächte.«

»Ich hoffe es sehr«, sagte Auja leise. »Meinst du, Wodan wird dir heute beistehen?«

»Als Gott der Weisheit sollte er es tun. Außerdem hoffe ich, daß auch Donar seinem Abkömmling beisteht.«

»Gerolf und Germar werden ebenfalls ihre Götter anrufen.«

»Wer würde das nicht tun vor solch einer Prüfung.«

»Du sprichst, als ginge dich das alles nichts an.« Aujas Stimme klang verwundert und leicht vorwurfsvoll. »Dabei … kann es sein, daß dies unser letzter gemeinsamer Morgen ist …« Ihre Worte wurden leiser und endeten in einem Schluchzen. Auja wollte sich zusammenreißen, aber ein paar Tränen liefen über die Wangen ihres feinen, sinnlichen Gesichtes. »Verzeih«, sagte sie schluckend und zwang sich zu einem Lächeln. »Ich sollte dich wohl lieber aufheitern, nicht wahr?«

»Wenn ich von der Esche geschnitten werde und Germar hängt noch in ihrem Geäst, werde ich heiter genug sein.« Thorag schlug die schwere Wolldecke zur Seite und hielt sie hoch. »Aber etwas anderes könntest du tun.«

Überrascht starrte Auja auf die Erhebung zwischen seinen Oberschenkeln. »Wie kannst du jetzt daran denken, Thorag?« Das klang zwar entrüstet, aber in der gekünstelten Art, in der sie zuvor die Strenge gegenüber ihrem Sohn zur Schau gestellt hatte.

»Das ist die unbezwingbare Kraft Donars.« Thorag grinste breit. »Es ist bestimmt ein gutes Vorzeichen.«

»Dann laß mich prüfen, ob diese Kraft wirklich so unbezwingbar ist«, erwiderte Auja lächelnd und schlüpfte unter seine Decke.

Sunnas Wagen stand noch nicht hoch über den Baumkronen, als Thorag den gewundenen Weg von der Adlerburg hinunterritt. Die gemeinsame Lust mit Auja war nur kurz gewesen. Plötzlicher Schmerz überfiel seine Frau, und er machte sich Sorgen und Vorwürfe, nicht sanft genug zu ihr gewesen zu sein. Aujas alte, heilkundige Dienerin Reglind kümmerte sich um ihre Herrin. Als es Auja ein wenig besserging, brach Thorag auf, gewaschen und rasiert, aber ohne Frühstück, um Kraft in dem Eichenhain zu suchen, den er noch aus Wisars Tagen kannte.

Die Sklaven waren bereits bei der Arbeit und verstärkten unter der Aufsicht von Hirschkriegern die Wälle rund um die Burg. Die meisten waren Römer oder Angehörige ihrer Verbündeten. Viele sahen schlecht aus, erschöpft und ausgemergelt. Doch Thorag empfand kein Mitleid mit ihnen. Die Römer waren ins Land der Cherusker gekommen, nicht umgekehrt. Und wäre damals das Kriegsglück auf der Seite der Römer gewesen, hätten sie ihre Gefangenen kaum anders behandelt. Thorag kannte die Römer gut genug, um das zu wissen. Er hatte in Roms Armee gekämpft, hatte römische Städte und Rom selbst gesehen, und war, wenn auch nur für kurze Zeit, Präfekt einer kleinen Garnison am Rhein gewesen.

Armin hatte das Gelände rings um seine Burg roden lassen. Das Holz verwendete er für die Palisaden. Baumlos war das Gelände übersichtlicher, was einen Überraschungsangriff auf die Adlerburg so gut wie ausschloß. Jenseits des äußersten Walles bemerkte Thorag ein paar frisch zugeschüttete Gruben. Er hielt den Rappen dort an und winkte einen der berittenen Wächter heran. Der Hirschkrieger kannte Thorag und grüßte ihn mit seinem Namen.

»Sag, was haben diese Gruben zu bedeuten?« fragte der Donarsohn. »Fallgruben für mögliche Angreifer können es kaum sein, dann hättet ihr sie nicht wieder verschlossen.«

»Nein, Fallgruben sind es nicht«, antwortete der Hirschkrieger und brach in ein lautes Gelächter aus. »Allerdings liegen hier zu Fall gekommene Römer.« Er zeigte auf die geschäftigen Sklaven. »Je mehr die Verteidigungsanlagen wachsen, desto weniger Sklaven arbeiten hier. So haben die Römer ihr Leben wenigstens für ein gutes Werk gegeben.«

Angewidert starrte Thorag auf das Feld der Gruben – Gräber!

Im Kampf zu sterben war für einen Krieger keine Schande und kein Schrecken. Aber das hier?

Er sagte mit rauher Stimme: »Armin sollte darauf achten, daß sein Kampf gegen die Römer ihn nicht zu einem der Ihren macht.«

Der Hirschkrieger sah ihn verständnislos an.

Grußlos wendete Thorag den Rappen und galoppierte davon. Er fühlte sich bedrückt. Auf seiner Reise zur Adlerburg hatte es Augenblicke gegeben, in denen er sich auf das Wiedersehen mit Armin gefreut hatte. Jetzt aber wollte er die Burg und ihren Herrn so schnell wie möglich hinter sich lassen. Als er in den Wald eintauchte, der noch die Feuchtigkeit und Frische des Morgens in sich trug, fiel ihm das Atmen ein wenig leichter.

Er fand den Eichenhain, an den er sich von früher erinnerte, ohne Schwierigkeiten, als leite ihn der Donnergott zu dem Wald seiner heiligen Bäume. In der Mitte gab es eine kleine Lichtung, deren Mittelpunkt von einer mächtigen, alle anderen Bäume überragenden Eiche gebildet wurde. Sie streckte ihr Astwerk nach allen Seiten weit aus; es wirkte wie ein grüner, sich zum Winter hin allmählich verfärbender Schild.

Thorag stieg ab und ließ den Rappen frei auf der Lichtung grasen. Der Donarsohn trat an den Eichenstamm, der den Durchmesser mehrerer Männer hatte, legte seine Hände gegen das kühle Holz und schloß die Augen. So verharrte er eine ganze Weile, dachte an Donars ruhmvolle Taten und bat den stärksten Gott aus dem Geschlecht der Asen, den Verteidiger der Götter und der Menschen, den Riesentöter und Bezwinger der Midgardschlange, ihm bei der Wodansprobe Kraft zu geben. Dann rief Thorag Wodan an, den Allwissenden, den Gott der Weisheit, und bat ihn, die Speerprobe zugunsten der Wahrheit zu entscheiden.

Geräusche – heftiges Rascheln und Fauchen und dann ein tiefes Knarren – drangen ans Ohr des erfahrenen Kriegers, lösten seine Verbindung zu den Göttern, ließen ihn herumfahren und sein Schwert ziehen.

Schmunzelnd steckte der Donarsohn die Klinge zurück in die fellumspannte Scheide an seiner linken Seite. Sein scharfes Eisen würde keinen Feind auf dieser Lichtung finden. Nur einen Rotfuchs und einen Kolkraben, die sich um die Beute stritten: eine fette, graubraune Maus.

Der Fuchs hatte seine starken Zähne ins Genick des Nagers geschlagen, der Rabe hielt mit seinem langen, kräftigen Schnabel den Mäuseschwanz fest. So zerrten sie die Beute hin und her durch Laub und Gras, der Fuchs unter wütendem Fauchen, der Rabe mit dem drohenden Knarren seiner eigentümlich wandlungsreichen Stimme. Beide Kontrahenten waren ungewöhnlich große Vertreter ihrer Arten, der zumeist rotbraune und an Unterseite und Schwanzspitze weiße Fuchs fast von den Ausmaßen eines kleinen Wolfes und der tiefschwarze Vogel gewaltiger als mancher Bussard. Und keiner der beiden schien zum Aufgeben gewillt.

Die Maus entglitt den verbissenen Gegnern, überschlug sich mehrmals und blieb reglos im Gras liegen. Schon eins der beiden großen Tiere hätte ihr mühelos das Leben genommen, die Wut zweier Jäger hatte ihr nicht die geringste Aussicht auf ein Entkommen gelassen.

Gebannt verfolgte Thorag das Geschehen. Rabe und Fuchs belauerten sich. Jeder schien darauf zu warten, daß der andere sich auf die Maus stürzte, nur damit der Geduldigere sich dann auf den Feind werfen konnte. Mit einem plötzlichen flinken Sprung brachte der Fuchs sich in die Nähe der Maus. Der Rabe änderte mit einem klatschenden Flügelschlag seine Stellung, verharrte aber auf seinem Platz.

Der Fuchs griff ihn mit einem weiteren Sprung an. Beide Tiere waren nur noch ein einziges Knäuel aus braun-weißem Fell und schwarzen Federn, das unter ohrenbetäubendem Knurren und Knarren Laub aufwirbelte. Schließlich lag der Rabe auf dem Rücken, und der Fuchs stürzte sich auf ihn, biß zu, bohrte die Zähne immer wieder in den Körper des Vogels. Dessen Knarren klang jetzt heiser und verzweifelt, das Knurren des braunen Räubers aber siegesgewiß.

Der Fuchs öffnete die spitze Schnauze zum offenbar entscheidenden Biß. Doch das vorschießende Maul wurde von den Krallen des Raben aufgehalten, die den Fuchskopf umklammerten und ihm blutige Furchen zufügten. Mit einem überraschten Aufschrei ließ der Rotfuchs von dem Gegner ab. Das nutzte der Rabe zu einem Gegenangriff und hackte mit dem Schnabel mehrere Wunden in den Körper des Rivalen. Dieser hatte genug und verschwand mit unglaublicher Gewandtheit zwischen ein paar Haselnußsträuchern.

Der Rabe plusterte sich auf und ließ noch einmal sein lautes Geknarre vernehmen, diesmal als stolzes Signal seines Sieges. Dabei drehte er sein Gesicht dem Donarsohn zu. Thorag erschauerte. Er hatte plötzlich das Gefühl, der Vogel würde ihn persönlich meinen, zu ihm sprechen. Da wandte der Rabe sich auch schon ab, stolzierte seelenruhig zu der Maus, packte sie mit festem Schnabelgriff und erhob sich mit seiner Beute in den blauen, von großen, weißen Wolken überzogenen Himmel.

Thorag legte den Kopf in den Nacken und hielt als Schutz gegen Sunnas helle Strahlen die flache Hand über die Augen. Der Rabe hatte seine Neugier geweckt. Der Cherusker wollte sehen, wohin der Vogel sich wandte. Aber das große, schwarze Tier stieg höher und höher, bis es auf einmal verschwunden war. Es sah aus, als hätten die Wolken den Raben verschluckt.

Thorag war verwirrt. Wieso hatten sich Rabe und Fuchs gerade hier gestritten, unbeeindruckt von der Gegenwart des Menschen? Und warum ging der Fuchs, ein Jäger der Nacht, am hellen Tag auf Beutefang? War alles ein Zufall, oder lag darin eine Bedeutung? Der Cherusker hatte sich ein Zeichen der Götter erhofft. Und tatsächlich galten Raben als Wodans Vögel. Die mächtigen Raben Hugin und Munin, der Gedanke und die Erinnerung, waren seine Boten und seine Späher, streiften über die ganze Welt, um ihrem Herrn zu berichten. War dieser Vogel eben einer der beiden Raben Wodans gewesen? Und wenn ja, welches Zeichen hatte der Allwissende dem Cherusker gesandt?

Die Raben waren die Vögel des Schlachtfeldes. Sie hackten den in Feigheit Gestorbenen die Augen aus, geleiteten die im tapferen Kampf Gefallenen aber nach Walhall. War dies die Erklärung? Wollte Wodan dem Donarsohn mitteilen, daß Walhall auf ihn wartete?

Wieder blickte Thorag in den Himmel und sagte mit fester Stimme: »So sei es denn, Gott der Raben und der Toten. Ich werde mein Schicksal annehmen und in der Speerprobe mein Blut vergießen, wenn das dein Wille ist.«

In gedrückter Stimmung kehrte Thorag, der sich von seinem Ritt zum Eichenhain eigentlich Stärkung und Zuversicht versprochen hatte, auf die Adlerburg zurück. In Anbetracht der bevorstehenden Wodansprobe hätte er etwas essen sollen, aber er verspürte nicht den geringsten Hunger.

Kaum war er vom Pferd gestiegen, als ein junger Hirschkrieger auf ihn zulief und sagte: »Edler Thorag, unser Herzog Armin wünscht dich zu sehen, so schnell wie möglich.«

Thorag begleitete ihn zu Armins Haus, nachdem der Donarsohn nach seiner Frau gesehen hatte. Reglind hatte ihr einen schmerzstillenden, beruhigenden Kräutertrank bereitet, und jetzt schlief Auja friedlich.

Armins großes Haus war wieder Ausgangspunkt einer Feier, die sich auf die ganze Burg ausdehnte. Nach der Brautnacht hatte der Bräutigam der Braut die Morgengabe überreicht, die im Fall von Armin und Thusnelda besonders reichlich ausgefallen war. Neben dem traditionellen aufgezäumten Pferd mit Schild, Schwert und Frame hatte Armin seiner Frau ein eigenes Haus, eine Anzahl Schalke sowie eine Rinder- und eine Schafsherde übereignet. Pferd und Waffen sollten zeigen, daß Thusnelda jetzt dem Schutz Armins unterstand. Das Haus, das Vieh und die Schalke unterstrichen, daß Thusnelda ihre Selbständigkeit behielt und sich aus eigener Kraft ernähren konnte, sollte ihr Gemahl dazu eines Tages nicht mehr in der Lage sein. Das Zeremoniell der Morgengabe war bereits vollzogen worden und wurde jetzt ausgiebig gefeiert.

Armin saß neben seiner Frau am Kopfende der langen Tafel in seinem Haus. Er unterhielt sich lachend mit seinem Oheim Inguiomar. Das Lachen gefror, als der Herzog den eintretenden Donarsohn erblickte. Thorag wollte zu ihm gehen, aber Armin kam ihm zuvor, fing ihn auf halbem Weg ab und zog ihn von der Tafel weg in den Gesindetrakt.

Mit ernster Miene sagte der Hirschfürst: »Ich bin sehr enttäuscht von dir, Thorag. Ausgerechnet der Abkömmling Donars, mein Blutsbruder, war bei der Morgengabe nicht zugegen. Man munkelt, das Verhältnis zwischen uns sei getrübt.« Der Vorwurf war nicht zu überhören.

Thorag nickte betrübt. »Dein Tadel trifft mich, und das zu Recht. Würdest du mir glauben, daß ich die Zeremonie einfach vergessen habe?«

»Vergessen?« Armins Gesicht wirkte verwundert, ungläubig. »Aber gestern hast du mit Thusnelda und mir Hochzeit gefeiert, hast den Bund mit Miölnir gesegnet. Wie konntest du da die Morgengabe vergessen?«

»Meine Gedanken weilten bei Wodan und der Probe, die ich heute ablegen muß.«

Schlagartig änderte sich der Ausdruck auf Armins Gesicht, das zwar weiterhin ernst wirkte, aber jetzt nicht mehr vorwurfsvoll, sondern mitfühlend. Der Hirschfürst legte seine Hände auf die Schultern des Donarsohnes. »Verzeih mir, Thorag, daran dachte ich schändlicherweise nicht. Natürlich mußt du dich auf die Speerprobe vorbereiten! Haben die Götter dir ein günstiges Zeichen gegeben?«

»Da bin ich mir leider nicht sicher«, antwortete Thorag und berichtete von dem Raben.

»In der Tat ein seltsames Zeichen«, befand Armin. »Wir könnten eine weise Frau fragen, eine Zeichendeuterin.«

Thorag schüttelte den Kopf. »Gleich, was sie sagen würde, ich müßte mich doch dem Kampf stellen. Die Zeit bis dahin wird knapp, und ich habe noch etwas Wichtiges mit dem Herzog der Marser zu regeln.«

»Mit Mallovend?« Armin wirkte besorgt. »Steht etwas zwischen euch?«

»Ja, die Liebe.« Thorag erzählte von Tebbe und Amala. »Ich hoffe, Mallovend ist der Verbindung jetzt eher zugeneigt als gestern abend.« Er seufzte schwer. »Leider glaube ich das nicht.«

»Warte hier, Thorag. Ich werde mit Mallovend sprechen.«

»Du?« Thorag blickte Armin fragend an. »Aber warum willst du …«

»Laß mich nur machen«, sagte Armin und verließ auch schon den Gesindetrakt. Thorag zog einen Vorhang etwas zur Seite und betrachtete durch den Schlitz die Festgesellschaft. Armin nahm den Marserfürsten zur Seite und redete auf ihn ein. Mallovend machte ein übellauniges Gesicht, aber der Cheruskerherzog ließ sich davon nicht beeindrucken. Dann wandten beide Herzöge dem Donarsohn den Rücken zu, und Thorag konnte nicht verfolgen, welche Richtung die Unterredung nahm.

Er setzte sich auf einen Schemel und schien ein paar Schalken zuzusehen, die sich damit abmühten, einen riesigen Topf mit Hafergrütze vom Herdfeuer zu heben. In Wahrheit blickten die Augen des Fürsten durch die Männer und Frauen aus Armins Gesinde hindurch. Thorag dachte wieder an den großen Raben, der, so hatte es ausgesehen, sich einfach in Luft aufgelöst hatte.

»Gute Nachrichten, Thorag«, schreckte Armins Stimme ihn auf. »Mallovend hat in die Verbindung seiner Tochter mit Tebbe eingewilligt. Allerdings hat er ein paar Bedingungen gestellt.«

»Und die wären?«

»Da Tebbe nicht von fürstlichem Blut ist, bleibt Amala bei ihrem Stamm, und ihr Mann zieht zu ihr.«

»Ich denke, Tebbe wird darin einwilligen.«

»Das würde ich an seiner Stelle auch«, meinte Armin. »Immerhin könnte er so zu einer Art Fürst bei den Marsern werden.« Dann nannte der Herzog die Einzelheiten des Brautpreises, deren Hauptteil sechzig Pferde und achtzig Rinder ausmachten. »Dieser Gierschlund Mallovend wollte erst hundert von jeder Sorte haben. Ich mußte ganz schön mit ihm schachern.«

»Ich stehe dafür ein, denn Tebbe ist für mich wie ein Sohn«, erklärte Thorag. »Wann will Mallovend die Tiere haben?«

»Morgen früh, denn morgen abend soll hier die Hochzeit stattfinden.«

»So schnell? Wessen Einfall war das?«

»Meiner. Je eher Tebbe und Amala verheiratet sind, desto weniger Zeit bleibt dem Marser, sich die Sache noch einmal zu überlegen.«

Thorag musterte den Blutsbruder mit prüfendem Blick. »Was für ein Interesse hast du an dieser Verbindung, Armin, daß du dich so dafür einsetzt?«

»Die Marser sind wichtige Verbündete im Kampf gegen die Römer«, antwortete Armin mit leuchtenden Augen. »Die Vergangenheit hat gezeigt, daß auf Verbündete nicht immer Verlaß ist. Aber unser Einfluß auf Mallovend wird zunehmen, wenn dein Ziehsohn sein Schwiegersohn ist.« Armin faßte Thorag bei den Händen und drückte sie. »Wir sind doch Brüder, Thorag, durch die Vermischung unseres Blutes aneinandergebunden, Gefährten im guten wie im schlechten Schicksal!«

Es klang wie eine Beschwörung, fand Thorag und antwortete kühl: »So gut dein Plan klingt, er wird an der Tatsache scheitern, daß ich bis morgen niemals den Brautpreis aufbringen kann.«

»Ich werde das besorgen, und du mußt mir nur die Hälfte ersetzen.« Als Armin Thorags fragenden Blick bemerkte, erklärte der Herzog lächelnd. »Wir teilen uns den Preis brüderlich.«

»Dann wird wohl alles so geschehen.« Thorag konnte sich ein

Grinsen nicht verkneifen. »Du bist kein Hirsch, Armin, sondern ein Fuchs. Es gelingt dir, alles deinen Zielen unterzuordnen, selbst die Liebe zweier junger Menschen.«

»Das eine ist nützlich und das andere schön. Warum nicht beides miteinander verbinden, wenn es möglich ist!«

»Ja, warum nicht«, meinte Thorag und wurde wieder ernst.

»Erweise mir nur einen letzten Dienst, Armin. Falls ich es nicht mehr kann, wird Thidrik bei der Hochzeit die Stelle von Tebbes Vater einnehmen. Sorge du dann dafür, daß alles ungestört seinen Gang geht.«

»Das würde ich tun, würde es dazu kommen. Aber ich rechne fest damit, daß du die Wodansprobe überstehst. Schließlich hast du einen hochgeborenen Speerträger.«

»Wie meinst du das?«

»Es ist Mallovends letzte Bedingung als Gegenleistung für die Hand seiner Tochter. Er will bei der Probe dein Speerträger sein. Ich habe es ihm zugesagt. Im übrigen dürftest du nicht den Schlechtesten erwischt haben. Nach allem, was Germar den Marsern angetan hat, ist Mallovend im höchsten Maße begierig, ihm den Ger zwischen die Rippen zu jagen.«

Dagrs Zeit war fast vorüber, und Sunnas Wagen fuhr bereits den Baumwipfeln entgegen, als der Klang der Runenhörner Wodans Aufmerksamkeit erflehte, damit die Speerprobe dem Lügner den Tod, dem Wahrsprechenden aber Ehre und Leben brachte. Die Probe fand auf einer großen Lichtung am Fuße der Adlerburg statt. Die beiden Hochzeiten, die gestern erfolgte und die für morgen festgelegte, sollten nicht dadurch entweiht werden, daß Edelinge der Cherusker, die einander der Lüge bezichtigten, auf der Burg ihr Blut vergossen.

Die Zuschauer standen bis weit in den Wald hinein. Aus ihren Reihen lösten sich auf das Zeichen zweier Luren die Gegner, Thorag und Germar, beide völlig nackt und bemalt mit den Farben und Zeichen ihrer Sippe. Germar war bedeckt von schwarzen Ebern, auf seiner Brust prangte ein riesiger Eberkopf. Thorags Kriegsfarbe war Rot. Gezackte Streifen überall auf seinem Körper verkörperten Donars tödliche Blitze. Miölnir schmückte die muskulöse Brust des hünenhaften Kriegers. Seinen Rücken zierten zwei Böcke, die Abbilder Zähneknirschers und Zähneknisterers, die Donars Wagen zogen. Der aus Brombeersaft gewonnenen Farbe hatte Thorag das Blut eines frisch zu Donars Ehren geschlachteten Bockes beigemischt.

Armin, der das weiße Priestergewand angelegt hatte, trat zu Thorag und Germar in den Kreis und sagte: »Die beiden hier, Germar aus der Ebersippe und Thorag von den Donarsöhnen, führen böses, widersprechendes Wort, nicht zu ergründen von der Menschen begrenzter Weisheit. Deshalb rufen wir dich an, Wodan, Allwissender, Trinker der Weisheit aus Mimirs Quelle. Du gabst ein Auge, um die Weisheit zu erlangen. Wir geben dir das Leben eines Edelings. Laß es das Leben dessen sein, der sich an der Wahrheit vergeht, Wodan. Gib uns das Leben dessen zurück, der die Wahrheit und damit den Willen der Götter ehrt!«

Zustimmendes Gemurmel und Waffengeklirr erfüllte die Lichtung und schließlich ein Raunen aus vielen hundert Kehlen, das zu einem Sturmbrausen anschwoll. »Wo-dan, Wo-dan«, schrien die zu einer einzigen Stimme verschmelzenden Zuschauer immer und immer wieder, während Germar und Thorag von Hirschkriegern zu der großen Esche geführt wurden, jeder zu einem dicken Ast. Jeder der beiden Äste wurde von mehreren Männern mit einem kräftigen Strick nach unten gezogen. Man band Thorags Unterschenkel mit einem dieser Stricke zusammen, und gleiches geschah mit Germar. Noch hielten die Männer die Äste mittels der Stricke nach unten.

Armin gab ein Zeichen, die Luren ertönten, und die Hirschkrieger ließen die Stricke los. Die Äste schnellten hoch, und die Welt drehte sich um Thorag. Er nahm nur noch wirbelnde Farben war: das mit Rot, Braun und Gelb vermischte Grün des Waldes, das Blau und Weiß des Himmels, das bunte Gewirr der Zuschauermenge.

Allmählich setzten sich die Farben wieder zu Bildern zusammen, während Thorags hin und her schwankender Körper sich mehr und mehr beruhigte. Die Welt hatte wieder feste Formen, aber für Thorag, der mit den Füßen nach oben am Baum hing, stand sie auf dem Kopf. Sein Blick suchte die Zuschauermenge ab und fand die Seinen.

Auja, die entgegen Thorags Wunsch mitgekommen war. Er wollte ihr in ihrem geschwächten Zustand die Aufregung ersparen. Sie wollte nichts davon hören und hatte mit einer Bestimmtheit, die keinen Widerspruch duldete, gesagt: »Mein Platz ist jetzt bei dir, Thorag!«

Tebbe, der sein Glück kaum fassen konnte, als Thorag ihm die gute Nachricht übermittelte. Natürlich war Tebbe bereit, zu den Marsern zu ziehen. Gute Schreiner waren überall gefragt. Zwar würde Tebbe seinen Bruder Eibe, Thidrik, Thorag und andere vermissen. Zwar war das Land der Donarsöhne seine Heimat, aber letztlich war es nur seine Vergangenheit, Amala und das Marserland hingegen seine Zukunft.

Thorags Blick fiel auf Germar, der ebenfalls kopfüber an der Esche hing und sehr gelöst wirkte. Kein Wunder, wenn er schon mehrere Wodansproben überstanden hatte. Thorag hatte zwar als Jüngling am Baum gehangen, um die Speermerkung zu empfangen, aber dies hier war neu für ihn.

Gerolf und Mallovend standen jetzt bei Armin. Jeder trug in der Rechten einen starken Ger, dessen Eisenspitze mit Widerhaken versehen war. Am stumpfen Speerende war ein Seil befestigt, und dieses war mit dem anderen Ende um den linken Arm des Speerträgers geschlungen. Thorag war nicht verwundert, daß Gerolf den Speer für seinen Bruder trug.

Armins laute Stimme erfüllte die Lichtung erneut: »Wodan, du hast die Kenntnis der Runen empfangen, als du am windigen Baum hingst, verwundet vom Speer. Wodan, der du im Kampf mit dem Speer tötest, sorge nun dafür, daß diese Speere, deren Spitzen die heiligen Runen tragen, dem das Leben rauben, der die Unwahrheit spricht.« Bis jetzt hatte Armin mit dem Gesicht zu der großen Esche gestanden. Jetzt drehte er sich um, so daß er die beiden Speerträger anblickte. »Die Speerprobe möge beginnen!«

Er trat zur Seite, und die Lurenspieler bliesen das Signal zum ersten Wurf. Germar mußte sich zuerst der Probe unterziehen, da er der Gefangene Thorags gewesen war und der Anschein somit gegen den Ebermann sprach.

Der Herzog der Marser ließ sich Zeit, wog die schwere Waffe sorgfältig in der Rechten, befeuchtete den Zeigefinger der Linken und hielt ihn hoch, um den Wind zu prüfen. Alles machte auf Thorag einen guten Eindruck. Dann, mit einer fast beiläufigen Bewegung, ließ Mallovend den Speer fliegen.

Es war ein guter Wurf, der Germar voll in der Brust getroffen hätte, hätte der Ebermann sich nicht mit einer geschickten, schnellen Drehung aus der Flugbahn des Gers gebracht. So flink wie der Rotfuchs, den Thorag heute morgen beim Kampf mit dem Raben beobachtet hatte. Der Speer zerfetzte nur das Blattwerk des wuchtigen Baumes. Mit einem mißmutigen Knurren zog Mallovend die Waffe an dem Seil zurück.

Gerolf wollte Thorag überraschen. Das zweite Lurenzeichen war noch nicht ganz verklungen, da flog der Speer des Eberfürsten auch schon auf die Esche zu. Gerolfs Schnelligkeit ließ Thorag tatsächlich keine Zeit zum Ausweichen. Allerdings machte sich bemerkbar, daß Gerolf nicht genügend Zeit auf das Zielen verwendet hatte. Dicht neben Thorags Kopf zischte der Speer vorbei, und undeutlich sah der Donarsohn die heiligen Runen auf der langen Eisenspitze, die schließlich in den Stamm der Esche schlug. Federnd blieb der Ger dort stecken, bis Gerolf ihn mit einer ruckartigen Bewegung herauszog. Thorag stellte sich vor, wie es war, wenn sich das Eisen in seinen Körper bohrte.

Erneuter Lurenklang, und wieder warf Mallovend den Speer. Der Marserherzog zielte erneut gut. Aber Germar war abermals flink genug, dem Eisen zu entgehen, und Thorag mußte wieder an den Fuchs denken.

Heute morgen hatte der Fuchs den Kampf verloren, aber diesmal schien es anders auszugehen. Gerolfs zweiter Wurf war besser gezielt. Thorag sah den tödlichen Stab auf sich zufliegen und versuchte, seinen Körper durch Pendelbewegungen außer Gefahr zu bringen. Ganz gelang es ihm nicht. Die Eisenspitze streifte seinen rechten Arm und riß das Fleisch oberhalb des Ellbogens auf. Sofort brandete bei den Eberkriegern Jubel auf.

Noch größer war ihre Begeisterung, als der geschickte Germar auch Mallovends drittem Wurf auswich. Diesmal verließ den Marserherzog jede Selbstbeherrschung, und er bedachte die Götter mit einem unanständigen Fluch. Nicht gerade die richtige Art, sie für sich zu gewinnen, dachte Thorag. Aber er konnte Mallovend verstehen. Wäre Amala Thorags Tochter gewesen, hätte er auch alles darangesetzt, ihre Schändung am Anführer der Peiniger zu rächen.

Als Gerolf wieder den Ger schleuderte, machte Thorag eine geschickte Ausweichbewegung, auf die er alle Kräfte konzentrierte. Der Schmerz in seinem blutigen Arm war jetzt unbedeutend, nur das Überleben zählte. Der Gaufürst hatte Germar genau beobachtet und ahmte seine Manöver nach. Mit Erfolg, der gut gezielte Wurf ging fehl. Jetzt jubelten die Donarsöhne.

Mallovends nächster Wurf ging so nah an Germar vorbei wie kein anderer – aber er ging vorbei. Und der Jubel von Thorags Leuten verstummte.

Bei Gerolfs Wurf versuchte Thorag eine ähnliche Ausweichbewegung wie zuvor, indem er zu pendeln begann und gleichzeitig seinen Oberkörper zusammenkrümmte.

Aber dann kam der Schmerz. Ein Gefühl, als würde seine Brust aufgerissen.

Ungläubig blickte der Donarsohn auf die Speerspitze, die tief in seinen Leib gedrungen war. Das Blut rauschte in seinen Ohren, so laut, daß es die Begeisterungsrufe und das Waffengeklirr der Eberleute fast übertönte.

Und Blut strömte aus. Warum floß es nach oben, auf Thorags Kopf zu? Erst als es sein Gesicht erreicht hatte und dann das helle Haar rot färbte, fiel dem Abkömmling des Donnergottes wieder ein, daß er mit dem Kopf nach unten hing.

Dann dachte er, daß die Götter auf der Seite der Ebersippe standen, sonst hätten sie das hier nicht zugelassen. Hatten sie nicht Gerolfs Arm geleitet? Oder hatte der in Wodansproben erfahrene Eberfürst einfach vorausgesehen, welches Ausweichmanöver Thorag durchführen würde?

Es kam aufs selbe heraus. Auf kaum auszuhaltenden Schmerz und auslaufendes Blut, das Thorags Kräfte schwächte. Wie lange würde das Eisen noch in seiner Brust bohren?

Die Antwort waren Schmerzen, die immer unerträglicher wurden. Gerolf hatte das Seil gespannt, und dies allein hatte zu einer Vervielfachung des Schmerzes geführt. Der Eberfürst grinste böse, während er das straffe Seil hielt. Er wußte, daß jeder Augenblick in dieser Haltung neues Stechen und Brennen durch Thorags Körper sandte.

Armin trat mit besorgtem Gesicht vor und redete auf Gerolf ein. Es war die Ermahnung, den Speer endlich herauszuziehen. Unendlich langsam kam der sehnige Mann mit dem Fuchsgesicht dem nach. Die Widerhaken pflügten durch Thorags Fleisch und rissen große Stücke heraus. Als die blutige Spitze endlich vor dem Gesicht des Donarfürsten zu Boden fiel, war es wie eine Erleichterung. Aber jetzt floß das Blut erst richtig. Und jeder verlorene Tropfen bedeutete verlorene Kraft.

Thorag zwang sich, die Wunde zu mustern. Sie war groß, eine böse Verletzung. Ständig spuckte sie rote Flüssigkeit aus. Wie ein Quell, der statt Wasser Blut ausstieß. Wichtige Organe schienen wie durch ein Wunder nicht verletzt zu sein. Oder war Thorag schon so geschwächt, daß er das nicht mehr spürte?

Miölnir auf seiner Brust war nicht mehr zu sehen, war bedeckt von Blut.

O Donar, *mein Ahnherr*, dachte Thorag, *warum hast du mich verlassen?*

Das nächste Lurensignal hatte Mühe, den Jubel der Eberkrieger zu übertönen. Thorag blickte erst gar nicht zu Germar hinüber. Er wußte schon, mit welcher Gewandtheit der andere dem Speer auswich.

Doch auf einen Schlag verstummte der Jubel aus Germars Lager, wich einem Aufstöhnen. Und dann setzte anderer Jubel ein, rief immer wieder einen Namen: »Do-nar, Do-nar, Do-nar!«

Thorag drehte den Kopf zur Seite. Eine Bewegung, die – wie jede Bewegung – Kraft kostete und Schmerzen verursachte. Voller Unglauben betrachtete der Donarsohn die vor Schmerz zuckende Gestalt des Rivalen.

Mallovends Ger saß so tief in Germars linker Seite, daß kaum noch Eisen zu sehen war. Als der Marserherzog das Seil spannte, ebenso langsam wie zuvor der Eberfürst, und dann den Speer aus Gerolfs Körper zog, war es ein ähnliches Bild wie eben bei Thorag. Nur war die Wunde des Ebermannes noch um einiges größer. Unter Gerolf bildete sich eine große, rote Pfütze am Boden, die sich schneller ausbreitete als die unter Thorag.

Jetzt war der Ausgang der Speerprobe wieder offen. Vermutlich würde der nächste Wurf alles entscheiden. Aber Gerolf war an der Reihe! Sobald Thorag tot war, konnte Germar von der Esche geschnitten und versorgt werden. Gerolfs entschlossenes Gesicht zeigte deutlich, daß der Eberfürst genau dies mit seinem nächsten Wurf herbeiführen wollte.

Thorag fühlte in sich nicht mehr die Kraft zu der Verrenkung, die ein erfolgversprechendes Ausweichmanöver erforderte. Er wartete auf den Lurenklang, der sein Todeslied sein würde. Aber er hörte ein anderes Geräusch, tief und knarrend. Es kam von oben.

Auf dem Ast, an dem er hing, hatte sich ein großer Rabe niedergelassen. War es derselbe Vogel, den er heute morgen beobachtet hatte? War es Hugin, der Gedanke, oder Munin, die Erinnerung? War es ein Zeichen oder nur ein Zufall?

Der Schwarzgefiederte öffnete den langen Schnabel. Diesmal klangen seine Laute anders, heller, verständlicher. Thorag glaubte, sie zu verstehen: »Mu-nin, Mu-nin.« Der Vogel blickte den Menschen an, schien ihm direkt in die Augen zu sehen, breitete dann die Flügel aus und erhob sich in den Himmel, verschwand aus Thorags Blickfeld.

Munin – die Erinnerung!

Aber woran sollte sich Thorag erinnern?

Als Gerolf den Speer zum letzten – tödlichen? – Wurf hob, wußte der Donarsohn die Antwort. Nur der Kampf heute morgen konnte gemeint sein.

Gerolf mit dem Fuchsgesicht und Germar mit der Gewandtheit des braun-weißen Räubers, sie waren die Gegner des Raben. Also war Thorag der Rabe!

Er vergegenwärtigte sich, wie der große Vogel, als er schon besiegt schien, den Fuchs am Todesbiß gehindert hatte. Und so versuchte Thorag es, als der kraftvoll geschleuderte Ger die Luft zerschnitt.

Thorag sah sofort, daß die Waffe ihn treffen würde; die von Blut und Schmutz bedeckte Spitze schoß genau auf ihn zu. Und er wußte auch, daß der Blutverlust ihm kein Ausweichen erlaubte.

Der Donarsohn wurde zum Raben und riß die Hände hoch, wie dieser seine Krallen erhoben hatte, um sie in das Fuchsgesicht zu schlagen.

Thorag griff nach dem Speer und bekam ihn zu fassen. Ein schmerzhafter Ruck ging durch seine Arme und ein noch schmerzhafteres Brennen durch seine Hände, die von dem scharfen Eisen zerschnitten wurden.

Aber er ließ nicht los, und der Speer verlor seine Kraft. Zwar durchstieß die Spitze das Fleisch seiner Brust, aber nicht so weit, daß die Widerhaken greifen konnten. Mehr blieb dem Donarsohn nicht zu tun. Seine Kräfte schwanden, und seine Hände waren blutige Brocken nutzlosen Fleisches.

Jubel und Waffengeklirr bei den Donarsöhnen waren lauter als die Rufe des Unglaubens bei den Eberleuten. Aber beides war undeutlich für Thorag.

Er zwang sich zur Aufmerksamkeit und betrachtete Gerolf, dessen Gesicht erst Verblüffung und dann grenzenlose Wut widerspiegelte. Die Speerspitze rutschte sofort aus Thorags Brust, als der Eberfürst endlich das Seil spannte.

Erst hatten die Donarsöhne die Namen ihres Fürsten und seines göttlichen Stammvaters skandiert, jetzt, als die Luren ertönten, riefen sie den des Marserherzogs. Der ließ sich noch mehr Zeit als bei seinem ersten Wurf. Germars großer Blutverlust schwächte den Ebermann von Augenblick zu Augenblick mehr.

Wütend rief Gerolf dem anderen Speerträger etwas zu. Thorag verstand es nicht. Wahrscheinlich war es die Aufforderung, endlich den Ger zu schleudern.

Mallovend grinste unter seinem Bart. Der Marser genoß es, das Leben Germars und die Gefühle Gerolfs im wahrsten Sinne des Wortes in der Hand zu halten.

Plötzlich wurde sein Gesicht ernst, sein Körper straffte und seine Muskeln spannten sich. Er stieß den Speer in Germars Richtung, und der Ebermann am Baum krümmte sich zusammen, versuchte trotz aller Schwäche und Schmerzen, seinen Körper aus der Wurfrichtung zu bewegen.

Doch Mallovend hatte die Waffe gar nicht geschleudert. Er hielt sie mit erhobenem Arm und lachte über Germar, der sich kraftlos und blutüberströmt zurückfallen ließ.

Gerolf schimpfte lauthals.

Dann flog der Ger und bohrte sich in Germars Brust, mitten in sein Herz.

Der Getroffene schrie, stöhnte und verstummte.

Thorag konnte in sein Gesicht sehen, aber Germar erwiderte den Blick nicht. Die kleinen Augen in dem pockennarbigen, jetzt vom Blut besudelten Antlitz wirkten starr und tot.

Trotz Gerolfs Gekeife spannte Mallovend das Seil in aller Ruhe. Langsam zog er die tief eingedrungene Spitze aus Germars linker Brust und mit ihr das Herz des Ebermannes.

Thorag sah sich von seinen Leuten umringt. Mit gebogenen Stangen zogen sie den Ast, an dem er hing, nach unten.

Eine weiße Gestalt hob den Arm mit einem Dolch. Armin! Er durchschnitt das Seil, das Thorag an die Esche band.

»Du hast gesiegt, Thorag!« sagte Armin lächelnd, ließ den Dolch achtlos fallen und fing den Donarsohn in seinen starken Armen auf.

Seltsam, aber bevor Finsternis seinen Geist umhüllte, war Thorags letzter Gedanke, wie gut es doch tat, einen solchen Mann zum Freund, zum Blutsbruder, zum Schicksalsgefährten zu haben.

Kapitel 13

Ein kurzer Wahnsinn

Gaius Julius Caesar Germanicus fühlte sich müde, erschöpft, bedrückt, bar jeder Kraft, die er früher verspürt hatte, wenn er vor seinen Truppen stand. Aber damals war er noch der bewunderte Imperator und Enkel des Marcus Antonius gewesen, dem die Soldaten willig ins Feld und in die Schlacht folgten. Jetzt war er kaum noch der Anführer seiner Männer, eher ihr Widersacher, der immer und immer wieder mit Drohungen, Mahnungen und Versprechungen verhindern mußte, daß Roms Schild und äußerer Stolz – die Armee – sich gegen Rom selbst wandte.

Auch jetzt, drei Tage nach der Rettung des Munatius Plancus vor dem Zorn der Meuterer, stand er wieder auf dem Tribunal im Legionslager der Ubierstadt. Diesmal auf Aufforderung der Männer, die ihn zu sprechen wünschten. Früher hatte der Feldherr seine Truppen antreten lassen und den Appell vom Tribunal aus abgenommen, jetzt ließen die Truppen ihren Imperator kommen!

Alles auf der Welt ist plötzlich verkehrt, als sei die Welt mit dem Tode des Augustus aus den Fugen geraten, dachte der Imperator bitter. *Haben die Götter ihr Haupt verhüllt? Wenn ja, was hat sie so verärgert? Sind sie etwa nicht mit dem Nachfolger des Princeps zufrieden? Wollen sie dasselbe wie ein Teil der Meuterer, wie die republikanisch gesinn-*

ten Senatoren in Rom und wie Agrippina? Wollen sie einen Princeps namens Germanicus?

Einer der Senatoren, Appius Aemilianus Silius, hatte kurz vor der Abreise der Gesandtschaft unter einem Vorwand ein Gespräch unter vier Augen mit dem Imperator gesucht. Er hatte dem Enkel des Marcus Antonius seine republikanische Gesinnung offenbart und sich einen Boten der republikanischen Kräfte im Senat genannt, die es begrüßen würden, Germanicus als Princeps zu sehen. Der Imperator gab sich sehr zurückhaltend. Was, wenn das eine Falle des Munatius Plancus oder gar des Tiberius selbst war, wenn nur die Treue des Imperators zu seinem Adoptivvater auf die Probe gestellt werden sollte? Also antwortete Germanicus dem Aemilianus, er halte Tiberius für einen in jeder Hinsicht wünschenswerten Princeps und sehe seine eigenen Aufgaben in Gallien und Germanien. Die Enttäuschung auf dem Gesicht des Senators war deutlich zu sehen gewesen. Aber galt sie der Einstellung des Imperators oder dem Umstand, daß er sich keine Blöße gegeben hatte?

Germanicus hatte Agrippina gegenüber die Unterredung nicht erwähnt, weil er kein Wasser auf ihre Mühlen gießen wollte. Er war einfach froh gewesen, als die senatorische Gesandtschaft das Legionslager unter der Bedeckung treuer Auxiliarreiter verließ. Da der Hafen in der Ubierstadt noch in der Hand der Meuterer war, sollten die Senatoren weiter flußaufwärts an Bord eines Schiffes gehen. Ihr Bericht, den sie dem Senat zu erstatten hatten, würde gewiß nicht günstig für Germanicus ausfallen.

Dieser Umstand warf ebenso einen Schatten auf den Imperator wie die Trennung von Frau und Sohn. Es war ihm schwergefallen, aber es mußte einfach sein. Das Eindringen der Meuterer in das Cubiculum ihres Imperators hatte deutlich gezeigt, wie wenig Gesetz, Sitte, Treue und hoher Stand galten, wenn die Plebs in Raserei geriet. Deshalb hatte Germanicus Agrippina und den kleinen Gaius gestern unter dem Schutz einer weiteren Abteilung Auxiliarreiter zu den Treverern gesandt, wo Agrippina in Ruhe ihre Niederkunft abwarten sollte. Die Bedeckung hatte Germanicus allerdings erst später zu dem Zug stoßen lassen, da es schon beim Auszug der Senatoren aus dem Lager zu Tumulten gekommen war. So zog Agrippina mit ihrem weiblichen Gefolge und einigen Sklaven vor den Augen der Legionäre scheinbar schutzlos durchs Land. Vielleicht, so hoffte Germanicus, brachte dieser beschämende Anblick die Männer ein wenig zur Einsicht.

Erst hatte er die beiden nach Rom schicken wollen. Aber Agrippina widersprach aus zwei Gründen. Erstens wollte sie nicht so weit und so lange von ihrem Mann getrennt sein. Zweitens hätte es ein schlechtes Licht auf Germanicus geworfen, wäre als Eingeständnis seiner Unfähigkeit, der Meuterei Herr zu werden, gewertet worden.

Vielleicht wäre es das Eingeständnis der Wahrheit gewesen! Dieser düstere Gedanke bemächtigte sich des Imperators, als eine große Abordnung der Truppe unter dem lauten Beifall ihrer Kameraden in lockerer Ordnung – eher war es eine Zusammenwürfelung – quer über den Hauptplatz kam und auf das Tribunal zuhielt. Germanicus zog tief die Luft ein und straffte seine Gestalt. Also auf ein Neues!

Es waren etwa hundert Männer, wahrscheinlich die Abordnungen der einzelnen Truppenteile. Ihnen schlossen sich andere an, Schaulustige, Neugierige, Aufbegehrende. Vor dem Tribunal stand unter dem Kommando des treuen Ventidius nur eine dünne Kette Prätorianer, mehr ein Symbol der hohen Stellung des Imperators als im Ernstfall ein wirklicher Schutz.

Der einsame Mann auf der Erhöhung atmete ein wenig auf, als er den Graukopf an der Spitze des Aufzuges erkannte. Es war der Veteran Quintus Paelignus, der seinem Imperator das Schwert zum Kampf gegen Calusidius gegeben hatte. Paelignus hatte sich als einsichtig und hilfreich erwiesen. Vielleicht bedeutete seine Anwesenheit, daß die Männer, was immer sie auch von Germanicus wollten, mit sich reden ließen. Vielleicht bedeutete es aber auch, daß auch die Einsichtigen unter den Meuterern uneinsichtig geworden waren.

Der Aufzug erreichte das Tribunal und kam dort zum Stehen. Niemand schien so richtig zu wissen, wie es weitergehen sollte. Jeder drängelte den anderen vor, um das Wort an Caesar Germanicus zu richten.

Dieser wartete ab. Sie hatten ihn hierherbestellt, also sollten sie auch den Anfang machen. Er hatte sich schon genug Blößen gegeben und war es leid, immer wieder den Nachgiebigen und Verständnisvollen zu spielen.

Schließlich war es Quintus Paelignus, der zu Germanicus aufsah, sich mehrmals räusperte und mit lauter Stimme sagte: »Imperator, wir danken dir, daß du gekommen bist. Natürlich wäre es angemessen gewesen, wir hätten eine Abordnung ins Prätorium gesandt, um unsere Wünsche vorzutragen. Aber es geht um eine Angelegenheit, die alle Soldaten hier mit Sorge erfüllt. Und deshalb möchten alle aus deinem Munde hören, daß du dich für deine Männer entscheidest.«

Germanicus war nicht wenig verwundert über diese gemäßigten, fast unterwürfigen Worte. Aber er beschloß, vorsichtig zu sein und sich an das Sprichwort zu halten, wonach man schöne Frauen morgens, schöne Tage aber erst abends loben sollte. »Sag mir, Quintus Paelignus, was meine Soldaten so sehr bedrückt!«

Mit betrübtem Gesicht antwortete der Graukopf: »Es ist der Abzug deiner Gattin und deines Sohnes, edler Germanicus. Ohne Schutz römischer Soldaten, ohne einen einzigen Zenturio, ohne das Gefolge, das der Gemahlin des Imperators gebührt, hast du sie zu den Treveren gesandt, die zwar unsere Verbündeten sind, aber keine Römer. Ist das nicht eine Schande für uns, wo hier Tausende römischer Soldaten versammelt sind? Du aber vertraust den Treverern mehr als uns!«

Obwohl dies die Reaktion war, die Germanicus mit dem scheinbar bedeckungslosen Abzug seiner Familie bezweckt hatte, ärgerte ihn der Vorwurf, der aus den Worten des Veteranen und den Blicken seiner Begleiter sprach. Seine Antwort fiel deshalb im barschen Ton aus: »Meine Gemahlin und mein Sohn sind mir nicht wertvoller als der Staat und mein Vater, unser Princeps, daß ich mich so um sie sorge. Aber in dieser Stunde war Handeln geboten. Den Princeps schützt seine Hoheit, das römische Reich werden die übrigen Heere beschirmen. Aber auf euch, Veteranen und Legionäre, kann sich niemand mehr verlassen, wie mir die letzten Ereignisse zeigten, nicht einmal die Familie eures Imperators!«

Germanicus mußte einhalten, so laut schwoll das Geschrei und Gejammer der umstehenden Menge an. Ventidius warf der aufgebrachten Masse, seinen eigenen Männern und dem Imperator besorgte Blicke zu. Der Mann auf dem Tribunal las daraus das Flehen, die Ansprache zu beenden oder wenigstens in einem gemäßigteren Tonfall fortzuführen.

Der Feldherr aber war am Ende seiner Geduld und fuhr zornerfüllt fort: »Ich würde meine Gemahlin, meinen Sohn und auch das Kind, das in Agrippinas Leib heranwächst, mit Freude opfern, ginge es um euren Ruhm und den Roms. Aber die Raserei, in die ihr verfallen seid, zwingt mich, die Meinen in die Ferne zu schicken, damit eure weiteren Verbrechen, mit denen nach eurem bisherigen Verhalten zu rechnen ist, nur mit meinem Blut gesühnt werden. Die Schande, euch durch die Ermordung des Urenkels von Augustus und der Schwiegertochter von Tiberius in noch größere Schuld zu verstricken, will ich euch ersparen!«

Wieder schwollen Jammern und Schimpfen an. Die Soldaten beteuerten, keine weiteren Verbrechen vorzuhaben, und fragten, weshalb ihr Imperator ihnen gegenüber so mißtrauisch sei.

»Die Antworten will ich euch gern geben!« übertönte Germanicus die Menge. »Eure Fragen allerdings erstaunen mich. Wozu habt ihr euch in den letzten Tagen nicht erdreistet? Was habt ihr nicht entweiht? Wie soll ich diese Ansammlung hier zu meinen Füßen bezeichnen, die durch keinen Appell veranlaßt wurde? Ich sehe unrasierte Männer, Betrunkene, aber kaum einen im ordentlichen Schmuck seiner vollständigen Dienstkleidung. Soll ich Männer, die gegen den Sohn ihres Imperators die Waffen erhoben haben, noch Soldaten nennen, wo ihr euch so gegen die Gesandtschaft des Senats versündigt habt? Sogar die unter Feinden heilige Unantastbarkeit einer Gesandtschaft, allgemeines Völkerrecht, habt ihr mißachtet! Der vergöttlichte Julius Caesar erstickte die aufkeimende Meuterei seiner Soldaten mit einem einzigen Wort, indem er sie eidbrüchige Quiriten nannte. Allein der Gesichtsausdruck und der Blick, den der vergöttlichte Augustus auf die Legionen in Actium lenkte, erfüllte diese mit Schrecken. Ich erachte mich nicht als diesen beiden gleichstehend, bin aber doch ihr unmittelbarer Nachfahre und wäre deshalb schon verstimmt und verletzt, würden mich die Soldaten Hispaniens und Syriens schmähen. Ihr aber, Männer der I. Legion, die ihr von Tiberius die Fahnen empfangen habt, und ihr, Männer der XX. Legion, die ihr seine und meine Gefährten in so vielen Schlachten wart und dafür reich belohnt wurdet, ihr dankt eurem Herrn auf wahrhaft herausragende Weise! Soll ich meinem Vater Tiberius, der aus anderen Provinzen stets nur frohe Kunde erhält, mitteilen, seine Legionäre und seine Veteranen seien weder durch Geldgeschenke noch durch Entlassungen zufriedenzustellen, sondern nur durch Blutvergießen und Verbrechen? Daß man hier Zenturionen erschlägt, dort Tribunen verjagt und Legaten einsperrt? Daß Lager und Flüsse rot von Blut sind? Daß euer Imperator sein Leben nur der Gnade seiner Soldaten verdankt, die jetzt wohl seine Feinde zu nennen sind?«

Die Männer beteuerten, daß es niemals so gewesen sei und auch nicht so weit kommen würde, daß sie ihren Imperator Germanicus als ihren Feind betrachteten. Dieses Anzeichen von Reue war einigen anderen zuviel, und sie betonten, es hätte durchaus gerechte Gründe zur Empörung gegeben. Auch Niedriggeborene hätten ihre Rechte und müßten diese notfalls mit Gewalt durchsetzen.

»Also seid ihr noch immer vom Geist der Empörung erfüllt«, stellte Germanicus mit offen zur Schau gestellter Bitterkeit fest. »Wenn ihr mir, eurem Imperator, nicht zutraut, für euch und eure Belange zu sorgen, wäre es wohl besser gewesen, ich hätte mich von Calusidius durchbohren lassen. Mein Tod hätte mich reingewaschen von der Mitschuld an den vielen Schandtaten, die unter den einst stolzen Adlern der Legionen begangen wurden. Vielleicht hättet ihr euch einen neuen Feldherrn gewählt, der zwar meinen Tod ungesühnt gelassen, aber wenigstens Rache für den des Varus und seiner drei Legionen genommen hätte. Denn dieses Ziel, das ich verfolge, werde ich mit Männern, die mir so wenig vertrauen wie ihr, wohl nie erreichen. Vielleicht fällt dieser Ruhm sogar den Belgiern zu, die sich angeboten haben, Rom im Kampf gegen die aufsässigen Germanen zu unterstützen.«

Daß ihr Imperator den Belgiern mehr zutraute als seinen eigenen Leuten, römischen Soldaten, traf die Männer wie ein Schock. Sie sahen sich und den Mann oben auf dem Tribunal betroffen an.

Germanicus tat gleichgültig, als erwarte er nichts mehr von seinen Soldaten. In Wahrheit aber waren seine Nerven bis zum Zerreißen gespannt. Entweder seine Worte erreichten jetzt ihr Ziel und machten den Legionären ihre Schande bewußt, oder sie wandten sich tatsächlich gegen ihn. Im Geiste hörte er sie schon ›Tod dem Germanicus!‹ schreien.

Aber als die Stimmen der Männer ertönten, überwog die Reue bei weitem den Aufruhr. Bitten wurden laut, der Imperator möge ihnen Gelegenheit geben, ihren Mut und ihre Treue zu beweisen.

Er sollte seine Gemahlin und seinen Sohn Caligula wieder in ihre Obhut geben, und sie würden der Familie des Imperators jede nur erdenkliche Ehrbezeugung zukommen lassen.

Nur allmählich setzte sich in Germanicus die Erkenntnis durch, daß er gesiegt hatte. Es war ihm gelungen, das Gewissen der Männer zu wecken, ihre Treue zu Rom und ihrem Imperator über den Geist der Unruhe zu stellen, der in sie gefahren war. Wirklich, der Geist des Aufruhrs schien sie zu verlassen. Er erinnerte sich an ein Wort von Horaz und murmelte leise, für keinen anderen hörbar: »*Ira furor brevis est.*«* Laut und für alle sprach er: »Eure Worte vernehme ich mit dem gleichen Wohlwollen, das sie sicher auch beim Geist des in den Himmel aufgefahrenen Augustus auslösen. Stolz soll er wieder auf seine Legionen sein, wie es auch mein Vater Drusus wäre. Aber nicht durch Ehrbezeugungen sollt ihr eure Reue beweisen, Soldaten, sondern durch den Kampf gegen unsere Feinde. Wenn ihr euch im Felde bewährt habt, sollen auch Agrippina und meine Kinder wieder in eurer Mitte weilen. Außerdem dürften sie schon zu weit sein, um sie zurückzurufen. Gestern morgen brachen sie auf, und heute ist bereits der Abend nah.«

»Du irrst dich, Caesar«, ergriff Quintus Paelignus wieder das Wort, und ihm war deutlich anzusehen, wie unwohl er sich dabei fühlte. »Sie haben ihre Reise noch nicht fortgesetzt, sind noch in ihrem Nachtlager.«

Auf einen Schlag war der Taumel des Sieges, der Germanicus zu ergreifen begonnen hatte, in einen Taumel der Verwirrung verwandelt. Was sollten diese seltsamen Worte bedeuten? Wenn Agrippina und Caligula noch in ihrem Nachtlager weilten, war noch nicht einmal die Bedeckung bei ihnen. Aber wieso waren sie nicht weitergereist? Und was wußten die Männer hier davon? Diese Fragen stellte er dem grauhaarigen Veteran.

»Unser Schmerz über die Abreise deiner Gemahlin und deines Sohnes, Herr, war so groß, daß wir ihnen einen berittenen Trupp nachsandten. Er bewacht deine Familie in ihrem Lager, während wir mit dir verhandeln.«

Der Mann auf dem Tribunal konnte das alles nicht glauben.

---

* Der Zorn ist ein kurzer Wahnsinn.

Plötzlich schien die Erhebung, auf der er stand, zu schwanken wie ein Schiff bei starkem Seegang. Er atmete tief und schnell und bemühte sich um Fassung.

»Ihr bewacht Agrippina und Caligula? Was sind sie, eure Schützlinge oder eure Geiseln?«

»Unsere Schützlinge, Caesar.«

»Stimmt das? Und stimmt es überhaupt, daß sie unter eurem Schutz stehen?«

»Es stimmt«, erwiderte Paelignus und öffnete einen Lederbeutel, der an seinem Gürtel hing. »Diese Zeichen hier gab deine Gemahlin unseren Boten mit, damit du die Wahrheit erkennst.«

Er zog etwas aus dem Beutel, das im Sonnenschein golden flirrte. Schließlich erkannte Germanicus das goldene Haarnetz seiner Gemahlin. Wieder griff der Veteran in den Beutel und zog ein Paar winzige Lederstiefel hervor. Germanicus erkannte auch sie, es waren Caligulas Stiefelchen. Damit stand fest, sie hatten Agrippina und den kleinen Gaius in ihrer Hand, ob die Soldaten Frau und Kind nun Schützlinge nannten oder Geiseln.

Germanicus bezwang die in ihm aufkeimende Unruhe. Hätte er das vorher gewußt, hätte er gewiß nicht solch harte Worte gegen die Männer gerichtet. Jetzt galt es, sich vorsichtig und klug zu verhalten. Zum einen wollte er die zarte Pflanze der Reue nicht abtöten, zum anderen mußte er das Leben seiner Familie schützen.

Er beschloß, es durch gutes Zureden zu versuchen: »Soldaten, ich werde euch Gelegenheit geben, euren Mut und eure Treue zu beweisen, indem ich euch noch vor dem Winter ins Feld führe. Das aber wäre eine zu große Anstrengung für Agrippina, die unser Kind in sich trägt. Gewährt ihr und Caligula darum freies Geleit nach Augusta Treverorum und seid versichert, daß sie wieder zurückkehren werden, sobald unser Feldzug beendet und meine Gemahlin niedergekommen ist!«

Die Soldaten erörterten diesen Vorschlag, und Paelignus verkündete das Ergebnis: »Daß die edle Agrippina der Ruhe bedarf, sehen wir ein, Imperator. Darum soll sie weiterziehen. Aber billige uns die Anwesenheit deines Sohnes Caligula zu. Er hat uns soviel Glück gebracht auf unseren früheren Zügen.«

Germanicus las in den Gesichtern, daß seine Entscheidung in dieser Frage auch die Entscheidung bei der Wahl der Männer zwischen Treue und Aufruhr sein konnte. Würden sie es wirklich

als ein Zeichen guten Willens ansehen, wenn er Caligula zurück-
holte, oder als Nachgiebigkeit und Schwäche?

Ein anderer Punkt beschäftigte ihn: die Freude am Tod, die
Germanicus bei der Auseinandersetzung in seinem Cubiculum
in den Augen seines Sohnes zu sehen geglaubt hatte. Es hatte den
Vater zutiefst erschreckt. Als Sohn des Imperators mußte der
kleine Gaius frühzeitig ans Töten und an den Tod gewöhnt sein,
aber er sollte beides nicht um ihrer selbst willen genießen. Auch
deshalb hatte Germanicus es als gut befunden, Caligula für eine
Weile aus der Mitte der Soldaten zu entfernen.

Schließlich gab die Sorge um das Leben seiner Familie den
Ausschlag, und Germanicus willigte ein, den Sohn zurückzuholen. Darüber erhob sich lauter Jubel, bis eine Stimme unter den
Männern alle anderen niederschrie. Sie gehörte einem untersetz-
ten Legionär in verschwitzter Tunika, der sich nach vorn drängte.
In seinen Augen brannte das Feuer des Aufruhrs, das Germanicus auch bei Calusidius gesehen hatte.

»Seid ihr Männer oder Memmen, daß ihr euch von dem da
oben beschwatzen laßt?« rief der Legionär zornig. »Was ihr als
Zugeständnis feiert, ist in Wahrheit der Triumph des Imperators.
Was nutzt uns die Anwesenheit seines Sohnes, wenn wir alle wieder nach seiner Pfeife tanzen.« Er zog das Schwert aus der
Scheide und hob die Spitze in Richtung des Feldherrn. »Sein Sieg
ist es und unsere Niederlage. Ich werde euch zeigen, wie man mit
den hohen Herren umgeht!«

Als er zu den Stufen lief, die aufs Tribunal führten, wollte
Ventidius sich ihm mit seinen Männern entgegenstellen. Germanicus hielt den Zenturio durch einen kurzen Ruf davon ab.
Genau das war es, was der Mann mit dem Schwert beabsichtigte.
Vergoß die Garde des Imperators das Blut eines Legionärs, war
der Graben zwischen den Soldaten und ihrem Feldherrn wieder
aufgerissen. Es mußte einen anderen Weg geben …

Der Meuterer erklomm bereits die ersten Stufen, da setzte
Quintus Paelignus ihm mit einer Behendigkeit nach, die für einen
Mann im Veteranenalter erstaunlich war. Er zog im Laufen sein
Schwert und holte den Meuterer ein, als dieser oben auf der Erhe-
bung war. Die Klinge des Veteranen durchbohrte den Legionär
von hinten und streckte ihn nieder.

Paelignus drehte sich der Menge zu und hob das blutige

Schwert. »Diese Klinge, die schon Calusidius tötete, hat uns jetzt vom Ungeist der Treulosigkeit befreit.« Er blickte verächtlich auf den Mann, den er gerade getötet hatte. »Die Götter mögen geben, daß dieser hier der letzte aus unseren Reihen war, der sich gegen den Imperator und gegen Rom gewandt hat!«

Die Masse starrte gebannt aufs Tribunal und mußte erst begreifen, was sich da ereignet hatte. Nicht der Imperator, nicht seine Garde hatte einen der ihren gefällt, sondern einer aus ihren eigenen Reihen. Die Männer schienen sich noch nicht klar darüber, wie sie das bewerten und wie sie darauf reagieren sollten.

Germanicus warf einen kurzen Blick auf den Toten mit der blutigen Rückenwunde. Dann trat er neben Paelignus und sagte: »Der Veteran Quintus Paelignus hat den Schritt vollzogen, der nötig ist, sich von der Schande zu befreien. Er wählte die Treue zu Rom und zu seinem Imperator, wofür ihm mein ewiger Dank gebührt. Auch ihr, in deren Gesichtern und Herzen ich den Wandel und den Wunsch zur Wiedergutmachung der Schande erblicke, wendet euch vom Pestherd der Meuterei ab und von denen, die euch zur Untreue verführen! Nur dann wird eure Reue auf sicheren Beinen stehen und eure Treue verbürgt sein!«

Noch einmal kam es unter den Männern zum Disput, aber die Parteigänger des Imperators gewannen die Oberhand. Als einige Unbeirrbare weiterhin der Aufsässigkeit das Wort redeten, setzten die anderen ihrem Widersinn und ihrem Leben mit Waffengewalt ein Ende. Das Blut der Aufrührer wusch die Schande des Aufruhrs von denen, die es vergossen.

So ging es bis spät am Abend. Überall im Lager wurden die Rädelsführer der Meuterei von den Männern, die ihnen vor kurzem noch gefolgt waren, aufgespürt, gefesselt und vor den Legaten Gaius Caetronius geschleppt. Rings um den Legaten standen die Kohorten mit gezogenen Schwertern. Der jeweilige Angeklagte wurde auf eine Erhöhung gebracht und durch einen Tribun nach allen Richtungen gedreht. Riefen die versammelten Männer ›schuldig‹, was häufig geschah, stieß der Tribun den Gefesselten von dem Hügel, und die Klingen der Legionäre fraßen sein Fleisch und tranken sein Blut.

Als dieses Schauspiel kein Ende nehmen wollte, trat der Prätorianertribun Marcus Valerius zu seinem Imperator und sagte mit angewidertem Gesicht: »Wollen wir nicht endlich Einhalt gebieten, Caesar? Wie sollen wir in Rom erklären, daß wir den Tod so vieler Soldaten ohne ordentliches Verfahren zuließen?«

»Ich glaube nicht, daß Rom über den Tod der Meuterer besonders betrübt sein wird«, antwortete Germanicus mit versteinertem Gesicht. »Und wenn, wird die Tötung der Rädelsführer auf die Meuterer zurückfallen. Ich habe nicht den Befehl hierzu gegeben.« Mit grimmigem Lächeln fügte er hinzu: »Daß ich es billige, ist kein Rechtsverstoß.«

»Aber ist es nötig, das Blut so vieler Römer zu vergießen?«

»Es ist nötig, Tribun. Noch viel mehr Blut wird vergossen werden, bevor die Mehrzahl dieser Männer sich aus der Schande befreit fühlt. Wir müssen aus ihnen wieder gehorsame Soldaten machen, Männer, die für Rom marschieren, schwitzen, kämpfen und töten.«

»Die ihre eigenen Kameraden töten?« In Valerius' Stimme schwang deutlicher Zweifel mit.

»Nein, dies ist nur der Beginn«, erwiderte Germanicus und zeigte nach Osten, wo auf der anderen Seite des Rhenus das freie, sich den Römern widersetzende Germanien lag. »Erst wenn das Blut der Germanen die Ströme ihres Landes rot färbt, wenn die Gebeine von mehr Germanen in der Sonne bleichen, als Römer im Saltus Teutoburgiensis gefallen sind, werden die Legionen wieder das sein, was sie einmal waren!«

Kapitel 14

Der Blutadler

Lange Nächte und kurze Tage, erlösender Schlaf und schmerzhaftes Wachsein, daraus bestand Thorags Leben. Und manchmal wurde der Schmerz, der von seiner Brust ausstrahlte, so stark, daß er sich wünschte, dem Schlaf würde kein Erwachen mehr folgen. Dann wieder, in klaren Augenblicken, kämpfte er gegen diesen Wunsch an, weil er erkannte, daß der Schlaf ohne Erwachen die ewige Trennung von Auja und Ragnar bedeutete.

Auja!

Manchmal war es ihr schönes, stupsnäsiges Gesicht, das mal besorgt, mal lächelnd – wenn er ihren Blick erwiderte – auf ihn herabblickte, während seine Verbände gewechselt wurden oder er mühsam ein paar Löffel Suppe hinunterschluckte. Dann wieder waren es die Gesichter anderer Frauen, Heilerinnen und Dienerinnen. Wenn er dann nach Auja fragte, waren die Antworten oft ausweichend, aber für ihn deutlich genug. Er wußte, daß sie sich auf dem Lager krümmte, Opfer des Schmerzes, den ihr die ungeborene Tochter bereitete. Und Thorag rief Donar an, seinen Schutzgott, und Wodan, den Gott der Heilung, nicht für sich, sondern für seine Frau. Auch die Gesichter von Männern sahen nach dem Donarsohn, das bärtige Antlitz Mallovends, die jugendlichen Züge Tebbes, Thidriks verwitterter Bauernkopf, und immer wieder das glattrasierte, gutgeschnittene Gesicht Armins. Irgendwann siegte der Wille zu leben über die Schmerzen, statt ein paar Löffeln Suppe aß Thorag eine kleine Schale Brei und später sogar kleingeschnittenes Fleisch. Mit dieser Mahlzeit, die Reglind ihm reichte, war er noch beschäftigt, als Armin das Haus betrat.

Der Herzog der Cherusker ließ sich neben dem Krankenlager nieder und sagte lächelnd: »Ich hörte, dem tapferen Krieger ist schon wieder nach kräftigendem Fleisch. Dann hoffe ich, wir beide können bald gemeinsam auf die Jagd gehen, Thorag.«

Der Donarsohn konnte nur leise antworten, weil lautes Sprechen zu starken Schmerzen in seiner Brust führte. »Jagen kann ich erst wieder, wenn ich allein essen kann.« Er hob die dick verbundenen Hände und sah dann dankbar die alte Dienerin an, die ihn fütterte. »Und wenn ich erst wieder auf die Jagd gehen kann, werde ich darauf achten, ja keinem Raben etwas anzutun.«

»Warum nicht?« erkundigte sich Armin verwundert.

»Hast du denn nicht den Raben gesehen, der dicht bei mir im Baum der Wahrheit saß? Er muß ein Bote Wodans gewesen sein. Als ich ihn sah, wußte ich, wie ich Gerolfs Todeswurf abwehren konnte.«

»Da war kein Rabe«, erwiderte Armin im Tonfall aufrichtiger Überzeugung. »Ich hätte ihn sehen müssen.«

So wie der Herzog verhielten sich alle, die Thorag später auf den Raben ansprach. Nur der Fürst der Donarsöhne hatte den großen Vogel gesehen.

»Wie auch immer«, meinte Armin. »Hauptsache, du kannst bald wieder reiten und jagen! Und dazu mußt du ordentlich essen.« Er wandte sich der Dienerin zu und nahm ihr die Tonschale aus der Hand. »Ich übernehme das.«

»Wie du wünschst, Herr.« Reglind zog sich zurück.

Armin steckte ein weiteres Fleischstück in Thorags Mund und sagte: »Die Heilerinnen sind sehr zufrieden mit dir. Die Kräuter tun ihre Wirkung, und deine Wunden verheilen gut.«

»Das beruhigt mich.« Thorag schluckte das zerkaute Fleisch hinunter. »Mehr Sorgen als um mich mache ich mir um Auja.«

»Das mußt du nicht. Auch sie ist in guten Händen. Thusnelda sieht mehrmals am Tag nach ihr.«

»Danke«, sagte Thorag, bevor Armin ein weiteres Fleischstück in seinen Mund schob.

»Du mußt mir nicht danken, Thorag. Wir sind doch Blutsbrüder. Es ist Pflicht und Selbstverständlichkeit, einander beizustehen.«

Ein Gefühl von Wärme und Geborgenheit durchströmte den Gaufürst der Donarsöhne, fast so, wie er es in Aujas Armen empfand. Trotz allem, was in den letzten Jahren zwischen den beiden Männern gestanden hatte, war er jetzt froh, sich in Armins Obhut zu befinden. Thorag wußte, daß für die Seinen gesorgt werden würde, selbst wenn er es nicht überlebte. Und das sagte er Armin.

»Du wirst es überleben, mit Sicherheit«, erwiderte dieser. »Bald sitzt du schon wieder auf deinem Rappen, hoffe ich. – Das heißt, wenn du mir einen Gefallen tun willst.«

»Wenn ich kann.«

»Mallovend hat mich gebeten, an den Feiern zu Ehren der Tamfana teilzunehmen. Aber ich möchte das Cheruskerland zur Zeit nicht verlassen. Segestes ist jetzt wieder Herr über seinen Gau, und ich will darüber wachen, daß er seine wiedergefundene Freiheit und Macht nicht dazu benutzt, sich gegen mich zu stellen. Wenn er die Adlerburg verläßt, werde ich eine ganze Horde Kundschafter in den Stiergau senden.«

»Du traust dem Vater deiner Frau nicht, Armin?«

»Nein, nicht solange er in erster Linie ein Freund der Römer und ein Fürst ist, der es noch immer nicht verwunden hat, daß nach meines Vaters Tod nicht er, sondern ich Herzog der Cherusker wurde.«

»Was soll ich dabei tun?«

»Du sollst mich bei den Marsern vertreten, Thorag. Als mein Blutsbruder und – mehr oder weniger – Schwiegervater von Mallovends Tochter Amala bist du der richtige Mann dafür.«

»Ah ja, die Hochzeit.«

»Sie war sehr schön, wenn sie auch im Schatten deines Kampfes gegen die Todesgeister stand. Verzeih, daß wir nicht auf dich warteten. Aber es erschien mir besser, die beiden möglichst schnell zu verheiraten.«

Thorag grinste verstehend. »Bevor Mallovend es sich doch noch anders überlegen konnte, meinst du wohl.«

»Es gibt gewisse Zwänge, denen sich ein Herzog beugen muß«, brummte Armin entschuldigend. »Meinst du, sonst hätte ich es zur Speerprobe zwischen dir und Germar kommen lassen? Dieser Hund hat es nicht verdient, am Baum der Wahrheit zu sterben. Man hätte ihn einfach totschlagen sollen!«

»Wie hat Gerolf den Tod seines Bruders aufgenommen?«

Armins Gesicht wirkte plötzlich, als hätte Nott ihre dunklen Schleier darüber ausgebreitet. »Er zog noch am Abend nach der Wodansprobe von der Adlerburg. Ich glaube, wir haben nichts Gutes von ihm zu erwarten. Aber keine Angst, ich habe bereits Boten ausgesandt, um deinen Gau vor einem möglichen Rachezug des Eberfürsten zu warnen.«

»Warum hegst du diese Befürchtung, Armin?«

»Weil man am nächsten Morgen einen meiner Krieger im Wald fand, in der Richtung, in die Gerolf gezogen ist. Er war tot, zum Blutadler verstümmelt.«

Der Blutadler!

Obwohl Thorag schon manche Schlacht geschlagen und manchen Feind getötet hatte, erschauerte er bei dem Gedanken an diesen alten Rachebrauch. Dem Opfer wurden bei lebendigem Leib die Rippen vom Rückgrat abgetrennt und in der Art von Adlerschwingen auseinandergebreitet; dann wurden die Lungenflügel herausgezogen. So zugerichtet, ließ man den Verstümmelten elendig krepieren.

»Wieso glaubst du, daß der Blutadler ein Rachezeichen Gerolfs gewesen ist?« fragte Thorag.

»Weil man das bei dem Toten gefunden hat, getränkt mit seinem Blut.« Armin zog zwei Gegenstände aus einem der Lederbeutel an seinem Gürtel, grob geschnitzte Holzfiguren von der Größe einer Männerhand. Die rötliche Färbung mußte vom Blut des Ermordeten stammen. Eine Figur hatte eine seltsam geschwollene Hand, und erst beim näheren Hinsehen erkannte Thorag, daß es die Darstellung eines Hammers war. Die andere Figur hatte nicht den Kopf eines Menschen, sondern eines Pferdes. »Das Pferd ist das Schutztier von Mallovends Sippe«, erklärte Armin.

»Das Pferd und der Hammer – Miölnir«, sagte Thorag nachdenklich. »Der Mann von der Pferdesippe und der Donarsohn, das ist allerdings eine deutliche Warnung.«

»Mehr als das, es ist die Ankündigung blutiger Rache. Wie ich Gerolf einschätze, wird er alles versuchen, um dich und Mallovend mit dem Blutadler zu schmücken. Hüte dich vor den Eberleuten, Thorag!«

»Das tu ich schon seit langem«, sagte Thorag, und es sollte gleichgültig klingen. Doch die sorgenzerfurchte Stirn verriet den Schatten, der auf dem Donarsohn lag. Es war der Schatten des Blutadlers.

Blutigrot erstrahlte die tiefe Sonne, die jetzt schon früh sank, über dem Heerlager der Römer. Seit dem frühen Nachmittag war ein Teil der dreißigtausend Mann, die Germanicus auf dieser Expedition befehligte, damit beschäftigt, das Nachtlager zu errichten.

Zufrieden schritt Germanicus mit einem Gefolge hoher Offiziere durch die rasch an Gestalt gewinnenden Lagerstraßen und erwiderte die Jubelrufe der hart arbeitenden Männer mit freundlichen Worten, die seiner guten Stimmung entsprachen. So waren die Soldaten nach seinem Geschmack. Noch vor Sonnenaufgang durch das Trompetensignal geweckt, packten sie im ersten Tagesschimmer die Zelte zusammen, rissen das Lager ab und machten sich ohne Frühstück auf den Marsch, der bis in die Mittagszeit dauerte. Nach kurzer Rast wurde dann das neue Lager aufgebaut. Marschieren und Arbeiten ließen den Männern keine Zeit für dumme Gedanken. Ja, die Legionen waren dabei, sich den Stolz Roms zurückzuerobern! Es war ein harter Weg gewesen. Nachdem mit der Rückkehr Caligulas, der jetzt mit seiner Amme in der Ubierstadt weilte, die Raserei der Legionen I und XX endlich besänftigt gewesen war, mußte Caecina bei den Legionen V und XXI in Vetera ein ähnliches Blutgericht abhalten, wie es über die Rädelsführer und übelsten Meuterer im Oppidum Ubiorum hereingebrochen war. Im Schutze der Nacht schlich Caecina mit getreuen Zenturionen, Signifern und Soldaten in die Unterkünfte der Aufrührer und brachte die größten Schreihälse für immer zum Schweigen. Als Germanicus ins Lager einzog, ritt er zwischen wahren Leichenbergen hindurch. Er ließ die Toten verbrennen und versprach den reumütigen Soldaten die baldige Gelegenheit, sich neuen Ruhm zu erwerben. Diese Gelegenheit kam bald, denn Germanicus führte ausgesuchte Kohorten der Legionen I, V, XX und XXI in der Stärke von zwölftausend Mann, sechsundzwanzig Auxiliarkohorten und acht Alen Reiterei auf einer Schiffsbrücke über den Rhenus und dann ins Germanenland hinein. Das geographische Ziel des Feldzuges stand noch nicht fest, das militärische aber schon. ›Rache für Varus‹ hieß die Parole, doch ›Ruhe bei der Truppe‹ und ›Ruhm für Germanicus‹ hätte es eigentlich heißen müssen. Ein Sieg über die aufständischen Germanen würde den Soldaten neues Selbstvertrauen und ihrem Imperator neues Ansehen in Rom einbringen.

Ein Optio seiner Garde kam im Laufschritt auf Germanicus zu und meldete: »Imperator, wir haben mitten im Lager einen Germanenfürsten aufgegriffen!«

»Einen unserer Verbündeten?«

»Nein, einen unserer Feinde, einen Cherusker.«

»Wie heißt er?«

Der Optio öffnete den Mund, begann dann zu stottern und sagte mit errötendem Kopf: »Ich … ich konnte mir den Namen nicht merken, Imperator. Die Namen dieser Barbaren klingen alle so … so ungewöhnlich. Man kann sie kaum aussprechen!«

»Dann sehen wir uns den Kerl einfach mal an«, meinte Germanicus und wandte sich zu seinen Begleitern um. »Daß es uns der Feind so einfach macht und uns hier in der Nähe des Rhenus schon entgegenkommt, hätte ich nicht zu hoffen gewagt. Allerdings müßten die aufständischen Barbaren ein wenig zahlreicher erscheinen, damit unser Sieg über sie ruhmvoll ausfällt.«

Die Offiziere lachten laut und gingen hinter ihrem Imperator her. Der Optio führte sie zu einem Zelt auf dem Hauptplatz. Vier verwegen aussehende Germanen wurden dort von einem Trupp Prätorianer bewacht.

»Das sind ja doch mehr als einer, wenn auch recht wenig im Verhältnis zu unserer Streitmacht und keineswegs ein Anlaß zu einer Siegesfeier«, bemerkte Germanicus zu dem Zenturio Ventidius, der die Prätorianer befehligte.

»Es sind die Begleiter ihres Fürsten, Imperator«, meldete Ventidius. »Er selbst ist dort im Zelt.«

»Ich bin schon gespannt auf diesen Cherusker«, sagte Germanicus lächelnd. »Arminius selbst wird es wohl kaum sein.«

Er kannte Armin – oder Arminius, wie ihn die Römer nannten – recht gut. Beide hatten unter Tiberius in Pannonien gekämpft, bevor der Tod seines Vaters Arminius zurück nach Germanien rief. Der junge Cherusker hatte sich wacker für Rom geschlagen. Um so entsetzter war Germanicus, wie mit ihm so mancher Römer, gewesen, als er erfuhr, daß ausgerechnet Arminius, der neue Herzog der Cherusker, Quinctilius Varus in die Falle gelockt und seine Legionen vernichtet hatte. Für die Römer war Arminius, der römischer Ritter und Tribun war, ein Verräter, und Germanicus' Sympathie für den Cherusker war in Haß umgeschlagen.

Nein, der Mann, der im Zelt von ein paar Gardisten bewacht wurde, war ganz gewiß nicht der hünenhafte, blonde Arminius. Aber obwohl Germanicus den hageren Mann nicht kannte, war er unverkennbar ein germanischer Edeling. Denn für einen Barbaren war er vornehm gekleidet, mit guten Lederstiefeln, einer in den Stiefeln steckenden Hose in hellem Grün, einem roten Hemd und einem karierten Umhang in leuchtenden Farben, der über der rechten Schulter von einer großen Goldfibel in Form eines Eberkopfes zusammengehalten wurde. Ein Fürst der Ebersippe, dachte Germanicus, als er sein Wissen über den Cheruskerstamm zusammenkratzte.

Der Fremde deutete eine leichte Verbeugung an und sagte mit einem Lächeln, das berechnet wirkte: »Ich grüße dich, edler und ruhmreicher Caesar Germanicus.«

Das Latein des Germanen war weder richtig noch schön, aber immerhin drückte der Mann sich verständlich aus, was für einen Barbaren beachtlich war. Germanicus glaubte nicht, daß dieser Edeling jemals in Roms Diensten gestanden hatte.

»Du kennst meinen Namen, Germane, aber wie lautet deiner?« fragte der Imperator.

»Ich bin Gerolf, Gaufürst der Eberleute.«

»Der Fürst der Eberleute!« Die Züge des Imperators verhärteten sich. »Und du wagst es, einfach so in mein Lager zu kommen? Die Eberleute gehören zu den unversöhnlichsten Feinden Roms. Sie haben in der Schlacht gegen Varus sogar noch die Flüchtenden niedergemetzelt, auch Frauen und Kinder!«

»Ich habe nicht den Befehl dazu gegeben, Imperator. Damals war Onsaker der Fürst der Eberleute.«

»Und wo ist Onsaker jetzt?«

»Er ist tot.«

»Bist du mit ihm verwandt, Gerolf?«

»Ich bin sein Vetter.«

»Und du warst nicht dabei, als deine Leute über die Legionen des Varus herfielen?«

Gerolf straffte sich und sagte ohne Zögern: »Doch, ich war dabei. Ich habe gegen die Römer gekämpft und sie getötet, und nachher habe ich getanzt und gesungen.«

Germanicus trat näher und unterzog den Cherusker einer eingehenden Prüfung. Eigentlich gefiel ihm der Mann mit dem Fuchsgesicht nicht besonders. Er wirkte verschlagen, nachtragend, gemein. Aber die offenen Worte, die er eben gesprochen hatte, beeindruckten den Imperator. Das bewies Mut. Der Germane weckte die Neugier des Römers.

»Das alles sagst du mir ins Gesicht?« fragte Germanicus. »Befürchtest du nicht, daß du damit dein Todesurteil sprichst?«

»Lieber sterbe ich durch eure Klingen als an den Gebrechen des Alters. Nichts scheut ein Cherusker mehr als den Strohtod. Aber bevor ihr mich tötet, solltet ihr wissen, daß ich nicht länger euer Feind bin. Im Gegenteil, ich bin gekommen, um euch meine Unterstützung und die meiner Krieger anzubieten. Als ich von eurem Zug nach Osten hörte, hatte ich nichts Eiligeres zu tun, als zu euch zu kommen.«

»Warum? Was veranlaßt dich, gegen deine eigenen Leute Stellung zu beziehen?«

»Der Haß!« stieß Gerolf hervor. »Früher habe ich die Römer gehaßt, aber das war falsch. Ihr Römer sagt wenigstens ehrlich, was ihr von uns wollt: Land, Waffendienst und Steuern. Armin jedoch gibt vor, für unsere Freiheit zu kämpfen, in Wahrheit aber strebt er die Macht über alle Stämme an, ein Königtum ähnlich dem des Markomannen Marbod.«

»Du wendest dich also im Haß gegen Armin«, stellte Germanicus zufrieden fest. »Hast du auch einen Plan, wie man ihn schlagen kann?«

»Ja, Imperator. Man muß ihn schwächen, indem man erst seine Verbündeten schlägt.«

»Wen meinst du damit?«

»Die Marser unter Mallovend. Sie haben beim Kampf gegen Varus einen der römischen Adler erobert und seitdem treu an Armins Seite gekämpft. In den kommenden Nächten aber sind sie geschwächt, weil sie sich den Feiern der Göttin Tamfana hingeben. Wenn ihr dann über sie herfallt, werden sie trunken sein vom Met, wehrlos – und alle auf einem Haufen. Außerdem findet ihr, wie mir meine Kundschafter kürzlich meldeten, Armins Blutsbruder bei ihnen, Thorag von den Donarsöhnen.«

»Thorag!« stieß Germanicus hervor. Auch ihn kannte der Römer aus Pannonien. Und er hatte gehört, daß Thorag zeitweilig unter Varus als Präfekt gedient und sich dann genauso verräterisch gegen Rom gestellt hatte wie Arminius. »Das ist wirklich eine hübsche Gesellschaft.«

Gerolf nickte eifrig. »Und ich kenne einen Weg, auf dem niemand römische Legionen erwartet. Der Weg gilt als umständlich und beschwerlich, aber ihr Römer seid arbeitsame Männer, wie ich draußen gesehen habe. Ihr könntet ihn gangbar machen.«

Germanicus lächelte. Der Plan gefiel ihm. Es sah ganz so aus, als hätte er das Angriffsziel seines Feldzuges gefunden.

Auch Gerolf lächelte, als er zwei Stunden später, nach einer ausgiebigen Unterredung mit Germanicus und dessen Stab, wieder ins Freie trat.

Alles war genauso verlaufen, wie er es sich vorgestellt und zusammen mit Segestes geplant hatte. Segestes würde sich um Armin kümmern, während Gerolf die Römer gegen Mallovend und Thorag führte.

Die beiden würden für Germars Tod büßen, und mit ihnen der ganze Marserstamm und bald auch die Donarsippe!

Gerolf und Germanicus waren jetzt Verbündete. Die Römer würden den Eberkriegern ins Land der Marser folgen, und über ihnen würde der Vogel der Rache schweben – der Blutadler!

ZWEITES ZWISCHENSPIEL

Der Reisende von Ostia

Der Weihrauch, der auf dem Altar des Jupiter in einer großen Schale verbrannte, stieg in einer dicken, weißen Fahne in den blauen Himmel, als wolle er sich dort mit den weißen Wolken verbinden. Sein kräftiger Geruch vermischte sich mit dem weniger angenehmen der geschlachteten Tiere zu einer eigenartigen Bittersüße, die so schwer in der Luft hing, daß Tiberius sie auf der Zunge zu schmecken glaubte. Der Princeps, der den silberglänzenden, goldverzierten Muskelpanzer und den mit einer breiten Goldborte gesäumten Purpurmantel des obersten Heerführers trug, war froh, daß die Einwohner Ostias den Opferaltar auf dem freien Platz vor dem Jupitertempel errichtet hatten. Im Innern des großen Gebäudes wäre der Geruch kaum zu ertragen gewesen. Zehn große Stiere und zehn prächtige Hengste, alles blütenweiße und makellose Tiere, verbreiten im Tod einen größeren Gestank als hundert Gefallene auf dem Schlachtfeld.

Endlich war auch der letzte Stier verendet, nachdem erst die Axt eines Opfermetzgers vor seinen Schädel geschlagen und dann das vergoldete Messer des Mannes in den Hals und den Leib des Tieres gefahren war. Die Lederschürze des Opfermetzgers war rot vom Blut der Tiere, die Tiberius dem Jupiter darbrachte. Vergeblich bemühten sich die Opferdiener, alles auslaufende Blut in ihren vergoldeten Schalen aufzufangen, während der Opfermetzger den Stier zerlegte. Blutbefleckt wie die Schürze des Metzgers waren auch der Sockel des Altars aus weißem Marmor und die grauen Steinplatten rundherum.

Sorgsam entnahmen die Priester des Jupiter dem Stier die Innereien und legten sie zu den Eingeweiden auf dem Altar. Während sie die noch körperwarmen Organe eingehend betrachteten und die Ergebnisse ihrer Studien untereinander diskutierten, beobachtete Tiberius amüsiert die Gesichter der Menge. Patrizier und Plebejer, Bürger und Freigelassene waren im Tempelbezirk der Hafenstadt Ostia zusammengeströmt, um ihren Princeps zu sehen und ihn zu verabschieden.

Es verwunderte den Herrscher nicht, daß er viele spöttische Gesichter sah, Gesichter von Menschen, die das Urteil der Priester bereits zu kennen glaubten. Denn schon einmal hatte Tiberius hier gestanden und dem Jupiter geopfert, um zu erfahren, wie die Vorzeichen für seine Reise nach Germanien standen. Und die Priester hatten mit ernsten Mienen verkündet, daß alle Zeichen schlecht ständen. Neptun, der Gott des Meeres, sei erzürnt und würde den Princeps auf immer verschlucken, sobald dieser sich hinaus auf offene See wagte, so laute Jupiters Warnung. Also war Tiberius nach Rom zurückgekehrt, und seine Flotte war wieder entladen worden.

Natürlich hatte er damals die Priester des Jupiter bestochen, so wie er dem Gott des Lichtes und des Himmels, Beschützer Roms und des Staates, auch heute reichlich Gold als Weihegeschenk vermacht hatte. Natürlich ahnten das die Klügeren unter den Zuschauern. Und natürlich ahnten sie auch, daß Tiberius gar nicht daran interessiert war, ins ferne Germanien zu fahren, um seinen Adoptivsohn Drusus bei der Niederschlagung der Meuterei zu unterstützen. Bei seiner ersten scheinbaren Abreise und auch heute beugte sich der Princeps lediglich dem Druck der Öffentlichkeit und der Mehrheit des Senats – und dem Drängen Livias.

Die Mutter des Princeps gab vor, es sei zum Besten ihres Sohnes, wenn dieser sich selbst um die Meuterei kümmere. Es hebe sein Ansehen und mindere die Gefahr, die Rom selbst drohte, sobald die Meuterei sich ausbreitete. Doch Tiberius glaubte zu wissen, was Livia Drusilla, die sich seit dem Tod des Augustus Julia Augusta nennen durfte, wirklich antrieb. Die alte Frau wollte seine Macht beschneiden und ihre Stellung als Mitregentin ausbauen.

Bis jetzt hatte Tiberius das erfolgreich verhindert, was sie wohl kaum angenommen hatte, als sie alles daransetzte, ihn zum Nachfolger des Augustus zu machen. Tiberius hatte nicht vor, die willenlose Puppe seiner Mutter zu sein. Als im Senat Anträge gestellt wurden, Livia mit den Ehrentiteln ›Parens – Erzeugerin‹ und ›Mater patriae – Mutter des Vaterlandes‹ zu schmücken und Tiberius fortan ›Sohn der Julia‹ zu nennen, war der neue Princeps erstmals scharf gegenüber den Senatoren aufgetreten und hatte nachdrücklich darauf bestanden, bei den Ehrungen von Frauen

Maß zu halten, wie er auch für seine eigene Person bei Titeln und Ehrenbezeugungen Zurückhaltung üben wolle. Tiberius hatte verhindert, daß für seine Mutter ein Altar geweiht wurde zur Erinnerung an ihre Aufnahme in das Julische Haus. Und er hatte vereitelt, daß ihr ein Liktor zugewiesen wurde, womit er ihr jegliche Exekutivgewalt absprach.

Livia wehrte sich wie eine Löwin, aber nicht in der Öffentlichkeit, dazu war sie zu klug. Wie hätte es ausgesehen, hätte sich die Mutter gegen den Sohn, die Augusta gegen den neuen Augustus gestellt. Insgeheim schmiedete sie Ränke, schürte den Aufruhr unter den Patriziern, nährte die Unzufriedenheit mit der zögernden Haltung des Tiberius in der Frage der Heeresmeutereien. Zwar hatte Drusus Minor gemeldet, der Aufruhr im Illyricum sei beigelegt, aber noch war keine Nachricht über die Beendigung der Aufstände am Rhenus nach Rom gelangt, und die Rückkehr der senatorischen Gesandtschaft unter Munatius Plancus war überfällig. Tiberius hatte sich darauf berufen, diese Rückkehr abwarten zu wollen, aber die von Livia aufgestachelten Senatoren hatten ihm das nicht als vernünftige Haltung, sondern als weiteres Zaudern ausgelegt. Und so war der Princeps zum zweitenmal gezwungen gewesen, den Tiber nach Ostia hinunterzufahren, um hier den Reisenden zu spielen.

Der Oberpriester drehte sich um, blickte in die Menge und dann auf den Herrscher. Er war ein mittelgroßer, hagerer Mann mit einem glattrasierten Gesicht. Seine ganze Erscheinung und Haltung strahlte Würde aus, woran auch der Umstand nichts änderte, daß Toga und Tunika von den Eingeweiden der Opfertiere beschmutzt waren.

»Hört, was Jupiter, der Gott der Krieger, über die Reise unseres Imperators Tiberius Julius Casear gesagt hat!« Spannung breitete sich auf vielen Gesichtern aus, doch auf einigen blieb die spöttische Belustigung die vorherrschende Regung. »Alle Zeichen stehen gut. Wenn der Imperator auch Fortuna, der Göttin des Glücks und des Schicksals, die das Ruder des Lebens in den Händen hält, in ihrem nahen Heiligtum noch ein Weihegeschenk darbringt, steht einem günstigen Verlauf der Reise nichts entgegen. Dann werden göttliche Winde unseren Princeps beflügeln!«

»Er trägt ein bißchen dick auf«, bemerkte spitz, aber mit der Angelegenheit angemessen ernster Miene Gnaeus Calpurnius

Piso, der die senatorische Abordnung anführte, die mit dem Princeps nach Ostia gefahren war, um ihn hier zu verabschieden. Livia dagegen hatte es nicht für nötig gehalten, ihren Sohn zum Hafen zu begleiten, was Tiberius ärgerte, auch wenn er es in Anbetracht seines eigenen Verhaltens ihr gegenüber verstehen konnte.

»Ja«, bestätigte der Herrscher und verbarg nur mühsam die Belustigung angesichts der eben noch spöttischen und jetzt überaus erstaunten Gesichter. »Und das Weihegeschenk für Fortuna war auch nicht vereinbart.«

»Die Priester des Jupiter schanzen ihren Kollegen vom Heiligtum der Fortuna etwas zu«, stellte Calpurnius Piso fest. »Vermutlich ist es ein Abkommen auf Gegenseitigkeit.«

Nachdem Tiberius sich bei Jupiter für sein Wohlwollen bedankt hatte, begab sich die Prozession zum nahen Heiligtum Fortunas, das so klein war, daß es kaum die Bezeichnung Tempel verdiente. Nur kurz hielt sich Tiberius mit der Übergabe des Weihegeschenks in Form einiger kostbarer Goldarbeiten auf. Plötzlich ermüdete ihn die Komödie, die er hier spielte. Außerdem juckte seine Haut am ganzen Körper. Es war der Ausschlag, der ihm schon seit seiner Kindheit zu schaffen machte und gegen den kein Arzt etwas tun konnte. Am liebsten hätte er sich überall gekratzt und gescheuert, am Kopf, an den Beinen und auch dazwischen. Nur mühsam beherrschte er sich.

Der Zug formierte sich neu, verließ unter pompösem Trompetengeschmetter den Tempelbezirk im Westen der Stadt und wandte sich dem Hafen an der Tibermündung zu. Der Weg, den Jünglinge mit Rosenblüten bestreuten, war von Schaulustigen gesäumt, die den Princeps in seiner von acht kräftigen Numidern getragenen Prunksänfte betrachten wollten. Die der Sänfte voranschreitenden Liktoren hatten die Rutenbündel links geschultert, doch jeder hielt noch eine schmalere Rute in der Rechten, um zu vorwitzige Zuschauer durch schmerzhafte Streiche auf ihre Plätze zu verweisen.

Im Hafen wartete eine eindrucksvolle Flotte auf den Imperator, insgesamt zwanzig Kriegsschiffe. Einige von ihnen kreuzten jenseits des Hafenbeckens auf See, aus Sicherheits- und auch aus Platzgründen. Schließlich mußten hier auch noch die Handelsschiffe anlegen, die Gold, Zinn und Blei aus Hispanien, Eisen, Wolle und Felle aus Britannien, Töpferwaren und Olivenöl aus

Gallien, Wein und Honig aus Griechenland, Holz und Pferde aus Kleinasien und aus den verschiedensten Gebieten das für Rom so wichtige Getreide brachten. Die geräumige Galeere, die den Princeps beherbergen sollte, war ebenso prunkvoll verziert wie die mit Purpur- und Goldapplikationen versehene Sänfte, aus der er jetzt stieg. Sklaven schleppten eilig die letzten Truhen mit den persönlichen Habseligkeiten des Herrschers an Bord.

Dieser wandte sich an seine Begleitung und an die zusammengeströmte Menge, um sich für das Geleit und die guten Wünsche zu bedanken. Tiberius wies auf die voraussichtlich lange Dauer seiner Abwesenheit und darauf hin, daß in Rom alles seinen rechten Gang gehen werde. Er betonte sein Vertrauen in den durch Calpurnius Piso vertretenen Senat und in seine Mutter und Mitregentin Livia Julia Augusta. Dann ging er unter den Jubelrufen der Menge auf das Schiff.

Der Trierarch ließ den Anker lichten und die Segel setzen. Sie waren im Purpur des Herrschers gehalten, und das große Hauptsegel war mit den Schattenrissen einer Wölfin und zweier kleiner Kinder, Romulus und Remus, verziert. Schon wollten sich die Rojer in die Riemen legen, um das Schiff aus dem Hafen zu bringen, da schoß ein schnittiger, leichter Segler durch die Einfahrt und holte die Segel so spät ein, daß er der bauchigen Galeere des Princeps den Weg versperrte.

Tiberius tat erstaunt, als er die Männer an der Reling des anderen Schiffes erblickte, und rief seinem Schiffsführer zu: »Es ist Munatius Plancus mit den anderen Senatoren. Bring mich zurück an Land, Trierarch, sicher hat die Gesandtschaft Interessantes zu berichten.«

Wenig später begegneten sich Tiberius und die aus Germanien zurückgekehrten Senatoren am Rande des Hafenbeckens, umringt von der neugierigen Zuschauermenge. Der Princeps forderte Munatius Plancus auf, seinen Bericht in knappen Worten gleich hier zu erstatten, denn es ginge alle Bürger Roms etwas an.

»Schlechte See behinderte unsere Rückkehr, edler Tiberius, Sohn des vergöttlichten Augustus«, begann Plancus. »Jetzt aber können wir dir berichten, daß dein Sohn, der Prokonsul Julius Caesar Germanicus, die Meuterei in Germanien niedergeschlagen hat. Die Legionen stehen wieder treu zu Rom, und jegliche Gefahr ist gebannt.«

Tiberius wartete ab, bis das aufgeregte Geschnatter der Menge sich gelegt hatte. Dann sagte er mit einem breiten Lächeln, wie man es selten in seinem ernsten Gesicht sah: »Jupiter sei Dank, daß er dich und deine ehrwürdigen Begleiter noch rechtzeitig zurückkehren ließ, edler Munatius Plancus. Jetzt, wo ich Germanien in guten Händen und die dortigen Legionen treu zu Rom stehend weiß, erübrigt sich meine Reise, und ich kann weiterhin in der Liebe baden, mit der Roms Bürger mich überschütten.«

Die Menge konnte gar nicht anders, als auf diese geschickt gewählten Worte mit Jubel zu reagieren. Tiberius nahm den Beifall für seine gezielte Schmeichelei als solchen für seine Entscheidung, in Rom zu bleiben. Er bedankte sich bei den Bürgern für ihr Einverständnis und stieg dann in seine Sänfte.

Einige der Zuschauer sahen allerdings auch reichlich verprellt aus, so die nicht in den Plan eingeweihten Priester des Jupiter-Tempels. Als der Reisende von Ostia nach Rom zurückkehrte, freute er sich schon auf das bestimmt nicht minder komische Gesicht seiner Mutter.

Livia reagierte in der Tat höchst erstaunt auf die unerwartete Rückkehr ihres Sohnes und konnte ihren Ärger kaum verbergen.

»Sie hat ausgesehen, als sei sie ihrem zu den Göttern gegangenen Gemahl wiederbegegnet«, bemerkte feixend Calpurnius Piso, als er sich abends mit Tiberius in dessen Haus zu einem Essen unter vier Augen traf. »Ich glaube, jetzt hat sie endgültig eingesehen, daß ihr alles Intrigieren nichts nützt, daß sie dir hoffnungslos unterlegen ist.« Der Senator hob seinen Weinbecher und lachte: »*Mulier taceat!** Auf dich, Tiberius, auf den unangefochtenen Herrscher Roms!«

Auch Tiberius hielt seinen goldenen Becher hoch und lächelte Calpurnius Piso an. »Nein, auf dich, mein Freund, der du den genialen Einfall hattest, Munatius Plancus und seine Begleiter so lange zurückzuhalten, bis sich ihr Schiff mit meinem trifft, das war wirklich ein Meisterstück!«

»Nein, nur eine Frage der Überredung und Bestechung. Ich hatte meine Zweifel, daß der ehrbare Plancus sich auf so etwas

* Das Weib möge schweigen!

einläßt, aber die schlimmen Erfahrungen in Germanien scheinen seinen Stolz gebrochen zu haben.«

Sie tranken, und dann erkundigte sich Calpurnius Piso nach dem Bericht der Senatoren.

»Er entspricht überhaupt nicht den Äußerungen, die Plancus im Hafen von Ostia gemacht hat. Er wäre von den Meuterern fast ermordet worden und mußte das Oppidum Ubiorum Hals über Kopf verlassen.«

Der Senator wirkte gar nicht mehr belustigt. »Wir sollten die Meuterei nicht auf die leichte Schulter nehmen, Tiberius. Auch wenn du es vor dem Senat abstreitest, Rom könnte tatsächlich bedroht sein.«

Tiberius winkte ab und steckte eine in Honig gebackene Traube in seinen Mund, die er genüßlich zerkaute. »Vor einer Stunde erhielt ich per Eilkurier Nachricht aus Germanien. Die Götter sind mit uns und haben die Lüge, die wir Plancus in den Mund legten, in Wahrheit verwandelt. Germanicus scheint seine Truppen tatsächlich wieder in der Gewalt zu haben. Jedenfalls ist er mit ihnen zu einem Feldzug gegen die Germanen aufgebrochen.«

Calpurnius Piso nahm ebenfalls eine Traube aus der großen Silberschüssel, steckte sie aber noch nicht zwischen die Lippen, sondern fragte zuvor: »Da wir gerade von der Lüge sprechen, hat dir dein spezieller Kundschafter auch schon Bericht erstattet?«

»Du meinst Appius Aemilianus Silius?«

Calpurnius Piso kaute schmatzend und nickte.

»Ja, er war hier.« Tiberius sagte das mit einem tiefen Seufzer, der Unzufriedenheit mit dem Bericht des Senators ausdrückte. »Germanicus hat es rundweg abgelehnt, mich mit Hilfe des Senats zu ersetzen.«

»Das scheint dich zu bekümmern«, stellte Calpurnius Piso verwundert fest. »Wo du über die Treue deines Adoptivsohnes doch sehr erfreut sein solltest!«

»Mein Kummer entspringt der Frage, ob die Treue Germanicus diese Antwort geben ließ oder …«

»Oder?« fragte der Senator, als der Herrscher schwieg und nachdenklich durch den Freund hindurchsah, mit einem Blick, der bis ins ferne Germanien zu reichen schien.

»Oder der Argwohn, der unvermeidliche Bruder der Herrschsucht«, beendete Tiberius seinen Satz.

DRITTER TEIL

SCHICKSALSSCHLÄGE

Kapitel 15

Die Nächte der Tamfana

In den Nächten der Tamfana wurde der Wechsel des Jahres gefeiert, der Übergang vom Sommer zum Winter, die Einbringung der Ernte und die Aufnahme der Geister der Verstorbenen ins Reich der Toten. Zu diesem bedeutendsten Fest der Marser waren sämtliche Sippen in das Gebiet um den großen Tempel geströmt, so zahlreich, daß sich die Feierlichkeiten über viele Meilen hinzogen, verteilt auf Siedlungen und große Gehöfte rund um Mallovends Burg, die sich ganz in der Nähe des Tempels auf einem Bergrücken erhob.

Fast alle Frilinge wollten die Erdgöttin ehren, so daß auf den entfernteren Höfen nur wenige zurückblieben, meist Frauen und Kinder, Alte und Schwache, die ein Auge auf Halbfreie und Schalke warfen. Angst vor der Schwächung des Stammesgebietes durch den Entzug der Krieger brauchte man nicht zu haben, denn die Waffenruhe während des Tamfana-Festes galt auch den Nachbarstämmen als unantastbar, so wie die Marser die heiligen Riten ihrer Anrainer respektierten.

Wie alle freien Stämme rechts des Rheins hatten auch die Marser kein Verständnis für das, was die Römer unter Pünktlichkeit verstanden. Bei den Germanen galt es als Tugend, sich Zeit zu lassen. Für einen freien Mann gab es keinen Grund, sich dem Zwang zu beugen, zu einem bestimmten Zeitpunkt an einem bestimmten Ort zu sein. Und so kamen auch die Feiernden erst nach und nach zusammen, in jeder Nacht wurden es mehr. Zum Höhepunkt des Festes, den morgen beginnenden drei heiligen Nächten – der Nacht des Krieges, der Nacht des Schutzes sowie der Nacht der Toten und der Fruchtbarkeit –, würden aber wohl alle anwesend sein, die Tamfana ehren und opfern wollten.

In dieser Nacht, vor der Nacht des Krieges, wurde noch einmal ungezwungen gefeiert, auch und besonders auf Mallovends Burg. Schon seit fünf Nächten bewirtete der Marserherzog seine Gäste: die zum Tamfana-Fest erschienenen Abordnungen fremder Stämme und die Edelinge der Marsersippen. Über den Feuern drehten sich Rinder, Schweine, Lämmer und frisch erlegtes Wild. In den Kesseln dampften heiße, schmackhafte Suppen. Es flossen Ströme von Bier, das frisch für diese Feier gebraut worden war, und von Met, den die Frauen aus dem Aufguß von Honigwaben gewonnen hatten. Tänze, Spiele und Gesänge gaben einen Vorgeschmack auf das, was in den drei kommenden Nächten noch lauter, vielfältiger und eindringlicher stattfinden würde.

Thorag genoß die Musik, das Tanzen, Lachen, Essen und Trinken. Seitdem Germar mit seinem Mordgesindel im Land der Donarsöhne aufgetaucht war, hatte das Leben des Donarfürsten aus Kämpfen und Gefahren, aus Sorgen und schließlich auch aus Verletzungen bestanden, die einen schwächeren Mann als Thorag nach Walhall geführt hätten. Aber der Donarsohn war ein Krieger, der ebenso gut einstecken wie austeilen konnte. Die Heilkräuter und die sorgsame Pflege, über die Armin persönlich gewacht hatte, zeigten bald ihre Wirkung. Thorag fühlte sich in der Lage, seinem Blutsbruder den Freundschaftsdienst zu erweisen, um den der Cheruskerherzog ihn gebeten hatte. Er brach mit Mallovend ins Marserland auf, auch wenn das lange Reiten ein Stechen in seiner Brust und das Halten der Zügel ein Brennen in den narbigen Händen verursachte. Er verließ die Adlerburg nicht ohne düstere Gedanken, bedingt durch Gerolfs Blutadler und Aujas anhaltende Schwächeanfälle.

Im ersten Fall beruhigte Armin den Freund, er werde den Ebergau durch einen großen Trupp Späher beobachten lassen. Tatsächlich tat sich dort nichts Auffälliges. Die Kundschafter meldeten keine großen Kriegeransammlungen, die auf einen Angriffszug hindeuteten. Lediglich viele kleine Jagdgruppen streiften durch das Eberland, aber das war für diese Jahreszeit nichts Ungewöhnliches; kurz vor Ende des Sommers wurden noch einmal die Vorräte aufgefüllt, bevor die Frostriesen mit ihren kalten, weißen Mänteln alles Leben erstickten. Außerdem war Argast über das Geschehen auf der Adlerburg in Kenntnis gesetzt worden, und Thorags Kriegerführer hatte seinem Fürsten die Nachricht gesandt, er habe die Donarsiedlung auf einen Überraschungsangriff der Eberleute vorbereitet.

Im zweiten Fall war es Thusnelda, die sich aufopfernd um Auja kümmerte. Die jungen Frauen verstanden sich, vielleicht weil beide ein Kind erwarteten, sehr gut und schienen geneigt, der Blutsbrüderschaft ihrer Männer eine enge Freundschaft gegenüberzustellen. Thusnelda kümmerte sich um Auja, wie Armin sich um Thorag kümmerte, und versicherte dem Donarsohn, er brauche sich keine Sorgen um seine Frau zu machen. Aujas Angebot, ihn ins Marserland zu begleiten, wies Thorag, so schwer es ihm auch fiel, zurück. Wie Thusnelda richtig feststellte, brauchte Auja jetzt Schonung, nicht Anstrengung.

Thidrik und und die beiden Söhne des Schreiners Holte befanden sich unter den Donarsöhnen, die Thorag begleiteten. Tebbe natürlich, um bei seiner Gemahlin Amala zu sein und hier ein neues Heim zu gründen. Eibe wollte die Nächte der Tamfana an der Seite seines Bruders feiern, bevor er sich von ihm verabschiedete, auf lange Zeit gewiß, vielleicht für immer. Ähnlich erging es Thidrik, der sich ein wenig fühlen mochte wie in jener Unheilsnacht, als sein Sohn Hasko beim Kampf mit Thorag in sein eigenes Schwert gestürzt war.

Doch falls Thidriks Brust sich bei dem Gedanken an den nahen Abschied von Tebbe zusammenzog, ließ sich der ältere Mann das ebensowenig anmerken wie der junge Eibe. Das ausgelassene Treiben im Herzen des Marserlandes duldete keine Trübsal; ernste Gesichter entkrampften sich rasch unter der Einwirkung von Met und Bier.

Da war es kein Wunder, daß der abgehetzte Reitertrupp, der spät in der Nacht auf der Vendburg erschien, lange Zeit nicht ernst genommen wurde. Der Schaum, der aus den Mündern der Pferde troff, die von Müdigkeit gezeichneten Gesichter der fünfzehn Männer, ihre lauten Schreie, man möge sie schnell zum Herzog der Marser durchlassen, das alles erschien der ausgelassenen, trunkenen Menge nur ein neuer Spaß zu sein, zu dem einer der Fürsten seine Männer veranlaßt hatte. Lachende, kreischende Marser scharten sich immer dichter um die Reiter, wollten ihnen Hörner mit Bier und Met reichen und fragten, welchen Feind es zu besiegen galt. Nur mühsam kämpften sich die Neuankömmlinge zu den Tischen vor, an denen die Fürsten unter freiem Himmel tafelten.

Thorag, der in ein angeregtes Gespräch mit einem Edeling vom Stamm der Usipeter vertieft war, stutzte plötzlich, als er den vordersten Ankömmling sah. Trotz des dicken Verbandes um den Kopf des Reiters, trotz der frischen Narbe, die seine linke Gesichtshälfte verunstaltete, erkannte der Donarsohn das längliche Gesicht mit dem stark vorspringenden Kinn sofort. Es gehörte einem Cherusker aus der Hirschsippe, dem Kriegerführer Ingwin.

Thorag sprang zum allgemeinen Erstaunen von der Bank und unterbrach dadurch den mit schwerer Zunge über die Römer lästernden Usipeter mitten im Wort. Der Donarsohn lief den Reitern entgegen, bahnte sich mit Bewegungen, die denen eines Schwimmers ähnelten, einen Weg durch die Menge, bis er endlich vor Ingwin stand und die Zügel des schwer atmenden Braunen ergriff.

Ingwins Wunden und der ernste, verbissene Ausdruck auf seinem Gesicht verrieten Thorag, daß auf der Adlerburg etwas Schwerwiegendes vorgefallen war. Als sich der Donarsohn danach erkundigte, sagte Ingwin: »Ich spreche am besten zu allen Fürsten. Die Zeit drängt, ich will mich nicht wiederholen.«

Inzwischen hatten auch die Umstehenden erkannt, daß es sich bei dem Auftritt der Reiter nicht um einen Spaß handelte, und machten den Hirschkriegern bereitwillig Platz. Vor der Fürstentafel stiegen die Reiter von den Pferden, tranken dankbar von dem dargebotenen Bier und stopften mit der Gier von Ausgehungerten Fleisch und Brotfladen in ihre Münder.

Mallovend trat neben Thorag und fragte: »Warum schickt Armin uns diese Krieger?«

»Das möchte ich auch gern erfahren«, erwiderte der Donarsohn und wartete angespannt ab, bis Ingwin das Trinkhorn absetzte, das er mit einem langen Zug geleert hatte. Das Herz des jungen Gaufürsten klopfte heftig bei dem Gedanken, Auja und Ragnar könnte etwas zugestoßen sein.

Der Führer der Hirschkrieger stieß laut auf und verbreitete den durchdringenden Geruch von gegorenem Weizen und Schafgarbe. »Armin hat uns nicht ausgesandt. Der Herzog erteilt derzeit niemandem Befehle.« Ingwin war außer Atem, sprach leise und abgehackt. Verbittert biß er die Zähne zusammen und sah durch die umstehenden Männer, zum größten Teil Fürsten, hindurch.

»Was ist mit Armin?« fragte Thorag. »Ist er krank oder verwundet?«

»Schlimmer«, seufzte Ingwin. »Er ist Segestes' Gefangener!«

In den Gesichtern rund um den Kriegerführer zeichneten sich Überraschung und Unglauben ab. Die Männer traten noch näher an Ingwin heran, und Mallovend brummte: »Wenn du dir mit uns einen Spaß erlauben willst, Cherusker, laß dir gesagt sein, daß dies nicht die Art von Späßen ist, über die ich lache!«

»Ein Spaß?« Ingwins Gesicht verzog sich und wurde jetzt von der entstellten linken Hälfte beherrscht: rohes, aufgeworfenes Fleisch. »Ich wäre froh, wenn es ein Spaß wäre! Aber der verfluchte Stierkrieger, der mir das Gesicht zerschnitten hat, hat dies ebensowenig zum Scherz getan, wie der, unter dessen Pferdehufen mein Schädel beinah zertrümmert wurde. Und als ich dem einen mein Schwert in den Wanst und dem anderen den Dolch in die Gurgel stieß, hat auch niemand gelacht!« Der Hirschkrieger redete sich in Wut. Seine Augen traten hervor. Die Hand, die das Rinderhorn hielt, zitterte.

Thorag führte ihn zur Tafel, wo Ingwin sich auf eine Bank setzte. »Berichte der Reihe nach, was sich ereignet hat, Ingwin!« Am liebsten hätte er den Hirschkrieger sofort nach Auja und Ragnar gefragt, aber bei Ingwins aufgewühltem Zustand hätten zu viele Fragen den Bericht nur unnötig in die Länge gezogen.

»Es geschah vor zwei Nächten«, begann der Kriegerführer und sprach jetzt merklich ruhiger. »Alle Fürsten und Gesandtschaften, die zu Armins Hochzeit gekommen waren, hatten die Adlerburg verlassen. Zuletzt zog Armins Oheim Inguiomar mit den Seinen ab. Jetzt weiß ich, daß Segestes nur auf diesen Zeitpunkt gewartet hat. Aber die Klugheit nützt leider dem nichts, der sie zu spät erlangt.«

Er griff nach einem Bierkrug, füllte das Horn zur Hälfte und leerte es sofort wieder.

»Weiter!« drängte Thorag ungeduldig, und Mallovend begleitete die Aufforderung durch ein kräftiges Nicken. »Was hat Segestes getan?«

Achtlos ließ Ingwin das leere Rinderhorn auf den grob gezimmerten Holztisch fallen. »Er hat ein Festmahl gegeben, ähnlich dem diesen. Damit wollte er sich bei Armin für die Gastfreundschaft und den für Thusnelda gezahlten Preis bedanken. Da Armin Herr der Adlerburg ist, fand dieses Festmahl draußen im Wald statt.«

»Eine Falle!« entfuhr es Thorag. »Das war natürlich eine Falle. Wie konnte Armin seinem Schwiegervater nur auf den Leim gehen? Segestes war nicht sein Gast, sondern sein Gefangener, das wußten beide.«

»Ja, es war eine Falle.« Ingwin nickte betrübt, hob dann den Kopf und blickte den Donarfürsten mit funkelnden Augen an. »Aber du solltest Armin nicht zu Unrecht beschuldigen, Thorag. Natürlich ist es einfach, seinen Leichtsinn im nachhinein zu verurteilen. Aber bedenke, daß der Hirschfürst sich noch in freudiger Stimmung über die gelungene Hochzeit befand. Außerdem schien Segestes völlig verwandelt. Er war freundlich zu jedermann, besonders zu Armin, und betonte, das Vergangene sei vergessen, und jetzt solle Armin für ihn sein wie ein Sohn.«

»Dieser Heuchler!« brummte Mallovend und strich wütend durch seinen Bart.

»Ja, es war geheuchelt«, fuhr Ingwin fort. »Ich selbst machte mir meine Gedanken über dieses Festmahl. Aber auch ich fiel auf Segestes herein. Ich dachte mir, vielleicht täuscht er diese Freundlichkeit nur vor, und die von ihm ausgerichtete Feier entspringt der Berechnung mehr als seinem Herzen. Damit lag ich richtig, doch irrte ich mich über den Grund, dachte ich doch, der Stierfürst wolle nur sein Gesicht wahren.«

»Ja, da ist etwas dran«, meinte Thorag, der sofort verstand, was Ingwin meinte. »Indem Segestes so tat, als bedanke er sich für erwiesene Gastfreundschaft, verschleierte er die Tatsache seiner Gefangenschaft und wahrte nach außen den Schein.«

»Deine Worte waren meine Gedanken, Thorag. Deshalb ließ ich nur wenige Krieger aufziehen, um das Festmahl zu bedecken. Schließlich fand es am Fuße der Adlerburg statt, im Herzen des Hirschlandes. Doch mit der Dunkelheit kamen die Feinde in großer Überzahl, fielen über uns her und machten fast alle meiner Krieger nieder. Es ging sehr schnell. Segestes verschwand mit seinen siegreichen Männern, und sie nahmen Armin mit sich.« Ingwins Züge verhärteten sich wieder, und seine Rechte krallte sich um den Schwertgriff an seiner Hüfte. »Aber diesen Verrat wird der Stierfürst noch bereuen. Für jeden gefallenen Hirschkrieger wird das Blut von zehn Stiermännern fließen!«

»Was ist mit Armins Frau?« fragte Mallovends älterer Sohn Vendar. »Hat Segestes seine Tochter auch mitgenommen?«

»Ich nehme an, dies entsprach seinem Plan«, antwortete der Hirschmann. »Thusnelda sollte an der Feier teilnehmen, es sollte der Abschied von ihrem Vater werden. Aber dann ging es Thorags Frau sehr schlecht, und Thusnelda blieb auf der Adlerburg, weil sie sich selbst um die Kranke kümmern wollte. Das rettete sie vor dem Zorn ihres Vaters.«

»Wie geht es Auja jetzt?« erkundigte sich Thorag erregt. Sein Herz raste schneller, als Wodans achtbeiniger Hengst laufen konnte. »Ist ihr etwas zugestoßen?«

Zu Thorags Erleichterung schüttelte Ingwin den Kopf. »Sie hat sich wieder erholt, Thorag. Deine Frau und dein Sohn befinden sich auf der Adlerburg, in Sicherheit.«

Thorag fühlte sich erleichtert und wischte mit seinem Hirschlederumhang den Schweiß ab, der auf seine Stirn getreten war.

Mallovend legte eine Hand auf Ingwins Schulter und verkündete laut: »Dein Racheschwur soll auch der meine und der meines ganzen Volkes sein, Hirschkrieger. Sobald die Nächte der Tamfana vorüber sind, werde ich ein Heer zusammenstellen, um meinem Waffenbruder Armin zu helfen!«

»Segestes ist nicht unser Feind«, wandte Vendar ein.

Sein Vater zog die buschigen Brauen soweit herunter, daß sie fast mit seinem Bart verschmolzen. »Aber Armin ist unser Freund! Wir wohnten unter seinem Dach, wir tranken sein Bier, wir aßen seine Speise, wir lachten und sangen mit ihm – so wie Segestes! Seine Falschheit und sein Verrat an Armin machen ihn zu unserem Feind!«

Ingwin blickte den Marserherzog zweifelnd an. »Deine Hilfe ist höchst willkommen, edler Mallovend. Aber Armin benötigt sofort Beistand. Ich fürchte, wenn nicht um sein Leben, so doch darum, ihn jemals befreien zu können. Er darf nicht lange der Gefangene des Segestes sein. Der Stierfürst war schon immer ein Freund der Römer. Er hat damals nichts unversucht gelassen, dieses Krummbein Varus von unserem Plan zur Vernichtung seiner Legionen zu unterrichten.«

Mallovends Brauen wanderten wieder nach oben, als der Herzog überrascht die Augen aufriß. »Du meinst, er will Armin den verfluchten Römern übergeben?«

»Auf meinem Ritt hierher hatte ich viel Zeit, mir Gedanken zu machen. Und ich dachte daran, was Segestes mit Armins Gefangennahme bezwecken könnte.«

»Segestes hat sich den Zorn der Römer zugezogen, als wir ihn zwangen, Varus' Niederlage zuzusehen«, sagte Thorag. »Die Römer erwarten von ihren Verbündeten, daß sie ihnen beistehen und notfalls das Leben für sie opfern. Das hat Segestes – fast möchte ich sagen, leider – nicht getan. Im Gegenteil, er mußte sogar hinnehmen, daß sein Neffe Sesithar die Leiche des Varus schändete und den Kopf des Römers aufspießte. Und Segestes' eigener Sohn Segimund, der in der Ubierstadt am römischen Altar die Priesterweihe empfing, zerriß die Priesterbinden und eilte zu den Waffen, um sich Armins Aufstand anzuschließen. Das haben die Römer sicher nicht vergessen. Ja, Ingwin hat recht, wenn Segestes sich bei Tiberius und Germanicus einkaufen will, wird er einen hohen Preis zahlen müssen. Einen Preis wie das Leben des Mannes, der den Aufstand gegen Rom entfacht und angeführt hat!«

»Armins Leben«, bestätigte Mallovend düster. »Ihr Cherusker liegt wohl richtig, euer Herzog schwebt in höchster Gefahr und braucht dringend Hilfe. Ich selbst werde kommen, sobald ich kann. Aber als Herzog der Marser ist meine Anwesenheit beim Fest der Tamfana erforderlich. Andernfalls könnte die Erdgöttin uns zürnen, die Ernte im nächsten Sommer verderben und den Geistern unserer Verstorbenen den Weg ins Totenreich versperren. Ohne Tamfanas Segen könnte uns das Kriegsglück bei Armins Befreiung verlassen. Aber ich kann in der Zwischenzeit eine Streitmacht entsenden, wenn sich ein Anführer findet.«

»Thorag wird uns führen«, sagte Ingwin mit Bestimmtheit. »Der Fürst der Donarsöhne wird Armin befreien!«

»Ein guter Vorschlag«, meinte Mallovend.

»Nein!« Eilard, Mallovends Vetter und Kriegerführer trat vor. Er wirkte erregt. Das Mal auf seiner rechten Wange schien zu glühen, aber vielleicht lag das an dem roten Schein des nahen Feuers, über dem ein Ferkel briet. »Eine Streitmacht der Marser muß auch von einem Marser geführt werden. Ich biete mich dazu an. Dann kannst du, Mallovend, gemeinsam mit deinen Söhnen Tamfana huldigen.«

»Ich werde aufbrechen, um Armin zu helfen«, sagte Thorag ruhig und wandte sich dem Marserherzog zu. »Aber ich habe nichts dagegen, daß Eilard den Befehl über deine Krieger führt, Mallovend. Wichtig ist nur, daß Armin schnell Hilfe erhält.«

»Es war nicht mein Einfall, daß Thorag die Streitmacht gegen die Stiersippe führt«, erklärte Ingwin. »Als Armin, aus mehreren Wunden blutend, vor meinen Augen von vier kräftigen Stierkriegern verschleppt wurde, hat er mir zugerufen, ich solle zu seinem Blutsbruder reiten. Thorag soll an seine Stelle treten und den Verrat des Segestes rächen.«

»Ich – an Armins Stelle?« fragte der Donarsohn verwundert. »Aber ich gehöre nicht der Hirschsippe an, bin nicht vom Blute Segimars und seines Sohnes Armin.«

»Dein Blut fließt in Armins Adern und das Blut Armins in dir«, sagte Mallovend. »Das bedeutet ebensoviel, wenn nicht noch mehr, denn dies beruht auf eurem freien Entschluß. Armin wußte sehr wohl, was er sagte. An wen hätte er sich wenden sollen, wo doch sein Bruder unter dem Namen Flavus den Römern dient?«

»An seinen Oheim Inguiomar«, schlug Thorag vor.

Mallovend wollte etwas erwidern, schluckte es aber hinunter und wirkte verlegen, wie man ihn sonst nicht kannte.

Ingwin sprach aus, was auch der Marserherzog dachte: »Als Armin gegen Varus aufstand, hat Inguiomar sich nur zögernd beteiligt. Er kämpfte noch nicht einmal gegen die drei Legionen des römischen Statthalters, sondern hielt die nicht besonders gefährliche Stellung im Herzen des Cheruskerlandes. Vielleicht befürchtet Armin, daß sein Oheim sich jetzt ähnlich zögerlich verhält. Du aber, Thorag, hast gegen Varus in vorderster Linie gefochten und hast mit eigener Hand einen der römischen Adler erobert. Das dürfte Erklärung genug sein für Armins Entscheidung.«

Daß Thorag Armin helfen würde, war für den Donarsohn keine Frage. Armin hatte ihn nach seiner Verletzung durch Gerolfs Speer gepflegt und ihm auch früher schon beigestanden, bevor sie sich entzweiten. Thusnelda kümmerte sich wie eine Schwester um Auja. Und dann, da hatte Mallovend recht, war da noch ihr verbundenes Blut. Was hatte doch der alte Fenrisbruder damals im Tal der toten Bäume gesagt, als Armin und Thorag den Bund schlossen: ›Laßt euer Blut sich vereinigen, auf daß des einen Blut das Blut des anderen werde. Und tränkt die Erde, aus der alles erwächst, mit eurem gemeinsamen Blut, damit auch eure Brüderschaft aus ihr erwachse, als wäret ihr Kinder eines Vaters und einer Mutter!‹

Was ihn zweifeln ließ, war die Frage, wie Inguiomar auf eine solche Zurücksetzung reagieren würde. Nachdem Segestes sich als unversöhnlicher Feind seines Schwiegersohnes erwiesen hatte, wollte Thorag dem Cheruskerherzog nicht noch mehr Gegner in der eigenen Familie schaffen.

Aber die Zeit drängte, und Armins Blut, das auch Thorags Blut war, rief.

»Wie ich schon sagte, ich werde so schnell wie möglich aufbrechen«, erklärte Thorag. »Wenn Armin es wünscht, werde ich den Befehl über alle Cherusker und alle sonstigen Krieger übernehmen, die sich uns anschließen wollen. Wenn Eilard die Marser anführt, soll es mir recht sein.« Er blickte Eilard an. »Dann wird es zwei Truppen unter zwei Befehlshabern geben, aber ich bin sicher, daß uns derselbe Kampfgeist einen wird.«

Eilard lächelte dünn, als sei ihm dies nicht genug.

»Mein Vetter wird an der Spitze der Marser in den Kampf gegen Segestes ziehen«, entschied Mallovend. »Aber unter deinem Befehl, Thorag. So wie Armin uns gegen Varus und seine Legionen geführt hast, wird sein Blutsbruder uns gegen den verräterischen Stierfürsten führen!«

Jubel setzte ein. Ingwin und seine Begleiter jubelten, weil ein Cheruskerfürst und noch dazu ein Abkömmling des mächtigen Donnergottes sie anführen würde. Die Marser jubelten, wie sie es aus Gewohntheit taten, wenn ihr Herzog eine Entscheidung fällte, und weil es für einen Krieger stets ein Grund zur Freude war, in ruhmreichen Kampf zu ziehen. Nur einer jubelte nicht: Eilard.

Der untersetzte Kriegerführer verzog die Mundwinkel zu einer Grimasse, ein Lächeln, selbst ein dünnes, brachte er nicht mehr zustande. »Es sei, wie unser Herzog befiehlt«, preßte er mühsam hervor.

Von da an war die Feier für Thorag beendet. Und, was diese Nacht betraf, auch für Mallovend. Der Herzog sandte Boten zu den Siedlungen, Höfen und den eigens für das Tamfana-Fest entstandenen Lagern aus Laubhütten rings um seine Burg, um Freiwillige für den Kriegszug gegen Segestes zu sammeln.

Thidrik, Tebbe und Eibe kamen zu Thorag und teilten ihm

ihren Entschluß mit, an seiner Seite zu reiten. In allen drei Fällen lehnte Thorag ab.

»Tebbe muß bei seiner jungen Frau bleiben«, sagte er. »Nicht nur sie wird es wünschen, sondern auch Mallovend. Denke an deine Verpflichtung als Bindeglied zwischen den Stämmen der Cherusker und der Marser, Tebbe. Und denke an Amala, die bei diesem Fest ihre Weihe als Priesterin empfangen sollte. Glaubst du nicht, mein Sohn, sie wird dich in den kommenden Nächten ganz besonders brauchen?«

Tebbe sah dies ein.

»Dann kämpfe ich für meinen Bruder mit!« rief Eibe forsch. »Ich fürchte, unsere eilig zusammengewürfelte Streitmacht wird sowieso nicht sehr groß werden. Da kannst du einen Mann, der für zwei kämpft, gut gebrauchen, Thorag.«

»Nein.« Der Donarfürst blieb unbeugsam. »Armin hat gewünscht, daß ich ihn in den Nächten der Tamfana vertrete. Nun muß ich fort, da sollen neben Mallovends Schwiegersohn zumindest dessen Bruder und der Mann, der wie ich Tebbe und Eibe ein neuer Vater geworden ist, an den Feierlichkeiten teilnehmen.«

»Danke, daß du einen alten Mann schonst«, sagte Thidrik säuerlich. »Du glaubst wohl, Segestes hört auf Meilen meine morschen Knochen knacken, wenn ich mit dir reite.«

»Manch jüngerer Krieger könnte es nicht mit dir aufnehmen, Thidrik, und das weißt du auch.« Thorag legte die Hände auf die Schultern des Mannes, der einmal sein Todfeind gewesen und zu einem seiner engsten Vertrauten geworden war. »Ich nannte genau die Gründe, die mich bewegen. Ich wäre stolz und froh über jeden von euch an meiner Seite, aber in den Nächten der Tamfana ist hier euer Platz. Danach stoßt mit Mallovends Heer zu mir. Es ist bestimmt nicht verkehrt, wenn ein paar verläßliche Donarsöhne mit den Marsern reiten.«

»Ich verstehe«, grinste Thidrik. »Du kannst dich auf mich verlassen, Thorag.« Er blickte die beiden Jungmänner neben sich an und verbesserte sich: »Auf uns!«

Am nächsten Vormittag verließ Thorag die Vendburg an der Spitze von vierhundert Kriegern. Er hatte auf mehr gehofft, aber die meisten Marser würden erst nach den drei heiligen Nächten bereit für den Krieg sein. Und mancher, der vielleicht kämpfen gewollt hätte, war einfach zu betrunken dazu. Die Mehrzahl der kampfbereiten Marser waren Jungmänner, die ihren ersten Kriegsruhm ernten wollten. Thorag hätte lieber mehr erfahrene Krieger bei sich gehabt.

Außer den Marsern gehörten Ingwin und seine Mannen sowie einige Donarsöhne zu seiner kleinen Streitmacht. Ihre Kampferfahrung mußte die fehlende der jungen Marser ersetzen. Thorag glaubte fest daran, daß sie es schaffen würden, Armin zu befreien. Er machte sich erst gar keine Gedanken über das Ob, sondern beschäftigte sich während des harten Rittes angestrengt mit dem Wie.

Die Zeit des Marschierens wurde immer länger, die der Ruhe immer kürzer. Und trotzdem erreichten die römischen Legionäre und die Auxiliartruppen keine tägliche Marschleistung, die über das Mittelmaß hinausging.

Schuld war der beschwerliche Weg, über den Gerolf die Armee des Germanicus ins Land der Marser führte. Statt der kürzeren und einfacheren Marschrichtung nahm der Heerwurm einen gewaltigen Umweg in Kauf, der noch dazu das Vorwärtskommen durch schroffe Schluchten, dichte Urwälder und reißende Wildbäche erschwerte. Aber es war ein Weg, auf den die Marser sicher kein wachsames Auge warfen, weil er zwar für Germanen gangbar schien, nicht aber für eine schwerfällige römische Armee mit ihren sperrigen Kriegsmaschinen und ihrem langen Troß.

Doch die Römer kamen über diesen Weg! Gerolfs Kundschafter forschten nach den gangbarsten Stellen, und Aulus Severus Caecina mit seiner Vorhut, die aus leichten Auxilien und den Pionierabteilungen der Legionen bestand, baute Brücken über die nicht ganz so breiten Schluchten und Bäche und schlug Schneisen in die weniger dichten Wälder. Ihm folgte Germanicus mit der Hauptstreitmacht, und an der Seite des Imperators ritt stets der Eberfürst.

Mehrmals ersuchte Gerolf den mächtigeren Verbündeten, vorausreiten zu dürfen, da er das Gelände gut kannte und der beste Anführer seiner Späher gewesen wäre. Aber Germanicus lehnte immer wieder ab.

»Hier nutze ich dir doch nichts, Caesar«, versuchte Gerolf es noch einmal und wies mit weitausholender Bewegung über die langen Reihen aus Soldaten und Pferden. Sie zogen unter den beiden Reitern, die auf der Kuppe eines kleinen Hügels verharrten, vorbei. »Du hast genug Männer um dich, auf mich kommt es hier nicht an. Aber da vorn in den Wäldern könnte ich dir an der Spitze meiner Krieger den Weg ins Land der Marser bahnen!«

»Oder du könntest in die Wälder verschwinden und zusammen mit den Marsern wieder aus ihnen hervorbrechen, so wie es Arminius und seine Verbündeten im Saltus Teutoburgiensis getan haben.«

Der Eberfürst richtete sich auf dem Rücken seines Rappschecken auf, versteifte sich und blickte den Römer mit entrüstetem Gesicht an. »Du hältst mich für einen Verräter, Caesar?«

Die für einen Mann sehr hübschen Züge des Imperators verzogen sich zu einem scheinbar gewinnenden Lächeln, das in Wahrheit Ausdruck der Überlegenheit war. »Bist du denn kein Verräter, wenn du mein Heer gegen deine eigenen Leute führst?«

»Ich bin Cherusker, kein Marser!«

»Ich halte diese feinen Unterschiede, die ihr Germanen macht, nicht für so bedeutungsvoll. Cherusker und Marser haben Seite an Seite gegen Varus gefochten, jetzt stellst du dich, der damals dabei war, gegen deine Waffenbrüder. Wie nennst du das, Gerolf, wenn nicht Verrat?«

»Mallovend hat meinen Bruder getötet, das war der Verrat!«

»Der Geschichte nach zu urteilen, die du mir erzählt hast, war es vielleicht einer der barbarischen Akte, die deinem Volk soviel bedeuten, aber kaum ein Verrat. Wärst du schneller gewesen, hätte nicht dein Bruder sterben müssen, sondern Thorag.«

»Thorag ist ein Verräter«, griff Gerolf den Faden rasch auf. »Der Donarfürst genoß das Vertrauen des Varus und mißbrauchte es. Daß Thorag mein Feind ist, müßte dir Beweis genug dafür sein, daß ich auf deiner Seite stehe.«

»Wer weiß das schon so genau, wer kann euch Germanen schon verstehen? Euer Denken ist genauso undurchdringlich wie eure schrecklichen Wälder.«

»Ich kenne diese Wälder und könnte dafür sorgen, daß wir noch schneller vorankommen, Imperator. Du weißt, wie wichtig es ist, das Marserland noch in den Nächten der Tamfana zu erreichen. Wenn du mir erlaubst …«

Mit einer herrischen Handbewegung, als führe er ein Schwert, schnitt der Römer dem Cherusker das Wort ab. »*Cantilenam eandem canis!*«

Gerolf, der das Lateinische nicht besonders gut beherrschte, sah den anderen fragend an.

Germanicus sprach langsamer, und jetzt verstand der Eberfürst: »Du singst immer dasselbe Lied. Ich bleibe bei meiner Entscheidung und du an meiner Seite. Wenn du mich in eine Falle führst, wird mein Tod ganz gewiß auch der deine sein!«

Der Imperator wendete seinen Schimmel und ritt hinunter zu dem Heerwurm, unter dessen Marschtritt der Hohlweg erbebte und der sich vorn und hinten in die Unendlichkeit zu erstrecken schien. Gerolf folgte ihm mit einigen Pferdelängen Abstand und stieß eine ganze Reihe von Verwünschungen aus, wobei er vorsichtshalber leise und in der Sprache seines eigenen Volkes redete.

Kein Zweifel, er hatte Germanicus unterschätzt. Der Eberfürst hatte gehofft, den Imperator leichter beeinflussen zu können. Aber der römische Feldherr schien nicht gewillt, sich die Zügel von einem ›Barbaren‹ aus der Hand nehmen zu lassen.

Als sie bei der Truppe anlangten, hatte Gerolf sich wieder unter Kontrolle. Er durfte die Gunst des Imperators nicht verspielen, wenn er dabei sein wollte, wie Mallovend und Thorag starben. Zuviel hatte der Eberfürst dafür in Kauf genommen. Als er den Leichnam seines Bruders nach der Rückkehr in den Ebergau im vollen Waffenschmuck auf dem Rücken eines prächtigen Schimmels verbrannte, hatte für Gerolf festgestanden, daß er den Blutadler über alle bringen würde, die schuld an Germars Tod waren.

Wie ein Friedloser hatte Gerolf in der Nacht seine Siedlung verlassen, nur in Begleitung einer kleinen Truppe seiner besten Krieger. Späher der Eberleute hatten gemeldet, daß ihr Gau von Armins Kundschaftern durchstreift wurde. Also ließ Gerolf Vorsicht walten und wartete in einem versteckten Tal am Rande seines Gaues auf seine Männer, die nach und nach eintrafen, als Jagdgruppen getarnt. Immerhin bekam Gerolf knapp achthundert Krieger zusammen, die er jetzt gegen die Marser führte. Achthundert Schwerter und Framen, geführt von Eberhand, um Germar zu rächen. Dazu Tausende und Abertausende der

Römer und ihrer Verbündeten, die Werkzeuge seiner Rache waren.

Diese Vorstellung versöhnte Gerolf, und er lächelte, als er seinen Schecken neben den Schimmel des Imperators lenkte. Es war das Lächeln des Todes, der sich auf reiche Ernte freute.

Kapitel 16

Die Nacht des Todes

Mallovends Familie, Männer wie Frauen, gingen hinter dem Marserherzog, der den feierlichen Zug von der Vendburg hinunter zum Tempel der Tamfana anführte. Danach kamen die Musikanten mit Luren, Rasseln und Klappern und mit den heiligen Hörnern, die immer wieder den Befehl über die übrigen Instrumente übernahmen. Ihr Hall, der über den ganzen Berg floß, war in dieser Nacht der wichtigste Klang, denn die Klänge der heiligen Hörner waren für die Ohren der Tamfana bestimmt, sollten der Göttin gefallen und sie ihren menschlichen Untertanen gewogen stimmen. Es war die letzte der drei heiligen Nächte, die Nacht der Toten und der Fruchtbarkeit.

Zwei Nächte zuvor, in der Nacht des Krieges, waren der Tamfana als Kriegsgöttin Waffen und gefangene Feinde geopfert worden, letzteres zum größten Teil Römer, die seit dem Sieg über Varus als Sklaven bei den Marsern lebten.

In der vergangenen Nacht, der Nacht des Schutzes, hatten die Marser für ihr persönliches Wohlergehen gebetet und der Tamfana als Schutzgöttin gehuldigt. Wer an einem körperlichen Gebrechen litt, brachte der Göttin ein Abbild des schmerzenden oder den Dienst verweigernden Körperteiles dar, einen Fuß oder eine Hand aus Holz, bei Wohlhabenden auch aus Eisen oder Bronze, teilweise sogar mit einem Überzug aus Silber oder Gold.

Die Nacht der Toten und der Fruchtbarkeit war Abschluß und Höhepunkt des großen Festes, sein wichtigster Teil. Denn davon, daß Tamfana auch die Gaben dieser Nacht annahm, hing die Einkehr der Verstorbenen ins Reich der Toten ebenso ab wie die Ernte des kommenden Sommers und damit das Fortbestehen der Lebenden.

Eine ernste Angelegenheit und doch ein Grund zur Freude, wie die Tänze und Gesänge der Menschen bewiesen. Tamfana war eine gnädige Göttin, und dem Stamm der Marser ging es gut. Niemand sah einen Grund, Böses von dieser Nacht zu erwarten.

Thidrik, der sich mit Eibe gleich hinter den Musikanten bei den Edelingen der Marsergaue und der anderen Stämme befand, bemerkte zu dem jungen Schreiner: »Dein Bruder macht sich sehr gut als Mitglied der Herzogsfamilie.«

»Ja«, seufzte Eibe und sagte nichts weiter dazu.

Thidrik ärgerte sich über seine Bemerkung, mit der er den schweigsamen Jungen eigentlich hatte aufmuntern wollen. Doch er hatte nicht richtig überlegt und den falschen Gesprächsgegenstand gewählt, ausgerechnet die Angelegenheit, die Eibe bedrückte. Das Ende des Tamfana-Festes bedeutete auch die Rückkehr ins Cheruskerland und damit die Trennung von Tebbe. Die Brüder hingen sehr aneinander, besonders seit dem Tod ihres Vaters.

»Bleib hier, Eibe«, schlug Thidrik vor.

Eibe starrte ihn fragend an. »Was meinst du, Thidrik?«

»Dich bindet nichts ans Land der Donarsöhne, wohl aber ans Marserland. Dein Bruder bleibt hier, also bleib du auch. Eure Zusammenarbeit hat sich bei uns bewährt und wird es hier auch tun.«

Statt zu antworten, blickte Eibe um sich. Er sah nach vorn, vorbei an den Musikern, zu Mallovend und den Seinen, zu denen jetzt auch Tebbe zählte. Der ältere der beiden Schreinerbrüder ging Hand in Hand mit seiner jungen Frau, beide in prächtige Gewänder gekleidet und mit Blumengirlanden bekränzt. Eibe sah nach hinten, die scheinbar endlose Schlange aus Menschenleibern entlang, die aus der Vendburg hervorquoll, um sich ins Tal zu winden. Hunderte von Fackeln in den Händen der Menschen erhellten das Dunkel und wirkten wie ein Aufzug riesiger Glühwürmchen. Eibe sah nach unten ins Tal, wo noch mehr Glühwürmchen, viele Tausende an der Zahl, warteten: die Feuer in den Lagern rund um die Vendburg und die Fackeln der einzelnen Festzüge, die aus allen Himmelsrichtungen dem großen Tempel zustrebten.

Dann sah Eibe seinen Begleiter an und sagte: »Nein, Thidrik, mich bindet hier nichts. Tebbe ist jetzt ein Marser, ich aber bin ein Cherusker, ein Donarsohn. Der Gau des Donnergottes ist das Land, in dem ich geboren bin, in dem meine Mutter starb und in dem mein Vater sein Leben ließ, um Tebbe und mich zu retten. Hier wäre ich nur der Bruder des Mannes, der Mallovends Tochter geheiratet hat. Im Land der Donarsöhne aber bin ich Eibe, der Sohn des Schreiners Holte, eines Mannes mit gutem Namen. Und vielleicht wird man eines Tages den Namen des Sohnes mit derselben Achtung aussprechen wie den des Vaters.«

Thidrik lächelte. Er fühlte sich nach dieser Antwort erleichtert. Zwar wünschte er Eibe nur das Beste, aber er war froh, daß der Junge in seiner Heimat leben wollte. Für den älteren Mann wäre es schwer gewesen, sich auf einen Schlag von beiden Jünglingen, die ihm wie Söhne geworden waren, verabschieden zu müssen.

»Ich bin froh, daß du mit mir zurückkehren willst, Eibe. Und ich bin sicher, daß man an langen Winterabenden noch viel von Eibe, dem Sohn Holtes, sprechen wird.«

»Dem Sohn Holtes und dem Ziehsohn Thidriks«, sagte Eibe. Diese Worte erfüllten seinen Begleiter mit Glück.

Luren, Rasseln und Klappern verstummten wie auch die Lieder der Menschen, und nur noch der reine Klang der heiligen Hörner erfüllte das Tal zu Füßen der Vendburg, als Mallovends Zug die große Lichtung mit dem Tempel der Tamfana erreichte. Schon in der Nacht des Krieges, als Thidrik den Tempel zum erstenmal sah, hatte er ihn bestaunt. In der Nacht des Schutzes hatten seine Augen wiederum ungläubig an dem seltsamen Mischwerk aus Stein und Holz gehangen. Und auch in dieser Nacht konnte er sich nicht satt sehen an dem Gebilde, das von den züngelnden Flammen der großen Opferfeuer erhellt wurde.

Es schien, als habe der Berg, auf dem die Vendburg stand, sich mit dem Wald vermählt, und beider Kind sei dieser Tempel. Riesige Bäume, uralte Buchen und Eichen, wuchsen in den Stein, und der Stein des Berges grub sich in das Holz der Bäume. So bildeten die Bäume, an ihren in den Himmel ragenden Spitzen zusammengewachsen, einen Dom, eine große Halle aus mächtigem Holz, die sich zu einer noch größeren Felshöhle erweiterte. Die Marser hatten recht, dies konnte nur göttliches Werk sein. Das Werk der Tamfana, Göttin der Erde, aus der Bäume und Berg erwuchsen. Wer sonst konnte Bäumen und Steinen befehlen, sich ineinanderzufügen?

Ein wenig hatten die Menschen allerdings nachgeholfen und zusätzliche Wände und Decken aus großen Steinbrocken errichtet, die sich harmonisch in das Werk der Götter eingliedertern. Mit der Zeit war der Tempel gewachsen wie der Stamm der Marser.

Aus dem Baumdom traten die Priester und Priesterinnen des Tamfana-Tempels in ihren weißen Gewändern, um den Herzog der Marser, seine Familie und seine fürstlichen Gäste zu begrüßen. Auch Thidrik und Eibe wurden Obstschalen gereicht, sie mußten an die Opferfeuer treten, der Tamfana für ihre Gunst bei der Ernte dieses Sommers danken und um die Bewahrung ihrer Gunst für die Ernte des kommenden Sommers bitten. Dann leerten sie die Schalen, und Funken stiegen auf, als Äpfel, Birnen, Pflaumen, Beeren und Haselnüsse in die Flammen fielen.

Nicht nur hier am Tempel der Tamfana, sondern im ganzen Landstrich rings um die Vendburg brachten die Marser in dieser Nacht ihre Opfer für die Geister der Toten und die Fruchtbarkeit der Erde. Überall brannten Opferfeuer. Wo es keine Priester gab, riefen die Oberhäupter der Sippen Tamfana an.

Am Tempel der Göttin war es Tradition, daß der Marserherzog selbst das Wort ergriff. Seine Söhne halfen ihm, den Mantel aus fein gegerbtem Dachsfell abzulegen, und zwei Priesterinnen, junge Frauen noch, brachten ihm ein weißes Priestergewand, das er überstreifte. Jetzt war aus dem Herzog Mallovend der Oberpriester Mallovend geworden.

Lauter Hörnerklang begleitete dieses Ereignis und verstummte, als Mallovend zwischen die Opferfeuer trat und sich der vieltausendköpfigen Zuschauerschar zuwandte. Dann sprach er mit einer Stimme, die noch lauter klang als zuvor die heiligen Hörner und das ganze Tal am Fuße der Vendburg auszufüllen schien.

Thidrik erschrak erst, bis er zu begreifen begann, daß der Herzog seine Stellung nicht zufällig gewählt hatte. Wo Mallovend stand, wurde der Hall seiner Stimme durch die Felswände des Bergmassivs verstärkt, ähnlich dem Echo im Dunklen Tal. Nach jedem Satz machte Mallovend eine Pause. Seine Worte wurden erst von dem Echo und dann von den Marsern wiederholt. So war gewiß, daß Tamfana die hörte, die zu ihr sprachen.

»Tamfana, Herrin unseres Lebens und Sterbens, erhöre dein Volk!« begann der Herzog und Oberpriester sein Gebet. »Göttin der Fülle und des Reichtums und des Ackersegens, sei bedankt für das, was du uns gewährt hast, und nimm dafür einen Teil deiner Gaben zurück. Opferempfangende, nimm auch unser Opfer an als Zeichen, daß du mit uns bist in der Zeit der Winterriesen und der Zeit danach, wenn Sunnas Lächeln die Mäntel der Frostriesen zum Schmelzen bringt. Mutter Erde, geleite die Geister unserer Toten sicher durch dein Reich. Nahrungverleihende und Erntespendende, gib, daß unsere Tische gedeckt sind in der Zeit des Winters wie des Sommers. Segnende, wir bringen dir jetzt die heiligen Rösser dar, deren Blut dich tränken, deine neuen Priester weihen und deinem Volk deine Gnade zeigen soll.«

In den dichten Reihen der Marser bildete sich eine Gasse, durch die zwanzig Jünglinge unter bewundernden Rufen der Umstehenden zwanzig Pferde führten, prächtige, makellose Stuten, zehn tiefschwarz und zehn weiß wie der Schnee des nahen Winters. Für einheimische Tiere waren sie sehr groß, erinnerten fast an Römerpferde. Die vielen Menschen und deren Lärm schienen die Opferstuten nicht im mindesten zu stören. Gelassen scheinbar, in Wahrheit durch Beimengungen ins Futter betäubt, schritt jedes Tier hinter seinem Führer her, bis alle zwanzig Pferde im Halbkreis um die Opferfeuer standen.

»Siehe die Rösser, die vor dir stehen, Mutter Tamfana«, fuhr Mallovend fort, und die Menge wiederholte es. »Zehn schwarz wie die Finsternis, die der Winter über unser Land legen wird. Zehn weiß wie das Licht, das mit der zeugenden Wärme des Sommers kommt, geboren aus Finsternis und Kälte. Zwanzig stolze Tiere ohne Fehl, dir zu Ehren, Reichtumgewährende. Nimm unser Opfer an, Gemahlin des flammenden Tiu, zum Zeichen, daß du unserem Stamm am Ende des Winters Licht, Wärme und Leben spenden wirst!«

Das Echo der Felsen und das der Menge verhallten, und die ersten beiden Jünglinge brachten zwei Stuten, eine schwarze und eine weiße, zu den Feuern, zwischen denen Mallovend stand. Neben jedem Feuer erhob sich ein großer, ebenmäßiger Felsblock, dessen glatte Oberfläche die Bearbeitung durch Menschenhand verriet. Je drei Männer und drei Frauen aus der Priesterschaft traten zu einem Feuer, ihrer weißen Gewänder ledig, mit nackten Oberkörpern, nur um die Hüften geschürzt. An jedem Feuer hielt ein Priester eine lange Spatha in der Hand. Die Blicke der beiden Opferschlächter waren auf Mallovend gerichtet. Der Herzog nickte, und die Schlächter stießen die zweischneidigen Klingen in die Leiber der Stuten, um deren Halsschlagadern zu durchtrennen. Die erschrockenen Schreie der Tiere erstarben rasch und wurden kaum gehört, da die Menge wie auf einen geheimen Befehl einen Gesang anstimmte, der die Opfergöttin Tamfana ehrte.

In großen Silberkesseln fingen die halbnackten Priester und Priesterinnen das herausschießende Blut auf, doch nicht alles gelangte in die Kessel. Bald waren die Körper der Priester über und über mit Blut bedeckt. Als die Tiere ausgeblutet waren, wurden ihre zwar noch warmen, aber leblosen Körper auf die Opfersteine gelegt, und die Opferpriester trennten mit gezielten Axthieben die Köpfe von den Hälsen. Dann wurden die Pferde gekonnt gehäutet und zerlegt. Knochen und Innereien wurden unter dem Anstimmen von Beschwörungsformeln in die Häute gewickelt und den Opferfeuern übergeben. Das Fleisch wurde in Kessel geworfen, die über anderen Feuern hingen. Gekocht und gesotten, sollte es zum Festmahl für die hier Versammelten werden. Das Ritual wiederholte sich, bis alle zwanzig Stuten geschlachtet waren, nur sangen die Marser bei jedem Opfergang eine andere Strophe zu der leiernden Melodie.

Dann sprach Mallovend: »Das Blut der Stuten, die zu dir gegangen sind, Opferempfangende, soll sein wie dein Blut, und dein Blut soll sein wie unser. Nimm es an, wie wir es annehmen!«

Auch diese Sätze wurden von der Menge wiederholt. Anschließend tauchte Mallovend einen Wedel in die Blutkessel und besprengte erst die Erde und dann die vordersten Reihen der Festgesellschaft mit dem Blut.

Tebbe und Amala, die mit Mallovends Söhnen sowie mit Menia, Wihadis und deren Kindern ganz vorn standen, bekamen Blutspritzer ins Gesicht. Amala, die zuvor ganz still gestanden hatte, zuckte zusammen, taumelte und wäre gestürzt, hätte ihr Gemahl sie nicht aufgefangen.

Schon während des ganzen Opferganges hatte Tebbe sich über das Verhalten seiner Frau gewundert. Sie wirkte wie erstarrt, als sei sie zu Fels, Teil des Tamfana-Tempels, geworden. Ihre Augen blickten durch alles hindurch – jetzt aber zuckten unstete Feuer in den beiden Bernsteinen.

Die Umstehenden warfen der Tochter des Herzogs fragende Blicke zu. Sie mochten verwirrt sein, Tebbe aber war besorgt und fragte Amala, was sie habe.

»Nichts«, sagte sie leise, fast tonlos. »Es … es geht schon wieder.«

Es klang nicht überzeugend, aber der Fortgang der Zeremonie hinderte den jungen Cherusker, weitere Fragen zu stellen.

Mallovend stand wieder zwischen den Feuern und sprach: »Göttin unseres Stammes, der wir diesen Tempel geweiht haben, siehe nun, wie wir dir deine neuen Priester weihen mit deinem Blut.«

»… mit deinem Blut«, wiederholten die Felsen und dann die Marser.

Drei Jünglinge und zwei Mädchen, vollkommen nackt, traten vor und blieben im hellen Schein der Feuer stehen. Ihre Nacktheit störte sie nicht. Sie wirkten gelöst, fast heiter.

Amala begann zu zittern, und jetzt verstand Tebbe. In den vergangenen Tagen hatte er gelernt, daß es Zeit brauchte, bis Amala alles überwunden haben würde, die Schändung und die Schande.

Schon auf dem Brautlager bekam sie einen Anfall, zitterte am ganzen Leib und starrte ihren Bräutigam an wie ein Ungeheuer oder einen bösen Riesen. So teilten sie in dieser Nacht zwar das Lager, aber sie vereinigten nicht ihre Leiber.

Dazu war es erst vor wenigen Nächten gekommen, als Amala danach verlangte. Tebbe verhielt sich so behutsam wie möglich, und das Glück, das er danach in den Augen seiner Frau sah, war dafür der Lohn.

Ja, eines Tages würde Amala hoffentlich alles überwunden haben, wenn sie es auch nie vergessen würde.

Tebbe legte die Arme um seine Frau und drückte sie sanft an sich. Seine Berührung beruhigte sie, und seine Wärme vertrieb die Kälte, die sie beim Anblick derer empfand, mit denen zusammen sie in dieser Nacht die Priesterweihe hätte empfangen sollen. Mallovend tauchte den Wedel immer wieder in die Blutkessel und bestrich die Jungpriester damit vom Gesicht bis zu den Füßen, während die Versammlung Tamfana anflehte, den neuen Priestern ihren Segen zu geben.

Tebbe brachte seinen Mund an Amalas Ohr und flüsterte in den Singsang der Menge: »Bereust du es sehr, nicht bei den Feuern zu stehen?«

»Ich bereue es gar nicht. Stände ich dort, stände ich nicht neben dir. Ich glaube, die Nornen hatten längst bestimmt, daß mein Platz nicht im Tempel der Tamfana ist. Das Glück, das ich mit dir empfinde, füllt mich aus, wie es, die Erdgöttin möge mir verzeihen, das Leben als Priesterin niemals getan hätte.«

»Dann verstehe ich nicht, weshalb du …«

Sie legte die Hand auf seinen Mund und lächelte ihren Gemahl an. »Du mußt dir keine Sorgen machen, Tebbe. Es ist nur der Abschied, der mich zittern läßt. Der Gedanke, wie ein Leben sich ändert in kurzer Zeit.«

Die fünf neuen Priester, rot am ganzen Leib, beendeten die heiligen Formeln, mit deren Aufsagen sie ihr Leben endgültig in Tamfanas Dienst stellten. Zwei ältere Priester, Mann und Frau, führten sie in den Dom aus Eichen und Buchen, in Tamfanas Reich. Die Jünglinge, die zuvor die Opferstuten gebracht hatten, trugen die Blutkessel weg. Beim anschließenden Gelage würde die Versammlung das mit Met und Bier vermischte Blut der Göttin trinken, um eins zu werden mit der Mutter Erde.

Mallovend wandte sich wieder an die Versammlung: »Wir haben der Göttin geopfert, wir haben der Göttin gehuldigt, wir haben der Göttin die Priester gesandt. Laßt uns jetzt sehen, welche Zeichen die Göttin uns gibt für das Kommende!«

Zwei sehr alte Frauen, das Haar grau und die Gesichter mit Runzeln übersät, traten aus der Reihe der Priester neben die Feuer und beugten sich tief hinunter, um die Spuren des vergossenen und versprengten Blutes in der Erde zu lesen. So hockten sie lange und tuschelten miteinander.

Ungewöhnlich lange, wie Thidrik bemerkte, denn die Versammlung wurde bereits unruhig. Als die Priesterinnen sich endlich erhoben und dem Marserherzog zuwandten, wirkten ihre Gesichter nicht mehr feierlich wie zuvor, sondern erschrocken.

»Sprecht, weise Priesterinnen, was sagt euch das Blut der Tamfana?« fragte Mallovend, und diesmal wiederholte die Menge seine Worte nicht.

»Die Zeichen sind schlecht, sie verkünden großes Unheil für

unser Volk«, antwortete eine der beiden Alten mit bebender Stimme.

Dies schien Mallovend nicht erwartet zu haben, wie das Zucken in seinem Gesicht verriet. Rasch faßte er sich wieder und fuhr mit ruhiger Stimme fort: »Welcher Art ist dieses Unheil, Priesterin?«

»Es besteht aus Blut. Ströme von Blut werden fließen, so wie heute das Blut der Stuten floß. Aber es wird das Blut der Marser sein. Und das Unheil wird schon bald über unseren Stamm kommen!«

Unruhe machte sich in der Menge breit.

Mallovend sprach noch lauter, um sich Gehör zu verschaffen: »Können wir etwas tun, um Tamfana zu besänftigen und das Unheil abzuwenden?«

»Nein«, sagte die Priesterin. »Das Verderben ist schon mitten unter uns.«

»Wo?« fragte der Herzog verwirrt.

Die alte Frau in dem langen, weißen Gewand drehte sich zu der Versammlung um, hob langsam den rechten Arm und sagte: »Von den Seinen kommt das Verderben zu uns!« Dabei ging sie langsam auf die Menschen zu, blieb vor der Familie des Herzogs stehen und zeigte auf Tebbe.

»Nein!« stieß Amala hervor. »Tebbe gehört zu uns! Wie kannst du so etwas sagen, Albruna?«

»Ich sage, was ich im Blut der Göttin las. Wenn du mir nicht glaubst, Amala, so frage Istrud. Sie las im Blut dasselbe wie …«

Albrunas Worte endeten in einem Gurgeln. Sie fiel vornüber. In ihrem Rücken steckte ein Wurfspeer, und ihr weißes Gewand begann sich rot zu verfärben.

»Tamfana hat gesprochen!« rief jemand aus der Menge. »Die Göttin hat Albrunas Worte bestätigt. Das Unheil bricht bereits über uns herein!«

Der letzte Satz jedenfalls entsprach der Wahrheit. Aus dem Wald brachen sie hervor: schwarze Gestalten, zu Pferd und zu Fuß. Mit lautem Gebrüll, Schwerter, Streitäxte und Lanzen schwingend, Speere schleudernd, brachten sie den Tod über die Marser.

Schreie hallten über die Lichtung, neben den Kriegsrufen und Kommandos der Angreifer die panischen Laute der Überfallenen: »Tamfana schickt ihre Todesboten!« – »Die Waldgeister kommen uns holen!« – »Die Erdgöttin will unser Blut trinken!«

Viele wollten in Panik fliehen, aber es gab keinen Weg. Der Feind hatte die Marser eingekesselt und machte sie nieder: Männer, Frauen und Kinder. Viele warfen sich zu Boden, um Tamfanas Gnade zu erflehen, doch ihr Flehen erstickte an tödlichem Eisen.

»Das sind keine Geister!« rief Thidrik und starrte über die Menge hinweg auf die Angreifer. Weiter hinten sah er glänzende Rüstungen und ihnen voran schwarzbemalte Krieger. Viele hatten sich den Eber und den Eberkopf auf Brust und Schild gemalt. »Das sind die Römer – und die Eberkrieger!«

Jetzt verstand er, was die Priesterin gemeint hatte, als sie auf Tebbe zeigte. Tebbe gehörte, wie auch die Eberleute, zum Stamm der Cherusker, und somit kam aus Tebbes Heimat auch das Unheil über die Marser.

Auch die Marser erkannten, daß ihre Gegner keine Geister waren, sondern Menschen. Die Fürsten und Sippenführer versuchten den Widerstand zu organisieren, doch es gelang kaum. Zu gedrängt standen die Überfallenen, zu ungenügend war die Bewaffnung der auf ein Gelage, aber nicht auf eine Schlacht vorbereiteten Männer, zu schnell und überraschend erfolgte der Angriff. Und immer neue Angreifer brachen aus dem Unterholz …

Thidrik und Eibe kämpften sich zu Mallovends Familie durch. Sie waren froh, daß sie ihre Schwerter trugen, ebenso Tebbe und die Söhne des Herzogs.

Schon sprengte ein berittener Trupp der Eberkrieger heran und metzelte die ratlose Priesterschaft nieder. Mallovend raffte sein weißes Gewand hoch und zog das darunter verborgene Schwert, mit dem er einen Reiter vom Pferd hieb. Zwei andere Angreifer keilten den Herzog ein, der kaum wußte, wie er sich gegen die doppelte Gefahr wehren sollte.

»Tebbe und Eibe, paßt auf die Frauen und Kinder auf!« rief Thidrik und stürmte auf Mallovend zu.

Vendar und Vendhard folgten ihm mit ein paar Edelingen der Marser. Holtes Söhne geleiteten die Frauen und Kinder der Edelinge in den Schutz der riesigen Bäume am Eingang des Tempels.

Als Thidrik den Marserherzog erreichte, hatte dieser einen Gegner zu Boden gezerrt und wälzte sich dort mit ihm herum.

Der andere Eberkrieger ließ seinen Braunen um die beiden Männer tänzeln und wartete mit erhobener Spatha auf die Gelegenheit zu einem sicheren Schlag. Thidrik stieß ihm das Schwert in die Seite, zog die Klinge sofort wieder heraus und rammte sie in den Rücken von Mallovends anderem Gegner. Dann half er dem Herzog auf. Mallovends weißes Gewand war mit roten Flecken übersät, und es war nicht nur das Blut der Angreifer.

Weitere Eberkrieger, zu Pferd und zu Fuß, näherten sich der Gruppe um Mallovend. Trotz der schwarzen Bemalung erkannte Thidrik im hellen Sternenlicht der wolkenlosen Nacht den hageren, sehnigen Mann auf dem Rappschecken, der den anderen pausenlos Befehle zurief. Unter Hunderten, Tausenden von bemalten Ebermännern hätte er den Krieger mit dem spitzen Gesicht eines Fuchses herausgefunden.

»Es ist Gerolf!« brüllte Thidrik. »Der Eberfürst verrät sein Volk und macht mit den Römern gemeinsame Sache!«

Hinter den Eberkriegern drangen immer mehr Römer, Reiterei und Fußvolk, auf die Lichtung, um alles zu töten und zu zerstören, was die Schwarzbemalten unversehrt gelassen hatten. Thidrik hätte nicht zu sagen vermocht, wessen Raserei größer war, die der angeblichen Barbaren oder die der zivilisierten Menschen, als die die Römer sich betrachteten.

Und er hatte keine Zeit, darüber nachzudenken. Tebbe und Eibe hatten mit den Frauen und Kindern den hölzernen Dom noch nicht ganz erreicht, da schnitt ihnen ein berittener Trupp der Eberkrieger den Weg ab. Thidrik, Vendhard und Vendar eilten ihnen zu Hilfe, gefolgt von dem aufgrund seiner Verletzungen hinkenden Mallovend.

Die Eberkrieger kamen von allen Seiten. So wirkte es auf Tebbe und Eibe, als sie sich nur noch von schwarzen Berittenen bedrängt sahen. Ein anderer Trupp Ebermänner kreiste die Schutzbefohlenen der Schreinersöhne ein. Die Schreie der Frauen und Kindern veranlaßten Tebbe und Eibe, ihre Klingen wie Berserker zu führen und eigene Verwundungen zu mißachten.

Mehrere Ebermänner fielen unter ihren Schlägen, aber dann sackte auch Eibe in die Knie. Er ließ das Schwert fallen und umklammerte mit beiden Händen die Frame, die seinen Leib durchstoßen hatte. Der Lanzenreiter aus dem Ebergau versuchte vergeblich, seine Waffe wieder herauszuziehen.

Wie damals bei Onsakers Angriff auf die Donarsiedlung! schoß es durch Tebbes Kopf. *So ähnlich muß Vater gestorben sein, durchbohrt vom Eisen der Schwarzbemalten. Er starb, um Eibe und mich zu retten. Ist sein Opfer vergeblich gewesen?*

Mit einem wütenden, haßerfüllten Aufschrei stürzte sich Tebbe auf den Lanzenreiter und zog ebenfalls an dessen Waffe. Der Ebermann verlor das Gleichgewicht und fiel zu Boden. Er lag auf dem Rücken und strampelte, um Tebbe abzuwehren, mit Armen und Beinen wie ein umgestürzter Käfer. Panik erfaßte ihn, als der Donarsohn seine Spatha hob. Der Schwarzbemalte wollte einen Fuß gegen Tebbe rammen, aber vorher trennte Tebbes Klinge den Fuß ab. Das schmerzgeborene Aufheulen des Eberkriegers wurde übergangslos zu seinem Todesschrei, als Tebbes Eisen in seine nackte Brust fuhr. Tebbe wandte sich zu seinem Bruder um. Eibe kniete am Boden und blutete entsetzlich. Noch immer umklammerte er den Schaft der in seinem Leib steckenden Lanze.

»Ich bringe dich in Sicherheit, Eibe!«

»Nein … zu spät …«, röchelte der erst fünfzehn Winter zählende Jungmann, und Blut floß aus einem Mundwinkel. »Rette … Amala …«

Eibe kippte mit gebrochenem Blick zur Seite, und noch im Tode umfaßten seine Hände die Frame.

Gewaltsam riß sich Tebbe von dem Anblick des toten Bruders los, wischte die Tränen aus seinen Augen und blickte sich um. Thidrik und Mallovends Söhne waren heran und kreuzten ihre Klingen mit denen der Schwarzbemalten.

Aber wo waren Amala und die anderen Frauen mit ihren Kindern? Tebbe sah nur die Ebermänner, von denen seine Schutzbefohlenen abgedrängt worden waren. Und er hörte wieder Schreie aus Frauen- und Kindermündern – Schreie des Entsetzens, des Schmerzes und des Todes.

Er packte die Zügel des Pferdes, auf dem der Lanzenreiter gesessen hatte. Es war ein Fuchs wie Fauho. Der junge Cherusker schwang sich auf den Pferderücken.

Thidrik kam an seine Seite und fragte nach Eibe.

»Dort.« Mit blutigem Schwert zeigte Tebbe auf den gefallenen Bruder.

»Wie …«, stammelte der ältere Mann und konnte noch nicht fassen, daß er zu spät gekommen war.

»Ein Ehrenplatz in Walhall ist ihm sicher«, sagte Tebbe. »Wir müssen uns um die Lebenden kümmern!«

Er trieb den kleinen Fuchs an, und Thidrik lief dem Reiter nach. Wieder schlug Tebbe wie ein Berserker um sich, kämpfte sich zu den Frauen und Kindern durch und schaffte eine Lücke für Thidrik, Vendar und Vendhard. Aber nicht mehr viele der Schutzbefohlenen waren am Leben. Die meisten waren so schrecklich verstümmelt, daß der Kopf hier, die Arme da und die Beine dort lagen. Die Erde war aufgeweicht vom Blut der Gemordeten.

Mallovend hinkte herbei und fiel auf die Knie, als er vor sich den Kopf seiner Frau Menia verloren im blutigen Schlamm liegen sah.

Ein spitzer Schrei, der in ein Röcheln überging, zog die Aufmerksamkeit Tebbes und seiner Begleiter auf sich. Wihadis hatte ihn ausgestoßen.

Drei Eberkrieger hatten ihr die Kleider vom Körper gerissen und Vendars Frau mißbraucht – zum zweitenmal innerhalb kurzer Zeit. Die Schänder krönten ihr Vergnügen, indem sie Wihadis bei lebendigem Leib zerstückelten.

»Wiiihaaadiiis!«

Vendar schrie den Namen mit gellender Stimme und stürmte auf die lachenden Männer los. Einer der schwarzen Schädel grinste noch, als er längst, vom Körper getrennt, über den Boden rollte. Die Schwerter der beiden anderen brachten Mallovends ältesten Sohn zu Fall, und er starb neben seiner Frau. Tebbe und Vendhard waren gleichzeitig heran, um Vendars Mörder zu töten.

»Wo ist Amala?« fragte Tebbe und veranlaßte den Fuchs, sich im Kreis zu drehen.

»Ich weiß nicht.« Vendhard sprach leise und starrte auf die Leichen von Vendar und Wihardis.

»Tebbe!«

Der Schrei kam vom Eingang des Tamfana-Tempels. Dort kniete Amala und winkte. Sie schien nicht richtig laufen zu können.

»Amala!« erwiderte Tebbe und trieb den Fuchs an, um zu seiner jungen Frau zu gelangen.

Zwei berittene Eberkrieger schnitten ihm den Weg ab. Tebbes

Spatha fraß sich in die Schulter des einen, doch die Streitaxt des anderen spaltete den Schädel des Donarsohnes. Tebbe stürzte vom Pferd und blieb reglos am Boden liegen.

Wieder erklang Tebbes Name in einem doppelten Schrei, gleichzeitig ausgestoßen von Amala und Thidrik. Beide liefen auf Tebbe zu, aber Amala fiel immer wieder hin.

Der Ebermann mit der Streitaxt ritt Thidrik über den Haufen und wollte sein Pferd wenden, um auf Amala zuzuhalten. Vendhard rettete seine Schwester, indem er den Feind von hinten ansprang und ihm das Schwert in den Rücken bohrte.

Thidriks Körper schmerzte überall. Aber der Schmerz bedeutete auch Leben!

Der Cherusker kam auf die Knie, fühlte sich aber nicht stark genug, um aufzustehen. Er kroch zu der Stelle, wo Tebbe gefallen war. Der Jüngling rührte sich nicht. Kein Wunder, der Axthieb hatte seinen halben Kopf weggerissen. Als Thidrik sich über den Ziehsohn beugte, konnte er weder Atem noch Herzschlag spüren. Tränen verwischten Thidriks Blick.

»Steh auf, Thidrik!« Vendhard riß den Cherusker auf. »Lauf in den Tempel!«

»Und du?«

»Ich muß mich um Vater kümmern.«

Dann lief Vendhard auch schon los, um Mallovend zu holen. Der Herzog stolperte mit verstörtem Gesicht zwischen den Leichen der Seinen herum, Trauer und Unverständnis im seltsam leeren Blick.

Thidrik verbiß seinen Schmerz und wankte zum Tempel. Amala kam ihm entgegen. Er sah, daß sie aus einer bösen Wunde am linken Bein blutete. Aber sie achtete nicht auf ihre Verletzung, wollte nur zu ihrem Mann.

Thidrik hielt sie fest und sagte: »Tebbe ist tot. Du kannst nichts mehr für ihn tun.«

»Laß mich!« kreischte die junge Frau. »Ich muß zu ihm. Laß mich zu Tebbe!«

»Er ist tot!« Tebbe schrie es in ihr Ohr.

»Tot?« Amala blickte den älteren Mann an, als habe er ihr verkündet, daß auf den Winter nicht mehr der Sommer folge.

»Ja, tot«, antwortete Thidrik und zog Mallovends Tochter mit sich zum Eingang des Tempels.

Kurz hinter ihnen erreichten Vendhard und sein Vater die Höhle aus Holz und Stein.

Sie wurden von Eberkriegern bedrängt, unter denen Thidrik auch den Fürsten Gerolf erblickte. Dieser spornte seine Krieger an, schien unbedingt zu Mallovend durchdringen zu wollen. Doch inzwischen hatte sich eine Gruppe von Marserkriegern formiert und stellte sich zwischen ihren Herzog und den Feind. Die Marser waren deutlich in der Minderzahl und viel schlechter bewaffnet, die meisten zudem verwundet. Ihre Niederlage und damit ihr Tod war nur eine Frage der Zeit. Aber diese Zeit verschaffte den Menschen im Tempeleingang Luft.

Wütend schrie Gerolf einen Befehl. Eine Gruppe seiner Krieger hielt ihre Speere in die Opferfeuer. Als die Speere brannten, wurden sie gegen das Holz der uralten Bäume geschleudert, die sich zum Tempeleingang vereinigten. Die Bäume brannten schnell, und bald waren die Menschen im Tempel durch einen Flammenvorhang von denen draußen getrennt.

Brennendes Holz und gelockertes Gestein fielen im Tempeleingang herunter.

»Wir müssen tiefer hinein!« erkannte Vendhard.

Die Flüchtlinge liefen in das Labyrinth aus Holz und Gestein und stießen hier auf ein paar Priester und deren Helfer. Auch die blutbeschmierten Jungpriester hielten sich hier auf.

Eins der nackten, mit Blut bestrichenen Mädchen fiel vor Mallovend auf die Knie und stammelte: »Herzog, was … was ist mit uns geschehen? Weshalb zürnt … Tamfana uns?«

Mallovend antwortete ihr nicht, schien sie gar nicht wahrzunehmen. Er blickte auf den brennenden Tempeleingang und flüsterte: »Menia … Vendar …«

Dann hatte das Feuer zuviel von dem stützenden Holz gefressen, und die steinerne Decke des Tempels brach über den Menschen zusammen, begrub unter sich Angst, Hoffnung und Leben.

Die Feuer verloschen allmählich, nur der große Brandherd, der Tamfana-Tempel, schwelte noch. Die Eberkrieger sangen, tanzten, lachten, tranken und aßen. Auch die römischen Soldaten ließen es sich schmecken. Die Vorräte der Marser für die Nacht der Toten und der Fruchtbarkeit wurden zum Mahl der Sieger.

Gerolf saß schon seit geraumer Zeit auf dem Rücken seines Schecken und starrte auf den eingestürzten Tempel. Er hatte Mallovend darin verschwinden sehen und diesen Verräter Thidrik. War auch Thorag unter den Trümmern? Vergeblich hatte der Eberfürst nach dem Donarfürsten Ausschau gehalten. Aber wo Thidrik steckte, war meist auch Thorag nicht weit. Jetzt wartete Gerolf darauf, daß die Trümmer des Tempels sich abkühlten. Er wollte sich davon überzeugen, ob die beiden Männer, denen er die Schuld an Germars Ende gab, Mallovend und Thorag, in dieser Nacht wirklich den Tod gefunden hatten.

Ringsum war alles verwüstet, der Festplatz, die Siedlungen, die Gehöfte und die Burg oben auf dem Berg. Die siegreichen Eberkrieger trieben ihren Spaß mit den Leichen der Marser, nagelten sie an Bäume oder zerstückelten sie, um mit den Teilen zu spielen.

Plötzlich lief ein Schauer über Gerolfs Rücken, und er fragte sich, ob Tamfana die Schändung ihres Tempels, die Entweihung der heiligen Nacht und den Mord an ihrem Volk einfach so hinnehmen würde. Aber andererseits, beruhigte er sich, wäre die Erdgöttin so mächtig, hätte sie kaum zugelassen, daß aus der Nacht der Toten und der Fruchtbarkeit die Nacht des Todes für ihr Volk wurde.

Germanicus ritt mit seinem Stab auf den Eberfürsten zu. Trotz des Sieges war der Imperator unzufrieden. Er hatte den Blutdurst seiner Legionen löschen und ihnen ihre Ehre zurückgeben wollen. Ersteres war ihm vielleicht gelungen, doch das zweite Ziel schien noch nicht erreicht, wie er an den Gesichtern seiner Männer sah. Abscheu über den eigenen Blutrausch sprach aus vielen Mienen. Sie hatten keine Schlacht gegen einen kampfbereiten Feind geschlagen, sondern unvorbereitete Menschen niedergemetzelt, ohne Unterschied auf Alter und Geschlecht.

»Warum so bedrückt, edler Caesar?« rief Gerolf ihm entgegen. »Ist unser Sieg nicht vollkommen? Hast du nicht gesehen, daß du mir vertrauen kannst?«

»Ja, das kann ich wohl«, erwiderte Germanicus, ohne daß seine Stimme ein Gefühl verriet. »Der Tod der Marser beweist es.«

»So ist es«, sagte Gerolf, und ein Lächeln huschte über sein Fuchsgesicht. »Und sobald der Tag anbricht, werden wir nach den Leichen von Mallovend und Thorag suchen. Wenn wir sie zur Schau stellen, wird jeder wissen, daß du, Germanicus, ein Gegner bist, den man fürchten muß.«

»Man wird es wohl wissen«, sagte der Imperator fast gleichgültig. »Aber wir werden nicht nach Leichen suchen. Dazu ist keine Zeit. Ruf deine Männer zusammen, Cherusker. Im Morgengrauen marschieren wir!«

»Was?« Gerolf starrte den Imperator entgeistert an. »Aber erst das Tageslicht wird unseren Sieg vollkommen machen. Dann werden wir alle Marser aufspüren, die sich im Schutz der Nacht verkrochen haben. Und wir müssen zu den entlegenen Siedlungen ziehen, um auch sie dem Erdboden gleichzumachen.«

»Ich habe vier Legionen, auf vier Angriffskeile verteilt, gegen die Marser geführt«, entgegnete Germanicus kühl. »Auf einer Länge von fünfzig Meilen haben wir alles verwüstet und getötet. Das soll genügen.«

»Aber warum, wenn unser Sieg doch ein noch vollkommenerer sein könnte?«

»Es gibt keine Steigerung der Vollkommenheit.« Germanicus lächelte ein wenig überheblich, wurde dann aber wieder ernst. »In dieser Nacht haben wir die Marser überrascht, aber jetzt sind sie gewarnt. Sie werden Boten ausschicken zu den benachbarten Stämmen. Wenn wir unseren Rückmarsch zum Rhenus nicht so schnell wie möglich unternehmen, versperren uns Brukterer, Tenkterer, Usipeter, Tubanten und Chatten den Weg.«

»Du kennst die Stämme gut, Caesar. Ich frage mich warum, doch nicht etwa aus Furcht?«

»Auch ein einfacher Geist sollte Furcht nicht mit Vorsicht verwechseln, Germane. Vergiß nicht, daß die Marser das Ende des Sommers und den Anfang des Winters gefeiert haben. Wenn das Wetter umschlägt, mögen sich die Germanen noch ungehindert bewegen können, aber meine Legionen mit dem schweren Troß bleiben stecken. Dann geht es mir wie Varus, der nicht nur gegen die Horden des Arminius, sondern auch gegen den Regen kämpfen mußte. Nein, dieser Sieg soll einstweilen genügen. Und wenn die Frühlingssonne hervorbricht, werden wir zu neuen Triumphen aufbrechen!«

»Wie du befiehlst, Imperator«, sagte Gerolf zerknirscht. »Zieh nur mit deinen Legionen ab. Ich werde mit meinen Männern später folgen und deinen Rückzug decken.«

»Später?« fragte Germanicus. »Nachdem du den eingestürzten Tempel nach Mallovend und Thorag durchsucht hast?«

»Ja, Caesar.«

»Hast du keine Sorge, Tamfana könnte dich strafen, wenn du in ihren Tempel eindringst?«

»Ich erschrecke weder vor Menschen noch vor Göttinnen!«

»*Impavidum ferient ruinae.*«* Als Germanicus erkannte, daß das Horaz-Zitat dem Barbaren nichts sagte, fuhr er fort: »Du wirst mit deinen Kriegern nicht meinen Rückzug decken, sondern vorausreiten, um den Weg zu erkunden. Dafür sind deine Männer am besten geeignet. Wir alle brechen in wenigen Stunden auf. Das ist ein Befehl!«

Die letzten Worte des Imperators klangen scharf, duldeten keinen Widerspruch. Gerolf war wütend über die herrische Art des Römers und fragte sich, ob es die richtige Entscheidung gewesen war, sich auf seine Seite zu schlagen.

Die Nacht war nicht das Ende. Das erkannte Thidrik, als er die Schmerzen spürte. Überall tat es weh. Er wollte sich bewegen, aber er konnte es nicht. Etwas lastete auf ihm, so schwer, als wolle es ihn jeden Augenblick zerquetschen. Er riß die Augen auf, um etwas zu sehen, aber es gab nur Finsternis. War dies das Totenreich der Hel?

Wenn er schon nichts sah, konnte er vielleicht etwas hören. Als er den Mund öffnete, um zu rufen, brachte er nur ein heiseres Krächzen zustande, das in einem heftigen Hustenanfall erstarb. Sein Mund bestand nicht mehr aus menschlichem Fleisch, sondern nur noch aus Stein und Staub.

Als er ein Geräusch hörte, glaubte er erst an ein Echo seines Hustens. Aber es war ein regelmäßiges Klopfen.

Und dann fragte eine leise Stimme: »Ist dort jemand?«

War Thidrik tot und hörte die Geister der Verstorbenen? Oder hatte nicht nur er den Einsturz des Tempels überlebt? Er mußte es herausfinden!

---

* Die Trümmer werden einen Unerschrockenen treffen.

Wieder öffnete er den Mund, wollte ihn und seine Kehle befeuchten. Aber er schluckte nur Staub und mußte würgen.

»Bei den Göttern, was ist das?« fragte die leise Stimme. »Wenn du ein Mensch bist, warum antwortest du nicht?«

Thidrik bezwang den Würgereiz und krächzte: »… bin ein Mensch … Thidrik …«

»Thidrik? Hier spricht Vendhard! Ist noch jemand bei dir?«

»… weiß nicht … überall Dunkelheit …« Thidrik konnte nur bruchstückhaft sprechen, mußte immer wieder husten.

»Wir holen dich heraus!« versprach Vendhard. »Kannst du von deiner Seite aus die Steine wegräumen?«

»Nein … mich nicht bewegen …«

Thidrik hörte das Arbeiten seiner Retter, ihre Stimmen, das Scharren und Poltern der weggeräumten Steine. Es dauerte so lange, daß er fast das Bewußtsein verloren hätte. Irgendwann waren sie da, hoben mit Macht eine große Steinplatte hoch, die auf den Cherusker gestürzt war, und zogen ihn darunter hervor.

Auch seine Retter waren Gefangene, aber sie hatten Platz zum Bewegen und Luft zum Atmen. Ganz oben im Fels gab es ein kleines Loch mit einem Stück Himmel, dessen rötliche Färbung den beginnenden Tag verriet. Dadurch strömte Luft ein, aber das Loch war zu klein, um es als Weg in die Freiheit zu benutzen. Außerdem schien es für einen Menschen unmöglich, dort hinaufzuklettern.

So blieb Vendhard, den Priestern und den Tempeldienern nur ein Weg: Sie mußten die Steine in Richtung Tempelausgang beiseite räumen, ganz gleich, wie viele es sein mochten. Thidrik war nicht in der Lage, ihnen zu helfen, er konnte kaum seine Glieder bewegen. Irgendwann – es war in der Welt draußen schon hellichter Tag, in der Höhle aber nur so hell, daß die Gefangenen gerade ihre eigenen Umrisse wahrnehmen konnten – hörten sie Stimmen von draußen.

»Still!« zischte Vendhard den anderen zu. »Ich glaube, jemand kommt uns zu Hilfe!«

Sie lauschten und hörten die Stimmen und das Klopfen der anderen. Aber der trennende Schutt war zu dick, um die fremden Stimmen zu verstehen.

»Wir müssen antworten, uns bemerkbar machen!« sagte Vendhard.

»Und wenn es die Römer sind?« fragte Thidrik mit schwacher Stimme. »Oder, noch schlimmer, Cherusker – die Ebermänner?«

»Dann werden wir sterben«, entgegnete Mallovends Sohn kühl. »Das müssen wir auch, wenn wir hier drin bleiben.«

»Stimmt«, meinte Thidrik, nahm unter größter Anstrengung einen Stein auf und klopfte damit laut gegen die Felswand.

Die meisten anderen taten es ihm nach, in der Hoffnung, von denen da draußen gehört zu werden.

Sie wurden gehört und befreit, nicht von Römern oder Eberkriegern, sondern von Marsern, wenigen Glücklichen, die das Gemetzel überlebt hatten. Die Gefangenen taumelten ans Tageslicht oder wurden, wenn sie nicht mehr gehen konnten, getragen. Drei Männer hoben Thidrik auf und brachten ihn hinaus. Anfangs konnte er draußen nichts sehen, Sunnas Strahlen blendeten seine daran nicht mehr gewöhnten Augen.

»Wo sind die Römer und die Eberkrieger?« fragte er.

»Abgezogen«, antwortete eine fremde Stimme. »Die Feiglinge ziehen es vor, in der Nacht zu morden, wenn niemand sie erwartet.«

Thidrik dachte an Tebbe und Eibe und knurrte: »Irgendwann, zu einem hoffentlich nicht fernen Zeitpunkt, werden wir ihnen bei Tag gegenüberstehen. Und dann zahlen wir es ihnen heim!«

Langsam schälten sich die Gestalten der Menschen aus dem blendenden Licht, und Thidrik erkannte Mallovends kräftige Gestalt.

»Sammle all deine verbliebenen Krieger, Herzog, um gegen die Römer zu ziehen!«

»Nein.« Mallovends Stimme klang schwach, brüchig. »Wozu noch kämpfen? Es sind doch alle tot …«

Als Thidrik wieder klar sehen konnte, erschrak er. Der dort an einer Felswand lehnte, war Mallovend und war es doch auch nicht. Sein schulterlanges, braunes Haar und der üppige, dunkle Bart waren schlohweiß, die Gestalt war gebeugt und das Gesicht runzlig. Über Nacht war aus dem mächtigen Marserherzog ein alter, gebrochener Mann geworden, zerstört wie das Land ringsum, aus dem überall dunkle Rauchsäulen in den Himmel stiegen.

Kapitel 17

Der Gefangene der Eisenburg

Das Eisen machte Segestes reich und mächtig, das Eisen sollte jetzt sein Verhängnis werden. Das hoffte der breitschultrige Hüne, der seinen Rappen im Schutz einer großen Buche hielt und beobachtete, wie rechts und links von ihm ausgesuchte Krieger der Cherusker ihre Stellungen am Waldrand bezogen. Vor ihnen lag ihr Angriffsziel, das Eisendorf, so benannt, weil hier Schmiede, Arbeiter und Sklaven lebten, die das Eisen aus dem Berg gewannen, an den sich ihre Siedlung lehnte. Die Erhebung wurde deshalb Eisenberg genannt und die gut befestigte Siedlung auf ihrer Kuppe Eisenburg. Die Burg, in der Segestes vermutlich seinen Schwiegersohn Armin gefangenhielt.

Sunnas Strahlen verwandelten das Dunkelblau der beginnenden Morgendämmerung in ein kräftiges Rot. Es wirkte wie ein Vorgeschmack des Blutes, das heute vergossen werden sollte. Die Umrisse des Berges und der Eisenburg traten deutlicher hervor. Thorag beobachtete das Gelände genau, prägte sich alles ein und war bereit, bei der ersten verdächtigen Bewegung im scheinbar noch schlaftrunkenen Eisendorf das Zeichen zum Angriff zu geben.

Während der Donarsohn wartete, dachte er an die letzten drei Tage, die mit hektischer Betriebsamkeit angefüllt gewesen waren. Auf der Adlerburg hatte er aufgeatmet, als er Auja und Ragnar in seine Arme schloß. Auja beteuerte, daß es ihr wieder bessergehe. Thorag beschloß, seine Familie einstweilen auf Armins Burg zu lassen. Bis er Klarheit über Segestes' Absichten gewonnen hatte, schien ihm eine Reise durchs Cheruskerland nicht sicher. Leider blieb ihm nicht viel Zeit für seine Familie. Die Vorbereitungen zum Angriff auf die Eisenburg mußten getroffen werden.

Zu den vierhundert Marsern unter seinem Befehl waren noch etwa sechshundert Hirschkrieger gekommen. Hätte er länger gewartet, hätte er eine größere Streitmacht aufstellen können. Boten eilten durchs Cheruskerland, um Krieger zum Kampf gegen den Verräter Segestes zusammenzurufen. Doch Thorag wollte Armin so schnell wie möglich befreien – bevor Segestes ihn tötete oder an die Römer auslieferte. Thorag vermochte nicht zu sagen, welche Möglichkeit er für die schlimmere hielt.

Also ließ er die Adlerburg unter dem Schutz von zweihundert Hirschkriegern zurück. Er gab sich nicht der Hoffnung hin, mit seinen achthundert Männern die Eisenburg zu stürmen. Segestes würde darauf vorbereitet sein. Deshalb wollte er Armin durch eine Kriegslist befreien, auf die ihn der Eisenschmied Isbert gebracht hatte. Isbert war im Hirschgau geboren und lebte auf der Adlerburg, aber die Schmiedekunst hatte er bei dem weit über das Cheruskerland hinaus bekannten Schmied Frowin gelernt. Isbert kannte die Verhältnisse am Eisenberg genau und hatte Thorag vorgeschlagen, durch den Berg in die Burg einzudringen.

»Durch den Berg?« wiederholte ungläubig Thorag an jenem Abend auf der Adlerburg. »Du redest Unsinn, Schmied. Hältst du uns für Geister, die durch Steine schlüpfen können?«

Der stämmige Schmied schüttelte das breite, pausbäckige Gesicht, und seine kleinen Augen funkelten listig. »Auch Menschen können durch Berge gehen, wenn es Wege durch den Stein gibt, Fürst. Und in den Eisenberg führen viele Wege hinein, Stollen, die im Laufe der Zeit gegraben wurden, um das Eisen zu gewinnen.«

»Und die führen bis zur Burg hinauf?«

»Nein, das nicht. Aber Frowin selbst erzählte mir von einem geheimen Gang, den Segestes für Notzeiten graben ließ. Dieser Gang führt von der Burg bis in einen der alten Erzstollen.«

»Das hört sich an wie eine Geschichte, die man den Kindern zum Einschlafen erzählt.«

»Vielleicht, Fürst Thorag, aber es ist eine wahre Geschichte!«

»Woher weißt du das, Isbert? Hast du diesen Gang gesehen?«

Isbert preßte die aufgeworfenen Lippen zusammen, zögerte und antwortete endlich: »Nicht mit eigenen Augen, Fürst.«

Thorag stieß ein Lachen aus und fragte: »Mit wessen Augen siehst du denn noch, wenn nicht mit deinen, Schmied?«

»Mit denen Frowins, wenn du so willst. Er hat den Gang zufällig entdeckt, als er noch jung war und in den Minen gearbeitet hat.«

»Und?« Plötzlich war Thorag gespannt, hielt Isberts Bericht nicht mehr bloß für ein Ammenmärchen. »Ist Frowin diesem Gang bis hinauf zur Burg gefolgt?«

»Nein, nur bis zur Hälfte. Dann kehrte er um. Er hatte wohl Angst, entdeckt zu werden. Es heißt, Segestes behält seine Geheimnisse gern für sich.«

»Täte er das nicht, hätte er bald keine mehr«, seufzte Thorag und blickte überlegend in Isberts rundliches Antlitz. Trotz des fröhlichen, lebenslustigen Eindrucks, den der Schmied machte, hielt der Donarsohn ihn nicht für einen Einfaltspinsel oder Wichtigtuer. Zur Kunst des Eisenschmiedes gehörte nicht nur Kraft, sondern auch Geschick. »Gehen wir einmal davon aus, Frowin hat dir die Wahrheit erzählt und sich nicht nur wichtig gemacht. Dann wissen wir nur, daß es irgendwelche Stollen tief im Berg gibt. Wir haben aber keine Gewähr, daß es auch diesen geheimnisvollen Gang gibt und daß Frowin ihn gefunden hat. Soll ich aufgrund dieser unklaren Angaben meinen Kriegszug planen?«

Isbert hob langsam die breiten Schultern und ließ sie ebenso langsam wieder sinken. »Ich wollte nur helfen, Armin zu befreien. Vielleicht war es kein guter Einfall, vielleicht hast du einen besseren.«

Aber Thorag hatte keinen besseren Einfall. Deshalb befand sich Isbert an diesem Morgen an seiner Seite, für den Kampf gerüstet wie alle Männer aus dem fünfzigköpfigen Stoßtrupp. Der kräftige Ayko aus Thorags Kriegergefolgschaft gehörte ebenso dazu wie Armins pannonischer Leibwächter Pal. Der seinem Herrn treu ergebene Sklave brannte darauf, die Schmach wiedergutzumachen, Armin nicht vor den Stierkriegern beschützt zu haben. Wie verzweifelt der Pannonier gekämpft hatte, verrieten seine zahlreichen Wunden, darunter eine dicke Narbe auf der Stirn, eine längliche quer über die linke Wange und ein fehlender Finger an der linken Hand.

Auch Ingwin hatte sich dem Stoßtrupp anschließen wollen, aber Thorag übertrug ihm das Kommando über die Hauptstreitmacht der Hirschkrieger. Ein nicht minder gefährlicher Posten. Da keine Zeit gewesen war, die Eisenburg und das umliegende Gelände auszukundschaften, kannten Thorag und seine Männer weder die Zahlenstärke des Feindes noch die genaue Beschaffenheit der Verteidigungsanlagen. Auch wenn der Angriff, den Ingwin und Eilard auf die Burg führen sollten, nur zur Ablenkung erfolgte, würde er gleichwohl seinen Blutzoll fordern.

Das Röhren eines Hirsches ertönte aus den Wäldern im Norden, tief und langanhaltend, einmal, zweimal und nach einer kurzen Pause ein drittesmal.

»Ingwin ist bereit zum Angriff«, stellte Isbert fest.

Thorag nickte nur, denn schon ertönte von Süden ein ähnliches Röhren, wieder zweimal kurz hintereinander und dann nach kurzem Abstand ein weiteres Mal.

»Eilards Männer sind auch in Angriffsstellung«, sagte Thorag und sah Ayko an. »Gib das Zeichen zum Angriff!«

Ayko hob sein langes Horn, das einmal den Schädel eines mächtigen Urs geschmückt hatte, setzte es mit dem schmalen Ende an die Lippen und ließ ein ähnliches Röhren erklingen, wie es Thorags Männer zuvor vernommen hatten. Nur erfolgte dieser Ton dreimal schnell hintereinander und nach einer kurzen Pause noch zweimal.

»Vorwärts!« rief Thorag den Seinen zu. »Für Armin, unseren Herzog!«

»Für Armin, unseren Herzog!« wiederholten die fünfzig berittenen Krieger, die in langgezogener Reihe aus dem Wald stürmten.

Sunnas leuchtender Wagen wurde noch vom Eisenberg verdeckt, da galoppierten die Angreifer auch schon zwischen den Häusern, Hütten und Ställen der Siedlung hindurch. Aufgeschreckt von dem unerwarteten Ansturm, begannen mehrere Hähne zu krähen.

»Holt die Leute aus den Häusern und treibt sie zusammmen!« rief Thorag seinen Männern zu und wandte sich dann an Isbert: »Wo ist das Haus deines Lehrmeisters?«

»Dort drüben, Fürst.« Isbert zeigte mit der Spitze seiner Frame auf ein großes Haus, das mit rötlichem Lehm verputzt war. Mehrere andere Gebäude schlossen sich daran an oder standen in der Nähe, einige davon Vorratshäuser, die vom Reichtum des Eisenschmiedes zeugten. Der große Schornstein, der sich durch das Dach eines Gebäudes schob, verriet die Schmiede.

Thorag sprengte mit Isbert, Ayko und zehn weiteren Kriegern auf den Hof. Aus dem Wohnhaus trat ein barfüßiger Jüngling hervor und schaute den Reitern in einer Mischung aus Neugier und Schlaftrunkenheit entgegen. Dann schluckte er, als er die Spitze von Isberts Frame an seiner Kehle spürte.

»Kennst du den Kerl, Isbert?« fragte Thorag.

»Nein, aber er kennt sicher Frowin, wenn er in seinem Haus wohnt.« Der stämmige Schmied erhöhte den Druck mit der Framenspitze, bis ein dünner Blutfaden über den Hals des Jünglings rann. »Sprich schon, ist Frowin im Haus?«

Ängstlich starrte der Jungmann zu dem Reiter mit der Frame hinauf. »J-ja, Herr.«

»Und wer bist du?«

»I-ich bin Nantwin, der Mann Wibertas und Frowins Lehrling.«

»Frowin ist also zugleich dein Schwiegervater und dein Lehrmeister.« Isbert grinste. »Wie zweckmäßig. Wurde auch Zeit, daß Wiberta heiratet. Schließlich ist sie bei genügend Lehrlingen unter die Decke geschlüpft, um ihre Erfahrungen zu machen.« Der Reiter beugte sich vertraulich vor. »Sag, Nantwin, quiekt sie immer noch wie eine in die Enge getriebene Maus, wenn man ihre Brüste knetet?«

Nantwin starrte den anderen empört an, sagte aber nichts. Inzwischen stiegen Thorag, Ayko und andere Krieger von den Pferden und liefen an Nantwin vorbei ins Haus. Dunkelheit umfing sie, denn dicke Matten hingen noch vor den rechteckigen Wandöffnungen.

»Öffnet die Windaugen!« befahl Thorag. »Hier drin ist es so finster wie in Segestes' Herz.«

Einige seiner Männer lachten über die Bemerkung, als sie den Befehl ausführten. Das einfallende Licht enthüllte die helle Aufregung im Haus des Eisenschmiedes. Männer, Frauen und Kinder wickelten sich überrascht aus den Decken oder lagen still und ängstlich auf den Bänken. Würziger Geruch erfüllte das Innere des Wohnhauses, ein Gemisch aus den Ausdünstungen der Menschen und dem Duft des großen Schinkens, der im Rauchabzug hing.

Ein mittelgroßer, kräftiger Mann mit ergrauendem Bart sprang von seiner Schlafbank und griff nach dem großen Schwert, das über ihm an der Wand befestigt war. Als es er in Händen hielt, war Thorag auch schon bei ihm und hielt ebenfalls sein Schwert in der Rechten.

»Deine Waffe mag besser sein als meine, Eisenschmied, aber ich stoße bestimmt eher zu!«

Thorag kannte Frowin nicht und war gleichwohl sicher, den Hausherrn vor sich zu haben. Der mit dicken Fellen ausgelegte Schlafplatz des Mannes nahe der Feuerstelle, wohl der beste im ganzen Haus, und sein muskulöser Körper, ähnlich dem Isberts, wiesen darauf hin.

»Du bist Thorag, der Fürst der Donarsöhne!« stieß der bärtige Mann überrascht hervor und legte das Schwert auf die Schlafbank. »Ich kenne dich von den Stammesthingen.«

»Kennst du mich auch noch, Frowin?«

Isbert fragte das. Er hatte das Haus betreten, die Frame noch in den Händen. Die Eisenspitze drückte gegen Nantwins Rücken.

»Isbert!«

Der Schmied aus dem Hirschgau lachte. »Ja, Frowin, ein Morgen der Überraschungen.«

»Was wollt ihr hier?« fragte Frowin.

»Wir suchen Armin, unseren und auch deinen Herzog«, erwiderte Thorag. »Ist er auf der Eisenburg?«

»Woher soll ich das wissen?«

Frowin hatte noch nicht ausgesprochen, da hatte Thorag ihm schon einen Hieb mit der flachen Klinge versetzt. Frowin taumelte gegen die Wand und betastete seinen Kopf. Er blutete aus einer Platzwunde.

»Wir haben keine Zeit für Spielchen!« sagte Thorag hart. »Sei also ehrlich zu uns, Schmied!«

»Vater!« rief erschrocken ein dralles, rotblondes Mädchen und wollte zu Frowin laufen.

Eine schnelle Bewegung Isberts, und seine Frame versperrte ihr den Weg.

»Willst du nicht einen alten Freund begrüßen, Wiberta?« fragte Isbert. »Ich erinnere mich gut an deine stürmischen Umarmungen.«

Wiberta umarmte Isbert nicht, sondern starrte ihn böse an.

Thorag sagte zu Frowin: »Ich drohe nicht gern damit, Schmied, aber das Leben deiner Tochter ist das Pfand deiner Ehrlichkeit! Also, was ist mit Armin?«

»Ja, er ist auf der Burg«, preßte Frowin hervor. »Das ist wohl kein Geheimnis.«

»Schön.« Thorag nickte. »Dann führ uns zu ihm!«

»Ich? Wie denn?«

»Durch den Geheimgang, den du entdeckt hast«, erklärte Isbert. Als Frowin ihm einen fragenden Blick zuwarf, fuhr sein ehemaliger Schüler fort: »Du hast mir selbst davon erzählt, Frowin. Wie du vor vielen Wintern auf den Gang gestoßen bist, den Segestes als Fluchtweg aus seiner Burg anlegen ließ.«

»Das ist doch nur eine alte Geschichte.« Frowin lächelte entschuldigend. »Ich wollte dich damit nur verkohlen, Isbert. Du bist tatsächlich ein leichtgläubiger Bursche.«

Thorag wirbelte herum und stieß sein Schwert in Wibertas Richtung. Nur die Schwertspitze berührte ihre Haut und riß sie auf der rechten Gesichtshälfte auf, vom Auge bis zum Kinn. Wibertas Schrei entsprang mehr dem Schreck als dem Schmerz.

»Du Hund!« brüllte Frowin und wollte nach seinem Schwert auf der Bank greifen.

Thorag war wieder schneller und spaltete mit einem kräftigen Hieb das Holz. Die Bank zerbrach, und Frowins Waffe fiel auf den Boden.

Thorag setzte einen Fuß auf die Klinge. »Ich habe dir doch gesagt, daß deine Tochter unser Pfand ist. Noch ist sie nur leicht verletzt und ihre Schönheit kaum beeinträchtigt. Sie wird darüber hinwegkommen, zumal sie schon einen Mann hat. Wenn du sie vor Schlimmerem bewahren willst, solltest du jetzt aufrichtig zu uns sein!«

Frowin starrte den Donarsohn eine ganze Weile haßerfüllt an. Das Zittern, das den Schmied am ganzen Körper befiel, verriet seinen inneren Kampf. Das Feuer in seinen Augen erlosch nicht, als er endlich sagte: »Ich kenne den Gang zur Burg und werde ihn euch zeigen – vorausgesetzt, ich finde ihn wieder.«

»Du solltest ihn wiederfinden, und zwar schnell«, mahnte Thorag. »Meine Geduld ist nicht groß!«

»Das habe ich gemerkt«, sagte Frowin bitter und blickte seine Tochter an.

Eine ältere Frau bemühte sich um Wiberta und versuchte, die Blutung der Wunde durch das Aufdrücken von Kräutern zu stillen.

»Wir nehmen das Mädchen mit«, entschied Thorag und fuhr, zu Frowin gewandt, fort: »Um dich in jedem Augenblick daran zu erinnern, daß ein Verrat deine Tochter das Leben kostet. Isbert wird auf Wiberta aufpassen.«

Frowin sagte nichts, aber das Zucken in seinem Gesicht und ein wütendes Grunzen verrieten seinen Unmut.

»Gräm dich nicht zu sehr, Schmied«, meinte Thorag und hielt sein Schwert hoch. »Der Krieg fordert von allen Opfer. Sieh her, das Eisen meiner Klinge hat sich verbogen, als ich deine Bank zerschlug.« Thorag bückte sich und hob Frowins Schwert auf. »Ah, guter, harter Stahl, wie ich es mir dachte. Ein Eisenschmied führt stets nur eine erstklassige Waffe. Überläßt du sie mir als Entschädigung für die Zerstörung meiner Spatha?«

»Mir bleibt wohl kaum etwas anderes übrig.«

»Danke«, sagte Thorag lächelnd und warf sein eigenes Schwert achtlos beiseite. »Und jetzt los!«

Nantwin zeigte Mut und wollte bei seiner Gemahlin bleiben, aber Thorag lehnte das ab. Als sie nach draußen traten, war der Hof angefüllt mit Menschen. Thorags Männer hatten die Bewohner der Siedlung hier zusammengetrieben, wo sie unter der Bewachung von fünfzehn Kriegern bleiben sollten. Mit den restlichen Männern ritt Thorag zu dem alten Erzstollen, der nach Frowins Aussage mit dem Geheimgang verbunden war.

Man sah sofort, daß das Erzvorkommen in diesem Stollen schon seit vielen Wintern erschöpft war. Die Öffnungen der steinernen Schmelzöfen, die an die Außenseite des Berges gebaut waren, gähnten leer, und ihr Lehmverputz zeigte große Risse. Im Eingang des Stollens lag umgestürzt eine große Lore; zwei Räder fehlten, das Holz war morsch und brüchig.

Die Männer stiegen von den Pferden. Ayko benannte drei Wächter für die Tiere. Ein junger Hirschkrieger streckte die brennende Fackel aus, die er die ganze Zeit gehalten hatte. Andere Männer entzündeten ihre Fackeln an der Flamme.

»Seid sparsam damit«, sagte Thorag. »Denkt daran, daß wir auch Licht für den Rückweg brauchen!« Dann befahl er: »Laßt die Stoßlanzen und die Schilde zurück! Sie sind zu unhandlich für das, was vor uns liegt. Schwerter, Streitäxte und Wurfspieße müssen genügen.«

Die Männer legten die Framen und Schilde ab. Als sie damit fertig waren, stand Thorag für einen Augenblick still und lauschte. Er hörte Kampflärm, den der auffrischende Wind von

Norden herantrug. Von dort, wo Ingwin mit seinen Kriegern die Burg berannte, um Segestes von Thorags Stoßtrupp abzulenken. Schreie, Hufgetrappel und Waffengeklirr. Sehen konnte man nichts, Berg und Wald versperrten die Sicht.

»Beeilen wir uns!« sagte Thorag und ging als erster in den Berg. »Jede Verzögerung kostet das Leben tapferer Krieger.«

Die ganze Gruppe trat in den Stollen, von dem bald mehrere Nebenstollen abwichen. Frowin übernahm die Führung und zögerte nur selten, wenn es eine von zwei Abzweigungen zu wählen galt. Ayko markierte auf Thorags Anweisung jede Abzweigung mit heller Kreide, die beim geringsten Lichteinfall leuchtete.

»Wozu das?« erkundigte sich Frowin.

»Nur für den Fall, daß du uns in die Irre zu führen versuchst«, antwortete Thorag.

»Das werde ich nicht tun«, versprach der bärtige Schmied. »Meine Tochter ist doch bei uns.«

»Es wird gut für Wiberta sein, wenn du das nicht vergißt!«

Sunnas Licht war längst verschwunden, und die Gänge wurden enger. Bald paßten kaum noch zwei Männer nebeneinander. Immer wieder stießen die Krieger gegen die hölzernen Stützpfeiler. Einer rutschte dabei ein Stück zur Seite, und faustgroße Steinklumpen fielen herab.

»Seid vorsichtig!« warnte Frowin. »Das Holz ist alt und morsch. Wenn ihr nicht aufpaßt, bricht der halbe Berg ein, und wir können auf ewig den Höhlenzwergen Gesellschaft leisten.«

Sie gingen weiter, bis Frowin so plötzlich anhielt, daß Thorag gegen ihn prallte.

»Was ist?« fragte der Donarsohn.

Frowin beleuchtete mit seiner Fackel einen schmalen, schrägen Aufgang, mit großen, in den Stein gehauenen Stufen. »Hier ist es, ich erkenne es wieder. Das ist die Steintreppe, über die ich mich damals wunderte.«

»Und die dich hinauf zur Burg geführt hat«, sagte Thorag.

»Nicht ganz. Du weißt doch, Donarfürst, auf halbem Weg bin ich umgekehrt. Ich kann mich also nicht dafür verbürgen, daß dieser Weg tatsächlich auf die Kuppe des Berges führt.«

»Das brauchst du auch nicht«, versetzte Thorag kühl. »Deine Tochter bürgt schon dafür – mit ihrem Leben!«

Frowins Gesicht verhärtete sich. Der Schmied drehte sich ruckartig um und stieg die Stufen hinauf. Thorag folgte ihm, dann Ayko und andere Krieger. Mitten in der Gruppe gingen Isbert und Wiberta.

Der Weg endete nach einer Biegung. Die Stufen hörten einfach auf, wurden zu einer glatten Schräge, deren Durchmesser der Länge zweier ausgewachsener Männer entsprach. Dahinter reckten sich viele dünne Felsen aus dem Boden wie ein natürlicher Wall.

»Was soll das, Frowin?« fragte Thorag. »Bedeutet dir das Leben deiner Tochter so wenig, daß du uns in eine Sackgasse führst?«

»Damals, als ich aus Neugier diesen Stufen folgte, dachte ich auch, daß es eine Sackgasse ist. Aber dann kam eine Fledermaus zwischen den Felsen da oben hervor, zog einen Kreis über meinem Kopf und verschwand wieder. Als ich ihr folgte, stellte ich fest, daß die Felsspitzen nur von hier unten wie ein undurchdringlicher Wall aussehen. Aber ist man erst einmal da oben, kommt man ganz gut hindurch.«

Während der Eisenschmied sprach, machte sich Unruhe unter den Kriegern breit. Immer wieder fielen die Worte ›Fledermaus‹ und ›Mahr‹. Thorag wußte, was die Männer ängstigte. In Fledermäusen ließen sich nach altem Glauben die ruhelosen Seelen der Toten nieder, um nachts mit den Tieren auszufliegen und die Menschen heimzusuchen.

»Eine tapfere Kriegerschar hast du da versammelt, edler Thorag«, kicherte Frowin. »Und mit denen willst du gegen unseren Fürsten Segestes kämpfen?«

»Er hat recht!« sagte Thorag laut. »Seid ihr nun Krieger oder Feiglinge, daß ihr vor ein paar Tieren zittert? Was soll Armin denken, wenn er das hört?«

»Armin braucht es nicht zu hören, denn wir fürchten uns nicht«, antwortete eine Stimme. Den Sprecher konnte Thorag nicht erkennen.

»Dann ist es ja gut«, sagte der Gaufürst. »Gehen wir weiter!«

»Das ist nicht so leicht«, meinte Frowin und zeigte auf die glatte Fläche. »Du mußt meine Fackel halten und mir Hilfe geben, damit ich raufkomme.«

»Warst du denn damals nicht allein?« fragte Thorag.

»Doch, das war ich, aber auch jünger und beweglicher.«

»Was soll das überhaupt?« meinte Ayko. »Warum hat man die Stufen nicht bis ganz nach oben geschlagen?«

»Damit jeder denkt, dieser Weg führt ins Nichts«, erklärte Thorag. »Ein blinder Stollen. Für jemanden, der aus der Burg flieht, ist es nicht weiter hinderlich. Er braucht die Schräge nur hinunterzurutschen.«

»Rauf ist es leider nicht so einfach«, stöhnte Frowin, als er sich Stück für Stück nach oben schob. Thorag hielt in einer Hand die Fackel und stützte mit der anderen die lederbeschuhten Füße des Schmiedes. Der erreichte endlich die Felsnadeln und zog sich daran ganz nach oben.

»Fang!« rief Thorag und warf ihm die Fackel zu.

Er kletterte, unterstützt von Ayko, nach oben. So folgte einer dem anderen. Voller Sorge dachte Thorag an die Zeit, die das kostete, und an die Menschen draußen, die währenddessen ihr Leben ließen.

Endlich ging es weiter durch eine große, dunkle Höhle. Überall wuchsen Felsnadeln aus dem Stein, mal am Boden, mal an der Decke. Und dort oben hingen auch, mit den spitzen Köpfen nach unten, die Fledermäuse, nicht nur ›ein paar Tiere‹, wie Thorag eben gesagt hatte, sondern Hunderte und Aberhunderte. Die Kolonne geriet ins Stocken, als der Fackelschein auf die häßlichen Tiere fiel und das unstete Licht ihre schlafenden Körper tanzen ließ.

»Die Mahre!« stieß einer der Krieger aus. »Sie werden in uns fahren und uns mit Flüchen und Krankheiten belegen!«

Frowin grinste.

»Mit Flüchen kann ich euch auch belegen«, stieß Thorag ärgerlich hervor. »Mit Krankheiten zwar nicht, aber dafür mit ein paar Hieben, falls jemand es nötig hat, daß man ihm Mut einprügelt!«

Das wirkte. Langsam setzte sich die Schar wieder in Bewegung. Die Männer atmeten auf, als sie die große Höhle über eine gewundene, in den Fels gehauene Treppe verließen.

»Hier bin ich damals umgekehrt«, sagte Frowin am Ende der Treppe und blieb stehen.

»Heute wirst du das nicht tun«, erwiderte Thorag.

Durch einen schräg nach oben führenden Tunnel ging es weiter. Dann kam wieder eine Treppe, erneut ein Tunnel und schließlich eine Art Leiter, aber nicht aus Holz, sondern aus ebenfalls in den Stein geschlagenen Sprossen.

Darüber gelangten Frowin und Thorag in eine seltsame Höhle, die eindeutig Menschenwerk war. Der Boden und der untere Teil der Mauern waren zwar aus Felsgestein, aber dann setzten sich die Mauern aus Lehm fort, und die Decke war eine Art Dach aus festen Flechtmatten. Sie war so niedrig, daß Frowin sie mit dem Haupthaar berührte und Thorag gebückt stehen mußte.

»Eine Vorratsgrube«, stellte Thorag fest.

»Ja«, nickte Frowin und schwenkte die Fackel, um die Grube auszuleuchten. »Allerdings eine, in der keine Vorräte lagern. Alles leer.«

»Natürlich. Segestes will doch nicht, daß sein geheimer Gang entdeckt wird. Eine nicht mehr genutzte Vorratsgrube eignet sich bestens für den Eingang zum Fluchtweg.«

Thorag stemmte seine Hände gegen die Decke und versuchte, die Matten beiseite zu schieben. Der einzige Erfolg war herunterrieselndes Erdreich.

»Ich glaube nicht, daß überhaupt viele von dieser Grube wissen«, meinte er. »Vermutlich ist die Decke mit fester Erde bedeckt.«

Seine Vermutung bestätigte sich, als er unter Mithilfe von Ayko und ein paar anderen erst mit Schwertklingen die Decke durchstieß und dann, von Ayko gestützt, den Kopf hindurchsteckte. Sunnas Licht blendete ihn, und er schmeckte etwas Bitteres, Scharfes in seinem Mund. Dann sah er die Hühner, die ihn erstaunt anblickten.

Er spuckte den Hühnermist aus und sagte nach unten: »Hebt mich rauf!«

»Wo sind wir?« fragte Ayko, während er und Pal Thorag hochhoben.

»Im Hühnerhof.« Thorag zwängte sich durch das Loch und kletterte aus der Grube. »Kein Wunder, daß Segestes sein Geheimversteck sicher glaubt.«

Die Hühner machten erschrocken Platz, als mehr und mehr Menschen an die Oberfläche kamen. Neben Thorag, Ayko und Pal waren es schließlich acht weitere.

»Der Rest bleibt einstweilen in der Grube«, ordnete Thorag an. »Wenige Männer fallen weniger auf.«

»Aber mehr Männer sind besser im Kampf«, widersprach Isbert von unten.

»Wenn ich euch brauche, rufe ich. So lange bleibt ihr hier!« Thorag blickte den neben Isbert und Wiberta stehenden Frowin an. »He, Schmied, du kannst uns wohl nicht sagen, wo Armin festgehalten wird?«

»Nein, wirklich nicht. Ich war seit etlichen Tagen nicht auf der Burg.«

»Deine Tochter hat Glück, daß ich dir glaube.«

Der Hühnerhof wurde von den Rückwänden einiger Ställe begrenzt. Mit Ausnahme der Eindringlinge gab es hier keine Menschen. Aber sonst schien sich die Eisenburg in hellem Aufruhr zu befinden. Von überall erschollen Schreie: Befehle und Warnrufe.

»Ingwin und Eilard scheinen Segestes gut zu beschäftigen«, stellte Thorag zufrieden fest.

An der Spitze seines kleinen Trupps schlich er an den Ställen entlang und sah dann, wie Männer und Frauen hin und her liefen. Steine wurden auf die Wälle geschleppt, um sie auf die Angreifer zu werfen oder zu rollen. Brandpfeile flogen über die Mauern. Viele blieben im Erdreich stecken und richteten keinen Schaden ab, aber andere trafen die mit Stroh gedeckten Hausdächer. Die Menschen bildeten Ketten von den Brunnen bis zu den Brandherden, füllten alle nur erdenklichen Gefäße mit Wasser und reichten sie schnell von Hand zu Hand.

»Ein ordentliches Durcheinander«, meinte Thorag. »Genau das brauchen wir. Allerdings sehe ich wenig Krieger hier. Ich hätte gedacht, daß Segestes nach seinem Überfall auf Armin mehr Männer auf der Eisenburg versammelt.«

»Um so besser für uns«, brummte Ayko und hielt seine Waffe hoch. »Allerdings schlecht für mein Eisen, das ich gern in möglichst viele Verräterbäuche gerammt hätte.«

»Wie ich die Verhältnisse zwischen Armin und Segestes einschätze, wirst du früher oder später dazu noch genügend Gelegenheit haben, Ayko. Warte hier mit den anderen, bis ich zurückkomme.«

»Wo willst du hin, Fürst?«

»Wir brauchen jemanden, der uns Armins Gefängnis verrät.«

Ohne Aykos Wunsch, ihn zu begleiten, abzuwarten, ging Thorag los. Er versteckte sich nicht, hielt sich aufrecht und hoffte, daß keiner in der Aufregung den Donarsohn erkannte. Wohlweislich hatte er keine Kriegsfarben aufgetragen und auch den Männern seines Stoßtrupps untersagt, sich als Donarsöhne oder Hirschkrieger kenntlich zu machen.

Ein Reiter bog im scharfen Galopp um die Ecke eines großen Hauses und riß seinen Rappen zurück, weil er Thorag sonst über den Haufen geritten hätte. Die guten Waffen und die goldglänzende Fibel, die den dunklen Umhang zusammenhielt, wiesen den schnauzbärtigen Mann als hochrangigen Krieger aus.

»Was stehst du hier herum?« fuhr der Reiter Thorag an. »Zu welchem Trupp gehörst du?«

»Ich habe dich gesucht, um dir eine Meldung zu überbringen«, log Thorag.

»Was für eine Meldung?«

Neugierig beugte sich der Schnauzbärtige vor. Thorags Faust landete an seiner Schläfe und ließ ihn taumeln. Der Donarsohn zerrte den Stierkrieger vom Pferd und versetzte ihm noch einen Hieb. Der Rappe scheute, wieherte aufgeregt und lief davon.

Thorag drückte die scharfe Klinge seines Dolches gegen den Hals des anderen. »Sei hübsch still und wehr dich nicht, Stiermann, sonst stirbst du!«

Thorag brachte seinen Gefangenen zu den wartenden Gefährten und fragte ihn dann nach dem Namen.

»Utger«, keuchte der Stiermann.

»Welches ist dein Rang, Utger?«

»Ich bin ein Kriegerführer.«

»Dachte ich mir.«

Das Gesicht des Schnauzbärtigen verzog sich zu einer Grimasse, und Utger stammelte: »J-jetzt erkenne ich d-dich. Du bist Thorag!«

»Ganz recht, und ich suche Armin. Wo finde ich den Herzog?«

»Ich bin kein Verräter!« stieß Utger hervor und preßte die Lippen fest zusammen.

Pal hob sein Schwert und schlug zu. Utger schrie auf und faßte an die rechte Seite seines Kopfes. Als er die Hand zurückzog, war sie blutüberströmt, und in ihr lag ein Ohr. Utger stöhnte gequält.

»Unser Freund Pal ist ein Pannonier und sehr heißblütig«, erklärte Thorag. »Außerdem ist er ziemlich wütend, weil ihr

Armin, seinen Herrn, entführt habt. Falls du nicht schnell redest, wird er dich nach Walhall schicken, aber in vielen kleinen Teilen!«

Utger schluckte. Thorag erkannte am ängstlichen Blick des Stiermannes, daß sein Widerstand gebrochen war.

»Armin wird ganz in der Nähe festgehalten«, sagte Utger. »In einer kleinen Vorratshütte.«

»Führ uns hin!« befahl der Donarfürst.

Niemandem fiel in dem allgemeinen Durcheinander auf, daß die Krieger unter Führung des verletzten Utger nicht zu den Stiermännern gehörten. Armins Gefängnis war eine kleine, fensterlose Holzhütte, die auf Pfeilern eine halbe Manneshöhe über dem Boden stand, zum Schutz der üblicherweise hier gelagerten Vorräte gegen Schädlinge. Zwei Krieger mit Framen, aber ohne Schilde hielten vor der Hütte Wache. Verwundert blickten sie Utger und seinen Begleitern entgegen.

»Vorsicht!« brüllte der Kriegerführer auf einmal. »Sie wollen Armin befrei…«

Der Rest ging in einem würgenden Laut unter, als Pals Schwert Utgers Brust durchstieß. Der Pannonier zog die blutige Klinge gleich wieder heraus, sprang über den zu Boden sinkenden Stiermann und rannte auf die beiden Wächter zu. Thorag, Ayko und die anderen folgten ihm.

Dem Framenstoß des ersten Wächters wich Pal mit einem Sprung zur Seite aus. Bevor der Stiermann die Lanze wieder zurückziehen konnte, war Pal bei ihm und stach ihn nieder.

Der andere Wachtposten bohrte seine Frame in Pals Rücken. Der Pannonier schrie auf, hob sein Schwert und wollte sich zu dem neuen Gegner umdrehen. Aber die Kraft verließ den Mann aus dem Illyricum, und er brach über dem Stierkrieger zusammen, den seine Spatha gefällt hatte.

Der Wächter, dessen Frame noch in Pals Leib steckte, zog sein Schwert. Aber er konnte es nicht mehr zum Schlag erheben, denn Thorags neue Waffe, der von Frowin geschmiedete Stahl, fuhr zwischen seine Rippen und löschte sein Leben aus.

Thorag kniete sich neben Pal, doch auch Armins treuen Sklaven hatte das Leben verlassen.

Ayko zog den schweren Eisenriegel zurück, der den Eingang des Vorratshauses verschloß, und zog die Tür auf. Sunnas Licht fiel auf den Cheruskerfürsten, der, an Armen und Beinen mit dicken Stricken gebunden, auf dem hölzernen Boden lag. Seine Kleidung war zerrissen, sein Körper zerschunden und von verkrustetem Blut verklebt. Seine Wangen waren eingefallen und von einem Stoppelbart bedeckt. Die Augen blinzelten geblendet, konnten nichts Genaues erkennen.

»Wer ist da?« fragte er undeutlich und mit rauher, kratziger Stimme, als Ayko und Thorag in die Hütte kletterten.

Thorag nannte seinen Namen und begann, Armins Fesseln durchzuschneiden.

»Thor-ag«, wiederholte der Hirschfürst gedehnt. »Mein Bruder! Ich habe gewußt, daß ich mich auf dich verlassen kann.«

»Was hat Segestes mit dir angestellt, Armin?«

»Gar nichts, das ist es ja. Ich lag hier gefesselt, und niemand hat sich um mich gekümmert. Sie brachten mir nichts zu essen und nur zweimal eine Schale Wasser. Segestes habe ich nicht gesehen, seit ich eingesperrt wurde.«

Thorag massierte Armins Beine, damit das durch die Fesseln abgeschnürte Blut wieder richtig floß. Trotzdem mußte Armin von Thorag und Ayko gestützt werden, als sie die Hütte verließen. Draußen blieben sie stehen, und Armin sah auf die drei Leichen. Er flüsterte Pals Namen.

»Er gab sein Leben für dich, Armin«, sagte Thorag. »Wie sein Bruder damals auf Thidriks Hof.«

Der junge Herzog nickte. »Am liebsten würde ich den Leichnam mitnehmen, um ihm ein Feuergrab zu geben, wie es einem großen Krieger gebührt.«

»Vergiß das«, sagte Thorag. »Die Zeit drängt. Wir können uns nicht um Tote kümmern!«

»Vielleicht doch«, meinte Armin und lauschte dem Kampfgetümmel jenseits der Mauern. »Wenn unsere Krieger die Burg erobern!«

»Das werden sie nicht, weil sie nicht zahlreich genug sind«, entgegnete Thorag. »Sobald wir draußen sind, wird der Angriff abgebrochen.«

»Wer sagt das?« fragte Armin ein wenig verärgert.

»Ich. Du selbst hast doch gewollt, daß ich an deine Stelle trete!«

Armin lächelte plötzlich. »Ja, das stimmt. Wie seid ihr überhaupt in die Burg gekommen?«

Thorag berichtete in knappen Sätzen, und Armin kicherte. »Durch Segestes' eigenen Geheimgang, das ist wirklich gut. Wenn er davon hört, wird er einen Tobsuchtsanfall kriegen.« Das Gesicht des Herzogs wurde wieder ernst. »Was ist mit Thusnelda?«

»Sie ist mit Auja auf der Adlerburg«, beruhigte Thorag den Herzog.

»Wir sollten gehen!« drängte Ayko, und er hatte recht.

Nur zu sehr, wie sich bald zeigte. Auf halbem Weg zum Hühnerhof begegneten sie einer fünfköpfigen Gruppe von Stierkriegern. Thorags Männer töteten drei Feinde und verloren selbst einen Mann. Aber die beiden anderen Stiermänner flohen und schrien immer wieder, daß Armin entsprungen sei.

So schnell es mit dem Cheruskerherzog ging, der noch nicht wieder richtig laufen konnte, eilte Thorags Trupp zum Hühnerhof. Dann stiegen Armin, seine Retter und die beiden Gefangenen hinunter in die Höhlenwelt, nachdem sie das Dach der Grube notdürftig verschlossen hatten.

»Vielleicht hält der Hühnermist die Stierkrieger davon ab, hier zu suchen«, hoffte Isbert.

Die Hoffnung zerschlug sich kurz vor der Fledermaushöhle. Sie hörten die Schritte und die Stimmen der Verfolger hinter sich. Thorag trieb die Seinen zu noch größerer Eile an, als sie die unheimliche Höhle durchquerten. Er selbst blieb etwas zurück, nahm einem Mann die Fackel ab, schwenkte sie wild hin und her und schrie aus Leibeskräften wie ein Irrsinniger. Die Fledermäuse erwachten aus ihrer Starre und flatterten, spitze Schreie ausstoßend, durch die Höhle.

»Was sollte das?« fragte Armin, als Thorag die Gruppe jenseits der Schräge eingeholt hatte.

»Ich habe die Mahre aufgescheucht«, grinste Thorag. »Vielleicht hält das unsere Verfolger ein wenig zurück.«

So schien es wirklich zu sein. Unbehelligt gelangten Thorags Männer in den alten Erzstollen und dann ins Freie. Als sie auf die Pferde stiegen, ließen sie Frowin und Wiberta zurück.

»Du trägst noch immer mein Schwert, Thorag«, sagte Frowin.

»Ja, und es hat mir schon gute Dienste geleistet. Ich werde es behalten.«

»Ich habe lange daran gearbeitet!«

»Segestes wird sicher zu schätzen wissen, welche Opfer du für ihn bringst.«

Thorag lachte und riß seinen Rappen herum, um das Bergwerk zu verlassen.

»Lacht ihr nur!« schrie Frowin ihnen nach. »Ihr werdet noch merken, wer zuletzt lacht!«

In der Siedlung sammelte Thorag die übrigen Männer seines Stoßtrupps ein und schickte Boten aus, um Ingwin und Eilard den Befehl zum Abbrechen des Angriffs zu übermitteln; in dem Kampfgetümmel konnten weit entfernte Hornsignale überhört werden. Thorag, Armin und ihre Begleiter verließen die Siedlung.

»Wohin reiten wir?« fragte Armin.

»Zu einer Lichtung ganz in der Nähe«, antwortete Thorag. »Dort treffen wir uns mit den anderen.«

Die kamen bald, und ihre Reihen waren arg gelichtet. Von den vierhundert Hirschkriegern, die Ingwin in den Kampf geführt hatte, kehrte nur etwas mehr als die Hälfte zurück. Noch schlimmer hatte es die Marser getroffen, was vielleicht an der Unerfahrenheit der vielen jungen Krieger lag: Von ihnen waren keine zweihundert übrig.

»Zwar eine tapfere, aber keine beeindruckende Streitmacht«, seufzte Armin, dem es schon besserging, nachdem er etwas gegessen und getrunken hatte. »Es scheint wirklich geraten, daß wir uns zurückziehen. Auch wenn die Gelegenheit zum Sturm auf die Eisenburg nach dem Abzug der vielen Krieger günstig gewesen wäre.«

»Ein Abzug?« fragte Thorag. »Was meinst du damit?«

»Vor einiger Zeit hörte ich, wie eine große Zahl von Kriegern die Burg verließ. Ich hörte das Schnauben und die Hufe der Pferde, ich hörte Leder knarren und Waffen klirren, und ich hörte die Stimmen der Krieger und ihrer Frauen, als sie sich verabschiedeten.«

»Wohin zogen sie?«

»Das weiß ich nicht.«

»Weißt du wenigstens, wann das war?« fragte Thorag erregt.

»Leider auch nicht. In der dunklen Vorratshütte hat mein Zeitgefühl mich rasch verlassen. Es gab dort weder Nacht noch Tag. Aber warum regst du dich so auf, mein Freund?«

»Ich mußte an Frowins Abschiedsworte denken. Vielleicht war das keine leere Drohung. Vielleicht wußte der Schmied etwas, das wir nicht wissen. Es ist doch seltsam, daß Segestes die Verteidigung seiner Burg durch den Abzug so vieler Männer schwächt, gerade jetzt, wo er nach deiner Entführung einen Gegenschlag erwarten mußte.«

»Ja, in der Tat.« Armin starrte Thorag an. »Was befürchtest du?«

»Das Schlimmste«, sagte Thorag düster. »Wir sollten so schnell wie möglich zur Adlerburg zurückkehren!«

Kapitel 18

Folgt dem Adler!

Der Weg wurde beschwerlicher, Hügel mußten erklommen und dunkle Urwälder durchquert oder umgangen werden. Die Enge der Waldtäler zwang die Marschkolonnen, sich aufzuteilen. Der große Troß war ohne Bedeckung, als die auf der linken Flanke marschierenden Legionäre der XXI. Legion hinter einem langen Streifen hoher Kiefern und Tannen verschwanden und die Kohorten der V. Legion noch weiter nach rechts abbogen, um einen spitzen Felshügel zu umgehen.

Ganz ähnlich muß es damals im Saltus Teutoburgiensis zugegangen sein, dachte Germanicus, der unermüdlich mit seinem Stab zwischen den Marschkolonnen hin und her ritt, um die Männer zur Eile anzutreiben, trotz aller Widrigkeiten: unübersichtliches Gelände und schlechtes Wetter; Marschkolonnen, die so lang auseinandergezogen waren, daß es Stunden dauern würde, sie in Schlachtordnung zu formieren; Regen, der die Sicht raubte, und Schlamm, der sich gierig an den Stiefeln der Legionäre und den Hufen der Reiterei festsog. Seit etwa einer Stunde hatte der Regen zum Glück nachgelassen. Aber als Germanicus in den bewölkten, düsteren Himmel hinaufsah, fiel ihm wie zum Hohn ein schwerer Tropfen direkt ins Auge.

Aber ich bin nicht so ahnungslos und unvorbereitet wie Varus! sagte er sich immer wieder. Seine germanischen Kundschafter hatten dem Feldherrn gemeldet, daß sich mehrere Stämme im Aufruhr befanden. Die Nachricht von dem Überfall auf den Marsertempel ging fast schneller um, als die Boten der Marser reiten konnten. Germanicus rechnete mit einem Überfall und trieb seine müden Soldaten erbarmungslos an, um diesen unübersichtlichen Abschnitt des großen Cäsischen Waldes möglichst schnell hinter sich zu bringen. Trotz des beschwerlichen Weges durften die Legionäre ihre schweren Schilde nicht auf Karren verladen, sondern mußten sie am Mann tragen. Die geländekundigen Eberkrieger bildeten zusammen mit einem Teil der Reiterei und leichten Fußtruppen der Auxilien die Vorhut. Sollte der Feind den Römern auflauern, würde er zuerst auf diese beweglichen Einheiten treffen, was den nachfolgenden Kohorten der I. Legion Gelegenheit geben würde, sich zur Schlacht aufzustellen und den hinter der Legion I marschierenden Troß zu decken. Dieser stand zudem unter dem besonderen Schutz der Prätorianergarde. Nach dem Troß kam die Legion XX und hinter dieser die restlichen Auxilien.

Warum bin ich nur so unruhig? fragte sich Germanicus, hatte er doch alles Erdenkliche zur Abwehr eines möglichen Angriffs unternommen. Vielleicht ließen die Müdigkeit und die Unlust in den Augen der Legionäre ihren Feldherrn an seiner Armee zweifeln. Vor fünf Nächten, als die Römer das Marserland verheerten, hatte Germanicus geglaubt, die Soldaten hätten ihren alten Kampfgeist zurückgewonnen. Aber die Siegestrunkenheit war schnell verschwunden und hatte der gedrückten Stimmung Platz gemacht, die einen am Morgen nach einer durchzechten Nacht befällt. Es war die Erkenntnis der eigenen Schwäche, die Erkenntnis, nur Wehrlose niedergemetzelt zu haben. Das war nicht zu vergleichen mit dem Blut, das man in offener Schlacht vergoß!

Germanicus war ehrlich zu sich selbst. Nicht das allein beunruhigte ihn, sondern auch der Traum der letzten Nacht. Wieder war er der riesenhaften Frau begegnet, die ihn vor dem weiteren Eindringen ins Land der Germanen warnte. Dabei zog er sich doch zum Rhenus zurück! Dann griffen im Traum die Barbaren sein Heer von allen Seiten an. Ja, diesmal hatte der Feldherr ganz deutlich die Züge von Gaius Julius Caesar Germanicus getragen. Und das Gesicht der Riesin war zu dem der Frau geworden, die dem Imperator und Agrippina bei ihrer Rückkehr aus Gallien geweissagt hatte. Wieder hörte er ihre Worte: ›Alle Schwierigkeiten, die jetzt vor dem Imperator liegen, wird er überwinden, wenn der Adler sich über seinem Haupt erhebt.‹ Und dann: ›Der Adler, dem du folgst, führt dich ins Verderben.‹

Germanicus war erwacht und hatte festgestellt, daß er im Schlaf laut geschrien hatte. Die Wachen waren in sein Zelt gestürmt und hatten besorgt gefragt, was geschehen sei. Den Rest der Nacht hatte er nicht geschlafen, sondern nur gegrübelt und Agrippina vermißt, die ihn in ihre weichen Arme genommen und getröstet hätte. Der Traum hatte ihn beunruhigt. Die Unruhe verließ ihn auch am Tag nicht, sondern steigerte sich von Stunde zu Stunde.

Es wirkte auf ihn fast wie eine Erlösung, als er Kampfeslärm hörte. Sehen konnte er nichts, zu weit hatten sich die Einheiten in dem unübersichtlichen Gelände auseinandergezogen. Aber dann galoppierten schon die Kuriere heran und brachten Nachricht, daß die Eberkrieger und die Auxilien an der Spitze sowie die Legionen V und XXI an den Flanken angegriffen wurden. Auf sein Nachfragen erfuhr der Imperator, daß die Angreifer die Armee zwar am Weitermarsch hinderten, aber nicht stark genug schienen, um die Römer ernstlich zu gefährden. Die Eberkrieger und die Auxilien waren auf Krieger der Tubanten gestoßen, die Legion V auf Tenkterer und die Legion XXI auf Usipeter, wie neue Kuriere meldeten.

»Dann ist es kein Wunder, daß die Angreifer auf den Flanken nicht besonders stark sind«, meinte der Prätorianertribun Marcus Valerius und lachte. »Die Tenkterer und die Usipeter wurden vom vergöttlichten Julius Caesar derart dezimiert, daß sich damals nur ihre Reiterei ins Gebiet rechts des Rhenus retten konnte. Es können nicht mehr viele von ihnen übrig sein.«

»Vielleicht gleicht ihr Haß die fehlende Stärke aus«, sagte Germanicus ernst.

Er dachte nicht gern an die Tat Caesars, erinnerte sie ihn doch an das, was während des Senatorenbesuches in der Ubierstadt geschehen war. Doch damals war es der glorreiche Caesar höchstselbst gewesen, der das Gesandtenrecht unter einem Vorwand mißachtete und die Stammesführer der Tenkterer und Usipeter gefangennahm. Danach überfiel er die überraschten und führungslosen Germanen und machte sie nieder, ehe sie noch begriffen, wie ihnen geschah.

Unwillkürlich mußte Germanicus an die letzte Nacht des Tamfana-Festes denken. Vielleicht hatte sein Angriff auf die feiernden Marser die Tenkterer und die Usipeter an ihr eigenes Schicksal erinnert und sie deshalb zum schnellen Angriff auf die Römer angestachelt.

Gerolf, dem der vorsichtige Imperator erneut verwehrt hatte, mit seinen Kriegern zu reiten, sagte: »Wir müssen sofort alle verfügbaren Kräfte nach vorn werfen, Caesar. Nur wenn uns der Durchbruch gelingt, können wir dieses für deine Legionen ungünstige Gelände verlassen. Und ich muß zu meinen Kriegern!«

Germanicus dachte nur kurz nach und erwiderte: »Weder noch, Cherusker. Deine Männer schlagen sich auch ohne dich. Die Vorhut wird allein durch die I. Legion verstärkt. Die XX. Legion und die Auxilien der Nachhut bleiben in Bereitschaft.«

»Aber warum?« rief Gerolf. »Der Feind ist vorn und an den Seiten.«

»Dort greift er an«, korrigierte der Imperator den Eberfürsten. »Und das mit schwachen Kräften. Was aber ist, wenn er hier auch stärkere Kräfte versammelt hat?« Germanicus sandte Caecina Severus nach vorn, um mit der I. Legion die feindlichen Linien zu durchbrechen, wandte sich dann wieder Gerolf zu und sagte ruhig: »Wir warten ab.«

Sie brauchten nicht lange zu warten, und von der Nachhut kam ebenfalls die Nachricht, daß man überfallen werde. Und die Vermutung des Imperators bestätigte sich: Hier waren die Stoßkeile der angreifenden Barbaren so stark, daß die Reihen der Auxiliarverbände auseinanderzubrechen drohten. Sie verlangten dringend nach Unterstützung.

»Wer sind die Angreifer?« fragte Germanicus den Kurier, einen verschwitzten Optio mit einer frischen, blutigen Schramme im Gesicht.

»Brukterer, Chatten und Marser, soweit wir es feststellen konnten, Imperator.«

»Das habe ich mir gedacht«, nickte Germanicus. »Die anderen

Angriffe waren Ablenkungsmanöver. Wir sollten unsere Kräfte nach vorn und auf die Flanken werfen und dann von hinten aufgerollt werden.« Er sah Gerolf an. »Komm mit, Eberfürst, jetzt erhältst du Gelegenheit zum Kämpfen!«

Germanicus ließ den Troß unter der Bedeckung der Fußgarde zurück und sprengte an der Spitze seiner Gardereiter den Weg zurück, den sie vor kurzem erst gekommen waren. Nach der Überwindung einer bewaldeten Höhe lag das Schlachtfeld vor ihnen, eine von waldreichen Hügeln begrenzte Ebene, die mit einigen Bäumen und viel Buschwerk bewachsen war. Was der Imperator sah, ließ ihn innerlich zusammenfahren. Daß die Lage derart heikel war, hatte er nicht geglaubt.

Überall stürmten die Angriffskeile der Germanen von den Hängen, häufig in der von ihnen bevorzugten Taktik: Jeweils zwei Fußkämpfer hielten sich an einem Reiter fest, ließen sich von seinem Schwung mitreißen und lösten sich erst, als die Linien der Verteidiger erreicht waren. Diese Linien waren schon an vielen Stellen durchbrochen, nicht nur die der Auxilien, sondern auch die zurückweichenden Reihen der Legionäre. Der gefürchtete Barditus, das wilde Kriegsgeschrei der Barbaren, brandete auf, als die Römer zurückwichen. Der durch Mark und Bein gehende Singsang übertönte sogar die unablässigen Signale der römischen Hornisten.

Auch die erste Kohorte, das aus ausgesuchten Soldaten bestehende Rückgrat jeder Legion, befand sich in Gefahr. Die hinter ihre Reihen getragenen Schwerverwundeten, die dort von Ärzten und Sanitätern versorgt wurden, mußten um ihr Leben bangen. Der Aquilifer, dessen Platz bei der ersten Kohorte war, hatte den goldenen Adler neben sich ins Erdreich gestoßen und sein Schwert gezogen.

Der Adler!

Dieser Anblick löste Germanicus aus der Starre, die ihn angesichts seiner zurückweichenden Truppen befallen hatte. Der Legionsadler durfte unter keinen Umständen in die Hände der Germanen fallen!

Varus hatte seine Adler verloren und mit ihnen seine Legionen und sein Leben. Wenn die Soldaten sahen, daß das Ehrenzeichen ihrer Legion verloren war, würde der Mut sie verlassen. Der Adler trieb sie an, die Ehre der Legion und damit die Ehre Roms zu verteidigen. Andererseits fühlten sie sich ohne ihn schwach und hilflos, allein gelassen wie Waisenkinder.

»Mir nach!« schrie Germanicus, zog sein Schwert und trieb den Schimmel den Abhang hinunter in Richtung der ersten Kohorte. Die Gardereiter folgten ihm in breiter Linie.

Es regnete, aber nicht so stark, daß die Feuer verloschen. Schon von weitem hatten die heimkehrenden Krieger die dunklen Rauchsäulen über der Adlerburg gesehen und sofort gewußt, daß sie nichts Gutes bedeuteten. Armin, Thorag und ein paar andere Berittene lösten sich von der erschöpften Kolonne und sprengten voran durch den letzten Waldgürtel, der sie von der Anhöhe mit der Adlerburg trennte.

Für Thorags Gefühl hatte ihre Rückkehr von der Eisenburg zu lange gedauert, viel zu lange. Aber die Männer waren durch den Eilmarsch zur Befreiung Armins und den anschließenden Kampf erschöpft gewesen, viele zudem verwundet, so daß sie einfach längere Pausen einlegen mußten. Auch wenn Thorags Beklemmung und seine Sorge wuchsen.

Segestes schien sie nicht zu verfolgen, was den Donarsohn aber nicht beruhigte – im Gegenteil.

»Wir haben noch keine Kundschafter getroffen«, rief Thorag dem Cheruskerfürsten zu, der neben ihm ritt. »So dicht bei der Burg sollten sich welche aufhalten!«

»Vielleicht haben sie sich auf die Burg zurückgezogen, um die Kräfte der schwachen Besatzung nicht zu zersplittern.«

Thorag schüttelte den Kopf. »Ich habe den Befehl gegeben, äußerst wachsam zu sein und Kundschafter auszusenden!«

Der Wald lichtete sich, vor ihnen lag die gerodete Ebene am Fuße der Anhöhe. Was die Cherusker bisher nur befürchtet hatten, wurde jetzt zur Gewißheit: Ein Kampf hatte hier stattgefunden. Der Boden war aufgewühlt von den Hufen der Pferde. Sie stießen auf zerbrochene Waffen, dann auf Pferdekadaver und schließlich auch auf tote Menschen – Hirschkrieger.

»Die Späher!« stieß Thorag hervor. »Sie haben es nicht mehr bis zur Adlerburg geschafft.« Voll dunkler Ahnung blickte er nach vorn, wo der Rauch in vielen dünnen Säulen von der Burg aufstieg.

»Totenfeuer«, sagte Armin düster und sprach das aus, was auch Thorag dachte.

Sie erreichten die untersten Wälle und trafen weder auf Wachen noch auf die Sklaven, die hier zuvor gearbeitet hatten. Jetzt verfluchte Armin die vielen Wälle und engen Durchlässe, die er hatte anlegen lassen, um den Zugang zu seiner Burg zu erschweren, denn es kostete die Reiter Zeit. Überall stießen sie auf Kampfspuren: zerbrochene Waffen, blutige Kleiderfetzen, Leichen von Mensch und Tier.

Auf der Anhöhe bot sich ihnen ein schreckliches Bild. Die meisten Gebäude, Häuser wie Stallungen, waren zerstört – eingerissen, niedergebrannt oder beides. Männer und Frauen mit leeren Gesichtern verbrannten die Gefallenen auf aufgeschichteten Holzstapeln. In den scharfen Brandgeruch mischte sich süßliche Verwesung. Immer wieder traten die Überlebenden auf Framen und Schwerter, zerbrachen die Waffen und warfen ihre Überreste ins Feuer. Tote Waffen für tote Krieger.

»Laßt die Waffen heil!« rief Armin laut und dachte wie stets ans Nützliche. »Wer immer das hier angerichtet hat, wir werden es ihm heimzahlen. Wir sollten unsere Schwerter und Framen besser ins Blut der Feinde tauchen als in die Flammen der Totenfeuer!«

Jetzt erst wandten die Menschen, die das nächste Feuer umstanden, ihre Aufmerksamkeit den Reitern zu. Doch obwohl sie ihren Herzog sahen, zeigte sich auf den Gesichtern keine Freude. Der erlittene Schmerz war zu groß.

Eine ältere Frau mit zerrissenem Kleid und verschrammtem, rußgeschwärztem Gesicht kam schlurfend und gebeugt auf die Reiter zu. Erst beim zweiten Hinsehen erkannte Thorag Armins Mutter Adina.

Armin rutschte vom Pferd, schlang die Arme um Adina und drückte seine Mutter an sich. Dann sah er sie an und fragte: »Was ist hier geschehen?«

»Das, was du siehst, mein Sohn«, antwortete Adina schleppend. »Wir wurden überfallen, und trotz aller Gegenwehr wurde die Burg geschleift. Wir waren einfach zu wenige.«

»Überfallen? Von wem?«

»Von Segestes. Gestern im Morgengrauen fiel er mit seinen Horden über uns her.«

»Segestes!« Armin sprach den Namen voller Haß aus.

Sein Blick kreuzte den des Donarfürsten, und beide Männer dachten dasselbe: Der Überfall auf die Adlerburg war die Erklärung dafür, daß die Eisenburg nur schwach bemannt gewesen war und daß Armins Retter nicht von den Stierkriegern verfolgt wurden.

»Frowin hat es gewußt«, sagte Thorag. »Jetzt wird seine Drohung klar.«

»Wir müssen Segestes und seinen Kriegern unterwegs fast begegnet sein«, meinte Armin wütend. »Du vielleicht sogar zweimal.«

Thorag antwortete nicht, ließ Armin einfach stehen und trieb den Rappen zwischen den stinkenden Feuern hindurch über die Anhöhe, so schnell es nur ging. Er ritt zu den Gästehäusern, während sein Herz vor Sorge um Auja und Ragnar bersten wollte.

Er sprang aus dem Sattel, noch bevor der Rappe ganz angehalten hatte. Auch die Gästehäuser waren nur noch Trümmer. Unter ihnen lagen und kauerten Menschen, einige verwundet und stöhnend. Vergebens suchte Thorag nach seiner Frau und seinem Sohn.

»Sie sind fort, Fürst.«

Thorag drehte sich um und blickte in das runzlige Gesicht der alten Reglind.

»Wohin?«

»Die Stiermänner haben Auja und Ragnar verschleppt. Segestes selbst war dabei. Er sagte, wenn du deine Familie wiedersehen willst, müßtest du nach Rom reisen.«

Hufgetrappel schreckte Thorag auf. Es war Armin, der absaß und zu ihm trat. Sein Gesicht drückte Mitgefühl aus.

»Ich weiß, was geschehen ist, Thorag. Adina erzählte es mir. Thusnelda wurde auch entführt. Ihretwegen war Segestes hier. Er hätte wohl auch meine Mutter verschleppt, wäre sie nicht unter den Trümmern ihres eingestürzten Hauses begraben gewesen, so daß man sie für tot hielt. Es war Aujas Pech, daß sie sich auf der Adlerburg aufhielt.«

»Es war unser Pech, daß wir zu deiner Hochzeit kamen!« erwiderte Thorag bitter.

Er dachte an das friedliche Leben, das er in den vergangenen Wintern und Sommern mit Auja und Ragnar geführt hatte.

Nach all den Kämpfen, die er erst für und dann gegen die Römer ausgetragen hatte, nach den Ränken, in die ihn Varus und auch Armin verwickelt hatten, hatte er den Frieden und die Liebe seiner Familie genossen wie nie etwas zuvor. Das Wiedersehen mit dem Cheruskerherzog schien all das mit einem Schlag zerstört zu haben. Wieder bestimmten Streit und Krieg das Leben des Donarsohnes, und wieder war dieses Leben von Verlust geprägt.

Segestes war nicht hier, deshalb gab Thorag Armin alle Schuld. Hätte Armin den Stierfürsten nicht hier festgesetzt und dadurch gezwungen, die Einwilligung zur Hochzeit mit Thusnelda zu geben, wäre dieser Überfall nie geschehen.

Thorag wandte sich ohne weitere Worte von Armin ab, stieg auf sein Pferd und verließ die Adlerburg.

Mit wuchtigem Aufprall trafen die Gardereiter die Flanke der Germanen, von denen die erste Kohorte der Legion XX bedrängt wurde. Das brach die Angriffswut der Barbaren, zersplitterte ihre Kräfte und gab den Legionären Gelegenheit, ihre Reihen wieder zu schließen.

Germanicus wußte, daß es um alles ging, und kämpfte in vorderster Reihe. Mehrmals entging er nur knapp feindlichem Eisen, aber sein eigenes Schwert fällte mehrere Gegner. Immer dicht bei ihm focht Gerolf und hieb unablässig auf die Angehörigen seines eigenen Volkes ein. Wenn Gerolfs Krieger bei der Vorhut so kämpften wie ihr Fürst, brauchte sich Germanicus keine Sorgen über den Angriff der Tubanten zu machen.

»Vendhard!« schrie der Eberfürst auf einmal und zeigte über die Reihen des Feindes. »Dort hinten ist Mallovends Sohn!«

Germanicus sah mit Sorge, daß die angreifenden Germanen Verstärkung erhielten, aber er kannte den Sohn des Marserherzogs nicht und konnte ihn folglich nicht in dem Menschenhaufen entdecken.

Gerolf schlug um sich wie ein Besessener und wollte sich unbedingt zu Vendhard durchkämpfen. Jetzt beherrschte ihn nur ein Gedanke: Er wollte den Sohn des Mannes töten, der seinen Bruder Germar umgebracht hatte!

Aber die Verstärkung trieb den Angriff der Germanen wieder

voran. Immer weiter wichen die römischen Legionäre zurück. Schon mußte sich der Aquilifer seiner Haut wehren.

Germanicus führte einen kleinen Reitertrupp auf den Hügel, auf dem der Legionsadler stand. Ein zusammengeschmolzenes Häuflein Legionäre, von denen kaum einer unverletzt war, verteidigte das Ehrenzeichen der Legion.

Germanicus sah, wie der Schwerthieb eines halbnackten Reiters den Aquilifer fällte. Der Germane streckte die Hand nach dem Adler aus. Der Imperator preschte frontal auf ihn zu und stieß seine Klinge in den nackten, mit Tierzeichnungen bemalten Oberkörper. Der Germane fiel mit einem Aufschrei zu Boden und geriet unter die Hufe seines eigenen Pferdes.

Der Feldherr steckte das blutige Schwert in die Scheide und riß die Holzstange mit dem Legionsadler aus dem Boden. Als er den Adler hochhielt, ging ein Aufschrei durch die Reihen der Römer. Sie deuteten es als gutes Omen, daß ihr Imperator persönlich den Adler gerettet hatte. Neuer Kampfgeist erfaßte sie, und sie drängten die Feinde zurück.

Germanicus ritt den Seinen voran, den Adler immer in der Hand. »Vorwärts, Legionäre!« brüllte er. »Jetzt könnt ihr euch von der Schande des Aufruhrs befreien. Greift an und verwandelt eure Schuld in Ehre. Folgt dem Adler, der euch zum Sieg führt!«

»Ich dachte mir, daß ich dich hier finde, Thorag«, sagte Armin, der langsam auf die Lichtung im Eichenhain geritten kam und aus dem Sattel stieg. Sein Pferd gesellte sich zu Thorags Rappen, der, friedlich und von den Sorgen der Menschen unbelastet, am Rande des Platzes graste.

Thorag saß auf einer der dicken Wurzeln, die zu der einsamen, alten Eiche in der Mitte der Lichtung gehörten. Das war ein guter Platz. Zwar hatten die Stürme, die Vorboten des Winters, den heiligen Baum schon vieler Blätter beraubt, doch allein das weitverzweigte Astwerk genügte, um den meisten Regen abzuhalten.

Der Donarsohn war hergekommen, um in Ruhe seine Gedanken zu ordnen. Jetzt blickte er dem Cheruskerherzog mit unbewegtem Gesicht entgegen.

Armin ließ sich neben ihm nieder. »Schicksalsschläge schweißen Brüder zusammen, trennen sie aber nicht. Das gilt für Waffenbrüder und erst recht für Blutsbrüder. Wenn wir Seite an Seite stehen, werden wir Segestes und die Römer besiegen, Thorag!« Der Herzog sprach mit feurigen Worten, als wolle er die Versammlung auf einem Stammesthing auf seine Seite ziehen.

»Die Römer?« fragte Thorag. »Was haben sie damit zu tun?«

»Segestes ist ein Verräter. Er will sich auf die Seite der Römer schlagen, wollte mich und Thusnelda ihnen ausliefern, seinen Schwiegersohn und seine Tochter – sein eigen Fleisch und Blut! Jetzt droht auch den Deinen dieses Schicksal, Thorag. Es ist der Preis, mit dem Segestes sich das Wohlwollen Roms zurückkaufen will.«

»Manchmal denke ich, wir sollten die Römer gewähren lassen«, seufzte Thorag. »Sie haben ein großes Reich aufgebaut. Was ist so schlecht daran, wenn alle Völker und Stämme von einer Hand regiert werden, wenn alle eine Sprache sprechen? Selbst unsere Stämme treiben Handel mit den Römern, weil es uns Vorteile bringt. Wir erhalten Waren, die uns sonst noch fremd wären.«

»Dafür zahlen wir einen hohen Preis: Abgaben, Steuern, Kriegsdienst, Sklaverei. Wenn alle die Sprache der Römer sprechen, fällt es den Römern um so leichter, allen zu befehlen. Ja, die Römer machen alles gleich, aber nur zu dem Zweck, es möglichst leicht zu beherrschen. Wenn ein großes Reich von einer Stadt aus beherrscht wird, dient das vor allem dem Wohle der Stadt und dann erst dem Reich. Viele müssen bluten, damit es wenigen gutgeht.«

»Wir sollten nicht so große Worte führen, solange wir uns untereinander bekriegen.«

»Das ist nicht meine Schuld«, verteidigte sich Armin. »Segestes ist der Verräter. Und auch sein Verrat fällt auf die Römer zurück. Sie gaben ihm den Anreiz. Um ihnen zu gefallen, hat er die römischen Sklaven befreit, die seit dem Sieg über Varus auf der Adlerburg lebten. Meine Leute haben mir berichtet, wie nach den Stierkriegern die Römer über sie hergefallen sind, selbst noch auf Schwerverwundete eingeschlagen und so gut wie jede Frau, ob Greisin oder Kleinkind, geschändet haben.«

Thorag erinnerte sich an die großen Gräber, die er auf dem Feld vor der Adlerburg gesehen hatte, und sagte vorwurfsvoll:

»Du hast die römischen Sklaven nicht gerade so behandelt, wie wir es mit den Schalken unserer Stämme üblicherweise tun.«

Auch unter Thorags Herrschaft standen Schalke, aber sie lebten kaum schlechter als Frilinge, bewirtschafteten oft sogar einen kleinen Hof, und ihre Kinder spielten mit den Kindern von Freien und Halbfreien wie mit ihresgleichen.

»Die Römer kamen in unser Land, um uns zu unterdrücken und, wenn wir uns wehrten, zu töten. Ist das ein Grund, sie zu schonen?«

»Irgendwann muß man damit anfangen«, antwortete Thorag müde. »Haß erzeugt Haß und Krieg neuen Krieg. Soll das ewig so weitergehen?«

»Ich will auch den Frieden, aber ich will ihn als freier Mann genießen, und ich will meine Kinder als Frilinge aufwachsen sehen, nicht als Untertanen Roms. Wenn du des Kampfes müde bist, Thorag, trennen sich hier wohl unsere Wege!«

Armin stand auf und wollte zu seinem Pferd gehen. Da sprang Thorag hoch, stellte sich vor ihn und zog sein Schwert. Die von Frowin geschmiedete Klinge schwebte dicht vor Armins Gesicht.

Erstarrt stand der Hirschfürst vor dem Donarsohn, äußerlich ruhig, aber innerlich angespannt, wie das Zittern seiner Stimme verriet. »Was soll das bedeuten, Thorag? Was willst du von mir?«

»Dein Blut, Armin!«

Der scharfe Stahl ritzte Armins linken Arm, und Blut quoll heraus. Dasselbe machte Thorag mit seinem eigenen Arm und preßte ihn dann auf den Armins.

»Ich bin Cherusker, kein Römer«, sagte der Donarsohn. »Segestes hat meine Familie geraubt, nicht du. Und du hast recht, Armin, die Römer sind in unser Land eingedrungen, nicht wir in ihres. Weißt du noch, was wir uns auf der Versammlung der Fenrisbrüder geschworen haben?«

»Ja, natürlich.« Armin lächelte. »Wir wollten sein wie Kinder eines Vaters und einer Mutter.«

»Dieser Schwur soll jetzt erneuert werden«, sagte Thorag und blickte tief in Armins Augen. »Und noch einen Schwur will ich tun: nicht eher zu ruhen, bis Auja, Ragnar und Thusnelda wieder in Freiheit sind!«

»So sei es«, bekräftigte Armin.

Ein Windstoß erfaßte die alte Eiche und ließ die Äste schwingen, doch die Bäume am Rande der Lichtung bewegten sich selt-samerweise nicht.

Thorag sah zu der gewaltigen Krone der Eiche auf. »Der Schwurgott Donar hat unseren Eid bekräftigt!«

Der goldene Adler flog über die Köpfe der Germanen. Die Legionäre, die ihm folgten, schlugen die Barbaren in die Flucht. Aus dem Ausfall der bedrängten ersten Kohorte wurde ein Gegenangriff, dem sich andere Kohorten der XX. Legion, die Legionsreiterei sowie Fußtruppen und Reiter der Auxilien anschlossen. Und natürlich die Gardereiter, die sich immer dicht bei Germanicus hielten, der jetzt nicht nur der Imperator, sondern auch der Aquilifer war.

Erst einmal zurückgeworfen, wußten die Germanen kaum, wohin sie sich wenden sollten. Hier wartete eine von neuem Mut beseelte Kohorte der Legion XX auf sie und dort Auxiliarreiterei aus syrischen Bogenschützen und numidischen Speerwerfern. Aus dem Rückzug der Germanen wurde eine ungeordnete Flucht.

Gerolf zwängte seinen Rappschecken neben den Fliegenschimmel des Imperators und rief: »Gib mir ein paar Reiter, Caesar!«

»Wozu?«

»Um Mallovends Sohn zu fangen.«

»Einverstanden«, antwortete Germanicus und teilte ihm eine Turme zu.

Gerolf führte die Reiter zu einem berittenen Marsertrupp, der sich gezwungenermaßen zurückzog, obwohl sich ihr Anführer dagegen sträubte und seine Männer immer wieder zum Angriff antrieb. Dieser Anführer war Mallovends Sohn Vendhard. Und Gerolf wollte ihn nicht fangen, sondern töten.

Es gelang Gerolf, den Marsern den Weg abzuschneiden. Der Kampf war ungleich, vierzig Römer gegen nur zwanzig Germanen. Bald waren die meisten Marser getötet, nur wenige kämpften noch am Boden, und ein einziger hielt sich auf dem Pferd: Vendhard!

Gerolf und drei Gardereiter schlossen ihn ein. Die Gardisten bedrohten Mallovends Sohn mit ihren Speeren. Gerolf ritt mit gezücktem Schwert langsam auf den Marser zu.

»Gleich wirst du deinem Vater folgen!« schrie der Eberfürst.

»Was meinst du, Verräter?« fragte Vendhard, der eingesehen hatte, daß es für ihn keinen Ausweg gab.

»Ich meine den Weg nach Walhall. Dort kannst du Mallovend und Thorag Gesellschaft leisten!«

»Du hältst meinen Vater und Thorag für tot?« Vendhard grinste plötzlich, was für Gerolf völlig unverständlich war. »Da irrst du dich, Verräter. Mallovend hat den heimtückischen Überfall überlebt, und Thorag war längst unterwegs, um Armin zu befreien.«

Gerolf stieß einen Fluch aus. Die Marser mußten sehr schnell von Armins Entführung erfahren haben. Damit hatten er und Segestes nicht gerechnet.

Dem Fluch folgte ein wütender Schrei, und der Eberfürst galoppierte auf den jungen Marserfürsten zu. Wenn er schon Mallovend nicht nach Walhall geschickt hatte, dann sollte jedenfalls sein Sohn sterben!

Und Vendhard starb, aber von seiner eigenen Klinge, die er so tief in seinen Leib rammte, daß die blutige Spitze am Rücken wieder austrat.

Enttäuscht verfolgte Gerolf, wie Mallovends Sohn vom Pferd stürzte. Er fühlte sich einmal mehr um seine Rache betrogen, auch wenn Vendhard tot war. Doch es hätte den Eberfürsten weit mehr befriedigt, hätte er ihm den Tod von eigener Hand gebracht.

»Meinem Schwert magst du entgangen sein, Marser,« schrie er den Toten an und sprang vom Pferd. »Aber dem Blutadler wirst du nicht entkommen!«

Die Gardereiter sahen entsetzt zu, wie der Eberkrieger das Schwert aus Vendhard zog, dem gefallenen Feind die Kleider vom Leib riß und ihm dann mit dem Dolch die Haut aufschnitt …

Auf der Adlerburg wartete eine böse Überraschung auf Thorag und Armin. Thidrik war aus dem Marserland gekommen und berichtete von dem Überfall in der letzten der drei heiligen Nächte.

Als Thorag hörte, wie Eibe und Tebbe gestorben waren, drehte sich alles um ihn herum. Er schrie laut auf und fragte Donar, weshalb der Donnergott seine Söhne verlassen habe.

Armin war ruhiger und bewies einmal mehr sein Geschick, auch in größter Not seine Gefühle zu unterdrücken und nur an das zu denken, was hilfreich war. »Du sagst, Gerolf hat die Römer zu den Marsern geführt, Thidrik«, sprach der Herzog. »Wie stark waren die Römer?«

»Eine ganze Armee, und Germanicus selbst soll sie angeführt haben. Das berichten jedenfalls Männer, die diese römische Ratte erkannt haben wollen.« Thidriks Stimme zitterte, und seine Augen funkelten. Der Zorn hatte über die Trauer gesiegt.

»Und du sagst, die Römer ziehen sich schon wieder zurück?«

»Ja, Herzog. Aber Vendhard verfolgt sie mit einigen Kriegern. Die Stämme, mit denen die Marser befreundet sind, wurden benachrichtigt. Germanicus und Gerolf sollen nicht ungeschoren davonkommen.«

»Das ist gut«, sagte Armin nickend. »Denn ich brauche meine Cherusker, um es mit Segestes aufzunehmen. Warum führt nicht Mallovend die Rächer an?«

»Weil er nicht mehr der Mann ist, den du kennst«, antwortete Thidrik und berichtete, wie aus dem starken Herzog über Nacht ein Greis geworden war. »Das Unglück seines Stammes, der Tod seiner Frau und seiner Kinder, er hat das alles nicht verkraftet.«

»Seiner Kinder?« fragte Eilard. »Eben erzähltest du nur von Vendars Tod.«

»Amala konnte sich mit uns in den Tempel der Tamfana retten. Doch als man sie am nächsten Tag aus den Trümmern zog, war sie tot, erschlagen oder erstickt.«

Eilard sprang auf. »Ich werde mit meinen Kriegern sofort zurückkehren!« Er blickte Armin an. »Meine Aufgabe hier ist beendet, Herzog. Mallovend braucht mich jetzt dringender.«

»So würde ich das nicht sagen«, erwiderte der Hirschfürst und dachte an den bevorstehenden Kampf gegen Segestes. »Aber dein Platz ist jetzt im Marserland, das stimmt. Doch solltest du den nächsten Morgen abwarten. Mit Männern, die vor Erschöpfung zusammenbrechen, kannst du Mallovend nicht helfen.«

»Das stimmt«, sagte Mallovends Kriegerführer mit ruhiger Stimme, doch die Feuernarbe auf der Wange zitterte vor Erregung. »Eine Nacht werden wir ruhen. Dann aber werden die

Schwerter der Marser nicht eher in die Scheiden zurückkehren, bevor nicht an jeder Klinge das Blut von zwanzig Feinden klebt, gleich ob Römer oder Eberkrieger!«

Die Ebene war freigekämpft, die Germanen in den Wäldern verschwunden. Germanicus schickte ihnen die Reiterei nach, um die Barbaren am Laufen zu halten.

Ein von Kopf bis Fuß mit Vendhards Blut besudelter Gerolf kehrte zurück und berichtete, daß Mallovends Sohn durch das eigene Schwert gestorben war.

»Er hat es gemacht wie Quinctilius Varus«, meinte Germanicus. »Hoffen wir, daß es bald allen Germanen so geht wie den Legionen des Varus!«

Gerolf warf ihm einen finsteren Blick zu.

»Ich meine natürlich nur die Germanen, die sich gegen Rom stellen«, sagte der Imperator.

Kuriere trafen in schneller Folge ein und meldeten, daß sich auch die Tenkterer und die Usipeter zurückgezogen hatten. Und schließlich kam Nachricht von Caecina: Er hatte die Tubanten geschlagen, die Legion I aus dem Waldgelände herausgeführt und begonnen, ein befestigtes Lager aufzubauen, in dem die Armee die Nacht ruhig und in Sicherheit verbringen konnte.

»Sieg auf der ganzen Linie«, rief Germanicus und hielt den goldenen Adler hoch. Die Legionäre brachen in Jubel aus und skandierten den Namen ihres Imperators.

Der stellte zufrieden fest, daß seine Soldaten jetzt wirklich wieder vom alten Kampfgeist beseelt waren. Der Schandfleck, der die germanischen Legionen bedeckte, würde schnell verblassen.

Die Seherin hatte recht behalten: Mit dem Adler über seinem Haupt hatte Germanicus alle Schwierigkeiten überwunden und die Germanen besiegt.

Aber ins Verderben hatte der goldene Vogel ihn nicht geführt. Nun, auch Seherinnen konnten nicht alles wissen.

Germanicus lachte erleichtert, dann laut und hysterisch. Die fragenden Blicke seiner Offiziere und des Eberfürsten störten ihn nicht. Er lachte die ganze Beklemmung und Furcht, hervorgerufen durch seine Alpträume und die Weissagung der Seherin, aus sich hinaus.

Als Sunnas Licht langsam erlosch, standen Armin und Thorag auf den zerstörten Wällen der Adlerburg und blickten auf das Cheruskerland.

Es regnete nicht mehr, dafür frischte der Wind auf und verwehte die dünner gewordenen Rauchfahnen der Totenfeuer, die die gefallenen Hirschkrieger nach Walhall trugen.

»Deine Krieger sitzen jetzt an Wodans Tafel«, sagte Thorag zu Armin.

»Ja«, antwortete der Cheruskerherzog leise. »Sie bereiten sich auf den letzten, großen Kampf am Ende der Zeiten vor.«

Sie schwiegen lange, denn fast alles war zwischen ihnen gesagt. Der Blutschwur war erneuert, und des einen Fühlen und Denken war nun auch das des anderen.

Nur einen Satz sprach Armin, nachdem er erst auf die nur noch schwach glimmenden Totenfeuer und dann nach Süden geblickt hatte, wo jenseits bewaldeter Berge unter dunklen Wolken das Land der Marser lag: »Das ist es, was die Römer uns bringen!«

Kapitel 19

Das Land der Frostriesen

Die Frostriesen brachten einen kalten Winter, und ihre Mäntel, die das Land bedeckten, waren so dick wie schon lange nicht mehr. Die Riesin Hulda, die jeden Morgen die mit Eisfedern gepolsterten Betten der Ihren ausschüttelte, sorgte dafür, daß Löcher in der weißen Decke, die sich über das Land der Germanen zog, gestopft wurden. Dicht und groß fielen die Eisfedern zur Erde, und oft dauerte es bis tief in die Nacht. Das Leben fror ein und mit ihm der Krieg. Viermal hatte Mani den Mond zu- und wieder abnehmen lassen. Die Tage wurden allmählich länger, aber sie wurden nicht wärmer, und das Land lag weiß und still. Es gehörte nicht mehr den Menschen, sondern den Frostriesen.

Die Suppe, die Thidrik mit einer Holzkelle aus dem Bronzekessel über dem Feuer in der Mitte der kleinen Hütte schöpfte, floß dünn wie Wasser in Thorags tönerne Schale. Dann füllte Thidrik die Schalen der anderen Krieger, achtzehn an der Zahl, die in dieser Hütte eng beieinander schliefen und wachten, um sich gegenseitig mit ihrer Wärme vor dem Erfrieren zu bewahren. An ihren mißmutigen Gesichtern erkannte der Donarfürst, daß auch in ihrer Suppe kaum ein Kraut und kaum ein Fettauge schwamm. Einige warfen Thidrik, der das Essen an diesem Morgen bereitet hatte, böse Blicke zu.

»Schaut mich nicht an, als sei ich Loki, der euch einen schlimmen Streich spielen will!« brummte der bejahrte Cherusker. »Meine Suppe ist auch nicht reichhaltiger als eure. Ihr wißt, daß die Vorräte zur Neige gehen. Wir können froh sein, daß wir noch Holz fürs Feuer haben.«

»Wer kämpfen soll, muß auch essen!« grunzte Ayko und starrte voller Abscheu in seine Suppenschale. »Das hier kann man kein Essen nennen, allenfalls ein Getränk, aber eins, dem ich auch das bitterste Bier vorziehen würde.«

»Kämpfen?« Der Kriegerführer Argast lachte abgehackt, und es klang gequält. »Wenn dieser Verräter sich doch nur zum Kampf stellen würde, ich würde ihm zeigen, wie ein Donarsohn die Klinge führt! Aber der Feigling Segestes verschanzt sich hinter den Wällen seiner Burg und vertraut darauf, daß Eis und Schnee eine Erstürmung unmöglich machen.« Die Züge in Argasts spitzem Gesicht verhärteten sich, die Lippen wurden dünn, und unregelmäßige Zähne, die scharf wie die eines Raubtieres wirkten, traten hervor. »Irgendwann schmelzen die Mäntel der Frostriesen, und dann wird der Sommer das Blut der Stiermänner trinken!«

»Aber nur, wenn wir erfolgreicher sind als vor dem großen Schneefall«, maulte Ayko und schlürfte mit angewiderter Miene seine Suppe.

Mehrere Donarsöhne warfen ihrem Fürsten vorwurfsvolle Blicke zu. Thorag verstand es und nahm es ihnen auch nicht übel. Er führte sie in den Kampf, also trug er auch die Verantwortung über Sieg oder Niederlage. Jeder Fürst und Kriegerführer war nur so viel wert wie sein Kampfheil. Verwandelte es sich nicht in ein Siegheil, würde er über kurz oder lang sein Ansehen und seine Gefolgschaft verlieren.

Cherusker waren keine Römer, die an jedem Neujahrstag

ihren Diensteid bekräftigten und verpflichtet waren, ihr halbes Leben lang dem Legionsadler zu folgen, gleich unter wessen Befehl und mit welchem Kriegsglück. Cherusker waren freie Männer, sie dachten und fühlten jeder für sich, nicht als Teil einer riesigen Kriegsmaschine. Sie zogen mit dem in den Kampf, dessen Heil stark genug war, um auf sie überzugehen. Wen das Heil aber verließ, der wurde auch von seinen Männern verlassen, mochte es ein Kriegerführer, ein Gaufürst oder ein Herzog sein. Alle Anführer übten letztlich nur die Macht aus, die ihnen von den Frilingen gewährt wurde. Das war der Hauptgrund, weshalb es unter den germanischen Stämmen kaum Kuninge gab, denen eine ähnliche Machtbefugnis wie Augustus oder seinem Nachfolger Tiberius zukam. Marbod im Südosten war eine der wenigen Ausnahmen, und es hieß, er gehe nicht zimperlich mit seinen eigenen Männern um.

Thorag wurde schon seit damals, als sie gegen Varus kämpften, das Gefühl nicht los, daß Armin eine ähnliche Stellung anstrebte. Es paßte zu dem Cheruskerherzog und seinem brennenden Ehrgeiz. Wohl wollte Segimars Sohn das Beste für sein Volk, wie Thorag ihn kannte und einschätzte, aber der Hirschfürst scheute sich nicht, daraus auch das Beste für sich zu machen. Thorag bezweifelte, daß sein Blutsbruder dieses Ziel jemals erreichen würde. Der Verrat Gerolfs und der des Segestes hatten gezeigt, wie groß die Zwietracht schon im Stamm der Cherusker war. Wenn Armin nicht unter seinen eigenen Leuten für Einigkeit sorgte, würde ihm dies niemals bei allen freien Stämmen gelingen.

Thorag wußte nicht, ob er Armins Machtbestrebungen gutheißen sollte oder nicht. Gewiß vertrug es sich nicht mit der Ungebundenheit, die jeder freie Germane genoß. Aber vielleicht war eine starke, einende Faust nötig in Zeiten wie diesen, wo die Heimat von einem mächtigen Gegner bedroht wurde, dessen Herrschaft sich fast auf alle bekannten Länder erstreckte. Thorag hatte den Blutsbund mit Armin erneuert, weil die Ziele des Herzogs jetzt auch die des Donarsohnes waren. Segestes' Überfall auf die Adlerburg und der tausendfache Mord an den Marsern, der auch Eibe, Tebbe und Amala das Leben gekostet hatte, ließen gar nichts anderes zu.

Noch immer spürte Thorag die Blicke seiner Männer auf sich.

Sie erwarteten, daß ihr Fürst zu ihnen sprach, ihnen Mut machte und einen baldigen Sieg zusicherte. Ja, bestimmt hofften sie auf ermunternde Worte vom Abkömmling des mächtigen Donnergottes.

Aber wie sollte Thorag so etwas versprechen, waren doch alle Angriffe auf die Eisenburg von Segestes, der sich dort mit starken Kräften verschanzt hatte, blutig zurückgeschlagen worden! Nach jedem Angriff waren die Rauchsäulen vieler Totenfeuer in den Himmel gestiegen, auf der Burg und mehr noch in den umliegenden Tälern, wo Armins und Thorags Krieger lagerten.

Auch Thorags Versuch, erneut durch den Geheimgang in die Burg einzudringen, war gescheitert. Segestes hatte den Gang verschütten lassen, der ihm jetzt, wo er bekannt geworden war, nichts mehr nutzte.

Dann kamen die Frostriesen und unterbanden jeden Kampf. Hirschkrieger und Donarsöhne zogen sich in die Lager zurück, die sie rings um den Eisenberg errichtet hatten. Sie wollten von hier aus einen Durchbruch der Stiermänner verhindern und mögliche Boten des Stierfürsten abfangen.

Immer wieder dachte Thorag daran, daß der doppelte Verrat durch Gerolf und Segestes kein Zufall sein mochte. Sein Verdacht verdichtete sich, daß Gerolf und Germar von Anfang an, schon als Germar Armins Hochzeitsboten abgefangen hatte, mit dem Stierfürsten im Bunde gestanden hatten. Jetzt ritt Gerolf mit den Römern, und Segestes wollte ihnen Thusnelda und Auja zum Geschenk machen. Wenn beide mit den Römern paktierten, lag der Schluß nahe, daß Gerolf und Segestes auch ein Bündnis untereinander hatten.

Armin hatte den Eisenberg schon vor zwei Monden verlassen, um ebenfalls Bündnisse zu schließen. Er wollte die anderen Gaufürsten der Cherusker dafür gewinnen, sich dem Kampf gegen den Verräter Segestes anzuschließen. Mit ihrer geballten Macht mußte die Erstürmung der Eisenburg einfach gelingen, sobald die Sommerwärme die Mäntel der Frostriesen schmelzen ließ. Befehlen konnte Armin den anderen Fürsten nichts, denn seine Macht als Herzog, den Cheruskerstamm gegen den Feind in die Schlacht zu führen, erstreckte sich nicht auf Zwistigkeiten innerhalb des Stammes, schon gar nicht auf solche, in die der Herzog selbst verwickelt war.

Armin hatte einen Teil der Hirschkrieger zur Adlerburg zurück geführt. So viele Männer, wie rund um die Eisenburg gelegen hatten, ließen sich nicht den ganzen Winter über versorgen.

Obwohl die Belagerer die umliegenden Siedlungen, deren Bewohner auf die Burg geflohen waren, bis auf den hintersten Winkel nach Nahrungsmitteln durchsucht hatten, gingen die Vorräte der Hiergebliebenen allmählich zur Neige, wie die dünne Suppe an diesem Morgen belegte. Die Jagdtrupps, die Thorag regelmäßig ausschickte, brachten kaum genug Beute für sich selbst mit. Das wußte der Donarfürst, aber er wollte seine Männer beschäftigen. Von den Römern hatte er gelernt, daß Müßiggang eine Armee ebenso besiegen konnte wie ein übermächtiger Feind. Germanicus hatte diese Erfahrung bereits gemacht. Die Kunde von der Meuterei, die der Caesar nur mit Mühe niedergeschlagen hatte, war rechts des Rheins begierig aufgenommen worden.

Nach Armins Abmarsch befehligte Thorag die Donarsöhne und Hirschkrieger rund um die Eisenburg, insgesamt etwa zweitausend Mann. Segestes hielt ungefähr ebenso viele Krieger unter Waffen, hatte aber den Vorteil der Hügelfestung und wahrscheinlich auch den gefüllter Vorratshütten auf seiner Seite. Jetzt sah es so aus, als würde Thorag nicht mehr lange an der Spitze einer kampffähigen Truppe stehen.

Er blickte in die Runde und sagte: »Die Nächte sind kalt ohne den wärmenden Leib einer Frau. Ich weiß, wie hart es für euch ist, so lange von euren Weibern getrennt zu sein. Für mich ist es fast noch härter, denn Auja und Ragnar sind dort oben auf der Eisenburg stets vor meinen Augen – und doch unerreichbar. Ich weiß auch, wie wenig unser Essen eines Kriegers würdig ist und ihn sättigt, denn ich teile es jeden Morgen und jeden Abend mit euch. Meine Familie wird von Segestes ebenso festgehalten wie Thusnelda, die Frau unseres Herzogs und meines Blutsbruders Armin. Deshalb ist mein Platz hier und wird es bleiben, an der Spitze tapferer Krieger oder ganz allein. Ihr alle habt euren Mut bewiesen und mehr. Ich danke euch und entbinde jeden, der zu den Seinen zurückkehren will, von der Gefolgschaftstreue.« Thorag zeigte dann auf die dicke Matte aus Flechtwerk, die den Hütteneingang verschloß und die Männer davor bewahrte, im Eisatem der Frostriesen zu erfrieren. »Jeder, den es auf seinen Hof oder in seine Siedlung zieht, ist frei darin, diesen Ort zu verlassen. Geht, wann es euch beliebt, und niemand wird Übles darüber sagen!«

Der Wind, der schon seit geraumer Weile mit dunklem, an- und abschwellendem Brausen über das Land des Frostriesen strich und die hölzernen Hütten erzittern ließ, blies in diesem Augenblick mit gesammelter Kraft, riß die Matte aus den Haken und wirbelte sie durch die Hütte ins Feuer. Funken stiegen auf, um sich in Kleidung und Haut der Männer zu fressen. Heiß brannte das Feuer und kalt das Eis, das vom tosenden Wind in winzigen Körnern hereingepeitscht wurde. Wenn die Eiskörner die ungeschützte Haut trafen, waren sie fast noch schmerzhafter als die Glut. Die Männer sprangen auf oder warfen sich nach hinten und zur Seite, bedeckten ihre Gesichter mit den Armen oder ihren Umhängen. Thorag, Thidrik und Ayko schafften es unter einiger Anstrengung, die Matte wieder fest zu verhaken.

Argast stand auf und mußte sich bücken, weil die Hütte so niedrig war. »Das war ein deutliches Zeichen. Unser Schutzgott Donar, der Beherrscher des Wetters, hat zu uns gesprochen. Jetzt weiß jeder, was Donar davon hält, wenn wir unseren Fürsten, den Abkömmling des Gottes, verlassen. Feuer und Eis werden den verbrennen, der Thorag allein vor der Eisenburg läßt. Ich kann nur für mich sprechen und deshalb sagen, daß wenigstens zwei Krieger hierbleiben, um den Verrat der Stiersippe zu bestrafen und die Ehre der Cherusker wiederherzustellen!«

»Du irrst, Argast«, sagte Thidrik. »Es sind drei.«

»Nein, vier«, meldete sich Ayko.

Einer nach dem anderen bekräftigten die Donarsöhne ihren Entschluß, nicht von der Seite ihres Fürsten zu weichen.

Argast nickte zufrieden. »Das sind die Donarsöhne, wie ich sie kenne. Du kannst es dir sparen, Fürst, von Hütte zu Hütte zu gehen. Überall wird die Entscheidung gleich ausfallen.«

Thorag fühlte sich erleichtert, die unverbrüchliche Treue seiner Krieger tat ihm gut. Er dankte Argast und den anderen.

Dann verließ er die Hütte, wie er es jeden Morgen tat, um zur Burg hinaufzuschauen. Er stellte sich vor, daß Auja und Ragnar auf den Wällen standen und zu ihm herabblickten. Natürlich standen sie dort nicht, aber allein der Gedanke half Thorag beim Kampf gegen den Schmerz in seiner Seele. Mit jeder Nacht, die verstrich, vermißte er seine Frau und seinen Sohn mehr, und mit jedem anbrechenden Tag wuchs die Sorge um die Seinen.

An diesem Morgen konnte Thorag die Burg nicht sehen. Hulda schickte mehr Eisfedern zur Menschenwelt hinab als jemals zuvor. Der wild tobende Sturm riß die bereits zu Boden gefallenen Federn wieder hoch und wirbelte sie im wilden Tanz durch die Luft, so dicht, daß der Donarsohn selbst die Umrisse des nahen Berges nur schemenhaft wahrnahm, wie einen Schatten, der nicht am hellen Tag von Sunnas Strahlen, sondern nächtens vom bleichen Licht des Mondes erzeugt wurde. Auch die entfernteren Hütten des Wehrdorfes und die wintertoten Bäume mit den dicken, armlangen Eiszapfen, waren nur undeutlich zu sehen.

Thorag fror. Der Wind drang durch seinen Mantel aus Bärenfell und durch die Hosen aus dicker Wolle. Eine Kappe, ebenfalls aus dem Fell des Bären, saß auf seinem hellen Haar, und er hatte ein Tuch so vor das Gesicht gebunden, daß nur ein schmaler Schlitz für die Augen frei blieb. Ohne das Tuch hätte der Eissturm ihm den Atem verschlagen.

»O Donar«, flüsterte er. »Ahnherr meines Geschlechtes, Schutzgott meiner Sippe, du gabst meinen Kriegern Mut und Vertrauen, und dafür danke ich dir. Gib mir nun ein Zeichen, wie lange ich noch von Auja und Ragnar getrennt sein muß!«

Doch Donar schwieg, war genug damit beschäftigt, den Stiergau mit Sturmwinden zu überziehen. Als Thorag fühlte, daß seine Glieder steif wurden, wandte er sich enttäuscht ab und wollte in die Hütte zurückkehren.

Da sah er etwas, noch undeutlicher als den Eisenberg, einen vorbeihuschenden Schatten mit dem Aussehen eines Mannes. Es mußte ein Geist sein, eine ruhelose Seele. Sie verschmolz fast mit dem weißen Land und bewegte sich seltsam gleitend und vollkommen lautlos. Der Schauer, der Thorag bei diesem Anblick überlief, rührte nicht von der Eiseskälte.

Die dünnen Zweige, viel zu wenige, verbrannten mit leisem Knacken. Das Herdfeuer, die einzige Lichtquelle in der kleinen Erdhütte, war so dürftig, daß der Haferbrei in dem Topf nicht richtig warm wurde, obwohl die Menge nicht groß war. Nicht groß genug, um die Mägen zweier Frauen und eines Kindes zu füllen.

Dreier Kinder, berichtigte sich die große, blonde Frau, die vor dem steinernen Herd kniete und sich durch das Verschieben der Kieferzweige bemühte, das Feuer irgendwie zu schüren. Der einzige Erfolg war aufsteigender Rauch, der in Thusneldas Augen biß und sie husten ließ.

Die Bäuche der beiden schwangeren Frauen wuchsen mächtig. Thusnelda war froh, daß sie kaum Übelkeit und Schmerzen spürte, Auja dagegen litt mindestens für zwei.

Als Thusnelda das Klappern der Steingewichte hörte, wandte sie den Kopf um und sah Auja am Webstuhl. Thorags Gemahlin wollte der Schicksalsgefährtin zulächeln, aber der kaum zu unterdrückende Schmerz ließ diesen Versuch kläglich scheitern.

Ragnar hockte auf der Erdbank, die sich über drei Seiten der Hütte erstreckte und spielte mit den Holzstücken, aus denen er mit einem scharfen Steinsplitter die Umrisse von Kriegern geschnitzt hatte. »Ich habe Hunger!« jammerte der Junge, als er Thusneldas Blick bemerkte.

»Der Haferbrei ist gleich fertig«, beschied Thusnelda.

»Schon wieder Haferbrei?« Der Unwille über das Essen verzog Ragnars Gesicht, so daß die Sommersprossen tanzten. »Warum gibt's nicht mal was anderes?«

»Weil wir nichts anderes haben«, wiederholte Thusnelda den schon oft gesagten Satz.

Auja warf ihrem Sohn einen strengen Blick zu. »Du weißt doch, wie es um uns steht, Ragnar. Du bist doch schon fast ein Krieger. Also benimm dich auch danach und sei vernünftig!«

»Ein guter Rat«, meinte Thusnelda und füllte eine Holzschale fast bis zum Rand mit dem Brei; sie bemühte sich, alles aus dem Eisentopf herauszukratzen. »Du solltest ihn auch beherzigen und dich wieder hinlegen, Auja. Du siehst schlecht aus.«

Auja bückte sich mit verbissenem Gesicht, hob das eiserne Webschwert auf und erwiderte trotzig: »Beim Arbeiten vergesse ich den Schmerz ein wenig – und auch den Kummer. Außerdem friere ich nicht so sehr, wenn ich mich bewege.«

Thusnelda steckte zwei eiserne Löffel in den Brei und stellte die Schale auf die mit Fellen bedeckte Erdbank. »Eßt erst einmal. Der Brei wird euch wärmen, wenn er euch schon nicht sättigt.«

Auja blickte auf die Schale hinab und runzelte die Stirn. »Warum nur zwei Löffel?«

»Ich habe schon aus dem Topf gegessen«, erklärte Thusnelda.

»Wir haben keine Freunde hier, nur uns«, sagte Auja ernst. »Da sollten wir uns nicht anlügen!«

»Und wenn ich dir sagte, daß ich keinen Hunger habe?«

»Das würde ich auch für eine Lüge halten. Bei der kargen Nahrung, die dein Vater uns gewährt, mußt du einfach Hunger haben. Manchmal denke ich, Segestes will uns in dieser zugigen Hütte eingehen lassen, am Hunger oder an der Kälte. Er hätte uns besser gleich …«

Aujas Gesicht wurde schlagartig bleich. Mit einem Röcheln sank sie auf die Knie. Das Webschwert durchtrennte ein paar Kettfäden, bevor es aus ihrer Hand glitt. Auja klammerte sich an einen der beiden dicken Holzständer, in deren gegabelten oberen Enden die Tuchbaum lag.

Thusnelda sprang an ihre Seite und half ihr, sich auf die Erdbank zu legen. »Was ist mit dir?«

Auja konnte nicht antworten. Ein heftiges Zittern hatte ihren Körper überfallen, und ihre Zähne schlugen unentwegt aufeinander. Ragnar starrte die Mutter erschrocken an, dann Thusnelda, und sein Blick wurde flehend. »Hilf Mutter doch!«

»Das werde ich!«

Thusnelda legte alle greifbaren Felle und Decken über die zitternde Frau, ging dann die vier Stufen aus festgestampftem Lehm hoch und rüttelte an der verschlossenen Holzbohlentür. Sie wußte, daß zwei junge Stierkrieger dort draußen Wache hielten. Jedesmal, wenn die Tür geöffnet wurde, um den Gefangenen Nahrung und Feuerholz zu bringen und den Fortgang ihrer Webarbeit zu überprüfen und um die Eimer mit ihren Ausscheidungen zu entleeren, sah sie zwei Jungmänner vor dem Eingang stehen und neugierig zu den gefangenen Frauen hereinlinsen, von denen eine die Tochter ihres Fürsten war.

»Macht auf!« schrie Thusnelda wütend, als sich nichts tat. »Öffnet endlich! Ich, Thusnelda, befehle es euch!«

Sie rief noch mehrmals und belegte die Wachtposten mit üblen Verwünschungen, bis endlich eine junge, kratzige Stimme antwortete: »Schrei nicht weiter, es hat keinen Sinn! Du weißt, daß wir dir nicht öffnen und auch nicht mit dir sprechen dürfen.«

Thusnelda rief weiter und riß an der Tür, bis ihre Finger blutig und mit Holzsplittern gespickt waren. Aber die Tür hielt, und die Wächter schwiegen. Sie fühlte sich plötzlich kraftlos und sank auf der Türschwelle zu Boden. Aus ihrem Schreien wurde ein Schluchzen, ganz leise: »Vater, warum tust du mir das an?«

Ihr Blick kreuzte den Ragnars. Eben noch hatte Hoffnung in dem Kindergesicht gelegen. Jetzt wurden die klaren Augen trüb und feucht, aber der Fürstensohn unterdrückte die Tränen.

»Du hast recht«, sagte Thusnelda leise und zog sich an der Tür hoch. »Armins Frau weint nicht, genausowenig wie Thorags Sohn.«

Sie blickte sich suchend um, ging dann zum Webstuhl und hob das Webschwert auf. Wie vieles auf der Burg war es aus dem Eisen, das es hier so reichlich gab. Vielleicht hatte der für seine Kunst berühmte Frowin es selbst geschmiedet. Es lag schwer in der Hand, aber doch nicht zu schwer für eine Frau. Außerdem war Thusnelda, wie alle Mitglieder ihrer Familie, groß und stark; ihre hohe Gestalt überragte so manchen Krieger.

Mit dem Schwert in der Rechten kehrte sie zum Eingang zurück, faßte den hölzernen Griff mit beiden Händen und hieb auf die Tür ein, immer und immer wieder. Die Bohlen erzitterten. Das Eisenblatt des Webschwertes verbog sich zwar allmählich, aber mit jedem Schlag fielen dicke Holzspäne von der Tür.

»He, was soll das?« fragte erschrocken der stimmbrüchige Jungkrieger, der eben schon mit Thusnelda gesprochen hatte. »Hör auf damit!«

Die junge Frau antwortete nicht und hörte nicht auf, die Tür mit dem Webschwert zu bearbeiten, dessen Blatt nicht mehr gerade, sondern wellenförmig verlief. Thusnelda hielt erst inne, als sie von draußen das Schaben des schweren Eisenriegels hörte.

Die Tür wurde aufgezogen. Starker Wind trieb kleine, beißende Eisfedern herein. Unwillkürlich schloß Thusnelda die Augen. Als sie sie wieder öffnete, sah sie die schmächtige Gestalt eines jungen, dick vermummten Mannes, der sie mit seiner Frame bedrohte.

»Leg das Schwert weg!« krähte er. »Geh wieder nach unten und sei endlich still!«

Sein Gesicht war mit wollenen Tüchern verhüllt, nur die Oberlippe, die Nase und die Augen blieben frei. Die Lider flatterten über unruhigen Augen, in denen Thusnelda Unsicherheit las. Unsicherheit war eine Schwäche, und eine Schwäche mußte sie ausnutzen.

»Ich will mit meinem Vater sprechen!« sagte sie mit fester Stimme und versenkte ihren Blick in den Augen des Jünglings.

Der junge Stiermann hielt dem Blick nicht lange stand und erwiderte stockend: »Ich ... ich kann dich nicht zu ihm lassen. Du weißt doch, Thusnelda, daß du die Hütte nicht verlassen darfst!«

»Dann hole Segestes her!«

»Das darf ich auch nicht.«

»Wenn du nicht tust, was ich will, tu ich auch nicht, was du verlangst!«

Als Thusnelda das verbogene Webschwert hob, stieß die Framenklinge in ihre Richtung.

Die Frau wich keinen Schritt zurück, sondern fragte: »Hat mein Vater dich ermächtigt, mich zu töten?«

»Wenn du fliehen willst, ja!«

»Aber ich will doch gar nicht fliehen.« Bewußt legte Thusnelda leichten Spott in ihre Stimme und in ihren Blick. »Oder hast du gesehen, daß ich auch nur einen Fuß über die Schwelle gesetzt habe?«

»N-nein ... aber du hast auf die Tür eingeschlagen!«

»Ich habe nicht versucht, die Hütte zu verlassen. Ich will nur mit meinem Vater sprechen.«

Thusnelda sah dem Jüngling an, wie schwer es ihm fiel, eine Entscheidung zu treffen. Schließlich senkte er die Frame und sagte zu dem anderen Wächter, der sich zum Schutz gegen den Eissturm so dicht an die Hütte gestellt hatte, daß die Frau nur den Arm mit der Frame sah: »Hol Segestes!«

»Aber ...«, versuchte der andere, dessen Stimme noch heller war, zu widersprechen.

»Geh ihn holen, Ibbo! Eher haben wir keine Ruhe.«

Mit einem unzufriedenen Grunzen löste sich Ibbo von der Hütte und tauchte, ehe Thusnelda ihn richtig sehen konnte, in das Schneegestöber ein.

»Du solltest froh sein, daß du in der Hütte bist und nicht hier draußen stehen mußt!« sagte der Stimmbrüchige. »Ich wäre lieber da drin.«

»Dann laß uns tauschen«, sagte Thusnelda mit einem verschwörerischen Augenaufschlag, während sie das Frösteln unterdrückte, daß sie angesichts des eisigen Windes befallen wollte.

»Das geht doch nicht«, antwortete der Jungkrieger in einem Tonfall, als habe Thusnelda es ernst gemeint.

»Wenn euch beiden da draußen zu kalt ist, dürft ihr jederzeit hereinkommen«, fuhr Thusnelda in unbefangenem Plauderton fort. »Wir freuen uns immer über ein wenig Abwechslung. Wie heißt du eigentlich?«

»Eilmar.«

»Hast du dir schon eine Frau erkoren, Eilmar?«

Für einen Augenblick nahm das glatte Jünglingsgesicht einen verträumten Ausdruck an. Dann trat Argwohn in seinen Blick. »Warum fragst du mich das?«

»Ich möchte mich nur ein wenig mit dir unterhalten. Es ist so einsam in der Hütte.«

Und ich will ein wenig mehr über meine Bewacher erfahren, dachte Thusnelda. *Es kann Auja und mir nur nützen.*

Eilmar schüttelte den dick eingewickelten Kopf. »Ich darf mich nicht mit dir unterhalten, Thusnelda. Segestes hat es verboten.«

»Aber du tust es doch schon die ganze Zeit.«

Der Jungkrieger wirkte erschrocken. »Wirst du es Segestes verraten?«

»Nicht, wenn du mir einen Gefallen tust.«

»Welchen?«

»Sag mir den Namen des Mädchens, dem dein Herz gehört!«

»Es ... es ist Wilka, die Tochter des Bauern Wilko. Warum willst du das wissen?«

»Wenn du das nächstemal nicht auf unser Bitten hörst, Eilmar, denke an deine Wilka und daran, wie sie sich hier drinnen fühlen würde!«

Eilmars Züge offenbarten Betroffenheit, die sich in Erschrecken verwandelte, als ein großer Schatten über den Jüngling fiel. Der Schatten gehörte dem hünenhaften Stierfürsten, den Ibbo herbeigeführt hatte. Das Schneegestöber hatte die beiden verborgen, und das Brausen des Windes hatte ihre Schritte verschluckt.

Ein Bärenfell lag um die Schultern des Fürsten, doch trotz des

Eissturms trug er keine Kopfbedeckung. Sein langes Blondhaar wehte wie ein römisches Feldzeichen im Wind, und glitzernde Kristalle klebten in den dünnen Strähnen. Mit eisiger Mine trat er er in den Eingang der Webhütte und fragte: »Du wolltest mich sprechen, warum?«

»Ich möchte dich fragen, was du mit uns vorhast, Vater. Seit vielen Monden hältst du uns hier gefangen.« Thusnelda zeigte auf die Frau, die sich stöhnend auf der Erdbank hin und her wälzte. »Auja geht es sehr schlecht. Wir haben kaum genug Holz für das Feuer und viel zu wenig Nahrung.« Ihr Blick fiel auf den Webstuhl. »Und für dieses wenige müssen wir auch noch schuften, als wären wir Schalke und nicht Tochter und Frauen von Fürsten.«

»Das seid ihr auch nicht.« Die Stimme des Stierfürsten war kalt und unbeschwert, nur das Feuer in den dunklen Augen verriet seine Erregung. »Armin und Thorag sind Frauenräuber und Verräter, ich betrachte sie nicht mehr als Fürsten der Cherusker. Und dich betrachte ich nicht länger als meine Tochter!«

»Wie kannst du so etwas sagen?«

»Du hast geduldet, daß Armin mich gefangenhielt. Du hast an seiner Seite gelebt, ohne mit ihm verheiratet zu sein. Du hast gewußt, daß das gegen meinen Willen geschieht und daß du dadurch die Stiersippe entehrst. Brauchst du noch mehr Antworten?« Seine erst ruhige Stimme war immer lauter geworden, zuletzt klang sie wie Donnerhall.

»Nicht, was das betrifft. Aber sag mir wenigstens, welches Schicksal du uns zugedacht hast.«

Die aufgewühlten Züge des Fürsten gefroren wieder. »Nicht ich werde über euer Schicksal entscheiden, sondern die Römer. Gibt es sonst noch was?«

»Ja, die Nahrung und das Feuerholz.«

»Armin und Thorag belagern die Eisenburg. Wir wissen nicht, wann die Frostriesen das Cheruskerland verlassen, und müssen mit den Vorräten haushalten. Überall knurren die Mägen und brennen die Feuer niedrig. Das Vieh frißt schon getrocknetes Laub. Ihr werdet genug erhalten, um zu überleben, solange genug für alle da ist. Und wie alle anderen werdet ihr dafür arbeiten.«

Thusnelda verbarg ihre Enttäuschung und hob das zerbogene

Eisen. »Dann sorg dafür, daß wir ein neues Webschwert erhalten. Dies hier war von schlechter Güte.«

Segestes wandte sich an Eilmar und Ibbo: »Besorgt ein neues Schwert!« Der Fürst blickte auf die beschädigte Tür. »Und haltet Frieden in der Hütte!«

Eilmar seufzte: »Aber wie sollen wir das machen?«

»Ihr wollt doch Krieger sein und gegen unsere Feinde kämpfen«, polterte Segestes. »Da werdet ihr doch wohl mit zwei Frauen und einem Kind fertig werden. Ich habe jetzt wirklich Wichtigeres zu tun!«

Er wandte sich ab und stapfte davon. Die kleine Erdhütte verschwand bald hinter einem wirbelnden Vorhang aus Eis und Schnee. Der Stierfürst stemmte sich gegen den Wind und ging zu den westlichen Wällen, wo die anderen schon auf ihn warteten. Alle waren dick vermummt.

Frowin und der Schreiner Ender knieten im Schnee und überprüften, ob die seltsamen Bretter, die sie zusammen angefertigt hatten, richtig an den Füßen der Boten befestigt waren. Die schmalen Schneebretter, wie Frowin sie nannte, waren länger als der Körper eines großen Mannes. Nach oben und dann wieder nach vorn gebogen, wirkten die Spitzen wie Schlangenköpfe auf der Suche nach Beute. Lederriemen hielten die Bretter an den Füßen der fünfzehn Männer.

Segimer blickte seinem älteren Bruder Segestes mißmutig entgegen und brummte: »Dies ist kein Wetter, um sein Haus zu verlassen, wenn man es überhaupt ein Wetter nennen kann.«

»Eben deshalb haben wir uns hier versammelt«, versetzte Segestes. »Jeder unserer Boten wurde von den Belagerern abgefangen. Aber der Sturm behindert die Sicht so stark, daß Segimund und die Seinen gute Aussichten haben. Du solltest dich nicht beklagen, Bruder, kannst du doch bald wieder an dein wärmendes Feuer gehen. Diese fünfzehn hier aber werden viele Nächte und Tage dem Wind und der Kälte ausgesetzt sein. Freu dich lieber, daß ich meinen Sohn für diesen wichtigen Auftrag ausgewählt habe und nicht meinen Bruder oder seinen Sohn!« Segestes warf einen strengen Blick auf Segimer und den neben ihm stehenden Sesithar. »Ihr beide habt ebenfalls allen Grund, bei den Römern Verzeihung für euer Verhalten gegen Varus zu erflehen!«

Segimer und Sesithar hatten damals mit Armin gekämpft. Und auch Segestes' eigener Sohn Segimund hatte die Priesterbinden zerrisen und den Ubieraltar verlassen, um zu den Waffen zu eilen. Ganz bewußt sandte Segestes seinen Sohn als Boten zu den Römern. Indem er Segimunds Leben in die Hände von Caesar Germanicus legte, wollte Segestes dem Imperator beweisen, wie aufrichtig er das Geschehen im Teutoburger Wald bedauerte.

Segimund war wenig begeistert über diese Entscheidung und versuchte ein letztes Mal, sie abzuwenden. Ernst blickte er seinen Vater an und brüllte gegen den heulenden Wind: »Bei diesem Wetter werden wir es schwer haben durchzukommen. Wir konnten mit den Schneebrettern nur auf der Burg üben. Aber die Hänge hinunter ist es etwas ganz anderes, und dann noch dieser Sturm! Wer steht dafür ein, daß die Bretter uns wirklich so tragen, wie es Frowin sagt? Wären einfache Schneeschuhe nicht besser?« Segimund wies auf die geflochtenen Schneeschuhe, die er, wie jeder seiner Männer, zusammen mit Verpflegung und Waffen auf den Rücken geschnallt hatte.

»Die Schneeschuhe sind für den Notfall gedacht«, erwiderte Segestes. »Die Bretter tragen euch viel schneller. Würdet ihr auf Schneeschuhen gehen, wäret ihr erfroren, eher ihr überhaupt in die Nähe des Rheins kommt.«

Segimund schluckte, enttäuscht über die Unnachgiebigkeit des Vaters. »Aber sind diese Bretter so gut, wie Frowin sagt? Wieso kennt sich ein Eisenschmied mit hölzernen Schneebrettern aus?«

Segestes blickte den graubärtigen Schmied an, und Frowin erklärte: »Als ich die Schmiedekunst erlernte, führte mich die Wanderschaft zu den Stämmen des Nordens, deren Land noch viel länger unter den Mänteln der Frostriesen begraben liegt als unseres. Die Nordmänner benutzen diese Schneebretter, um sich während des Winters rasch fortzubewegen. Nach meinen Angaben fertigte Ender die Bretter an, ich selbst habe mir die Stahlkanten ausgedacht, damit die Bretter nicht so leicht ihre Spur verlassen.«

Segimund schüttelte seinen Kopf. »Ich weiß nicht recht. Hätten die Götter gewollt, daß wir uns auf Brettern fortbewegen, hätten sie uns welche wachsen lassen.«

Segestes lachte hart, ohne wirkliche Erheiterung. »Und hätten sie gewollt, daß wir reiten, hätten sie jedem Mann vier Hufe gegeben, was? Vergiß nicht, Segimund, daß der Wintergott Uller selbst auf Schneebrettern zur Jagd geht.« Der Fürst trat an seinen Sohn heran und fügte leise hinzu: »Winde dich nicht länger wie die Schlange in der Astgabel! Oder soll man den Sohn des Fürsten Segestes der Feigheit zeihen?«

Segimund sah ein, daß er den Vater nicht von seinen Plänen abbringen konnte. Er mußte es wagen und hoffen, daß er es überlebte.

»Es ist alles bereit«, verkündete Frowin, nachdem er auch die letzte Lederbindung überprüft hatte. Zu Segimunds Männern sagte er: »Vergeßt nicht, den roten Fahnen zu folgen. Wenn ihr zwischen ihnen hindurchfahrt, kommt ihr auf einen gut befahrbaren Hang und vor allem auf einen Weg, der zwischen Armins Wehrdörfern hindurchführt, so daß die Belagerer euch nicht sehen können, falls sie sich bei diesem Sturm nicht sowieso alle in die Hütten verkrochen haben.«

Segestes legte die Hände auf Segimunds Schultern. »Ich wünsche dir Glück, Sohn. Du wirst es schaffen und die Römer herbringen. Die Befragung der Runen ist günstig für das Unternehmen ausgefallen.« Der Fürst reckte die ausgebreiteten Arme in den Wind und rief: »Uller, Gott des Winters, Sohn der goldhaarigen Sippia und Stiefsohn des Wettergottes Donar, führe Segimund und die Seinen sicher zu ihrem Ziel!«

Die kleine Versammlung rief immer wieder Ullers Namen, während die fünfzehn auserwählten Männer aufbrachen. Jeder stieß sich mit seiner langen, unten rechtwinklig gebogenen Eisenstange ab und nahm langsam Geschwindigkeit auf. Segimund war der erste, der zwischen den Wällen hindurchglitt und dann auf die tief in den Schnee gerammten Holzstangen mit den großen Tüchern zusteuerte. Die Tücher flatterten heftig im Wind, und das kräftige Rot des Himbeersaftes, mit dem sie gefärbt waren, leuchtete sogar im dichten Schneegestöber.

Segestes wandte sich an Frowin und raunte: »Du solltest ganz besonders hoffen, daß Uller mit Segimund ist. Ich hätte nicht wenig Lust, den Mann, der die Befreier Armins auf die Eisenburg geführt hat, den Göttern zu opfern, um sie dem Gelingen dieses Unternehmens gnädig zu stimmen!«

»Du weißt, ich konnte nicht anders, Fürst. Thorag hatte Wiberta in seiner Gewa…«

»Du hast Wiberta gerettet und uns dafür dieser Belagerung ausgesetzt«, schnarrte Segestes. »Wäre Armin noch in unserer Gewalt, hätten seine Leute längst jeden Mut verloren. Glück für dich, daß du ein so guter Schmied bist und daß die Stiermänner jetzt besonders viele Waffen benötigen!«

Frowin hielt es für besser zu schweigen. Er tauschte einen kurzen Blick mit dem jungen Mann, der sich gerade vom Wall abstieß, leicht in die Hocke ging und auf seinen beiden Brettern den roten Fahnen entgegenglitt. Es war Nantwin, sein Schwiegersohn. Segestes hatte angeordnet, daß Nantwin den Trupp begleitete. Um die Schneebretter auszubessern, wenn sie Schaden nehmen sollten, wie der Fürst gesagt hatte. Aber sicher war es auch eine Art Rache an Frowin.

Auch Segestes schwieg jetzt und blickte den Männern auf den Schneebrettern nach. Er konnte Segimund nur noch umrißhaft sehen, dann verschmolz die Gestalt seines Sohnes mit dem Schneetreiben.

Als die Stöcke mit den roten Fahnen verschwanden, wußte Segimund, daß der Nordhang erreicht war. Nun mußte er die Richtung einhalten, um zwischen Armins Wehrdörfern hindurchzufahren. Aber das war nicht leicht, denn der dichte Schneefall machte jede Orientierung unmöglich. Der Sohn des Stierfürsten hatte schon genug damit zu tun, plötzlich auftauchenden Felsen und Bäumen auszuweichen. Dann ging es um wenige Augenblicke, die über Leben oder Tod entschieden. Er verlagerte sein Gewicht und gebrauchte die Schneestange, um den Brettern eine andere Richtung zu geben.

Nicht alle Männer waren so geschickt wie der Anführer. Einmal hörte er ein Geräusch zur Linken, flüchtig nur, wie ein Schrei im Wind. Er konnte nur einen kurzen Blick nach links werfen, sonst hätte er selbst sein Gleichgewicht verloren. Aber es genügte. Einer seiner Gefährten war in voller Fahrt, auf einen hüfthohen Felsen geprallt. Jetzt wirbelte der Unglückliche durch den Schnee.

Segimund konnte dem anderen nicht helfen, niemand konnte es. Die Geschwindigkeit hier auf dem Hang war zu hoch zum Anhalten. Es würde lange dauern, bis er die Fahrt beendet hätte, bis er den anderen gefunden hatte. Sein Auftrag war Segimund wichtiger – und sein eigenes Leben auch. Wer immer von seinen

Gefährten es war, es gab nur zwei Möglichkeiten: Entweder hatte er sich bei dem Sturz das Genick gebrochen und war schnell gestorben, oder er würde elendig erfrieren.

Mehr als einmal wünschte Segimund sich auf dieser Fahrt, damals nicht die Ubierstadt mit ihren festen, windgeschützten Häusern und den warmen Bädern verlassen zu haben. Schuld daran war nur dieser verfluchte Armin, der alle Männer der freien Stämme zu den Waffen gerufen hatte, um für die Freiheit zu kämpfen. Zu spät hatte Segimund gemerkt, daß der Kampf mindestens ebenso der Machtvergrößerung des Cheruskerherzogs diente wie dem Erhalt der Freiheit.

Segimund schlug sich auf die Seite seines Vaters, denn wenn schon eine Cheruskersippe über die anderen Sippen herrschte, sollten es die Stiermänner sein. Und Segimund, der eines Tages, wie er hoffte, an seines Vaters Stelle trat.

Falls er dies hier überlebte!

Plötzlich begriff er, warum er vor sich weder Bäume noch Felsen sah …

Ein Abhang!

Er beugte das rechte Bein und streckte das linke aus, wie Frowin es ihm beigebracht hatte. Gleichzeitig stieß er die Stange links in den harten Schnee. Gerade noch rechtzeitig fuhr er einen engen Bogen, der ihn am Rand des Abgrunds vorbeiführte.

Einer seiner Begleiter schaffte es nicht mehr. Kurz sah es so aus, als fliege er durch die Luft wie einer von Wodans Raben. Aber all sein Rudern und Strampeln half ihm nichts. Die Gestalt verschwand im Abgrund, und das Schneetreiben bedeckte sie gnädig.

War noch mehr Männern etwas zugestoßen? Unten am Hang versammelten sich nur noch acht um Segimund.

»Vielleicht haben einige bloß die Richtung verloren und treffen noch auf uns«, schlug der junge Nantwin vor.

»Mag sein«, erwiderte Segimund. »Aber darauf können wir nicht warten. Weiter!«

Die Stangen stießen in den Schnee und trieben die Männer voran. Es war weniger gefährlich als auf dem Hang, aber auch weitaus mühsamer. Trotz der Kälte gerieten die Stiermänner bald in Schweiß.

Immer wieder warf Segimund einen Blick über die Schulter,

wo sich der Eisenberg jedesmal undeutlicher abzeichnete. Und jedesmal fiel es dem Fürstensohn schwerer, die Richtung zu bestimmen. Das Schneetreiben wurde noch dichter, und der Eisenberg verschwand fast darin.

Daß er vom geplanten Weg abgekommen war, merkte Segimund zu spät. Rings um ihn und seine Männer erhoben sich die Hütten eines Wehrdorfes. Segimund stieß einen Fluch aus und trieb seine Männer zur Eile an. Sie konnten nur hoffen, daß Armins Männer sie nicht bemerkten.

Der Donarsohn sah nicht nur eine geisterhafte Gestalt, sondern mehrere! Links und rechts von Thorag durcheilten sie lautlos das Wehrdorf und kamen trotz des heftigen Sturmes rasch voran. War es Wodans wilde Schar?

Aber es waren keine Reiter. Sie schienen nicht einmal zu laufen. Sie standen einfach im Schnee, und der Wind trieb sie voran. Also doch Geister, Mahre?

Thorag überwand die Beklemmung, die ihn befallen wollte. Er zog das Schwert aus der Scheide und stapfte nach rechts, wo er einen der Schatten herankommen sah.

Es war ein Mensch!

Er stand auf Brettern und bewegte sich auf seltsame Art vorwärts, ohne seine Beine zu benutzen, indem er mit einer langen Stange in den Schnee stieß.

Als er den Donarsohn erblickte, wollte der Fremde die Richtung ändern. Zu hastig, er geriet ins Taumeln und wäre fast gestürzt. Die Zeit genügte Thorag, um mit den längsten Sätzen, die der hohe Schnee erlaubte, zu dem dick Vermummten zu kommen.

Dabei bemerkte Thorag das große Gepäck auf dem Rücken des anderen. Schneeschuhe und ein Schwertgriff lugten hervor. Was der Donarsohn nur geahnt hatte, wurde jetzt gewiß: Die Stiermänner wollten durchbrechen!

Der Fremde, dessen Gesicht zum Schutz gegen den Eiswind verhüllt war, floh zu einer eisverkrusteten Baumgruppe, um im Schutz der großen Eichen und Buchen zu verschwinden.

Thorag setzte ihm nach, zog im Laufen den Dolch und warf ihn. Die Klinge bohrte sich in ein Bein des anderen und brachte ihn unter den ersten Bäumen zu Fall.

Der Donarsohn näherte sich ihm in ungelenken Sprüngen und wunderte sich, daß der andere nicht wieder auf die Beine kam. So schlimm konnte die Dolchwunde doch nicht sein. Dann wurde ihm klar, daß die Füße des Fremden derart mit den langen Brettern verbunden waren, daß er sie nicht herausziehen und nicht einfach aufstehen konnte. Ein Brett war zerbrochen, das andere zeigte mit der gebogenen Spitze in den Himmel.

Die Tücher waren vom Gesicht des Verwundeten gerutscht. Es war ein junges Gesicht, und Thorag kannte es. Seine Gedanken wanderten zurück zu dem Morgen, an dem er Armin von der Eisenburg geholt hatte.

»Nantwin!«

Der Schwiegersohn des Eisenschmiedes Frowin starrte Thorag voller Haß an und schlug mit der Eisenstange nach ihm.

Thorag sprang zur Seite und griff sofort wieder an, indem er den von Frowin geschmiedeten Stahl gegen Nantwin führte. Vielleicht hatte der junge Stiermann sogar bei der Herstellung des Schwertes mitgeholfen.

Nantwin riß mit beiden Händen die Eisenstange hoch und fing den Schlag ab. Funken sprühten. Die Stange verbog sich, das Schwert blieb heil.

»Elender Donarsohn!« keuchte Nantwin und warf das verbogene Eisen.

Thorag duckte sich. Das Eisen flog über seinen Kopf hinweg und schlug gegen den mächtigen Eichenstamm in seinem Rücken.

Als er das Knistern und Knacken hörte, lief Thorag sofort von den Eiche fort.

Nantwin sah ihm verwundert nach. Die Verwunderung verwandelte sich in Erschrecken, als die gewaltigen Eiszapfen, die sich von der Eiche gelöst hatten, rings um ihn einschlugen.

Thorag hörte einen gellenden Schrei, aber Schnee und Eis verschleierten das Geschehen. Als wieder Ruhe eingekehrt war, lag Nantwin mit dem Rücken im Schnee. Einer der größten Eiszapfen hatte seinen Bauch durchschlagen. Nantwins Blut färbte den weißen Mantel des Frostriesen rot.

Thorag trat heran und stellte fest, daß der Stiermann noch lebte. Aber sein Atem ging flach, und die Wunde war groß, tödlich groß.

Das Zucken um Nantwins Mundwinkel sollte wohl eine Art Lächeln sein. Er wollte etwas sagen, konnte aber nur noch röcheln: »Uller ... nicht mit mir ... du ... zu spät ... Segimund ... vor mir ...« Sein Blick wurde starr, und sein Kopf fiel zur Seite.

Thorag ließ ihn liegen und hastete zurück zu den Hütten. Er hatte genug gehört.

Segimund!

Wenn Segestes das Leben seines Sohnes aufs Spiel setzte, mußte es sich um etwas Wichtiges handeln. Natürlich, in der Richtung, die die Männer auf den Brettern eingeschlagen hatten, lag der Rhein, und am Rhein saßen die Römer!

Thorag eilte von Hütte zu Hütte und rief die Männer heraus. Sie scharten sich um ihn und hörten sich staunend an, was geschehen war.

»Wir müssen ihnen nach und sie daran hindern, von den Römern Verstärkung zu holen!« erklärte Thorag. »Die Spuren der Bretter sind im Schnee deutlich zu sehen. Auf die Pferde!«

»Unsere Tiere werden in dem hohen Schnee nicht weit kommen«, wandte Thidrik ein.

»Du hast recht«, nickte Thorag. »Wir nehmen die Schneeschuhe!«

Aber auf Schneeschuhen waren die Donarsöhne bei weitem nicht so schnell wie Segimunds Männer auf ihren Brettern. Als Nott nahte und der frische Schnee die Spuren der Stiermänner verdeckt hatte, kehrten die Suchtrupps ermattet und enttäuscht in ihre Wehrdörfer zurück.

Thorag fühlte sich wie nach einer blutigen, verlorenen Schlacht. Er wußte, daß alles jetzt noch schwerer werden würde. Auja und Ragnar waren noch weiter von ihm entfernt als zuvor.

Der eisige Atem der Frostriesen blies über das Land, und Thorags Herz fror.

Kapitel 20

Trojanische Pferde

Der Weg den Rhenus entlang zum Oppidum Ubiorum war ruhig gewesen, gemessen an den letzten Wochen voller Marschtritt und Kampflärm, dem Hufgetrommel und Gewieher von vielen tausend Pferden, dem Klirren der Waffen und den Schreien der Verletzten und Sterbenden. Die siegreichen Legionen und Auxilien des oberen Heeres waren in ihre Lager zurückgekehrt, und Mogontiacum hallte wieder vom Lärm ihrer Siegesfeiern.

Diesmal hatte Germanicus das untere Heer mit den Legionen I, V, XX und XXI Caecina überlassen und hatte sich selbst an die Spitze der Legionen II, XII, XIV und XVI gesetzt, um auch ihnen die Gelegenheit zu geben, die Schande des Aufruhrs mit dem Blut der Feinde auszulöschen. Der ungewöhnlich trockene Frühling hatte Germanicus, der sich eigentlich auf einen großen Sommerfeldzug vorbereitete, zu einem überraschenden Einfall ins Land der Chatten verleitet. Gerolf hatte ihn auf die Idee gebracht, das gute Wetter für einen Überfall auf die Chatten zu nutzen, der dem auf die Marser ähnelte. Denn die Chatten veranstalteten gerade ein großes Fest, um das Ende des Winters zu feiern und Mutter Erde um fruchtbare Ernte zu bitten.

Und es war gelungen! Während Caecina durch geschickte Bewegungsmanöver Arminius und seine Cherusker in Atem hielt und die Reste der Marser unter ihrem Kriegerführer Eilard in verbissener Schlacht schlug, fuhr Germanicus wie ein Rachegott unter die feiernden Chatten und bestrafte sie für ihr Verhalten im letzten Herbst, als sie das römische Heer auf seinem Rückzug aus dem Marserland angegriffen hatten. Die Römer töteten viele der Feiernden und nahmen fast ebenso viele gefangen – Sklaven für Rom.

Zwar konnte sich eine stattliche Zahl chattischer Krieger schwimmend über die Adrana retten und wagte sogar Gegenangriffe, aber Germanicus schlug die Gegner immer wieder mit seiner geballten Macht, trieb sie aus ihren Höfen in die Wälder, brannte die große Siedlung Mattium nieder und brachte einige

Sippen zu solcher Verzweiflung, daß sie zu ihm überliefen. Die übrigen Chatten zogen sich mit ihrem Herzog Arpo in die Wälder zurück und griffen die Römer auf ihrem Rückmarsch zum Rhenus nicht ein einziges Mal an.

Germanicus atmete tief durch, als er die weißen Häuser der Ubierstadt im milden Nachmittagslicht der Frühlingssonne vor sich liegen sah. Er freute sich auf das Wiedersehen mit Agrippina und hoffte, daß es ihr und dem Kind in ihrem Bauch gutging. Er hatte Agrippina auf ihren Wunsch zurückkehren lassen, als der Schnee schmolz. Es war auch sein Wunsch gewesen, denn jede kalte Winternacht ohne seine Frau steigerte die Sehnsucht. Und Gefahr von den eigenen Truppen war nicht mehr zu befürchten. Seit der Schlacht im Cäsischen Wald, in der Germanicus die Legionäre mit dem Adler in der Hand zum Sieg geführt hatte, war das untere Heer Rom, dem Princeps und seinem Adoptivsohn Germanicus wieder treu ergeben. Nach dem erfolgreichen Feldzug im Chattenland galt gleiches für die vier Legionen des oberen Heeres. Germanicus hatte die Ubierstadt verlassen, bevor Agrippina eintraf. Die Trennung war lang gewesen, und so war sein Verlangen nach ihrer Umarmung besonders groß.

Die Siegeskunde war durch die hier stationierten Legionen I und XX schon bis zu den Ubiern gelangt. Die Bevölkerung lief ihrem Statthalter jubelnd entgegen und bestreute seinen Weg mit den Blüten der Frühlingsblumen. Sie mochten überwiegend Germanen sein, lebten aber schon so lange und vor allem so gut unter römischer Herrschaft und römischem Schutz, daß sie Roms Macht und Größe nicht mehr gegen das freie, aber auch unzivilisierte und gefährliche Leben früherer Zeiten eintauschen mochten. Wie sie dachten die meisten Germanen auf der linken Seite des Rhenus, so daß es leichtgefallen war, unter ihnen zusätzliche Hilfstruppen auszuheben, die mit Caecina gegen Cherusker und Marser gezogen waren.

Immer mehr Volk strömte zusammen und verengte die Straße, über die Germanicus mit seiner Garde und einigen Auxilien zog. Zu den Hilfstruppen gehörten auch Gerolfs Eberkrieger, denen Germanicus die Bewachung der Gefangenen aufgetragen hatte. Der bedeutendste Gefangene war der chattische Oberpriester Libes, den die Römer fingen, als er der Mutter Erde huldigte.

Der Marsch verlangsamte sich, weil immer wieder Menschen

auf der Straße tanzten. Germanicus, der beim Volk sehr beliebt war und dies sonst auch genoß, wurde ungeduldig. Vielleicht war die Freude auf das Wiedersehen mit Agrippina daran schuld, vielleicht aber auch eine Unruhe, die er schon seit dem Morgen in sich spürte, die Vorahnung, daß heute noch etwas Wichtiges geschehen würde. Er winkte Marcus Valerius zu sich und befahl dem Prätorianertribun, die Straße durch ein paar Reiter zu räumen.

Endlich erreichten sie die Stadt. Aus den Fenstern und von den Balkonen regneten Jubel und Blüten auf die Heimkehrer und den jungen Imperator an ihrer Spitze. Als das Prätorium vor ihm lag, konnte Germanicus seine Ungeduld kaum noch bezähmen. Er erreichte den großen Innenhof, der ebenfalls mit begeisterten Menschen angefüllt war. Beamte und Diener des Statthalters ließen besonders laute Hochrufe ertönen, in die sich pompöser Hörnerklang mischte. Germanicus lächelte und nickte freundlich nach allen Seiten, ohne auch nur eins der vielen Gesichter wirklich anzusehen.

Doch, ein Gesicht zog ihn in seinen Bann! Ein sanft lächelndes Gesicht, umrahmt von braunen Locken, die ihre Form einem goldenen Haarnetz verdankten. Agrippina stand zwischen hohen Beamten im Schatten der großen Kolonnade und blickte ihrem Gemahl entgegen. Der kleine Gaius wurde von ihrer Hand gehalten und daran gehindert, durch sein unruhiges Gezappel den festlichen Aufzug in Unordnung zu bringen.

Wie schön sie doch war, selbst jetzt, wo sich ihr Bauch stark wölbte! Agrippina hatte sich keine Mühe gemacht, die fortgeschrittene Schwangerschaft durch ein besonders weites Kleid zu kaschieren. Sie trug das Kind ihres Gemahls mit Würde und Stolz.

Germanicus hielt seinen Schimmel vor der Kolonnade an, ließ die Begrüßungsreden der römischen Beamten und der ubischen Bürgervertreter über sich ergehen, erwiderte ein paar Höflichkeiten und durfte dann endlich vom Pferd steigen und Agrippina in seine Arme schließen. Sie übergab Caligula der Amme Eurykleia und schmiegte sich an ihren Mann. Am liebsten hätte er sie fest an sich gedrückt, so sehr berauschten ihn ihre Wärme und ihr süßer Duft, aber der Gedanke an das Kind in ihrem Bauch ließ ihn vorsichtig sein.

Jeder flüsterte dem anderen Zärtlichkeiten ins Ohr, und dann raunte Agrippina: »Halt dich zurück, wenn gleich die Senatoren zu dir sprechen. Laß dich auf nichts ein, schon gar nicht auf eine Rückkehr nach Rom!«

»Die Senatoren?« wiederholte er verständnislos. »Was …«

Aber dann sah er sie aus dem Schatten einiger Säulen hervortreten: Sechs Männer in blütenweißen Togen, rote Schuhe an den Füßen und goldene Ringe an den Fingern. Der große, hagere Mann an ihrer Spitze, der durch seine vorgeneigte Körperhaltung und durch die vorspringende Nase wie ein auf Beute lauernder Raubvogel wirkte, war kein anderer als Munatius Plancus.

Überrascht flüsterte Germanicus seinen Namen und fügte ebenso leise hinzu: »Daß er sich so schnell wieder hierherwagt!«

»Laß dich auf nichts ein, Gaius«, wiederholte Agrippina eindringlich ihre Warnung und blickte ihren Mann beschwörend an. »Sprich erst mit mir, bevor du den Senatoren antwortest!«

Agrippinas seltsame Ermahnung verwirrte Germanicus fast noch mehr als die Anwesenheit der senatorischen Gesandtschaft. Nur zu gern hätte er seiner Frau ein paar Fragen gestellt, aber die sechs Männer in den weißen Togen traten schon heran. Germanicus blickte ihnen mit gemischten Gefühlen entgegen. Agrippinas seltsame Warnung verhieß nichts Gutes.

»Ich grüße dich, Caesar Germanicus.« Munatius Plancus beugte leicht sein nur spärlich bewachsenes Haupt und lächelte, aber es war ein Lächeln ohne echte Freundlichkeit. »Und ich beglückwünsche dich zu den Erfolgen, die du in letzter Zeit über die aufständischen Germanen wie auch über deine eigenen aufständischen Truppen errungen hast.«

Plancus hatte die Meuterei nicht vergessen! Dieser Stich saß wie ein Hieb mit dem Gladius. Germanicus spürte ein flaues Gefühl in seiner Magengegend. Hatte er die Chatten nur bezwungen, um jetzt von Tiberius und seinen Senatoren auf eine perfide Weise um den Lohn seiner Anstrengungen gebracht zu werden?

Er spürte Agrippina an seiner Seite. Ihre Hand umfaßte seine und gab ihm Mut und Sicherheit.

Auch Germanicus lächelte jetzt, wenn man das Zähneblecken, das er dem Gesandtschaftsführer zuwarf, so bezeichnen konnte. »Ich danke dir für deine freundlichen und offenen Worte, edler Munatius Plancus. Wenn du den weiten Weg von Rom an den

Rhenus gemacht hast, nur um mir deine persönlichen Glückwünsche auszurichten, so ist dir mein ewiger Dank gewiß.«

Der Schatten, der über das Adlergesicht huschte, verriet Plancus' Ärger über diese spöttische Bemerkung. Doch der Senator beherrschte sich und erklärte mit einer Stimme, die ebenso kühl war wie seine Miene: »Nicht nur meine Grüße bringe ich dir, Imperator, sondern auch die des Senats und des ganzen römischen Volkes und gleichzeitig einen Beschluß, den ich dir im Auftrags des Senats und des Princeps Tiberius Julius Caesar zu verkünden habe.«

Als der Senator nach dem Zerbrechen des senatorischen Siegels einen Papyrus entrollte, den ihm ein Sekretär reichte, drückte Germanicus die Hand seiner Gemahlin fester. Er spürte das zärtliche, beruhigende Streicheln ihrer Fingerspitzen auf seinem Handballen.

Und tatsächlich war die Botschaft alles andere als beunruhigend: Der Senat hatte Germanicus für seinen Sieg über die Marser den Triumph gewährt! Da es ein bedeutender Beitrag für die Wiederherstellung der Sicherheit an der Grenze des römischen Reiches sei, so der von Plancus verlesene Brief, und da mehr als fünftausend Feinde gefallen waren, sah der Senat die Bedingungen für einen Triumph als erfüllt an.

Plancus war fertig und reichte den Papyrus wieder dem Sekretär, den dieser mit geschickten Bewegungen zusammenrollte. Germanicus bedankte sich und geriet dabei ins Stottern. Er hatte eine besonders schlechte Nachricht erwartet und eine besonders gute erhalten. Schließlich war es eine Auszeichnung, im Triumph durch Rom zu ziehen. Ohne die Fürsprache des Tiberius wäre ihm diese Ehre gewiß nicht zuteil geworden. Sein Onkel und Adoptivvater stand hinter Germanicus, der Senatsbeschluß war der Beweis.

Was aber hatte Agrippinas seltsame Warnung zu bedeuten? Er warf seiner Frau einen fragenden Blick zu.

Die Antwort bestand in einer zweiten Papyrusrolle, die der Sekretär dem Gesandtschaftsführer reichte. Das Siegel, das Plancus zerbrach, war ein anderes als eben das des Tiberius.

»Eine persönliche Grußbotschaft deines Vaters an dich, Germanicus«, verkündete der Senator mit einem selbstgefälligen Lächeln, das nichts Gutes verhieß. »Du hast doch nichts dagegen, daß ich sie öffentlich verlese?«

»Nein, natürlich nicht«, erwiderte Germanicus, dem nach dieser Fragestellung gar keine andere Wahl blieb. Sollte er sich etwa als Mann darstellen, dem die Worte seines Adoptivvaters und Herrschers unangenehm waren?

Verfluchter Plancus! dachte er. *Gleich schlägt der Adler seine Krallen in mein Fleisch. Ich sehe dir die Vorfreude an.*

»An meinen lieben Sohn und Vertreter an der germanischen Grenze des Reiches«, begann Plancus ein Schreiben, das sich nur lobend und ohne dunkle Zwischentöne über Germanicus' Erfolg gegen die Marser ausließ. So viele gute Worte wie in diesem Brief hatte Tiberius nie zuvor über seinen Adoptivsohn verlauten lassen. Verwundert lauschte Germanicus dem Senator, der mit folgenden Worten schloß: »Ich denke, dein militärisches Genie, Imperator Germanicus, hat den Barbaren Roms Macht bewiesen und wird sie auch künftig in den Schranken halten. Ich freue mich darauf, dich bald in meine Arme zu schließen und den großen Triumph mitzuerleben, der deinen Erfolg verewigen soll. Auf die Nachricht deines Kommens wartet sehnsüchtig dein Vater Tiberius.«

Germanicus war derart verwirrt über so viel geraspeltes Süßholz, daß er die Frage des Senators überhörte. Plancus wiederholte sie, als sein Sekretär den Brief schon wieder zusammengerollt und in der hartledernen Kapsel verstaut hatte: »Welche Antwort darf ich dem Princeps überbringen, Imperator? Wann wirst du nach Rom zurückkehren?«

Germanicus dachte an Agrippinas Warnung und antwortete: »Eine solche Entscheidung will gut bedacht sein, edler Plancus. Heute bin ich erschöpft von der Reise. Erweise mir mit deinen Begleitern die Ehre, am Abend Gast zu sein bei der Feier meiner glücklichen Heimkehr. Und morgen will ich dir dann meinen Entschluß mitteilen.«

Auf dem Raubvogelgesicht zeichnete sich Enttäuschung ab. »Aber …«, begann Plancus.

Weiter kam er nicht, denn Germanicus hob schulmeisterlich den Finger und sagte mit einem kaum verhohlenen Grinsen: »*Tempus ipsum affert consilium.*«*

Agrippina trat vor und sagte: »Lieber Plancus, erlaube mei-

---

* Die Zeit selbst bringt klugen Rat.

nem Gatten jetzt ein paar Stunden der Ruhe und mir selbst seine Gesellschaft. Die Trennung war lang.«

»Natürlich, Großtochter des vergöttlichten Augustus«, erwiderte Plancus mit einem gezwungenen, maskenhaften Lächeln und zog sich zurück.

»Komm!« preßte Agrippina leise hervor, und es klang fast wie ein Befehl. Sie zog ihren Mann in ihre Privatgemächer.

Vor dem Prätorium und in den Straßen der Stadt hielt der Jubel der Menge an.

Ein paar Diener halfen dem Imperator beim Ablegen des Panzers und des Wehrgehänges mit Schwert und Dolch, dann verscheuchte Agrippina die Helfer und goß ihrem Mann eigenhändig Wein in einen Becher aus ubischem Glas.

»Und du?« fragte Germanicus, als er dankbar den Becher mit der rubinroten Flüssigkeit annahm.

Agrippina streichelte ihren Bauch. »Mein Arzt sagt, der Wein ist nicht gut für unser Kind.«

»Das habe ich noch nie gehört. Vielleicht solltest du dich nach einem anderen Arzt umsehen«, brummte Germanicus und nahm einen großen Schluck. »Was sollte die seltsame Ermahnung, Plancus nicht zu antworten? Zwar macht es mir Spaß, den alten Geier vor den Kopf zu stoßen, aber es ist höchst unpassend, das öffentlich zu tun. Man könnte mir vorwerfen, Tiberius selbst beleidigt zu haben, indem ich seine Einladung nicht gleich annahm. Es ist, als hätte ich ein Geschenk meines Adoptivvaters zurückgewiesen.«

Agrippina sah ihren Gemahl ernst an. »Man sollte die Griechen auch dann fürchten, wenn sie Geschenke bringen.«

»Ich kenne diesen Spruch«, meinte Germanicus nach einem weiteren Schluck Wein. »Er ist von Vergil.«

»Nicht wörtlich, Gaius. Aber er paßt jedenfalls in unsere Lage.«

»Und Tiberius' Gruß an mich, seine Einladung nach Rom, sind das Trojanische Pferd?«

»Ja!«

»Warum denkst du das?«

»Weil ich deinen Sieg über die Marser zwar achte, Gaius, mich aber nicht von ihm blenden lasse. Du wirst zugeben müssen, daß die Vernichtung der Marser die Lage rechts des Rhenus nicht entscheidend verändert hat. Noch immer ist das Land in den Händen der Barbaren.«

»Ja, das stimmt«, murmelte Germanicus.

»Andere Feldherren haben bedeutendere Siege errungen und sind nicht mit dem Triumph belohnt worden, manche nicht mal mit der Ovation.«

»Andere Feldherren sind auch nicht die Adoptivsöhne des Princeps!«

Agrippinas Zeigefinger bohrte sich in die Brust ihres Gatten. »Eben das sollte dir zu denken geben, Gaius. Ich jedenfalls habe nachgedacht, während die Gesandtschaft hier auf deine Rückkehr gewartet hat. Was für Beweggründe, außer seinen Adoptivsohn zu ehren, könnte Tiberius noch haben, dich nach Rom zurückzuholen?«

Germanicus lächelte schwach. »Vielleicht wird er langsam gefühlsduselig und hat ganz einfach Sehnsucht nach mir.«

»Das glaubst du doch selbst nicht.« Agrippina lachte schrill. »Hätte mein Großvater Augustus es nicht befohlen, hätte Tiberius dich nicht einmal adoptiert. Falls er für seinen Bruder, deinen Vater Drusus, so etwas wie Liebe empfunden hat, auf dich hat Tiberius das sicher nicht übertragen!«

Germanicus leerte den Becher, stellte ihn mit leisem Klirren auf einen Bronzetisch, ließ sich auf eine gepolsterte Liege fallen und seufzte: »Du hast also das finstere Ränkespiel des Princeps durchschaut?«

»Ich habe mir meine Gedanken gemacht und mich unter den Sekretären und Dienern der senatorischen Gesandtschaft umgehört. Du weißt, daß die Ohren der Dienerschaft oft mehr hören, als ihre Zungen erzählen.«

Der Imperator nickte und fragte ungeduldig: »Und dir haben sie mehr erzählt? Warum?«

»Weil guter Wein und gutes Gold die Zungen lösten.«

»Was sagten die losen Zungen also?«

»Daß Tiberius in Rom nicht so gut über dich spricht wie in seinem Brief. Er ist eifersüchtig auf dich. Und er fürchtet deine Macht und dein Ansehen, das durch den Sieg über die Marser noch gewachsen ist. Deshalb dieser Brief, der dich nach Rom locken soll. Dort ist er der Herrscher, und du mußt dich ihm fügen.«

»Und was noch?«

»Daß Munatius Plancus ein treuer Gefolgsmann von Tiberius ist.«

»Unsinn!« fauchte Germanicus. »Jedermann weiß, daß Plancus aus altem Adel kommt und stolz ist auf seine Unabhängigkeit und seine eigene Meinung.«

»Das war wohl einmal so, hat sich aber geändert, seit Plancus von hier nach Rom zurückkehrte. Er hat sich dazu hergegeben, mit Tiberius eine schäbige Komödie zu spielen.« Agrippina erzählte das, was ihr ein griechischer Freigelassener, der als Schreiber für die Gesandtschaft arbeitete, über das Geschehen im Hafen von Ostia berichtet hatte.

»Warum sollte Plancus so etwas tun? Verrat mir das, Agrippina!«

»Was weiß ich?« Sie zuckte ein wenig hilflos mit den Schultern. »Du hast eine viel zu gute Meinung von deinem Onkel Tiberius. Vielleicht hat er sich Plancus durch Bestechung gefügig gemacht oder durch Zwang, vielleicht durch beides.«

»Also nicht mehr als Dienstbotengeschwätz und haltlose Vermutungen?« Das schallende Lachen des Imperators erfüllte den Raum. »Und daraufhin soll ich meinen Adoptivvater verdächtigen? Ich glaube eher, du willst mich gegen ihn aufhetzen, um endlich deine Machtgelüste zu befriedigen.« Er hob die Arme in einer theatralischen Geste. »*Nulla fere causa est, in qua non femina lite moverit!*«*

Agrippinas Züge verhärteten sich, der Ausdruck wechselte von Wut zu Enttäuschung. Feuchtigkeit trat in ihre Augen und verwischte das dunkle Antimonpuder, das sie sparsam um die Augen verteilt hatte. Sie drehte sich abrupt um, ging zu dem großen Fenster aus makellosem Ubierglas und sah hinunter auf den Rhenus.

»Besteige ein Schiff und fahre auf dem Fluß nach Süden, Gaius. Kehre heim nach Rom und feiere deinen Triumph. Falls du danach zurückkehrst und wieder Herr wirst über die germanischen Legionen, will ich nie wieder ein Wort gegen Tiberius sagen!«

---

*   Es gibt wohl keinen Streit, den nicht ein Weib begonnen hätte!

Das Zittern ihrer Stimme machte Germanicus nachdenklich. Er hatte eben harte Worte gebraucht, weil er sich von Agrippina um seinen Ruhm betrogen fühlte. Aber je länger er über ihre Argumente nachdachte, desto weniger schienen sie ihm aus der Luft gegriffen. Der Sieg über die Marser hatte ihm selbst zwar viel bedeutet, weil er dadurch seine Armee wieder in den Griff bekam, aber es war keine Schlacht gewesen, die Rom irgendeinen Gewinn gebracht hatte. Und bislang war Tiberius tatsächlich nicht vor Liebe zu seinem Adoptivsohn übergeflossen. Agrippinas Enttäuschung und ihre Tränen dagegen schienen echt zu sein – wenn man das bei einer Frau auch niemals genau wissen konnte.

Mit einem schlechten Gewissen stand er auf, trat hinter seine Gemahlin und schlang vorsichtig die Arme um sie. Er küßte ihr Haar und ihre Wangen und flüsterte: »Verzeih mir, Agrippina. Die lange Reise und die unerwartete Begegnung mit Plancus haben mich reizbar gemacht. Vergibst du mir?«

Sie vergab ihm nicht nur mit Worten, sondern auch mit Taten, als sie ihn wie ein kleines Kind an der Hand nahm und zurück zu der großen Liege führte. Trotz ihres angeschwollenen Leibes bereitete es ihr keine Mühe, seine lange aufgestaute Begierde zu befriedigen. Agrippina legte sich auf die Seite. Germanicus schob ihre Gewänder bis über die Hüften nach oben und preßte sich dann von hinten gegen sie. Vielleicht steigerte die lange Trennung die Empfindsamkeit, aber niemals zuvor hatte ihm die Vereinigung mit seiner Frau solche Lust bereitet.

Als sie danach beisammen auf den feuchten Polstern lagen, trank auch Agrippina ein paar Schlucke Wein.

»Recht so«, lachte ihr Mann und streichelte ihren nackten Bauch. »Unser Kind sollte sich beizeiten an die Genüsse des Lebens gewöhnen.« Er nahm den Becher aus Agrippinas Hand und leerte ihn in einem Zug. »Aah, hinterher tut es besonders gut. Ich fülle den Becher auf.«

Er wollte aufstehen, aber Agrippina hielt ihn zurück. »Du solltest dir für heute abend einen klaren Kopf bewahren, Gaius! Sonst sagst du Plancus etwas zu, das du später bereust.« Ihr Blick wurde unsicher. »Oder willst du Tiberius' Einladung annehmen?«

»Nein, du hast wohl recht. Ich sollte Germanien erst befrieden, bevor ich nach Rom gehe. Dann kann auch Tiberius mir meinen Rang nicht streitig machen. Aber wie soll ich das gegenüber den Senatoren begründen?«

»Mit einer guten Gelegenheit zu einem großen Sieg über diesen Aufrührer Arminius.«

»Was für eine Gelegenheit meinst du?«

»Nicht nur die Senatoren haben hier auf deine Rückkehr gewartet, sondern auch eine germanische Gesandtschaft. Es sind Cherusker, um genau zu sein, angeführt von dem Fürstensohn Segimundus.«

»Der Sohn des Segestes?«

»Genau der.«

»Fein!« Der Imperator lächelte grimmig. »Er ist einer der Verräter, die ich schon lange in die Hände bekommen wollte. Da er hier am Altar Priester war, bevor er für Arminius zu den Waffen griff, wirkt sein Verrat um so schwerer. Wenn ich seinen Kopf den Senatoren als Geschenk für Tiberius überreiche, wird mir niemand mein Verweilen in Germanien übelnehmen!«

»Das ist bestimmt ein guter Plan«, sagte Agrippina ohne echte Überzeugung. »Aber vielleicht gibt es noch einen besseren.«

Ihr Mann verzog sein Gesicht, nicht wirklich empört, sondern in spielerischer Art. »Wie ich dich kenne, hast du diesen Plan längst ausgeheckt, Weib!«

»In der Tat. Dazu aber benötigten wir den ganzen Segimundus, nicht nur seinen Kopf.«

»Ich soll den Verräter verschonen?«

»Roms Macht besteht auch in der Gnade, die es denen erweist, die sich reumütig zeigen, Gaius. Und das gibt Segimundus zumindest vor. Er kommt nicht als Bote des Arminius, sondern des Segestes.« Agrippina berichtete Germanicus von dem Überfall auf die Burg des Arminius und von der im Gegenzug erfolgten Belagerung der Eisenburg.

»Verwickelte Verhältnisse«, meinte der Imperator.

»Die wir für uns ausnutzen sollten, Gaius! Befreie Segestes aus der Umklammerung seiner Feinde, und du spaltest die Cherusker in zwei Lager. Wenn wir die Germanen nicht von außen besiegen können, müssen wir es von innen versuchen. Indem wir den Cheruskerstamm spalten, zerreißen wir dem Aufstand gegen Rom das Herz. Und dafür muß Rom dir dankbar sein, Gaius, sehr dankbar!«

Keine Stunde später saß Germanicus in seinem Arbeitszimmer dem Sohn und Gesandten des Segestes gegenüber. Segimund sah entkräftet aus und wirkte unsicher. Wahrscheinlich rechnete er mit einer Strafe für seine Beteiligung am Aufstand.

Mehrmals verhaspelte er sich, als er von der seltsamen Flucht auf Schneebrettern berichtete. »Fünfzehn von uns verließen die Eisenburg, aber außer mir erreichten nur fünf den Rhein. Und dann warst du nicht hier, Imperator. Inzwischen ist der Schnee geschmolzen und wertvolle Zeit verstrichen. Zeit, die Armin nutzen wird, um die Eisenburg zu erstürmen.«

»So schnell wird das nicht gehen«, erwiderte Germanicus. »Caecina hat euren Arminius ganz schön auf Trab gehalten. Germanische Krieger sind schnell, wenn sie zu den Waffen gerufen werden, aber sie sind auch schnell vom Kampf erschöpft. Bis Arminius die Seinen für einen neuen Feldzug gewonnen hat, haben wir den Gau deines Vaters längst in Eilmärschen erreicht. Denn Roms Legionen muß man nicht für den Kampf gewinnen, man befiehlt ihn einfach!«

Allerdings klappt das nicht immer! dachte Germanicus, von der Erinnerung an die Meuterei geplagt.

»Du kommst uns also zu Hilfe, Caesar?« fragte der junge Cherusker hoffnungsvoll.

»Das habe ich noch nicht entschieden. Woran soll ich erkennen, daß ihr es ehrlich meint?«

»Mein Vater sendet dir dies, Imperator.« Segimund öffnete ein Päckchen, das wertvollen Schmuck enthielt, ausnahmslos Gold, das mit seltenen Edelsteinen besetzt war.

»Will Segestes meine Hilfe erkaufen?«

»Nein, er will dir seinen guten Willen beweisen. Dies hier ist nur ein kleiner Teil aus der Beute, die beim Kampf gegen Varus gemacht wurde. Noch mehr lagert auf der Eisenburg, wo mein Vater die Schätze vor Armins Zugriff bewahrt hat.«

Germanicus lächelte wissend. »Vor Arminius bewahrt oder für sich selbst gehortet?«

»Die Schätze gehören dir, Imperator«, fuhr Segimund fort.

»Und außerdem wertvolle Geiseln, die Frauen des Herzogs Armin und des Fürsten Thorag, zudem Thorags Sohn.«

»Die Frau des Arminius ist die Tochter des Segestes, deine Schwester, habe ich gehört.«

»Du hast richtig gehört, Caesar.«

»Dein Vater will sein eigenes Kind ausliefern?«

»Es soll dir zeigen, wie sehr sein Herz für Rom schlägt.«

»Nun«, sagte Germanicus nachdenklich und spielte mit dem Schmuck auf seinem Schreibtisch. »Vielleicht ist dies wirklich kein Trojanisches Pferd.«

Ein Optio der Garde trat ein und meldete, daß der Germane Gerolf den Imperator dringend sprechen wollte.

»Ich habe bereits Besuch«, erwiderte Germanicus barsch.

Der Optio warf dem germanischen Fürstensohn einen kurzen Blick zu. »Gerolf sagte, es handle sich um den Sohn des Segestes.«

»Gerolf weiß von seiner Anwesenheit?« brauste der Imperator auf. »Woher?«

»Ein Cherusker hört schnell, was im Cheruskerland geschieht«, antwortete Gerolf. Der Eberfürst hatte sich an den Wachen vorbeigedrängt und trat ungebeten ein. »Verzeih, wenn ich mich aufdränge, Imperator. Aber ich habe dir etwas Wichtiges zu sagen.«

Germanicus schickte den Optio nach draußen und forderte Gerolf zum Sprechen auf.

»Es geht um Segimund und Segestes, Imperator. Du kannst ihnen trauen. Segestes und ich sind Verbündete im Kampf gegen Armin, schon seit geraumer Zeit. Ich wußte von seinem Plan, die Adlerburg zu überfallen. Leider ging nicht alles glatt. Auch Armin wollten wir dir als Versöhnungsgeschenk überreichen.«

Die Faust des Caesars ließ die Tischplatte erzittern, und er brüllte: »Das sagst du mir jetzt erst, Gerolf? Monatelang reitest du an meiner Seite und schweigst dich aus?«

»Wäre unser Plan fehlgeschlagen, wärst du enttäuscht gewesen. Wir wollten dich nicht gegen uns aufbringen, sondern für uns gewinnen.«

»Verzeih Gerolf sein Schweigen, Caesar, und laß auch Milde gegenüber den Stierkriegern walten«, bat Segimund. »Wir alle bereuen, was im Saltus Teutoburgiensis geschehen ist.«

Germanicus sah auf seinen Tisch und dachte an die Schätze,

die in Segestes' Burg lagerten. Er dachte an die hochstehenden Geiseln und an das, was er mit Agrippina besprochen hatte.

Er bedachte Segimund mit einem gnädigen Blick und sagte: »Also gut, ich werde Segestes helfen. Roms Macht besteht auch in der Gnade, die es denen erweist, die sich reumütig zeigen.«

Musik und Gelächter, Weindunst und Essensgerüche erfüllten den großen Festsaal. Geschäftig eilten junge Sklaven beiderlei Geschlechtes, viele davon Germanen mit blonden und rötlichen Haaren, hin und her, um neue Weinkrüge und neue Platten mit erlesenen Köstlichkeiten herbeizuschaffen.

Ein paar griechiche Hetären in fast durchsichtigen Gewändern aus koischer Seide spielten die Doppelflöte ihrer Heimat und sangen dazu griechische Weisen, während sie mit aufreizenden Bewegungen tanzten. Die Gewebe von der Insel Kos waren so dünn, daß jede verführerische Rundung deutlich sichtbar war und auch die Scham einer jeden Griechin nach alter Hetärensitte rasiert. Ein griechischer Schriftsteller hatte einmal gesagt, daß die koischen Gewänder den Farben einer blumenübersäten Wiese glichen und daß kein Spinnengewebe sich mit ihnen an Dünnheit messen könne. Der Mann hatte nicht übertrieben!

Germanicus hatte diesen Auftritt, der den konservativen Munatius Plancus vor den Kopf stoßen mußte, ganz bewußt angeordnet. Der Vernichtung des Gegners ging seine Verwirrung voran, wie der jetzige Imperator einst als junger Offizier gelernt hatte.

Das Gelage war bereits in vollem Gange, als Germanicus in Begleitung des römisch gewandeten Segimund erschien und auf den Tisch zusteuerte, an dem Agrippina in der Gesellschaft einiger Senatoren lag. Auch daß die Senatoren so lange auf den Imperator warten mußten, gehörte zu seinem Plan: die Zermürbung des Gegners. Außerdem hatte Germanicus tatsächlich einiges zu tun gehabt, um die nötigen Vorbereitungen für den Marsch ins Cheruskerland zu treffen.

»Du kommst spät, Imperator«, bemerkte Munatius Plancus mit unüberhörbarem Vorwurf. »Es ist ungewöhnlich, daß der Gastgeber sein eigenes Festmahl versäumt.«

»Wichtige Geschäfte hielten mich zurück.« Germanicus

sprach in einem entschuldigenden Tonfall – übertrieben entschuldigend. »Ich hoffe, du fandest Agrippinas Gesellschaft nicht ermüdend, Freund Plancus.«

»Nein, das habe ich nicht gesagt«, antwortete der Senator schnell. »Darf ich mich nach deinen wichtigen Geschäften erkundigen?«

»Du darfst«, sagte Germanicus lächelnd. Er stellte den Sohn des Cheruskerfürsten Segestes vor und berichtete von Segimunds Mission. »Ich habe bereits Kuriere zu den Legionsstandorten geschickt. In zwei Tagen breche ich zum Feldzug gegen Arminius auf. Zur Ehre Roms und des Princeps werde ich den Feind bezwingen. Du siehst hoffentlich ein, edler Plancus, daß ich eine solche Gelegenheit nicht ungenutzt lassen darf. Tiberius wird sich bestimmt noch mehr über meine Rückkehr freuen, wenn ich ihm den Aufrührer Arminius im Gefolge meines Triumphzuges präsentiere. Meinst du nicht auch?«

»Sicher, so wird es sein«, sagte Plancus zerknirscht.

»Schön«, meinte Germanicus und ließ sich mit Segimund an der reich gedeckten Tafel nieder. »Dann werde ich meinem Vater schreiben, daß wir beide, Plancus und Germanicus, einmütig den Entschluß gefaßt haben, meine Rückkehr nach Rom zu verschieben.«

Plancus, der gerade einen Silberkelch mit Wein zum Mund führen wollte, erstarrte in der Bewegung.

Germanicus wechselte bedeutungsvolle Blicke mit Agrippina. Sie hatten den alten Fuchs ausgetrickst, und Plancus wußte es. Der Brief, von dem Germanicus eben gesprochen hatte, war ein Trojanisches Pferd, wie er es sich besser nicht vorstellen konnte. Plancus kannte den wahren Inhalt und mußte das ›Pferd‹ trotzdem nach Rom bringen.

Die Beute ist den Klauen des Adlers entwischt und hat den Raubvogel überlistet! dachte Germanicus zufrieden und ließ es sich ordentlich schmecken.

Plancus aber aß nichts mehr und zog sich schon bald unter dem Vorwand der Müdigkeit zurück.

Kapitel 21

Auja und Thusnelda

Wie ein Wolf, der nicht an seine Beute herankam, umkreiste Thorag die Eisenburg. Und wie ein alter Wolf, der von seinem Rudel zurückgelassen wurde, kam Thorag sich auch vor. Einsam und zahnlos, unfähig, die Beute zu reißen, die doch zum Greifen nah war. Wenn Thorag der alte Wolf war, war Armin der Leitwolf, und das Heer der Cheruskerkrieger war sein Rudel.

Vergeblich wartete Thorag darauf, daß Armin mit starken Kräften zur Eisenburg zurückkehrte. Der Schnee war geschmolzen und der beginnende Sommer, den die Römer Frühling nannten, ungewöhnlich trocken. Ein Angriff auf die Eisenburg bot sich für Thorag und Armin geradezu an – oder ein Ausfall für Segestes.

Aber der Stierfürst verhielt sich merkwürdig ruhig. Auf was wartete er? Auf die Römer?

So mußte es sein. Denn wenn Segestes keine Verstärkung erwartete, hätte er längst angegriffen, solange Thorag ohne Verstärkung war. Belagerte und Belagerer mochten gleich stark sein, aber die Belagerten konnten ihre Kräfte auf einen Punkt bündeln, während Thorags Männer rund um den Eisenberg verteilt waren. Thorag dagegen konnte die Burg allein nicht nehmen. Bei gleicher Kampfstärke waren die Verteidiger dank der Befestigungen und Fallen, die ihre Burg schützten, im Vorteil.

Außerdem verließ Thorags Männer allmählich der Kampfesmut. Den ganzen Winter über hatte der Donarfürst sie mit der Aussicht auf besseres Wetter vertröstet. Jetzt war der Sommer da, und nichts geschah! Er konnte verstehen, daß immer mehr Krieger von der Rückkehr zu ihren Familien sprachen. Er verstand es, aber er kämpfte dagegen an. Wegen Auja und Ragnar und auch wegen Thusnelda. Also ritt er jeden Tag von Wehrdorf zu Wehrdorf und sprach den Männern Mut zu, erzählte ihnen immer dieselbe Geschichte von Armin und seinen Kriegern, die bald kommen mußten. Doch Armin kam nicht, obwohl Thorag ihm schon mehrere Boten gesandt hatte.

Wieder einmal ritt der Donarsohn um den Berg, und seine Gedanken kreisten um Auja und Ragnar. Er wußte nicht, ob es ihnen gutging, nicht einmal, ob sie noch lebten. Hatte Auja sich von ihren Schwächeanfällen erholt? Wie stand es um das ungeborene Kind in ihrem Leib, das bald auf die Welt kommen mußte? Thorag konnte nur hoffen, auf ein baldiges Wiedersehen mit den Seinen und darauf, daß Thusnelda noch genug Einfluß auf ihren Vater besaß, diesen zu einer guten Behandlung seiner Gefangenen zu bewegen.

Er ritt durch einen lichten Ulmenhain, als er ein Geräusch hörte, daß nicht von den Tieren des Waldes stammte. Er zügelte den Rappen und hörte jetzt deutlich den Hufschlag eines fremden Pferdes. Eines schnell laufenden Pferdes, das in seine Richtung kam!

»Bis wir wissen, wer das ist, sollten wir uns verstecken, Schwarzer«, flüsterte Thorag und lenkte den Hengst zwischen ein paar Bäume mit tiefhängendem Blattwerk. Dort stieg er aus dem Sattel, band die Zügel des Rappen an einen dicken Ast und griff nach Schild und Frame.

Der Hufschlag wurde langsamer und lauter. Thorag starrte zwischen Bündeln kleiner, lilabrauner Ulmenblüten nach dem Fremden, den er bis jetzt nur in Umrissen erkennen konnte.

Der Mann hielt sein kleines, geschecktes Pferd an und rief einen Namen: »Thorag!«

Der Rufer ließ sein Pferd tänzeln. Thorag erkannte den Rundschild mit dem Hirschgeweih. Es war einer der Hirschkrieger, die zu Thorags Streitmacht gehörten, vermutlich ein Kundschafter oder Jäger.

Wieder rief der Hirschmann nach dem Donarsohn. Dieser antwortete und führte den Rappen hinaus ins Freie.

»Verzeih mir das Versteckspiel, Mann aus dem Hirschgau«, sagte Thorag. »Aber deine Eile ließ mich vorsichtig werden. Ich dachte erst, du seist ein weiterer Bote, den Segestes durch unsere Linien schicken will.«

»Nicht die Stiermänner reiten, sondern die Hirschkrieger, Fürst. Die Verstärkung rückt an! Ich sah es auf meinem Kundschafterritt und kam, es dir zu berichten.«

»Führe mich hin!« rief Thorag und saß einen Augenaufschlag später im Sattel.

An der Seite des Hirschkriegers verließ er den Ulmenwald und galoppierte über hügeliges Gelände. Bald sahen sie die Ankömmlinge. Aber was Thorag erblickte, verwirrte und enttäuschte ihn. Es waren höchstens hundert Männer, die mit einem Zug aus Ochsenkarren und Packtieren über blumenreiche Wiesen zogen. Peitschen knallten, Räder knarrten, Männer riefen laut, Ochsen ächzten im Joch, Pferde und Maultiere wieherten.

Thorag hielt eine Hand flach über seine Stirn, um Sunnas Strahlen abzuschirmen, und erkannte einen der vorn reitenden Männer. Es war eindeutig das längliche Gesicht Ingwins, das seit dem feigen Überfall auf Armin verunstaltet war. Thorag und der Kundschafter ritten zu ihm, und der Zug hielt an.

»Wenn der Nachschub nicht zu den Kriegern kommt, kommen die Krieger zum Nachschub, wie?« lachte Ingwin und begrüßte den Donarfürsten.

»Nachschub?« fragte Thorag.

Ingwin drehte sich auf seinem Braunen um und zeigte auf die Wagen und Packtiere. »Ja, Armin sendet dir seine Grüße und frische Verpflegung. Er meint, nach dem harten Winter könntest du das gut gebrauchen, Thorag.«

»Seine Grüße?«

»Armin meinte wohl eher die Verpflegung.«

Wieder lachte Ingwin, aber Thorag blieb ernst und sagte: »Frische Verpflegung ist gut und uns jederzeit willkommen. Die Vorräte aus den Siedlungen rund um den Eisenberg sind aufgebraucht, und der Wald war schon vor dem Einfall der Frostriesen so gut wie leergejagt. Aber mehr noch als Verpflegung benötigen wir Verstärkung. Wann kommt Armin mit seinem Heer?«

Schlagartig verdunkelte sich Ingwins Miene. »Ich fürchte, darauf wirst du lange warten müssen, Donarsohn.«

»Wie lange?«

»Bis Armin wieder ein Heer zur Verfügung hat.«

»Sprich nicht in Räseln zu mir!« herrschte Thorag den narbengesichtigen Hirschmann an. »Ich bin dazu verdammt nicht aufgelegt. Was ist geschehen?«

Ingwin berichtete von dem Kriegszug der Römer ins Land der Chatten. »Armin sammelte die ihm treuen Cherusker um sich und Eilard die Reste der kampffähigen Marser.«

»Warum nicht Mallovend?« fragte Thorag.

»Der Marserherzog hat sich noch immer nicht erholt. Viele sagen, Mallovend wird niemals mehr der alte sein«, erklärte Ingwin und fuhr fort: »Armin und Eilard hielten es für eine gute Gelegenheit, Germanicus zwischen sich aufzureiben. Aber der Römer war schlau und schickte seinen Feldherrn Caecina mit einer eigenen Armee aus. Caecina hatte eine starke Streitmacht linksrheinischer Krieger bei sich, und die narrten die Cherusker immer wieder und lockten sie von einer Falle in die andere. So konnte Caecina eine Vereinigung von Cheruskern und Marsern verhindern und die Marser in einer erbitterten Schlacht schlagen. Eilard hat viele Krieger verloren. Ich glaube nicht, daß mit den Marsern in nächster Zeit zu rechnen ist.«

»Und mit den Cheruskern?« erkundigte sich der Donarfürst ungeduldig.

»Eher als mit den Marsern. Aber nach deren Niederlage verließ auch die Cherusker der Kampfmut, die einzelnen Sippen zogen sich in ihre Gebiete zurück. Armin eilt von Gau zu Gau, um das Feuer der Kampflust erneut zu entfachen.«

Thorag sagte bitter: »Ich kann nur hoffen, daß dieses Feuer brennt, bevor Segestes einen Ausfall wagt oder Hilfe erhält.«

»Hilfe?« fragte Ingwin. »Von wem?«

»Von den Römern«, antwortete Thorag und erzählte von Segimunds Durchbruch. »Der Eissturm störte die Männer auf den Schneebrettern nicht, schien sie nur noch schneller voranzutreiben. Wir konnten die nicht einholen, die mit den Frostriesen im Bunde waren.«

Thorag versuchte, die volle Wahrheit vor seinen Männern zu verbergen und die Sache so darzustellen, als sei ein baldiger Entsatz durch Armin und seine Krieger zugesagt. Die Männer glaubten ihm oder taten möglichen Unglauben zumindest nicht kund. Die Freude über die frische Verpflegung machte ihre Herzen etwas leichter, und Thorag ließ großzügig Met und Bier austeilen, um sich das Wohlwollen der Donarsöhne und Hirschkrieger zu erhalten. Er hob das Trinkhorn und bat die Götter um einen baldigen Sieg, doch tief in seinem Herzen ahnte er, daß ein Verhängnis nahte. Die Wahrheit ließ sich nicht mit Honigwein und dem gegorenen Saft der Süßgräser wegspülen.

Vier Nächte waren seit Ingwins Ankunft vergangen, als Thorags düstere Ahnung an einem wolkenverhangenen Morgen bestätigt wurde. Ein junger Donarsohn namens Jorit kehrte unerwartet früh von seinem Kundschafterritt am Westhang des Eisenberges zurück, sprang vor Thorags Hütte von seinem Falben und meldete keuchend: »Die Römer sind da!«

Thorag nahm das sehr gelassen hin, weil er insgeheim damit gerechnet hatte. Ruhig blickte er den jungen Krieger an und fragte nur: »Wie viele Römer? Und wo sind sie?«

»Sie sind überall … im Westen«, stammelte Jorit erregt. »Durch jedes Tal kommen die Marschkolonnen, länger, als mein Blick reichte.«

»Argast, Ayko und Thidrik kommen mit Jorit und mir«, entschied der Donarfürst. »Wir sehen uns das aus der Nähe an. Die anderen reiten zu den Wehrdörfern und holen die Krieger zusammen. Sie sollen sich für den Kampf bereit halten, aber noch nichts unternehmen. Wir treffen uns am Schlangenstein.«

Kurz darauf verließen Thorags berittene Boten das Wehrdorf in verschiedene Richtungen, während der kleine Trupp des Donarfürsten unter Jorits Führung den Römern entgegenjagte. Sie hingen tief über die Hälse der Pferde gebeugt, um schneller zu sein. Wenn die Römer bereits so nah waren, zählte jeder Augenblick.

Vielleicht hat Jorit in seiner Erregung übertrieben, dachte Thorag. *Vielleicht ist es nur ein kleiner Trupp Römer, der das Gebiet erkunden soll. Vielleicht wollen sie gar nicht zur Eisenburg, und nur der Zufall hat sie in diese Gegend geführt.*

Doch dies war eine Selbsttäuschung, wie er sich tief in seinem Innern eingestand. Die Sorge um Auja und Ragnar führte zu solchen Gedanken, die keiner vernünftigen Überprüfung standhielten. Die Römer waren nicht so dumm, mit kleinen Einheiten tief ins feindliche Cheruskerland vorzustoßen. Wenn sie kamen, dann mit einem großen Heer. Und wenn sich dieses Heer auf die Burg des Stierfürsten zubewegte, geschah das keinesfalls aus Zufall. Nein, Thorag war so gut wie sicher, wem er den Aufmarsch zu verdanken hatte: Segimund!

Der kieferbestandene Hügel, auf den Jorit seine Begleiter führte, war ein guter Aussichtspunkt in die angrenzenden Täler. Der Ausblick zerstörte Thorags letzte, unvernünftige Hoffnungen. Jorit hatte nicht übertrieben. Die fünf Cherusker sahen in jedem Tal Marschkolonnen, die sich auf den Eisenberg zubewegten: römische Legionäre und Reiterei sowie gallische, germanische und andere Auxilien. Die Hänge hallten unter Stiefeltritt und Hufgeklapper wider, Offiziere ritten an den Marschkolonnen entlang und riefen Befehle.

»Etwas fehlt«, sagte Argast und kniff überlegend die Lippen zusammen. Er beugte sich auf seinem struppigen, mausgrauen Hengst vor und hob den Kopf, lauschte in das Tal hinein, wo unter den Spähern gallische Auxiliarinfanterie vorüberzog. »Keine Hornsignale!« sagte er dann. »Die Einheiten verständigen sich nur durch Boten, Feldzeichen und die Befehle der Offiziere.«

Thorag nickte verstehend. »Sie wissen, daß wir in der Nähe sind, und wollen uns nicht warnen. Die Legionäre haben ihre Helme aufgesetzt und tragen sie nicht, wie auf dem Marsch üblich, vor der Brust. Jeder hat seinen Schild am Mann und von der Hülle befreit. Der große Armeetroß wurde zurückgelassen, und der kleine Gefechtstroß befindet sich mitten zwischen den Legionen. Kein Zweifel, Germanicus ist zum Kampf bereit!«

»Germanicus?« Argasts Augen leuchteten. »Du meinst, Fürst Thorag, der Imperator selbst führt dieses Heer?«

Thorag streckte einen Arm in südwestlicher Richtung aus, wo Sunnas kurz die dicke Wolkendecke durchbrechende Strahlen ein vielhundertfaches metallisches Glitzern hervorriefen. »Das da dürfte die Garde des Imperators sein. Es sind ihre Feldzeichen und ihre Uniformen. Und auch wenn ich das Gesicht des Mannes auf dem Schimmel ganz vorn nur verschwommen sehe, glaube ich Germanicus zu erkennen.«

»Du kennst den Caesar?« fragte Ayko erstaunt.

»Ja. Als ich mit Armin für die Römer in Pannonien kämpfte, stand auch Caesar Germanicus unter dem Befehl seines Onkels Tiberius. Damals hatte Germanicus einen guten Ruf unter den Soldaten, wie auch Tiberius.«

»Pah!« Argast spie aus. »Wie kann ein Römer einen guten Ruf haben?«

»Unter Römern schon«, erwiderte Thorag. »Vergiß nicht, Argast, daß ich selbst vor einigen Wintern für sie kämpfte und daß viele Stämme auf dieser Seite des Rheins mit ihnen Verträge geschlossen hatten.«

»Verträge, die die Römer ausnutzten, um uns auszubeuten und zu versklaven«, sagte Argast unversöhnlich. »Wir haben es Varus heimgezahlt, und heute wird auch Germanicus …«

Er brach ab, riß gleichzeitig den Grauen herum und galoppierte auf ein dichtes Gebüsch aus Adlerfarn zu, der mehr als mannshoch gewachsen war. Noch bevor er es ganz erreicht hatte, schleuderte er die Frame zwischen das grüne Blattwerk.

Die großen, dreieckigen Farnwedel schwangen hin und her. Gequältes Röcheln vermischte sich mit heftigem Rascheln, und eine Gestalt taumelte aus dem Farn hervor. Ein Krieger mit klettenverklebten Haaren und nackter Brust, in die Argasts Waffe gedrungen war. Der Fremde umklammerte mit beiden Händen den hölzernen Lanzenschaft und bemühte sich vergeblich, die Frame aus seinem Körper zu ziehen. Sie war so tief eingedrungen, daß die blutige Eisenspitze am Rücken wieder hervortrat. Der Verwundete stürzte und zuckte in heftigen Krämpfen, die plötzlich erstarben. Er rührte sich nicht mehr. Das Blut, das aus der häßlichen Wunde lief, bedeckte die schwarze Farbe, mit der ein Eberkopf auf die Brust gemalt war.

»Ein verfluchter Spion der Eberkrieger!« sagte Argast, sprang vom Pferd, kniete sich neben den halbnackten Ebermann und zog die Frame aus seinem Körper. »Ein guter Wurf, er ist tot.«

»Ein Toter kann uns nichts mehr verraten«, sagte Thidrik ein wenig vorwurfsvoll.

»Wenigstens kann er jetzt nicht mehr uns an andere verraten.« Grinsend stieg Argast wieder auf sein Pferd. Er zeigte mit der blutigen Framenspitze hinunter ins Tal. »Nur ein Warnruf von dem Ebermann, und die Gallier dort unten wären wie ein Schwarm aufgescheuchter Bienen über uns hergefallen.«

»Wir wissen auch so, was los ist«, sagte Thorag. »Wo dieser Ebermann ist, werden auch andere nicht weit sein. Germanicus setzt sie als Späher ein, um das Gelände zu erkunden.« Er wandte den Rappen vom Abhang ab. »Wir sollten schleunigst zum Schlangenstein reiten!«

Unterwegs dachte Thorag angestrengt nach. Ihm blieb nicht viel Zeit für seine Entscheidung, von der so viel abhing, auch das Schicksal Aujas und Ragnars. Lieber hätte er allein einer ganzen Zenturie römischer Legionäre gegenübergestanden, als diesen Entschluß zu treffen. Aber Thorag war der Donarfürst und der

Befehlshaber aller Krieger, die die Eisenburg belagerten. Er war der letzte, der sich aus der Verantwortung stehlen durfte.

Der Schlangenstein war ein hoher Felsen, der sich in einem steinigen Tal am Nordhang des Eisenbergs erhob und den Namen seiner vielfach gewundenen Form verdankte. Wie eine Schlange, die ihren gekrümmten Leib in den Himmel reckte, fünfmal so hoch wie ein Mann. Am oberen Ende saß eine Verdickung mit einem dünnen Zacken, die aussah wie ein Schlangenkopf mit hervorstoßender Zunge. Man erzählte sich, hier sei ein Kind der Midgardschlange aus dem Ei geschlüpft. Bevor das Schlangenkind zur Größe seiner Mutter und zu einer weiteren Bedrohung für das Göttergeschlecht der Asen heranwuchs, hatte Donars Zauber das Tier versteinern lassen.

Als Thorag in das mit seinen Kriegern angefüllte Tal ritt, wünschte er sich, Segestes, Gerolf und Germanicus ebenso einfach besiegen zu können, wie es seinem Ahnherrn bei der Tochter der Midgardschlange gelungen war. Aber auch wenn Thorags Familie ihre Abkunft auf den Donnergott zurückführte, Thorag war nur ein Mensch, ohne Zauberkraft und göttliche Macht. Und der beeindruckende Anblick zweitausend entschlossener Krieger war gar nicht mehr so beeindruckend, wenn er an die Marschkolonnen der Römer dachte, lang wie die Midgardschlange.

Ingwin ritt ihm entgegen und rief: »Wir sind bereit zum Kampf, Thorag. Führe uns gegen die Römer in die Schlacht!«

Der Donarfürst zügelte den Rappen und schüttelte den Kopf. Er berichtete von dem römischen Heer und sagte: »Die Übermacht ist mindestens zehn-, wenn nicht zwanzigfach. Ohne Verstärkung durch Armin sind wir zu schwach, sie zu besiegen. Außerdem sind die verräterischen Ebermänner bei den Römern. Gerolfs Krieger kennen dieses Land und seine Tücken. Sie werden zu verhindern wissen, daß wir die Römer in eine Falle locken.«

»Du willst kneifen?« schrie Ingwin aufgebracht. Seine Erregung übertrug sich auf sein Pferd. Der Braune wieherte laut und begann zu tänzeln. Mühsam brachte Armins Kriegerführer das Tier wieder in seine Gewalt und zeigte dann zum nahen Berg, auf dem sich die Wälle und Häuser der Eisenburg in das Schwarzgrau des verhangenen Himmels erhoben. »Thusnelda, die Frau unseres Herzogs Armin, wird dort festgehalten. Armin hat uns damit beauftragt, sie zu schützen. Und du willst Thusnelda im Stich lassen, Thorag?«

»Ich will es nicht, aber uns bleibt keine Wahl. Vergiß nicht, daß auch mein Weib und mein Sohn auf der Burg sind. Meinst du wirklich, Ingwin, ich würde sie leichten Herzens aufgeben? Aber wenn wir jetzt kämpfen, werden wir ihnen nicht helfen, sondern alle sterben!«

»Im Kampf zu sterben ist eine Ehre!« rief der narbengesichtige Hirschkrieger. »Walhalls Tore werden für uns offenstehen!«

»Auch wenn der Tod ehrenhaft ist, kann er unklug sein«, bellte Thorag. »Du selbst warst Optio der Auxilien und solltest etwas von Taktik verstehen, Ingwin. Bedenke, daß die Männer, die du in den Tod schicken willst, genau die sein können, die Armin fehlen werden, um Germanicus zu schlagen! Hast du mir nicht selbst berichtet, welche Mühe unser Herzog hat, ein neues Heer aufzustellen?«

Während Ingwin noch überlegte, reckte Argast seine Frame hoch und rief: »Seht meine Lanze, an der das frische Blut des Feindes klebt. Ein Donarsohn zögert nicht, in den Kampf zu reiten. Aber ein Donarsohn stirbt lieber für etwas, das sich lohnt. Deshalb sage ich, wir sollten uns mit Armin vereinen und gemeinsam den Feind schlagen!«

Rufe und das Klirren gegeneinandergeschlagener Waffen und Schilde wurden laut, beides Zeichen der Zustimmung.

»Also gut«, sagte Ingwin. »Wir ziehen uns zurück. Ich hoffe nur, Armin billigt diese Entscheidung.«

Und ich hoffe, mein Entschluß stürzt Auja und Ragnar nicht ins Unglück! dachte Thorag, als er schweren Herzens an der Spitze seiner Krieger den Eisenberg verließ.

Die Wolken öffneten sich, und heftiger Regen fiel auf die abrückenden Cherusker. Es war, als würden die Götter weinen.

Thusnelda hatte den Webstuhl verlassen und war die vier Stufen hinauf zu der dicken Holzbohlentür geeilt. Plötzlich aufbrandendes Geschrei und hektischer Lärm, der die einschläfernde Ruhe auf der Eisenburg durchbrach, hatten sie angelockt.

Der Schreiner Ender hatte die Schäden an der Tür, die sie mit dem Webschwert angerichtet hatte, ausgebessert. Und seitdem hatte Thusnelda keine Gewalt gebraucht, um auf sich aufmerksam zu machen. Es wäre auch nicht mehr so einfach gegangen, denn das neue Webschwert war aus Holz.

Immerhin waren seit diesem Vorfall, bei dem Thusnelda ihren Vater zum letztenmal gesehen hatte, die Zuteilungen für die Gefangenen etwas reichlicher geworden. Dies allerdings führte Thusnelda weniger auf eine Anordnung von Segestes als auf das Einwirken Eilmars zurück. Denn der junge Stiermann stand stets dann vor der Webhütte Wache, wenn die Lieferung von Nahrung und Feuerholz besonders üppig ausfiel.

Es war genug gewesen, um die beiden Frauen und den kleinen Jungen über den Winter zu bringen. Jetzt war es wärmer geworden. Und wenn, selten genug, die Tür geöffnet wurde, sah Thusnelda, daß die Mäntel der Frostriesen nicht länger das Land bedeckten. Bäume, Büsche und Gräser erwachten zu neuem Grün, so stellte sie es sich vor. Sehen konnte sie nichts davon. Das Rechteck des Eingangs gab nur den Blick auf die Wände einiger Ställe frei.

Die letzte Zeit war ereignislos verlaufen. Auja ging es noch nicht besser. Ragnar wurde immer mürrischer. Er aß wenig, schlief schlecht und saß oft den halben Tag auf der Erdbank, ohne sich zu rühren und ohne etwas zu sagen. Kein Wunder, ein Junge seines Alters gehörte nach draußen, um mit anderen Kindern und mit den Tieren des Hofes und des Waldes zu spielen. Ragnar mußte sich fühlen wie ein wildes Tier, das man gefangen hatte und seitdem in einem Verschlag hielt. Seine Sinne stumpften ab, seine Lebenslust verkümmerte. Thusnelda selbst fühlte sich oft so, aber sie konnte sich wenigstens durch die Webarbeit und durch Gespräche mit Auja ablenken. Die beiden Frauen versuchten, Ragnar durch das Erzählen spannender Geschichten aufzuheitern. Eine Weile ging das ganz gut, aber bald kannte der Junge die Geschichten von Göttern, Riesen, Ungeheuern und Helden besser als die Frauen. Also dachten sie sich neue Geschichten um Asen und Wanen, um Wodan, Donar und Loki aus. Aber Ragnar brachte nicht mehr viel Begeisterung auf.

Auch jetzt saß er reglos neben seiner Mutter auf der mit Fellen bedeckten Bank und zeigte wenig Anteilnahme für das Geschehen draußen, das Thusnelda zu erlauschen versuchte, da die

Webhütte über kein einziges Windauge verfügte. Es war eine schwierige Aufgabe, weil eben starker Regen eingesetzt hatte und laut auf das mit Grassoden gedeckte Dach der Hütte prasselte.

Auja saß neben ihrem Sohn, hielt ihn mit einem Arm umschlungen und fragte: »Was geschieht dort draußen? Was hörst du, Thusnelda?«

»Undeutliche Schreie. Ich verstehe es nicht genau, aber es klingt wie Jubel. Die Menschen scheinen aufgeregt hin und her zu laufen.«

»Welche Menschen? Die Männer deines Vaters – oder unsere Retter?«

Erst hatte Auja ›Thorag und Armin‹ statt ›unsere Retter‹ sagen wollen. Aber in letzter Zeit hatte sie diese Namen nicht mehr in den Mund genommen. Sie versuchte sogar, so wenig wie möglich an Thorag zu denken. Es tat ihr weh, von ihrem Gemahl getrennt zu sein, ohne zu wissen, ob sie ihn jemals wiedersehen würde. Außerdem fragte Ragnar, sobald er den Namen seines Vaters hörte, wann Thorag endlich käme, um sie zu befreien und Segestes zu bestrafen; Auja fielen keine Ausreden, keine Vertröstungen mehr ein. Sie fühlte sich schwach und müde, ausgebrannt, mit jeder Nacht mehr, auch wenn sie es gegenüber Ragnar und Thusnelda zu verheimlichen versuchte. Es war, als sperrten die dicken Wände aus Erdreich und Holz die Lebenskraft aus.

»Schritte kommen näher!« rief Thusnelda erregt. »Jemand spricht mit den Wachen!«

Dann hörten die Gefangenen auch schon das Schaben des Riegels, und die Tür wurde geöffnet. Thusnelda trat einen Schritt zurück, als könne sie den Strahlen des Tageslichtes, die so selten in die Webhütte fielen, nicht standhalten. Dabei war Sunnas Kraft, gebrochen durch Donars Wolkendecke, nicht sonderlich groß.

Eine große Gestalt füllte den Eingang aus: Segestes!

Thusnelda spürte keine Freude über das Wiedersehen mit ihrem Vater. Schon damals, als er sich gegen ihre Verbindung mit Armin gestellt hatte und sie unbedingt mit einem Fürsten der Semnonen verheiraten wollte, mit dem er ein Bündnis gegen Armin anstrebte, hatte sie sich innerlich von ihm losgesagt.

Seit dem Tod der Mutter, die vor zwölf Wintern mit der Tochter starb, die sie gebären wollte, hatte Thusnelda keine richtige Familie mehr gehabt. Von diesem Zeitpunkt an hatte Segestes mehr Sinn für Machtkämpfe als für seine Kinder gezeigt.

Und dann wurde Thusnelda auch von ihrem Bruder Segimund getrennt, als dieser, wie auch Armin und Thorag, zu den Römern geschickt wurde, als Faustpfand für die Bündnistreue der Cherusker und als Bindeglied zwischen beiden Mächten. Segimund wurde als Priester am neuen Altar in der Ubierstadt ausgebildet. Segestes, der für seine Verdienste um die Bündnisverträge zwischen Römern und Germanen das römische Bürgerrecht erhielt, erwarb ein Anwesen in der Ubierstadt. Oft verbrachte er dort mit Thusnelda den Winter, wo sie sich in den Sitten und der Sprache der Römer übten, und dann wenigstens sah sie Segimund. Doch jedesmal war ihr der Bruder fremder geworden.

Seit dem Aufstand gegen Varus hielt sich Segimund zwar wieder im Cheruskerland auf, aber sein Familiensinn war ebenso abgestorben wie der seines Vaters. Der Krieg fraß Zuneigung und Liebe.

Die Raubehe mit Armin und Segestes' Gefangenschaft auf der Adlerburg hatten die Kluft zwischen Vater und Tochter noch vertieft. Kurzzeitig, als Segestes in die Heirat mit Armin einwilligte, hatte Thusnelda gehofft, ihr ungeborenes Kind würde einen Großvater haben. Aber was dann folgte, erst die Verschleppung Armins und dann der Überfall auf die Adlerburg, hatten ihr klargemacht, daß es keine Gemeinsamkeiten zwischen ihr und Segestes gab und keine gemeinsame Zukunft für Vater und Tochter. Und schließlich hatte Segestes ihr ins Gesicht gesagt, daß er keine Tochter mehr habe. Also konnte sein plötzliches Erscheinen in der Webhütte kaum etwas Gutes bedeuten.

Thusnelda blickte forschend in das bartlose Gesicht des Stierfürsten. Tiefe Falten hatten sich dort im Laufe von über fünfzig Wintern eingegraben und bildeten ein Muster des Lebens mit all seinen Sorgen und Widrigkeiten. Daran war Segestes nach Thusneldas Ansicht nicht unschuldig. Ein Mann, der sich gegen die eigene Tochter, gegen den eigenen Herzog und damit gegen den eigenen Stamm stellte, durfte nicht mit einem leichten Leben rechnen.

Aber jetzt waren die Mundwinkel nach oben gezogen, wie zu einem stillen Lächeln. Große Befriedigung lag in den Zügen des Fürsten, und das ängstigte Thusnelda.

»Komm heraus!« befahl er barsch.

Als Thusnelda zögerte, trat er vor, umfaßte ihren Oberarm mit festem, schmerzendem Griff und zerrte sie ins Freie, wo der Regen ihr wollenes Kleid durchweichte. Ein paar Stiermänner stiegen in die Erdhütte hinab und holten die beiden anderen Gefangenen heraus. So unsanft, daß Auja auf der Treppe stolperte und gestürzt wäre, hätte der junge Eilmar nicht geistesgegenwärtig seine helfende Hand ausgestreckt.

»Paßt doch auf!« fuhr Thusnelda die Männer ihres Vaters an. »Auja ist schwanger, so wie ich. Und ihr geht es nicht gut. Sie hat …«

Der Rest des Satzes blieb ihr im Halse stecken, als sie die Männer erblickte, die über die ganze Burg ausschwärmten. Reiter mit Kettenhemden und mit Helmen, die dank Wangenklappen und Nackenschutz den ganzen Kopf umschlossen und nur Augen, Nase und Mund frei ließen.

Römische Reiter!

Thusnelda begriff, drehte sich zu ihrem Vater um und schrie: »Du Verräter hast die Römer in unser Land geholt!«

»Ich bin nicht der Verräter, sondern dein Armin ist es, begreif es endlich!« Segestes' Stimme bebte. »Die Römer waren längst hier und hatten Verträge mit uns, an deren Zustandekommen ich maßgeblich beteiligt war. Sie glaubten an unsere Treue, die von Armin schändlich verraten wurde. Jetzt werdet ihr mir helfen, diesen Schandfleck auszulöschen.« Er wandte sich an seine Männer und schnarrte: »Bringt die Gefangenen mit!«

Durch den strömenden Regen gingen Segestes, sein Bruder Segimer, dessen Sohn Sesithar und andere Edelinge der Stiersippe samt den Frauen und Kindern. Frilinge, Halbfreie und Schalke folgten ihnen. Thusnelda, Auja und Ragnar mußten sich dem Gefolge des Stierfürsten anschließen. Rauhe Hände stießen sie voran und ließen ihnen keine andere Wahl. Mit jedem Schritt spürte Thusnelda mehr, daß sie einem Verhängnis entgegenging.

Unter dem Vordach von Segestes' Pferdestall, das den Regen abhielt, warteten mehrere Männer auf sie, Römer und Germanen. Thusnelda erkannte nur letztere, ihren Bruder Segimund und den fuchsgesichtigen Gerolf, den sie noch nie gemocht hatte. Mehr noch als Segestes erweckte der Eberfürst stets den Eindruck, daß er dunkle Pläne schmiedete.

Segestes blieb vor dem Stalldach stehen und nahm es in Kauf, daß der Regen ihn durchnäßte. Sein langes Haar klebte an seinem Gesicht, und der Umhang, das Hemd und die Hose klebten an seinem Körper. Mit ruhiger Stimme sagte er: »Ich, Segestes, Gaufürst der Stiersippe, grüße dich, Caesar Germanicus, Sohn des Princeps, unseren Befreier. Sei willkommen auf meiner Burg und fühle dich, als wäre sie die deine!«

Germanicus!

Thusnelda zuckte zusammen, als sie den Namen hörte. Ihr Vater machte seine Drohung also wahr und lieferte seine Tochter dem römischen Feldherrn aus. Ihr Blick richtete sich auf den Mann im blitzenden Brustpanzer, den sie als Germanicus erkannt zu haben glaubte. Ein großer Mann von kräftigem, gutem Wuchs mit einem fast hübsch zu nennenden Gesicht. Das Haar, das unter dem mit Roßhaar besetzten Helm hervorlugte, war heller als das der meisten Römer.

Und tatsächlich war es dieser Mann, der Segestes antwortete: »Es ist einfach für mich, diese Burg als die meine anzusehen, Fürst Segestes, denn sie befindet sich in den Händen meiner Männer. Was ihnen übrigens nicht sonderlich schwerfiel, stießen sie doch nicht auf nennenswerten Widerstand. Es waren nur ein paar versprengte Häufchen, vor denen du dich hier oben versteckt hast.«

Weder ließ sich Segestes von dem unüberhörbaren Spott des Feldherrn beirren, noch unternahm er eine Anstrengung, sich unter das vor dem Regen schützende Dach zu drängen. Scheinbar unbeeindruckt sagte er: »Die wenigen Krieger, auf die deine Legionen stießen, waren tatsächlich nur Versprengte, Caesar. Sie verpaßten den Anschluß oder suchten absichtlich den Kampf. Die Hauptmacht der Belagerer zog ab, kurz bevor deine Truppen die Burg erreichten. Wir konnten es von hier oben beobachten.«

»Wie auch immer, jetzt ist diese Burg in Römerhand«, meinte Germanicus mit fester Stimme. »Bald wird noch viel mehr hier in unserer Hand sein, und unsere Feinde werden für das Massaker büßen, das sie im Saltus Teutoburgiensis angerichtet haben!«

Als der Imperator von den Feinden sprach, machte er eine kleine Pause und sah Segestes durchdringend an.

Dieser erwiderte: »Kämpfe gegen die Feinde Roms, edler Germanicus! Ich bin ein Freund der Römer und werde an eurer Seite stehen!«

»Unser Freund, wirklich?« fragte Germanicus mit ungläubigem Augenaufschlag. »Seit wann? Seit wir auf deiner Burg sind?«

Segestes schüttelte den Kopf. »Nicht erst seit diesem Tag bezeuge ich meine unverbrüchliche Treue gegenüber dem römischen Volk. Seit ich von dem vergöttlichten Augustus mit dem römischen Bürgerrecht geehrt worden bin, habe ich Freunde und Feinde zum Wohle Roms erwählt.«

»Warum tatest du das, Segestes?« Germanicus klang streng, wie ein Lehrer, der das schlechte Gewissen eines Schülers wegen eines Streiches oder einer unterlassenen Hausarbeit ausforschen wollte. »Warum lag das Wohl des römischen Volkes dir mehr am Herzen als das deines eigenen?«

»Ich handelte nicht aus Haß gegen mein Vaterland, wie ich auch kein Verräter an meinem Volk bin.« Der Blick des Stierfürsten streifte kurz seine Tochter, dann fuhr er fort. »Verräter sind allen verhaßt, den Verratenen und denen, auf deren Seite sie sich stellen. Ich aber verriet niemanden, sondern handelte zum Nutzen aller, war und bin ich doch der festen Überzeugung, daß der Vorteil der Römer auch der Nutzen der Germanen und daß Frieden stets besser als Krieg ist. Deshalb klagte ich den vertragsbrüchigen Hirschfürsten Armin, den Räuber meiner Tochter, damals bei Quinctilius Varus an. Der Statthalter glaubte mir nicht. Hätte er es getan, wäre ihm der Tod und seinen Legionen der Untergang erspart geblieben.«

»Aber seitdem lebst du bei den Aufständischen«, entgegnete Germanicus mit einem kalten Lächeln.

»Ich versuchte, die Cherusker und die anderen Stämme wieder für die Sache Roms zu gewinnen. Außerdem war ich für einige Zeit Armins Gefangener, so wie er der meine war. Aber jetzt bin ich froh, daß sich die römischen Adler wieder über das Cheruskerland erheben. Ich will dir und Rom nach allen Kräften dienen, Germanicus, nicht des Lohnes wegen, sondern um mich von dem Vorwurf der Treulosigkeit zu befreien und um denjenigen Germanen ein weiser Vermittler zu sein, die ebenfalls die Reue dem Verderben vorziehen.«

Eine lange Reihe von Schalken näherte sich, bewacht von ein paar Stierkriegern. Sie trugen schwer an großen Kisten, die sie auf Geheiß des Segestes vor Germanicus abstellten. Gold, Silber und Edelsteine funkelten in den hölzernen Kisten.

»Das ist die Beute aus der Schlacht gegen Varus, die ich sicherstellen konnte«, erklärte der Stierfürst. »Nimm sie als Beweis meiner Aufrichtigkeit entgegen, Germancius.«

»Das werde ich im Namen des römischen Volkes«, sagte der Imperator. »Deine Worte klingen ehrlich, und deine Tat unterstützt diesen Eindruck, Segestes. Aber gilt das auch für deine Angehörigen, die erbittert gegen mein Volk kämpften?«

»Ja, Caesar. Mein Bruder, mein Sohn und mein Neffe waren verblendet, teils durch Armins aufstachelnde Worte, teils durch die Ungestümheit ihrer Jugend. Sie bereuen ihre Taten und bitten dich um Vergebung.«

»Gilt das auch für deine Tochter? Ich hörte, du hältst sie gefangen, weshalb Armin und Thorag dich belagerten.«

»Ich bekenne freimütig, daß nur der Zwang Thusnelda zurück auf meine Burg führte.« Segestes trat neben seine Tochter. »Du selbst, Imperator, magst entscheiden, was das größere Gewicht hat, daß sie das Kind Armins in sich trägt oder daß sie mein Kind ist. Ich gebe sie in deine Hände.«

Er führte Thusnelda unter das Dach. Sie ging widerstandslos mit und gab sich gefaßt. Obwohl sie fühlte, daß sie jetzt weiter von Armin entfernt war als jemals zuvor. Aber niemand sollte ihren Kummer sehen, weder Segestes noch Germanicus. Zum Glück verwischte der Regen ihre Tränen.

»Auch meine beiden anderen Gefangenen, Frau und Sohn des Gaufürsten Thorag, übergebe ich dir, Caesar. Thorag war maßgeblich daran beteiligt, Varus in die Falle zu locken. Entscheide du, wie seine Familie dafür büßen soll!«

Als die Stierkrieger Auja und Ragnar unter das Dach brachten, trat Gerolf vor. Seine Augen leuchteten bei dem Anblick der beiden, aber es war ein böses Leuchten, voller Haß und Rachsucht.

»Übergib diese beiden mir, Imperator«, bat der Eberfürst. »Ich werde für eine Strafe sorgen, die diesen Namen wirklich verdient.«

»Dein persönlicher Streit mit Thorag hat hier nichts zu suchen, Gerolf«, ermahnte Germanicus den Ebermann. »Die beiden Frauen und das Kind stehen unter meiner Obhut, nicht unter deiner. Also halte dich zurück!«

»Wie du befiehlst, Caesar«, sagte Gerolf unterwürfig, aber der finstere Blick, den er Auja und Ragnar zuwarf, sprach eine andere Sprache.

Auja erzitterte unter diesem Blick. Oder war es die Kälte des Regens, der sie bis auf die Haut durchnäßt hatte?

Thusnelda trat zu ihr und umschlang die Leidensgenossin mit beiden Armen, um ihr Sicherheit und Wärme zu geben. »Nur Mut«, flüsterte sie in Aujas Ohr. »Noch ist nichts verloren!«

Thusnelda sagte es zwar, aber sie selbst konnte nicht recht daran glauben.

Kapitel 22

Böse Träume

Notts Schleier legten sich allmählich auf die Kuppen der hochaufragenden Felsen, die seit alter Zeit eine Brücke zwischen der Welt der Menschen und dem Reich der Götter waren. Hier, bei den Heiligen Steinen, lebten die angesehensten Priester, Seherinnen und Heilerinnen. Hier hielten die Cherusker ihre großen Stammesthinge ab. Hier wurden die wichtigsten Entscheidungen für den Hirschstamm getroffen, Herzöge gewählt und Kriegszüge ausgerufen. Und auch die Angehörigen anderer Stämme kamen oft hierher, auf der Suche nach Rat oder Heilung.

Das Thing der Stammesfürsten und Edelinge, zu dem Armins Boten nicht nur die Edelinge der Cherusker, sondern auch die der benachbarten Stämme zusammengerufen hatten, war zahlenmäßig klein im Vergleich zu den Versammlungen aller Frilinge. Aber die meisten Krieger mußten in den Gauen bleiben, jetzt, wo wieder römische Heerwürmer mordend und plündernd durch das Land zogen. Auch wenn Germanicus mit Gerolf und Segestes an den Rhein zurückgekehrt war, dieser Sommer hatte sicher nicht den letzten Einfall der Römer gesehen. Um einem neuen Kriegszug des Imperators begegnen zu können, hatte Armin die Edelinge hier versammelt.

Die Entscheidung würde morgen fallen, und Thorag verdrängte den Gedanken daran, als aus der Dämmerung die Hütte auftauchte, mit der er alte Erinnerungen verband. Erinnerungen an die Zeit vor dem Kampf gegen Varus. Erinnerungen an eine junge Frau, für die Thorag sehr viel empfunden hatte, als er Auja für immer verloren glaubte. Vielleicht noch in einem stärkeren Maße verloren als jetzt, denn damals war Auja die Frau eines anderen gewesen, rechtmäßig mit Asker vermählt.

Doch die Frau, die ihn nach seinem Kampf gegen den wilden Eber gepflegt hatte, entschied sich für ein Leben als Priesterin, für ein Leben ohne Gemahl. Astrid! Vor der kleinen Hütte, auf die Thorag den Rappen zuhielt, sah er ihr sanftes Gesicht, umrahmt von dem langen Haar, das schwarz war wie selten bei den mehrheitlich hellhaarigen Germanen.

Es war keine Einbildung, kein Traum aus alter Zeit. Astrid stand tatsächlich im Eingang ihrer Hütte und sah ihm entgegen, als erwarte sie ihn. Ein kurzes Lächeln auf ihrem Gesicht drückte Freude über das Wiedersehen aus. Dann wurden ihre Gesichtszüge wieder ernst. Menschen wie Astrid, denen die Nornen Träume sandten, konnten wohl niemals ganz gelöst sein, zu schwer wog das Wissen um das Schicksal.

Thorag konnte das gut nachempfinden, denn früher hatte er selbst häufig vorausschauende Träume gehabt, wenn auch nicht in der Deutlichkeit wie bei Astrid. Nach seiner Heirat mit Auja waren diese Träume kaum noch aufgetaucht. Die Ruhe und das Glück, die das friedliche Leben ihm nach so vielen Kämpfen bescherte, schienen ihn mit seinem Schicksal ausgesöhnt zu haben.

»Steig ab und komm herein, Thorag«, sagte die junge Frau, deren zierliche Gestalt in einem einfachen, erdfarbenen Kleid steckte, das über der rechten Schulter von einer silbernen Wodansfibel gehalten wurde. »Das Abendessen steht schon bereit.« Sie drehte sich um und ging hinein.

Diese Art der Begrüßung nach so langer Zeit war vielleicht ungewöhnlich, aber Thorag nicht unwillkommen. Plötzlich spürte er, wie sich sein leerer Magen vor Hunger zusammenzog. Außer einer Schale Gerstenbrei und ein paar Schlucken Ziegenmilch am Morgen hatte er heute noch nichts zu sich genommen. Zu sehr hatten ihn die Gespräche mit anderen Edelingen beansprucht, die er und Armin führten, um sie auf ihre Seite – die Seite des Krieges – zu ziehen.

Thorag stieg ab, band sein Pferd an einer dünnen Birke in der Nähe der Hütte fest und betrat die kleine Behausung, in der Astrid allein lebte, seit ihr Bruder Eiliko in der Ubierstadt von dem Bären Ater getötet worden war. Das flackernde Herdfeuer verbreitete Wärme und Licht. Astrid nahm einen Topf vom Feuer und stellte ihn auf den kleinen Holztisch vor einer Eckbank, auf dem bereits einige Schalen, zwei Becher und ein großer Tonkrug standen. Aus dem Krug stieg der süße Duft des Honigweines und aus dem großen Topf ein herzhafter, doch ebenso verführerischer Geruch.

»Was hast du gekocht?« fragte Thorag, als er sich auf die Eckbank setzte. Er fühlte sich hier sofort heimisch, obwohl es sieben Winter her war, seit Astrid ihn gepflegt hatte, und sechs Winter waren seit seinem letzten Besuch in dieser Hütte vergangen. Doch Astrids Herzlichkeit, mit der sie ihn begrüßte wie eine verheiratete Frau den vom Tagwerk heimkehrenden Gemahl, ließ keine Fremdheit aufkommen.

»Lammfleisch und Gemüse in einer Brühe aus speziellen Kräutern, die nur den Priestern der Heiligen Steine bekannt sind.«

»Zauberkräuter?«

»Kräuter, die gut für Körper und Geist sind. Es wird dir schmecken, hoffe ich. Füllst du die Becher mit Met?«

Thorag nickte und ergriff den Tonkrug, während Astrid mit einer Holzkelle dampfendes Essen in zwei Schalen tat. »Der Met riecht so gut wie deine Kräuterbrühe, Astrid. Leider werde ich mich beim Trinken zurückhalten müssen. Morgen auf dem Thing benötige ich einen klaren Kopf. Alles hängt davon ab, wie die Fürsten der Stämme entscheiden.«

In Gedanken fügte er hinzu: *Alles für Auja und Ragnar!*

»Ich weiß. Deshalb enthält der Met viel Honig und auch viele gute Kräuter, aber er wird deine Sinne nicht betäuben.«

»Wenn du solch einen Met herstellen kannst, bist du doch eine

Zauberin«, lachte Thorag und hob den einfachen Tonbecher, um Wodan und die Priester der Heiligen Steine zu preisen.

Astrid schloß sich dem an. Dann schüttete sie ein wenig Met und etwas von ihrem Essen in das Herdfeuer, ihr Opfer für die Götter.

Sie aßen und tranken, und Thorag schmeckte es so gut wie schon seit vielen Monden nicht mehr. Selbst wenn ihn der Hunger plagte, aß er sonst nicht mit Lust. Die Verschleppung seiner Familie erst auf die Eisenburg und dann zu den Römern hinter den Rhein hatten jegliche Freude in ihm betäubt.

»Ich fühle mit dir, Thorag«, sagte Astrid plötzlich, als habe sie seine Gedanken gelesen. »Ich habe zu den Göttern um ein günstiges Schicksal für dich und die Deinen gebetet, viele Male schon, seit ich von Segestes' Schandtat hörte.«

»Und?« fragte Thorag gespannt. »Haben die Götter dir geantwortet?«

»In der letzten Nacht hatte ich einen Traum.« Astrid sprach langsam, zögernd, und das ängstigte Thorag.

»War es eins deiner Gesichter?« fragte er, während seine Beklemmung wuchs.

»Ja. Ich träumte von einem Hirten, dessen Stab fast die Form eines Hammers aufwies. Er suchte seine verstreuten Ziegen, zwei erst, dann drei, nachdem eine ein Junges geboren hatte.«

»War ich der Hirte?«

»Ich glaube es. Der hammerförmige Stab weist auf Donar hin, ebenso die Ziegen, denn Donars Wagen wird von zwei Böcken gezogen. Und du bist Donars Abkömmling.«

»Die Ziegen waren dann Auja, Ragnar und …«

»Und das Kind, das in Aujas Bauch heranwächst, ja, Thorag.«

»Dann habe ich zumindest die Gewißheit, daß meine Familie lebt und daß Auja das Kind gebiert!«

Astrid sah traurig aus. Sie legte eine Hand auf Thorags Arm und streichelte ihn sanft. »Die junge Ziege, die in meinem Traum aus dem Leib des Muttertiers kam, war tot.«

»Aber …« Thorag brach ab, wußte gar nicht, was er sagen sollte. »Unsere Gesa … ein totes Kind? Warum?«

»Ich weiß es nicht«, antwortete Astrid leise.

»Was ist mit Auja und Ragnar? Werden sie leben? Werde ich sie wiedersehen?«

»Der Hirte in meinem Traum führte eine Ziege nach Hause, konnte aber die andere nicht erreichen. Zu weit hatte sie sich von ihm entfernt.«

»Wen ... wen werde ich wiedersehen? Meine Frau oder meinen Sohn?«

»Das konnte ich nicht erkennen.«

»Aber nur einen von ihnen ... Und den anderen ... niemals?«

»Auch das weiß ich nicht. Der Hirte führte eine Ziege nach Hause und begab sich dann auf die Suche nach der anderen. Dunkle Wolken hüllten den Mann und die weit entfernte Ziege ein, und mein Gesicht endete.«

»Was bedeutet das?« fragte Thorag.

»Ich denke, die Nornen haben noch nicht alle Schicksalsfäden gesponnen, die dich und deine Familie betreffen. Es liegt im dunkeln, und an dir selbst ist es, Licht in das Dunkel zu bringen.«

»Nur einer kehrt zu mir zurück«, sagte Thorag leise. »Und unsere Tochter sieht niemals diese Welt. Vielleicht ist es besser so, bei all dem, was die Menschen sich antun!«

Seine Stimme wurde hart wie sein Gesicht. Der flammende Blick, der durch Astrid hindurchging, gefiel der jungen Priesterin nicht.

»Verzweifle nicht, Thorag. Denke lieber daran, daß die Götter noch nicht über alles entschieden haben.«

»Die Götter!« Thorag sprach zornig und wischte mit einer fahrigen Bewegung seinen Metbecher vom Tisch. »Vielleicht sollten wir uns nicht um die Götter kümmern, sondern mehr um uns selbst!«

»Sei nicht ungerecht«, bat Astrid. »Die Götter senden uns Träume, Zeichen, Warnungen. Es liegt an uns, ob wir sie beachten oder nicht.«

Thorag glaubte, einen Vorwurf aus Astrids Worten herauszuhören, und fragte: »Was willst du damit sagen?«

»Als du nach Eilikos Tod zu mir kamst und ich dich mitnahm auf einen der Heiligen Steine, warnte ich dich vor Haß und Krieg. Du aber bist trotzdem mit Armin gezogen.«

»Wir haben die Römer geschlagen und den Cheruskern die Freiheit gebracht. Den Cheruskern und den anderen Stämmen.«

»Die Freiheit, aber auch neue Kämpfe und neues Sterben.«

Erst wollte Thorag aufbrausen und erwidern, daß die Freiheit stets ihren Preis hatte. Dann dachte er an die Freunde, die er im Kampf gegen Varus verloren hatte, an den jungen Edeling Brokk und den Schmied Radulf, der ihm ein väterlicher Freund gewesen war. Dem Krieg war eine friedliche Zeit gefolgt, aber jetzt herrschte wieder der Tod. Der Tod hatte Tebbe und Eibe zu sich genommen, auch Mallovends Kinder und würde sich, wenn Astrids Traum sich erfüllte, auch Thorags ungeborene Tochter holen, hatte es vielleicht schon getan.

»Du magst recht haben, Astrid. Vielleicht hätte ich in meiner Siedlung bleiben sollen, mit Auja und Ragnar. Seit ich Armins Ruf folgte, schlägt das Schicksal die Meinen mit aller Macht.«

»Dann kehre um, verlasse den düsteren Pfad!«

»Es ist zu spät«, sagte Thorag traurig und stand auf. »Es gibt keine Umkehr für Armin und für mich. Zuviel Blut ist geflossen. Wir haben unser eigenes Blut erneut vermengt, um den Schwur zu besiegeln, der uns auf einen gemeinsamen Pfad zwingt.«

Er bedankte sich für das Mahl, das er so plötzlich unterbrochen hatte, und verließ Astrids Behausung. Langsam ritt er zu dem Hüttendorf zurück, das Donarsöhne und Hirschkrieger im Schatten der Heiligen Steine errichtet hatten. Notts Schleier lagen so dicht über den schroffen Felsen, das kaum ein Lichtstrahl der Gestirne die Welt der Menschen erreichte.

Der Himmel über der Ubierstadt war in dieser Nacht von Wolken verhangen und besonders dunkel, aber in den Straßen und Höfen brannten Fackeln und Lampen, und die ganze Bevölkerung feierte. Denn Agrippina, die Gemahlin des Statthalters, hatte eine Tochter zur Welt gebracht, Julia Agrippina. Zur Unterscheidung von ihrer Mutter, Agrippina Maior, nannte man das kleine Mädchen auch Agrippina Minor.

Germanicus, der schon Vater einiger Söhne war, zeigte sich angesichts der Geburt seiner ersten Tochter erfreut und spendabel. Nur flüchtig dachte er an die germanische Seherin und daran, daß sie die Geburt einer Tochter vorausgesagt hatte; die Vettel hatte wohl nur geraten und darauf vertraut, daß sie längst weit vom Imperator entfernt sein würde, wenn sich der Wahrheitsgehalt ihrer Prophezeiung herausstellte. Die erfolgreichen Feldzüge hatten alle düsteren Gedanken verblassen lassen. Froh über die ohne Komplikationen verlaufene Entbindung, ließ er Gold an seine Soldaten und sogar an die ubischen Bürger verteilen und lud die ganze Stadt für diesen Abend zu einem großen Festschmaus ein. Damit feierte er zugleich seinen erfolgreichen Feldzug ins Cheruskerland.

Im Festsaal des Prätoriums floß der Wein in Strömen, sorgten Musikanten und Gaukler für die Unterhaltung der erlauchten Gäste. Zuletzt hatte Germanicus ein so großes Fest gefeiert, als er Munatius Plancus und seine Gesandtschaft bewirtete.

Inzwischen hatte der Imperator einen weiteren Brief von Tiberius erhalten, in dem der Princeps dem Adoptivsohn Lob für seinen Sieg über die Chatten aussprach und ihn wiederum eindringlich bat, bald in Rom seinen Triumph zu feiern. Fraglos würde Tiberius einen ähnlichen Brief absenden, wenn er erfuhr, daß Germanicus die Gattin des Aufrührers Arminius in seiner Gewalt hatte.

Aber der Imperator hatte nicht vor, der drängenden Einladung des Onkels zu folgen – noch nicht. Gerade jetzt, wo Segestes auf seiner Seite stand und Thusnelda in seinen Händen war, bot sich ihm die schon lange gesuchte Möglichkeit für den endgültigen Sieg über die Germanen. Arminius war in Zugzwang, und ein ungeduldiger Cheruskerherzog würde Fehler machen. Der listige Gerolf hatte den Imperator auf eine Idee gebracht, der Germanicus nicht widerstehen konnte.

Noch ahnten Thusnelda und Auja nichts davon. Gezwungenermaßen nahmen die beiden hochschwangeren Frauen und auch Thorags kleiner Sohn an der Feier teil. Germanicus hatte darauf bestanden. Wenn er hier zugleich mit der Geburt seiner Tochter auch seinen Sieg über Arminius feierte, mußten die erbeuteten Geiseln anwesend sein. Sonst wäre es wie ein Triumphzug ohne Gefangene gewesen. Also lagen die Geiseln mit Segestes und den Seinen zusammen, ganz wie geladene Gäste, nicht wie Gefangene. Doch in Wahrheit standen Auja und Thusnelda ständig unter Bewachung. Zudem warf Gerolf, der auch jetzt in ihrer Nähe lag, finstere Blicke auf Auja und Ragnar, wann immer er konnte.

Auch Segestes und seine anderen Verwandten durften die Ubierstadt nicht verlassen. Germanicus hatte dem Stierfürsten sein altes Anwesen zugewiesen. Dort hielt sich ständig ein Trupp

Prätorianer auf, als Ehrenzeichen und Schutz, wie der Imperator versicherte, doch in Wahrheit als Wächter.

Ragnar war seit dem Verlassen der Eisenburg aufgeblüht. Zwar waren er, seine Mutter und Thusnelda noch immer Gefangene, aber mit viel größeren Freiheiten, als Segestes sie ihnen zugestanden hatte. Jetzt tollte der Junge zwischen den Tischen und Liegen herum und machte sich einen Spaß daraus, zwischen den Beinen der Sklaven durchzukrabbeln und sie dadurch zu Fall zu bringen. Mehr als eine Platte mit köstlichen Speisen endete auf dem Boden statt auf den Tischen, und mehr als ein Weinkrug zersprang. Aber niemand schalt den Jungen, im Gegenteil, Gelächter und Beifall der vom Wein Berauschten trieb ihn zu weiteren Taten an. Und der kleine Gaius eiferte ihm nach.

Immer weitere Kreise zogen die beiden Kinder bei ihren Streichen. Auja hatte Mühe, ihren Sohn im Blickfeld zu behalten. Und dann waren sie plötzlich verschwunden. Eben noch hatten sie sich an den Beinen eines unglückliche Gesichter schneidenden Sklaven festgeklammert, der mit immer größerer Anstrengung eine ovale Silberplatte zu halten versuchte, auf der die in Heringe eingerollten harten Eier bereits verdächtig wackelten. Der Sklave, ein rothaariger, stämmiger Germane, atmete erleichtert auf, als die Rabauken fort waren, und wollte endlich weitergehen. Aber Auja stand von der Liege auf, die sie sich mit Thusnelda teilte, und stellte sich ihm in den Weg, um nach Ragnar zu fragen.

»Dein Sohn ist mit Caligula hinaus ins Peristylium, Herrin.« Er zeigte auf den durch einen bunten Vorhang verdeckten Durchgang und ging weiter.

Herrin!

Auja hätte bei dieser Bezeichnung fast aufgelacht. Sie mochte hier speisen wie eine Herrin, aber sie genoß weniger Rechte als der Sklave, der sie so genannt hatte.

Sie schlug den Vorhang beiseite und ging hinaus in den großen, weitgehend dunklen Garten. Immerhin fiel genug Licht durch die Glasfenster, um wenigstes umrißhaft zu sehen. Sie blieb stehen, genoß die frische Nachtluft, die nach dem verbrauchten Dunst im Festsaal guttat, und versuchte sich an das schummrige Licht zu gewöhnen. Zwar war der Garten nach römischem Ordnungssinn übersichtlich angelegt, mit geraden, parallel verlaufenden Hecken und weißen Marmorstatuen, die sich in regelmäßigen Abständen aus dem Grün erhoben, aber für zwei kleine Kinder gab es genug Verstecke, sowohl draußen im Garten als auch in dem Säulengang, der das Peristylium umschloß. Jede einzelne Säule konnte Ragnar und Caligula verbergen.

Auja rief den Namen ihres Sohnes, mehrmals und jedesmal lauter. Zwischendurch lauschte sie nach einer Antwort. Niemand rief zurück, aber sie glaubte ein unterdrücktes Kichern zu hören. Es kam aus der Mitte des Gartens, die ein großer Springbrunnen zierte. In einer hohen Fontäne schoß das Wasser aus dem Maul eines Fisches.

Mit entschlossenen, forschen Schritten ging Auja zwischen Hecken und den Statuen von Satyrn und Nymphen zu dem Brunnen. Ein schmerzendes Stechen in ihrem stark gewölbten Bauch ließ sie anhalten. Ihre Tochter, deren Geburt ebenso nah bevorstand wie die von Thusneldas Sohn, beschwerte sich über Aujas schnelle Bewegungen.

»Bald haben wir es geschafft, kleine Gesa«, sagte Auja und streichelte über ihren Leib.

Langsamer ging sie weiter und hörte wieder das Kichern. Es kam von einer Hecke, die am Springbrunnen endete. Auja schlenderte, die Ahnungslose spielend, zu dieser Hecke und gelangte mit einem raschen Schritt auf die andere Seite. Zwei kleine Gesichter sahen erschrocken zu ihr auf und begannen laut zu schreien, mehr aus Freude über den Streich als vor Schreck.

Als sie Ragnar und Caligula so einträchtig nebeneinander sah, wünschte sie sich, daß diese Freundschaft anhielt, auch wenn die beiden längst erwachsen waren. Vielleicht würde mit einer solchen Freundschaft auch das Verständnis zwischen Germanen und Römern wachsen. Segestes hatte möglicherweise gar nicht so unrecht damit, daß es Vermittler zwischen beiden Völkern geben mußte. Auja war sich nur nicht sicher, ob es das wirklich war, was den Stierfürsten antrieb.

»Was machst du hier mit dem Sohn des Imperators?« fragte eine barsche Stimme, und ein Mann trat um die Hecke.

Er hatte nicht die Sprache der Römer gesprochen, sondern die der Germanen, den Dialekt der Cherusker. Und er trug nicht Tunika und Toga, sondern Umhang und Fibel eines cheruski-

schen Edelings. Die Fibel war aus Gold, das Abbild eines Eberkopfes. Als der Mann auf Auja zutrat, fiel ein Lichtschimmer auf
sein spitzes Gesicht und bestätigte Aujas Verdacht: Es war Gerolf.

Sein entschlossener Gesichtsausdruck versetzte Auja in Angst.
Entschlüsse, die ein Mann wie Gerolf faßte, bedeuteten für
andere Menschen selten etwas Gutes.

»Was willst du hier?« Auja gab ihrer Frage einen strengen Ton,
weniger um den Eberfürsten zu beeindrucken, als um sich selbst
Mut zu machen.

»Ich will verhindern, daß du Caligula etwas antust, du Hexe
aus der Donarsippe!«

»Aber ich habe das Kind gar nicht angerührt …«

»Lüg nicht, ich hab' es doch selbst gesehen!«

Gerolfs flache Hand schlug hart in Aujas Gesicht. Sie verlor
das Gleichgewicht und stürzte zu Boden. Im Fallen warf sie sich
geistesgegenwärtig zur Seite, um das ungeborene Kind zu schützen.

Ragnar sprang hinzu, baute sich zwischen Gerolf und Auja auf
und rief wütend: »Laß meine Mutter in Ruhe, du Verräter!«

Gerolf schlug wieder zu. Ragnar schrie vor Schmerz auf, ging
ebenfalls zu Boden und überschlug sich. Vor dem Springbrunnen
blieb er liegen und rührte sich nicht mehr.

Der kleine Gaius blieb neben der Hecke hocken und beobachtete das Schauspiel aus weit aufgerissenen, glänzenden
Augen.

Auja schrie Ragnars Namen und wollte aufstehen, um ihrem
Sohn zu helfen. Aber Gerolfs Fuß trat gegen ihre Brust und warf
sie zurück.

Die Brust und der Bauch stachen, als hätte der Eberfürst viele
kleine Dolche in Aujas Leib gebohrt. Vor ihren Augen flimmerte
es, und alles drohte zu verschmelzen: die Hecke, der Springbrunnen, Ragnar, Caligula und das grinsende Fuchsgesicht, das sich
zu ihr herunterbeugte.

Gerolf ließ sich einfach auf die schwer atmende Frau fallen.
Auja spürte einen kaum auszuhaltenden Druck auf ihrem Bauch
und wollte vor Schmerz schreien, doch die Hand des Mannes
verschloß ihren Mund.

»Niemand wird dich hören, Donarhure!« zischte Gerolf und
blies ihr einen unangenehmen Geruch ins Gesicht, eine strenge

Mischung aus Wein, Fisch und Gewürzen. »Also wehr dich nicht, dann geht es schneller!«

Er lockerte den Druck der Hand ein wenig, genug, damit sie stammeln konnte: »Du willst doch nicht etwa … Bei Donar, ich bekomme bald ein Kind!«

Zu ihrer Überraschung lachte Gerolf und schüttelte dabei den Kopf. Er wirkte wie ein wieherndes Pferd. »Du wärst die letzte, von der ich *das* wollte, Hündin! Was soll ich mit der Tochter eines versoffenen Bauern, die schon vom Sohn meines Vetters und von meinem ärgsten Feind besprungen wurde?« Er lachte wieder.

»Was … willst du dann von mir?«

»Was wohl? Dein Leben natürlich und das deines Sohns. Das ist der Preis, den Thorag für den Tod meines Bruders zahlen muß!«

Während er noch sprach, preßte er seine Knie hart in ihren Leib, dorthin, wo das Ungeborene lag.

Auja glaubte, vor Schmerzen den Verstand zu verlieren. Sie konnte nicht schreien, nicht einmal mehr atmen.

Wieder verschwamm alles. Bestand hatten nur das grinsende Fuchsgesicht dicht vor ihr und die Schmerzen, die Auja einhüllten wie ein Mantel aus scharfen Klingen. Auja dachte an Thorag und wünschte sich, bei ihm zu sein.

Thorag lief über eine Wiese, die von Sunna in hellem Licht gebadet wurde. Das Gras zeigte sich in frischem, saftigem Grün, und überall blühten Blumen in leuchtenden Farben.

Zufrieden blickte er auf die friedlich grasenden Ziegen seiner Herde. Er fühlte sich mit diesen Tieren verbunden wie mit keinen anderen Wesen, auch nicht mit Menschen.

Seltsam, aber die Ziegen schienen für ihn wie eine Familie zu sein. Eine Familie, deren Wohl und Wehe von ihm abhing, von seinem Schutz. Doch was sollte den Tieren schon geschehen, alles war doch friedlich.

Kaum hatte Thorag das gedacht, verschwand Sunnas goldener Wagen hinter schwarzen Wolken, die binnen kurzem den ganzen Himmel ausfüllten.

Und mit den Wolken kamen die Eber, wilde, schwarze Tiere. Von allen Seiten stürmten sie auf die Wiese, fuhren mitten unter die Ziegen, die in Panik flohen. Wer nicht schnell genug war, wurde von den wütenden Keilern durch die Luft gewirbelt oder von den mächtigen Hauern aufgeschlitzt. Statt bunter Blütenpracht wurde die Wiese bald von toten Ziegen bedeckt, von ihrem Blut und ihren Gedärmen.

Wohin Thorag sich auch wandte, immer kam er zu spät. Es waren einfach zu viele Eber, und sie waren wütend und schnell.

Schließlich war nur noch eine Ziege übrig, ein schönes, weißes Tier. Verängstigt stand es auf einem Hügel, eingekreist von Ebern. Es blickte Thorag aus traurigen Augen an, als wisse es, daß der Hirte ihm nicht helfen konnte.

Thorag rannte los, lief so schnell wie noch niemals zuvor. Seine Füße berührten kaum den Boden.

Wie um ihn zu verhöhnen, warteten die Eber, bis er den Fuß des Hügels erreicht hatte. Dann rannte der größte und schwärzeste Keiler los, direkt auf die weiße Ziege zu. Sie verschwand unter seinen Hufen. Nur ihr Kopf sah noch hervor, ihr Maul öffnete sich und schrie – schrie mit der Stimme eines Menschen nach Thorag.

Doch Thorag konnte ihr nicht helfen, die anderen Keiler behinderten ihn. Er schlug und trat um sich wie ein Rasender, bis seine Arme und Beine von den Männern festgehalten wurden.

Männer?

Ja, es waren keine Keiler mehr, sondern Männer. Die Gesichter von Thidrik, Argast und Ayko erschienen im schwachen Licht des glimmenden Herdfeuers.

»Es ist nur ein Traum gewesen, Thorag«, redete Thidrik beruhigend auf ihn ein. »Was immer es war, du hast es nur geträumt!«

»Ja, natürlich«, sagte Thorag stockend. Er war kein Ziegenhirte, sondern ein Gaufürst. Und er befand sich nicht am lichten Sommertag auf einer Weide, sondern es war Nacht, und er hatte in einer der Hütten geschlafen, die seine Männer als vorübergehende Unterkunft bei den Heiligen Steinen errichtet hatten. »Habe ich mich wild gebärdet?«

»Wild ist gar kein Ausdruck«, meinte Thidrik. »Es war fast, als wolltest du allein die römischen Legionen besiegen. Was hast du nur geträumt?«

»Unsinn, es war nur Unsinn«, sagte Thorag und schälte sich aus der dicken Wolldecke. Er schwitzte am ganzen Körper. Die schlechte Luft in der Hütte, die von den Ausdünstungen der

Männer herrührte, ließ ihn kaum atmen. »Ich gehe etwas hinaus.«

Draußen atmete er tief durch, ohne sich erleichtert zu fühlen. Er ahnte, daß es kein Unsinn war. Zu ähnlich war sein Traum dem, den Astrid gehabt hatte.

Er blickte zu den steinernen Riesen, die sich vor ihm in den Nachthimmel reckten, als könnten sie ihm eine Antwort geben. Aber sie schwiegen.

Die weiße Ziege! Er konnte den Anblick nicht vergessen und nicht den Hilfeschrei. Er kannte die Stimme nur zu gut – Aujas Stimme!

Je länger er nachdachte, desto sicherer war er sich, daß seiner Frau etwas zugestoßen war. Sie hatte nach ihm gerufen, aber er konnte hier nicht helfen.

Thorag wußte, daß er keinen Schlaf mehr finden würde. Er lief zwischen den Felsen herum wie ein Wanderer, der sich in dunkler Nacht verirrt hatte.

Kräftige Hände packten den Mann und rissen ihn von der Frau. Jetzt verlor Gerolf selbst das Gleichgewicht und landete in einem Blumenbeet.

Wütend blickte er zu dem Römer auf, der ihn von Auja gerissen hatte. Es war ein Zenturio der Prätorianer: Ventidius.

»Was störst du mich, Soldat?« keuchte Gerolf in seinem schlechten Latein und erhob sich schwankend. »Wer hat dich gerufen?«

»Meine Wachsamkeit«, antwortete der Zenturio. »Erst sah ich die Germanin hinausgehen. Als auch du so schnell ins Perystilium verschwandest, hielt ich es für besser, nach dem Rechten zu sehen. Und wie es aussieht, war es wirklich an der Zeit!« Dabei blickte er auf Auja, die sich in Krämpfen auf dem Boden wand.

»Das müßte ich eher sagen«, schnaubte der Eberfürst. »Wäre ich nicht rechtzeitig gekommen, hätte diese Hexe den Sohn des Imperators ermordet. Sie … sie wollte ihn ertränken!« Er zeigte auf das Wasser im Becken des Springbrunnens.

»Wirklich?« fragte Ventidius ungerührt. »Ich sehe kein verspritztes Wasser, und der Sohn des Imperators scheint sich ganz wohl zu fühlen. Was sagst du dazu, Caligula?«

Der kleine Junge antwortete nicht. Er griente nur breit und zeigte Ventidius mit beiden Händen eine Nase.

»Er ist noch zu klein, um zu verstehen, was passiert ist«, sagte Gerolf.

»Aber ich bin nicht zu klein, Cherusker«, erwiderte der Zenturio. »Ich habe gesehen, wie du über eine schwangere Frau hergefallen bist.« Dann zeigte er auf Ragnar, der sich zu bewegen begann und immer wieder leise stöhnte. »Und was geschah mit dem Jungen?«

»Er kam mir in die Quere.« Angriffslustig reckte Gerolf seinen Kopf vor. »Willst du mich, einen Verbündeten des Imperators, etwa einer Untat beschuldigen, Zenturio?«

»Ich täte es nicht ungern. Aber Germanicus würde es sicher nicht schätzen, wenn dieses Fest mit einem Skandal endete. Also geh zurück in den Festsaal, und ich will vergessen, was ich gesehen habe!«

Der Römer und der Germane standen sich gegenüber wie zwei wilde Tiere, die jeden Augenblick aufeinander losgehen wollten.

Ventidius wirkte äußerlich ruhig, war aber bereit, im Notfall den Gladius zu ziehen.

Gerolf war nur mit dem Dolch bewaffnet. Seine Hand krampfte sich über dem Griff der Waffe zusammen, während der Eberfürst Vor- und Nachteile eines Kampfes mit dem Zenturio abwägte.

Die Nachteile überwogen. Der Zenturio war ein kräftiger und sicher auch kampferfahrener Mann, womit ein Sieg Gerolfs sehr fraglich war. Und wenn er Ventidius besiegte, mußte er den Kampf immer noch dem Imperator erklären. Nein, für diese Nacht war Auja noch einmal davongekommen.

Wortlos ging Gerolf davon. Seine Niederlage wurde von dem Gedanken versüßt, daß der Blutadler weiterhin über Thorags Familie schwebte.

Ventidius nahm Caligula trotz dessen Protestes auf den Arm und trug ihn in den Festsaal zurück, wo die Amme Eurykleia ihn schon verzweifelt suchte.

»Achte sorgfältiger auf ihn!« riet ihr der Zenturio und ging weiter zu den Tischen der Germanen.

Gerolf hatte dort wieder Platz genommen und warf dem Prätorianer wütende Blicke entgegen.

Ventidius kümmerte sich nicht darum, beugte sich zu Thusnelda hinab und flüsterte: »Begleite mich rasch, Herrin! Deiner Freundin geht es nicht gut.«

Thusnelda erschrak und wollte fragen, was los sei, aber der Zenturio war schneller und sagte leise: »Nicht hier, draußen!«

Segestes warf seiner Tochter einen fragenden Blick zu, als sie sich erhob.

»Ich fühle mich erschöpft«, erklärte die Cheruskerin und hielt ihren schwangeren Leib. »Erlaube, daß ich mein Cubiculum aufsuche, Vater. Der Zenturio wird mich begleiten.«

Der Stierfürst nickte nur und wandte sich dann wieder seinem Bruder zu, mit dem er in ein erregtes Gespräch über beider Zukunft vertieft war. Segimer befürchtete, auf der linken Rheinseite zu versauern. Er fühlte sich hier nicht wohl, spürte zu sehr, daß er mehr ein Gefangener als ein Gast war. Deshalb wollte er so schnell wie möglich zurück ins Cheruskerland. Segestes versuchte ihn zu beschwichtigen.

Im Gegensatz zu Segestes wohnten Thusnelda und Auja im Prätorium. Da sie nur nach außen Gäste des Imperators waren, in Wahrheit aber seine Geiseln, war die Begleitung durch den Zenturio normal. Niemandem fiel es auf, daß Thusneldas Cubiculum nicht an dem Peristylium lag, das der Zenturio und die Germanin betraten.

Draußen berichtete Ventidius, was sich ereignet und was Gerolf dazu gesagt hatte.

»Daß der Eberfürst lügt, ist doch offensichtlich!« brauste Thusnelda auf. »Du hättest ihn festnehmen sollen!«

»Dann wäre es zu einer Untersuchung gekommen. Auch wenn Gerolf der Schuldige ist, würde der Imperator das nur schwerlich anerkennen. Immerhin hat sich der Eberfürst als wichtiger Verbündeter im Kampf gegen die aufständischen Germanen erwiesen.«

»Ich verstehe«, sagte Thusnelda und erschrak, als sie Auja und Ragnar erblickte.

Auja lag noch rücklings neben der Hecke und wälzte sich keuchend auf dem Boden hin und her, die Hände um den Leib geklammert. Ragnar kniete neben der Mutter und schaute Thusnelda hilfesuchend an. Blut und Tränen verschmierten sein kleines Gesicht.

»Was für Schmerzen hast du, Auja?« fragte Thusnelda, erhielt aber keine Antwort. Thorags Frau schien zu nichts anderem in der Lage zu sein, als schnell und hastig zu keuchen.

»Wir brauchen eine Sänfte, um Auja zu ihrem Cubiculum zu bringen«, meinte Thusnelda.

Ventidius nickte und eilte davon. Wenig später kehrte er im Laufschritt zurück, in seiner Begleitung vier kräftige Numider, die eine kleine, offene Sänfte trugen.

Auf Umwegen, um nicht von den Gästen des Festes gesehen zu werden, brachten die Sklaven Auja zu ihrem Cubiculum, wo Thusnelda sich um sie kümmerte. Ragnar wurde in die Obhut eines griechischen Sklaven gegeben. Ventidius wollte einen Arzt herbeischaffen.

Während Thusnelda noch auf den Arzt wartete, wurden Aujas Schmerzen schlimmer. Sie schrie und wimmerte abwechselnd und krallte die Hände in ihren Leib. Dann floß das Blut aus ihr heraus, viel Blut, und mit ihm kam das Kind.

Es war ein Mädchen.

Und es war tot.

Kapitel 23

Zu den Waffen!

Es war schon Tag, als Thorag zu dem Hüttendorf am See zurückkehrte. Seine Stimmung war düster und trüb wie der Himmel, der Sunnas Strahlen hinter einem dichten Gespinst grauschwarzer Wolken verbarg. Vergeblich hatte er gehofft, zwischen den Heiligen Steinen, die er einsam durchwandert hatte, Ruhe und Trost zu finden.

Einmal hatte er geglaubt, Armin in der Nähe der Priestersiedlung zu sehen. Aber es war zu finster gewesen, und Thorag nahm den hünenhaften Mann nur umrißhaft wahr. Auf Thorags Ruf hatte der andere nicht geantwortet, sondern war plötzlich hinter einem Felsen verschwunden.

Fast alle Männer, die sich zum Thing versammelt hatten, waren schon aufgestanden, wuschen sich im Wasser des Sees und rasierten sich. Andere bereiteten ein einfaches Frühstück. So wie hier sah es überall an dem See aus, der zum Mittelpunkt mehrerer Hüttensiedlungen geworden war. Aber es war nur ein schwacher Abglanz des Gewimmels, das anläßlich der großen Stammesthinge bei den Heiligen Steinen stattfand.

Armin eilte dem Donarsohn mit besorgtem Blick entgegen und rief: »Bei Wodan, wie siehst du bloß aus, Thorag? Als hättest du kaum geschlafen!«

»Das habe ich auch nicht«, seufzte Thorag und erzählte Armin von seinem Traum.

Der Hirschfürst machte ein ernstes Gesicht. »Ich verstehe dich gut. Aber vielleicht war es nur ein böser Traum, den ein Nachtmahr dir gebracht hat, ohne weitere Bedeutung.«

»Das war es nicht«, erwiderte der Donarsohn mit einer Bestimmtheit, die den Herzog überraschte. Und Thorag erzählte ihm von seinem Besuch bei Astrid. »Astrids Gesichter haben sie noch nie getäuscht. Ich bin sicher, daß Auja etwas Schlimmes zugestoßen ist oder noch zustoßen wird.«

»Dann müssen wir alles unternehmen, um Auja, Ragnar und Thusnelda rasch zu befreien! Ich habe mit den meisten der anwesenden Fürsten gesprochen. Auch die, die noch zögern, ihre Krieger zu den Waffen zu rufen, sind empört über Segestes' Verrat und die Verschleppung unserer Frauen. Wenn man es so nimmt, hat das alles sogar ein Gutes. Hätte Segestes Thusnelda und Auja nicht an Germanicus ausgeliefert, hätten die Fürsten sich niemals so schnell versammelt, um über einen neuen Kriegszug gegen die Römer zu beraten.«

Thorag blickte Armin empört an. »Ich verstehe dich nicht, Armin! Wie kannst du den Raub von Auja und Thusnelda nur gutheißen, die Verschleppung deiner eigenen Frau, die dein Kind in sich trägt? Man könnte fast glauben, du hast mich bei der Eisenburg absichtlich nicht entsetzt, um mit Thusneldas Geiselhaft einen guten Kriegsgrund zu haben!«

»Du verstehst mich wirklich nicht!« entgegnete der Herzog schroff. »Wie kannst du nur so etwas von mir denken, du, mein Blutsbruder?«

Thorag las die Enttäuschung in Armins Gesicht und murmelte:

»Entschuldige, ich hätte das nicht sagen sollen. Die Sorge um Auja und Ragnar verwirrt allmählich meinen Geist.«

Armin nickte verständnisvoll. »Ich heiße das Geschehen auf der Eisenburg natürlich nicht gut. Meinst du etwa, ich sehne mich weniger nach Thusnelda als du nach Auja?« Als Thorag darauf nicht antwortete, fuhr Armin fort: »Aber als Herzog der Cherusker ist es meine Pflicht, aus jeder Lage das Beste für meinen Stamm zu machen, auch aus dieser!«

»Vorteile ziehen aus dem Leid der eigenen Familie«, sagte Thorag leise und schüttelte den Kopf. »Ich bin froh, daß ich kein Herzog bin.«

»Das kannst du auch, denn es ist gewiß nicht einfach.«

Thorag blickte den Hirschfürsten zweifelnd an. Er erinnerte sich noch gut an das große Thing, auf dem Armin alles darangesetzt hatte, Herzog zu werden. Nur durch ein Gottesurteil hatte er Segestes damals geschlagen.

Armins düstere Miene hellte sich plötzlich auf, und er schlug Thorag kameradschaftlich auf die Schulter. »Deine Übernächtigung und deine Verzweiflung betrüben deinen Geist, mein Bruder. Wasch dich, rasier dich, trink und iß, und es wird dir schon bessergehen!«

Als würde das die Verschleppten zurückbringen! dachte Thorag bitter, als er zum Seeufer ging.

Aber er konnte nicht umhin, Armin in gewisser Hinsicht zu bewundern. Der Herzog bewahrte stets Haltung, und man konnte nie wissen, ob seine Worte seinen Gefühlen entsprachen. Das war nicht unbedingt eine liebenswerte Eigenschaft, aber für einen Mann in seiner Stellung wohl unerläßlich.

Thorag konnte Armins Verwunderung über sein Aussehen verstehen, als er sein Spiegelbild im klaren Wasser des Sees betrachtete. Sein Gesicht wirkte eingefallen, tiefe Ringe saßen unter den Augen. Die Bartstoppeln taten ein übriges. Er wusch und rasierte sich und nahm dann von Thidrik einen Becher Milch entgegen. Hunger verspürte er nicht, aber vielleicht half die Milch, seine Lebensgeister zu wecken. Also setzte er den hölzernen Becher an die Lippen und trank in großen Schlucken. Er schmeckte sofort, daß es Ziegenmilch war, und spie sie im hohen Bogen aus.

»Was ist denn?« fragte ein verblüffter Thidrik. »Die Milch ist frisch. Ich habe selbst von ihr getrunken.«

»Es ist Ziegenmilch«, antwortete Thorag und stellte den Becher weg.

Deutlich sah er die weiße Ziege aus dem Traum vor sich, die von dem großen Keiler überrannt wurde und verzweifelt nach Thorag schrie, mit Aujas Stimme!

»Na und? Seit ich dich kenne, trinkst du gern Ziegenmilch.«

Thorag zuckte nur mit den Schultern. Er wollte nicht schon wieder über seinen Traum sprechen, nicht erneut daran denken. Aber unentwegt sah er vor sich die Wiese, die erst von leuchtenden Blumen und dann von Blut und Gedärmen übersät gewesen war.

Die durchdringenden Klänge der Luren riefen die Fürsten und Edelinge zum Thing zusammen. Thorag nahm die vertraute Zeremonie, die der Eröffnung der Versammlung voranging, kaum wahr, so sehr beschäftigten ihn die bösen Träume, die Astrid und ihn heimgesucht hatten. Als die Haselnußpfähle rund um den Versammlungsplatz in den Boden geschlagen und mit Seilen aus den Schweifen geweihter Schimmel miteinander verbunden waren, überhörte Thorag Gandulfs Ruf nach dem Abkömmling des Donnergottes. Der alte Oberpriester mit dem langen, grauen Bart mußte den Ruf zweimal wiederholen, dann erst ging Thorag als Vertreter Donars zu ihm, nahm den goldüberzogenen Hammer aus den Händen eines anderen Priesters und schlug den letzten Pfahl ein, der aus dem Holz der Donar heiligen Eiche geschnitzt war. Damit stand die Versammlung unter dem Schutz des stärksten Asengottes.

Gandulf nahm Miölnir von Thorag in Empfang, hielt den Hammer sichtbar hoch und stellte die rituellen Fragen nach dem rechten Ort und der rechten Zeit für das Thing. Die Fragen wurden von den versammelten Edelingen bejaht, und Gandulf erklärte das Thing für eröffnet. Erleichtert ließ er den schweren Hammer sinken und rief die Sippenältesten zur Opferung.

Thorag als Nachfahre des Schutzgottes Donar mußte beginnen und eigenhändig die sechs schneeweißen Böcke schlachten. Aber er zögerte, als er das Opfermesser an die Kehle des ersten Tieres hielt. Der weiße Bock auf dem steinernen Altar und die weiße Ziege auf der Blumenwiese seines Traumes verschmolzen vor seinem geistigen Auge. Die anderen Edelinge tuschelten schon miteinander, da trat Gandulf vor und erinnerte Thorag an seine Pflicht. Widerwillig stieß der Donarsohn die lange Klinge in den Hals des Bockes, und zum erstenmal ekelte er sich vor dem Blut eines Opfertieres.

Und noch einmal empfand er Abscheu, als nach Abschluß der Opferungen die Priester herumgingen und die Edelinge mit dem aufgefangenen und in einem großen Silberkessel gesammelten Blut der Opfertiere besprengten. Als einer der Priester die Silberkelle vorschnellen ließ und das Blut wie ein warmer Sprühregen über die Donarsöhne niederging, hätte sich Thorag am liebsten übergeben.

Mit der Einhegung des Thingplatzes und den Opferungen war der Morgen vergangen. Doch es war kaum heller geworden, noch immer verbargen die Wolken Sunna.

Gandulf trat in die Mitte des Platzes, erläuterte kurz den Zweck der Zusammenkunft und rief dann Wodan an, um die Weisheit des Gottes für den Ratschluß der Edelinge zu erbitten. Dann gab der Oberpriester das Wort an Armin ab, dem nicht nur als Cheruskerherzog, sondern auch als Einberufer dieser Versammlung das Recht der ersten Rede zustand.

Armin trat in die Mitte des eingehegten Versammlungsplatzes, der deutlich kleiner war als bei den Stammesthingen. Er blickte in die Runde, zog langsam seinen Dolch und ritzte damit die linke Hand. Blut tropfte aus der hoch erhobenen Hand, für alle deutlich sichtbar, und versickerte im Boden vor Armins Füßen.

»Blut ist vergossen worden, viel Blut«, sagte Armin mit weithallender, aber ruhiger Stimme. »Das Blut meiner Sippe, das Blut der Donarsippe und auch das Blut anderer Stämme, der Marser, Chatten, Brukterer, Tenkterer, Tubanten und Usipeter. Vergossen haben es unsere Feinde, die Römer, aber auch Verräter aus meinem eigenen Stamm, Segestes und seine Stiermänner sowie Gerolf mit den Eberkriegern.«

Einzelne Rufer forderten Bestrafung für diesen Verrat, und ein vielstimmiges Murren äußerte die allgemeine Mißbilligung.

Nur kurz verriet Armins Gesicht einen befriedigten Ausdruck. Schon war es wieder versteinert, und der Herzog fuhr in seiner Rede fort. Je länger er sprach, desto aufwühlender wurde seine Stimme. Und immer wieder schlugen die Zuhörer Waffen und Schilde gegeneinander, um dem Redner ihre Zustimmung zu zeigen.

Armin verspottete Germanicus, der ein gewaltiges Heer benötige, um zwei schwangere Frauen und ein kleines Kind zu verschleppen. Er erwähnte den siegreichen Kampf gegen Varus, wo er drei Legionen besiegt hatte, nicht mit Verrat und nicht unter Gewaltanwendung gegen schwangere Frauen, sondern in offener Schlacht.

Thorag dachte daran, daß die Falle, in die sie Varus gelockt hatten, von den Römern sehr wohl als Verrat angesehen wurde, und das vermutlich mit Recht. Und er dachte an die vielen Frauen und Kinder, die zum Troß gehört hatten und der Wut der Angreifer zum Opfer gefallen waren. Wie die schöne Flaminia, die ihren Sohn Primus und dann sich selbst mit eigener Hand getötet hatte, um nicht von den Eberkriegern gequält und geschändet zu werden.

Aber Thorag verstand auch, warum Armin so sprach. Ihm blieb keine andere Wahl, wollten er und sein Blutsbruder Thorag ihre Frauen und Kinder den Römern entreißen.

Armin sprach von den drei Adlern der vernichteten und nicht wieder aufgestellten Legionen und von den anderen erbeuteten Feldzeichen, die jetzt die heiligen Haine der freien Stämme schmückten. Er zählte die Nachteile römischer Herrschaft auf: Abgaben und Steuern, Versklavung, römische Gerichtsbarkeit und römische Götter, denen sogar der Sohn des Segestes als Priester gedient hatte. Aber die Germanen hatten die Römer samt ihren Göttern aus dem rechtsrheinischen Gebiet vertrieben, hatten den zum Gott erhobenen Augustus besiegt und seinem Nachfolger Tiberius widerstanden. Da würden sie doch wohl dem jungen, unerfahrenen Germanicus die Stirn bieten können, der Mühe hätte, seine Legionen an der Meuterei zu hindern.

Das Waffengeklirr verschluckte Armins Stimme. Der Herzog legte eine Pause ein und konnte die Befriedigung über die große Zustimmung nicht verhehlen.

Als der Lärm abklang, rief der Hirschfürst mit aufpeitschenden Worten: »Wem das Vaterland, der Stolz der Ahnen und die Bewahrung unserer Lebensart mehr bedeutet als fremde Herrscher und gewaltsame Umsiedlungen, möge mir zu Ruhm und Freiheit folgen und nicht Segestes in schändliche Knechtschaft!« Während das Waffengeklirr wieder anschwoll, hob er die Hände und schrie: »Zu den Waffen!«

Der Ruf wurde von der Menge aufgenommen und vielfach wiederholt. Aber Thorag fiel auf, daß einige Gruppen ruhig blieben.

Das änderte sich auch nicht, als Eilard von dem Überfall in der letzten der drei heiligen Nächte berichtete. Eilard vertrat Mallovend, der sich noch immer nicht von dem Schrecken erholt hatte, und rief ebenfalls zu den Waffen. »Armin hat uns schon einmal zum Sieg geführt, jetzt soll er es wieder tun! Zu den Waffen!«

Zu denen, die den Ruf nicht begeistert aufnahmen, zählten zu Thorags Überraschung die drei anderen Gaufürsten der Cherusker: Inguiomar, der doch Armins Onkel war, sowie Balder und Bror, die beide Grund zum Haß auf die Römer hatten. Balders Sohn Klef war bei einem Überfall der Römer auf eine Cheruskersiedlung getötet worden, und Brors Sohn Brokk war in der Schlacht gegen Varus gefallen.

Als nach den Ansprachen der anderen Vertreter fremder Stämme, die sich größtenteils für den Kampf gegen die Römer stark machten, Balder das Wort ergriff und sich gegen einen neuen Kriegszug erklärte, der nur weiteres Leid über die Cherusker bringen würde, suchte Thorag den Blutsbruder auf und sprach ihn darauf an.

Armin hatte seine Selbstbeherrschung verloren und fauchte: »Inguiomar hat Blut geleckt, fürchte ich! Er hat gestern lange mit Bror und Balder zusammengesessen. Jetzt weiß ich, was er ihnen eingeflüstert hat.«

»Aber warum?« fragte Thorag.

»Schon damals, als ich mich nach Segimars Tod um die Stellung des Herzogs bewarb, hat es mich einige Überredung und einen guten Teil meiner Kriegsbeute aus dem pannonischen Feldzug gekostet, Inguiomar auf meine Seite zu ziehen. Er wäre gern selbst an die Stelle seines Bruders gerückt. Jetzt sieht er seine Stunde anscheinend gekommen.«

»Aber daß Balder und Bror ihn unterstützen ...« Thorag schluckte. »Sie standen immer auf unserer Seite!«

»Die beiden sind alt und kriegsmüde«, sagte Armin verächtlich, während Bror das Wort ergriff und fast genau dasselbe sagte wie sein Vorredner. Armin schnaubte: »Das hat Inguiomar ihnen schön eingeflüstert. Sieh zu, daß du die Scharte auswetzt, Bruder!«

Als Thorag vor die Versammlung trat, schloß er sich Armin und Eilard an und wies besonders auf die Verschleppung seiner Familie hin. Aber er war wohl kein besonders guter Redner, jedenfalls nicht an diesem Morgen, der ihn mit den Traumbildern der vergangenen Nacht bedrückte. Die Begeisterung unter den Zuhörern war nur mäßig.

Inguiomar war der letzte der anwesenden Gaufürsten aus dem Cheruskerstamm, der zu der Versammlung sprach. Der hünenhafte Fürst der Ingsippe lobte die Erfahrenheit und Weisheit Balders und Brors.

Thorag bewunderte seine Redegewandtheit. In ihr und in seinem beeindruckenden Aussehen ähnelte Inguiomar seinem Brudersohn Armin.

Imguiomar machte eine Pause und blickte in den wolkigen Himmel, bevor er sagte: »Auch ich glaubte gestern noch, mich gegen einen Krieg aussprechen zu müssen, stehen die Römer doch mit einer Macht am Rhein, die viel stärker ist als zu Zeiten des Varus. Aber in dieser Nacht erschienen mir Ing, mein Ahnherr, und Wodan selbst. Sie zeigten mir siegreiche Krieger, die unter doppeltem Heil standen, dem des Hirschfürsten und dem des Gottes Ing.«

Seine Stimme war lauter geworden. Plötzlich riß die Wolkendecke auf, und Sunnas Strahlen brachen hervor. Wie geschleuderte Speere aus Licht trafen sie den Redner und hüllten ihn ein, badeten ihn in ihrem Glanz. Erstaunte Ausrufe der Versammlung erschollen, und alle nahmen es als ein Zeichen der Götter.

»Seht her, Wodan und Ing, der Gott des Lichtes und der Sonne, bestätigen es«, schrie Inguiomar. »Zwei Herzöge sollen euch in die Schlacht führen, Armin und Inguiomar!«

»Armin und Ingiomar!« wiederholte die begeisterte Versammlung laut, immer und immer wieder.

»Geschickt gemacht«, knurrte Armin zu Thorag. »Er läßt sich zum Herzog küren, ohne den Stamm zu spalten. Niemand kann jetzt sagen, er sei gegen mich. Balder und Bror hat er für seine Zwecke eingespannt, ohne daß die beiden es ahnten. Ich glaube nicht, daß sie mit dieser Wendung gerechnet haben. Ich frage mich nur, wie er das mit Sunnas Wolkendurchbruch hinbekommen hat.«

»Heißt es nicht, die Priester der Heiligen Steine können das

Wetter vorhersagen?« fragte Thorag. Als Armin das bejahte, erzählte der Donarfürst ihm von dem hünenhaften Mann, dem er in der Nacht begegnet war. »Ich dachte erst, daß du es bist, Armin. Jetzt wissen wir, wer es war.«

»Ja«, preßte Armin wütend hervor.

»Was wirst du jetzt tun?«

»Das einzige, was mir übrigbleibt.« Ein strahlendes Lächeln überzog plötzlich Armins Antlitz, als er neben seinen Onkel in den sich ausbreitenden Sonnenschein trat und sagte: »Dem Ratschluß der Götter wollen wir uns beugen. Zwei Herzöge werden den Cheruskern und allen verbündeten Stämmen zweifaches Siegheil bringen. Folgt Inguiomar und mir in den Kampf! Zu den Waffen!«

»Zu den Waffen!« brüllten die Krieger ohne Unterlaß und jedesmal lauter.

Nur Thorag, Balder und Bror hielten sich zurück. Die beiden älteren Fürsten erkannten, daß Inguiomar sie nur benutzt hatte. Thorag fragte sich, ob Armins Onkel sich damit zufriedengeben würde, nur einer von zwei Herzögen zu sein.

Kapitel 24

Die Drachensümpfe

Tausende Pferdehufe ließen den Boden erzittern, und ihr Klang war wie das Gebrüll des Donnergottes. Er gab Thorag Zuversicht und Kraft für das, was bevorstand.

Denn seine berittene Schar befand sich keineswegs auf der Flucht, mochten die nachsetzenden Auxiliarreiter der Römer dies auch denken. Sie sollten es sogar glauben, das war Armins Plan. Je eifriger die germanischen, gallischen, spanischen, syrischen, numidischen und die anderen Reiter, die in Roms Diensten standen, Thorags Männer verfolgten, desto weiter entfernten sie sich von der römischen Hauptmacht, von Caesar Germanicus und seinen acht Legionen.

Auf offenem Gelände hatte Thorags Reiterei sich zur Schlacht gestellt und diese schon nach kurzer Zeit abgebrochen, scheinbar geschlagen von der römischen Übermacht. Armins Taktik war es, die Römer genau dies glauben zu lassen. Den römischen Reitern folgten die leichten Fußtruppen der Auxilien, mitgerissen vom Erfolg der Reiterei, was den starken römischen Verband noch weiter in die Länge zog, ihn angreifbarer, verwundbarer machte.

Thorags scheinbare Flucht führte nach Norden, auf ein bewaldetes Hügelgebiet zu. Im Osten lag ein noch größeres Waldgebirge.

Im Westen erstreckten sich auf breiter Fläche Sümpfe, die für den Unkundigen undurchdringlich waren, tödlich. Wegen der heißen Wasser, die dort oft in Fontänen hervorschossen, nannte man sie die Drachensümpfe. Es hieß, der Drache Fafner schlafe unter der Erde, und sein feuriger Atem erhitze die Sümpfe.

Von Süden folgte die Hauptmacht der Römer und marschierte geradewegs in die von Armin vorbereitete Falle.

»Reitet langsamer!« schrie Thorag den Männern rechts und links von sich zu, und diese gaben den Ruf weiter. »Wenn die Römer glauben, daß sie uns gleich einholen, werden sie unaufmerksam.«

Ja, für Thorag waren es Römer, mochten sie in Wahrheit auch anderen Völkern entstammen. Sie kämpften für Rom. Und überlebten sie alle Kämpfe, würden sie am Ende ihrer Dienstzeit das römische Bürgerrecht erhalten.

Auch Thorag war einst für Rom in den Krieg gezogen, aber diese Zeiten waren vorbei. Jetzt brannte der Donarsohn darauf, seine Männer gegen die Feinde zu führen, die noch immer Auja und Ragnar in ihren Händen hielten – so nah! Vielleicht würde er seine Frau und seinen Sohn heute abend schon in die Arme schließen können, wenn der Sieggott Wodan mit seinen Stämmen war.

Wie Thorag sich danach sehnte!

Er wußte, daß Auja ihre ungeborene Tochter verloren hatte. Spione, die als Händler verkleidet zu den Römern gingen, hatten es ihm berichtet; römische Kriegsgefangene bestätigten es. Und er wußte auch, daß Germanicus seine Geiseln mit auf den Kriegszug genommen hatte, damit Armin und Thorag sich auch ja zum Kampf stellten.

Nun, das konnte der Imperator haben!

Auch Armin, der dort rechts in den Wäldern lauerte, wollte sein Schwert lieber früher als später in die Leiber der Römer stoßen. Nur so konnte er endlich den Sohn sehen, den Thusnelda ihm geboren hatte. Thumelikar hatte sie ihn genannt, wie Armin es sich gewünscht hatte. Ein Bruder des Hirschfürsten, der noch vor Armins Geburt gestorben war, hatte diesen Namen getragen. Die Römer, die Schwierigkeiten mit der Aussprache germanischer Namen hatten, machten daraus Thumelicus.

»Teilt euch!« befahl Thorag, als der Wald vor ihm keine zwanzig Pferdelängen mehr entfernt war.

Er selbst sprengte nach rechts, und die Hälfte der fünftausendköpfigen Schar folgte ihm. Der Hirschkrieger Ingwin führte die andere Hälfte nach links.

Die römische Reiterei geriet ins Stocken, weil ihre Anführer sich erst über dieses Manöver klarwerden mußten. Doch die Bedeutung offenbarte sich von selbst, als aus den bewaldeten Hügeln vor den Römern im wilden Sturm weitere fünftausend berittene Germanen hervorbrachen. Argast führte sie an und gab den Schlachtruf ›Donar, Donar!‹ aus, der begeistert von allen aufgenommen wurde.

Die vordersten Linien trafen aufeinander, und die Wucht des germanischen Angriffs erschütterte die zum Halten gekommenen Römer. Noch schien nicht alles verloren, da fielen Thorag und Ingwin mit ihren Reitern, die rasch kehrtgemacht hatten, in die Flanken der römischen Reiterei.

Thorag kämpfte ganz vorn und hieb immer wieder mit dem von Frowin geschmiedeten Schwert auf die Gegner ein, deren Blut bald sein Gesicht und seinen nackten Oberkörper bedeckte. Aber er empfand keinen Ekel, wie damals bei der Opferung auf dem Thing der Edelinge, vor diesem Blut. Im Gegenteil, mit jedem Schwerthieb sehnte er sich danach, mehr Blut zu vergießen. Jeder Tropfen brachte ihn Auja und Ragnar näher und war Rache für das, was die Römer seiner Familie angetan hatten.

Er wußte nicht genau, weshalb Auja das Kind verloren hatte. Erst hatte er geglaubt, die starken Schmerzen während der Schwangerschaft seien die Vorboten eines vorherbestimmten Schicksals gewesen, das Gesa nicht auf die Welt der Menschen lassen wollte. Aber aus den Berichten der Späher und der gefangenen Römer hörte er heraus, daß nicht die Nornen für das Unglück verantwortlich waren, sondern Menschenhand. Aber er erfuhr nicht mehr als das Gerücht, daß in der Nacht, als Germanicus die Geburt seiner Tochter Julia Agrippina feierte, im Haus des Imperators etwas Schreckliches geschehen sei. Nur von Auja würde er wohl die Wahrheit erfahren.

So schlug Thorag zu, immer und immer wieder, um endlich zu seiner Auja zu gelangen. Und tatsächlich wichen die Römer zurück, erst noch planmäßig, doch bald schon in heilloser Flucht. Jetzt waren sie die Verfolgten und die Germanen die Verfolger.

Die Kohorten der Auxiliarinfanterie, die über die ganze Ebene zwischen westlichem Sumpf und östlichem Waldgebirge Aufstellung nahmen, boten den Fliehenden Hoffnung. Diese Auffangstellung sollte die Wucht des germanischen Reiterangriffs brechen.

Aber dann ertönten Hornsignale aus dem Waldgebirge, und die drei riesigen Angriffskeile der germanischen Hauptmacht, geführt von Armin, Inguiomar und Eilard, rollten die Auxilien von Osten nach Westen auf. Trotz der Niederlage gegen Caecina hatten die Marser eine neue Streitmacht aufgestellt und beteiligten sich mit mehreren tausend Kriegern unter Eilards Führung an der Schlacht.

Die Auxilien wurden in die Sümpfe gedrängt, wo ganze Turmen und Zenturien einen jämmerlichen Tod fanden. Wer sich dagegen wehrte, wurde zwischen Thorags Reiterei und den drei Keilen germanischer Fußtruppen zerrieben.

Was für die Römer erst ausgesehen hatte wie ein leichter Sieg, drohte jetzt zu einem Massaker zu werden.

Ein leichter Sieg würde es werden! Da war Germanicus sich sicher, als er seine Auxilien aussandte, die fliehende Horde des Arminius zu verfolgen.

Überhaupt, Arminius! Offenbar hatten alle den Cherusker überschätzt. Varus mußte sich sehr dumm angestellt haben, daß er ihm damals in die Falle ging.

Seitdem Germanicus den Rhenus überschritten und zum großen Sommerfeldzug ins Land der aufständischen Stämme aufgebrochen war, stand der Kriegsgott Mars auf seiner Seite.

Caecina hatte mit den vier Legionen des unteren Heeres das Land der Brukterer durchquert und diesen Stamm hart dafür bestraft, daß er Germanicus beim Marsch durch den Cäsischen Wald in den Rücken gefallen war. Der Präfekt Pedo zog derweil mit seiner Reiterei durch die Gebiete der Friesen und Chauken und zwang diese Stämme, ihm weitere germanische Hilfstruppen zur Verfügung zu stellen.

Nachdem Germanicus mit den vier Legionen des oberen Heeres auf den Schiffen der Rhenus-Flotte den Fluß hinunter und über das Meer gefahren war, hatte er sich mit den anderen Armeen am Fluß Amisia vereinigt, um gegen Arminius zu ziehen. Dabei eroberten die Römer von den Brukterern einen der drei goldenen Adler von Varus' Legionen zurück.

Welch gutes Omen für diesen Feldzug!

Und dann fanden sie das Schlachtfeld, auf dem Varus mit den Seinen gestorben war. Germanicus ordnete eine Totenfeier an und ließ alle Gebeine nach römischer Sitte bestatten, denn niemand konnte nach sechs Jahren sagen, ob hier die Knochen und Schädel von Römern oder von Germanen in der Sonne bleichten.

Für Germanicus war es ein erhebendes Ereignis gewesen, den gefallenen Legionen ihr letztes Ruhebett zu errichten. Und das unter einem der Adler, der ihnen gehört hatte. Einmal mehr fühlte er sich als Rächer dieser Gefallenen und seines Vaters Drusus, dem auch das Land der Germanen den Tod gebracht hatte. Er glaubte sich seinem Vater so nah wie noch nie seit dessen Tod.

Germanicus selbst legte das erste Rasenstück zur Aufschichtung des Totenhügels. Im Angesicht der frischen Gräber schwor der Imperator, nicht eher zu ruhen, bis er Arminius bestraft und alle drei Adler zurückgeholt hatte.

Immer öfter kam es zu kriegerischen Zusammenstößen mit den Cheruskern, die sich nach kleinen Scharmützeln stets zurückzogen. Offenbar fand Arminius keine richtige Taktik, war er nicht stark genug, sich dem riesigen Römerheer zu stellen, das, den großen Troß nicht eingerechnet, mitsamt allen Hilfstruppen auf eine Kampfstärke von hunderttausend Mann kam.

Vielleicht war Arminius auch verwirrt und wagte den Angriff nicht, weil er seine Frau und seinen kleinen Sohn nicht gefährden wollte. Dieser Gerolf sah nicht nur aus wie ein Fuchs, er war auch einer. Germanicus war froh, daß er auf seinen Rat gehört hatte,

Auja, Thusnelda und deren Kinder als Lockvögel mitzunehmen.

Und so trieb Germanicus den Cheruskerfürsten vor sich her, quer durch dessen Heimat, um Rache zu nehmen für Drusus und Varus.

Aber dann hörte Germanicus von vorn, aus nördlicher Richtung, die Rückzugssignale. Kurz darauf trafen Kuriere ein, abgehetzte, vor Schweiß, Dreck und Blut starrende Männer. Und ihre Nachrichten waren erschreckend: Die germanische Reiterei war plötzlich auf das Doppelte ihrer Stärke angewachsen. Von den bewaldeten Höhen im Osten rannten germanische Angriffskeile an, so breit und tief, daß die Zahl der Krieger kaum zu bestimmen war. Jeder Kurier nannte eine andere Schätzung, aber alle waren sich darin einig, daß Arminius über zahlenmäßig fast genauso starke Truppen verfügte wie Germanicus, falls die Germanen überhaupt in der Minderzahl waren.

Panik erfaßte den Imperator, als er erkannte, daß Arminius mit ihm gespielt hatte, die ganze Zeit. Während der Römer glaubte, das Heft fest in der Hand zu halten, hatte der Cherusker die Falle aufgebaut – und jetzt ließ er sie zuschnappen!

So ähnlich wie Germanicus jetzt mußte sich Varus damals gefühlt haben.

Ich bin genauso dumm gewesen wie er! durchzuckte den Feldherrn die bittere Erkenntnis.

Er spürte die forschenden, drängenden Blicke seiner Stabsoffiziere auf sich. Sie erwarteten seine Befehle. Er mußte handeln, entscheiden!

Aber was tun?

Sich zurückziehen, um sich neu zu formieren?

Nein, bloß nicht. Das war es, was diese Barbaren beabsichtigten. Zwischen die ungeordneten Rückzugshaufen fahren und dort noch mehr Unordnung stiften, Verwirrung, Panik und dann den Tod – das war doch ihre Spezialität.

Nein, er mußte das tun, was Varus nicht gelungen war: standhalten!

»Befehl an die Auxilien!« rief Germanicus einem Kuriertrupp zu. »Die Kohorten der Fußtruppen sollen sich in zwei versetzten Treffen formieren, so daß auch nicht die kleinste Lücke entsteht. Pedo soll seine Reiterei dahinter sammeln und jeden einzelnen verdammten Germanen, der die beiden Treffen doch durchdringt, niedermachen. Die Barbaren müssen aufgehalten werden, bis die Legionen in Stellung sind!«

Dann wandte er sich an seinen Stab und die kommandierenden Offiziere: »Die Legionen müssen schnellstmöglich in Gefechtsstellung gehen, und zwar in drei Treffen. Drei Legionen bilden das erste Treffen, zwei das zweite und die letzten drei das dritte. Die Lücken zwischen den Treffen werden durch unsere Geschütze gesichert.« Germanicus lächelte zuversichtlich. »Das wird Arminius auf jeden Fall aufhalten. Die Germanen sind nur dann angriffslustig, wenn sie erfolgreich sind. Aber wenn sie auf erbitterten Widerstand stoßen und sehen, daß es kein leichtes Beutemachen gibt, verläßt sie schnell der Mut.«

Doch diesmal war es anders, und allmählich erkannte Germanicus, daß die Mitnahme der Geiseln vielleicht ein Fehler gewesen war. So wie die Verschleppung Thusneldas und Aujas die Germanen geeint und auch den früher römerfreundlichen Inguiomar auf die Seite seines Neffen Arminius gebracht hatte, schien die Nähe der Entführten jetzt den Kampfgeist der Barbaren zu beflügeln. Obwohl ihre Verluste hoch in die Tausende gingen, stürmten sie immer wieder gegen die Legionen an. Und auch dort klafften bald Lücken, die kaum noch zu schließen waren.

Mehrmals mußte Germanicus persönlich das Schlachtenglück zugunsten der Römer wenden, indem er, sich an den Sieg im Cäsischen Wald erinnernd, den von den Brukterern zurückeroberten Legionsadler führte und mit dem Ruf ›Rache für Varus!‹ die zaudernden Truppen mit neuem Mut beseelte.

Doch am Nachmittag mußte er erkennen, daß ein Sieg nicht zu erzwingen, allenfalls eine Niederlage zu vermeiden war. Und er gab den Befehl, daß sich aus den Legionen des zweiten und dritten Treffens Kohorten lösten, um ein stark befestigtes Lager zu bauen.

Dort, hinter Wällen und Palisaden, konnten die Soldaten sich erholen und neuen Mut schöpfen. Und wenn sie Glück hatten, waren die Barbaren über Nacht verschwunden, um ihre Wunden zu lecken und ihre Beute zu zählen.

Glück? dachte Germanicus niedergeschlagen, als sich im verlöschenden Licht der Abenddämmerung immer mehr Kohorten vom Feind lösten, um in das Lager einzurücken. Was für ein jämmerliches Glück erhoffte er, das nicht im Sieg über den Feind bestand, sondern nur im Vermeiden eines Kampfes?

Konnte es tatsächlich sein, hatte dieser verfluchte Arminius schon wieder eine römische Armee bezwungen? Jedenfalls hatte Germanicus ihn nicht, wie es sein Plan gewesen war, für das Massaker an den Legionen des Varus bestraft.

Je länger der Imperator darüber nachdachte, desto mehr verdichtete sich das Gefühl, daß er die Schlacht bei den Drachensümpfen verloren hatte.

»Angreifen!« sagte Inguiomar nachdrücklich. »Wir müssen das römische Lager in der Nacht angreifen. Die Römer rechnen nicht damit. Wir werden sie überrennen!«

Die germanischen Fürsten hatten ihre Pferde auf einer bewaldeten Hügelkuppe gezügelt und schauten hinunter auf das Schlachtfeld. So viele waren hier gefallen, auf beiden Seiten, daß man die Toten nicht hatte wegräumen können. Nott zeigte sich gnädig und breitete einen tiefdunklen Schleier über das Leichenfeld aus, das sich bis zu den Drachensümpfen erstreckte. Es war ein harter Kampf gewesen, und nach alter Sitte hatten sich die Anführer der Germanen in vorderster Reihe geschlagen. Kaum einer war ohne Verletzungen oder wenigstens Schrammen davongekommen.

»Nein!« versetzte Armin ebenso entschieden, wie sein Onkel gesprochen hatte. »Die Römer rechnen wohl nicht mit einem Angriff auf ihr Lager, weil so etwas kaum einem Feind gelungen ist. Aber sie werden trotzdem darauf vorbereitet sein. Hinter den Wällen kann eine geringe Zahl Legionäre eine Übermacht an Feinden mit Erfolg abwehren. Wir würden uns nur blutige Nasen holen. Außerdem sind auch unsere Krieger erschöpft und brauchen Ruhe. Und die vielen Verwundeten müssen versorgt werden.«

Inguiomar hob seinen linken Arm, dessen unterer Teil mit einem Verband aus Kräutern und Gräsern umwickelt war. »Ein Römerschwert hat meine Knochen bloßgelegt. Trotzdem bin ich bereit, sofort wieder in den Kampf zu ziehen!«

»Andere haben den ganzen Arm oder mehr verloren«, gab Armin zu bedenken, der selbst einen dicken Kopfverband trug.

Der Fürst der Ingsippe kniff die Augen zusammen und musterte seinen Brudersohn eingehend. »Warum zögerst du so, Armin? Man könnte fast glauben, der Gedanke an deine Frau, die nur eine Meile von dir entfernt ist, läßt dich kalt.«

»Ganz im Gegenteil, es macht mich rasend! Aber ein rasender Herzog ist ein schlechter Taktiker. Auf dem Marsch sind die Römer angreifbar, nicht in ihrem Lager. Auf dem Marsch haben wir damals Varus bezwungen, nachdem wir ihn aus seinem Sommerlager gelockt hatten. Auf dem Marsch werden wir auch Germanicus bezwingen. Die Männer, die wir beim Angriff auf das Lager verlieren würden, könnten uns dann fehlen.«

Inguiomar fragte Eilard nach seiner Meinung.

Der Marser legte die Hand auf den Schwertknauf. »Ich bin immer für den Kampf, sobald ein Feind in Sicht ist. Auch jetzt würde ich am liebsten sofort vor das Lager der Römer reiten und Vergeltung üben für das Massaker in der heiligen Nacht. Aber wenn Armin etwas anderes sagt, wird er gute Gründe haben. Er selbst hat für die Römer gekämpft und weiß daher gut, wie ihnen beizukommen ist.«

»Thorag hat auch für die Römer gekämpft«, sagte Balder. »Was sagst du dazu, Donarsohn?«

Thorag hatte dem Streit zwischen Armin und Inguiomar nur mit halbem Ohr zugehört. Er kannte das schon. Seit die Cherusker zwei Herzöge hatten, schienen die beiden grundsätzlich unterschiedlicher Meinung zu sein, als wollten sie ihren Machtkampf auf diesem Weg austragen. Es war ein kleines Wunder, daß es während der Schlacht nicht zu widersprüchlichen Befehlen gekommen war. Aber – noch? – sahen die meisten Armin als den Mann an, der die Entscheidungen traf. Vielleicht war gerade das der Grund, weshalb Inguiomar dem Neffen auch in Kleinigkeiten widersprach.

Dies hier war keine Kleinigkeit. Ein falscher Befehl, und viele tausend Krieger würden sich zu den heute Gefallenen gesellen. Und was Inguiomar vorschlug, war gewiß ein falscher Befehl. Das sagte Thorags kampferfahrener Verstand. Sein Herz, das vor Schmerz um Auja und Ragnar fast zerriß, sagte etwas anderes.

»Nun?« erkundigte sich Inguiomar. »Warum antwortest du nicht auf Balders Frage, Thorag?«

»Weil ich an meine Frau und an meinen Sohn gedacht habe.

Und daran, daß ich sie so schnell wie möglich wiedersehen möchte.«

Das Gesicht des Ingfürsten hellte sich auf. »Also bist du für den nächtlichen Angriff?«

»Ja, ich bin dafür, aber ich entscheide mich dagegen – gerade weil ich Frau und Kind wiedersehen möchte!«

Inguiomar gab sich geschlagen, aber es fiel ihm schwer.

Wohl noch schwerer fiel es Thorag, sich die ganze Nacht so nah bei Auja und Ragnar zu wissen, ohne etwas unternehmen zu können. Obwohl der Tag anstrengend gewesen war wie lange keiner mehr, obwohl Geist und Körper erschöpft waren, obwohl seine Arme vom Führen des Schwertes und Halten des Schildes so schwer waren, daß er sie kaum noch bewegen konnte, machte er kein Auge zu. Ruhelos streifte er am Waldrand umher und dachte an die glücklichen Zeiten.

Kapitel 25

Die Langen Brücken

Während Germanicus sich zurückzog, versuchte er sich immer wieder einzureden, daß dies nur eine geschickte Taktik war, die seine Armee in eine gute Ausgangslage für einen Gegenangriff bringen sollte. Aber weder der Imperator noch sein Heer erhielten dazu Gelegenheit.

Die Germanen folgten ihnen auf dem Fuße und griffen von Hügeln und Wäldern heraus die Marschkolonnen an, stifteten Tod und Verwirrung und tauchten dann schnell wieder ins Dunkel der Urwälder ein. Wie Mücken, die heranschwirrten, zustachen, sich schnell mit Blut vollsaugten und sich dann gesättigt wieder davonmachten. Nur mit dem Unterschied, daß die Germanen niemals satt zu sein schienen. Germanicus, der zuvor geglaubt hatte, Arminius vor sich herzutreiben, wurde jetzt von dem Cherusker durch das fremde Land getrieben. Der Germane hatte seine Art der Kriegsführung dem Römer aufgezwungen.

Und es war keine Taktik, die Römern lag. Von der Rastlosigkeit und den fortwährenden Angriffen zermürbt, redeten immer mehr Legionäre und auch Offiziere offen von einem Rückzug hinter den Rhenus oder auch davon, den Germanen die Geiseln auszuliefern, um endlich Ruhe zu haben.

Germanicus hatte die Meuterei im letzten Jahr noch in guter Erinnerung und wollte etwas Ähnliches nicht schon wieder erleben. Deshalb rief er an einem Abend, an dem sich die Legionen nach langem Marsch und harten Schanzarbeiten ins Lager zurückgezogen hatten, seine kommandierenden Offiziere ins Feldherrnzelt. Es war keine Lagebesprechung, wie sie vermuteten, sondern der Imperator wollte ihnen einen wichtigen Entschluß mitteilen.

Die Offiziere waren nicht minder erschöpft als die einfachen Soldaten, vielleicht sogar noch mehr, da sie ihren schwindenden Mut verhehlen und nach außen hin vorgeben mußten, sie glaubten noch an einen baldigen Sieg über Arminius. Aber Germanicus konnte in ihren Mienen das lesen, was er selbst längst erkannt hatte, ohne es sich einzugestehen oder gar anderen gegenüber auszusprechen: Dieser Feldzug war gescheitert! Einen Sieg über die Barbaren würde es frühestens im nächsten Jahr geben.

Jetzt sprach er es zum erstenmal aus und las in den Gesichtern der anderen Erleichterung, offen über die verfahrene Lage reden zu können. »Wir müssen uns absetzen«, schloß der Imperator die Rede, die zu halten ihn viel Überwindung gekostet hatte.

»Wie soll uns das gelingen, wenn die Barbaren uns fortwährend überfallen?« fragte Caetronius, der Legat der I. Legion. »Sobald sie merken, daß unser Ziel der endgültige Rückzug ist, werden sie die Angriffe noch verstärken.«

»Wir werden uns aufteilen«, antwortete Germanicus. »Ich ziehe mit den vier Legionen des oberen Heeres und dem größten Teil der Auxilien zum Fluß Amisia, wo unsere Flotte liegt. Während Pedos Reiterei uns schützt, schiffen wir uns ein. Caecina wird derweil mit den vier Legionen des unteren Heeres die Germanen beschäftigen.«

Für einen langen Augenblick herrschte Schweigen in dem großen Zelt. Die vielfältigen Geräusche des Lagers – Hufgetrappel und Hammerschläge, gebellte Befehle und Hornsignale – drangen um so deutlicher zu den Präfekten und Tribunen durch, aber niemand achtete darauf. Caecina und die Offiziere des unteren Heeres blickten sich betroffen an. Dieser Auftrag kam einem Todesurteil gleich. Ihre Blicke sagten es deutlich, wenn auch ihre Münder schwiegen: Germanicus warf vier Legionen den blutdürstigen Barbaren zum Fraß vor, um sich selbst zu retten.

»Ein ehrenvoller Auftrag«, sagte Aulus Caecina Severus, als sich die Blicke auf ihn konzentrierten. »Viele Soldaten werden ihr Leben lassen, um ihn zu erfüllen.«

»Wer gegen Rom gemeutert hat, sollte sich nicht zu schade sein, für Rom zu sterben«, versetzte Germanicus hart. »Wer aber überlebt, wird bar jeder Schande sein. Das gilt nicht nur für die Legionäre, sondern auch für ihre Offiziere.«

Caecina schluckte und ballte die großen Hände zu Fäusten. Er erkannte, daß Germanicus mit den Offizieren nicht zuletzt den grauköpfigen Legaten gemeint hatte, dem es nicht gelungen war, die Meuterei zu bekämpfen. Alle wußten es, und der Ausdruck ihrer Gesichter schwankte zwischen Mitleid und Schadenfreude.

Gnaeus Equus Foedus, der als Lagerpräfekt der I. Legion zu denen gehörte, die ihr Leben für den Rückzug des Imperators einsetzen sollten, sprach aus, was alle anderen nicht zu sagen wagten: »Wie aber, Caesar, sollen wir uns selbst von den Barbaren lösen?«

Germanicus sagte nur zwei Wörter: »*Pontes Longi!* – Die Langen Brücken!«

»Die Langen Brücken?« wiederholte Foedus. »Was ist das?«

»Jetzt verstehe ich«, brummte Caecina. »Die Langen Brücken wurden vor fünfzehn Jahren von Lucius Domitius Ahenobarbus angelegt, als dieser Statthalter in Germanien war. Auf einer Strecke von etwa zehn Meilen hat er Sumpfland durch einen Bohlenweg aus Baumstämmen trockengelegt, um Truppen und Nachschub hindurchführen zu können. Dieses Gebiet liegt etwa vier bis fünf Tagesmärsche von hier entfernt.«

»So ist es.« Germanicus rollte lächelnd eine Karte auf dem Tisch vor seinem Klappstuhl aus und beschwerte sie mit Tintenfässern und einem silbernen Weinbecher. Sein Finger zeigte auf das bewußte Sumpfland, ein großes Gebiet. »Caecina wird die Germanen dorthin locken, dann über die Langen Brücken gehen und den Weg hinter sich zerstören. Damit sind wir die Barbaren los!«

Einige Offiziere äußerten sich zustimmend, aber Foedus fragte: »Warum bleibt die Armee nicht zusammen und geht geschlossen über die Langen Brücken.«

Weil ich nicht weiß, ob die Brücken überhaupt noch begehbar sind, dachte Germanicus und sagte: »Das würde zu lange dauern. Alle acht Legionen und die Auxilien sind zu schwerfällig, um sich von dem beweglichen Feind zu lösen. Außerdem könnte es Schwierigkeiten geben, den großen Troß durch die Sümpfe zu führen.« Er sah Foedus genervt an. »Hast du sonst noch Fragen, Präfekt?«

»Ja, eine. Was macht dich so sicher, Imperator, daß die Germanen uns folgen werden und nicht dir?«

»Die Geiseln werden bei euch sein. Heute nacht lassen wir ein paar der germanischen Kriegsgefangenen entkommen. Sie werden dafür sorgen, daß Arminius erfährt, wo seine geliebte Frau und sein kleiner Sohn sich aufhalten. Er wird sich die Gelegenheit nicht entgehen lassen, sie zu befreien. Die Aussicht, es statt mit acht nur mit vier Legionen aufnehmen zu müssen, wird zu verlockend sein.«

»In der Tat«, sagte Caecina. »Arminius wird alles versuchen, uns vor den Langen Brücken aufzuhalten. Wir werden uns beeilen müssen.«

»Gerolf und seine Eberkrieger werden euch führen«, erklärte Germanicus. »Sie kennen einige Abkürzungen.«

Caecina, der seit vierzig Jahren im Felde stand, hatte sich seinen Ruhm mehr durch aufrechten Kampf erworben als durch List und Tücke. Das entsprach seinem gradlinigen Charakter. Der Eberfürst, der stets wirkte, als schmiede er mindestens zwei Komplotte gleichzeitig, war ihm zuwider. Aber jetzt war der Legat froh, daß Germanicus ihm Gerolf und seine Kriegerschar, die bei der Schlacht an den Drachensümpfen auf vierhundert Mann zusammengeschmolzen war, mitgegeben hatte. Sie ritten als Sicherungstrupps an den Flanken der Marschkolonne und als Späher voraus. Und sie fanden immer wieder Abkürzungen, die den geländeunkundigen Römern verborgen geblieben wären.

Der Weg war beschwerlich, und doch ließ Caecina jeden Tag zwei, drei Stunden länger marschieren als üblich. Er wußte, daß alles davon abhing, vor Arminius an den Langen Brücken zu sein. Und er war froh, als am vierten Marschtag gegen Mittag ein zurückkehrender Voraustrupp der Ebermänner meldete, der Beginn des Bohlenweges liege nur noch zwei Marschstunden entfernt.

Aber dann kam die schlechte Nachricht: Die Feuchtigkeit des Bodens und die vielen Jahre, die seit dem Bau der Langen Brücken verstrichen waren, hatten den hölzernen Damm so stark verrotten lassen, daß vor dem Überqueren umfangreiche – und zeitaufwendige – Ausbesserungen nötig waren.

Caecina ließ die Legionen weitermarschieren durch das zunehmend morastige Gebiet. Schon seit zwei Tagen erstreckten sich zur Rechten große Moor-, Sumpf- und Morastflächen, während das Gelände zur Linken anfangs sanft, dann immer steiler anstieg. Aber an diesem Tag wurde auch der Weg, den die Legionen zu den Langen Brücken nehmen mußten, von Stunde zu Stunde schwerer begehbar. Wagenräder, Pferdehufe und die Stiefel der Legionäre sackten in den Morast ein oder blieben im schweren Lehmboden stecken. Wildbäche sprudelten von den Hängen herunter und mußten durch rasch gebaute Brücken überwunden werde. Und jede Brücke kostete Zeit!

Während Caecina auf seinem kräftigen Braunen langsam durch das unwirtliche Land ritt, blickte er immer wieder in den Himmel, wo schon seit Tagen Wolkenfelder entlangzogen. Aber zum Glück öffneten sie ihre Schleusen nicht. Der Legat des Germanicus dachte lieber gar nicht daran, was im Falle eines Wolkenbruches mit diesem Gelände geschehen würde.

Hinter ihm entstand Unruhe. Pferde wieherten laut, und aufgeregte Menschenstimmen hatten Mühe, sie zu übertönen. Ein Karren, der mit leichten Feldgeschützen beladen war, drohte in einem großen Morastloch zu versinken. Er hing halb auf der Seite, und die beiden Zugpferde hatten immer größere Mühe, sich gegen das braune, sich schmatzend an ihren Leibern festsaugende Verhängnis anzustemmen. Sie schrien ihre Todesangst hinaus und machten die anderen Pferde in ihrer Nähe scheu. Nur mit Mühe konnten Reiter und Gespannführer die Tiere im Zaum halten. Das geschah nicht zuletzt zum Besten der Tiere; brachen sie aus, liefen auch sie Gefahr, im Morast zu versinken.

Caecina wendete sein Pferd, trieb es zwischen den Marschreihen hindurch bis zur Unglücksstelle und rief schon von weitem: »Nehmt die Tiere aus dem Joch!«

Der junge Tribun, unter dessen Kommando die Soldaten sich vergeblich um die Bergung des Wagens bemühten, erwiderte: »Aber dann versinkt der Wagen im Morast und mit ihm die Skorpione!«

»Wir retten wenigstens die Pferde und verhindern eine Panik!«

Der hagere Tribun nickte, und seine Männer wollten die beiden starken Zugpferde aus dem Joch lösen, das sie unbarmherzig immer tiefer in den Morast zog. Die Pferde wehrten sich in ihrer Todesangst gegen jede Berührung. Eins biß kräftig zu und verletzte einen Legionär am Arm. Die beiden Tiere schrien noch lauter, die allgemeine Panik wurde größer.

»Stecht die Pferde ab!« befahl Caecina.

»Wir brauchen jedes Pferd«, widersprach der Tribun. »Wir haben in diesem unebenen Gelände schon zu viele verloren.«

»Wenn weitere Tiere in Panik geraten und vom Weg abkommen, kostet uns das mehr als zwei Pferde«, rief Caecina, und seine wulstigen Lippen bebten vor Wut über die Widerspenstigkeit des jungen Ritters. »Tötet sie endlich!«

»Ich wasche meine Hände in Unschuld«, murmelte der Tribun und wies zwei Legionäre an, ihre Schwerter zu gebrauchen.

Die Schreie der Tiere erstarben mit dem Erlahmen ihrer Kraft. Der Morast verschluckte sie mit befriedigtem Gurgeln, und mit ihnen versanken der Karren und die sechs Skorpione dieser Kohorte.

Ein paar germanische Reiter drängten sich heran, Eberkrieger mit ihrem Fürsten. Gerolfs Blick streifte den kleinen sichtbaren Rest des versinkenden Wagens und sagte: »So etwas wird bald öfter geschehen. Meine Männer melden, daß wir kurz vor den Langen Brücken sind.«

Caecina war wütend darüber, daß der spitzgesichtige Germane ihm die Nachricht ausgerechnet in diesem Augenblick überbringen mußte. Das Versinken des Wagens im Morast erinnerte Caecina daran, wie vor kurzem viele römische Soldaten in den Drachensümpfen den Tod gefunden hatten. Auch Gerolf mochte daran denken und es als einen Beweis für die Schwäche der Römer nehmen. Aber Caecina durfte sich keine Schwäche leisten, nicht, wenn er das hier überleben wollte!

»Haben deine Männer auch ihre zweite Aufgabe erfüllt und einen geeigneten Platz für das Nachtlager gefunden?« fragte der Legat schroff.

»Das haben sie«, antwortete Gerolf ruhig. »Ein kurzes Stück voraus verbreitert sich das begehbare Gelände zu einem kleinen Föhrenwald.«

»Den Wald werden wir fällen und mit dem Holz das Lager befestigen«, entschied Caecina und teilte seine Legionen in drei Gruppen ein.

Die erste Gruppe sollte weiter bis zum Anfang der Langen Brücken marschieren und dort mit den Ausbesserungsarbeiten beginnen, damit das Heer am nächsten Morgen seinen Weg fortsetzen konnte. Die Aufgabe der zweiten Gruppe war die Errichtung des Nachtlagers, während die dritte Gruppe das Gelände sichern sollte.

»Meine Männer halten doch Wache«, meinte Gerolf großspurig. »Sie werden jeden Feind rechtzeitig melden. Du solltest deine sämtlichen Legionäre lieber für die Bau- und Schanzarbeiten einsetzen, Legat.«

»Das mag eure Art sein, die unsrige ist es nicht«, schnaubte Caecina. »Und da dies hier ein römisches Heer ist, gelten immer noch römische Regeln und römische Befehle!«

Wie recht er damit hatte, zeigte sich keine zwei Stunden später, als plötzlich ein leises Grollen über das Land rollte und schnell zu einem lauten Donnern anwuchs. Caecina dachte mit Erschrecken an ein Unwetter, das sich durch ein Gewitter ankündigte, doch ein Blick in den Himmel zeigte ihm, daß die Wetterlage sich nicht verschlechtert hatte.

Von den Posten auf den Hängen ertönte ein Schrei: »*Periculum in mora!*«*

Da sah Caecina diese Gefahr auch schon. Soweit das Auge reichte, liefen Germanen mit Schilden und blanken Waffen die Hänge herab. Das Donnergrollen war ihr anschwellendes Kampfgeschrei.

»Diese Barbaren dort sind von deinen Männern wohl überse-

---

* Gefahr im Verzug!

hen worden!« fauchte der Legat den Eberfürsten an. »Kann ja schon mal geschehen, es sind ja nur einige Tausende!«

»Das verstehe ich nicht«, stammelte Gerolf. »Sie … sie müssen meine Späher überrumpelt haben.«

Caecina hörte schon nicht mehr hin, sondern sandte Kuriere los. Die Männer im Föhrenhain sollten schneller arbeiten und die von den Langen Brücken der bedrängten Nachhut zu Hilfe kommen. Dann ritt der Legat zu den Kohorten, die sich formierten, um der bedrängen Postenkette beizustehen. Er selbst würde sie in den Kampf führen.

»Donar, Donar!« brüllten die Männer rings um Thorag in ihre Schilde, was den lauter werdenden Schreien einen besonders schaurigen Hall verlieh.

Mit nacktem, rotbemaltem Oberkörper und erhobenem Schwert lief der Gaufürst der Donarsöhne seinen Männern in weiten Sätzen voran. Sein langes Blondhaar wehte wie eine Fahne hinter ihm her.

Nicht nur Donarsöhne folgten ihm, auch Krieger aus anderen Gauen der Cherusker und anderen Stämmen standen unter seinem Befehl. Aber die Donarsöhne, die sich um ihren Anführer scharten, bildeten den Stoßkeil seiner Angriffswelle.

Es waren gerade mal fünftausend Mann, viel zuwenig, um die Römer zu besiegen. Aber vielleicht genug, um sie aufzuhalten, bis Armin, Inguiomar und Eilard mit der Hauptmacht heran waren. Das war Thorags Aufgabe, deshalb hatte Armin ihn mit den schnellsten Reitern vorausgeschickt.

Die römischen Posten rückten näher. Obwohl sie ihre Reihen schlossen, blickte Thorag durch sie hindurch. Dort unten bei den Wagen hielten sie sich vielleicht auf – Auja und Ragnar, Thusnelda und Thumelikar. Der Gedanke, ihnen so nah zu sein, versetzte ihn in noch größere Erregung. Es war wie ein Rausch nach dem Genuß von starkem Met, und in diesem Rausch traf er auf den Feind, keine schwere Legionsinfanterie, sondern gallische Lanzenträger, die in der Schlacht als Plänkler eingesetzt wurden: Caecinas erste Abwehrkette.

Thorag schlug und stach sich zwischen den Lanzenträgern hindurch. Einer wollte seine Waffe in den Bauch des Gaufürsten rammen. Der riß den linken Arm mit dem Schild hoch und wehrte den Stoß ab, die Lanze zerbrach. Der untersetzte Gallier starrte noch entsetzt auf den zerbrochenen Schaft in seinen Händen, als Thorags Schwertklinge durch seinen Hals fuhr.

Das erste Blut dieser Schlacht für Auja und Ragnar! dachte der Cherusker und rannte weiter. *Ich werde nicht eher ruhen, bis ihr wieder bei mir seid!*

Er stieß einem Gegner den spitzen Bronzebuckel seines Eichenschildes ins Gesicht und trennte einem anderen mit einem Schwertstreich fast den Unterarm ab. Dann war er auch schon durch die Kette der Lanzenträger hindurch und mit ihm die meisten seiner Männer.

Aber eine böse Überraschung erwartete die Angreifer: Schleuderer aus Rhodos und von den Balearen überschütteten sie mit einem Hagelsturm aus Bleigeschossen, die mit ungeheurer Wucht einschlugen, so schnell, daß man die kleinen Bleistücke nicht einmal kommen sah. Zerschmetterte Schädel, ausgeschlagene Augen, gebrochene Rippen und schwere Blutergüsse waren die Folge. Rechts und links von Thorag fielen seine Männer. Der Gaufürst war unverletzt geblieben und führte alle, die noch kampffähig waren, weiter den Hang hinab.

Caecina gönnte den Germanen keine Pause. Schützen aus Syrien und Kreta ließen dem Bleigeschoßhagel einen aus Pfeilen folgen. Diese Geschosse konnte man wenigstens kommen sehen – wenn man Glück hatte. Thorag hatte Glück und riß zweimal rechtzeitig den Schild hoch, um die gefiederten Holzgeschosse mit den gefährlichen eisernen Dreikantspitzen abzuwehren.

Die nachrückenden Germanen schlossen die Lücken, die Bleistücke und Pfeile in den Angriffskeil gerissen hatten. Aber schon mußten die Angreifer wieder ihre Schilde hochreißen. Die römischen Legionäre, hinter deren Treffen die Schleuderer und Schützen sich zurückgezogen hatten, warfen ihre Pilen.

Trafen die Wurfspeere auf die Schilde oder den Boden zwischen den anstürmenden Männern, verbogen sich die langen Eisenspitzen, und die Römer mußten nicht befürchten, von ihren eigenen zurückgeworfenen Waffen getroffen zu werden. Und doch war das Eisen stark genug, um tief in den Körper einzudringen und schreckliche Wunden zu reißen. In vielen Fällen brachte es auch den Tod.

Thorag entging diesem Schicksal nur knapp. Ein Pilum flog zwischen seinem rechten Arm und dem Körper hindurch und riß die Haut an seiner rechten Seite auf. Sein Oberkörper war so stark mit den roten Kriegszeichen der Donarsöhne bemalt, daß das austretende Blut kaum auffiel.

Germanen und Legionäre trafen aufeinander. Römische Kurzschwerter schlugen auf das Holz germanischer Schilde. Germanische Speere mit Spitzen aus Eisen oder feuergehärtetem Holz versuchten, die Kettenpanzer der Legionäre zu durchdringen. Der Kampf wogte hin und her. Thorag stand mitten im Gewühl und teilte einen Schlag nach dem anderen aus. Er dachte an Tebbe und Eibe und immer wieder an Auja und Ragnar, während die Feinde unter seinen Schlägen fielen.

Die von den Hügeln nachdrängenden Germanen erhöhten den Druck auf die römischen Verteidigungslinien, in die immer größere Lücken gerissen wurden. Zurückweichende Legionäre blieben im Morast stecken, konnten kaum noch vor und zurück und starben unter den Waffen der Germanen.

Thorag scharte einen achthundertköpfigen Trupp um sich, der hauptsächlich aus Donarsöhnen bestand. Mit diesen Kriegern drang er weiter in Richtung der Langen Brücken vor, und sie erreichten einen Föhrenwald, der schon zum größten Teil von den Römern abgeholzt worden war. Als ehemaliger Auxiliaroffizier in römischen Diensten erkannte der Donarfürst sofort, daß Caecina hier ein großes Lager errichten ließ.

Warum zog der römische Feldherr sich nicht über die Langen Brücken zurück? Der Bohlenweg wäre einfach zu verteidigen gewesen. Es gab nur eine Antwort: Der Knüppeldamm war nicht begehbar und mußte erst ausgebessert werden. Also konnten auch die Römer ihre Geiseln noch nicht weggeschafft haben!

Mit neuem Schwung griff Thorag an. Die Germanen sprangen über die halb ausgehobenen Gräben und die noch nicht vollendeten Wälle hinweg.

Die Legionäre griffen nach ihren Waffen oder, wenn das nicht schnell genug ging, verteidigten sich mit dem Schanzzeug, das sie gerade in der Hand hielten: Axtpickel, Spaten, Rasenstecher, hölzerne Schanzpfähle und eiserne Zeltpflöcke.

Sobald er sich für ein, zwei Augenblicke vom Feind lösen

konnte, blickte sich Thorag nach allen Seiten um. Er suchte nach den Geiseln, aber er fand sie nicht.

Dafür entdeckte er neue Kohorten, die von Westen im Laufschritt anrückten. Es mußten die Männer sein, die Caecina zum Ausbessern des Bohlenweges ausgeschickt hatte. Jetzt kamen sie ihren Kameraden im Föhrenwald zu Hilfe. Die Übermacht war so groß, daß sie Thorags Trupp, kaum stärker als eine Kohorte, gnadenlos aufreiben würde. Aber tot würden er und seine Männer Auja, Thusnelda und die Kinder niemals befreien können. Also suchte er sich die nächsten Hornisten und gab den Befehl zum Rückzug.

Auch weiter hinten mußten die Germanen auf die Hügel zurückweichen. Die gesamte Streitmacht der Angreifer war nicht einmal so stark wie eine römische Legion, stand aber vier Legionen und zusätzlichen Hilfstruppen gegenüber. Und so sah die einbrechende Dämmerung die Germanen wieder in den Wäldern verschwinden, aus denen sie gekommen waren.

Die Römer setzten ihre Schanzarbeiten fort, angetrieben von den Befehlen der Tribunen und Zenturionen. Die römischen Kommandos und die Arbeitsgeräusche drangen bis zu Thorag und seinen Unterführern, die am Rand eines bewaldeten Hügels standen und ihre Machtlosigkeit verwünschten.

»Wenn doch nur Armin mit unserer Hauptmacht endlich käme!« knurrte Argast, den, wie auch Thorag, zahlreiche frische Wunden schmückten.

»Ja, dann würden wir die Römerhunde hinwegspülen«, sagte Thidrik. Er saß an einem sprudelnden Bach und wusch eine große Wunde am Oberschenkel aus. »So wie das Wasser die herabfallenden Blätter wegspült.«

Thorag, der in Gedanken versunken gewesen war und nur halb zugehört hatte, fuhr herum und starrte den massigen Mann am Wildbach an. »Was hast du eben gesagt, Thidrik?«

Thidrik wiederholte seine Worte.

»Die Römer hinwegspülen – das ist es!« rief der Donarfürst. »Wenn wir nicht stark genug sind, die Römer zu besiegen, müssen wir sie mit ihren eigenen Waffen schlagen!«

»Mit ihren eigenen Waffen?« fragte Argast stirnrunzelnd. »Wir haben zwar einige erbeutet, aber ich verstehe nicht, wie das unsere zahlenmäßige Unterlegenheit ausgleichen soll.«

»So meine ich das nicht«, entgegnete Thorag. »Kennt ihr nicht das Sprichwort, daß die Römer mit Spaten und Pickel ebenso viele Schlachten gewinnen wie mit Speer und Schwert?« Sie kannten es nicht, und Thorag fuhr fort: »Während wir uns ausruhen und unsere Wunden lecken, arbeiten die Römer, obwohl sie vom Kampf nicht weniger erschöpft sind, und bauen sich ein Lager, das sie für die Nacht unangreifbar macht. Diese Disziplin macht sie stark. Wir müssen es machen wie sie!«

»Ein Lager bauen?« Argast schien noch verwirrter als zuvor. »Wozu? Sie wollen über die Langen Brücken, da werden sie ihre Zeit nicht damit verschwenden, uns hier oben anzugreifen.«

»Nein, wir bauen kein Lager.« Thorag zeigte auf den Bach, dessen Wasser Thidriks Wunde kühlte. »Hier oben gibt es viele Wildbäche. Wir werden alle umleiten, dorthin!« Sein ausgestreckter Arm fuhr herum und deutete nun zu den Römern. »Die Wasser werden den morastigen Boden zusätzlich aufweichen. Das wird die Römer bei der Arbeit behindern und morgen ihren Weitermarsch erschweren. Wenn Donar mit uns ist, hält es sie lange genug auf, bis Armin kommt!«

Als Sunna ihre Tagesbahn zog und ihr Licht auf das teilweise überflutete Tal warf, kam Armin noch immer nicht. Aber die Römer griffen an!

Sie wagten es tatsächlich, Argasts Zweifel zum Trotz, die Hänge heraufzustürmen. Die erschöpften Germanen, die während der ganzen Nacht Flüsse und Bäche aufgestaut und umgeleitet hatten, konnten sich nur mit Mühe wehren.

Während auf den Hügeln der Kampf tobte, ließ Caecina das Gelände trockenlegen und den Bohlenweg ausbessern. Der Lärm der Schlacht vermischte sich mit dem der Arbeit, und beides erstarb erst bei nächtlicher Finsternis.

Von Thorags fünftausend Kriegern lebte nicht einmal mehr die Hälfte, und keiner war darunter, der nicht mehrere Wunden aufzeigen konnte. In dieser Nacht ließ Thorag seine Männer ruhen, bis auf Wachen und Späher. Und bis auf ein paar Krieger, die Thorag in die Nähe des Römerlagers schickte, um laut die Götter anzurufen. Thorag hoffte, die Römer durch diese Gesänge zu zermürben. Er selbst lauschte ihnen, denn er fand keinen Schlaf.

Bevor es noch hell wurde, brachen die Römer ihr Lager ab und zogen über den ausgebesserten Teil des Bohlenweges. Hilflos blickte Thorag ihnen nach und glaubte seine Familie verloren.

Aber als Sunna am höchsten stand, kam Armin, wenn auch nicht mit der gesamten Streitmacht. Er war mit einer Vorhut vorausgeeilt. Genug Männer, um die feindliche Marschkolonne an schwachen Punkten anzugreifen. Er selbst ritt den Kriegern voran und rief: »Jetzt werden wir Varus und seine Legionen zum zweitenmal vernichten!«

So sah es tatsächlich aus. Der unerwartet heftige Angriff und das schwierige Gelände versetzten die Römer in Panik.

Auf Armins Befehl töteten die Germanen bevorzugt die Pferde der Römer. Die Tierkadaver versperrten den Weg. Auf dem vergossenen Blut und dem schlammigen Boden rutschten die römischen Soldaten und ihre Pferde aus. Bald verfielen die Tiere in Panik, warfen ihre Reiter ab, stoben durch die Marschkolonnen und zerstampften unter sich Soldaten, die nicht rechtzeitig beiseite springen konnten. Ganze Kohorten verloren so den Anschluß an die römische Hauptmacht.

Caecina selbst fand sich mitten im Getümmel wieder und stürzte in den Morast, als sein kräftiger Brauner von mehreren Speeren getroffen wurde. Seine Männer scharten sich um ihn und verteidigten ihn, bis eilig herbeistürmende Kohorten der I. Legion die Angreifer zurückschlugen.

Armin befahl, die abgespaltenen Kohorten in die Sümpfe abzudrängen und die Angriffe auf Caecina fortzusetzen. Aber hier zeigte sich der Unterschied zwischen ungezügelter germanischer Kampflust und römischer Disziplin. Armins und Thorags Krieger ließen nicht von den abgetrennten Kohorten ab, bis diese vollständig vernichtet waren. Und selbst dann verloren die Germanen noch Zeit mit dem Beutemachen.

Zeit genug für Caecina, sich abzusetzen und ein neues befestigtes Lager zu errichten.

Obwohl die Römer eine Ebene mit festem Boden erreicht hatten, war der Bau des Nachtlagers keine leichte Arbeit. Ein Großteil des Trosses war in den Sümpfen steckengeblieben und von den Germanen geplündert worden. Es fehlte an Schanzwerkzeug und an Zelten, und für die vielen Verwundeten war kaum genug Verbandszeug vorhanden. Die geretteten Nahrungsmittel mußten streng eingeteilt werden. Das wenige, das es zu essen gab, war durch Schmutz und Blut verunreinigt. Die Stimmung im römischen Heer schwankte noch zwischen Trotz und Verzweiflung, neigte sich aber immer stärker der Verzweiflung zu.

Caecina selbst aß nur eine halbe Schale Gerstenbrei und beschwerte sich nicht über die Lehmklumpen, die er darin fand. Jetzt galt es, den Soldaten ein Vorbild zu sein. Obwohl er nach dem Sturz vom Pferd jeden Knochen in seinem Leib spürte, legte er sich erst nach Mitternacht zur Ruhe, als er Gewißheit hatte, daß sein Lager nach allen Seiten gut befestigt war. Und nachdem er von Feuer zu Feuer gegangen war, um mit seinen Männern zu sprechen und ihnen zu zeigen, daß ihr Feldherr guten Mutes war.

In Wahrheit war er das gar nicht. Ihm war aufgefallen, daß Arminius nur mit schwachen Kräften angegriffen hatte. Jetzt aber hallte die Nacht vom Lärm neu eintreffender Germanenhorden wider. Morgen würde der Feind vielfach stärker sein, und heute war es schon schwer genug gewesen, ihm zu widerstehen. Caecina glaubte, während er sich unruhig auf seinem Feldbett hin und her wälzte, den Schlachtruf des Cheruskerherzogs zu hören: ›Jetzt werden wir Varus und seine Legionen zum zweitenmal vernichten!‹

Varus!

Plötzlich stand er vor Caecina, er, der doch vor sechs Jahren von Arminius besiegt worden war. Dessen abgetrennter Kopf von Marbod nach Rom geschickt worden war, weil der Markomannenkönig dieses ›Geschenk‹ des Arminius ebensowenig wollte wie ein Bündnis mit dem Cherusker.

Quinctilius Varus erhob sich aus den Sümpfen. Morast und Blut tropfte von seinem halbverwesten Körper. Sein Gesicht, einem Totenschädel ähnlicher als einem menschlichen Antlitz, verzog sich zu einer grinsenden Fratze. Er streckte einen Arm aus, formte die Hand zur lockenden Klaue und rief Caecina zu, ihm zu folgen.

Die Fratze veränderte sich und nahm Caecinas eigene Züge an. Mit Erschrecken erkannte der Legat, wie nah sein Schicksal an dem des Varus war.

»Geh weg, Varus!« schrie er und stieß den Toten zurück in den Sumpf.

»Ich bin nicht Varus!« rief der pferdegesichtige Mann empört und hielt sich, von Caecinas Stoß aus dem Gleichgewicht gebracht, an einem Stützpfosten des Feldherrnzeltes fest.

Caecina wischte mit dem kurzen Ärmel seiner Tunika den dicken Schweißfilm aus dem Gesicht, und die Schleier des Alptraums zerrissen. Nicht Quinctilius Varus stand vor ihm, sondern der Lagerpräfekt Foedus.

»Ich glaube, wir werden angegriffen«, stammelte Foedus, und seine breiten Nasenflügel zitterten vor Erregung. »Du mußt die Verteidigung organisieren, Caecina!«

Der Legat kam schnell auf die Füße, aber seine Bewegungen waren fahrig, so sehr hatte ihn der Traum erschüttert. Ein Sklave half ihm beim Anlegen der Stiefel. Auf Panzer und Umhang verzichtete er, weil die Zeit drängte.

Als er mit Foedus vor das Zelt trat, befand sich das Lager in allgemeiner Unruhe. Signale ertönten, befehlende und erschrockene Stimmen riefen durcheinander, Soldaten liefen kreuz und quer, reiterlose Pferde jagten durch die Gassen.

Gaius Caetronius galoppierte zum Feldherrnzelt, und Caecina rief ihm entgegen: »Wie ist die Lage, wo steht der Feind?«

»Es gibt keinen Feind, jedenfalls keinen, der angreift«, antwortete der Legat der I. Legion und sprang vor dem Feldherrn aus dem Sattel. »Ausbrechende Pferde haben die Männer in Panik versetzt.«

»Wie konnte es dazu kommen?«

»Eine der Geiseln, diese Germanin Auja, wollte fliehen. Als sie sich ein Pferd aus dem Verschlag holen wollte, brach die ganze Herde aus.«

»Und die Frau?«

»Sie stürzte im Aufruhr vom Pferd und hat sich am Bein verletzt. Wir haben sie zurück in ihr Zelt gebracht.«

»Hoffentlich diesmal unter besserer Bewachung!« schnaubte Caecina und beäugte erbost den allgemeinen Aufruhr, den eine einzige Frau entfacht hatte.

»Einer der Wächter hatte seinen Platz verlassen, um etwas Eßbares zu suchen. Er sagte, er sei vor Hunger fast gestorben.«

»So geht es uns allen«, sagte Caecina hart. »Laß ihn zur Warnung für alle anderen hinrichten!«

»Ich glaube nicht, daß das klug wäre«, widersprach Caetronius. »Die Bedrohung durch die Germanen hat unsere Soldaten schon genug in Aufregung versetzt. Wenn sie in dieser Lage fürchten müssen, für jede kleine Unachtsamkeit hingerichtet zu werden, könnte jeder Kampfwille sie verlassen.«

»Wenn eine Wache in einem vom Feind bedrohten Lager ihren Platz verläßt, ist das keine kleine Unachtsamkeit!« Caecina schrie es fast und riß vor Erregung die Augen so weit auf, daß die zahlreichen Fältchen sich glätteten. »Wenn wir nicht hart durchgreifen, haben wir es bald mit der nächsten Meuterei …«

Ein Zenturio ritt heran und fiel seinem Feldherrn einfach ins Wort: »Caecina, du mußt sofort zum Westtor kommen! Die Männer wollen aus dem Lager fliehen!«

»Dazu besteht kein Grund«, erwiderte Caetronius. »Kein einziger Germane ist ins Lager eingedrungen.«

»Aber die Männer glauben, das halbe Lager sei schon in der Hand der Barbaren«, keuchte der Zenturio und blickte den Feldherrn flehend an. »Nur du kannst sie beruhigen!«

»Nimm mein Pferd«, sagte Caetronius und hielt Caecina die Zügel seines Fuchses hin. »Du mußt dich beeilen!«

Caecina ritt mit dem Zenturio zum Westtor, wo die Wächter Mühe hatten, die immer stärker anwachsende Schar verängstigter Soldaten zurückzuhalten. Obwohl der Feldherr rief, daß kein Grund zur Panik bestehe, beruhigten sich die Männer nicht. Im Gegenteil, die Raserei steigerte sich noch. Offenbar glaubten die Soldaten, ihr Anführer sei zur dem Feind abgewandten Seite des Lagers geritten, um sich selbst in Sicherheit zu bringen.

Der Feldherr trieb sein Pferd in die Menge, um die Rasenden zurückzudrängen, aber um ihn herum wälzte sich die Flut aus Menschenleibern weiter auf das Tor zu. Schon rüttelten sie an den schweren Torflügeln.

Caecina sprang vom Pferd und ließ sich flach auf die Torschwelle fallen. Wenn es zur haltlosen Flucht kam, war er sowieso erledigt. Dann konnte er sich auch von den nagelbesetzten Sohlen der Soldatenstiefel zertrampeln lassen.

Doch die Männer hielten an und starrten verwundert auf ihren sich so seltsam gebärdenden Anführer. Der kam langsam auf die

Beine und versuchte, das Zittern zu verbergen, das sämtliche Glieder befallen hatte. Er blickte den Männern der vordersten Reihe in die Augen, einem nach dem anderen, und sprach mit fester Stimme zu ihnen. Das brachte die Wende. Die Männer kehrten ins Lager zurück und klärten ihre Kameraden darüber auf, daß keine Gefahr bestand.

Caecina ließ die Truppe auf dem Hauptplatz antreten, um mit beruhigenden und ermunternden Worten Ruhe und Kampfgeist wiederherzustellen. Er sprach von seinem Traum und betonte, daß er durch das Zurückstoßen des Varus dessen Schicksal von sich selbst und seinen Legionen abgewendet habe. Dann beschwor er die Legionäre, auf ihre Kampferfahrung und die Überlegenheit römischer Waffen zu vertrauen. »Das Lager gibt uns Schutz und Sicherheit. Wir müssen nur den rechten Zeitpunkt abwarten, dann wird uns ein Ausfall gelingen. Die Germanen sind unruhig wegen der Geiseln. Sie werden uns angreifen. Und wenn ihre Kräfte zersplittert sind, um das Lager zu nehmen, wird uns durch einen gezielten Gegenstoß der Sieg gehören!«

Hoffentlich wird es so kommen! dachte der nach außen so selbstsichere Feldherr voller Zweifel. *Falls nicht, sind wir alle verloren!*

»Das Lager angreifen?« rief Armin empört. »Das ist verrückt! Wir müssen warten, bis die Römer wieder auf dem Marsch sind. Noch haben sie den Sumpf nicht hinter sich gebracht. Unterwegs sind sie viel verwundbarer.«

Noch lagen Notts Schleier über dem Sumpfland. Überall in den Wäldern flackerten die Lagerfeuer der Cherusker und der verbündeten Stämme. Auch auf der großen Lichtung, auf der sich alle Edelinge versammelt hatten. Jetzt, wo alle Krieger hier waren, galt es, das weitere Vorgehen zu besprechen. Und das schien ungewiß, denn Armin und sein Onkel Inguiomar waren sich wieder einmal uneinig.

»Die Überfälle auf die Marschkolonnen haben uns doch nicht weitergebracht«, erwiderte der Fürst der Ingsippe. »Gestern nicht und vorgestern auch nicht!«

»Weil wir da noch nicht stark genug waren«, erklärte Armin. »Jetzt aber sind wir es.«

»Das sage ich doch«, erwiderte Inguiomar mit einem überlegenen Lächeln. »Wir sind so stark, daß wir das Lager erstürmen können. Und wir werden viel Beute machen. Nicht so wie gestern, wo du den Römern zwar ihren Troß abgejagt hast, das meiste aber vom Sumpf verschluckt wurde. Nein, wenn wir die Römer in ihrem Lager töten, haben wir alles auf einem Haufen und brauchen es nur einzusammeln. Außerdem wird die Gegenwehr nur gering sein. Unsere Späher haben vorhin eine Panik in ihrem Lager gemeldet. Die Römer haben keinen Kampfesmut mehr. Beim ersten Ansturm werden sie die Waffen strecken. Stimmen wir darüber ab! Wer ist für einen Angriff auf das Lager?«

Fast zwei Drittel der Edelinge schlugen ihre Waffen gegeneinander.

»Der Gedanke an die reiche Beute schaltet jede vernünftige Überlegung aus«, sagte Armin düster zu Thorag. »Das hat Inguiomar gewußt.«

Thorag nickte. »Er setzt unseren Sieg aufs Spiel, nur um mehr Beute zu machen.«

»Nein, um sich selbst an die Macht zu bringen! Wenn sein Plan gelingt, werden die meisten Edelinge fortan auf ihn hören, und Inguiomar wird endlich Herzog aller Cherusker sein.«

»Du bist ebenfalls Herzog, Armin. Niemand kann es dir verwehren, wenn du den Angriff nicht mitmachst.«

»Ohne die Krieger, die zu uns stehen, wäre der Sturm auf das Lager auf jeden Fall zum Scheitern verurteilt – aber auch unser Sieg über die Römer. Nein, wir alle müssen Seite an Seite kämpfen, bis zum Ende, wie auch immer es aussehen mag!«

Im Morgengrauen standen Armin und Thorag an der Spitze ihrer Männer, als schriller Hörnerklang über die Höhen schrie. Ihm folgten Kriegsgeschrei und Hufgetrappel. Die Krieger griffen an!

Hunderte von Männern hatten Flechtwerk zusammengesucht und warfen es in die Gräben, die die Römer rings um ihr Lager gezogen hatten. Die Germanen überwanden sie binnen kurzem und erstürmten die Wälle dahinter. Nur wenige Römer zeigten sich dort und wurden augenblicklich niedergemacht. Alles verlief ganz so, wie Inguiomar vorhergesagt hatte.

Aber dann mischten sich die Signale römischer Hörner und Trompeten in das Kriegsgeschrei der Germanen. Armin und Thorag erstarrten. Sie kannten die römischen Kommandos gut. Und jetzt bliesen die Hornisten und Trompeter nicht zur Flucht oder zur Aufgabe, sondern zum Angriff.

Da wurden auch schon alle Tore aufgerissen. Reiter galoppierten heraus, preschten mitten unter die Germanen und hieben dabei erbarmungslos um sich. Ihnen folgten römische Legionäre im Laufschritt, bis sie jenseits der äußeren Wälle waren.

Dann erschollen in rascher Folge die Kommandos der Tribunen und Zenturionen:

»*Consistite!*«

»*Retro!*«

»*Tollite pila!*«

»*Mittite!*«

»*Gladios stringite!*«

»*Cursim!*«*

Während die Pilen auf die Germanen niedergingen und große Lücken in ihre dichten Reihen rissen, griffen die Legionäre auch schon mit gezückten Schwertern an. Die Anführer der Germanen schrien ihren Männern zu, sich gegen die Legionäre in ihrem Rücken zu wenden. Nicht alle Befehle drangen zu den Kriegern durch. Mancher Ruf wurde von den Schreien der vielen Sterbenden und Verwundeten verschluckt.

»*Mittite!*«** ertönte es plötzlich auf den inneren Wällen des Lagers, und nach den Speeren kamen Pfeile und Bleigeschosse. Wie Geister der Morgendämmerung tauchten Schützen und Schleuderer auf den inneren Wällen auf und säten neue Verwirrung und neuen Tod unter den Germanen.

Auch die Donarsöhne gerieten allmählich außer sich. Vergeblich bemühte sich Thorag um eine Kampfordnung, die seinen Männern eine Verteidigung nach zwei entgegengesetzten Richtungen ermöglichte.

Ja, aus den Angreifern waren mit einem Schlag Verteidiger geworden! Sie saßen fest zwischen den von Bogenschützen und Schleuderern besetzten inneren Wällen und den anstürmenden Legionären.

---

* Halt! Kehrt! Hebt die Speere zum Wurf! Werft! Zieht blank! Im Laufschritt!

** Schießt!

Ein Bleigeschoß traf den bulligen Ayko am Kopf und riß ihm das linke Ohr ab. Blut schoß hervor und färbte die ganze linke Seite des Kriegers rot, aber Ayko hielt sich, wenn auch schwankend, auf seinem Pferd. Erst als sich die scharfkantigen Eisenspitzen zweier Pfeile fast gleichzeitig in seinen Rücken bohrten, fiel er, und sein Gesicht grub sich ins aufgewühlte Erdreich.

Thidrik sprang vom Pferd, sah nach ihm, nur kurz, und blickte dann zu Thorag auf: »Er ist tot.«

»Verfluchter Inguiomar!« rief der Donarfürst. »Das also ist die *geringe Gegenwehr* der Römer!«

Thidrik wollte etwas erwidern, aber daraus wurde ein Aufschrei, als ein Pfeil in seine Schulter fuhr. Mit einem Fluch brach er den Schaft ab und stieg mit Thorags Hilfe wieder auf seinen Rappschecken.

»Willst du die Wunde nicht verbinden?« fragte Thorag.

»Nach dem Kampf.«

Thidrik hatte recht, die Römer waren schon zu nah.

Thorag zog sein Schwert und brüllte: »Mir nach, Donarsöhne!«

Und er ritt den Legionären entgegen. Jetzt gab es nur ein Ziel: Die Germanen mußten der Umklammerung entkommen, bevor sie zwischen Legionären auf der einen und Schützen und Schleuderern auf der anderen Seite zerrieben wurden.

Nicht mehr um die Eroberung des Lagers ging es, sondern um die Rettung der eigenen Streitmacht. Inguiomars Schlachtplan war gescheitert.

*»Pergite!«**

Dieser Befehl galt allen, die im Lager zurückgeblieben waren. Caecina selbst konnte noch nicht ganz glauben, daß sein Plan gelungen war. Aber die langsam höhersteigende Sonne zeigte es deutlich: Die eben noch siegesgewissen Germanen starben in großer Zahl. Und wer nicht starb, war vollauf damit beschäftigt, der tödlichen Falle zu entkommen.

Als erstes ließ Caecina die Verwundeten über den Bohlenweg nach Westen bringen. Wer nicht laufen konnte, wurde auf Bahren

* Marsch!

getragen. Transportwagen und -pferde standen nicht mehr zur Verfügung. Jedes Pferd, auch die Tiere der hohen Offiziere, war den Reitern für ihren Ausfall zur Verfügung gestellt worden.

Zusammen mit den Verwundeten verließ ein Pioniertrupp das Lager. Er hatte eine doppelte Aufgabe: Der letzte Teil der Langen Brücken sollte so weit ausgebessert werden, daß der Rückzug der Römer reibungslos ablief. Aber gleichzeitig sollten die Männer Vorkehrungen treffen, um die Brücken völlig unbegehbar zu machen, sobald der letzte Römer sie überquert hatte.

Die Schlacht tobte den ganzen Tag. Als die Abenddämmerung einsetzte, hielt sich nur noch ein Teil der kämpfenden Truppe diesseits der Brücken auf. Zusammen mit ihrem Feldherrn und den Geiseln. Diese hatte Caecina für den Fall bei sich behalten, daß den Germanen ein Durchbruch gelang. Dann konnte er sein Leben und das seiner Männer mit den Geiseln schützen. Aber als die Germanen sich immer weiter zurückziehen mußten, schickte Caecina die Cheruskerinnen und ihre Söhne mit den nächsten beiden Kohorten durch die Sümpfe.

Das Lager war längst hinter den beiden Kohorten verschwunden, als die Germanen aus dem Gestrüpp brachen. Einige waren beritten, doch die meisten hatten ihre Pferde in den Kämpfen der letzten Tage verloren. Die Zenturionen riefen ihre Männer zu den Waffen, da erkannten sie die schwarzen Kriegsfarben der Ebermänner.

»Unsere Verbündeten«, seufzte erleichtert der junge Tribun, der die hintere Kohorte befehligte. »*Gladios condite!*«*

Gerolf, einer der wenigen Berittenen, trabte vorsichtig auf ihn zu. Für Menschen wie für Tiere war jeder Schritt gefährlich, die Nähe des Sumpfes machte sich durch große Morastlöcher bemerkbar.

»Hat Caecina euch uns nachgesandt?« fragte der hagere Tribun.

»Nein«, sagte Gerolf, und sein Blick wanderte von dem Tribun zu dem Befehlshaber der anderen Kohorte, der eilig angelaufen kam; es war der pferdegesichtige Lagerpräfekt Foedus. Gerolf zeigte auf die Geiseln und sagte: »Ich will die da!«

»Ich verstehe nicht …«, meinte der Tribun verwirrt.

---

* Schwerter in die Scheide!

»Ich werde nicht vor Armin und Thorag fliehen!« schrie der Eberfürst. »Ich will meine Rache jetzt!«

Er trieb sein Pferd an, und seine berittenen Begleiter taten es ihm nach. Sie bahnten sich einen Weg zu den Gefangenen.

Thusnelda drückte ihr erst wenige Wochen altes Kind an sich, und Auja verstärkte den Griff, mit dem sie Ragnars kleine Hand hielt.

»Thorags Frau und Kind, endlich!« rief Gerolf und wollte Auja packen.

Ragnar riß sich los, ballte seine Kinderhände zu Fäusten und schlug auf den Reiter ein. Der war nur für wenige Augenblicke erstaunt, dann lachte er und zog Ragnar einfach zu sich aufs Pferd.

»Ergreift die anderen!« befahl der Eberfürst seinen Männern.

Doch die Römer waren schnell und stellten sich auf Befehl des jungen Tribuns mit gezogenen Schwertern und erhobenen Schilden vor die beiden Frauen.

»Gib das Kind heraus, Germane!« forderte der Tribun.

Gerolf aber riß sein Pferd herum und sprengte davon, gefolgt von seinen Männern.

»Nein!« schrie Auja. »Ragnar!«

Sie wollte den Ebermännern nachlaufen, aber ihr beim nächtlichen Fluchtversuch verletztes Bein versagte ihr den Dienst, und sie stürzte zu Boden.

Der Tribun wandte sich an Foedus: »Wir müssen den Ebermännern nach und das Kind zurückholen.«

»Wie denn, ohne Pferde?« fragte der Präfekt. »Außerdem haben wir Befehl, die Langen Brücken so schnell wie möglich zu überqueren. Wenn wir uns hier noch länger aufhalten, bringen wir Caecinas ganzen Plan durcheinander.«

»Meinst du wirklich?« erkundigte sich zweifelnd der Tribun.

»Aber sicher doch«, antwortete Foedus und verbarg nur mit Mühe seine Zufriedenheit über Gerolfs Tat. Seit der Zeit, als Thorag Foedus' Vorgesetzter am Rhenus gewesen war, haßte er den Donarsohn. Sollte Gerolf ruhig Rache an Thorags Sohn nehmen, es würde auch Foedus' Rache sein!

Der Tribun sagte leise: »Du hast wohl recht, Foedus. Wir können nichts weiter tun.« Er wischte mit den Händen über seine Tunika, als könne er das Geschehene dadurch von sich abstreifen. »Ich wasche meine Hände in Unschuld.«

»Aber natürlich, Pilatus«, meinte Foedus mit einem dünnen Lächeln und sah den Germanen nach, die mit Ragnar in dem Gestrüpp verschwanden, aus dem sie so überraschend aufgetaucht waren. »Das ehrbare Geschlecht der Pontier wird durch keine Schande befleckt werden.«

Kapitel 26

Der Adler der Rache

»Wie geht es Inguiomar?« fragte einer aus der Schar der Edelinge, als Armin aus der Laubhütte auf die Lichtung trat.

»Er wird es überleben.« Armin sagte es in einem unbeteiligten Tonfall, der nicht verriet, ob diese Nachricht ihn mit Freude oder mit Ärger erfüllte. »Allerdings wird es lange dauern, bis er wieder Krieger in die Schlacht führen kann.«

Und in den sinnlosen Tod! dachte Thorag voller Bitterkeit und sah seine Krieger vor sich, wie sie gestern beim Angriff auf Caecinas Lager einer nach dem anderen gestorben waren. Ein neuer Tag war angebrochen, und noch immer brannten die Totenfeuer.

Fast bedauerte Thorag, daß Inguiomar seine schwere Verwundung überstehen sollte. Ein Pilum war in die Brust des Ingfürsten gefahren und hatte üble Verletzungen angerichtet, als die Eisenspitze sich verbog.

Nicht alle Anführer waren aus der Schlacht zurückgekehrt. Der Marserführer Eilard gehörte zu den Gefallenen. Die Marser waren sich noch nicht schlüssig, ob sie bei Armin und Inguiomar bleiben oder zu ihrem gebrochenen Herzog Mallovend zurückkehren sollten.

Sie hatten viel Zeit, um ihre Entscheidung zu treffen. Zum einen waren die Germanen zu geschwächt, um gleich wieder in den Kampf zu ziehen. Zum anderen gab es vorerst keinen Gegner mehr. Caecina hatte sich über die Langen Brücken abgesetzt und den Weg durch den Sumpf hinter sich zerstört.

Sicher, die Germanen konnten den Bohlenweg ausbessern.

Aber diese Zeit würde Caecina einen so großen Vorsprung einbringen, daß er unbehelligt zum Rhein gelangen konnte. Das war eine harte Niederlage.

Aber schlimmer als das empfand Thorag den Verlust von Auja und Ragnar. So nahe war er ihnen gewesen, so sehr hatte er für sie gekämpft – vergebens! Caecina hatte die Geiseln mit sich genommen.

Fast wünschte Thorag, er wäre gestern gefallen. Doch er hatte, wie Armin, nur leichte Verletzungen abbekommen. Hielt Donar seine schützende Hand über Thorag? Aber wenn ja, warum dann nicht auch über Thorags Familie?

Über solchen Fragen brütete der Donarsohn, während noch immer Trupps vom Schlachtfeld zurückkehrten. Es waren Verwundete, die sich mühsam aus den Sümpfen geschleppt hatten. Oder Männer, die ihre toten Brüder, Söhne und Väter geborgen hatten, um sie mit dem Totenfeuer zu ehren. Und auch solche, die das Schlachtfeld nach der von Inguiomar versprochenen reichen Beute abgesucht hatten. Einige hatten sogar aus Holz und Flechtwerk flache, leichte Kähne gebaut, mit denen sie die Sümpfe nach den versunkenen Schätzen des römischen Trosses absuchten. Thorag kümmerte sich nicht weiter darum, und so entging ihm die Unruhe, die ein kleiner Reitertrupp auf der Lichtung auslöste.

Thidrik, um dessen verletzte Schulter heilende Gräser gewickelt waren, lief eilig heran und rief: »Die Späher haben einen Gefangenen gemacht!«

»Es ist nicht der erste Gefangene und wird nicht der letzte bleiben«, sagte Thorag gleichgültig. »Warum erzählst du mir das?«

»Weil es einer von Gerolfs Eberkriegern ist. Und weil er sagt, er will mit dir sprechen.«

Jetzt wurde Thorag neugierig. »Was heißt das? Ist Gerolf etwa nicht mit den Römern über die Langen Brücken gezogen?«

»Keine Ahnung.« Thidrik zuckte mit den Schultern und verzog das Gesicht, als die verwundete Schulter mit heftigem Schmerz auf dieses Gebaren antwortete. »Sprich doch mit ihm!«

»Das werde ich.«

Thorag ging mit Thidrik zu den Männern, die sich um den Reitertrupp scharten. Auch Armin befand sich darunter. Der Eberkrieger war nicht gefesselt, aber die Späher hatten ihn entwaffnet. Es war ein gedrungener Mann, der passenderweise auf einem gedrungenen Falben saß. Mehrere kleine Wunden und eine arg zerfetzte Kleidung verrieten seine Teilnahme an der Schlacht bei den Langen Brücken.

»Wie heißt du?« fragte Armin den Ebermann.

»Grifo.«

»Was willst du hier?«

»Ich suche Thorag.«

»Ich bin Armin, mir kannst du auch antworten.«

»Meine Botschaft ist für Thorag bestimmt!«

Ingwin packte Grifos Umhang und zog ihn vom Pferd. Mit einem Schmerzenschrei landete der Ebermann vor den Füßen der anderen.

»Antworte, wenn der Herzog dich etwas fragt!« fauchte Ingwin.

Grifo rappelte sich hoch. Seine Miene verriet Haß, aber er beherrschte sich und fragte nur: »Ist das die Art, wie die Hirschkrieger das Gesandtenrecht achten?«

»Seit wann haben gemeine Verräter und Mörder Rechte?« grollte Ingwin und ballte eine Hand zur Faust, die er vor Grifos Gesicht schüttelte. »Eure ganze Ebersippschaft gehört behandelt wie Friedlose!«

Thorag schob sich durch die schnell anwachsende Menge zu Armin und Ingwin durch. »Laßt den Mann endlich reden!« forderte der Donarfürst und blickte Grifo an. »Ich bin Thorag.«

»Ich weiß. Mein Fürst läßt dir ausrichten, daß er dich an den Langen Brücken erwartet – nur dich allein!«

»Mich, warum?«

»Um dich dem Adler der Rache vorzuwerfen.«

»Du sprichst vom Blutadler?«

Grifo nickte.

»Warum sollte ich mich den Ebermännern ausliefern?«

»Du sollst dich nicht ausliefern. Es wird ein gerechter Kampf, Mann gegen Mann. Gewinnst du, bist du frei. Aber das glaubt Gerolf nicht.«

»Immerhin, Gerolf ist nicht mit den Römern gegangen«, stellte Ingwin fest. »Das ist die Gelegenheit, ihn zu ergreifen.« Seine Hand krallte sich in Grifos schmutzigem, löchrigem Umhang fest. »Und du wirst uns zu ihm führen!«

»Nein, nur Thorag allein!«

»Warum sollte sich Thorag darauf einlassen?« fragte Armin.

»Deshalb«, sagte Grifo und öffnete den Knoten einer dünnen Schnur, die einen der Lederbeutel an seinem Gürtel verschloß. Er zog einen kleinen, golden im Sonnenlicht blinkenden Gegenstand heraus und zeigte ihn den anderen. Es war eine fein gearbeitete Fibel, die einen Mann mit einem großen Hammer darstellte.

»Die Fibel gehört Ragnar!« stieß Thorag erregt hervor und entriß Grifo das Schmuckstück. »Ich habe sie für ihn anfertigen lassen und sie ihm zu seinem dritten Geburtstag geschenkt.« Sein Blick brannte sich in Grifos unregelmäßiges Gesicht, und seine Stimme wurde hart: »Woher hast du das?«

»Dein Sohn ist bei Gerolf, Donarfürst. Wenn du dein Leben nicht wagst, verliert Ragnar seines!«

»Das kann eine Falle sein«, warnte Ingwin. »Gerolf war lange genug in Ragnars Nähe, um ihm die Fibel abzunehmen. Sie beweist gar nichts. Ich kann mir nicht vorstellen, daß Caecina ihm den Jungen einfach so überlassen hat.«

»Es geschah seitens der Römer nicht ganz freiwillig«, grinste Grifo. »Und Caecina war gerade nicht in der Nähe.«

»So etwas paßt zu Gerolf«, meinte Thidrik. »Er ist genauso unberechenbar wie sein Vetter Onsaker. Solche Männer verraten jeden, wenn es ihren Zwecken dient.«

»Aber es ist kein Beweis!« beharrte Ingwin.

»Gerolf hat mit einer solchen Auffassung gerechnet«, sagte Grifo. »Wenn ihr mir nicht glaubt, sollt ihr mich allein zurückschicken. Ich werde euch dann einen Beweis bringen, der euch überzeugt. Ihr dürft euch aussuchen, was es sein soll: Ragnars Nase, ein Ohr oder vielleicht eine Hand?«

Grifo hatte noch nicht ganz ausgesprochen, da landete Thorags Faust mitten in seinem Gesicht und schickte ihn erneut zu Boden. »Ich sollte dich totprügeln, verdammter Hundesohn!« schrie der Donarfürst.

Grifo rieb sein Kinn und die Wange, grinste dann herausfordernd und erwiderte seltsam ruhig: »Tu das, Thorag, und du wirst nie erfahren, wo dein Sohn steckt.«

Armin wandte sich an Ingwin: »Paß auf die Ratte auf. Ich werde mich mit Thorag beraten.«

Die beiden Blutsbrüder traten in den Schatten einer einsam stehenden Kiefer, und Armin sagte: »Das ist ganz sicher eine Falle, Thorag. Wie Gerolf durch seinen Verrat an Caecina bewiesen hat, kann er gar nicht ehrlich sein.«

»Falls es ein Verrat an Caecina war.«

Armin sah Thorag erstaunt an. »Daran habe ich noch gar nicht gedacht. Aber natürlich, vielleicht wollen die Römer dich so in ihre Hände kriegen.«

Thorag schüttelte den Kopf. »Nein, ich glaube es nicht. Du bist viel wichtiger als ich, dann hätten sie es mit dir versucht und Thusnelda als Lockvogel genommen. Wie auch immer, bald werde ich es wissen.«

»Du willst mit Grifo gehen?«

»Bleibt mir etwas anderes übrig?«

Als sie zu dem Ebermann zurückkehrten und ihm die Entscheidung mitteilten, war Grifo sichtlich erleichtert. Er stieg auf seinen Falben und sagte: »Gebt mir meine Waffen zurück!«

Thorag erwiderte: »Du behältst dein Leben, aber wir behalten deine Waffen.«

Erst ritten die beiden Cherusker im Galopp, aber jetzt ging es nur noch im langsamen Schritt vorwärts. Sie hatten die Sümpfe erreicht, und der Streifen festen Landes, auf dem sie sich fortbewegten, wurde zusehends schmaler.

Nicht immer gab sich der Sumpf zu erkennen. Oft sah er aus wie harter, trittfester Boden, war sogar mit Moos und Blumen bewachsen. Und doch gab er unter der geringsten Belastung nach, verwandelte sich in eine tückische Falle, zog Mensch und Tier mit Macht in die Tiefe.

Die dichten Wolken, die Sunnas Strahlen fast gänzlich auffraßen, paßten zu dem öden Anblick niederen Buschwerks und weniger Bäume, die fast sämtlich verkrüppelt waren. Die Geister des Waldes und die Himmelsgötter schienen sich darin einig zu sein, diese traurige Landschaft zu meiden.

Sie waren schon über zwei Stunden römischer Rechnung unterwegs, doch obwohl Thorag sich hier nicht auskannte, glaubte er, den Weg auch in einer Stunde zurücklegen zu können – falls er ihn wiederfand. Grifo schlug absichtlich Haken, vielleicht auch um dem Donarfürst die Orientierung zu erschweren, sicher aber um festzustellen, ob sie von Hirschkriegern oder Donarsöhnen verfolgt wurden.

Auf einmal waren sie da! Wie aus dem Sumpf gewachsen, traten sechs Ebermänner den Reitern entgegen, mit Framen, Geren und Schwertern bewaffnet. Thorag bemerkte auch an ihnen deutliche Spuren der Kämpfe. Caecina hatte seine Verbündeten aus dem Ebergau nicht geschont. Die Reiter hielten an, und zwei Framenspitzen schwebten dicht vor Thorags Leib.

»Ich dachte, Gerolf wollte mir allein gegenübertreten«, sagte Thorag mit nur geringer Empörung. Natürlich hatte er mit solch einem Empfang gerechnet.

»Das wird sich zeigen.« Grifo brach plötzlich in ein heftiges Kichern aus, das dem Donarsohn gar nicht gefiel. »Jedenfalls wirst du ihm nicht bewaffnet gegenübertreten, Thorag. Meine Waffen mußte ich abgeben, also werde ich mir jetzt deine nehmen!«

Thorag blieb keine Wahl, als ihm Frame, Spatha, Dolch und Schild auszuhändigen.

»Ist er wirklich allein gekommen?« fragte ein vollbärtiger Ebermann und wies mit seiner Schwertspitze auf Thorag.

»Ich konnte keine Verfolger feststellen«, antwortete Grifo, ohne den Bärtigen anzublicken, so eifrig und begeistert prüfte er den harten Stahl von Thorags Schwertklinge.

»Hören wir, was die Posten sagen«, meinte der Bärtige und vertauschte das Schwert mit dem gebogenen Horn eines Urs, das in seinem Gürtel steckte. Er setzte das dünne Hornende an die bartumwucherten Lippen und blies kräftig hinein, ließ drei Töne über die Sumpflandschaft hallen, den ersten lang, den zweiten kurz und den dritten wieder lang.

Kurz darauf erklang eine leise Antwort, ebenfalls lang, kurz, lang, dann noch einmal aus anderer Richtung.

»Der dritte Posten meldet sich nicht!« stellte der Bärtige fest, während er die beiden Reiter in einer Mischung aus Beunruhigung und Vorwurf ansah.

Grifo wollte etwas erwidern, da ertönte das dritte Signal, und der Bärtige war beruhigt. »Gut, reitet weiter! Gerolf wird schon ungeduldig sein.«

Grifo und Thorag ließen die sechs Eberkrieger hinter sich zurück und tauchten wieder in die Einsamkeit der Sümpfe ein.

Mehrmals hallte es hölzern unter den Pferdehufen, wenn sie über Reste des zerstörten Bohlenweges ritten.

»Gerolf hat sich ein sehr unzugängliches Gebiet ausgesucht«, bemerkte Thorag.

Grifo nickte lächelnd. »Und rundherum stehen die Eberkrieger auf Wache. Wenn Armin oder deine Donarsöhne dir zu Hilfe kommen wollen, werden die Posten ein bestimmtes Signal blasen – und dein Sohn stirbt!«

»Das wird nicht geschehen«, sagte Thorag und kämpfte gegen das Frösteln an, das seinen Körper bei dem Gedanken daran überfiel, was ein Mann wie Gerolf seinem Sohn alles antun konnte.

Kurz darauf wußte er es. Ein Baum schälte sich aus dem graubraunen Einerlei heraus, groß, aber auch verkrüppelt und längst abgestorben. Seine Farbe hatte sich dem schmutzigen Braun des Sumpfes angeglichen, seine verwachsenen Äste trugen kein einziges Blatt mehr.

Aber etwas hing doch an dem Baum. Es sah aus wie ein rohes Stück Fleisch. Wie ein Lamm oder ein Kalb, das man gehäutet hatte. Aber es war ein Mensch, ein Kind, Ragnar, seiner Kleider beraubt und an den Füßen aufgehängt – wie zur Wodansprobe! Ragnar rührte sich nicht, seine Augen waren geschlossen.

Wieder überlief ein kalter Schauer Thorag und verwandelte sich übergangslos in eine Hitzewelle. Das Atmen fiel ihm schwer, sein Herz klopfte wie wild. Am liebsten hätte er seinen Rappen zu dem Baum gejagt und Ragnar sofort losgeschnitten. Aber er besaß nicht mal einen Dolch. Und außerdem umstanden etwa zehn bewaffnete Ebermänner den Baum, unter ihnen Gerolf.

»Was hast du mit meinem Sohn gemacht?« schrie Thorag, der kaum noch an sich halten konnte.

»Er ist nur bewußtlos.« Gerolfs Stimme verriet sowenig Gefühl wie sein Gesicht. »Ihm ist wohl das Blut zu Kopf gestiegen. Du hast ihn auch ganz schön lange warten lassen.«

»Du hast den Weg doch ausgewählt!«

Gerolf zeigte sich von diesem Vorwurf unbeeindruckt und ließ sich von Grifo Bericht erstatten.

Thorags Blick hing an seinem Sohn. Erleichtert stellte der Donarfürst fest, daß Ragnars Brustkorb sich hob und senkte. Ragnar lebte wirklich noch! Und er schien unverletzt zu sein.

Als Grifo geendet hatte, sagte Gerolf zu Thorag: »Wie es aussieht, hast du dich an die Bedingungen gehalten.«

»Aber du nicht!« erwiderte der Donarfürst und zeigte auf die Krieger. »Du wolltest allein gegen mich kämpfen.«

»Nun, ich bin nicht allein, und ich werde auch nicht gegen dich kämpfen. Du sollst so sterben wie Germar, hängend am Baum!«

»Ich habe gewußt, daß man dir nicht trauen kann, Gerolf. Erst hast du deinen eigenen Stamm verraten und dann auch die Römer, die dir Zuflucht gewährt haben.«

»Mach dir um mich keine Sorgen. Die Römer werden mir schon verzeihen.« Gerolf lächelte und deutete auf Ragnar. »Was zählt der Verlust eines Kindes, wenn ich ihnen dafür den Kopf des Gaufürsten Thorag bringen kann! Und wer weiß, vielleicht fällt mir auch noch Armins Kopf in die Hände.«

»Und was dann?«

»Alles wird so kommen, wie Segestes und ich es von Anfang an geplant haben!«

»Du meinst, ihr helft den Römern im Kampf gegen Armin. Und sobald der Widerstand der freien Stämme gebrochen ist, werdet ihr beide Herrscher von Roms Gnaden sein.«

»Ganz richtig. Ist das nicht der Wahlspruch der Römer, teile und herrsche?«

»Ich sage es nicht gern, aber dein Vetter Onsaker war mir angenehmer als du, Gerolf. Auch er war ein Verräter, der Mörder an seinem eigenen Sohn, aber er hat wenigstens mit aufrechtem Haß gegen die Römer gekämpft. Du würdest dich jedem andienen, der dir die Macht verspricht. Daß Segestes dies mitmacht, verwundert mich eher.«

»Segestes!« Gerolf sprach mit überraschender Verachtung von seinem Verbündeten. »In gewissem Sinn ist er ein Träumer. Er glaubt tatsächlich, daß er etwas für sein Volk erreichen kann. Was nicht heißt, daß er die Macht nicht schätzt. Ich denke, sobald das rechtsrheinische Gebiet in römischer Hand ist, werde ich auf ihn verzichten können.«

»Ich kann nur hoffen, daß es niemals dazu kommt!« sagte Thorag voller Abscheu. »Dann würden mehr Menschen an den Bäumen hängen als Blätter.«

Gerolf lachte. »Du bringst es auf den Punkt, Donarsohn. Steig vom Pferd und zieh dich aus! Der Baum wartet schon auf dich.«

»Laß erst Ragnar frei und gib ihm ein Pferd. Ich werde ihn bis zum Rand der Sümpfe begleiten und dann zu dir zurückkehren.«

»Wozu die Umstände? Warum soll ich auf die Gelegenheit verzichten, die Donarbrut vollständig auszulöschen? Es war übrigens ein Vergnügen, deine Auja um ihr Kind zu bringen!«

Diese Worte ließen Thorag jede Beherrschung verlieren. Er schnellte von seinem Rappen und riß den Eberfürst mit sich zu Boden. Dort packte er Gerolfs Kopf und schlug ihn gegen eine der aus dem Erdreich ragenden Baumwurzeln, einmal, zweimal. Dann griffen Gerolfs Krieger ein, zogen Thorag weg und prügelten ihn, bis er halb bewußtlos am Boden lag.

Als er wieder zu sich kam, war er nackt und an den Füßen gefesselt. Die Ebermänner warfen das Seil über einen starken Ast und zogen Thorag hoch. Alles drehte sich wie damals bei der Wodansprobe.

»Dafür werden du und dein Sohn noch mehr leiden!« sagte Gerolf.

Sein Kopf wies eine frische Platzwunde auf. Blut rann an seinem Gesicht herunter. Er tauchte seine Hand in das Blut und malte damit etwas auf Ragnars Brust und Bauch, einen unförmigen Vogel. Gerolf wiederholte das bei Thorag.

»Der Blutadler!« sagte der Eberfürst befriedigt. »Wie ich es Germar versprochen habe. Entgegen deiner Meinung, Thorag, kennt ein Ebermann durchaus Treue.«

»Die Treue unter Verrätern und Mördern«, sagte Thorag verächtlich.

»Es hat wohl keinen Sinn, daß wir uns länger darüber unterhalten.« Gerolf ließ sich von Grifo Thorags Frame geben. »Sieh jetzt zu, Eberfürst, wie dein Sohn von deiner eigenen Frame durchbohrt wird!«

Gerolf trat ein paar Schritte zurück und hob die Lanze zum Wurf.

Thorag wollte etwas sagen, ihn aufhalten, aber seine Kehle war plötzlich ausgetrocknet, fest verschnürt. Wenn Gerolf die Frame warf, konnte Thorag nur hoffen, daß Ragnar nicht leiden mußte.

In Gerolfs Augen blitzte es auf, die Muskeln seines rechten Arms zuckten, und die Frame durchschnitt die Luft.

Sie verfehlte Ragnar nur knapp und blieb in einer Baumwurzel stecken.

Ungläubig starrte Gerolf auf den Baum. Seine Augen schienen aus ihren Höhlen hervorzuquellen. Dann stürzte er vornüber. Zwischen seinen Schulterblättern steckte ein Wurfspeer.

Erregung und Furcht ergriff die Eberkrieger – und Tod. Einer nach dem anderen brach getroffen zusammen, als die Angreifer ihre Gere schleuderten. Es kam zum Kampf Mann gegen Mann. Grifo wendete sein Pferd und wollte fliehen.

»Hierbleiben, du dreckiger Eber!« schrie Ingwin, sprang ihn an und stieß sein Schwert in die Seite des Falben. Das Tier stürzte, und Grifo rollte vor Ingwins Füße. Mit einem weiteren Schwerthieb trennte Ingwin den Kopf des Ebermannes von dem gedrungenen Leib.

Thidrik, der trotz seiner verletzten Schulter mitgekommen war, lief neben Armin auf den Baum zu. Zwei Ebermänner stellten sich ihnen in den Weg. Thidriks Verletzung machte ihm arg zu schaffen. Nur mit Mühe konnte er seinen Schild halten. Armin erledigte sein Gegenüber mit ein paar schnellen, kräftigen Schwerthieben und stieß die Klinge dann tief in die Seite von Thidriks Gegner.

Der Hirschfürst und der Donarsohn erreichten den Baum. Armin schnitt Thorag los und Thidrik den bewußtlosen Ragnar, während um sie herum die letzten Eberkrieger starben oder die Waffen streckten.

»Ihr habt euch aber Zeit gelassen«, seufzte Thorag, als er wieder auf die Füße kam.

»Wir durften den Eberkriegern nicht auffallen, die überall am Rand des Sumpfes stehen«, sagte Armin. »Außerdem ist es nicht ganz leicht, sich mit diesen Sumpfkähnen fortzubewegen. Mehr als eine der Stangen, die wir zum Staken benutzten, hat der Sumpf verschluckt. Wir haben dann unsere Framen genommen. Und bei alledem mußten wir dich und diesen Grifo im Auge behalten, durften euch aber nicht zu nahe kommen.«

Ingwin kam herbei und sagte: »Hier ist alles in unserer Hand. Soll ich das Signal geben?«

Armin nickte.

Ingwin blies in ein Horn, ähnlich dem, das vorhin der bärtige Ebermann benutzt hatte. Aber es war ein anderes Zeichen, ein kurzer Ton, zwei lange und dann wieder ein kurzer.

»Das Zeichen zum Angriff«, erklärte Armin. »Unsere Krieger werden die Ebermänner erledigen.«

Thorag dachte daran, daß jetzt überall am Rand der Sümpfe Hirschkrieger und Donarsöhne über die Ebermänner herfielen. Wie er es mit Armin besprochen hatte, bevor er mit Grifo zu den Langen Brücken ritt. Es war ein gewagter Plan gewesen, und fast wären die Retter zu spät gekommen. Aber es war die einzige Möglichkeit gewesen, Ragnar zu retten. Thorag hatte nicht für einen Augenblick geglaubt, daß Gerolf es ehrlich meinte.

»Neeeiiin!«

Der langgezogene Schrei riß Thorag aus den Gedanken.

Thidrik hatte ihn ausgestoßen – mit gutem Grund: Gerolf war nicht tot!

Schwankend stand der Eberfürst einige Schritte entfernt und hielt einen Ger mit blutiger Spitze in der erhobenen Rechten. Es war der Speer, der zwischen seine Schultern gefahren war.

»Du wirst dein Kind nicht retten, Thorag!« schrie er und schleuderte die Waffe. Nach dieser Kraftanstrengung sank der Verwundete auf die Knie.

Thidrik sprang vor, um den am Boden liegenden Ragnar zu schützen. Der Speer bohrte sich durch den Leib des Mannes.

Als Thorag den Freund stürzen sah, sprang er zu Gerolf, legte seine Hände um den Hals des Eberfürsten und drückte fest zu, bis Gerolfs Kopf kraftlos zur Seite fiel. Nicht nur die Kraft hatte den Ebermann verlassen, sondern auch das Leben.

Thorag zerbrach Thidriks Waffen und warf sie in das Totenfeuer, in dem der Körper des Freundes verbrannte.

Die Donarsöhne hatten sich auf der Lichtung versammelt, in deren Mitte das Feuer brannte. Ihre Gesänge begleiteten Thidriks Geist, der mit dem Rauch zu den Göttern aufstieg.

Gerolf wurde nicht auf diese Art geehrt. Seine Leiche hing an dem toten Baum in den Sümpfen. Mochten die Geier ihn sich holen.

Viele Eberkrieger waren gestorben oder gefangengenommen worden. Sicher hatten Armins Männer nicht alle erwischt, aber der klägliche Rest konnte keinen Schaden mehr anrichten.

»Behalte Thidrik stets in guter Erinnerung, mein Sohn«, sagte

Thorag zu Ragnar, der mit seinem Vater nah am Feuer stand. »Zweimal setzte er sein Leben ein für Donars Abkömmlinge. Mich rettete er vor Onsaker, wie er dich vor Gerolf rettete. Sei so tapfer wie Thidrik, und ich werde immer stolz auf dich sein!«

»Ich will so tapfer sein wie Thidrik«, versprach Ragnar und sah zu seinem Vater auf. »Zusammen mit dir werde ich Mutter zurückholen! Das werden wir doch tun, nicht wahr?«

Ehe Thorag antworten konnte, bildeten die Donarsöhne eine Gasse, durch die Armin kam. Er hatte die Trauerfeier verlassen, weil Boten mit wichtigen Neuigkeiten das Lager erreicht hatten.

Armin lächelte und wirkte seltsam gelöst. Er blieb vor Thorag und Ragnar stehen und sagte: »Die Boten brachten gute Nachricht. Segimer und sein Sohn Sesithar sind aus der Ubierstadt geflohen. Offenbar hatten sie es satt, von den Römern mehr als Gefangene denn als Verbündete behandelt zu werden. Segimund, der sich gut in der Ubierstadt auskennt, soll ihnen geholfen haben, wurde aber erwischt. Es heißt, Segestes habe seine eigene Familie verraten, wieder einmal. Segimer und Sesithar entkamen über den Rhein, so wie du einst mit Thidrik, Thorag.«

Ragnar fragte: »Warum ist das eine gute Nachricht?«

Armin ging vor ihm in die Hocke und erklärte: »Segimer ist so aufgebracht über die Behandlung durch die Römer, daß er sich uns anschließen will. Da Segestes in der Ubierstadt ist, werden die Stiermänner Segimer als ihren neuen Fürsten anerkennen. Dann ist der Stiergau auf unserer Seite. Und mit dem Ebergau werden wir auch leichtes Spiel haben. Der Cheruskerstamm ist geeint, und das wird andere Stämme zu den Waffen locken. So werden wir die Römer besiegen!«

»Und dann holen wir Mutter zurück?« wollte Ragnar wissen.

Armin nickte. »Ja, deine Mutter Auja und meine Gemahlin Thusnelda. Und meinen kleinen Sohn Thumelikar, den ich niemals sah, nie in meinem Armen hielt.« Armin legte seine Hände auf Ragnars Schultern. »Sag, Ragnar, hat Thumelikar Ähnlichkeit mit seinem Vater?«

»Ich … ich weiß nicht«, stammelte der Junge. »Er ist ganz klein und hat keine Haare auf dem Kopf.«

»Das kommt alles noch«, lachte Armin. Er erhob sich und sah Thorag an. »Du siehst so ernst aus, Bruder.«

»Ich denke daran, wie nah wir Auja und Thusnelda schon

waren, erst bei der Eisenburg, dann bei den Drachensümpfen und jetzt hier bei den Langen Brücken. Doch nie ist es uns gelungen, sie zu befreien!«

»Du hast deinen Sohn wieder, Thorag. Ich wäre glücklich, wenn ich das von mir sagen könnte. Sei zuversichtlich! Wenn wir beide Seite an Seite stehen, sind die Götter mit uns. Der heutige Tag hat es gezeigt. Über kurz oder lang werden Auja und Thusnelda wieder bei uns sein!«

»Ja«, sagte Thorag leise und hoffte, daß Armin die Wahrheit sprach.

Er nahm Ragnar auf den Arm und starrte auf den Rauch des Totenfeuers. Vielleicht überbrachte Thidrik den Göttern Thorags Gebete.

NACHSPIEL

Der Triumphator von Rom

*»Respice post te, homine te esse memento!«**

Es hätte nicht dieser mahnenden Worte bedurft, die der Staatssklave, der hinter Germanicus auf der Quadriga stand und den goldenen, mit Edelsteinen besetzten Lorbeerkranz über das Haupt des Triumphators hielt, ebenso eintönig wie in regelmäßiger Wiederkehr aussprach, um dem Enkel des Marcus Antonius bewußt zu machen, daß er nicht der Träger göttlicher Glückseligkeit war und kein Nachfolger des Romulus, der vor mehr als siebeneinhalb Jahrhunderten den ersten Triumph in der Geschichte Roms gefeiert hatte.

Germanicus fühlte sich wie sein Großvater, der einst an Kleopatras Seite über Ägypten geherrscht hatte und dann so tief gefallen war. Nein, Gaius Julius Caesar Germanicus war kein Glückskind der Götter, kein Träger magischer Kräfte, auch wenn er so aussah in den goldbestickten Purpurgewändern, mit dem grünen Lorbeerkranz in seinem Haar, mit dem goldenen Amulett um seinen Hals, mit dem Lorbeerzweig in der rechten und dem Adlerzepter aus Elfenbein und Gold in der linken Hand. Das alles waren nur Äußerlichkeiten wie sein mit Mennig zinnoberrot gefärbtes Gesicht, dazu bestimmt, den Schein zu wahren und das einfache Volk zu täuschen.

Und die zu Hunderttausenden zusammengeströmten Menschen ließen sich täuschen. Sie jubelten dem vermeintlich siegreichen Imperator zu, als sich der Triumphzug auf dem südlichen Marsfeld formiert hatte und seinen Weg zwischen den hölzernen Tribünen hindurch nahm, die man eigens für dieses Fest errichtet hatte. Aber nicht nur sie, jeder freie Fleck dazwischen war mit Menschentrauben besetzt, aus jedem Fenster schauten mehrere neugierige Köpfe. Und fast alle priesen den siegreichen Feldherrn, den Rächer des Varus und Bezwinger des Arminius. Seine Kinder, darunter Caligula und die kleine Julia Agrippina, die bei

---

* Schau hinter dich, erinnere dich, daß du nur ein Mensch bist!

Germanicus auf dem hohen, mit Gold und Edelseinen geschmückten, von vier prächtigen Schimmeln gezogenen Triumphwagen standen, sonnten sich in den Rufen, als gelten sie ihnen. Und tatsächlich hörte Germanicus nicht nur seinen Namen, sondern immer wieder begeisterte ›Caligula‹-Rufe, wahrscheinlich von alten Soldaten ausgestoßen. Der kleine Gaius griente und reckte stolz das Kinn nach oben, obwohl er kaum über die Umfassung des Wagens kam, ganz so, als feiere er seinen eigenen Triumph.

Der Feldherr nahm die mahnenden Worte des Sklaven wörtlich und blickte über seine Schulter. Auf dem nachfolgenden Wagen, dessen Zierat gegen den überreichen Schmuck des Currus Triumphalis geradezu ärmlich wirkte, stand Agrippina zusammen mit den engsten Angehörigen des Triumphators: seine Mutter Antonia, seine Schwester Livilla und sein schwachsinniger Bruder Claudius. Agrippina hielt die jüngste Tochter im Arm, die im letzten Jahr zur Welt gekommene Julia Drusilla. Agrippinas Gesicht wirkte ernst, dem hohen Fest angemessen, doch in Wahrheit verbarg es ihre Bitterkeit. Sie ließ sich von dem allgemeinen Trubel ebensowenig täuschen wie ihr Mann.

Germanicus war nicht der eigentliche Triumphator, auch wenn das Volk seinen Namen in lauten Sprechchören rief, als der Zug den vollbesetzten Circus Maximus durchquerte. Der Jubel war nicht geringer als bei den großen Wagenrennen. Die Menge bestaunte die Kriegsbeute, die Gefangenen und die Triumphalgemälde, die zusammen mit den Feldzeichen der am Rhenus stationierten Legionen den vorderen Teil des Zuges bildeten. Da die Kriegsbeute in einem ärmlichen Land wie Germanien naturgemäß bescheiden ausfiel – der zurückgebrachte Teil von Varus' Kostbarkeiten war noch das Wertvollste –, hatte man sich mit den Gefangenen und den Gemälden besondere Mühe gegeben.

Die großen Gemälde, die von kräftigen, manchmal von mehreren Männern getragen wurden, waren erst in den letzten Tagen angefertigt worden, damit ihre Farben beim Triumphzug noch frisch leuchteten. Sie zeigten Germaniens Berge und Flüsse und die Schlachten, die Roms Legionen mit den Barbaren ausgetragen hatten: den Überfall in den Nächten der Tamfana, den Sieg im Cäsischen Wald, die Vernichtung Mattiums, die Kämpfe bei den Drachensümpfen und bei den Langen Brücken. Auf den

Gemälden waren es immer die Römer, die den Sieg davontrugen, wenn es in Wahrheit auch anders ausgesehen hatte.

Die Erinnerung an die schlimmen Tage kehrte zurück. Schon bei den Drachensümpfen hatte Germanicus gespürt, daß ihn das Glück verließ. Was dann geschah, war eine Flucht, und Caecinas Überleben wohl nur ein Zufall. Links des Rhenus entstand eine Panik, als die Nachrichten von dem unglücklichen Verlauf des Feldzuges bekannt wurden. Jeden Tag erwartete man einen Angriff der Germanen auf die andere Seite des Flusses und wollte deshalb die Brücken abbrechen. Die heimkehrenden Soldaten wären von Nachschub und Entsatz abgeschnitten gewesen.

Agrippina bewies, daß sie die würdige Gattin eines Imperators war. Sie verhinderte den Abbruch der Brücken und organisierte die Versorgung der Heimkehrer mit Nahrung und Verbandszeug.

Das hatte Tiberius gar nicht gefallen. Auch wenn der Princeps weiter in lobenden Briefen die baldige Rückkehr seines Adoptivsohnes nach Rom erflehte, seine mündlichen Äußerungen über Germanicus klangen ganz anders, wie man dem Feldherrn zugetragen hatte. Im Senat sollte Tiberius gesagt haben: ›Einem Imperator bleibt ja kaum noch etwas übrig, wenn seine Frau die Manipel mustert und die Parade der Feldzeichen abnimmt. Demnächst läßt sie nicht nur ihren kleinen Sohn in Soldatentracht herumtragen, sondern zieht selbst eisenbeschlagene Stiefel und einen Muskelpanzer an!‹

Der Winter linderte die Wunden, und im nächsten Jahr rückte Germanicus mit seinem Heer erneut gegen Arminius vor. Der Imperator hatte eine Flotte von tausend Schiffen, darunter viele flachrumpfige Landungsboote, bauen lassen, um nicht Heer und Nachschub dem langen Landweg anzuvertrauen, der die Germanen immer wieder zu Überfällen einlud. Nein, nur in offener Feldschlacht war der Feind zu besiegen, das hatte Germanicus erkannt. Nur so konnten die römischen Legionen ihre Stärken ausspielen.

Und endlich, endlich war es zu der ersehnten Schlacht auf der Ebene von Idisiaviso gekommen, von den Barbaren die Wiese der Elfen genannt. Es sollte sich zeigen, daß Arminius sich nicht unbedacht auf seine erste Feldschlacht mit den Römern einließ.

Er hatte seinen Kriegern einiges von der Disziplin und der Kampfweise der Römer beigebracht. Doch ohne den persönlichen Einsatz des Cheruskerherzogs wären die Barbaren trotzdem verloren gewesen. Arminius wurde schwer verwundet und wäre fast gefangen worden, entkam aber mit Hilfe seines Freundes Thorag. Die Edelinge beschmierten ihre Gesichter mit Blut und schlüpften unerkannt durch die römischen Linien.

Schon kurze Zeit später stießen Römer und Germanen wieder zusammen, am Angrivarierwall, jenem gewaltigen Damm, mit dem der Stamm der Angrivarier sein Siedlungsgebiet von den Cheruskern abgrenzte. Erneut führte Arminius sein Heer mit solchem Geschick, daß Germanicus der ersehnte Sieg versagt blieb. Beide Armeen ließen auf dem Schlachtfeld Tausende von Toten zurück und waren zu geschwächt, den Kampf fortzusetzen. Als auf dem Rückweg zum Rhenus ein Sturm die römische Flotte heimsuchte, schob Germanicus einen Teil seiner gewaltigen Verluste auf den Untergang vieler Schiffe.

Das Volk mochte dies glauben, Tiberius tat es nicht. Er bat nicht mehr, sondern verlangte jetzt die Rückkehr des glücklosen Imperators nach Rom.

Noch einmal kam Munatius Plancus in die Ubierstadt und machte Germanicus deutlich, er würde bei einer sofortigen Rückkehr als glänzender Feldherr und vom Glück begünstigter Triumphator empfangen, bei einer Weigerung aber unter Schimpf und Schande gewaltsam zurückgeholt werden.

Germanicus ersuchte, bat, bettelte und flehte um noch ein einziges Jahr. Um die Germanen zu unterwerfen. Um Varus und Drusus zu rächen.

Aber Tiberius blieb hart. Er wollte den möglichen Rivalen endlich unter seiner Kontrolle haben, hier in Rom. Germanicus mußte sich fügen.

Zwei Jahre zuvor hätten seine Legionen Tiberius gestürzt, um Germanicus zum Herrscher auszurufen. Aber Germanicus selbst hatte die Soldaten auf seinen Adoptivvater eingeschworen, und außerdem waren sie nach den vielen Kämpfen kriegsmüde.

Und so war der Princeps an diesem sonnigen Frühlingstag der eigentliche Triumphator.

Nur die größten und kräftigsten der Kriegsgefangenen waren für den Triumphzug ausgewählt worden. Manche waren nackten

Oberkörpers und stellten gezwungenermaßen ihre beeindruckenden Muskeln zur Schau. Andere trugen ihre Umhänge und sogar ihre Fibeln und anderen Schmuck, um von den Wunden der Mißhandlungen abzulenken, die den Germanen in der Gefangenschaft beigebracht worden waren.

Die einfachen Krieger gingen, in großen Gruppen zusammengekettet, zu Fuß. Die Edelinge und Fürsten aber wurden, wie auch die Kriegsbeute, auf oft mehrstöckigen, sänftenähnlichen Gestellen von purpurgewandeten Sklaven getragen. Während die gefesselten Edelinge auf den unteren Ebenen hockten, lagen und hingen über ihnen ihre Waffen und Schilde. Unter den so besonders zur Schau gestellten Gefangenen befanden sich viele, deren Namen beim römischen Volk bekannt waren, wie der Chattenpriester Libes und der Sugambrerfürst Deudorix.

Zwei Gestelle mit Gefangenen erregten noch größeres Aufsehen als die anderen. Auf dem einen waren der Cheruskerfürst Segimerus, sein Sohn Sesithacus, dessen Weib Rhamis, die eine Tochter des Chattenfürsten Ucromirus war, und Segimundus angekettet, der Sohn des Segestes. Gleich danach folgte ein Gestell mit zwei Frauen und einem kleinen Kind: Thusnelda, die Gattin des Arminius, mit dessen Sohn Thumelicus, und Auja, die Gemahlin des Fürsten Thorag.

Segimerus und Sesithacus hatten sich nach ihrer Flucht aus der Ubierstadt nicht lange in Freiheit befunden. Noch im selben Jahr hatten sie sich den Truppen des Stertinius ergeben müssen.

Zwei Dinge erregten das Volk besonders. Einmal die Anwesenheit der Familie des Arminius, dessen Name seit dem Sieg über Varus wie ein Schreckgespenst über Rom hing. Zum anderen der Umstand, daß Segestes, dessen Familie ebenfalls zur Schau gestellt wurde, als Gast des Tiberius auf dessen Tribüne saß. Darüber konnten sich Plebejer wie Patrizier gar nicht genug die Mäuler zerreißen.

Alle zogen an der kostbar geschmückten Tribüne des Herrschers vorbei: die Feldzeichen, die große Statue des Gottes Jupiter, die Triumphalgemälde, die Beutestücke, die Gefangenen und ihre Wächter, die Flötenspieler und der Bläserchor, die Opferhelfer mit den mehr als hundert weißen Stieren, die Liktoren mit den geschulterten Rutenbündeln, direkt dahinter der Triumphwagen mit Germanicus, der Wagen mit Agrippina, hohe Beamte und

Senatoren und dann die Abordnungen der germanischen Legionen, nicht in Rüstung und Waffenschmuck, sondern in kostbaren Seidengewändern und auf den Köpfen Lorbeerkränze statt blitzender Helme.

Natürlich hatte man keine in der Schlacht entstellten oder verkrüppelten Legionäre nach Rom geschickt, sondern nur kräftige, gesunde Soldaten. Schließlich sollte das hier ein Siegeszug sein, keine Trauerfeier. Und damit die Legionäre nicht nach alter Sitte Spottlieder auf ihren Imperator sagen und dadurch den Schein des Sieges zerstörten, waren sie mit reichen Geldgeschenken bedacht worden.

Als Tiberius den Triumphator anlächelte, wirkte es auf Germanicus wie das Grinsen einer Schlange. Der Imperator auf dem im Sonnenlicht funkelnden Wagen konnte dem durchdringenden Blick nicht lange standhalten, der ihn aus den tiefliegenden Augen des Princeps traf. Germanicus wandte den Kopf ab und tat so, als betrachte er die anderen Menschen auf der Tribüne: Segestes und die hohen Senatoren, darunter Gnaeus Calpurnius Piso und Munatius Plancus.

Diesen Blick hatte Germanicus schon in der vergangenen Nacht gespürt, als er zum erstenmal seit langer Zeit wieder von dem alten Alptraum gequält worden war. Der Traum, in dem die Barbaren das römische Heer überfielen und die Riesin dem Feldherrn entgegentrat. Der Feldherr war Germanicus gewesen, doch aus der Riesin wurde plötzlich Tiberius.

Noch immer sah Germanicus auf die Tribüne des Princeps. Tiberius saß neben seiner Mutter in einer Eintracht, die nur noch nach außen hin bestand. Der Machtkampf, der zwischen beiden entbrannt war, wurde zwar offiziell totgeschwiegen, aber das Geheimnis war ein offenes.

Livia Drusilla, die Augusta, hatte Germanicus wissen lassen, sie stehe auf seiner Seite. War das ein Hoffnungsschimmer? Germanicus zweifelte daran, denn bisher hatte sich seine Großmutter ihm gegenüber stets sehr zurückhaltend gezeigt. Er hatte ihr in unverbindlichen Worten seinen Dank ausgesprochen. Auch wenn die Augusta ihrem Titel nach die Mitregentin war, in Wahrheit hatte Tiberius sie ausgespielt, wie er es auch mit seinem Adoptivsohn getan hatte. Es war zu gefährlich, sich offen gegen den Princeps zu stellen.

Aber wer tat schon etwas offen im Rom dieser Tage! So wie Germanicus den glorreichen Feldherrn und ergebenen Adoptivsohn des Tiberius spielte, spielte Tiberius den liebenden Adoptivvater und auf seinen Imperator stolzen Princeps. Tiberius hatte zu Ehren des Triumphators Tempel, Standbilder und einen Triumphbogen errichten lassen, hatte dem Volk im Namen des Germanicus dreihundert Sesterzen pro Kopf versprochen und dafür gesorgt, daß der heimkehrende Imperator das Konsulat erhielt. Sich selbst bestimmte Tiberius für dieses Konsulat zum Amtsgenossen, was vom Volk als eine besondere Ehrung des Germanicus empfunden wurde, was aber gleichzeitig für Tiberius die beste Möglichkeit war, seinen Brudersohn zu kontrollieren.

Am Fuße des Capitols hielt der Triumphzug an. Die gefangenen Feinde, die dem Tod geweiht waren, wurden abgeführt, um im Carcer erdrosselt zu werden. Auch einige Fürsten befanden sich darunter, aber nicht die Verwandten des Segestes. Er hatte um Schonung für die Seinen gebeten, worunter auch Thusnelda und Thumelicus fielen. Außerdem war Tiberius der Meinung, daß Frau und Sohn des Arminius ihm noch von Nutzen sein könnten.

Ein Tumult entstand plötzlich, und ob dieses unerwarteten Ereignisses ging ein Aufschrei durch die Menge. Thusnelda stellte sich den Männern von den Stadtkohorten entgegen, die Auja zum Carcer bringen wollten.

»Auja und ich gehören zusammen!« schrie die Gemahlin des Arminius. »Unser Schicksal läßt sich sowenig trennen wie das unserer Männer!«

Auja lächelte die Freundin müde an. »Laß nur, Thusnelda. Sei froh, daß dein Leben geschont wird. Setz es nicht aufs Spiel. Dein Sohn braucht dich.«

»Deiner braucht dich auch!«

»Ragnar?« Ein Schatten legte sich auf Aujas Gesicht. »Ich weiß nicht einmal, ob er noch lebt.«

»Wir haben Gerüchte gehört, daß Thorag und Armin Gerolf getötet und Ragnar befreit haben.«

»Wie du sagst, es sind nur Gerüchte. Und außerdem – selbst wenn sie stimmen, sehe ich meinen Sohn wohl niemals wieder. Und auch nicht meinen Mann.«

»Fertig?« schnarrte ungeduldig der Zenturio der Stadtkohorten, der dem in germanischer Sprache geführten Gespräch der beiden Frauen verständnislos zugehört hatte. »Dann komm jetzt mit!« Er ergriff Auja und zog sie fort, was ihm leichtfiel, da sie sich nicht wehrte.

Thusnelda kämpfte sich durch Wachen und Gefangene und lief zum Triumphwagen. Sofort sprangen ein paar in rotleuchtende Paradeuniform gekleidete Prätorianer vor und bedrohten die Germanin mit ihren Schwertern.

»Laßt sie durch!« befahl Germanicus.

Die Soldaten senkten die Schwerter und beobachteten mißtrauisch, wie die Frau des gefürchteten Arminius an den Triumphwagen trat und zu Germanicus aufschaute.

»Du bist an diesem Tag die Verkörperung göttlichen Glücks für dein Volk«, sagte sie auf lateinisch. »Du stehst dem Jupiter gleich, und jeder Wunsch wird dir gern erfüllt. Nutze deine Macht, um mir, der soviel Leid zugefügt wurde, einen Wunsch zu erfüllen. Und wenn es nur aus der Erinnerung an alte Zeiten geschieht, als du, mein Gemahl Armin und Aujas Gemahl Thorag Waffenbrüder in Pannonien wart. Ich bitte nicht für mich selbst ...«

»Für deine Freundin, nicht wahr?« fragte Germanicus.

Thusnelda nickte.

Germanicus überlegte nur kurz. Tiberius hatte ihn aus Germanien abberufen. Warum sollte er noch Krieg führen gegen eine einzelne Frau?

»Die Germanin namens Auja wird nicht geopfert!« befahl er.

Thusnelda bedankte sich und schloß ihre Freundin glücklich in die Arme. »Was immer sie mit uns vorhaben, Auja, ich werde froh sein, wenn du an meiner Seite bist!«

»Du hast doch deinen Vater, deinen Onkel und deinen Bruder«, erwiderte Auja.

»Alle zusammen bedeuten mir nicht soviel wie du. Sie verachten mich, du bist meine Freundin, die einzige. Wir müssen zusammenhalten und fest daran glauben, daß Armin und Thorag uns eines Tages befreien. Ein freier Cherusker duldet es nicht, wenn man ihm die Frau raubt.« Thusnelda wandte sich um und nahm Thumelikar auf ihren Arm. »Nicht wahr, mein Sohn?«

Der Junge sah sie verständnislos an und kaute an einem Zipfel seiner kleinen Tunika. Wie sollte er, der in Gefangenschaft geboren war und nichts anderes als die Gefangenschaft kannte, auch verstehen, wie ein freier Cherusker fühlte!

Seufzend blickte Thusnelda der Prozession des Princeps entgegen, während ihre Gedanken sich mit der ungewissen Zukunft beschäftigten.

Als Tiberius mit seinem Gefolge kam, begleitete Germanicus ihn auf den Capitolshügel vor den Tempel des Jupiter. Germanicus zog die mit goldenen Sternen bestickte Purpurtoga kapuzenartig über den Kopf und opferte an einem transportablen Feuerherd Wein und Weihrauch, während er die rituellen Gebete aufsagte. Die Opferhelfer führten die weißen Stiere in langer Reihe herauf. Germanicus besprengte das erste Tier mit Wein und strich mit dem goldenen Opfermesser vom Scheitel bis zum Schwanz. Dann schwang der Opferschlächter das Beil. Der Stier ging zu Boden, und seine Halsschlagader wurde aufgetrennt, um es ausbluten zu lassen. Sein Leib wurde geöffnet und die Innereien herausgenommen, anhand derer erforscht wurde, ob die Götter das Opfer annahmen. Nicht bei allen Tieren war das der Fall. Das Schlachten nahm erst ein Ende, als hundert Stiere von den Göttern angenommen worden waren.

Germanicus betrat mit dem Princeps, den angesehensten Senatoren und den Priestern des Jupiter den prächtigen Tempel, den der erste Konsul der römischen Republik erbaut hatte und der trotz mehrmaliger Zerstörung immer wieder aufgebaut worden war, jedesmal noch größer und schmuckvoller. Hier legte der Triumphator den goldenen Lorbeerkranz in den Schoß der übermenschengroßen, sitzenden Jupiterstatue.

Dann legte er die beiden Adler des Varus nieder, die er nach Rom zurückgeführt hatte. Den einen, den man bei den Brukterern gefunden hatte, und den anderen, den der greise Marserherzog Mallovendus den Römern als Zeichen seines Friedenswillens überreicht hatte.

Er wandte sich an Tiberius, den wahren Triumphator dieses Tages. »Nur ein weiteres Jahr, und ich bringe dir auch den dritten Adler!«

»Hörst du nicht den Jubel des Volkes, mein Sohn?« fragt Tiberius und lächelte väterlich. »Rom ist auch mit zwei Adlern glücklich, wenn nur Caesar Germanicus wieder in der Heimat weilt. Außerdem üben wir beide das nächste Konsulat aus, und die Konsuln gehören nach Rom.«

»Du würdest schon einen Stellvertreter für mich finden, Vater.«

In väterlicher Geste legte Tiberius einen Arm um Germanicus. Das Gesicht des Princeps war dem Feldherrn so nah, daß dieser deutlich die vielen kleinen Geschwüre sah, die von einer dicken Schicht Schminke nur notdürftig verdeckt wurden. »Ich bin sehr glücklich, den Sohn meines Bruders Drusus, der auch mein Sohn ist, endlich wieder bei mir zu haben. Was für ein Vater wäre ich, ließe ich dich so schnell wieder ziehen?«

»Aber was ist mit den Germanen? Wer soll sie besiegen?«

»Niemand. Oder sagen wir besser, sie sich selbst. Hast du nicht berichtet, wie zerstritten sie untereinander sind? Segestes lebt bei uns, und Mallovendus kämpft nicht mehr. Arminius hat Schwierigkeiten mit seinem Oheim Inguiomerus. Überlassen wir sie ihrer eigenen Zwietracht!«

Es hatte keinen Sinn. Tiberius war wie eine Spinne, in deren Netz Germanicus sich verfangen hatte.

Jetzt bereute der Feldherr, daß er damals die Möglichkeit nicht genutzt hatte, sich von den germanischen Legionen zum Herrscher ausrufen zu lassen. Agrippina hatte recht gehabt: Tiberius ging es nur um die Macht.

Germanicus hatte seiner Macht gedient, als er die Meuterei niederschlug. Aber Tiberius lag nichts daran, dies Germanicus zu vergelten. Seine Freundlichkeit und seine väterliche Liebe waren nur Täuschung wie die Schminke auf den Gesichtern der beiden Männer und wie dieser ganze Triumphzug.

Germanicus fühlte sich nicht wie ein Glückskind der Götter, sondern wie ein Gefangener.

Mutlos wandte er sich von Tiberius ab, um in der Zeremonie fortzufahren. Er wollte das Adlerszepter, das er nach alter Sitte während des Triumphes in der Hand gehalten hatte, an seinen Platz im Tempel zurücklegen.

Doch er zögerte und betrachtete den langen Elfenbeinstab mit der goldenen Adlerfigur. Dann wanderte sein Blick zu den beiden Legionsadlern, die er nach Rom gebracht hatte.

Germanicus war plötzlich wieder in Germanien, befand sich auf dem Rückmarsch aus Gallien zum Rhenus, sah die Seherin vor sich und hörte ihre rätselhaften Worte: ›Der Adler, dem du folgst, führt dich ins Verderben.‹

Jetzt verstand er den Sinn.

ANHANG

Nachwort des Autors

Habent sua fata libelli – Bücher haben ihre Schicksale, wie schon die alten Römer wußten. Manche werden schnell vergessen, andere erleben Neuauflagen oder gar Fortsetzungen. Meinem historischen Roman Thorag oder Die Rückkehr des Germanen wurden glücklicherweise die beiden letztgenannten Schicksale zuteil. Das vorliegende Buch faßt die ersten beiden Abenteuer des Cheruskers Thorag zusammen. Zwei weitere Bände sind inzwischen erschienen, Marbod oder Die Zwietracht der Germanen und Die Germanen von Ravenna, ein fünfter Roman aus dem alten Germanien folgt demnächst.

Dichtung und Wahrheit liegen vielleicht nirgendwo so nah beieinander wie bei einem auf historischen Tatsachen fußenden Roman. Wo immer er der Wahrheit Rechnung tragen kann, sollte der Autor es tun. Wo immer sich Lücken auftun, muß er dichten, natürlich möglichst anhand der bekannten Fakten und der sich aus ihnen ergebenden Schlußfolgerungen. Wann immer sich mehrere Möglichkeiten ergeben, sollte er die wählen, die der Gesamtkomposition zugute kommt. Das ist seine Aufgabe.

Lücken und Wahlmöglichkeiten gab es beim Schreiben dieser beiden Romane zuhauf. Die Germanen, um die es hier geht, haben nämlich noch nicht(s) (auf)geschrieben. Die Römer schon eher, aber dann häufig in tendenziöser Absicht. Gleichwohl sind ihre Schriften unsere einzigen Quellen, auf die auch ich zurückgegriffen habe. Von ihnen sei jener Publius Cornelius Tacitus herausgehoben, der als erster bekannter Autor ein Büchlein über Germanien geschrieben hat, das – obwohl Tacitus weder Zeitzeuge der von ihm beschriebenen Ereignisse noch ein Germanienreisender war – zu den frühesten und wichtigsten Quellen über jene Menschen zählt, die wir heute in leichter Schieflage der ethno- und geographischen Details als unsere Vorfahren bezeichnen. Wichtig aus der Feder des Tacitus waren für mich auch die ersten beiden Bücher seiner Annalen, in denen er über die Feldzüge des Germanicus und seinen zweifelhaften Triumph berichtet hat. Einprägsame Charakterbilder römischer Herrscher und ihrer Anverwandten lieferte Suetonis Tranquillus, den wir heute als Sueton kennen; für den Historiker mag er umstritten sein, für den Romancier ist er ein Schatz.

Der Streit der Historiker beginnt schon bei der Walstatt. Die Detmolder, die wacker ihr Hermannsdenkmal verteidigen, und die fleißig buddelnden Osnabrücker bilden nur die Spitze des Eisbergs. Die Literatur verzeichnet über 700 (!) Varianten bis hin zu dem Ort, an dem ich dies schreibe, Hannover. Daß ich nicht nur aus alter Heimatverbundenheit das Sommerlager des Varus an der Porta Westfalica (hier: Porta Visurgia bzw. Donars Pforte) angesiedelt und damit den Teutoburger Wald, wie wir ihn heute kennen, zum Ort des blutigen Geschehens erkoren habe, mögen mir Vertreter abweichender Meinungen verzeihen. Ich denke aber, manche objektive Historiker können mir zustimmen, viele subjektive Heimatforscher vielleicht weniger. Gewiß, der heutige ›Teutoburger Wald‹ erhielt seinen Namen erst sicher im 17. Jahrhundert und muß damit nicht identisch sein mit dem ›Teutoburgienis Saltus‹ des Tacitus. Somit spricht die Ortsbeschreibung des Tacitus nicht für den von mir gewählten Schlachtort, allerdings auch nicht dagegen.

Kaum weniger umstritten als der Schlachtort ist der Schlachtenlenker. Arminius nannten ihn die Römer, und nur ihre Bezeichnung ist überliefert, dagegen nicht der Ursprung dieses Namens. War es ein von der Römern verliehener Ehrenname, vielleicht für in Armenien geleistete Kriegsdienste? Denn immerhin, daß der ›Befreier Germaniens‹ (Tacitus) zuvor römischer Offizier war, wissen wir. Und mal schreibt ihn der Römer auch Armenius. Aber hätte er dann nicht Armenicus heißen müssen, lautet der Einwand. Armin ist kein germanischer Name, sagt man, und eine Ableitung von Irmin oder Ermin zweifelhaft. Hermann jedenfalls hat er nicht geheißen; so nannte ihn ein zur Lutherzeit wirkender Historiker namens Johannes Turmayr, der schon bei seinem eigenen Namen nicht korrekt war und sich Johannes Aventinus nannte. Ich blieb schon deshalb bei Armin, um den Leser nicht zu verwirren. Wenn die Römer ihn Arminius nannten, ist es wahrscheinlich, daß ihn viele Armin riefen. Ob es alle taten und schon seit seiner Geburt – wer will das heute wissen?

Gegen meine Wahl scheint zu sprechen, daß die Germanen, so

wird berichtet, innerhalb eine Famlilie/Sippe bestimmte Namensbestandteile beizubehalten pflegten. So hieß Segestes' Bruder Segimer, sein Sohn Segimund, sein Neffe Sesithacus (den ich hier eigenmächtig Sesithar taufte, um den Namen zu entlatinisieren). Und da Armins Vater, das immerhin wissen wir, Segimer oder Segimar oder Sigimer oder ähnlich hieß, können sich alle freuen, die in Armin den Sigfried unserer Sagenwelt sehen. Aber erstens hat bekanntlich jede Regel ihre Ausnahme. Und zweitens: Muß dieser Namensbestandteil unbedingt am Anfang des Namens stehen? Bedenken wir: Der Bruder des Segimer oder Segimar hieß Inguiomar oder Inguiomer. Und schon haben wir eine Gemeinsamkeit mit Armin oder Ermin. Von Armins jüngerem Bruder ist wiederum nur der lateinische Name Flavus (der Blonde) bekannt; ich nannte ihn Isgar.

Da wir gerade bei den Namen sind: Bevor die Römer kamen, wußten die Germanen nicht, daß sie so heißen. Caesar unterteilte dann recht willkürlich in Germanen (rechts des Rheins) und Kelten bzw. Gallier (links des Rheins), ohne auf die Feinheiten der ethnischen Zusammenhänge Rücksicht zu nehmen. Der Name ›Germanen‹ war ursprünglich die Bezeichnung für einen Teil der Kelten und erst etwa ab Caesar auch für nichtkeltische Stämme auf der rechten Rheinseite, wobei die Gelehrten über die genaue Zugehörigkeit, etwa der Cherusker, streiten. Die sogenannten Germanen werden sich nach ihren Stämmen und Sippen bezeichnet haben. Als die Römer ihnen immer mehr, häufiger und deutlicher sagten, was rechtens sei, werden zumindest die Gebildeteren unter ihnen gewußt haben, daß sie Germanen sind, Leute mit römischem Bürgerrecht wie Armin selbstredend. Das habe ich im Roman zu verdeutlichen versucht, konnte aber manchmal um das verallgemeinernde ›Germanen‹ nicht umhin, wo ich es lieber weggelassen hätte.

Ob Armin uneigennütziger Befreier seines Volkes oder eigennütziger Machtpolitiker war, werden wir nicht mehr beantworten können. Ich habe mich bei seiner Charakterisierung im Roman nach dem gerichtet, was mir wahrscheinlich erscheint. Soll heißen: Wo viel Licht ist, ist bekanntlich auch starker Schatten. Daß ich Varus für seinen Feldzug eine ganz besondere Motivation untergeschoben habe, mag auf den ersten Blick erstaunen. Aber auch bei ihm sind sich schon die römischen Autoren uneinig, ob er nun eigensüchtiger Tyrann, behäbiger Dummkopf oder sturer Formaljurist war. (Als Jurist darf ich anfügen, daß letzterer durchaus alle drei Varianten in sich vereinen kann.)

Man sieht, ich hatte viel zu dichten. Ich tat es in der Hoffnung, der Wahrheit in dem einen oder anderen Fall zumindest auf die Spur zu kommen.

Wer mir darin folgen will, kann das nachfolgende Glossar und die daran anschließende Zeittafel zu Rate ziehen. Ein paar Worte zum Glossar: Bei den lateinischen Wörtern wurde – wie auch bei den Namen im Roman – mal die Ursprungs-, mal die eingedeutschte Form gewählt. Hier entschieden der Klang oder die Gewohnheit. Auch wird der Kundige noch weitere Bedeutungen des einen oder anderen Begriffs anführen können; ich zählte die auf, die für den Roman bedeutsam sind. Bei den germanischen Gottheiten und ihrer Mythologie mußte ich oft auf die nordischen Begriffe und Namen zurückgreifen, ganz einfach, weil keine aus dem uns interessierenden Zeit- und Sprachraum überliefert sind. Um Verwirrungen zu vermeiden, borgte ich lieber dort aus, als hier zu erfinden. Oder hätte in diesem Fall in der Dichtung die größere Wahrheit gelegen?

Die Personen

Hier findet der Leser zur besseren Orientierung alle wichtigen in den Romanen vorkommenden oder erwähnten Personen. Historisch belegte Personen sind mit einem (H) gekennzeichnet.

Die Germanen

Donarsippe aus dem Stamm der Cherusker
Arader: Aujas Vater.
Argast: Thorags Kriegerführer.
Auja: Thorags Geliebte und spätere Gemahlin.
Ayko: Krieger.
Eibe: junger Schreiner, Tebbes Bruder.

Garrit: junger Krieger aus Wisars Gefolgschaft.
Gundar: Thorags jüngerer Bruder.
Hakon: Wisars Kriegerführer.
Holte: Schreiner auf Wisars Hof, Vater von Eibe und Tebbe.
Jorit: junger Krieger.
Komar: Odomars jüngerer Sohn.
Odomar: Bauer.
Radulf: Schmied auf Wisars Hof.
Ragnar: Thorags Sohn.
Raimar: Odomars älterer Sohn.
Reglind: Aujas Dienerin.
Tebbe: junger Schreiner, Eibes Bruder.
Thorag: Fürstensohn, später Fürst der Donarsippe.
Wiete: Holtes Frau.
Wisar: Fürst der Donarsippe, Thorags Vater.

Ebersippe aus dem Stamm der Cherusker
Amma: Thidriks Frau.
Asker: Onsakers erster Sohn.
Germar: Gerolfs Bruder.
Gerolf: Onsakers Nachfolger als Fürst des Ebergaues.
Grifo: Eberkrieger.
Guntram: Eberkrieger.
Hasko: Thidriks Sohn.
Notker: Onsakers zweiter Sohn.
Onsaker: Fürst des Ebergaues.
Thidrik: Bauer.
Urte: Heilkundige und Dienerin.

Hirschsippe aus dem Stamm der Cherusker
Adina: Armins Mutter.
Agilo: Bote Isgars.
Armin (H): Fürst des Hirschgaues, Herzog der Cherusker.
Ingwin: Kriegerführer.
Isbert: Eisenschmied auf der Adlerburg.
Isgar (H): Armins jüngerer Bruder (als Flavus überliefert).
Segimar (H): Armins Vater.
Thumelikar/Thumelicus (H): Armins Sohn.
Thusnelda (H): Segestes' Tochter und Armins Gemahlin.

Stiersippe aus dem Stamm der Cherusker
Eilmar: junger Krieger.
Ender: Schreiner.
Frowin: Eisenschmied.
Ibbo: junger Krieger.
Nantwin: Frowins Gehilfe und Schwiegersohn.
Segestes (H): Fürst des Stiergaues.
Segimer (H): Segestes' Bruder und Sesithars Vater.
Segimund (H): Segestes' Sohn.
Sesithar (H): Segestes' Neffe (als Sesithacus überliefert).
Utger: Kriegerführer.
Wiberta: Frowins Tochter, Nantwins Frau.

Stamm der Marser
Albruna: Priesterin der Tamfana.
Amala: Mallovends Tochter.
Eilard: Mallovends Vetter und Kriegerführer.
Istrud: Priesterin der Tamfana.
Mallovend (H): Herzog der Marser.
Menia: Mallovends Gemahlin.
Vendar: Mallovends älterer Sohn.
Vendhard: Mallovends jüngerer Sohn.
Wihadis: Vendars Gemahlin.

Weitere Germanen
Albin: zweiter Sohn des Gaufürsten Balder.
Allo: Wächter im Amphitheater der Ubierstadt.
Astrid: Leibeigene Thidriks, später Priesterin.
Balder: Fürst des Baldergaues.
Baldwin: Glasmacher in der Ubierstadt.
Brokk: Sohn des Gaufürsten Bror.
Bror: Fürst des Dachsgaues.
Egino: ubischer Sklave des Gardepräfekten Maximus.
Eiliko: Astrids kleiner Bruder.
Gandulf: Führer der Priesterschaft bei den Heiligen Steinen.
Gerlef: usipetrischer Sklave in Maximus' Haushalt.
Gueltar & Guda: alias Pollux & Helena, Sklaven des Varus.
Inguiomar (H): Armins Onkel, Fürst des Inggaues.

Klef: erster Sohn des Gaufürsten Balder.

Marbod (H): König der Markomannen.

Saiwa: usipetrische Sklavin Flaminias, Gerlefs Schwester.

Witold: Hausbesitzer in der Ubierstadt.

Die Römer

Aemilianus Silus, Appius: Senatsmitglied.

Agrippina (H): Gemahlin des Germanicus.

Augustus (H): alternder Caesar.

Caecina Severus, Aulus (H): Legat des unteren Germaniens.

Caetronius, Gaius (H): Legat der I. Legion.

Caligula (H): Sohn des Germanicus.

Callosus: Tribun der Auxiliartruppen.

Calpurnius (H): Aquilifer der I. Legion.

Calpurnius Piso, Gnaeus (H): hohes Senatsmitglied.

Calusidius (H): meuternder Legionär.

Capito: Arztgehilfe im Amphitheater der Ubierstadt.

Cassius Chaerea (H): junger Zenturio der XXI. Legion.

Ceconius (H): Präfekt im Heer des Varus.

Decimus Mola: Führer von Varus' berittener Garde.

Effetus: Gefreiter in Varus' berittener Garde.

Eggius, Lucius (H): Präfekt im Heer des Varus.

Flaminia: schöne Witwe, Schwester des Maximus.

Foedus, Gnaeus Equus: Lagerpräfekt.

Germanicus (H): Adoptivsohn des Tiberius, Imperator am Rhein.

Grabatus: Soldadt in Varus' berittener Garde.

Julia Agrippina (H): Tochter des Germanicus.

Livia Drusilla (H): Witwe des Augustus, Mutter des Tiberius.

Lucius: erst Zenturio, später Präfekt im Heer des Varus.

Lucius Nonius Asprenas (H): Varus' Neffe und Stellvertreter.

Marcus Valerius: Tribun der Prätorianergarde.

Maximus: Präfekt der Legatengarde, Flaminias Bruder.

Munatius Plancus (H): angesehenes Senatsmitglied.

Numonius Vala (H): Varus' stellvertretender Feldherr.

Pedo (H): Präfekt der römischen Reiterei.

Pilatus, Pontius (H): junger Tribun.

Primus: Flaminias kleiner Sohn.

Quinctilius Varus, Publius (H): Statthalter in Germanien.

Quintus Paelignus: meuternder Veteran.

Servius: junger Architekt aus Pompeji.
Tiberius (H): Stiefsohn und Nachfolger des Augustus.
Ventidius: Zenturio der Prätorianergarde.

Griechen und Pannonier
Dimitrios: griechischer Arzt im Amphitheater der Ubierstadt.
Eurykleia: griechische Sklavin, Caligulas Amme.
Herondas: griechischer Sklave des Munatius Plancus.
Hippias: griechischer Freigelassener des Augustus.
Pal & Imre: pannonische Leibeigene und Leibwächter Armins.
Themistokles: griechischer Lehrer in der Ubierstadt.

Römische Längenmaße und Währung

Das römische Grundlängenmaß war der Fuß (pes) = knapp 0,3 Meter. 5 Fuß ergaben einen Doppelschritt (passus) = etwa 1,5 Meter; 125 Doppelschritte ergaben ein Stadium = etwa 185 Meter; 1000 Doppelschritte ergaben eine Meile = etwa 1,5 Kilometer.

Caesar und Augustus führten eine Währungsreform durch, die den goldenen Aureus zur wertvollsten Münze machte. Er entsprach 25 silbernen Denaren. Ein Denar entsprach 4 Sesterzen aus Messing oder 16 Assen aus Bronze.

Zur Verdeutlichung der Kaufkraft: Für ein As gab es einen Laib Brot, für zwei Asse eine Mahlzeit. Mit 2 Sesterzen konnte ein Römer seine Lebensgrundbedürfnisse für einen Tag befriedigen. Im Schnitt 200 Denare kostete ein Rind, 200 bis 1000 Denare ein Sklave.

Der Monatssold eine Legionärs betrug 25 Denare, was dem Monatslohn eines Arbeiters in Rom entsprach. In den Provinzen lagen die Löhne niedriger, wie auch die Auxiliarsoldaten schlechter besoldet wurden als die Legionäre. Ein Offizier bekam, je nach Rang, das zehn- bis vierzigfache.

Glossar I

Ethnographische und geographische Bezeichnungen

Volksstämme der Germanen und Kelten

Ampsivarier: an der unteren Ems lebender Stamm, der später an der oberen Wupper siedelte.

Angrivarier: beiderseits der mittleren Weser lebender Stamm, von den Cheruskern durch einen Grenzwall getrennt.

Boier: Anfang des 2. Jahrhunderts v. Chr. von den Römern unterworfener Keltenstamm, von dem ein Teil nach Böhmen zog.

Brukterer: zwischen mittlerer Ems und oberer Lippe siedelnder Stamm, im Jahr 4 n. Chr. von den Römern unterworfen; bei ihm fand sich einer der im Teutoburger Wald eroberten Legionsadler.

Chatten: an Fulda und Eder siedelnder Stamm, der mit Zustimmung der Römer das Gebiet der auf die linke Rheinseite übergesiedelten Ubier in Besitz nimmt.

Cherusker: an der mittleren Weser siedelnder Stamm, dessen Name vermutlich vom germanischen Wort ›herut‹ (=Hirsch) herrührt; er führt den Aufstand im Jahr 9 n. Chr. an und erobert im Teutoburger Wald einen Legionsadler.

Friesen: aus Jütland kommendes Volk, das um 200 v. Chr. die Marschen und den Seestrand von der Ems bis zur Rhein- und Scheldemündung besiedelt und später einen Bündnisvertrag mit Rom schließt.

Hermunduren: beiderseits der Elbe wohnender Stamm.

Kalukonen: beiderseits der Elbe zwischen Semnonen und Cheruskern wohnender Stamm.

Langobarden: an der unteren Elbe lebender Stamm.

Markomannen: ursprünglich in Nordbayern, dann in Böhmen lebender Stamm, der zusammen mit anderen Stämmen das von Marbod gegründete Markomannenreich bildet.

Marser: zwischen Ruhr und Lippe lebender Stamm, der im Teutoburger Wald einen der drei Legionsadler erbeutet.

Semnonen: zwischen mittlerer Elbe und Oder lebender Stamm des Suebenvolks.

Sueben: mächtiges Volk, das unter seinem König Ariovist Caesar schwer zu schaffen machte; manche sehen die Sueben als Stammvolk auch der Markomannen an; zur Zeit unserer Geschichte siedeln sie zwischen Elbe und Oder.

Sugambrer: zwischen Rhein und Unterweser lebender Stamm.

Tenkterer: kleiner Stamm, der auf dem rechten Rheinufer zwischen Mainz und Köln lebt und eng mit den Usipetern verbunden ist.

Treverer: Stamm im Gebiet von Trier mit germanischer Herkunft, aber von keltischer Kultur geprägt.

Tubanten: im westlichen Westfalen lebender Stamm.

Ubier: ursprünglich zwischen Rhein, Main und Westerwald lebender Stamm, der sich nach Überfällen der Sueben unter den Schutz der Römer stellt und von ihnen links des Rheins angesiedelt wird.

Usipeter: 58 v. Chr. von Oberhessen an den Niederrhein vertriebener Stamm.

Geographische Bezeichnungen der Römer

Actium: Vorgebirge am Golf von Ambrakia an der griechischen Westküste, wo Octavian 31 v. Chr. Marcus Antonius besiegte.

Adrana: Eder.

Albis: Elbe.

Amisia: Ems.

Ara Ubiorum: andere Bezeichnung für Oppidum Ubiorum.

Argentoratum: Straßburg.

Augusta Treverorum: Trier.

Brundisium: Brindisi.

Capitol: einer der sieben Hügel Roms, der zum öffentlichen und religiösen Zentrum der Stadt wurde.

Castra Vetera: Xanten.

Forum Romanum: ältester öffentlicher Versammlungsplatz Roms zwischen dem Capitol, dem Palatin und dem Quirinal.

Idisiaviso: Idisenwiese (Elfenwiese) nördlich des Wesergebirges, auf dem Gebiet der zur Stadt Porta Westfalica gehörenden Ortschaften Lerbeck und Neesen; auch Idistaviso geschrieben.

Illyricum: ungefähres Gebiet Albaniens und des ehemaligen Jugoslawiens; später Aufteilung in die Provinzen Dalmatien und Pannonien.

Marsfeld (Campus Martius): Ebene zwischen Tiber, Pincius, Capitol und Quirinal, die als Exerzier-, Sport- und Versammlungsplatz diente und seit dem Ende der römischen Republik allmählich bebaut wurde.

Mattium: vermutlich Metze bei Gudensberg.

Mogontiacum: Mainz.

Nola: Stadt in Kampanien, 455 n. Chr. von Geiserich zerstört.

Noviomagus: Nimwegen.

Nuceria: Ort in Kampanien, heute Nocera.

Oppidum Ubiorum: Köln.

Ostia: Hafenstadt, etwa 26 Kilometer von Rom entfernt.

Palatin (Palatium): einer der sieben Hügel Roms, der sich im 2. Jahrhundert v. Chr. zum Aristokraten- und seit Augustus zum kaiserlichen Wohnviertel entwickelte.

Pandateria: vor der kampanischen Küste, nordwestlich vom Golf von Neapel gelegene Insel.

Pannonien (Pannonia): nördlicher Teil des Illyricums, zwischen den östlichen Alpen und der mittleren Donau gelegen.

Saltus Teutoburgiensis: Teutoburger Wald.

Rhegium: Reggio di Calabria, an der Meerenge von Messina.

Rhenus: Rhein.

Samnium: Land der Samniten in Mittelitalien.

Vetera: s. Castra Vetera.

Vindonissa: Windisch bei Zürich.

Visurgis: Weser

Volaterrae: Volterra.

Glossar II

Germanische Begriffe

Angurboda: Riesin, mit der Loki die Ungeheuer Fenriswolf (auch Fenrir, Fenris), Hel und Midgardschlange zeugte.

Asen: in Asgard heimisches Göttergeschlecht, dem Wodan und Donar angehören. Die Asen konkurrieren mit den Vanen, bis sie mit ihnen ewigen Frieden schließen.

Asgard: s. Asen.

Berserker: ein in Bärenfelle gekleideter Krieger; die ihm zugeschriebenen übermenschlichen Kräfte resultierten aus der Einnahme einer aus dem Fliegenpilz gewonnenen Droge, die einen LSD-artigen Rausch hervorrief.

Burg: Die Fliehburgen der Germanen waren keine festgemauerten Anlagen mittelalterlicher Prägung, sondern auf Bergkuppen gelegene Siedlungen, deren natürliche Verteidigungsmöglichkeiten durch die Errichtung von Erdwällen und Palisaden verstärkt wurden.

Dagr: der Tag, der als Sohn der Nacht mit seinem goldenen Wagen über den Himmel zieht.

Donar: in der nordischen Mythologie Thor genannter Gott des Wetters und der Landbestellung, Sohn Wodans. Wenn er mit seinem von den Böcken ›Zähneknirscher‹ und ›Zähneknisterer‹ gezogenen Wagen durch den Himmel fährt, donnert es. Mit seinem Hammer Miölnir, seinem Kraftgürtel und seinem Eisenhandschuh beschützt der stärkste Gott des Asengeschlechts die Menschen vor Riesen und Ungeheuern. Die Eiche ist sein heiliger Baum.

Edeling: Adliger, der sich in der Regel als Abkömmling einer Gottheit ansah und daher seinen Adel ableitete.

Einherier: s. Walhall.

Fafner: auch Fafnir. Sohn des Zwergenkönigs Hreidmar. Weil

Loki seinen Bruder Otr tötete, mußte er Fafner mit Gold über-
häufen. Darüber entstand Streit zwischen Fafner und seinem
anderen Bruder Regin. Fafner verwandelte sich in einen Dra-
chen, um das Gold zu bewachen.

Fenris: s. Angurboda.

Fibel: kunstvoll gearbeitete Spange, die den Umhang des Mannes
oder das Kleid der Frau zusammenhielt.

Frame: Stoßlanze.

Friedloser: für schwere Vergehen für vogelfrei Erklärter. Er wurde
von seiner Sippe ausgestoßen und verlor damit jeden Schutz
ebenso wie seinen Besitz. Jeder durfte ihn töten.

Friling: Freier. Abgesehen vom Adel höchster Stand der Germanen, in den man, wie in jeden anderen, hineingeboren wurde.
Beim Kriegszug leistete der Friling seinem Fürsten Heeres-
dienste; er mochte ihm auch Entgelt für seinen Schutz schulden, war sonst aber frei von Abgaben. Unter ihm waren die
Halbfreien und die Leibeigenen.

Gau: von einem Gaufürst geführter Stammesbezirk.

Ger: Speer, Wurfspieß.

Heiliger See: Heilige Seen nahmen nach germanischem Glauben die Seelen Verstorbener auf, von wo aus sie in die Körper neuer Menschen gehen konnten. Das urgermanische
Wort für Seele ist ›saiwa-lo‹ (= zum See gehörend/vom See
stammend) und leitet sich von dem Wort für See, ›saiwaz‹,
ab.

Heilige Steine: unschwer als unsere heutigen Externsteine zu
erkennen. Ob diese in vorchristlicher Zeit bereits ein Kultzen-
trum waren, ist umstritten, aber aufgrund ihrer im wahrsten
Wortsinne herausragenden Erscheinung gut denkbar.

Hel: Die halb schwarz- und halb menschenhäutige Tochter Lokis
und Angurbodas herrscht über das Totenreich, das Niflheim
oder auch Hel genannt wird. Hierher kommt, wer den unrühmlichen Strohtod erlitten hat. Unser Begriff ›Hölle‹ stammt
von ›Hel‹.

Herzog: auf dem Thing gewählter Kriegsführer.

Höder: blinder Sohn Wodans, der, von Loki angestiftet, seinen
Bruder Balder mit einem Mistelzweig tötete. Gott der Dunkel-

heit und des Winters.

Hulda: Winterbringerin, Vorbild unserer ›Frau Holle‹.

Ing: Fruchtbarkeitsgott.

Kebse: Nebenfrau, die mit Mann und Frau in einem Haus lebte. Ein Germane konnte auch mehrere Kebsen haben, während der Frau andere Männer untersagt waren.

Kriegerführer: Anführer einer Kriegergefolgschaft, im Krieg Unterführer eines Fürsten.

Kriegergefolgschaft: Diese ständig unter Waffen stehende Mannschaft eines germanischen Fürsten bestand häufig auch aus Angehörigen fremder Gaue oder Stämme, die in den Diensten eines Fürsten Kriegsruhm erringen wollten. Der Fürst übernahm die Herrschafts- und Schutzmacht über sein Gefolge und schuldete ihm Lebensunterhalt, Ausrüstung und Anteile an der Kriegsbeute. Das Gefolge war dafür zum Waffendienst verpflichtet.

Kuning: König. Zur Zeit unserer Geschichte bei den ihre Freiheit und Unabhängigkeit schätzenden Germanen unüblich und unerwünscht. Der Markomannenkönig Marbod oder vor ihm der Suebenkönig Ariovist, der gegen Caesar kämpfte, waren Ausnahmen. Eher gab es den Heerkönig, der mit dem Herzog gleichzusetzen ist. Aus solchem konnte sich ein richtiges Königtum – siehe wiederum Ariovist und Marbod – entwickeln. Auch Armin schien dem nicht abgeneigt.

Loki: Sohn einer Riesin und Gott des Feuers. Weil Loki in den uralten Zeiten mit Wodan durchs Land wanderte und mit ihm Brüderschaft schloß, zählt er zum Göttergeschlecht der Asen. Hinterlistig, streitsüchtig und boshaft, steht er mal auf der Seite der Götter, mal gegen sie. Er setzt durch die Zeugung der Ungeheuer Fenriswolf, Hel und Midgardschlange das Böse in die Welt. Seine Intrigen und die von ihm geschaffenen Ungeheuer sind für den Untergang des Göttergeschlechts am Zeitende, der Götterdämmerung (›Ragnarök‹, eigentlich ›Göttergeschick‹), verantwortlich.

Lure: bis zu zweieinhalb Meter lange Bronzetrompete. Die Luren wurden paarweise geblasen und erzeugten einen zweistimmigen, harmonischen, weit hallenden Klang.

Mani: Sunnas Bruder, der den Mondwagen lenkt.

Midgardschlange: s. Angurboda.

Mimir: Hüter der Weisheitsquelle an der Wurzel der Weltesche Ydraggsil. Für einen Trunk aus dieser Quelle opferte Wodan ein Auge.

Munt: personenrechtliches Gewaltverhältnis im Gegensatz zum Sachenrecht. Der Munt des Mannes unterfielen die Ehefrau und die Kinder. Der Sohn wurde mit Bestehen der Mannbarkeitsprobe aus der Munt entlassen; die Tochter wurde von ihrem Vater als Muntwalt bei der Heirat in die Munt ihres Mannes übergeben. In der streng patriarchalischen Gesellschaftsordnung konnte nur die Frau Ehebruch begehen und dafür von ihrem Mann verstoßen oder sogar getötet werden.

Neiding: Neider.

Nornen: Die drei Schicksalsgöttinen sitzen unter der Weltesche und spinnen die Schicksalsfäden.

Nott: Die Nacht, die von schwarzen Schleiern umhüllte Tochter eines Riesen, erhielt von Wodan einen schwarzen Wagen, mit dem sie in der Dunkelheit durch den Himmel fährt. Die Germanen teilten die Zeit nicht nach Tagen, sondern nach Nächten ein.

Raubehe: gegen den Willen der Brautsippe nur gültig, wenn die Sippe des Bräutigams zustimmte; aber selbst dann blieb die Sippe der Braut in ihrer Ehre verletzt und hatte Anspruch auf eine Sühneleistung.

Römling: abfällige Bezeichnung für einen Römerfreund.

Runen: älteste Schriftzeichen der Germanen, die auch kultisch-magische Bedeutung hatten.

Sax: einschneidiges Kurzschwert, dem die Sachsen vielleicht ihren Namen verdanken.

Schalk: Leibeigener, Sklave. Als Schalk wurde man geboren, aber auch als Gefangener und Verschuldeter wurde man ein Schalk, also so gut wie rechtlos. Ein Schalk unterlag bezeichnenderweise nicht dem Personen-, sondern dem Sachenrecht.

Gleichwohl führten viele Schalke als Hausbedienstete oder als eine Art Landpächter ein relativ freies Leben. Ein von seinem Herr freigelassener Schalk war ein Halbfreier und konnte als solcher auf einem Thing durch Volksabstimmung zum Vollfreien, zum Friling, werden.

Sippia: Donars schöne Gemahlin.

Sleipnir: Wodans achtbeiniger Grauschimmel, das schnellste aller Pferde.

Strohtod: Tod im Bett, für einen germanischen Krieger unehrenhaft.

Sunna: auch Sol genannte Jungfrau, die den Sonnenwagen zieht.

Surtur: mit dem Flammenschwert bewaffneter Herrscher der Feuerriesen und Muspelheims, Reich des Urfeuers.

Thing: auch Ding genannte Ratsversammlung der Frilinge, die von allen Vollfreien zu feststehenden Zeiten (ungebotenes Thing) oder von einem Kreis Geladener zu einem besonderen Anlaß (gebotenes Thing) besucht wurde. Ein Thing konnte einen ganzen Stamm betreffen oder nur einen Gau. Aufgaben des Things waren die Freisprechung der Halbfreien, die Rechtsprechung bei schweren Verstößen, die Erhebung der Jungmänner in den Kriegerstand, die Wahl eine Herzogs, die Beschlußfassung über einen Kriegszug usw. Während des Things herrschte ein besonderer, von allen zu achtender Thingfriede.

Tiu: auch Teiwaz, Tyr, Ziu, Saxnot, Eru, Irmin. Kriegsgott, dem das Schwert geweiht war, der Saxnot oder Sax. Verlor bei der Fesselung des Fenriswolfes den rechten Arm und kämpfte fortan mit der Linken. War Schutzgott des Things und vor Ausbreitung des Wodankults vermutlich Hauptgott der Germanen, wurde dann als Sohn Wodans angesehen.

Uller: Stiefsohn Donars und Gott des Winters, der auf Skiern zur Jagd ging.

Walhall: Wer nicht den unwürdigen Strohtod, sondern den würdigen Tod im Kampf stirbt, wird von den Walküren (›wala‹ ist das germanische Wort für ›tot‹), den göttlichen Jungfrauen, ins Reich der Götter nach Walhall geholt, der großen Halle von

Wodans Palast. Dort zecht er mit den Göttern und übt sich im täglichen Kampf als Einherier (hervorragender Streiter, Einzelkämpfer), um bei der Götterdämmerung am Zeitenende mit den Göttern gegen die Ungeheuer zu kämpfen.

Walküren: s. Walhall.

Wanen: altes Göttergeschlecht, das im Streit mit den Asen liegt.

Wara: Göttin der Wahrhaftigkeit, die Eidbrüchige bestraft, insbesondere bei Verträgen zwischen Männern und Frauen.

Weltesche: Die immergrüne Weltesche war der heiligste Baum der Germanen. Ihr Welken sollte die Götterdämmerung, das Ende der Zeit ankündigen.

Wiedergänger: zu den Lebenden aus Unruhe zurückkehrender Toter.

Wilde Schar: Das nächtens und bei Sturm von Wodan, nach anderer Vorstellung auch von Hulda durch den Himmel geführte Heer der Einherier. Auch ›wilde Jagd‹ und ›wildes Heer‹ genannt.

Wodan: auch Odin genannter oberster Gott, der seit dem Trunk aus Mimirs Quelle, für den er ein Auge hingab, der Weiseste aller Asen ist. Er ist der oberste Schlachtenlenker und weist schamanistische Züge auf.

Wolfshäuter: ein in Wolfsfelle gekleideter Krieger, dem Werwolf verwandt und dem Bärenhäuter oder Berserker ähnlich.

Glossar III

Römische Begriffe

Ale: 500 bis 1000 Mann starke Reitereinheit.

Aquilifer: Träger des Legionsadlers.

Ara: Altar.

Atrium: Mittelpunkt des römischen Hauses mit Öffnung im Dach.

Auxilien: Hilfstruppen aus Nichtbürgern. Neben den aus römischen Bürgern bestehenden Legionen zweiter wichtiger Bestandteil der römischen Armee, dem in der Kaiserzeit wegen der geringeren Besoldung immer mehr Gewicht zukam.

Barditus: Bezeichnung der Römer für den germanischen Schlachtgesang.

Caesar: ursprünglich Namensbestandteil der Julier; wurde unter den Nachfolgern des Gaius Julius Caesar als Bestandteil der Titulatur geführt.

Carcer: Gefängnis, Kerker.

Carruca Dormitoria: Reisewagen mit Schlafgemach.

Cathedra: Armsessel.

Charon: Fährmann, der die Toten über den Fluß Styx setzt; Totengott.

Classicum: feierliche, von allen Bläsern einer Legion oder Armee gemeinsam gespielte Hymne, die nur dem Feldherr zustand.

Cubiculum: Schlafzimmer.

Curia: Versammlungshaus des Senats am Forum Romanum.

Currus Triumphalis: Triumphwagen.

Dekurio: Führer einer Reitereinheit.

Elektron: Legierung aus drei bis vier Teilen Gold und einem Teil Silber.

Frigidarium: Kaltbecken.

Fucus: rote Schminke.

Genius: Schutzgeist. An sich Symbol der männlichen Zeugungs-
kraft; Verkörperung dessen, was am Menschen unsterblich ist.
Gladius: Schwert des Legionärs mit mittellanger, breiter Klinge.
Groma: Vermessungsinstrument.

Imperator: Inhaber der größten Machtfülle; später Bezeichnung
der Soldaten für ihren siegreichen Feldherrn, was, um offiziell
zu werden, der Bestätigung durch den Senat bedurfte.
Impluvium: Regenwasserbecken im Atrium.

Jupiter: vielgestaltiger Gott, der als ›Jupiter Optimus Maximus‹
Hauptgott der Römer war und in einem Tempel auf dem Capitol verehrt wurde.

Kastell: befestigtes Armeelager.
Kohorte: s. Legion.
Konsul: Seit 449 v. Chr. wurden in Rom alljährlich zwei Konsuln
als oberste zivile und militärische Beamte gewählt, seit Augustus auf Vorschlag des Princeps vom Senat. In der Kaiserzeit
verloren die Konsuln Aufgaben und Macht, bis die Wahl zu
einer bloßen Auszeichnung verkam.

Laren: Hausgeister.
Legat: Gesandter; bei der Armee Unterfeldherr (Führer einer
Legion oder einer größeren Heeresgruppe); Statthalter einer
Provinz.
Legion: größter Truppenverband, der sich in zehn Kohorten zu
drei Manipeln gliederte; jedes Manipel bestand aus zwei Zen-
turien. Da eine Zenturie aus 80 Mann bestand, kam eine
Legion auf 4000 bis 6000 Legionäre. Hinzu kamen noch 120
Reiter (vorwiegend für Aufklärungs- und Kurierdienste)
sowie 400 Veteranen, die vom Kasernendrill weitgehend ver-
schont wurden und nur für die Feldzüge einberufen wurden,
außerdem über 2000 Knechte für ebenso viele Lasttiere sowie
eine Artillerieeinheit (Speerschleudern und Katapulte). Zur
Zeit unserer Geschichte verfügte Augustus über 28 Legionen.
Die drei im Teutoburger Wald vernichteten Legionen wurden

nie wieder aufgestellt.

Liktor: hoher Beamter, der zum Zeichen der Macht über Leben und Tod ein Beil in einem Rutenbündel trug (innerhalb der Stadtgrenzen Roms nur das Rutenbündel). Einen Konsul standen zwölf, einen Prätor sechs Liktoren zu.

Liquamen: salzige Fischsoße.

Lustration: Weihe- und Opferfeier, die bei der Armee vor und nach dem Feldzug erfolgte, um die Götter gnädig zu stimmen bzw. um ihnen zu danken.

Manipel: s. Legion.

Medicus: Arzt.

Munus (Mehrzahl: Munera): Dienst an den Toten; Totenopfer. Bezeichnung für die Gladiatorenspiele aufgrund des etruskischen Brauches, am Totenbett Kriegsgefangene gegeneinander kämpfen zu lassen, um mit ihrem Blut den Geist des Verschiedenen versöhnlich und die Totengötter gnädig zu stimmen; aus diesem Brauch entwickelten sich die Gladiatorenkämpfe.

Optio: Stellvertreter eines Zenturios; mit selbständigen Aufgaben betrauter Offizier.

Optio Carceris: Leiter des Militärgefängnisses.

Ovation: eine Art kleiner Triumphzug außerhalb Roms für einen Feldherrn, dem der offizielle Triumph versagt wurde.

Palla: Überwurf, den die Römerin außer Haus trug und auch über den Kopf ziehen konnte.

Pater patriae: ›Landesvater‹ war ein Ehrentitel, den u.a. Augustus trug.

Patrizier: adlige römische Oberschicht, die ihre Abstammung auf die Ahnen (patres) zurückführt.

Penaten: Familiengeister.

Peristylium: von einem Säulengang umgebener Garten des römischen Hauses.

Pilum: schwerer Wurfspeer der Legionäre mit langer Eisenspitze.

Plebejer: im Gegensatz zu den Patriziern die unedle Masse (plebs) römischer Kleinbauern, Handwerker und Kaufleute.

Pontifex maximus: Herr der Priesterschaft und damit geistiges

Oberhaupt Roms.

Porta Prätoria: vorderes (Haupt-)Tor eines Armeelagers.

Porta Principalis Dextra: rechtes Seitentor eines Armeelagers.

Porta Principalis Sinistra: linkes Seitentor eines Armeelagers.

Präfekt: hoher Militärbefehlshaber oder Zivilbeamter.

Prätor: oberster Beamter, Feldherr, Richter, Statthalter.

Prätorianer: Garde der römischen Herrscher.

Prätorium: Amtswohnung des Prätors, oft zugleich Kommandantur.

Priapus: Gott der Fruchtbarkeit.

Princeps: Wörtlich ›der Erste‹, bezeichnet es einen führenden Römer. ›Priceps Senatus‹ hieß der Senator, der in der Senatorenliste an erster Stelle stand. Da Augustus die negative Besetzung der Titel ›Rex‹ und ›Dictator‹ scheute, bezeichnete er sich als Princeps, was Tiberius übernahm.

Principa: Kommandantur.

Proditor: Verräter.

Prokonsulat über das Imperium: Der Inhaber des prokonsularischen Imperiums übte konsularische Gewalt aus, ohne Konsul zu sein.

Proprätor: stellvertretender Prätor.

Pugio: Dolch.

Quadriga: vierspänniger Wagen.

Quästor: Finanzbeamter.

Quiriten: Bezeichnung für die Römer als friedliebende Bürger als Gegensatz zum Militär.

Sacellum: Fahnenheiligtum, in dem die Feldzeichen eines Heerlagers aufbewahrt wurden.

Sacrosanctitas: Unantastbarkeit.

Scutum: länglicher, großer, gewölbter Schild des Legionärs.

Senat: Der Senat (lateinisch ›Rat der Alten‹) hatte in der Zeit der Republik offiziell nur eine Aufsichts- und Bestätigungsfunktion, entschied in Wahrheit aber über alle wichtigen politischen Fragen. Seit Augustus verlagerte sich die politische Bedeutung auf die Kaiser.

Signifer: Feldzeichenträger.

Signum: (Feld-)Zeichen.

Sistrum: Klapper.

Skorpion: leichtes Torsionsgeschütz für Pfeile und Geschosse.

Spatha: Langschwert, zur Zeitenwende nur von der Reiterei verwendet, ab dem 3. Jahrhundert n. Chr. beim ganzen Heer.

SPQR: ›Senatus Populusque Romanus‹ – ›Senat und Volk von Rom‹.

Stadtkohorten: in Rom stationierte paramilitärische Einheit, heutiger Bereitschaftspolizei vergleichbar.

Ständekämpfe: Machtkämpfe zwischen Patriziern und Plebejern.

Stola: eine von der Frau über der Tunika getragene zweite Tunika, weiter geschnitten und reicher gefältelt.

Stunde: Die Römer zählten die Stunden nicht von Mitternacht an, sondern teilten den Tag von Sonnenauf- bis Sonnenuntergang sowie die Nacht von Sonnenunter- bis Sonnenaufgang in jeweils zwölf Stunden ein. Daher schwankte die Länge einer Stunde je nach Jahreszeit zwischen 44 und 75 Minuten. Eine genauere Einteilung nach Minuten und Sekunden gab es in der Antike nicht.

Tablinum: Empfangsraum des römischen Hauses.

Therme: großes öffentliches Bad, Erholungs- und Freizeitzentrum.

Tibia: Doppelflöte.

Toga: großes Tuch, das als Kleidungsstück für bessere Gelegenheiten so über die Tunika geschlungen wurde, daß diese ganz verdeckt war.

Tribun: hoher Offizier oder Zivilbeamter.

Tribunizische Gewalt: Augustus ließ sich die tribunicia potestas verleihen und begründete, wie auch seine Nachfolger, darauf seine Machtstellung.

Triclinium: Eßraum des römischen Hauses.

Trierarch: Kapitän.

Tunika: gegürteter, bis etwa ans Knie reichender, meist kurzärmliger Hemdkittel aus Wolle, Baumwolle oder Leinen; typisches Kleidungsstück, das der Römer zu Hause, auf der Straße und bei der Arbeit trug.

Turme: etwa 40 Mann starke taktische Grundeinheit der Reiterei.

Vesta: Göttin des Herdes.

Vestalis maxima: Vorsteherin der Vesta-Priesterinnen.

Vestibulum: Vorhalle.

Vexillarier: Angehöriger einer Veteraneneinheit; Feldzeichenträger eines Vexillums.

Vexillum: Veteraneneinheit; fahnenartiges Feldzeichen.

Via: Straße.

Via Prätoria: eine der beiden Hauptstraßen des Armeelagers, die vom vorderen Haupttor zum Hintertor führt.

Via Principalis: zweite Hauptstraße des Armeelagers, kreuzt die Via Prätoria und verbindet die beiden Seitentore miteinander.

Zensus: Volksschätzung zur Feststellung der Steuerpflichtigkeit.

Zenturie: s. Legion.

Zenturio: aus Sicht der Befehlsgewalt einem heutigen Hauptmann vergleichbarer Kommandeur einer Zenturie, der allerdings nicht als echter Offizier, sondern als Bindeglied zwischen Offiziers- und Mannschaftsstand betrachtet wurde.

Zenturio Primipilus: ranghöchster Zenturio einer Einheit, etwa einem Oberst entsprechend.

Zimbel: Schlaginstrument aus kleinen Metallbecken.

Zeittafel

63 v. Chr.

Geburt des Gaius Octavius, genannt Octavian, der später Caesars Adoptivsohn und als Augustus Beherrscher des römischen Weltreiches wird.

59 v. Chr.

Gaius Julius Caesar wird erstmals Konsul.

58–51 v. Chr.

Caesar erobert im sogenannten Gallischen Krieg das linksrheinische Gebiet. In der Folge wird der Rhein zur Grenze des römischen Reiches ausgebaut.

57/56 v. Chr.

Sextus Quinctilius Varus, Großvater des Publius Quinctilius

Varus, ist Proprätor in Spanien und stirbt dort von eigener Hand.

46–42 v. Chr.
Geburt des Publius Quinctilius Varus (genauer Zeitpunkt unsicher).

44 v. Chr.
Caesar wird Konsul auf Lebenszeit und ermordet.

42 v. Chr.
Der römische Senat ernennt Caesar zum Gott, und Octavian nennt sich ›Sohn des göttlichen Caesar‹. – Bei Philippi im östlichen Makedonien besiegen Octavian und Antonius die Caesarenmörder Brutus und Cassius. Nicht nur die beiden Letztgenannten sterben, sondern auch Sextus Quinctilius Varus, Vater des Publius Quinctilius Varus, der sich nach der Schlacht von einem Freigelassenen töten läßt. – Geburt des Tiberius Claudius Nero.

38 v. Chr.
Octavian heiratet Livia, die Mutter seiner Stiefsöhne Drusus und Tiberius. – Octavians Freund, Feldherr und späterer Schwiegersohn Agrippa kommt als Statthalter Galliens an den Rhein und siedelt die Ubier auf linksrheinisches Gebiet um.

31 v. Chr.
Sieg Octavians und Agrippas über Antonius und Kleopatra bei Actium.

30 v. Chr.
Octavian zieht in Alexandria ein. Antonius und Kleopatra begehen Selbstmord. Octavians Macht ist gefestigt.

29 v. Chr.
Der Senat ernennt Octavian zum Imperator auf Lebenszeit und zum Princeps Senatus.

27 v. Chr.

Nach Ausschaltung aller Gegner wird Octavian Alleinregent Roms bis zu seinem Tod im Jahr 14 n. Chr. Der römische Senat verleiht ihm den Ehrennahmen ›Augustus‹ – der Erhabene –, den Oberbefehl über das Heer und über die Grenzprovinzen.

23 v. Chr.

Augustus erhält auf Lebenszeit die Amtsgewalt eines Volkstribuns und den Oberbefehl über die zwölf Provinzen, die dem Senat unterstehen.

22/21 v. Chr.

Varus wird Quästor des Augustus.

20–10 v. Chr.

Das Oppidum Ubiorum, die Stadt der Ubier, Vorläuferin des heutigen Kölns, entsteht. Hier wird später der Statthalter der Provinz Niedergermanien residieren.

19–16 v. Chr.

Armin wird als Sohn des Cheruskerfürsten Segimer geboren (genauer Zeitpunkt ungewiß).

15 v. Chr.

Geburt des Gaius Julius Caesar Germanicus.

15–13 v. Chr.

Augustus kommt nach Gallien und an den Rhein, um die Provinzen neu zu ordnen und eine Offensive ins rechtsrheinische Gebiet vorzubereiten.

13 v. Chr.

Varus wird Konsul.

12 v. Chr.

Als ›Pontifex Maximus‹ wird Augustus auch geistliches Oberhaupt Roms. – Drusus beginnt seine Germanienfeldzüge zur Unterwerfung des Gebiets zwischen Rhein und Elbe.

9 v. Chr.

Nach Kämpfen mit Cheruskern und Chatten stürzt Drusus auf dem Rückmarsch von der Elbe zum Rhein vom Pferd und erliegt seinen Verletzungen. Tiberius eilt zu dem sterbenden Bruder.

8–6 v. Chr.

Tiberius übernimmt als Nachfolger seines Bruders Drusus den Oberbefehl über Germanien und dringt ebenfalls bis zur Elbe vor. – Der Markomannenfürst Marbod zieht mit seinem Volk aus dem Maingebiet nach Böhmen und gründet nach Unterwerfung der Boier ein Königreich zwischen Donau, Elbe und Oder. Er errichtet eine straffe Herrschaft nach römischem Vorbild, der sich auch Lugier, Semnonen und Langobarden unterwerfen.

7/6 v. Chr.

Varus ist Prokonsul von Africa (genauer Zeitpunkt ungewiß).

6–4 v. Chr.

Varus ist Legat des Augustus in Syrien (genauer Zeitpunkt ungewiß).

6 v. Chr. – 2 n. Chr.

Tiberius lebt erst als Freiwilliger, dann als Verbannter auf der Insel Rhodos.

2 v. Chr.

Augustus erhält den Ehrentitel ›Pater patriae‹ – Vater des Vaterlandes.

2 v. Chr. – 1 n. Chr.

Die Legaten M. Vincius und L. Domitius Ahenobarbus führen Feldzüge in Germanien durch. Ahenobarbus dringt dabei bis zur Havel vor. Ahenobarbus baut die Langen Brücken (1 v. Chr.).

4 n. Chr.

Augustus adoptiert seinen Stiefsohn Tiberius und bestimmt ihn zu seinem Nachfolger. Tiberius adoptiert Germanicus. –

Tiberius übernimmt wieder den Oberbefehl in Germanien, stößt zur Weser vor, unterwirft die Brukterer und schließt einen Bündnisvertrag mit den Cheruskern.

5 n. Chr.

Auf seinem Feldzug zur Elbe unterwirft Tiberius Chauken und Langobarden. Obwohl noch längst nicht befriedet, sondern nur durch vereinzelte Stützpunkte gesichert, wird das germanische Gebiet zur Provinz erklärt. – Germanicus heiratet Agrippina.

5–9 n. Chr.

In der Ubierstadt Einweihung der ›Ara Ubiorum‹, eines Staatsaltars, an dem für das Wohl Roms und des Kaisers geopfert wird. Segimund, Sohn des Cheruskerfürsten Segestes, wird hier Priester.

6 n. Chr.

Die Römer unter Tiberius beginnen einen Angriff auf das ihnen zu mächtig werdende Königreich Marbods, werden aber durch einen großen Volksaufstand in Pannonien und Dalmatien gezwungen, ihre Kräfte dort zu massieren und von den Markomannen abzulassen. – Geburt von Germanicus' Sohn Nero Caesar.

6 – 9 n. Chr.

Tiberius und Germanicus schlagen einen Aufstand in Pannonien nieder, und Pannonien wird römische Provinz.

7 n. Chr.

Varus löst Sentius Saturninus als Legat des Augustus in Germanien ab.

8 n. Chr.

Geburt von Germanicus' Sohn Drusus Caesar.

9 n. Chr.

Schlacht im Teutoburger Wald (vermutlich vom 9.–11. September). Armin vernichtet das aus drei Legionen und zusätzlichen Hilfstruppen bestehende Heer des Varus. Die Stützpunkte zwischen Rhein und Weser werden von den Germanen erobert bzw. von den Römern aufgegeben. – Tiberius kehrt aus Pannonien nach Rom zurück und hebt frische Truppen aus.

10 – 11 n. Chr.
Germanien-Feldzüge des Tiberius und Germanicus.

12 n. Chr.
Germanicus als Konsul in Rom. – Geburt seines Sohnes Gaius Caesar, genannt Caligula.

13 n. Chr.
Germanicus übernimmt den Oberfehl am Rhein.

14 n. Chr.
Augustus stirbt in Nola (19.8.). Tiberius wird sein Nachfolger. – Meuterei der Legionen am Rhein. Feldzug gegen die Marser.

15 n. Chr.
Germanicus zieht gegen die Chatten, befreit Segestes und bringt Armins schwangere Frau Thusnelda in seine Gewalt. – Geburt von Germanicus' Tochter Julia Agrippina und von Armins Sohn Thumelicus. – Germanicus besucht das Varus-Schlachtfeld. Armin und Inguiomar kämpfen gegen Germanicus und dann bei den Langen Brücken gegen Caecina.

16 n. Chr.
Germanicus geht mit einer Flotte aus tausend Schiffen gegen die Germanen vor. Schlachten gegen Armin und Inguiomar bei Idisiavsio und am Angrivarierwall. – Geburt von Germanicus' Tochter Julia Drusilla.

17 n. Chr.
Triumphzug des Germanicus (17.5.)

Danksagung

Umfangreiche historische Romane schreibt man nicht allein im stillen Kämmerchen, sondern es bedarf vielerlei Informationen und Intuitonen. Beides verdanke ich einer ganzen Reihe von Autoren, an deren Anfang die sogenannten Klassiker stehen.

Ortskundig betreffend der Brennpunkte germanischer Geschichte bin ich dank meiner Eltern, Wilhelm und Josefa Kastner, die ihren Sohn auf Ausflüge in den Teutoburger Wald unserer heutigen Bezeichnung mitnahmen.

Wichtige Anregungen und Unterstützung kamen von meinem Lektor, Dr. Edgar Bracht, und vom Cheflektor des Bastei-Verlags, Rainer Delfs. Für aufschlußreiche Gespräche und hilfreiche Literaturhinweise danke ich meinem Freund Jens Kiecksee, einem aufgeschlossenen Historiker. Mein journalistisch schreibender Kollege Klaus Gosmann steuerte Material über die Schlacht an den Langen Brücken bei. Für Literaturrecherche und -beschaffung bin ich den Damen und Herren von der Bücherstube Leonie Konertz verpflichtet.

Trotz der streng patriarchalischen Ordnung hatten bei den Germanen die Frauen im innerhäuslichen Bereich die Schlüsselgewalt inne. Mit anderen Worten: Was wäre ein Mann ohne seine Frau? Die Geduld, Ermunterung und Autorenpflege meiner Frau Corinna darf für das Zustandekommen dieses Buches nicht unterschätzt werden.

Quod faxitis deos velim fortunare!

Jörg Kastner

Im Jahre 19 n.Chr. bricht der Cheruskerfürst Thorag nach
Ravenna auf, um seine Gemahlin Auja und Thusnelda, die
Frau seines Blutsbruders Armin, sowie dessen Sohn Thume-
likar aus der römischen Geiselhaft zu befreien.
Armin selbst muß in Germanien bleiben, weil der durch Inguio-
mar und Marbod geschürte Aufruhr jederzeit erneut ausbre-
chen kann.
In der römischen Hafenstadt Ravenna gerät Thorag in die
Höhle des Löwen: abtrünnige Germanen und römische
Legionäre trachten ihm gleichermaßen nach dem Leben.
Doch er findet auch Verbündete: die sogenannten Sumpf-
schlangen, gesetzlose Flüchtlinge, die sich um die sagen-
hafte Schlangenkönigin geschart haben. Gemeinsam mit diesen Vogelfreien wird Thorag in blutige Kämpfe gegen die
Römer verwickelt, Auseinandersetzungen, die ihn immer wieder von seinem eigentlichen Ziel abbringen. Als seine Gemahlin Auja schließlich in der Arena um ihr Leben kämpfen soll,
muß Thorag alles auf eine Karte setzen...

ISBN 3-404-14210-1